TOUT SIMENON

GEORGES SIMENON

ŒUVRE ROMANESQUE

11

Le train
Maigret et le voleur paresseux
La porte
Les autres
Maigret et les braves gens
Maigret et le clièent du samedi
Maigret et le clochard
Les anneaux de Bicêtre

FRANCE LOISIRS
123, boulevard de Grenelle, Paris

Édition du Club France Loisirs, Paris
avec l'autorisation des Presses de la Cité

ISBN 2-7242-6229-8

SOMMAIRE

Note de l'éditeur

En 1945, Georges Simenon rencontre Sven Nielsen qui va devenir son éditeur et son ami. Entre 1945 et 1972 — année où le romancier prend la décision de cesser d'écrire — paraissent aux Presses de la Cité près de 120 titres — « Maigret » et « romans » confondus — qui constituent la majeure partie de l'œuvre romanesque de Georges Simenon.

Présentés ici dans l'ordre de leur publication, ces romans forment les quinze premiers volumes de notre intégrale de l'œuvre de Georges Simenon. Celui en qui Gide voyait « le plus grand de tous, le plus vraiment romancier que nous ayons eu en littérature ».

LE TRAIN

1

Quand je me suis éveillé, les rideaux de toile écrue laissaient filtrer dans la chambre une lumière jaunâtre que je connaissais bien. Nos fenêtres, au premier étage, n'ont pas de volets. Il n'y en a à aucune maison de la rue. J'entendais, sur la table de nuit, le tic-tac du réveille-matin et, à côté de moi, la respiration scandée de ma femme, presque aussi sonore que celle des patients, au cinéma, pendant une opération. Elle était alors enceinte de sept mois et demi. Comme avant Sophie, son ventre énorme l'obligeait à dormir sur le dos.

Sans regarder le réveil, j'ai glissé une jambe du lit. Jeanne a bougé et balbutié d'une voix lointaine :

— Quelle heure est-il ?

— Cinq heures et demie.

Je me suis levé tôt toute ma vie, surtout après mes années de sana où, l'été, on nous apportait le thermomètre dès six heures du matin.

Ma femme ne se rendait déjà plus compte de ce qui se passait autour d'elle et un de ses bras s'était déployé en travers de la place que je venais de quitter.

Je me suis habillé sans bruit, exécutant, dans l'ordre, les mouvements rituels de chaque matin, jetant parfois un coup d'œil à ma fille qui, à cette époque, avait encore son lit dans notre chambre. Nous lui avions pourtant aménagé la plus jolie chambre de la maison, en façade, communiquant avec la nôtre.

Elle refusait d'y dormir.

J'ai quitté la pièce, mes pantoufles à la main, et ne les ai chaussées qu'au bas de l'escalier. C'est alors que j'ai entendu les premières sirènes des bateaux, du côté de l'écluse de l'Uf, qui se trouve à près de deux kilomètres. Le règlement veut que les écluses soient ouvertes aux péniches dès le lever du soleil et c'est chaque matin le même concert.

Dans la cuisine, j'ai allumé le gaz, mis l'eau à chauffer. La journée, une fois de plus, s'annonçait ensoleillée et chaude. Il n'y a eu, pendant toute cette période, que journées radieuses et je serais encore capable de montrer, heure par heure, la place des taches de soleil dans les différentes pièces de la maison.

J'ai ouvert la porte de la cour, que nous avons couverte d'une verrière pour que ma femme puisse y faire la lessive par tous les temps et ma fille y jouer. Je revois la voiture de poupée, la poupée, un peu plus loin, sur les carreaux jaunes.

J'évitais d'entrer tout de suite dans mon atelier parce que je tenais à suivre les règles, comme je disais alors pour mon emploi du temps. Un emploi du temps qui s'était établi de lui-même, petit à petit, fait d'habitudes plutôt que de nécessités.

Pendant que l'eau chauffait, je remplis de maïs une vieille bassine d'émail bleu, au fond rouillé, qui ne pouvait plus servir à rien d'autre et je traversai le jardin pour aller donner à manger aux poules. Nous avions six poules blanches et un coq.

La rosée scintillait sur les légumes, sur notre unique lilas dont les fleurs violettes, en avance cette année-là, commençaient à se faner, et j'entendais toujours, non seulement les appels des bateaux sur la Meuse, mais le halètement des diesels.

Je tiens à déclarer tout de suite que je n'étais pas un homme malheureux, ni un homme triste. A trente-deux ans, je me trouvais en avance, sur tous les plans que j'avais pu faire, sur tous mes espoirs.

J'avais une femme, une maison, une fille de quatre ans un peu trop nerveuse, mais le docteur Wilhems affirmait que cela lui passerait.

J'étais installé à mon compte et ma clientèle augmentait de jour en jour, surtout les derniers mois, bien entendu. Tout le monde, à cause des événements, voulait avoir la radio. Je n'arrêtais pas de vendre de nouveaux postes, d'en remettre des vieux en état et, comme nous habitions à deux pas du quai où les bateaux s'arrêtaient pour la nuit, j'avais la clientèle des mariniers.

Je me souviens d'avoir entendu la porte s'ouvrir chez nos voisins de gauche, les Matray, un couple de vieux bien tranquilles. M. Matray, qui a travaillé pendant trente-cinq ou quarante ans comme caissier à la Banque de France, est un lève-tôt lui aussi et commence chaque journée en venant respirer l'air de son jardin.

Tous les jardins de la rue se ressemblent, chacun de la largeur de la maison, séparés les uns des autres par des murettes juste assez hautes pour qu'on n'aperçoive que le crâne des voisins.

Depuis quelque temps, le vieux M. Matray avait pris l'habitude de me guetter, à cause de mes appareils permettant de capter les ondes courtes.

— Pas de nouvelles ce matin, monsieur Féron ?

Ce jour-là, je suis rentré avant qu'il me pose la question et j'ai versé l'eau bouillante sur le café. Les objets familiers étaient à leur place, celle que Jeanne et moi leur avions fixée ou qu'ils avaient fini par prendre, comme d'eux-mêmes, avec le temps.

Si ma femme n'avait pas été enceinte, j'aurais commencé à entendre ses pas au premier étage car, en temps normal, elle se levait tout de suite après moi. Je tenais néanmoins, par habitude, à préparer mon premier café avant de gagner mon atelier. Nous suivions ainsi un certain nombre de rites et je suppose qu'il en est de même dans toutes les familles.

La première grossesse avait été pénible, l'accouchement difficile. Jeanne attribuait la nervosité de Sophie aux fers qu'on avait dû employer et qui avaient meurtri la tête de l'enfant. Depuis qu'elle était enceinte à nouveau, elle craignait une délivrance dramatique et sa hantise était de mettre au monde un enfant anormal.

Le docteur Wilhems, en qui elle avait toute confiance, ne parvenait pas à la rassurer, sinon pour quelques heures, et, le soir, elle ne trouvait pas le sommeil. Longtemps après nous être mis au lit, je l'entendais chercher une position confortable et elle finissait presque toujours par questionner dans un souffle :

— Tu dors, Marcel ?

— Non.

— Je me demande si mon organisme ne manque pas de fer. J'ai lu dans un article...

Elle essayait de s'assoupir, mais il était souvent deux heures du matin avant qu'elle y arrive et ce n'était pas rare, ensuite, qu'elle se dresse soudain en poussant un cri.

— J'ai encore eu un cauchemar, Marcel.

— Raconte.

— Non. J'aime mieux ne plus y penser. C'est trop horrible. Je te demande pardon de t'empêcher de dormir, toi qui travailles tant...

Les derniers temps, elle se levait vers sept heures et descendait alors préparer le petit déjeuner.

Ma tasse de café à la main, je suis entré dans mon atelier et j'ai ouvert la porte vitrée qui donne sur la cour et le jardin. J'avais droit, à ce moment-là, au premier rayon de soleil de la journée, un peu à gauche de la porte, et je savais exactement quand il atteindrait mon établi.

Ce n'est pas un établi véritable, mais une grande table, très lourde, qui provient d'un couvent et que j'ai achetée à une vente. Il y a toujours, dessus, deux ou trois postes en réparation. Mes outils, rangés dans un râtelier, au mur, sont bien à ma portée. Tout autour de la pièce, des postes encombrent les casiers de bois blanc que j'ai installés et portent, sur une étiquette, le nom du client.

J'ai fini par tourner les boutons, bien sûr. C'était presque un jeu de retarder cet instant-là. Je me disais, contre toute logique : « Si j'attends encore un peu, ce sera peut-être pour aujourd'hui. »

Tout de suite, ce jour-là, j'ai compris qu'il se passait enfin quelque chose. Jamais je n'avais connu l'air aussi encombré. Quelles que fussent les ondes que je choisissais, les émissions se chevauchaient, les voix, les sifflements, les phrases en allemand, en néerlandais, en anglais, en français et on sentait dans l'espace comme une pulsation dramatique.

— Cette nuit, les troupes du Reich ont lancé une attaque massive contre...

Il ne s'agissait pas encore de la France — en tout cas on n'en parlait pas — mais de la Hollande, qui venait d'être envahie. Ce que j'entendais, c'était un poste belge. Je cherchais Paris, mais Paris restait silencieux.

La tache de soleil tremblotait sur le plancher gris et, au fond du jardin, nos six poules blanches s'agitaient autour du coq que Sophie appelait Nestor. Pourquoi me suis-je demandé tout à coup ce que notre petite basse-cour allait devenir ? J'étais presque attendri par son sort.

Je tournai d'autres boutons, cherchant dans les ondes courtes où on aurait dit que tout le monde parlait à la fois. Je captai ainsi, un court moment, une musique militaire que je perdis aussitôt, de sorte que je n'ai jamais su à quelle armée elle appartenait.

Un Anglais lisait un message en répétant chaque phrase, que je ne comprenais pas, comme s'il la dictait à un correspondant, et je tombai ensuite sur un émetteur que je n'avais jamais entendu, un émetteur de campagne.

Il devait être très proche, appartenir à un de ces régiments qui, depuis octobre, depuis le début de la drôle de guerre, campaient dans la région.

Les voix des deux interlocuteurs étaient aussi claires que s'ils m'avaient parlé au téléphone et j'ai supposé qu'ils se trouvaient aux environs de Givet. Cela n'a d'ailleurs aucune importance.

— Où est-il, ton colonel ?

Celui-là avait un fort accent du Midi.

— Tout ce que je sais, c'est qu'il n'est pas ici.

— Il devrait y être.

— Qu'est-ce que tu veux que j'y fasse ?

— Il faut que tu le trouves. Il couche bien quelque part, non ?

— En tout cas, pas dans son lit.

— Dans quel lit, alors ?

Un gros rire.

— Parfois ici, parfois là...

De la friture m'a empêché d'entendre la suite et j'ai aperçu les cheveux blancs, le visage rose de M. Matray au-dessus du mur, à l'endroit où il avait installé une vieille caisse en guise de marchepied.

— Du nouveau, monsieur Féron ?

— Les Allemands ont envahi la Hollande.

— C'est officiel ?

— Les Belges l'annoncent.

— Et Paris ?

— Paris donne de la musique.

Je l'entendis se précipiter dans la maison en criant :

— Germaine ! Germaine ! Ça y est ! Ils ont attaqué !

Moi aussi, je pensais que ça y était, mais les mots n'avaient pas le même sens pour moi que pour M. Matray. J'ai un peu honte de le dire : j'étais soulagé. Je me demande même si, depuis octobre, voire depuis Munich, je n'attendais pas cette minute avec impatience, si je n'avais pas été déçu, chaque matin, en tournant les boutons de la radio, d'apprendre que les armées continuaient à se faire face sans combattre.

Nous étions le 10 mai. Un vendredi, j'en suis à peu près sûr. Un mois plus tôt, au début d'avril, le 8 ou le 9, j'avais eu un espoir lorsque les Allemands avaient envahi le Danemark et la Norvège.

Je ne sais comment m'expliquer et je me demande s'il y aura quelqu'un pour comprendre. On m'objectera que je ne risquais rien puisque, à cause de ma myopie, je suis réformé définitivement. J'ai 16 de dioptrie, ce qui signifie que, sans mes verres, je suis aussi perdu qu'un homme dans la nuit, en tout cas dans un brouillard épais.

Cela a toujours été ma terreur de me trouver sans verres, par exemple de tomber dans la rue et de les casser, et j'en ai toujours une paire de rechange en poche. Je ne parle pas de ma santé, des quatre années passées en sana, entre quatorze et dix-huit ans, des contrôles auxquels j'ai été astreint jusqu'à ces dernières années. Tout cela n'a rien à voir avec l'impatience que j'essaie de définir.

J'avais peu de chance, au départ, de mener une vie normale, encore moins de me créer une situation convenable et de fonder une famille.

J'étais cependant devenu un homme heureux, qu'on se mette bien ça dans la tête. J'aimais ma femme. J'aimais ma fille. J'aimais ma maison, mes habitudes et jusqu'à ma rue qui, tranquille, ensoleillée, aboutissait à la Meuse.

Il n'en est pas moins vrai que, le jour de la déclaration de guerre, j'ai éprouvé un soulagement. Je me suis surpris à dire à voix haute :

— Cela devait arriver.

Ma femme m'a regardé avec étonnement.

— Pourquoi ?

— Pour rien. J'en étais sûr.

Ce n'était pas la France et l'Allemagne, ni la Pologne, l'Angleterre, Hitler, le nazisme ou le communisme qui, dans mon esprit, étaient en jeu. Je ne me suis jamais intéressé à la politique et je n'y connais rien. C'est à peine si j'aurais pu citer le nom de trois ou quatre ministres français pour les avoir entendus à la radio.

Non ! Cette guerre, qui éclatait soudain après un an de faux apaisement, c'était une affaire personnelle entre le destin et moi.

J'avais déjà vécu une guerre, dans la même ville, à Fumay, lorsque j'étais enfant, car j'avais six ans en 1914. J'ai vu partir mon père, en uniforme, un matin qu'il pleuvait à verse, et ma mère a eu les yeux rouges toute la journée. J'ai entendu le canon pendant près de quatre ans, surtout quand nous allions sur les hauteurs. Je me souviens des Allemands et de leurs casques à pointe, des capes des officiers, des affiches sur les murs, du rationnement, du mauvais pain, du manque de sucre, de beurre et de pommes de terre.

J'ai vu, un soir de novembre, ma mère rentrer à la maison, toute nue, les cheveux coupés ras, hurlant des injures et des mots orduriers à des jeunes gens qui formaient cortège derrière elle.

J'avais dix ans. Nous habitions le centre, à un premier étage. On entendait partout des cris, des musiques, des pétards.

Elle s'est habillée sans me regarder, l'air d'une folle, disant toujours des mots que je ne lui avais jamais entendu prononcer, et soudain, toute prête, un châle autour de la tête, elle a paru se souvenir de ma présence.

— Mme Jamais s'occupera de toi jusqu'à ce que ton père revienne.

Mme Jamais était notre propriétaire et habitait le rez-de-chaussée. J'étais trop terrorisé pour pleurer. Elle ne m'a pas embrassé. A la porte, elle a hésité, puis elle est partie sans rien ajouter et la porte de la rue a claqué.

Je n'essaie pas d'expliquer. Je veux dire que ceci n'a sans doute rien à voir avec mes sentiments de 1939 ou de 1940. Je rapporte les faits comme ils me reviennent, honnêtement.

Je suis devenu tuberculeux quatre ans plus tard. J'ai eu deux ou trois autres maladies coup sur coup.

En somme, mon impression, quand la guerre a éclaté, c'est que le sort me jouait un nouveau tour et je n'ai pas été surpris car j'étais presque sûr que cela arriverait un jour.

Cette fois, ce n'était plus un microbe, un virus, une malformation congénitale de je ne sais quelle partie de l'œil — les médecins ne se sont jamais mis d'accord au sujet de mes yeux. C'était une guerre qui lançait des hommes les uns contre les autres par dizaines de millions.

L'idée était ridicule, je m'en rends compte. Toujours est-il que je savais, que j'étais préparé. Et que, d'attendre, depuis octobre, me devenait insupportable. Je ne comprenais plus. Je me demandais pourquoi ce qui devait arriver n'arrivait pas.

Allait-on un beau matin, comme pour Munich, nous annoncer que les choses étaient arrangées, que la vie reprenait son cours normal, que cette grande panique n'avait été qu'une erreur ?

Un tel cours des événements n'aurait-il pas signifié que quelque chose ne collait pas dans ma destinée ?

Le soleil devenait tiède, envahissait la cour, se posait sur la poupée. La fenêtre de notre chambre s'ouvrait et ma femme appelait :

— Marcel !

Je me levai, sortis de mon atelier, penchai la tête en arrière. Ma femme avait le masque, comme pendant sa première grossesse. Son visage, à la peau trop tendue, me paraissait touchant, mais presque étranger.

— Que se passe-t-il ?

— Tu as entendu ?

— Oui. C'est vrai ? Ils attaquent ?

— Ils ont envahi la Hollande.

Et ma fille, derrière, questionnait :

— Qu'est-ce que c'est, maman ?

— Couche-toi. Il n'est pas l'heure.

— Qu'est-ce que papa a dit ?

— Rien. Dors.

Elle est descendue presque tout de suite, sentant le lit, marchant les jambes un peu écartées, à cause de son ventre.

— Tu crois qu'on les laissera passer ?

— Je n'en sais rien.

— Que dit le gouvernement ?

— Il ne dit encore rien.

— Que comptes-tu faire, Marcel ?

— Je n'y ai pas pensé. Je vais essayer d'obtenir d'autres nouvelles.

C'était toujours de Belgique qu'elles venaient, une voix hachée, dramatique. Cette voix annonçait qu'à une heure du matin des Messerschmitt et des Stukas avaient survolé la Belgique et avaient laissé tomber des bombes sur plusieurs points.

Des panzers avaient pénétré dans les Ardennes et le gouvernement belge adressait un appel solennel à la France pour l'aider dans sa défense.

Les Hollandais, eux, ouvraient leurs digues, inondaient une grande partie du territoire et on parlait, au pire, d'arrêter l'envahisseur devant le canal Albert.

Ma femme, pendant ce temps, préparait le petit déjeuner, mettait la table et j'entendais des heurts de faïence.

— Tu as du nouveau ?

— Des tanks franchissent la frontière belge un peu partout.

— Mais alors ?...

Sur certains moments de la journée, mes souvenirs sont si précis que je pourrais en rédiger un compte rendu minuté, alors que, pour d'autres, je me rappelle surtout le soleil, les odeurs du printemps, le bleu du ciel semblable à celui de ma première communion.

Toute la rue s'éveillait. La vie commençait, dans les maisons presque pareilles à la nôtre. Ma femme allait ouvrir la porte de la rue pour prendre le pain et le lait et je l'entendais parler à notre voisine de droite, Mme Piedbœuf, la femme de l'instituteur. Ils avaient une petite fille modèle, bouclée et rose, avec de grands yeux bleus, des longs cils de poupée, toujours habillée comme pour une fête et, depuis un an, ils possédaient une petite voiture avec laquelle ils se promenaient le dimanche.

J'ignore ce que les deux femmes se dirent. Aux bruits qui me parvenaient, je comprenais qu'elles n'étaient pas les seules dehors, qu'on s'interpellait de seuil à seuil. Quand Jeanne revint, elle était pâle, encore plus tirée que d'habitude.

— Ils s'en vont ! m'annonça-t-elle.

— Où ?

— Vers le sud, n'importe où. J'ai vu, au bout de la rue, des autos qui passaient avec des matelas sur le toit, surtout des Belges.

Nous avions déjà assisté à leur passage avant Munich et, en octobre, un certain nombre de Belges avaient à nouveau gagné le sud de la France, des riches, qui pouvaient attendre.

— Tu comptes rester ici ?

— Je n'en sais rien.

J'étais sincère. Moi qui avais vu venir l'événement de si loin, qui l'avais tant attendu, je n'avais pris aucune décision d'avance. C'était comme si j'attendais un signe, comme si je voulais que le hasard décide pour moi.

Je n'étais plus responsable. Voilà peut-être le mot, ce que j'essayais d'expliquer tout à l'heure. La veille encore, c'était à moi de diriger ma vie et celle des miens, de gagner de l'argent, de faire en sorte que tout se passe comme les choses doivent se passer.

Maintenant plus. Je venais de perdre mes racines. Je n'étais plus Marcel Féron, marchand d'appareils de radio dans un quartier presque neuf de Fumay, non loin de la Meuse, mais un homme parmi des millions que des forces supérieures allaient ballotter à leur gré.

Je n'étais plus accroché à ma maison, à mes habitudes. Je venais de faire, d'un instant à l'autre, comme un bond dans l'espace.

Dès lors, les décisions ne me regardaient plus. Je commençais à sentir, au lieu de mes propres palpitations, une sorte de palpitation générale. Je ne vivais plus à mon rythme, mais à celui de la radio, de la rue, de la ville qui s'éveillait plus vite que de coutume.

Nous avons mangé en silence, dans la cuisine, comme toujours, tendant l'oreille, sans trop en avoir l'air, à cause de Sophie, aux bruits du dehors. On aurait dit que notre fille elle-même hésitait à poser des questions et elle nous observait l'un après l'autre en silence.

— Bois ton lait.

— On aura du lait, là-bas ?

— Où là-bas ?

— Eh bien ! Où on va aller...

Des larmes coulaient sur les joues de ma femme qui détournait la tête et moi je regardais sans émotion les murs familiers, les meubles que nous avions choisis un à un cinq ans plus tôt avant de nous marier.

— Va jouer, maintenant, Sophie.

Et ma femme, une fois seule avec moi :

— Je ferais peut-être mieux d'aller voir mon père.

— Pourquoi ?

— Pour savoir ce qu'ils font.

Elle avait encore son père et sa mère, trois sœurs, toutes les trois mariées, dont deux à Fumay, une avec un pâtissier de la rue du Château.

C'est à cause de son père que je m'étais établi à mon compte, car il était ambitieux pour ses filles et ne les aurait pas données en mariage à un ouvrier.

C'était lui encore qui m'avait fait acheter la maison, payable en vingt ans. Il me restait quinze ans de mensualités à verser mais, à ses yeux, j'étais propriétaire et cela le rassurait pour l'avenir.

— On ne sait pas ce qui peut vous arriver, Marcel. Vous êtes guéri, mais on en a vu d'autres avoir des rechutes.

Il avait débuté dans la vie comme mineur dans les ardoisières, chez Delmotte, et était devenu chef de chantier. Il possédait sa maison aussi, son jardin.

— On peut acheter une maison de telle façon que, si le mari vient à mourir, la femme n'a plus rien à payer.

N'était-ce pas drôle de penser à ça ce matin-là, alors que personne au monde n'était désormais sûr du lendemain ?

Jeanne s'est habillée, a mis son chapeau.

— Tu surveilles la petite ?

Elle est allée chez son père. Les autos passaient, de plus en plus nombreuses, toutes en direction du sud, et deux ou trois fois j'ai cru entendre des avions. Ils ne lâchaient pas de bombes. C'étaient peut-être des Français ou des Anglais, on ne pouvait pas le savoir, car ils volaient très haut et le soleil éblouissait.

J'ai ouvert le magasin, pendant que Sophie jouait dans la cour. Ce n'est pas un vrai magasin, car la maison n'est pas bâtie comme une maison de commerce. Les clients doivent passer par le corridor et une fenêtre ordinaire sert de vitrine. Il en est de même de la crémerie, un peu plus loin. C'est fréquent dans les faubourgs, en tout cas dans le Nord. Cela nous oblige à laisser la porte d'entrée ouverte et j'ai installé une sonnerie à celle du magasin.

Deux mariniers sont venus chercher leur poste. Ils n'étaient pas réparés, mais ils ont tenu à les emporter quand même. L'un descendait vers Rethel tandis que l'autre, un Flamand, voulait regagner son pays coûte que coûte.

Je me suis rasé, j'ai vaqué à ma toilette, surveillant ma fille par la fenêtre d'où je voyais tous les jardins de la rue pleins de verdure encore tendre et de fleurs. Des gens se parlaient par-dessus les murs et j'entendais une conversation chez les Matray, au même étage que moi, car les fenêtres étaient ouvertes.

— Comment comptes-tu emporter tout ça ?

— On en aura besoin.

— On en aura peut-être besoin, mais je ne vois pas comment transporter ces valises jusqu'à la gare.

— On prendra un taxi.

— Si on en trouve ! Je me demande s'il y aura encore des trains.

J'ai eu peur, tout à coup. J'ai imaginé la foule convergeant par toutes les rues vers la petite gare comme les autos s'écoulaient à présent en direction du sud. Il me sembla qu'il fallait partir, que ce n'était plus une question d'heures, mais de minutes, et je me reprochai d'avoir laissé ma femme se rendre chez son père.

Quel conseil pouvait-il lui donner ? Que savait-il de plus que moi ?

Au fond, elle n'avait jamais cessé d'appartenir à sa famille. Elle m'avait épousé, vivait avec moi, m'avait donné un enfant, allait m'en donner un autre. Elle portait mon nom mais n'en restait pas moins une Van Straeten et, pour un oui ou un non, elle courait chez ses parents ou chez une de ses sœurs.

— Il faudra que je demande conseil à Berthe...

C'était la femme du pâtissier, la plus jeune, celle qui avait fait le plus beau mariage, ce pour quoi, sans doute, Jeanne la considérait comme un oracle.

Si nous devions partir, il était temps, j'en étais sûr, comme j'étais sûr, soudain, sans me demander pourquoi, qu'il fallait quitter Fumay. Je n'avais pas d'auto et, pour les livraisons, je me servais d'une charrette à bras.

Sans attendre le retour de ma femme, j'allai au grenier pour en descendre les valises et une malle noire dans laquelle on gardait les vieux vêtements.

— On prend le train, papa ?

Ma fille était montée sans bruit et me regardait faire.

— Je crois.

— Tu n'en es pas certain.

Je devenais nerveux. J'en voulais à Jeanne de s'être absentée et craignais à tout instant qu'un événement se produise, n'importe quoi, peut-être pas encore l'arrivée des tanks allemands dans la ville mais, par exemple, un bombardement aérien qui nous couperait les uns des autres.

De temps en temps, j'allais dans la chambre de Sophie, qui n'avait pour ainsi dire jamais servi, puisque ma fille refusait d'y dormir, afin de regarder dans la rue.

Devant trois maisons, on chargeait des autos, entre autres devant la maison voisine. La fille de l'instituteur, Michèle, aussi bouclée, aussi fraîche dans sa robe blanche que le dimanche pour se rendre à la messe, tenait à la main la cage d'un canari en attendant que ses parents aient fini de boucler un matelas sur le toit de la voiture.

Cela m'a rappelé nos poules et Nestor, le coq auquel Sophie tenait tant. Nous disions d'ailleurs le coq de Sophie. C'est moi, trois ans plus tôt, qui avais tendu un grillage au fond du jardin et construit un poulailler en forme de maisonnette.

Jeanne voulait des œufs frais pour l'enfant. A cause, bien entendu, de son père, qui avait toujours élevé des poules, des lapins et des pigeons. Il avait aussi des pigeons voyageurs et, les dimanches de concours, restait des heures immobile au fond de son jardin à guetter le retour de ses bêtes au colombier.

Chez nous, le coq, deux ou trois fois la semaine, volait par-dessus les murs et je devais aller le chercher de maison en maison. Des gens se plaignaient des dégâts qu'il faisait dans leur jardin, d'autres d'être réveillés par ses cocoricos.

— Je pourrai emporter ma poupée ?

— Oui.

— Et la voiture ?

— Pas la voiture. Il n'y aura pas assez de place dans le train.

— Où est-ce que ma poupée va dormir ?

J'ai failli lui répondre, agacé, que, la nuit précédente encore, la poupée avait passé la nuit sur le carrelage de la cour. Ma femme rentrait enfin.

— Qu'est-ce que tu fais ?

— J'ai commencé les bagages.

— Tu as décidé de partir ?

— Je pense que c'est plus prudent. Que font tes parents ?

— Ils restent. Mon père a juré de ne pas quitter sa maison, quoi qu'il arrive. Je suis passée aussi chez Berthe. Ils seront en route dans quelques minutes. Il faut qu'ils se pressent, car il paraît qu'il y a partout des embouteillages, surtout du côté de Mézières. En Belgique, des Stukas descendent en rase-mottes pour mitrailler les trains et les autos.

Elle ne protestait pas contre ma décision, à cause de son père, ne se montrait pas pressée de s'en aller. Peut-être, elle aussi, aurait-elle préféré se raccrocher à sa maison ?

— On raconte que des paysans partent en carriole, avec tout ce qu'ils peuvent emporter, poussant leurs bêtes devant eux. J'ai vu la gare de loin. La place est noire de monde.

— Qu'est-ce que tu prends avec toi ?

— Je ne sais pas. Les affaires de Sophie, en tout cas. Et il faudrait de quoi manger, surtout pour elle. Si tu pouvais trouver du lait condensé...

Je suis allé à l'épicerie, dans la rue voisine et, contre mon attente, il n'y avait personne dans la boutique. Il est vrai que, dès octobre, la plupart des habitants avaient fait leurs provisions. L'épicier, en tablier blanc, était aussi calme que les autres jours et j'ai eu un peu honte de ma fébrilité.

— Vous avez encore du lait condensé ?

Il m'en désignait un plein casier.

— Combien en voulez-vous ?

— Douze boîtes.

Je m'attendais à ce qu'il refuse de m'en vendre autant. J'achetai aussi plusieurs paquets de chocolat, du jambon, un saucisson entier. Il n'y avait plus de normes, de points de repère. Personne n'était capable de dire ce qui deviendrait précieux ou non.

A onze heures, nous n'étions pas encore prêts et Jeanne nous retarda encore par ses vomissements. J'hésitai. J'avais pitié. Je me demandais si, dans son état, j'avais le droit de l'emmener vers l'inconnu. Elle ne protestait pas, allait et venait en heurtant son gros ventre aux meubles et au chambranle des portes.

— Les poules ! s'écria-t-elle soudain.

Peut-être espérait-elle confusément que nous allions rester à cause des poules, mais j'y avais pensé avant elle.

— M. Reversé les prendra avec les siennes.

— Ils ne partent pas ?

— Je cours le lui demander.

C'était sur le quai. Les Reversé avaient deux fils à la guerre, une fille religieuse dans un couvent de Givet.

— Nous sommes à la merci de la Providence, me dit le vieil homme. Si elle doit nous protéger, elle le fera aussi bien ici qu'ailleurs.

Sa femme, dans la pénombre, égrenait un chapelet. Je leur annonçai mon intention de leur donner mes poules et mon coq.

— Comment irai-je les chercher ?

— Je vous laisse la clef.

— C'est une grosse responsabilité.

Je faillis leur apporter les bêtes tout de suite, mais je pensais aux trains, à la foule assiégeant la gare, aux avions dans le ciel. Était-ce le moment de courir après les volailles ?

Je dus insister.

— Il est probable que nous ne retrouverons quand même rien de ce que nous laissons...

Je ne le regrettais pas. Cela me donnait au contraire une sorte de joie sombre, comme de détruire une chose qu'on a patiemment édifiée de ses mains.

Ce qui comptait, c'était de partir, de quitter Fumay. Peu importe si, ailleurs, d'autres dangers nous attendaient. C'était une fuite, certes, mais en ce qui me concernait, pas une fuite devant les Allemands, devant les balles ou les bombes, devant la mort.

Je jure, après y avoir bien réfléchi, que c'est ce que je ressentais. J'avais l'impression que, pour les autres, ce départ n'avait pas trop d'importance. Pour moi, je l'ai déjà dit, c'était l'heure de la rencontre avec le destin, l'heure d'un rendez-vous que j'avais depuis longtemps, depuis toujours avec le destin.

Jeanne reniflait en quittant la maison. Dans les brancards de la charrette à bras, je ne me retournai même pas. Comme je l'avais annoncé en fin de compte à M. Reversé, pour le décider à se charger de mes poules, je laissais la maison ouverte afin que les clients puissent venir reprendre leur poste s'ils en avaient l'envie. Simple honnêteté de ma part. Et, si on devait voler, n'aurait-on quand même pas défoncé la porte ?

Tout cela était dépassé. Je poussais ma charrette et Jeanne marchait sur le trottoir avec Sophie qui serrait sa poupée contre sa poitrine.

J'eus de la peine à me faufiler dans les encombrements et, à certain moment, je crus avoir perdu ma femme et ma fille, que je retrouvai un peu plus loin.

Une ambulance militaire passa à toute vitesse dans un grand bruit de sirène et, un peu plus loin, j'aperçus une auto belge qui portait des traces de balles.

D'autres, comme nous, marchaient vers la gare, chargés de valises, de ballots. Une vieille femme me demanda la permission de poser le sien sur ma charrette qu'elle se mit à pousser avec moi.

— Vous croyez qu'on aura encore un train ? Quelqu'un m'a dit que la ligne était coupée.

— Où ?

— Vers Dinant. Mon beau-fils, qui travaille à la voie, a vu passer un train de blessés.

Il y avait un certain égarement dans la plupart des regards mais cela venait surtout de l'impatience. On voulait partir. Il s'agissait d'arriver à temps. Chacun était persuadé qu'une partie de cette foule resterait en arrière et serait sacrifiée.

Ceux qui ne partaient pas couraient-ils plus de risques ? Derrière les vitres, des visages observaient les fuyards et il me semblait, en les regardant, qu'ils étaient empreints d'un calme comme glacé.

Je connaissais les bâtiments de la petite vitesse où j'allais souvent prendre livraison de colis. C'est de ce côté que je me suis dirigé, faisant signe aux miens de me suivre, et cela nous a permis d'avoir un train.

Il y en avait deux sur les voies. L'un était un train militaire où les soldats, débraillés, observaient la foule avec des yeux goguenards.

On ne montait pas encore dans l'autre. Pas tout le monde. Des gendarmes contenaient la foule. J'avais abandonné ma charrette à bras. Des jeunes femmes à brassard allaient et venaient, s'occupant des vieillards et des enfants.

L'une d'elles a remarqué le ventre de ma femme, notre fille qu'elle tenait par la main.

— Par ici.

— Mais, mon mari...

— Les hommes auront de la place plus tard dans les wagons de marchandises.

On ne discutait pas. On suivait le mouvement, bon gré mal gré. Jeanne se retournait, ne sachant plus ce qui lui arrivait, s'efforçant de m'apercevoir entre les têtes. Je criai :

— Mademoiselle ! Mademoiselle !

La jeune fille à brassard revint vers moi.

— Donnez-lui ça. C'est la nourriture de la petite.

C'était même toute la nourriture que nous avions emportée.

Je les vis monter dans une voiture de première classe et, du marchepied, Sophie m'adressa un signe de la main — enfin, dans ma direction, car elle ne pouvait plus me reconnaître parmi les centaines de têtes.

On me bousculait. Je tâtai ma poche pour m'assurer que mes lunettes de rechange s'y trouvaient toujours, ces lunettes qui avaient été mon éternel souci.

— Ne poussez pas ! criait un petit monsieur à moustaches.

Et un gendarme répétait :

— Ne poussez pas ! Le train ne partira quand même pas avant une heure !

2

Les dames et les demoiselles à brassard n'en finissaient pas d'embarquer les vieillards, les femmes enceintes, les enfants en bas âge et les infirmes dans les voitures de voyageurs et je n'étais pas le seul à me demander si, en fin de compte, il resterait de la place pour les hommes dans le train. Je n'envisageais pas sans ironie de voir ma femme et ma fille s'en aller tandis que je serais contraint à rester.

Ce sont les gendarmes qui en ont eu assez de résister à la poussée. Ils ont soudain rompu leur barrage et tout le monde s'est rué vers les cinq ou six wagons de marchandises accrochés en queue du convoi.

J'avais donné à Jeanne, à la dernière minute, en même temps que les provisions, la valise contenant les effets de la petite et une partie des siens. Il me restait une valise, la plus lourde, et, de l'autre main, je traînais tant bien que mal le coffre noir qui me heurtait les jambes à chaque pas. Je ne sentais pas la douleur. Je ne pensais à rien non plus.

Je me suis hissé, poussé par ceux qui me suivaient, m'efforçant de rester le plus près possible du panneau à glissières, et j'ai pu installer ma malle contre la cloison, m'asseoir dessus, essoufflé, la valise sur mes genoux.

Au début, je ne voyais que la moitié inférieure de mes compagnons, hommes et femmes, et ce n'est que plus tard que j'ai aperçu les visages. D'abord, j'ai cru que je n'en connaissais aucun et cela m'a surpris, car Fumay est une petite ville, cinq mille habitants environ. Il est vrai que des cultivateurs étaient venus des environs. Un quartier populeux, que je connaissais mal, s'était vidé.

Chacun s'installait en hâte, prêt à défendre sa part d'espace, et une voix a crié du fond du wagon :

— Complet ! Ne laissez plus monter, vous autres !

On entendit des rires nerveux, les premiers, qui apportèrent une certaine détente. Le premier contact devenait déjà moins dur. On commençait à s'installer dans la fuite, disposant les valises et les ballots autour de soi.

Les panneaux restaient ouverts des deux côtés du wagon et on regardait, sur le quai, sans s'y intéresser, la foule qui campait dans l'attente d'un prochain train, le buffet et la buvette pris d'assaut, les bouteilles de bière et de vin qu'on se passait de main en main.

— Dis donc, là-bas... Oui, toi, le rouquin... Tu ne pourrais pas m'apporter un litre ?

Un instant, j'ai pensé à aller voir comment ma femme et ma fille étaient installées, les rassurer par la même occasion en leur annonçant que j'avais trouvé une place ; je ne l'ai pas fait par crainte de ne pas la retrouver à mon retour.

Nous n'avons pas attendu une heure, comme le gendarme l'avait annoncé, mais deux heures et demie. Plusieurs fois le train a eu des soubresauts, les heurtoirs se sont entrechoqués et chaque fois nous retenions notre souffle, espérant qu'on se mettait enfin en route. Une des fois, il s'agissait d'ajouter des wagons au convoi.

Les hommes restés près des panneaux ouverts donnaient des nouvelles à ceux qui ne pouvaient rien voir.

— Ils ajoutent au moins huit voitures. Il y en a maintenant jusqu'au milieu de la courbe.

Une sorte de solidarité se créait entre ceux qui étaient casés et qui étaient plus ou moins sûrs de partir.

Un homme, descendu sur le quai, comptait les wagons.

— Vingt-huit ! annonçait-il.

Peu nous importaient ceux qui restaient en plan sur les quais et sur la place de la gare. La nouvelle ruée ne nous concernait plus et, au fond, nous aurions préféré que le train parte avant qu'elle se produise.

On vit une vieille dame qu'une infirmière poussait, dans une voiture de malade, vers les premières classes. Elle portait un chapeau mauve, une petite voilette blanche ; ses mains étaient gantées de fil blanc.

Plus tard, des brancards prirent la même direction et je me demandai si on n'allait pas faire descendre des personnes déjà installées car le bruit commençait à courir qu'on évacuait l'hôpital.

J'avais soif. Deux de mes voisins sautèrent à contre-voie, coururent vers le quai et revinrent avec des canettes de bière. Je n'osai pas les imiter.

Petit à petit, je m'habituais aux visages qui m'entouraient, des hommes âgés, pour la plupart, car les autres étaient mobilisés, des femmes du peuple et de la campagne, un gamin d'une quinzaine d'années qui avait un long cou maigre, la pomme d'Adam saillante, et une gamine de neuf ou dix ans dont la tresse était serrée par un lacet de soulier.

J'ai quand même reconnu quelqu'un, et même deux personnes. D'abord Fernand Leroy, avec qui je suis allé à l'école et qui est devenu commis à la librairie Hachette, à côté de la pâtisserie de ma belle-sœur.

De l'autre bout du wagon, où il était coincé, il m'a adressé un petit signe que je lui ai rendu bien que, depuis des années, je n'aie pas eu l'occasion de lui parler.

Quant au second, c'était un personnage pittoresque de Fumay, un vieil ivrogne que tout le monde appelait Jules et qui distribuait des prospectus à la sortie des cinémas.

J'ai mis du temps à identifier un troisième visage, plus près de moi pourtant, parce qu'il m'était caché la plupart du temps par un homme à la carrure double de la sienne. Il s'agissait d'une grosse fille d'une trentaine d'années, déjà en train de manger un sandwich, une certaine Julie, qui tenait un petit café près du port.

Elle portait une jupe de serge bleue trop serrée qui fronçait le long de ses cuisses et un chemisier blanc, cerné de sueur, à travers lequel on voyait son soutien-gorge.

Elle sentait la poudre, le parfum et je revois son rouge à lèvres déteindre sur le pain.

Le train militaire est parti vers le nord. Quelques minutes plus tard, on a entendu un convoi arriver sur la même voie et quelqu'un a lancé :

— Le voilà qui revient, à présent !

Ce n'était pas le même, mais un train belge encore plus bourré que le nôtre et seulement de civils. Il y en avait jusque sur les marchepieds.

Certains se sont jetés sur nos wagons. Les gendarmes, accourus, ont hurlé des ordres. Le haut-parleur s'est mis de la partie, annonçant que nul n'avait le droit de quitter sa place.

Des resquilleurs n'en sont pas moins parvenus à se faufiler à contre-voie, entre autres une jeune femme aux cheveux sombres, à la robe noire, couverte de poussière, qui ne portait aucun bagage et n'avait même pas de sac à main.

Elle s'est glissée timidement dans notre wagon, l'air triste, la figure pâle, et personne ne lui a rien dit. Des hommes se sont contentés d'échanger des clins d'yeux tandis qu'elle s'adossait dans un coin en se faisant toute petite.

Nous ne pouvions plus voir les autos et je suis sûr que nul d'entre nous ne s'en préoccupait. Ceux qui étaient près des portes ne regardaient que la portion de ciel visible, un ciel toujours aussi bleu, en se demandant si une escadrille allemande n'allait pas apparaître d'un instant à l'autre et bombarder la gare.

Le bruit se répandait, depuis l'arrivée du train belge, que des gares avaient été bombardées de l'autre côté de la frontière, certains disaient la gare de Namur.

Je voudrais être capable de rendre l'atmosphère et surtout l'état de surprise de notre wagon. Nous commencions, dans le train encore immobile, à former un petit monde à part, mais qui restait comme en suspens.

Séparé du reste, on aurait dit que notre groupe n'attendait qu'un signal, un coup de sifflet, un jet de vapeur, le bruit des roues sur les rails pour se replier tout à fait sur lui-même.

Et cela arriva enfin, alors qu'on commençait à ne plus y croire.

Qu'est-ce que mes compagnons auraient fait si on avait annoncé que la ligne était coupée, que les trains ne circulaient plus ? Seraient-ils rentrés chez eux avec leurs baluchons ?

Je crois, pour ma part, que je ne m'y serais pas résigné, que j'aurais plutôt marché le long du ballast. Il était trop tard pour retourner en arrière. La cassure s'était produite. L'idée de retrouver ma rue, ma maison, mon atelier, mon jardin, mes habitudes, les postes étiquetés qui attendaient dans les casiers que je les répare, me paraissait insupportable.

La foule des quais s'est mise à glisser lentement derrière nous et, pour moi, c'était comme si elle n'avait jamais existé, comme si la ville même où, sauf pendant les quatre ans de sana, j'avais passé ma vie, avait perdu sa réalité.

Je ne pensais pas à Jeanne et à ma fille assises dans leur voiture de première classe, plus loin de moi que si elles s'étaient trouvées à des centaines de kilomètres.

Je ne me demandais pas ce qu'elles faisaient, comment elles avaient supporté l'attente, ni si Jeanne avait eu de nouveaux vomissements.

Je m'inquiétais davantage de mes lunettes de rechange et, à chaque mouvement d'un de mes compagnons, protégeais ma poche avec la main.

Tout de suite après la sortie de la ville, ce fut, à gauche, la forêt domaniale de Manise, où nous avons si souvent passé sur l'herbe l'après-midi du dimanche. A mes yeux, ce n'était pas la même forêt, peut-être parce que je la voyais de la voie. Les genêts poussaient dru et le train roulait si lentement que je voyais les abeilles aller en bourdonnant de fleur en fleur.

Brusquement, on s'est arrêté et tout le monde s'est regardé avec la même crainte dans les yeux. Un cheminot courait le long de la voie. Il finit par crier des mots que je ne compris pas et le train s'ébranla.

Je n'avais pas faim. J'oubliais ma soif. Je regardais la verdure défiler à quelques mètres de moi, parfois à un mètre à peine, les fleurs sauvages, blanches, bleues, jaunes, dont j'ignorais le nom et qu'il me semblait voir pour la première fois. Le parfum de Julie m'arrivait par bouffées, surtout dans les courbes, mêlé à l'odeur forte mais pas désagréable de sa sueur.

Il en était de son café comme de mon magasin. Ce n'était pas tout à fait un vrai café. Des brise-bise, quand ils étaient tirés, empêchaient de distinguer quoi que ce soit à l'intérieur.

Le comptoir était tout petit, sans revêtement de métal, sans plonge derrière. L'étagère, avec cinq ou six bouteilles, n'était qu'une étagère de cuisine.

J'ai souvent jeté un coup d'œil en passant et je revois, sur le mur, à côté d'un coucou arrêté et de la loi sur l'ivresse publique, un calendrier-réclame représentant une jeune fille blonde, un verre de bière mousseuse à la main. Un verre en forme de coupe de champagne, cela m'a frappé.

C'est sans intérêt, je le sais. Je le note parce que j'y ai pensé à ce moment-là. Il régnait d'autres odeurs dans notre wagon, sans compter celle du wagon lui-même, qui avait transporté des bestiaux à un récent voyage et qui sentait la cour de ferme.

Certains de mes compagnons mangeaient du saucisson ou du pâté. Une paysanne avait emporté un énorme fromage dans lequel elle taillait avec un couteau de cuisine.

On n'échangeait encore que des regards curieux, qui restaient prudents, et seuls ceux qui venaient du même village ou du même quartier s'entretenaient à voix haute, surtout pour reconnaître les endroits par lesquels on passait.

— Tiens ! La ferme à Dédé ! Je me demande s'il est resté, Dédé. En tout cas, ses vaches sont au pré.

On traversait des haltes, des petites gares désertes où il y avait des corbeilles de fleurs sous les lampadaires et des affiches touristiques sur les murs.

— La Corse, t'as vu ? Pourquoi qu'on n'irait pas en Corse ?

Après Revin, on a roulé plus vite et, avant d'atteindre Monthermé, nous avons aperçu un four à chaux, retrouvé des rangs de maisons ouvrières.

La locomotive, au moment d'entrer en gare, a lancé un coup de sifflet aussi déchirant qu'un grand express. Dépassant les bâtiments, les quais grouillant de soldats, elle s'est arrêtée dans un décor de voies désertes et de cabines d'aiguillage.

Une pompe à eau, tout près de notre wagon, laissait tomber de grosses gouttes, une à une, et j'ai ressenti ma soif à nouveau. Un paysan, sautant du train, urinait sur le rail voisin, en plein soleil, l'œil fixé sur la locomotive. Cela faisait rire. On avait besoin de rire et certains lançaient, exprès, des plaisanteries. Le vieux Jules dormait, un litre entamé à la main, sa musette, qui contenait d'autres bouteilles, sur le ventre.

— Ils décrochent la machine, les gars ! annonça l'homme qui pissait.

Deux ou trois autres descendaient. Je n'osais toujours pas. Il me semblait que je devais me cramponner coûte que coûte, que c'était particulièrement important pour moi.

Un quart d'heure plus tard, une nouvelle locomotive nous tirait en sens inverse mais, au lieu de traverser Monthermé, nous nous engagions sur une voie secondaire longeant la Semois en direction de la Belgique.

J'avais fait l'excursion, jadis, avec Jeanne, avant qu'elle devienne ma femme. Je me demande même si ce n'est pas cette journée-là, un dimanche d'août, qui a décidé de notre sort.

Le mariage n'avait pas alors tout à fait le même sens pour moi que pour quelqu'un de normal. Y a-t-il jamais rien eu de vraiment normal dans ma vie depuis le soir où j'ai vu ma mère rentrer à la maison, nue et les cheveux coupés ?

Ce n'est pourtant pas cet événement qui m'a frappé. Sur le moment, je n'ai pas compris, ni cherché à comprendre. Depuis quatre ans, on mettait tant de choses sur le compte de la guerre qu'un mystère de plus n'était pas pour m'émouvoir.

Mme Jamais, notre propriétaire, était veuve et gagnait bien sa vie dans la couture. Elle s'est occupée de moi pendant une dizaine de jours, jusqu'au retour de mon père, que je n'ai pas reconnu tout de suite. Il portait encore l'uniforme, un uniforme différent de celui dans lequel il était parti ; sa moustache sentait le vin aigre ; ses yeux brillaient comme s'il avait un rhume de cerveau.

Je le connaissais à peine, en somme, et le seul portrait que nous avions de lui, sur le buffet, était celui pris avec ma mère le jour de leur mariage. Je me demande toujours pourquoi ils avaient tous les deux le visage de travers. Peut-être Sophie trouve-t-elle aussi que, sur notre photo de mariage, nous avons les traits de travers ?

Je savais qu'il était employé chez M. Sauveur, le marchand de grains et d'engrais chimiques dont les bureaux et les entrepôts, occupant une bonne partie du quai, étaient reliés par une voie privée à la gare de marchandises.

Ma mère m'avait montré M. Sauveur dans la rue, un homme plutôt petit, gros, très pâle, qui devait avoir alors soixante ans et qui marchait lentement, avec précaution, comme s'il craignait le moindre choc.

— Il a une maladie de cœur. Il peut tomber mort d'un moment à l'autre en pleine rue. A sa dernière crise, on l'a sauvé de justesse et il a fallu appeler ensuite un grand spécialiste de Paris.

Il m'est arrivé, gamin, de le suivre des yeux en me demandant si l'accident n'allait pas se produire devant moi. Je ne comprenais pas que, sous le coup d'une pareille menace, M. Sauveur puisse aller et venir comme tout le monde sans avoir l'air triste.

— Ton père est son bras droit. Il a débuté chez lui en faisant les courses, à l'âge de seize ans, et, maintenant, il a la signature.

La signature de quoi ? J'ai su plus tard que mon père était réellement fondé de pouvoir et que son poste était aussi important que ma mère l'avait prétendu.

Il a repris son emploi et nous nous sommes habitués petit à petit à vivre tous les deux dans notre appartement où il n'était jamais question de ma mère, bien que la photographie de mariage restât sur le buffet.

Il m'avait fallu un certain temps pour comprendre pourquoi l'humeur de mon père différait tant d'un jour à l'autre, parfois d'une heure à l'autre. Il pouvait se montrer tendre, sentimental, me prendre sur ses genoux, ce qui me gênait un peu, me dire, les larmes aux yeux, qu'il n'avait que moi au monde et que cela lui suffisait, que rien d'autre, sinon un fils, ne compte dans la vie...

Puis, quelques heures plus tard, il paraissait surpris de me trouver chez lui, me donnait des ordres comme à une servante, me rudoyant et me criant que je ne valais pas mieux que ma mère.

J'ai fini par entendre dire qu'il buvait, plus exactement qu'il s'était mis à boire, de chagrin, en ne retrouvant pas sa femme à son retour et en apprenant ce qui s'était passé.

Je l'ai cru longtemps. Ensuite, j'ai réfléchi. Je me suis rappelé le jour de son arrivée, ses yeux luisants, ses gestes saccadés, son odeur, les bouteilles qu'il est allé chercher tout de suite chez l'épicier.

J'ai surpris des bribes de phrases quand il parlait de la guerre avec ses amis et j'ai soupçonné que c'était au front qu'il avait pris l'habitude de l'alcool.

Je ne lui en veux pas. Je ne lui en ai jamais voulu, même quand, titubant, il ramenait chez nous une femme ramassée dans la rue et m'enfermait à clé dans ma chambre en grommelant des jurons.

Je n'aimais pas que Mme Jamais me cajole et me traite en victime. Je l'évitais. J'avais pris l'habitude de faire les courses après l'école, de préparer les repas, de laver la vaisselle.

Un soir, deux passants ont ramené mon père qu'ils avaient ramassé, inerte, sur le trottoir. J'ai voulu aller chercher un médecin mais ils ont prétendu que ce n'était pas utile, que mon père n'avait besoin que de cuver son vin. Je les ai aidés à le déshabiller.

M. Sauveur ne le gardait que par pitié, je le savais aussi. Plusieurs fois, il s'est fait injurier par son fondé de pouvoir qui, le lendemain, lui demandait pardon en pleurant.

Peu importe. Ce que j'ai voulu indiquer, c'est que je ne menais pas l'existence des enfants de mon âge et qu'à quatorze ans on a dû m'envoyer dans un sana au-dessus de Saint-Gervais, en Savoie.

En partant, seul dans mon train — c'était la première fois que je montais dans un train — j'étais convaincu que je ne reviendrais pas vivant. Cette idée ne me rendait pas triste et je commençais à comprendre la sérénité de M. Sauveur.

En tout cas, je ne serais jamais un homme comme un autre. Déjà, à l'école, ma mauvaise vue m'avait écarté de tous les jeux. Et voilà qu'en outre j'étais atteint d'une maladie considérée comme une tare, une maladie presque honteuse. Quelle femme accepterait de m'épouser ?

J'ai vécu quatre ans, là-haut, un peu comme ici dans le train ; je veux dire que le passé et l'avenir ne comptaient pas, ni ce qui se passait dans la vallée, à plus forte raison dans les villes lointaines.

Quand on m'a déclaré guéri et qu'on m'a renvoyé à Fumay, j'avais dix-huit ans. J'ai retrouvé mon père à peu près tel que je l'avais quitté, sauf que ses traits étaient plus mous, son regard triste et peureux.

En me voyant, il a guetté ma réaction et j'ai compris qu'il avait honte, qu'au fond il m'en voulait de mon retour.

Il me fallait une activité sédentaire. Je suis entré comme apprenti chez M. Ponchot, qui tenait le grand magasin de pianos, de disques et d'appareils de radio de la ville.

A la montagne, j'ai pris l'habitude de lire jusqu'à deux livres par jour et j'ai continué. Tous les mois, puis tous les trois mois, j'allais passer la visite chez un spécialiste de Mézières, me méfiant de ses bonnes paroles.

J'étais revenu à Fumay en 1926. Mon père est mort en 1934, d'une embolie, cependant que M. Sauveur tenait encore bon. Je venais de faire la connaissance de Jeanne, qui était vendeuse à la ganterie Choblet, à deux maisons de celle où je travaillais.

J'avais vingt-six ans ; elle en avait vingt-deux. Nous nous sommes promenés dans la rue, au crépuscule. Nous sommes allés ensemble au cinéma où je lui tenais la main puis, le dimanche après-midi, j'ai obtenu la permission de l'emmener à la campagne.

Cela me paraissait incroyable. Pour moi, elle n'était pas seulement une femme, mais le symbole de la vie normale, régulière.

Et c'est justement, j'en jurerais, au cours de cette excursion dans la vallée de la Semois, pour laquelle j'avais dû demander l'autorisation à son père, que j'ai acquis la certitude que c'était possible, qu'elle acceptait de m'épouser, de fonder une famille avec moi.

J'étais éperdu de reconnaissance. Je me serais volontiers mis à genoux à ses pieds. Si j'en parle si longuement, c'est pour souligner l'importance de Jeanne à mes yeux.

Or, dans mon wagon à bestiaux, je ne pensais pas à elle, enceinte de sept mois et demi, pour qui ce voyage devait être particulièrement pénible. Mon esprit était ailleurs. Je me demandai pourquoi on nous refoulait vers une ligne secondaire, qui ne menait nulle part, sinon dans un endroit plus dangereux que celui que nous venions de fuir.

Comme nous nous arrêtions en pleine campagne, près d'un passage à niveau qui coupait le chemin communal, j'entendis quelqu'un dire :

— Ils dégagent les voies pour laisser passer les troupes. Ils doivent avoir besoin de renforts, là-bas.

Le train ne bougeait plus. On n'entendait plus rien que, soudain, des chants d'oiseaux et le murmure d'une source. Un premier homme sauta sur le talus, puis un autre.

— Dites donc, chef, on en a pour longtemps, ici ?

— Une heure ou deux. A moins qu'on y passe la nuit.

— Le train ne risque pas de repartir sans avertissement ?

— La locomotive retourne à Monthermé, d'où on nous en enverra une autre.

Je me suis d'abord assuré qu'on décrochait réellement la machine, quand je la vis s'éloigner seule dans un paysage de bois et de prairies, je bondis sur le sol et, avant tout, allai boire à la source, dans le creux de ma main, comme quand j'étais enfant. L'eau avait le même goût que jadis, le goût de l'herbe et de mon propre corps surchauffé.

Il descendait des gens de toutes les voitures. Hésitant d'abord, puis plus désinvolte, je me mis à remonter le convoi en essayant de voir à l'intérieur.

— Papa !

Ma fille m'appelait en agitant la main.

— Où est ta mère ?

— Ici.

Deux femmes d'un certain âge bouchaient la vue et ne se seraient pas effacées pour tout l'or du monde, condamnant par leur mine l'agitation de ma fille.

— Ouvre, papa. Moi, je ne peux pas. Maman voudrait te parler.

Le wagon était d'un vieux modèle. Je parvins à ouvrir la portière, découvris huit personnes sur deux rangs, immobiles et renfrognées comme dans l'antichambre d'un dentiste. Ma femme et ma fille étaient les seules à n'avoir pas soixante ans et un vieillard, dans le coin opposé, était sûrement nonagénaire.

— Tu vas bien, Marcel ?

— Et toi ?

— Ça va. Je me demandais comment tu allais faire pour manger. Heureusement qu'on s'est arrêtés. C'est nous qui avons les provisions.

Coincée entre ses voisines aux hanches monumentales, elle pouvait à peine bouger et elle eut du mal à me tendre une baguette de pain ainsi que le saucisson entier.

— Mais vous deux ?

— Nous ne supportons pas l'ail, tu le sais bien.

— Il est à l'ail ?

Chez l'épicier, le matin, je ne m'en étais pas préoccupé.

— Comment es-tu installé ?

— Pas mal.

— Tu ne pourrais pas me trouver un peu d'eau ? On m'en a donné une bouteille, avant le départ, mais il fait si chaud ici que nous avons déjà tout bu.

Elle me tendit une bouteille que je courus remplir à la source. J'y trouvai, à genoux, se lavant le visage, la jeune femme en robe noire qui était montée à contre-voie après l'arrivée du train belge.

— Où avez-vous trouvé une bouteille ? me demanda-t-elle.

Son accent étranger n'était ni l'accent belge ni l'accent allemand.

— Quelqu'un l'a donnée à ma femme.

Elle n'insista pas, s'essuya avec son mouchoir et je repartis vers la voiture de première. Chemin faisant, je butai sur une bouteille à bière vide et fis demi-tour pour la ramasser comme un objet précieux. Ma femme s'y trompa.

— Tu bois de la bière ?

— Non. C'est pour y mettre de l'eau.

C'était curieux. Nous nous parlions comme des étrangers. Pas exactement : comme des parents éloignés qui ne se sont pas vus depuis longtemps et qui ne savent pas quoi se dire. N'était-ce pas à cause de la présence des vieilles femmes ?

— Je peux descendre, papa ?

— Si tu veux.

Ma femme s'inquiétait.

— Et si le train repartait ?

— Nous n'avons plus de locomotive.

— Alors, on va rester ici ?

Nous avons entendu à cet instant la première détonation, sourde, lointaine, qui ne nous en fit pas moins sursauter, et une des vieilles se signa en fermant les yeux comme à un coup de tonnerre.

— Qu'est-ce que c'est ?

— Je ne sais pas.

— On ne voit pas d'avions ?

Je regardai le ciel, aussi bleu que le matin, avec juste deux nuages dorés qui voguaient lentement.

— Ne la laisse pas s'éloigner, Marcel.

— Je ne la quitte pas des yeux.

Tenant Sophie par la main, je longeai les voies en cherchant une seconde bouteille et j'eus la chance d'en trouver une, plus grande que la première.

— Qu'est-ce que tu vas en faire ?

Je mentis à moitié.

— Des provisions.

Car j'étais en train de ramasser une troisième bouteille qui avait contenu du vin. Mon intention était d'en donner au moins une à la jeune femme en noir.

Je l'apercevais de loin, debout devant notre wagon, et sa robe de satin poussiéreuse, sa silhouette, ses cheveux fous semblaient étrangers à tout ce qui l'entourait. Elle se dégourdissait les jambes sans se préoccuper de ce qui se passait et je remarquai ses talons très hauts et très pointus.

— Ta mère n'a pas été malade ?

— Non. Il y a une femme qui parle tout le temps et qui prétend que le train sera sûrement bombardé. C'est vrai ?

— Elle n'y connaît rien.

— Tu crois qu'il ne sera pas bombardé ?

— J'en suis persuadé.

— Où est-ce qu'on va dormir ?

— Dans le train.

— Il n'y a pas de lits.

J'allai laver les trois bouteilles, les rinçant plusieurs fois pour enlever autant que possible le goût de la bière et du vin, et je les remplis d'eau fraîche.

Je retournai vers mon wagon, toujours accompagné de Sophie, tendis une des bouteilles à la jeune femme.

Elle me regarda avec étonnement, regarda ma fille, remercia d'un signe de tête et remonta dans le wagon pour aller mettre sa bouteille en sûreté.

Il n'y avait qu'une maison en vue, en dehors de celle du garde-barrière, une toute petite ferme, assez loin, à flanc de coteau, et, dans la cour, une femme en tablier bleu donnait à manger aux volailles comme si la guerre n'existait pas.

— C'est ici que tu es ? Sur le plancher ?

— Je m'assieds sur la malle.

Julie était aux prises avec un homme au teint rouge, aux cheveux gris et drus qui la regardait avec ambiguïté, et de temps en temps ils partaient tous les deux de cette sorte de rire qu'on surprend dans les tonnelles des guinguettes. L'homme, une bouteille de vin rouge à la main, faisait boire sa compagne au goulot. Elle avait des taches violettes sur son chemisier dans lequel ses gros seins tressautaient à chaque éclat de rire.

— Allons retrouver ta mère.

— Déjà ?

De nouvelles subdivisions commençaient à se dessiner. Il y avait d'un côté le monde des voitures de voyageurs et de l'autre le nôtre, celui des wagons à bestiaux et des wagons de marchandises. Jeanne et ma fille appartenaient à l'un, moi, au second, et je mettais inconsciemment une certaine hâte à écarter Sophie.

— Tu ne manges pas ?

Je mangeai, sur le ballast, devant la porte ouverte. Nous ne pouvions pas nous dire grand-chose, avec ces deux rangs de visages figés dont les yeux allaient de ma femme à moi et à ma fille.

— Tu crois qu'on repartira bientôt ?

— Ils doivent laisser passer les convois de troupes. Une fois la voie libre, ce sera notre tour. Tiens ! la locomotive arrive.

On l'entendait, on la voyait, solitaire, avec sa fumée blanche, qui suivait les courbes de la vallée.

— Retourne vite à ta place. J'ai si peur qu'on ne te l'ait prise !

Soulagé de m'en aller, j'embrassai Sophie, n'osai pas embrasser Jeanne devant tout le monde. Une voix acrimonieuse me lança :

— Vous pourriez refermer la portière !

Presque chaque dimanche, l'été, avec Jeanne d'abord, puis avec elle et ma fille, nous nous rendions à la campagne pour goûter, souvent pour déjeuner sur l'herbe.

Or, ce n'était pas l'odeur, le goût de cette campagne-là que je retrouvais aujourd'hui mais l'odeur et le goût de mes souvenirs d'enfant.

Depuis des années, je m'asseyais le dimanche dans une clairière, j'y jouais avec Sophie, je cueillais des fleurs pour lui tresser des couronnes, mais tout cela était comme neutre.

Pourquoi, aujourd'hui, le monde avait-il à nouveau sa saveur ? Jusqu'au bruissement des guêpes qui me rappelait celui d'autrefois, quand j'observais en retenant mon souffle une abeille qui tournait autour de ma tartine.

Les visages, à mon retour dans le wagon, me devenaient plus familiers. Une sorte de complicité naissait entre nous, nous faisant cligner de l'œil, par exemple, après avoir observé le manège de Julie et de son maquignon.

Je dis maquignon sans savoir. Les noms n'avaient pas d'importance, ni la profession exacte. Il avait l'air d'un maquignon et, à part moi, c'est ainsi que je le désignais.

Le couple se tenait par la taille et la grosse main du mâle s'écrasait sur le sein de Julie au moment où le convoi commençait à rouler après quelques sursauts.

La femme en noir, toujours collée à la cloison du fond, à deux mètres de moi, n'avait rien pour s'asseoir. Il est vrai que, elle, comme tant d'autres, elle aurait pu s'asseoir sur le plancher. Il y en avait même quatre, dans un coin, qui jouaient aux cartes comme autour d'une table d'auberge.

Nous avons retrouvé Monthermé et j'ai entrevu un peu plus tard l'écluse de Leverzy où une dizaine de péniches à moteur trépidaient sur l'eau éblouissante. Les mariniers n'avaient pas besoin de train, mais les écluses étaient là pour les arrêter et j'imaginais leur impatience.

Le ciel tournait au rose. Trois avions passaient, très bas, la cocarde tricolore rassurante. Ils étaient si près qu'on distingua le visage d'un des pilotes. Je jurerais qu'il nous a adressé le bonjour de la main.

A notre arrivée à Mézières, le crépuscule était tombé et notre train, sans pénétrer dans la gare, alla se ranger dans un désert de voies. Un militaire dont je n'ai pas vu le grade passa le long du convoi en criant :

— Attention ! Que personne ne descende ! Interdiction absolue de descendre du train.

Il n'y avait d'ailleurs pas de quai et un peu plus tard des canons montés sur des plates-formes passèrent à toute vitesse à ras de nous. Ils avaient à peine disparu que la sirène donnait l'alerte tandis que la même voix commandait :

— Que chacun reste à sa place. Il y a du danger à descendre du train. Que chacun...

On entendait maintenant le vrombissement d'un certain nombre d'appareils. La ville était sombre et, à la gare, toutes lumières éteintes, les voyageurs se précipitaient sans doute vers les souterrains.

Je ne pense pas que j'aie eu peur. Je restais assis sans bouger, à fixer les visages en face de moi, à écouter les bruits de moteurs qui devenaient plus forts puis qui semblaient s'éloigner.

Un grand silence a régné et notre train restait là, comme abandonné au milieu d'un réseau compliqué de voies où traînaient quelques wagons vides. Je revois entre autres un wagon-foudre portant en grosses lettres jaunes le nom d'un négociant en vins de Montpellier.

Malgré soi, on restait en suspens, sans rien dire, à attendre le signal de fin d'alerte qui ne fut donné que près d'une demi-heure plus tard. La main du maquignon, pendant tout ce temps, avait quitté la poitrine de Julie. Elle s'y posa à nouveau, plus insistante, et l'homme colla sa bouche à celle de sa voisine.

Une paysanne grommela :

— Si ce n'est pas honteux, devant une petite fille !

Et lui de répliquer, la bouche barbouillée de rouge à lèvres :

— Faudra bien qu'elle apprenne un jour, la petite fille ! T'as pas appris, toi, en ton temps ?

C'était un genre de grossièreté, de vulgarité auquel je n'étais pas habitué. Cela me rappelait le flot d'injures que ma mère déversait sur les jeunes gens qui la poursuivaient en riant. Je cherchai des yeux la fille brune. Elle regardait ailleurs comme si elle n'avait pas entendu et ne s'aperçut pas de mon attention.

Je n'ai jamais été ivre pour la bonne raison que je ne bois ni vin ni bière. Je suppose cependant qu'à la tombée de la nuit, j'étais à peu près dans l'état d'un homme qui a dépassé la dose.

Peut-être à cause du soleil de l'après-midi, dans la vallée à la source, mes paupières picotaient, brûlantes ; je me sentais les joues rouges, les membres engourdis, le cerveau vide.

J'ai sursauté quand quelqu'un, frottant une allumette pour regarder sa montre, a annoncé à mi-voix :

— Dix heures et demie...

Le temps passait à la fois vite et lentement. A vrai dire, il n'y avait plus de temps.

Les uns dormaient, d'autres s'entretenaient à voix basse. Je m'assoupis, pour ma part, sur la malle noire, ma tête contre la cloison, et plus tard, dans un demi-sommeil, tandis que le train était toujours immobile, entouré de nuit et de silence, j'eus conscience de mouvements rythmés, très près de moi. Je mis un certain temps à comprendre que c'était Julie et son compagnon qui faisaient l'amour.

Je n'en étais pas choqué, bien que, peut-être à cause de ma maladie, j'aie toujours été fort pudique. Je suivais le rythme comme une musique et j'avoue que, petit à petit, une image précise s'est formée dans mon esprit, que tout mon corps a été envahi d'une chaleur diffuse.

Quand je me suis rendormi, Julie murmurait, probablement à l'adresse d'un autre voisin :

— Non ! Pas maintenant.

Beaucoup plus tard, vers le milieu de la nuit, une série de chocs nous a secoués, comme si notre train manœuvrait. Des gens parlaient, allaient et venaient le long de la voie. Quelqu'un disait :

— C'est le seul moyen.

Et un autre :

— Je n'accepte que les ordres du commandant militaire.

Ils s'éloignaient en discutant et le train se mit en marche pour s'arrêter à nouveau après quelques minutes.

Je ne m'occupais plus de ces mouvements qui m'étaient incompréhensibles. Nous avions quitté Fumay et, du moment qu'on ne retournait pas en arrière, le reste m'était indifférent.

Il y eut des coups de sifflet, d'autres heurts de wagons, d'autres arrêts suivis de jets de vapeur.

J'ignore tout de ce qui se passa cette nuit-là à Mézières et ailleurs dans le monde, sinon qu'on se battait en Hollande et en Belgique, que des dizaines de milliers de gens s'élançaient sur les routes, que des avions, un peu partout, sillonnaient le ciel et que la D.C.A. se mettait parfois à tirer au petit bonheur.

Nous avons entendu des rafales, assez loin, un interminable convoi de camions sur une route qui devait passer à proximité de la voie.

Dans notre wagon, où l'obscurité était complète, des ronflements créaient une curieuse intimité. Parfois un dormeur courbaturé, ou en proie à un mauvais rêve, gémissait sans s'en rendre compte.

Lorsque j'ouvris définitivement les yeux, nous étions en mouvement et la moitié de mes compagnons étaient éveillés. Le jour pointait, laiteux, éclairant une campagne que je ne connaissais pas, des collines assez hautes avec des bois et de vastes clairières où des fermes étaient plantées.

Julie dormait, la bouche entrouverte, le corsage dégrafé. La jeune femme en robe noire était assise le dos à la cloison, une mèche de cheveux sur la joue. Je me demandai si elle était restée ainsi toute la nuit et si elle avait pu dormir. Son regard croisa le mien. Elle me sourit, à cause de la bouteille d'eau.

— Où sommes-nous ? demanda un de mes voisins en s'éveillant.

— Je ne sais pas, répondit celui qui se tenait devant la porte, les jambes pendantes. On vient de passer une gare qui s'appelle Lafrancheville.

On en passait une autre, toujours déserte et fleurie. Je lus sur le panneau bleu et blanc : Boulzicourt.

Le train amorçait une courbe, dans un paysage presque plat ; l'homme aux jambes pendantes retirait sa pipe de la bouche pour s'écrier comiquement :

— Merde !

— Quoi ?

— Les salauds ont raccourci le train !

— Qu'est-ce que tu dis ?

On se précipitait et, se retenant à deux mains, l'homme protestait :

— Poussez pas, vous autres ! Vous allez me flanquer sur la voie. Vous voyez bien qu'il n'y a plus que cinq wagons devant nous, non ? Alors, qu'est-ce qu'ils ont fait des autres ? Et où est-ce que je vais retrouver ma femme et les gosses, à présent ? Merde de merde de nom de Dieu !

3

— Je le savais bien, que la machine ne pourrait pas tirer autant de wagons. Ils ont fini par s'en apercevoir et ils ont été obligés de couper le train en deux.

— La première chose à faire aurait été de nous prévenir, non ? Qu'est-ce que les femmes vont devenir ?

— Peut-être qu'elles nous attendent à Rethel. Ou à Reims.

— A moins qu'on nous les rende, comme aux soldats, quand cette putain de guerre sera finie, si elle finit jamais !

J'essayais machinalement de démêler la part de comédie et de sincérité dans les lamentations et dans cette colère. N'était-ce pas surtout une sorte de jeu que ces hommes se jouaient eux-mêmes, parce qu'il y avait des témoins ?

Personnellement je n'étais pas ému, ni vraiment inquiet. Je restais à ma place, immobile, un peu saisi quand même. A certain moment, j'eus la sensation que des yeux cherchaient les miens avec insistance.

Je ne me trompais pas. Le visage de la femme en noir était tourné vers moi, plus pâle, dans le petit jour, plus brouillé que la veille. Du regard, elle s'efforçait de me transmettre un message de sympathie et, en même temps, je croyais deviner une question.

Je traduisis par : « Comment supportez-vous le choc ? Est-ce que cela vous fait très mal ? »

Cela m'embarrassait. Je n'osais pas lui montrer ma quasi-indifférence, qu'elle aurait mal interprétée. Je pris donc un air triste, mais sans trop. Elle m'avait vu sur la voie avec ma fille et avait dû en déduire que ma femme m'accompagnait aussi. Pour elle, je venais de les perdre toutes les deux, provisoirement, mais néanmoins de les perdre.

« Courage ! » me disaient ses yeux bruns par-dessus les têtes.

A quoi je répondais par un sourire de malade qu'on essaie de réconforter par de bonnes paroles et qui n'en a pas moins mal. Je suis presque certain que, si nous avions été plus près l'un de l'autre, elle m'aurait serré furtivement la main.

En me comportant de la sorte, je n'avais pas l'intention de la tromper, comme on pourrait le croire, mais ce n'était pas le moment, avec toutes ces têtes entre nous, de lui expliquer ce que je ressentais.

Plus tard, si les hasards du voyage nous rapprochaient et si elle m'en donnait l'occasion, je lui dirais la vérité, dont je n'avais pas honte.

Je n'étais pas plus surpris par ce qui nous arrivait que je ne l'avais été, la veille, d'apprendre l'invasion de la Hollande et des Ardennes. Au contraire ! Mon idée que c'était une affaire entre le sort et moi n'en était que renforcée. Cela se précisait. On me séparait de ma famille, ce qui constituait bel et bien une atteinte personnelle.

Le ciel s'éclaircissait vite, aussi pur, aussi candide que la veille quand, dans mon jardin, je donnais à manger aux poules sans savoir que c'était la dernière fois.

Le souvenir de mes poules m'attendrissait, l'image de Nestor, la crête cramoisie, se débattant farouchement quand le vieux M. Reversé essayerait de le saisir.

J'imaginais la scène, entre les deux murs bas passés à la chaux, les battements d'ailes, les plumes blanches qui volaient, les coups de bec et M. Matray, peut-être, s'il avait été empêché de partir, montant sur sa caisse pour regarder par-dessus le mur et donner des conseils comme à son habitude.

Cela ne m'empêchait pas de penser en même temps à cette femme qui venait de me témoigner de la sympathie alors que je n'avais fait que lui donner une bouteille vide ramassée sur la voie.

Pendant qu'elle était occupée à arranger ses cheveux avec ses doigts mouillés de salive, je me demandais à quelle catégorie elle appartenait. Je ne trouvais pas de réponse. Au fond, cela m'était égal et l'idée me venait enfin de lui tendre le peigne que j'avais en poche tandis que le voisin que je dérangeais me lançait une œillade.

Il se trompait. Je ne le faisais pas pour ça.

On roulait assez lentement et nous étions loin de toute agglomération quand on commença à entendre un bourdonnement régulier qu'on ne situait pas tout de suite, qui n'était au début qu'une vibration de l'air.

— On les voit ! s'écria l'homme à la pipe, les jambes toujours dans le vide.

Pour quelqu'un qui n'avait pas le vertige, il occupait la meilleure place.

J'ai su après qu'il était monteur en charpentes métalliques.

En me penchant, je les ai vus aussi, car je n'étais pas loin du panneau à glissières. L'homme comptait :

— Neuf... dix... onze... douze... Ils sont douze... Sans doute ce qu'ils appellent une escadrille... Si c'était la saison et s'ils ne faisaient pas de bruit, je jurerais que ce sont des cigognes...

Moi, j'en comptais onze, haut dans le ciel. A cause d'un effet de lumière, ils paraissaient blancs, lumineux, et ils formaient un V régulier.

— Qu'est-ce qu'il fabrique, celui-là ?

Collés les uns contre les autres, nous regardions en l'air quand j'ai senti la main de la femme sur mon épaule où elle pouvait fort bien l'avoir mise par inadvertance.

Le dernier avion d'un jambage du V venait de se détacher des autres et semblait piquer vers le sol, au point que notre première idée a été qu'il tombait. Il grossissait à une rapidité inouïe, descendant en spirale, cependant que les autres, au lieu de continuer leur course vers l'horizon, amorçaient un grand cercle.

Le reste s'est passé si vite que nous n'avons pas eu le temps d'avoir vraiment peur. L'appareil en piqué avait disparu de notre vue, mais nous entendions son grondement menaçant.

Une première fois, il passa au-dessus du train, dans toute sa longueur, de l'avant à l'arrière, si bas que notre réflexe fut de nous baisser.

Il ne s'éloigna que pour recommencer sa manœuvre avec la différence que, cette fois, nous entendions au-dessus de nos têtes le tac-à-tac de la mitrailleuse et d'autres bruits, comme si du bois éclatait.

Il y eut des cris, chez nous et ailleurs. Le train roula encore un peu, puis, comme un animal blessé, s'arrêta après quelques secousses.

Pendant un certain temps, ce fut le grand silence, celui de la peur, que j'affrontais pour la première fois, et sans doute ne respirais-je pas plus que mes compagnons.

Pourtant, je regardais toujours le spectacle dans le ciel, l'appareil qui remontait en flèche, ses deux croix gammées visibles, la tête du pilote qui nous lançait un dernier coup d'œil et les autres, là-haut, tournant en rond jusqu'à ce qu'il reprenne sa place.

— Salaud !

J'ignore de quelle poitrine le mot jaillit. Il nous soulagea tous et nous arracha à notre immobilité.

La petite fille pleurait. Une femme répétait en poussant devant elle, avec l'air de ne pas savoir ce qu'elle disait :

— Laissez-moi passer... Laissez-moi passer...

— Vous êtes blessée ?

— Mon mari...

— Où est-il, votre mari ?

On cherchait machinalement une forme étendue sur le plancher.

— Dans l'autre wagon... Celui qui a été touché... Je l'ai entendu...

Hagarde, elle se laissa glisser sur les gros cailloux du ballast, se mit à courir en criant :

— François !... François !...

Nous n'étions beaux ni les uns ni les autres et nous n'avions pas envie de nous regarder. Il me parut, quant à moi, que tout se déroulait au ralenti, ce n'est peut-être qu'une illusion. J'ai aussi le souvenir comme de zones de silence autour des bruits isolés qui n'en prenaient que plus de relief.

Un homme, puis un autre, un troisième descendirent et leur premier réflexe fut de pisser sans prendre la peine de s'éloigner, voire, pour l'un d'eux, de nous tourner le dos.

Plus loin s'élevait une lamentation continue, une sorte de hululement animal.

Quant à Julie, elle se levait, le corsage jailli de sa jupe fripée, et prononçait avec l'air d'une femme saoule :

— Eh bien, mon cochon !

Elle le répéta deux ou trois fois ; peut-être le répétait-elle encore quand je descendis à mon tour et aidai la femme en noir à se laisser glisser sur le sol.

Pourquoi est-ce à ce moment-là que je lui ai demandé :

— Comment vous appelle-t-on ?

Elle n'a pas trouvé la question stupide, ni déplacée, puisqu'elle a répondu :

— Anna.

Elle ne s'informait pas de mon nom. Je lui dis quand même :

— Moi, c'est Marcel. Marcel Féron.

J'aurais bien voulu uriner comme les autres. Je n'osais pas, à cause d'elle, et cela me faisait mal de me retenir.

Il y avait un pré, en contrebas de la voie, avec de l'herbe très haute, des fils de fer barbelés et, à cent mètres, une ferme blanche où on ne voyait personne. Des poules, autour d'un tas de fumier, s'étaient mises à caqueter toutes ensemble, l'air agité comme si elles avaient eu peur aussi.

Les occupants des autres wagons étaient descendus, aussi déroutés, aussi gauches que nous.

Devant une des voitures, le groupe était plus serré, plus grave. Des visages se détournaient.

— Une femme a été blessée, par là, vint nous annoncer quelqu'un. Je suppose qu'il n'y a pas de médecin parmi vous ?

Pourquoi la question me parut-elle grotesque ? Les médecins voyagent-ils dans les fourgons à bestiaux ? L'un de nous pouvait-il passer pour un docteur ?

Tout au bout du convoi, le chauffeur de la locomotive, le visage et les mains noirs, faisait de grands gestes avec les bras et on apprit un peu plus tard que le mécanicien avait été tué d'une balle en plein visage.

— Ils reviennent ! Ils reviennent !

Le cri s'étranglait. Tout le monde imitait les premiers qui avaient eu l'idée de se jeter à plat ventre dans le pré, au pied du remblai.

J'ai fait comme les autres ; Anna aussi qui, maintenant, me suivait comme un chien sans maître.

Les avions, là-haut, décrivaient un nouveau cercle, un peu plus à l'ouest, et, cette fois, nous n'avons rien perdu de la manœuvre. Nous avons vu un appareil descendre en vrille, se redresser au moment où il semblait devoir s'écraser sur le sol, voler en rase-mottes, remonter et virer sur l'aile pour refaire le même chemin en déclenchant le tir de sa mitrailleuse.

Il était à deux ou trois kilomètres de nous. Nous ne voyions pas l'objectif, caché par un bois de sapins, peut-être un village, ou une route. Et déjà il remontait pour rejoindre le troupeau qui l'attendait là-haut et le suivre vers le nord.

Je suis allé, comme les autres, regarder le mécanicien mort, une partie du corps sur la plate-forme, près du foyer resté ouvert, la tête et les épaules pendant dans le vide. Il n'y avait plus de visage, rien qu'une masse noire et rouge d'où le sang suintait en grosses gouttes qui s'écrasaient sur les pierres grises du ballast.

C'était mon premier mort de la guerre. C'était presque mon premier mort, en dehors de mon père dont on avait fini la toilette quand je suis rentré à la maison.

J'avais mal au cœur et m'efforçais de ne pas le laisser voir, parce qu'Anna était près de moi et qu'à ce moment elle m'a pris le bras aussi naturellement qu'une jeune fille qui se promène dans la rue avec son amoureux.

Je crois qu'elle était moins impressionnée que moi. Et pourtant je l'étais moins moi-même que je n'aurais pensé l'être. Au sana, où il y avait souvent des morts, on évitait de nous les laisser voir. Les infirmières s'y prenaient à temps, venaient chercher un malade dans un lit, parfois au beau milieu de la nuit. Nous savions ce que cela voulait dire.

Il y avait une chambre spéciale pour mourir, une autre, dans le sous-sol, où l'on gardait le corps jusqu'à ce que la famille le réclame ou jusqu'à ce qu'on l'enterre dans le petit cimetière du pays.

Ces morts-là étaient différentes. Il n'y avait pas le soleil, l'herbe, les fleurs, les poules qui caquetaient, les mouches qui volaient autour de nos têtes.

— On ne peut pas le laisser là.

Les hommes se regardaient. Il y en eut deux, d'un certain âge, pour donner un coup de main au chauffeur.

Je ne sais pas où ils ont mis le mécanicien. En descendant le long du train, j'ai aperçu des trous dans les parois, des éraflures allongées qui montraient le bois aussi clair que quand on abat un arbre.

Une femme avait été blessée, son épaule, paraît-il, presque arrachée. C'est elle qu'on entendait gémir comme une accouchée. Seules d'autres femmes l'entouraient, surtout des femmes âgées, car les hommes, gênés, s'éloignaient en silence.

— C'est laid à voir.

— Qu'est-ce qu'on va faire ? Rester ici jusqu'à ce qu'ils reviennent nous canarder ?

Je vis un vieux, assis par terre, un mouchoir ensanglanté sur le visage. Une bouteille, atteinte par une balle, lui avait éclaté dans la main et des éclats de verre lui avaient labouré les joues. Il ne se plaignait pas. On ne voyait que ses yeux qui n'exprimaient qu'une sorte de stupeur.

— On a trouvé quelqu'un pour la soigner.

— Qui ?

— Une sage-femme, dans le train.

Je l'ai aperçue, une petite vieille revêche, au corps dru, au chignon planté au sommet de la tête. Elle n'appartenait pas à notre wagon.

Sans s'en rendre compte, on se regroupait par wagons et, devant le nôtre, l'homme à la pipe continuait à protester sans conviction. Il était un des rares à n'être pas allé voir le mécanicien mort.

— Qu'est-ce qu'on attend, bon sang ? N'y a-t-il donc pas un cornard capable de faire marcher cette foutue machine ?

Je me souviens de quelqu'un qui remontait sur le ballast en portant par les pattes un poulet mort et s'asseyait pour le déplumer. Je ne cherchais pas à comprendre. Puisque rien ne se passait comme dans la vie courante, tout devenait naturel.

— Le chauffeur cherche un costaud pour alimenter la chaudière pendant qu'il essayera de remplacer le mécanicien. Il croit qu'il pourra. Ce n'est pas comme si le trafic était normal.

Contre toute attente, le maquignon s'est porté volontaire, sans en faire un plat. Cela semblait l'amuser, comme les spectateurs qui montent sur la scène à l'appel d'un illusionniste.

Il retira son veston, sa cravate, sa montre-bracelet qu'il confia à Julie avant de se diriger vers la locomotive.

Le poulet à moitié nu pendait à une tringle du plafond. Trois de nos compagnons, suants, le souffle court, revenaient avec des bottes de paille.

— Faites de la place, les gars.

Le jeune homme d'une quinzaine d'années apportait, lui, de la ferme abandonnée, une casserole en aluminium et une poêle à frire.

D'autres n'étaient-ils pas en train d'en faire autant chez moi ?

Des reparties loufoques me reviennent, qui nous faisaient rire malgré nous.

— Pourvu qu'il ne flanque pas le train en bas du talus.

— Et les rails, idiot ?

— On voit des trains qui déraillent, non, même en temps de paix ? Alors ? Lequel de nous deux est idiot ?

Un groupe s'est encore agité un certain temps autour de la locomotive et cela a été une surprise d'entendre enfin celle-ci siffler comme un train ordinaire. Nous repartions lentement, presque au pas, sans un heurt, avant de prendre peu à peu de la vitesse.

Dix minutes plus tard, on est passés devant une route qui enjambait la voie et qui était encombrée de carrioles et de bestiaux, avec, par-ci par-là, des autos qui essayaient de se dépêtrer. Deux ou trois paysans levèrent la main pour nous saluer, plus graves, plus sombres que nous, et il m'a semblé qu'ils nous regardaient avec envie.

Plus tard, on a vu une route qui resta un certain temps parallèle à la voie, avec des camions militaires allant dans les deux sens et des motos qui se faufilaient en pétaradant.

Je suppose, mais je ne m'en suis pas assuré par la suite, que c'était la départementale d'Aumagne à Rethel. En tout cas, nous approchions de Rethel, à en croire les signaux et les maisons plus nombreuses dans le paysage, la sorte de maisons qu'on trouve autour des villes.

— Vous venez de Belgique ?

Je ne trouvais rien d'autre à dire à Anna assise à côté de moi sur le coffre.

— De Namur. Ils ont décidé, au beau milieu de la nuit, de nous libérer. Il aurait fallu attendre le matin pour avoir nos affaires, car personne n'avait la clef de l'endroit où ils les enferment. J'ai préféré courir vers la gare et sauter dans le premier train.

Je n'ai pas bronché. Peut-être, malgré moi, ai-je paru surpris, puisqu'elle a ajouté :

— J'étais à la prison des femmes.

Je ne lui ai pas demandé pourquoi. Cela me paraissait presque naturel. Ce n'était pas plus extraordinaire, en tout cas, que de me trouver ici dans un wagon à bestiaux, ma femme et ma fille dans un autre train, Dieu sait où, d'avoir vu un mécanicien mort sur la locomotive et, ailleurs, un vieil homme blessé par une bouteille qu'une balle de mitrailleuse lui avait fait éclater dans la main. Tout était naturel, désormais.

— Vous êtes de Fumay, vous ?

— Oui.

— C'était votre fille ?

— Oui. Ma femme est enceinte de sept mois et demi.

— Vous allez la retrouver à Rethel.

— Peut-être.

Les autres, qui avaient été soldats et qui s'y entendaient mieux que moi, arrangeaient la paille sur le plancher en prévision de la nuit suivante. Cela formait une sorte de grand lit commun. Certains s'y étendaient déjà. Les joueurs de cartes se passaient une bouteille d'eau-de-vie qui ne sortait pas de leur cercle.

On entrait dans Rethel et là, tout à coup, pour la première fois, nous prenions conscience de ne plus être des hommes comme les autres, mais des réfugiés. Je dis nous, encore que je n'aie pas reçu de confidences de mes compagnons. Je crois pourtant qu'en si peu de temps nous en étions arrivés à réagir plus ou moins de la même façon.

C'était le même genre de lassitude, par exemple, qu'on lisait sur les visages, une lassitude fort différente de celle qu'on ressent après une nuit de travail ou d'insomnie.

Nous n'en étions peut-être pas arrivés à l'indifférence, mais chacun avait renoncé à penser soi-même.

Penser quoi, d'ailleurs ? Nous ne savions rien. Ce qui se passait n'était pas à notre échelle et il était inutile de réfléchir ou de discuter.

Tout au long de je ne sais combien de kilomètres, par exemple, je me suis tracassé au sujet des gares. Les petites gares, les haltes, je l'ai dit, étaient vides, sans même un employé pour en surgir au passage du train avec son sifflet et son drapeau rouge. Les plus importantes, par contre, regorgeaient de monde et il fallait établir des services d'ordre sur les quais.

J'ai fini par trouver une réponse qui me paraît la bonne : c'est que les trains omnibus étaient supprimés.

Il en était de même pour les routes, certaines, désertes, ayant probablement été interdites à la circulation pour des raisons militaires.

Quelqu'un de Fumay, que je ne connaissais pas, m'a affirmé, ce matin-là justement, alors que j'étais assis à côté d'Anna, qu'il existait un plan d'évacuation de la ville et qu'il avait vu une affiche à la mairie.

— Des trains spéciaux ont été prévus, qui doivent emmener les réfugiés dans des villages d'accueil où tout est arrangé pour les recevoir.

C'est possible. Je n'ai pas vu l'affiche. Je mettais rarement les pieds à la mairie et, quand nous sommes arrivés à la gare, ma femme, Sophie et moi, nous avons sauté dans le premier train venu.

Ce qui m'a fait penser que mon voisin avait raison, c'est qu'à Rethel des infirmières, des boy-scouts et tout un service d'accueil nous attendaient. Des civières étaient préparées, comme si on savait déjà ce qui nous était arrivé, mais j'ai appris un peu plus tard que notre train n'était pas le premier à avoir été mitraillé en route.

— Et nos femmes ? Nos gosses ? se mettait à crier l'homme à la pipe, avant même l'arrêt complet.

— D'où venez-vous ? questionnait une dame en blanc, d'un certain âge, appartenant sûrement à la bonne société.

— Fumay.

Je comptai au moins quatre trains dans la gare. Il y avait de la foule plein les salles d'attente et derrière les barrières, car on avait dressé des barrières comme pour les cortèges officiels. Cela grouillait de militaires, d'officiers.

— Où sont les blessés ?

— Mais ma femme, tonnerre ?

— Elle était peut-être dans le train qui a été dirigé sur Reims.

— Quand ?

Plus son interlocutrice était douce, plus il se montrait agressif, hargneux, exprès, car il commençait à se sentir des droits.

— Il y a environ une heure.

— Il n'aurait pas pu nous attendre ?

Des larmes lui venaient aux yeux car il était quand même inquiet et peut-être avait-il besoin de se sentir malheureux. Cela ne l'empêcha pas, quelques minutes plus tard, de se jeter sur les sandwiches que des jeunes filles passaient dans de grands paniers de wagon en wagon.

— Combien a-t-on le droit d'en prendre ?

— A votre faim. C'est inutile d'en faire des provisions. Vous en trouverez des frais à la prochaine gare.

On nous servait des bols de café chaud. Une infirmière passait en demandant :

— Pas de blessés, de malades ?

Des biberons étaient prêts et une ambulance attendait au bout du quai. Sur la voie voisine, un train de Flamands semblait sur le point de partir. Ceux-là avaient mangé et nous regardaient curieusement dévorer les sandwiches.

Les Van Straeten sont d'origine flamande, installés à Fumay depuis trois générations et ne parlant plus leur langue originelle. Aux ardoisières, pourtant, on appelle encore mon beau-père le Flamand.

— En voiture ! Attention...

Jusqu'ici, on nous avait retenus des heures entières dans les gares ou n'importe où sur des voies de garage. A présent, on nous expédiait aussi vite que possible, comme si on avait hâte de se débarrasser de nous.

Je n'ai pas pu lire, parce qu'il y avait trop de monde sur le quai, les titres des journaux, au kiosque. Je sais seulement qu'il y en avait un très gros avec le mot « troupes ».

Nous étions en marche et une jeune fille à brassard courait encore le long du train pour distribuer ses derniers chocolats. Elle en lança une poignée dans notre direction. Je parvins à en saisir un pour Anna.

Nous allions retrouver les mêmes centres d'accueil à Reims et ailleurs. Le maquignon avait repris sa place parmi nous après avoir eu le droit de se laver dans les toilettes de la gare et il faisait figure de héros. J'entendis Julie l'appeler Jef. Il tenait à la main une bouteille de

Cointreau achetée au buffet en même temps que deux oranges dont le parfum se répandait dans le wagon.

C'est entre Rethel et Reims, vers la fin de l'après-midi, car on ne roulait pas vite, qu'une paysanne s'est levée en grommelant :

— Tant pis ! Je ne vais quand même pas me rendre malade.

S'approchant de la porte ouverte, elle a posé une boîte de carton sur le plancher, s'est accroupie et a fait ses besoins en parlant toujours entre ses dents.

Cela aussi était un signe. Les conventions cédaient, en tout cas celles qui avaient encore cours la veille. Aujourd'hui, personne ne protestait en voyant le maquignon sommeiller la tête sur le ventre rebondi de Julie.

— Vous n'avez pas une cigarette ? me demanda Anna.

— Je ne fume pas.

On me l'avait défendu au sana et l'envie ne m'en était pas venue par la suite. Mon voisin lui en passa une. Je n'avais pas d'allumettes sur moi non plus et, à cause de la paille, j'étais inquiet de la voir fumer, alors que d'autres fumaient depuis la veille. Peut-être était-ce une sorte de jalousie de ma part, un déplaisir que je ne m'explique pas.

Nous sommes restés longtemps arrêtés dans un faubourg de Reims, à regarder l'arrière des maisons, et, en gare, on nous annonça que notre train partirait dans une demi-heure.

Ce fut la ruée vers le buffet, les toilettes, le bureau de renseignements, où personne n'avait entendu parler de femmes, d'enfants et de malades d'un train en provenance de Fumay.

Des trains, il en passait sans cesse, dans tous les sens, convois de troupes, de munitions, de réfugiés, et je me demande encore comment il n'y a pas eu plus d'accidents.

— Votre femme vous a peut-être laissé un message ? suggéra Anna.

— Où ?

— Pourquoi ne demandez-vous pas à ces dames ?

Elle désignait les infirmières, les jeunes femmes du service d'accueil.

— Quel nom dites-vous ?

La plus âgée tirait de sa poche un calepin où on voyait des noms écrits par des mains différentes, souvent maladroites.

— Féron ? Non. C'est une Belge ?

— Elle est de Fumay, accompagnée d'une petite fille de quatre ans qui a une poupée vêtue de bleu dans les bras.

J'étais sûr que Sophie n'avait pas lâché sa poupée.

— Elle est enceinte de sept mois et demi, continuai-je avec effort.

— Voyez donc l'infirmerie, pour le cas où elle ne se serait pas sentie bien.

C'était un bureau qu'on avait transformé et qui sentait le désinfectant.

Non ! On avait reçu un certain nombre de femmes enceintes. L'une d'elles avait dû être transportée d'urgence à la maternité pour accoucher, mais elle ne s'appelait pas Féron et sa mère était avec elle.

— Vous êtes inquiet ?

— Pas trop.

J'étais sûr d'avance que Jeanne ne me laisserait pas de message. Ce n'était pas dans son caractère. L'idée de déranger une de ces dames distinguées, d'écrire son nom dans un carnet, d'attirer l'attention sur elle ne lui serait pas venue.

— Pourquoi portez-vous si souvent la main à votre poche gauche ?

— A cause de mes lunettes de rechange. J'ai peur de les perdre ou de les casser.

On nous a encore distribué des sandwiches, une orange par personne, servi du café avec du sucre à volonté. Certains en ont mis des morceaux dans leur poche.

Apercevant une pile d'oreillers dans un coin, j'ai demandé s'il était possible d'en louer deux et on m'a répondu qu'on ne savait pas, que la préposée était absente, qu'elle ne reviendrait que dans une heure.

Alors, un peu gauche, j'ai pris deux oreillers et, quand je suis remonté dans le wagon, mes compagnons se sont précipités pour aller chercher les autres.

Lorsque j'y pense, je m'étonne que, pendant cette longue journée, Anna et moi ne nous soyons presque rien dit. Comme d'un commun accord, nous ne nous quittions pas. Même quand nous nous sommes séparés, à Reims, pour nous rendre aux toilettes, chacun de notre côté, je l'ai retrouvée qui m'attendait devant la porte des hommes.

— J'ai acheté un savon, m'a-t-elle annoncé avec une joie enfantine.

Elle sentait la savonnette et ses cheveux, qu'elle avait mouillés pour les coiffer, restaient humides.

Je pourrais compter le nombre de fois que j'avais pris le train avant ce voyage-là. La première à quatorze ans, pour aller à Saint-Gervais, on m'avait remis une carte avec mon nom, ma destination et une note disant :

« En cas d'accident ou de difficultés, prière de s'adresser à Mme Jacques Delmotte, Fumay, Ardennes. »

Quatre ans plus tard, quand je suis revenu chez moi, âgé de dix-huit ans, je n'avais plus besoin d'un billet de ce genre.

Par la suite, je ne suis jamais allé qu'à Mézières, périodiquement, pour voir le spécialiste et passer à la radioscopie.

Mme Delmotte était ma bienfaitrice, comme disaient les gens, et j'avais fini par adopter ce mot-là aussi. Je ne me rappelle pas les circonstances dans lesquelles elle a été amenée à s'occuper de moi. C'était peu de temps après la guerre de 1914 et je n'avais pas encore onze ans.

On avait dû lui raconter la fuite de ma mère, la conduite de mon père, ma situation d'enfant quasi abandonné.

A cette époque-là, je fréquentais le patronage et, un dimanche, notre vicaire, l'abbé Dubois, m'a annoncé qu'une dame m'invitait à goûter avec elle le jeudi suivant.

Je connaissais, comme tout Fumay, le nom de Delmotte, puisque la famille est propriétaire des principales ardoisières et que, par conséquent, chacun, dans la ville, dépend d'eux plus ou moins directement. Ces Delmotte-là, dans mon esprit, c'étaient les Delmotte-patrons.

Mme Jacques Delmotte, elle, âgée alors d'une cinquantaine d'années, était la Delmotte-bonnes-œuvres.

Ils étaient tous frères, sœurs, beaux-frères ou cousins ; leur fortune avait une origine commune, mais ils n'en formaient pas moins deux clans distincts.

Mme Delmotte, comme certains le prétendaient, avait-elle honte de la dureté de sa famille ? Veuve de bonne heure, elle avait fait de son fils un médecin et il avait été tué au front.

Depuis, elle vivait, en compagnie de deux servantes, dans une grande maison de pierre où elle passait ses après-midi dans la loggia. De la rue, on la voyait tricoter pour les vieillards de l'asile, en robe noire ornée d'un étroit col de dentelle blanche. Menue et rose, elle répandait une odeur sucrée.

C'est dans la loggia qu'elle m'a fait boire du chocolat et manger des gâteaux en me posant des questions sur l'école, mes camarades, ce que j'aimerais devenir plus tard, etc. Évitant de parler de ma mère et de mon père, elle m'a demandé si cela me plairait de servir la messe, de sorte que j'ai été enfant de chœur pendant deux ans.

Elle m'invitait presque chaque jeudi et parfois un autre petit garçon ou une petite fille partageait notre goûter. On servait invariablement des gâteaux secs faits à la maison, de deux sortes, les uns, d'un jaune clair, au citron, les autres bruns, aux épices et aux amandes.

Je me souviens encore de l'odeur de la loggia, de la chaleur, en hiver, qui n'y était pas la même qu'ailleurs et qui me paraissait plus subtile et plus enveloppante.

Mme Delmotte est venue me voir quand j'ai eu ce qu'on a d'abord pris pour une pleurésie sèche et c'est elle, dans sa voiture conduite par Désiré, qui m'a conduit chez un spécialiste de Mézières.

Trois semaines plus tard, grâce à elle, j'étais admis dans un sanatorium où je n'aurais pas trouvé de place sans son intervention.

C'est elle aussi qui, lorsque je me suis marié, nous a offert la coupe en argent qui se trouve sur le buffet de la cuisine. Elle ferait mieux dans une salle à manger, mais nous n'en avons pas.

Je pense que Mme Delmotte, indirectement, a joué un rôle important dans ma vie et, plus indirectement encore, dans mon départ de Fumay.

Quant à elle, elle n'avait pas besoin de partir car, devenue une vieille dame, elle se trouvait déjà, comme chaque année à la même saison, dans son appartement de Nice.

Pourquoi me mettais-je à penser à elle ? Car j'y pensais, dans mon wagon à bestiaux, où l'obscurité régnait à nouveau, tout en me demandant si j'oserais saisir la main d'Anna dont je sentais l'épaule contre la mienne.

Mme Delmotte avait fait de moi un enfant de chœur et Anna sortait de prison. Je ne m'inquiétais pas de savoir pourquoi elle avait été condamnée et à quelle peine.

Je me rappelai soudain qu'elle n'avait pas de bagages, pas de sac à main, qu'on n'avait pas pu, en leur ouvrant les portes, rendre leurs affaires aux détenues. Il était donc probable qu'elle n'avait pas d'argent sur elle. Et cependant, tout à l'heure, elle m'avait annoncé qu'elle venait d'acheter une savonnette.

Jef et Julie, étendus côte à côte, s'embrassaient à pleine bouche et je percevais l'odeur de leur salive.

— Vous n'avez pas envie de dormir ?

— Et vous ?

— Nous pourrions peut-être nous allonger ?

— Peut-être.

Chacun était obligé de heurter ses voisins et on aurait juré qu'il y avait des jambes et des pieds partout.

— Vous êtes bien ?

— Oui.

— Vous n'avez pas froid ?

— Non.

Derrière mon dos, celui que j'avais pris pour un marchand de chevaux se hissait insensiblement sur sa voisine qui, en écartant les genoux, me frôlait les reins. Nous étions si près les uns des autres, mon attention était à ce point en éveil que je connus l'instant exact de la pénétration.

Anna aussi, j'en jurerais. Son visage toucha ma joue, ses cheveux, ses lèvres entrouvertes, mais elle ne m'embrassa pas et je n'essayai pas de l'embrasser.

D'autres que nous restaient éveillés et devaient savoir. Le mouvement du train nous secouait tous ; le bruit des roues sur les rails, après un certain temps, devenait une musique.

Je vais peut-être m'exprimer avec crudité, par maladresse, justement parce que j'ai toujours été un homme pudique, même en pensées.

Je n'étais pas révolté contre mon mode de vie. Je l'avais choisi. J'avais réalisé patiemment un idéal qui, jusqu'à la veille, je le répète en toute sincérité, m'avait donné satisfaction.

Maintenant j'étais là, dans le noir, avec la chanson du train, des lueurs rouges et vertes qui passaient, des fils télégraphiques, d'autres corps étendus dans la paille, et, tout près, à portée de ma main, ce que l'abbé Dubois appelait l'acte de chair s'accomplissait.

Contre mon corps à moi, un corps de femme se pressait, tendu, vibrant, une main glissait pour relever la robe noire, faire descendre la culotte jusqu'aux pieds qui s'en débarrassaient d'un drôle de mouvement.

Nous ne nous embrassions toujours pas. C'était Anna qui m'attirait, me faisait rouler sur moi-même, aussi silencieux l'un et l'autre que des serpents.

La respiration de Julie devenait plus haletante à l'instant où Anna m'aidait à m'installer en elle où je me trouvai brusquement.

Je n'ai pas crié. J'ai failli le faire. J'ai failli prononcer des mots sans suite, dire merci, dire mon bonheur, ou encore me plaindre, car ce bonheur-là me faisait mal. Mal de chercher à atteindre l'impossible.

J'aurais voulu exprimer d'un coup ma tendresse pour cette femme que je ne connaissais pas la veille mais qui était un être humain, qui devenait à mes yeux l'être humain.

Je la meurtrissais à mon insu, mes mains s'acharnant à la saisir toute.

— Anna...

— Chut !

— Je t'aime.

— Chut !

Pour la première fois, je disais je t'aime ainsi, du fond de moi-même. Peut-être n'était-ce pas elle que j'aimais, peut-être était-ce la vie ? Je ne sais pas comment dire : j'étais dans sa vie ; j'aurais voulu y rester des heures, ne plus jamais penser à rien d'autre, devenir comme une plante au soleil.

Nos bouches se sont rencontrées, aussi mouillées l'une que l'autre. Je n'ai pas pensé à lui demander, comme au cours de mes expériences de jeune homme :

— Je peux ?

Je pouvais, puisqu'elle ne s'inquiétait pas, puisqu'elle ne me repoussait pas, qu'elle me retenait au contraire en elle.

Nos lèvres ont fini par se désunir en même temps que nos membres se détendaient.

— Ne bouge pas, dit-elle dans un souffle.

Et, tous les deux invisibles, elle me caressait le front, doucement, suivait avec sa main, comme un sculpteur, les lignes de mon visage.

Toujours aussi bas, elle demanda :

— Cela t'a fait du bien ?

M'étais-je trompé en pensant que j'avais rendez-vous avec le destin ?

4

Comme d'habitude, je me suis éveillé à l'aube, vers cinq heures et demie du matin. Ils étaient déjà quelques-uns, surtout des paysans, assis, les yeux ouverts, sur le plancher du wagon. Pour ne pas éveiller les autres, ils se sont contentés de me saluer du regard.

Bien qu'on eût fermé pour la nuit une des portes à glissières, on sentait la fraîcheur pénétrante qui précède le lever du soleil et, par crainte qu'Anna ne prît froid, j'ai étendu mon veston sur ses épaules et sa poitrine.

Je ne l'avais pas encore vraiment regardée. Je profitai de son sommeil pour l'examiner gravement, un peu troublé par ce que je découvrais. Je manquais d'expérience. Jusqu'ici, je n'avais guère vu dormir que ma femme et ma fille et je connaissais bien l'expression de chacune vers le matin.

Quand elle n'était pas enceinte, oppressée par le poids de son corps, Jeanne paraissait plus jeune au petit jour que pendant la journée. Les traits comme gommés, elle retrouvait une moue de petite fille, la même que Sophie à peu près, innocente et satisfaite.

Anna était plus jeune que ma femme. Je lui donnais vingt-deux ans, vingt-trois au maximum, mais son visage était celui de quelqu'un de plus mûr, je m'en apercevais ce matin. J'avais la révélation aussi, en la regardant de près, qu'elle appartenait à une race étrangère.

Pas seulement parce qu'elle venait d'un autre pays, j'ignorais lequel, mais parce qu'elle avait une autre vie, d'autres pensées, d'autres façons de sentir que les gens de Fumay et que tous ceux que je connaissais.

Au lieu de s'abandonner, pour se vider de sa fatigue, elle se repliait sur elle-même, sur la défensive, un creux au milieu du front, et parfois les coins de sa bouche frémissaient comme au passage d'une douleur ou d'une image déplaisante.

Sa chair ne ressemblait pas non plus à la chair de Jeanne. Elle était plus serrée, plus dense, avec des muscles capables de se tendre instantanément à la façon des chats.

J'ignorais où nous étions. Des peupliers bordaient des prés et des champs de blé encore verts. Des panneaux-réclame défilaient comme partout et nous sommes passés à proximité d'une route presque déserte où rien ne faisait penser à la guerre.

J'avais de l'eau dans mes bouteilles, une serviette, un blaireau et tout ce qu'il fallait dans ma valise ; j'en ai profité pour me raser, car j'avais honte, depuis la veille, des poils roussâtres, d'un demi-centimètre, qui couvraient mes joues et mon menton.

Lorsque j'ai eu fini, Anna me regardait, immobile, et je ne pus savoir depuis combien de temps elle était éveillée.

Elle avait dû, comme moi tout à l'heure, profiter de l'occasion pour m'observer curieusement. Je lui ai souri tout en m'essuyant le visage et elle m'a rendu mon sourire, d'une façon qui m'a paru contrainte, ou comme si elle avait l'esprit ailleurs.

Je voyais toujours le pli sur son front. En se soulevant sur un coude, elle a découvert mon veston qui la couvrait.

— Pourquoi as-tu fait ça ?

Si elle n'avait parlé la première, je n'aurais pas su si je devais la tutoyer ou lui dire vous. Je m'étais posé la question. Grâce à elle, cela devenait facile.

— Avant que le soleil se lève, il faisait assez frais.

Elle ne réagissait pas comme Jeanne non plus. Jeanne se serait confondue en remerciements, se serait crue obligée de protester, de se montrer émue.

Celle-ci me demandait simplement :

— Tu as dormi ?

— Oui.

Elle parlait bas, à cause de ceux qui dormaient encore, mais ne jugeait pas utile, comme je l'avais fait, de saluer du regard nos compagnons déjà éveillés qui nous regardaient.

Je me demande si ce n'est pas ça qui, la veille, depuis qu'elle s'était faufilée dans notre wagon, m'avait frappé en elle. Elle ne vivait pas avec les autres. Elle ne participait pas. Elle restait seule parmi les autres.

Cela paraît ridicule de dire cela après ce qui s'était passé la veille au soir. Pourtant, je me comprends. Elle m'avait suivi le long de la voie alors que je ne l'avais pas appelée. Je lui avais donné une bouteille vide, sans rien lui demander en échange. Je ne lui avais pas parlé. Je ne lui avais posé aucune question.

Elle avait accepté une place sur ma malle sans éprouver le besoin de dire merci, tout comme maintenant pour le veston. Et, quand nos corps s'étaient rapprochés, elle avait dénudé son ventre et guidé mes gestes.

— Tu n'as pas soif ?

Il restait de l'eau dans la seconde bouteille et je lui en ai versé dans un gobelet de camping que ma femme avait mis dans la valise.

— Quelle heure est-il ?

— Six heures dix.

— Où sommes-nous ?

— Je ne sais pas.

Elle se passait les doigts dans les cheveux, me détaillant toujours, l'air réfléchi.

— Tu es calme, finit-elle par conclure pour elle-même. Tu restes toujours calme. La vie ne te fait pas peur. Tu n'as pas de problèmes, n'est-ce pas ?

— Vous ne pouvez pas vous taire, vous deux ? grogna la grosse Julie.

Nous avons souri et nous nous sommes assis sur la malle, à regarder défiler le paysage. Je lui ai pris la main. Elle m'a laissé faire, un peu surprise, je crois, surtout quand je l'ai portée à mes lèvres pour déposer un baiser sur le bout des doigts.

Beaucoup plus tard, une sortie de messe, dans un village, m'a rappelé que nous étions dimanche et j'ai été ahuri à la pensée que, deux jours plus tôt, je me trouvais, à cette heure, dans notre maison, à me demander si nous partirions.

Je me revoyais jetant du maïs aux poules pendant que l'eau chauffait pour mon café, puis j'évoquais la tête de M. Matray surgissant au-dessus du mur, ma femme à la fenêtre, le visage à la fois bouffi et tiré, plus tard la voix de ma fille inquiète.

Je croyais encore entendre le dialogue burlesque, à la radio, au sujet du colonel introuvable et je le comprenais mieux maintenant que j'étais plongé moi-même dans la pagaïe.

Nous roulions lentement, une fois de plus. Une courbe de la voie nous a fait contourner presque entièrement le village planté sur un monticule.

L'église, les maisons n'avaient pas la même forme, la même couleur que chez nous, mais les fidèles, sur le parvis, évoluaient selon des rites identiques.

Les hommes en noir, tous âgés, parce que les autres étaient au front, se tenaient par groupes sur le terre-plein et on devinait qu'ils ne tarderaient pas à pénétrer dans l'auberge.

Les vieilles s'en allaient une à une, pressées, rasant les murs, tandis que les autres filles en robe claire et les adolescents s'attendaient les uns les autres, leur livre de messe à la main, et que les enfants se mettaient tout de suite à courir.

Anna m'observait toujours et je me demandais si elle connaissait les messes du dimanche. Avant la naissance de Sophie, Jeanne et moi assistions à la grand-messe de dix heures. Nous faisions ensuite un tour en ville, saluant nos connaissances, avant de nous arrêter chez sa sœur pour y prendre notre gâteau.

Je le payais. J'avais exigé de le payer, n'acceptant qu'une ristourne de vingt pour cent. Souvent, le gâteau était encore tiède et, chemin faisant, je sentais l'odeur du sucre.

Après Sophie, Jeanne a pris l'habitude d'aller à la messe de sept heures pendant que je gardais l'enfant et enfin, lorsque celle-ci a marché, je l'ai emmenée avec moi à la messe de dix heures tandis que ma femme préparait le déjeuner.

Est-ce qu'il y avait une grand-messe, ce matin, à Fumay ? Se trouvait-il encore assez de fidèles ? Les Allemands n'avaient-ils pas bombardé ou envahi la ville ?

— A quoi penses-tu ? A ta femme ?

— Non.

C'était vrai. Jeanne ne figurait qu'incidemment dans ces pensées. J'évoquais tout aussi bien le vieux M. Matray et la petite fille bouclée de l'instituteur. Leur auto était-elle parvenue à se frayer un chemin dans la cohue des routes ? Est-ce que M. Reversé était allé chercher nos poules et notre pauvre Nestor ?

Je n'étais pas ému. Je me posais ces questions objectivement, presque par jeu, parce que tout était devenu possible, même, par exemple, que Fumay soit complètement rasé et sa population fusillée.

C'était aussi plausible que la mort de notre mécanicien dans la cabine de sa locomotive, ou encore, pour moi, d'avoir fait l'amour, au milieu de quarante personnes, avec une jeune femme que je ne connaissais pas l'avant-veille et qui sortait de prison.

D'autres, comme nous, s'étaient assis, de plus en plus nombreux, l'œil vague, et certains tiraient des victuailles de leurs bagages. On approchait d'une ville. J'avais lu, sur les panneaux, des noms qui ne m'étaient pas familiers et, quand je vis que nous étions à Auxerre, je dus me remémorer la carte de France.

Je ne sais pourquoi je m'étais mis dans la tête que nous passerions par Paris. Nous l'avions évité, passant vraisemblablement par Troyes au cours de la nuit.

Maintenant, sous sa grande verrière, nous découvrions une gare dont l'atmosphère était différente de celle où nous nous étions arrêtés.

Ici, c'était un vrai dimanche matin, un dimanche d'avant-guerre, sans service d'accueil, sans infirmières, sans jeunes filles à brassard.

Une vingtaine de personnes, en tout, attendaient sur les bancs verts des quais et le soleil, filtré par les vitres sales, réduit en poussière de lumière, donnait au silence et à la solitude quelque chose d'irréel.

— Dites, chef, on va rester longtemps ?

L'employé regarda la tête du train, puis l'horloge, je me demande pourquoi, car il répondit :

— Je n'en sais rien.

— On a le temps d'aller au buffet ?

— Vous en avez sûrement pour une bonne heure.

— Où est-ce qu'on nous conduit ?

Il s'éloigna en haussant les épaules, signifiant ainsi que cette question dépassait sa compétence.

Je me demande si nous n'avions pas été vexés — je dis nous à dessein — de n'être pas accueillis, de nous trouver brusquement livrés à nous-mêmes. Quelqu'un a lancé, traduisant à sa façon le sentiment général :

— Alors, on n'est plus nourris ?

Comme si c'était devenu un droit.

Du coup aussi, parce que nous nous trouvions en pays civilisé, je dis à Anna :

— Vous venez ?

— Où ?

— Manger un morceau.

Notre premier réflexe, à tous, une fois sur le quai, où nous avions soudain trop d'espace, était de regarder notre train de bout en bout et ce fut une désillusion de découvrir que ce n'était plus le même train.

Non seulement la locomotive avait été changée mais, derrière le tender, j'ai compté quatorze voitures belges, des wagons de voyageurs, aussi propres en apparence que dans les trains normaux.

Quant à nos wagons à bestiaux et à marchandises, il n'en restait que trois.

— Les canailles nous ont encore coupés en deux !

Les portières s'ouvraient à l'avant et la première personne à descendre fut un prêtre immense, athlétique, qui se dirigea vers le chef de gare avec un air d'autorité.

Ils discutaient. Le fonctionnaire semblait approuver et le prêtre s'adressait ensuite à ceux qui étaient restés dans la voiture, aidait une bonne sœur en cornette blanche à mettre pied sur le quai.

Elles étaient quatre religieuses, dont deux très jeunes, au visage poupin, à faire descendre et à aligner comme des écoliers une quarantaine de vieillards vêtus d'identiques complets de laine grise.

C'était un asile qui se repliait et nous avons appris par la suite que le train auquel on nous avait accrochés pendant notre sommeil venait de Louvain.

Les hommes étaient tous très vieux, plus ou moins infirmes. Les barbes avaient poussé, blanches et drues, sur des visages aussi fortement dessinés que dans les tableaux anciens.

L'extraordinaire, c'était leur docilité, l'indifférence qu'on lisait dans leurs yeux. Ils se laissaient conduire au buffet des secondes classes où on les installait comme dans un réfectoire et où le prêtre parlait à mi-voix au gérant.

Cette fois encore, Anna m'a regardé. Était-ce à cause du curé et des bonnes sœurs, parce qu'elle pensait que ce monde-là m'était familier ? Ou bien parce que les vieillards en rang lui rappelaient la prison et une discipline que je ne connaissais pas mais dont elle avait l'expérience ?

Je n'en sais rien. Nous lancions ainsi, l'un et l'autre, de brefs coups de sonde, pour reprendre, tout de suite après, un air neutre.

Les forts de Liège aux mains des Allemands

Je lisais ce titre sur un journal du kiosque et, en plus petits caractères :

Des parachutistes attaquent le canal Albert

— Qu'est-ce que vous désirez manger ? Vous aimez les croissants ?

Elle fit oui de la tête.

— Du café au lait ?

— Noir. Si on a le temps, je préférerais me débarbouiller d'abord. Cela ne vous ennuie pas de me prêter votre peigne ?

Ayant pris place à une table et toutes les autres se trouvant envahies, je n'osais pas me lever pour la suivre. Au moment où elle franchissait la porte vitrée, je sentis ma poitrine se serrer, car l'idée me venait que je ne la reverrais peut-être plus.

Par la fenêtre, j'apercevais une place paisible, des taxis en stationnement, un hôtel pour voyageurs, un petit bar peint en bleu où le garçon essuyait les guéridons de la terrasse.

Rien n'empêchait Anna de s'en aller.

— Tu as des nouvelles de ta femme et de ta fille ?

Fernand Leroy se tenait debout devant moi, une canette de bière à la main, l'œil ironique. J'ai répondu non, en m'efforçant de ne pas rougir, car je comprenais qu'il était au courant de ce qui s'était passé entre Anna et moi.

Je n'ai jamais aimé Leroy. Fils d'un adjudant de cavalerie, il nous expliquait, à l'école :

— Dans la cavalerie, un adjudant est beaucoup plus important qu'un lieutenant ou même qu'un capitaine dans une autre arme.

Il s'arrangeait pour faire punir les autres à sa place et les maîtres se laissaient prendre à son air candide, ce qui ne l'empêchait pas de grimacer derrière leur dos.

J'ai su, plus tard, qu'il avait raté deux fois son bachot. Son père était mort. Sa mère travaillait comme caissière dans un cinéma. Il est entré à la librairie Hachette et a épousé, deux ou trois ans plus tard, la fille d'un riche entrepreneur.

L'a-t-il épousée pour son argent ? Cela ne me regarde pas. C'est sans arrière-pensée que j'ai demandé à mon tour :

— Ta femme n'est pas avec toi ?

— Je croyais que tu le savais. Nous sommes en instance de divorce.

Sans lui, je serais parti à la recherche d'Anna. Le temps semblait long. Mes mains devenaient moites. J'étais en proie à une impatience que je n'avais pas encore connue, comparable, seulement, en plus fort, à celle qui me serrait la poitrine, le vendredi, à la gare de Fumay, lorsque je me demandais si nous parviendrions à partir.

Une fille de salle s'approcha et je commandai du café et des croissants pour deux tandis que Leroy avait à nouveau son affreux sourire. Ces gens-là, me disais-je, sont capables de tout salir, d'un regard, et, pendant tout le temps que j'ai attendu, je l'ai vraiment détesté.

Ce n'est qu'en voyant Anna pousser la porte qu'il m'a lancé, avant de s'éloigner dans la direction du bar :

— Je vous laisse tous les deux.

Eh ! oui, tous les deux. Nous nous retrouvions deux. Mon regard devait trahir ma joie, car Anna murmura, à peine assise en face de moi :

— Tu as craint que je ne revienne pas ?

— Oui.

— Pourquoi ?

— Je ne sais pas. Tout à coup, je me suis senti désemparé et j'ai failli courir après toi sur le quai.

— Je n'ai pas d'argent.

— Et si tu en avais eu ?

— Je ne serais quand même pas partie.

Elle ne précisa pas si c'était à cause de moi, me demanda simplement une pièce de monnaie pour la dame des toilettes à qui elle alla la porter.

Les vieillards mangeaient en silence, comme à l'asile. On avait rapproché les tables. Le prêtre se tenait à un bout, la plus âgée des religieuses à l'autre. Il était dix heures et demie du matin. Sans doute pour faire deux repas en un, ou parce qu'on ignorait ce qui nous attendait plus loin, on leur avait fait servir à chacun du fromage et un œuf dur.

Certains, qui n'avaient plus de dents, mâchaient avec leurs gencives. L'un d'eux bavait tellement qu'une religieuse lui avait mis une serviette en papier autour du cou et qu'elle suivait ses gestes avec attention. Beaucoup avaient les yeux bordés de rouge, de grosses veines bleues qui saillaient à leurs mains.

— Tu ne vas pas te rafraîchir aussi ?

Non seulement j'y suis allé, mais j'ai pris du linge dans ma valise afin d'en changer. Mes compagnons de wagon, dans les lavabos, se lavaient, le torse nu, se rasaient, peignaient leurs cheveux mouillés. La serviette sans fin, montée sur un rouleau, était noire et sentait le chien.

— Tu sais combien de types lui ont passé dessus cette nuit ?

J'ai eu le souffle coupé, une barre dans la poitrine, ce qui m'a appris que j'étais jaloux.

— Trois, en plus du gros ! Je les ai comptés, vu que je n'en ai pour ainsi dire pas dormi. Seulement, mon vieux, faut qu'ils crachent leurs vingt balles comme dans son caboulot. Tu y es allé, toi, dans son caboulot ?

— Une fois, avec mon beau-frère.

— Qui est-ce, ton beau-frère ?

— Tu l'as vu quand tu t'es marié et quand tu as déclaré tes gosses. C'est l'employé de l'état civil.

— Il est ici ?

— Ils n'ont pas le droit de partir. Qu'on dit ! J'ai quand même vu de mes yeux un officier de police qui filait à moto avec sa femme derrière lui.

Pourquoi avais-je eu peur ? C'était d'autant plus ridicule que j'ai le sommeil léger et qu'Anna avait en quelque sorte dormi dans mes bras.

J'ai appris aussi, là, dans les lavabos, qu'il y avait eu d'autres rencontres pendant la nuit, dans le coin en face du nôtre, entre autres avec une paysanne énorme, qui avait passé la cinquantaine. On prétendait même que le vieux Jules, après que d'autres y eurent passé, avait essayé sa chance et qu'elle avait eu du mal à le repousser.

N'était-ce pas curieux que personne n'ait fait la moindre tentative auprès d'Anna ? On l'avait vue monter seule. On savait donc qu'elle ne m'accompagnait pas, que notre rencontre était fortuite. Il n'y avait aucune raison, dans l'esprit de ces hommes, pour que je jouisse d'un privilège exclusif.

Pourtant, ils se contentaient de l'observer de loin. Il est vrai, et cela me frappait à présent, que personne ne lui avait adressé la parole. Avaient-ils reconnu qu'elle n'était pas de leur race ? Se méfiaient-ils ?

Je l'ai retrouvée. Le chef de gare est venu par deux fois bavarder avec le prêtre. Ainsi, tant que les vieux étaient à table, ne courions-nous pas le risque de voir le train partir.

— Vous savez où nous allons, chef ?

C'était l'homme à la pipe qui surgissait, rasé de frais, les poches bourrées de paquets de tabac dont il avait fait provision.

— Pour le moment, mes instructions sont de vous envoyer sur Bourges, par Clamecy, mais cela peut changer d'un moment à l'autre.

— Et après ?

— A Bourges, ils s'arrangeront.

— On a le droit de descendre où on veut ?

— Vous avez envie de quitter le train ?

— Moi, non. Il y en a que cela pourrait tenter.

— Je ne vois pas comment les en empêcher, ni pourquoi.

— Là-haut, on nous empêchait de sortir des wagons.

Le chef de gare se grattait la tête, envisageait sérieusement la question.

— Cela dépend si vous êtes considérés comme des évacués ou comme des réfugiés.

— Quelle différence y a-t-il ?

— Est-ce qu'on vous a fait partir de force, en groupe ?

— Non.

— Dans ce cas, vous êtes plutôt des réfugiés. Vous avez payé votre billet ?

— Il n'y avait personne au guichet.

— En principe...

Cela devenait trop compliqué pour lui et, après un geste évasif, il se précipita vers le quai 3 où un train était annoncé, un vrai train, avec des voyageurs ordinaires qui savaient où ils se rendaient et qui avaient payé leur place.

— Vous avez entendu ce qu'il a dit ?

Je fis signe que oui.

— Si seulement je savais où retrouver ma femme et mes gosses ! Là, on vous traite comme des soldats ou comme des prisonniers de guerre : fais ceci, défense de descendre sur le quai, distribution de jus et de sandwiches, les femmes à l'avant, les hommes à l'arrière, parqués comme du bétail ! On coupe le train à votre insu, on vous mitraille, on vous sépare, bref, vous n'êtes plus des personnes humaines.

» Ici, tout à coup, liberté complète. Faites ce qu'il vous plaît ! Allez vous faire foutre si le cœur vous en dit...

Peut-être, le lendemain, ou le soir même, la gare d'Auxerre serait-elle différente. Mon meilleur souvenir a été, puisqu'on nous en laissait le temps, de marcher dehors avec Anna. Cela paraissait bon d'être sur une vraie place, sur dė vrais pavés, parmi des gens qui ne se préoccupaient pas encore des avions.

On voyait des groupes revenir lentement de la messe et nous sommes entrés dans le petit bar peint en bleu où j'ai bu une limonade tandis qu'Anna, après un coup d'œil furtif, commandait un apéritif italien.

C'était la première gare, depuis notre départ, dont nous voyions l'extérieur, avec sa grosse horloge et sa marquise de verre dépoli, l'ombre du hall qui contrastait avec la place ensoleillée et les journaux bariolés autour du kiosque.

— D'où venez-vous, vous deux ?

— Fumay.

— Je croyais que c'était un train belge.

— Il y a des wagons belges et des wagons français.

— Hier au soir, on a eu des Hollandais. Il paraît qu'on les emmène à Toulouse. Et vous ?

— On ne sait pas.

Le garçon a levé la tête et m'a regardé d'un air incrédule. Ce n'est qu'après que j'ai compris sa réaction.

— Comment, vous ne savez pas? Alors, comme ça, vous vous laissez trimbaler au petit bonheur la chance ?

Des villes étaient entrées dans la guerre, d'autres pas encore. Ainsi avions-nous vu le long des voies des villages tranquilles où chacun vaquait à ses occupations et des bourgs envahis par des convois de toutes sortes.

Cela ne dépendait pas uniquement de la proximité du front. Y avait-il seulement un front ?

A Bourges, par exemple, au milieu de l'après-midi, nous avons retrouvé un service d'accueil comme dans le Nord, un quai grouillant de familles qui attendaient parmi les valises et les ballots.

C'étaient encore des Belges. Je me demandais comment ils avaient pu arriver avant nous. Ils avaient dû suivre une autre ligne, moins encombrée que la nôtre, mais ils avaient connu une aventure similaire, en plus grave, du côté de la frontière.

Plusieurs avions les avaient mitraillés. Tout le monde était descendu, hommes, femmes, enfants, pour se coucher dans le fossé. Les Allemands étaient revenus à la charge, par deux fois, mettant la machine hors d'état, tuant ou blessant une dizaine de personnes.

On nous interdisait de descendre du train pour éviter que nous nous mélangions, mais des conversations s'engageaient avec les gens du quai pendant qu'on nous apportait à boire et à manger.

A Auxerre, j'avais acheté deux paniers-repas. Nous avons néanmoins pris les sandwiches, que nous avons mis de côté, car nous devenions prudents.

Les Belges du quai étaient mornes, abrutis. Ils avaient marché pendant deux heures sur les traverses et les cailloux du ballast avant d'atteindre une gare, transportant ce qu'ils étaient capables de porter, laissant derrière eux une bonne partie de leurs affaires.

Comme d'habitude, l'homme à la pipe était le mieux renseigné, d'abord à cause de sa position stratégique près de la porte, ensuite parce qu'il ne craignait pas de poser des questions.

— Vous voyez cette blonde, là-bas, avec une robe à pois bleus ? C'est elle qui a porté son enfant mort jusqu'à la gare... Il paraît que c'était un tout petit pays. Tout le monde est venu les voir et elle a donné le bébé au maire, fermier de son métier, afin qu'il l'enterre.

Elle mangeait distraitement, le regard vide, assise sur une valise brune consolidée par des cordes.

— Un train est allé les chercher et a déposé les autres morts et les blessés dans une gare plus importante, ils ne savent pas laquelle. Ici, on les a fait descendre parce qu'on avait besoin de leurs wagons et ils attendent depuis huit heures du matin.

Ceux-là aussi nous regardaient avec envie, sans comprendre ce qui leur arrivait. Une infirmière toute fraîche, jolie, sans une tache sur son uniforme empesé, donnait le biberon à un bébé pendant que la mère fouillait dans son baluchon à la recherche de couches de rechange.

Nous n'avons pas vu venir leur train. J'ignore donc quand ils ont pu partir, et où on les a enfin conduits. Il est vrai que je ne savais pas non plus où étaient ma femme et ma fille.

J'ai essayé de m'informer, interrogé celle qui semblait diriger le service d'accueil et elle m'a répondu calmement :

— Ne craignez rien. Tout est prévu. Il y aura des listes.

— Où trouvera-t-on ces listes ?

— Dans le centre où vous serez recueilli. Vous êtes belge ?

— Non. De Fumay.

— Comment se fait-il que vous vous trouviez dans un train belge ?

J'ai entendu ça dix fois, vingt fois. Pour un peu, on nous aurait fait grief de notre présence. Nos trois malheureux wagons, à la suite de Dieu sait quelle erreur, n'étaient pas où ils auraient dû être et on nous en rendait presque responsables.

— Où envoie-t-on les Belges ?

— En principe, en Gironde et dans les Charentes.

— Ce train-ci y va ?

Comme le chef de gare d'Auxerre, elle préférait répondre par un geste vague.

Contrairement à ce qu'on pourrait croire, il m'arrivait de penser à Jeanne et à ma fille, sans trop d'inquiétude, avec même une certaine sérénité.

Un moment, j'avais eu le cœur serré, quand j'avais appris l'histoire du train mitraillé et de l'enfant mort que sa mère avait été forcée d'abandonner dans une petite gare.

Puis je me suis dit que cela s'était passé dans le Nord, que le train de Jeanne se trouvait devant le nôtre et avait par conséquent franchi la zone dangereuse avant nous.

J'aimais ma femme. Elle était telle que je l'avais désirée et m'avait apporté exactement ce que j'attendais de ma compagne. Je n'avais aucun reproche à lui adresser. Je n'en cherchais pas et c'est bien pourquoi j'en voulais tant à Leroy de son sourire équivoque.

Jeanne n'avait rien à voir avec ce qui se passait à présent, pas plus que la messe de dix heures, par exemple, la pâtisserie de sa sœur ou les postes de radio étiquetés de mon atelier.

Il m'arrive de dire « nous » en parlant des occupants de notre wagon parce que, sur certains points, je sais que nos réactions étaient les mêmes. Sur ce point-ci, je parle pour moi, bien que persuadé de n'avoir pas été le seul dans mon cas.

Une cassure s'était produite. Cela ne signifiait pas que le passé n'existait plus, encore moins que je reniais ma famille et cessais de l'aimer.

Simplement, pour un temps indéterminé, je vivais sur un autre plan, où les valeurs n'avaient rien de commun avec celles de mon ancienne existence.

Je pourrais dire que je vivais sur deux plans à la fois mais que, dans l'immédiat, celui qui comptait, c'était le nouveau, représenté par notre wagon à l'odeur d'écurie, par des visages inconnus quelques jours plus tôt, par les paniers de sandwiches des demoiselles à brassard et par Anna.

Je suis persuadé que celle-ci me comprenait. Elle n'essayait plus de m'encourager en me disant, par exemple, que ma femme et ma fille ne couraient aucun danger et que je les retrouverais bientôt.

Un mot qu'elle avait prononcé le matin me revenait à la mémoire.

— Tu es calme, toi !

Elle me prenait pour quelqu'un de fort et je soupçonne que c'est pourquoi elle s'est attachée à moi. A ce moment, j'ignorais tout de sa vie, en dehors de son allusion à la prison de Namur, et je n'en connais guère plus à présent. Il est évident qu'elle n'avait pas d'attache, pas de point d'appui solide.

Par le fait, n'était-ce pas elle la plus forte ?

A la gare de Blois, si je ne me trompe, où un service d'accueil nous attendait encore, elle a demandé la première :

— Il n'est pas passé un train de Fumay ?

— Où est-ce, Fumay ?

— Dans les Ardennes, à la frontière belge.

— Il passe tant de Belges !

Sur les routes aussi, nous pouvions voir, à présent, les autos belges se suivre pare-chocs à pare-chocs, en deux files, de sorte qu'il se formait des bouchons partout. Il y avait des voitures françaises aussi, beaucoup moins nombreuses, surtout des départements du Nord.

Je ne connaissais pas la Loire, qui étincelait dans le soleil, et nous avons aperçu deux ou trois châteaux historiques qui m'étaient familiers grâce aux cartes postales.

— Tu es déjà venue ? ai-je demandé à Anna.

Elle a hésité avant de répondre oui en me serrant le bout des doigts. Devinait-elle qu'elle me faisait un peu mal, que j'aurais préféré qu'elle n'eût pas de passé ?

C'était absurde. Mais tout n'était-il pas devenu absurde et n'était-ce pas ce que j'avais cherché ?

Le maquignon dormait. La grosse Julie avait trop bu et se tenait la poitrine à deux mains en regardant la porte avec l'air de quelqu'un qui s'attend à vomir d'un moment à l'autre.

Il y avait des bouteilles un peu partout dans la paille, de la mangeaille, et le gamin de quinze ans avait déniché quelque part deux couvertures militaires.

Chacun avait sa place déterminée, son coin qu'il était sûr de retrouver après être descendu sur le quai, quand on nous permettait de descendre.

Il m'a semblé que nous étions moins nombreux qu'au départ, qu'il manquait quatre ou cinq personnes mais, ne les ayant pas comptées, je n'en étais pas sûr, sauf pour la petite fille que les religieuses, la voyant avec nous, avaient emmenée dans leur voiture comme si nous étions des démons.

A Tours, le soir, on nous a servi de la soupe dans de grands bols, des morceaux de bouilli et du pain. La nuit commençait à tomber. J'avais hâte de retrouver notre intimité de la nuit précédente. Cela devait se voir, car Anna me regardait avec une pointe d'attendrissement.

Aux dernières nouvelles, on nous dirigeait sur Nantes, où l'on déciderait de notre destination définitive.

Quelqu'un lança, en s'enveloppant d'une couverture :

— Bonne nuit, les amis !

On voyait encore briller quelques cigarettes et j'attendis, immobile, les yeux fixés sur les signaux que je confondais parfois avec les étoiles.

Jef dormait toujours. Il y eut néanmoins des mouvements furtifs du côté de Julie dont la voix, tout à coup, rompit le silence.

— Non, mes enfants ! Cette nuit, je roupille. Qu'on se le dise.

Anna rit dans mon oreille et nous avons encore attendu une demi-heure.

5

Un des vieux de l'hospice est mort pendant la nuit, je ne sais pas lequel, car on l'a débarqué à Nantes, le matin, le visage recouvert d'une serviette. Le consul de Belgique se trouvait sur le quai et le prêtre l'a accompagné dans le bureau du sous-chef pour les formalités.

Le service d'accueil, ici, était plus important qu'ailleurs, non seulement par le nombre de dames à brassard, mais parce que des gens semblaient être chargés de la destination des réfugiés.

J'espérais voir enfin la mer, pour la première fois de ma vie. J'ai compris qu'elle était loin, que nous nous trouvions dans un estuaire, mais j'ai aperçu des mâts, des cheminées de navires, j'ai entendu des sirènes et, près de nous, des cols bleus ont débarqué, un train entier ; ils se sont mis en rang sur le quai et ont quitté la gare au pas militaire.

Le temps était aussi incroyablement radieux que les jours précédents et nous avons pu faire notre toilette et déjeuner avant de repartir.

J'ai eu un moment d'inquiétude quand un sous-chef de gare s'est mis à discuter, avec quelqu'un qui avait l'air d'un officiel, en désignant nos trois wagons miteux, comme s'il était question de les décrocher.

Il semble de plus en plus que, incorporés au train belge malgré nous, nous posions un problème, mais en fin de compte on nous a laissés aller.

Celle qui nous surprit le plus fut la grosse Julie. Quelques instants avant le coup de sifflet, elle apparut sur le quai, radieuse, le teint frais, dans une robe de cotonnade à fleurs qui n'avait pas un faux pli.

— Qu'est-ce que vous croyez que Julie ait fait, les gars, pendant que vous restiez vautrés dans la paille ? Elle est allée prendre un bain, un vrai, un bain chaud, dans une baignoire, à l'hôtel d'en face, et elle a encore trouvé le moyen de s'acheter une robe en passant !

Nous descendions vers la Vendée où, une heure plus tard, j'ai entrevu la mer dans le lointain. Ému, j'ai cherché la main d'Anna. J'avais vu la mer au cinéma, et sur des photos en couleurs, mais je n'avais pas imaginé que c'était aussi clair, ni aussi vaste, aussi immatériel.

L'eau était de la couleur du ciel et, comme elle reflétait la lumière, comme le soleil était à la fois au-dessus et en dessous, il n'y avait plus de limite à rien et le mot infini m'est jailli à l'esprit.

Anna a compris que c'était pour moi une nouvelle expérience. Elle souriait. Nous étions tous les deux d'humeur légère. Le wagon entier a été gai pendant toute la journée.

Nous savions plus ou moins ce qui nous attendait désormais, car le consul avait parcouru les premiers wagons pour réconforter ses compatriotes et l'homme à la pipe, toujours à l'affût, nous avait apporté les nouvelles.

— Il paraît que, pour les Belges, la destination est La Rochelle. C'est comme qui dirait leur gare de triage. On y a installé une sorte de camp avec des baraques, des lits et tout ce qu'il faut.

— Et nous ? Puisqu'on n'est pas des Belges ?

— On tirera son plan.

Nous roulions lentement et je lisais des noms de localités qui me rappelaient des livres que j'avais lus : Pornic, Saint-Jean-de-Monts, Croix-de-Vie...

Nous avons aperçu l'île d'Yeu que, dans l'éblouissement du soleil, on aurait pu prendre pour un nuage s'étirant au ras de l'eau.

Pendant des heures, notre train a semblé prendre le chemin des écoliers, comme si nous faisions une excursion, empruntant des lignes secondaires pour s'arrêter en pleine campagne et revenir ensuite en arrière.

Nous n'avions plus peur de descendre, de remonter en voltige, car nous savions que le mécanicien nous aurait attendus.

J'ai compris pourquoi nous exécutions tant de manœuvres et peut-être la raison pour laquelle nous avions mis si longtemps à venir des Ardennes.

Les trains réguliers, avec des voyageurs normaux qui payaient leur billet, circulaient encore et il y avait en outre, sur les grandes lignes, un trafic intense de convois militaires et de munitions jouissant de la priorité.

Dans presque toutes les gares, à côté des employés ordinaires, nous commencions à voir un officier qui donnait des ordres.

Comme nous n'appartenions à aucune de ces catégories, on nous aiguillait de temps en temps sur une voie de garage pour faire de la place.

J'ai assisté à une conversation téléphonique, dans une jolie gare rouge de géraniums où un chien était couché en travers de la porte du chef. Ce dernier, qui avait chaud, avait repoussé sa casquette en arrière et jouait avec son drapeau posé sur le bureau.

— C'est toi, Dambois ?

Un autre chef de gare m'a expliqué qu'il ne s'agissait pas d'un téléphone ordinaire. Sauf erreur, cela s'appelle le sélectif et chacun ne peut communiquer, dans un sens et dans l'autre, qu'avec la gare la plus proche. C'est ainsi que les trains sont annoncés.

— Comment c'est, chez toi ?

Il y avait des poules derrière un grillage, comme chez moi, un carré de légumes bien entretenu. La femme faisait le ménage au premier étage et venait parfois secouer son torchon par la fenêtre.

— J'ai ici le 237... Je ne peux pas les garder plus longtemps, parce que j'attends le 161... Ta voie de garage est libre ?... Le bistrot d'Hortense est ouvert ?... Préviens-la qu'elle va avoir une tapée de clients... Bon !... Merci... Je te l'envoie...

Ainsi avons-nous passé trois heures dans une gare minuscule à côté d'une auberge peinte en rose. Les tables ont été prises d'assaut. On a bu. On a mangé. Anna et moi sommes restés dehors, sous un pin, et par moments nous étions gênés de n'avoir rien à nous dire.

Si je devais décrire l'endroit, je ne pourrais parler que des taches d'ombre et de soleil, du rose du jour, du vert de la vigne et des groseilliers, de mon engourdissement, d'un bien-être animal et je me demande si, ce jour-là, je ne suis pas allé aussi près que possible du bonheur parfait.

Les odeurs existaient comme dans mon enfance, le frémissement de l'air, les bruits imperceptibles de la vie. Je crois l'avoir déjà dit mais, comme je n'écris pas d'une traite, que je griffonne quelques lignes par-ci, une page ou deux par-là, à la sauvette, en me cachant, il est fatal que je me répète.

En commençant mon récit, j'ai été tenté de le faire précéder d'un avertissement, moins pour son utilité que par sentimentalité. Au sana, en effet, la bibliothèque comportait surtout des ouvrages d'avant 1900 et c'était la mode, chez les auteurs du siècle dernier, d'écrire un avertissement, un avant-propos ou une préface.

Le papier de ces livres-là, jauni, tacheté de brun, était plus épais, plus glacé que celui des livres d'à présent et ils avaient une bonne odeur qui, pour moi, reste attachée aux personnages des romans. La toile noire de la reliure était aussi lustrée que les coudes d'un vieux veston et j'ai retrouvé la même toile à la bibliothèque publique de Fumay.

J'ai renoncé à l'avertissement par crainte de me donner de l'importance. C'est vrai qu'il est possible que je me répète, que je m'embrouille, voire que je me contredise car, si j'écris, c'est surtout par besoin de découvrir une certaine vérité.

Quant aux événements qui ne me concernent pas personnellement, je les évoque, lorsque j'en ai été témoin, au mieux de ma mémoire. Pour retrouver certaines dates, il aurait fallu des recherches dans les collections de journaux et je ne sais pas où les trouver.

Je suis sûr de la date du vendredi 10, qui doit figurer à présent dans les manuels d'histoire. Je suis sûr aussi, grosso modo, de l'itinéraire que nous avons suivi, bien que, dans le train déjà, certains de mes compagnons aient commencé à citer des noms de gares que nous n'avions pas vues.

Une route qui était vide, le matin, à cette époque, pouvait grouiller de vie une heure plus tard. Tout allait terriblement vite et terriblement lentement. On parlait encore de combats en Hollande, que des panzers se trouvaient devant Sedan.

Enfin, il est possible que ma mémoire me fasse commettre des erreurs. Comme je le disais à propos du dernier matin de Fumay, je pourrais reconstituer certaines heures minute par minute alors que, pour d'autres, je ne me rappelle que l'atmosphère générale.

Il en a été ainsi dans le train, surtout avec la fatigue, cette sorte d'abrutissement, de vide du cerveau consécutif à notre genre de vie.

Nous n'avions plus de responsabilités, d'initiatives à prendre. Rien ne dépendait de nous, pas même notre propre sort.

Un détail m'a troublé, par exemple, car je suis plutôt scrupuleux et j'ai tendance à remâcher une idée jusqu'à ce que je l'aie mise au point. Lorsque j'ai parlé de l'avion mitraillant notre train, du chauffeur gesticulant à côté de sa locomotive et du mécanicien mort, je n'ai pas fait mention du chef de train. Or, il aurait dû y en avoir un, à qui il incombait de prendre les décisions.

Je ne l'ai pas vu. Existait-il ? N'existait-il pas ? Encore une fois, les choses ne se passaient pas nécessairement selon la logique.

Quant à la Vendée, je sais que ma peau, mes yeux, tout mon corps n'ont jamais aspiré aussi avidement le soleil que ce jour-là et je peux dire que j'ai savouré toutes les nuances de la lumière, toutes les sortes de vert des prés, des champs et des arbres.

Une vache, étendue à l'ombre d'un chêne, blanche et brune, son mufle humide animé d'un mouvement sans fin, cessait d'être un animal familier, un spectacle banal, pour devenir...

Devenir quoi ? Je ne trouve pas les mots. Je suis maladroit. Il ne m'en est pas moins arrivé d'avoir les larmes aux yeux en regardant une vache. Et, ce jour-là, à la terrasse d'une auberge rose, mes yeux sont restés fixés longtemps, émerveillés, sur une mouche qui tournait autour d'une goutte de limonade.

Anna s'en est aperçue. J'ai eu conscience qu'elle souriait. Je lui ai demandé pourquoi.

— Je viens de te voir tel que tu devais être à cinq ans.

Même les odeurs du corps humain, celle de la sueur en particulier, étaient agréables à retrouver. Enfin, je découvrais un pays où la terre était de plain-pied avec la mer et où on voyait jusqu'à cinq clochers de villages à la fois.

Les gens vaquaient à leurs occupations et, quand notre train s'arrêtait, se contentaient de regarder de loin, sans éprouver le besoin de venir nous examiner et de nous poser des questions.

J'ai remarqué qu'il y avait beaucoup plus d'oies et de canards que chez nous, que les maisons étaient si basses qu'on pouvait en toucher le toit avec la main, comme si les habitants avaient peur que le vent les emporte.

J'ai vu Luçon, qui m'a fait penser au cardinal de Richelieu, puis Fontenay-le-Comte. Nous aurions pu arriver à La Rochelle le soir, mais le chef de gare de Fontenay est venu nous expliquer qu'il serait difficile de nous débarquer dans l'obscurité et de nous installer au centre d'accueil.

Il ne faut pas oublier qu'à cause des raids d'avions les becs de gaz et toutes les lampes extérieures étaient peints en bleu, que les habitants étaient obligés de mettre des rideaux noirs à leurs fenêtres, de sorte que le soir, dans les villes, les passants se munissaient de torches électriques et que les autos roulaient au pas, leurs phares en veilleuse.

— On va vous trouver un coin tranquille pour dormir. Il paraît qu'on vous y apportera du ravitaillement.

C'était vrai. Nous nous sommes rapprochés de la mer pour nous en éloigner une fois encore et notre train, qui ne suivait aucun horaire et avait l'air de chercher un gîte, a fini par s'arrêter dans un pré, près d'une halte.

Il était six heures du soir. On ne sentait pas encore la fraîcheur du crépuscule. Presque tout le monde est descendu pour se dégourdir les jambes, sauf les vieillards surveillés par le prêtre et les bonnes sœurs, et j'ai vu des femmes mûres, au visage sévère, se pencher pour cueillir des pâquerettes et des boutons-d'or.

Quelqu'un a prétendu que les vieux en uniforme de gros drap gris étaient des anormaux. C'est possible. A La Rochelle, ils étaient attendus par des infirmiers et par d'autres religieuses qui les ont entassés dans deux autocars.

J'avais déjà mon idée et je me suis approché de Dédé, le garçon de quinze ans, pour lui acheter une de ses couvertures. Cela a été plus difficile que je ne le prévoyais. Il a discuté aussi âprement qu'un vieux paysan à la foire, mais j'ai obtenu gain de cause.

Anna nous observait en souriant, incapable, je suppose, de soupçonner l'objet de notre transaction.

Je jouais. Je me sentais jeune. Ou plutôt je ne me sentais aucun âge.

— De quoi parlais-tu avec tant de passion ?

— Une idée à moi.

— Je devine.

— Sûrement pas.

— Chiche !

Comme si nous étions, moi un adolescent, elle une toute jeune fille.

— Dis ce que tu penses, pour voir si tu as deviné.

— Tu n'as pas envie de dormir dans le train.

C'était vrai et cela m'étonnait qu'elle y eût pensé. A mes yeux, c'était une idée un peu folle, qui ne viendrait à personne d'autre que moi. Je n'avais jamais eu l'occasion de dormir en plein air, tout enfant parce que ma mère ne l'aurait pas permis et que, d'ailleurs, en ville, cela aurait été difficile, plus tard à cause de ma maladie.

Dès que le chef de gare avait parlé de nous trouver un coin dans la campagne, j'y avais pensé et maintenant j'avais conquis une couverture qui nous mettrait à l'abri de la rosée et protégerait notre intimité.

Une auto jaune est arrivée, avec une infirmière joviale et quatre boy-scouts de seize à dix-sept ans. Ils nous apportaient des sandwiches, deux récipients de café chaud et des barres de chocolat. Ils avaient aussi des couvertures, réservées aux vieillards et aux enfants.

Les portières claquaient. Pendant une bonne heure, dans le jour qui s'effaçait lentement, cela a été un brouhaha confus où on distinguait surtout des appels en flamand.

Il a fallu cette halte nocturne pour que je découvre qu'il y avait des bébés dans les voitures belges. L'infirmière, elle, était au courant, grâce au sélectif. Elle s'était munie des biberons nécessaires et d'un gros paquet de couches.

Cela n'intéressait pas notre wagon. Non pas parce qu'il s'agissait de Belges, mais parce que les enfants n'appartenaient pas à notre groupe. D'ailleurs les Français des deux autres wagons de marchandises, pourtant embarqués en même temps que nous à Fumay, nous étaient tout aussi étrangers.

Des cellules s'étaient constituées, étanches, repliées sur elles-mêmes. Et dans chaque cellule on distinguait des cellules plus petites, comme les joueurs de cartes, ou comme notre couple à Anna et moi.

Des grenouilles ont commencé à coasser, de nouveaux bruits se sont fait entendre dans les prés et dans les arbres.

Nous nous promenions sans nous tenir par la main, sans nous toucher, et Anna fumait une des cigarettes que je lui avais achetées à Nantes.

L'idée de parler d'amour ne nous effleurait pas et je me demande aujourd'hui si c'était réellement de l'amour. Je veux dire de l'amour dans le sens qu'on donne généralement à ce mot car, à mes yeux, c'était beaucoup plus.

Elle ignorait ce que je faisais dans la vie et ne s'en montrait pas curieuse. Elle savait que j'avais été tuberculeux, car il m'était arrivé de remarquer, parlant de sommeil :

— Quand j'étais au sana, on éteignait les lumières à huit heures.

Elle m'a tout de suite regardé et ce mouvement était bien à elle, son regard aussi que je serais en peine de décrire. On aurait dit qu'une idée la frappait à l'improviste, pas une idée née de la réflexion, mais quelque chose de palpable encore que fugitif que son instinct lui faisait saisir au passage.

— Je comprends, maintenant, a-t-elle murmuré.

— Tu comprends quoi ?

— Toi.

— Qu'est-ce que tu as découvert ?

— Que tu as passé des années enfermé.

Je n'ai pas insisté mais je crois que j'ai compris à mon tour. Elle avait été enfermée aussi. Peu importe le nom de l'endroit où on est condamné à vivre entre quatre murs.

N'a-t-elle pas voulu dire que ça laisse une marque, que c'était cette marque qu'elle avait cru trouver chez moi sans savoir à quoi l'attribuer ?

Nous sommes revenus à pas lents vers le train obscur où on ne voyait que les lucioles des cigarettes et où on entendait quelques chuchotements.

J'ai pris la couverture. Nous avons cherché une place, notre place, de la terre molle, de l'herbe haute, un sol en pente douce.

Un bouquet de trois arbres nous cachait des regards et une large bouse s'étalait odorante, dans laquelle quelqu'un avait marché. La lune ne se lèverait pas avant trois heures du matin.

Nous sommes restés un moment assez gauches, debout l'un en face de l'autre et, pour me donner une contenance, je me mis à arranger la couverture.

Je revois Anna jetant sa cigarette qui continuait à briller dans l'herbe, retirant sa robe d'un geste que j'observais pour la première fois, puis son linge.

Elle s'est approchée alors, nue, surprise par la fraîcheur qui l'a fait frissonner une fois ou deux, et m'a doucement entraîné sur le sol.

J'ai compris tout de suite qu'elle voulait que ce soit ma nuit. Elle avait deviné que je m'en faisais une fête, comme elle avait deviné tant de mes pensées.

C'est elle qui a pris toutes les initiatives ; elle aussi qui a repoussé la couverture pour que nos corps soient en contact avec le sol, avec l'odeur de la terre et de la verdure.

Lorsque la lune s'est levée, je ne dormais pas. Anna avait remis sa robe et nous étions enroulés dans la couverture, serrés l'un contre l'autre, à cause de la fraîcheur de la nuit.

Je voyais ses cheveux sombres aux reflets roux, son profil exotique, sa peau pâle dont le grain était différent de ce que j'avais connu.

Nous nous étions tellement mélangés l'un à l'autre que nous n'avions qu'une seule odeur.

J'ignore à quoi je pensais en la regardant ainsi. J'étais grave, ni joyeux ni triste. L'avenir ne me préoccupait pas. Je refusais de le laisser intervenir dans le présent.

Je m'apercevais soudain que, depuis vingt-quatre heures, je ne m'étais pas inquiété une seule fois de mes lunettes de rechange qui gisaient peut-être quelque part dans le pré ou dans la paille de notre wagon.

De temps en temps, son corps était animé d'une secousse et le pli de son front se creusait davantage comme au passage d'un mauvais rêve ou d'une douleur.

J'ai fini par m'endormir. Au lieu de m'éveiller de moi-même, à mon habitude, un bruit de pas m'a tiré du sommeil. Quelqu'un marchait à proximité, l'homme à la pipe, que j'appelais le concierge. Une bouffée de son tabac parvenait jusqu'à moi, inattendue dans cette aube de campagne.

C'était un lève-tôt comme moi, sûrement un solitaire, malgré sa femme et ses enfants qu'il réclamait avec une mauvaise humeur exagérée. Il marchait du même pas que je marchais le matin dans mon jardin et nos regards se sont rencontrés.

Je lui ai trouvé l'air bon. Avec ses épaules tombantes et son nez de travers, il avait l'aspect d'un gnome bienveillant de livre d'images.

Anna s'est réveillée en sursaut.

— Il est l'heure ?

— Je ne crois pas. Le soleil n'est pas levé.

Un léger brouillard montait de la terre, et des vaches meuglaient dans une étable lointaine d'où filtrait un peu de lumière. On devait être en train de les traire.

La veille, nous avions aperçu un robinet derrière le bâtiment en brique de la halte. Nous y sommes allés pour nous débarbouiller. Il n'y avait personne alentour.

— Tiens la couverture.

Anna se déshabillait en un clin d'œil et se jetait de l'eau glacée sur le corps.

— Tu ne veux pas courir chercher ma savonnette ? Elle se trouve dans la paille, derrière ta malle.

Une fois séchée et rhabillée, elle m'a commandé :

— A toi !

J'ai hésité.

— Ils commencent à se lever, ai-je objecté.

— Et après ? Même s'ils te voient tout nu ?

Je l'ai imitée, les lèvres bleues, et elle m'a frictionné le dos et la poitrine avec la serviette.

L'auto jaune est revenue, ramenant la même infirmière, les mêmes scouts qui avaient l'air d'enfants trop poussés ou d'hommes inachevés. Ils nous apportaient encore du café, du pain beurré, des biberons pour les bébés.

Je ne sais rien de ce qui s'est passé dans le train cette nuit-là, ni si c'est vrai, comme le bruit en a couru, qu'une femme a accouché. Cela m'étonnerait, car je n'ai rien entendu.

On nous traitait comme des écoliers en vacances et l'infirmière, qui n'avait pourtant pas quarante ans, nous menait à la façon d'une classe enfantine.

— Seigneur ! Ce que cela sent les pieds, ici ! Tout à l'heure, au camp, il va falloir laver tout ça, mes enfants. Et toi, grand-père, tu as bu ces bouteilles-là à toi seul ?

Elle repéra Julie.

— Dis donc, la grosse, qu'est-ce que tu attends pour t'éveiller ? Tu fais la grasse matinée ? On s'en va ! Dans une heure, vous serez à La Rochelle.

Là, enfin, la mer était tout près, le port touchait la gare avec, d'un côté, les bateaux à vapeur, de l'autre les barques de pêche dont les voiles et les filets séchaient au soleil.

J'ai pris tout de suite possession du paysage qui m'est entré dans la peau. S'il y avait plusieurs trains sur les voies je ne m'en suis pas préoccupé et je n'ai rien vu. Je ne me suis pas préoccupé davantage des personnages plus ou moins importants qui allaient et venaient, donnant des ordres, des jeunes filles en blanc, des militaires, des boy-scouts.

On aidait les vieux à descendre et le prêtre les comptait comme s'il craignait d'en perdre ou d'en oublier.

— Tout le monde au centre d'accueil, en face de la gare.

Je coltinai ma malle et la valise qu'Anna avait essayé de me prendre des mains, ne lui laissant à porter que la couverture et nos bouteilles vides qui serviraient peut-être encore.

Des soldats en armes nous regardaient passer, se retournaient sur ma compagne qui me suivait de près, comme si elle se sentait soudain perdue et comme si elle avait peur.

Je n'ai compris pourquoi qu'un peu plus tard. Dehors, les scouts nous désignaient les baraquements en sapin encore clair édifiés dans un parc public, à deux pas du bassin. Une baraque plus petite, à peine plus importante qu'un kiosque à journaux, servait de bureau et nous nous sommes trouvés comme les autres à faire la queue devant la porte ouverte.

Notre groupe s'était disloqué. Nous étions mêlés aux Belges qui étaient les plus nombreux et n'avions aucune idée de ce qu'on nous voulait.

De loin, nous assistions à l'embarquement des vieux dans les cars. Deux ambulances ont démarré aussi. On voyait les tours de la ville à une certaine distance et des réfugiés, déjà installés dans le camp, venaient nous regarder avec curiosité. Beaucoup étaient flamands et retrouvaient avec joie des compatriotes.

L'un, parlant français, m'a demandé avec un fort accent :

— D'où es-tu, toi ?

— Fumay.

— Alors, tu ne dois pas venir ici, n'est-ce pas. C'est un camp de Belges.

Nous échangions des regards inquiets, Anna et moi, en attendant toujours notre tour en plein soleil.

— Préparez les cartes d'identité.

Je n'en avais pas puisque, à l'époque, elles n'étaient pas obligatoires en France. Je n'avais pas non plus de passeport, n'étant jamais allé à l'étranger.

Je voyais certains de ceux qui sortaient du bureau se diriger vers les baraquements, d'autres qu'on envoyait attendre je ne sais quoi au bord du trottoir, sans doute un moyen de transport pour les conduire ailleurs.

Arrivé plus près de la porte, j'entendis des bribes de conversation.

— Quel est ton métier, Peeters ?

— Moi, je suis ajusteur, mais, depuis la guerre...

— Tu veux travailler ?

— Je ne suis pas fainéant, tu sais.

— Tu as une femme, des enfants ?

— Ma femme est là, celle qui a une robe verte, avec les trois gosses.

— Tu pourras travailler dès demain à l'usine d'Aytré et tu toucheras le même salaire que les Français. Va attendre sur le trottoir. On vous conduira à Aytré, où on vous trouvera un logement.

— C'est vrai, ça ?

— Au suivant.

C'était le vieux Jules qui, arrivé un des derniers, s'était glissé dans la file.

— Ta carte d'identité.

— Je n'en ai pas.

— Tu l'as perdue ?

— On ne m'en a jamais donné.

— Tu es belge ?

— Français.

— Alors, qu'est-ce que tu fais ici ?

— J'attends que vous me le disiez.

L'homme s'entretenait à voix basse avec quelqu'un que je ne voyais pas.

— Tu as de l'argent ?

— Pas de quoi me payer un litre.

— Tu n'as pas de famille à La Rochelle ?

— Je n'ai de famille nulle part. Je suis orphelin de naissance.

— On s'occupera de toi plus tard. Va te reposer.

Je sentais Anna de plus en plus nerveuse. Je fus le second Français à passer.

— Carte d'identité.

— Français.

L'homme me regarda, ennuyé.

— Vous êtes beaucoup de Français dans le train ?

— Trois wagons.

— Qui s'est occupé de vous ?

— Personne.

— Qu'est-ce que vous comptez faire ?

— Je ne sais pas.

Il a désigné Anna.

— C'est votre femme ?

Je n'ai hésité qu'une seconde avant de dire oui.

— Casez-vous dans le camp jusqu'à nouvel ordre. Je ne sais plus, moi. Ce n'est pas prévu.

Trois des baraques étaient neuves, spacieuses, avec deux rangs de paillasses sur des bat-flanc. Quelques personnes étaient encore couchées, peut-être des malades, ou des gens qui étaient arrivés pendant la nuit.

Plus loin, on avait dressé une vieille tente de cirque, en grosse toile verte, dans laquelle on s'était contenté de répandre de la paille.

C'est là que nous avons posé nos affaires dans un coin, Anna et moi. Le camp commençait seulement à se peupler. Il restait de grands vides. Je prévoyais que cela ne durerait pas et pensais qu'on nous laisserait plus tranquilles dans la tente que dans les baraques.

Dans une tente plus petite, assez minable, des dames étaient occupées à éplucher des pommes de terre et à nettoyer des légumes par pleins baquets.

— Merci, murmurait Anna.

— Pourquoi ?

— Pour ce que tu as dit.

— J'avais peur qu'ils ne te laissent pas passer.

— Qu'est-ce que tu aurais fait ?

— Je serais allé avec toi.

— Où ?

— Peu importe.

J'avais peu d'argent sur moi, le gros de nos économies se trouvait dans le sac à main de Jeanne. J'aurais pu travailler. Je ne répugnais pas à le faire.

Pour le moment, cependant, je tenais à conserver ma qualité de réfugié. Je tenais surtout à rester dans ce camp-ci, près du port, des bateaux, à errer entre les baraques où des femmes lavaient leur linge et le mettaient à sécher, où des enfants se traînaient par terre, le derrière nu.

Je n'étais pas parti de Fumay pour avoir à penser et à prendre des responsabilités.

— Si je leur avais avoué que je suis tchèque...

— Tu es tchèque ?

— De Prague, avec du sang juif par ma mère. Ma mère est juive.

Elle ne parlait pas au passé, ce qui laissait supposer que sa mère vivait encore.

— Je n'ai pas mon passeport, qui est resté à Namur. Avec mon accent, ils auraient été capables de me prendre pour une Allemande.

J'avoue que j'ai eu une mauvaise pensée et que je me suis rembruni. N'était-ce pas elle qui m'avait en quelque sorte choisi, presque tout de suite après notre départ de Fumay ?

J'étais, dans notre wagon, le seul homme de moins de cinquante ans, à l'exception du gamin aux couvertures. J'allais oublier mon ancien condisciple Leroy et je me demande tout à coup pourquoi il n'était pas sous les drapeaux.

En tout cas, je n'avais fait aucun effort. C'était elle qui était venue à moi. Je me rappelais ses gestes précis, la première nuit, à côté de Julie et de son maquignon.

Elle n'avait pas de bagages, pas d'argent ; elle avait fini par quémander une cigarette.

— A quoi penses-tu ?

— A toi.

— Je sais. Mais qu'est-ce que tu penses ?

Je pensais bêtement qu'elle avait prévu, dès Fumay, qu'on lui réclamerait ses papiers un jour ou l'autre et qu'elle s'était assurée d'avance d'un répondant. Moi !

Nous nous tenions debout entre deux baraques. Il restait encore un peu d'herbe piétinée dans l'allée ; du linge séchait sur des cordes. Je vis ses prunelles devenir fixes, ses yeux s'embuer. Je ne l'aurais pas crue capable de pleurer et pourtant c'étaient de vraies larmes qui coulaient sur ses joues.

En même temps, ses poings se serraient et son visage s'est tellement assombri que j'ai cru qu'à travers ses pleurs elle allait me lancer un flot d'injures et de reproches.

J'ai voulu lui prendre la main, qu'elle a retirée.

— Pardon, Anna.

Elle secouait la tête, éparpillant ses cheveux sur ses joues.

— Je ne l'ai pas pensé vraiment. Cela n'a été qu'une idée vague, comme il nous en vient à certains moments.

— Je sais.

— Tu me comprends ?

Elle s'essuyait les yeux du dos de la main, reniflait sans coquetterie.

— C'est fini, annonça-t-elle.

— Je t'ai fait très mal ?

— Cela passera.

— J'ai eu mal aussi. Stupidement. J'ai compris tout de suite que ce n'était pas vrai.

— Tu en es sûr ?

— Oui.

— Viens.

Elle m'entraîna vers le bord du quai et nous avons regardé tous les deux, au-delà des mâts balancés par la marée, les deux grosses tours, comme des tours de château fort, qui flanquaient l'entrée du port.

— Anna !

Je parlais à mi-voix, sans me tourner vers elle, les yeux éblouis de soleil et de couleurs.

— Oui ?

— Je t'aime.

— Chut !

Sa gorge se gonfla comme si elle avalait sa salive. Puis elle a parlé d'autre chose, d'une voix redevenue naturelle.

— Tu ne crains pas qu'on te chipe tes bagages ?

Je me suis mis à rire, d'un rire qui n'en finissait plus et je l'ai embrassée tandis que des mouettes, dans leur vol, passaient à deux mètres de nos têtes.

6

Il existe les points de repère officiels, les dates, que l'on doit trouver dans les livres. Je suppose que chacun, selon l'endroit où il se trouvait à cette époque-là, sa situation de famille, ses soucis personnels, a ses propres repères. Les miens se rattachent tous au centre d'accueil, au centre, comme nous disions simplement, marqués par l'arrivée de tel train, par l'aménagement d'une nouvelle baraque, par un incident banal en apparence.

Sans le savoir, nous étions arrivés parmi les premiers, deux jours après que les trains eurent débarqué des réfugiés belges, de sorte que le centre n'était pas rodé.

Les baraquements, encore neufs, édifiés depuis plusieurs semaines, l'avaient-ils été en prévision de cet usage ? L'idée ne m'est pas venue de poser la question. Probablement que oui puisque, longtemps avant l'attaque allemande, les autorités avaient évacué une partie de l'Alsace.

Personne, en tout cas, ne s'attendait à ce que les événements se déroulent à une cadence aussi rapide et il était clair qu'on improvisait au jour le jour.

Le matin de notre arrivée, les journaux signalaient déjà des combats à Monthermé et sur la Semois ; le lendemain, les Allemands construisaient des ponts à Dinant pour leurs chars et, le 15 mai, si je ne me trompe, en même temps qu'on annonçait le repli du gouvernement français, les quotidiens citaient à nouveau, en gros caractères, des noms de chez nous, Montmédy, Raucourt, Rethel, que nous avions eu tant de mal à atteindre.

Tout cela existait pour moi comme pour les autres, certes, mais cela se passait dans un monde lointain, théorique, dont j'étais comme détaché.

Je voudrais essayer de définir mon état d'esprit, non seulement pendant les premiers jours, mais pendant tout le temps que j'ai passé au centre.

La guerre existait, plus tangible chaque jour, bien réelle, nous en avions fait l'expérience quand notre train avait été mitraillé. Hébétés, nous avions traversé une zone chaotique où on ne se battait pas encore, mais où les combats allaient se succéder.

C'était fait, à présent. Les noms de villes, de villages, que nous avions lus en passant, dans le soleil, nous les lisions en gros caractères à la première page des journaux.

Cette zone au-delà de laquelle nous avions été surpris de trouver des sorties de messe et des villes endimanchées s'étendait chaque jour et d'autres trains suivaient le chemin du nôtre, d'autres autos trépidaient sur les routes, pare-chocs à pare-chocs, un matelas sur le toit, avec des voitures d'enfant, des vieillards infirmes et des poupées.

Cette longue chenille atteignait déjà La Rochelle, défilant sous nos yeux en direction de Bordeaux.

Des hommes, des femmes, des enfants mouraient comme notre mécanicien était mort, les yeux ouverts sur le ciel bleu. D'autres saignaient comme le vieux qui tenait son mouchoir rougi devant son visage, gémissaient comme la femme à l'épaule arrachée.

Je devrais avoir honte de l'avouer : je ne participais pas à ce drame. C'était en dehors de nous. Cela ne nous touchait plus personnellement.

On aurait juré que je savais, en partant, ce que j'allais trouver : un petit cercle à ma mesure, qui deviendrait mon abri et dans lequel il était indispensable de m'incruster.

Puisque le centre d'accueil était destiné aux réfugiés belges, nous y étions irrégulièrement, Anna et moi. C'est pourquoi nous nous sommes faits tout petits, nous privant des premières distributions de soupe par crainte d'être remarqués.

On avait installé un fourneau bas, en plein air, puis deux, puis trois, puis quatre, avec d'énormes bassines, de vraies cuves, comme celles qui servent, dans les fermes, à la cuisine du cochon.

Plus tard, on a monté une nouvelle baraque préfabriquée pour la cuisine, avec des tables fixes où nous pouvions nous asseoir pour manger.

Suivi d'Anna, qui ne me quittait pas, j'observais les allées et venues. Je n'ai pas tardé à comprendre l'organisation du camp, qui était, en fait, une improvisation continuelle.

Un homme s'en occupait, un Belge, celui qui m'avait questionné à mon arrivée et que j'évitais autant que possible. Il était entouré d'un certain nombre de jeunes filles et de scouts, entre autres de grands scouts d'Ostende débarqués d'un des premiers trains.

On triait tant bien que mal, parmi les réfugiés, les utiles et les inutiles, c'est-à-dire ceux qui étaient capables de se mettre au travail et ceux, vieillards, femmes et enfants, qu'on ne pouvait qu'héberger.

Théoriquement, le camp était une halte où les gens n'auraient dû passer que quelques heures ou une nuit.

Les usines travaillant pour la défense nationale, à Aytré, à La Pallice et ailleurs, réclamaient de la main-d'œuvre et on avait besoin de bûcherons, dans une forêt proche, pour alimenter les boulangeries en fagots.

Des cars emmenaient les spécialistes et leur famille vers ces endroits, où des comités locaux s'efforçaient de les loger.

Quant aux femmes seules, aux familles sans mari, aux personnes inutilisables, on les envoyait dans des villes dénuées d'industrie, comme Saintes ou Royan.

Notre objectif, à Anna et à moi, a tout de suite été de rester au camp et de nous y faire accepter.

L'infirmière, venue en auto nous apporter à manger le dernier soir, s'appelait Mme Bauche et était, à mes yeux, le personnage principal, de sorte que, comme un écolier qui veut conquérir la faveur de son maître, je portais sur elle toute mon attention.

Elle n'était pas grande, potelée, presque grasse, âgée, comme je l'ai dit, de trente à quarante ans, et je n'ai jamais vu quelqu'un déployer autant d'énergie avec une égale bonne humeur.

J'ignore si elle avait un diplôme d'infirmière. Elle appartenait à la bonne société rochelaise, femme de médecin ou d'architecte, je ne me rappelle plus, car il y en avait quatre ou cinq autres avec elle, du même lieu, et je confondais les situations des maris.

Dès qu'un train était annoncé, elle était la première à la gare, non pas, comme beaucoup d'autres qui portaient des brassards, pour distribuer de bonnes paroles et des friandises, mais pour découvrir dans la foule ceux qui avaient le plus besoin d'aide.

A mesure que les événements se précipitaient, ils sont devenus de plus en plus nombreux et on la voyait emmener les infirmes, les bébés, les vieillards les plus mal en point dans une des baraques où, à genoux, en blouse blanche, elle lavait les pieds meurtris, pansait les blessures, conduisait derrière une couverture servant de rideau les femmes qui avaient besoin de soins spéciaux.

Le plus souvent, à minuit, elle était encore là, effectuant une ronde silencieuse en s'aidant de sa lampe de poche, consolant des femmes en larmes, gourmandant des hommes trop bruyants.

L'électricité, installée en hâte, fonctionnait mal et, quand je me suis proposé pour la remettre en état, Mme Bauche m'a demandé :

— Vous vous y connaissez ?

— C'est un peu mon métier. Il me faudrait seulement une échelle.

— Trouvez-en une.

J'avais repéré un bâtiment en construction, en face de la gare, dans un bloc d'immeubles neufs. Je me suis rendu sur le chantier et, comme il n'y avait personne à qui demander la permission, j'ai emporté une échelle avec l'aide d'Anna. Cette échelle est restée au camp aussi longtemps que moi, sans que personne soit venu la réclamer.

J'ai aussi remplacé des vitres, réparé des robinets, des conduites d'eau à fleur de terre. Mme Bauche ne connaissait pas mon nom de famille, ignorait d'où je venais. Elle m'appelait Marcel et s'habituait à me faire chercher chaque fois que quelque chose n'allait pas.

Après trois ou quatre jours, j'étais devenu l'homme à tout faire. Leroy avait disparu avec la première fournée, expédié vers Bordeaux ou Toulouse. De notre wagon, le vieux Jules était le seul à rester au camp où on le tolérait parce qu'il faisait le clown.

J'ai rencontré en ville l'homme à la pipe, celui que j'appelais le concierge. Affairé, il m'a annoncé en passant qu'il courait à la préfecture exiger des nouvelles de sa femme et je ne l'ai pas revu.

Cela se passait le deuxième ou le troisième jour. La veille, Anna avait lavé sa culotte et son soutien-gorge qu'elle avait mis à sécher au soleil et, en errant dans le camp, nous nous regardions d'un air complice en pensant qu'elle était nue sous sa robe noire.

Une grosse tour se dressait au bout du quai, la tour de l'Horloge, plus massive que celles qui flanquaient le chenal, et sous laquelle on passait pour gagner la rue principale.

Cette voûte devait nous devenir familière, comme les rues à arcades où régnait une animation incroyable car, en plus de la population et des réfugiés, la ville abritait de la troupe et des marins.

Quand j'ai voulu acheter du linge de rechange pour Anna, elle n'a pas protesté. C'était indispensable. Je m'étais demandé si je n'en profiterais pas pour lui acheter une robe claire comme on en voyait plein les étalages. Elle a dû y penser aussi, car elle devinait tout ce qui me passait par la tête.

— Tu sais, lui ai-je dit, je t'offrirais bien une robe...

Elle ne croyait pas devoir protester par politesse, comme tant d'autres l'auraient fait, n'eût-ce été que pour la forme, et elle me regardait en souriant.

— Ensuite ? Qu'allais-tu ajouter ?

— Que j'hésite, égoïstement. Pour moi, ta robe noire, c'est comme une partie de toi. Tu comprends ? Je me demande si je ne serais pas déçu de te voir habillée autrement.

— Je suis contente, a-t-elle murmuré en me serrant le bout des doigts.

Je sentais que c'était vrai. J'étais content aussi. Comme nous passions devant une parfumerie, je me suis arrêté.

— Tu ne te sers pas de poudre et de rouge à lèvres ?

— Avant, oui.

Elle ne voulait pas dire avant moi, mais avant Namur.

— Tu aimerais en avoir à nouveau ?

— Cela dépend de toi. Seulement si tu me préfères maquillée.

— Non.

— Alors, j'aime mieux pas.

Elle n'a pas voulu faire couper ses cheveux non plus, qui n'étaient ni courts ni longs.

Je n'y pensais jamais, non seulement parce que je refusais d'y penser, mais parce que cela ne me venait pas à l'esprit : notre vie à deux n'avait pas de futur.

Ce qui arriverait, je l'ignorais. Personne ne pouvait le prévoir. Nous vivions un entracte, hors de l'espace, et je dévorais ces journées et ces nuits avec gourmandise.

J'étais gourmand de tout, du spectacle changeant du port et de la mer, des bateaux de pêche de diverses couleurs qui partaient en file indienne à l'heure de la marée, du poisson qu'on débarquait dans des paniers ou dans des caisses plates, de la foule des rues, des aspects du camp et de la gare.

J'étais encore plus affamé d'Anna et, pour la première fois de ma vie, je n'avais pas honte de mes désirs sexuels.

Au contraire ! Avec elle, c'était devenu un jeu qui me paraissait très pur. Nous en parlions avec enjouement, avec candeur, inventant tout un code, adoptant un certain nombre de signes qui nous permettaient, en public, de nous faire part de certaines pensées secrètes.

De cet univers nouveau, le chapiteau verdâtre qu'on voyait de loin dominer les baraquements était le centre et, sous ce chapiteau, notre coin, dans la paille épaisse, que nous appelions notre écurie.

Nous y avions arrangé nos affaires, celles que j'avais sorties de mes bagages et d'autres que j'avais achetées, comme des gamelles pour la soupe et un réchaud à alcool solide avec le nécessaire pour préparer notre café du matin, dehors, entre deux baraques, face aux bateaux.

Les autres, surtout ceux qui ne passaient qu'une nuit, regardaient notre installation avec surprise et, j'en suis sûr, avec envie, comme il m'était arrivé jadis de regarder une vraie écurie où des chevaux vivaient au chaud sur leur litière.

Je disais notre litière aussi et ne tenais pas à changer trop souvent la paille afin qu'elle reste imprégnée de nous.

Ce n'était pas seulement là que nous faisions l'amour, mais un peu partout, souvent dans des endroits inattendus. Cela avait commencé par le bateau, un soir que nous regardions les barques de pêche se balancer au bord du quai tandis que le grincement des poulies imitait le cri des mouettes.

Sachant que je n'irais jamais en mer, c'était plus que probable, j'ai regardé d'une certaine façon l'écoutille ouverte d'un des bateaux sur le pont duquel des paniers à poisson étaient empilés. Mon regard s'est ensuite porté sur Anna, puis encore sur le bateau et elle s'est mise à rire d'un rire qui faisait partie de notre langage secret.

— Tu veux ?

— Et toi ?

— Tu n'as pas peur qu'on nous prenne pour des voleurs et qu'on nous arrête ?

Il était passé minuit. Le quai était désert, toutes les lumières camouflées. On entendait les pas de très loin. Le plus difficile était de descendre par l'échelle de fer encastrée dans la pierre. Les derniers échelons étaient visqueux.

Nous y sommes quand même parvenus et nous nous sommes glissés par l'écoutille, nous heurtant, en bas, dans le noir, à d'autres paniers, à des bidons, à des objets que nous ne pouvions identifier.

Cela sentait le poisson, le varech et le pétrole. Anna a fini par annoncer :

— Par ici...

J'ai trouvé sa main qui m'a guidé et nous nous sommes écroulés tous les deux sur une couchette étroite et dure d'où nous avons repoussé un ciré qui nous gênait.

La marée nous balançait mollement. On voyait un morceau de ciel et quelques étoiles à travers l'écoutille ; un train sifflait du côté de la gare. Ce n'était pas une arrivée. Des wagons avançaient et reculaient, effectuant des manœuvres comme pour mettre de l'ordre sur les voies.

Il n'existait pas encore de barrières autour du camp. Nous pouvions entrer et sortir selon notre bon plaisir. Personne ne montait la garde. Il nous suffisait de faire doucement pour ne pas éveiller nos voisins.

Plus tard, on a dressé des barrières, non pour nous enfermer, mais pour éviter que des maraudeurs se mêlent aux réfugiés et commettent des vols, comme c'était arrivé.

Souvent aussi, le soir, nous allions rôder à la gare et, une nuit qu'il n'y avait aucun trafic, nous nous sommes couchés sur le banc le plus éloigné des bâtiments.

Cela nous amusait. C'était une sorte de défi et, une fois, nous avons fait l'amour derrière des bottes de paille, à quelques pas de Mme Bauche qui soignait des pieds malades en continuant à nous parler.

Chaque jour, je consacrais un certain temps à rechercher ma femme et ma fille dans la mesure de mes moyens.

On ne nous avait pas trompés, je ne sais plus où, à Auxerre ou à Saumur, peut-être à Tours, en nous parlant de listes qui seraient affichées. On commençait à en apposer à la porte du bureau où, chaque matin, des groupes stationnaient pour les consulter.

Seulement, c'étaient des listes de réfugiés belges. Beaucoup se trouvaient à Bordeaux, à Saintes, à Cognac, à Angoulême. Certains étaient allés jusqu'à Toulouse et un grand nombre habitaient des villages dont je n'avais jamais entendu le nom.

Je parcourais les listes à tout hasard. Quotidiennement aussi, j'allais voir un des sous-chefs, à la gare, qui m'avait promis de s'informer du sort de notre train. Il s'en faisait un point d'honneur et cela l'agaçait de ne pas parvenir à retrouver sa trace.

— Un train ne disparaît pas comme ça, grommelait-il, même pendant la guerre. Il faudra bien que je finisse par savoir où celui-là est passé.

Grâce au sélectif qui reliait les gares entre elles, il avait mis ses collègues sur la piste et on commençait à parler du train fantôme.

Nous sommes allés à la mairie, Anna et moi. Des masses se formaient devant tous les bureaux car chacun, à cette époque, avait besoin d'un renseignement, d'une autorisation, d'un papier avec un cachet officiel.

Ici aussi on affichait des listes, de Français et de Françaises, mais ma femme n'y figurait toujours pas.

— Si vous recherchez quelqu'un, vous feriez mieux de vous adresser à la préfecture.

Nous nous y sommes rendus. La cour était claire, les couloirs et les bureaux baignés de soleil, avec des employés en manches de chemise et beaucoup de jeunes filles en robe claire. J'avais laissé Anna dans la rue, ne pouvant la faire passer pour ma femme au moment où je venais demander des nouvelles de celle-ci.

Je l'ai vue par la fenêtre, arrêtée au bord du trottoir, levant la tête, puis faisant les cent pas, grave, songeuse. J'avais déjà hâte de la rejoindre et je me reprochais de l'avoir quittée, fût-ce pour un si court moment.

On distribuait des bons d'essence aux automobilistes. Des centaines de voitures venues de partout encombraient la place d'Armes, les quais, les rues. Leurs propriétaires étaient ici, à la préfecture, attendant, dans la plus longue des files, le fameux bon qui leur permettrait de continuer leur exode.

J'avais apercu, la veille, dans le cortège d'autos se dirigeant vers Rochefort, un corbillard de Charleroi sur lequel une famille entière était installée et je suppose que les bagages se trouvaient à la place du cercueil.

— Vous cherchez quelque chose ?

— Je voudrais savoir où ma femme...

Il paraît que nous étions des milliers, bientôt des dizaines de milliers, dans le même cas. Non seulement la Belgique et le Nord continuaient à se replier, mais la panique s'emparait des Parisiens depuis que le gouvernement avait quitté la ville et on racontait qu'outre les voitures un long cortège d'hommes et de femmes à pied s'étirait maintenant sur les routes.

Dans les villages proches des routes nationales, les boulangeries étaient prises d'assaut, plus un seul lit n'était disponible dans les hôpitaux.

— Remplissez cette fiche. Laissez-moi votre nom et votre adresse.

Par prudence, je n'ai pas mentionné le centre d'accueil et j'ai inscrit poste restante. Déjà, cependant, le vieux Jules et moi n'étions plus les seuls Français du camp.

Je revois encore le plus laid train, au plus chaud d'un bel après-midi, alors que venaient de passer sur le trottoir, en rang, les fillettes d'une école se rendant à une fête.

Nous appelions de laids trains, comme Mme Bauche, ceux qui avaient le plus souffert en route, des trains où des gens étaient morts, où des femmes avaient accouché sans soins.

Il y a eu un train de fous, par exemple, dix wagons pleins de fous évacués d'un asile. Malgré les précautions prises, on a dû en poursuivre deux qui, en courant, ont atteint la Grosse Horloge.

Je ne sais plus si le train dont je parle venait de Douai ou de Laon, car j'ai tendance à confondre ces deux villes. Il ne transportait qu'assez peu de blessés, qu'on avait pansés en route, mais tous les occupants, hommes, femmes, enfants, avaient encore les yeux fixes de terreur.

Une femme tremblait convulsivement et elle a continué de trembler toute la nuit et de claquer des dents en repoussant sa couverture.

D'autres prononçaient des mots sans suite, ou répétaient sans fin la même histoire d'une voix monotone.

On était occupé à les embarquer, à Douai ou à Laon, à deux cents mètres de la gare qui regorgeait de monde. Certains attendaient des retardataires, des parents qui étaient allés acheter quelque chose au buffet quand, sans qu'on ait donné l'alerte, des avions avaient fait irruption dans le ciel.

— Les bombes tombaient comme ça, monsieur... En travers... On les voyait descendre sur la gare, sur les maisons d'en face et tout s'est mis à trembler, à sauter, les toits, les pierres, les gens, les wagons qui stationnaient non loin de nous... J'ai vu une jambe projetée en l'air et moi-même, alors que nous nous trouvions pourtant assez loin, j'ai été renversée par terre sur mon fils...

Les sirènes s'étaient enfin mises à hurler, les voitures de pompiers et, des monceaux de pierres, de briques et de ferrailles tordues, des cadavres dépassaient, des meubles défoncés, parfois un objet familier resté intact par miracle.

Les journaux annonçaient un nouveau ministère, la retraite sur Dunkerque, des voies de chemin de fer coupées un peu partout, tandis qu'Anna et moi poursuivions notre petite existence comme si elle devait durer toujours.

Anna savait aussi bien que moi que ce n'était pas vrai mais n'y faisait jamais allusion. Avant moi, elle avait partagé d'autres existences, d'autres moments plus ou moins longs de différentes vies et je préférais ne pas penser à ce qui arriverait après moi.

Cela m'avait serré le cœur de la voir, par la fenêtre de la préfecture, seule sur le trottoir, comme si nous étions déjà détachés. J'avais été pris de panique. Lorsque je l'avais rejointe, je m'étais saisi de son bras comme si j'en avais été séparé pendant plusieurs jours.

Je jurerais qu'il n'a pas plu une seule fois pendant toute cette période, en dehors d'un orage, cela me revient, qui a formé des poches d'eau dans le toit de notre tente. Le temps paraissait irréel à force de merveilleux et je ne peux imaginer La Rochelle autrement que dans la chaleur du soleil.

Les pêcheurs nous apportaient du poisson. Les scouts, chaque matin, faisaient le tour du marché où on bourrait leurs paniers de légumes et de fruits. Ils poussaient une charrette à bras comme la mienne que j'avais abandonnée à Fumay dans la cour de la petite vitesse. Je les ai accompagnés plusieurs fois, me mettant dans les brancards, pour le plaisir, tandis qu'Anna suivait sur le trottoir.

Nous avons failli avoir du vilain, au camp et à la gare, lorsque la radio a annoncé la capitulation de la Belgique. A cette période, les Français étaient presque aussi nombreux que les Belges et des usines entières se repliaient. J'ai vu des Flamands et des Wallons qui pleuraient comme des enfants, d'autres qui en venaient aux mains et qu'il a fallu séparer.

Chaque jour qui passait rognait mon maigre capital de bonheur. Ce n'est pas le mot exact. Comme je n'en trouve pas d'autre, comme les hommes parlent toujours de bonheur, je suis obligé de me contenter moi aussi de ce mot-là.

Un jour ou l'autre, à la mairie, à la préfecture, à la poste restante, je trouverais des nouvelles de Jeanne et de ma fille. La grossesse approchait du terme et je souhaitais que le voyage et les émotions n'aient pas hâté l'événement.

Les journaux de Paris publiaient des listes de lecteurs qui donnaient ainsi des nouvelles à leur famille et j'ai pensé un moment utiliser ce moyen-là. Seulement, à Fumay, nous ne lisions aucun journal parisien. Lequel choisir ? Il aurait fallu que nous nous soyons mis d'accord à l'avance, ce qui n'était pas le cas. Il n'y avait aucune chance pour que Jeanne achète chaque jour tous les quotidiens.

Les Allemands avançaient si vite que beaucoup parlaient de trahison et de cinquième colonne. Dans un de nos baraquements, paraît-il, on avait arrêté un soi-disant Hollandais qui avait dans ses bagages un émetteur portatif de radio.

J'ignore si c'est vrai. Mme Bauche, à qui j'en ai parlé, n'a pas pu me le confirmer, mais elle a vu des policiers en civil rôder dans le camp.

Cela faisait peur à Anna, dont le nom de famille, Kupfer, était de consonance bien germanique. Nous y pensions chaque fois que, sur le terre-plein, entre le camp et la gare, nous regardions les géraniums dans toute leur splendeur.

Le jardinier de la ville les avait apportés, déjà en fleur, peu après notre arrivée. Je le revois, de bonne heure le matin, accomplissant, dans le soleil encore pâle, un travail si rassurant, alors que les trains de réfugiés ne cessaient d'arriver à la gare et que les journaux, au kiosque, étaient pleins de catastrophes.

Il paraît que deux heures plus tard, alors que le jardinier était toujours là, un poste allemand, qui faisait de la propagande en français, disait à peu près :

— C'est gentil, monsieur Vieiljeux, de fleurir les abords de votre gare en notre honneur. Nous y serons dans quelques jours.

M. Vieiljeux, que je n'ai jamais vu, était le maire de La Rochelle et la radio allemande a continué à lui adresser des messages ironiques, prouvant ainsi qu'elle n'ignorait rien de ce qui se passait dans la ville.

Le mot espion était prononcé de plus en plus souvent et les regards devenaient méfiants.

— Il vaut mieux que tu parles le moins possible devant les gens.

— J'y ai pensé.

Elle n'était pas bavarde. Moi non plus. L'eussions-nous été tous les deux, il y avait tant de sujets tabous entre nous que nous n'aurions pas trouvé grand-chose à nous dire.

Ni passé, ni avenir. Rien qu'un présent fragile, que nous dévorions et dégustions tout ensemble.

Nous nous gavions de petites joies, d'images, de reflets que, nous le savions, nous garderions toute notre vie. Quant à notre chair, nous la meurtrissions à force de tenter désespérément de la fondre en une seule.

Je n'ai pas honte de le dire, j'étais heureux, d'un bonheur qui était au bonheur de tous les jours ce qu'est par exemple au son normal d'un violon celui qu'on en tire en passant l'archet du mauvais côté du chevalet. C'était aigu, exquis, et cela faisait délicieusement mal.

Quant à notre fringale sexuelle, je suis à peu près sûr que nous n'étions pas une exception. Moins serrés les uns contre les autres dans la tente de cirque que dans notre wagon à bestiaux, nous n'en étions pas moins une centaine de personnes, hommes et femmes, à dormir sous le même abri. Pas une nuit ne s'est écoulée sans que j'entende des corps se mouvoir avec précaution, des souffles précipités et des plaintes amoureuses.

Je n'étais pas le seul à me sentir en dehors de la vie ordinaire et de ses conventions. D'un moment à l'autre, les avions pouvaient apparaître dans le ciel et laisser choir leur chapelet de bombes. Dans deux semaines ou dans trois les troupes allemandes seraient ici et nul n'avait idée de ce qui se passerait.

Au cours d'une première alerte, on nous a fait coucher par terre, au bord du bassin, car l'abri souterrain aménagé près de la gare de marchandises était trop loin.

La D.C.A. a tiré. Des rafales sont parties de la gare. On nous a affirmé ensuite que c'était par erreur, qu'il s'agissait d'appareils français qui n'avaient pas fait les signaux réglementaires.

D'autres avions sont descendus en piqué pour poser des mines autour d'un navire, le *Champlain,* dans la rade de La Pallice. Le matin, le bateau a sauté. Nous avons entendu les déflagrations sans savoir ce qui se passait.

Plus tard, des réservoirs à essence ont flambé à trois ou quatre kilomètres de la ville, de la fumée noire a traîné plusieurs jours dans le ciel.

Je l'ai déjà dit, mais je le répète, les jours passaient à la fois vite et lentement. La notion de temps était changée. Les Allemands faisaient leur entrée à Paris alors qu'Anna et moi n'avions rien changé à nos petites habitudes. Seule l'atmosphère de la gare se transformait de jour en jour, devenait plus trouble, plus désordonnée.

Comme à Fumay, je me levais le premier et j'allais préparer le café dehors, tout en me rasant devant un miroir accroché à la toile de tente. On avait fini par réserver un coin de baraque pour la toilette des femmes et Anna s'y rendait de bonne heure, avant la cohue.

Nous déambulions vers la gare où on s'était habitué à nous et où on nous adressait un bonjour familier.

— Beaucoup de trains ?

— On attend du personnel de Renault.

Nous connaissions le souterrain, les voies, les bancs. Ce n'était pas sans tendresse que nous regardions les wagons à bestiaux où traînait encore de la paille. Où était le nôtre à présent, dans lequel devait rester un peu de notre odeur ?

Il était rare, ensuite, que Mme Bauche n'ait pas besoin de moi pour un travail, réparer une porte ou une fenêtre, installer de nouveaux casiers pour les médicaments ou les provisions.

Nous allions à la soupe. De temps en temps, nous nous offrions un extra. Traversant l'avenue, nous entrions dans un bar intime où je savais qu'Anna aimait boire un apéritif tandis que, pour l'accompagner, je commandais une limonade.

L'après-midi, nous nous rendions en ville et j'allais lire les listes avant de passer à la poste restante.

Pour peu qu'il soit un peu en avance, notre enfant pouvait naître d'un jour à l'autre et je me demandais qui s'occuperait de Sophie pendant le séjour de ma femme à la maternité.

Curieusement, je ne parvenais pas à les revoir en pensée l'une et l'autre. Leurs traits restaient vagues, indécis.

Je n'étais pas trop inquiet sur le sort de Sophie car nous avions eu, au camp, pendant une semaine, deux enfants qui avaient perdu leur mère en route et qui n'en souffraient pas. Ils jouaient avec les autres, aussi insouciants qu'eux et, quand la mère est enfin venue les chercher, ils sont restés un bon moment immobiles devant elle, gênés, comme s'ils avaient fait une escapade.

Le 16 juin est une des dates que je me rappelle. Pétain, à Orléans, demandait l'armistice et des soldats ont soudain quitté la gare, sans leurs armes, malgré l'opposition des officiers.

Trois jours plus tard, les Allemands étaient à Nantes. Nous nous figurions que, motorisés, ils se déplaçaient très vite et nous nous attendions à les voir dès le lendemain.

Or, ce n'est que le 22, un samedi, que des automobilistes nous ont crié en passant :

— Ils sont à La Roche-sur-Yon !

— Vous les avez vus ?

Ils faisaient signe que oui, tout en fonçant vers Rochefort.

La nuit suivante a été chaude. Anna s'était couchée la première et, debout, j'ai senti des larmes me monter aux yeux en la voyant faire son trou dans la paille. J'ai dit :

— Non ! Viens.

Elle ne me demandait jamais ni où ni pourquoi. On aurait juré qu'elle avait passé sa vie à suivre un homme, qu'elle avait été créée pour ça.

Nous avons marché en écoutant le bruit de la mer et le grincement des agrès. Peut-être a-t-elle cru que je cherchais l'abri d'un bateau ?

Je l'ai entraînée ainsi jusqu'au bout du port, là où se trouvent les chantiers de construction, et je me suis engagé avec elle sur le chemin de ronde qui aboutit à la plage.

On n'entendait pas un bruit. On ne voyait aucune lumière dans la ville, rien qu'un fanal vert sombre au bout de la jetée.

Nous nous sommes couchés sur le sable, près des petites vagues, et nous sommes restés longtemps sans rien dire, sans rien faire, à épier nos battements de cœur.

— Anna ! Je voudrais que tu te dises toujours...

— Chut !

Elle n'avait pas besoin des mots. Elle ne les aimait pas. Je crois qu'ils lui faisaient peur.

J'ai commencé à la prendre, gauchement, y mettant peu à peu une impatience qui ressemblait à de la méchanceté. Cette fois, elle ne m'aidait pas, immobile, les yeux fixés sur mon visage, et je n'y lisais aucune expression.

Il m'a semblé un instant qu'elle était déjà partie et je l'ai imaginée, à nouveau seule, comme une bête perdue.

— Anna ! lui ai-je crié de la même voix que j'aurais appelé au secours. Mais comprends donc !

Elle m'a pris la tête entre ses mains pour murmurer en retenant ses sanglots :

— C'était bon !

Elle ne parlait pas de notre étreinte, mais de nous, de tout ce qui avait été nous pendant si peu de temps. Nous avons pleuré, l'un sur l'autre, tout en faisant l'amour. Pendant ce temps la mer atteignait nos pieds.

J'avais besoin de faire quelque chose, je ne savais pas quoi. Je lui ai arraché sa robe, me suis dépouillé de mes vêtements. J'ai dit encore une fois :

— Viens !

Le ciel était assez clair pour que son corps se dessine dans l'obscurité mais je ne pouvais voir ses traits. A-t-elle réellement eu peur ? A-t-elle cru que je voulais la noyer, peut-être me noyer avec elle ? Son corps s'est rétracté, pris de panique animale.

— Viens, grosse bête !

Je me suis mis à courir dans l'eau, où elle n'a pas tardé à me rejoindre. Elle savait nager. Moi pas. Elle est allée plus loin dans la mer, puis est venue décrire des cercles autour de moi.

Je me demande aujourd'hui si elle avait tellement tort d'avoir peur. Tout était possible alors. Nous avons essayé de faire un jeu de ce bain, de nous amuser comme des écoliers en vacances, mais nous n'y sommes pas parvenus.

— Tu as froid ?

— Non.

— Courons pour nous réchauffer.

Nous avons couru sur le sable qui nous collait aux pieds et aux mollets.

J'avais été mal inspiré. En rentrant au camp, une patrouille nous a obligés à rester cachés dans une encoignure pendant près d'un quart d'heure.

Notre tente nous parut chaude de chaleur humaine et nous nous sommes enfin blottis dans notre coin où je n'ai pas dormi de la nuit.

Le lendemain était un dimanche. Des réfugiés se sont habillés pour la messe. En ville, nous avons rencontré des jeunes filles en toilette claire, des enfants endimanchés qui marchaient devant leurs parents. Les pâtisseries étaient ouvertes et j'ai acheté un gâteau encore tiède, comme à Fumay.

Après le déjeuner, nous sommes allés le manger devant le bassin, assis sur la pierre, les jambes pendant au-dessus de l'eau.

A cinq heures, des motos allemandes s'arrêtaient devant la mairie, et un officier demandait à être mis en présence de M. Vieiljeux.

7

Le lundi matin, je me sentais vide et déprimé. Anna avait dormi d'un sommeil agité, secouée plusieurs fois par ces mouvements brusques auxquels je ne m'habituais pas, et plusieurs fois elle a parlé avec volubilité dans sa langue.

Je me suis levé à la même heure que les autres jours pour préparer le café et me raser mais, au lieu de me trouver seul dehors, j'ai aperçu des groupes de réfugiés encore mal éveillés qui regardaient passer des motos allemandes.

J'avais l'impression de retrouver dans leurs yeux l'abattement résigné qui devait se lire dans les miens et cela était général ; cela a duré plusieurs jours, pour certains plusieurs semaines.

On tournait la page. Une époque était révolue, chacun en avait la certitude, bien que nul ne pût prévoir ce qui allait la remplacer.

Ce n'était plus seulement notre sort qui était en jeu, mais celui du monde dont nous faisions partie.

Nous nous étions fait une image plus ou moins effrayante de la guerre, de l'invasion, et voilà que, au moment où toutes deux nous atteignaient à notre tour, nous nous apercevions qu'elles étaient différentes de tout ce que nous avions prévu. Il est vrai que ce n'était qu'un commencement.

Par exemple, pendant que mon eau chauffait sur le petit réchaud à alcool solide posé par terre et que les Allemands défilaient toujours sans s'occuper de nous, très jeunes, roses et frais comme pour une parade, je voyais de loin deux soldats français, l'arme à la bretelle, qui montaient la garde à la porte de la gare.

Il n'arrivait plus de trains depuis l'avant-veille. Les quais étaient déserts, comme les salles d'attente, le buffet, le bureau du commandant militaire. Les deux soldats, faute d'ordres, ne savaient que faire et ce n'est que vers neuf heures qu'ils ont déposé leurs armes contre le mur et sont partis.

Pendant que je me savonnais les joues avec mon blaireau, j'ai entendu dans le bassin le bruit caractéristique de moteurs diesels et des bateaux sont partis pour la pêche. Ils n'étaient que trois ou quatre. Il n'en restait pas moins que, pendant que l'ennemi envahissait la ville, des pêcheurs allaient comme à l'accoutumée traîner leurs filets au large. Personne ne les a retenus.

Lorsque nous nous sommes dirigés vers la ville, Anna et moi, les cafés, les bars, les magasins étaient ouverts, des commerçants faisaient la toilette de leur boutique. Je revois en particulier une fleuriste arrangeant des œillets dans des seaux devant sa vitrine. Y avait-il donc des gens pour acheter des fleurs aujourd'hui ?

Sur les trottoirs, les passants circulaient, un peu inquiets, surtout déroutés, comme moi-même, et des hommes en uniforme étaient mêlés à la foule, des Français.

L'un d'eux, au milieu de la rue du Palais, demandait à un policier ce qu'il devait faire et, d'après ses gestes, je comprenais que l'agent lui répondait qu'il n'en savait pas plus que lui.

Je n'ai pas vu d'Allemands aux alentours de l'Hôtel de Ville. A vrai dire, je ne me rappelle pas en avoir vu à pied parmi les habitants. Je suis allé, comme les autres jours, consulter les listes, puis à la poste, où j'ai attendu mon tour devant le guichet de la poste restante tandis qu'Anna restait debout, songeuse, près de la fenêtre.

Nous ne nous étions à peu près rien dit depuis le matin. Nous étions aussi oppressés l'un que l'autre et, quand on m'a tendu un message à mon nom, je n'ai pas été surpris, j'ai pensé que c'était fatal, que cela devait arriver ce jour-là.

Mon sang s'est seulement retiré de mes membres qui sont devenus mous et j'ai eu du mal à m'éloigner de deux ou trois pas.

Je savais déjà. La formule était imprimée sur du mauvais papier, avec des blancs qu'on avait remplis au crayon violet.

Nom de la personne recherchée : Jeanne Marie Clémentine Van Straeten, épouse Féron.

Lieu d'origine : Fumay (Ardennes).

Profession : sans.

Partie le : ...

Moyen de transport : chemin de fer.

Accompagnée de : sa fille, 4 ans.

Lieu de repli : ...

Mon cœur s'est mis à battre et j'ai cherché Anna des yeux. Je la voyais à contre-jour, toujours près de la fenêtre d'où elle me regardait sans un geste.

Lieu de repli : maternité de Bressuire.

Je me suis approché d'elle et lui ai tendu le papier en silence. Puis, sans trop savoir ce que je faisais, je me suis dirigé vers le guichet du téléphone.

— On peut encore téléphoner à Bressuire ?

Je m'attendais à ce qu'on me réponde que c'était impossible. Contre toute logique, me semblait-il, le téléphone fonctionnait normalement.

— Quel numéro demandez-vous ?

— La maternité.

— Vous ne connaissez pas le numéro ? Ni le nom de la rue ?

— Je suppose qu'il n'y a qu'une maternité dans la ville.

Dans mes souvenirs d'écolier, Bressuire se trouvait quelque part dans une région dont on parle rarement, entre Niort et Poitiers, plus à l'ouest, vers la Vendée.

— Il y a dix minutes d'attente.

Anna m'avait rendu le message, que j'ai fourré dans ma poche. J'ai dit, inutilement puisqu'elle le savait déjà :

— J'attends la communication.

Elle a allumé une cigarette. Je lui avais acheté un sac à main bon marché ainsi qu'une petite mallette en imitation de cuir pour y mettre son linge et ses objets de toilette. Le plancher du bureau de poste était encore marqué des gouttes d'eau qu'on y avait répandues pour le balayer.

En face, de l'autre côté d'une petite place, des hommes aux allures de notables discutaient à une terrasse de café en buvant du vin blanc et le patron, en bras de chemise et tablier bleu, restait debout près d'eux, une serviette à la main.

— Vous avez Bressuire. Cabine 2.

Au bout du fil, une voix s'impatientait.

— Allô ! La Rochelle... Parlez...

— Bressuire ?

— Mais oui. Je vous passe votre numéro.

— Allô ! La maternité ?

— Qui est à l'appareil ?

— Marcel Féron. Je voudrais savoir si ma femme est encore chez vous.

— Quel nom avez-vous dit ?

— Féron.

J'ai dû épeler : F comme Fernand, É comme Émile...

— C'est une accouchée ?

— Je suppose. Elle était enceinte quand...

— Est-elle dans une chambre payante ou dans une salle gratuite ?

— Je l'ignore. Nous sommes des réfugiés de Fumay et je l'ai perdue en route ainsi que ma fille.

— Ne quittez pas. Je vais voir.

Par la vitre de la cabine, j'apercevais Anna qui était retournée s'accouder à la fenêtre et cela me faisait un curieux effet de regarder sa robe noire, ses épaules, ses hanches qui me redevenaient étrangères.

— Elle est ici, oui. Elle a accouché avant-hier.

— Je ne peux pas lui parler ?

— Il n'y a pas de téléphone dans les salles, mais je peux lui transmettre votre message.

— Dites-lui...

Je cherchais quelque chose à dire et j'entendais soudain de la friture sur la ligne.

— Allô !... Allô !... Ne coupez pas, mademoiselle...

— Parlez donc !... Dépêchez-vous...

— Dites-lui que son mari est à La Rochelle, que tout va bien, qu'il va se rendre à Bressuire aussi vite qu'il pourra... Je ne sais pas encore si je trouverai un moyen de transport, mais...

Il n'y avait plus personne sur la ligne et j'ignorais si on avait entendu la fin de ma phrase. L'idée ne m'était pas venue de demander si j'avais un garçon ou une fille, ni si tout s'était bien passé.

J'allai payer au guichet. Puis je dis machinalement, comme je l'avais si souvent dit au cours des dernières semaines :

— Viens.

C'était inutile, puisqu'Anna me suivait toujours.

Dans la rue, elle questionna :

— Comment comptes-tu y aller ?

— Je ne sais pas.

— Ils ne rétabliront sans doute pas les trains avant plusieurs jours.

Je ne me posais pas de questions. Je me rendrais à Bressuire à pied s'il le fallait. Puisque je savais où était Jeanne, je devais la rejoindre. Il ne s'agissait pas d'un devoir. C'était si naturel que je n'ai pas hésité un instant.

Je devais avoir l'air calme, sûr de moi, car Anna m'observait avec un certain étonnement. Sur le quai, je me suis arrêté dans le magasin où j'avais acheté le réchaud à alcool. On y vendait des sacs de marin en grosse toile et j'en voulais un pour remplacer la malle qui, même vide, était trop lourde pour que je la trimbale sur les routes.

Les soldats allemands ne se mêlaient toujours pas aux passants. Un groupe qui avait campé en bordure de la ville, sur les anciens remparts, autour d'une cuisine roulante, était parti au petit jour.

Je suis entré pour la dernière fois dans le camp, dans la tente de cirque verte où j'ai fourré le contenu de la malle dans le sac de matelot. Apercevant le réchaud à alcool, je l'ai tendu à Anna.

— Je te le laisse. Je n'en aurai plus besoin et, de toute façon, je n'ai pas de place.

Elle l'a pris sans protester, l'a mis dans sa mallette. J'étais préoccupé, me demandais où et comment nous allions nous faire nos adieux.

Des femmes dormaient encore et d'autres, qui s'occupaient de leurs enfants, nous observaient avec curiosité.

— Je vais t'aider.

Anna hissait le sac sur mon épaule et je me penchai pour saisir la valise. Elle me suivit, sa mallette à la main. Dehors, entre deux baraques, je commençai maladroitement :

— Toute ma vie, je...

Elle eut alors un sourire qui m'a dérouté.

— Je vais avec toi.

— A Bressuire ?

J'étais inquiet.

— Je veux rester avec toi le plus longtemps possible. N'aie pas peur. Là-bas, je disparaîtrai.

Cela me soulagea de voir la scène des adieux remise à plus tard. Nous n'avons pas rencontré Mme Bauche et nous sommes partis, comme tant d'autres, sans lui dire au revoir et sans la remercier. Nous étions pourtant les plus anciens du centre, car le vieux Jules avait été transporté à l'hôpital au cours d'une crise de delirium tremens.

Nous nous sommes dirigés vers la place d'Armes à travers des rues de plus en plus accidentées. La terrasse du café de la Paix était pleine. Des autos civiles circulaient et, au fond de la place, vers le Parc, on distinguait le camouflage bariolé des voitures allemandes.

Je ne comptais pas trouver d'autobus. Pourtant, il y en avait devant le dépôt, personne n'ayant donné l'ordre de cesser le service. J'ai demandé s'il y en avait pour Bressuire, ou pour Niort. On m'a répondu que non, que la route de Niort était encombrée de voitures, de réfugiés à pied et que les Allemands avaient de la peine à s'y frayer un passage.

— Il y a un car pour Fontenay-le-Comte.

— C'est sur la route de Bressuire ?

— Cela vous rapproche.

— Quand part-il ?

— Le chauffeur fait le plein d'essence.

Nous nous y sommes installés, en plein soleil, et, au début, nous étions seuls parmi les banquettes vides. Un soldat français est monté, un homme d'une quarantaine d'années, de la campagne, sa veste sur le bras, et plus tard une demi-douzaine de personnes ont pris place autour de nous.

Assis côte à côte, Anna et moi, secoués par les cahots, nous gardions le regard fixé sur le paysage.

— Tu n'as pas faim ?

— Non. Et toi ?

— Moi non plus.

Une paysanne, les yeux rouges d'avoir pleuré, mangeait, en face de nous, une tranche de pâté qui sentait bon.

Nous suivions une route qui allait de village en village, non loin de la mer d'abord, Nieul, Marsilly, Esnandes, Charron, et on voyait peu d'Allemands, seulement un petit groupe sur la place de chaque bourg, devant l'église ou la mairie, que les habitants regardaient d'assez loin.

Nous étions en dehors de l'itinéraire des réfugiés et du gros des troupes. Quelque part, j'ai cru reconnaître le pré et la halte où nous avions dormi la dernière nuit de notre voyage. Je n'en suis pas sûr, parce que le paysage n'est pas le même vu de la voie que de la route.

Nous sommes passés devant une grande laiterie où des boîtes de lait, par dizaines, brillaient au soleil, puis nous avons franchi un pont sur un canal, près d'une auberge flanquée d'une tonnelle. Il y avait des nappes à carreaux bleus, des fleurs sur les tables, un cuisinier en bois découpé, au bord de la route, tendant un menu polycopié.

A Fontenay-le-Comte, les Allemands étaient plus nombreux, les véhicules aussi, y compris les camions, mais seulement dans la grande rue qui conduit à la gare. A la station des autobus, sur une place, on nous a annoncé qu'il n'y avait pas de car pour Bressuire.

L'idée de louer un taxi ne m'est pas venue à l'esprit, d'abord parce que ça ne m'était jamais arrivé, ensuite parce que je n'aurais pas cru que cela fût encore possible.

Nous sommes entrés, pour manger un morceau, dans un café de la place du marché.

— Vous êtes des réfugiés ?

— Oui. Des Ardennes.

— Il y en a, des Ardennais, qui font du bois dans la forêt de Mervent. Ils ont l'air un peu sauvages ; au fond, ils sont bien braves, bien courageux. Vous allez loin ?

— A Bressuire.

— Vous avez une auto ?

Nous étions les seuls clients dans la salle et un vieillard en pantoufles de feutre est venu nous regarder par la porte de la cuisine.

— Non. Nous marcherons s'il le faut.

— Vous croyez que vous pouvez aller à Bressuire à pied ? Avec cette petite dame ? Attendez donc que je demande si le camion de Martin est parti.

Nous avons eu de la chance. La maison de Martin, de l'autre côté des arbres, était une quincaillerie en gros. Elle avait des livraisons à faire à Pouzauges et à Cholet. Nous avons attendu, en buvant du café, devant la place vide.

Il y avait place pour nous deux, en nous serrant dans la cabine, à côté du chauffeur, et, après une côte assez raide, nous avons traversé une forêt interminable.

— Les Ardennais sont là-bas, disait notre conducteur en désignant une coupe de bois et quelques cabanes autour desquelles jouaient des enfants à moitié nus.

— Les Allemands sont nombreux par ici ?

— Il y a eu un gros trafic, hier soir et cette nuit. Cela va sans doute recommencer. On a surtout vu des motos et des cuisines roulantes. Je suppose que les tanks suivent.

Il s'est arrêté pour déposer un colis chez un maréchal-ferrant où un cheval de labour s'est tourné vers nous en hennissant. La journée me paraissait longue et, malgré notre chance, le voyage n'en finissait pas.

J'en voulais un peu à Anna, à présent, de m'avoir accompagné. Il aurait mieux valu, pour l'un comme pour l'autre, en finir à La Rochelle, avec mon sac de matelot sur l'épaule et ma valise à la main.

Sachant que je n'étais pas content, elle se faisait toute petite entre le chauffeur et moi. J'ai pensé soudain que sa hanche chaude touchait celle de notre compagnon et je me suis senti jaloux.

Nous avons mis près de deux heures pour atteindre Pouzauges, ne rencontrant qu'une colonne motorisée longue d'un kilomètre. Les soldats nous regardaient en passant, regardaient surtout Anna et quelques-uns lui adressaient un signe de la main.

— Vous n'êtes plus qu'à une vingtaine de kilomètres de Bressuire. Vous feriez mieux d'entrer dans ce café avec moi, des fois que je vous trouverais une occasion.

Des hommes jouaient aux cartes, renfrognés. Deux autres, dans le fond, discutaient devant des papiers étalés entre les verres.

— Dites donc, il n'y a personne qui aille du côté de Bressuire ? Ces messieurs-dames sont des réfugiés qui ont besoin d'y arriver avant la nuit.

Un de ceux qui discutaient et qui avait l'air d'un marchand de biens détailla Anna des pieds à la tête avant de dire :

— Je peux les prendre jusqu'à Cerizay.

J'ignorais où était Cerizay. On m'a expliqué que c'était à moitié chemin de Bressuire. Je m'étais attendu à surmonter des difficultés, à faire preuve d'un certain héroïsme pour rejoindre ma femme, à marcher pendant plusieurs jours le long des routes et à être inquiété par les Allemands.

J'étais presque déçu que tout s'arrange si facilement.

Nous avons attendu près d'une heure la fin de la discussion. Plusieurs fois, les hommes se sont levés et ont fait mine de se serrer la main, pour se rasseoir et commander une nouvelle tournée.

Notre futur conducteur avait le teint congestionné. L'air important, il a fait monter Anna à côté de lui et je me suis installé sur la banquette arrière. Je ressentis soudain la fatigue de ma nuit blanche ; mes paupières étaient lourdes, mes lèvres brûlantes, comme si j'allais avoir la fièvre. Peut-être avais-je attrapé un coup de soleil ?

Après un certain temps, j'ai cessé de distinguer les paroles prononcées à l'avant. Je voyais vaguement des prés, des bois, un ou deux villages comme engourdis. Nous avons traversé un pont au-dessus d'une rivière presque à sec pour nous arrêter enfin sur une place.

J'ai remercié. Anna aussi. Nous avons parcouru deux ou trois cents mètres avant d'apercevoir, devant une boulangerie, un camion chargé de farine sur lequel était peint le nom d'un meunier de Bressuire.

Ainsi, je n'ai pas eu à marcher, ni Anna. Nous ne nous sommes pas trouvés seuls de toute la journée.

La nuit n'était pas tombée. Nous étions sur un trottoir, près de la terrasse d'un café-tabac, mon sac et ma valise à mes pieds. Je me suis retourné pour prendre quelques billets dans mon portefeuille. Anna a compris et n'a pas protesté quand je les ai glissés dans son sac.

C'était vide, tout autour. Je n'ai jamais eu une telle impression de vide. J'ai arrêté un gamin qui passait.

— Dis-moi, mon petit... La maternité ?

— Deuxième rue à gauche, tout en haut. Vous ne pouvez pas vous tromper.

Anna, devinant que j'allais lui dire adieu ici, a murmuré :

— Laisse-moi t'accompagner jusqu'à la porte.

Elle était si humble que je n'ai pas eu le courage de refuser. Sur une place, des Allemands s'affairaient autour d'une douzaine de gros tanks et des officiers criaient des ordres.

La rue de la maternité était en pente, bordée de maisons bourgeoises. Tout au bout se dressait un grand bâtiment en brique.

J'ai posé à nouveau mon sac et ma valise par terre. Je n'osais pas regarder ma compagne. Une femme était accoudée à sa fenêtre, un enfant assis sur le seuil et le soleil couchant n'éclairait plus que le toit des maisons.

— Alors... ai-je commencé.

Le son s'arrêtait dans ma gorge et je lui ai saisi les deux mains.

Il fallait quand même que je la regarde une dernière fois et je voyais un visage comme déjà effacé.

— Adieu !

— Sois heureux, Marcel.

Je lui ai serré les deux mains. Je les ai lâchées. J'ai repris mes deux fardeaux, titubant presque, et, comme je m'approchais du seuil de la maternité, elle a couru derrière moi pour me souffler :

— J'ai été heureuse avec toi.

A travers la porte vitrée, j'apercevais des infirmières dans un hall, une civière roulante, la réceptionniste qui parlait au téléphone. Je suis entré. Je me suis retourné. Elle restait debout sur le trottoir.

— Mme Féron, s'il vous plaît.

8

Ce n'est pas seulement pour mettre de l'ordre en moi-même, ni dans l'espoir de comprendre certaines choses qui m'ont toujours troublé, que je me suis mis à écrire ces souvenirs, en cachette de ma femme et de tout le monde, dans un cahier que j'enferme à clé chaque fois que quelqu'un entre dans mon bureau.

Car j'ai maintenant un bureau, un magasin à deux vitrines rue du Château et j'emploie plus d'ouvriers que le fils de mon ancien patron, M. Ponchot, qui n'a pas su se moderniser et dont la maison est restée aussi sombre et solennelle que quand j'y travaillais autrefois.

J'ai trois enfants qui grandissent, deux filles et un garçon. C'est le garçon, Jean-François, qui est né à Bressuire pendant que Sophie restait confiée aux fermiers d'un village voisin chez qui ma femme avait trouvé refuge quand le train les avait abandonnées.

Sophie a paru contente de me voir, mais pas surprise et quand, un mois plus tard, nous avons repris le train pour Fumay avec sa mère et son petit frère, elle avait le cœur gros.

L'accouchement s'est passé sans histoire. Jean-François est le plus costaud des trois. C'est avec sa seconde sœur que nous avons eu des difficultés. Il est vrai que j'ai retrouvé Jeanne plus nerveuse que jamais, s'effrayant pour un rien, persuadée qu'un malheur la guettait.

Isabelle, la troisième, est née au plus dramatique moment de la guerre, quand on attendait le débarquement. Certains prétendaient que celui-ci déclencherait les mêmes drames et le même désordre que l'invasion allemande. On prévoyait que tous les hommes valides seraient dirigés sur l'Allemagne et des chemins étaient marqués de flèches de façon que nous n'encombrions pas les routes militaires.

C'était aussi le temps des privations. Le ravitaillement était au plus bas et je ne pouvais m'adresser au marché noir que dans une mesure assez modeste.

Toujours est-il que Jeanne a accouché prématurément, le bébé mis en couveuse et que ma femme ne s'en est jamais tout à fait remise. Je parle moralement plus encore que physiquement. Elle reste craintive, pessimiste et quand, plus tard, nous nous sommes installés rue du Château, elle a été longtemps persuadée que nous courions à la catastrophe et que nous nous retrouverions plus pauvres que jamais.

J'ai repris ma vie au point où je l'avais laissée, comme c'était mon devoir, mon destin, parce que c'était la seule solution possible et que je n'avais jamais envisagé qu'il en serait autrement.

J'ai beaucoup travaillé. Le moment venu, j'ai mis mes enfants dans les meilleures écoles.

J'ignore ce qu'ils deviendront. Pour le moment, ils ressemblent à tous les enfants de notre milieu et acceptent les idées qu'on leur inculque.

Je n'en ai pas moins, surtout en regardant grandir mon fils et en écoutant les questions qu'il pose, en voyant les coups d'œil qu'il me lance, je n'en ai pas moins, dis-je, une arrière-pensée.

Peut-être Jean-François continuera-t-il à réagir comme sa mère et ses éducateurs lui apprennent à le faire et comme je le fais plus ou moins sincèrement moi-même.

Il est possible aussi qu'un jour il se révolte contre nos idées, notre genre de vie, qu'il essaie d'être lui-même.

Cela est vrai des filles, d'ailleurs, mais c'est en essayant d'imaginer Jean-François jeune homme que j'ai commencé à être troublé.

Mon front est dégarni. J'ai besoin de verres de plus en plus épais. Je suis un homme assez prospère, effacé, plutôt terne. Vu d'un certain angle, le ménage que nous formons, Jeanne et moi, est plutôt une caricature du couple.

Alors, l'idée m'est venue de laisser à mon fils, à tout hasard, une autre image de moi. Je me suis demandé si cela ne lui ferait pas du bien, un jour, de savoir que son père n'a pas toujours été le commerçant et le mari timide qu'il a connu, sans autre aspiration que d'élever les siens de son mieux et de leur faire gravir un petit échelon de l'échelle sociale.

Mon fils, peut-être mes filles, apprendraient ainsi qu'il y a eu en moi un autre homme et que, pendant quelques semaines, j'ai été capable d'une vraie passion.

Je ne sais pas encore. Je n'ai pas pris de décision quant à l'utilisation de ce cahier et j'espère qu'il me reste du temps devant moi pour y réfléchir.

Je me devais, en tout cas, de révéler ici cette arrière-pensée, comme je me dois, pour être honnête vis-à-vis de moi-même et des autres, d'aller jusqu'au bout.

Dès l'hiver 1940, la vie avait repris presque normalement, sauf pour la présence des Allemands et pour le ravitaillement qui devenait déjà difficile. Je m'étais remis au travail. Les postes de radio n'étaient pas interdits et on en achetait plus que par le passé. Nestor, le coq, et nos poules, moins une, avaient retrouvé leur place au fond du jardin et, contre mon attente, rien n'avait été volé dans la maison, pas un poste, pas un outil ; mon atelier était exactement comme je l'avais quitté, avec de la poussière en plus.

Le printemps et l'automne 1941 ont dû se passer sans histoires car je n'en garde que peu de souvenirs, si ce n'est que le docteur Wilhems venait souvent à la maison. La santé de Jeanne le préoccupait et, il me l'a avoué plus tard, il craignait qu'elle fasse de la neurasthénie.

S'il n'a jamais été question d'Anna entre ma femme et moi, je jurerais qu'elle sait. Une rumeur est-elle parvenue jusqu'à elle, répandue par des réfugiés rentrés au pays comme nous ? Je ne me souviens pas en avoir rencontré à cette époque, mais ce n'est pas impossible.

De toute façon, cela n'avait rien à voir avec sa santé et avec ses frayeurs. Elle n'a jamais été passionnée, ni jalouse et, comme sa sœur Berthe, dont le mari, le pâtissier, passe pour courir les jupons, elle tolérerait que j'aie des aventures, à condition que celles-ci restent discrètes et ne mettent pas notre foyer en danger.

Je ne cherche pas à me décharger de mes responsabilités. Je dis ce que je pense, objectivement. Si elle a compris, à Bressuire, que j'avais cessé pour un temps d'être le même homme, mon comportement, par la suite, l'avait rassurée.

S'est-elle doutée qu'elle avait failli ne pas me revoir ? Ce n'était d'ailleurs pas vrai. Notre ménage n'avait couru aucun danger sérieux, je le dis au risque de me diminuer à mes propres yeux.

C'étaient surtout les Allemands qui lui faisaient peur, une peur physique, instinctive, leurs pas dans la rue, leur musique, les affiches qu'ils placardaient sur les murs et qui n'annonçaient que de mauvaises nouvelles.

A cause de mon métier, ils étaient venus deux fois perquisitionner dans mon atelier et dans la maison, avaient même fait des trous dans le jardin à la recherche d'émetteurs clandestins.

Nous habitions encore la même rue, en ce temps-là, près du quai, entre la maison des vieux Matray et celle de l'instituteur à la petite fille bouclée. Ces derniers n'étaient pas revenus et on ne les a revus qu'après la Libération car ils ont passé toute la guerre près de Carcassonne où l'instituteur s'est occupé de la Résistance.

Dans ma mémoire, l'hiver 1941-1942 a été très froid. Un peu avant Noël, alors qu'il était déjà tombé de la neige, le docteur Wilhems est venu un matin chez nous pour voir Jeanne qui relevait de la grippe. Nous y avions tous passé, mais elle se remettait mal de la sienne et se montrait plus anxieuse que d'habitude.

Au moment de me quitter, dans le corridor, il m'a dit :

— Soyez assez gentil pour venir jeter un coup d'œil à mon poste. Je me demande si une des lampes n'est pas grillée.

Il faisait noir dès quatre heures de l'après-midi et les réverbères étaient toujours barbouillés de bleu, les étalages obscurs. Je venais de terminer un travail quand j'ai pensé au docteur Wilhems et je me suis dit que j'avais le temps de passer chez lui avant le dîner.

J'ai averti ma femme, endossé ma canadienne. Ma boîte à outils à la main, j'ai quitté la tiédeur de la maison pour le froid et l'obscurité de la rue.

J'avais à peine parcouru quelques mètres qu'une silhouette se détachait du mur et venait à moi tandis qu'une voix m'appelait par mon nom.

— Marcel.

Je l'ai reconnue tout de suite. Elle portait un manteau sombre, un béret sur la tête. Son visage m'a paru plus pâle que jamais. Elle s'est mise à mon côté comme quand je lui disais autrefois : « Viens. »

Elle semblait transie de froid, émue, cependant que je restais calme et lucide.

— Il faut que je te parle, Marcel. C'est ma dernière chance. Je suis à Fumay avec un aviateur anglais que je dois conduire en zone libre.

Je me suis retourné et j'ai cru apercevoir la silhouette d'un homme caché sur le seuil des Matray.

— Quelqu'un nous a dénoncés et la Gestapo est à nos trousses et nous cherche. Nous devrions pouvoir nous cacher quelques jours dans un endroit sûr, le temps qu'ils nous oublient.

Elle s'essoufflait en marchant, ce qui ne lui arrivait pas jadis. Ses yeux étaient cernés, son visage fané.

J'avançais toujours à grands pas et, au moment de tourner l'angle du quai, j'ai commencé :

— Écoute...

— J'ai compris.

Elle comprenait toujours avant que j'aie ouvert la bouche. Je tenais néanmoins à dire ce que j'avais à dire :

— Les Allemands me surveillent. Deux fois, ils...

— J'ai compris, Marcel, répéta-t-elle. Je ne t'en veux pas. Excuse-moi.

Je n'ai pas eu le temps de la rattraper. Elle avait fait demi-tour, courant vers l'homme qui l'attendait dans l'ombre.

Je n'en ai jamais parlé à personne. La radio du médecin réparée, je suis rentré chez nous où Jeanne mettait la table dans la cuisine pendant que Jean-François mangeait déjà dans sa haute chaise.

— Tu n'as pas pris froid ? m'a-t-elle demandé en me regardant.

Tout était à sa place, les meubles, les objets, comme nous les avions laissés en quittant Fumay, et il y avait un enfant de plus dans la maison.

Un mois plus tard, j'ai aperçu une affiche encore fraîche sur le mur de la mairie. On y lisait cinq noms, dont un nom anglais et celui d'Anna Kupfer. Tous les cinq avaient été fusillés comme espions, l'avant-veille, dans la cour de la prison de Mézières.

Je ne suis jamais retourné à La Rochelle. Je n'y retournerai jamais.

J'ai une femme, trois enfants, une maison de commerce rue du Château.

Noland (Vaud), le 25 mars 1961.

MAIGRET ET LE VOLEUR PARESSEUX

1

Il y eut un vacarme pas loin de sa tête et Maigret se mit à remuer, maussade, comme effrayé, un de ses bras battant l'air en dehors des draps. Il avait conscience d'être dans son lit, conscience aussi de la présence de sa femme qui, mieux éveillée que lui, attendait dans l'obscurité sans rien oser dire.

Sur quoi il se trompait — pendant quelques secondes tout au moins — c'était sur la nature de ce bruit insistant, agressif, impérieux. Et c'était toujours en hiver, par temps très froid, qu'il se trompait de la sorte.

Il lui semblait que c'était le réveille-matin qui sonnait, alors que depuis son mariage, il n'y en avait plus sur sa table de nuit. Cela remontait à plus loin encore que l'adolescence : à son enfance, quand il était enfant de chœur et servait la messe de six heures.

Pourtant, il avait servi la même messe au printemps, en été, en automne. Pourquoi le souvenir qui lui en restait et qui lui revenait automatiquement était-il un souvenir d'obscurité, de gel, de doigts engourdis, de chaussures qui, sur le chemin, faisaient craquer une pellicule de glace ?

Il renversait son verre, comme cela lui arrivait souvent, et Mme Maigret allumait la lampe de chevet au moment où sa main atteignait le téléphone.

— Maigret... Oui...

Il était quatre heures dix et le silence, dehors, était le silence particulier aux plus froides nuits d'hiver.

— Ici Fumel, monsieur le commissaire...

— Comment ?

Il entendait mal. On aurait dit que son correspondant parlait à travers un mouchoir.

— Fumel, du XVIe...

L'homme étouffait sa voix comme s'il craignait d'être entendu par quelqu'un se trouvant dans une pièce voisine. Devant l'absence de réaction du commissaire, il ajoutait :

— Aristide...

Aristide Fumel, bon ! Maigret était éveillé, à présent, et se demandait pourquoi diable l'inspecteur Fumel, du XVIe arrondissement, l'éveillait à quatre heures du matin.

Et pourquoi, en outre, sa voix sonnait-elle mystérieuse, comme furtive ?

— Je ne sais pas si je fais bien de vous téléphoner... J'ai tout de suite averti mon chef direct, le commissaire de police... Il m'a dit d'appeler le Parquet et j'ai eu le substitut de garde au bout du fil...

Mme Maigret qui, pourtant n'entendait que les répliques de son mari, se levait déjà, cherchait ses pantoufles du bout du pied, s'enveloppait de sa robe de chambre ouatinée et se dirigeait vers la cuisine où on entendait le sifflement du gaz, puis l'eau qui coulait dans la bouilloire.

— On ne sait plus trop ce que l'on doit faire, vous comprenez ? Le substitut m'a ordonné de retourner sur les lieux et de l'attendre. Ce n'est pas moi qui ai découvert le corps, mais deux agents cyclistes...

— Où ?

— Comment ?

— Je demande, où ?

— Au bois de Boulogne... Route des Poteaux... Vous connaissez ?... Elle donne dans l'avenue Fortunée, pas loin de la porte Dauphine... Il s'agit d'un homme d'un certain âge... Mon âge à peu près... Pour autant que j'aie pu en juger, il n'a rien dans les poches, aucun papier... Bien entendu, je n'ai pas bougé le corps... Je ne sais pas pourquoi, il me semble qu'il y a quelque chose de bizarre et j'ai préféré vous téléphoner... Il vaudrait mieux que les gens du Parquet ne le sachent pas...

— Je te remercie, Fumel...

— Je retourne là-bas tout de suite, des fois qu'ils arriveraient plus vite que d'habitude...

— Où es-tu ?

— Au poste de la Faisanderie... Vous comptez venir ?

Maigret hésita, toujours enfoui dans la chaleur du lit.

— Oui.

— Qu'est-ce que vous direz ?

— Je ne sais pas encore. Je trouverai.

Il était humilié, presque furieux, mais ce n'était pas la première fois depuis six mois. Le brave Fumel n'y était pour rien. Mme Maigret, dans l'encadrement de la porte, lui recommandait :

— Habille-toi chaudement. Il gèle dur.

En écartant le rideau, il découvrit des fleurs de givre sur les vitres. Les becs de gaz avaient une luminosité spéciale qu'on ne leur voit que par les grands froids et il n'y avait pas une âme boulevard Richard-Lenoir, pas un bruit, une seule fenêtre éclairée, en face, sans doute dans une chambre de malade.

Maintenant, on les obligeait à tricher ! On, c'était le Parquet, les gens du ministère de l'Intérieur, tous ces nouveaux législateurs enfin, sortis des grandes écoles, qui s'étaient mis en tête d'organiser le monde selon leurs petites idées.

La police, à leurs yeux, constituait un rouage inférieur, un peu honteux, de la Justice avec une majuscule. Il fallait s'en méfier, la tenir à l'œil, ne lui laisser qu'un rôle subalterne.

Fumel appartenait encore à la vieille époque, comme Janvier, comme Lucas, comme une vingtaine environ des collaborateurs de Maigret, mais les autres s'accommodaient des nouvelles méthodes et des nouveaux règlements, ne pensant qu'à préparer des examens afin de monter plus vite en grade.

Pauvre Fumel qui, lui, n'avait jamais pu monter en grade parce qu'il était incapable d'apprendre l'orthographe et de rédiger un rapport !

Le procureur, ou un de ses substituts, tenait à être le premier averti, le premier sur place, en compagnie d'un juge d'instruction mal éveillé, et ces messieurs donnaient leur avis comme s'ils avaient passé leur vie à découvrir des cadavres et connaissaient mieux que quiconque les criminels.

Quant à la police... On la chargeait de commissions rogatoires...

— Vous ferez telle et telle chose... Vous appréhenderez telle personne et vous me l'amènerez dans mon cabinet...

— Surtout, ne lui posez pas de questions ! Il faut que cela se passe dans les règles...

Il y en avait tant, de règles, le *Journal Officiel* publiait de si nombreux textes parfois contradictoires qu'ils ne s'y retrouvaient pas eux-mêmes, vivaient dans la terreur d'être pris en faute et de donner prise aux protestations des avocats.

Il s'habillait, grognon. Pourquoi, les nuits d'hiver, quand on le réveillait ainsi, le café avait-il un goût particulier ? L'odeur de l'appartement était différente aussi, lui rappelait la maison de ses parents quand il se levait à cinq heures et demie du matin.

— Tu appelles le bureau pour qu'on t'envoie une voiture ?

Non ! S'il arrivait là-bas avec une auto du Quai, il risquait qu'on lui réclame des comptes.

— Téléphone à la station de taxis...

On ne lui rembourserait pas la course, à moins que, si meurtre il y avait, il ne découvre l'assassin dans un délai très bref. On ne remboursait plus les taxis qu'en cas de succès. Encore fallait-il prouver qu'on n'aurait pas pu se rendre autrement sur les lieux.

Sa femme lui tendait une grosse écharpe de laine.

— Tu as tes gants ?

Il fouillait les poches de son pardessus.

— Tu ne veux pas manger un morceau ?

Il n'avait pas faim. Il semblait bouder et pourtant, au fond, c'étaient des moments qu'il aimait bien, peut-être ceux qu'il regretterait le plus une fois à la retraite.

Il descendait l'escalier, trouvait un taxi à la porte, avec de la vapeur blanche qui sortait du pot d'échappement.

— Au bois de Boulogne... Vous connaissez la route des Poteaux ?

— Ce serait malheureux que je ne la connaisse pas, après trente-cinq ans de métier...

C'est ainsi, en somme, que les anciens se consolaient de leur vieillissement.

Les banquettes étaient glacées. On ne rencontra que quelques voitures, des autobus vides qui se dirigeaient vers leur tête de ligne. Les premiers bars n'étaient pas encore éclairés. Aux Champs-Élysées, des femmes de ménage nettoyaient les bureaux.

— Encore une fille qui s'est fait descendre ?

— Je ne sais pas... Je ne crois pas...

— Je me disais bien qu'elle n'aurait pas trouvé beaucoup de clients au Bois par un temps pareil.

Sa pipe aussi avait un autre goût. Il enfonçait les mains dans les poches, calculait qu'il y avait au moins trois mois qu'il n'avait rencontré Fumel et qu'il connaissait celui-ci depuis... à peu près depuis sa propre entrée dans la police, à l'époque où il travaillait dans un commissariat de quartier.

Fumel était déjà laid et, déjà, on le plaignait tout en se moquant de lui, d'abord parce que ses parents avaient eu l'idée de l'appeler Aristide, ensuite parce que, malgré son physique, il avait perpétuellement des drames de cœur.

Il s'était marié et sa femme, après un an, était partie sans laisser d'adresse. Il avait remué ciel et terre pour la retrouver. Pendant des années, son signalement avait été dans la poche de tous les policiers et de tous les gendarmes de France et Fumel se précipitait à la morgue chaque fois qu'on repêchait dans la Seine un cadavre de sexe féminin.

C'était passé à l'état de légende.

— On ne m'ôtera pas de la tête qu'il lui est arrivé malheur et que c'est à moi qu'on en voulait...

Un de ses yeux était fixe, plus clair que l'autre, presque transparent, ce qui rendait son regard gênant.

— Je l'aimerai toute ma vie... Et je sais qu'un jour je la retrouverai...

Avait-il encore le même espoir, à cinquante et un ans ? Cela ne l'empêchait pas, périodiquement, de tomber amoureux et le sort continuait à s'acharner sur lui, car chacune de ses aventures entraînait des complications invraisemblables et finissait mal.

On l'avait même, avec toutes les apparences de la raison, accusé de proxénétisme, à cause d'une garce qui se moquait de lui, et il avait évité de justesse d'être rayé des cadres de la police.

Comment s'y prenait-il, si naïf et si maladroit en ce qui le concernait, pour être cependant un des meilleurs inspecteurs de Paris ?

Le taxi franchissait la porte Dauphine, tournait à droite dans le Bois et on apercevait déjà la lueur d'une lampe de poche. Un peu plus tard, on voyait des ombres, au bord d'une allée.

Maigret descendait de voiture, payait la course. Une silhouette s'approchait.

— Vous arrivez avant eux... soupirait Fumel en tapant des pieds sur le sol gelé pour se réchauffer.

Deux vélos étaient appuyés à un arbre. Les agents en pèlerine battaient la semelle, eux aussi, cependant qu'un petit monsieur à chapeau gris perle regardait l'heure à sa montre avec impatience.

— Le docteur Boisrond, de l'état civil...

Maigret serrait la main distraitement, se dirigeait vers une forme sombre, au pied d'un arbre. Fumel braquait la lumière de sa lampe de poche.

— Je crois, monsieur le commissaire, expliquait-il, que vous allez comprendre ce que je veux dire... Pour moi, il y a quelque chose qui cloche...

— Qui l'a découvert ?

— Ces deux agents cyclistes, en faisant leur ronde...

— A quelle heure ?

— Trois heures douze... Ils ont d'abord cru que c'était un sac jeté au bord du chemin...

Par terre, en effet, dans les herbes durcies par le gel, l'homme n'était qu'un tas informe. Il n'était pas étendu de tout son long, mais ramassé sur lui-même, presque roulé en boule, et seule une main sortait de la masse, encore crispée, comme si elle avait tenté de saisir quelque chose.

— De quoi est-il mort ? demanda Maigret au médecin.

— Je n'ai guère osé y toucher avant l'arrivée du Parquet mais, autant que j'en puisse juger, il a eu le crâne fracturé par un ou plusieurs coups portés avec un objet très lourd...

— Le crâne ? insistait le commissaire.

Car, à la lueur de la lampe de poche, il ne voyait en guise de visage que des chairs tuméfiées et sanguinolentes.

— Je ne peux rien affirmer avant l'autopsie, mais je jurerais que ces coups-là ont été donnés après, quand l'homme était mort, tout au moins mourant...

Et Fumel, regardant Maigret dans la demi-obscurité :

— Vous voyez ce que je veux dire, patron ?

Les vêtements étaient de bonne qualité, sans luxe, des vêtements comme en portent par exemple des fonctionnaires ou des retraités.

— Tu dis qu'il n'y a rien dans les poches ?

— J'ai tâté prudemment et n'ai senti aucun objet... Maintenant, regardez autour...

Fumel éclairait le sol autour de la tête et on ne voyait aucune tache de sang.

— Ce n'est pas ici qu'il a été frappé. Le docteur est d'accord car, étant donné ses blessures, il a dû saigner abondamment. On l'a donc apporté dans le Bois, sans doute en voiture. On dirait même, à la façon dont il est recroquevillé sur lui-même, qu'il a été poussé de l'auto sans que ceux qui le transportaient se donnent la peine d'en descendre.

Le bois de Boulogne était silencieux, figé comme un décor de théâtre, avec, de loin en loin, ses lampadaires qui dessinaient un cercle régulier de lumière blanche.

— Attention... Je crois que les voici...

Une auto arrivait de la porte Dauphine, une longue voiture noire qui cherchait son chemin et Fumel agita sa lampe électrique, se précipita vers la portière.

Maigret, fumant sa pipe à petites bouffées, se tenait à l'écart.

— C'est ici, monsieur le substitut... Le commissaire de police, qui a dû se rendre à l'hôpital Cochin pour un constat, sera ici dans quelques minutes...

Maigret avait reconnu le magistrat, un grand maigre, d'une trentaine d'années, très élégant, qui s'appelait Kernavel. Il reconnaissait le juge d'instruction aussi, avec qui il avait rarement eu l'occasion de travailler et qui était en quelque sorte à cheval entre les nouveaux et les anciens : un certain Cajou, brun de poil, d'une quarantaine d'années. Quant au greffier, il se tenait aussi loin que possible du cadavre comme s'il craignait que le spectacle le fasse vomir.

— Qui... commença le substitut.

Il regardait la silhouette de Maigret et fronçait les sourcils.

— Pardon. Je ne vous avais pas vu tout de suite. Comment se fait-il que vous soyez ici ?

Maigret se contenta d'un geste vague, d'une phrase plus vague encore :

— Un hasard...

Et Kernavel, mécontent, affectait désormais de ne s'adresser qu'à Fumel.

— De quoi s'agit-il au juste ?

— Deux agents cyclistes, en effectuant leur ronde, ont aperçu le corps, il y a un peu plus d'une heure. J'ai alerté le commissaire de police, mais il devait d'abord passer, comme je vous l'ai dit, à l'hôpital Cochin pour un constat urgent et il m'a chargé de prévenir le Parquet. Tout de suite après, j'ai appelé le docteur Boisrond...

Le substitut cherchait le médecin autour de lui.

— Qu'est-ce que vous avez découvert, docteur ?

— Fracture du crâne ; probablement fractures multiples...

— Un accident ? Vous ne croyez pas qu'il a été heurté par une voiture ?

— Il a été frappé plusieurs fois, sur la tête d'abord, au visage ensuite, avec un instrument contondant.

— Vous êtes certain, donc, qu'il s'agit d'un meurtre ?

Maigret aurait pu se taire, laisser faire, laisser dire. Il ne s'en avança pas moins d'un pas.

— On gagnerait peut-être du temps en prévenant les spécialistes de l'Identité Judiciaire ?

C'est à Fumel, toujours, que le substitut donna ses instructions.

— Envoyez un des agents téléphoner...

Il était blême de froid. Tout le monde avait froid, autour du corps immobile.

— Un rôdeur ?

— Il n'est pas habillé comme un rôdeur et, par le temps qu'il fait, il n'y en a guère dans le Bois.

— Dévalisé ?

— Pour autant que je sache, il n'y a rien dans ses poches.

— Un homme qui rentrait chez lui et qui a été attaqué ?

— On ne voit pas de sang par terre. Le docteur pense, comme moi, que le crime n'a pas été commis ici.

— Dans ce cas, il s'agit vraisemblablement d'un règlement de comptes.

Le substitut était péremptoire, satisfait d'avoir trouvé une solution adéquate au problème.

— Le crime aura été commis à Montmartre et les truands qui ont fait le coup se sont débarrassés du corps en le jetant ici...

Il se tourna vers Maigret.

— Je ne pense pas, monsieur le commissaire, que ce soit une affaire pour vous. Vous devez avoir d'importantes enquêtes en cours. Au fait ! où en êtes-vous du hold-up du bureau de poste du XIIIe ?

— Nulle part encore.

— Et des précédents hold-up ? Combien en avons-nous eu, rien qu'à Paris, en quinze jours ?

— Cinq.

— C'est le chiffre que j'avais en tête. Aussi suis-je assez surpris de vous trouver ici à vous occuper d'une affaire sans importance.

Ce n'était pas la première fois que Maigret entendait cette chanson-là. Ces messieurs du Parquet étaient effrayés par la vague de criminalité, comme ils disaient, et surtout par les vols spectaculaires qui, ainsi que cela arrive périodiquement, se multipliaient depuis un certain temps.

Cela signifiait qu'une nouvelle bande, un nouveau gang, pour employer le mot cher aux journaux, s'était formé récemment.

— Vous n'avez toujours aucun indice ?

— Aucun.

Ce n'était pas tout à fait vrai. S'il ne possédait pas d'indices à proprement parler, il n'en avait pas moins une théorie qui se tenait et que les faits semblaient confirmer. Mais cela ne regardait personne, surtout pas le Parquet.

— Écoutez, Cajou. Vous allez prendre l'affaire en main. Si vous m'en croyez, faites en sorte qu'on en parle le moins possible. C'est un fait divers banal, un crime crapuleux et, ma foi, si les mauvais garçons se mettent à se tuer entre eux, tant mieux pour tout le monde. Vous me comprenez ?

Il s'adressait à nouveau à Fumel.

— Vous êtes inspecteur dans le XVIe ?

Fumel acquiesçait de la tête.

— Depuis combien de temps travaillez-vous dans la police ?

— Trente ans... Vingt-neuf exactement...

A Maigret :

— Il est bien noté ?

— C'est un homme qui connaît son métier.

Le substitut entraînait le juge à l'écart et lui parlait à voix basse. Quand les deux hommes revinrent, Cajou semblait un peu embarrassé.

— Eh ! bien, monsieur le commissaire, je vous remercie de vous être dérangé. Je vais rester en rapport avec l'inspecteur Fumel, à qui je donnerai mes instructions. Si, à un moment donné, je juge qu'il a besoin d'aide, je vous enverrai des commissions rogatoires ou je vous convoquerai à mon cabinet. Vous avez une tâche trop importante et trop urgente à accomplir pour que je vous retienne plus longtemps.

Ce n'était pas seulement de froid que Maigret était pâle et il serra si fort sa pipe entre ses dents qu'il y eut un léger craquement de l'ébonite.

— Messieurs... prononça-t-il comme pour prendre congé.

— Vous avez un moyen de transport ?

— Je trouverai un taxi à la porte Dauphine.

Le substitut hésita, faillit proposer de l'y conduire, mais déjà le commissaire s'éloignait après un petit salut de la main à l'adresse de Fumel.

Pourtant, une demi-heure plus tard, Maigret aurait sans doute pu leur en apprendre assez long sur le mort. Il n'en était pas encore sûr et c'est pourquoi il n'avait rien dit.

Dès l'instant où il s'était penché sur le corps, il avait eu une impression de déjà vu. Le visage avait beau avoir été réduit en bouillie, le commissaire aurait juré qu'il l'avait reconnu.

Il n'avait besoin que d'une petite preuve, que l'on découvrirait en déshabillant le cadavre.

Il est vrai que, s'il avait raison, on arriverait au même résultat par les empreintes digitales.

Il trouva, au stationnement, le même taxi qui l'avait amené.

— Déjà fini ?

— Chez moi, boulevard Richard-Lenoir.

— Compris. N'empêche que, pour du travail rapide... Qui est-ce ?

Un bar était ouvert, place de la République, et Maigret faillit faire arrêter la voiture pour y prendre un verre de n'importe quoi. Il ne le fit pas, par une sorte de pudeur.

Sa femme, qui s'était recouchée, ne l'entendit pas moins monter l'escalier et lui ouvrit la porte. Elle aussi s'étonna :

— Déjà ?

Puis, tout de suite après, d'une voix inquiète :

— Que se passe-t-il ?

— Rien. Ces messieurs n'ont pas besoin de moi.

Il lui en parlait le moins possible. C'était rare que, chez lui, il évoque les affaires du Quai des Orfèvres.

— Tu n'as pas mangé ?

— Non.

— Je vais préparer ton petit déjeuner. Tu devrais vite prendre un bain pour te réchauffer.

Il n'avait plus froid. Sa colère avait fait place à de la mélancolie.

Il n'était pas le seul, à la P.J., à se sentir découragé, et le directeur avait parlé deux fois de donner sa démission. Il n'aurait pas l'occasion d'en reparler une troisième, car il était question de le remplacer.

On réorganisait, comme on disait. Des jeunes gens instruits, bien élevés, issus des meilleures familles de la République, étudiaient toutes les questions dans le silence de leur bureau, en quête d'efficacité. De leurs savantes cogitations, il sortait des plans mirifiques qui se traduisaient, chaque semaine, par de nouveaux règlements.

Et, d'abord, la police devait être un instrument au service de la justice. Un instrument. Or, un instrument n'a pas de tête.

C'était le juge, de son cabinet, le procureur, de son bureau prestigieux, qui menaient l'enquête et donnaient des ordres.

Encore, pour exécuter ces ordres, ne voulait-on plus de policiers à l'ancienne mode, de ces vieilles « chaussettes à clous » qui, comme Aristide Fumel, ne savaient pas toujours l'orthographe.

Que faire, lorsqu'il s'agissait surtout de remplir des paperasses, de ces gens qui avaient appris leur métier dans la rue, passant de la voie publique aux grands magasins et aux gares, connaissant chaque bistrot de leur quartier, chaque mauvais garçon, chaque fille, et capables, à l'occasion, de discuter le coup avec eux en parlant leur langage ?

Il leur fallait maintenant des diplômes, des examens à chaque étape de leur carrière et, quand il avait à commander une planque, Maigret ne pouvait compter que sur les quelques anciens de son équipe.

On ne l'évinçait pas encore. On patientait, sachant qu'il n'était qu'à deux ans de la retraite.

On n'en commençait pas moins à surveiller ses faits et gestes.

Il ne faisait pas jour et il prenait son petit déjeuner tandis que des fenêtres de plus en plus nombreuses s'éclairaient aux maisons d'en face. A cause de ce coup de téléphone, il était en avance, un peu engourdi, comme quand on n'a pas assez dormi.

— Fumel, ce n'est pas celui qui louche ?

— Oui.

— Et dont la femme est partie ?

— Oui.

— On ne l'a jamais retrouvée ?

— Il paraît qu'elle est mariée, en Amérique du Sud, et qu'elle a une ribambelle d'enfants.

— Il le sait ?

— A quoi bon ?

Au bureau aussi, il arriva en avance et, bien que le jour fût enfin levé, il dut allumer sa lampe à abat-jour vert.

— Donnez-moi la permanence de la Faisanderie, s'il vous plaît...

C'était lui qui avait tort. Il ne voulait pas devenir sentimental.

— Allô !... L'inspecteur Fumel est-il là ?... Comment ?... Il rédige son rapport ?

Toujours du papier, des formulaires, du temps perdu.

— C'est toi, Fumel ?

Celui-ci parlait à nouveau d'une voix feutrée, comme s'il téléphonait en cachette.

— L'Identité Judiciaire a terminé son travail ?

— Oui. Ils sont partis il y a une heure.

— Le médecin légiste est venu sur place ?

— Oui. Le nouveau.

Car il y avait un nouveau médecin légiste aussi. Le vieux docteur Paul, qui pratiquait encore des autopsies à soixante-seize ans, était mort et avait été remplacé par un certain Lamalle.

— Qu'est-ce qu'il dit ?

— Comme son confrère. L'homme n'a pas été tué sur place. Il n'y a pas de doute qu'il y ait eu une forte hémorragie. Les derniers coups au visage ont été portés alors que la victime était morte.

— On l'a déshabillé ?

— En partie.

— Tu n'as pas remarqué un tatouage au bras gauche ?

— Comment le savez-vous ?

— Un poisson ?... Une sorte d'hippocampe ?
— Oui...
— On a relevé les empreintes digitales ?
— A l'heure qu'il est, on s'en occupe aux Fichiers.
— Le corps est à l'Institut médico-légal ?
— Oui... Vous savez... J'étais très ennuyé, tout à l'heure... Je le suis encore. Mais je n'ai pas osé...
— Tu peux déjà écrire dans ton rapport que, selon toutes probabilités, la victime est un certain Honoré Cuendet, d'origine suisse, un Vaudois qui a passé jadis cinq ans dans la Légion Étrangère...
— Le nom me dit quelque chose... Vous savez où il habitait ?
— Non. Mais je sais où sa mère habite, si elle vit encore. Je préférerais être le premier à lui parler.
— *Ils* le sauront.
— Cela m'est égal. Note toujours l'adresse, mais n'y va pas avant que je te fasse signe. C'est rue Mouffetard. Je ne connais pas le numéro. Elle occupe un entresol au-dessus d'une boulangerie, presque au coin de la rue Saint-Médard.
— Je vous remercie.
— De rien. Tu restes au bureau ?
— J'en ai bien pour deux ou trois heures à rédiger ce sacré rapport.

Maigret ne s'était pas trompé et il en ressentait une certaine satisfaction en même temps qu'une pointe de tristesse. Il sortit de son bureau, gravit un escalier, entra au service des fiches où travaillaient des hommes en blouse grise.
— Qui s'occupe des empreintes du mort du bois de Boulogne ?
— Moi, monsieur le commissaire.
— Tu as trouvé ?
— A l'instant.
— Cuendet ?
— Oui.
— Je te remercie.

Presque guilleret, maintenant, il franchissait d'autres couloirs et atteignait les combles du Palais de Justice. Dans les locaux de l'Identité Judiciaire, il retrouvait son vieil ami Moers penché, lui aussi, sur des papiers. On n'avait jamais accumulé autant de paperasses que depuis six mois. Jadis, certes, le travail administratif était assez important, mais Maigret avait calculé que, depuis peu, il prenait à peu près quatre-vingts pour cent du temps des policiers de tous les services.
— On t'a apporté les vêtements ?
— Le type du bois de Boulogne ?
— Oui.

Moers désignait deux de ses collaborateurs qui agitaient de grands sacs de papier dans lesquels les vêtements du mort avaient été enfermés.

C'était la routine, la première opération technique. Il s'agissait de recueillir les poussières de toutes sortes et de les analyser ensuite, ce qui apportait parfois des indications précieuses, sur la profession d'un inconnu, par exemple, ou sur l'endroit où il avait l'habitude de vivre, parfois sur le lieu où le crime avait été réellement commis.

— Les poches ?

— Rien. Pas de montre, de portefeuille, de clés. Pas même un mouchoir. Ce qu'on appelle rien.

— Et les marques sur le linge et les vêtements ?

— Elles n'ont été ni arrachées, ni décousues. J'ai noté le nom du tailleur. Vous le voulez ?

— Pas maintenant. L'homme est identifié.

— Qui est-ce ?

— Une vieille connaissance à moi, un certain Cuendet.

— Un malfaiteur ?

— Un homme tranquille, le plus tranquille, sans doute, des cambrioleurs.

— Vous croyez que c'est un complice qui a fait le coup ?

— Cuendet n'a jamais eu de complices.

— Pourquoi a-t-il été tué ?

— C'est bien ce que je me demande.

Ici aussi, on travaillait à la lumière artificielle, comme, aujourd'hui, dans la plupart des bureaux de Paris. Le ciel était couleur d'acier et, dans les rues, la chaussée si noire qu'elle semblait couverte d'une couche de glace.

Les gens marchaient vite, collés aux maisons, le visage précédé d'un petit nuage de vapeur.

Maigret retrouvait ses inspecteurs. Deux ou trois téléphonaient ; la plupart écrivaient, eux aussi.

— Rien de neuf, Lucas ?

— On cherche toujours le vieux Fernand. Quelqu'un croit l'avoir aperçu à Paris il y a trois semaines, mais ne peut rien affirmer.

Un cheval de retour. Dix ans plus tôt, ce Fernand, dont on n'avait jamais connu l'identité exacte, faisait partie d'une bande qui avait commis, en quelques mois, un nombre impressionnant de hold-up.

On avait arrêté la bande entière et le procès avait duré près de deux ans. Le chef était mort en prison, de tuberculose. Quelques complices restaient sous les verrous, mais on en arrivait à la période où, par le jeu des remises de peine, on les relâchait l'un après l'autre.

Maigret n'en avait pas parlé tout à l'heure au substitut affolé par la « recrudescence de criminalité ». Il avait son idée. Certains détails des récents hold-up lui faisaient croire que des anciens étaient dans le coup, avaient sans doute reformé une nouvelle bande.

Il suffirait d'en retrouver un. Et, pour cela, tous les hommes disponibles travaillaient patiemment depuis près de trois mois.

Les recherches avaient fini par se concentrer sur Fernand. Il y avait un an qu'il avait été remis en liberté et, depuis six mois, on avait perdu sa trace.

— Sa femme ?

— Elle jure toujours qu'elle ne l'a pas revu. Les voisins confirment ses dires. Personne n'a aperçu Fernand dans le quartier.

— Continuez, mes enfants... Si on me demande... Si quelqu'un du Parquet me demande...

Il hésitait.

— Dites que je suis allé prendre un verre. Dites n'importe quoi...

On n'allait quand même pas l'empêcher de s'occuper d'un homme qu'il connaissait depuis trente ans et qui était presque un ami.

2

C'était rare qu'il parle de son métier, encore plus rare qu'il émette une opinion sur les hommes et leurs institutions. Il se méfiait des idées, toujours trop précises pour coller à la réalité qui, il le savait par expérience, est tellement fluide.

Avec son ami Pardon seulement, le docteur de la rue Popincourt, il lui arrivait, après dîner, de grommeler ce qui pouvait passer à la rigueur pour des confidences.

Quelques semaines plus tôt, justement, il s'était laissé aller à parler avec une certaine amertume.

— Les gens se figurent, Pardon, que nous sommes là pour découvrir les criminels et obtenir leurs aveux. C'est encore une de ces idées fausses comme il y en a tant en circulation et auxquelles on s'habitue si bien que personne ne songe à vérifier. En réalité, notre rôle principal est de protéger l'État, d'abord, le gouvernement, quel qu'il soit, les institutions, ensuite la monnaie et les biens publics, ceux des particuliers et enfin, tout à la fin, la vie des individus...

» Avez-vous eu la curiosité de feuilleter le Code pénal ? Il faut arriver à la page 177 pour y trouver des textes visant les crimes contre les personnes. Un jour, je ferai le compte exact, plus tard, quand je serai à la retraite. Mettons que les trois quarts du Code, sinon les quatre cinquièmes, s'occupent des biens meubles et immeubles, de la fausse monnaie, des faux en écritures publiques ou privées, des captations d'héritages, etc., etc., bref, de tout ce qui se rapporte à l'argent... A tel titre que l'article 274, sur la mendicité sur la voie publique, passe avant l'article 295, lequel vise l'homicide volontaire...

Ils avaient pourtant bien dîné, ce soir-là, et ils avaient bu un saint-émilion inoubliable.

— Dans les journaux, c'est de ma brigade, la Criminelle, selon le terme consacré, qu'on parle le plus, parce que c'est la plus spectaculaire. En réalité, nous avons moins d'importance, aux yeux du ministère de l'Intérieur, par exemple, que les Renseignements Généraux ou que la Section Financière...

» Nous sommes un peu comme les avocats d'assises. Nous constituons la façade et ce sont les civilistes qui, dans l'ombre, font le travail sérieux...

Aurait-il parlé ainsi vingt ans plus tôt ? Ou même six mois plus tôt, avant ces transformations auxquelles il assistait, mal à l'aise ?

Il grommelait entre ses dents en traversant, le col du pardessus relevé, le pont Saint-Michel, où la bise faisait pencher les passants dans le même sens, dans le même angle.

Cela lui arrivait souvent de discourir ainsi à mi-voix, l'air bougon, et un jour il avait surpris Lucas qui disait à Janvier, alors que celui-ci était tout nouveau dans la maison :

— Il ne faut pas faire attention. Quand il rumine, cela ne veut pas nécessairement dire qu'il est de mauvaise humeur.

Ni qu'il était malheureux, en définitive. Quelque chose le travaillait. Aujourd'hui, c'était l'attitude du Parquet, au bois de Boulogne, et aussi cette fin stupide d'Honoré Cuendet à qui on avait écrabouillé le visage après l'avoir assommé.

— *Qu'on dise que je suis allé prendre un verre.*

Ils en étaient là. Ce qui intéressait ces messieurs, en haut lieu, c'était de mettre fin à la série de hold-up qui causaient un préjudice aux banques, aux assurances, aux caisses d'épargne. Ils trouvaient aussi que les vols de voitures devenaient trop nombreux.

Et si les encaisseurs étaient mieux protégés ? leur avait-il objecté. Si on ne confiait pas à un seul homme, ou à deux hommes, le soin de transporter des millions sur un parcours que n'importe qui pouvait repérer ?

Trop cher, évidemment !

Quant aux voitures, était-il normal de laisser au bord du trottoir, souvent sans en fermer la portière, voire en laissant la clé sur le tableau, un objet valant une fortune, parfois le prix d'un appartement moyen ou d'un pavillon en banlieue ?

Autant laisser, à la portée du premier venu, un collier de diamants ou un portefeuille contenant deux ou trois millions...

A quoi bon ? Cela ne le regardait pas. Il n'était qu'un instrument, plus que jamais, et ces questions-là n'étaient pas de son ressort.

Il ne s'en rendait pas moins rue Mouffetard où, malgré le froid, il trouvait l'animation habituelle autour des étals en plein vent et des petites charrettes. Il reconnaissait, deux maisons après la rue Saint-Médard, la boulangerie étroite, à la façade peinte en jaune, avec, au-dessus, les fenêtres basses de l'entresol.

La maison était vieille, étroite, toute en hauteur. Au fond de la cour, on entendait battre le fer.

Il s'engageait dans l'escalier où une corde tenait lieu de rampe, frappait à une porte et entendait bientôt des pas feutrés.

— C'est toi ? demandait une voix, en même temps que le bouton tournait et que l'huis s'ouvrait.

La vieille femme avait encore grossi, du bas seulement, à partir de la taille. Son visage était plutôt mince, ses épaules étroites ; les hanches, par contre, étaient devenues énormes, tellement énormes qu'elle marchait avec peine.

Elle le regardait, surprise, inquiète, d'un regard auquel il était habitué, celui des gens qui craignent toujours un malheur.

— Je vous connais, n'est-ce pas ?... Vous êtes déjà venu... Attendez...

— Commissaire Maigret, murmurait-il en pénétrant dans une pièce pleine de chaleur et d'odeur de ragoût.

— C'est ça, oui... Je me souviens... Qu'est-ce que vous lui reprochez, cette fois-ci ?

On ne sentait pas d'hostilité, mais une sorte de résignation, d'acceptation de la fatalité.

Elle lui désignait une chaise. Sur le fauteuil recouvert de cuir usé, le seul fauteuil de l'appartement, un petit chien roussâtre montrait ses dents pointues et grondait sourdement tandis qu'un chat blanc, avec des taches café au lait, entrouvrait à peine ses yeux verts.

— Silence, Toto...

Et, au commissaire :

— Il grogne, comme ça, mais il n'est pas méchant... C'est le chien de mon fils... Je ne sais pas si c'est de vivre avec moi, mais il a fini par me ressembler...

L'animal, en effet, avait une tête minuscule, au museau pointu, des pattes grêles, mais un corps tout boudiné qui faisait plutôt penser à un cochon qu'à un chien. Il devait être très âgé. Ses dents étaient jaunes, espacées.

— Il y a au moins quinze ans de ça, Honoré l'a ramassé dans la rue, les deux pattes cassées par une auto... Il lui a fabriqué un appareil, avec des planches, et, deux mois après, la pauvre bête, que les voisins voulaient faire piquer, marchait comme les autres...

Le logement était bas de plafond, assez sombre, d'une propreté remarquable. La pièce servait à la fois de cuisine et de salle à manger, avec sa table ronde au milieu, son vieux buffet, sa cuisinière hollandaise d'un modèle qu'on ne voit presque plus.

Cuendet avait dû l'acheter aux Puces ou chez un brocanteur et l'avait remise à neuf, car il avait toujours été bricoleur. La fonte était presque rouge, les cuivres brillants et on entendait un ronflement.

Dans la rue, le marché battait son plein et Maigret se souvenait qu'à sa précédente visite, il avait trouvé la vieille accoudée à la fenêtre où, à la belle saison, elle passait le plus clair de son temps à regarder la foule.

— Je vous écoute, monsieur le commissaire.

Elle avait gardé l'accent traînant de son pays et, au lieu de s'asseoir en face de lui, elle restait debout, sur la défensive.

— Quand avez-vous vu votre fils pour la dernière fois ?

— Dites-moi d'abord si vous l'avez encore arrêté.

Il n'hésita qu'une seconde et put répondre sans mentir :

— Non.

— C'est donc que vous le recherchez ? Dans ce cas, je vous réponds tout de suite qu'il n'est pas ici. Vous n'avez qu'à visiter le logement, comme vous l'avez déjà fait. Vous ne trouverez rien de changé, bien qu'il y ait plus de dix ans de ça...

Elle désignait une porte ouverte et il apercevait une salle à manger qui ne servait jamais, encombrée de bibelots inutiles, de napperons, de photos dans des cadres, comme on en voit chez les petites gens qui tiennent, malgré tout, à avoir une pièce d'apparat.

Deux chambres donnaient sur la cour, le commissaire le savait, celle de la vieille, avec un lit de fer auquel elle tenait, et celle qu'occupait parfois Honoré, presque aussi simple, mais plus confortable.

Une odeur de pain chaud montait du rez-de-chaussée et se mêlait à celle du ragoût.

Maigret était grave, un peu ému.

— Je ne le recherche pas non plus, madame Cuendet. J'aimerais seulement savoir...

Tout de suite, elle semblait comprendre, deviner, et son regard devenait plus aigu, avec une lueur d'anxiété.

— Si vous ne le cherchez pas et si vous ne l'avez pas arrêté, cela veut dire...

Elle avait les cheveux rares sur un crâne qui paraissait dérisoirement étroit.

— Il lui est arrivé quelque chose, n'est-ce pas ?

Il baissait la tête.

— J'ai préféré vous l'apprendre moi-même.

— La police lui a tiré dessus ?

— Non... Je...

— Un accident ?

— Votre fils est mort, madame Cuendet.

Elle le regardait durement, sans pleurer, et le chien roux, qui semblait avoir compris, sautait du fauteuil pour venir se frotter à ses grosses jambes.

— Qui a fait ça ?

Elle sifflait ces mots entre ses dents aussi écartées que celles de l'animal qui se remettait à gronder.

— Je n'en sais rien. Il a été tué, on ignore encore où.

— Alors, comment pouvez-vous dire...

— On a retrouvé son corps, ce matin, dans une allée du bois de Boulogne.

Elle répétait, méfiante, comme si elle flairait toujours un piège :

— Du bois de Boulogne ? Qu'est-ce qu'il serait allé faire au bois de Boulogne ?

— C'est là qu'il a été découvert. On l'a tué ailleurs, transporté ensuite en auto.

— Pourquoi ?

Patient, il évitait de la bousculer, prenait son temps.

— C'est une question que nous nous posons aussi.

Comment aurait-il expliqué au juge d'instruction, par exemple, ses relations avec Cuendet ? Ce n'était pas seulement dans son bureau du Quai des Orfèvres qu'il avait appris à le connaître. Et il n'avait pas suffi d'une enquête plus ou moins bâclée.

Cela représentait trente ans de métier, plusieurs visites à ce logement où il ne se sentait pas un étranger.

— Pour découvrir ses meurtriers, justement, j'ai besoin de savoir quand vous l'avez vu pour la dernière fois. Il n'a pas dormi ici depuis plusieurs jours, n'est-ce pas ?

— A son âge, on a bien le droit...

Et s'interrompant, les paupières soudain gonflées :

— Où est-il, à cette heure ?

— Vous le verrez plus tard. Un inspecteur viendra vous chercher.

— On l'a transporté à la morgue ?

— A l'Institut médico-légal, oui.

— Il a souffert ?

— Non.

— On a tiré sur lui ?

Des larmes coulaient sur ses joues, mais elle n'avait pas de sanglots et regardait toujours Maigret avec un reste de méfiance.

— On l'a frappé.

— Avec quoi ?

On aurait dit qu'elle voulait reconstituer en esprit la mort de son fils.

— On l'ignore. Un objet lourd.

Elle portait, d'instinct, la main à sa tête et faisait une grimace de douleur.

— Pourquoi ?

— Nous le saurons, je vous le jure. C'est pour le découvrir que je suis ici et que j'ai besoin de vous. Asseyez-vous, madame Cuendet.

— Je ne peux pas.

Pourtant, ses genoux tremblaient.

— Vous n'avez rien à boire ?

— Vous avez soif ?

— Non. C'est pour vous. J'aimerais que vous preniez un petit verre.

Il se souvenait qu'elle buvait volontiers et, en effet, elle alla prendre dans le buffet de la salle à manger un flacon d'eau-de-vie blanche.

Même dans un moment comme celui-ci, elle éprouvait le besoin de tricher un peu.

— Je la gardais pour mon fils... Il lui arrivait d'en prendre une goutte, après le dîner...

Elle remplissait deux verres à fond épais.

— Je me demande, répétait-elle, pourquoi on l'a tué. Un garçon qui n'a jamais fait de mal à personne, l'homme le plus tranquille, le plus doux de la terre... N'est-ce pas, Toto ?... Tu le sais mieux que n'importe qui, toi...

En pleurant, elle caressait le chien obèse qui remuait son bout de queue et la scène aurait sans doute paru grotesque au substitut et au juge Cajou.

Le fils dont elle parlait, n'était-il pas un repris de justice et, sans son habileté, ne serait-il pas encore en prison ?

Il n'y était allé que deux fois, dont une comme prévenu seulement, et les deux fois, c'était Maigret qui l'avait arrêté.

Ils avaient passé des heures et des heures en tête à tête, Quai des Orfèvres, à ruser tous les deux, chacun, aurait-on dit, estimant l'autre à sa juste valeur.

— Depuis combien de temps...

Maigret revenait à charge, patiemment, d'une voix égale, sur un fond de bruits du marché.

— Il y a bien un mois, cédait-elle enfin.

— Il ne vous a rien dit ?

— Il ne me parlait jamais de rien de ce qu'il faisait en dehors d'ici.

C'était vrai, Maigret en avait eu jadis la preuve.

— Il n'est pas venu vous voir une seule fois pendant ce temps ?

— Non. Et pourtant, la semaine dernière, c'était mon anniversaire. Il m'a envoyé des fleurs.

— D'où les a-t-il envoyées ?

— C'est un livreur qui les a apportées.

— Il n'y avait pas le nom du fleuriste ?

— Peut-être. Je n'ai pas regardé.

— Vous n'avez pas reconnu le livreur ? Ce n'était pas quelqu'un du quartier ?

— Je ne l'avais jamais vu.

Il ne demandait pas à fouiller la chambre d'Honoré Cuendet à la recherche d'un indice. Il n'était pas ici officiellement. On ne l'avait pas chargé de l'enquête.

L'inspecteur Fumel viendrait sans doute tout à l'heure, muni de papiers en règle signés du juge d'instruction. Il ne trouverait probablement rien. Les fois précédentes, Maigret n'avait rien trouvé non plus, que des vêtements rangés avec soin, du linge dans l'armoire, quelques livres, des outils qui n'étaient pas des outils de cambrioleur.

— Depuis combien de temps cela ne lui était-il pas arrivé de disparaître de la sorte ?

Elle cherchait dans sa mémoire. Elle n'était plus tout à fait à la conversation et devait faire un effort.

— Il a passé presque tout l'hiver ici.

— Et l'été ?

— Je ne sais pas où il est allé.

— Il ne vous a pas proposé de vous emmener à la campagne ou à la mer ?

— Je n'y serais pas allée. J'ai assez vécu à la campagne pour ne pas avoir envie d'y retourner.

Elle devait avoir une cinquantaine d'années, ou un peu plus, quand elle avait découvert Paris et la seule ville qu'elle eût connue jusqu'alors était Lausanne.

Elle était d'un petit village du canton de Vaud, Sénarclens, près d'un bourg appelé Cossonay où son mari, Gilles, travaillait comme ouvrier agricole.

Maigret n'avait fait, jadis, en vacances, avec sa femme, que traverser le pays, dont il revoyait surtout les auberges.

C'étaient ces auberges, justement, propres et paisibles, qui avaient perdu Gilles Cuendet. Petit homme aux jambes tordues, il ne parlait pas volontiers et pouvait rester des heures, dans un coin, à boire des chopines de vin blanc.

D'ouvrier agricole, il était devenu taupier, allant poser ses pièges de ferme en ferme, et on prétendait qu'il sentait aussi fort que les animaux qu'il attrapait.

Ils avaient deux enfants, Honoré et sa sœur Laurence qui, envoyée comme fille de salle à Genève, avait fini par épouser quelqu'un de l'Unesco, un traducteur, si la mémoire de Maigret était exacte, et l'avait suivi en Amérique du Sud.

— Vous avez des nouvelles de votre fille ?

— J'ai reçu des vœux au nouvel an. Elle a maintenant cinq enfants. Je peux vous montrer la carte.

Elle allait la chercher dans la pièce voisine, par besoin de bouger plutôt que pour convaincre.

— Tenez ! C'est en couleur...

L'image représentait le port de Rio de Janeiro sous un coucher de soleil d'un rouge violacé.

— Elle ne vous en écrit jamais plus ?

— A quoi bon ? Avec l'océan entre nous, on ne se reverra jamais. Elle a fait sa vie, n'est-ce pas ?

Honoré aussi avait fait la sienne, différemment. Dès l'âge de quinze ans, on l'avait envoyé travailler, lui aussi, comme apprenti chez un serrurier de Lausanne.

C'était un garçon calme et secret, guère plus bavard que son père. Il occupait une mansarde dans une vieille maison près du marché et c'est à la suite d'une dénonciation anonyme que la police, un matin, avait fait irruption dans cette pièce.

Honoré avait moins de dix-sept ans à l'époque. Chez lui, on avait trouvé de tout, les objets les plus hétéroclites dont il n'avait même pas essayé d'expliquer la provenance : réveils, outils, boîtes de conserve, vêtements d'enfant avec encore leur étiquette, deux ou trois postes de radio qu'il n'avait pas sortis de leur emballage original.

La police avait cru, d'abord, à ce qu'on appelle des vols à la roulotte, c'est-à-dire des vols accomplis sur des camions en stationnement.

Après enquête, on constatait qu'il n'en était rien, que le jeune Cuendet s'introduisait dans des magasins fermés, dans des dépôts, dans des appartements inoccupés et emportait au petit bonheur ce qui lui tombait sous la main.

A cause de son âge, on l'avait envoyé à la maison de redressement de Vennes, au-dessus de Lausanne, où, parmi les métiers qu'on lui proposait d'apprendre, il avait choisi celui de chaudronnier.

Pendant un an, il avait été un pensionnaire modèle, calme et doux, travailleur, n'enfreignant jamais le règlement.

Puis, soudain, il avait disparu sans laisser de trace et dix ans devaient s'écouler avant que Maigret le retrouve à Paris.

Son premier soin, en quittant la Suisse, où il n'avait jamais remis les pieds, avait été de s'engager dans la Légion Étrangère et il avait vécu cinq ans à Sidi-Bel-Abbès et en Indochine.

Le commissaire avait eu l'occasion de prendre connaissance de son dossier militaire et de bavarder avec un de ses chefs.

Là encore, Honoré Cuendet avait été, d'une façon générale, un soldat modèle. Tout au plus lui reprochait-on d'être un solitaire, de n'avoir aucun ami, de ne pas se mêler aux autres, même les soirs de baroud.

— Il était soldat comme d'autres sont ajusteurs ou cordonniers, disait son lieutenant.

Aucune punition en trois ans. Après quoi, sans raison connue, il désertait, pour être retrouvé, quelques jours plus tard, dans un atelier d'Alger où il s'était fait embaucher.

Il ne fournissait pas d'explication de ce départ soudain, qui pouvait lui coûter cher, se contentait de murmurer :

— Je ne pouvais plus.

— Pourquoi ?

— Je ne sais pas.

Grâce à ses trois années de service impeccable, on l'avait traité avec indulgence et, six mois plus tard, il recommençait, se faisait pincer, cette fois, après seulement vingt-quatre heures de liberté, dans un camion de légumes où il s'était caché.

C'était à la Légion qu'on lui avait tatoué un poisson sur le bras gauche, à sa demande, et Maigret avait essayé de comprendre.

— Pourquoi un poisson ? avait-il insisté. Et surtout pourquoi un hippocampe ?

Les légionnaires, d'habitude, ont le goût d'images plus évocatrices.

C'était un homme de vingt-six ans que Maigret avait alors devant lui, les cheveux d'un blond roux, les épaules larges, la taille plutôt petite.

— Vous avez déjà vu des hippocampes ?

— Pas vivants.

— Et des hippocampes morts ?

— J'en ai vu un.

— Où ?

— A Lausanne.

— Chez qui ?

— Dans la chambre d'une femme.

Il fallait lui arracher les mots presque un à un.

— Quelle femme ?

— Une femme chez qui je suis allé.

— Avant d'être enfermé à Vennes ?

— Oui.

— Vous l'avez suivie ?

— Oui.

— Dans la rue ?

— Au bout de la rue Centrale, oui.

— Et, dans sa chambre, il y avait un hippocampe séché ?

— C'est cela. Elle m'a dit que c'était son porte-bonheur.

— Vous avez connu beaucoup d'autres femmes ?

— Pas beaucoup.

Maigret croyait avoir compris.

— Qu'est-ce que vous avez fait lorsque, libéré de la Légion, vous êtes arrivé à Paris ?

— J'ai travaillé.

— Où ?

— Chez un serrurier de la rue de la Roquette.

La police avait vérifié. C'était vrai. Il y avait travaillé deux ans et avait donné toute satisfaction. On se moquait bien de lui parce qu'il n'était pas « causant », mais on le considérait comme un ouvrier modèle.

— A quoi passiez-vous vos soirées ?

— A rien.

— Vous alliez au cinéma ?

— Presque jamais.

— Vous aviez des amis ?

— Non.

— Des amies ?

— Encore moins.

On aurait dit que les femmes lui faisaient peur. Et pourtant, à cause de la première qu'il avait rencontrée, à seize ans, il s'était fait tatouer un hippocampe sur le bras.

L'enquête avait été minutieuse. A cette époque-là, on pouvait fignoler. Maigret n'était encore qu'inspecteur et n'avait guère que trois ans de plus que Cuendet.

Cela s'était passé un peu comme à Lausanne, sauf que, cette fois, il n'y avait pas eu de lettre anonyme.

Un matin, de très bonne heure, vers quatre heures du matin, au fait, comme pour la découverte du corps au bois de Boulogne, un agent en uniforme avait interpellé un homme chargé d'un paquet encombrant. C'était un hasard. Or, un instant, l'homme avait fait mine de fuir.

Dans le paquet, on avait trouvé de la pelleterie et Cuendet avait refusé d'expliquer cet étrange chargement.

— Où alliez-vous avec ça ?

— Je ne sais pas.

— D'où venez-vous ?

— Je n'ai rien à dire.

On avait fini par découvrir que les peaux provenaient de chez un fourreur en chambre de la rue des Francs-Bourgeois.

Cuendet vivait alors dans une maison meublée, rue Saint-Antoine, à cent mètres de la Bastille et, dans sa chambre, comme dans sa mansarde de Lausanne, on avait trouvé un assortiment de marchandises les plus diverses.

— A qui revendiez-vous votre butin ?

— A personne.

Cela paraissait invraisemblable et pourtant il avait été impossible d'établir une connivence entre le Vaudois et les receleurs connus.

Il avait peu d'argent sur lui. Ses dépenses correspondaient avec ce qu'il gagnait chez son patron.

Le cas avait tellement intrigué Maigret qu'il avait obtenu de son chef d'alors, le commissaire Guillaume, que le prisonnier soit examiné par un médecin.

— C'est certainement ce que nous appelons un asocial, mais je lui trouve une intelligence plutôt au-dessus de la moyenne et une affectivité normale.

Cuendet avait eu la chance d'être défendu par un jeune avocat qui devait par la suite devenir un des ténors des assises, maître Gambier, et celui-ci avait obtenu pour son client le minimum.

D'abord incarcéré à la Santé, Cuendet avait passé un peu plus d'un an à Fresnes où, une fois de plus, il s'était montré un prisonnier modèle, ce qui lui avait valu une remise de quelques mois de sa peine.

Son père était mort, entre-temps, écrasé par une auto un samedi soir qu'il rentrait chez lui, ivre mort, sur un vélo non éclairé.

Honoré avait fait venir sa mère de Sénarclens et cette femme, qui n'avait connu que la campagne la plus paisible d'Europe, s'était trouvée transplantée dans la cohue grouillante de la rue Mouffetard.

N'était-elle pas une sorte de phénomène, elle aussi ? Au lieu de s'effrayer et de prendre la grande ville en grippe, elle s'était si bien incrustée dans son quartier, dans sa rue, qu'elle en était devenue un des personnages les plus populaires.

Elle s'appelait Justine et, d'un bout à l'autre de la rue Mouffetard, tout le monde connaissait maintenant la vieille Justine au parler lent et aux yeux malicieux.

Que son fils ait fait de la prison ne la gênait point.

— Chacun ses goûts et ses opinions, disait-elle.

Deux fois encore, Maigret s'était occupé d'Honoré Cuendet, la seconde à la suite d'un important vol de bijoux rue de la Pompe, à Passy.

Le cambriolage avait eu lieu dans un appartement luxueux où, en plus des maîtres, vivaient trois domestiques. Les bijoux avaient été déposés, le soir, sur une coiffeuse, dans le boudoir attenant à la chambre à coucher dont la porte était restée ouverte toute la nuit.

Ni monsieur ni madame D, qui avaient dormi dans leur lit, n'avaient rien entendu. La femme de chambre, qui couchait au même étage, était sûre d'avoir fermé la porte à clé et de l'avoir trouvée, le matin, fermée de la même façon. Aucune trace d'effraction. Aucune empreinte.

Comme l'appartement se trouvait au troisième étage, il n'était pas question d'escalade. Pas de balcon, non plus, permettant d'atteindre le boudoir par un appartement voisin.

C'était le cinquième ou le sixième vol de cette espèce en trois ans et les journaux commençaient à parler d'un cambrioleur-fantôme.

Maigret se souvenait de ce printemps-là, des aspects de la rue de la Pompe à toutes les heures du jour, car il allait de porte en porte, questionnant inlassablement les gens, non seulement les concierges et les commerçants, mais les locataires des immeubles et les domestiques.

C'est ainsi, par hasard, par opiniâtreté plutôt, qu'il était tombé sur Cuendet. Dans l'immeuble situé en face de la maison du vol, une chambre de bonne, donnant sur la rue, s'était trouvée à louer six semaines auparavant.

— C'est un monsieur bien gentil, bien calme, qui l'occupe, disait la concierge. Il sort peu, jamais le soir, et ne reçoit pas de femmes. Il ne reçoit d'ailleurs personne.

— Il fait son ménage lui-même ?

— Bien sûr. Et je vous jure que c'est propre !

Cuendet était-il si sûr de lui qu'il ne s'était pas donné la peine de déménager après le vol ? Ou bien avait-il craint d'éveiller les soupçons en quittant le logement ?

Maigret l'avait trouvé chez lui, occupé à lire. En se penchant à la fenêtre, il avait pu suivre les allées et venues des locataires dans les appartements d'en face.

— Il faut que je vous prie de me suivre à la P.J.

Le Vaudois n'avait pas protesté. Il avait laissé fouiller son logement sans mot dire. On n'avait rien trouvé, pas un bijou, pas une fausse clé, par un outil de monte-en-l'air.

L'interrogatoire, Quai des Orfèvres, avait duré près de vingt-quatre heures, entrecoupé de verres de bière et de sandwiches.

— Pourquoi avez-vous loué cette chambre ?

— Parce qu'elle me plaisait.

— Vous vous êtes disputé avec votre mère ?

— Non.

— Vous ne vivez plus chez elle ?

— J'y retournerai un jour ou l'autre.

— Vous y avez laissé presque toutes vos affaires.

— Justement.

— Êtes-vous allé la voir ces derniers temps ?

— Non.

— Qui avez-vous rencontré ?

— La concierge, les voisins, les gens qui passent dans la rue.

Son accent mettait dans ses réponses une ironie peut-être involontaire, car son visage restait calme et sérieux, il avait l'air de faire son possible pour satisfaire le commissaire.

L'interrogatoire n'avait rien donné, mais l'enquête, rue Mouffetard, avait fourni des présomptions. On apprenait en effet que ce n'était pas la première fois qu'Honoré disparaissait de la sorte pour un temps plus ou moins long, de trois semaines à deux mois en général, après quoi il revenait vivre chez sa mère.

— Quels sont vos moyens d'existence ?

— Je bricole. J'ai un peu d'argent de côté.

— A la banque ?

— Non. Je me méfie des banques.

— Où se trouve cet argent ?

Il se taisait. Depuis sa première arrestation, il avait étudié le Code pénal qu'il connaissait par cœur.

— Ce n'est pas à moi de prouver mon innocence. C'est à vous d'établir que je suis coupable.

Une seule fois, Maigret s'était fâché et, devant l'air doucement réprobateur de Cuendet, il l'avait regretté tout de suite.

— Vous vous êtes débarrassé des bijoux d'une façon ou d'une autre. Il est probable que vous les avez revendus. A qui ?

On avait fait le tour, bien entendu, des receleurs connus, alerté Anvers, Amsterdam et Londres. On avait aussi passé le mot aux indicateurs.

Personne ne connaissait Cuendet. Personne ne l'avait vu. Personne n'avait été en rapport avec lui.

— Qu'est-ce que je vous disais ? triomphait sa mère. Je sais bien que vous êtes malins, mais mon fils, voyez-vous, c'est quelqu'un !

Malgré son casier judiciaire, malgré la chambre de bonne, malgré tous les indices, force avait été de le relâcher.

Cuendet n'avait pas triomphé. Il avait pris la chose tranquillement. Le commissaire le revoyait encore, cherchant son chapeau, s'arrêtant devant la porte, tendant une main hésitante.

— Au revoir, monsieur le commissaire...

Comme s'il s'attendait à revenir !

3

Les chaises étaient à fond de paille tressée et avaient, dans la pénombre, des reflets dorés. Le plancher, de vulgaire sapin pourtant, très vieux, était si bien encaustiqué qu'on y voyait comme dans un miroir le rectangle de la fenêtre. Le balancier de cuivre d'une horloge, au mur, battait à un rythme paisible.

On aurait dit que le moindre objet, le tisonnier, les bols à grandes fleurs roses et jusqu'au balai où le chat se frottait le dos, avait sa vie propre, comme dans les anciens tableaux hollandais ou dans les sacristies.

La vieille ouvrait le poêle pour y verser deux pelletées de charbon luisant et un instant les flammes venaient lui lécher la figure.

— Vous permettez que j'enlève mon pardessus ?

— Cela veut dire que vous allez rester longtemps ?

— Il y a moins cinq degrés dehors et, chez vous, il fait plutôt chaud.

— On prétend que les vieux deviennent frileux, grommelait-elle, plutôt pour elle-même, pour occuper son esprit, que pour lui. Moi, mon poêle me tient compagnie. Tout jeune, mon fils était déjà comme ça. Je le vois encore, chez nous, à Sénarclens, collé contre le poêle pour étudier ses leçons.

Elle regardait le fauteuil vide, au bois poli, au cuir usé.

— Ici aussi, il se rapprochait du feu et pouvait passer des journées à lire sans rien entendre.

— Qu'est-ce qu'il lisait ?

Elle levait les bras en signe d'impuissance.

— Est-ce que je sais, moi ? Des livres qu'il allait chercher au cabinet de lecture de la rue Monge. Tenez ! Voici le dernier. Il les échangeait au fur et à mesure. Il avait une sorte d'abonnement. Vous devez connaître ça...

Relié d'une toile noire et lustrée qui faisait penser à une vieille soutane, c'était un ouvrage de Lenotre sur un épisode de la Révolution.

— Il savait beaucoup de choses, Honoré. Il ne parlait pas beaucoup, mais sa tête n'arrêtait pas de travailler. Il lisait des journaux aussi, quatre ou cinq chaque jour, et de gros illustrés qui coûtent cher, avec des images en couleur...

Maigret aimait l'odeur du logement, faite de maintes odeurs différentes. Il avait toujours eu un faible pour les habitations qui ont une odeur caractéristique et il hésitait à allumer sa pipe qu'il avait bourrée machinalement.

— Vous pouvez fumer. Il fumait la pipe aussi. Il tenait même tellement à ses vieilles pipes qu'il lui arrivait de les réparer avec du fil de fer.

— Je voudrais vous poser une question, madame Cuendet.

— Cela me fait un drôle d'effet que vous m'appeliez comme ça. Il y a tellement longtemps que tout le monde m'appelle Justine ! Je crois bien qu'à part le maire, quand il m'a félicitée le jour de mon mariage, personne ne m'a appelée autrement. Dites toujours ! Je vous répondrai si j'en ai envie.

— Vous ne travaillez pas. Votre mari était pauvre.

— Vous avez rencontré un taupier riche, vous ? Surtout un taupier qui boit du matin au soir ?

— Vous vivez donc de l'argent que vous remettait votre fils.

— Il y a du mal à ça ?

— Un ouvrier remet sa paie à sa femme ou à sa mère chaque semaine, un employé tous les mois. Je suppose qu'Honoré vous donnait de l'argent au fur et à mesure de vos besoins ?

Elle le regardait avec attention, comme si elle comprenait la portée de la question.

— Et alors ?

— Il aurait aussi pu vous remettre une somme importante au retour de ses absences, par exemple.

— Il n'y a jamais eu de somme importante ici. Qu'est-ce que j'en aurais fait ?

— Ces absences duraient plus ou moins longtemps, parfois des semaines, n'est-ce pas ? Si, pendant ce temps-là, vous aviez besoin d'argent, que faisiez-vous ?

— Je n'en avais pas besoin.

— Il vous en donnait donc suffisamment avant de partir ?

— Sans compter que j'ai un compte chez le boucher, chez l'épicier, que je peux acheter à crédit chez n'importe quel commerçant du quartier et même aux petites charrettes. Tout le monde, dans la rue, connaît la vieille Justine.

— Il ne vous a jamais envoyé de mandat ?

— Je ne sais pas comment j'aurais fait pour le toucher.

— Écoutez, madame Cuendet...

— J'aime encore mieux que vous disiez Justine...

Elle était toujours debout et remettait un peu d'eau chaude dans son ragoût, reposait le couvercle en laissant une légère ouverture pour la vapeur.

— Je ne peux plus lui causer d'ennuis et je n'ai aucune intention de vous en causer à vous. Ce que je cherche, c'est à retrouver ceux qui l'ont tué.

— Quand est-ce que je pourrai le voir ?

— Cet après-midi, sans doute. Un inspecteur viendra vous chercher.

— Et on me le rendra ?

— Je pense que oui. Pour retrouver son ou ses assassins, j'ai besoin de comprendre certaines choses.

— Qu'est-ce que vous voulez comprendre ?

Elle se méfiait encore, en paysanne qu'elle était restée, en vieille femme à peu près illettrée qui flaire partout des pièges. C'était plus fort qu'elle.

— Votre fils vous quittait plusieurs fois par an, restait absent pendant plusieurs semaines...

— Quelquefois trois semaines, quelquefois deux mois.

— Comment était-il à son retour ?

— Comme un homme satisfait de retrouver ses pantoufles au coin du feu.

— Vous avertissait-il de ses départs ou quittait-il la maison sans rien dire ?

— Qui est-ce qui aurait préparé sa valise ?

— Donc, il vous en parlait. Il emportait des vêtements de rechange, du linge...

— Il emportait tout ce qu'il faut.

— Il avait plusieurs costumes ?

— Quatre ou cinq. Il aimait être bien habillé.

— Avez-vous l'impression qu'à son retour il cachait quelque chose dans l'appartement ?

— Ce ne serait pas facile de trouver une cachette dans les quatre pièces. D'ailleurs, vous les avez fouillées, et pas seulement une fois. Je me souviens que vos hommes ont fouiné partout et qu'ils ont même démonté des meubles. Ils sont allés dans la cave, qui est pourtant commune à tous les locataires, et dans le coin de grenier auquel nous avons droit.

C'était vrai. On n'avait rien trouvé.

— Votre fils n'a pas de compte en banque, nous nous en sommes assurés, ni de carnet de Caisse d'épargne. Or, il fallait bien qu'il dépose son argent quelque part. Savez-vous s'il lui arrivait de se rendre à l'étranger, en Belgique, par exemple, ou en Suisse, en Espagne ?

— En Suisse, il se serait fait arrêter.

— C'est exact.

— Il ne m'a jamais parlé des autres pays que vous dites.

On avait plusieurs fois alerté les frontières. Pendant des années, la photographie d'Honoré Cuendet avait figuré parmi celles des personnes à surveiller dans les gares et aux différentes sorties du pays.

Maigret pensait à voix haute.

— Il a dû, forcément, revendre des bijoux, des objets. Il ne s'est pas adressé à des receleurs professionnels. Et, comme il dépensait peu, il avait forcément quelque part une somme importante.

Il regardait la vieille avec plus d'attention.

— S'il ne vous remettait l'argent du ménage qu'au fur et à mesure, qu'est-ce que vous allez devenir ?

Cette idée la frappa et elle tressaillit. Il vit une inquiétude passer dans ses yeux.

— Je n'ai pas peur, n'en répondit-elle pas moins avec fierté. Honoré est un bon fils.

Elle ne disait pas « était », cette fois. Et elle continuait, comme s'il était toujours en vie :

— Je suis sûre qu'il ne me laissera pas sans rien.

Il enchaîna :

— Il n'a pas été tué par un rôdeur. Il ne s'agit pas d'un crime crapuleux. Il n'a pas non plus été abattu par un complice.

Elle ne lui demandait pas pourquoi et il ne le lui expliquait pas. Un rôdeur n'aurait eu aucune raison de défigurer le cadavre en s'acharnant sur le visage et en vidant les poches des moindres objets, y compris les papiers sans valeur, la pipe, les allumettes.

Un complice ne l'aurait pas fait non plus, sachant que Cuendet avait fait de la prison et serait par conséquent identifié par ses empreintes digitales.

— Celui qui l'a tué ne le connaissait pas. Pourtant, il avait une raison importante de le supprimer. Vous comprenez ?

— Qu'est-ce que je dois comprendre ?

— Que, quand nous saurons quel coup Honoré préparait, dans quelle maison, dans quel appartement il s'est introduit, nous serons bien près de connaître son assassin.

— Cela ne le fera pas revivre.

— Vous permettez que je jette un coup d'œil dans sa chambre ?

— Je ne peux pas vous en empêcher.

— Je préfère que vous y veniez avec moi.

Elle le suivait, haussant ses maigres épaules, balançant ses hanches presque monstrueuses et le petit chien roux marchait sur leurs talons, prêt à gronder à nouveau.

La salle à manger était neutre, sans vie, presque sans odeur. Une courtepointe très blanche recouvrait le lit de fer de la vieille et la chambre d'Honoré, mal éclairée par la fenêtre donnant sur la cour, prenait déjà un aspect mortuaire.

Maigret ouvrait la porte d'une armoire à glace, trouvait trois complets qui pendaient à des cintres, deux gris et un bleu marine, des souliers rangés dans le fond et, sur une tablette, des chemises sur lesquelles était posé un bouquet de lavande séchée.

Des livres, sur une étagère : un exemplaire rouge du Code pénal, tout usé, qui avait dû être acheté sur les quais ou chez un bouquiniste du boulevard Saint-Michel ; quelques romans datant du début du siècle, plus un Zola et un Tolstoï ; un plan de Paris qu'on avait dû souvent consulter...

Dans un coin, sur une console à deux étages, des magazines dont les titres firent froncer les sourcils du commissaire. Ils ne cadraient pas avec le reste. C'étaient des magazines épais, luxueux, sur papier couché, qui publiaient des photographies en couleur des plus beaux châteaux de France et des intérieurs somptueux de Paris.

Il en feuilleta quelques-uns, espérant y trouver des notes, des coups de crayon.

A Lausanne, le jeune Cuendet, apprenti serrurier, vivant dans un galetas, s'appropriait tout ce qui lui tombait sous la main, y compris des objets sans valeur.

Plus tard, rue Saint-Antoine, il devait montrer un peu plus de discernement, mais il ne cambriolait encore, au petit bonheur, que les boutiques et les appartements du quartier.

Il allait gravir un nouvel échelon, s'en prendre à des maisons bourgeoises où il trouvait à la fois de l'argent et des bijoux.

Il en était arrivé, enfin, patiemment, aux beaux quartiers. La vieille, tout à l'heure, sans le vouloir, avait prononcé une phrase importante. Elle avait parlé des quatre ou cinq journaux que son fils lisait chaque jour.

Maigret aurait parié que ce n'étaient pas les faits divers qu'il y cherchait, moins encore les nouvelles politiques, mais les rubriques mondaines, mariages, comptes rendus de réceptions, de répétitions générales.

N'y décrivait-on pas les bijoux des femmes en vue ?

Les magazines que Maigret avait sous les yeux apportaient à Honoré des renseignements aussi précieux : non seulement la description minutieuse des hôtels particuliers et des appartements, mais encore des photographies des différentes pièces.

Assis au coin du feu, le Vaudois méditait, pesait le pour et le contre, faisait son choix.

Puis il allait rôder dans le quartier, louait une chambre dans un hôtel ou, s'il s'en trouvait une de libre, dans une maison particulière, comme ça avait été le cas rue de la Pompe.

Lors de la dernière enquête, qui remontait à plusieurs années, on avait aussi retrouvé sa trace dans un certain nombre de cafés dont, du jour au lendemain, il était devenu, pour un temps, un habitué.

— Un homme bien tranquille, qui passait des heures dans son coin, à boire du vin blanc, à lire les journaux et à regarder dans la rue...

En fait, il observait les allées et venues d'une maison, patrons et domestiques, étudiait leurs habitudes, leur emploi du temps et, de sa fenêtre, il les épiait ensuite dans leur intérieur.

Ainsi, après quelque temps, un immeuble entier n'avait-il plus de secrets pour lui.

— Je vous remercie, madame Cuendet.

— Justine !

— Pardon : Justine. J'avais beaucoup de...

Il cherchait le mot. Amitié était trop fort. Attirance n'aurait pas eu de sens pour elle.

— ... J'avais beaucoup d'estime pour votre fils...

Le mot n'était pas exact non plus, mais ni le substitut ni le juge d'instruction n'étaient là pour l'entendre.

— L'inspecteur Fumel viendra vous voir. Si vous avez besoin de quoi que ce soit, adressez-vous à moi.

— Je n'aurai besoin de rien.

— Au cas où vous apprendriez dans quel quartier Honoré a passé ces dernières semaines...

Il remettait son lourd pardessus, descendait avec précaution l'escalier aux marches usées. Il était repris par le vacarme de la rue et par le froid. Il y avait maintenant dans l'air un peu de poudre blanche comme en suspens mais il ne neigeait pas et on ne voyait aucune trace sur le sol.

Quand il pénétra dans le bureau des inspecteurs, Lucas lui annonça :

— Moers vous a demandé au téléphone.

— Il n'a pas dit pourquoi ?

— Il a demandé que vous l'appeliez.

— Toujours pas de nouvelles de Fernand ?

Il n'oubliait pas que sa tâche principale était de découvrir les auteurs des hold-up. Cela pouvait durer des semaines, sinon des mois. Des centaines, des milliers de policiers et de gendarmes avaient en poche la photographie du prisonnier libéré. Des inspecteurs faisaient du porte à porte, comme des marchands d'aspirateurs électriques.

— Pardon, madame. Avez-vous vu récemment cet homme ?

La brigade des meublés s'occupait des hôtels. Celle des mœurs, la « mondaine », interrogeait les filles. Dans les gares, les voyageurs ne se doutaient pas que des yeux anonymes les examinaient au passage.

Il n'était pas chargé de l'enquête au sujet de Cuendet. Il n'avait pas le droit de détourner ses hommes de leur service. Il n'en trouva pas moins un moyen de concilier son devoir et sa curiosité.

— Tu vas demander là-haut une photographie, la plus récente possible, de Cuendet. Tu en feras remettre une copie à tous ceux qui recherchent Fernand, surtout ceux qui visitent les bistrots et les meublés.

— Dans tous les quartiers ?

Il hésita, faillit répondre :

— Seulement dans les quartiers riches.

Mais il se souvint qu'on trouve des hôtels particuliers et des immeubles de luxe dans les vieux quartiers aussi.

Une fois dans son bureau, il appela Moers.

— Tu as trouvé quelque chose ?

— Je ne sais pas si cela peut vous servir. En examinant les vêtements à la loupe, mes hommes ont mis la main sur trois ou quatre poils qu'ils ont étudiés au microscope. Delage, qui s'y connaît, affirme que ce sont des poils de chat sauvage.

— Sur quelle partie des vêtements se trouvaient-ils ?

— Dans le dos, vers l'épaule gauche. Il y a aussi des traces de poudre de riz. Nous arriverons peut-être à en déterminer la marque, mais ce sera plus long.

— Je te remercie. Fumel ne t'a pas appelé ?

— Il vient de passer. Je lui ai donné le tuyau.

— Où est-il ?

— Aux Sommiers, plongé dans le dossier Cuendet.

Maigret se demanda un moment pourquoi ses paupières picotaient et il se souvint qu'il avait été tiré du lit à quatre heures du matin.

Il dut donner des signatures, remplir plusieurs formulaires, recevoir deux personnes qui l'attendaient et qu'il écouta d'une oreille distraite. Une fois seul, il appela un important fourreur de la rue La Boétie, dut insister longtemps pour l'avoir en personne au bout du fil.

— Commissaire Maigret, de la P.J. Je vous demande pardon de vous déranger, mais je voudrais que vous me donniez un renseignement. Pouvez-vous me dire combien il y a à peu près de manteaux de chat sauvage à Paris ?

— De chat sauvage ?

On aurait dit que l'homme était vexé par la question.

— Ici, nous n'en avons pas. Il fut un temps, à l'époque héroïque des premières automobiles, où notre maison en faisait pour certaines clientes et surtout pour certains clients.

Maigret revoyait de vieilles photographies d'automobilistes qui ressemblaient à des ours.

— C'était du chat sauvage ?

— Pas toujours, mais les plus beaux. On en porte encore dans les pays très froids, au Canada, en Suède, en Norvège, dans le nord des États-Unis...

— Il n'y en a plus à Paris ?

— Je pense que certaines maisons en vendent parfois, mais très peu. Il m'est difficile de vous citer un chiffre exact. Je parierais pourtant qu'il n'existe pas cinq cents manteaux de ce genre dans tout Paris et la plupart doivent être assez vieux. Maintenant...

Une idée lui venait.

— Vous ne vous intéressez qu'aux manteaux ?

— Pourquoi ?

— Parce qu'il nous arrive, de loin en loin, de traiter le chat sauvage à des fins non vestimentaires. On en fait par exemple des couvertures à jeter sur un divan. Ces couvertures servent aussi dans les autos...

— Il en existe beaucoup ?

— En cherchant dans nos livres, je pourrais vous dire combien sont sorties de chez nous ces dernières années. Trois ou quatre douzaines, à vue de nez. Mais des fourreurs les fabriquent en série, d'une qualité plus ordinaire, bien entendu. Un instant. Je pense à autre chose. Tout en vous parlant, je viens de revoir la vitrine d'une pharmacie, non loin d'ici, avec une peau de chat sauvage que l'on vend comme remède contre les rhumatismes...

— Je vous remercie.

— Vous voulez que je vous fasse préparer une liste des...

— Si cela ne vous dérange pas trop.

C'était assez décourageant. Depuis des semaines, on recherchait Fernand sans avoir la certitude qu'il était mêlé aux récents hold-up. Cela représentait un travail presque aussi considérable que, par exemple, l'élaboration d'un dictionnaire ou même d'une encyclopédie.

Or, on connaissait Fernand, ses goûts, ses habitudes, ses manies. Par exemple, un détail tout bête pourrait aider à le faire retrouver : il ne buvait jamais que du mandarin-curaçao.

Maintenant, pour obtenir éventuellement une indication sur les assassins de Cuendet, on possédait quelques poils de chat sauvage.

Moers avait dit que ces poils avaient été trouvés dans le dos du veston, près de la manche gauche. S'ils provenaient d'un manteau, n'auraient-ils pas plutôt été découverts sur le devant du complet ?

Une femme avait-elle aidé à le porter, en le tenant par les épaules ?

Maigret préférait l'hypothèse de la couverture, surtout d'une couverture d'auto. Et, dans ce cas, ce n'était pas une petite voiture quelconque, car on n'utilise guère de couvertures de fourrure dans une 4 CV.

Depuis quelques années, Cuendet ne s'en prenait-il pas exclusivement aux maisons riches ?

Il aurait fallu faire le tour des garages de Paris, poser inlassablement la même question.

On frappait à la porte. C'était l'inspecteur Fumel, le sang à la tête, les paupières rougeâtres. Il avait encore moins dormi que Maigret. De service la nuit précédente, il n'avait même pas dormi du tout.

— Je ne vous dérange pas ?

— Entre.

Ils étaient quelques-uns, comme ça, que le commissaire tutoyait, des anciens d'abord, avec qui il avait débuté et qui, à l'époque, le tutoyaient aussi, qui n'osaient plus, qui l'appelaient maintenant monsieur le commissaire ou, quelquefois, patron. Il y avait aussi Lucas. Pas Janvier, il ignorait pourquoi. Et enfin les très jeunes, comme le petit Lapointe.

— Assieds-toi.

— J'ai tout lu. En fin de compte, je ne sais plus par quel bout commencer. Une équipe de vingt hommes n'y suffirait pas. Je me suis rendu compte, par les procès-verbaux, que vous le connaissiez bien.

— Assez bien. Ce matin, je suis allé voir sa mère, officieusement. Je lui ai annoncé la nouvelle, et je lui ai dit que tu irais la chercher tout à l'heure pour la conduire à l'Institut médico-légal. Tu as des indications sur les résultats de l'autopsie ?

— Rien. J'ai téléphoné au docteur Lamalle. Il m'a fait dire par son assistant qu'il enverrait son rapport, ce soir ou demain, au juge d'instruction.

Le docteur Paul, lui, n'attendait pas que Maigret l'appelle. Il lui arrivait même de grommeler :

— Qu'est-ce que je dis au juge ?

Il est vrai qu'à cette époque-là la police menait l'enquête et que, la plupart du temps, le magistrat ne s'en occupait qu'une fois que le coupable avait avoué.

Il y avait alors trois étapes distinctes : l'enquête, qui était, à Paris, l'affaire du Quai des Orfèvres ; l'instruction ; et enfin, plus tard, après l'examen du dossier par la chambre des mises en accusation, le procès aux assises.

— Moers t'a parlé des poils ?

— Oui. Du chat sauvage.

— Je viens de téléphoner à un fourreur. Tu ferais bien de te renseigner sur les couvertures en chat sauvage qui ont été vendues à Paris. Et, en questionnant les garagistes...

— Je suis seul là-dessus.

— Je sais, vieux.

— J'ai envoyé un premier rapport. Le juge Cajou m'a convoqué cet après-midi, à cinq heures. Cela va faire un drame. Comme j'étais de service la nuit dernière, je devais être libre aujourd'hui et quelqu'un m'attend. Je téléphonerai, mais je sais qu'on ne me croira pas et cela créera des complications à n'en plus finir...

Une femme, bien sûr !

— Si je trouve quelque chose, je te passerai un coup de fil. Surtout, ne dis pas au juge que je m'en occupe.

— Compris !

Maigret rentra déjeuner chez lui. L'appartement était aussi propre, les parquets et les meubles aussi bien astiqués que chez la vieille Cuendet.

Il faisait chaud aussi et il y avait un poêle, malgré les radiateurs, car Maigret avait toujours aimé les poêles et il avait obtenu longtemps de l'administration qu'on lui en laisse un dans son bureau.

Il régnait une bonne odeur de cuisine. Pourtant, il lui semblait soudain qu'il manquait quelque chose, il n'aurait pu dire quoi.

Chez la mère d'Honoré, l'atmosphère était encore plus calme et plus enveloppante, peut-être par contraste avec l'animation de la rue. Par la fenêtre, on touchait presque les échoppes et on entendait les appels des marchands.

Le logement était plus bas de plafond, plus petit, plus replié sur lui-même. La vieille y vivait du matin au soir, du soir au matin. Et, Honoré absent, on n'en sentait pas moins où était sa place.

Il se demanda un instant s'il n'achèterait pas un chien et un chat, lui aussi.

C'était stupide. Il n'était pas une vieille femme, ni un gamin de la campagne venu vivre en solitaire dans la rue la plus populeuse de Paris.

— A quoi penses-tu ?

Il sourit.

— A un chien.

— Tu as l'intention d'acheter un chien ?

— Non. D'ailleurs ce ne serait pas la même chose. Celui-là a été trouvé dans la rue, les deux pattes cassées...

— Tu ne fais pas la sieste ?

— Pas le temps, hélas !

— On dirait que tes préoccupations sont à la fois agréables et déplaisantes...

Il fut frappé par la justesse de l'observation. La mort de Cuendet le rendait mélancolique et chagrin. Il en voulait personnellement à ses assassins, comme si le Vaudois eût été un ami, un camarade, en tout cas une vieille relation.

Il leur en voulait aussi de l'avoir défiguré et de l'avoir jeté, comme une bête morte, dans une allée du bois de Boulogne, sur la terre gelée où le corps avait dû rebondir.

En même temps, il ne pouvait s'empêcher de sourire en pensant à la vie de Cuendet, à ses manies qu'il s'efforçait de comprendre. Chose curieuse, alors qu'ils étaient si différents l'un de l'autre, il avait l'impression d'y parvenir.

Certes, au début de sa carrière, si l'on peut dire, quand il n'était qu'un maigre apprenti, Honoré s'était fait la main de la façon la plus banale qui soit, celle de tous les mauvais garçons nés dans des quartiers pauvres, chipant sans distinction ce qui se trouvait à sa portée.

Il ne revendait même pas les objets acquis de la sorte, les entassait dans sa mansarde, comme un jeune chien entasse des croûtons et de vieux os sous sa paillasse.

Pourquoi, considéré comme un soldat modèle, avait-il déserté par deux fois ? Gauchement ! Bêtement ! Les deux fois, il s'était laissé reprendre sans tenter de fuir ou de résister.

A Paris, dans le quartier de la Bastille, il se perfectionnait et on commençait à voir se dessiner sa manière. Il n'appartenait à aucune bande. Il n'avait pas d'amis. Il travaillait seul.

Serrurier, chaudronnier, bricoleur, habile de ses mains, méticuleux, il apprenait à pénétrer dans des magasins, dans des ateliers, dans des entrepôts.

Il n'était pas armé. Il n'avait jamais possédé une arme, fût-ce un couteau à cran d'arrêt.

Pas une fois il n'avait provoqué l'alarme, laissé une trace. C'était l'homme silencieux par excellence, dans sa vie comme dans son travail.

Quels étaient ses rapports avec les femmes ? On n'en trouvait pas dans sa vie. Il n'avait jamais cohabité qu'avec sa mère et, s'il s'offrait des amours de passage, il devait le faire discrètement, dans des quartiers éloignés où nul ne le remarquait.

Il pouvait rester des heures assis dans un café, près de la vitre, devant une chopine de vin blanc. Il pouvait aussi guetter, pendant des journées entières, à la fenêtre d'une chambre meublée, tout comme, rue Mouffetard, il lisait au coin du feu.

Il n'avait presque pas de besoins. Or, la liste des bijoux volés, pour ne parler que des vols qu'on pouvait raisonnablement lui attribuer, représentait une fortune.

Lui arrivait-il d'aller, ailleurs qu'à Paris, mener une autre vie et dépenser son argent ?

— Je pense, expliquait Maigret à sa femme, à un drôle de type, un cambrioleur...

— Celui qui a été assassiné ce matin ?

— Comment le sais-tu ?

— C'est dans le journal de midi qu'on vient de me monter.

— Laisse voir.

— Il n'y a que quelques lignes. Je suis tombée dessus par hasard.

Un cadavre au bois de Boulogne

La nuit dernière, vers trois heures, deux agents cyclistes du XVIe arrondissement ont découvert, dans une allée du bois de Boulogne, le corps d'un homme au crâne défoncé. Il s'agit d'Honoré Cuendet, d'origine suisse, 50 ans, repris de justice. Selon le juge d'instruction Cajou, qui a été chargé de l'affaire et qui s'est transporté sur les lieux en compagnie du substitut Kernavel et du médecin légiste, il s'agirait d'un règlement de comptes.

— Qu'est-ce que tu disais ?

Le « règlement de comptes » le mettait en boule, car cela signifiait que, pour ces messieurs du Palais de Justice, l'affaire était pratiquement enterrée. Comme disait un procureur :

« Qu'ils s'entre-tuent donc jusqu'au dernier. C'est autant de besogne en moins pour le bourreau et autant de gagné pour le contribuable. »

— Je disais... Ah ! oui... Imagine un cambrioleur qui choisirait, exprès, des maisons ou des appartements occupés...

— Pour y pénétrer ?

— Oui. Chaque année, à Paris, et pour ainsi dire à chaque saison, des appartements restent vides pendant plusieurs semaines tandis que les locataires sont à la mer, à la montagne, dans leur château ou à l'étranger.

— On les cambriole, non ?

— On les cambriole, c'est vrai. Des spécialistes, qui ne s'attaqueront jamais à une habitation où ils risquent de rencontrer des gens.

— Où veux-tu en venir ?

— A mon Cuendet qui, lui, ne s'intéresse qu'aux appartements occupés. Souvent, il attend, pour y pénétrer, que les maîtres soient rentrés du théâtre ou d'ailleurs, que la femme ait déposé ses bijoux dans une pièce voisine ou même, parfois, sur un meuble de la chambre à coucher.

Mme Maigret répliqua avec logique :

— S'il opérait quand la femme se trouve à une soirée, il ne trouverait pas les bijoux, puisque tu dis qu'elle les porte.

— Il en trouverait probablement d'autres, en tout cas, des objets de valeur, des tableaux, de l'argent liquide.

— Tu veux dire que, chez lui, c'est une sorte de vice ?

— Le mot est peut-être trop fort, mais je soupçonne que c'était une manie, qu'il ressentait un certain plaisir à s'introduire dans la vie toute chaude des gens. Une fois, il a pris un chronomètre sur la table de nuit d'un homme qui dormait et qui n'a rien entendu.

Elle souriait aussi.

— Combien de fois l'as-tu attrapé ?

— Il n'a été condamné qu'une fois, et encore n'avait-il pas alors adopté cette technique et volait-il comme tout le monde. Nous n'en possédons pas moins, au bureau, une liste des cambriolages qui peuvent lui être attribués à coup presque sûr. Dans certains cas, il a loué une chambre pendant plusieurs semaines en face des locaux cambriolés et il ne fournit aucune explication plausible.

— Pourquoi l'a-t-on assassiné ?

— C'est ce que je me demande. Pour le savoir, j'ai besoin de découvrir à quelle maison il s'est attaqué, la nuit dernière probablement...

Il en avait rarement autant dit à sa femme sur une affaire en cours sans doute parce que, pour lui, ce n'était pas une affaire comme les autres et il n'en était même pas chargé.

Cuendet l'intéressait en tant qu'homme et en tant que spécialiste, le fascinait presque, tout comme la vieille Justine.

— *Je suis sûre qu'il ne me laissera pas sans rien...* avait-elle dit avec confiance.

Pourtant, Maigret en était persuadé, elle ignorait où son fils cachait l'argent.

Elle avait confiance, la foi du charbonnier : Honoré était incapable de la laisser sans ressources.

Comment cet argent parviendrait-il jusqu'à elle ? Quelles mesures son fils avait-il prises, lui qui, pas une fois dans sa vie, n'avait eu de complices ?

Et pouvait-il prévoir qu'un jour il serait assassiné ?

Le plus curieux, c'est que Maigret en arrivait à partager la confiance de la vieille, à croire, lui aussi, que Cuendet avait envisagé toutes les éventualités.

Il buvait son café à petites gorgées. Allumant sa pipe, il jetait un coup d'œil au buffet. Comme rue Mouffetard, il y avait là un carafon, avec une eau-de-vie blanche qui, ici, était de l'eau-de-vie de prune.

Mme Maigret avait compris et lui en servait un petit verre.

4

A quatre heures moins cinq, penché sur le rond de lumière de sa lampe qui éclairait un dossier annoté, Maigret hésitait entre deux pipes quand le téléphone sonna. C'était le central de Police-Secours, boulevard du Palais.

— Hold-up rue La Fayette, entre la rue Taitbout et la Chaussée d'Antin. On a tiré. Il y a des morts.

Cela s'était passé à quatre heures moins dix et déjà l'alerte générale était donnée, les voitures radio alertées, un car d'agents en uniforme quittait la cour de la police municipale tandis que, dans son bureau paisible du Palais de Justice, le procureur général, selon des ordres qu'il avait donnés, recevait la nouvelle à son tour.

Maigret ouvrait la porte, faisait signe à Janvier, grommelait quelques mots plus ou moins distincts et les deux hommes descendaient l'escalier en enfilant leur pardessus, s'engouffraient dans une voiture-pie.

A cause du brouillard qui avait commencé à descendre sur la ville, jaunâtre, un peu après le déjeuner, il faisait aussi sombre qu'à six heures du soir et le froid, au lieu de diminuer, était devenu plus pénétrant.

— Demain matin, il vaudra mieux faire attention au verglas, remarqua le chauffeur.

Il faisait fonctionner sa sirène, son feu clignotant. Taxis et autobus se rangeaient au bord du trottoir et les passants suivaient la police des yeux. Dès l'opéra, la circulation était perturbée. Des bouchons s'étaient formés. Des agents arrivés en renfort sifflaient et gesticulaient.

Rue La Fayette, du côté des Galeries et du Printemps, c'était l'heure de pointe, une foule dense, surtout composée de femmes, sur les trottoirs ; c'était aussi l'endroit le plus illuminé de Paris.

On avait canalisé la foule, établi des barrages. Un tronçon de la rue était désert, avec seulement quelques silhouettes sombres d'officiels qui allaient et venaient.

Le commissaire de police du IXe était arrivé avec plusieurs de ses hommes. Des spécialistes prenaient des mesures et faisaient des marques à la craie. Une auto, ses deux roues avant sur le trottoir, avait son pare-brise en éclats et, à deux ou trois mètres, on voyait une tache sombre autour de laquelle des gens discutaient à mi-voix.

Un petit monsieur à cheveux gris, vêtu de noir, un foulard de laine tricotée autour du cou, tenait encore à la main le verre de rhum qu'on était allé lui chercher à la brasserie d'en face. C'était le caissier d'un grand magasin d'articles de ménage de la rue de Châteaudun.

Il recommençait son récit pour la troisième ou la quatrième fois, en évitant de se tourner vers une forme humaine, recouverte d'un tissu râpeux, étendue à quelques mètres.

Derrière les barrières mobiles, comme celles dont la ville se sert pour les cortèges, la foule poussait et les femmes, excitées, parlaient d'une voix aiguë.

— Comme toutes les fins de mois...

Maigret avait oublié qu'on était le 31.

— ... j'étais allé chercher à la banque, derrière l'Opéra, l'argent nécessaire à la paie du personnel...

Maigret, en passant, avait vu le magasin sans soupçonner son importance. Il comportait trois étages de rayons, deux sous-sols et trois cents personnes y étaient occupées.

— J'avais à peine six cents mètres à parcourir. Je tenais ma mallette de la main gauche.

— Elle n'était pas attachée à votre poignet par une chaîne ?

Ce n'était pas un encaisseur professionnel et aucun dispositif d'alarme n'était prévu. Le caissier avait seulement un automatique dans la poche droite de son pardessus.

Il avait traversé la rue entre les lignes jaunes. Il se dirigeait vers la rue Taitbout, dans une foule si dense qu'aucun attentat ne paraissait possible. Soudain, il avait remarqué qu'un homme marchait très près de lui, à sa hauteur, puis, tournant la tête, il en avait vu un autre sur ses talons.

La suite avait été si rapide que l'employé s'était mal rendu compte du déroulement des événements. Il se souvenait surtout des mots murmurés à son oreille :

— Si tu tiens à ta peau, fais pas le mariole !

Au même moment, on lui arrachait violemment sa mallette. Un des hommes se précipitait vers une auto qui venait en sens inverse, rasant le trottoir au ralenti. Entendant une détonation le caissier avait d'abord cru que c'était sur lui qu'on tirait. Des femmes criaient, se bousculaient. Un second coup de feu avait été suivi d'un bruit de verre brisé.

Il y en avait eu d'autres, certains disaient trois, certains quatre ou cinq.

Un personnage rougeaud se tenait à l'écart avec le commissaire de police. Il était assez ému, ne sachant pas encore si on allait le traiter en héros ou lui réclamer des comptes.

C'était l'agent Margeret, du Ier arrondissement. N'étant pas de service cet après-midi-là, il ne portait pas son uniforme. Pourquoi avait-il néanmoins son automatique en poche ? Il aurait à s'en expliquer plus tard.

— J'allais rechercher ma femme qui faisait des courses... J'ai assisté au hold-up... Quand les trois hommes se sont précipités vers l'auto...

— Ils étaient trois ?

— Un de chaque côté du caissier, un autre derrière...

L'agent Margeret avait tiré. Un des bandits était tombé à genoux, puis s'était étendu lentement sur le trottoir parmi les jambes des femmes qui se mettaient à courir.

L'auto fonçait dans la direction de Saint-Augustin. L'agent de la circulation sifflait. On tirait, de la voiture, qui avait bientôt disparu dans le trafic.

Pendant deux jours, Maigret n'allait guère avoir le temps de penser à son Vaudois paisible et, deux fois, l'inspecteur Fumel l'appela au téléphone alors qu'il était trop occupé pour répondre.

On avait relevé le nom et l'adresse d'une cinquantaine de témoins, y compris la marchande de gaufres dont le stand était tout proche, un infirme au violon qui mendiait à quelques pas et deux des garçons de café qui travaillaient en face, ainsi que la caissière qui prétendait avoir tout vu, bien que les vitres fussent embuées.

Il y avait un second mort, un passant de trente-cinq ans, père de famille, tué sur le coup sans se douter de ce qui lui arrivait.

Pour la première fois depuis que cette série de hold-up avait commencé, on tenait un membre de la bande, celui que l'agent Margeret, qui se trouvait miraculeusement sur place, avait abattu.

— Mon idée était de lui tirer dans les jambes pour l'empêcher de fuir...

La balle n'en avait pas moins atteint l'homme à la nuque et, à l'hôpital Beaujon où une ambulance l'avait transporté, il restait dans le coma.

Lucas, Janvier, Torrence se relayaient à la porte de sa chambre, guettant l'instant où il pourrait enfin parler, car on ne désespérait pas de le sauver.

Le lendemain, comme le chauffeur de la voiture-pie l'avait prévu, les rues de Paris étaient couvertes de verglas. Il faisait sombre. Les autos n'avançaient qu'au pas. Des camions de la municipalité répandaient du sable dans les principales artères.

Le grand couloir de la P.J. était plein de gens qui attendaient en silence et Maigret, avec chacun, reprenait patiemment les mêmes questions en traçant des signes cabalistiques sur un plan des lieux dressé par les services compétents.

Dès le soir du hold-up, il s'était rendu à Fontenay-aux-Roses, au domicile du gangster abattu, un nommé Joseph Raison, que sa carte d'identité donnait comme ajusteur.

Dans un immeuble neuf, il avait trouvé un appartement clair et coquet, une jeune femme blonde, deux petites filles de six et neuf ans occupées à leurs devoirs.

Joseph Raison, qui avait quarante-deux ans, était vraiment ajusteur et travaillait dans une usine du quai de Javel. Il possédait une 2 CV et, chaque dimanche, emmenait sa famille à la campagne.

Sa femme prétendait n'y rien comprendre et Maigret la croyait sincère.

— Je ne vois pas pourquoi il aurait fait ça, monsieur le commissaire. Nous étions heureux. Nous avions acheté cet appartement il y a à peine deux ans. Joseph gagnait bien sa vie. Il ne buvait pas, ne sortait presque jamais seul...

Le commissaire l'avait conduite à Beaujon pendant qu'une voisine gardait les enfants. Elle avait pu voir son mari pendant quelques instants puis, malgré son insistance, sur l'ordre des médecins, on l'avait ramenée chez elle.

Il fallait maintenant s'y retrouver dans le fouillis de témoignages confus et contradictoires. Certains en avaient trop vu, d'autres pas assez.

— Si je parle, ces gens-là sauront bien me retrouver...

Il en ressortait malgré tout une description à peu près plausible des deux hommes qui avaient encadré le caissier, surtout de celui qui avait arraché la serviette.

Mais c'est seulement en fin d'après-midi qu'un des garçons de café crut reconnaître Fernand sur une des photographies qu'on lui montrait.

— Il est entré dans l'établissement dix ou quinze minutes avant le hold-up et m'a commandé un café-crème. Il était assis à un guéridon près de la porte, tout contre la vitre...

Le deuxième jour après le drame, Maigret obtenait un autre témoignage au sujet de Fernand qui était vêtu, le 31 janvier, d'un épais manteau brun.

Ce n'était pas grand-chose, mais cela indiquait que le commissaire ne s'était pas trompé en pensant que l'ancien prisonnier de Saint-Martin-de-Ré était la tête de la bande.

Le blessé, à Beaujon, avait repris connaissance pendant quelques instants mais n'avait fait que murmurer :

— Monique...

C'était le prénom de sa plus jeune fille.

Maigret était fort intéressé par une autre découverte : c'est que

Fernand ne recrutait plus exclusivement ses hommes parmi les mauvais garçons.

Le Parquet lui téléphonait d'heure en heure et il envoyait rapport sur rapport. Il ne pouvait sortir de son bureau sans être entouré d'une grappe de journalistes.

A onze heures, le vendredi, le couloir était enfin vide. Maigret discutait avec Lucas qui venait de Beaujon, lui parlait de l'opération qu'un chirurgien connu allait tenter sur le blessé. On frappa à la porte. Il cria, impatient :

— Entrez !

C'était Fumel qui, sentant le moment mal choisi, se faisait tout petit. Il devait avoir attrapé un rhume de cerveau, car il avait le nez rouge, les yeux humides.

— Je peux revenir...

— Entre !

— Je crois que j'ai trouvé une piste... Ou plutôt c'est la brigade des garnis qui l'a trouvée pour moi... Je sais où Cuendet a vécu pendant les cinq dernières semaines...

C'était un soulagement, un délassement presque, pour Maigret, d'entendre parler de son Vaudois tranquille.

— Dans quel quartier ?

— Son ancien quartier... Il occupait une chambre dans un petit hôtel de la rue Neuve-Saint-Pierre...

— Derrière l'église Saint-Paul ?

Une rue étroite, vieillotte, entre la rue Saint-Antoine et les quais. C'était rare d'y voir passer une auto et il n'y avait que quelques boutiques.

— Raconte.

— Il paraît que c'est surtout un hôtel de passe. Ils ont pourtant quelques chambres au mois. Cuendet y vivait sans se faire remarquer, ne sortant guère de chez lui que pour aller manger dans un petit restaurant qu'on appelle le *Petit Saint-Paul.*

— Qu'est-ce qu'il y a en face de l'hôtel ?

— Une maison du XVIIIe siècle, avec une cour d'honneur et de hautes fenêtres, qu'on a entièrement restaurée il y a quelques années...

— Qui l'habite ?

— Une dame seule, avec ses domestiques, bien entendu. Une certaine Mme Wilton.

— Tu t'es renseigné sur elle ?

— J'ai commencé mais, dans le quartier, on ne sait à peu près rien.

C'était la mode, depuis une dizaine d'années, pour les gens fort riches, de racheter un vieil immeuble du Marais, rue des Francs-Bourgeois, par exemple, et de le remettre plus ou moins dans son état primitif.

Cela avait commencé par l'île Saint-Louis et, maintenant, on cherchait les anciens hôtels particuliers partout où il s'en trouvait encore, fût-ce dans les rues les plus populeuses.

— Il y a même un arbre dans la cour... On ne voit pas beaucoup d'arbres dans le quartier...

— La dame est veuve ?

— Divorcée. Je suis allé voir un journaliste à qui je donne parfois des tuyaux, quand cela ne peut pas nuire... C'est lui qui, cette fois, m'a renseigné... Bien que divorcée, elle voit encore assez souvent son ancien mari et il leur arrive de sortir ensemble...

— Comment s'appelle-t-il ?

— Wilton. Stuart Wilton. Avec son autorisation, paraît-il, elle a conservé son nom. Son nom de jeune fille, que j'ai trouvé au commissariat du quartier, est Florence Lenoir. Sa mère était repasseuse rue de Rennes et son père, qui est mort depuis longtemps, agent de police. Elle a fait du théâtre. D'après mon journaliste, elle dansait avec une troupe de girls au Casino de Paris et Stuart Wilton, déjà marié, a divorcé pour l'épouser...

— Il y a combien de temps ?

Maigret crayonnait sur son buvard, évoquant Honoré Cuendet à la fenêtre du petit hôtel louche.

— Une dizaine d'années à peine... L'hôtel particulier appartenait à Wilton. Il en possède un autre, qu'il habite actuellement, à Auteuil, et le château de Besse, près de Maisons-Laffitte...

— Il fait courir ?

— Pas d'après mes renseignements, c'est un assidu des courses, mais il ne possède pas d'écurie.

— Il est américain ?

— Anglais. Il vit en France depuis très longtemps.

— D'où vient sa fortune ?

— Je ne fais toujours que vous répéter ce qu'on m'a raconté. Il appartient à une famille de gros industriels et a hérité d'un certain nombre de brevets. Cela rapporte beaucoup d'argent sans qu'il ait à s'en occuper. Il voyage une partie de l'année, loue, chaque été, une villa au Cap-d'Antibes ou au Cap-Ferrat et appartient à un certain nombre de clubs. Mon journaliste affirme que c'est un homme fort connu, mais seulement dans un milieu fermé dont on parle rarement dans les journaux...

Maigret se leva en soupirant, alla décrocher son manteau, s'entoura le cou de son écharpe.

— Allons ! dit-il.

Et, à Lucas :

— Si on me demande, je serai ici dans une heure.

A cause du gel, du verglas, les rues étaient presque aussi désertes qu'au mois d'août et il n'y avait pas un seul enfant à jouer dans l'étroite rue Neuve-Saint-Pierre. La porte entrouverte de l'*Hôtel Lambert* était surmontée d'un globe laiteux et, dans le bureau qui sentait le renfermé, un homme, le dos collé au radiateur, lisait le journal.

Il reconnut l'inspecteur Fumel et grogna en se levant :

— Les ennuis commencent, à ce que je vois !

— Il n'y aura aucun ennui pour vous si vous vous taisez. La chambre de Cuendet est-elle occupée ?

— Pas encore. Il avait payé le mois d'avance. J'aurais pu en disposer le 31 janvier mais, comme il y a encore ses affaires, j'ai préféré attendre.

— Quand a-t-il disparu ?

— Je ne sais pas. Attendez que je compte. Si je ne me trompe pas, cela doit être samedi dernier... samedi ou vendredi... On pourra le demander à la femme de chambre...

— Il vous a prévenu qu'il s'absentait ?

— Il n'a rien dit du tout. D'ailleurs, il ne disait jamais rien.

— Le soir de sa disparition, il est sorti tard ?

— C'est ma femme qui l'a vu. La nuit, les clients qui entrent avec une femme n'aiment pas être reçus par un homme. Cela les gêne. Alors...

— Elle ne vous en a pas parlé ?

— Bien sûr que si. D'ailleurs, vous pourrez la questionner tout à l'heure. Elle ne tardera pas à descendre.

L'air était stagnant, surchauffé, et il régnait une odeur équivoque, avec comme un fond de désinfectant qui rappelait le métro.

— A ce qu'elle m'a dit, il n'est pas allé dîner ce soir-là.

— C'était exceptionnel ?

— Cela lui est arrivé quelquefois. Il s'achetait de quoi manger. On le voyait monter avec des petits paquets et des journaux. Il disait bonsoir et on ne l'entendait plus jusqu'au lendemain.

— Ce soir-là, il est ressorti ?

— Il faut bien qu'il soit sorti, puisqu'il n'était plus chez lui le lendemain matin. Mais, pour ce qui est de l'avoir vu, ma femme ne l'a pas vu. Elle était montée avec un couple, au fond du couloir du premier. Elle est allée chercher des serviettes et c'est alors qu'elle a entendu quelqu'un qui descendait l'escalier.

— Quelle heure était-il ?

— Passé minuit. Elle a bien eu l'intention de voir qui c'était mais, le temps de refermer le placard à linge et de parcourir le corridor et l'homme était déjà en bas...

— Quand avez-vous su qu'il n'était plus dans sa chambre ?

— Le lendemain. Sans doute vers dix ou onze heures, quand la bonne a frappé pour faire le ménage. Elle est entrée et a remarqué que le lit n'était pas défait.

— Vous n'avez pas signalé la disparition de votre locataire à la police ?

— Pourquoi ? Il était libre, non ? Il avait payé. Je fais toujours payer d'avance. Il arrive que des gens s'en aillent comme ça sans rien dire...

— En laissant leurs affaires ?

— Pour ce qu'il a laissé !

— Conduisez-nous dans sa chambre.

Le patron traîna ses pantoufles sur le plancher, sortit du bureau derrière les policiers, tourna la clé dans la serrure et la mit dans sa poche. Il n'était pas très âgé, mais il marchait avec peine et, dans l'escalier, on l'entendait souffler.

— C'est au troisième... soupira-t-il.

Il y avait une pile de draps sur le palier du premier et plusieurs portes qui donnaient sur le couloir étaient ouvertes ; une domestique s'affairait quelque part.

— C'est moi, Rose ! Je monte avec des messieurs...

L'odeur devenait plus fade à mesure qu'on avançait et, au troisième, il n'y avait plus de tapis dans le couloir. Quelqu'un, dans sa chambre, jouait de l'harmonica.

— C'est ici...

On voyait le chiffre 33, gauchement peint, sur le panneau. La chambre sentait déjà le renfermé.

— J'ai tout laissé en place.

— Pourquoi ?

— Je pensais qu'il reviendrait... Il avait une bonne tête... Je me suis demandé ce qu'il venait faire ici, surtout qu'il était bien habillé et qu'il ne paraissait pas manquer d'argent...

— Comment savez-vous qu'il avait de l'argent ?

— Les deux fois qu'il a payé, j'ai vu des gros billets dans son portefeuille...

— Il n'a jamais reçu personne ?

— Pas à ma connaissance, ni à celle de ma femme. Un de nous deux est toujours au bureau.

— Pas pour le moment.

— Bien sûr, il nous arrive de le quitter pour quelques minutes, mais on tend l'oreille et vous avez remarqué que j'ai prévenu la bonne...

— Il ne recevait pas de courrier ?

— Jamais.

— Qui occupe la chambre voisine ?

Il n'y en avait qu'une, car le 33 était au bout du couloir.

— Olga. Une fille.

L'homme savait que c'était inutile de tricher, qu'on n'ignorait rien, à la police, de ce qui se trafiquait dans sa maison.

— Elle est chez elle ?

— A cette heure, elle doit dormir.

— Vous pouvez nous laisser.

Il s'éloignait, maussade, traînant la jambe. Maigret refermait la porte, commençait par ouvrir une armoire bon marché, en sapin verni, avec une serrure qui ne tenait pas.

Il ne découvrit pas grand-chose : une paire de souliers noirs bien cirés, des pantoufles du type charentaises, presque neuves, et un complet gris pendu à un cintre. Il y avait aussi un chapeau de feutre sombre d'une marque courante.

Dans un tiroir, six chemises blanches, une bleu clair, des caleçons, des mouchoirs et des chaussettes de laine. Dans le tiroir voisin, deux pyjamas et des livres : *Impressions de voyage en Italie, la Médecine pour tous* (éditée en 1899) et un roman d'aventures.

Le lit était en fer, la table ronde recouverte d'un tapis en velours vert sombre, l'unique fauteuil à moitié défoncé. Les rideaux, coincés sur leur tringle, ne fermaient plus, mais des brise-bise tamisaient la lumière.

Maigret, debout, regardait la maison d'en face, la cour d'abord, où on apercevait une grosse voiture noire de marque anglaise, le perron de plusieurs marches, la porte vitrée à deux battants.

On avait nettoyé la pierre de la façade, qui était devenue d'un gris clair très doux et, autour des fenêtres, il y avait de délicates moulures.

Une lumière brillait au rez-de-chaussée, éclairant un tapis à dessins compliqués, un fauteuil Louix XV, le coin d'un guéridon.

Les fenêtres du premier étage étaient très hautes, celles du second mansardées.

L'hôtel particulier, plus large que haut, ne devait pas comporter, en définitive, autant de pièces qu'on aurait pu le croire à première vue.

Deux des fenêtres du premier étaient ouvertes et un valet de chambre en gilet rayé passait l'aspirateur dans une pièce qui avait l'air d'un salon.

— Tu as dormi, la nuit dernière ?

— Oui, patron. J'ai eu presque mes huit heures.

— Tu as faim ?

— Cela ne presse pas encore.

— J'enverrai quelqu'un, tout à l'heure, pour te relayer. Tu n'as qu'à t'installer dans le fauteuil et rester devant la fenêtre. Du moment que tu n'allumes pas, on ne peut pas te voir d'en face.

N'était-ce pas ce que Cuendet avait fait pendant près de six semaines ?

— Note les allées et venues et, s'il vient des voitures, essaie d'en relever le numéro.

L'instant d'après, Maigret frappait de petits coups à la porte voisine. Il devait attendre un certain temps avant d'entendre le grincement d'un sommier, puis des pas sur le plancher. La porte ne faisait que s'entrouvrir.

— Qu'est-ce que c'est ?

— Police.

— Encore ?

Résignée, la femme ajoutait :

— Entrez !

Elle était en chemise, les yeux bouffis. Son maquillage, qu'elle n'avait pas enlevé avant de se coucher, s'était étendu, lui déformant les traits.

— Je peux me recoucher ?

— Pourquoi avez-vous dit : encore ? La police est venue récemment ?

— Pas ici, mais dans la rue. Depuis quelques semaines, elle ne cesse de nous houspiller et, en un mois, j'ai couché au moins six fois au dépôt. Qu'est-ce que j'ai fait, ce coup-ci ?

— Rien, je l'espère. Et je vous demande de ne pas parler de ma visite.

— Vous n'êtes pas des mœurs, vous ?

— Non.

— Il me semble que j'ai vu votre photographie quelque part.

Sans son maquillage fondu, ses cheveux mal teints, elle n'aurait pas été laide ; un peu grasse, mais drue, les yeux encore vifs.

— Commissaire Maigret.

— Qu'est-ce qui s'est passé ?

— Je n'en sais encore rien. Il y a longtemps que vous habitez ici ?

— Depuis mon retour de Cannes, en octobre. Je fais toujours Cannes l'été.

— Vous connaissez votre voisin ?

— Lequel ?

— Celui du 33.

— Le Suisse ?

— Comment savez-vous qu'il est suisse ?

— A cause de son accent. J'ai travaillé en Suisse aussi, il y a trois ans. J'étais entraîneuse dans un cabaret de Genève, mais on ne m'a pas renouvelé mon permis de séjour. Je suppose que, là-bas, ils n'aiment pas la concurrence.

— Il vous a parlé ? Il est venu chez vous ?

— C'est moi qui suis allée chez lui. Un après-midi, en me levant, je me suis aperçue que je n'avais plus de cigarettes. Je l'avais déjà rencontré dans le couloir et il me faisait chaque fois un gentil bonjour.

— Qu'est-il arrivé ?

Elle eut une mimique expressive en répliquant :

— Justement : rien ! J'ai frappé. Il a mis un temps à ouvrir. Je me demandais ce qu'il fricotait. Pourtant, il était habillé et il n'y avait personne chez lui, pas de désordre. J'ai vu qu'il fumait la pipe. Il en avait une à la bouche. Je lui ai dit :

» — Je suppose que vous n'avez pas de cigarettes ?

» Il m'a répondu que non, qu'il le regrettait, puis, après une hésitation, il a proposé d'aller m'en acheter.

» J'étais comme quand je vous ai ouvert la porte, avec seulement ma chemise sur le corps. Il y avait du chocolat sur la table et, quand il a vu que je le regardais, il m'en a offert un morceau.

» J'ai cru que ça y était. Entre voisins, on se doit bien ça. Je me suis mise à manger un morceau de chocolat et j'ai jeté un coup d'œil sur le livre qu'il était en train de lire, quelque chose sur l'Italie, avec de vieilles gravures.

» — Vous ne vous ennuyez pas, tout seul ? lui ai-je demandé.

» Je suis sûre qu'il en avait envie. Et je ne crois pas que je sois bien impressionnante. A certain moment, j'ai compris qu'il hésitait, puis il a soudain bafouillé :

» — Il faut que je sorte. On m'attend...

— C'est tout ?

— Je crois bien que oui. Les murs ne sont pas épais, ici. On entend les bruits d'une chambre à l'autre. Et, la nuit, il ne devait pas avoir beaucoup de chances de dormir, si vous voyez ce que je veux dire.

» Il ne s'en est jamais plaint. Les lavabos, vous l'avez peut-être remarqué en montant, sont à l'autre bout du couloir, au-dessus de l'escalier. Il y a une chose que je peux dire, c'est qu'il ne se couchait pas de bonne heure, car je l'ai rencontré au moins deux fois, au milieu de la nuit, allant aux toilettes, tout habillé.

— Il ne vous arrive pas de jeter un coup d'œil à la maison d'en face ?

— Chez la folle ?

— Pourquoi l'appelez vous la folle ?

— Pour rien. Parce que je trouve qu'elle a l'air d'une folle. Vous savez, d'ici, on voit très bien. L'après-midi, je n'ai rien à faire et je regarde parfois par la fenêtre. C'est rare, en face, qu'ils tirent les rideaux et ça vaut le coup, le soir, d'admirer leurs lustres. D'énormes lustres de cristal, avec des douzaines de lampes...

» Sa chambre est juste devant la mienne. C'est à peu près la seule pièce où on tire les rideaux vers la fin de l'après-midi, mais on les ouvre le matin et alors on dirait qu'elle ne se rend pas compte qu'on la voit se promener toute nue. Peut-être qu'elle le fait exprès ? Il y a des femmes qui ont ce vice-là.

» Elle a deux femmes de chambre pour s'occuper d'elle, mais elle sonne aussi bien le valet quand elle est dans cette tenue.

» Certains jours, le coiffeur vient au milieu de l'après-midi, des fois plus tard quand elle se met en grand tralala.

» Elle n'est pas mal, pour son âge, je dois l'avouer...

— Quel âge lui donnez-vous ?

— Dans les quarante-cinq piges. Seulement, avec les femmes qui se soignent comme elle, on ne peut pas savoir.

— Elle reçoit beaucoup ?

— Quelquefois, il y a deux ou trois voitures dans la cour, rarement plus. C'est plus souvent elle qui sort. A part le gigolo, bien entendu !

— Quel gigolo ?

— Je ne prétends pas que ce soit un vrai gigolo. Il est pourtant un peu jeunet pour elle, dans les trente ans à peine. Un beau garçon, grand, brun, habillé comme un mannequin, qui conduit une magnifique voiture.

— Il vient souvent la voir ?

— Je ne suis pas toujours à la fenêtre, hein ! J'ai mon boulot aussi. Des jours, je commence à cinq heures de l'après-midi et cela ne me donne guère le temps de regarder chez les gens. Mettons qu'il vienne une ou deux fois par semaine ? Trois fois ?

» Ce dont je suis sûre, c'est qu'il lui arrive d'y coucher. D'habitude, je me lève tard mais, les jours de visite, je suis obligée de sortir au petit matin. A croire que vos collègues le font exprès de choisir ces heures-là ! Eh ! bien, deux ou trois fois, la voiture du gigolo, comme je l'appelle, était encore dans la cour à neuf heures.

» Quant à l'autre...

— Il y en a un autre ?

— Le vieux, quoi ! Le sérieux.

Maigret ne pouvait s'empêcher de sourire en écoutant cette interprétation des faits par Olga.

— Qu'est-ce qu'il y a ? J'ai dit une bêtise ?

— Continuez.

— Il y a un type très chic, aux cheveux argentés, qui vient parfois en Rolls Royce et qui a le plus beau chauffeur que j'aie jamais vu.

— Il lui arrive de coucher en face, lui aussi ?

— Je ne crois pas. Il ne reste jamais longtemps. Autant que mes souvenirs sont exacts, je ne l'ai jamais vu tard le soir. Plutôt vers les cinq heures. Sans doute pour le thé...

Elle semblait tout heureuse de montrer ainsi qu'elle savait que certaines gens, dans un univers fort éloigné du sien, prennent le thé à cinq heures.

— Je suppose que vous ne pouvez pas me dire pourquoi vous me posez ces questions ?

— En effet.

— Et je dois me taire ?

— J'y tiens énormément.

— Cela vaudra mieux pour moi, n'est-ce pas ? N'ayez pas peur. J'avais entendu parler de vous par des copines, mais je vous imaginais plus vieux.

Elle lui souriait, le corps légèrement arqué sous la couverture.

Après un court silence, elle murmura :

— Non ?

Et il répondit en souriant :

— Non.

Alors, elle éclata de rire.

— Comme mon voisin, quoi !

Puis, soudain sérieuse :

— Qu'est-ce qu'il a fait ?

Il fut sur le point de lui dire la vérité. Il en était tenté. Il savait qu'il pouvait compter sur elle. Il savait aussi qu'elle était capable de comprendre plus de choses que le juge d'instruction Cajou, par exemple. Peut-être certains indices qui ne lui revenaient pas à l'esprit la frapperaient-ils si elle était mise au courant ?

Plus tard, si cela devenait nécessaire.

Il se dirigeait vers la porte.

— Vous reviendrez ?

— C'est probable. Comment mange-t-on, au *Petit Saint-Paul* ?

— La patronne fait la cuisine et, si vous aimez les andouillettes, vous n'en trouverez pas de meilleures dans le quartier. Seulement, les nappes sont en papier et la fille de salle est une garce.

Il était midi quand il se dirigea vers le *Petit Saint-Paul* où il demanda d'abord un jeton afin de téléphoner à sa femme qu'il ne rentrerait pas déjeuner.

Il n'en oubliait pas Fernand et ses gangsters, mais c'était plus fort que lui.

5

En réalité, c'était une récréation qu'il s'était offerte, comme à la sauvette, et il en avait un peu de remords. Pas trop cependant parce que, d'abord, Olga n'avait pas exagéré quant à l'andouillette, ensuite parce que le beaujolais, encore qu'un peu épais, n'en était pas moins fruité, enfin parce que, dans un coin, devant une table sur laquelle du papier rugueux tenait lieu de nappe, il avait pu ruminer à son aise.

La patronne, courte et grosse, un chignon gris sur le sommet de la tête, entrouvrait parfois la porte de la cuisine pour jeter un coup d'œil dans la salle et portait un tablier du même bleu qu'autrefois la mère de Maigret, un bleu qui restait plus sombre sur les bords et devenait plus pâle vers le milieu où on avait frotté davantage au lavage.

C'était vrai aussi que la fille de salle, une grande brune au teint décoloré, avait la mine revêche, l'expression méfiante. De temps en temps, ses traits se crispaient, au passage d'une douleur, et le commissaire aurait juré qu'elle venait de faire une fausse-couche.

Il y avait des ouvriers en tenue de travail, quelques Nord-Africains, une vendeuse de journaux vêtue d'un veston d'homme et coiffée d'une casquette.

A quoi bon montrer la photographie de Cuendet à la servante ou au patron à moustaches qui s'occupait du vin ? De la place que Maigret occupait et qui avait sans doute été la sienne, le Vaudois pouvait, à condition d'essuyer la buée sur la vitre toutes les trois minutes, surveiller la rue et l'hôtel particulier.

Il n'avait sûrement fait de confidences à personne. On l'avait pris, comme partout, pour un petit monsieur tranquille et, dans un certain sens, c'était vrai.

Cuendet, dans son genre, était un artisan et, parce que Maigret pensait en même temps aux types de la rue La Fayette — c'était ça qu'il appelait ruminer — il le trouvait un tantinet démodé, comme ce restaurant, d'ailleurs, qui ne tarderait pas à faire place à un établissement plus clair où les clients se serviraient eux-mêmes.

Maigret avait connu d'autres solitaires, en particulier le fameux Commodore, portant monocle, œillet rouge à la boutonnière, descendant dans les plus grands palaces, impeccable et digne sous ses cheveux blancs, qu'on n'avait jamais pu prendre la main dans le sac.

Celui-là n'avait jamais mis les pieds en prison et nul ne savait comment il avait fini. S'était-il retiré à la campagne sous une nouvelle identité ou bien avait-il filé ses vieux jours au soleil d'une île du Pacifique ? Avait-il été assassiné par un truand qui en voulait à son magot ?

Il existait des bandes organisées à cette époque-là aussi, mais elles ne travaillaient pas de la même manière et surtout leur recrutement était différent.

Vingt ans plus tôt encore, par exemple, dans une affaire comme celle de la rue La Fayette, Maigret aurait su immédiatement où chercher, dans quel quartier, pour ainsi dire dans quel bistrot fréquenté par les mauvais garçons.

Alors, ils savaient à peine lire et écrire et ils portaient leur profession sur leur visage.

Maintenant, c'étaient des techniciens. Le hold-up de la rue La Fayette, comme les précédents, avait été monté minutieusement, et il avait fallu un hasard improbable pour qu'un des hommes reste sur le carreau, la présence, dans la foule, d'un sergent de ville en congé qui, contre les règlements, était armé et, perdant son sang-froid, risquant d'atteindre un innocent dans la foule, avait tiré.

Cuendet aussi, il est vrai, s'était modernisé. Une phrase de la fille qui habitait la chambre voisine revenait à l'esprit de Maigret. Elle avait parlé des gens qui prennent le thé à cinq heures. Pour elle, c'était un monde à part. Pour le commissaire également. Le Vaudois, lui, avait pris la peine d'étudier avec soin les faits et gestes quotidiens de ces gens-là.

Il ne cassait pas de carreaux, n'utilisait pas de pince-monseigneur, n'abîmait rien.

Dehors, les passants marchaient vite, les mains dans les poches, le visage raide de froid, chacun avec ses petites affaires, ses petites préoccupations dans la tête, chacun avec son drame personnel et la nécessité, pour tous, de faire quelque chose.

— L'addition, mademoiselle...

Elle crayonnait les chiffres sur la nappe en papier gaufré en remuant les lèvres et en regardant parfois l'ardoise sur laquelle étaient écrits les prix des plats.

Il retourna au bureau à pied et, dès qu'il s'assit à sa place, devant ses dossiers et ses pipes, la porte livra passage à Lucas. Ils ouvrirent la bouche en même temps. Le commissaire parla le premier.

— Il faudrait envoyer quelqu'un relayer Fumel, rue Neuve-Saint-Pierre, à l'*Hôtel Lambert*.

Pas quelqu'un appartenant à ce qu'on aurait pu appeler son équipe personnelle, mais un homme comme Lourtie, par exemple, ou comme Lesueur. Ni l'un ni l'autre n'était libre et c'est Baron qui quitta un peu plus tard le Quai des Orfèvres avec des instructions.

— Et toi ? Que voulais-tu me dire ?

— Il y a du nouveau. L'inspecteur Nicolas a peut-être mis le doigt sur quelque chose.

— Il est ici ?

— Il vous attend.

— Fais-le entrer.

C'était un homme qui passait inaperçu et, pour cette raison, on l'avait envoyé rôder à Fontenay-aux-Roses. Sa mission était de faire parler, sans en avoir l'air, les voisins du ménage Raison, les fournisseurs, les ouvriers du garage où le gangster blessé laissait sa voiture.

— Je ne sais pas encore, patron, si ça nous conduira quelque part, mais j'ai l'impression qu'on tient peut-être un bout du fil. Hier soir, déjà, j'ai appris que Raison et sa femme fréquentaient un autre ménage qui habite l'immeuble. Ils étaient même très amis. Le soir, il leur arrivait de regarder la télévision ensemble. Quand ils allaient au cinéma, une des deux femmes gardait les enfants de l'autre en même temps que les siens.

» Ces gens-là s'appellent Lussac. Ils sont plus jeunes que les Raison. René Lussac n'a que trente et un ans et sa femme deux ou trois ans de moins. Elle est très jolie et ils ont un petit garçon de deux ans et demi.

» Selon vos instructions, je me suis donc attaché à René Lussac, qui est représentant de commerce pour une maison d'instruments de musique. Il a une voiture, lui aussi, une Floride.

» Hier soir, je l'ai suivi quand il est sorti de chez lui après le dîner. Je disposais d'une bagnole. Il ne se doutait pas que j'étais derrière lui, sinon il m'aurait semé sans peine.

» Il s'est rendu dans un café de la porte de Versailles, le *Café des Amis,* un endroit calme, fréquenté par des commerçants du quartier qui viennent y faire leur partie de cartes.

» Deux personnages l'y attendaient et ils ont joué à la belote comme des gens qui ont l'habitude d'occuper la même table.

» Cela m'a paru bizarre. Lussac n'a jamais habité le quartier de la porte de Versailles. Je me suis demandé pourquoi il venait de si loin pour faire sa partie dans un établissement assez peu attrayant.

— Tu étais à l'intérieur du café ?

— Oui. J'étais sûr qu'il ne m'avait pas repéré à Fontenay-aux-Roses et je ne risquais rien en me montrant. Il ne s'est pas occupé de moi. Tous les trois jouaient normalement, mais il leur arrivait assez souvent de regarder l'heure.

» A neuf heures et demie, exactement, Lussac a demandé un jeton à la caisse et s'est enfermé dans la cabine téléphonique, où il est resté environ dix minutes. Je pouvais le voir à travers la vitre. Il ne téléphonait pas à Paris car, après avoir décroché une première fois, il n'a dit que quelques mots et a raccroché. Sans sortir de la cabine, il a attendu et la sonnerie a retenti quelques instants plus tard. Autrement dit, la communication a passé par l'inter ou par le régional.

» Quand il est retourné à sa table, il semblait soucieux. Il leur a dit quelques mots, puis a regardé autour de lui d'un air méfiant et leur a fait signe de reprendre la partie.

— Comment sont les deux autres ?

— Je suis sorti avant eux et j'ai attendu dans ma voiture. Ce n'était plus la peine, ai-je pensé, de suivre Lussac, qui retournerait sans doute à Fontenay-aux-Roses. J'ai choisi un de ses compagnons, au petit bonheur. Chacun avait son auto. Celui qui m'a paru le plus âgé est monté le premier dans la sienne et je l'ai suivi jusqu'à un garage de la rue La Boétie. Il y a laissé sa voiture et s'est ensuite dirigé vers un immeuble de la rue de Ponthieu, derrière les Champs-Élysées, où il occupe un studio meublé.

» Il s'agit d'un nommé Georges Macagne. J'ai fait vérifier ce matin par le service des garnis. Ensuite, je suis monté aux Sommiers et j'ai trouvé son casier judiciaire. Il a été condamné deux fois pour vol de voitures et une fois pour coups et blessures...

C'était peut-être enfin la fissure, qu'on attendait depuis si longtemps.

— J'ai préféré ne pas interroger les patrons du café.

— Tu as bien fait. Je vais demander une commission rogatoire au juge d'instruction et tu iras au central téléphonique afin qu'ils recherchent à qui René Lussac a téléphoné hier soir. Ils ne feront rien sans un ordre écrit.

Comme l'inspecteur quittait son bureau, Maigret appela l'hôpital Beaujon, eut quelque peine à obtenir au bout du fil l'inspecteur en fonction à la porte de Raison.

— Où en est-il ?

— J'attendais justement quelques minutes pour vous téléphoner. On est allé chercher sa femme. Elle vient d'arriver. Je l'entends qui pleure dans sa chambre. Attendez. L'infirmière-chef sort à l'instant. Vous restez à l'appareil ?

Maigret continuait à entendre les bruits assourdis d'un couloir d'hôpital.

— Allô ! C'est bien ce que je pensais. Il est mort.

— Il n'a pas parlé ?

— Il n'a même pas repris connaissance. Sa femme est couchée de tout son long au milieu de la chambre, le visage sur le plancher, et sanglote.

— Elle t'a remarqué ?

— Certainement pas dans l'état où elle est.

— Elle est arrivée en taxi ?

— Je ne sais pas.

— Descends jusqu'à la grande porte et attends. Suis-la à tout hasard, pour le cas où elle aurait envie de prendre contact avec quelqu'un ou de téléphoner.

— Compris, patron.

Peut-être était-ce une affaire à peu près terminée et allait-on, grâce à un coup de téléphone, arriver enfin à Fernand. C'était assez logique qu'il soit terré quelque part dans la campagne, pas loin de Paris, probablement dans une de ces auberges tenues par d'anciennes filles ou par d'anciens truands.

Si le téléphone ne donnait rien, on pourrait toujours faire le tour de ces endroits-là, mais cela risquait d'être long et rien ne prouvait que Fernand, qui était le cerveau de la bande, ne changeait pas de refuge chaque jour.

Il appela le juge d'instruction qui s'occupait de l'affaire, le mit au courant, promit un rapport qu'il se mit tout de suite à rédiger, car le magistrat voulait en parler le soir même au procureur.

Il signalait entre autres choses que l'auto qui avait servi au hold-up avait été retrouvée près de la porte d'Italie ; comme on s'y attendait, c'était une voiture volée et, bien entendu, on n'y avait trouvé aucun indice, à plus forte raison aucune empreinte digitale intéressante.

Il était en plein travail quand l'huissier, le vieux Joseph, vint lui annoncer que le directeur de la P.J. le priait de le rejoindre dans son bureau. Il crut un instant qu'il s'agissait de l'affaire Cuendet, que son chef avait eu, Dieu sait comment, des échos de son activité, et il s'attendit à se faire taper sur les doigts.

Il fut question, en réalité, d'une nouvelle affaire, la disparition, depuis trois jours, de la fille d'un personnage important. Elle avait dix-sept ans et on avait découvert qu'elle suivait en cachette des cours d'art dramatique et qu'elle avait fait de la figuration dans des films qui n'étaient pas encore sortis.

— Les parents veulent éviter que cela arrive jusqu'aux journaux. Il y a toutes les chances pour qu'elle soit partie de son plein gré...

Il mit Lapointe sur cette affaire-là et, tandis que les vitres devenaient de plus en plus sombres, se replongea dans son rapport.

A cinq heures, il frappait à la porte de son collègue des Renseignements Généraux, qui avait l'air d'un officier de cavalerie. Ici, pas de bousculades, d'allées et venues comme à la Criminelle. Les murs étaient tapissés de dossiers verts et la serrure était aussi compliquée qu'une serrure de coffre-fort.

— Dites-moi, Danet, connaîtriez-vous par hasard un certain Wilton ?

— Pourquoi me demandez-vous ça ?

— C'est encore assez vague. On m'a parlé de lui et j'aimerais en savoir un peu plus sur son compte.

— Il est mêlé à une histoire ?

— Je ne crois pas.

— Vous parlez de Stuart Wilton ?

— Oui.

Danet le connaissait donc, comme il connaissait toute personnalité étrangère habitant Paris ou y faisant de longs séjours. Peut-être même y avait-il, dans les classeurs verts, un dossier au nom de Wilton, mais le chef des Renseignements Généraux ne fit pas un geste pour s'en saisir.

— C'est un homme très important.

— Je sais. Très riche aussi, m'a-t-on dit.

— Très riche, oui, et un grand ami de la France. Il a d'ailleurs choisi d'y vivre la plus grande partie de l'année.

— Pourquoi ?

— Parce qu'il aime la vie ici, d'abord...

— Ensuite ?

— Peut-être parce qu'il se sent plus libre dans notre pays que de l'autre côté de la Manche. Ce qui m'intrigue, c'est que vous veniez me poser des questions, car je ne vois pas le rapport qui peut exister entre Stuart Wilton et vos services.

— Il n'y en a pas encore.

— C'est à cause d'une femme que vous vous occupez de lui ?

— On ne peut même pas dire que je m'en occupe. Il y a certainement une femme qui…

— Laquelle ?

— Il a été marié plusieurs fois, n'est-ce pas ?

— Trois fois. Et il se remariera sans doute un jour ou l'autre, bien qu'il approche des soixante-dix ans.

— Il est très porté sur les femmes ?

— Très.

Danet ne répondait qu'à regret, comme si on touchait indûment à un milieu qui ne concernait que lui.

— Je suppose qu'il n'y a pas que celles qu'il épouse ?

— Bien entendu.

— Dans quels termes est-il avec sa dernière femme ?

— Vous parlez de la Française ?

— Florence, oui, celle qui, à ce qu'on m'a raconté, a appartenu à une troupe de girls.

— Il est resté en excellents termes avec elle, comme, d'ailleurs, avec ses deux précédentes épouses. La première était la fille d'un riche brasseur anglais et il en a eu un fils. Elle s'est remariée et vit à présent aux Bahamas.

» La seconde était une jeune actrice. Il n'en a pas eu d'enfant. Il n'a vécu que deux ou trois ans avec elle et il met à sa disposition une villa, sur la Côte d'Azur, où elle vit paisiblement.

— Et, à Florence, grommela Maigret, il a donné un hôtel particulier.

Danet fronçait les sourcils, inquiet.

— C'est elle qui vous intéresse ?

— Je ne sais pas encore.

— Elle ne fait pourtant pas parler d'elle. Remarquez que je n'ai jamais eu l'occasion d'étudier Wilton sous cet angle-là. Ce que j'en sais, c'est ce que chacun raconte dans un certain milieu de Paris.

» Florence, en effet, habite un des hôtels particuliers qui ont appartenu à son ex-mari…

— Rue Neuve-Saint-Pierre…

— C'est exact. Je ne suis d'ailleurs pas certain que cet hôtel soit à elle. Comme je vous l'ai dit, Wilton, lorsqu'il divorce, reste en relations amicales avec ses épouses. Il leur abandonne leurs bijoux, leurs fourrures, mais je doute qu'il leur laisse en bien propre un hôtel particulier comme celui dont vous parlez.

— Et le fils ?

— Il passe, lui aussi, une partie de son temps à Paris, mais moins que son père. Il fait beaucoup de ski en Suisse et en Autriche, participe à des rallyes automobiles, à des régates, sur la Côte d'Azur, en Angleterre et en Italie, joue au polo...

— Donc, sans profession.

— Définitivement.

— Marié ?

— Il l'a été pendant un an, à un mannequin, et a divorcé. Écoutez, Maigret, je ne veux pas jouer au plus fin avec vous. Je ne sais pas où vous essayez d'en venir, ni ce que vous avez dans la tête. Je vous demande seulement de ne rien faire sans m'en parler. Quand je dis que Stuart Wilton est un grand ami de la France, c'est vrai, et ce n'est pas pour rien qu'il est commandeur de la Légion d'honneur.

» Il possède, chez nous, d'énormes intérêts et c'est un homme à ménager.

» Sa vie privée ne nous regarde pas, à moins qu'il n'ait enfreint gravement les lois, ce qui me surprendrait.

» C'est un homme à femmes. Je ne serais pas surpris, pour être tout à fait franc, d'apprendre qu'il a quelque manie cachée. Laquelle, je ne tiens pas à le savoir.

» Pour ce qui est de son fils et du divorce de celui-ci, je peux vous répéter ce qui a été une rumeur à l'époque, car vous l'apprendrez de toute façon.

» Lida, le mannequin que le jeune Wilton avait épousé, était une fille exceptionnellement belle, d'origine hongroise, si je ne me trompe... Stuart Wilton était opposé au mariage. Le fils a passé outre et, un beau jour, il se serait aperçu que sa femme était la maîtresse de son père.

» Il n'y a pas eu d'éclat. Dans ce milieu-là, les éclats sont rares et on s'arrange entre gens du monde.

» Le fils a donc demandé le divorce.

— Et Lida ?

— Ce que je vous raconte s'est passé il y a environ trois ans. On a vu, depuis, sa photographie dans les journaux, car elle a été tour à tour l'amie de plusieurs personnalités internationales et, si je ne me trompe, elle vit aujourd'hui à Rome avec un prince italien. C'est ce que vous vouliez savoir ?

— Je l'ignore.

C'était vrai. Maigret était tenté de jouer cartes sur table, de tout raconter à son collègue. Mais les deux hommes voyaient les choses d'un point de vue trop différent.

Pour en revenir à la petite phrase du matin, le commissaire Danet, lui, devait parfois prendre le thé à cinq heures, tandis que Maigret, à midi, avait déjeuné dans un bistrot aux nappes en papier avec des ouvriers et des Nord-Africains.

— Je viendrai vous en reparler quand j'aurai une idée. Au fait, Stuart Wilton est à Paris en ce moment ?

— A moins qu'il se trouve sur la Côte d'Azur. Je peux m'en assurer. Il vaut mieux que ce soit moi qui m'informe.

— Et le fils ?

— Il habite le George-V, dans la partie résidence, où il a un appartement à l'année.

— Je vous remercie, Danet.

— Soyez prudent, Maigret.

— Promis !

Il n'était pas question, pour le commissaire, d'aller sonner à la porte de Stuart Wilton et de lui poser des questions. Au George-V, d'autre part, on lui répondrait d'une façon polie, mais vague.

Le juge Cajou savait ce qu'il faisait en remettant son communiqué à la presse : l'affaire du bois de Boulogne était un règlement de comptes. Ce qui signifiait qu'il n'y avait pas lieu de s'émouvoir, ni de trop chercher à savoir.

Certains crimes soulèvent l'émotion publique. Cela tient parfois à peu de chose, à la personnalité de la victime, à la façon dont elle a été tuée, ou encore à l'endroit où cela s'est passé.

Par exemple, si Cuendet avait été assassiné dans un cabaret des Champs-Élysées, il aurait eu droit à un gros titre en première page.

Mais c'était un mort presque anonyme, sans rien pour retenir l'attention des gens qui lisent leur journal dans le métro.

Un repris de justice qui n'avait jamais commis de crime sensationnel et qu'on aurait aussi bien pu repêcher n'importe où dans la Seine.

Or, c'était lui, justement, bien plus que Fernand et sa bande, qui intéressait Maigret, alors qu'il n'avait pas le droit de s'occuper officiellement de l'affaire.

Pour les gangsters de la rue La Fayette, on mettait toute la police en alerte. Pour Cuendet, le pauvre Fumel, sans voiture à sa disposition, pas sûr de se voir rembourser ses frais de taxi s'il avait le malheur d'en prendre, était seul chargé des recherches.

Il avait dû se rendre rue Mouffetard, fouiller l'appartement de Justine, lui poser des questions auxquelles elle n'avait répondu qu'à sa façon.

De son bureau, Maigret appela quand même l'Institut médico-légal. Au lieu de s'adresser au docteur Lamalle ou à un de ses assistants, il préféra parler à un garçon de laboratoire qu'il connaissait depuis longtemps et à qui il avait eu l'occasion de rendre un service.

— Dites-moi, François, vous avez assisté à l'autopsie d'Honoré Cuendet, le type du bois de Boulogne ?

— J'y étais, oui. Vous n'avez pas eu le rapport ?

— Ce n'est pas moi qui suis chargé de l'enquête ; j'aimerais pourtant savoir.

— Je comprends. Le docteur Lamalle pense que le client a reçu une dizaine de coups. Il a d'abord été frappé par-derrière, avec tant de force que le crâne a été défoncé et que la mort a été instantanée. Vous savez que le docteur Lamalle est très bien ? Ce n'est pas encore notre brave docteur Paul, certes, mais, ici, tout le monde l'aime déjà.

— Les autres coups ?

— Ils ont atteint le visage alors que l'homme était couché sur le dos.

— Avec quel genre d'instrument suppose-t-on qu'il a été frappé ?

— Ces messieurs en ont longuement discuté et ont même fait plusieurs expériences. Ce n'est, paraît-il, ni avec un couteau, ni avec une clé anglaise ou un outil de ce genre, comme d'habitude. Pas avec une pince-monseigneur non plus, ni un casse-tête. L'objet employé présentait, ai-je entendu dire, plusieurs aspérités. En outre, il était lourd et massif.

— Une statue ?

— C'est la supposition qu'ils ont émise dans leur rapport.

— Ils ont pu déterminer à peu près l'heure de la mort ?

— Selon eux, il était environ deux heures du matin. Entre une heure et demie et trois heures, mais plutôt vers deux heures.

— Il a beaucoup saigné ?

— Non seulement il a saigné, mais de la matière cervicale a été répandue. Il lui en collait encore dans les cheveux.

— On a analysé le contenu de l'estomac ?

— Vous savez ce qu'il contenait ? Du chocolat pas encore digéré. Il y avait aussi de l'alcool, pas beaucoup, qui avait à peine commencé à pénétrer dans le sang.

— Je vous remercie, François. Si on ne vous demande rien, ne dites pas que je vous ai téléphoné.

— Cela vaut mieux pour moi aussi.

Fumel téléphonait un peu plus tard, au commissaire.

— Je suis allé chez la vieille, patron, et elle m'a accompagné à l'Institut médico-légal. C'est bien lui.

— Comment cela s'est-il passé ?

— Elle a été plus calme que je ne le craignais. Quand j'ai proposé de la reconduire, elle a refusé et est partie toute seule vers la station de métro.

— Tu as fouillé l'appartement ?

— Je n'ai rien trouvé, que des livres et des revues.

— Pas de photographies ?

— Une mauvaise photo du père, en soldat suisse, et un portrait d'Honoré bébé.

— Pas de notes ? Tu as fouillé les livres ?

— Rien. Cet homme-là n'écrivait pas, ne recevait pas de lettres. A plus forte raison sa mère.

— Il y a une piste que tu pourrais suivre, à condition d'être très prudent. Un certain Stuart Wilton habite rue de Longchamp, où il possède un hôtel particulier à je ne sais quel numéro. Il a une Rolls Royce et un chauffeur. Il doit bien leur arriver de laisser l'auto au bord du trottoir ou de la confier à un garage. Essaie de voir si, à l'intérieur, il n'y a pas une couverture en chat sauvage.

» Le fils Wilton habite le George-V et a une auto aussi.

— J'ai compris, patron.

— Ce n'est pas tout. Il serait intéressant d'avoir une photo des deux hommes.

— Je connais un photographe qui travaille sur les Champs-Élysées.

— Bonne chance !

Maigret passa une demi-heure à donner des signatures et, quand il quitta la P.J., au lieu de se diriger vers son autobus habituel, il marcha en direction du quartier Saint-Paul.

Il faisait toujours aussi froid, aussi sombre et les lumières de la ville avaient un éclat différent de leur éclat habituel, les silhouettes des passants étaient plus noires, comme si on avait gommé les demi-teintes.

Alors qu'il tournait le coin de la rue Saint-Paul, une voix, sortant de l'obscurité, prononça :

— Alors, commissaire ?

C'était Olga, vêtue d'un manteau de lapin, qui se tenait sur un seuil. Cela lui donna l'idée de demander à la fille un renseignement qu'il allait justement chercher ailleurs, d'autant plus qu'elle était la mieux placée pour lui répondre.

— Dites-moi, quand vous avez besoin de boire un verre ou de vous réchauffer après minuit, qu'est-ce qu'il y a d'ouvert dans le quartier ?

— *Chez Léon.*

— Un bar ?

— Oui. Rue Saint-Antoine, juste devant le métro.

— Vous y avez parfois rencontré votre voisin ?

— Le Suisse ? Pas la nuit, non. Une fois ou deux, l'après-midi.

— Il buvait ?

— Du vin blanc.

— Je vous remercie.

Ce fut elle qui lui lança, avant de battre à nouveau la semelle :

— Bonne chance !

Il avait une photo de Cuendet en poche et il pénétra dans le bar plein de vapeurs, commanda un verre de cognac, le regretta en voyant sur la bouteille six ou sept étoiles.

— Vous connaissez cet homme ?

Le patron s'essuyait les mains à son tablier avant de saisir la photographie qu'il examinait d'un air réfléchi :

— Qu'est-ce qu'il a fait ? demandait-il alors, prudent.

— Il est mort.

— Comment ? Il s'est suicidé ?

— Qu'est-ce qui vous fait penser ça ?

— Je ne sais pas... Je ne l'ai pas vu souvent... Trois ou quatre fois... Il ne parlait à personne... Le dernier soir...

— Quand était-ce ?

— Je ne pourrais pas vous dire au juste... Jeudi ou vendredi dernier... Peut-être samedi... Les autres fois, il était venu boire un coup sur le zinc dans l'après-midi comme un homme qui a soif...

— Un seul ?

— Mettons deux... Pas plus... Ce n'était pas ce qu'on appelle un buveur... Je les reconnais du premier coup d'œil...

— Quelle heure était-il, le dernier soir ?

— Passé minuit... Attendez... Ma femme était montée... Il devait donc être entre minuit et demi et une heure du matin...

— Qu'est-ce qui fait que vous vous en souveniez ?

— D'abord, la nuit, il n'y a guère que des habitués et des habituées, parfois un chauffeur de taxi en maraude... ou encore des flics qui viennent avaler un coup en fraude... Il y avait un couple, je me le rappelle, qui parlait bas, au guéridon du coin... A part ça, la salle était vide... J'étais occupé avec mon percolateur... Je n'ai pas entendu de pas... Et, quand je me suis retourné, il était accoudé au zinc... J'ai été tout saisi...

— C'est pour cela que vous vous en souvenez ?

— Et aussi parce qu'il m'a demandé si j'avais du vrai kirsch, pas du kirsch de fantaisie... On n'en sert pas souvent... J'ai pris une bouteille de la seconde rangée, celle-ci, tenez, avec des mots écrits en allemand sur l'étiquette, et cela a paru lui faire plaisir. Il a dit :

» — C'est du bon !

» Il a pris le temps de réchauffer le verre dans le creux de sa main et a bu lentement, en regardant l'heure à l'horloge. J'ai compris qu'il hésitait à en commander un second et, quand j'ai tendu la bouteille, il n'a pas résisté.

» Il ne buvait pas pour boire, mais parce qu'il aimait le kirsch.

— Il n'a parlé à personne ?

— Sauf à moi.

— Les consommateurs du coin n'ont pas fait attention à lui ?

— C'étaient des amoureux. Je les connais. Ils viennent deux fois la semaine et chuchotent pendant des heures en se regardant dans les yeux.

— Ils sont sortis peu après lui ?

— Sûrement pas.

— Vous n'avez remarqué personne qui aurait pu le guetter du trottoir ?

L'homme haussa les épaules, comme si on lui faisait une injure.

— Il y a quinze ans que je suis dans le coin... soupira-t-il.

Sous-entendu : rien ne pouvait s'y passer d'anormal sans qu'il s'en aperçoive.

Un peu plus tard, Maigret pénétrait à l'*Hôtel Lambert* et c'était la patronne qui, cette fois, occupait le bureau. Elle était plus jeune, plus appétissante que le commissaire l'aurait pensé après avoir vu son mari.

— Vous venez pour le 33, n'est-ce pas ? Le monsieur est là-haut.

— Je vous remercie.

Il dut se ranger contre le mur, dans l'escalier, pour laisser descendre un couple. La femme était très parfumée et l'homme détourna la tête d'un air gêné.

La chambre était dans l'obscurité, Baron assis dans le fauteuil qu'il avait tiré près de la fenêtre. Il avait dû fumer tout un paquet de cigarettes, car l'air était suffocant.

— Rien de neuf ?

— Elle est sortie il y a une demi-heure. Avant cela, une femme est venue la voir, portant un grand carton, une lingère ou une couturière, je suppose. Elles sont passées toutes les deux dans la chambre à coucher et je voyais seulement des ombres aller et venir, puis rester immobiles, avec une des silhouettes à genoux, comme pour un essayage.

Au rez-de-chaussée, il n'y avait de lumière que dans le hall d'entrée. L'escalier était éclairé jusqu'au second étage et, à gauche, deux lampes restaient allumées dans le salon, mais pas le grand lustre.

A droite, une femme de chambre en noir et blanc, un bonnet de dentelle sur la tête, mettait de l'ordre dans le boudoir.

— La cuisine et la salle à manger doivent donner sur le derrière. A les regarder vivre, on se demande ce que ces gens-là font toute la journée. J'ai compté au moins trois domestiques qui vont et viennent sans qu'on puisse savoir à quoi ils s'occupent. En dehors de la couturière ou de la lingère, il n'y a pas eu d'autre visite. Cette femme est venue en taxi et est repartie à pied, sans son carton. Un garçon livreur, en triporteur, a apporté des paquets. C'est le valet de chambre qui les a pris, sans le faire entrer dans la maison. Je reste ?

— Tu as faim ?

— Cela commence, mais je peux attendre.

— Va.

— Je ne reste pas jusqu'à la relève ?

Maigret haussa les épaules. A quoi bon ?

Il ferma la porte à clé, glissa celle-ci dans sa poche. En bas, il dit à la patronne :

— Ne louez pas le 33 avant que je vous fasse signe. Personne ne doit y entrer, vous entendez ?

Dans la rue, il aperçut de loin Olga qui s'en venait au bras d'un homme et il fut content pour elle.

6

Il ne savait pas, en se mettant à table, qu'un coup de téléphone, tout à l'heure, l'arracherait à la tranquillité un peu sirupeuse de son appartement, ni que des dizaines de gens qui, en ce moment, faisaient des projets pour la soirée, allaient passer une nuit différente de celle qu'ils avaient prévue, enfin que, jusqu'au matin, toutes les fenêtres du Quai des Orfèvres resteraient éclairées comme les nuits de grand branle-bas.

Ce dîner était bien agréable pourtant, plein d'intimité, de compréhension subtile entre sa femme et lui. Il lui avait parlé de l'andouillette de midi, dans le bistrot du quartier Saint-Antoine. Ils avaient souvent fréquenté ensemble ce genre de restaurants-là, autrefois plus nombreux. Typiques de Paris, on en trouvait presque dans chaque rue et on les appelait des restaurants de chauffeurs.

Au fond, si on y mangeait si bien, c'est que les patrons venaient tous de leur province, Auvergnats, Bretons, Normands, Bourguignons et qu'ils avaient gardé, non seulement les traditions de chez eux, mais des contacts, faisant venir de leur pays jambons et charcuterie, parfois même le pain de campagne...

Il pensait à Cuendet et à sa mère qui, eux, avaient apporté rue Mouffetard l'accent traînant du pays de Vaud, un certain calme, un certain immobilisme où il y avait comme de la paresse.

— Tu n'as pas de nouvelles de la vieille ?

Mme Maigret avait suivi sa pensée dans ses yeux.

— Tu oublies qu'officiellement je ne m'occupe en ce moment que des hold-up. Ça, c'est plus grave, car ça menace les banques, les compagnies d'assurances, les grosses affaires. Les gangsters se sont modernisés plus vite que nous.

Un petit coup de cafard, en passant. Plus exactement de la nostalgie, sa femme le savait, sachant aussi que cela ne durait jamais longtemps.

A ces moments-là, d'ailleurs, il s'effrayait moins de la retraite, qui l'attendait dans deux ans. Le monde changeait, Paris changeait, tout changeait, hommes et méthodes. Sans cette retraite, qui lui apparaissait parfois comme un épouvantail, ne se sentirait-il pas dépaysé dans un univers qu'il ne comprendrait plus ?

Il n'en mangeait pas moins de bon appétit, lentement.

— C'est un drôle de type ! Rien ne laissait prévoir ce qui lui est arrivé et pourtant sa mère s'est contentée de murmurer, quand je me suis inquiété de son avenir :

» — *Je suis sûre qu'il ne me laissera pas sans rien...*

Si c'était vrai, comment Cuendet s'y était-il pris ; quelle combinaison avait-il fini par échafauder dans sa grosse tête rougeaude ?

C'est alors, comme Maigret commençait son dessert, que le téléphone sonna.

— Tu veux que je réponde ?

Il était déjà debout, sa serviette à la main. On l'appelait du Quai. C'était Janvier.

— Une nouvelle qui pourrait être importante, patron. L'inspecteur Nicolas vient de m'appeler. On a pu retrouver l'appel téléphonique fait par René Lussac du café de la porte de Versailles.

» Il s'agit d'un numéro des environs de Corbeil, une villa au bord de la Seine, qui appartient à quelqu'un que vous connaissez, Rosalie Bourdon.

— La belle Rosalie ?

— Oui. J'ai appelé la brigade mobile de Corbeil. La femme est chez elle.

Encore une qui avait, maintes fois, passé des heures entières dans le bureau de Maigret. A présent, elle approchait de la cinquantaine, mais c'était encore une créature appétissante, bien en chair, haute en couleur, au langage vert et pittoresque.

Elle avait débuté, très jeune, sur le trottoir, aux alentours de la place des Ternes et, à vingt-cinq ans, elle dirigeait une maison de rendez-vous fréquentée par les hommes les plus distingués de Paris.

Elle avait tenu ensuite, rue Notre-Dame-de-Lorette, un cabaret de nuit d'un genre spécial à l'enseigne de *La Cravache*.

Son dernier amant, l'homme de sa vie, était un certain Pierre Sabatini, de la bande des Corses, condamné à vingt ans de travaux forcés après avoir abattu deux membres du gang des Marseillais, dans un bar de la rue de Douai.

Sabatini était encore à Saint-Martin-de-Ré pour plusieurs années. L'attitude de Rosalie, au procès, avait été pathétique et, la condamnation prononcée, elle avait remué ciel et terre pour obtenir l'autorisation d'épouser son amant.

Toute la presse en avait parlé, à l'époque. Elle s'était prétendue enceinte. Certains avaient imaginé qu'elle s'était fait faire un enfant par le premier venu dans l'espoir de ce mariage.

Lorsque le ministère avait refusé, d'ailleurs, il n'avait plus été question de maternité et Rosalie avait disparu de la circulation, s'était retirée dans sa villa des environs de Corbeil d'où elle envoyait régulièrement lettres et colis au prisonnier. Chaque mois, elle faisait le voyage de l'île de Ré et on la tenait à l'œil, là-bas, craignant qu'elle prépare l'évasion de son amant.

Or, à Saint-Martin, Sabatini partageait la cellule de Fernand.

Janvier continuait :

— J'ai demandé à Corbeil de surveiller la villa. Plusieurs hommes sont autour en ce moment.

— Et Nicolas ?

— Il vous fait dire qu'il se rend à la porte de Versailles. D'après ce qu'il a vu hier, son impression est que Lussac et ses deux amis s'y réunissent chaque soir. Il préfère s'installer dans le café avant eux, afin de moins attirer leur attention.

— Lucas est encore au bureau ?

— Il vient de rentrer.

— Dis-lui de garder, cette nuit, un certain nombre d'hommes sous la main. Je te rappellerai dans quelques minutes.

Il se mit en communication avec le Parquet, n'eut au bout du fil qu'un substitut de garde.

— Je désire parler au procureur Dupont d'Hastier.

— Il n'est pas ici.

— Je sais. J'ai pourtant besoin de lui parler d'urgence. Il s'agit des derniers hold-up et, sans doute, de Fernand.

— Je vais essayer de l'atteindre. Vous êtes au Quai ?

— Chez moi.

Il donna son numéro et, dès lors, les événements s'enchaînèrent avec rapidité. Il avait à peine fini son dessert que la sonnerie retentissait à nouveau. C'était le procureur.

— On m'apprend que vous avez arrêté Fernand ?

— Pas encore, monsieur le procureur, mais nous avons peut-être une chance de l'arrêter, cette nuit.

Il le mettait au courant, en quelques phrases.

— Venez me rejoindre à mon bureau d'ici un quart d'heure. Je suis à table chez des amis, mais je les quitte immédiatement. Vous avez pris contact avec Corbeil ?

Mme Maigret lui préparait du café très noir et sortait la bouteille de framboise du buffet.

— Fais attention de ne pas prendre froid. Tu crois que tu iras à Corbeil ?

— Cela m'étonnerait qu'ils m'en laissent une chance.

Il ne se trompait pas. Au Palais de Justice, dans un des vastes bureaux du Parquet, il trouvait, non seulement le procureur Dupont d'Hastier, en smoking, mais le juge d'instruction Legaille, chargé du dossier des hold-up, ainsi qu'un de ses vieux camarades de l'autre maison, c'est-à-dire de la rue des Saussaies, le commissaire Buffet.

Buffet était plus grand, plus large, plus épais que lui, le teint rouge, les yeux toujours comme endormis, ce qui ne l'empêchait pas d'être un des policiers les plus redoutables.

— Asseyez-vous, Maigret, et dites-nous où vous en êtes exactement.

Avant de quitter le boulevard Richard-Lenoir, il avait eu une nouvelle conversation téléphonique avec Janvier.

— J'attends des nouvelles, ici, d'un instant à l'autre. Je peux déjà vous affirmer qu'il y a un homme, depuis quelques jours, dans la villa de Rosalie Bourdon, à Corbeil.

— Nos policiers l'ont vu ? questionna Buffet, qui avait une toute petite voix pour un si gros corps, presque une voix de fille.

— Pas encore. Des voisins leur en ont parlé, et le signalement correspond assez bien avec celui de Fernand.

— Ils cernent la villa ?

— D'assez loin, pour ne pas donner l'alarme.

— Il existe plusieurs issues ?

— Bien entendu, mais la situation se développe par ailleurs aussi. Comme je l'ai dit tout à l'heure par téléphone au procureur, Lussac est un ami de Joseph Raison, le gangster qui a été tué rue La Fayette, et qui habitait le même immeuble que lui, à Fontenay-aux-Roses. Or, Lussac fréquente, avec au moins deux camarades, un café de la porte de Versailles, le *Café des Amis.*

» Ils y jouaient aux cartes hier soir et, à neuf heures et demie, Lussac s'est enfermé dans la cabine pour appeler Corbeil.

» Il apparaît donc que c'est de cette façon que les trois hommes restent en contact avec leur chef. J'attends un coup de fil d'un moment à l'autre.

» Maintenant, si, ce soir, ils se réunissent au même endroit, ce que nous ne tarderons pas à savoir, nous aurons une décision à prendre.

Autrefois, il l'aurait prise seul, et cette sorte de conseil de guerre, dans les bureaux du Parquet, n'aurait pas eu lieu. Elle aurait même été impensable, à moins d'une affaire politique.

— Selon un témoin, Fernand se trouvait, au moment du hold-up, dans une brasserie située juste en face de l'endroit où le caissier a été assailli et où ses attaquants, moins un, ont sauté en voiture.

» Ces hommes emportaient la mallette contenant les millions.

» Il est improbable que, depuis, étant donné surtout l'accident qui s'est produit, Fernand ait pu les rencontrer.

» Si c'est lui qui se cache chez la belle Rosalie, il s'y est planqué le soir même et chaque soir, par téléphone, il donne ses instructions au *Café des Amis...*

Buffet écoutait, l'air endormi. Maigret savait que son collègue de la Sûreté voyait les choses de la même façon que lui, envisageait les mêmes possibilités, les mêmes dangers. Ce n'était que pour ces messieurs du Parquet qu'il fournissait tant de détails.

— Tôt ou tard, un des complices sera chargé de porter à Fernand tout ou une partie du magot. Dans ce cas-là, évidemment, nous disposerions d'une preuve absolue. L'attente peut durer plusieurs jours. D'ici là, il est possible que Fernand cherche une autre retraite et, même avec la villa cernée, il est capable de nous glisser entre les doigts.

» D'un autre côté, si la réunion a lieu ce soir, comme hier, au *Café des Amis,* nous avons la possibilité d'arrêter les trois hommes en même temps qu'à Corbeil on mettrait la main sur Fernand.

Le téléphone sonnait. Le greffier tendait l'appareil à Maigret.

— C'est pour vous.

C'était Janvier, qui faisait en quelque sorte la liaison.

— Ils y sont, patron. Qu'est-ce que vous avez décidé ?

— Je te le dirai dans quelques minutes. Envoie un de nos hommes, avec une assistante sociale, à Fontenay-aux-Roses. Une fois arrivé, qu'il t'appelle au téléphone.

— Compris.

Maigret raccrocha.

— Quelle est votre décision, messieurs ?

— De ne pas courir de risques, prononça le procureur. Des preuves, on finira par en trouver, n'est-ce pas ?

— Ils retiendront les meilleurs avocats, refuseront de parler et sans doute se sont-ils fabriqué d'excellents alibis.

— Par contre, si on ne les arrête pas ce soir, nous risquons de ne jamais les arrêter.

— Je me charge de Corbeil, annonça Buffet.

Maigret n'avait pas à protester. C'était en dehors de son secteur et regardait la Sûreté Nationale.

Le juge d'instruction questionna :

— Vous croyez qu'ils tireront ?

— S'ils en ont l'occasion, c'est à peu près certain, mais nous essayerons de ne pas leur laisser le choix.

Quelques minutes plus tard, Maigret et le gros commissaire de la rue des Saussaies passaient d'un monde à un autre en franchissant la simple porte séparant le Palais de Justice de la Police Judiciaire.

Ici, on sentait déjà l'animation des grands jours.

— Il vaut mieux, avant d'attaquer la villa, attendre de savoir si, à neuf heures et demie, il y a un coup de téléphone...

— D'accord. Je préfère néanmoins être là-bas en avance, pour tout préparer. Je vous téléphonerai afin de savoir où vous en êtes.

Dans la cour obscure et froide, il y avait déjà une voiture radio dont on chauffait le moteur et un car plein de policiers. Le commissaire de police du XVIe devait se trouver quelque part aux alentours du *Café des Amis,* avec tous ses hommes disponibles.

De paisibles commerçants y discutaient de leurs affaires, jouaient aux cartes sans se douter de rien et nul ne remarquait l'inspecteur Nicolas plongé dans la lecture d'un journal.

Il venait de téléphoner, laconique :

— C'est fait.

Cela signifiait que les trois hommes étaient là, comme la veille, René Lussac regardant parfois l'heure afin, sans doute, à neuf heures et demie, de ne pas rater son coup de fil à Corbeil.

Là-bas, autour de la villa, où deux fenêtres du rez-de-chaussée étaient éclairées, des hommes étaient figés un peu partout dans le noir, parmi les flaques de glace.

Le standard téléphonique, alerté, attendait. A neuf heures trente-cinq, il annonçait :

— On vient de demander Corbeil.

Et un inspecteur, à la table d'écoute, enregistrait l'entretien.

— Ça va ? demandait Lussac.

Ce n'était pas un homme qui répondait, mais Rosalie.

— Ça va, rien de nouveau.

— Jules est impatient.

— Pourquoi ?

— Il voudrait partir en voyage.

— Garde l'appareil.

Elle devait s'entretenir avec quelqu'un, revenait au téléphone.

— Il dit qu'il faut encore attendre.

— Pourquoi ?

— Parce que !

— Ici, on commence à nous regarder de travers.

— Un instant.

Nouveau silence, puis :

— Demain, il y aura sans doute du nouveau.

Buffet appelait, de Corbeil :

— Ça y est ?

— Oui. Lussac a téléphoné. C'est la femme qui a répondu, mais il y a quelqu'un près d'elle. Il paraît qu'un certain Jules, qui appartient à la bande, commence à s'impatienter.

— On y va ?

— Dix heures un quart.

Il fallait que les deux actions soient simultanées afin d'éviter que si, avenue de Versailles, un des hommes échappait par miracle au coup de filet, il puisse donner l'alerte à Corbeil.

— Dix heures un quart.

Maigret donnait ses dernières instructions à Janvier.

— Quand Fontenay-aux-Roses appellera, fais arrêter Mme Lussac, mandat ou pas mandat. Qu'on l'amène ici et qu'on laisse l'assistante sociale s'occuper de l'enfant.

— Et Mme Raison ?

— Pas elle. Pas tout de suite.

Maigret prenait place dans la voiture radio. Le car était parti. Quelques passants, à la porte de Versailles, froncèrent les sourcils en voyant une animation inhabituelle, des hommes qui frôlaient les maisons et parlaient bas, d'autres qui disparaissaient comme par magie dans des coins obscurs.

Maigret prenait contact avec le commissaire de police, mettait au point avec lui la marche à suivre.

Une fois encore, on avait le choix entre deux méthodes. On pouvait attendre la sortie des trois joueurs de cartes qu'on apercevait de loin, derrière les vitres du café, chacun ayant, comme la veille, sa voiture à proximité.

Cela paraissait la solution la plus simple. C'était pourtant la plus dangereuse car, dehors, ces hommes auraient toute liberté de mouvement et peut-être le temps de tirer. A la faveur de la bagarre, l'un d'eux ne risquait-il pas de sauter dans son auto et de s'échapper ?

— Il y a une seconde sortie ?

— Une porte donne sur la cour, mais les murs sont hauts et la seule issue est le couloir de l'immeuble.

La mise en place ne dura pas un quart d'heure et n'éveilla pas l'attention des consommateurs du *Café des Amis*.

Des hommes, qui pouvaient passer pour des locataires, entrèrent dans la maison et certains d'entre eux se postèrent dans la cour.

Trois autres, bons vivants, un verre dans le nez, poussèrent la porte du café et s'assirent à la table voisine des joueurs de cartes.

Maigret regardait sa montre, comme un chef d'état-major qui attend l'heure H et, à dix heures quatorze, il poussa, seul, la porte du café. Il avait son écharpe tricotée autour du cou, la main droite dans la poche de son pardessus.

Il n'avait que deux mètres à parcourir et les gangsters n'eurent pas le temps de se lever. Debout, tout près d'eux, il prononçait à mi-voix :

— Ne bougez pas. Vous êtes cernés. Gardez les mains sur la table.

L'inspecteur Nicolas s'était rapproché.

— Passe-leur les menottes. Vous autres aussi.

D'un mouvement brusque, un des hommes parvint à renverser la table et on entendit un bruit de verre brisé, mais deux inspecteurs lui tenaient déjà les poignets.

— Dehors...

Maigret se retournait vers les consommateurs.

— Ne craignez rien, messieurs-dames... Simple opération de police...

Quinze minutes plus tard, on débarquait les trois hommes du car et on les conduisait chacun dans un bureau du Quai des Orfèvres.

Corbeil était au bout du fil, la voix fluette du gros Buffet.

— Maigret ? C'est fait.

— Sans anicroches ?

— Il est quand même parvenu à tirer et un de mes hommes a une balle dans l'épaule.

— La femme ?

— J'ai le visage couvert d'égratignures. Je vous les amène dès que j'en ai fini avec les formalités.

Le téléphone n'arrêtait pas de sonner.

— Oui, monsieur le procureur. Nous les tenons tous... Non. Je ne leur ai pas posé une seule question. Je les ai mis séparément dans des bureaux et j'attends l'homme et la femme que Buffet va m'amener de Corbeil...

— Soyez prudent. N'oubliez pas qu'ils prétendront que la police les a brutalisés.

— Je sais.

— Ni qu'ils ont le droit strict de ne rien dire en dehors de la présence de leur avocat.

— Oui, monsieur le procureur...

Maigret n'avait d'ailleurs pas l'intention de les interroger tout de suite, préférant les laisser mariner chacun dans son jus. Il attendait Mme Lussac.

Elle n'arriva qu'à onze heures, car l'inspecteur l'avait trouvée couchée et elle avait dû prendre le temps de s'habiller, d'expliquer à l'assistante sociale les soins à donner éventuellement à son fils.

C'était une petite brune, maigre, assez jolie, qui n'avait guère plus de vingt-cinq ans. Elle était pâle, les narines pincées. Elle ne disait rien, évitait de jouer la comédie de l'indignation.

Maigret la fit asseoir en face de lui tandis que Janvier s'installait au bout du bureau avec du papier et un crayon.

— Votre mari s'appelle René Lussac et exerce la profession de représentant de commerce.

— Oui, monsieur.

— Il est âgé de trente et un ans. Depuis combien de temps êtes-vous mariés ?

— Quatre ans.

— Quel est votre nom de jeune fille ?

— Jacqueline Beaudet.

— Originaire de Paris ?

— D'Orléans. Je suis venue vivre à Paris, chez ma tante, à l'âge de seize ans.

— Que fait votre tante ?

— Sage-femme. Elle habite rue Notre-Dame-de-Lorette.

— Où avez-vous rencontré René Lussac ?

— Dans une maison de disques et d'instruments de musique où je travaillais comme vendeuse. Où est-il, monsieur le commissaire ? Dites-moi ce qui lui est arrivé. Depuis que Joseph...

— Vous parlez de Joseph Raison ?

— Oui. Joseph et sa femme étaient nos amis. Nous habitons le même immeuble.

— Les deux hommes sortaient beaucoup ensemble ?

— Cela leur arrivait. Pas souvent. Depuis que Joseph est mort...

— Vous avez peur que le même accident arrive à votre mari, n'est-ce pas ?

— Où est-il ? Il a disparu ?

— Non. Il est ici.

— Vivant ?

— Oui.

— Blessé ?

— Il a failli l'être, mais il ne l'est pas.

— Je peux le voir ?

— Pas tout de suite.

— Pourquoi ?

Elle eut un sourire amer.

— Je suis bête de vous poser cette question ! Je devine ce que vous cherchez, pourquoi vous m'interrogez. Vous vous dites que ce sera plus facile de faire parler une femme qu'un homme, n'est-ce pas vrai ?

— Fernand est arrêté.

— Qui est-ce ?

— Vous ne le savez vraiment pas ?

Elle le regarda dans les yeux.

— Non. Mon mari ne m'en a jamais parlé. Je sais seulement que quelqu'un donne des ordres.

Si elle avait tiré un mouchoir de son sac, par contenance, elle ne pleurait pas.

— Vous voyez que c'est plus facile que vous ne l'imaginiez. Il y a assez longtemps que j'ai peur et que je supplie René de ne plus fréquenter ces gens-là. Il a un bon métier. Nous étions heureux. Si nous n'étions pas riches, nous n'avions pas une mauvaise vie. Je ne sais pas qui il a rencontré...

— Il y a combien de temps ?

— Environ six mois... C'était l'hiver dernier... Vers la fin de l'été...

J'aime encore mieux que ce soit fini, car je n'aurai plus à trembler... Vous êtes sûr que cette femme saura s'occuper de mon fils ?

— Vous n'avez rien à craindre de ce côté.

— Il est nerveux, comme son père. Il s'agite, la nuit...

On la sentait lasse, un peu perdue, s'efforçant de mettre ses pensées en ordre.

— Ce que je peux vous affirmer, c'est que René n'a pas tiré.

— Comment le savez-vous ?

— D'abord, parce qu'il en serait incapable. Il s'est laissé entraîner par ces gens-là, sans se figurer que cela deviendrait aussi grave.

— Il vous en parlait ?

— Je voyais bien, depuis quelque temps, qu'il rapportait plus d'argent qu'il n'aurait dû. Il sortait davantage aussi, presque toujours avec Joseph Raison. Un jour, j'ai trouvé son automatique.

— Qu'est-ce qu'il a dit ?

— Que je n'avais pas à avoir peur, que dans quelques mois nous pourrions aller vivre tranquillement dans le Midi. Il avait envie d'ouvrir un commerce à son compte, à Cannes ou à Nice...

Elle pleurait enfin, sans bruit, à petits coups.

— Au fond, c'est la faute à la voiture... Il tenait absolument à une Floride... Il a signé des traites... Puis le moment est venu de les payer... Quand il saura que j'ai parlé, il m'en voudra... Peut-être n'acceptera-t-il plus de vivre avec moi...

On entendait du bruit dans le couloir et Maigret fit signe à Janvier d'emmener la jeune femme dans le bureau voisin. Il avait reconnu la voix de Buffet.

Ils étaient trois à pousser devant eux un homme qui avait les menottes aux poignets et qui regarda tout de suite Maigret d'un air de défi.

— La femme ? questionna le commissaire.

— A l'autre bout du couloir. Elle est plus dangereuse que lui, car elle griffe et elle mord.

C'était vrai que Buffet avait le visage égratigné, du sang sur le nez.

— Entre, Fernand.

Buffet entrait aussi, cependant que les deux inspecteurs restaient dehors. L'ancien bagnard inspectait les lieux autour de lui et remarquait :

— Il me semble que je suis déjà venu ici.

Il redevenait goguenard, sûr de lui.

— Je suppose que vous allez m'abrutir de questions, comme la dernière fois. J'aime mieux vous prévenir tout de suite que je ne répondrai pas.

— Quel est ton avocat ?

— Toujours le même. Maître Gambier.

— Tu veux qu'on l'appelle ?

— Personnellement, je n'ai rien à lui dire. Si cela vous amuse, vous, de tirer cet homme de son lit...

Toute la nuit, Quai des Orfèvres, il y eut des allées et venues dans les couloirs et de bureau à bureau. On entendait crépiter les machines à écrire. Le téléphone sonnait sans cesse, car le Parquet tenait à garder le contact et le juge d'instruction ne s'était pas couché.

Un inspecteur passait le plus clair de son temps à préparer du café et, parfois, Maigret rencontrait un de ses collaborateurs entre deux portes.

— Toujours rien ?

— Il se tait.

Aucun des trois hommes du *Café des Amis* ne reconnaissait Fernand. Chacun jouait la même comédie.

— Qui est-ce ?

Et, quand on leur faisait entendre l'enregistrement de la communication avec Corbeil, ils répondaient :

— Cela regarde René. Ses affaires de cœur ne nous intéressent pas.

Celui-ci répondait :

— J'ai le droit d'avoir une maîtresse, non ?

On mettait Mme Lussac en présence de Fernand.

— Vous le reconnaissez ?

— Non.

— Qu'est-ce que je vous disais ? triomphait l'ancien prisonnier. Ces gens-là ne m'ont jamais vu. Je suis sorti de Saint-Martin-de-Ré sans un, et un copain m'a fourni l'adresse de son amie en me disant qu'elle me donnerait à croûter. J'étais chez elle, peinard...

Maître Gambier arrivait à une heure du matin et soulevait tout de suite des points de droit.

Selon le nouveau code de procédure criminelle, la police ne pouvait détenir ces hommes plus de vingt-quatre heures, après quoi, l'affaire dépendait du Parquet et du juge d'instruction qui auraient à prendre leurs responsabilités.

Déjà, du côté du Palais, on commençait à sentir des doutes.

La confrontation entre Mme Lussac et son mari ne donnait rien.

— Dis-leur la vérité.

— Quelle vérité ? Que j'ai une maîtresse ?

— L'automatique...

— Un copain m'a refilé un automatique. Et après ? Je suis souvent en voyage, seul sur les routes au volant de ma voiture...

Dès le matin, on irait chercher les témoins, tous ceux qui avaient déjà défilé Quai des Orfèvres, les garçons de café de la rue La Fayette, la caissière, le mendiant, les passants, l'agent de police en civil qui avait tiré.

Dès le matin aussi, on fouillerait le logement des trois hommes arrêtés à la porte de Versailles et peut-être, chez l'un d'eux, retrouverait-on la mallette.

Ce n'était plus que de la routine, une routine un peu écœurante, harassante.

— Vous pouvez retourner à Fontenay-aux-Roses, mais l'assistante sociale restera avec vous jusqu'à nouvel ordre...

Il la fit reconduire. Elle ne tenait plus debout et écarquillait les yeux en regardant autour d'elle comme si elle ne savait plus où elle en était.

Pendant que ses hommes continuaient à harceler les prisonniers, Maigret alla faire un tour, à pied, recevant sur son chapeau et ses épaules les premiers flocons de neige. Un bar ouvrait ses portes, boulevard du Palais, et il s'accouda au zinc, mangea des croissants chauds en buvant deux ou trois tasses de café.

Quand, à sept heures, il revint au bureau, le pas pesant, les paupières clignotantes, il fut surpris d'y trouver Fumel.

— Tu as du nouveau, aussi, toi ?

Et l'inspecteur, très excité, se mettait à parler avec volubilité.

— J'étais de service, cette nuit. On m'a tenu au courant de ce que vous faisiez avenue de Versailles, mais je n'étais pas dans le coup et j'en ai profité pour appeler au téléphone des copains des autres arrondissements. Ils ont tous, à présent, la photographie de Cuendet.

» Je me disais qu'un jour ou l'autre cela donnerait peut-être quelque chose...

» Alors, comme je bavardais avec Duffieux, du XVIIIe, je lui ai parlé de mon zèbre. Et Duffieux m'a dit qu'il allait justement m'appeler à ce sujet.

» Il travaille avec l'inspecteur Lognon, un de vos amis. Quand Lognon a vu la photographie, hier matin, il a tout de suite tiqué et l'a fourrée dans sa poche sans rien dire.

» La tête de Cuendet lui rappelait quelqu'un. Il s'est mis, paraît-il, à poser des questions dans les bars et les petits restaurants de la rue Caulaincourt et de la place Constantin-Pecqueur.

» Vous savez que quand Lognon a une idée en tête, il y tient. Il a fini par frapper à la bonne porte, tout en haut de la rue Caulaincourt, une brasserie à l'enseigne de *La Régence*.

» Ils ont reconnu Cuendet sans hésiter et ont affirmé à Lognon qu'il venait assez souvent chez eux en compagnie d'une femme.

Maigret questionna :

— Depuis longtemps ?

— Justement, c'est le plus intéressant. Depuis des années, selon eux.

— On connaît la femme ?

— Le garçon ne sait pas son nom, mais jure qu'elle habite dans une des maisons voisines, car il la voit passer chaque matin quand elle va faire son marché.

La P.J. tout entière s'occupait de Fernand et de ses gangsters. Dans deux heures, les couloirs déborderaient à nouveau de témoins à qui on présenterait successivement les quatre hommes. On en avait pour toute la journée et les machines à écrire n'arrêteraient pas de taper des dépositions.

Seul au milieu de cette agitation qui ne le concernait pas, l'inspecteur Fumel, les doigts brunis par la nicotine des cigarettes qu'il fumait jusqu'à l'extrême bout au point d'en avoir une marque indélébile au-dessus de la lèvre, seul Fumel venait entretenir Maigret du Vaudois tranquille dont personne ne parlait plus.

N'était-ce pas une affaire enterrée ? Le juge d'instruction Cajou n'était-il pas persuadé qu'il n'aurait plus à s'en soucier ?

Il avait tranché la question, dès le premier jour :

— *Règlement de comptes...*

Il ne connaissait ni la vieille Justine, ni le logement de la rue Mouffetard, encore moins l'*Hôtel Lambert* et la somptueuse maison d'en face.

— Tu es fatigué ?

— Pas trop.

— On y va, tous les deux ?

C'était presque en complice que Maigret parlait à Fumel, comme il lui eût proposé de faire l'école buissonnière.

— Quand nous arriverons là-bas, il fera jour...

Il laissa des instructions à ses hommes, s'arrêta au coin du quai pour acheter du tabac et, flanqué de l'inspecteur qui grelottait, attendit l'autobus pour Montmartre.

7

Lognon soupçonnait-il que Maigret attachait plus d'importance au mort quasi anonyme du bois de Boulogne qu'au hold-up de la rue La Fayette et à la bande de gangsters dont les journaux seraient pleins le lendemain ?

Si oui, n'aurait-il pas suivi le fil dont il avait saisi un bout ? Dieu sait alors jusqu'où il serait allé dans la découverte de la vérité, car c'était sans doute le policier qui avait le plus de flair de Paris, le plus obstiné aussi, et celui qui aurait le plus désespérément voulu réussir.

Était-ce la malchance qui le poursuivait, ou la conviction que le destin était définitivement contre lui, qu'il n'était en somme qu'une victime désignée ?

Toujours est-il qu'il finirait sa carrière comme inspecteur au commissariat du XVIIIe, comme Aristide Fumel à celui du XVIe. La femme de Fumel était partie sans laisser d'adresse ; celle de Lognon, malade, geignait depuis quinze ans.

Pour ce qui est de Cuendet, cela s'était sans doute passé bêtement. Lognon, occupé par autre chose, avait passé le tuyau à un collègue qui, lui-même, n'y avait pas attaché d'importance pour n'en parler à Fumel, au téléphone, qu'incidemment.

La neige tombait assez épaisse et commençait à tenir sur les toits, pas dans les rues, malheureusement. Maigret était toujours déçu de voir fondre la neige sur le trottoir.

L'autobus était surchauffé. La plupart des voyageurs se taisaient et regardaient droit devant eux, les têtes se balançant de gauche à droite et de droite à gauche, avec une expression figée.

— Tu n'as pas de nouvelles de la couverture ?

Fumel, plongé dans ses pensées, sursauta, répéta comme s'il ne comprenait pas tout de suite :

— La couverture ?

Il manquait de sommeil, lui aussi.

— La couverture en chat sauvage.

— J'ai regardé dans l'auto de Stuart Wilton. Je n'ai pas vu de couverture. Non seulement la voiture a le chauffage, mais encore l'air conditionné. Elle comporte même un petit bar, c'est un mécanicien du garage qui me l'a dit.

— Et celle du fils ?

— Il la range d'habitude devant le George-V. J'y ai jeté un coup d'œil. Je n'ai pas vu de couverture non plus.

— Tu sais où il prend son essence ?

— La plupart du temps, chez un pompiste de la rue Marbeuf.

— Tu y es allé ?

— Je n'ai pas eu le temps.

L'autobus s'arrêtait au coin de la place Constantin-Pecqueur. Les trottoirs étaient à peu près vides. Il n'était pas huit heures du matin.

— Cela doit être cette brasserie.

Elle était éclairée et un garçon balayait la sciure sur le plancher. C'était encore une brasserie à l'ancienne mode, comme on en trouve de moins en moins, à Paris, avec des boules de métal pour les torchons, un comptoir de marbre où une caissière devait prendre place devant la caisse enregistreuse et des glaces tout autour des murs. Des pancartes recommandaient la choucroute garnie et le cassoulet.

Les deux hommes entrèrent.

— Tu as mangé ?

— Pas encore.

Fumel commanda du café et des brioches tandis que Maigret, qui avait déjà bu trop de café pendant la nuit et qui en avait la bouche pâteuse, commandait un petit verre d'alcool.

On aurait dit que la vie, dehors, avait du mal à embrayer. Ce n'était ni la nuit ni le jour. Des enfants se dirigeaient vers l'école en essayant de happer des flocons de neige qui devaient avoir le goût de poussière.

— Dites-moi, garçon...

— Oui, monsieur ?

— Vous connaissez cet homme ?

Le garçon de café regardait le commissaire d'un air entendu.

— Vous êtes M. Maigret, n'est-ce pas ? Je vous reconnais. Vous êtes venus ici il y a deux ans avec l'inspecteur Lognon.

Il examinait la photographie avec complaisance.

— C'est un client, oui. Il vient toujours avec la petite dame aux chapeaux.

— Pourquoi l'appelez-vous la petite dame aux chapeaux ?

— Parce qu'elle porte presque chaque fois des chapeaux différents, des bibis amusants. Le plus souvent, ils viennent pour dîner et s'installent dans le coin, là-bas, au fond. Ils sont gentils. Elle adore la choucroute. Ils ne se pressent pas, boivent ensuite leur café, dégustent un petit verre en se tenant par la main.

— Il y a longtemps qu'ils fréquentent l'établissement ?

— Des années. Je ne sais pas combien.

— Il paraît qu'elle habite le quartier ?

— On m'a déjà posé la question. Elle doit avoir un appartement dans une des maisons voisines, car je la vois passer presque chaque matin avec son filet à provisions.

Pourquoi cela enchantait-il Maigret de découvrir une femme dans la vie d'Honoré Cuendet ?

Un peu plus tard, il pénétrait avec Fumel dans une première loge de concierge où on triait le courrier.

— Vous connaissez cet homme ?

Elle regardait avec attention, hochait la tête.

— Je pense que je l'ai déjà vu, mais je ne peux pas dire que je le connais. En tout cas, il n'est jamais venu dans la maison.

— Vous n'avez pas, parmi vos locataires, une femme qui change souvent de chapeau ?

Elle regarda Maigret, ahurie, haussa les épaules en grommelant quelque chose qu'il ne comprit pas.

Ils n'eurent pas plus de succès dans le second immeuble, ni dans le troisième. Dans le quatrième, la concierge faisait un pansement à la main de son mari qui s'était coupé en sortant les poubelles.

— Vous le connaissez ?

— Et après ?

— Il habite la maison ?

— Il habite sans l'habiter. C'est l'ami de la petite dame du cinquième.

— Quelle petite dame ?

— Mlle Éveline, la modiste.

— Il y a longtemps qu'elle est dans la maison ?

— Au moins douze ans. C'était avant que j'y sois moi-même.

— Il était déjà son ami ?

— Peut-être bien que oui. Je ne m'en souviens pas.

— Vous l'avez vu ces derniers temps ?

— Qui ? Elle ? Je la vois tous les jours, parbleu !

— Lui ?

— Tu te rappelles la dernière fois qu'il est venu, Désiré ?

— Non, mais cela fait un bout de temps.

— Il lui arrivait de passer la nuit ?

Elle semblait trouver le commissaire naïf.

— Et alors ? Ils sont majeurs, non ?

— Il vivait ici plusieurs jours de suite ?

— Même des semaines.

— Mlle Éveline est chez elle ? Quel est son nom de famille ?

— Schneider.

— Elle reçoit beaucoup de courrier ?

Le paquet de lettres, devant les casiers, n'était pas défait.

— Pour ainsi dire pas.

— Cinquième à gauche ?

— A droite.

Maigret alla voir dans la rue s'il y avait de la lumière aux fenêtres et, comme il y en avait, s'engagea dans l'escalier avec Fumel. Il n'y avait pas d'ascenseur. L'escalier était bien entretenu, la maison propre et calme, avec des paillassons devant les portes et une plaque de cuivre ou d'émail par-ci, par-là.

Ils notèrent un dentiste au second étage, une sage-femme au troisième. Maigret s'arrêtait de temps en temps pour souffler, entendait de la radio.

Au cinquième, il hésitait presque à pousser le timbre électrique. Il y avait de la radio dans l'appartement aussi, mais on la coupa, des pas se rapprochèrent de la porte qui s'ouvrit. Une femme assez petite, aux cheveux blond clair, vêtue, non d'une robe de chambre, mais d'une sorte de blouse d'intérieur, les regardait de ses yeux bleus, un torchon à la main.

Maigret et Fumel étaient aussi embarrassés qu'elle, car ils voyaient l'étonnement, puis la crainte croître dans son regard, ses lèvres qui frémissaient et murmuraient enfin :

— Vous m'apportez une mauvaise nouvelle ?

Elle leur faisait signe d'entrer dans un living-room dont elle était occupée à faire le ménage et elle repoussa l'aspirateur électrique qui se trouvait dans le chemin.

— Pourquoi demandez-vous ça ?

— Je ne sais pas... Une visite, à cette heure-ci, quand Honoré est absent depuis si longtemps...

Agée d'environ quarante-cinq ans, elle faisait encore très jeune. Sa peau était fraîche, ses formes arrondies et fermes.

— Vous êtes de la police ?

— Commissaire Maigret. Mon compagnon est l'inspecteur Fumel.

— Honoré a eu un accident ?

— Je vous apporte, en effet, une mauvaise nouvelle.

Elle ne pleurait pas encore et on sentait qu'elle essayait de se raccrocher à des mots sans importance.

— Asseyez-vous. Débarrassez-vous de votre pardessus, car il fait très chaud ici. Honoré aime la chaleur. Ne faites pas attention au désordre...

— Vous l'aimez beaucoup ?

Elle se mordait les lèvres, essayant de deviner la gravité de la nouvelle.

— Il est blessé ?

Puis, presque tout de suite :

— Il est mort ?

Elle pleurait enfin, la bouche ouverte, à la façon des enfants, sans craindre de s'enlaidir. En même temps, elle se prenait les cheveux à deux mains et regardait autour d'elle comme pour chercher un coin où se réfugier.

— J'en ai toujours eu le pressentiment...

— Pourquoi ?

— Je ne sais pas... Nous étions trop heureux...

La pièce était confortable, intime, avec des meubles massifs, de bonne qualité, quelques bibelots qui n'étaient pas de trop mauvais goût. Par une porte ouverte, on apercevait la cuisine claire où le couvert du petit déjeuner était encore mis.

— Ne faites pas attention... répétait-elle. Excusez-moi...

Elle ouvrait une autre porte, celle de la chambre à coucher non éclairée et où elle se jetait en travers du lit, à plat ventre, pour pleurer à son aise.

Maigret et Fumel se regardaient en silence et l'inspecteur était le plus ému des deux, peut-être parce qu'il n'avait jamais su résister aux femmes, malgré les ennuis qu'elles lui avaient causés.

Cela dura moins longtemps qu'on aurait pu le craindre et elle passa dans la salle de bains, fit couler l'eau, revint, le visage presque détendu, en murmurant :

— Je vous demande pardon. Comment est-ce arrivé ?

— On l'a retrouvé mort au bois de Boulogne. Vous n'avez pas lu les journaux des derniers jours ?

— Je ne lis pas les journaux. Mais pourquoi le bois de Boulogne ? Que serait-il allé y faire ?

— Il a été assassiné ailleurs.

— Assassiné ? Pour quelle raison ?

Elle s'efforçait de ne pas éclater à nouveau en sanglots.

— Il était votre ami depuis longtemps ?

— Plus de dix ans.

— Où l'avez-vous connu ?

— Tout près d'ici, dans une brasserie.

— *La Régence ?*

— Oui. J'y prenais déjà un repas de temps en temps. Je l'ai remarqué, seul dans son coin.

Cela n'indiquait-il pas que, vers cette époque, Cuendet avait préparé un cambriolage dans le quartier ? Probablement. En étudiant la liste des vols dont on n'avait pas retrouvé les auteurs, on en trouverait sans doute un commis rue Caulaincourt.

— Je ne me rappelle pas comment nous avons engagé la conversation. Toujours est-il qu'un soir nous avons dîné à la même table. Il m'a demandé si j'étais allemande et je lui ai répondu que j'étais alsacienne. Je suis née à Strasbourg.

Elle souriait d'un sourire pâle.

— Nous nous amusions chacun de l'accent de l'autre, car il avait gardé l'accent vaudois comme j'ai gardé le mien.

C'était un accent agréable, chantant. Mme Maigret aussi était alsacienne et avait conservé à peu près la même taille, le même embonpoint.

— Il est devenu votre ami ?

Elle se mouchait sans se soucier de son nez rouge.

— Il n'était pas toujours ici. Il passait rarement plus de deux ou trois semaines avec moi, puis il partait en voyage. Je me suis demandé, au début, s'il n'avait pas une femme et des enfants en province. Certains provinciaux retirent leur alliance quand ils viennent à Paris...

Elle semblait avoir connu d'autres hommes avant Cuendet.

— Comment avez-vous su que ce n'était pas son cas ?

— Il n'était pas marié, n'est-ce pas ?

— Non.

— J'en étais sûre. D'abord, j'ai compris qu'il n'avait pas d'enfants à lui à la façon dont il regardait les autres, dans la rue. On le sentait résigné à ne pas être père, mais il en gardait la nostalgie. En outre, quand il vivait ici, il ne se comportait pas en homme marié. C'est difficile à expliquer. Il avait des pudeurs qu'un homme marié n'a plus. La première fois, par exemple, j'ai compris qu'il était gêné de se trouver dans mon lit et il a été encore plus gêné, le matin, en s'éveillant...

— Il ne vous a jamais parlé de sa profession ?

— Non.

— Vous ne la lui avez jamais demandée ?

— J'ai essayé de savoir, sans me montrer indiscrète.

— Il vous disait qu'il voyageait ?

— Qu'il était obligé de partir. Il ne précisait ni où il allait, ni pourquoi. Un jour, je lui ai demandé s'il avait encore sa mère et il a rougi. Cela m'a donné à penser qu'il vivait peut-être avec elle. En tout cas, il avait quelqu'un pour raccommoder son linge, ravauder ses chaussettes, et qui ne le faisait pas très soigneusement. Les boutons étaient toujours mal cousus, par exemple, et je le plaisantais.

— Quand vous a-t-il quittée pour la dernière fois ?

— Il y a six semaines. Je pourrais retrouver la date...

Elle questionnait à son tour :

— Et quand est-ce que... que cela est arrivé ?

— Vendredi.

— Il n'avait pourtant jamais beaucoup d'argent sur lui.

— Quand il venait passer un certain temps avec vous, apportait-il une valise ?

— Non. Si vous ouvrez l'armoire, vous trouverez sa robe de chambre, ses pantoufles et, dans un tiroir, ses chemises, ses chaussettes et ses pyjamas.

Elle désignait la cheminée et Maigret apercevait trois pipes, dont une en écume. Ici aussi, il y avait un poêle à charbon, comme rue Mouffetard, un fauteuil près du poêle, le fauteuil d'Honoré Cuendet.

— Excusez mon indiscrétion. Je suis obligé de vous poser la question.

— Je la devine. Vous voulez parler d'argent ?

— Oui. Il vous en donnait ?

— Il a proposé de m'en donner. Je n'ai pas accepté, car je gagne assez bien ma vie. Tout ce que je lui ai permis, parce qu'il insistait et que cela le mettait mal à l'aise de vivre ici sans payer sa part, c'est de régler la moitié du loyer.

» Il m'offrait des cadeaux. C'est lui qui a acheté les meubles de cette pièce et fait arranger mon salon d'essayage. Vous pouvez le voir...

Une pièce exiguë, meublée en Louis XVI, avec une profusion de miroirs.

— C'est lui aussi qui a repeint les murs, y compris ceux de la cuisine, et qui a tapissé le living-room, car il adorait bricoler.

— A quoi passait-il ses journées ?

— Il se promenait un peu, pas beaucoup, toujours le même tour, dans le quartier, comme les gens qui font prendre l'air à leur chien.

Puis, il s'asseyait dans son fauteuil et lisait. Vous trouverez des tas de livres dans l'armoire, presque tous des livres de voyage.

— Vous n'avez jamais voyagé avec lui ?

— Nous avons passé quelques jours à Dieppe, la seconde année. Une autre fois, nous sommes allés en vacances en Savoie et il m'a montré les montagnes de Suisse, de loin, en me disant que c'était son pays. Une autre fois encore, nous avons fait Paris-Nice en autocar et visité la Côte d'Azur.

— Il dépensait largement ?

— Cela dépend de ce que vous appelez largement. Il n'était pas pingre, mais n'aimait pas qu'on essaie de le voler et il revoyait les notes d'hôtel et de restaurant.

— Vous avez passé la quarantaine ?

— J'ai quarante-quatre ans.

— Vous avez donc une certaine expérience de la vie. Vous ne vous êtes jamais demandé pourquoi il menait cette existence double ? Ni pourquoi il ne vous épousait pas ?

— J'ai connu d'autres hommes qui ne m'ont pas proposé le mariage.

— Du même genre que lui ?

— Non, bien sûr.

Elle réfléchissait.

— Je me suis posé des questions, évidemment. Au début, je vous l'ai dit, j'ai cru qu'il était marié en province et que ses affaires l'appelaient à Paris, plusieurs fois par an. Je ne lui en aurais pas voulu. C'était tentant d'avoir, ici, une femme pour l'accueillir, un intérieur. Il détestait les hôtels, je l'ai bien vu quand nous avons voyagé la première fois. Il ne s'y sentait pas à son aise. Il semblait toujours craindre quelque chose.

Parbleu !

— Puis, à cause de son caractère et des reprises à ses chaussettes, j'ai conclu qu'il vivait avec sa mère et que cela le gênait de me l'avouer. Plus d'hommes qu'on ne le pense ne se marient pas à cause de leur mère et, à cinquante ans, sont encore devant elle comme des petits garçons. C'était peut-être son cas.

— Il fallait cependant qu'il gagne sa vie.

— Il pouvait avoir une petite affaire quelque part.

— Vous n'avez jamais soupçonné une autre sorte d'activité ?

— Laquelle ?

Elle était sincère. Il était impossible qu'elle joue la comédie.

— Que voulez-vous dire ? Maintenant, je suis prête à tout. Qu'est-ce qu'il faisait ?

— C'était un voleur, mademoiselle Schneider.

— Lui ? Honoré ?

Elle riait d'un rire nerveux.

— Ce n'est pas vrai, n'est-ce pas ?

— Attendez ! Il a volé toute sa vie, depuis l'âge de seize ans, alors qu'il était en apprentissage chez un serrurier de Lausanne. Il s'est enfui d'une maison de redressement, en Suisse, pour s'engager dans la Légion Étrangère.

— Il m'a parlé de la Légion quand j'ai découvert son tatouage.

— Il n'a pas ajouté qu'il avait fait deux ans de prison ?

Elle s'asseyait, les jambes coupées, écoutait comme si c'était d'un autre Cuendet, pas du sien, pas d'Honoré, qu'on l'entretenait.

De temps en temps, elle hochait la tête, encore incrédule.

— C'est moi-même, mademoiselle, qui l'ai arrêté autrefois et, depuis, il est passé plusieurs fois par mon bureau. Ce n'était pas un voleur ordinaire. Il n'avait pas de complices, ne fréquentait pas le milieu, menait une existence rangée. De temps en temps, il repérait un coup, en lisant les journaux ou les magazines et, pendant des semaines, il observait les allées et venues d'une maison...

» Jusqu'au moment où, sûr de lui, il y pénétrait pour s'emparer des bijoux et de l'argent.

— Je ne peux pas, non ! C'est trop incroyable !

— Je comprends votre réaction. Pourtant, vous ne vous êtes pas trompée au sujet de sa mère. Une partie du temps qu'il ne passait pas ici, il le passait chez elle, dans un logement de la rue Mouffetard où il avait aussi ses affaires.

— Elle sait ?

— Oui.

— Elle a toujours su ?

— Oui.

— Elle le laissait faire ?

Elle n'était pas indignée, mais surprise.

— C'est à cause de ça qu'on l'a tué ?

— Plus que probablement.

— La police ?

Elle se durcissait, moins cordiale, moins confiante.

— Non.

— Ce sont les gens chez qui... chez qui il voulait voler qui l'ont abattu ?

— Je le suppose. Écoutez-moi bien. Ce n'est pas moi qui suis chargé de l'enquête, mais le juge d'instruction Cajou. Il a confié un certain nombre de tâches à l'inspecteur Fumel.

Celui-ci inclinait la tête.

— Ce matin, l'inspecteur est ici officieusement, sans mandat. Vous aviez le droit de ne pas répondre à mes questions et aux siennes. Vous pouviez nous empêcher d'entrer chez vous. Et, s'il nous arrivait de fouiller votre appartement, nous commettrions un abus de pouvoir. Vous me comprenez ?

Non. Maigret sentait qu'elle ne mesurait pas la portée de ses paroles.

— Je pense...

— Pour être plus précis, tout ce que vous nous avez confié au sujet de Cuendet ne figurera pas dans le rapport de l'inspecteur. Il est à prévoir que, quand il découvrira votre existence et vos rapports avec Honoré, le juge d'instruction vous enverra Fumel ou un autre inspecteur muni d'un mandat en bonne et due forme.

— Qu'est-ce que je devrai faire ?

— A ce moment-là, vous pourrez réclamer l'assistance d'un avocat.

— Pourquoi ?

— Je dis que vous pourrez. Vous n'y êtes pas tenue par la loi. Peut-être Cuendet, outre ses vêtements, ses livres et ses pipes, a-t-il laissé certaines choses dans votre appartement...

Les yeux bleus exprimaient enfin la compréhension. Trop tard, car Mlle Schneider murmurait déjà, comme pour elle-même :

— La valise...

— Il est normal que, vivant avec vous une partie de l'année, votre ami vous ait confié une valise contenant des effets personnels. Il est normal, aussi, qu'il vous en ait laissé la clé en vous recommandant, par exemple, de l'ouvrir s'il lui arrivait quelque chose...

Maigret aurait préféré que Fumel ne soit pas là et, comme s'il s'en rendait compte, l'inspecteur prenait un air absent, maussade.

Quant à Éveline, elle secouait la tête.

— Je n'ai pas la clé... Mais...

— Peu importe, encore une fois. Il n'est pas impensable qu'un homme comme Cuendet ait pris la précaution de rédiger un testament par lequel il vous charge, après sa mort, de certaines missions, ne serait-ce que de prendre soin de sa mère...

— Elle est très âgée ?

— Vous la verrez, puisqu'il semble que vous soyez les seules femmes dans sa vie.

— Vous croyez ?

Elle en était contente, malgré tout, et ne pouvait s'empêcher de le laisser voir par son sourire. Quand elle souriait, elle avait des fossettes comme une toute jeune fille.

— Je ne sais plus que penser.

— Vous aurez le temps, quand nous serons partis, de penser à votre aise.

— Dites-moi, monsieur le commissaire...

Elle hésitait, soudain rouge jusqu'aux cheveux.

— Il n'a... il n'a jamais tué personne ?

— Je peux vous l'affirmer.

— Remarquez que, si vous m'aviez dit oui, j'aurais refusé de vous croire.

— Je vais ajouter quelque chose de plus difficile à expliquer. Cuendet, c'est certain, vivait d'une partie du produit de ses vols.

— Il dépensait si peu !

— Justement. Qu'il ait éprouvé un besoin de sécurité, le besoin de savoir qu'il possédait un magot à sa disposition, c'est possible et même probable. Je ne serais pas surpris pourtant que, dans son cas, un autre élément ait joué un rôle essentiel.

» Pendant des semaines, je vous l'ai dit, il observait la vie d'une maison...

— Comment s'y prenait-il ?

— En s'installant dans un bistrot, où il passait des heures près de la vitre, en louant une chambre dans un immeuble d'en face lorsqu'il en avait l'occasion...

L'idée que Maigret avait déjà eue venait à l'esprit de la femme.

— Vous croyez que quand j'ai fait sa connaissance, à *La Régence*...

— C'est vraisemblable. Il n'attendait pas que les appartements soient inoccupés, que les locataires soient sortis. Au contraire ! Il attendait, lui, leur retour...

— Pourquoi ?

— Un psychologue ou un psychiatre répondraient mieux que moi à cette question. Avait-il besoin de la sensation du danger ? Je n'en suis pas si sûr. Voyez-vous, il ne s'introduisait pas seulement dans un appartement étranger mais, en quelque sorte, dans la vie des gens. Ceux-ci dormaient dans leur lit et il les frôlait. C'était un peu comme si, en plus de leur prendre leurs bijoux, il emportait une part de leur intimité...

— On dirait que vous ne lui en voulez pas.

Maigret sourit à son tour et se contenta de grogner :

— Je n'en veux à personne. Au revoir, mademoiselle. N'oubliez rien de ce que je vous ai dit, aucun mot. Pensez-y calmement.

Il lui serra la main, à la grande surprise d'Éveline, et Fumel imita le commissaire, d'une façon plus maladroite, comme s'il était troublé.

Dans l'escalier, déjà, l'inspecteur s'exclamait :

— C'est une femme extraordinaire !

Celui-là reviendrait rôder dans le quartier, même quand tout le monde aurait oublié Honoré Cuendet. C'était plus fort que lui. Il avait déjà sur les bras une maîtresse qui lui compliquait l'existence, et il allait s'ingénier à la compliquer davantage.

Dehors, sur les trottoirs, la neige commençait à tenir.

— Qu'est-ce que je fais, patron ?

— Tu as sommeil, non ? Entrons toujours prendre un verre.

Il y avait quelques clients, à présent, dans la brasserie où un voyageur de commerce copiait des adresses dans le bottin des professions.

— Vous l'avez trouvée ?

— Oui.

— Gentille, hein ? Qu'est-ce que je vous sers ?

— Pour moi, un grog.

— Pour moi aussi.

— Deux grogs, deux !

— Cet après-midi, quand tu auras dormi, tu rédigeras ton rapport.

— Je parlerai de la rue Neuve-Saint-Pierre ?

— Bien entendu, et de la Wilton qui habite en face de l'*Hôtel Lambert,* Cajou te convoquera à son cabinet pour te réclamer des détails.

— Il m'enverra perquisitionner chez Mlle Schneider.

— Où, je l'espère, tu ne trouveras rien, que des vêtements dans une valise.

Malgré son admiration pour le commissaire, Fumel était mal à l'aise et fumait nerveusement sa cigarette.

— J'ai compris ce que vous lui disiez.

— La mère d'Honoré m'a dit :

» — *Je suis sûre que mon fils ne me laissera pas sans rien.*

— Elle me l'a répété, à moi aussi.

— Tu verras que le juge n'aura aucune envie de voir cette affaire aller plus loin. Dès qu'il entendra parler des Wilton...

Maigret buvait son grog à petites gorgées, payait les consommations, décidait de prendre un taxi pour retourner à la P.J.

— Je te dépose quelque part ?

— Non. J'ai un autobus direct.

Peut-être Fumel, craignant que la jeune femme n'ait pas bien compris, avait-il l'intention de remonter chez elle ?

— Au fait ! Cette histoire de couverture me tracasse. Continue donc à te renseigner...

Et, les mains dans les poches, Maigret se dirigea vers la station de taxis, place Constantin-Pecqueur, d'où il apercevait les fenêtres de l'inspecteur Lognon.

8

Quai des Orfèvres, tout le monde était exténué, aussi bien du côté des inspecteurs que de celui des hommes arrêtés pendant la nuit. On était allé chercher les témoins à domicile et on en trouvait dans tous les coins, certains mal éveillés, de mauvaise humeur, qui harcelaient Joseph :

— Quand se décidera-t-on à nous entendre ?

Qu'est-ce que le vieil appariteur pouvait leur répondre ? Il n'en savait pas plus long qu'eux.

Le garçon de la *Brasserie Dauphine* apportait une fois de plus un plateau de petits pains et du café.

Le premier soin de Maigret, en s'installant dans son bureau, fut d'appeler Moers, qui n'était pas moins occupé, là-haut, à l'Identité Judiciaire.

On avait fait, sur les mains des quatre hommes, le test de la parafine ; autrement dit, si l'un d'eux avait tiré avec une arme quelconque au cours des trois ou quatre jours précédents, on retrouverait, dans la peau, de la poudre incrustée, même s'il avait pris la précaution de se ganter.

— Tu as les résultats ?

— Le laboratoire vient de me l'apporter.

— Lequel des quatre ?

— Le numéro trois.

Maigret consulta la liste qui portait un numéro en regard de chaque nom. Le n° 3 était Roger Stieb, réfugié tchécoslovaque, qui avait travaillé un certain temps dans la même usine que Joseph Raison, quai de Javel.

— L'expert est formel ?

— Absolument.

— Rien chez les trois autres ?

— Rien.

Stieb était un grand garçon blond qui, pendant la nuit, s'était montré le plus docile de tous et qui, maintenant encore, en face de Torrence qui le harcelait, regardait l'inspecteur avec flegme comme s'il ne comprenait pas un mot de français.

C'était pourtant le tueur de la bande, chargé de protéger la fuite des assaillants.

L'autre, Loubières, un homme trapu, musclé et velu, originaire de Fécamp, tenait un garage à Puteaux. Il était marié, père de deux enfants, et toute une équipe de spécialistes était occupée à fouiller son établissement.

Chez René Lussac, la fouille n'avait rien donné, non plus que dans la villa de la belle Rosalie.

De tous, celle-ci était la plus bruyante et Maigret entendait ses glapissements, bien qu'elle fût enfermée deux bureaux plus loin en tête à tête avec Lucas.

On avait commencé les confrontations. Les deux garçons de café, impressionnés, n'osaient pas être trop catégoriques, mais croyaient reconnaître en Fernand le client qui se trouvait dans la brasserie au moment du hold-up.

— Vous êtes sûrs d'avoir toute la bande ? avaient-ils demandé avant la confrontation.

On leur avait répondu que oui, encore que ce ne fût pas tout à fait vrai. Il manquait un complice, celui qui conduisait l'auto et sur lequel on ne possédait aucune indication.

Celui-ci, comme toujours, devait être un as du volant, mais n'était probablement qu'un comparse.

— Allô !... Oui, monsieur le procureur... Cela progresse... Nous savons qui a tiré : le nommé Stieb... Il nie, oui... Il niera jusqu'au bout... Ils nieront tous...

Sauf la pauvre Mme Lussac qui, chez elle, s'occupant de son bébé en compagnie de l'assistante sociale, restait effondrée.

Maigret avait de la peine à garder les paupières ouvertes et le grog de *La Régence* n'avait rien arrangé. Il lui arriva de saisir, dans son placard, la bouteille de fine qu'il y conservait pour les grandes occasions et, non sans hésiter, d'en avaler une gorgée.

— Allô !... Pas encore, monsieur le juge...

On l'appelait à deux appareils à la fois et il était dix heures vingt, quand il reçut enfin le bon coup de téléphone. Il provenait de Puteaux.

— On a trouvé, patron.

— Tout ?

— Il ne manque pas un billet.

On avait laissé annoncer dans les journaux que la banque connaissait les numéros de série des billets volés. C'était faux. Le mensonge n'en avait pas moins empêché les gangsters de mettre l'argent en circulation. Ils attendaient l'occasion d'écouler les billets en province ou à l'étranger ; Fernand était assez malin pour ne pas se presser et pour empêcher ses hommes de quitter la ville tant que l'enquête battait son plein.

— Où ?

— Dans le capitonnage d'une vieille bagnole. La mère Loubières, qui est une maîtresse femme, ne nous lâchait pas d'un poil...

— Elle paraît être au courant ?

— C'est mon avis. On a fouillé les voitures une à une. On les a même quelque peu démontées. Enfin ! on tient le paquet !

— N'oublie pas de faire signer Mme Loubières.

— Elle refuse. J'ai essayé.

— Alors, prends des témoins.

— C'est ce que j'ai fait.

Pour Maigret, c'était la fin, ou presque. On n'avait pas besoin de lui pour questionner les témoins et procéder aux confrontations. Il y en avait pour des heures.

Après quoi, chacun des inspecteurs lui ferait son rapport. Et il aurait personnellement un rapport général à établir.

— Passez-moi le procureur Dupont d'Hastier, voulez-vous ?

Et, l'instant d'après :

— On a retrouvé les billets.

— La mallette aussi ?

Il en demandait trop. Pourquoi pas avec des empreintes digitales bien nettes ?

— La mallette flotte quelque part dans la Seine ou a été brûlée dans un calorifère.

— Chez qui a-t-on découvert l'argent ?

— Le garagiste.

— Qu'est-ce qu'il dit ?

— Encore rien. On ne lui en a pas parlé.

— Veillez à ce que son avocat soit présent. Je ne veux pas de contestations ni, plus tard, d'incidents d'audience.

Quand les couloirs seraient enfin vides, on emmènerait les quatre hommes au Dépôt, la femme Rosalie aussi — pas dans la même pièce — et là, nus comme des vers, ils passeraient à l'anthropométrie. Pour deux d'entre eux au moins, ce n'était pas une expérience nouvelle.

Ils dormiraient vraisemblablement dans une cellule du rez-de-chaussée, car le juge d'instruction tiendrait à les voir le lendemain matin avant de les écrouer à la Santé.

L'affaire ne viendrait devant les assises que dans plusieurs mois et, d'ici là, d'autres bandes auraient le temps de se former, de la même manière, pour des raisons qui ne regardaient pas le commissaire.

Il poussa une porte, puis une seconde, trouva Lucas devant une machine à écrire, tapant à deux doigts, en face d'une Rosalie qui allait et venait, les poings aux hanches.

— Vous voilà, vous ! Vous êtes content, hein ? L'idée que Fernand était en liberté vous empêchait de dormir et vous vous êtes arrangé pour lui remettre le grappin dessus. Vous n'avez même pas honte de vous en prendre à une femme, oubliant que, jadis, il vous est arrivé de venir boire un verre à mon bar et que vous n'étiez pas fâché que je vous refile des tuyaux...

C'était la seule à n'avoir pas sommeil; à garder son énergie intacte.

— Et vous le faites exprès, pour m'humilier, de me mettre dans les mains du plus petit de vos inspecteurs... Un homme comme ça, moi, je n'en fais qu'une bouchée...

Il ne répondait pas, clignait de l'œil à l'adresse de Lucas.

— Je vais me coucher une heure ou deux. On a trouvé l'argent.

— Quoi ? hurlait-elle.

— Ne la laisse pas seule. Appelle n'importe qui, pour lui tenir compagnie, un grand si elle y tient, et installe-toi dans mon bureau.

— Bien, patron.

Il se fit reconduire par une voiture-pie. Il y en avait plein la cour, car on vivait depuis la veille en état de mobilisation générale.

— J'espère que tu te couches ? lui dit sa femme en préparant le lit. A quelle heure dois-je t'éveiller ?

— Midi et demi.

— Si tôt ?

Il n'eut pas le courage de prendre un bain tout de suite. Il le ferait après avoir dormi. Il commençait à peine à s'assoupir, la tête chaude, quand la sonnerie du téléphone retentit.

Il déploya le bras, grogna :

— Maigret, oui...

— Ici, Fumel, monsieur le commissaire...

— Je te demande pardon. J'étais en train de m'endormir. Où es-tu ?

— Rue Marbeuf.

— Je t'écoute.

— J'ai du nouveau. Au sujet de la couverture.

— Tu l'as retrouvée ?

— Non. Je doute qu'on la retrouve un jour. Mais elle a existé. Le pompiste de la rue Marbeuf est catégorique. Il l'a encore remarquée il y a une semaine environ.

— Pourquoi l'a-t-il remarquée ?

— Parce que c'est rare de voir une couverture, surtout en fourrure, dans une auto de grand sport...

— Quand l'a-t-il vue pour la dernière fois ?

— Il ne peut pas préciser, mais il prétend qu'il n'y a pas longtemps. Voilà deux ou trois jours, quand le fils Wilton est venu faire le plein d'essence, elle n'y était plus.

— Mets ça dans ton rapport.

— Qu'est-ce qui va se passer, selon vous ?

Maigret, qui avait hâte d'en finir, se contenta de laisser tomber :

— Rien !

Il raccrochait. Il avait besoin de sommeil. Il était d'ailleurs presque sûr de ne pas se tromper.

Il n'arriverait rien !

Il imaginait l'air pincé du juge d'instruction si Maigret était allé lui dire :

— Honoré Cuendet, la nuit de vendredi à samedi, vers une heure, a pénétré dans l'hôtel particulier de Florence Wilton, née Lenoir, rue Neuve-Saint-Pierre.

— Comment le savez-vous ?

— Parce qu'il surveillait la maison depuis cinq semaines, d'une chambre de l'*Hôtel Lambert*.

— Ainsi, parce qu'un homme prend une chambre dans un hôtel douteux, vous en concluez...

— Il ne s'agit pas d'un homme quelconque, mais d'Honoré Cuendet qui, depuis bientôt trente ans...

Il décrirait la manière de Cuendet.

— Vous l'avez déjà pris sur le fait ?

Maigret était bien obligé d'avouer que non.

— Il avait les clés de l'hôtel particulier ?

— Non.

— Des intelligences dans la place ?

— C'est peu vraisemblable.

— Et Mme Wilton était chez elle, ainsi que ses domestiques ?

— Cuendet ne s'introduisait jamais dans des maisons inoccupées.

— Vous prétendez que cette femme...

— Pas elle. Son amant.

— Comment savez-vous qu'elle a un amant ?

— Par une prostituée nommée Olga, qui, elle aussi, habite en face.

— Elle les a vus ensemble dans un lit ?

— Elle a vu la voiture.

— Et qui est cet amant ?

— Le fils Wilton.

Les images devenaient un peu incohérentes, puisque Maigret voyait le juge ricaner, ce qui seyait mal à son caractère.

— Vous insinuez que cette femme et son beau-fils...

— Le père et la belle-fille ont bien...

— Comment ?

Il raconterait l'histoire de Lida, qui avait été la maîtresse du père après avoir épousé le fils.

Voyons ! Est-ce que ces choses-là sont possibles ? Est-qu'un magistrat sérieux, appartenant à la meilleure bourgeoisie de Paris, peut un seul instant admettre...

— J'espère que vous avez d'autres preuves ?

— Oui, monsieur le juge...

Il devait dormir, rêver, car il se voyait lui-même, tirant de sa poche un petit sachet dans lequel se trouvaient deux fils à peine visibles.

— Qu'est-ce que c'est que ça ?

— Des poils, monsieur le juge.

Encore une indication que c'était un rêve, que ça ne pouvait être qu'un rêve — le magistrat prononçait, cette fois :

— Des poils de qui ?

— De chat sauvage.

— Pourquoi sauvage ?

— Parce que la couverture, dans l'auto, était en chat sauvage.

Cuendet, pour une fois, après une si longue carrière, a dû faire du bruit, renverser un objet, donner l'alarme, et on l'a assommé.

» Les amants ne pouvaient pas appeler la police sans que...

Sans que quoi ? Ses idées n'étaient plus très claires. Sans que Stuart Wilton apprenne ce qui se passait, évidemment. Et Stuart Wilton, c'était l'argent...

Ni Florence, ni son amant ne connaissaient cet inconnu qui avait fait irruption dans leur chambre. N'était-ce pas une sage précaution que de le défigurer ?

Il avait beaucoup saigné, obligeant le couple à tout nettoyer...

Puis l'auto...

Et là, il avait encore sali la couverture...

— Vous comprenez, monsieur le juge...

Il était là, penaud, avec ses deux poils.

— Et d'abord, qui vous dit que ce sont des poils de chat sauvage ?

— Un expert.

— Et un autre expert viendra se moquer de lui à la barre en affirmant que ce sont des poils de je ne sais quel animal...

Le juge avait raison. Cela se passerait ainsi. Il y aurait des éclats de rire.

Et l'avocat, dans un envol de manches :

— Voyons, messieurs, soyons sérieux... Qu'apporte-t-on pour nous accuser... Deux poils...

Cela pourrait se dérouler autrement, bien sûr. Maigret irait par exemple sonner chez Florence Wilton. Il lui poserait des questions, furèterait dans la maison, interrogerait les domestiques.

Il aurait aussi, dans le silence de son bureau, une longue conversation avec le jeune Wilton.

Seulement, tout cela n'était pas réglementaire.

— En voilà assez, Maigret. Oubliez ces fantaisies et emportez ces poils...

Il s'en fichait, d'ailleurs. Est-ce que, tout à l'heure, il n'avait pas adressé un clin d'œil à Fumel ?

L'inspecteur aux amours malheureuses réussirait-il mieux avec Éveline qu'avec les autres femmes ?

En tout cas, la vieille, rue Mouffetard, ne s'était pas trompée.

— *Je connais mon fils... Je suis sûre qu'il ne me laissera pas sans rien...*

Combien d'argent y avait-il dans la... ?

Maigret dormait profondément.

On ne le saurait jamais.

Noland (Vaud), le 23 janvier 1961.

LA PORTE

1

Comme dans beaucoup de vieilles maisons du quartier, les fenêtres, hautes et étroites, descendaient jusqu'à trente centimètres du plancher et des arabesques en fer forgé supportaient la barre d'appui. C'est à travers ces arabesques que Foy, de sa chaise, suivait plus ou moins consciemment les allées et venues de la rue. Il fronça les sourcils quand il vit la petite auto bleue du Dr Aubonne tourner l'angle de la rue des Francs-Bourgeois, s'engager dans la rue de Turenne et, traversant la chaussée en oblique, s'arrêter derrière le camion de la papeterie Herbiveaux.

Le docteur passait la tête par la portière pour s'assurer qu'il n'était pas trop éloigné du trottoir, faisait une marche arrière suivie d'un petit bond en avant et se glissait enfin hors de la voiture minuscule.

Foy ne savait pas la date exacte. Il ne la savait jamais. Le 5 ou le 6 juillet. Au plus tard le 7. Encore une semaine et ils seraient tenus éveillés toute la nuit par les flonflons et les pétards du 14 Juillet place des Vosges.

Les enfants n'étaient pas encore en vacances. Une demi-heure plus tôt, ils avaient jailli de l'école en poussant des cris aigus et s'étaient éparpillés dans le quartier.

Si Foy ignorait la date, il savait qu'on était lundi car, la veille, dans l'appartement aux fenêtres larges ouvertes, Nelly et lui auraient pu se croire seuls à Paris tant la rue était vide et silencieuse. A certain moment, aux alentours de midi, il n'y avait vu qu'un chien, l'air dérouté, sur le trottoir désert.

De toute façon, le docteur était en avance. D'habitude, il venait rue de Turenne, en fin d'après-midi, la troisième semaine du mois, le jour où il rendait visite à sa vieille infirme de la rue de Sévigné.

Pourquoi, tout à coup, Foy se demandait-il si cette histoire était vraie, si la vieille femme existait réellement ? Le Dr Aubonne refusait de lui laisser payer cette visite mensuelle, prétendant qu'il venait moins en médecin qu'en ami, ce qui, après vingt ans de relations, pouvait paraître plausible.

D'ordinaire, après sa marche arrière plus ou moins maladroite, la tête hors de la portière, il levait les yeux vers le quatrième étage où il était sûr de voir Bernard Foy assis dans l'encadrement d'une des fenêtres, tout comme, à une fenêtre d'en face, au-dessus de la papeterie, on apercevait d'un bout de l'année à l'autre la cage d'un canari.

Aubonne faisait alors, à la façon de quelqu'un qui passe par hasard, un geste signifiant :

— Je peux monter ?

Pourquoi n'aurait-il pas pu monter ? Il ne dérangeait jamais. Il n'ignorait pas qu'à cette heure, comme durant la plus grande partie de la journée, Foy était seul parmi ses abat-jour et ses pinceaux. Ce geste appartenait à la tradition. C'était une façon de donner à sa venue un caractère de camaraderie en même temps que quelque chose de fortuit.

Il n'en prenait pas moins avec lui sa vieille trousse roussie qui n'était déjà plus neuve quand les deux hommes s'étaient rencontrés au début de la guerre.

Pourquoi, aujourd'hui, le docteur ne levait-il pas la tête et se comportait-il comme s'il ignorait que Bernard avait les yeux fixés sur lui ? Pourquoi surtout était-il au moins une semaine en avance ?

N'était-ce pas Nelly qui lui avait téléphoné pour lui demander de devancer la date ? Et, ne pouvant l'avouer, n'était-il pas gêné à l'idée qu'il allait devoir mentir et jouer un rôle ?

Sur le camion, dont deux hommes en bleu sortaient des paquets plats et très lourds, se détachaient en lettres jaunes les mots : *Veuve Herbiveaux. Papeterie en gros et demi-gros.* Mais Mme Herbiveaux vendait au détail aussi, puisque les enfants de l'école allaient se fournir dans son magasin à deux vitrines.

Le docteur s'y reprenait à deux fois pour refermer la portière, la claquait trop fort la seconde fois puis, dodelinant de la tête, comme si celle-ci était trop lourde de pensées, sa trousse à la main, traversait la chaussée sans se rendre compte du trafic.

A quoi pensait-il ? Que pensait-il de Bernard et de sa femme, de la vie qu'ils menaient tous les deux depuis vingt ans dans leur logement de la rue de Turenne, au-dessus de la pâtisserie Escandon, à l'angle de la rue des Minimes ?

Il connaissait sans doute Bernard mieux que personne, à la fois en médecin et en homme, pour l'avoir observé si souvent de ses gros yeux à fleur de tête qui lui donnaient un air de pénétration et de naïveté tout ensemble. Mais le connaissait-il vraiment ?

Il ne faisait que passer une fois par mois, jadis plus souvent ; il avait d'autres patients, des cas plus intéressants, à l'hôpital Saint-Antoine et parmi sa clientèle privée. Il opérait jusqu'à cinq malades par jour, fréquentait des confrères et des amis, jouait parfois au bridge et enfin il avait sa propre famille, une femme qu'il avait aimée, qu'il aimait peut-être toujours, trois enfants, des garçons, dont deux étaient mariés.

Comment Bernard aurait-il représenté autre chose qu'une petite partie de son univers et de ses soucis ? Le docteur lui restait fidèle, certes. Après si longtemps, il continuait à venir le voir comme si c'était encore nécessaire. Se posait-il des questions à son sujet ? Ne se figurait-il pas que tous les problèmes étaient résolus ?

Il régnait une chaleur de canicule. Le soleil n'avait pas disparu derrière les toits d'en face et dessinait de longs rectangles brillants sur le plancher verni.

Parce que deux fenêtres donnaient sur la rue de Turenne et une sur la rue des Minimes, il s'établissait pourtant un courant d'air intermittent qui glissait sur la peau comme une eau fraîche.

Foy restait à sa place, mal à l'aise, inquiet, sans savoir au juste pourquoi. Il suivait en pensée le docteur qui avait pénétré dans l'immeuble et qui, passant devant la loge de la concierge, avait dû toucher le bord de son chapeau gris, le même qu'il portait d'un bout de l'année à l'autre.

Il n'y avait pas d'ascenseur. Les marches de l'escalier étaient usées, mais cirées avec soin. A chaque tournant, entre deux paliers, on franchissait une zone plus obscure et le docteur avait l'habitude de s'y arrêter pour reprendre son souffle.

Quand Foy l'avait vu pour la première fois, en uniforme, l'air d'un civil déguisé en officier, des jambières de cuir fauve entourant ses jambes épaisses, c'était un homme de quarante-quatre ou quarante-cinq ans et son front commençait à se dégarnir, soulignant l'énormité de sa tête.

Maintenant, il avait donc soixante-cinq ans. Il était atteint d'une maladie de cœur, souffrait du diabète et, une fois que Nelly était là, il avait demandé la permission de se retirer dans la salle de bains pour se faire une piqûre d'insuline.

Foy suivait sa progression dans l'escalier, devinait les bruits qu'Aubonne entendait derrière les portes à mesure qu'il montait, la machine à écrire, au premier, chez M. Jussieu, le traducteur-juré, le piano, au second, chez Mlle Strieb qui donnait des leçons à des petites filles, peut-être le phonographe ou la radio chez Mlle Renée, au troisième, ou la voix de la vieille Mme Meilhan, en face, essayant de se faire entendre par son mari sourd.

Il lui semblait que l'attente était plus longue que d'habitude et, sans raison précise, il en avait le front moite. Il se leva avant que les pas du médecin aient atteint son palier, s'avança vers la porte, s'efforçant déjà de sourire.

C'était ridicule, il le savait. Il avait un peu honte de ses réactions. Peut-être tout, en lui, était-il ridicule depuis quelque temps. Et, s'il en était ainsi, c'était encore pis.

Il se tenait debout d'un côté de la porte fermée, immobile, oppressé, écoutant les pas franchir les dernières marches, puis la respiration du médecin qui attendait, pour frapper, d'avoir repris son souffle. Il devinait ses gestes, le mouchoir qu'il passait sur son front, sur ses joues mal rasées, la cigarette qu'il rallumait, car elle s'éteignait chaque fois qu'il avait à gravir un escalier.

Aubonne frappait enfin et Foy, pour la vraisemblance, faisait quelques pas en rond avant d'ouvrir.

— Je craignais un peu de ne pas vous trouver...

Son regard était clair et franc. Il avait engraissé, les dernières années, à cause du diabète. Il portait son éternel complet bleu marine dont le tissu commençait à reluire et sa cravate était toujours de travers.

Bernard répondit :

— Il y a si longtemps que je ne suis pas sorti...

— C'est un tort ! C'est un tort !

Son regard faisait le tour de la grande pièce qui lui était familière, à la fois salle à manger et salon, atelier par surcroît puisque Foy y peignait ses abat-jour. Il y en avait trois sur la table, car il en décorait trois à la fois, mettant tous les rouges, puis tous les bleus, les violets, les verts. Depuis plusieurs semaines il répétait le même motif, dont on lui avait fourni le modèle : une rose, un iris, une rose, un iris... Pourquoi des iris ? Il n'en savait rien et ne s'en préoccupait pas.

— Je suis venu aujourd'hui, en même temps que chez ma vieille paralytique, parce que je dois assister samedi à un congrès à Lisbonne. J'emmène ma femme et nous en profiterons pour nous offrir une semaine ou deux de vacances au Portugal.

Il ne se comportait pas comme un malade, bien qu'il dût connaître son état mieux que quiconque. Il parlait de ce voyage avec un enjouement presque enfantin, posait sa trousse, prenait place dans son fauteuil habituel, celui de Nelly.

— Et vous, mon petit Bernard ?

Ses courtes moustaches, que Foy avait connues noires, étaient presque blanches, avec une tache circulaire brune, comme un trou pour la cigarette que le docteur avait perpétuellement aux lèvres, allumée ou éteinte.

— Ça va, merci...

— Toujours au travail ?

Le médecin désignait les abat-jour, les petits pots de peinture en faïence.

— On ne peut pas rester toute la journée sans rien faire. Ce ne serait d'ailleurs pas juste vis-à-vis de ma femme.

Il s'efforçait de deviner, à la réaction de son interlocuteur, si Nelly lui avait téléphoné.

— Comment va-t-elle ?

— Bien. Plus jeune que jamais.

Il n'avait pu s'empêcher de dire ça, qui ne rimait à rien, sinon à des préoccupations secrètes. En réalité, Nelly n'était pas tellement plus jeune que lui. Quand il l'avait épousée, elle avait dix-huit ans, lui vingt-deux. Maintenant, elle en avait trente-huit.

Cette allusion à l'âge de sa femme avait-elle frappé Aubonne ? Avait-il déjà deviné, chez Bernard, une inquiétude cachée, ou bien Nelly l'avait-elle mis sur la voie en lui téléphonant ?

Il disait d'un ton pénétré :

— C'est une femme épatante.

Et Bernard, avec une pointe d'amertume :

— Elle est extraordinaire, oui.

— Vous n'allez pas prendre des vacances, tous les deux ?

— Elle a son congé à la fin du mois, mais nous resterons à Paris.

— Pourquoi ?

Foy détourna les yeux.

— A quoi bon ? murmura-t-il.

— Toujours des vertiges ?

— Toujours, oui.

— Plusieurs fois par jour ?

— Plusieurs fois, bien sûr.

— A quel moment cela vous prend-il surtout ?

— N'importe quand. Parfois dès que je me lève. Parfois au moment de me mettre à table, par exemple, ou simplement en passant d'une chaise à une autre.

Il le lui avait déjà dit, pas une fois, mais dix fois au moins, et il commençait à se demander si on le croyait, si on ne le prenait pas pour un simulateur.

Pourquoi donc aurait-il simulé, bon sang ? Est-ce que le docteur simulait le diabète ? Est-ce que, les deux fois qu'il avait eu une crise cardiaque, il l'avait fait exprès ?

Il aimait bien Aubonne. C'était, après Nelly, l'être le plus proche de lui, le seul auprès de qui, depuis vingt ans, il se sentait en confiance.

Aujourd'hui, il s'irritait contre lui et avait envie de lui en demander pardon.

— D'après Pellet, cela devrait aller en s'atténuant.

Car Aubonne, voilà plusieurs mois, quand Bernard avait commencé à se plaindre de vertiges, l'avait envoyé au Pr Pellet. Les deux hommes étaient aussi dissemblables que possible. Le professeur était un grand patron et ne l'oubliait jamais. Lorsqu'il avait reçu Foy à sa clinique, il était entouré de quatre ou cinq assistants qui l'écoutaient religieusement et c'était pour leur bénéfice qu'il parlait et posait des questions.

— Voyons ! Vous avez été blessé en 1940 par une grenade qui vous a emporté les deux mains...

— Pas une grenade. Une mine. Nous étions en patrouille dans un bois, entre la ligne Maginot et la ligne Siegfried. Je rampais dans la neige quand mes mains ont dû toucher une mine qui a sauté...

— Vous avez été blessé à la tête ?

— Pas à la tête. Seulement les mains. Quand je me suis retrouvé dans le château transformé en hôpital militaire, je n'avais plus de mains et...

Le professeur n'écoutait plus. Contrairement à Aubonne, il voulait des réponses courtes, précises, et tout le reste ne l'intéressait pas. Alors, il interrompait sèchement.

— Qui vous a soigné le premier ? Vous le savez ?

— Le Dr Aubonne.

— Vous avez eu les deux mains emportées et aucune autre blessure, c'est bien ça ?

— C'est ça, docteur...

— Depuis, vous n'avez jamais ressenti de douleurs dans la tête ?

— Pas jusqu'à ces derniers mois.

— Décrivez-moi exactement ces douleurs.

Il prenait des notes de l'air dont il aurait tracé des bonhommes pendant un discours. Long et maigre, ses dents saillantes lui donnaient un aspect agressif même quand il souriait.

— Dans la rue...

— C'est dans la rue que vous avez ressenti les premiers symptômes ?

— Oui... je crois... Je traversais... Il y avait beaucoup de bruit, de trafic, des ouvriers qui perçaient le macadam... Depuis quelque temps, déjà...

Il s'efforçait d'être objectif, cherchait ses mots. Après sa blessure de guerre, on l'avait traîné d'hôpital en hôpital et des hommes en blouse blanche, chaque fois, l'avaient entouré et questionné. Il n'avait jamais été aussi impressionné alors que par le Pr Pellet.

— J'ai eu l'impression que la tête me tournait, comme quand on descend d'un manège... Il me semblait que j'allais me faire écraser...

Le médecin adressait un regard satisfait à ses assistants avant de répéter en détachant les syllabes :

— Comme quand on descend d'un manège, n'est-ce pas ?

— Oui.

— La tête vous tournait.

— Oui.

— Et vous aviez mal au cœur, une sorte de mal de mer ?

— Je ne suis jamais allé à la mer.

— Vous aviez envie de vomir ?

— Non.

Son regard devenait méfiant, comme s'il accusait Foy de chercher à le tromper.

— Vous entendez moins bien, depuis quelque temps ?

— Au contraire. Mes oreilles sont plus sensibles. Il y a des bruits, surtout les bruits aigus, qui me font littéralement mal, comme si on les travaillait avec un instrument... Cela me rend maussade, impatient...

L'humeur de son patient n'intéressait pas le professeur. C'était la première consultation. Il y en avait eu deux autres. On l'avait soumis à une série de tests assez pénibles, comme de lui verser de l'eau glacée dans les oreilles et de le faire tourner rapidement sur lui-même. On l'avait radiographié. On lui avait posé d'autres questions, ou les mêmes, avec plus d'insistance, comme si on espérait qu'il allait se contredire.

On voulait surtout savoir s'il était sûr de ne pas avoir été blessé à la tête, car la radiographie révélait ce que Pellet appelait une « fracture microscopique du rocher ».

— Questionnez le Dr Aubonne. C'est lui qui sait. A cette époque, je n'étais pas capable de me rendre compte de mon état...

Le professeur s'irritait contre les faits qui refusaient de correspondre à ses théories, car il avait écrit plusieurs ouvrages sur la question.

Il avait fini par prescrire des calmants.

— Vous dormez bien ?

— Je dormais bien.

— Jusque quand ?

— Jusqu'à ces derniers temps.

— Et maintenant vous souffrez d'insomnie ?

— Je reste éveillé près de deux heures chaque soir avant de m'endormir.

— Vous vous énervez ?

— Non. J'attends.

— Il n'y a rien qui vous tracasse ?

— Non.

— Aucun élément nouveau ne s'est introduit dans votre vie ?

— Aucun.

— Vous sortez, malgré vos vertiges ?

— Le moins possible.

— Vous avez peur de tomber dans la rue ? Vous avez la sensation que vous allez tomber ?

— Je ne crois pas, mais je ne suis pas rassuré, surtout quand il y a beaucoup de mouvement et de bruit. Le soir, nous profitons de ce que les rues sont presque désertes pour aller, ma femme et moi, faire deux ou trois fois le tour de la place des Vosges...

— Et vous n'êtes pas incommodé ?

— Si. Il m'arrive de m'arrêter un moment...

— Parce que cela se met à tourner autour de vous ?

— Oui... Non... Ce n'est pas tout à fait exact... Je ne me sens pas d'aplomb... J'ai un sentiment d'insécurité, comme de panique, et mes jambes deviennent molles, mon front moite...

Est-ce qu'ils le croyaient enfin, non seulement le Pr Pellet et ses assistants, parmi lesquels il y avait une très belle femme, mais Aubonne lui-même, à qui son confrère avait adressé un rapport ?

A cet instant encore, Aubonne le regardait de ses gros yeux comme s'il essayait de démêler la vérité. Ses questions étaient moins directes, moins personnelles.

— D'après Pellet...

Foy avait envie de lui crier :

— Ce n'est pas pour contredire le Dr Pellet que je suis malade ! Je n'en peux rien si les choses ne se passent pas avec moi comme dans ses livres. Je sais mieux que lui ce que je ressens, non ?

— Je me demande si votre femme et vous ne feriez pas mieux d'aller passer deux ou trois semaines à la campagne ou au bord de la mer. Vous aimez la mer ?

Lui aussi parlait de la mer comme si elle était au bout de la rue !

— Je ne la connais pas.

Nelly non plus, d'ailleurs. Enfant, il était trop pauvre pour y être envoyé en vacances. Elle aussi. Puis il avait fait son service militaire à Épinal, du côté opposé à la mer, et c'est là qu'il avait rencontré Nelly.

Après, dès leur mariage, ils étaient venus ici, à deux pas de la place des Vosges où il était né et où sa mère, à cette époque-là, était encore concierge.

C'était au début de 1939. Quelques mois plus tard, la guerre éclatait et il était mobilisé. En février, alors qu'il ne se passait rien et qu'on effectuait des patrouilles qui ressemblaient à des manœuvres, il avait eu les deux mains emportées par une mine.

Quand serait-il allé à la mer ? Pas pendant qu'on se le renvoyait d'hôpital en hôpital et en centre de rééducation ! Depuis, avec ses crochets auxquels il s'était enfin habitué, il ne se sentait vraiment bien que chez lui. A plus forte raison à présent qu'il était pris de vertiges à tout bout de champ.

— Je me demande, Bernard, si, depuis quelques semaines, alors que vous avez toujours été si vaillant, votre moral n'est pas atteint...

Et lui, Foy, se demandait si c'était vraiment une question du docteur ou si Nelly la lui avait inspirée. Elle n'aurait pas osé la poser elle-même. Elle ne faisait jamais allusion à son état, se montrait aussi enjouée que d'habitude. Il n'en était pas moins persuadé qu'elle était inquiète.

Inquiète de quoi au juste ? C'était ce qu'il aurait bien voulu savoir et qu'il essayait de deviner à travers les paroles d'Aubonne.

— Pour votre femme aussi, de vraies vacances, même dans un endroit isolé...

— Vous l'avez vue ?

— Pas depuis la dernière fois que je l'ai rencontrée ici...

Les yeux bleus du docteur ne se troublaient pas. C'était Foy qui se sentait gauche, honteux, mécontent de lui-même. Car, s'il se trompait, il était tout bonnement odieux ! Et il y avait autant de chances pour qu'il se trompe, plus de chances même pour qu'il se trompe que pour qu'il ait raison.

— Je ne me sens bien qu'ici, docteur.

— Je comprends. Il faudrait néanmoins vous secouer. Vous tournez en rond et cela ne vaut rien à personne. Depuis combien de temps n'êtes-vous pas sorti ?

— Il y a quinze jours, nous sommes allés au cinéma, boulevard du Temple.

— Et depuis ?

— Nous avons pris l'air deux ou trois fois place des Vosges.

Comment expliquer que, de plus en plus, il lui devenait pénible, angoissant même, de sortir de son petit monde ? Le Pr Pellet avait dit presque en colère :

— En somme, vous vous enfermez...

Ce n'était pas vrai. Jamais, autant qu'à présent, il ne s'était intéressé à la vie des autres, que ce soit la vie de la rue ou celle de la maison. Il avait fini par si bien la connaître qu'il identifiait les pas de tous les locataires et des livreurs et que, dès qu'une porte s'ouvrait et se refermait, il savait qui entrait ou sortait.

Il aurait presque pu dire quels mots les gens prononçaient en se retrouvant, reconstituer leurs attitudes.

D'après Pellet, comme d'après l'audiomètre, son ouïe était en train de faiblir. Or, au contraire, il n'avait jamais perçu les sons avec autant d'acuité, au point de souffrir à chaque sortie d'école qu'accompagnait invariablement une clameur suraiguë.

Il en arrivait à attendre avec impatience que les enfants soient en vacances, à haïr presque les jumeaux Rougin, dans l'appartement voisin du sien, qui avaient l'habitude de claquer la porte comme le docteur claquait la portière de sa 4 CV.

— Les mains ?

Aubonne disait toujours les mains, sachant que, pour Foy, elles existaient encore puisqu'elles restaient capables de le faire souffrir.

— Ça va ! Sauf quand il fait très humide, ou orageux... J'y suis habitué...

— Pas d'eczéma ?

Il en avait eu beaucoup, au début, quand il n'était pas habitué à ses crochets. Maintenant, la peau restait saine. Il y veillait.

— Il y a longtemps que vous êtes allé voir le vieil Hélias ?

— Le mois dernier. Il a réajusté mes appareils et je dois y retourner dans trois ou quatre semaines.

C'était son orthopédiste de la rue du Chemin-Vert. Il lui avait arrangé les seuls appareils qu'il fût capable de supporter et, depuis dix-huit ans, le vieil homme continuait à les entretenir, à les réajuster, à y apporter de temps en temps un perfectionnement.

— J'aimerais prendre votre tension...

Aubonne n'y manquait jamais et c'était le seul geste médical de sa visite. Il ouvrait sa trousse avec les mêmes gestes précis, comme amoureux, du père Hélias maniant ses outils de précision.

— 135... Tout à fait normal... Il se produit sans doute une chute de tension au moment des vertiges... Pour en être sûr, il faudrait que je sois justement ici quand cela arrive... Vous ne prenez toujours pas d'alcool, pas de vin ?

— Un demi-verre de vin coupé d'eau à chaque repas.

Il y avait longtemps qu'on lui avait interdit la boisson, comme à tous les amputés. Pellet aussi, à cause de ses vertiges, lui avait déconseillé l'alcool et le café. Sauf pour le café, ce régime ne le privait pas. Il n'était pas tenté de boire et restait capable de regarder la vie en face.

Il ne s'était jamais plaint. Il ne se considérait pas comme un homme à plaindre mais, au contraire, comme une sorte de miraculé, car il aurait dû sauter tout entier avec la mine. A l'hôpital militaire, tout au début, n'avait-on pas jugé son cas comme désespéré et, si Aubonne ne s'était pas intéressé à lui, aurait-il eu des chances d'en réchapper ?

N'était-ce pas un miracle aussi d'avoir retrouvé Nelly ? Et un autre miracle qu'elle ait continué de vivre avec lui ?

Comme disait le docteur à la grosse tête, elle était une femme épatante. Il s'efforçait de la mériter. Justement, à cause de ça...

— Je ne suis pas content, mon petit Bernard.

— De moi, docteur ?

— De vous voir ainsi. Déjà à ma dernière visite, j'ai eu l'impression que vous vous tourmentiez et que vous ne me disiez pas tout... Aujourd'hui, il me semble que je n'arrive pas à entrer en communication avec vous... Répondez-moi franchement : est-ce que ces vertiges vous impressionnent ?

— Quand on a passé par où j'ai passé et qu'on s'en est tiré, on ne s'effraie pas facilement.

— Ce n'est pas une réponse. Vous y pensez ?

— A chaque crise.

— Pourquoi parlez-vous de crises ?

— Je ne sais pas. Faute d'un autre mot, sans doute. Comme une crise, je suppose, ça vient, ça s'amplifie, puis ça diminue et ça passe...

— Je me demande...

Il hésitait, prenait le temps d'allumer une cigarette qu'il laisserait éteindre comme la précédente.

— Vous vous demandez quoi ?

— Je ne voudrais pas vous parler comme mon confrère Pellet. Je sais que vous ne l'aimez pas et que vous vous méfiez de lui. Je me demande si vous n'y mettez pas une certaine complaisance, si votre mal n'est pas plus moral que physique...

— La radiographie...

— Je sais. Pellet m'en a parlé.

— Il voudrait coûte que coûte que mes symptômes correspondent avec ses idées. Je n'en peux rien si...

— Depuis vingt ans, vous supportez votre infirmité avec un courage que j'admire... La question que je me pose... Vous avez quarante ans...

— Quarante-deux.

— C'est l'âge où l'homme a tendance à faire le point, à regarder en arrière pour établir une sorte de bilan...

— Je ne suis pas de ceux qui se regardent dans la glace, vous le savez bien.

— Votre femme ?

— Quoi ?

— Je suppose qu'elle est restée la même ? A ma dernière visite, elle ne m'a pas paru changée...

— Elle n'a jamais été aussi gaie, ni aussi attentive.

Il n'aimait pas voir le docteur approcher aussi dangereusement du vrai sujet, car il ne se sentait pas sûr de lui et craignait de se trahir. Il n'en parlait qu'avec plus de conviction.

— Nous sommes heureux, vous l'avez souvent répété...

— Oui...

On aurait dit qu'Aubonne hésitait à s'imposer davantage, à aller plus loin, comme quand on débride une plaie. Il se levait en soupirant :

— Enfin !...

Cela ne voulait rien dire ; cela indiquait seulement qu'il n'était pas satisfait de cette entrevue et qu'il ne s'en allait qu'à regret.

— Pensez quand même à ce que je vous ai dit au sujet des vacances. Il existe encore en France des villages où vous ne serez pas mêlés au flot des touristes...

— Nous sommes seuls ici aussi...

Et l'appartement était gai, confortable. Ils y avaient leurs aises, leurs habitudes. Personne, dans le quartier, ne s'étonnait plus de voir un homme avec deux crochets en place de mains sortir au bras d'une jolie femme. On ne se retournait pas sur eux. On ne s'apitoyait ni sur lui ni sur elle.

A quoi bon recommencer ailleurs et se créer, pour quelques semaines, de nouvelles habitudes ? Qui sait seulement si, à présent, Nelly en aurait envie ?

Il faillit dire à voix haute :

— Je ne suis pas sûr que ma femme...

Alors, le docteur tiendrait un bout du fil et voudrait aller jusqu'au bout. Or, il n'y avait rien à savoir.

— Bonnes vacances au Portugal...

— Oh ! elles ne seront pas longues. Dans quinze jours, je reprends mon service...

Faute de pouvoir lui serrer la main, Aubonne, comme d'habitude, lui posa un instant les doigts sur l'épaule.

— Au mois prochain, Bernard...

— Au revoir, docteur...

Il referma la porte, écouta les pas s'éloigner dans l'escalier. Dans l'appartement voisin, Mme Rougin se disputait avec les jumeaux, car c'étaient de vraies disputes, presque des batailles, qu'elle engageait quotidiennement avec eux, dès leur retour de l'école. Ils avaient treize ans et ils étaient roux, avec des cheveux en brosse, des yeux violets qui ne semblaient jamais ciller.

Le soleil avait franchi la frontière des toits et les pots de cheminée étaient du même rose que les fleurs des abat-jour.

Foy resta un moment, tête basse, au milieu de la pièce. Puis il entendit claquer la portière du docteur. Le camion n'était plus là. La petite voiture bleue virait dangereusement et se dirigeait vers la place des Vosges où on entendait les enfants piailler dans le square.

Il était temps de mettre le dîner au feu. Sans se presser, Foy rangea son matériel, ses abat-jour, entra dans la cuisine où il alluma le gaz sous la marmite à soupe.

Tout à l'heure, un peu plus tard, il dresserait les deux couverts face à face, près de la fenêtre. Il avait encore du temps devant lui et il s'accouda à la barre d'appui, regardant, d'en haut, les gens qui passaient sur les trottoirs, entendant parfois la sonnerie familière de la porte d'une boutique.

Dans quelques minutes, Nelly quitterait la maison Delangle et Abouet, place des Victoires, où elle travaillait. Elle bavarderait un instant avec son amie Gisèle, qui lui remettrait peut-être un petit paquet avant de monter dans l'autobus. Puis il la verrait descendre, presque en face de la maison, lever la tête, lui adresser un signe en même temps qu'un sourire.

Peut-être entrerait-elle à la pâtisserie pour acheter un dessert.

Peut-être... Est-ce qu'aujourd'hui encore elle allait s'arrêter au premier étage ?

Il alluma une cigarette et la fumée s'éloigna lentement dans l'air rosé de la rue.

2

Leur ménage n'était-il pas, en un certain sens, à l'inverse des autres ménages ? C'était lui qui attendait que sa femme revienne du travail. C'était lui qui restait à la maison toute la journée, Nelly qui s'envolait le matin, l'hiver dans la grisaille froide du petit jour, et qui passait le plus clair de son temps dans un univers étranger, elle encore qui rencontrait des gens que Bernard ne connaissait pas, sinon parfois de nom, et qui participait à une activité dont il était exclu.

Il n'en était pas jaloux à proprement parler mais, quand il la voyait, sur le trottoir d'en face, attendre l'autobus et lui adresser un dernier sourire encourageant, il avait chaque fois un pincement au cœur.

Pendant un temps, quelques mois seulement, cela avait été le contraire, avec lui, dans la rue, qui levait la tête et emportait l'image de Nelly, en robe de chambre, accoudée à la fenêtre aux arabesques.

Tout le jour, alors, il pouvait l'imaginer dans leur logement qui n'avait pas pris son aspect définitif et qui ressemblait à un campement.

Comme il était gai, leur logement ! Comme cette période de leur existence lui apparaissait, avec le recul, incroyable d'insouciance ! Il ne se rappelait que des jours ensoleillés, comme s'il n'avait pas plu une seule fois, comme si le ciel n'avait jamais été gris pendant près d'une année ; à peine acceptait-il dans ses souvenirs un gros nuage au cours duquel, pour taquiner sa femme qui avait peur, ou pour la rassurer, il chantait à tue-tête, essayant en vain de couvrir le bruit du tonnerre.

Quand il s'était marié, sa mère, alertant les concierges du quartier, lui avait trouvé cet appartement où une vieille femme solitaire, qui y vivait depuis quarante ans, venait de mourir. Le papier-peint du living-room, alors un salon, était épais, gaufré, d'un brun sombre à relief doré imitant le cuir de Cordoue et on y voyait comme le fantôme des meubles et des tableaux.

— Encore heureux qu'il ne garde pas le fantôme de la vieille ! avait-il plaisanté sans savoir qu'à cette époque sa femme croyait encore aux revenants.

La chambre à coucher, après deux mois, conservait une odeur de vieille femme et de maladie.

Foy travaillait comme mécanicien dans un garage des Halles. Il avait obtenu trois jours de congé pour gratter les papiers et il avait fallu les imprégner d'acide pour en venir à bout. En dessous, on mettait au jour d'autres papiers plus anciens, plus rebelles encore. Ils riaient tous les deux en épluchant ainsi le passé de leur appartement.

— Elle se raccroche, la vieille ! bougonnait Bernard.

Sous le brun du plancher, on retrouvait une peinture rouge que Nelly, à genoux, raclait, frottait à la brosse en chiendent, puis, celle-ci ne suffisant pas, à la brosse de fer.

Ils n'avaient guère d'économies et ils avaient dû verser six mois de loyer d'avance, dont un terme en guise de garantie, pour le cas où ils viendraient à ne pas payer ou à faire des dégâts.

Tout au début, ils ne possédaient, en fait de meubles, qu'un lit et une armoire achetés d'occasion rue des Blancs-Manteaux et qu'ils avaient ramenés sur une charrette à bras. Le dimanche matin, ils s'en allaient à la foire aux puces où tout leur semblait merveilleux parce qu'ils avaient besoin de tout.

Nelly ne travaillait pas. Il l'en empêchait, jugeant qu'il gagnait assez pour deux. Et n'avait-il pas besoin de la retrouver à la maison, l'attendant à la fenêtre, quand il rentrait ?

S'il avait dû expliquer ce qu'il ressentait à son égard, il n'aurait peut-être pas prononcé le mot amour, mais il aurait parlé de besoin : il avait besoin de sa présence. Et, pendant les heures qu'il passait au garage, il avait besoin de savoir heure par heure où elle était, ce qu'elle faisait.

— Maintenant, elle doit sortir, sans chapeau, vêtue de sa robe rouge...

Elle n'en avait que deux et la robe rouge était la robe de cotonnade qu'elle mettait dans la maison et pour faire des courses dans le quartier.

— ... Elle entre chez la marchande de légumes, Mme Pauquet, qui a l'accent du Midi et qui tutoie toutes ses clientes...

Il la suivait par la pensée, couché sous une voiture ou penché sur son établi, et c'était bon de se dire qu'il n'était pas seul, qu'ils étaient deux, que Nelly lui appartenait.

— C'est le jour de la poissonnerie...

Ou des côtelettes de porc, car ils commençaient à se créer des habitudes, des traditions. Elle venait souvent le chercher à midi et ils avaient le temps de rentrer ensemble, parfois de se payer à déjeuner dans un petit restaurant des Halles.

Le soir, quand elle l'attendait à quelques mètres du garage, ses camarades le chinaient, feignant de croire qu'elle le surveillait. Il savait que ce n'était pas vrai. C'était lui qui lui donnait rendez-vous afin d'être moins longtemps séparés.

— Qui est-ce, le grand blond qui a l'air d'une brute et qui me toise d'un air insolent ?

— Louis ? Le meilleur type de l'atelier. Il est marié aussi. Sa femme vient d'avoir un enfant et ne peut plus venir le chercher comme elle le faisait encore il y a quelques semaines, toute fière de son gros ventre...

De temps en temps, ils passaient ensemble chez sa mère, place des Vosges, de l'autre côté de la place, celui qui fait partie, non pas du IIIe arrondissement, mais du IVe. Bernard poussait la porte vitrée, sous la voûte, et ils s'asseyaient dans une épaisse odeur de cuisine.

Sa sœur, Olga, n'était pas mariée à l'époque mais ils la voyaient rarement. Plus jeune que lui de trois ans, elle passait le plus clair de son temps dehors à courir.

— D'ici à ce qu'elle me revienne avec un enfant dans le ventre... soupirait Mme Foy.

La destinée n'est-elle pas imprévisible ? Olga avait fréquenté les pires bals de la rue de Lappe. Comme une chatte en chaleur, elle disparaissait périodiquement et on restait parfois deux ou trois jours sans nouvelles.

Or, vers le milieu de la guerre, elle avait annoncé tranquillement qu'elle se mariait, et c'était vrai. Elle avait épousé un brave garçon, de six ans plus âgé qu'elle, qui travaillait au chemin de fer, et ils avaient acheté un pavillon à Juvisy.

Coup sur coup, elle lui avait fait trois enfants, deux filles et un garçon. Devenue grassouillette, elle tenait son ménage à la perfection, ne sortant que le samedi, avec son mari, pour aller au cinéma.

C'était elle qui avait recueilli leur mère, quand celle-ci était devenue trop vieille pour garder la loge, et l'ancienne concierge ne jurait plus que par elle.

Ce passé paraissait irréel. Pour Bernard, il restait plus vivant que pour les autres, d'une vie étrange, presque impossible. Il y pensait sans amertume, sans nostalgie, avec un émerveillement toujours neuf.

Ils avaient vécu ça, tous les deux ! Après vingt ans, ils étaient toujours ensemble, dans le même appartement où des meubles solides, de style rustique, avaient peu à peu pris leur place définitive.

Il attendait. Il passait sa vie à attendre Nelly et, quand elle était enfin là, il éprouvait à peine le besoin de lui parler. Elle était près de lui, entre les mêmes murs, respirant le même air, et cela suffisait à son bien-être.

Il en était déjà ainsi à Épinal, presque tout de suite après leur première rencontre. Elle travaillait comme ouvreuse au cinéma Palace, rue Gambetta, et un jour il s'était trouvé assis à côté du strapontin qu'elle occupait furtivement pendant la projection.

Chaque fois que l'écran s'éclairait, il se tournait pour observer son visage qui lui paraissait boudeur et un peu sauvage, ses cheveux qui, à chaque mouvement, lui tombaient dans la figure.

De temps en temps, elle s'éloignait, sa lampe électrique braquée devant elle, pour placer des spectateurs et, indifférent au film, il la suivait des yeux, espérant chaque fois que tout le monde était enfin entré.

Il était revenu à plusieurs reprises, la même semaine, toujours obligé de partir avant la fin pour regagner la caserne avant dix heures ; ce n'est que le samedi, ayant obtenu une permission de minuit, qu'il avait osé l'attendre à la sortie.

Il revoyait encore l'autre silhouette, qui lui avait fait si peur, un homme qui attendait comme lui, vaguement éclairé par les lumières de la brasserie du Globe qui faisait partie du même immeuble que le cinéma. Il était plus âgé, bien vêtu, et la moto, au bord du trottoir, devait lui appartenir.

Il y avait trois ouvreuses au Palace. Mais était-il pensable que quelqu'un ait pu en choisir une autre que la sienne, dont il ne connaissait pas encore le nom ?

C'était pourtant la vérité et la moto avait emporté une petite blonde, grasse et rieuse, tandis que Nelly, en robe noire, sortait à son tour et jetait un coup d'œil autour d'elle comme si elle s'attendait à le trouver là.

N'avait-elle pas eu un sourire en s'élançant sur le trottoir et n'écoutait-elle pas le bruit des pas de Bernard derrière elle ? Quand il était arrivé à sa hauteur, elle avait dit simplement :

— Ah ! c'est vous...

Il l'avait reconduite jusqu'à cent mètres de chez elle, en dehors de la ville, près du champ de tir, et avait dû rentrer au quartier en courant pour éviter d'être puni.

Peut-être, au fait, était-ce de ce soir-là que datait son attente ? Elle s'appelait Rabaud et vivait, avec cinq frères et sœurs, dans une sorte de baraque au milieu d'un terrain vague.

Son père était journalier et on ne le voyait jamais sans un litre de rouge dans la poche de sa veste de velours.

Quant à sa mère, une grosse femme couperosée, on l'appelait la Rabaude et tout le monde avait un sourire entendu en parlant d'elle. Même les soldats, quand on allait à l'exercice non loin de leur maison ! Foy préférait ne pas se rappeler ces histoires-là, probablement exagérées.

Pendant la journée, il attendait l'heure de se rendre au cinéma et de s'asseoir, toujours sur le même siège, en bordure de la dernière rangée. Il attendait encore quand, au début de la représentation, pendant les actualités et le documentaire, des spectateurs continuaient à arriver et que Nelly ne faisait qu'aller et venir, sa petite lumière dansant devant elle.

Puis il attendait le dimanche pour se précipiter vers le champ de tir où elle le rejoignait dès dix heures du matin.

Pendant dix-huit mois, ils s'étaient promenés, la main dans la main, ensuite chacun entourant d'un bras la taille de l'autre, dans les bois et le long de la Moselle.

Il n'aurait pas pu dire ce qui l'attirait vers elle et il ne lui avait pas demandé de devenir sa maîtresse. C'était elle, après trois ou quatre semaines, alors qu'ils venaient de casser la croûte sous un hêtre et qu'ils étaient étendus côte à côte, leurs doigts emmêlés, qui avait murmuré :

— Tu n'en as pas envie ?

Peut-être avait-il été un peu désappointé en découvrant ainsi qu'elle en avait connu d'autres avant lui, mais cela n'avait rien changé et il avait continué à passer ses soirées au cinéma.

Un jour, elle lui avait remis des billets de faveur, de ceux qu'on distribue aux commerçants de la ville pour les remercier de coller les affiches à leur vitrine, de sorte qu'il n'avait plus eu que la taxe à payer.

Ils ne parlaient jamais de l'avenir, se préoccupaient davantage de M. Boutang, le patron, M. Félix, comme ils disaient, qui était devenu leur ennemi personnel. Il avait l'habitude, en effet, de surgir dans la salle au fond de laquelle il se tenait immobile avec l'air de les surveiller.

C'était un homme court et gras, la tête presque aussi grosse que celle du Dr Aubonne, les yeux glauques et sans expression. Il marchait les jambes écartées, les pointes des pieds en dehors et on ne l'entendait pas venir, on le sentait soudain derrière soi à épier autour de lui.

Il était à la fois propriétaire du cinéma et de la brasserie du Globe, où il s'efforçait d'attirer les spectateurs pendant l'entracte. Dès que Nelly s'asseyait dans l'obscurité à côté de Bernard et que leurs mains se rapprochaient, l'un des deux, parfois les deux ensemble se retournaient pour s'assurer que M. Félix n'était pas debout dans leur dos.

Il restait un bon moment dans le fond de la salle au début de chaque séance, retournait à la brasserie, revenait un peu avant l'entracte. Pendant le cours de la soirée, il faisait d'autres apparitions furtives et silencieuses et, à tort ou à raison, Foy était persuadé qu'il était personnellement visé.

Il avait même questionné Nelly, anxieux de savoir si M. Félix avait des raisons de se montrer jaloux.

— Lui ? Il n'oserait jamais faire la cour à une de ses ouvreuses. Il a bien trop peur de sa femme...

Jaloux de leur amour, peut-être, de leur jeunesse, du plaisir qu'ils prenaient ensemble dans l'obscurité du dernier rang de fauteuils ? Bernard l'aurait juré et c'était devenu un bon souvenir aussi.

Le samedi et le dimanche, il voyait le même film en matinée et en soirée. Certains succès duraient deux semaines, de sorte qu'il finissait par connaître par cœur les répliques. Il aurait encore pu réciter des dialogues entiers. Certains lui revenaient en mémoire alors qu'il travaillait à ses abat-jour dans la solitude de l'appartement.

Un bonheur exceptionnel, c'était de se retrouver en plein jour pendant la semaine, ce qui demandait une longue préparation et un déploiement de diplomatie. Des corvées, en effet, étaient envoyées périodiquement au champ de tir et il s'agissait de se faire désigner pour l'une d'elles, ou d'obtenir de remplacer un camarade.

Cela devenait du temps volé. Il la voyait en plein air, dans le soleil, puis, plus tard, dans la neige. Toute une saison, ils avaient fait l'amour dans la neige et cela les faisait rire, quand Nelly se relevait, d'en retrouver entre ses cuisses.

Ces jours-là aussi, il l'attendait avec une impatience angoissée, comme, une fois mariés, elle l'avait attendu à son tour.

C'était merveilleux ! Pouvait-il en vouloir au destin qui lui avait donné ces joies-là et qui continuait à lui en dispenser ? Le plus curieux, c'est qu'en ce temps-là il ne se rendait pas compte que Nelly était jolie. Peut-être ne l'était-elle pas encore ? Cela lui était indifférent. Il ne se posait pas la question. Elle était elle ; cela suffisait.

Il revoyait ce qu'il appelait sa drôle de bouche, parce que la lèvre inférieure, bizarrement ourlée, lui donnait l'air sauvage. Il lui arrivait encore de parler de ses cheveux d'alors, qu'elle faisait exprès d'emmêler et de laisser tomber sur son visage pour les rejeter de temps en temps d'un mouvement brusque de la tête.

Elle était maigre, sans presque de hanches ni de seins, et il avait mis des années à s'apercevoir de sa transformation.

A vrai dire, il n'y avait pas longtemps qu'il avait découvert qu'elle était belle, ou jolie, plus désirable, en tout cas, à trente-huit ans qu'à vingt. Elle ne donnait plus l'impression d'une sauvage mais, au contraire, d'une petite madame douce et potelée, au sourire gai, réconfortant.

Était-ce possible que, pendant ces années, elle ait été heureuse avec lui et qu'elle le soit encore ? Il avait de la peine à le croire et s'en tourmentait. Les derniers mois, les dernières semaines surtout, il passait son temps à se tourmenter. Aubonne ne s'était pas trompé. Seulement son tourment ne ressemblait pas à ce que le docteur s'imaginait.

Il avait mis deux couverts sur la nappe à carreaux rouges comme on en voit dans les auberges de campagne. C'était peut-être à cause de ces auberges, qu'ils avaient bien peu fréquentées, pourtant, qu'ils avaient meublé leur appartement en rustique et qu'il y avait des cuivres sur les étagères.

L'odeur de la soupe aux poireaux lui parvenait de la cuisine et il allumait une nouvelle cigarette avant de s'accouder à la fenêtre, guettant l'autobus dont il voyait le toit argenté glisser, tel le dos d'un gros animal, dans la tranchée de la rue.

Le véhicule s'arrêtait. Une femme en descendait, qui n'était pas Nelly. C'était une femme brune et vive qui habitait seule au-dessus de la poissonnerie et qui recevait le même homme chaque samedi.

Ils ne fermaient ni la fenêtre ni les rideaux. L'homme, âgé d'une quarantaine d'années, retirait son veston, sa cravate, ses souliers, enfilait une robe de chambre brune et, en pantoufles, lisait son journal près de la fenêtre pendant que sa compagne débarrassait la table et lavait la vaisselle.

Plus tard, elle s'asseyait en face de lui et on les voyait parler longuement, sans gestes, le visage sans expression, jusqu'au moment où, presque tout le monde étant couché dans la rue, la femme retirait sa robe et, en combinaison, parfois en culotte et soutien-gorge, s'asseyait devant sa coiffeuse.

Celle-là aussi attendait quelque chose, le samedi, juste en face de Foy, au même étage que lui, et une autre femme, chaque soir, attendait son mari à la fenêtre, une femme plus âgée, au visage fatigué, inquiet.

Le matin, elle se penchait pour le suivre des yeux tandis qu'il allait prendre son autobus au coin de la rue des Francs-Bourgeois. Il marchait à pas lents, souvent obligé de s'arrêter un long moment, la main sur le cœur. Aubonne, à qui Bernard en avait parlé, supposait que l'homme avait une angine de poitrine.

Nelly n'était pas malade et cependant, parce qu'elle n'était pas descendue de l'autobus qui s'éloignait, il se sentait déjà mal à l'aise. C'était une anxiété bizarre, subtile, contre laquelle les raisonnements ne pouvaient rien. Il ne pensait pas nécessairement à un accident, à des catastrophes, encore moins à une fugue de sa femme.

C'était un *manque,* comme il disait en lui-même. Il n'avait pas trouvé d'autre mot. La présence de Nelly lui manquait et cela suffisait à lui faire perdre pied. Pas parce qu'il était infirme ! Ce n'était pas à cause de ses crochets qu'il avait besoin d'elle. La preuve, c'est qu'il avait éprouvé la même sensation à Épinal, alors qu'il la connaissait depuis trois semaines à peine.

Elle allait descendre de l'autobus suivant. Son amie Gisèle avait dû la retenir au bord du trottoir, à bavarder, à lui faire des recommandations au sujet de son frère.

— Tu la détestes, n'est-ce pas ? lui avait dit Nelly en souriant.

Il ne la détestait pas ; il ne détestait personne, mais c'était l'être au monde à qui il en voulait le plus. Elle était entrée chez Delangle et Abouet cinq ou six ans auparavant, alors qu'elle venait de se marier avec un certain Lebesque.

Foy les connaissait tous les deux, car ils étaient venus plusieurs fois chez eux. Lebesque, blond et mou, toujours tiré à quatre épingles, était fier d'appartenir au siège social du Crédit Lyonnais, sur les Grands Boulevards, et on aurait pu croire que c'était lui qui détenait la clef des coffres. Il n'en avait pas moins tenu à ce que sa femme travaille de son côté, même quand elle avait eu un, puis deux, puis trois enfants.

Ils habitaient un appartement H.L.M. près de la porte d'Orléans et ils trouvaient naturel, l'un comme l'autre, de mettre tout le monde à contribution. Par exemple, c'était une tante de Lebesque, une pauvre vieille aux jambes couvertes de varices, qui gardait les enfants du matin au soir et qui devait ensuite prendre le métro pour rentrer chez elle à l'autre bout de Paris, rue Lamarck.

Quand le frère de Gisèle, après sa polio, s'était trouvé sans logement, celle-ci avait dit à Nelly :

— Tu devrais te renseigner dans ton quartier. Il paraît que c'est dans le Marais qu'il y a le plus de vieilles gens et il en meurt tous les jours, ce qui fait de la place.

Le plus irritant, c'est que ça lui réussissait. La preuve, c'est que M. François, le rentier qui occupait deux chambres au premier, derrière le traducteur-juré, était mort cette semaine-là. Il avait quatre-vingt-six ans et était impotent depuis si longtemps que certains locataires ignoraient son existence.

— Tu veux bien que je demande à la concierge si son logement est libre ? Cela ferait tant plaisir à Gisèle !

Nelly, elle, s'efforçait de faire plaisir à chacun. Pouvait-il décemment lui dire non ?

— Son frère vient de passer cinq mois dans une maison de rééducation, mais il en a pour longtemps, peut-être des années, avant de marcher normalement.

— Et sa sœur ? Elle ne pourrait pas le prendre chez elle ?

— Voyons, Bernard ! Avec trois enfants dans un appartement de quatre pièces, cuisine comprise ! Ils sont déjà à l'étroit...

— Parle à la concierge.

— Cela t'ennuie ?

— Non.

Peut-être aurait-il dû répondre que oui et sa femme n'aurait pas insisté. Ne lui en aurait-elle pas voulu de se montrer peu coopératif ?

— Tu le connais, son frère ?

— Je ne l'ai jamais vu.

— Où est-il en ce moment ?

— Il loge chez un ami qui se marie dans deux semaines et qui ne peut plus le garder.

— Il est jeune ?

— Plus jeune que sa sœur, c'est tout ce que je sais. Elle parle toujours de son petit frère.

— Que fait-il ?

— Tu ne devinerais jamais. Il dessine pour les journaux amusants. C'est encore une chance, car il peut travailler chez lui.

Cela se passait au printemps, en mars ou avril. Foy avait la notion du temps qu'il faisait, mais pas celle du temps qui passait. Des années après un événement, il pouvait dire s'il y avait du soleil ou s'il pleuvait, si l'air était chaud ou froid, calme ou venteux. Il revoyait les feuilles mortes sur les arbres, ou les bourgeons qui éclataient. Par contre, il confondait sans cesse les dates.

Mars ou avril, peu importait en l'occurrence. Toujours est-il que Pierre Mazeron était là, dans la maison, trois étages en dessous des Foy, exactement en dessous de leur cuisine.

Enfin, un autobus s'arrêtait et Nelly en descendait en voltige, levait la tête, agitait sa main droite tandis que l'autre main portait un petit paquet blanc. Il agita la main aussi, joyeux, certes, ou plutôt soulagé de la voir rentrer, mais déçu, barbouillé à la vue du paquet.

D'habitude, Nelly ne rapportait rien de la ville, comme ils disaient en parlant du centre de Paris, sauf quand il s'agissait de linge ou de vêtements, par exemple, et alors ils en avaient parlé d'avance. Quand ce n'était pas lui qui s'occupait du marché, c'était elle, dans le quartier, et il la voyait aller d'une boutique à l'autre, sachant ce qu'elle achetait dans chacune, devinant même les propos qu'elle échangeait avec les marchandes.

Mazeron n'avait pas besoin que sa sœur s'occupe de lui, et encore moins Nelly. La concierge faisait son ménage et, chaque jour, une infirmière d'un centre d'aide aux polios passait une heure ou deux à ses côtés, lui donnant tous les soins nécessaires.

Or, presque chaque jour, Gisèle éprouvait le besoin de remettre à Nelly un paquet, ou une lettre, en lui faisant de longues recommandations, alors que cela n'avait probablement aucune importance.

— Tu veux bien donner ceci à mon frère en passant ? Surtout, dis-lui que...

Et que... Et que... Et encore que... Elle n'en finissait pas, au bord du trottoir de la place des Victoires, pendant que Bernard se morfondait à sa fenêtre.

— Tu n'oublieras pas ?... Tu as bien compris ?... Merci, Nelly... Tu es chou...

C'était son mot, la récompense qu'elle distribuait à ceux qui voulaient bien lui rendre service. Ils étaient chou ! La vieille tante à varices aussi, qui gardait les trois enfants toute la journée et rentrait chez elle en métro alors que les Lebesque possédaient une voiture, était chou !

Il s'impatientait, arpentait la pièce à pas nerveux et, comme il s'y attendait, une sorte de vide se faisait dans sa tête. Il avait en vain essayé de décrire cette sensation-là à Aubonne, puis au Pr Pellet. Ils lui avaient demandé l'un comme l'autre, avec une insistance qui frisait l'incrédulité, s'il n'était pas en proie à des contrariétés.

Bon ! Il en avait une pour le moment, c'était exact. Les pas de sa femme s'étaient arrêtés au premier étage. Il avait entrouvert la porte pour s'en assurer puis l'avait refermée et les minutes passaient, trois, quatre, cinq minutes. Faut-il donc cinq minutes pour remettre un petit paquet à quelqu'un ?

C'était une contrariété, soit ! Mais à quoi bon en parler aux médecins, puisque cela n'expliquait rien ?

Quand il avait ressenti ses premiers vertiges, c'était dans la rue, pas chez lui, et il n'était pas encore question de Mazeron, dont il ne connaissait même pas le nom.

Alors ? Et était-il vrai, oui ou non, que son rocher droit, à la radiographie, montrait la trace d'une fracture ancienne ou récente, même si elle était microscopique ?

Il était patient. Il l'avait été toute sa vie. Il savait attendre. Il attendait des journées entières, mais il y avait des minutes de trop et il était à nouveau pris de panique, comme tout à l'heure quand deux autobus étaient passés sans que Nelly en descende.

Il ne lui en voulait pas, à elle. Il ne lui en avait jamais voulu de rien. Il lui était reconnaissant, au contraire, et s'émerveillait chaque jour davantage qu'elle accepte de vivre avec un homme comme lui sans jamais se plaindre.

Mieux. Il lui était arrivé de penser, sincèrement, qu'il ne l'aurait pas empêchée...

Elle montait enfin, à pas pressés, en courant presque, sachant qu'il attendait, bourrelée de remords. Il lui ouvrait la porte. Elle était essoufflée.

— Je te demande pardon, mais...

Il s'efforçait de lui sourire. Il souriait réellement, puisqu'elle était là, et elle lui plaquait deux baisers sur le visage.

— C'est Gisèle...

— Je sais...

— Son frère avait besoin de différentes choses pour son travail, je ne sais au juste quoi... Il a fallu aussi que je lui explique qu'elle est allée voir pour lui le secrétaire de la rédaction d'un journal et que je lui transmette la réponse...

Il la regardait avec attention, sans déceler le moindre trouble.

— Tu as eu une bonne journée ? questionnait-elle.

— Pas mauvaise.

Elle ne lui demandait pas s'il était venu quelqu'un car, en dehors des fournisseurs et de l'employé du gaz, il ne venait personne.

— Aubonne est passé.

— Déjà ?

Sa surprise paraissait sincère.

— Nous ne sommes qu'au début du mois.

— Il se rend au Portugal avec sa femme, à la fois pour un congrès et pour des vacances...

Elle ne remarquait pas non plus, comme il aurait pu le craindre :

— Ils ont de la chance !

Encore moins, bien entendu :

— Elle a de la chance !

C'était de lui qu'elle s'occupait.

— Tu lui as parlé de tes vertiges ?

— Oui. Plutôt, c'est lui qui m'en a parlé.

— Qu'est-ce qu'il dit ? Il n'est pas surpris que cela continue malgré les médicaments que tu prends ?

— Je crois qu'il n'y attache pas beaucoup d'importance. Moi non plus, d'ailleurs...

Elle allait et venait de la cuisine au living-room, posait la soupière sur la table, s'asseyait en face de lui. Il l'observait toujours, par petits coups prudents, car il avait l'impression que, de son côté, elle le regardait avec une certaine anxiété.

— Tu as eu des crises ?

— Pas à proprement parler. Pas fortes.

— Tu n'es pas sorti ?

— Non.

Elle était nettement coiffée, à présent. Sa robe claire était coquette et son corps était devenu plus charnu. Son visage aussi, qui ne portait aucune trace de la fatigue d'une journée de chaleur.

— Tu es là ! soupira-t-il.

— Le temps t'a semblé long aussi ?

— Heureusement que je m'occupe !

— Combien en as-tu fait ?

— Six. Et encore, j'ai travaillé au ralenti.

— Tu n'as pas eu trop chaud ? Au magasin, il faisait étouffant, malgré les ventilateurs. Gisèle, au bureau, avait encore plus chaud que nous, car le soleil tape toute la journée sur le toit vitré...

Il connaissait la maison Delangle et Abouet pour y être allé une seule fois et tout le monde l'avait suivi du regard à cause de ses crochets. On avait dû plaindre Nelly. C'était peut-être la raison pour laquelle il n'aimait pas se montrer avec elle. Ou c'était lui, ou c'était elle que les gens plaignaient et, dans les deux cas, cela lui était désagréable.

Pour sa part, il n'était pas à plaindre.

— Qu'est-ce qu'il fait ? demanda-t-il tout à coup.

— Qui ?

Il était incapable de dire si elle ne savait vraiment pas de qui il parlait.

— Mazeron.

— Maintenant ? Je ne sais pas. Je suppose qu'il ne va pas tarder à dîner.

— Que faisait-il quand tu es entrée chez lui ?

Car elle n'était pas restée sur le pas de la porte. Elle était entrée. Il connaissait le bruit de chacune des portes de l'immeuble. Le Pr Pellet se trompait grossièrement quand il prétendait que Foy était en train de perdre l'ouïe.

— Il lisait le journal du soir.

— Dans son fauteuil roulant ?

— Oui. Pourquoi demandes-tu ça ?

— Pour rien.

Il ajouta, gêné :

— Je sais plus ou moins exactement ce que font tous les locataires. Tiens ! Les Rougin, à côté, sont en train de manger du poisson, car j'ai vu la mère Rougin en acheter chez Nau. Elle a hésité entre des maquereaux et de la raie qui étaient à l'étalage et a fini par choisir la raie. J'en conclus que la raie est moins chère aujourd'hui, ou que les jumeaux n'aiment pas beaucoup le maquereau...

Elle n'était pas dupe de son enjouement et il semblait à Bernard qu'elle s'efforçait de comprendre la raison de son attitude.

— La petite brune d'en face, elle, va se laver les cheveux, car elle a déjà préparé son shampooing... Quant à Mlle Strieb, elle n'a donné que deux leçons cet après-midi et elle a une nouvelle élève qui tapait du piano pour la première fois...

Elle finissait par sourire.

— Tu ne t'ennuies pas, Bernard ?

— Jamais quand tu es près de moi.

— Et quand je n'y suis pas ?

— J'attends que tu reviennes. Comme, jusqu'ici, tu es toujours revenue...

— Jusqu'ici ?

Son front s'était plissé.

— Pardon. Je te taquine...

— Tu en es sûr ?

— Certain. Je m'excuse. C'est sans doute la visite d'Aubonne qui m'a agacé.

— Pourquoi ? Tu l'aimes bien et, d'habitude, tu te réjouis de le voir. Qu'est-ce qu'il t'a dit ?

— Rien de précis. Il m'a surtout regardé d'un œil morose, comme s'il m'accusait de lui cacher quelque chose...

— Tu ne lui caches rien ?

— Non.

— A moi non plus ?

— A toi non plus. Pourquoi demandes-tu ça ? Qu'est-ce que je pourrais te cacher ?

— Je me le demande.

Elle apportait la salade, les viandes froides qu'il avait arrangées sur un plat. Il était tenté de lui dire tout à coup, en lui saisissant la main :

— Écoute, Nelly...

Et après ? Qu'est-ce qui viendrait ensuite ? Rien ! Elle était là, à présent, en face de lui. Ils étaient tous les deux, chez eux, dans l'air plus frais du soir qui les caressait en passant d'une fenêtre à l'autre. Les bruits de la ville devenaient moins confus, commençaient à se détacher les uns des autres.

— Je me demande, murmurait Nelly après une longue hésitation, si nous ne devrions pas partir en vacances...

— Toi aussi ?

— Aubonne t'en a parlé ?

— Il se figure que j'ai besoin d'un changement, que je me morfonds, que je ne sais quoi me tracasse... Je lui ai répondu que ce n'était pas vrai, que je ne suis heureux qu'ici...

Pourquoi avait-il tout à coup envie de pleurer ? C'était sans doute le crépuscule, après cette longue journée d'attente, puis ce petit paquet blanc qui avait fini par tout gâcher. Il pensait trop. Il avait trop de temps pour penser. Au fond, c'était sans doute ça que le médecin avait voulu dire. Il essayait de l'envoyer ailleurs, n'importe où, pour lui changer les idées, l'empêcher de tourner en rond.

— Qu'est-ce que tu as ?

Elle se levait et venait lui prendre les épaules tandis qu'il vissait la fourchette à la place de la cuiller.

— Tu es triste, Bernard...

— Je te jure...

— Je t'ai fait de la peine sans le savoir ?

Elle le savait ! Elle le savait ! Il n'était pas possible qu'elle ne se rende pas compte... Et il n'avait pas le droit de le lui dire, ni de lui en vouloir...

— Je te jure... répétait-il.

Vingt ans ! Il avait eu le temps de prévoir tout ce qui pourrait arriver, de prévoir le pire, de s'y habituer. Et maintenant...

Il ne savait plus !

— Mangeons... disait-il en se dégageant.

Elle se rasseyait devant lui et ils continuaient leur repas en silence. Nelly penchait la tête sur son assiette et on aurait dit qu'elle n'osait pas le regarder.

Il laissa passer un long moment avant de murmurer, la bouche à moitié pleine :

— Pardon...

Et elle tournait vers lui des yeux qui commençaient déjà à espérer.

3

Sans rien d'extraordinaire, ce fut une de ces soirées qu'on classe dans ses souvenirs, qu'on met en quelque sorte de côté comme si on avait l'intuition qu'on en aurait besoin un jour.

C'était fait de rien, d'images quotidiennes, de gestes, de mots sans importance qui ce soir-là, Dieu sait pourquoi, se gonflaient d'une vie plus intime et plus chaude.

Ils s'étaient assis tous les deux devant la fenêtre de droite, celle qu'ils avaient adoptée quand ils avaient pris possession de l'appartement, bien avant d'avoir des fauteuils. La vue n'était pas meilleure qu'aux deux autres fenêtres, mais c'était devenu la leur et, s'ils ne pouvaient plus se tenir la main comme dans le cinéma d'Épinal, ils s'arrangeaient presque toujours pour se toucher le genou.

La table était desservie, la vaisselle lavée. Ils n'avaient plus rien à faire ce jour-là et ni l'un ni l'autre n'avait envie de lire le journal ou d'écouter la radio.

Si, pendant la journée, le trafic était bruyant rue de Turenne, à cause des autobus et surtout des camions, il s'écoulait plusieurs minutes, le soir tombé, entre le passage de deux voitures et on entendait de loin les pas des rares promeneurs, les voix intermittentes des couples, des bribes de phrases, parfois un rire.

Bernard avait eu raison : la brune d'en face s'était lavé les cheveux et les séchait maintenant devant la fenêtre à l'aide d'un séchoir électrique tout en parcourant un magazine posé sur ses genoux. Elle portait un peignoir rose. L'abat-jour, derrière elle, était rose aussi, la lumière rose.

Chez l'homme à l'angine de poitrine, les murs étaient d'un vert sombre ; il lisait un livre, assis dans un fauteuil à haut dossier ; sa femme, un chignon dur sur la nuque et des lunettes de métal sur le nez, ravaudait des chaussettes.

Trois maisons plus loin, un jeune homme invisible lançait de temps en temps quelques notes rauques de sa trompette bouchée, toujours les mêmes, à de longs intervalles, comme s'il était obligé de reprendre son souffle, ou comme si quelqu'un lui donnait des explications, et il en était ainsi tout le long de la rue, des gens finissaient leur repas, on mettait des enfants au lit, les jumeaux devaient faire leurs devoirs face à face et la fraîcheur du soir s'insinuait dans les maisons après une journée qui aurait pu s'achever par un violent orage.

Les nerfs se détendaient. On aurait dit, tant Bernard et Nelly restaient immobiles, qu'ils s'écoutaient penser l'un l'autre et, beaucoup plus tard, la jeune femme poussa un soupir avant de murmurer d'une voix presque timide :

— Tu ne veux pas aller faire un tour ?

Sans doute craignait-elle qu'il croie que, comme le Dr Aubonne, elle voulait coûte que coûte lui changer les idées. Il n'y pensa même pas, sourit dans l'obscurité, car il était, ce soir, sans arrière-pensée, et il finit par se lever en s'étirant.

— Allons-y !

Elle l'avait aidé à passer son veston. Il n'avait pas pris de chapeau et elle n'en avait pas mis non plus, se contentant de jeter une écharpe sur ses épaules. C'était elle qui avait fermé la porte à clef, après s'être assurée que le gaz était bien fermé.

Jamais l'idée ne leur était venue, en sortant de l'immeuble, sauf quand ils se rendaient au cinéma, de tourner à droite en direction du boulevard du Temple et de la République, ce qu'ils appelaient la direction de la ville, comme si leur quartier n'en faisait pas partie.

Ils tournaient machinalement à gauche puis, à cent mètres, à gauche encore, pour rejoindre les arcades de la place des Vosges. Les pas y avaient un autre son, les lumières étaient différentes aussi et, de loin en loin, des commerçants étaient assis sur le pas de leur porte.

Le père de Bernard s'asseyait ainsi, jadis, sur une chaise à fond de paille, toujours la même, à droite de la voûte. C'était un homme grand et noueux venu directement de son village, Drevant, à cinq kilomètres de Saint-Amand-Montrond.

Sa mère, une Faucher, était originaire de Drevant aussi et ils étaient allés à l'école ensemble avant de partir, chacun de son côté, et de se retrouver par hasard à Paris plusieurs années après.

Sa mère était bonne à tout faire, déjà dans le quartier, boulevard Beaumarchais, chez un jeune dentiste. Son père conduisait de lourds camions attelés de deux percherons pour une entreprise de la rue du Caire et il lui arrivait de faire des livraisons aux alentours de la Bastille.

Bernard le revoyait avec un tablier de cuir, une casquette d'un curieux modèle, ses grosses moustaches gauloises qui sentaient le vin rouge. Il était mort dans un accident, coincé entre son camion et un tram boulevard Saint-Michel.

La maison où il était né se trouvait de l'autre côté du square entouré de grilles dont ils faisaient lentement le tour, écoutant le bruit des quatre fontaines qui avaient accueilli Foy, à son réveil, pendant toute son enfance.

Sa mère dormait dans la loge, sur un lit pliant que cachait un paravent ; sa sœur et lui couchaient au-dessus, comme suspendus entre le rez-de-chaussée et le premier étage, car on avait coupé la loge en deux dans sa hauteur et la partie supérieure était éclairée, au ras du sol, par le haut de la fenêtre.

Que se disaient-ils en marchant ce soir-là ? Presque rien. Rien d'important. Ils s'étaient arrêtés un moment devant l'étalage encore éclairé d'un antiquaire et avaient regardé une bassine de cuivre rouge.

— Elle est trop grande pour notre buffet, avait remarqué Nelly.

Puis ils étaient passés devant l'école où Bernard avait été en classe et qui, à heures fixes, lâchait sa marmaille hurlante dans le square entouré de grilles noires.

Pour sa mère, comme pour beaucoup d'habitants du quartier, comme pour lui-même à présent, le reste de Paris était une ville étrangère. Il se souvenait de la réponse de sa mère à un passant qui venait lui demander un renseignement dans la loge où il était assis par terre :

— C'est de l'autre côté de la place, dans le IVe.

Elle disait cela comme elle eût parlé d'une frontière, la place des Vosges appartenant pour moitié au IVe et pour moitié au IIIe arrondissement.

Il était presque un émigré puisque, né dans le IVe, côté Saint-Antoine, il vivait depuis son mariage dans le IIIe.

C'étaient des pensées de ce genre qui lui passaient par la tête cependant qu'il marchait au côté de sa femme et, quand ils eurent tourné le coin de la rue de Birague, elle avait demandé :

— On fait le grand tour ?

— Tu n'es pas fatiguée ?

— Non. Et toi ?

— Moi non plus.

— Je ne crois pas que nous ayons l'orage...

Des nuages passaient devant la lune pleine et très brillante mais ils restaient d'un blanc rassurant et on apercevait des étoiles dans le fond du ciel. De temps en temps, une brise plus fraîche agitait le feuillage et c'était comme un frémissement à fleur de peau qui courait d'un bout de la place à l'autre.

Puisqu'ils avaient décidé de faire ce qu'ils appelaient le grand tour, ils continuaient la rue de Birague où, quand Bernard était jeune, deux femmes au maquillage agressif stationnaient dès la tombée du jour sous le globe lumineux d'un hôtel. C'étaient toujours les mêmes. L'une s'appelait Irma et portait un boa de plumes blanches autour du cou.

Un matin de bonne heure, alors qu'il n'avait pas dix ans, la police avait cerné l'hôtel et organisé un véritable siège que quelques curieux, dont sa mère était, suivaient de loin.

On avait entendu des coups de feu, des vitres qui volaient en éclats.

Des agents en uniforme barraient la rue aux passants et ce n'est que deux heures plus tard qu'une voiture cellulaire avait emmené cinq membres de la bande des Polonais, célèbre à l'époque, parmi lesquels se trouvait une femme.

Bernard l'avait aperçue de loin, dépoitraillée, narguant les policiers qui la poussaient dans le fourgon, et elle lui avait paru très belle. Il avait entrevu un mort aussi, sa tête pendant de la civière.

Ils traversaient la rue Saint-Antoine, non loin des lumières du cinéma Saint-Paul où il avait vu son premier film sans se douter que c'était dans l'obscurité d'un autre cinéma que se jouerait son destin.

— Tu te souviens de M. Félix ? demandait-il à Nelly.

Sans s'étonner de la question, elle répondait :

— Il me fait encore peur quand il m'arrive d'en rêver.

— Tu en rêves ?

— Cela m'arrive. Je suis à Épinal et je ne te connais pas encore, tout en sachant que tu existes et que tu dois venir. Il y a une série d'obstacles entre nous et ma plus grande crainte est que M. Félix t'interdise l'entrée de son cinéma.

— Tu sais ce que je crois, à son sujet ?

— Non. Dans le temps, tu te figurais qu'il était jaloux.

— Parce qu'il me semblait que tout le monde devait être amoureux de toi. Il m'arrive encore de le penser. L'autre jour, il me revenait par hasard à la mémoire...

— Par hasard ?

— Mettons que je me rappelais nos premières rencontres.

— Tu y penses souvent ?

— Si tu m'interromps tout le temps, je n'arriverai pas à finir ce que je veux te dire... En ce qui concerne M. Félix, j'ai conclu que, si ce pauvre homme surgissait si souvent, sans bruit, derrière nous, c'est tout bonnement parce qu'il faisait le voyeur...

Il ajouta d'un air entendu :

— Tu te souviens ?

— Je me demande comment nous osions, parmi tant de gens...

Ils suivaient la rue du Petit-Musc où une boutique restait ouverte parmi les façades obscures, une de ces boutiques comme on en voit surtout à la campagne et dans les faubourgs éloignés, avec des bonbons dans des bocaux, des boîtes de conserve défraîchies, des marchandises hétéroclites qui pendaient du plafond.

Tout de suite après, c'était la Seine, le pont de Sully, où ils ne manquaient jamais de s'arrêter un moment pour regarder couler l'eau, enfin l'île Saint-Louis, dont ils faisaient paresseusement le tour.

Ils l'avaient vue changer peu à peu. On avait nettoyé les façades, repeint les voûtes et les cages d'escalier. Une nouvelle population s'était installée et depuis quelques années, presque à chacune de leurs promenades, on donnait une grande soirée quelque part, avec des voitures jusque sur les trottoirs, des chauffeurs en uniforme qui bavardaient devant des fenêtres brillamment éclairées.

Parfois on entrevoyait des couples qui dansaient, des dames en décolleté, des hommes en tenue de soirée. On entendait sourdre la musique, les rires, le bruit des conversations.

Il n'y avait pas de grande réception aujourd'hui mais, dans une bibliothèque tapissée jusqu'au plafond de livres reliés, un homme à cheveux blancs, vêtu d'un veston de velours noir, lisait, un lévrier russe couché à ses pieds comme sur un tableau. Des tableaux, il y en avait, anciens et sombres, au-dessus des portes sculptées et le lustre de cristal faisait ressortir le cuir rouge du fauteuil dans lequel le lecteur se tenait aussi immobile que s'il posait pour la postérité.

— Tu l'as vu ?

— Oui.

Ils n'avaient pas besoin d'en dire plus. Ils avaient tous les deux enregistré la même image qui, dans leur esprit, resterait sans doute la marque, le repère de ce jour-là.

Ils s'arrêtaient encore, à l'éperon de l'île, devant la masse assoupie de Notre-Dame, puis ils franchirent le Pont-Marie près duquel des péniches étaient amarrées deux à deux, comme des couples, avec, sur le pont de chacune, la lueur jaune d'un fanal.

Nelly ne lui demandait pas s'il avait des vertiges. Elle évitait de l'observer à la dérobée comme cela lui arrivait dans la foule. Il se sentait bien, débarrassé, lui semblait-il, de ses mauvaises pensées dont il avait toujours honte.

C'était quand sa femme n'était pas près de lui que ces pensées l'assaillaient. Alors, ses faits et gestes, aussi bien ceux du passé que ceux du présent, prenaient un sens différent.

Le plus angoissant, c'est que c'était toujours plausible, que cela correspondait à ce que la plupart des gens auraient pensé d'elle, à ce que certains pensaient sûrement d'elle.

Il revoyait par exemple la baraque des Rabaud, près du champ de tir, le père qui rentrait ivre chaque soir et qui, pour un oui ou un non, battait indifféremment tout le monde autour de lui. Bernard n'avait-il pas vu plusieurs fois des bleus sur le corps de Nelly et celle-ci ne lui avait-elle pas dit, avec la résignation de quelqu'un qui a l'habitude :

— Ce n'est rien. C'est mon père…

Les enfants dormaient sur des paillasses, le plus jeune dans une caisse à savon, et des soldats lui avaient affirmé que la Rabaude avait essayé de les entraîner derrière le talus. L'un d'eux avait même marchandé, pour voir, affirmait-il, et il répétait en riant le prix ridiculement bas qu'elle avait fini par lui consentir.

— Tu y es allé ?

— Pas si bête ! Il paraît qu'un ancien en a gardé un drôle de souvenir !

Avec Nelly, il n'avait pas été le premier. Ne pouvait-il pas penser qu'elle avait sauté sur l'occasion d'échapper à cette vie écœurante ? Que pouvait-elle espérer ? Sans lui, n'aurait-elle pas, selon toutes probabilités, fini comme fille de salle dans un de ces cafés, en bordure de la ville, où il faut monter avec les clients ?

Quinze jours avant la fin de son service, il lui avait déclaré :

— Il faut que j'aille voir tes parents.

— Pourquoi ?

Ne comprenait-elle vraiment pas ? Jouait-elle l'innocence ?

— Pour leur demander la permission de t'épouser. Tu n'es pas majeure. Je ne veux pas retourner seul à Paris et revenir ensuite te chercher.

Peut-être craignait-il qu'un autre, entre-temps, ait pris sa place ?

— Qu'est-ce qui nous empêche de partir ? objectait-elle.

— Sans rien dire ?

— Je leur annoncerai que je m'en vais. C'est tout. Ou bien, pour éviter que mon père me batte, je leur laisserai une lettre. J'ai dix-huit ans depuis le mois dernier et tu ne risques pas d'ennuis à cause de moi.

On aurait juré qu'elle s'était renseignée. Quand il avait insisté, elle avait encore essayé de le détourner de son projet.

— Tu verras qu'ils vont te demander de l'argent.

— Pourquoi ?

— Parce que je leur rapporte plus que je ne leur coûte.

Elle n'avait que deux robes, en ce temps-là, la robe noire qui lui servait d'uniforme et une robe en cotonnade achetée à Monoprix.

Il y était allé, pourtant, un dimanche matin que Rabaud cuvait son vin et que la Rabaude lavait les plus jeunes dans une bassine à lessive.

— C'est lui, maman.

— Ainsi, c'est vous qui voulez m'enlever ma fille !... Elle me jure que vous avez l'intention de l'épouser devant le maire... C'est vrai, ça ?... Cela ne vous suffit pas de la trousser comme les autres ?

— C'est vrai, madame.

— Et nous, nous devrions peut-être payer la noce ?

— Le mariage aura lieu à Paris, où ma mère habite.

— Est-ce que vous avez seulement un métier ? Les soldats, c'est tous les mêmes. Ça promet ! Ça promet ! Puis, après, on s'aperçoit que ce n'était que du vent...

Elle n'avait pourtant pas réclamé d'argent, se contentant de déclarer qu'elle ne donnerait pas un sou. Quand Bernard avait manifesté l'intention de parler à Rabaud, elle l'en avait dissuadé.

— Vous faites mieux de ne pas attendre qu'il se réveille. Le dimanche matin, on ne peut pas l'approcher. Il va se réveiller de mauvais poil et vous flanquer à la porte...

Est-ce que Nelly, de son côté, se demandait parfois ce qu'elle serait devenue si elle ne l'avait pas rencontré ? Déjà à cette époque, elle rêvait d'ordre, de propreté, d'un petit ménage bien astiqué, d'une existence régulière. Aurait-elle trouvé quelqu'un d'autre pour lui donner tout cela ?

— J'aimerais dormir au moins une fois dans une péniche. On doit entendre l'eau glisser contre la coque et sentir le bateau qui se soulève...

Ils regardaient, penchés coude à coude sur le parapet, puis ils prenaient la rue Saint-Paul où deux amoureux étaient collés l'un à l'autre dans une encoignure.

— Tu te souviens ?... disait-elle encore.

Ils se mettaient à marcher plus vite et, dans l'appartement, Nelly tirait tout de suite les rideaux, aidait son mari à se déshabiller et, après qu'il se fut lavé les dents, lui retirait son harnais.

Au début, et pendant plusieurs années, il avait eu honte de ses moignons, surtout que la peau était restée longtemps rouge, souvent irritée et couverte d'eczéma. Il avait honte aussi d'être incapable du geste, commun à tous les hommes, de prendre leur compagne dans leurs bras. Lui n'avait que des demi-bras qui, sans les crochets, ne pouvaient rien saisir !

En pyjama, il la regardait se dévêtir et il savait qu'elle murmurerait tôt ou tard :

— Tu veux ?

C'était le prolongement naturel, presque fatal du grand tour. La poitrine de Nelly était aussi ferme que celle d'une jeune fille et elle prenait plaisir à aller et venir autour de lui dans sa nudité totale.

— Tu veux ?

Elle le disait, après avoir ouvert le lit, et il ressentait toujours le même apaisement émerveillé en s'enfonçant en elle. Alors, ils étaient vraiment deux et il aimait rester longtemps immobile, la poitrine écrasée contre la sienne, avec le goût de sa salive dans la bouche.

Ils n'avaient pas d'enfants. L'un et l'autre auraient voulu en avoir. Après deux ans, Nelly avait remarqué un jour, la mine contrite :

— Cela doit être moi...

Pourquoi elle et pas lui ? N'avait-il pas lu dans un journal que l'homme est aussi souvent que la femme, sinon plus souvent, la cause de l'infécondité des ménages ? Est-ce que le choc qu'il avait reçu, les traitements qu'il avait subis ensuite pendant si longtemps n'avaient pas changé quelque chose dans son organisme ?

On venait, presque par hasard, de découvrir qu'il avait eu un os de la tête atteint, le rocher, au cours de l'explosion de jadis, et il ne s'en était plaint que vingt ans plus tard. Pourquoi d'autres organes...

Ce n'était pas le moment de s'en préoccuper. Ils étaient deux, l'un dans l'autre, parcourus par les mêmes frémissements, soulevés enfin par la même vague et, avant de s'endormir, comme chaque soir, Nelly resta un bon moment, dans l'obscurité, la tête sur sa poitrine avant de se dégager doucement et de lui souffler à l'oreille :

— Bonne nuit, Bernard...

Elle se levait toujours la première, hiver comme été, à six heures du matin, et, après vingt ans, elle n'avait plus besoin de la sonnerie du réveil. Elle se glissait sans bruit hors des couvertures et, ses pantoufles à la main, sortait de la chambre dont elle refermait la porte avec précaution. Souvent il ne l'entendait pas. D'autres fois il en avait conscience sans que cela produise une vraie cassure dans son sommeil.

Il était difficile de dire, parmi les habitudes du ménage, celles qui venaient d'elle et celles qui venaient de lui. Certaines dataient des débuts, d'autres s'étaient ajoutées petit à petit, formant une tradition qu'ils ne songeaient plus à enfreindre.

Pour le réveil à six heures, c'était Nelly qui l'avait exigé, déjà avant d'entrer chez Delangle et Abouet, quand elle travaillait encore, pendant la guerre, chez Florence Nussbaum où on fabriquait des fleurs artificielles.

C'était dans une vieille maison aux couloirs sombres et compliqués, pleine d'entreprises artisanales, rue Coquillière. Elle commençait son travail à huit heures et demie du matin.

Bernard souffrait encore de ses blessures et s'habituait mal aux différents appareils que les médecins et les orthopédistes lui essayaient les uns après les autres.

Une époque pénible, comme obscure, dans le sens où, par exemple, le Moyen Age de son livre d'histoire était obscur. Il avait peine à imaginer le temps des châteaux forts moins sombre que sur les gravures et il avait surtout été frappé par celles qui montraient des instruments de torture, ou encore quatre chevaux écartelant un homme.

Il était heureux d'être vivant, d'avoir retrouvé Nelly alors que les populations étaient éparpillées, heureux aussi qu'elle ne l'ait pas regardé avec effroi ou horreur, voire avec une pitié qui l'aurait encore plus affecté.

Tant qu'il vivait dans les hôpitaux, ou au centre de rééducation, il ne pensait pas à ce que serait sa vie une fois rentré chez lui. On lui disait :

— Il existe à présent des appareils si perfectionnés qu'avec un peu de patience et de volonté vous ferez avec vos crochets tout ce que vous faisiez avec vos mains...

C'était vrai et faux. Les appareils provisoires, par exemple, lui causaient des douleurs à peine tolérables et Aubonne venait tous les deux jours le voir pour l'encourager et pour chercher ce qui n'allait pas.

Le docteur à grosse tête avait été sa première grande chance, puisque c'était grâce à lui qu'il était vivant. Sa seconde chance avait été d'entrer par hasard chez le vieil orthopédiste barbu de la rue du Chemin-Vert, dont les gens du centre de rééducation ne parlaient que du bout des lèvres.

L'occupation se prolongeait. Les appareils perfectionnés étaient américains, allemands ou suisses et il était impossible de se les procurer.

— Plus tard, on vous posera la nouvelle pince active, ou même une main à pouce automoteur...

Il revoyait les prospectus, les mains en matière plastique qu'on aurait pu prendre de loin pour des mains véritables et qui s'appelaient ironiquement mains de parade. Il n'en avait pas voulu.

Des années après, on lui avait montré des mains articulées, à commande électro-pneumatique permettant de manœuvrer certains doigts à volonté, mais le vieil Hélias lui avait posé de simples crochets de métal auxquels, semaine après semaine, il apportait de prudents perfectionnements.

— Laissez-les dire, mon garçon, et n'en croyez pas un mot. Il faudra deux ans avant de savoir quel type d'appareil vous convient...

Il s'éveillait la nuit en sursaut, souffrant de ses doigts absents, gémissait, le front en sueur, pendant que Nelly lui préparait un calmant.

— Ce n'est pas une vie pour toi, la plaignait-il. Je suis un poids mort. Il aurait mieux valu...

— Veux-tu te taire, idiot !

Il était resté des semaines sans accepter de faire l'amour, persuadé qu'il lui inspirait de la répugnance, et il se souvenait avec précision du soir où, riant de défi, elle l'avait littéralement violé.

— Voilà ! Tu as compris, à présent ?

Il recevait des circulaires de groupements d'invalides, de mutilés, d'anciens combattants où on parlait de revendications, de pensions, de barèmes.

Un matin, Nelly avait trouvé la porte fermée rue Coquillière et la concierge lui avait appris que les Allemands venaient d'emmener Florence Nussbaum.

Le couple n'avait pas d'argent. Tout coûtait cher. Pendant plusieurs semaines, Nelly avait travaillé comme serveuse dans un petit restaurant avant de trouver une place de manutentionnaire chez Delangle et Abouet.

— Laisse-moi au moins faire le ménage... lui demandait-il.

Elle était maigre, avec de grands yeux cernés. Elle travaillait trop et n'était pas assez nourrie.

— Tout ce que tu voudras, la cuisine si tu y tiens, mais tu ne feras jamais le ménage.

Il commençait à se servir de ses crochets à pince, changeant lui-même les instruments, le couteau, la cuiller, la fourchette, d'autres outils ingénieux que le vieil Hélias lui fabriquait.

Hélias aussi portait l'étoile jaune, comme Florence, et la peur de Foy était qu'il soit déporté à son tour. Heureusement, sa boutique était si sombre, si peu engageante, le vieil homme en sortait si peu qu'on l'oublia.

A la Libération, on voulut faire défiler Bernard avec cent ou deux cents autres mutilés, mais il refusa de promener ses moignons aux Champs-Élysées comme il devait, par la suite, se tenir à l'écart de toutes les associations.

Grâce à celles-ci, cependant, il touchait une pension toujours plus importante qui finit par égaler un salaire normal. Nelly continuait à travailler et lui-même s'était mis au travail afin d'occuper ses journées. Aubonne le lui avait conseillé.

S'il avait choisi de peindre des fleurs sur des abat-jour de métal ou de parchemin, c'est parce qu'une vieille fille, qui habitait jadis la maison de sa mère, gagnait ainsi son existence. Hélias lui avait fabriqué des pinces spéciales, d'une merveilleuse précision, pour manier les pinceaux.

Ainsi, peu à peu, ils étaient remontés à la surface en même temps que l'appartement se meublait et qu'une certaine prospérité s'y installait.

Ce qui l'éveillait, le plus souvent, c'était l'odeur du café au moment où s'ouvrait la porte et où Nelly lançait d'une voix joyeuse :

— Il est l'heure !

Elle l'embrassait. Tout était déjà propre et rangé dans le logement. Après son bain, qu'elle l'aidait à prendre, elle lui installait son harnais, un système compliqué de sangles qui, entourant sa nuque et ses épaules, lui permettait de manier les parties mobiles des crochets.

— A table !

Il n'y avait pas eu, dans l'histoire du ménage, un jour déterminé où chacun avait choisi sa place à table. Néanmoins, depuis vingt ans, ni l'un ni l'autre n'aurait eu l'idée d'en changer. Les croissants étaient chauds, le journal sur le bras du fauteuil, près de la fenêtre.

— Tu as bien dormi ?

— Je me suis assoupi presque tout de suite et je ne me suis réveillé qu'une seule fois.

— Tu t'es levé ?

— Oui.

— Je ne t'ai pas entendu.

Seule une mince tranche de soleil, à cette heure-là, entrait par la fenêtre de la rue des Minimes. La radio, en sourdine, égrenait les nouvelles. Le couple âgé, en face, était à table aussi et les jumeaux faisaient claquer la porte voisine avant de dégringoler l'escalier. Dans la rue, où ils se mettaient tout de suite à courir, on entendait encore leurs cris.

Bernard aurait aimé prolonger cette période de la journée et Nelly jetait de temps en temps un coup d'œil à la pendule. Il la remontait lui-même. Elle n'y touchait jamais. Dès son enfance il avait rêvé d'une pendule à balancier de cuivre et le jour où il avait pu se l'offrir marquait une date dans sa vie.

Au moment où l'horloge parlante, à la radio, annonçait huit heures, il se levait machinalement pour aller toucher les aiguilles, les avancer ou les reculer, fût-ce d'un millimètre.

— Qu'est-ce que tu as envie de manger ?

— Aujourd'hui, répondait-il, c'est moi qui fais le marché.

— Pourquoi ?

— Je ne sais pas. Peut-être parce que le Dr Aubonne m'a recommandé de me remuer.

Ce n'était pas vrai et sa femme devait le soupçonner. Il y avait deux semaines qu'il ne faisait pas le marché et qu'il repoussait tous les prétextes de sortir. Aujourd'hui, il avait décidé de ne pas passer la journée entière entre quatre murs. Ou plutôt c'était la veille au soir qu'il avait pris le parti de chasser une fois pour toutes ses mauvaises pensées.

— A mon tour de te demander ce que tu désires manger.

— Quel jour sommes-nous ?

— Mardi.

— C'est le jour où le boucher a du foie de veau. Tu as le courage de préparer du foie de veau à la bourgeoise ?

— Et même d'en prendre suffisamment pour nous faire ensuite un repas froid.

Il était heureux, enjoué. Une belle journée commençait, sous un ciel sans nuages, et les moineaux pépiaient à cœur joie, venaient quémander des miettes de pain jusque sur l'appui de la fenêtre. Nelly était fraîche et jolie dans une robe à pois bleus très ajustée qui mettait en valeur les rondeurs de sa taille et de sa croupe.

Il conservait l'arrière-goût de leur étreinte de la veille et la regardait avec une douce reconnaissance tout en buvant son café à petites gorgées.

Le café, en principe, lui était défendu comme le vin et l'alcool, mais Aubonne lui en permettait une tasse le matin. Parfois, comme aujourd'hui, il faisait une entorse au régime et s'en versait une seconde tasse, pour marquer sa joie, pour que la journée commence encore plus parfaitement.

— Je t'aime, madame, disait-il soudain en souriant à sa femme.

— Moi aussi, monsieur. Cela tombe bien, n'est-ce pas ?

Ils jouaient de temps en temps à ce jeu-là.

— Je crois bien, reprenait-il, que je vais descendre avec vous et, en homme bien élevé, vous conduire à votre autobus...

Ses yeux riaient encore. Ceux de Nelly, qui riaient aussi l'instant d'avant, marquaient tout à coup une hésitation et cela suffit pour le rendre inquiet. Il essaya pourtant de continuer la plaisanterie.

— Ma compagnie ne vous plairait-elle pas, madame ?

— Au contraire, monsieur...

Le ton n'était plus le même, en dépit de leurs efforts. Il avait perdu sa légèreté.

— Il faudra seulement que je m'arrête en chemin...

Devant l'air sombre de son mari, elle cessa de jouer, continua d'une autre voix, en lui posant la main sur l'épaule :

— J'allais te le dire en partant. Le frère de Gisèle...

Il remarqua qu'elle ne l'appelait pas Mazeron, ni Pierre, comme pour écarter tout soupçon de familiarité.

— Le frère de Gisèle a dû terminer hier soir des dessins urgents. Gisèle les portera au journal à midi...

— Et c'est toi qui vas passer chez lui pour les prendre ?

— Que voulais-tu que je fasse ? Tu sais comment elle est. Avec elle, c'est toujours de la première importance. Je n'ai pas pensé que, ce matin, justement...

Il finissait d'un trait le café qu'il s'était promis de déguster lentement, se levait, allait s'asseoir dans son fauteuil où il déployait le journal sur ses genoux.

— Tu es fâché ?

— Non.

— Triste ?

— Non. Je ne sais pas. Je te demande pardon...

Il ajouta après un coup d'œil à l'horloge :

— Il est ton heure. Et, si tu dois t'arrêter en chemin...

— J'en ai pour une seconde... Un rouleau de papier à prendre... Je n'aurai même pas besoin d'entrer...

— Va...

— Écoute, Bernard...

— Va, mon chéri. Ne te mets pas en retard...

Il fut sur le point de continuer avec amertume :

— Ne crains rien ! Je n'oublierai pas le foie de veau !

Il ravala sa phrase, feignit de se mettre à lire. Elle se penchait sur lui et l'embrassait longuement, ses yeux tristes contenant une prière.

— Essaie d'être heureux, Bernard... Tant pis pour Gisèle !... Je n'irai pas...

— Je veux que tu y ailles.

— Tu l'exiges ?

— Oui.

— Regarde-moi.

Il le fit, s'efforçant de cacher les cauchemars qui l'assaillaient à nouveau.

Il était l'heure. Les gens qui travaillent ont rarement le temps de s'expliquer jusqu'au bout.

— Va... Je te promets de...

Il se leva quand même, un peu plus tard, pour la regarder, debout sur le trottoir d'en face, sous la plaque verte de l'arrêt d'autobus. Elle le regardait avec la même intensité que lui et, avant de monter, elle agita la main, il agita la sienne en retour.

Il restait seul avec ses pensées, une fois de plus, et ressentait déjà le malaise qui précédait ses vertiges.

4

Il descendit l'escalier lentement, en touchant parfois la rampe pour se rassurer, un peu comme l'angineux d'en face semblait toujours prêt à se retenir aux maisons. Il s'était promis, en haut, de ne pas s'arrêter au premier étage, mais il ne résista pas et se donna l'excuse de reprendre son équilibre.

D'un côté, la porte était fraîchement vernie, l'épais paillasson bordé de rouge et, sur une plaque en émail, on lisait le nom de F. Jussieu — Fernand ou François, ou Ferdinand, ou Frédéric, il ne savait pas. La porte d'en face, ternie, n'avait ni paillasson ni plaque, pas même une carte de visite fixée par une punaise.

Ce qui fascinait Foy, c'était le bouton de faïence blême qu'il n'avait jamais touché et que Nelly, elle, avait encore tourné le matin même.

Du temps du vieux M. François, il ne se souvenait pas d'avoir vu cette porte ouverte et il aurait été en peine de dire ce qu'il y avait de l'autre côté. Il savait seulement que le logement comportait deux pièces, une toute petite et une assez grande qui donnait sur la cour, de sorte que le soleil n'y pénétrait pas.

Le nouveau locataire n'ouvrait jamais lui-même. Quand on frappait, il criait d'une voix qui semblait venir de loin :

— Entrez !

Nelly était entrée, non seulement ce matin, mais la veille au soir et beaucoup d'autres fois. Cela faisait un endroit de plus, un visage de plus aussi qui lui étaient familiers et que Bernard ne connaissait pas.

Il ne connaissait pas non plus tout le monde place des Victoires, où il s'était contenté d'une visite rapide plusieurs années auparavant. Presque quotidiennement, elle citait des noms d'hommes et de femmes dont les petites histoires finissaient par lui être familières alors qu'il n'en aurait pas reconnu les personnages dans la rue.

Il ne s'était jamais montré jaloux de ceux-là et voilà qu'il était hypnotisé par une porte, par un bouton de faïence ivoire au point d'avoir envie de le tâter du bout de son crochet.

On aurait dit qu'il souffrait que Nelly sache et qu'il ne sache pas. Il continuait de descendre. Sa halte, en fait, n'avait duré que quelques secondes. Il n'en eut pas moins une réaction de coupable quand la concierge, dans le couloir, ouvrit la porte vitrée à son passage.

— Une lettre pour vous, monsieur Bernard.

C'était la même concierge que quand il s'était installé dans la maison et elle lui demandait régulièrement des nouvelles de sa mère, qu'elle avait bien connue. Elle avait connu son père aussi.

— Un si bel homme ! Il était bâti pour vivre cent ans !

Il reconnaissait de loin l'enveloppe jaune à en-tête d'une association d'invalides de guerre. On continuait à le convoquer à des réunions auxquelles il ne mettait pas les pieds. S'il avait accepté assez facilement l'idée d'être désormais un mutilé et de vivre une vie différente des autres, il refusait de faire partie d'un monde à part, de rencontrer d'autres hommes aussi amoindris que lui qui lui parleraient de leurs difficultés, de leurs médailles, de leur pension et de leurs droits.

— Comment va la santé, monsieur Bernard ?

— Bien, merci.

Elle le regardait une fois de trop, avec insistance, lui sembla-t-il, éprouvait le besoin de répéter :

— Cela va bien ?

Avait-il donc l'air malade, ou déprimé ? Il n'était pas en état de crise, pas encore. Il se sentait seulement un peu flottant, avec ce sentiment d'insécurité qu'il commençait à bien connaître.

C'est ce que le Pr Pellet appelait l'état vertigineux, pour le distinguer d'avec les vertiges proprement dits. A en croire le professeur, il ne souffrait pas de vrais vertiges et c'était un fait qu'il ne tombait pas dans la rue, incapable de faire un pas de plus. D'après Pellet, toujours, s'il lui arrivait de s'appuyer à un mur, ce geste ne répondait à aucune nécessité physique mais seulement à une crainte injustifiée.

— Vous allez faire votre marché ?

Quelques mois, quelques semaines plus tôt encore, le marché dans le quartier constituait un de ses grands plaisirs et il n'avait aucune gêne à emporter un filet à provisions comme une ménagère. Dans les boutiques, où l'on devait souvent attendre son tour, il rencontrait fort peu d'hommes et c'étaient presque tous des vieux, des retraités, des veufs, des solitaires, ou encore des maris dont la femme était alitée.

Il commençait par la boucherie car, plus tard dans la matinée, il risquait de ne plus avoir de foie de veau. Le soleil frappait en plein le trottoir, les grilles peintes en rouge, la toile à rayures rouges et jaunes qui, l'été, tendue derrière le marbre d'étalage, ne laissait qu'un passage à peine suffisant aux clients.

Une agréable fraîcheur régnait à l'intérieur et des visages de femmes, figés dans le clair-obscur, se tournaient tous à la fois vers lui en silence. Il en était de même pour chaque client qui entrait. Il les connaissait tous de vue, savait où la plupart habitaient.

Par terre, dans la sciure, d'épaisses taches de sang s'écrasaient sous les quartiers de bœuf qui pendaient aux crochets. Même l'odeur un peu fade de la viande ne lui était pas désagréable.

— Et pour vous, madame Blanc ?

Elle murmurait, comme honteuse d'avouer ainsi qu'elle était seule et pauvre :

— Un petit steak dans la ronde. Pas plus d'un quart de livre.

Le boucher s'appelait Désiré Lenfant. Il avait d'énormes avant-bras velus et, à la caisse, sa femme montrait un visage plein et rose de paysanne, une poitrine abondante que le soutien-gorge remontait sous le menton.

Désiré se tournait vers elle pour crier un prix.

— Au suivant...

Il y avait celles, comme Mme Blanc, qui commandaient timidement une petite portion et celles qui achetaient pour deux ; il y avait aussi les mères de famille, souvent avec un bébé sur le bras, parfois un petit garçon ou une petite fille accroché à leur jupe, et qui avaient besoin de six, de sept, de huit parts. Leur visage était presque toujours las, leurs épaules tombantes et elles choisissaient de préférence de la viande à ragoût.

Celles qui sortaient étaient remplacées par d'autres qui entraient et on avançait d'un pas. Malgré la toile rayée qui formait écran devant le soleil, des mouches bourdonnaient et un souffle plus frais venait de la chambre froide chaque fois que le commis allait y chercher une pièce de viande.

— Et pour vous, monsieur Foy ?

— Une livre et demie de foie de veau.

— Il reste du foie de veau, Hubert ?

— Oui, monsieur.

— Je vous le coupe en tranches ?

— Un seul morceau. Vous serez gentil de le piquer de lard.

Lenfant prenait un air entendu.

— Et comment cela va-t-il, vous ?

— Très bien, merci.

Pourquoi les gens avaient-ils l'air de ne pas le croire ? Le boucher le regardait comme s'il avait une arrière-pensée. Au moment de ses vertiges, Bernard se sentait pâle, les narines pincées, le regard fixe, mais Nelly, qui l'avait vu plusieurs fois en pleine crise, prétendait qu'il n'en était rien.

— Je t'assure que tu as très bonne mine...

Une fois ou deux, il s'était regardé dans une vitrine, mais c'était difficile de juger.

Quatre personnes attendaient quand il était entré et il y en avait maintenant quatre derrière lui qui, toutes les quatre, le regardaient, peut-être machinalement. Tout le monde, surtout les enfants, était comme fasciné quand, du bout de sa pince, avec des mouvements précis de prestidigitateur, il saisissait les billets et les pièces dans son porte-monnaie.

Que disait-on dès qu'il était sorti ? Lenfant ne grommelait-il pas :

— Depuis quelque temps, il file un mauvais coton...

Et n'y avait-il personne pour remarquer :

— Il a de la chance, dans son état, d'avoir une femme si jeune et si jolie !

— Est-ce vrai que c'est lui qui fait tout le ménage ?

— Mais non ! De ma fenêtre je vois très bien sa femme, dès six heures du matin, nettoyer l'appartement.

— Il était déjà ainsi quand elle l'a épousé ?

— Je ne pourrais pas dire. Ils habitaient le quartier avant nous.

— Je sais, moi. Ils venaient juste de se marier lorsque la guerre a éclaté. Sa mère à lui était concierge place des Vosges.

— Il doit toucher une grosse pension.

Il inventait, sûr de ne pas être loin de la vérité, pénétrait dans la crémerie au comptoir et aux rayons de marbre blanc où il y avait une si belle balance de cuivre.

— Et pour vous, monsieur Foy ? De quoi avez-vous envie aujourd'hui ? J'ai justement un brie comme votre petite dame les aime...

Si elle ne lui demandait pas des nouvelles de sa santé, elle lui lançait quand même un regard curieux. Était-ce lui, ce matin, qui se faisait des idées ? On semblait le trouver mal en point, le plaindre plus que les autres jours, le faire exprès d'être plus gentil avec lui.

— Vous ne souffrez pas trop de la chaleur, là-haut, avec le soleil presque toute la journée ?... Il est vrai que vous êtes au coin de la rue et que vous pouvez toujours faire un courant d'air...

Il alla encore à l'épicerie Bourre et il n'avait pas besoin de liste, il avait en tête tout ce qui manquait ou allait manquer, du poivre en grains, de la moutarde, du sucre, de la pâte pour les cuivres. Le café durerait encore deux ou trois jours. Il préférait l'acheter par petites quantités pour l'avoir toujours frais torréfié.

Quand il remonta chez lui, il faillit avoir l'occasion de jeter un coup d'œil derrière la fameuse porte à bouton d'émail. L'infirmière en blouse blanche était entrée dans l'immeuble un instant avant lui. Il la suivait dans l'escalier, voyait ses jambes plus haut que les genoux, les mouvements souples et aisés de ses hanches. Elle était fraîche, avec la vivacité et la gaieté d'un jeune animal.

En pressant le pas, il serait arrivé sur le palier presque en même temps qu'elle. Mais, déjà après avoir frappé par acquit de conscience, elle ouvrait la porte sans attendre de réponse et, plus bas qu'elle, il eut juste le temps d'entrevoir un pan de mur peint en jaune et un morceau de plafond.

Tout de suite, il les entendit parler gaiement et, quand il rentra chez lui et déposa ses paquets dans la cuisine, il était en nage.

Il éplucha des oignons, composa un bouquet garni, enduisit le fond de la cocotte de beurre frais. Le gaz allumé, ses emplettes rangées à leur place, il retourna dans le living-room où il n'avait rien à faire pendant un long moment. Il ne se sentait pas assez en train pour se mettre à peindre des abat-jour. Il arrangea un rideau que le courant d'air avait accroché à l'espagnolette, hésita à tourner le bouton de la radio, ne le fit pas et se laissa enfin tomber dans son fauteuil.

N'étaient-ce pas justement ces moments-là que le Dr Aubonne voulait lui éviter pendant quelque temps en l'envoyant en vacances n'importe où ? Il était déprimé, soit, il se l'avouait à lui-même. Mais il ne l'était pas tout le temps, pas toute la journée. Il en était de son moral comme de ses crises, qui le laissaient en paix pendant de longues heures. La preuve, la soirée de la veille. Et la journée avait bien commencé aussi. Elle aurait dû être magnifique. Il avait fallu...

C'est à peine s'il aurait pu dire sur quoi ils avaient buté. Un mot de rien du tout, à l'instant où sa femme et lui étaient le plus enjoués. Ce n'était même pas Nelly la coupable. C'était Gisèle, avec sa manie de disposer des gens.

C'était Gisèle...

Justement, est-ce que c'était bien Gisèle ? Voilà ce qui ne tournait pas rond et ce qu'il ne pouvait avouer ni au Dr Aubonne ni à personne. Et d'abord les gens se rendaient-ils compte qu'il ne menait pas une vie d'homme ?

Dans leur ménage, encore une fois, les rôles étaient renversés. C'était sa femme qui partait le matin pour son travail, qui revenait à midi, ruisselante de vie extérieure, repartait ensuite pour ne rentrer que le soir.

Et lui, pendant ce temps-là ? Comme la majorité des femmes, il restait à la maison, attendait, préparait le foie de veau à la bourgeoise qu'il fallait prendre garde de ne pas laisser brûler.

Il lui restait la distraction de se dire, après un coup d'œil à la pendule :

— Nelly fait ceci... Nelly fait ça...

Qu'en savait-il au juste ? Les femmes qui restent chez elles toute la journée n'ont-elles pas parfois les mêmes doutes au sujet de leur mari ? Or, ce sont des femmes. Elles ne sont pas amoindries par l'absence de leurs deux mains. Elles peuvent prendre leur compagnon dans leurs bras quand il rentre et se promener avec lui dans les rues sans que les gens se retournent d'un air apitoyé.

Ne souffrent-elles pas, malgré cela, de la même sorte de jalousie qui lui venait par périodes ? Ne leur arrive-t-il pas de renifler celui qui rentre, à la recherche d'une odeur étrangère ?

Ce n'était pas nouveau. Jadis aussi il connaissait ces angoisses-là, surtout les premières années, quand ses moignons restaient violacés et qu'il s'était mis en tête qu'il ne parviendrait jamais à se servir de ses crochets.

Ne pouvant rien faire sans Nelly, il se sentait aussi faible et impuissant qu'un bébé entre ses mains. Et elle, elle avait épousé un homme. C'était d'un homme qu'elle avait besoin.

Car c'était un vrai besoin, presque lancinant, il le savait, il l'avait même découvert avec une certaine surprise. Parfois, la nuit, il était éveillé par les vibrations du lit et, quand il allumait la lampe de chevet, il la trouvait comme en transes à côté de lui.

Au début, il lui demandait :

— Qu'est-ce que tu as ?

— Rien, Bernard... Je rêvais...

Petit à petit, elle lui avait avoué que c'étaient invariablement des rêves passionnés, érotiques, d'une précision qui le stupéfiait. Elle affirmait qu'il en était l'objet, que c'était lui, certaines parties de son corps qu'elle évoquait ainsi dans son sommeil. Était-ce vrai ? Était-ce possible de s'exalter ainsi sur un homme amoindri ?

Il ne lui en voulait pas. Il ne lui en avait jamais voulu et il ne lui en voudrait jamais, quoi qu'il advienne. Il n'aurait pas pu fixer l'époque exacte, peu de temps après la Libération ; on aurait dit que Paris reprenait d'un coup sa vraie vie, que la joie renaissait, que la jeunesse retrouvait ses droits.

Les fêtes, les danses succédaient aux défilés dans le soleil et les soldats américains chassaient les filles dans les rues. Il y avait de la sexualité dans l'air qu'on respirait et il leur était arrivé de se détourner d'un couple qui faisait l'amour contre un pilier de la place des Vosges.

A cette époque-là, il avait été tenté de lui dire :

— Tu sais, Nelly, tu es libre...

Il en aurait souffert, mais il considérait que c'était de sa part une question d'honnêteté. Il n'avait pas le droit de condamner une femme jeune et regorgeant de vie à l'existence repliée qu'il menait.

Il resterait son mari, son compagnon, l'homme qu'elle aimait. Elle reviendrait chaque fois à lui. Elle reviendrait tous les soirs. Il ne la questionnerait pas. Elle ne lui dirait rien. Ils seraient gais, confiants, comme un vrai couple, et ainsi garderait-il malgré tout sa part...

Il préférait qu'elle ne prenne pas un amant, seulement des hommes, aussi anonymes que possible, et il ne lui aurait pas laissé voir qu'il souffrait.

Cela ne valait-il pas mieux que d'être mort, ou que de l'avoir perdue tout à fait ?

C'était lui, pas elle, qui avait été mobilisé et qui avait sauté sur une mine en jouant au boy-scout dans la neige. C'était à lui qu'on avait remis une médaille alors qu'il ne savait pas ce qui s'était passé au juste. Il n'y avait aucune raison pour qu'elle en pâtisse !

En vérité, tout cela, il ne le lui avait jamais dit. Comme maintenant, c'étaient les pensées de certaines heures, de certains jours, qu'il s'empressait de rejeter un peu plus tard.

En ce temps-là aussi, il lui était arrivé de se demander si elle avait attendu son consentement pour aller avec des soldats américains, ou avec n'importe qui.

Quand il travaillait au garage des Halles, ne lui arrivait-il pas de prendre deux ou trois jours de congé, comme la semaine où ils avaient raclé les murs de l'appartement et collé de nouveaux papiers peints ? Ne se rendait-elle pas libre quand ils avaient une course importante à faire, des documents à aller signer pour sa pension ou simplement quand ils éprouvaient le besoin de passer un moment ensemble pendant la journée ?

Elle partait chaque matin pour chez Delangle et Abouet, soit. Quelle preuve avait-il qu'à cette minute précise, par exemple, elle se trouvait place des Victoires ?

Il était tenté de prendre un papier, de diviser la page en deux colonnes, d'écrire d'un côté le *pour,* de l'autre le *contre,* afin d'établir une sorte de bilan. Avant tout, ce qu'il aurait écrit en tête, encore une fois, c'est qu'il ne lui en voulait pas, qu'il n'avait pas le droit de lui en vouloir. Peut-être aurait-il noté aussi une pensée qui lui revenait assez souvent et qu'il n'avait laissé soupçonner à personne, à elle moins qu'à quiconque, bien entendu. Est-ce qu'un homme comme le Dr Aubonne, par exemple, qui voyait toutes sortes de gens et qui devait entendre d'étranges confessions, aurait été capable de comprendre ?

— *Je voudrais qu'elle soit laide !*

Laide, il l'aurait aimée autant, lui, sinon davantage, et les autres ne se seraient pas retournés sur elle. C'est lui qu'on aurait plaint quand ils seraient passés côte à côte dans la rue.

Laide ou défigurée !

Il s'était dit aussi, il y a fort longtemps :

— Quand elle aura quarante ans, les hommes n'auront plus envie d'elle.

Elle en avait trente-huit et elle était plus désirable que jamais. Pas seulement pour lui. Pour les autres aussi, il s'en apercevait aux regards des passants.

C'était par la colonne des *contre* qu'il avait envie de commencer, pour s'en débarrasser plus vite, et parce que c'était le plus pénible, si pénible qu'il s'efforçait d'habitude de ne pas aller jusqu'au bout de ces pensées-là.

Y inscrivait-il les rêves de Nelly, en considérant que ce n'était pas au souvenir de ses pauvres étreintes qu'elle s'excitait de la sorte ?

Elle rencontrait des mâles toute la journée et, chez Delangle et Abouet, il n'y avait pas que des vieillards. Il voulait bien laisser de côté les employés de la comptabilité, tous des hommes rassis, d'un certain âge.

C'était la plus importante maison de passementerie, non seulement de Paris, mais de France, peut-être d'Europe. On y recevait des commandes et des acheteurs du monde entier.

M. Delangle avait soixante-dix-neuf ans. On fêterait bientôt son quatre-vingtième anniversaire et sa fille unique vivait en Suisse avec son mari et ses enfants.

M. Abouet, lui, avait tout juste dépassé la cinquantaine et, depuis quelque temps, son fils aîné, M. Jean-Paul, comme Nelly elle-même l'appelait, était entré dans l'affaire.

— Quel genre d'homme est-ce ?

— Il a passé trois ans chez les soyeux de Lyon avant que son père lui confie le poste de sous-directeur. C'est lui, désormais, qui dirigera le département étranger, car il parle plusieurs langues, et on prétend qu'il a l'intention de tout moderniser dans la maison.

Cela ne lui disait pas quel homme c'était.

— Il est marié ?

— Oui. Je n'ai vu sa femme qu'une fois, une grande blonde, assez jolie. Ils habitent boulevard Suchet et ont une voiture de grand sport...

— Il est blond aussi ?

— Plutôt brun...

Elle avait l'air de chercher dans sa mémoire.

— Oui... Plutôt brun...

— Où est son bureau ?

— Au premier étage, à côté de M. Delangle, dont il prendra la place quand celui-ci se retirera. Pour le moment, il vit un peu en camp volant...

N'était-ce pas naturel qu'elle parle ainsi de ceux avec qui elle travaillait et passait presque plus de temps qu'avec lui — beaucoup plus de temps si on décomptait les heures de sommeil ?

Elle n'y voyait sans doute pas malice, ne se rendait pas compte que les mots n'ont pas la même résonance pour un homme qui passe ses journées à l'attendre que pour elle qui se trouvait de plain-pied dans la vie.

Peut-être ce Jean-Paul avait-il le nez de travers, des verres épais, un pli désagréable au coin des lèvres ? Peut-être était-ce un jeune pète-sec qui se serait cru déshonoré d'abaisser son regard sur un membre de son personnel ?

C'était improbable. Nelly en parlait plutôt avec sympathie, comme elle parlait de tout ce qui touchait à la place des Victoires.

Ça aussi le rendait malheureux. D'autres lieux que leur appartement étaient familiers à Nelly. Elle y avait ses habitudes, sa chaise, un crochet pour son manteau, des affaires personnelles dans un tiroir. Elle regardait l'heure à une horloge différente, une horloge électrique qu'il avait aperçue en passant, et c'était un peu comme si elle ne vivait pas le même temps que lui.

Était-ce avant ou après l'arrivée de Jean-Paul qu'elle avait été nommée chef de service ? Car, depuis plusieurs mois, elle était, là-bas, un personnage important. Du jour au lendemain, on avait cessé de l'appeler Nelly, sauf les intimes comme Gisèle, pour dire Mme Foy.

Elle régnait désormais sur le vaste magasin du premier étage, en chêne clair, à côté des bureaux directoriaux, où des milliers d'échantillons étiquetés étaient rangés sur les rayons. Elle avait cinq filles sous ses ordres, des jeunes pour la plupart, mais aussi une dame de cinquante ans qui, il est vrai, était entrée dans la maison bien après elle. En dehors de la comptabilité et du chef magasinier, elle était la plus ancienne.

Cela ne pouvait-il s'inscrire dans la colonne *pour ?*

Mais si sa nomination avait eu lieu peu de temps après l'installation de Jean-Paul comme sous-directeur ? Non seulement il était incapable de s'en souvenir, mais elle ne lui avait pas nécessairement parlé du fils Abouet dès le jour de son entrée dans la maison. Il lui arrivait de dire :

— A propos, la semaine dernière, un des camionneurs...

N'était-ce pas vers cette époque qu'elle s'était commandé trois robes à la fois ? Elle ne les achetait plus en confection, car elle avait trouvé une couturière qui l'habillait fort bien et qui n'était pas chère, Mme Levart, rue de Sévigné, en face l'école des filles.

Quand, après journée, elle avait des essayages, Bernard l'accompagnait jusqu'à la porte et faisait les cents pas dans la rue en attendant. Elle insistait pour qu'il monte avec elle.

— Tu pourras me donner ton avis...

Il y était allé deux fois et Mme Levart avait tenu à lui offrir un verre de vermouth qu'il n'avait pas osé refuser.

C'était lui qui avait voulu que sa femme soit plus coquette et qu'elle renouvelle sa garde-robe.

— Nous sortons si peu, Bernard...

— Ce n'est pas pour les autres que je tiens à ce que tu sois gentiment habillée...

A première vue, c'était lui qui lui avait fait commander les trois robes. Seulement, les autres printemps, il lui était arrivé d'insister de la même façon et elle se contentait chaque fois d'acheter une robe ou deux et de retaper les anciennes.

En outre, cette fois, et sans qu'il ait eu besoin d'intervenir, elle avait acheté deux sacs à main, des gants, des chaussures assorties à une des robes, ce qui ne lui était jamais arrivé. Elle avait même remarqué :

— Je commence à m'apercevoir qu'en vieillissant une femme devient coquette. Il est vrai que c'est le moment où elle en a le plus besoin. Te rends-tu compte que, dans très peu d'années, je serai une vieille femme ? Je voudrais tellement que tu continues à me trouver jolie ! Vois-tu, Bernard, c'est pour toi que...

Il avait eu envie de laisser tomber sèchement :

— Non ! Pour toi !

Ou pour un autre homme. Ou pour d'autres hommes. Il ne savait pas. Il en était réduit aux conjectures. Tout lui semblait possible ; tout était vraisemblable.

Même le fait qu'elle devenait plus belle, plus désirable en mûrissant, était une raison d'inquiétude. Une femme qui se gave d'amour n'acquiert-elle pas plus d'éclat ?

Son amour à lui, elle y était habituée depuis longtemps. Et la petite ouvreuse d'Épinal ne se souciait pas de ses toilettes ni de son aspect. Elle aimait, sans chercher plus loin. Elle considérait l'amour de Bernard comme acquis et ne s'efforçait pas de le conserver par des artifices.

Elle venait même de changer de coiffeur ! Le nouveau lui avait coupé les deux mèches folles que Bernard aimait tant, au-dessus des oreilles.

— J'étais furieuse ! Je lui avais recommandé de ne rien changer. Je ne pensais pas à surveiller ses gestes et, le temps de regarder une cliente qui entrait, c'était fait...

Pour ou contre ? N'était-ce pas plutôt contre ? Sachant qu'il tenait à ces deux mèches-là... Et, de toute façon, ne la préférait-il pas le moins apprêtée possible ?

— Tu comprends, maintenant que je reçois les voyageurs et que tout le monde m'appelle Mme Foy...

S'il n'avait pas été amputé des deux mains, s'il avait continué à travailler à son garage, s'il était devenu contremaître ou, qui sait, sous-directeur, n'aurait-il pas troqué sa salopette contre un complet bien coupé et ne se serait-il pas rasé de plus près ?

Le plus grave, c'était Mazeron. Quand il avait été question de demander à la concierge le logement de M. François, Bernard avait questionné :

— Comment est-il, ce garçon ?

Toujours la même question, pour tous les hommes. N'était-ce pas naturel ?

— Je ne sais pas. Je ne l'ai jamais vu.

— Il ne lui arrive pas de venir chercher sa sœur place des Victoires ?

Il lui semblait qu'elle hésitait avant de répondre et sa réponse n'était-elle pas équivoque ?

— Peut-être est-il venu, avant sa polio. Je l'ignore. Gisèle et moi ne sommes pas dans le même service...

Par contre, elle connaissait les petites histoires, non seulement des jeunes filles avec qui elle travaillait, mais des demoiselles du bureau et même des voyageurs de la maison.

Cela se passait au printemps, en mars ou avril.

Et si elle connaissait déjà Pierre Mazeron bien avant ? Cela n'avait rien d'impossible. Gisèle travaillait chez Delangle et Abouet depuis cinq ou six ans. Elles étaient tout de suite devenues amies. Elle avait pu présenter son frère à Nelly, un soir, en quittant le magasin. Pourquoi n'aurait-elle pas dit à celui-ci :

— Tu verras ! Elle est assez jolie et pas mal faite du tout. Sa vie n'est pas heureuse. Elle est mariée à un grand invalide qui ne sort pas de chez lui et qui ne lui donne aucune distraction...

Ce n'était pas la première fois que cette pensée lui trottait par la tête. D'habitude, il la repoussait. Pourtant, quand il travaillait aux Halles, un apprenti, ignorant qu'il était marié, lui avait proposé un soir :

— Tu ne voudrais pas, des fois, sortir avec ma frangine ?

Non ! Il biffait ça de son esprit. Elle ne l'avait sans doute connu que quand Gisèle lui avait parlé d'un appartement. Mais n'était-elle pas allée le voir alors — peut-être en compagnie de Gisèle — pour lui annoncer la bonne nouvelle ?

Il se levait pour retourner le foie de veau dont la bonne odeur envahissait les trois pièces. Ses gestes restaient calmes, méticuleux, et, penché sur l'évier, il se mettait à éplucher quelques pommes de terre, à couper en rondelles quelques carottes qu'il ajouterait une demi-heure avant l'arrivée de sa femme.

— Non ! disait-il à mi-voix.

Il barrait encore. Elle ne l'avait pas rencontré avant qu'il s'installe dans l'appartement du premier.

Mais depuis ? Une fois tous les deux jours au moins, il y avait un paquet ou une lettre à lui porter de la part de Gisèle. Cela, c'était vrai. Gisèle et son mari étaient montés chez eux un dimanche qu'ils étaient venus voir Mazeron. Nelly leur avait offert du vin rosé et des gâteaux secs, s'était mise en quatre comme si elle tenait à leur plaire. Pourquoi ?

Gisèle avait dit à Bernard, au cours de la conversation :

— Je me demande comment vous avez fait pour dénicher une femme pareille ! C'est un chou !

Elle avait ajouté d'une voix qui semblait naturelle :

— J'ai quelquefois honte de la mettre à contribution. Mon pauvre frère est si seul ! Si on ne lui donnait pas un coup de main, je me demande comment il s'en tirerait. Vous en savez quelque chose, vous qui êtes un peu dans le même cas...

C'était peut-être le mot qui lui avait fait le plus mal, cette comparaison entre lui et le jeune dessinateur du premier chez qui sa femme passait presque chaque jour.

— Il lui est tellement reconnaissant de s'être démenée pour lui trouver un logement...

Ce n'était pas vrai. Nelly ne s'était pas démenée. Elle n'avait fait que poser la question à la concierge, en ajoutant peut-être un mot en faveur du frère de Gisèle. Sinon, elle lui avait menti.

Que restait-il de la colonne *contre ?* Il ne savait plus, préférait cesser d'y penser. Il serait bientôt temps de mettre la table, de secouer la salade, de s'occuper des menus soins qui étaient son lot.

En définitive, il pouvait aussi logiquement remplir une colonne que l'autre, selon son humeur, selon son degré de confiance du moment. Pendant des années, il ne s'était pas méfié de sa femme et son seul souci avait été de la rendre aussi heureuse que possible.

Pourquoi, soudain, à quarante-deux ans, avait-il si souvent l'impression de n'y être pas parvenu ?

Il mettait la radio en marche, sans s'en rendre compte, parce que, quand il travaillait à ses abat-jour, il avait l'habitude d'écouter de la musique. Il était occupé à poser le quartier de brie sur un plat quand il sursauta, presque effrayé. Lui qui entendait tous les bruits de la maison en même temps que ceux de la rue, n'avait rien entendu, et pourtant Nelly était là, qui lui entourait les épaules de ses deux bras.

— Qu'est-ce que... commença-t-il.

Par la porte ouverte, il voyait la pendule, dans le living-room, qui marquait midi moins dix. Ce n'était pas l'heure de sa femme, et elle ne se comportait pas comme d'habitude. Lui prenant la tête à deux mains, elle l'embrassait sur les joues, sur le front, sur les lèvres, de l'anxiété plein les yeux.

— Qu'est-ce que... répétait-il, dérouté.

Il n'avait pas fini de dissiper ses mauvaises pensées et l'exaltation de Nelly, son retour inopiné l'inquiétaient.

— Je n'ai pas pu tenir jusqu'à midi... disait-elle. Si tu savais quelle affreuse matinée j'ai passée...

— Pourquoi ?

— Tu ne le devines pas ?

Il s'obstinait à rester sur la défensive, comme on boude.

— C'est la première fois que nous nous sommes quittés ainsi...

Il objecta :

— Je t'ai fait signe par la fenêtre...

— Je n'oserais pas te dire toutes les idées qui m'ont trotté par la tête... Nous étions si heureux, hier au soir !... Il y a des semaines que je ne t'avais vu aussi détendu... Ce matin aussi... Cela me rappelait un peu notre installation ici... Puis il a fallu...

— N'en parle plus, veux-tu ?

Elle l'observait avec attention, devenait plus grave.

— Tu as eu une mauvaise matinée aussi, n'est-ce pas ?

Il se contenta de hausser les épaules.

— Une crise ?

Il s'obstinait à aller et venir, achevait de mettre la table en lui tournant le plus souvent le dos.

— Bernard...

— Oui ?

— Tu es vraiment jaloux au point d'en souffrir, de t'en rendre malade ? Tu te figures que je serais capable de m'intéresser à un autre homme que toi ?...

— Je ne sais pas. Peut-être que non.

— Peut-être ?

— Pourquoi n'y aurait-il que moi au monde ?

— Et toi ? Tu pourrais...

Elle se reprit tout de suite.

— Tu es un homme. Ce n'est pas la même chose...

— Qu'as-tu dit à M. Jean-Paul ?

— Que j'avais oublié un rendez-vous de dentiste.

Elle avait menti. Elle pouvait mentir.

— Je suis allée trouver Gisèle, continuait-elle. Je l'ai priée de ne plus me donner de commissions pour son frère...

— Pourquoi as-tu fait ça ? Quel prétexte as-tu donné ?

— Je n'ai pas parlé de toi. Je lui ai dit que les locataires pourraient se mettre à jaser...

— Qu'a-t-elle répondu ?

— Rien. Elle en sera quitte pour ne plus me traiter de chou !

Il sourit malgré lui, le saladier à la main, et elle lui lança :

— Veux-tu lâcher ça, imbécile, que je puisse me serrer contre toi...

Ils pleuraient tous les deux. C'était la première fois qu'il leur arrivait de pleurer ensemble.

5

En vingt ans, ils n'avaient jamais été aussi proches l'un de l'autre que cet après-midi-là, aussi proches, leur semblait-il à tous les deux, qu'il est possible à des humains de l'être.

Or, à peine vécues, ces heures sans artifice, sans convention, ces heures presque hors du monde où tout devenait différent, où ils avaient le corps et l'âme plus sensibles et où ils parlaient comme dans la fièvre, à peine vécues elles basculaient déjà dans le passé.

Qu'en resterait-il le lendemain, les jours suivants ? Qu'en resterait-il dans quelques mois ou dans quelques années ?

Des images s'étaient imprimées, qu'ils n'avaient pas choisies, certaines intonations, certains regards captés par hasard, et même des bruits étrangers qui avaient formé comme une musique de fond à leur confrontation.

Ne reverraient-ils pas toujours, par exemple, le litre de vin rouge, sur la nappe, à moitié plein, qui semblait fait de deux parties saignantes parce qu'une tache de soleil étincelait au beau milieu ? Un peu de sauce sur les assiettes, des restes de pain autour, quatre fruits auxquels ils n'avaient pas touché, sur un plat de métal.

Bernard avait bu davantage que son demi-verre habituel. Deux ou trois verres, peut-être quatre, et il sentait ses paupières chaudes papillonner. Nelly, d'une voix sourde, lui parlait de sa matinée, révélant qu'elle avait déjà failli descendre de l'autobus au premier arrêt pour se précipiter à la maison.

Ils évitaient encore de se regarder, par une sorte de pudeur. Ils ne voulaient pas que leur entretien prenne un tour dramatique et, à les voir, la femme d'en face, par exemple, on aurait pu croire qu'ils s'entretenaient de futilités.

— Tout le temps que je suis restée au magasin, je n'ai cessé de regarder l'heure. J'essayais de te suivre par la pensée. Je me disais que tu faisais le marché, que tu remontais l'escalier. Je m'efforçais d'imaginer ton visage et je n'y parvenais pas. C'était peut-être ce qui m'angoissait le plus.

Comme lui, non seulement, ce matin-là, mais les autres matins, les autres après-midi.

— A la fin, n'y tenant plus, j'ai inventé cette histoire de dentiste...

— Qu'est-ce que tu craignais ?

— Que tu sois malheureux... Que tu te morfondes...

— Tu as eu peur que j'aie une crise ?

— Aubonne m'a rassurée à ce sujet... Non ! C'était l'idée que je t'avais fait mal sans le savoir... Au fond, je n'ai commencé à comprendre que petit à petit... Tu es vraiment jaloux, Bernard ?

Il répondait oui de la tête, à regret.

— Tu es donc encore amoureux ?

— Je t'aime.

— Après tant d'années ?

— Et toi ? Est-ce qu'à force de vivre avec moi, tu t'en lasses ?

— Tu sais bien que ce n'est pas vrai.

— Comment le saurais-je ?

— Écoute ! Voilà ce que je vais faire. Je n'ai pas envie d'aller au magasin aujourd'hui. Je veux rester avec toi. Je téléphonerai que la séance chez le dentiste m'a fatiguée, qu'on a dû me donner un calmant et qu'on me conseille de me coucher...

Ils n'avaient pas le téléphone. A quoi leur aurait-il servi puisqu'ils n'avaient pour ainsi dire personne à qui téléphoner et que personne ne les appellerait ? A communiquer ensemble pendant les heures de séparation, certes, mais, chez Delangle et Abouet, le personnel n'avait pas le droit de demander ou de recevoir des communications privées.

Le déjeuner terminé, elle était descendue et il l'avait vue entrer au Café de Turenne, en face de la pâtisserie, où il y avait une cabine.

Contrairement à ce qu'il aurait fait un autre jour, il n'avait pas débarrassé la table et, après avoir tourné en rond comme pour trouver un coin où se mettre, il était allé s'étendre de tout son long sur le lit.

Il aurait eu du mal à définir son état d'esprit, l'état de son corps. Il se souvenait d'un mot qu'il avait lu quelque part et qu'il n'avait pas bien compris sur le moment. Il s'appliquait à lui aujourd'hui : il était dolent.

Ce n'était pas désagréable. Un malaise sourd et voluptueux pénétrait très avant dans sa chair et il avait envie de crever cette sorte d'abcès. Envie aussi de parler à Nelly, de lui dire tout ce qu'il ne lui avait jamais dit, de se débarrasser en une fois de cet amas confus, grouillant, de mauvaises pensées qui lui revenaient de plus en plus souvent.

Il ne savait pas comment il s'y prendrait, ni s'il y parviendrait. Il avait un peu peur, en se déchargeant égoïstement d'un poids qui lui devenait trop lourd, d'en accabler sa femme.

Il l'entendait monter, ouvrir la porte. Ne le voyant pas dans le living-room, elle jetait certainement un coup d'œil dans la cuisine, déjà inquiète, avant de se diriger vers leur chambre.

On aurait dit qu'elle aussi vivait sur la pointe des pieds, comprenant qu'ils se tenaient en équilibre fragile et que la moindre maladresse risquait de leur faire beaucoup de mal.

— Tu veux que je ferme le rideau ?

La fenêtre de la chambre donnait rue des Minimes et, juste en face, devant une fenêtre mansardée, une culotte rose, un soutien-gorge et une combinaison séchaient sur une corde.

— Ferme le rideau, mais laisse la fenêtre ouverte...

Il préférait qu'ils ne soient pas trop retranchés du monde, qu'ils ne se sentent pas enfermés. D'un geste naturel, aisé, elle passait sa robe par-dessus la tête. Il leur arrivait souvent, le dimanche, de s'étendre ainsi sur le lit non défait et elle enlevait toujours sa robe pour ne pas la froisser.

Elle se couchait à côté de lui, sans le toucher, sur le dos, les mains derrière la nuque, et ils entendaient derrière la cloison la mère des jumeaux qui faisait la vaisselle en écoutant la radio.

Chez Mlle Strieb, au second, un élève reprenait sans fin la même phrase musicale qu'ils entendaient depuis des années jouer par toutes les débutantes et, très loin, peut-être rue du Pas-de-la-Mule, une machine pneumatique défonçait le macadam.

Pendant qu'ils restaient ainsi immobiles et silencieux, chacun semblait vouloir s'imprégner de la pensée de l'autre. Bernard, en tout cas, ne se préoccupait que de sa femme, de ce qu'elle lui avait dit de sa matinée. Cela le troublait de découvrir qu'ils avaient été malheureux ensemble, sans le savoir, à peu près pour les mêmes raisons.

— Tu sais, Nelly...

Ils ne se voyaient pas. Chacun regardait le plafond au-dessus de sa tête et deux mouches s'y poursuivaient en silence.

— Qu'est-ce que je sais ?

— Au fond, j'ai toujours été jaloux...

— Je sais. A Épinal, tu évitais de me présenter tes camarades...

— En réalité, je n'avais pas de vrais camarades... Avant non plus... Ni après...

C'était comme une musique à deux voix qui tâtonnait encore. L'un après l'autre amorçait son petit air et les thèmes commençaient à s'entrelacer.

— Un soir qu'un garçon m'a invitée à danser...

— Je parle d'avant ça...

— D'avant que tu me connaisses ?

— Oui.

— Tu as été amoureux d'une autre femme ?

— Je n'aimais personne, mais j'étais déjà jaloux... C'est difficile à expliquer... Tout à l'heure, quand tu es descendue pour téléphoner, il m'est revenu un souvenir d'enfance et je me suis promis de te le raconter... J'avais cinq ou six ans... Pas tout à fait six ans, puisque j'étais encore à l'école maternelle... Je passais des heures dans la cour, ou sous les arcades, et ma mère me surveillait d'assez loin...

» J'avais découvert une petite fille plus jeune que moi qui, elle, était livrée à elle-même, dans la rue, toute la journée... J'ignore si elle avait un père... Sa mère était italienne et travaillait dans le quartier... Même pour nous qui étions de pauvres gens, elle apparaissait comme quelqu'un de très pauvre...

» La gamine s'appelait Rita... J'ai eu de la peine à me souvenir de son prénom, alors qu'elle a tenu pendant assez longtemps une place importante dans ma vie...

— Tu en étais amoureux ? questionnait Nelly d'une voix attendrie.

— Attends ! Laisse-moi chercher à exprimer la vérité... Je n'en étais pas amoureux mais, dans mon esprit, elle était ma femme, parce que c'était l'être le plus désarmé et le plus docile que j'aie pu trouver... Elle avait les jambes maigres, la peau brunâtre et terne à force de saleté... Je revois ses prunelles, grandes, brunes, brillantes, qui gardaient une immobilité fascinante...

— Qu'est-ce que vous faisiez ensemble ?

— Près des anciennes écuries, au fond de la cour, une porte ouvrait sur un cagibi sans fenêtre, où ma mère rangeait ses seaux et ses balais... C'est là que j'emmenais Rita...

— Tu refermais la porte ?

— Oui.

— Vous restiez dans l'obscurité ?

— Oui. Pourtant, j'avais peur du noir.

— A quoi jouiez-vous ?

— Nous ne jouions pas. Elle était ma femme, ou mon esclave, je ne sais plus. Je ne le savais probablement pas davantage alors. Dans le cagibi, nous étions seuls et j'avais la sensation d'être le maître.

— Tu l'embrassais ?

— L'idée ne m'en est jamais venue. Je ne la battais pas non plus. Je lui disais de s'asseoir contre le mur et je m'asseyais à côté d'elle.

— Elle n'était pas effrayée ?

— Je ne me posais pas la question. Je ne le pense pas. Quand j'entendais ma mère m'appeler pour le goûter, je sortais et refermais la porte.

— La laissant seule ?

— Oui. Un jour, cela a causé un petit drame. Sa mère la cherchait partout ; elle est venue crier dans notre cour : « Rita !... Rita !... » et des mots italiens... Ma mère était en train de lui affirmer qu'elle n'avait pas vu sa fille de la journée quand on a entendu une petite voix qui paraissait très lointaine, étouffée... On a fini par trouver Rita et l'Italienne a accusé ma mère de l'avoir enfermée pour se débarrasser d'elle pendant qu'elle me donnait à goûter...

— Tu n'as pas dit que ce n'était pas vrai ?

— Je me le demande. Je ne me rappelle pas la fin de l'histoire... Je voulais seulement t'expliquer ce que j'essaie de m'expliquer à moi-même... J'y pense souvent...

— A ta jalousie ?

— A toi... A moi... Je t'aime et je suis jaloux... Ne m'interromps pas... Ce que je dis est la vérité et elle n'est pas aussi belle que je le voudrais... Même si je ne t'aimais pas, mais que tu sois ma femme, je serais jaloux et je souffrirais... Tu comprends ça ?

— Peut-être. Tu as beaucoup souffert avec moi ?

— Par moments... Ça vient, puis ça passe, et alors je suis parfaitement heureux... J'ai eu envie de dire follement heureux, car il y a des jours, quand je te vois descendre de l'autobus, où je me mettrais à crier de bonheur... Dès l'âge de quatorze ans, j'avais le désir du mariage, d'une femme à moi, d'un petit monde dont je serais...

Il hésitait.

— Tu vois que ce n'est pas beau !... Un monde dont je serais le centre, dont je serais le maître... Pas tellement pour commander... Pour me sentir le plus fort... Je pensais à une femme qui aurait besoin de moi, qui n'aurait rien d'autre au monde, que je devrais protéger et rendre heureuse...

— Tu m'as rendue heureuse...

Il secouait la tête, le dos toujours à plat sur le lit, et la main de Nelly s'était posée timidement sur sa hanche. Elle non plus ne bougeait pas et il y avait de longs silences pendant lesquels la vie extérieure entrait plus bruyamment par la fenêtre dont le rideau se gonflait.

— Tout ce que je viens de dire n'est pas encore exact... C'est plus compliqué, peut-être trop compliqué pour moi... J'avais une grande admiration pour mon père et tu n'en devinerais pas la raison...

— A cause des chevaux, je parie...

— Quand j'étais très jeune, oui, mais cela n'a pas duré longtemps... Ce qui m'a émerveillé, par la suite, c'est que mon père, sur son camion, s'enfonçait seul dans le monde redoutable de Paris... Ma vie avait des frontières étroites et déjà la rue Saint-Antoine constituait un univers étranger, plein de périls... Mon père allait partout, chargeait de lourds colis dans une gare où les trains sifflaient, fonçait parmi les trams, les autobus et les taxis... C'était aussi extraordinaire à mes yeux que les charges d'Indiens dans les livres d'images...

— Tu avais envie, une fois grand...

— Non... Je ne crois pas... D'ailleurs, c'est vers cette époque qu'il est mort... Ma vraie admiration...

Il s'interrompait pour se moquer de lui-même.

— C'est la première fois que je pense tout haut devant quelqu'un et tu te rends compte à présent comme c'est compliqué... Il est vrai que j'ai des journées entières à moi pour venir à bout d'une idée... Est-ce que j'en viens réellement à bout ?...

» La vraie raison de mon admiration pour mon père, c'est qu'il n'avait besoin de personne, qu'il s'asseyait le soir sous la voûte, tout seul... Il ne lisait pas le journal, n'écoutait pas la radio... Il restait là, laissant sa pipe s'éteindre dans sa bouche, à regarder devant lui, l'air satisfait...

— Tu n'aurais pas pu vivre seul, n'est-ce pas ?

— Non. J'ai toujours su que j'avais besoin d'une femme.

Elle le taquina.

— C'est pourquoi tu m'as épousée ?

— Je t'ai aimée. Mais, si je ne t'avais pas rencontrée, je me serais marié quand même...

— Et tu aurais été jaloux ?

— J'en suis presque certain. Seulement, cela m'aurait fait moins mal...

— Tu y penses tous les jours ?

— Non. Mais, dès que tu n'es pas là, je me sens mal à l'aise, inquiet.

— Moi aussi. Te souviens-tu que, quand ta pension a été augmentée, je t'ai proposé timidement de ne plus travailler ? Je n'osais pas insister, par crainte que tu me croies paresseuse...

— J'ai hésité, avouait-il. J'en ai même parlé au Dr Aubonne...

— Pourquoi le docteur ?

— Parce que c'était une grosse responsabilité à prendre. Je ne voulais pas ne penser qu'à moi.

— Qu'est-ce qu'il t'a dit ?

— Que, pour nous deux, il valait mieux que nous gardions chacun notre activité...

— Tu aimerais que je quitte Delangle et Abouet ?... Tu veux ?...

— Non...

— Pourquoi ?

— Parce que tu as besoin de te dépenser et qu'ici tu n'en aurais pas assez l'occasion...

— Dans ce cas...

— Attends ! Moi, de mon côté, j'ai besoin de me dire...

Il n'achevait pas sa phrase tout de suite, désirant que sa confession soit sincère, d'une vérité absolue à laquelle il sentait avec découragement qu'il n'atteindrait pas.

— Tu as besoin de te dire quoi ?

— Je vis un peu par personne interposée... Tu vas... Tu viens... Tu vois des gens, des rues, du mouvement... Quand tu rentres, tu en es toute imprégnée... Je me dis que c'est en partie grâce à moi, parce que je ne te condamne pas à jouer du matin au soir le rôle de garde-malade... Au fond, je suis très égoïste...

— Toi, égoïste ?

— Oui... C'est inutile de protester... A force de penser à moi, à nous, je finis par bien me connaître... Si je me suis tellement débattu avec Aubonne, et surtout avec le Pr Pellet, qui est plus diabolique, c'est que je ne voulais à aucun prix qu'ils découvrent la vérité... Ils insistaient pour me faire dire que j'avais des tracas...

Il y eut un silence un peu angoissant, car il venait d'évoquer indirectement un logement, au premier étage, une porte qu'il n'avait jamais ouverte, un bouton de porcelaine blanche qu'il n'avait pas touché. Il évitait de faire une allusion plus directe à Mazeron, mais celui-ci n'en était pas moins soudain présent.

— Je ne sais pas pourquoi j'ai souffert dès le premier jour, dès que j'ai su qu'il allait s'installer dans la maison... J'ignorais encore que tu aurais à le voir... L'idée qu'un autre infirme...

Un silence encore, pendant lequel Nelly retint son souffle.

— Ce n'est pas ce qui a provoqué mes vertiges, crois-moi... J'ai eu des crises avant... Je me suis seulement mis à en avoir plus souvent, de plus fortes, chaque fois que tu t'arrêtais chez lui ou que je pensais à vous deux...

— Nous deux ?

— Je te demande pardon... C'était ainsi dans mon esprit...

— Tu t'imaginais vraiment...

— Parfois oui, parfois non... Peu importe... Le seul fait que tu t'intéresses, si peu que ce soit, à quelqu'un d'autre... A plus forte raison à quelqu'un qui, comme moi, a besoin d'aide, à quelqu'un qui se sent seul, malheureux...

— Il n'est pas malheureux.

— Ah ?

— Je suis persuadée, au contraire, qu'il file le parfait amour avec l'infirmière qui lui apporte chaque jour des fleurs et des gâteries... Je crois qu'elle pose pour lui.

— Nue ?

— En tout cas, il y a des nus au mur, des dessins qui lui ressemblent... Je ne l'ai croisée que deux fois dans l'escalier, mais...

— Il ne t'a pas demandé de poser ?

— Jamais.

— Tu vois comme je suis !... Un mot, une image, et je repars... Si tu devais sortir dans un instant, je me ferais à nouveau tout un monde... Je sais que c'est ridicule, odieux... Je t'aime... Je prétends que je ne veux que ton bonheur... Puis, à l'idée que tu pourrais t'intéresser à un homme, que tu pourrais avoir envie...

— Tais-toi !

— Cela m'est bien arrivé, à moi, et je ne t'en aime pas moins...

— Souvent ?

— Trois fois... Deux vraies fois et une autre qui ne compte pour ainsi dire pas...

— Il y a longtemps ?

— La première, c'était avant la guerre, quand je travaillais encore aux Halles... Dieu sait si nous étions des amoureux passionnés et si nous faisions l'amour... Eh bien ! malgré ça, j'ai éprouvé le besoin de coucher avec une autre femme...

— Qui était-ce ?

— Je ne sais pas son nom et je ne la reconnaîtrais sûrement pas... Je travaillais à la pompe à essence, sur le trottoir... Il faisait très chaud... Nous avions déjeuné ensemble dans un petit restaurant bon marché et, comme aujourd'hui, j'avais bu plusieurs verres de vin... Cela ne m'était pas encore défendu... Tu te souviens ?... Il nous arrivait de le faire exprès, tous les deux, de boire un tout petit peu trop et je riais de voir tes yeux s'allumer...

— Et c'est avec l'autre...

— Elle allait et venait devant la porte de l'hôtel, à deux pas du garage... Elle avait de gros seins... Les tiens étaient très petits... J'ai eu soudain envie de tenir de gros seins dans mes mains... Sous prétexte d'aller boire un verre, j'ai quitté un moment le garage et je l'ai suivie à l'hôtel...

— C'était bon ?

— Je ne m'en souviens plus... Ce que je me rappelle, c'est avoir vécu plusieurs semaines dans la peur d'une maladie que j'aurais pu te donner... Et c'est moi qui suis jaloux à m'en rendre malade !...

— Les deux autres ?

— Je te fais de la peine ?

— Non. Je préfère savoir tout, vraiment tout.

— La seconde, c'était pendant la guerre, dans le village alsacien où nous étions cantonnés... La population n'avait pas encore été entièrement évacuée... Le capitaine occupait une chambre chez l'habitant et il m'arrivait d'avoir à lui porter des plis...

» Sa logeuse était encore jeune, très blonde, avec des yeux bleus, et elle avait deux enfants encore plus blonds qu'elle... Son mari était mobilisé quelque part dans les Ardennes...

» Un matin que j'avais à remettre un message au capitaine, personne ne m'a répondu et je suis entré, j'ai frappé à toutes les portes, j'ai fini par en ouvrir une derrière laquelle j'ai trouvé la femme en train de faire son lit...

— Et tu l'as prise, comme ça ?

— A peu près... Elle ne parlait pas le français... Je ne parlais ni ne comprenais l'allemand... J'avais une grosse enveloppe jaunâtre à la main et je ne sais pourquoi nous nous sommes tout à coup mis à rire tous les deux...

» Quelques instants plus tard, nous étions sur le lit et, pendant tout le temps que ça a duré, je regardais la photographie de l'Alsacienne en robe de mariée, juste devant moi, avec son mari vêtu d'un costume trop étroit...

» Il est probable qu'il est revenu de la guerre, qu'ils ont encore fait des enfants... Tu comprends ?...

— Et la troisième ?

— Il s'agissait plutôt d'un geste charitable... Pas de ma part... Je me trouvais encore dans le château transformé en hôpital militaire où j'avais été évacué et où j'ai eu la chance de rencontrer Aubonne... J'étais mal en point... Je n'avais pas le droit de me lever, car je continuais à avoir de la fièvre...

» Des infirmières bénévoles s'occupaient de nous et je leur donnais beaucoup de mal avec mes nuits agitées et mes délires pendant lesquels j'essayais d'arracher mes pansements...

Elle se serra un peu plus contre lui.

— Continue...

— C'est bête... J'ai l'impression que ce sont des choses qu'on ne raconte pas à une femme, même à la sienne...

— Puisque tu as commencé...

— On me faisait des piqûres calmantes, dans la cuisse, tantôt la cuisse droite, tantôt la gauche... Un soir que j'étais agité et que mes compagnons dormaient dans les autres lits...

— Combien étiez-vous par chambre ?

— Six ou sept... Cela dépendait de la grandeur des pièces et de la disposition des fenêtres... L'infirmière de garde m'a fait une piqûre... A ce moment-là, alors que je me trouvais découvert, j'ai eu une érection... Ce n'était pas à cause d'elle, ni de mes pensées... C'était en quelque sorte mécanique et je me suis mis à rougir...

» Elle s'est assise à mon chevet, comme d'habitude, pour attendre l'effet de la piqûre, et je restais nerveux... Alors, doucement, elle a glissé la main sous le drap et m'a caressé en me regardant d'un air à la fois attendri et amusé...

» Je ne crois pas avoir été aussi gêné de ma vie... Jamais non plus je n'ai connu une jouissance aussi subtile... Comprends-moi bien... Je parle de la sensation physique... Je souffrais de mes deux bras... La drogue commençait à agir et cela se conjuguait avec...

— Quel âge avait-elle ?

— Vingt-trois ou vingt-quatre ans...

— Tu l'as revue ?

— Là-bas, oui, pendant les deux semaines que j'y suis encore resté...

— Elle a recommencé ?

— Non.

— Tu ne le lui as pas demandé ?

— Non plus.

— Elle n'était pas gênée devant toi ?

— Nous n'étions gênés ni l'un ni l'autre... C'était la guerre... Elle s'attendait peut-être à me voir mourir comme il en mourait tant autour de moi... Elle est sans doute mariée, mère de famille...

— Je me demande si elle se souvient.

— Tu te souviens, toi ? demanda-t-il d'une autre voix.

— De quoi ?

— Tu le sais bien... Avant moi...

— J'y attachais si peu d'importance... Tu oublies dans quelle maison je vivais, et que, toute petite, j'ai vu ma mère...

— Chut !...

— C'est toi qui me demandes...

Il lui posait enfin une question qu'il n'avait jamais osé lui poser.

— Des soldats ?

— Il y a eu des soldats.

— Des camarades à moi ?

— Je ne crois pas. Je les connaissais mal...

— Et aussi des garçons de la ville ?

— Oui.

— Cela se passait où ?

Elle qui venait de l'interroger ne répondait qu'à regret, d'une voix triste.

— Tu as oublié ?

— Dans les bois ?... Au bord de la rivière ?...

— Parfois aussi sur un banc du parc... Une seule fois je suis allée dans une vraie chambre et je me suis déshabillée... J'avais honte... Pourquoi as-tu voulu savoir ?

— Pour ne plus y penser.

— Que veux-tu dire ?

— Que si je sais exactement ce qui s'est passé, ce qui se passe, je ne me poserai plus de questions. Il faut seulement que je sois sûr...

— Tu es jaloux d'avant aussi ?

— Je suis jaloux de tout, même de ton père !

Elle eut un haut-le-corps.

— Mon père n'a jamais essayé de...

— Ce n'est pas nécessaire... Il vivait avec toi, avait des droits sur toi... Et après, quand j'ai été mobilisé ?

Elle secouait la tête. Le piano jouait à une cadence plus rapide, une étude plus difficile, ce qui indiquait que Mlle Strieb avait changé d'élève.

La radio s'était tue, à côté, remplacée par un murmure monotone de voix féminines. C'était le jour où Mme Rougin recevait sa belle-sœur et elles en avaient pour tout l'après-midi à bavarder de la sorte.

— Jamais ?

— Jamais, je te le jure, Bernard.

— Tu n'en as pas eu une seule fois le désir ?
— J'étais si loin de penser à ça ! La nuit, je rêvais que tu étais mort, ou blessé, que tu m'appelais, et je me réveillais en sursaut...
— Aucun homme ne t'a fait la cour ?
— Pas la cour. Certains ont essayé, comme ils essayent toujours...
Elle ajouta avec un petit rire :
— Comme toi avec l'Alsacienne !
— L'Alsacienne ne m'a pas repoussé, alors que cela se passait sous le portrait de son mari... Nous entendions ses enfants jouer dans la rue...
— Moi, je l'ai fait.
— Pourquoi ?
— Je n'en sais rien... Si tu ne comprends pas, je suis incapable de te l'expliquer... Si tu étais une femme...
— Et maintenant, place des Victoires ?
— Quoi ?
— Les voyageurs ?
— De temps en temps, un nouveau m'invite à déjeuner ou à sortir le soir avec lui...
— Qu'est-ce que tu réponds ?
— Je réponds non.
— Tu ne leur dis pas que tu es mariée ?
— Cela n'est pas nécessaire. Ils comprennent tout de suite.
— Et Jean-Paul ?
C'était la première fois qu'il appelait ainsi le sous-directeur.
— Lui ? Il est trop occupé par ses plans de modernisation pour s'intéresser à une de ses employées. Tout ce qu'il a en tête, c'est de prouver au vieux Delangle, et surtout à son père, qu'il est plus capable qu'eux de faire marcher le commerce...
— Et...
— Et quoi ? Le boucher ? L'épicier, ce pauvre M. Bourre ? Qui encore ?
Elle retrouvait un enjouement communicatif. La vie, leurs problèmes, tout semblait à nouveau léger.
— Je t'en ai raconté plus que toi, remarquait Bernard sur un ton faussement grognon.
— Cela prouve que tu avais plus à confesser...
La pensée de Foy, parce qu'ils avaient plongé dans le passé, venait d'obliquer dans une autre direction.
— Pourquoi ris-tu ? demanda-t-elle.
— Je ris de nous... De moi, plutôt... De ce qui nous est arrivé le premier mois de notre mariage...
Ils marchaient beaucoup, arpentaient Paris en tous sens, avec une prédilection pour certains quartiers. Il n'était pas rare qu'ils se rendent

à pied au Sacré-Cœur et redescendent par Pigalle où, sans argent en poche, ils se frottaient aux lumières de la vie nocturne.

D'autres fois, ils choisissaient les Grands Boulevards, qui n'avaient pas encore cédé tout à fait le pas aux Champs-Élysées, surtout entre l'Opéra et la Madeleine. Ils en connaissaient toutes les vitrines devant lesquelles ils s'attardaient, les yeux émerveillés.

— *Quand nous serons riches...*

Le mot riche, pour eux, comme les petites gens, n'avait pas le même sens que dans le dictionnaire. Cela voulait dire quand il leur resterait un peu d'argent après avoir payé le loyer, la nourriture, les vêtements indispensables, la note de gaz et d'électricité.

— *Quand nous serons riches...*

Ils aimaient aussi les quais de la Seine, qu'il leur arrivait de suivre jusqu'à Charenton, et les petites rues du Quartier Latin.

— Le petit restaurant... murmura-t-il pour la mettre sur la voie.

Un vrai bistrot, à la devanture rougeâtre, avec un zinc, des nappes de papier, une porte, au fond, ouverte sur la cuisine où on apercevait un gros homme à son fourneau.

— Viens ! Je parie qu'ils auront de l'andouillette...

Ils aimaient tous les deux l'andouillette et ils s'étaient assis à une table près de la porte. Il était huit heures du soir et ils s'étonnaient de ne pas voir de clients. Bernard supposait qu'ils avaient déjà dîné, sans soupçonner qu'ils n'étaient pas arrivés et n'arriveraient guère avant huit heures et demie ou neuf heures.

Ce n'est que quand le garçon lui tendit un immense menu imprimé sur du papier épais comme du papier à dessin qu'il avait compris. Le moindre hors-d'œuvre coûtait le prix d'un repas complet dans les restaurants auxquels il était habitué et sa paie d'une semaine aurait à peine suffi pour deux dîners.

Nelly, qui n'avait pas regardé la carte, se demandait pourquoi il restait là, figé, à ne rien dire, tandis que le garçon les regardait d'un œil goguenard.

Bernard hésitait à s'en aller, ne savait comment s'y prendre.

— Je crois... heu... Nous reviendrons tout à l'heure...

Avec le temps, c'était devenu un bon souvenir.

Une autre fois...

— Tu te rappelles l'épagneul ?

Aux Champs-Élysées. Il existait un chenil, tout en haut, à droite. On y voyait en vitrine des chiens de toutes les races, des chats, des perroquets. Dans une des cases, une maman épagneul était exposée avec ses trois chiots et Nelly ne pouvait en détacher les yeux.

— Dis, Bernard, si on achetait un chien ?

Un des petits, celui qui avait le bout du nez plus rose que les autres, avait fait sa conquête.

— Il me tiendrait compagnie quand je suis seule à la maison toute la journée...

C'était elle, en ce temps-là, qui restait à la maison à attendre !

— Heureusement que nous ne l'avons pas acheté ! Qu'est-ce que j'en aurais fait après ton départ, et comment l'aurions-nous nourri pendant la guerre ?

Un nouveau silence. Ils s'étaient encore rapprochés, se touchant de la tête aux pieds.

— Il me vient une idée, disait-elle.

— Laquelle ?

— Pourquoi, maintenant, n'achèterions-nous pas un chien ? Ce serait ton chien...

— Non ! J'aime encore mieux être seul, même si je dois parfois...

— Chut !...

Il se tut. Elle était chaude à son côté et sa respiration commençait à s'accélérer.

— Bernard...

— Oui...

— Tu veux ?

A cinq heures, la table n'était pas desservie et le litre de vin se dressait toujours sur la nappe, dans une lumière plus glauque, car le soleil avait changé de fenêtre et ne l'atteignait plus.

— Comment te sens-tu ? lui demandait-elle à l'oreille.

— Bien. Un peu endolori...

— Moi, je me sens comme quand on relève de la grippe...

Ils s'étaient accoudés à la barre d'appui pour regarder dehors, puis Nelly était allée remettre de l'ordre. Un autocar passa, plein de touristes, comme on allait en voir défiler pendant les deux prochains mois.

Dans quelques jours, le 14 juillet, on danserait place des Vosges, on entendrait des pétards et on verrait par-dessus les toits retomber les étoiles des feux d'artifice.

Les jumeaux, à côté, étaient aux prises, non seulement avec leur mère, mais avec leur tante qui avait une voix encore plus aiguë.

Il vit, à six heures vingt, s'arrêter l'autobus par lequel sa femme avait l'habitude de rentrer et ce fut une curieuse sensation de l'entendre aller et venir derrière lui.

Tout à l'heure, peut-être avant le dîner, plus probablement après, quand ils seraient assis chacun dans son fauteuil à regarder tomber la nuit, il faudrait encore qu'il lui parle.

Il venait de prendre une décision.

6

Le 14 Juillet était passé et ils avaient rôdé ensemble autour des lampions, assez loin pour rester dans l'ombre et éviter le gros de la foule. Une musique militaire jouait dans le kiosque de la place des Vosges, deux jazz débraillés sur des estrades en face des deux cafés qui avaient élargi leurs terrasses et, parmi les passants anonymes, l'œil repérait tout de suite les visages familiers qu'on voyait chaque jour dans les rues et chez les commerçants du quartier.

De la bière et du vin encombraient les guéridons. Certains couples dansaient comme si la musique avait été composée pour eux seuls et on aurait pu, en les observant, jouer à deviner leur destinée.

A minuit, des enfants couraient encore dans les jambes. Une petite fille, au coin de la rue de Birague, pareille à Rita trente-sept ou trente-huit ans plus tôt, pleurait à chaudes larmes parce qu'elle avait perdu sa mère.

L'orage éclata vers une heure, déclenchant une fuite désordonnée. La pluie tombait si dru que les hommes se protégeaient la tête ou protégeaient celle de leur compagne avec leur veston et, après quelques instants, les robes légères des femmes leur collaient tellement au corps que certaines paraissaient nues.

Depuis, le temps restait brouillé, le ciel le plus souvent d'un gris sourd, l'air humide, car chaque jour, vers la fin de l'après-midi, il tombait une nouvelle averse qu'accompagnaient de lointains roulements de tonnerre.

Foy ne savait plus s'il avait eu tort ou raison. Il avait agi comme il avait cru devoir le faire. Il se demandait seulement si, en prononçant certains mots, certaines phrases, il n'avait pas trop précisé ce qui était resté vague jusqu'alors et donné ainsi la vie à ses cauchemars.

Sans compter qu'il n'était plus seul à en porter le poids. Ces pensées évoquées sur un ton léger, au lieu de s'évaporer ensuite, restaient avec eux, entre eux, s'étaient installées, invisibles, dans l'intimité de l'appartement.

Ils se parlaient comme d'habitude, prononçaient les mêmes mots, faisaient les mêmes gestes. Bernard continuait à agiter le bras devant la fenêtre au moment où Nelly lui faisait signe de la main avant de monter dans son autobus. A son retour, elle trouvait le déjeuner ou le dîner préparé, la table dressée, et la porte s'ouvrait toujours avant qu'elle n'atteigne le palier.

S'ils n'avaient plus fait le grand tour, ils s'étaient encore promenés le soir autour de la place, s'arrêtant devant la boutique de l'antiquaire dont ils connaissaient tous les objets exposés de sorte qu'ils voyaient d'un coup d'œil s'il en manquait un.

Ils se souriaient tendrement, plus tendrement peut-être qu'à aucun moment de leur vie à deux, avec pourtant un rien de gêne, de honte, comme si chacun avait quelque chose à se faire pardonner.

Aucune amertume entre eux, bien au contraire. Foy était persuadé que Nelly ne lui avait jamais été aussi chère et, de son côté, elle vivait suspendue à lui au point, parfois, d'en avoir le souffle coupé.

Il n'aurait pas pu dire si c'était l'après-midi où elle n'était pas allée place des Victoires qui avait amené un changement à peine perceptible ou si c'était la conversation du soir devant la fenêtre ouverte. L'après-midi, malgré les choses graves qu'ils avaient dites, restait, dans son souvenir, marqué d'une sorte de légèreté, d'une certaine fluidité, d'un certain enjouement.

Étendus sur le lit, ils laissaient de longs silences entre les phrases et, s'ils avaient l'air de jouer avec des idées dangereuses, c'était resté un jeu. La preuve, c'est qu'ils avaient fini par des souvenirs amusants, avant de faire l'amour, sans fièvre, en souriant comme deux êtres apaisés.

Après, ils avaient gardé longtemps l'immobilité, à écouter leur respiration et les battements de leur cœur qui s'entrelaçaient aux sons plus lointains.

Était-ce à ce moment-là qu'il s'était trompé, qu'il avait eu une mauvaise inspiration ? Ou bien tout découlait-il de tout, de la matinée déjà, de la scène du petit déjeuner, du vin qu'il avait bu à midi, des confidences qu'il avait tenu à faire ?

Il ne savait plus et ses vertiges le prenaient de plus en plus souvent. Même dans le calme de l'appartement, une angoisse le saisissait à l'improviste et il lui semblait que les murs, les meubles, les objets familiers perdaient leur solidité rassurante. Alors, il évitait de s'approcher des fenêtres ouvertes par crainte de basculer dans le vide.

Il aurait fallu qu'il fût capable de ne plus penser, de tourner un bouton qui fermerait le circuit, comme pour la radio. C'était malheureusement impossible. Aubonne, qui devait être rentré du Portugal, ne viendrait pas le voir avant deux ou trois semaines, et d'ailleurs de quel secours lui serait-il ? Il insisterait une fois de plus pour qu'il prenne des vacances sans savoir qu'il se sentirait plus désemparé loin de son univers familier. Il lui prescrirait peut-être de nouveaux calmants, alors que, justement, il était d'un calme presque effrayant.

La vérité, c'est que son cas n'appartenait plus au domaine de la médecine. Il n'était pas malade.

Peut-être aussi avait-il commis une imprudence, le soir, en vidant la bouteille de vin ? Cela n'avait rien changé puisque sa décision était prise avant qu'il aille s'accouder à la fenêtre et que Nelly remette de l'ordre dans la chambre.

C'est sur le lit, à côté d'elle, alors qu'il était le plus détendu, le plus heureux, qu'il y avait pensé. Tout ce qu'il avait dit avant de faire l'amour était vrai. Il avait été aussi sincère que possible. Sa jalousie datait d'avant Nelly. C'était une sorte de tare qui faisait partie de son être et, puisqu'il le savait, puisqu'il l'avait admis à voix haute, il n'avait plus le droit d'en faire souffrir autrui.

Il avait avoué aussi que sa jalousie à l'égard de Mazeron était d'autant plus lancinante qu'il s'agissait d'un infirme comme lui. Il aurait pu ajouter, pour aller jusqu'au bout, que Mazeron était jeune, qu'il n'avait que vingt-huit ans, qu'il possédait ses deux mains et que, comme Nelly l'avait admis elle-même, il était joyeux, insouciant.

— Il faut que tu me laisses parler tranquillement, sans protester, sans m'interrompre...

Le crépuscule brouillait les traits des visages et empêchait d'y lire quoi que ce fût. Il y avait déjà des lumières en face, des silhouettes qui allaient et venaient dans les intérieurs, l'angineux qui lisait son journal dont il tournait parfois les pages.

— Demain, tu diras à Gisèle que je n'étais pas au courant de ta démarche de ce matin...

— Bernard !... Je t'en supplie...

— Chut !... Je tiens à aller jusqu'au bout... Ce ne sont pas des paroles en l'air... J'ai beaucoup réfléchi...

— Tu voudrais que... ?

— Que tout continue comme avant... Tu diras à Gisèle que tu m'as parlé, que je n'ai pas été d'accord, que je me moque de ce que les voisins peuvent penser... Je ne peux supporter qu'un garçon qui n'y est pour rien pâtisse de ma jalousie...

— A quoi bon ?

— Mettons que j'ai l'impression de faire mon devoir vis-à-vis des autres et de moi-même... J'aurais honte, autrement, de me dire que, quatre fois par jour, tu franchis le palier du premier en détournant la tête... Honte aussi de ce qu'il penserait, lui, en t'entendant... Tu comprends ?

— Je crois que je commence...

— Ce n'est pas tant pour lui, pour toi... C'est pour moi...

— Tu ne vas pas souffrir ?

— Non.

— Tu n'imagineras pas encore des choses qui n'existent pas ?

— J'essayerai.

— Et si tu n'y parviens pas ?

— Il n'y aurait rien de changé. Je te l'ai dit. J'en imagine de toute façon... Je me suis fait des idées au sujet de ton patron aussi... Je pourrais t'en dire autant du receveur d'autobus, de n'importe quel homme que tu rencontres...

— Mon pauvre Bernard...

Il se sentait fort. Il voulait être fort. C'était elle qui émettait des objections.

— Gisèle croira que nous nous sommes disputés, que c'est moi qui ai insisté pour...

— Ce n'est pas Gisèle qui compte. C'est nous.

— Surtout que je ne suis pas allée au magasin cet après-midi...

— Si je devais agir autrement, ce ne serait pas la peine de t'avoir parlé comme je t'ai parlé...

— Cela t'a fait du bien ?

— Je crois... Je t'aime, ma petite Nelly... Vois-tu, il y a des milliers et des milliers de maisons autour de nous, des centaines de milliers de logements comme le nôtre, de couples qui prennent le frais à l'instant même devant leur fenêtre... Tous s'efforcent d'être heureux... Tous, j'en suis persuadé, font leur possible... Tous aussi s'efforcent de ne pas faire de peine... Je t'en ai fait beaucoup ?

— Je préfère savoir... Maintenant que tu m'as tout dit, il me semble...

— Il te semble quoi ?

— Je n'en suis pas sûre... Il me semble que je serai moins inquiète, surtout si tu as moins de crises... D'après toi, cela indiquerait que tu te tortures moins...

— Tu sais, il ne faut rien prendre au tragique... Quand j'ai trop tendance à voir les choses en noir, je pense aux enterrements... Toute la famille est accablée et c'est à qui pleurera le plus... On pourrait croire que la vie ne reprendra jamais son cours... Puis quelqu'un, souvent la veuve, ou la belle-sœur, ouvre le buffet pour y prendre le carafon de liqueur et les petits verres du service... Personne n'a envie de boire... On trempe ses lèvres par politesse... Les verres vides, on les remplit machinalement et bientôt il se trouve quelqu'un pour raconter de bonnes histoires...

— C'est ce que tu ferais si j'étais morte ?

— Je serais incapable de vivre sans toi.

— Alors, que signifie ton histoire ?

— Que je ne passe pas mes journées à me morfondre... J'écoute la radio, je fais la cuisine, je vais, je viens, je sifflote et il m'arrive de rire tout seul à des souvenirs... Je t'ai surtout parlé des mauvais moments, sans te parler des bons... Si on faisait le compte, ce sont probablement ceux-ci qui l'emporteraient...

— De sorte que tu n'es pas malheureux ?

— Non ! C'est comme pour les bruits... Chaque fois que j'entends une porte qui claque, ma première réaction est la colère, car le bruit m'est douloureux... Les jumeaux, par exemple, font frémir la maison chaque fois qu'ils entrent ou qu'ils sortent... Il y a, surtout le matin, des camions à mazout qu'on entend venir depuis le boulevard du Temple... Je gronde... Je grogne... Néanmoins, l'idée ne me vient pas de fermer la fenêtre et je me sentirais dérouté si c'était soudain le silence... Même les sorties d'école, pendant les vacances, vont sans doute me manquer...

— Tu es un drôle d'homme. Je me demande...

— Continue.

— Je risque encore de te faire mal. Je me demande si tu aurais été le même sans tes blessures...

— Nous nous serions davantage mêlés aux autres, c'est probable. Nous aurions participé à leur vie... Tu te souviens de nos explorations de Paris... Nous faisions vraiment partie de la foule... Au lieu de ça, je reste dans mon coin, je regarde, j'écoute... Au fond, cela revient au même, sauf que j'ai encore plus besoin de toi...

Plus tard, en se déshabillant, elle avait murmuré, le front barré d'un pli :

— Tu crois sincèrement que je dois ?

— Demain matin, tu parleras à Gisèle, sans lui fournir de longues explications, comme si c'était tout simple et naturel...

Le lendemain, quand elle était rentrée pour déjeuner, il lui avait demandé :

— Eh bien ?

— C'est fait.

— Qu'a-t-elle dit ?

— Que cela ne l'étonnait pas de toi et que tu étais un chou.

— Elle n'avait pas de commission pour lui ?

— Pas ce matin...

Pourquoi avait-il cru déceler chez sa femme quelque chose d'un peu artificiel ? Elle lui offrait des yeux trop limpides, comme pour qu'il puisse s'assurer qu'elle était sans arrière-pensée.

— Il a fallu que je donne la date de mes vacances... C'est le chef du personnel qui s'en occupe...

Cela ne signifiait-il pas :

— Je n'ai donc pas eu à me rendre dans le bureau de M. Jean-Paul.

Elle poursuivait :

— J'ai choisi le 15 août, comme nous l'avions décidé. Ce n'était pas la peine de prendre la première quinzaine d'août, puisque nous ne partons pas et qu'il nous importe peu qu'il pleuve ou qu'il commence à faire frais...

— Tu préférerais que nous allions quelque part ?

— Non. Je suis heureuse à Paris, surtout quand les rues sont presque vides. Si tu te sens bien, nous ferons de longues promenades...

Son sourire était si radieux qu'il se demandait si elle ne se forçait pas. C'était sa faute à lui, il s'en rendait compte. Elle savait désormais que la moindre maladresse, un mot en l'air évoquant une image précise suffiraient à le replonger dans ses mauvaises pensées et à le faire souffrir physiquement. A force de vouloir se montrer naturelle, elle ne l'était plus.

— Tu es sûre que c'est son infirmière qu'il a dessinée ?

— Je le pense, mais je n'en suis pas certaine. Ce sont des dessins au fusain, sur de grandes feuilles de papier fixées aux murs par des punaises... Sur certains dessins, on ne voit pas le visage... Sur d'autres, ce n'est qu'un vague profil...

— Pourquoi m'as-tu dit que c'était elle ?

— Parce qu'il ne reçoit pas d'autres femmes.

— Comment le sais-tu ?

— Sa sœur m'a dit que personne n'allait le voir. Avant sa maladie, il vivait à Lyon, d'où ils sont originaires, et il y travaillait dans un journal. Il ne connaît presque personne à Paris...

Et cela avait recommencé ! Avec, en plus, le fait qu'il buvait à présent son demi-litre de vin à chaque repas. Cela même dérivait de bonnes intentions. Le jour de son intimité la plus étroite avec Nelly, il avait bu plusieurs verres de vin, sans s'en rendre compte, d'abord à midi, puis le soir, quand il avait vidé la bouteille. Il continuait par une sorte de superstition, comme si cela devait entraîner chaque fois les mêmes effets, leur donner cette légèreté qui lui paraissait déjà incroyable.

Le contraire se produisait. Il ne s'enivrait pas, ne buvait pas assez pour s'embrouiller les idées. Celles-ci étaient comme soulignées par la boisson et la moindre d'entre elles prenait tout à coup une terrible importance.

Le lendemain de la fausse visite au dentiste, il avait guetté l'autobus, comme d'habitude, regardé tout de suite les mains de sa femme qui ne portait pas de paquets. Ils avaient échangé de loin leurs signes familiers et, aussitôt après, il était allé entrouvrir la porte.

Il s'était promis de ne pas écouter, mais c'était plus fort que lui. Les pas s'étaient arrêtés au premier étage. Il avait cru sentir une hésitation. Nelly avait frappé à la porte, pas fort, pas longtemps, puis avait tourné le bouton.

Il s'était demandé si elle refermait la porte sur elle et elle ne l'avait pas fait. Elle avait dû, cependant, entrer assez avant dans le logement car il n'avait pas entendu les voix bien qu'il se fût penché sur la rampe.

L'entretien n'avait pas duré deux minutes. Elle refermait la porte, montait très vite, se précipitait vers le living-room et venait l'embrasser. Il faisait très chaud, car il n'avait pas plu ce jour-là, et elle sentait un peu la sueur.

— Tu n'as pas travaillé ?

Elle regardait les abat-jour blancs rangés sur leur planche, la table mise pour le dîner.

— Tu avais un paquet pour lui ?

— Non.

— Une lettre ?

— Même pas ! Je soupçonne qu'elle l'a fait exprès de me donner une commission, pour se venger de ce que je lui ai dit hier. Je devais simplement répéter à son frère que tout est arrangé et que deux de ses dessins, ceux qu'il sait, sont acceptés...

— Pourquoi n'est-il pas venu t'ouvrir ?

— Il n'ouvre jamais la porte. L'entrée est trop étroite pour que son fauteuil roulant puisse y tourner...

— Il ne marche pas du tout ?

— Avec deux cannes.

— Ce soir, il était debout ?

— Non. Dans son fauteuil.

— Qu'est-ce qu'il faisait ?

— Il lisait les journaux. Il lit beaucoup de journaux et de magazines, à cause de son métier...

— Qu'est-ce qu'il t'a dit ?

— Rien. Merci.

— C'est tout ?

— Il a ajouté que demain matin, s'il a le courage de travailler ce soir, il aura d'autres dessins à porter à sa sœur.

— En somme, c'est elle qui court les journaux à sa place ?

— Comment ferait-il ?

Ne pensait-elle pas, comme lui, qu'il avait eu tort de parler ?

— Je vais peut-être dire une bêtise, murmurait-elle... Je me demande s'il ne vaudrait pas mieux, la prochaine fois qu'il y aura un paquet à lui remettre ou une commission à lui faire, que ce soit toi qui y ailles... Il me sembe que tu comprendrais, que tu verrais qu'il ne peut rien y avoir entre nous...

Pourquoi avait-elle ajouté :

— C'est encore un gamin...

Sa voix, en prononçant ces mots, avait un ton protecteur qui lui rappelait l'infirmière du château. Il était un gamin aussi, à cette époque. Si elle était jeune, il l'était encore plus qu'elle et, dans son lit, paraissait aussi désarmé qu'un enfant.

Ne l'avait-elle pas traité un peu comme un enfant, en tout cas pas tout à fait comme un homme ?

Il n'existait aucun point commun entre Nelly et cette jeune fille dont il ne savait pas le nom. Il n'y en avait pas non plus entre sa femme et l'Alsacienne.

Si ! Un seul ! Toutes les trois étaient des femmes. Et le mari au costume noir mal coupé qu'il voyait sur la photo au-dessus du lit était un homme comme lui.

Était-il heureux, à présent ? N'avait-il jamais posé de questions sur ce qui s'était passé pendant qu'il était au front ? Sans doute avait-il eu des aventures, lui aussi, comme tous les soldats. Et tous étaient persuadés, Bernard le premier, que pendant ce temps-là leur femme restait sage !

Pourquoi ? Cela devenait lancinant. Tout se transformait en sujet d'inquiétude, les sourires de Nelly aussi bien que ses moues et ses distractions, ses moments de gaieté autant que ses mines soucieuses.

— A quoi penses-tu ?

Si elle sursautait, il en déduisait qu'elle était loin de lui, qu'elle venait de lui échapper une fois de plus. Si elle lui fournissait tout de suite une réponse banale, il se demandait si elle ne l'avait pas préparée.

N'était-il pas improbable, presque impossible, qu'elle lui fût restée tout le temps fidèle, même quand il était loin et qu'elle n'était pas sûre qu'il reviendrait, même quand il gisait impotent sur son lit ?

N'avait-elle pas avoué que, pour une gamine élevée comme elle l'avait été, l'acte sexuel n'avait pas d'importance ? Elle l'avait subi sur les bancs du parc, à Épinal. Et, avec lui, ils s'étaient peut-être aimés à des endroits, dans l'herbe, où elle s'était couchée avec d'autres, des soldats comme lui, ou des civils, peu lui importait.

N'avait-elle pas mis une certaine fierté à proclamer qu'une fois au moins elle était allée dans une chambre et qu'elle avait pu se mettre nue ?

Quand il pensait ainsi, il en avait mal aux doigts, comme s'ils existaient encore, comme s'il s'enfonçait les ongles dans les paumes et, plus tard, las et écœuré, il se demandait quand ça avait commencé.

Car, après tout, il y avait vingt ans qu'il vivait avec elle et il ne s'était pas toujours tourmenté de la sorte. Il était jaloux, certes, comme, il avait toutes les raisons de le croire, la plupart des hommes sont jaloux. Était-ce parce qu'il se sentait vieillir, alors qu'au contraire sa femme rajeunissait ?

Ou bien les médecins se trompaient-ils et sa santé était-elle gravement déficiente ?

Il recevait les journaux publiés par les associations de mutilés et de grands invalides de guerre, se contentait la plupart du temps d'y jeter un coup d'œil à la page où on parlait des pensions. Il lui était cependant arrivé de lire certains articles et l'un d'eux, qui ne l'avait pas trop frappé sur le moment, lui revenait à la mémoire. On y signalait le cas d'amputés qui, après avoir vaillamment supporté leur sort pendant des années, commençaient à faire de la neurasthénie vers quarante-cinq ou cinquante ans.

C'était curieux. Alors que, jeunes encore, ils bouillonnaient de vie et que leur impotence aurait dû les gêner le plus, ils la supportaient presque gaiement. Puis, avec l'âge, ils semblaient se rendre compte de ce qu'ils avaient perdu et en voulaient au monde entier, s'en prenaient à leurs proches.

Certains allaient jusqu'au suicide, presque toujours des suicides minutieusement préparés, de longue date, comme si ce geste était l'aboutissement inévitable d'une lente incubation.

Récemment, dans le quartier des Batignolles, un grand blessé à la tête avait tué d'un coup de fusil son voisin qui s'obstinait à faire marcher sa radio à toute force.

Est-ce que Foy, lui, ne commençait pas à prendre en grippe les jumeaux parce qu'ils claquaient les portes et qu'ils avaient la voix perçante ?

Cela n'expliquait pas que sa jalousie devienne une hantise, d'autant plus, peut-être, que maintenant il mettait un point d'honneur à ne pas la laisser voir. Il en avait assez dit là-dessus, probablement trop. La pauvre Nelly ne savait plus quelle contenance prendre et, quoi qu'elle fît, une demi-heure ou une heure plus tard il y trouvait matière à soupçons.

Pour quelle raison avait-elle suggéré qu'il aille voir Pierre Mazeron ? N'était-ce pas dans l'espoir que des relations amicales s'établiraient entre eux ?

Il existe assez de ménages qui ne se suffisent pas et qui, le soir, éprouvent le besoin de rencontrer d'autres ménages. Si on ne pouvait pas recevoir Mazeron, à cause des étages à monter, on pouvait se rendre chez lui, où ils auraient passé le temps tous les trois à bavarder. Sans doute est-ce lui qu'on aurait écouté, parce qu'il était l'aîné. Et, à la dérobée, Nelly et Mazeron auraient échangé des regards entendus.

Ça aussi, ça existe, sacrebleu ! Il n'y avait aucune raison pour que ça n'arrive pas à lui comme à tant d'autres qui avaient leurs deux mains. Peut-être en était-il ainsi depuis longtemps, pas avec Mazeron, mais avec d'autres hommes.

Pendant un temps, quelques années plus tôt, un ancien camarade, que Bernard avait retrouvé par hasard dans le quartier, était venu leur rendre visite avec sa femme. Le couple habitait alors le boulevard Beaumarchais qu'il avait quitté plus tard pour s'installer à Limoges.

Bernard et lui s'étaient connus au garage. Son nom était Lesueur mais tout le monde l'appelait Fred. Il était coureur de jupons et chaque soir il y avait une fille à l'attendre à la sortie, pas toujours la même. Non seulement il en changeait souvent, mais il lui arrivait de mener trois ou quatre aventures à la fois et on le plaisantait sur ses qualités d'étalon.

C'était vrai que, puissant, sanguin, il donnait l'impression de sentir le mâle, et il parlait volontiers, en termes crus, de ses attributs virils. Il les montrait même, par vantardise, par défi.

N'était-ce pas d'un mâle comme celui-là que Nelly rêvait quand, la nuit, elle commençait à s'agiter ? Elle aussi, tout au début, à Épinal, l'avait choqué en employant des mots qu'il n'aurait pas osé prononcer devant elle et, quand ils faisaient l'amour, il lui arrivait encore de les répéter, les dents serrées, comme une incantation.

Elle ne sortait jamais sans lui en dehors des heures de magasin, sauf quand c'était elle qui faisait les courses dans le quartier, mais...

Il céda, un matin, à une tentation ridicule, prit l'autobus jusqu'à la rue d'Aboukir. Il y avait longtemps qu'il n'était pas allé dans le quartier de la place des Victoires, qu'il n'avait pas vu les quatre grandes fenêtres au premier étage de la maison Delangle et Abouet.

Rasant les murs, par crainte d'être aperçu, il entra dans un bistrot de la rue des Petits-Pères, d'où il découvrait l'immeuble de l'autre côté de la place.

Il avait honte de lui, car il ne savait pas ce qu'il était venu chercher. Il en oubliait de commander et le garçon en tablier bleu le regardait, adressait ensuite un clin d'œil à un vieux chauffeur de taxi accoudé au comptoir.

— Un verre de vin... dit-il sans réfléchir.

Il apercevait, au premier, des globes lumineux au plafond, des rayonnages, des femmes en blouse grise qui allaient et venaient dans une lumière étrange. Il ne reconnut pas Nelly, qui était cependant parmi elles, car il était trop loin, pas assez loin néanmoins pour ne pas voir de temps en temps la silhouette d'un homme aux cheveux bruns.

Là-bas, elle était chez elle aussi, elle parlait, elle travaillait, peut-être en chantonnant. Des personnages qu'il ne connaissait pas avaient dans sa vie une importance presque égale à la sienne, des voix, des visages lui étaient aussi familiers que le sien.

Il aurait voulu être caché dans la pièce, observer ses mouvements, ses expressions de physionomie, pour savoir comment elle était en dehors de sa présence.

Quand il lui demandait ce qui s'était passé au magasin, elle se contentait de répondre avec un haussement d'épaules :

— Rien d'intéressant...

D'intéressant pour lui, parce qu'il n'était pas au courant, parce qu'il n'appartenait pas à cet univers-là et qu'il aurait été trop long de tout lui expliquer.

Ce rien d'intéressant durait huit heures par jour. Et, quand elle rentrait, elle n'avait pas l'air de sortir d'un tunnel. Elle sortait de la vie, d'une vie, d'une vie plus mouvementée, plus passionnante que celle de leur appartement.

Que lui apportait-il, lui ? Ils étaient mari et femme, soit. Ils faisaient l'amour. Encore était-ce elle qui devait prendre certaines initiatives qui sont d'habitude l'apanage de l'homme.

N'avait-elle pas eu de la peine à surmonter sa répugnance devant deux moignons informes qui, le soir, gardaient la trace des appareils et qu'il lui fallait enduire de poudre ou de pommade ?

Et en dehors de ça, même si, physiquement, il lui suffisait ? Il préparait des repas qu'elle aurait pu trouver, plus savoureux, dans n'importe quel petit restaurant. C'était elle qui se levait à six heures du matin pour faire le ménage, lui donner son bain et ajuster son harnais.

... La promenade place des Vosges, avec, depuis quelques mois, la crainte de le voir pris de vertige... Il arrivait de plus en plus souvent à Bernard de marcher à pas lents, hésitants, comme un malade...

... Les voûtes toujours les mêmes et la sempiternelle vitrine de l'antiquaire dont ils regardaient chaque fois les objets avec le même sérieux...

... Le grand tour, de loin en loin... Ou le cinéma, boulevard du Temple, qui agaçait Bernard quand le film était trop bruyant... Ce n'était pas sa faute... Certains bruits le faisaient physiquement souffrir et une fois ils avaient été obligés de sortir...

Était-ce une vie pour une jeune femme ?

Il ne se considérait pas comme un héros. Il n'avait accompli aucune action d'éclat et c'était par hasard, alors qu'il ne songeait pas au danger, qu'il avait sauté sur une mine. On l'avait soigné, transporté d'hôpital en hôpital et des lois avaient été votées, plus tard, pour le reclassement des soldats dans son cas.

Il n'avait pas accepté d'être reclassé et se contentait de peindre des abat-jour. C'était son droit. On lui versait une pension dont il faisait ce qu'il voulait.

Il ne s'était jamais montré amer, trouvant même, après tout, son sort assez enviable.

Pourquoi, dans la rue, commençait-il à se montrer irrité quand quelqu'un qui n'avait pas vu ses crochets le bousculait ?

Nelly allait sortir. Une sonnerie, il le savait, retentissait à tous les étages, car il y avait quatre étages de bureaux et de magasins. Elle se précipiterait au vestiaire pour retirer sa blouse, prendre son sac, se mettre un peu de poudre et de rouge à lèvres.

Il n'attendit pas la dernière minute, sauta dans un taxi afin d'être à la maison avant elle et il s'en voulait de cette dépense inutile, du ridicule de son escapade.

Il n'avait vu qu'une façade, des femmes, un homme, qui vaquaient à leurs occupations derrière les grandes vitres où les noms Delangle et Abouet s'inscrivaient en lettres d'or.

— Rien de nouveau au bureau ?

— Si. Gisèle prend ses vacances le 15 août aussi. Ils vont en Bretagne, près de Paimpol.

— Qui s'occupera des dessins de son frère ?

— Je n'en sais rien. En tout cas, ce n'est pas moi qui vais courir les journaux.

— Pourquoi ne l'emmènent-ils pas avec eux ?

— Si tu crois qu'ils ont envie de prendre un infirme en charge...

Avant les fameuses confidences, elle n'aurait pas rougi, ni essayé de se rattraper. Maintenant, confuse, elle le regardait d'un air presque suppliant.

— Je te demande pardon. Ce que je veux dire, c'est que c'est une femme qui veut tout recevoir des autres, qui trouve naturel que chacun se mette en quatre pour elle mais qui ne se dérangerait pour personne...

— J'avais compris.

— Tu es sûr ? J'ai toujours si peur de te faire de la peine ! Deux des patrons sont en vacances, à Évian, où ils possèdent une propriété, et il ne reste que le vieux M. Delangle.

Elle avait encore évité de prononcer le nom de Jean-Paul et elle avait insisté, l'autre jour, sur le fait qu'il ne s'intéressait qu'aux affaires et à la modernisation de la maison. Il n'en conduisait pas moins une voiture de grand sport. Est-ce que les deux choses allaient ensemble ?

— Aubonne n'est pas venu ?

— Pourquoi serait-il venu ? Ce n'est pas la date...

— C'est vrai. A l'approche du mois d'août, avec tout le monde qui va et vient, on ne sait plus où on en est. Au fait, quels sont les magasins qui ferment ?

— Plus de la moitié pendant la première quinzaine. Le cordonnier est déjà parti pour trois semaines. Devine où il est allé ?

— Dans le Midi ?

— En Italie. Le boucher s'en va lundi avec sa famille et je serai obligé d'aller acheter la viande rue du Pas-de-la-Mule. La crémerie ne ferme que huit jours, mais fermera une seconde fois au moment des vendanges, car ils ont un petit vignoble dans la Loire...

C'étaient les bons moments. Tout cela était rassurant, concret. Cela faisait partie de la vie anonyme à laquelle, qu'ils le veuillent ou non, ils participaient. Ils n'avaient qu'à se pencher à la fenêtre pour voir les passants aller à leurs affaires, grognons ou souriants, les autobus rouler vers leur terminus, les taxis se rendre à l'adresse qu'on leur avait indiquée.

M. Jussieu était parti pour un mois et on n'entendait plus le cliquetis de la machine à écrire derrière sa porte, ni, à tout bout de champ, la sonnerie de son téléphone, sa voix nasillarde prononçant le plus souvent des phrases en langue étrangère.

Quant à M. et Mme Meilhan, les rentiers du troisième, on s'apercevait à peine de leur existence ; ils finiraient par s'en aller discrètement l'un après l'autre comme M. François.

Eux aussi se confinaient dans un monde clos où, de temps en temps, la vieille femme essayait de se faire entendre de son mari. De la rue, on voyait la tête de celui-ci derrière les arabesques en fer forgé de la fenêtre et il pouvait rester des heures immobile, sans rien faire.

Est-ce qu'il pensait ? Évoquait-il des souvenirs d'une époque où il était un homme jeune, actif, probablement amoureux ? Se disait-il au contraire qu'un jour ou l'autre le rayon de soleil qui faisait comme une auréole de ses cheveux blancs n'éclairerait plus qu'un fauteuil vide ?

D'autres Mazeron devaient déjà guetter le logement, étaient peut-être inscrits sur une liste chez la concierge.

Et si c'était Foy qui s'en allait le premier, si ses vertiges, contrairement à ce qu'on lui faisait croire, étaient les symptômes d'une maladie grave ?

Dans ce cas, avait-on mis sa femme au courant ? Cela expliquait-il sa gentillesse, ses menues attentions, sa peur de lui fournir la moindre occasion de contrariété ?

Elle ne restait jamais chez Pierre Mazeron plus de deux minutes et il avait remarqué qu'une fois entrée dans le logement elle évitait de refermer la porte, la laissait contre. Ce n'était même pas elle qui la poussait ainsi mais la porte, comme la leur, qui revenait d'elle-même sur le chambranle car la maison était tout de travers.

Elle n'attendait plus qu'il la questionne.

— Gisèle a reçu un saucisson de chez ses parents et lui en a envoyé un morceau...

Bernard avait essayé d'apercevoir le jeune homme. Il essayait toujours, s'efforçant d'entrer dans l'immeuble, après le marché, en même temps que l'infirmière, d'arriver sur le palier à l'instant où elle tournerait le bouton. C'était un jeu stupide, qu'il ne recommençait pas moins chaque matin. Ce qui rendait le succès peu probable, c'est que l'infirmière venait à vélomoteur. Elle le laissait au bord du trottoir et, jeune et vive, l'instant d'après elle se trouvait déjà au premier étage.

Il ne pouvait pas l'attendre dans l'escalier. Et il était trop tard pour revenir sur ce qu'il avait décidé, pour aller porter un paquet ou une lettre à la place de Nelly.

— Il me semble que tu vas mieux, depuis quelques jours...

Elle s'y laissait prendre. Il cachait mieux ses préoccupations, voilà tout, et, bien entendu, elle ne le voyait pas quand il était seul.

En sa présence, il s'efforçait de se montrer gai, insouciant. Il l'emmena faire le grand tour et elle ne soupçonna pas que c'était pour lui une sorte de pèlerinage. Il regarda couler la Seine comme ils l'avaient regardée tant de fois, puis les maisons, une à une, comme si tout cela appartenait déjà au passé. Il chercha le vieillard aux cheveux blancs dans son fauteuil de cuir rouge, mais les volets de la somptueuse bibliothèque étaient clos, presque tout le monde était en vacances.

— Je t'aime, Nelly.

— Moi aussi, Bernard.

— Je voudrais que tu le saches vraiment, que tu le sentes.

— Je le sais. Je le sens.

Il avait failli ajouter :

— C'est parce que je t'aime que je nous rends malheureux tous les deux.

A quoi bon ? Il n'était même plus sûr que ce soit vrai !

7

Il y était enfin arrivé, par hasard, un jour qu'il n'essayait pas. Il rentrait du marché, qu'il était allé faire rue Saint-Antoine parce que la plupart des boutiques de la rue étaient fermées. Il avait acheté des pommes de terre pour plusieurs jours et, en plus de la viande et de l'épicerie, il rapportait un beau melon et des abricots qui l'avaient tenté à une petite charrette.

Le filet était lourd au bout de son crochet et il avait repris son souffle dans l'ombre du couloir. La concierge n'était pas dans sa loge. Il venait de poser le pied sur la première marche de l'escalier quand il avait entendu le vélomoteur s'arrêter au bord du trottoir.

Il s'était mis à monter assez lentement pour obliger l'infirmière à le dépasser. Ses pas rapides se rapprochaient. Arrivant à sa hauteur, elle se faufilait entre le mur et lui. Au moment où elle atteignait le palier, il en était à trois marches, comme il l'avait calculé.

Il était à peu près sûr qu'elle ne l'avait jamais remarqué, car lui-même l'avait toujours vue de dos ou de demi-profil, et toujours pressée, ne se préoccupant pas de ce qui se passait autour d'elle.

Pourtant, avant de tendre la main vers le bouton de la porte, elle se retournait, pas pour regarder ses crochets, comme les gens qui le voyaient pour la première fois, pas avec surprise ni curiosité, mais avec l'air de quelqu'un qui savait qui il était.

Mazeron lui avait-il parlé de lui ? En tout cas, elle le traitait en voisin, proposait en désignant son sac :

— On dirait que c'est lourd. Vous ne voulez pas que je vous aide ?

— J'ai l'habitude. Merci...

Elle n'insistait pas, ajoutait en souriant :

— Vous avez un beau melon.

Il se trouvait juste au milieu du palier, encore tourné vers elle, quand elle avait ouvert la porte. Il avait donc enfin vu. Pas longtemps. Pas tout. Assez pour être surpris.

Parce que M. François était un très vieil homme et qu'il vivait renfermé depuis des années, et aussi parce que cette porte était d'une vilaine couleur terne, Bernard avait pris pour acquis que le logement, qui donnait sur la cour, était sombre et lugubre. La concierge faisait le ménage et n'était pas très soigneuse. On pouvait même dire qu'elle était sale.

Or, au fond du couloir étroit, il avait aperçu des murs d'un jaune éclatant qui donnaient à la pièce une atmosphère de fraîcheur et de gaieté.

Il avait eu le temps de remarquer une très longue table en bois blanc, ou plutôt des tréteaux couverts d'objets disparates, des crayons dans un petit pot de grès bleu, la pointe en l'air, des fusains dans un autre, des pinceaux, des papiers épars, des revues et des journaux, un vase de fleurs, un demi-croissant à côté d'une tasse...

On avait l'impression d'un intérieur pas comme un autre, comme le leur, par exemple, mais d'un décor où les objets n'avaient pas une place déterminée et où la vie pouvait couler à sa fantaisie.

De loin, il n'avait pu distinguer les nus et, de Mazeron, il n'avait vu que les jambes, une roue caoutchoutée du fauteuil.

C'était gai ! Ce logement était le plus gai de la maison et il devait faire bon y vivre dans un désordre pittoresque qui donnait de la légèreté à l'existence. Le dessinateur devait être gai aussi et c'était lui, certainement, non M. François, qui avait voulu un jaune triomphant pour les murs, du rouge pour les rideaux.

En rentrant chez lui il lui sembla, par contraste, que leur appartement était lourd et terne, conventionnel, à sa propre image, sans doute, puisque c'était lui qui l'avait aménagé. Ne lui arrivait-il pas de se lever de son fauteuil pour mettre un pot de cuivre à sa place exacte, redresser un pli de rideau ou ranger, sous la radio, un journal qui traînait ?

S'il n'était pas surpris par sa découverte, il en restait impressionné. Il s'était figuré un Mazeron jeune, insouciant, léger, mais il pensait néanmoins à lui autrement depuis qu'il avait entrevu son intérieur.

L'infirmière avait paru savoir qui il était. Elle savait donc qu'un amputé des deux mains vivait dans l'immeuble. Et, comme Mazeron ne l'avait jamais vu, cela devait venir, en fin de compte, de Nelly.

Nelly parlait de lui, au premier étage... Puis, à son tour, le jeune homme...

A midi, il ne parla pas de l'incident du palier, éprouva cependant le besoin de mettre Mazeron sur le tapis.

— Comment signe-t-il ses dessins ?

On ne prononçait pour ainsi dire jamais son nom. C'était « il » et chacun savait de qui il s'agissait. Il est vrai qu'ils connaissaient peu de monde et que les gens dont il leur arrivait de parler étaient rares.

Elle fronçait les sourcils, avec l'air de chercher dans sa mémoire. Si elle jouait la comédie, elle la jouait à la perfection.

— Gisèle me l'a dit un jour... Attends...

Cela indiquait déjà que Gisèle et elle en parlaient, pas seulement pour les commissions. La signature de Mazeron au bas de ses dessins n'avait rien à voir avec le fait de lui porter une lettre ou un paquet. Peut-être n'était-ce pas son amie qui lui en avait parlé, mais lui-même ?

— Il se sert de deux syllabes de son nom... J'y suis ! Il signe Mapi, la première syllabe de son nom de famille et les deux premières lettres de son prénom...

— Tu as vu ce qu'il fait ?

— Gisèle m'a montré un de ses petits dessins...

Elle paraissait à son aise. Il était impossible qu'elle le soit réellement. C'était bien en cela que la situation était comme sans issue. S'il y avait quelque chose entre elle et le frère de Gisèle, si elle avait eu des rapports avec n'importe quel homme, elle était obligée de le lui cacher coûte que coûte, ne fût-ce que par charité.

Elle ne pouvait pas lui avouer tout à coup :

— Tu as raison d'être jaloux. Je suis comme les autres, comme ton Alsacienne, mais je t'aime quand même et je tiens à rester avec toi...

Il l'aurait gardée, bien entendu. Il ne lui aurait pas adressé de reproches. Au contraire : il se serait sans doute montré plus tendre et plus prévenant, car il aurait su qu'elle souffrait.

Il avait été sincère, lui, lorsqu'ils étaient couchés côte à côte sur le lit, à regarder le plafond. Avait-il vraiment tout dit ? N'existait-il pas des petites taches honteuses qu'il préférait ne pas voir et dont il n'avait pas parlé ?

Si Mazeron était indifférent à Nelly, d'autre part, si, comme elle le prétendait, il lui aurait été impossible de coucher avec un autre homme que Bernard ou même de l'envisager, elle n'en savait pas moins qu'il épiait ses réactions, qu'il était à l'affût d'un regard, d'une expression de physionomie, d'un simple tressaillement dont il tirerait Dieu sait quelles dramatiques conclusions.

Dans ce cas-là aussi, comment aurait-elle pu être naturelle ?

Or, elle l'était trop. Il enrageait de sentir toujours un Mazeron invisible s'interposer entre eux, même quand ils étaient tranquillement occupés à manger, et c'était lui qui ne pouvait s'empêcher de l'évoquer !

Il aurait tant voulu savoir ce qu'il y avait exactement derrière le front, derrière les yeux de sa femme ! Dix fois par jour, il lui demandait à brûle-pourpoint :

— A quoi penses-tu ?

Quelquefois la réponse était inattendue.

— A ta sœur.

— Pourquoi pensais-tu à ma sœur ?

— Parce que ta mère ne nous a pas écrit depuis un certain temps. Je me disais que, pendant mon congé, nous irions la voir et je me demandais si ta sœur avait encore grossi...

La dernière fois qu'ils s'étaient rendus à Juvisy, apportant un cadeau pour chacun des enfants, une tarte pour toute la famille, sa sœur était énorme et on sentait qu'elle grossirait encore. Elle s'en montrait ravie, remuait gaillardement son corps plantureux qui ne semblait pas lui peser et dont elle riait la première.

Cette pensée-là, Nelly ne l'avait pas inventée pour les besoins du moment ; il y en avait fatalement d'autres qu'elle lui cachait. Si Aubonne, par exemple, s'inquiétait de son état, à plus forte raison sa femme devait-elle se faire du souci. Elle ne lui en parlait jamais. On ne parle pas de sa maladie à quelqu'un qui ne se croit pas malade.

Si elle était capable de ne pas tout lui dire sur ce sujet, qu'est-ce qui l'empêchait de lui cacher d'autres préoccupations ?

C'est à peine s'il y voyait clair à l'intérieur de lui-même. Comment aurait-il pu lire en elle à coup sûr ?

Ce qu'il aurait fallu, au lieu de prononcer sempiternellement des mots qui ne signifient rien, c'était pouvoir se regarder d'une certaine manière qui aurait fait tout comprendre.

Il s'était parfois imaginé que c'était possible. Il plongeait le regard dans ses yeux, ému, anxieux, murmurait :

— Je t'aime, Nelly !

C'était un peu comme une clef. Il attendait la réaction. Il lui semblait qu'il y avait toujours un fond de tristesse dans les prunelles de sa femme quand elle répondait sans détourner le regard :

— Moi aussi, Bernard...

Pourquoi de la tristesse ? Parce qu'elle se sentait coupable et qu'elle s'en voulait ou bien parce qu'il se torturait à tort et qu'elle n'y pouvait rien, malgré tout son amour, parce qu'elle ne parvenait pas à le rendre heureux ?

— De quelle couleur est sa chambre ?

Elle répétait, sans comprendre sur-le-champ :

— Sa chambre ?

Puis :

— Je n'ai jamais vu sa chambre, seulement le studio qui est peint en jaune, comme le corridor...

Ils disaient donc « le studio » et devaient avoir ainsi tout un vocabulaire, comme il existait un vocabulaire spécial chez Delangle et Abouet.

— A quels journaux collabore-t-il ?

— Je suppose qu'il essaie à gauche et à droite, comme tous les débutants. Quel journal a ses bureaux rue Montmartre ?

— Comment le saurais-je ?

— C'est rue Montmartre que Gisèle se rend le plus souvent...

Il avait eu la réponse à sa question dès le lendemain, car il avait acheté tous les hebdomadaires qui publient des dessins amusants et avait trouvé trois dessins à légende signés Mapi. Le soir, il les avait montrés à Nelly.

— Regarde...

— Qu'est-ce que je dois regarder ?

— En bas de la page, à gauche...

Elle avait souri. La légende était drôle.

— C'est le soir qu'il travaille ? avait-il encore questionné.

— Sans doute, puisqu'il me demande toujours de passer le matin voir s'il a pu faire quelque chose...

— Et dans la journée ?

— J'ignore à quoi il passe son temps.

Elle n'osait pas ajouter :

— Ne parle donc plus de lui chaque jour, à chaque repas ! Cela devient une obsession. Tu es en train de te rendre malade...

Il se le disait lui-même, essayait de se changer les idées. Il retourna à la bibliothèque municipale, où il n'avait pas mis les pieds depuis longtemps, pour emprunter deux romans. Il en commença un, sans parvenir à fixer son intérêt.

Par-dessus le marché, le vide qui se faisait peu à peu autour de lui augmentait sa solitude. On n'entendait plus un bruit chez les Rougin depuis que les jumeaux étaient partis en vacances avec leurs parents. Mlle Strieb était absente aussi. Les camions, les autos, voire les autobus étaient moins nombreux dans la rue et il lui arrivait d'être surpris par le silence comme par quelque chose d'insolite.

Ce n'étaient plus des visages de connaissance qu'on voyait sur les trottoirs mais des étrangers avec des chemises bariolées et des appareils photographiques ; ils se glissaient parfois dans l'allée des maisons pour jeter un coup d'œil curieux sur les cours.

Encore cinq, quatre, encore trois jours et Nelly serait en congé à son tour. Il l'aurait pour lui seul du matin au soir, du soir au matin, et il ne se demanderait plus ce qu'elle faisait, à qui elle parlait, quelle voix elle était en train d'écouter.

Il s'en faisait une fête, comme chaque année, tout en étant un peu angoissé à l'idée de ce tête-à-tête continu de trois semaines.

Parviendrait-il à lui parler naturellement ? Trouverait-il assez de sujets de conversation anodins ? Jadis, il ne s'en préoccupait pas, bavardait de tout et de rien ; souvent ils se taisaient tous les deux sans s'apercevoir du silence.

Maintenant, le silence lui faisait peur. Il avait l'impression de sentir Nelly penser, penser toute seule, derrière le mur de son front, et il lui tendait des pièges, cherchait des questions susceptibles de la forcer dans ses retranchements.

Si cela continuait, il téléphonerait à Aubonne, lui demanderait de venir, ou il irait chez lui. Il s'efforcerait de tout lui dire et surtout il poserait des questions précises, en le suppliant de lui répondre franchement, pas tant pour lui que pour sa femme.

Est-ce qu'il était vraiment malade ? Bon ! C'était le premier point à éclaircir. Ils n'avaient jamais été très nets, ni le Pr Pellet, ni Aubonne, au sujet de cette ancienne fracture du rocher. Quand il leur demandait si elle pouvait encore provoquer certains troubles, ils ne répondaient ni oui ni non et paraissaient embarrassés.

— Dans certains cas...

Quels troubles exactement ? C'était la deuxième question. Cela pouvait-il, par exemple, avoir une influence sur son moral ? Il n'était pas vraisemblable qu'il soit le seul homme dans son cas. Aubonne devait en avoir vu d'autres. Il soignait, non seulement des invalides de guerre, mais surtout les accidentés du travail. C'était sa spécialité. Il ne cherchait pas la clientèle riche. Il habitait, dans le quartier du faubourg Saint-Antoine, tout à côté des artisans, rue Crozatier, en face de l'hôpital, et si son appartement était assez vaste et bourgeois, les ouvriers d'alentour s'y sentaient à leur aise.

Mais la jalousie n'est pas une maladie que soignent les médecins. Il devait s'en guérir seul, ou s'habituer à vivre avec elle comme il l'avait fait pendant vingt ans, quand il n'en souffrait que de temps en temps, d'une façon moins douloureuse.

— Je suis sûr qu'elle se torture... lui arrivait-il de se dire à mi-voix lorsqu'il était seul dans l'appartement.

Et il lui parlait, en allant et venant de la chambre au living-room et du living-room à la cuisine.

— Vois-tu, c'est plus fort que moi... Je n'en suis pas responsable... Je fais mon possible... C'est peut-être parce que j'ai des remords...

» A un certain âge, l'âge que j'atteins en ce moment, on essaie de faire le compte de ce qu'on a vécu, comme pour y puiser le courage de continuer... Moi, quand j'ai voulu faire le compte, je me suis aperçu que j'ai toujours été égoïste...

» J'avais envie de m'enfermer entre les murs d'un appartement avec seulement des fenêtres sur le reste du monde et je t'y ai enfermée avec moi...

Son seul sacrifice, et encore ne l'avait-il consenti que sur les conseils d'Aubonne, avait été de permettre à Nelly de continuer son travail en ville. N'obéissait-il pas ainsi à une arrière-pensée ? Ne se disait-il pas que, si elle restait avec lui toute la journée dans l'espace clos de la rue de Turenne, leurs caractères finiraient par s'aigrir ?

Il la laissait aller place des Victoires, en calculant le temps exact qu'elle mettait pour s'y rendre et pour en revenir. Quand, de loin en loin, elle avait des courses à faire en ville, il l'accompagnait, l'attendait devant la vitrine des magasins, même si c'était un magasin de lingerie, par exemple, ou bien, s'il la laissait aller seule, il la questionnait sans fin sur ce qu'elle avait fait, ce qu'on lui avait dit, les gens qu'elle avait rencontrés.

— Dites-moi, docteur...

Est-ce que Nelly et Aubonne avaient eu des entretiens en dehors de sa présence ? C'était probable, dans les débuts tout au moins. Le médecin avait dû la mettre au courant de l'état de son mari, la rassurer, lui donner des conseils. Lui avait-il dit de le ménager, de lui éviter tout sujet d'inquiétude ?

— Je t'aime, Nelly !

— Moi aussi, Bernard...

Cela revenait plus souvent que jadis, comme s'ils essayaient ainsi de faire jaillir une étincelle. Parfois il avait l'impression qu'ils avaient réussi, qu'il était délivré, tout à coup, que la vie allait reprendre comme par le passé. Il oubliait Mazeron, la porte au bouton de porcelaine blanchâtre, le studio jaune et les tréteaux encombrés.

— Tu sais ce que nous ferons, après avoir rendu visite à ma mère et à ma sœur ?

— Tu as des projets ?

Le moindre espoir la transfigurait et alors il n'avait plus la sensation qu'elle jouait à la femme heureuse mais qu'elle l'était réellement.

— Chaque jour, nous choisirons un quartier de Paris, comme cela nous arrivait le dimanche quand nous nous sommes installés ici et que tu ne savais jamais, une fois sur les Grands Boulevards, de quel côté était l'Étoile et de quel côté la Bastille... Nous partirons de bonne heure...

Depuis toujours, il aimait les rues quand elles font leur toilette.

— ... Nous nous promènerons comme des touristes, en entrant dans les cours, et nous choisirons chaque midi un petit restaurant amusant...

— Tu te sens mieux, n'est-ce pas, Bernard ?

— Je t'ai fort inquiétée ?

— Pas trop. J'avais confiance.

— Je me demande, vois-tu, si j'ai eu raison de te parler comme je l'ai fait. Je voulais à tout prix être honnête. Cela a ramené à la surface des tas d'idées comme, je suppose, nous en avons tous dans un coin de nous-mêmes mais auxquelles il vaut mieux ne pas attacher d'importance... Au fond, tu me manquais... J'avais besoin de toi, de nos vacances...

— Tu n'as plus eu de vertiges ?

— Peu.

Ce n'était pas vrai. Il en avait encore eu le matin même, mais il tenait à la rassurer et, pour le reste, il était sincère.

— Je ne suis qu'un vieil imbécile qui ne mérite pas une femme comme toi... Si tu savais de quoi j'ai été capable de te soupçonner !...

— N'en parle plus. N'y pense plus !

— Tu m'en veux ?

— Comment t'en voudrais-je ? C'est nécessairement ma faute. Si j'étais parvenue à te faire comprendre...

Bien sûr ! C'était là le problème ! Se mettre à nu l'un devant l'autre. Pas les corps. L'intérieur. Toutes les petites pensées qui gravitent dans la tête et qui n'appartiennent qu'à soi-même.

— Si le faux bistrot du Quartier Latin existe encore, on pourrait maintenant...

Il n'aurait plus peur des prix inscrits sur la carte et il n'aurait pas à chercher une excuse pour s'en aller.

— Tu as demandé à Gisèle comment il va faire pour ses dessins pendant les vacances ?

— Je suppose que l'infirmière s'en occupera.

— Elle ne part pas ?

— Seulement en septembre, au retour de l'amie qui doit la remplacer...

— Tu ne sais toujours pas si c'est elle qui a posé pour les nus ?

— Non. Je ne fais qu'entrer et sortir. Je t'avouerai que ça ne m'intéresse pas...

Alors qu'il était le plus jaloux, cela l'excitait d'imaginer l'infirmière, nue et immobile, dans le studio jaune. Il enviait Mazeron. Il lui enviait son métier qui lui apparaissait comme un jeu perpétuel, sa jeunesse, son insouciance. Voilà qu'il lui enviait son infirmière par surcroît !

Cela, il ne le disait pas à Nelly. Donc, il trichait ! N'avait-elle pas le droit de tricher en retour ?

Encore trois jours, deux jours...

8

On était le jeudi matin et il y avait à nouveau du soleil, un courant d'air léger dans les rues où passaient lentement les arroseuses municipales. Nelly était partie pour la place des Victoires. Elle y retournerait encore le lendemain et, le samedi, elle serait en vacances et pourrait faire la grasse matinée.

Elle avait donné son bain à Bernard, posé son harnais qu'ils iraient un de ces jours faire vérifier, comme ils le faisaient périodiquement, chez le vieil Hélias, rue du Chemin-Vert. Un croissant restait sur l'assiette.

— Tu ne le manges pas ? demandait Nelly.

— Non.

— Alors, je le mange. C'est mon quatrième !

Il la regardait en fumant sa première cigarette. Elle portait un tailleur de toile claire et, sous son chemisier, ses seins paraissaient plus jeunes et plus vivants que sous une robe. Il remarqua que, quand ils tressaillaient, ils semblaient animés d'une vie personnelle et cela l'émut.

Il ne lui dit pas :

— Je t'aime.

Il lui souriait, détendu, pensait qu'il irait faire le marché rue Saint-Antoine où il retrouvait à chaque pas des souvenirs de son enfance.

Il aimait les petites charrettes le long des trottoirs, les cris des marchandes, les boutiques larges ouvertes où on est de plain-pied avec la rue, les occasions du jour écrites à la craie sur des ardoises.

— Demain soir... murmura-t-il.

Elle se levait, tirait sur le bas de sa jupe, se campait devant lui pour l'embrasser.

— Nous allons bien nous amuser, tu verras...

Elle répliquait en lui rendant son sourire :

— Je m'amuse toujours avec toi !

Avant de sortir, elle lui lançait encore :

— Je t'ai mis du rouge à lèvres...

Il l'entendait descendre. Dans un moment, il se dirigerait vers la fenêtre pour lui faire signe. Il se demandait s'il débarrasserait la table avant d'aller au marché ou après, décidait, parce qu'il avait hâte d'être dehors, dans le scintillement du matin, qu'il s'occuperait de mettre de l'ordre à son retour.

Il tendait l'oreille, comme toujours. Elle s'était arrêtée au premier, ce qui n'avait rien d'extraordinaire. L'idée lui vint de prendre son filet, son chapeau, de descendre en hâte afin de lui faire la surprise d'arriver en bas en même temps qu'elle.

Tout cela était fortuit. Il n'avait aucune arrière-pensée. Il s'était éveillé de bonne humeur et l'était toujours.

Il descendait, sans toucher la rampe de son crochet, ce qui était bon signe. Il se pressait, anxieux d'arriver à temps pour lui dire encore une fois au revoir.

Une légère inquiétude lui venait pourtant en ne l'entendant pas sortir de l'appartement du premier. Peut-être n'avait-elle fait qu'y passer et était-elle déjà dehors ? Peut-être, pour une fois, Mazeron l'avait-il attendue derrière la porte et s'était-il contenté de lui remettre ses dessins au passage, s'il avait des dessins à lui remettre ?

Il atteignait le second, apercevait, après le tournant, la porte du premier qui était contre et son humeur enjouée l'abandonnait, il fronçait les sourcils, calculant que sa femme était là depuis près de cinq minutes.

Sur le palier, il hésitait, restait un moment immobile, pour lui donner encore une chance. En même temps, il se disait qu'il avait tort, qu'il allait la gêner, que, quand elle sortirait et se heurterait à lui, ils ne sauraient que se dire et que tout allait une fois de plus être remis en question.

Pourquoi avança-t-il soudain d'un pas et poussa-t-il la porte ? C'est à peine s'il en eut conscience. Il obéissait à une impulsion instinctive, irrésistible.

Comme le matin où l'infirmière était entrée en sa présence, il découvrit la perspective du couloir, la lumière plus vive dans le studio jaune et, près des tréteaux couverts de dessins et de magazines, Nelly, de dos, penchée sur un homme assis qui la serrait dans ses bras.

Sans voir les visages, il se rendait compte qu'ils étaient bouche à bouche, que sa femme essayait de se dégager, sans doute parce qu'elle avait entendu le bruit de la porte, et qu'elle était sur le point de tourner la tête.

Il battit tout de suite en retraite, tirant le battant vers lui, descendit précipitamment au rez-de-chaussée, fonça dans la rue sans s'arrêter devant la loge où la concierge agitait une enveloppe.

Il était si abasourdi qu'il ne s'excusa pas lorsqu'il se cogna en plein sur une bonne femme dont il fit tomber les paquets. Il ne les ramassa pas et, tandis qu'elle grommelait en gesticulant, il continuait son chemin, les jambes molles, la tête vide.

Il ne pensait pas. Pas plus que quand ses mains avaient rencontré la mine et qu'il était devenu le centre d'une explosion. Il marchait, suivait le chemin qu'il devait suivre pour se rendre rue Saint-Antoine et il passa sans s'en apercevoir devant la maison où il était né, prit par la rue de Birague sans la reconnaître.

Il ne se posait pas de questions, ne se demandait pas ce qui allait se passer, ni ce qu'il allait faire. Il y avait des mois qu'il y pensait, qu'il se torturait comme à plaisir avec des images précises à côté desquelles celle qu'il venait d'avoir sous les yeux pouvait passer pour anodine.

Il avait tout prévu, en somme. Peut-être était-ce lui qui avait mis en marche une sorte de mécanique ?

Il n'avait plus besoin d'essayer de savoir. Il savait. Il n'en voulait pas à Nelly. Il avait toujours affirmé qu'il ne lui en voudrait pas.

Il hésita même à retourner en courant rue de Turenne. Mais il n'était pas sûr qu'elle l'avait vu. Elle avait entendu le léger grincement de la porte, qui aurait pu avoir été poussée par un courant d'air. Au moment où elle se dégageait des bras de Mazeron et où elle allait tourner la tête, il battait déjà en retraite. C'était une question de secondes, voire de dixièmes de secondes. Avait-elle eu le temps d'entrevoir son dos, ses épaules, avant que la porte reprenne sa place ?

La marchande qui lui avait vendu le melon en avait à nouveau une pleine charrette. Elle essayait de l'attirer et il se laissait faire. Elle en choisissait un pour lui, qu'elle lui glissait dans son filet. Pour la première fois, il se montrait maladroit en tirant les billets de son porte-monnaie, comme si ses crochets avaient acquis la faculté de trembler à la façon des mains. C'était si visible que la femme, sidérée, remarqua :

— Qu'est-ce que vous avez, mon pauvre monsieur ?...

— Rien...

Sa gorge était sèche, il s'en apercevait en essayant de parler. Il s'efforçait de sourire poliment, comme on sourit aux étrangers qui ne vous ont rien fait. Il sentait qu'elle le suivait des yeux en hochant la tête et qu'elle le plaignait sans savoir pourquoi. Il se souvenait de ce qu'il devait acheter. Il avait besoin de charcuterie et de salades, car ils avaient décidé de manger froid, et il se dirigea vers la maison italienne.

Il s'arrêta deux fois en chemin, dans la foule, près des murs, pour pouvoir s'y retenir au besoin, car il craignait de perdre l'équilibre. Il savait qu'il ne tomberait pas, que ce n'était pas grave, seulement un peu angoissant.

— C'est ma faute...

Il parlait comme il en avait pris l'habitude les derniers temps quand il était seul dans l'appartement.

— C'était fatal...

Et voilà ! Il n'y avait plus rien à dire. C'était arrivé !

Ne devait-il pas quand même faire son marché ? Est-ce que Nelly ne rentrerait pas à midi vingt comme les autres jours et n'auraient-ils pas besoin de déjeuner ?

— Quatre tranches de jambon à l'os...

Il regardait sans bien les voir les plats qui contenaient des salades variées, en désignait deux de son crochet.

— Une demi-livre de chaque sorte...

On le connaissait. On lui demandait des nouvelles, des nouvelles de sa femme, et il répondait poliment :

— Elle va très bien.

— Quand partez-vous en vacances ?

— Après-demain...

On n'insistait pas pour savoir où ils allaient ; il n'aurait pu que répondre :

— Nulle part...

Il n'était vraiment nulle part. Le monde l'entourait toujours, moins réel que dans ses plus mauvais moments. Les bruits lui arrivaient assourdis, à croire que Pellet avait raison en prétendant qu'il était en train de perdre l'ouïe.

— Je mets sur le compte ?

— S'il vous plaît.

Ils avaient un compte dans certains magasins. Ils appartenaient réellement au quartier.

Il faillit oublier qu'il avait besoin de beurre et entra dans la première crémerie venue puisque celle de la rue de Turenne était fermée.

— Une livre de beurre breton...

On n'attendait presque pas son tour. Il y avait beaucoup moins de clientes qu'en temps normal. Quand il repassa rue de Birague, il ne vit qu'un chien sur le trottoir. Les pattes en l'air, il se roulait lentement sur le pavé pour se gratter le dos.

— Une lettre pour vous ! lui cria la concierge.

Il la prit distraitement et la mit dans sa poche tandis qu'elle le suivait d'un regard qui ressemblait à celui de la marchande de melons.

Il fut surpris, en atteignant le troisième étage, de s'apercevoir qu'il n'avait pas ralenti le pas au premier, qu'il n'avait même pas eu un coup d'œil pour la porte au bouton de porcelaine. C'était comme si sa hantise l'avait enfin abandonné.

— Je lui dirai...

Il ne savait pas quoi au juste. Des mots simples et tendres, réconfortants, comme à une malade, des mots comme elle lui en avait dit souvent en lui offrant le calme limpide de ses yeux.

Il n'ironisait pas. Il pensait sincèrement au calme, à la pureté des yeux de sa femme et il voulait qu'il n'y ait rien de changé.

Il lui dirait... Il cherchait la clef dans sa poche, l'introduisait dans la serrure, constatait que la porte n'était pas fermée. Ou bien il avait oublié de donner un tour de clef en partant, ce qui était rare, ou bien Nelly était remontée, croyant peut-être que lui-même était remonté chez eux.

Rien n'était changé dans le living-room. Il restait un fond de café dans la tasse de sa femme, pas dans la sienne, car il le buvait toujours jusqu'à la dernière goutte. Il entra dans la cuisine pour déposer ses achats, ouvrit le réfrigérateur, rangea le beurre, le jambon, les hors-d'œuvre.

Il faisait tout ça machinalement. L'idée ne lui était pas venue de pleurer, de se révolter, ni de s'apitoyer sur son sort. Le brouillard s'était dissipé et tout devenait simple, d'une netteté cruelle comme certaines photographies.

Qu'avait-il oublié ? Rien ! Si ! La fenêtre n'était pas ouverte du côté de la rue des Minimes et il alla l'ouvrir parce qu'on la gardait toujours ouverte par temps chaud. La porte de la chambre était fermée et cela le surprit. Il était presque sûr que, quand il était parti, elle était ouverte.

Il la poussa machinalement, vit Nelly couchée à sa place, tout habillée, sur le dos, de l'autre côté du lit. Elle regardait le plafond, comme l'après-midi qu'ils avaient fait l'amour avec lenteur en essayant chacun de passer tout entier dans l'autre.

Il allait lui parler. Il lui parlait.

— Je croyais...

Comme il contournait le lit, il découvrait le bras de sa femme qui pendait sur la carpette. Une mare de sang s'était formée. Du sang avait giclé sur le mur et un des couteaux de cuisine, celui qu'il avait fait affûter récemment, était par terre.

Il s'avança vers elle et se pencha. Lui prenant la tête à deux mains, d'un geste lent et doux, comme s'il avait peur de lui faire mal ou de l'éveiller, il colla sa bouche à sa bouche et resta longtemps ainsi, les yeux fermés.

Il savait qu'elle était morte. Il l'avait su tout de suite. Il lui fermait les paupières, toujours avec précaution, puis il relevait le bras qui portait une large entaille au poignet et le posait sur le lit.

Il en avait fini, définitivement, avec les questions. Il avait toutes les réponses et il regardait le vide autour de lui. Un morceau de papier accrocha son regard, sur son oreiller.

« Pardon », avait-elle écrit.

Rien d'autre. Il n'y avait rien à dire d'autre.

— Pardon...

Il balbutiait le mot aussi, ajoutait tout bas :

— Je t'aime, Nelly...

Aucune voix ne pouvait lui répondre :

— Moi aussi, Bernard...

Pourquoi alla-t-il s'assurer que le gaz était bien fermé, comme quand ils sortaient tous les deux ? Il pénétra ensuite dans la salle de bains. Une pharmacie en métal contenait toutes les drogues qu'on lui prescrivait pour le faire dormir.

Il prit dix tablettes d'une sorte, dix d'une autre, choisissant les plus fortes, remplit d'eau son verre à dents et les avala une après l'autre. Quand il traversa le living-room, il regarda la table, la place de Nelly, sa tasse, et il but le fond de café refroidi qui y restait pour chasser le goût des médicaments.

Il était calme, pas triste. Puisque sa femme avait gardé son tailleur clair, il garda ses vêtements pour s'étendre près d'elle, sur le dos, comme l'autre jour, et il attendit en regardant le plafond et en lui parlant tout bas, en lui disant toutes les choses douces et légères qu'il n'avait pas su lui dire.

Noland (Vaud), le 10 juin 1961.

LES AUTRES

1

Dimanche, 5 novembre

L'oncle Antoine est mort mardi, la veille de la Toussaint, vers onze heures du soir vraisemblablement. La même nuit, Colette a tenté de se jeter par la fenêtre.

A peu près dans le même temps, on apprenait qu'Édouard était revenu et que plusieurs personnes l'avaient aperçu en ville.

Tout cela a créé des remous dans la famille qu'on a vue hier, à l'enterrement, pour la première fois au complet depuis des années.

Ce soir, dimanche, il pleut à nouveau. Des rafales secouent les volets, font vibrer les vitres et l'eau coule intarissablement dans la gouttière qui descend à un mètre de ma fenêtre. Dans le jardin public entouré de grilles qu'on appelle le Jardin Botanique, les arbres se courbent et des branches cassées, dans les allées, se mêlent aux feuilles mortes.

De temps en temps, une auto passe sur notre boulevard, soulevant des gerbes d'eau sale, mais il n'y a pas un seul piéton. En écartant le rideau, je peux voir l'urinoir, juste sous mes fenêtres, contre la grille. Au-delà du parc, j'aperçois le haut des colonnes et le toit du Palais de Justice et plus loin, dans la lueur orangée qui se dégage du centre de la ville, les deux tours de la cathédrale.

Des cinémas, des restaurants doivent être ouverts ; des couples se glissent le long des façades et sans doute y a-t-il des parapluies qui se retournent.

Je suis resté longtemps à la fenêtre, à regarder le paysage déformé par l'eau qui lave les vitres, avant de me mettre à écrire. Puis j'ai refermé le rideau, placé deux bûches dans la cheminée.

Cela s'est passé à peu près de la même façon il y a trois ans, à la même époque de l'année, un soir qu'il pleuvait aussi, quand j'ai essayé d'écrire mon histoire, notre histoire à ma femme et à moi, la mienne surtout, bien entendu, puisque c'était moi qui écrivais.

En un mois, j'ai écrit la longueur d'un roman et, dans mon esprit, c'était bien un roman, aussi passionnant que ceux que les écrivains inventent, avec l'avantage d'être vrai de bout en bout. Lorsqu'il a été fini, j'avoue que j'ai eu le désir de le voir paraître, ne fût-ce que pour montrer à certaines gens que je ne suis pas complètement incapable.

Je l'ai d'abord envoyé à un éditeur de Paris qui, quelques semaines plus tard, me l'a retourné accompagné d'une lettre aimable, la même, sans doute, qu'ils envoient à tous les auteurs refusés.

J'ai pensé alors à un romancier dont j'ai lu tous les livres parce que je m'y trouve un peu en famille. C'est le seul, des auteurs que j'ai lus, dont les personnages me donnent l'impression d'être des hommes comme moi, avec les mêmes problèmes, les mêmes préoccupations, la même façon de réagir.

Je me suis dit que cet homme-là, à peine plus âgé que moi, d'après ses biographies, me comprendrait, et je lui ai envoyé mon manuscrit ainsi qu'une lettre dans laquelle je lui expliquais, peut-être maladroitement, pourquoi je m'adressais à lui.

Contre toute attente, il m'a répondu dans la semaine. Je regrette maintenant le mouvement de dépit qui m'a fait déchirer sa lettre en petits morceaux que j'ai jetés au feu. Je croyais chacune de ses phrases gravée dans ma mémoire et, au moment où je voudrais les citer, je n'arrive pas à les reconstituer. J'ai brûlé le manuscrit aussi et j'avais les larmes aux yeux en voyant les feuillets flamber parmi les bûches.

Que me disait-il au juste et qu'est-ce qui, dans sa lettre, m'a laissé une telle amertume ? Est-ce bien le mot ? N'ai-je pas surtout été humilié comme quand on vous surprend dans une attitude dégradante ?

Certes, il m'avait lu « de bout en bout avec un réel intérêt ». Il ajoutait que c'était « un document humain » et on trouvait dans la même phrase le mot émouvant. Mais, justement à cause de cela, on ne se sentait pas « en présence d'une œuvre littéraire à proprement parler ».

Il n'employait pas le terme confession, que je sentais néanmoins dans son esprit.

« Je ne crois pas me tromper en pensant qu'on peut vous identifier avec votre personnage et que vous avez vécu vous-même, assez récemment… »

Je ne le cachais pas et, si le livre était paru, beaucoup de gens n'auraient pas manqué de me reconnaître. Alors, pourquoi étais-je ulcéré ? C'est qu'il y avait justement cette fameuse phrase que je ne retrouve pas, à la fois explicite et réticente, une phrase à laquelle, tout écrivain qu'il est, il a dû réfléchir un bon moment.

« En vous lisant, on a l'impression assez pénible d'assister malgré soi à… »

Qu'importent les mots, après tout ? J'ai compris. On avait l'impression, me disait-il, de devenir une sorte de voyeur, de monsieur qui se délecte en surprenant les choses assez malpropres qui se passent chez les voisins.

En d'autres termes, j'étais ni plus ni moins qu'un exhibitionniste.

Il s'agissait, je l'ai dit, de notre histoire, à Irène et à moi. Je ne cachais rien. Je n'ai honte de rien. Il est d'ailleurs probable que j'y reviendrai mais, cette fois, à cause de la mort de l'oncle Antoine, du retour ahurissant d'Édouard, de tout ce qui s'est passé ces derniers jours, mon histoire aura un caractère moins personnel et on ne pourra plus me comparer à certains personnages que je vois parfois surgir, le soir, de l'urinoir, au passage d'une petite bonne.

On m'accusera sans doute de trahir la famille, de salir le nom des Huet, de laver notre linge sale sur la place publique. Cela m'est égal. Assez de gens s'accordent le droit de s'occuper de moi pour que j'aie, à mon tour, le droit de m'occuper des autres.

Ma femme lit dans son lit, sans savoir que j'écris. De temps en temps, je l'entends qui tourne la page, car la porte de la chambre est restée entrouverte. Tout à l'heure, elle me demandera, sans élever la voix :

— Qu'est-ce que tu fais ?

Je répondrai, comme d'habitude :

— Rien.

Elle n'insistera pas, allumera une cigarette, tournera d'autres pages avant de regarder l'heure et de murmurer :

— Tu ne te couches pas ?

— Tout de suite...

Le temps de glisser mes feuillets dans un carton à dessins où je garde d'anciens croquis et qu'il ne viendrait à l'idée de personne, surtout d'Irène, d'ouvrir.

Lundi, 6 novembre

Mardi soir, la veille de la Toussaint, nous aurions dû dîner à la maison avec Nicolas Macherin, que nous appelons tous les deux Nic et que nous tutoyons malgré la différence d'âge. Vers la fin de l'après-midi, il a téléphoné de Paris, où ses affaires l'avaient appelé pour quelques jours, et il a annoncé à ma femme qu'il ne pourrait rentrer que par le train de nuit.

Nous avons donc mangé en tête à tête et Adèle, la bonne, qui avait décidé de sortir, accélérait le service. Nous avons fini par aller au cinéma. Irène a sorti la voiture du garage de l'immeuble pendant que je l'attendais sur le trottoir et c'est elle qui a conduit, comme presque toujours, ce qui est naturel puisque c'est sa voiture.

A cause des sens uniques, nous sommes passés devant le Grand Théâtre, illuminé comme pour un gala, et j'ai remarqué que les gens qui débarquaient des autos au bas du péristyle étaient en tenue de soirée. J'ignorais à ce moment-là qu'on donnait un grand concert et, à plus forte raison, que Colette y assistait en compagnie de Jean Floriau.

Nous avons fini par entrer au Rialto, qui existait déjà quand j'étais un tout jeune homme et qui a été modernisé depuis. En sortant, nous avons parcouru la rue de la Cathédrale de bout en bout, puis la rue des Chartreux. S'il ne pleuvait pas encore, il y avait dans l'air une humidité qui rendait les lumières moins aiguës et qui leur donnait un certain mystère.

— On prend un verre ? ai-je proposé.

— Si tu veux...

Nous étions devant le Café Moderne, tout chaud, bruissant de conversations, et j'y ai revu quelques smokings, quelques robes du soir, j'ai salué de la main deux ou trois personnes de connaissance. Irène, de son regard myope, examinait les visages autour d'elle dans l'espoir, je le sais, de retrouver des amis avec qui nous aurions prolongé la soirée car, une fois sortie de la maison, elle déteste rentrer de bonne heure.

A minuit, pourtant, nous nous levions tous les deux pour aller retrouver la voiture parquée en face de la cathédrale.

Je ne me souviens pas de ce que nous nous sommes dit. Nous n'avons pas beaucoup parlé, il nous arrive rarement d'avoir une véritable conversation, et j'ai à nouveau attendu sur le trottoir pendant qu'elle rentrait la voiture au garage.

C'est un hasard qu'en revenant nous ne soyons pas passés par le quai Notre-Dame, comme cela nous arrive fréquemment. Bien que le quai soit très près du centre de la ville, qu'il en fasse pratiquement partie, il constitue une zone d'obscurité et de silence.

La masse sombre de l'Évêché, où on ne voit jamais que deux ou trois fenêtres éclairées, est suivie d'un jardin entouré de hauts murs, puis d'hôtels particuliers à portes cochères qui datent du début du siècle dernier. Le troisième de ces hôtels, un des plus massifs, tout en pierre grise, est celui de mon oncle Antoine et je me souviens encore de l'impression que m'a faite cette lourde bâtisse le jour où ma mère m'a dit en passant, alors que j'étais tout enfant :

— C'est là qu'habite ton oncle Antoine.

Même plus tard, devenu un familier de la maison, pour autant que l'un d'entre nous en ait été un familier, je n'ai pas cessé d'être impressionné par la solennité du quai Notre-Dame, par sa richesse dédaigneuse et revêche.

Nous habitons un quartier neuf, moderne, qui est devenu un des plus recherchés de la ville. Nous avons pour voisins de grands médecins, des avocats, des industriels importants. Jour et nuit, de belles voitures sont rangées le long des trottoirs. Tout cela, si je puis ainsi m'exprimer, reste dans la vie et on peut imaginer ce qui se passe, le soir, derrière les rideaux, comment les gens se comportent, ce qu'ils se disent à table. On n'est pas surpris de les reconnaître au cinéma ou au café.

Sans doute à cause de mes souvenirs d'enfance, j'ai de la peine à imaginer un habitant du quai Notre-Dame au cinéma. Parfois, le soir, les rideaux d'une fenêtre restent ouverts et on découvre, dans une lumière assourdie, un plafond aux lourdes moulures, des murs grenat, par exemple, ou recouverts de boiseries ; il est rare d'apercevoir une silhouette et c'est presque toujours celle d'un veillard immobile.

Que se serait-il passé si nous avions pris, ce soir-là, pour rentrer chez nous, le quai Notre-Dame ? J'aurais certainement jeté un coup d'œil machinal à la maison de mon oncle. Y avait-il de la lumière, à minuit ? Colette était-elle déjà rentrée ? La voiture de Jean Floriau se trouvait-elle encore devant la porte ? Un indice quelconque permettait-il de deviner, du dehors, qu'un drame venait de se passer et qu'un second drame allait se dénouer moins tragiquement ?

Je vous revois, dans notre chambre, occupés à nous dévêtir. En regardant Irène retirer ses bas, l'envie m'est venue de faire l'amour, puis j'ai pensé qu'elle avait été de mauvaise humeur toute la soirée, qu'elle prendrait un air résigné et j'ai renoncé.

— Bonne nuit.

— Bonne nuit.

— Tu vas au cimetière, demain matin ?

— A moins qu'il pleuve trop fort.

Ma femme ne va pas au cimetière à la Toussaint, ni le Jour des Morts, bien que sa mère y soit enterrée. Elle ne parle jamais de son père qu'elle a perdu, il est vrai, alors qu'elle n'avait qu'une dizaine d'années. Elle a encore, en ville, dans le quartier du Grand-Vert, du côté des chantiers et des usines, une ou deux tantes, des cousins, des cousines, mais elle a une fois pour toutes coupé les liens avec sa famille. Elle vit comme si elle n'avait eu ni enfance ni jeunesse. Elle ne dit pas :

— Quand j'étais petite...

Ou encore :

— J'avais un oncle qui...

Ce passé-là a été rayé, effacé, probablement parce qu'il était trop misérable. Elle est devenue une autre personne, qui n'a plus rien à voir avec les Taboué et les Loiseau dont elle est issue.

Je ne vais plus à la messe depuis l'âge de quinze ans, au grand désespoir de ma mère qui y assiste chaque matin et qui a son prie-Dieu à l'église, mais je suis resté fidèle à certaines traditions, comme de me rendre au cimetière le matin de la Toussaint ou le Jour des Morts.

Je comptais partir de bonne heure, car Nicolas Macherin déjeunerait sans doute à la maison. Quand je me suis levé sans bruit et que, en robe de chambre, je suis passé dans la salle à manger, le vent avait commencé à souffler et le ciel était bas, avec de grosses poches d'eau en suspens. Des gens marchaient vite, les mains dans les poches, dans l'allée qui coupe en diagonale le Jardin Botanique.

Je venais de prendre mon bain et de me raser quand j'ai été surpris d'entendre sonner à la porte d'entrée. Nous recevons rarement des visites inopinées, surtout un matin de Toussaint, et j'ai entrouvert la porte de la salle de bains pour m'assurer qu'Adèle allait ouvrir.

Ma surprise a été plus grande encore quand j'ai reconnu la voix de ma mère, qui n'a pas mis les pieds chez moi depuis plus de trois ans, depuis, en somme, que Nicolas y fréquente et que les gens jasent à notre sujet. J'ai continué à la voir, chez elle, sans Irène, bien sûr, et elle a plusieurs fois essayé de me tirer les vers du nez.

— Dis-moi, Blaise, tu ne crois pas que cela finira par te faire du tort ?

Dans ces cas-là, je prends un air innocent, car c'est un sujet qu'il m'est impossible de discuter avec elle. Elle serait la dernière personne au monde à comprendre.

— Me faire du tort ?

— Certains prétendent qu'il a déjà été question de te retirer ta place à l'École des Beaux-Arts.

— Laisse-les dire.

— Je ne te comprends pas. Si tu savais comme tu me rends malheureuse ! Quand je pense à ton père, si strict, si scrupuleux, qui n'aurait accepté un centime de personne...

C'était pourtant ma mère qui sonnait chez moi un matin de Toussaint et qui attendait dans le living-room pendant que j'achevais en hâte de m'habiller.

— Qu'est-ce que c'est ? demandait une voix endormie, dans la demi-obscurité de la chambre.

Je répondais à Irène :

— Ma mère. Je ne sais pourquoi elle est ici...

Je la trouvai en grande tenue, vêtue de noir, avec, me sembla-t-il, une légère odeur d'encens émanant de ses vêtements. Ses yeux étaient rouges. Elle reniflait, un mouchoir à la main.

— Tu ne connais pas encore la nouvelle ? me demandait-elle avec une certaine méfiance.

— Quelle nouvelle ?

Son regard s'arrêtait sur le téléphone.

— Tu as pourtant le téléphone...

Ma mère ne l'avait pas et refusait obstinément de le faire installer chez elle.

— Je me demande pourquoi on ne t'a pas averti...

— Qui ?

— Ton cousin Jean aurait pu te téléphoner ou, s'il est trop occupé, faire téléphoner sa femme...

Elle parlait de Floriau, le mari de ma cousine Monique, qui est, à trente-huit ans, un cardiologue réputé.

— Ton oncle Antoine est mort... Je suis sûre qu'ils ont déjà prévenu tout le monde, sauf toi...

Elle regardait autour d'elle avec inquiétude, comme si elle craignait de voir surgir ma femme, questionnait à voix basse :

— Où est-elle ?

— Elle dort.

— Tu es sûr qu'elle ne va pas se lever ?

— Certainement pas avant une heure d'ici. Assieds-toi.

Ma mère était restée debout. Moi aussi. Malgré la nouvelle qu'elle m'apportait, elle trouvait le moyen de faire, d'un œil critique, sinon scandalisé, un inventaire du living-room. Et je savais fort bien que ce n'était pas le modernisme seul qui la choquait. Elle évaluait le prix des tapis, de la moquette, des tableaux. J'étais sûr qu'elle pensait :

« Ce n'est pas avec ce que gagne un petit professeur de dessin que... »

Je me demande si je n'étais pas plus peiné qu'elle par la nouvelle qu'elle apportait. Comme les autres membres de la famille Huet, je n'allais que de loin en loin voir mon oncle dans sa maison du quai Notre-Dame. Je le trouvais presque toujours le dos au feu dans son bureau très haut de plafond, tapissé de livres. D'épaisses lunettes donnaient un certain air de naïveté à son égard.

Il avait la politesse de ne pas s'étonner de notre visite, d'avoir l'air de la trouver naturelle et il désignait un fauteuil en face de lui.

— Comment va ta femme ? Ta santé ?

A soixante-douze ans, il restait aussi alerte, l'esprit aussi délié qu'un homme en pleine force de l'âge. Son corps était court, large, épais et, comme il s'était toujours tenu voûté, il faisait penser à un gorille.

Cela me rappelle un mot de ma mère, une fois que nous sortions de chez lui.

— Que c'est malheureux d'être si laid !

Il est vrai qu'elle ajoutait aussitôt :

— Mais il est tellement intelligent !

L'oncle Antoine, dernier survivant de sa génération des Huet, était réellement laid. Sa face, plus large que haute, rappelait certains Mongols qu'on voit, dans les films, jouer les rôles de traître et, au milieu, un nez dérisoirement petit, écrasé, se trouvait presque noyé dans la chair molle des joues.

— Qui t'a annoncé la nouvelle ? demandai-je à ma mère. Et, d'abord, quand cela s'est-il passé ?

— Hier soir, on ne sait pas au juste à quelle heure. Ce matin, je suis allée à la messe à la cathédrale au lieu d aller à Sainte-Barbe, me disant que je me trouverais déjà à mi-chemin du cimetière. A la sortie, j'ai rencontré Monique et ses deux enfants.

Monique, c'est ma cousine qui a épousé Jean Floriau, le médecin. Ils ont deux filles, de huit et de douze ans.

— Figure-toi que Monique n'a pas dormi de la nuit. Hier soir, son mari est justement sorti avec Colette...

Je l'ai déjà dit, Colette, c'est la femme de mon oncle Antoine. Elle a trente et un ans de moins que lui et, rien qu'à la façon dont ma mère prononce son nom, on devine tout un monde de pensées inexprimées.

— Ils sont bons amis tous les deux, tu le savais ?

Je n'ignorais pas que Floriau fréquentait davantage la maison du quai Notre-Dame que le reste de la famille.

— Monique ne pense qu'à ses enfants et refuse presque toujours de sortir le soir. Antoine, lui, ne sortait jamais. Alors, assez souvent, quand on donne une pièce de théâtre ou un concert, Floriau invite Colette...

Ma mère épiait mes réactions, établissant peut-être un rapprochement entre cette situation et celle de mon ménage.

— J'ai toujours dit qu'elle est folle.

— Colette ?

— En tout cas hystérique... Je sais ce que je sais... Peu importe !... Ce n'est pas le moment d'en parler et, d'ailleurs, ce serait trop long...

Elle surveillait toujours la porte, n'oubliant pas la présence invisible de ma femme dans l'appartement.

— Bref, hier soir, Colette et Floriau sont allés ensemble au concert... Ton oncle Antoine est resté seul avec François et, paraît-il, s'est mis au lit vers neuf heures et demie...

J'ai toujours connu François quai Notre-Dame et je jurerais que, depuis mon enfance, il n'a pas changé. A la fois chauffeur, maître d'hôtel et valet de chambre, c'est lui qui engage les autres domestiques et qui les dirige, car Colette ne s'occupe pas de la maison.

— Après s'être assuré que ton oncle n'avait besoin de rien, François est allé se coucher au troisième étage et il n'a rien entendu. Vers minuit, Floriau a ramené Colette. Voyant qu'il n'y avait plus de lumière, il n'est pas entré et est reparti dès que la porte a été refermée.

» Chez elle, Monique attendait son mari, car elle ne se couche jamais avant lui. Les enfants dormaient. Elle a sursauté en entendant le téléphone et elle a d'abord cru que c'était un malade ou l'hôpital. Elle a à peine reconnu la voix de Colette. Celle-ci parlait comme une hallucinée, sans savoir ce qu'elle disait.

» — Au secours ! a-t-elle d'abord crié. Il est mort...

» Tu imagines l'effroi de Monique, dont le mari n'était pas encore rentré.

» — Où êtes-vous ? Qu'est-il arrivé ?
» — Je suis chez nous... Je l'ai trouvé mort dans son lit...
» — Oncle Antoine ?
» — Il faut que Jean vienne tout de suite... Je ne sais plus... J'ai peur...
» — Et François ?
» — Quoi, François ?
» — Il n'est pas dans la maison ?
» — Je ne sais pas. Je ne l'ai pas vu. Je n'ai vu personne. Je suis toute seule... J'ai peur... C'est affreux...
» — Sonnez d'abord François. Je suis sûre qu'il n'a pas quitté la maison...
» — Je vais essayer, oui... Je voudrais quand même que Jean vienne immédiatement... Peut-être y a-t-il encore quelque chose à faire ?...
» — Il n'est pas mort ?
» — Je ne sais pas... Je crois... Oui...

Colette, d'après ma mère, qui le tenait de Monique, n'avait même pas raccroché et avait dû laisser pendre le combiné du téléphone.

Monique, elle, avait guetté, sur le seuil, le retour de son mari. Quand elle avait aperçu les phares de la voiture, elle s'était précipitée et Floriau, toujours en smoking sous son pardessus, avait fait demi-tour.

— Il faut que nous allions là-bas, Blaise, disait ma mère avec impatience. Va prévenir ta femme...

Elle craignait toujours de se trouver nez à nez avec Irène.

— Je te raconterai le reste en chemin...

Comme je me levais, elle trouvait pourtant une autre nouvelle à m'annoncer.

— On prétend qu'un malheur ne vient jamais seul... Tu sais qui est en ville, depuis plusieurs jours, paraît-il ?... Ton cousin Édouard !... Qu'est-ce que ça peut signifier ?... Et comment tout cela va-t-il tourner ?...

Chacun de ces mots, dans la bouche de ma mère, devenait dramatique, car elle a le sens du malheur.

— Je viens tout de suite...

Je trouvai Irène assise dans son lit, finissant son petit déjeuner. Elle m'interrogea du regard.

— Oncle Antoine est mort, dis-je avec, malgré moi, un peu du halètement que m'avait communiqué ma mère.

Ma femme me regardait, surprise, un toast à la main.

— Il avait plus de soixante-dix ans, non ?

— Soixante-douze ou soixante-treize, je ne sais plus au juste.

— Est-ce qu'il ne souffrait pas du cœur ?

— Comme tous les Huet. Il les a néanmoins enterrés tous.

— Tu vas là-bas ?... Tu rentreras déjeuner ?...

— Je ne sais pas...

Elle me tendit son front que je baisai distraitement. Je me rendais soudain compte que, dans mon esprit, ou plutôt dans mon subconscient, l'oncle Antoine n'avait jamais été tout à fait un homme comme un autre. Ce n'était pas seulement, j'en suis sûr, parce qu'avec lui c'était toute une génération de Huet, la génération de mon père, qui disparaissait.

Je me souviens qu'à ce moment une idée me frappa, à laquelle je n'eus cependant pas le temps d'accorder beaucoup d'attention. Le cousin Édouard, dont ma mère venait de me parler, et qui avait mystérieusement réapparu dans la ville, était désormais l'aîné de la famille. Il avait quarante et un ans, un an de plus que moi, quatre ans de plus que mon frère Lucien.

En retrouvant ma mère, je lui demandai :

— On a prévenu Lucien ?

— Je suppose qu'il aura appris la nouvelle au journal...

Car mon frère travaille comme rédacteur au *Nouvelliste.*

— Allons, maintenant, Blaise...

Je décrochai mon manteau, pris l'ascenseur avec ma mère, me dirigeai vers le garage de l'immeuble. Elle me suivait à petits pas rapides, car elle n'est guère plus grande que ne l'était l'oncle Antoine.

— Tu crois qu'on n'ira pas aussi vite à pied ?

Debout près de la voiture d'un bleu clair très féminin, je fouillais fébrilement mes poches.

— J'ai oublié la clef là-haut... avouai-je.

— Allons à pied, Blaise... Je t'assure que j'aime mieux ça...

Parce qu'elle considérait que ce n'était pas mon auto, mais celle de ma femme !

Nous traversions le parc, penchés en avant, à cause des bourrasques, et ma mère était obligée de crier pour se faire entendre.

— Tu connais Floriau. C'est un homme froid, maître de lui, méticuleux... On affirme que c'est un grand médecin, mais il y en a d'autres que lui qui ne sont pas si poseurs... Il a trouvé Antoine mort dans son lit, et Colette qui, dès qu'elle a entendu son pas dans l'escalier, s'est jetée sur le corps en hurlant des mots sans suite... Il paraît que la cuisinière est en congé, qu'il n'y avait comme femme dans la maison qu'une petite bonne de seize ans assez stupide...

» Ton cousin a commencé par s'occuper de Colette... Il a été obligé de l'emmener de force dans sa chambre où on l'a déshabillée pour la mettre au lit... Il lui a fait une piqûre calmante... Il faut croire que c'était insuffisant car, au moment où, dans la chambre voisine, Floriau téléphonait à sa femme pour la mettre au courant, il a entendu un fracas, des cris de terreur...

» Quand il s'est précipité, il a trouvé Colette, qui avait ouvert la fenêtre toute grande, non sans casser une vitre, essayant de sauter dans le vide cependant que la petite bonne se raccrochait à elle...

» Je ne sais pas si c'est de la comédie... Ce n'est pas impossible... Même les fous jouent la comédie et, quand elle était jeune, elle voulait faire du théâtre... Elle a suivi des cours...

— Qui te l'a dit ?

— C'est elle, un jour que ton oncle m'avait demandé de prendre le thé avec sa femme parce qu'elle avait ses humeurs noires...

Nous avions traversé le jardin, laissé à gauche les colonnes grises du Palais de Justice et nous nous dirigions vers le Pont-Vieux où les passants, la silhouette de travers, tenaient leur chapeau dans la tempête.

— Tu imagines les émotions de Monique !... Deux fois, coup sur coup, qu'on la laissait en plan au téléphone... Quand son mari l'a rappelée, quelques minutes plus tard, il lui a demandé qu'elle prévienne l'hôpital de sa part afin qu'on lui envoie de toute urgence une garde...

» Il n'est rentré chez lui, pour se changer, qu'à six heures du matin...

Je n'avais pas demandé à ma mère de quoi mon oncle était mort, tant la réponse me paraissait évidente. Son père, Jules Huet, le fondateur de la famille, en somme, avait succombé, vers l'âge de cinquante-quatre ans, à une crise cardiaque, le lendemain de l'Armistice, en 1918. Son second fils, Fabien, le père d'Édouard-le-mauvais-sujet et de Monique-la-femme-du-docteur, avait traîné cinq ans une angine de poitrine qui l'avait terrassé à quarante-cinq ans. Quant à mon père, le troisième des fils Huet, il s'était affalé sur son bureau d'architecte la veille de ses cinquante ans.

Maintenant qu'Antoine venait de mourir à son tour, il ne restait de cette génération qu'une fille, Juliette, qui devait avoir environ soixante ans et qui, depuis son veuvage, dirigeait, sur la hauteur de Corbassière, à l'entrée nord de la ville, une entreprise de camionnage. Elle s'appelait maintenant Lemoine. Elle avait des enfants, des petits-enfants que je connais à peine de vue, comme s'il s'agissait d'une branche détachée de la famille.

Nous longions les façades des vastes maisons patriciennes quand ma mère, soudain, me saisit le bras.

— Je me demande s'il est encore temps de parler à ton cousin Floriau... Ce matin à six heures, il n'avait encore rien dit qu'à sa femme, mais je suppose que le médecin de l'état civil est passé depuis...

Je l'ai regardée, surpris, dans le froid, dans la bise qui bleuissait son visage et alors elle m'a lâché, en se retournant pour s'assurer que personne ne l'entendait :

— D'après Floriau, Antoine n'est pas mort de mort naturelle... Il se serait empoisonné...

2

Mardi, 7 novembre

J'avais pressé le bouton perdu au milieu d'une lourde rosace de bronze et nous restions debout devant la porte cochère, ma mère et moi, impressionnés, à écouter le silence de la maison. J'avais l'onglée, malgré mes gants, les narines et les paupières humides.

Quand une fenêtre s'est ouverte, nous avons levé la tête en même temps. Mais c'était une fenêtre de la maison voisine, d'où une vieille femme immobile nous observait, le visage sans expression. Savait-elle déjà ? Une porte s'est ouverte, à l'intérieur. Des pas ont résonné sur le pavé de la voûte et la petite porte aménagée dans un des battants de la porte cochère s'est d'abord entrebâillée avant de s'ouvrir assez pour nous livrer passage.

— Quel malheur, François !

Pour la première fois, je me suis rendu compte que le maître d'hôtel était plus âgé que mon oncle et je ne serais pas surpris qu'il approche de ses quatre-vingts ans. Il était rasé de frais, vêtu de noir comme d'habitude, avec une cravate-plastron d'un blanc immaculé, à peine plus blanc, pourtant, que son visage fatigué, dont les traits se dessinaient avec exagération comme sur une caricature.

Il n'a rien répondu à ma mère, se contentant de hocher la tête. La voûte se termine par une porte vitrée qui donne sur une cour assez vaste, pavée, avec, au fond, un rang d'anciennes écuries et, au milieu, un énorme tilleul.

C'est une autre porte vitrée que nous avons franchie, ouvrant sur un péristyle de sept ou huit marches de marbre blanc. Une des portes du rez-de-chaussée était ouverte mais les volets étaient fermés et, dans la pénombre, on n'apercevait que des reflets sur les sculptures des meubles.

Je connais ce rez-de-chaussée pour en avoir aperçu les pièces en passant et pour y être allé fureter, enfant, pendant que mes parents bavardaient dans le bureau de mon oncle. Ce ne sont que des salons, deux grands et un plus petit, sombres en plein jour, avec, au mur, de vieux portraits, des paysages aux cadres dorés et, dans le premier salon, une tapisserie ancienne qui couvre un mur entier et représente une chasse à courre.

Le hall, à lui seul, est deux ou trois fois plus vaste que notre living-room, dallé aussi d'un marbre blanc si lisse et si poli qu'on risque de s'y étaler. Deux balustres supportent des nègres de bronze brandissant des torchères et un escalier à double volée, couvert d'un épais tapis grenat, conduit au premier étage.

Tout cela était vide, avec, dans l'air, une immobilité impressionnante, une absence absolue de frémissement, de bruits et d'odeurs. Je ne me souviens d'avoir eu cette impression que dans les musées.

Et ce n'était pas à cause de la mort de mon oncle. J'ai toujours connu la maison du quai Notre-Dame aussi neutre, aussi inhumaine, sauf le cabinet de travail où la vie et la chaleur paraissaient concentrées.

Nous n'avons jamais été vraiment reçus dans la maison, mon père, ma mère et moi, et je ne pense pas qu'un membre de la famille, sauf peut-être Jean Floriau — et encore, je n'en suis pas sûr —, y ait pris un repas.

Nous venions en visite. Certaines fois, j'ai vu offrir à mon père un verre de porto et un cigare. Le plus souvent, c'était du thé et des gâteaux secs, différents de tous les gâteaux que j'ai mangés ailleurs.

Pourtant, les salons du rez-de-chaussée, aux fauteuils raides garnis de damas et de brocarts, avaient servi. La grande salle à manger du premier étage aussi. Je n'arrive pas à m'imaginer ces dîners-là, ni ces soirées. Je connais les noms de certains invités, des hommes graves, importants, des banquiers français ou étrangers, des hommes politiques et même les chefs d'État de petits pays qui avaient recours aux lumières de mon oncle.

Dans le silence, nous montions tous les trois jusqu'au second étage et François, sans un mot, poussait une porte, ma mère faisait deux ou trois pas hésitants avant de s'immobiliser et de se signer.

Antoine Huet était étendu sur son lit, dans la pose traditionnelle des morts, les mains croisées sur la poitrine. On n'avait pas fermé les rideaux, allumé de bougies, et c'était la lumière froide et grise du dehors qui l'éclairait. Je comprenais que cela choquait ma mère, qu'elle cherchait quelqu'un des yeux. Floriau sortait de la chambre voisine, vêtu de gris, le teint gris, lui aussi, de n'avoir pas dormi.

— Mon Dieu, Jean !

Il la regardait de ses yeux clairs qui n'exprimaient rien, sinon peut-être une certaine impatience.

— Qui est-ce qui t'a prévenue, tante ?

— C'est ta femme. Je l'ai rencontrée à la sortie de la messe et elle m'a tout raconté. Mon Dieu, Jean ! Pourquoi ne ferme-t-on pas les rideaux ? On ne se croirait pas dans une chambre mortuaire.

Elle ajoutait avec une pointe de rancune, sachant que Floriau n'était pas pratiquant :

— On ne lui a même pas placé de chapelet entre les doigts !... Je vais lui mettre le mien...

— Ce n'est pas la peine, tante.

— Pourquoi ? Que veux-tu dire ?

— On va venir le chercher.

— Le chercher ?

— Tâche de rester calme. Les choses sont déjà assez compliquées. J'attends d'un moment à l'autre le commissaire de police. Le médecin de l'état civil est venu tout à l'heure et est de mon avis.

— Tu avais vraiment besoin de lui dire ?

— J'y étais tenu. C'est trop compliqué à t'expliquer. Je suis médecin et je n'avais pas le droit...

— Es-tu seulement sûr de ne pas te tromper ?

— Certain.

Le ton devenait cassant.

— Qu'est-ce qu'on va en faire ?

— Le conduire à la morgue pour l'autopsie.

— C'est toi qui t'en chargeras ?

Elle était acerbe à son tour, presque menaçante, comme si elle, qui n'était pourtant une Huet que par alliance, avait la charge de défendre l'honneur de la famille.

— Non. Le médecin légiste. C'est la règle en cas de suicide.

— Même pour un homme comme lui qui avait des amis si haut placés ?

J'avais remarqué, sur la table de nuit, un verre d'eau presque vide, une paire de lunettes et un flacon qui contenait encore quelques comprimés blanchâtres.

— Pourquoi aurait-il fait ça, Jean ? Il avait tout ce qu'il voulait...

Ma mère laissait percer son arrière-pensée en enchaînant brusquement :

— Comment va Colette ? Ta femme m'a dit...

— Elle a eu une seconde crise à son réveil... J'ai dû lui faire une autre piqûre... La garde est près d'elle et on l'emmènera tout à l'heure à la clinique Saint-Joseph...

— Pauvre femme !

Ma mère la détestait, mais elle parlait à Floriau qui passait pour être l'amant de Colette. C'était en tout cas ce qui se chuchotait dans la famille.

Ma mère n'aimait pas Floriau non plus ; elle avait cependant pour lui un certain respect, parce qu'il était un médecin connu, dont on parlait comme d'un futur professeur, et aussi, peut-être, parce que son calme et sa froideur ne donnaient aucune prise.

— Tu ne crois pas qu'elle a toujours été un peu folle ? Je me suis laissé dire que sa mère est morte dans un asile du Midi...

Elle n'ajoutait pas, comme elle l'avait sur le bout de la langue :

— ... et que c'était Antoine qui payait sa pension...

Elle préférait changer une fois encore de sujet. S'approchant davantage du lit, elle remarquait :

— Il est presque beau !

C'était vrai. La mort avait enlevé au visage de mon oncle ce qu'il avait de poupin, d'inconsistant et une impressionnante sérénité en émanait. J'avais même l'impression de surprendre au coin de ses lèvres un sourire que je n'y avais jamais vu de son vivant.

— Il n'a laissé aucune lettre ? Tu comprends, toi, qu'il soit parti comme ça, sans rien dire ?

La phrase suivante m'a mis la puce à l'oreille car, avec ma mère, tout compte, chaque mot, chaque intonation, chaque silence.

— Tu sais qu'Édouard est en ville depuis plusieurs jours, n'est-ce pas ? J'ignore s'il est allé voir sa femme et ses enfants, mais cela m'étonnerait. Quoique sa femme ait été assez bête, paraît-il, pour lui envoyer plusieurs fois de l'argent...

Est-ce que Floriau, lui aussi, commençait à la sentir venir ? Il n'y paraissait pas. Il écoutait poliment en même temps qu'il semblait attendre quelque chose avec agacement, sans doute l'arrivée du commissaire de police. Il devait en vouloir à sa femme d'avoir parlé à ma mère alors que rien n'était encore terminé.

— Que ferais-tu s'il se présentait ?

Je savais maintenant pourquoi ma mère était venue me trouver de bon matin, chez moi, au risque de se rencontrer avec Irène.

Floriau avait été le premier sur les lieux, soit, par hasard, parce qu'il était sorti ce soir-là avec Colette et que, tout naturellement, c'était à lui que celle-ci, trouvant son mari mort, avait téléphoné. Du coup, il avait pris les choses en main. Ne venait-il pas de parler, comme si cela ne regardait que lui, d'envoyer ma tante dans une clinique ?

Ce qui n'allait pas tarder à ressortir comme un filigrane dans les paroles de ma mère, c'est que Floriau n'était pas un Huet. Et même s'il en avait été un, il n'aurait pas été l'aîné des Huet vivants.

L'aîné, c'était cet Édouard qui venait de faire une réapparition inexplicable et inquiétante dans la ville.

Ma mère posait d'abord la question à Floriau qui, momentanément, faisait figure de maître de maison.

— Que ferais-tu s'il se présentait ?

Mais elle ne lui donnait pas le temps de répondre et se tournait vers moi.

— Et toi, Blaise, qu'en penses-tu ? Après Édouard, tu es l'aîné...

L'oncle Antoine n'avait-il pas juré à sa mère, sur le lit de mort de celle-ci, que sa fortune irait aux Huet, quoi qu'il arrive ? Cela se passait en 1948, dans ce même hôtel particulier où Colette n'avait pas encore mis les pieds et il semblait alors qu'elle ne les y mettrait jamais.

Antoinette Huet avait quatre-vingt-un ans, son fils cinquante.

J'en avais vingt-huit à l'époque et, comme le reste de la famille, j'ai suivi l'enterrement. Tout le monde cherchait des yeux Colette, dont on connaissait l'existence, en se demandant si elle oserait se montrer. Elle ne l'avait pas fait. Antoine, accablé, n'avait pratiquement parlé à personne.

Or, dès ce jour-là, chacun répétait la promesse solennelle faite à sa mère mourante. Qu'en savait-on ? Personne n'avait assisté à cet ultime entretien.

Depuis, on n'en a pas moins affirmé avec assurance, même après le mariage d'Antoine :

— Un jour, nous hériterons.

Ma mère en était sûre. Tante Sophie, la veuve de mon oncle Fabien — la mère d'Édouard et de Monique —, qui allait sur ses soixante-dix-neuf ans, partageait cette certitude.

Est-ce que ma mère n'était pas venue, ce matin, pour surveiller son héritage ? Et ne m'avait-elle pas amené en renfort parce que, moi, j'avais du sang Huet dans les veines ?

On entendait un gémissement dans la chambre voisine dont la porte était restée entrouverte et ma mère questionnait :

— Elle souffre, Jean ?

Il répondait avec condescendance, en médecin qui n'aime pas parler médecine aux gens incapables de comprendre :

— Pour le moment, grâce à la seconde piqûre, elle ne se rend compte de rien et elle ne reprendra conscience qu'à la clinique.

Jusqu'alors, j'avais eu l'impression de trois personnages presque irréels sertis dans le vide de la maison et le silence qui semblait émaner du mort donnait aux voix de ma mère et de Floriau une tonalité insolite.

Une sonnerie étouffée vibrant quelque part, dans une pièce voisine ou dans un couloir, a été comme un signal. Moins d'un quart d'heure plus tard, les pièces, où les allées et venues avaient rompu la stagnation de l'air, étaient encombrées d'inconnus parmi lesquels on s'étonnait de trouver quelqu'un de la famille qu'on n'avait pas vu entrer.

Cela commença par le commissaire de police, accompagné de son secrétaire ou de son adjoint. Ils avaient tous deux l'attitude solennelle, le nez rougi par le froid.

Mon cousin se présenta :

— Docteur Jean Floriau.

— Je vous connais de nom, docteur.

Le commissaire regardait ma mère, puis moi, d'un œil interrogateur.

— Ma tante... Mon cousin Blaise Huet...

Pendant tout le temps qu'avait duré l'entretien de ma mère et de Floriau, il m'était arrivé plusieurs fois de jeter un coup d'œil furtif au mort et je n'aurais pas été trop surpris de le voir ouvrir les yeux et participer inopinément au débat.

Il n'en était plus de même, maintenant que le commissaire était là, c'est peut-être enfantin de l'avouer. Je pouvais regarder sans trouble le visage figé dans une expression sereine. Ma mère aurait bien voulu rester.

— C'est sa sœur ? demandait le fonctionnaire.

— Sa belle-sœur.

Le commissaire toussotait comme s'il attendait quelque chose qui ne venait pas et Floriau comprenait.

— Tu devrais aller un moment près de Colette, tante...

Elle s'éloignait à regret, un peu rassurée, pourtant, par le fait qu'on ne m'écartait pas, et le dernier regard qu'elle me lança avant de franchir la porte contenait une recommandation.

— Vous avez vu le docteur Pagès, commissaire ?

— Je l'ai quitté il y a un quart d'heure. Il m'a mis au courant...

Regardant pour la première fois le lit en face, il se signait et restait un moment immobile comme quand, dans les assemblées, on observe une minute de silence. Ensuite, il désignait le flacon sur la table de nuit.

— Je suppose que c'est le somnifère ? Vous étiez son médecin ?

— Il m'est arrivé de l'ausculter à l'occasion, deux ou trois fois, mais il avait un médecin traitant, mon confrère Bonnard.

— C'est lui qui lui a ordonné ce médicament ?

— Avec mon plein accord. Mon oncle n'en usait pas chaque jour. Seulement en cas d'insomnie.

— Bien entendu, il savait jusqu'à quelle dose il pouvait aller ?

— C'était un homme prudent. D'après François, le maître d'hôtel, le flacon a été débouché il y a une semaine environ. Il ne devrait donc manquer qu'une demi-douzaine de comprimés. D'après ce qui reste, j'ai tout lieu de penser que mon oncle en a pris une trentaine hier au soir.

— On m'a dit que sa femme était absente ?

— Elle m'accompagnait au Grand Théâtre, où il y avait une soirée de gala, je l'ai déposée devant sa porte vers minuit.

— Vous n'êtes pas monté ?

— Non. Quand je suis arrivé chez moi, elle avait déjà téléphoné à ma femme pour la mettre au courant et pour demander que je revienne d'urgence.

— Vers quelle heure, selon vous, le décès s'est-il produit ?

On entendait des pas lourds, des voix, des heurts dans l'escalier. François entra dans la chambre et parla bas à mon cousin.

— Vous permettez, commissaire ? Les brancardiers viennent chercher ma tante pour la conduire à la clinique Saint-Joseph...

Des hommes en blouse blanche, coiffés d'un calot, à la façon des chirurgiens, traversaient la pièce, hésitaient un instant en voyant le mort dans son lit, se demandant peut-être si c'était lui qu'ils devaient emporter.

Le commissaire et son compagnon échangeaient quelques mots à mi-voix et l'adjoint enveloppait la fiole de médicament dans un mouchoir, la glissait dans la poche de son pardessus.

— Le verre aussi ? demandait-il.

— Je ne pense pas que ce soit nécessaire.

Je me retournai en entendant un curieux petit sanglot et je fus surpris de voir que c'était ma mère qui pleurait. La porte de communication était ouverte. Une garde-malade en uniforme gris-bleu aidait les brancardiers à glisser ma tante inerte sur le brancard et lui essuyait la bouche d'où coulait un filet de salive.

Je suppose que le pauvre François ne faisait que monter et descendre, car je rencontrais maintenant Monique, la femme de Floriau, venue rejoindre son mari et le cherchant dans les pièces. A peine l'avais-je perdue de vue que c'étaient les gens de la morgue qui se heurtaient aux porteurs de ma tante. Les hommes des deux groupes se connaissaient, échangeaient des saluts, des signes mystérieux.

— Je me demande, disait la voix de ma mère à mon oreille, si tu ne devrais pas téléphoner à ton frère.

Colette partie, on nous priait de sortir de la chambre pour charger le corps de l'oncle Antoine. Après avoir traversé une salle de bains que nous ne connaissions pas, nous nous trouvions dans un boudoir tendu de soie gris perle où traînaient encore, par terre, des mules de satin cerise et, sur le dos d'une chaise, une robe de chambre.

— Antoine s'en va à son tour... soupirait ma mère.

Cela ne signifiait-il pas qu'à part le vieux François et la bonne de seize ans il n'y aurait plus personne de la maison ?

J'ai revu le commissaire et son compagnon sur le palier, où Floriau leur serrait la main. Au même moment, j'ai été surpris d'apercevoir mon frère qui montait l'escalier. Ce qui m'a probablement le plus étonné, c'est la pipe qu'il avait à la bouche comme s'il accomplissait un quelconque reportage.

Lucien a trois ans de moins que moi, mais il me semble que la vie l'a marqué davantage. C'est un besogneux, avec une femme et trois enfants à nourrir. Non seulement il travaille toutes les nuits au *Nouvelliste,* où il est secrétaire de la rédaction, mais il fait des reportages locaux pour des journaux de Paris et écrit chaque semaine plusieurs chroniques.

Peu soigneux par lui-même, il affiche un certain laisser-aller et ses dents sont aussi jaunes que s'il ne les avait jamais lavées.

— Comment as-tu appris ?...

— En faisant, par téléphone, la tournée des commissariats, comme chaque matin... Un brigadier de mes amis m'a annoncé que mon oncle était mort... et que le commissaire était sur les lieux. Maman le sait ?

C'était l'instant où on emportait le corps et nous avons dû nous coller au mur. On entendait, dans la cage d'escalier, une voix de femme qui demandait :

— Qui a décidé cela ?

J'ai reconnu tout de suite la voix de tante Juliette, la sœur de mon père et d'Antoine, celle qui a épousé Lemoine, le camionneur, et qui, une fois veuve, s'est mise du jour au lendemain à diriger l'affaire.

Elle a dû s'arrêter au premier étage pour laisser passer les gens de la morgue avec leur fardeau et on a de nouveau entendu sa voix sonore.

— Ainsi, vous prétendez que je n'ai même pas le droit de le voir ?

Ma mère nous a rejoints sur le palier, mon frère et moi, tandis que Floriau et sa femme chuchotaient dans la chambre de mon oncle où le lit était vide.

— Qu'est-ce que c'est, cette histoire-là ?

Tante Juliette apparaissait dans l'escalier, pas du tout essoufflée, un parapluie à la main, dont elle se servait comme d'une canne, car elle avait eu des ennuis avec ses jambes. Il y avait au moins deux ans que je ne l'avais vue et encore l'avais-je rencontrée par hasard dans un grand magasin.

— Qui donc, ici, s'est permis de prendre toutes ces décisions ? Qu'on emmène Colette à la clinique, passe encore. Voilà longtemps qu'elle devrait y être ! Mais qu'on emporte le corps de mon frère sans seulement que j'aie pu le voir sur son lit de mort...

Elle regardait ma mère.

— Tu es là, toi ? Avec tes deux fils...

Elle était venue, elle, avec un seul de ses fils, le plus jeune, Maurice, qui l'aide dans l'affaire de transports. J'ignorais encore sa présence. Arrêté comme sa mère par le cortège descendant, il s'était attardé à questionner François et apparaissait seulement dans l'escalier.

— Je vais vous expliquer, tante...

Floriau l'affrontait, à la fois respectueux et ferme.

— Je suis désolé d'avoir l'air de me mêler de ce qui ne me regarde pas mais, contrairement aux apparences, je n'ai aucune part dans les décisions prises... Oncle Antoine s'est suicidé et la loi prévoit dans ce cas...

— Comment le sais-tu, qu'il s'est suicidé ? A-t-il laissé une lettre ?

— Nous n'avons rien trouvé. Les constatations médicales ne laissent aucun doute.

— C'est toi qui les as faites, les constatations ?

Il ne perdait rien de son calme et sa femme s'était rapprochée de lui comme pour lui apporter son aide silencieuse.

— Le médecin de l'état civil est venu ce matin à la première heure. Le commissaire de police quitte la maison à l'instant...

— Ainsi, sous prétexte qu'il s'est suicidé, on va charcuter mon pauvre frère...

Ce qui augmentait le caractère grotesque de cette scène, c'est qu'elle se déroulait sur le palier, par bonheur assez vaste, devant la porte ouverte de la chambre où on voyait le lit défait et où personne n'osait entrer.

Nul d'entre nous, autant que nous étions, n'était réellement un familier de la maison et nul, par conséquent, ne prenait l'initiative d'envahir une des pièces, de descendre dans la salle à manger du premier par exemple, à plus forte raison dans un des salons sombres du rez-de-chaussée.

— Qu'est-ce que Colette a dit avant de partir ? Elle est sa femme, après tout, qu'on le veuille ou non.

— Elle n'a rien dit. Elle a subi un choc violent. La nuit dernière, elle a tenté de se suicider...

— Pour de bon ? Ce n'était pas de la comédie ?

— Si la bonne ne s'était pas raccrochée à elle et si je n'étais arrivé à temps, elle aurait sauté par la fenêtre.

— Tu la crois folle ?

— Ce n'est pas à moi de me prononcer. A mon avis, elle n'est pas folle, sans être pour autant dans son état normal.

— Combien de temps ça va-t-il durer, son état anormal ?

— A l'heure qu'il est, un spécialiste s'occupe déjà d'elle...

Ma tante Juliette est carrée comme un homme, avec des épaules, des gestes d'homme, une voix presque masculine. Son fils, à côté d'elle, ne soufflait mot et on sentait qu'il avait l'habitude de se taire en présence de sa mère. Je l'ai observé avec attention. Il m'a semblé que, de nous tous, il était le plus étranger dans la maison. C'est un grand garçon aux traits lourds, à la silhouette plébéienne. Il ne savait que faire de ses grosses mains et lançait parfois un regard furtif, presque effrayé, dans la chambre.

On a toujours considéré, dans la famille, que tante Juliette s'était mésalliée en épousant Lemoine qui avait débuté comme chauffeur de camion.

— Qui va s'occuper de tout, à présent ?

C'était toujours tante Juliette qui parlait et qui semblait prendre la situation en main.

— S'occuper de quoi ? questionna ma mère avec une naïveté feinte.

— Il faudra bien qu'on l'enterre, non ? Qui enverra les faire-part, se chargera de la cérémonie, de l'église, de...

Mon frère, à ma surprise, osa prendre la parole.

— L'Église n'accorde pas d'obsèques religieuses aux suicidés...

— Et elle le saura, l'Église ? Elle sait peut-être ce que nous ne savons pas nous-mêmes ? Cet homme-là est mort tout seul, dans son lit, et ce qui s'est passé ne regarde personne...

Mon frère est resté très catholique. C'est même un militant et il a été longtemps chef du patronage de sa paroisse.

— On ne peut pas tricher, dit-il.

— Qui te parle de tricher ? La religion, je la connais aussi bien que toi. Personne n'est capable de dire ce que mon frère a pensé avant de mourir. Personne ne peut même jurer qu'il était dans son bon sens quand il a pris ce médicament...

On se regardait avec embarras, car on n'avait toujours pas de réponse à la question de ma tante. Qui allait s'occuper des faire-part, des insertions dans les journaux, des pompes funèbres ?

J'ai regardé mon frère. J'étais sûr qu'il brûlait de se proposer, non par intérêt, ni pour se mettre en valeur, pour jouer un rôle important, mais parce que c'est l'homme qui se charge toujours des corvées. Dans les sociétés dont il fait partie, surtout des sociétés de bienfaisance, on peut être sûr de voir son nom suivi de la mention « secrétaire adjoint » ou « trésorier adjoint », ce qui signifie que c'est lui qui s'impose tout le travail.

Pourtant, de nous tous, c'est lui qui a le moins de santé. Sa femme est mal portante aussi. Il a perpétuellement un de ses enfants malade, ce qui ne l'empêche pas, après sa journée, de s'abrutir à des travaux auxquels personne ne l'oblige.

Au fond, je ne suis pas loin de l'envier et je me demande si, bien que le plus pauvre, il n'est pas le plus heureux des Huet.

J'ai surpris le coup de coude que lui donnait ma mère. Il s'est d'abord tourné vers elle pour protester, puis il a murmuré :

— S'il n'y a personne d'autre...

Tante Juliette ne tiqua pas.

— Il doit bien exister un livre d'adresses où tu trouveras la liste des gens à avertir. Surtout, n'oublie pas ta tante Sophie. Annonce-lui la nouvelle avec ménagements, à moins que Monique ne l'ait déjà fait.

Monique secoua la tête.

— François te trouvera sûrement ça... Où est-il, François ?...

On vit sortir le vieux domestique d'une pièce que je ne connaissais pas.

— Tu pourrais peut-être nous servir quelque chose à boire, mon pauvre François. Qu'est-ce que nous faisons tous ici sur le palier ?

Elle descendit la première, son parapluie toujours à la main, suivie par sa grande brute de fils, et les autres pénétrèrent après elle dans la salle à manger dont elle avait ouvert la porte d'autorité.

— Tu as du porto ?

Son père, Jules Huet, patron de l'hôtel et du restaurant du Globe, rue des Chartreux, passait, dans l'histoire de la famille, pour un homme qui prenait volontiers un petit verre avec ses clients. On disait même que, s'il était mort le lendemain de l'Armistice, c'était pour l'avoir trop généreusement fêté jusqu'au petit jour.

— S'il n'avait pas tant bu, m'avait souvent répété ma mère, il aurait vécu aussi vieux que sa femme.

Est-ce à cause de cela que mon père ne prenait jamais d'alcool et se permettait rarement un verre de vin ? Mon oncle Fabien ne buvait pas non plus. Antoine, qui venait de mourir parce qu'il l'avait voulu, se contentait d'un apéritif avant le dîner.

C'était Juliette, apparemment, la seule fille de la famille, qui avait hérité des goûts du père Huet et on prétendait qu'elle trinquait, au gros vin rouge, avec ses camionneurs.

Tandis que François posait sur la table des verres en cristal taillé et que tante Juliette se laissait tomber sur une chaise, Floriau tirait sa montre de sa poche.

— Il faut que j'aille à la clinique Saint-Joseph... dit-il en cherchant le regard de sa femme.

Celle-ci comprit.

— Tu peux me déposer à la maison en passant ?

Deux de moins. Nous restions cinq devant les sept verres, tante Juliette, son fils Maurice, ma mère, mon frère et moi. François versait le porto d'une main tremblante de vieillard.

Il y eut un long silence. Ma mère s'était décidée à s'asseoir à son tour, Maurice aussi, cependant que mon frère et moi restions debout. Par les deux hautes fenêtres, je voyais les arbres du quai, l'eau grise du fleuve où le vent soulevait de petites vagues blanchâtres, des gens, sur le pont, qui passaient en portant des chrysanthèmes.

Ma tante soupira, tendit la main pour saisir un verre.

— A votre santé, mes enfants...

Et nous répétions tour à tour, comme les répons d'une messe :

— A votre santé...

— A votre santé...

— A ta santé, Juliette, ajoutait ma mère.

Par habitude, on entrechoquait les verres. François s'était retiré discrètement dans l'office. J'ignore ce qu'était devenue la petite bonne que je n'ai pas revue du reste de la matinée. Peut-être avait-elle fini par s'endormir, tout habillée, sur son lit ?

Un portrait grandeur nature de mon oncle, en robe d'avocat et en toge, avec la cravate de grand officier de la Légion d'honneur, nous dominait de son inertie.

— Eh bien, moi, prononçait ma tante après avoir vidé son verre, je serais curieuse de savoir quelles manigances il y a derrière tout ça !...

Elle semblait chercher un appui parmi nous. Nous nous taisions, gênés, même ma mère, qui n'en pensait pas moins mais qui préférait laisser à une vraie Huet la responsabilité de la première offensive.

— C'est quand même curieux, poursuivait Juliette, que mon frère ait fait ça justement un soir que Colette était sortie avec ce Floriau prétentieux...

Elle se tournait vers mon frère, comme si Lucien était censé en savoir plus que nous.

— C'est vrai qu'ils sortaient beaucoup ensemble ?

Et Lucien de répondre, mal à l'aise :

— Je ne sais pas, tante...

Alors, elle s'en prenait à ma mère.

— Tu connais le restaurant de la Huchette, dans le bois de La Barraude ? Non ! Toi, tu ne sors pas de ton quartier. Il paraît que ce n'est pas seulement un restaurant que fréquentent les messieurs huppés de la ville, mais qu'on y loue des chambres... Un de mes gendres, Ernest, qui possède une carrière non loin de là, prétend qu'il a vu plusieurs fois la voiture de Floriau devant cet endroit... Une fois au moins, il a reconnu Colette qui sortait en sa compagnie...

Elle nous regardait à nouveau tour à tour, comme pour nous obliger à prendre position.

— C'est ce garçon-là qui parle aujourd'hui de suicide et d'autopsie... Est-ce que seulement ce serait arrivé s'il n'avait pas couché avec sa tante ?...

Elle se levait, soulagée, se versait un verre de porto qu'elle buvait d'un trait et, se tournant vers son fils, lui commandait :

— Viens, Maurice.

A la porte, elle se retournait, comme prise d'inquiétude.

— Vous restez là, vous autres ?

Ma mère se précipitait.

— Non ! Je descends avec toi, Juliette...

Il ne restait que mon frère et moi devant les sept verres et Lucien murmurait :

— Il faut que je demande à François le livre d'adresses.

Sans rien dire, je lui tins compagnie.

3

Même jour, 10 heures du soir

J'ai écrit les pages précédentes dans le courant de l'après-midi car, deux jours par semaine, le mardi et le jeudi, je n'ai de cours que le matin. Grâce à l'oncle Antoine, j'ai obtenu une place de professeur de dessin à l'École des Beaux-Arts, dont les locaux vastes et froids, aux immenses baies sans rideaux qui donnent sur des cours et sur des toits, font corps avec le musée de peinture.

L'édifice a été construit, en même temps que le Conservatoire et le Grand Théâtre, vers le milieu du siècle dernier, à l'époque où la ville a pris son essor industriel.

Or, malgré les générations d'élèves qui se sont succédé, il n'est pas sorti de l'école un seul peintre de réelle valeur. Quelques-uns ont acquis une célébrité locale et on trouve des toiles des plus anciens dans des maisons comme celle de mon oncle. D'autres sont allés à Paris, ont exposé une fois ou deux au Salon d'automne avant de plonger dans l'anonymat.

J'ai donc donné mon cours, ce matin, à une quarantaine de garçons et de filles, surtout de filles, de seize à dix-huit ans, vêtus de blouses blanches. C'est ce qu'on appelle en langage d'école le cours des plâtres. Mes élèves, d'un bout de l'année à l'autre, copient au fusain des plâtres d'après l'antique, tantôt un pied, une main, puis un torse, enfin une tête aux yeux aveugles d'empereur romain.

Cet après-midi, Irène est sortie pour faire des courses, aller chez le coiffeur, que sais-je encore, et j'en ai profité pour écrire un long morceau.

Nicolas Macherin est venu dîner de bonne heure et il m'a paru engraissé. A cinquante-huit ans, il pèse plus de quatre-vingt-dix kilos et commence à marcher le ventre en avant, les jambes un peu écartées.

Son médecin le supplie de suivre un régime et ne cesse de lui recommander l'exercice, mais il ne prête pas plus attention à sa ligne qu'il ne semble se soucier de sa santé. On dirait qu'il éprouve un certain plaisir à être lourd, presque difforme. Il mange trois fois plus que moi. C'est son grand plaisir dans la vie.

Lorsqu'il dîne chez nous, ce qui lui arrive régulièrement trois fois au moins par semaine, souvent quatre et même cinq, il téléphone d'avance à ma femme pour discuter avec elle du menu.

A l'époque du gibier, en particulier, ce qui est le cas actuellement, il passe souvent aux Halles le matin en se rendant à son bureau et nous fait envoyer des perdrix, des bécasses, une gigue de chevreuil ou de sanglier.

C'est lui aussi qui décide des vins, dont il a d'ailleurs garni notre cave.

Il passe pour être dur en affaires, impitoyable. Ses collaborateurs, ses employés, ses ouvriers tremblent devant lui. Cela tient, à mon avis, à ce que sa face épaisse peut, d'une seconde à l'autre, perdre toute expression. Cela n'arrive jamais entre nous. C'est alors un homme jovial, bon enfant, qu'on est surpris de voir s'amuser d'histoires assez naïves ou grossières.

Mais je me souviens de plusieurs occasions où nous avions des invités, qu'il avait cependant désignés lui-même, car il a horreur des importuns. Si l'un d'eux, trompé par son humeur, essayait, par exemple, de lui soutirer une information financière, ou de tirer un bénéfice quelconque de cette rencontre, il se fermait soudain, se murait ; son regard devenait fixe, comme sans vie, sans la moindre chaleur humaine, et l'importun avait l'impression d'être devenu un objet.

Des gens, je le sais, s'imaginent que, si je m'efforce de faire bon visage en public, chez moi je file doux, que je paie par des humiliations quotidiennes le confort et le luxe dont je suis entouré.

Ils seraient fort surpris de nous voir tous les trois à table, ou bien, après le repas, prenant le café et les liqueurs dans le living-room. Qu'on le croie ou non, il n'existe aucune gêne entre nous.

Ce soir, peut-être parce qu'il y a exactement une semaine que mon oncle Antoine est mort, la conversation est venue sur celui-ci. Nicolas Macherin l'a bien connu. Ils vivaient dans le même milieu, se rencontraient dans des endroits auxquels je n'ai pas accès et dont je n'ai qu'une idée assez vague.

— J'ai eu plusieurs fois recours à lui, a dit Nicolas. En une occasion, il m'a sauvé des dizaines de millions. Sa mort créera un vide, car je ne vois personne qui soit de taille à le remplacer.

Si mon oncle, qui n'avait jamais plaidé aux assises, était peu connu du grand public, il était un personnage important dans une certaine couche sociale, celle où se brassent les grandes affaires, non seulement nationales mais mondiales. Sa spécialité était le droit international et on lui a proposé plusieurs fois de faire partie de la Cour de Justice de La Haye.

Il était moins avocat que juriste et les affaires dont il s'occupait allaient rarement jusqu'aux tribunaux civils. Deux ou trois fois par mois, il prenait l'avion pour Bâle, Milan, Londres ou Amsterdam, sans compter Paris où il occupait toujours le même appartement dans un hôtel discret de la rive gauche.

Cette partie de la vie d'Antoine échappait à la famille. Nous le considérions cependant comme notre grand homme. C'était à lui que nous nous adressions, pudiquement, dans les moments difficiles.

Il nous recevait cordialement. L'idée ne lui serait pas venue de renier qui que ce fût d'entre nous, fût-ce Édouard, pour qui il a montré plus d'indulgence que le reste de la famille.

Il a assisté à tous les mariages Huet, un peu isolé, dans les banquets, par notre gêne et par notre respect.

Je me demande maintenant si ce n'était pas lui qui était gêné de ne pas se sentir de plain-pied avec nous. Cela lui faisait plaisir, j'en suis persuadé, de voir entrer l'un de nous dans son bureau. Ses petits yeux s'éclairaient, comme si, à notre contact, il retrouvait un peu de son enfance.

— Comment vas-tu, fils ? Et Irène ?

Il n'oubliait aucun nom, ne s'embrouillait pas dans les ramifications de la famille. Mon frère Lucien, entre autres, avait été surpris de s'entendre demander des nouvelles de son dernier-né que notre oncle n'avait jamais vu et dont il n'avait appris la venue au monde que par un banal carton.

— Raconte, fils.

Il nous appelait tous fils. Il savait que, si nous étions chez lui, ce n'était pas par hasard, que nous n'étions pas entrés en passant dans l'écrasante maison du quai Notre-Dame.

Lorsque, jeune marié, tirant le diable par la queue, je lui ai parlé de la place de professeur qui était libre aux Beaux-Arts, il m'a simplement demandé :

— Qui s'occupe de ça ?

— Je suppose que c'est le directeur.

Il a secoué la tête.

— Non. Le directeur n'est qu'un sous-ordre. Je suppose que les Beaux-Arts appartiennent à la ville ?

— Je crois.

— Dans ce cas, c'est du maire que tout dépend. C'est un radical-socialiste. Je connais le président de son parti.

Il a décroché le téléphone. Cela se passait, comme on le voit, très au-dessus de la tête d'un obscur candidat-professeur.

L'oncle Antoine ne respirait pas le même air que nous. Il évoluait dans un univers où toutes nos notions devaient paraître ridicules et mesquines. Lorsque, à la mort de l'oncle Fabien, on a contesté à tante Sophie son droit à la pension, à cause de je ne sais quelle subtilité administrative, c'est au ministre en personne qu'il s'est adressé et l'affaire a été arrangée dans les trois jours.

— Vous croyez qu'il s'est suicidé, vous, Nic ?

En tête à tête, Macherin et ma femme se tutoient, il m'est arrivé de les surprendre sans le vouloir. En public, ou seulement devant moi, ils se disent vous sans jamais se tromper. Pourtant, Nicolas et moi nous tutoyons, sur sa demande, ce qui m'a été longtemps difficile, d'abord à cause de la différence d'âge, ensuite parce que c'est un personnage tellement plus important que moi.

— Il faut le croire, puisque tout le monde est d'accord là-dessus.

— A cause de sa femme ?

— C'est possible. Ce n'est pas nécessairement la raison.

— Quelle autre raison aurait-il eue de se supprimer ? Son médecin affirme qu'il n'avait ni cancer, ni aucune maladie inguérissable. Il n'était pas infirme. Je suppose qu'il n'avait pas d'ennuis d'argent ?

Nicolas s'est tourné lentement vers elle en souriant avec un certain attendrissement, un sourire assez semblable, en somme, à celui que je croyais voir sur les lèvres de mon oncle le matin de la Toussaint. Je crois que ma femme en a été vexée.

— Pourquoi me regardez-vous comme si j'étais une petite fille ignorante qui ne dit que des bêtises ?

— Pour rien. Vous êtes charmante, Irène, mais vous ne pouvez pas comprendre.

— Qu'est-ce qu'il y a à comprendre ? On ne se supprime pas sans raison, si ?

— Il y a tant de raisons pour s'en aller !

— Lesquelles, par exemple ?

Il a eu un geste vague de sa main potelée et il a continué à manger. Comme d'habitude, Irène n'a pas pu se taire. Elle ne laisse jamais tomber une conversation avant d'avoir l'impression qu'elle a gagné la partie.

— Il l'aimait vraiment ?

— Il l'aimait à sa manière.

— C'est-à-dire ?

— Il avait décidé de la rendre heureuse. Il avait besoin de rendre quelqu'un heureux, une personne au moins.

— Pourquoi l'a-t-il choisie, elle, une fille sans aucun équilibre, qui tantôt passait trois ou quatre jours au fond de son lit, rideaux fermés, sans lui permettre d'entrer dans la chambre, tantôt était prise d'une agitation frénétique ? C'était une détraquée, non ?

Toujours avec une ombre de sourire indulgent, comme s'il ignorait que ma femme déteste par-dessus tout l'indulgence, Nicolas répondait en pelant sa poire.

— Je ne sais pas.

— Vous avez dîné souvent chez eux. Vous les avez vus ensemble. Il paraît qu'il arrivait à Colette, devant dix ou douze invités, de se lever de table, et, sans un mot, de monter chez elle pour ne plus reparaître de la soirée. C'est vrai ?

— J'ai assisté une fois à la scène.

— Que disait-il ?

— Il devenait pâle, non pas de colère, comme on pourrait le croire, mais d'inquiétude. Il trouvait, pour ses hôtes, une excuse plus ou moins plausible et, le repas terminé, il montait demander des nouvelles à travers la porte.

— En somme, elle se moquait de lui ?

— Je ne le pense pas.

— Elle ne le trompait pas moins. N'est-ce pas exact que, le troisième ou le quatrième jour d'une fugue, on l'a découverte, malade, dans une chambre d'hôtel malpropre où elle s'était rendue avec un inconnu ? On dit même qu'après la deuxième nuit son compagnon était parti en emportant son sac, ses bijoux et son manteau de fourrure.

— J'en ai entendu parler.

— C'est vrai ou c'est faux ?

— C'est plausible.

— Et vous prétendez que cette femme l'aimait ?

Pour Irène, une telle affirmation était un camouflet. Elle en était humiliée et je la voyais au bord des larmes. Nicolas s'en est aperçu aussi et a essayé d'arranger les choses par des généralités, sans toutefois battre carrément en retraite.

— Il existe beaucoup de sortes d'amour...

— Cette sorte-là vous plairait ?

C'était un défi. La scène n'était pas loin. Or, ils devaient aller tous les deux au théâtre où une tournée donnait un des derniers succès de Paris.

— Personnellement, non. Il y avait de grandes différences entre votre oncle et moi.

Elle n'a pas pu s'empêcher de laisser passer entre ses dents :

— Je l'espère !

Nous avons évité de nous regarder, Nicolas et moi, afin de ne pas attiser le feu par le sourire que nous n'aurions pas manqué d'échanger.

Ma femme est allée se refaire une beauté, prendre son vison. Contrairement à ce qu'on pourrait croire, nous n'avons pas profité de ce que nous restions seuls, Macherin et moi, pour commenter l'incident. Nous ne parlons jamais d'Irène entre nous, ni de rien de ce qui la concerne.

Nous avons tout bonnement échangé des phrases banales au sujet de la pièce qu'ils allaient voir et des chances de neige, car, si la tempête a cessé, s'il ne pleut plus, le ciel est devenu d'un blanc uni. Il est très bas, très lourd et, cet après-midi, peu avant la tombée du jour, il y avait un frémissement dans l'air, une poussière invisible et froide qui pourrait se transformer en flocons.

J'ai dit, tout naturellement :

— Amusez-vous bien.

Après le théâtre, Irène proposera sûrement d'aller boire une bouteille de champagne au Tabarin, la nouvelle boîte où d'assez bonnes attractions passent jusqu'à deux heures du matin. Je suis donc tranquille dans mon bureau. Le décorateur qui nous a installés a prévu, à mon intention, un petit bureau moderne, confortable, à côté du living-room. Peut-être à cause du bureau de l'oncle Antoine, j'ai insisté pour avoir une cheminée et, de temps en temps, je me lève pour remettre une bûche.

J'aimerais, ce soir, en finir avec la journée de la Toussaint, car d'autres événements se sont passés depuis et je risque de m'embrouiller.

J'ai regardé l'heure à ma montre au moment où François remontait une fois de plus l'escalier après être allé reconduire tante Juliette, mon cousin et ma mère. Mon frère et moi étions sortis de la salle à manger, où nous n'avions plus rien à faire, et nous l'attendions dans le hall du premier, au-dessus des deux volées d'escalier à tapis rouge qu'il gravissait lentement, la tête penchée en avant, de sorte que nous voyions surtout son crâne chauve. Il m'a semblé qu'il se parlait à mi-voix et, je ne sais pourquoi, il m'a fait penser à un sacristain. Il en a le teint neutre, la démarche silencieuse, les gestes pleins d'onction.

Je me disais que le fameux livre d'adresses que nous attendions devait se trouver dans le bureau de mon oncle, ou dans la longue bibliothèque qui lui fait suite et que, à cause de ses boiseries et de ce que je venais de penser de François, j'appelai à part moi la sacristie. Cela m'excitait de pénétrer à nouveau dans ces pièces, qui m'avaient toujours impressionné, maintenant que mon oncle n'y était plus.

Il m'arrive, lorsque je n'ai rien à faire, d'assister aux ventes à l'encan, uniquement pour découvrir l'intérieur des gens, surtout s'il s'agit de gens que j'ai connus, pour me rendre compte du cadre dans lequel ils vivaient, des objets dont ils s'entouraient.

On a vendu ainsi, un jour, sur le trottoir, le mobilier d'un vieux juge qui habitait la rue où je suis né, à deux pas de notre maison.

Enfants, nous nous moquions de ce bonhomme austère et grincheux qui appelait la police chaque fois que nous tirions sa sonnette ou que notre balle de caoutchouc cassait un de ses carreaux. Il était veuf, vivait avec une vieille domestique. Quelle n'a pas été ma surprise de découvrir qu'il dormait dans un grand lit Louis XV, avait un salon couvert de soie bouton d'or et collectionnait les estampes galantes du XVIIIe siècle !

Je n'avais jamais vraiment regardé le bureau de mon oncle, parce que je n'y étais entré qu'en sa présence et qu'il m'intimidait. J'en gardais des souvenirs fragmentaires, une impression d'ensemble.

— Dites-moi, François...

Mon frère parlait, toujours en pardessus, comme moi, car personne, dans la matinée, sauf Floriau, n'avait osé se mettre à l'aise.

— Oui, monsieur Lucien ?

François connaissait la famille aussi bien que mon oncle. Il nous avait vus tout enfants. C'était près de lui que nous nous réfugiions lorsque nos parents étaient en visite dans le bureau.

— Pour envoyer les faire-part, j'ai besoin d'une liste des personnes qui étaient en rapport avec mon oncle. Je suppose qu'il possédait un carnet d'adresses ?

Je crois que Lucien a été aussi dépité que moi quand le maître d'hôtel a répondu :

— Il doit en exister plusieurs, mais je serais incapable de les trouver. Je n'avais le droit de toucher à aucun livre ni à aucun papier. C'est Mlle Jeanne qui est au courant.

Nous n'avions pensé ni les uns ni les autres, dans la bousculade de la matinée, à la secrétaire de mon oncle. Il est vrai que, personnellement, je ne l'aurais pas reconnue dans la rue. Je me souvenais seulement d'une femme assez grasse entrevue dans la bibliothèque lors de mes visites et peut-être deux ou trois fois avait-elle fait une brève apparition dans le bureau.

— Je suppose qu'elle ne viendra pas aujourd'hui ?

— C'est la Toussaint, monsieur.

— Et demain c'est le Jour des Morts. Elle doit avoir congé aussi.

— C'est probable.

— Vous avez son adresse ?

— J'ai son numéro de téléphone à l'office. Vous voulez essayer de lui téléphoner ?

François ne nous invitait pas à pénétrer dans le bureau. Je suis persuadé qu'il le faisait exprès, qu'il considérait l'endroit comme sacré. Force lui avait été de donner accès aux chambres du second étage, puis à la salle à manger, à l'injonction de tante Juliette. Maintenant que la maison était plus calme, il redevenait le gardien de ses trésors, l'officiant d'une sorte de culte.

Le nom, l'adresse et le numéro de la secrétaire figuraient sur une liste pendue au-dessus du téléphone mural de l'office où nous avions suivi le maître d'hôtel.

— Vous désirez l'appeler ?

Mon frère composa le numéro, attendit assez longtemps.

— Mlle Chambovet ?

La voix, à l'autre bout du fil, était si claironnante que je ne perdais pas une parole.

— Non, monsieur. C'est sa mère.

— Pourrais-je parler à votre fille ?

— Elle ne rentrera pas avant midi et demi ou une heure. Elle est allée au cimetière. De la part de qui ?

— Je vous téléphone du quai Notre-Dame.

— C'est M. Huet ?

La voix était devenue respectueuse.

— Non. Son neveu. Il est arrivé malheur à mon oncle et j'aurais besoin de voir votre fille le plus tôt possible. J'habite le même quartier que vous. Si vous le permettez, je passerai tout à l'heure.

— Vous ne voulez pas dire qu'il est mort ?

— Si.

— Il a eu une attaque ?

— Il est mort. A tout à l'heure...

François ne nous retenait pas. Je me demandais s'il aurait le courage de se préparer à déjeuner. On ne revoyait toujours pas la petite bonne qui devait dormir. Est-ce que François, qui ne s'était pas couché de la nuit, n'allait pas se reposer à son tour ? J'imaginais la maison avec, seulement, ces deux êtres endormis dans les chambres du troisième étage, sous les toits, les autres étages morts, comme livrés à eux-mêmes.

Il nous suivait vers l'escalier et il me fallut un certain courage pour me tourner vers lui.

— Dites-moi, François, vous qui le connaissiez bien...

— Oui, monsieur Blaise ?

— Est-ce qu'il leur arrivait de se disputer ? Est-ce que, ces derniers temps surtout...

— Jamais, monsieur.

Il disait cela d'un air presque offensé, come si je venais de proférer un blasphème.

— Mais elle ?

— Vous savez comment est madame. Elle a ses bons et ses mauvais jours. Ce n'est pas sa faute.

— Elle se montrait désagréable avec lui ?

— A certains moments, elle ne voulait voir personne. Il lui est arrivé de rester deux jours dans sa chambre sans manger. Dix fois, vingt fois par jour, alors, monsieur me disait :

» — Va écouter, François...

» Il était inquiet, malheureux. Il n'osait pas monter lui-même, par crainte de l'exciter davantage. Quand je redescendais, il questionnait :

» — Elle pleure ?

» Certaines fois, elle pleurait à s'en déchirer la gorge, avec des sanglots qu'on entendait du palier. D'autres fois, elle gémissait doucement, comme un animal.

» Lorsque je répondais à monsieur qu'on n'entendait rien, il était encore plus angoissé.

» — Tu as essayé d'ouvrir la porte ?

» — Oui, monsieur. Elle est fermée à clef.

» — Tu as regardé par la serrure ?

» — Oui, monsieur. Madame a l'air de dormir.

» Il lui est arrivé d'interrompre ainsi une conférence importante avec des messieurs venus de l'étranger pour le consulter.

— Il craignait qu'elle se suicide ?

François faisait oui de la tête.

— Elle en parlait ?

— Non. Mais elle a essayé deux fois, la première dans la maison qu'elle occupait avant leur mariage, la seconde voilà quatre ans.

— Mon oncle n'a pas été fâché qu'elle aille au concert avec Floriau ?

— Au contraire. C'est lui qui a fait retenir des places par Mlle Jeanne. Vous savez comme il était. Il avait horreur de sortir le soir. Il se rendait compte que madame avait besoin de distractions et c'est toujours lui qui a invité le docteur à dîner.

— Il n'était pas jaloux ?

François a pris un air pudique pour me répondre en baissant les yeux :

— Je ne sais pas, monsieur Blaise.

François a été marié, il y a plus de quarante ans, à une femme de chambre de mon oncle qui est morte en couches en même temps que son enfant et je me demande si, depuis, il lui est arrivé de toucher une femme.

— Il ne vous a rien dit, hier, qui expliquerait...

— Non, monsieur.

— C'est vous qui avez servi le dîner ?

— Oui, monsieur. Ils ont mangé avec M. Floriau, de bonne heure, à cause du concert.

— Comment était mon oncle ?

— Comme d'habitude. Ils ont parlé musique pendant tout le repas.

— Mon oncle s'y connaissait en musique ?

— Il y a des centaines de disques, là-haut, et il lui arrivait souvent, le soir, tout en travaillant, de les jouer.

— Ma tante était gaie ?

— Elle portait une nouvelle robe, jaune safran, et elle a paru heureuse quand M. Floriau l'en a complimentée.

— Il ne faut pas m'en vouloir de mes questions, François. Je cherche à comprendre...

— Tout le monde cherche à comprendre, monsieur Blaise.

Je me trompe peut-être. En tout cas, sur le moment, j'ai tressailli, car il m'a semblé que le maître d'hôtel donnait un sens mystérieux à ses paroles. A-t-il voulu faire allusion à ma propre situation ? Je ne le pense pas. Toujours est-il que sa petite phrase m'a impressionné et qu'en traversant la voûte j'avais un peu froid dans le dos.

— Tu as ta voiture ? me demanda Lucien, une fois sur le trottoir où le vent nous happait.

— Non. Je suis venu à pied avec maman.

Lucien n'a pas d'auto. En semaine, pour le service, en cas d'urgence, il se sert d'une des vieilles voitures ou d'une des motos du journal. Autrement, il prend le tram.

Je dis en relevant le col de mon pardessus :

— Je te conduis un bout de chemin...

Il y a longtemps que cela ne nous était pas arrivé de marcher ainsi côte à côte dans les rues. Cela m'a rappelé le temps où, jeune homme, avec un ou deux amis, surtout avec Denèvre, j'arpentais des heures durant les trottoirs de la rue de la Cathédrale et de la rue des Chartreux.

Je n'ai fait que de courts séjours à Paris et dans une ou deux autres capitales. Je n'y ai jamais vraiment vécu. Je crois que ce qu'il y a de plus typique, de plus lancinant, surtout pour un jeune homme, dans la vie d'une grande ville de province, ce sont ces promenades sans fin, sans but, dans les mêmes rues, avec les mêmes étalages qui défilent pendant des années, les mêmes visages que l'on croise.

Avec Ernest Denèvre, qui était mon condisciple à l'école d'architecture, mais qui, lui, est allé jusqu'au bout de ses études, nous ne nous décidions pas à rentrer. Il habitait le quartier opposé au mien, sur la hauteur, pas loin de la maison actuelle de mon frère. Nous sortions du café, de notre café, le Moderne, car chacun, chaque groupe a le sien et n'en fréquente pas d'autre. Rue de la Cathédrale, on peut voir ainsi cinq cafés l'un à côté de l'autre.

On passe et on repasse. On regarde à l'intérieur, où les consommateurs paraissent figés devant les tables, où les aiguilles de l'horloge paraissent avancer plus lentement que partout ailleurs.

— Je te reconduis un bout de chemin...

Je me demande ce que nous pouvions nous raconter ainsi, chaque jour, pendant des heures. Nous atteignions l'avenue de la Gare, où Denèvre aurait dû prendre son tram, et c'est lui qui proposait à son tour :

— Je vais jusqu'au pont avec toi...

Ainsi, avant de nous séparer dans les rues de plus en plus vides, où nous finissions par ne plus entendre que nos propres pas, nous reconduisions-nous l'un l'autre deux ou trois fois.

Le jour de la Toussaint, je n'avais pas envie de rentrer chez moi tout de suite. Nicolas Macherin devait déjeuner avec nous et on ne se mettrait pas à table avant une heure, peut-être une heure et demie. Sans raison, ma femme, qui ne va pas à la messe, traîne davantage le dimanche que les autres jours.

Je pense aussi qu'à cause de la mort d'Antoine, de l'espèce de réunion de famille du matin, je me sentais tout à coup plus proche de Lucien. Peut-être même éprouvais-je à son égard un certain attendrissement.

De ceux qui s'étaient trouvés ce matin quai Notre-Dame, des autres dont on avait parlé, il était le plus humble, le plus pauvre, et aussi le plus acharné à bien faire. De tous les Huet, c'est le seul que je n'aie jamais entendu se plaindre et le premier mot qu'il me disait sur le quai, en enfonçant les mains dans ses poches, le dépeignait tout entier :

— Heureusement qu'il y a maintenant une messe à cinq heures de l'après-midi.

Il venait de se charger de toutes les formalités entraînées par la mort de notre oncle et il pensait à sa messe.

— Il faudra que je passe à l'Évêché, ajoutait-il. J'espère obtenir malgré tout des obsèques religieuses.

— L'oncle Antoine ne pratiquait pas. Il n'était probablement pas croyant.

— Il a suivi les offices tout le temps que sa mère a vécu, me répondait tranquillement Lucien.

— Cela ne signifie rien.

— Cela peut signifier beaucoup. Je sais aussi qu'il s'est occupé gratuitement de plusieurs affaires ecclésiastiques.

— Pourquoi penses-tu qu'il se soit suicidé ?

— Je n'essaie pas de comprendre.

— Tu crois que c'est à cause de Colette et de Floriau ? Tu as entendu ce qu'a dit tante Juliette au sujet de leurs rendez-vous à la Huchette ?

— Je le savais, répondait mon frère.

Nous avions atteint la rue de la Cathédrale, qui n'avait pas son animation des dimanches et des jours fériés, non seulement à cause du temps, mais parce que la plupart des gens, aujourd'hui, allaient au cimetière. Il faisait si sombre que les lampes des cafés étaient allumées et les visages apparaissaient déformés par la buée des vitres.

— Tu ne veux pas prendre un verre ?

— Tu sais, avec mon estomac, cela ne me vaut rien...

Car, par-dessus le marché, Lucien souffrait de l'estomac.

— Je me demande, repris-je, si Floriau est vraiment amoureux.

— C'est probable. Notre cousine Monique est une brave fille. Elle a été bien élevée. C'est une excellente maîtresse de maison et une mère de famille exceptionnelle. A n'importe quelle heure de la journée, elle donne la même impression de fraîcheur, de netteté...

— Lui aussi.

— Seulement, il est plus compliqué qu'elle. Il a d'autres préoccupations, d'autres intérêts dans la vie. Colette est musicienne. Elle a fait de la peinture. Elle a tout lu.

Il fut sur le point d'ajouter quelque chose, hésita, et c'est moi qui achevai :

— Et surtout, elle est désirable.

C'est vrai. Ma tante Colette, à quarante ans, est sans doute la femme la plus désirable, la plus excitante de la ville. Je serais en peine de dire à quoi cela tient mais c'est un fait que tous les hommes se retournent sur elle dans la rue et que, chez tous, naît, pendant quelques secondes au moins, l'envie de la posséder.

Son regard a toujours l'air de vous faire une confidence, d'établir, dès le premier abord, un lien entre elle et vous.

Son corps est souple, délicatement charnu et, de la voir se mouvoir dans la rue, on ne peut s'empêcher de l'imaginer dans sa chambre à coucher. Jusqu'à ses cheveux noirs, rebelles, dont une mèche retombe sans cesse sur sa joue pleine, qui sont les cheveux les plus voluptueux que je connaisse.

Je l'ai désirée aussi. Tout le monde l'a désirée. Et ce que ma mère appelle sa folie, son instabilité, ses frayeurs subites, cette façon qu'elle a de se replier soudain sur elle-même comme une bête qui flaire un danger, ajoute encore à son attrait.

On voudrait lui faire un rempart contre le monde, la protéger des autres et d'elle-même. C'est le genre de femme qu'on aurait envie d'enfermer avec précaution, comme une chose précieuse, dans l'atmosphère raffinée d'un harem.

Est-ce que l'honnête Lucien avait senti cela, lui aussi ? Avait-il eu les mêmes bouffées de désir ? Si oui, je suis sûr qu'il en avait ressenti de la honte et qu'il s'en était aussitôt confessé.

— La voilà libre. Je ne pense pas qu'on la garde éternellement à la clinique...

Lucien devinait la question que je me posais. Qu'allait-elle devenir, livrée à elle-même ? Est-ce que, en fin de compte, l'oncle Antoine avait tenu le fameux serment fait à sa mère ? Avait-il, au contraire, laissé sa fortune et la maison du quai Notre-Dame à Colette, ou s'était-il contenté de lui assurer une rente ?

Floriau ne serait-il pas tenté de jouer jusqu'au bout son rôle de protecteur et, dans ce cas, qu'adviendrait-il de son ménage ?

J'étais persuadé, quant à moi, que l'oncle Antoine avait fait choix, délibérément, de notre cousin, pour éviter à sa femme des aventures aussi désastreuses que celle qui avait failli se terminer par un scandale, sinon par un drame, et que tante Juliette, sans indulgence, avait évoquée le matin.

Mais il y avait à peu près trois ans que Floriau était devenu un familier de l'hôtel particulier. Mon oncle, dès ce moment-là, pouvait-il prévoir qu'un jour il préférerait renoncer ?

N'était-ce pas, justement, un homme qui voyait beaucoup plus loin que nous, un homme d'une lucidité un peu effrayante ?

C'était le jour de la Toussaint, je le rappelle, il y aura demain une semaine, que je me promenais ainsi avec mon frère et que je me faisais ces réflexions. Nicolas ne m'avait pas encore parlé de mon oncle comme il l'a fait ce soir. J'essayais, avec des éléments épars, des phrases de l'un et de l'autre, de me faire une idée.

J'étais assez surexcité, je l'avoue, par ce qui s'était passé et par tout ce que je prévoyais. Un jour, je l'ai signalé en commençant, j'ai écrit mon histoire à moi, notre histoire, à moi, à ma femme et à Nicolas, et on m'en a fait honte, volontairement ou non.

Cette fois, ce n'était plus seulement mon petit monde qui était en jeu mais le cercle de la famille tout entier. Pendant des années, nous avions vécu chacun dans notre quartier, chacun avec nos moyens, nos habitudes, nos soucis, nos joies personnelles, en n'ayant les uns avec les autres que des contacts occasionnels.

Or, voilà que tous les Huet, y compris tante Juliette, dont on n'entendait jamais parler et dont on connaissait à peine les enfants, voilà que tous les Huet, dis-je, se retrouvaient face à face, qu'ils se découvraient à nouveau et qu'ils auraient peut-être à s'affronter.

Cela provoquait chez moi une petite fièvre exaltante en même temps qu'une subtile jubilation. J'aurais voulu courir tout de suite de l'un à l'autre, observer leurs réactions, poser des questions indiscrètes.

Je savais qu'ils me méprisaient, sauf peut-être Lucien, trop bon chrétien pour mépriser qui que ce soit, qui se contentait de me plaindre et de prier pour moi.

Or, Lucien lui-même allait probablement se trouver dans une situation délicate. Ignorant s'il savait la nouvelle, je n'osais pas lui en parler et c'est lui-même, à l'arrêt du tram où nous attendions, qui a mis la question sur le tapis.

— On t'a dit qu'Édouard est en ville ? m'a-t-il demandé comme incidemment.

— Mère m'en a parlé.

— Il y a déjà plusieurs jours.

— Tu l'as rencontré ?

— Non.

— Il a vu sa femme ?

Le tram arrivait en sonnaillant, rouge et jaune, éclairé, comme les cafés, avec des têtes qui dodelinaient à chaque cahot. Mon frère m'a dit très vite, avant de sauter sur le marchepied :

— Depuis deux jours, il vit chez elle.

Je restai sur le trottoir à regarder la silhouette de Lucien qui fumait sa pipe sur la plate-forme et qui préparait sa monnaie.

4

Mercredi, 8 novembre

A certain moment, comme nous passions, mon frère et moi, rue Ducale, l'idée m'était venue de l'inviter à déjeuner au restaurant, d'abord pour le plaisir de rester en tête à tête avec lui, ce qui nous arrive si rarement, ensuite, peut-être, parce que je n'avais pas envie de rentrer à la maison, de raconter à Irène et à Nicolas ce qui s'était passé depuis le matin.

Je me retrouvais inopinément plongé dans la famille, la mienne, à laquelle ma femme restait étrangère. Des souvenirs affluaient qu'accentuait l'atmosphère de Toussaint.

Je ne prévoyais pas encore que je relaterais les événements que j'étais en train de vivre, de sorte que je les vivais, si je puis dire, en toute innocence, sans souci de logique. C'est ainsi que, me retrouvant rue Ducale, après avoir accompagné Lucien jusqu'au tram, j'ai soudain pénétré à l'Hôtel du Globe où, une fois poussée la porte du restaurant, j'ai été enveloppé d'une chaleur odorante.

C'était jadis la maison de mon grand-père. Bien que, depuis sa mort, deux ou trois propriétaires se soient succédé, peu de choses y ont changé et l'atmosphère est restée aussi bourgeoise et aussi accueillante.

A cause de la Toussaint, il y avait peu de monde autour des tables. Les garçons, les maîtres d'hôtel, la caissière ne me connaissent pas et je me suis installé dans un coin près d'une fenêtre.

Peut-être parce que je n'ai pas énormément voyagé, le Globe reste pour moi un endroit unique, au charme désuet, où il fait bon vivre. Bien qu'il existe trois ou quatre hôtels plus modernes et plus confortables en ville, dont un tout récemment construit, bien qu'on compte aussi des restaurants plus renommés ou plus pittoresques, le Globe a gardé, après tant d'années, sa clientèle sérieuse et cossue, hommes d'affaires des villes voisines, industriels, châtelains et gros marchands. En semaine, il est presque impossible d'y trouver une table et presque tout le monde se connaît, on se salue, on se lève pour aller serrer des mains.

Il n'y a pas de poutres apparentes au plafond, de nappes à carreaux rouges, d'ustensiles en cuivre pendus aux murs. On se croirait dans une vieille maison de province, une maison de notaire, par exemple, claire et ordonnée.

Après avoir commandé des huîtres et une entrecôte, je me dirigeai vers le téléphone.

— Irène ?... C'est moi... Oui, tout s'est bien passé... Enfin ! aussi bien que possible...

Sa voix au téléphone, me surprend chaque fois, me paraît une voix étrangère, plus aiguë et plus sèche.

— Nicolas est arrivé ?... Tu l'attends d'une minute à l'autre ?... Je t'appelle pour te dire que je ne rentrerai pas déjeuner... Non, je ne suis plus avec ma mère... Je quitte Lucien... Je suis en ville, oui, et il me reste à faire différentes choses...

Elle n'insistait pas, m'annonçait seulement que Nic venait de l'appeler et qu'il comptait l'emmener, après le déjeuner, à Parantray.

— Amuse-toi bien... Entendu !... Si tu n'es pas rentrée, je me mettrai à table... Je ne sais d'ailleurs pas si je serai moi-même à la maison.

Parantray, c'était le château de Macherin, à cinquante kilomètres de la ville, près de Jugny, où les riches chez nous ont leur chasse. Nicolas n'est pas chasseur. Néanmoins, presque chaque dimanche, il emmène Irène là-bas, dans sa Rolls noire conduite par un chauffeur. Il m'arrive de les accompagner, de choisir un fusil dans le râtelier du hall et de me promener dans les bois sans me préoccuper du gibier. Je n'aime pas la chasse non plus. En outre, la campagne me rend triste, presque angoissé.

Je suis rentré dans la salle et je me suis mis à penser à Lucien, à l'invitation que j'avais failli lui faire et qui l'aurait probablement surpris.

Mon frère, en effet, n'est pas l'homme à fréquenter les restaurants, sauf en voyage. Cela reste pour lui un luxe, qu'il doit offrir à sa famille une ou deux fois par an.

Nous avons été élevés tous deux dans cet esprit-là. Nous n'étions pas pauvres. Mon père gagnait convenablement sa vie, mais il n'y en avait pas moins des dépenses qui paraissaient inutiles, des habitudes qui appartenaient à un autre milieu que le nôtre.

Lucien était resté à cet étage social. Il avait même descendu quelques marches.

En dégustant mes huîtres, j'essayais d'imaginer mon grand-père, Jules Huet, petit, râblé, comme l'oncle Antoine, dans cette maison qu'il avait presque créée, qu'il avait en tout cas rendue fameuse et prospère.

Le propriétaire actuel, que je connaissais de vue, ne venait plus saluer les clients ni, leur repas terminé, s'asseoir avec eux pour le pousse-café.

La caissière ne ressemblait pas non plus à ma grand-mère. Je ne l'ai connue que vieille femme. Dans notre album de famille, que ma mère conserve jalousement, on voit un portrait d'elle jeune personne à la poitrine haute, aux traits fins, au regard pétillant.

Je ne connais aucune photographie de mon grand-père quand il était jeune. Peut-être en trouvera-t-on dans les papiers de l'oncle Antoine ? Il n'y avait que lui, l'aîné, à connaître l'histoire complète de ses parents. Mon père et l'oncle Fabien parlaient assez peu de leur père. Quant à tante Juliette, la cadette, elle doit en savoir encore moins que les autres. En outre, elle n'est presque plus une Huet. Elle est devenue une Lemoine et l'est restée après la mort de son mari.

Pour ma part, je ne connais que les grandes lignes. Mon grand-père était né de paysans assez pauvres, sur le plateau de Berolles, la partie la plus aride du pays, à une vingtaine de kilomètres de la ville. Il avait des frères et des sœurs, mais je n'en ai jamais entendu parler. Chaque fois que je traverse le village, je regarde l'enseigne en tôle découpée de l'auberge qui porte le nom de Félicien Huet.

Très jeune, mon grand-père a travaillé comme garçon dans un de ces cafés, aux environs des Halles, où bouchers et maraîchers ont l'habitude de casser la croûte dès le lever du jour. Ces restaurants-là, quelques-uns d'entre eux, tout au moins, existent encore, mais j'ignore duquel il s'agit.

Il est parti pour Paris au moment de l'Exposition Universelle, a travaillé dans un des restaurants de l'Exposition et on affirme dans la famille que, ne dépensant presque rien, s'interdisant de fumer, par économie, il est revenu avec un joli magot.

Où a-t-il rencontré ma grand-mère, Antoinette Aupick, de souche paysanne, elle aussi, mais d'une famille plus évoluée ?

Je m'étonne, à l'instant, du peu de renseignements que nous possédons sur la souche dont nous sommes issus et je regrette de ne pas avoir questionné l'oncle Antoine qui était, j'en suis persuadé, le dépositaire de ces secrets.

Il est né, lui, en 1888, alors que son père avait vingt-quatre ans, sa mère vingt et un. Il a donc partagé leur existence avant qu'ils s'installent à l'Hôtel du Globe.

Comment mon grand-père a-t-il pu, assez jeune, acheter cet hôtel ? A-t-il commencé par n'en être que le gérant ? Une banque locale lui a-t-elle prêté la somme qui lui manquait ?

Mon père aussi est né ailleurs, rue du Clou, au second étage d'une vieille maison, mais il a quitté ce logement dès l'âge de cinq ans, de sorte que tous ses souvenirs se rapportaient à l'hôtel de la rue Ducale. Comme son frère Antoine, comme Fabien, il a conservé jusqu'au bout une grande tendresse, sinon de la vénération, pour sa mère qu'il allait voir au moins trois fois par semaine.

Personne de la famille ne m'en a jamais parlé aussi nettement, mais j'ai lieu de croire que, de Jules Huet et de sa femme, c'était celle-ci la plus active, la plus solide et la plus intelligente.

Son affaire une fois en train, mon grand-père, lui, s'est mis, me semble-t-il, à mener la bonne vie tandis que ma grand-mère veillait à tout, aux draps des chambres, au personnel, à la cuisine.

Comment trouvait-elle le temps de s'occuper de ses quatre enfants et de leur faire réciter leurs leçons ? Comment, dans le va-et-vient incessant d'un hôtel, parvenait-elle à préserver la vie familiale ? C'est pourtant un fait, qui explique l'admiration passionnée de l'oncle Antoine pour sa mère.

Un autre point reste assez trouble. Pourquoi, comment, à la mort du père, la famille s'est-elle trouvée pratiquement ruinée ? Antoine, à cette époque, avait trente ans et faisait son stage chez un avocat qui était aussi sénateur. Mon père, plus jeune, venait de passer quatre ans de guerre au front et à l'hôpital, car il avait été gazé. Ni lui ni son frère Fabien, qui rentrait d'Allemagne où il avait été prisonnier, ne se destinaient à l'hôtellerie.

L'affaire, jusqu'alors, avait semblé prospère. L'hôtel et le restaurant ne désemplissaient pas. Or, il n'y avait en caisse aucun fonds de roulement ; de nouveaux créanciers surgissaient chaque jour et il a fallu vendre.

En somme, des quatre enfants, seul l'aîné, Antoine, avait une situation. Seul il avait pu, au temps des vaches grasses, terminer des études coûteuses. Seul des garçons, enfin, il avait, pour des raisons que j'ignore, échappé au service militaire.

S'il a réellement promis à sa mère que sa fortune, après lui, irait aux Huet, je me demande si je ne viens pas d'en fournir la raison. C'était un peu comme si, pour avoir été plus avantagé que les autres, il leur devait une compensation — à eux ou à leurs enfants. Cela expliquerait aussi que, malgré sa situation, il nous ait toujours reçus avec une patiente bienveillance.

C'est lui qui, Fabien se retrouvant sans métier, sans connaissances spéciales, l'a fait entrer au service des eaux de la ville où, grâce à sa protection, il n'a pas tardé à devenir chef de bureau. Il a aussi aidé mon père à monter son bureau d'architecte. Enfin, je l'ai dit, c'est par lui que j'ai obtenu une place de professeur de dessin.

Curieusement, cette heure que j'ai passée, seul dans mon coin, ce jour-là, a été une des plus pleines de ma vie. Il me semble que j'ai senti des choses que je suis incapable d'exprimer, des liens subtils entre les hommes, les générations, les destinées des uns et des autres.

Moi qui bois fort peu, d'habitude, j'avais pris un porto quai Notre-Dame et j'en avais commandé un autre en attendant les huîtres. On m'avait servi ensuite, avec l'entrecôte bordelaise, une demi-bouteille d'un bourgogne chaleureux et, les paupières picotantes, je regardais les visages autour de moi comme dans un rêve. Lorsque le sommelier m'a proposé un armagnac, je n'ai pas été capable de refuser et on me l'a servi dans un grand verre à dégustation.

J'avais l'impression, tout en restant moi-même, de mener plusieurs vies à la fois, d'endosser des personnalités différentes qui me semblaient soudain comme fraternelles. J'ai même commandé un cigare, ce qui m'arrive rarement, parce que je voyais un vieil habitué, devant moi, en allumer un avec béatitude et que cela me rappelait les cigares de l'oncle Antoine.

Je devais avoir un sourire bienheureux tandis que je m'enveloppais de fumée et que je plongeais de temps en temps le nez dans mon immense verre.

J'étais partout à la fois. Il me semblait voir, chez moi, ma femme et Nicolas en tête à tête, elle un peu soupçonneuse, prête à prendre la mouche, car elle a toujours l'impression qu'on se moque d'elle ou qu'on la croit incapable de comprendre. Ils ont une façon particulière de se disputer, tous les deux. Lui ne bronche pas. Il la regarde s'exciter, finir par taper du pied et il y a seulement son œil qui pétille tandis que sa bouche, au contraire, prend une expression navrée.

Ma mère devait déjeuner seule dans son appartement, attendant le moment d'aller raconter les événements du matin aux voisines.

Elle est née dans une quincaillerie de l'étroite rue du Petit-Vert, dans le quartier Saint-Éloi, qui est un des plus populeux de la ville. Mon père, en l'épousant, l'a en quelque sorte transplantée dans le quartier Saint-Barbe, plus calme et plus bourgeois avec ses maisons neuves.

A peine était-il mort et l'avions-nous quittée, mon frère et moi, qu'elle retournait à ses origines, s'installait à deux pas de la rue du Petit-Vert et renouait avec des gens qu'elle n'avait pas vus pendant vingt ans.

Elle n'en continue pas moins à tenir ce que j'appelle le registre des Huet, à les voir de temps en temps, à s'occuper de leurs faits et gestes. C'est encore de moi, à cause de Nicolas et de ma femme, qu'elle s'occupe le moins. Je me demande ce qui arriverait si elle se trouvait tout à coup face à face avec Irène.

J'ai pensé à l'oncle Fabien aussi en sirotant mon armagnac, à moi-même quand j'avais seize ans, puis vingt ans, vingt-quatre, à moi encore, des jours comme celui-ci par exemple, arpentant seul les rues de la ville aux magasins fermés et m'arrêtant, par ennui, devant les étalages.

Je suis resté longtemps sans amis parce que, ne sachant pas ce que je voulais devenir, je ne voyais aucun groupe auquel m'intégrer. Je vais écrire une chose paradoxale, une phrase qui m'est venue à l'esprit, ce jour-là, au restaurant du Globe et qui, sur le moment, peut-être à cause de ma demi-ivresse, m'a paru profonde : *j'étais trop ambitieux pour l'être !*

Cela me paraît moins clair à présent, mais je n'en retrouve pas moins ma pensée. Cette ville, ces rues où je me promenais sans fin, ces visages toujours les mêmes, ces noms sur la vitrine des magasins m'inspiraient, en plus d'un ennui quasi douloureux, un désir de fuite, de fuite n'importe où, de fuite aussi irraisonnée que quand, en rêve, on se sent poursuivi.

Or, comme dans les rêves aussi, mes pieds restaient cloués au sol et je me sentais incapable d'aller de l'avant.

Je peux dire que j'ai passé mon adolescence, surtout les dimanches, à promener mon ennui et mon écœurement avec une sorte de volupté.

J'aurais voulu échapper à cette vie provinciale dans laquelle je me sentais englué. J'aurais voulu atteindre à une position exceptionnelle, monter très haut, plus haut encore que mon oncle Antoine, que je considérais alors comme un triste bourgeois.

Comment ? En suivant quelle carrière ? Je n'en avais aucune idée. J'étais un élève médiocre. Je n'avais aucun talent particulier. Au fond, j'avais déjà la certitude que je ne m'échapperais jamais, qu'à trente ans, à cinquante, à soixante, je suivrais les mêmes trottoirs, m'arrêtant devant les mêmes vitrines, retrouvant, le soir, dans les rues, les mêmes fenêtres éclairées d'une lumière sirupeuse.

Alors, à quoi bon ? Faire quoi, pour n'aboutir à rien ?

Un jour, alors que j'avais dix-sept ans et que je venais de rater mon second bac, j'ai annoncé à mon père que je désirais entrer aux Beaux-Arts et devenir peintre. Il ne s'agissait pas d'une vocation. L'idée m'en était venue la veille en croisant, rue des Chartreux, une bande de rapins.

Mon père n'a pas sursauté. Il ne sursautait jamais. C'était un résigné. Il se savait déjà malade. Son médecin, nous l'avons appris plus tard, lui avait déclaré franchement qu'il n'avait que quelques années à vivre.

— Entre aux Beaux-Arts si c'est ton goût. Cependant, comme il est bon que tu aies un vrai métier, j'insiste pour que tu suives les cours d'architecture.

Je ne les ai suivis que deux ans, car je n'entendais rien aux mathématiques qui m'avaient déjà fait rater mon bachot.

C'est là que j'ai rencontré Denèvre et, désormais, c'est avec lui que j'ai arpenté les rues de la ville, que je me suis assis des heures durant au Café Moderne. Denèvre, lui, continuait l'architecture. Il était laid, plus laid que l'oncle Antoine, adipeux, la chair jaunâtre. Il avait mauvaise haleine, ne prononçait pas une phrase qui ne fût amère ou sarcastique.

Je me considérais comme un raté. Je m'habituais à cette idée, et n'étais pas loin d'admirer ma propre lucidité, voire d'y puiser un secret plaisir.

Denèvre, lui, jurait de se venger. De quoi ? De tout, y compris, sans doute, de la vie.

Il est aujourd'hui au Brésil, où il a bâti les immeubles les plus modernes dont on voit la photographie dans les magazines. Se souvient-il de nos promenades monotones rue de la Cathédrale et rue des Chartreux ? Se souvient-il de moi, qui suis resté ?

Dans le manuscrit qui m'a été si dédaigneusement renvoyé et que je regrette maintenant d'avoir détruit, je m'étendais plus longuement sur cette période de ma vie, qui permettait de comprendre le reste du récit. On a cru que je m'attendrissais sur mon sort et je peux affirmer qu'on s'est trompé. Je ne suis qu'un médiocre, je le sais, mais un médiocre lucide, je dirais même, sans trop d'exagération, un médiocre satisfait.

En sortant du Globe, j'avais retrouvé la bise, le froid, les silhouettes penchées en avant qui rasaient les murs. Penché, moi aussi, les mains au fond des poches, le nez glacé, je traversai le Jardin Botanique. J'étais en état d'euphorie et je me suis surpris à traîner les pieds dans les feuilles mortes comme un enfant.

— Lève les pieds en marchant, Blaise, disait autrefois ma mère.

Boulevard Joffre, un certain nombre de fenêtres étaient éclairées, car le ciel était de plus en plus obscur. J'aurais aimé savoir ce que les gens faisaient chez eux un jour comme celui-là. J'ai toujours été fasciné par les fenêtres, surtout le soir, quand il n'y a plus que quelques lumières dans une rue où il ne passe personne.

J'ai dû sonner à la porte de l'appartement ; je n'avais pas emporté mes clefs et Adèle, la bonne, est venue m'ouvrir, une assiette humide et un torchon à la main, car elle était occupée à faire la vaisselle.

— Madame est partie ?

— Il y a environ vingt minutes.

— Tout s'est bien passé ?

— On vient de vous appeler au téléphone. M. Lucien. Il voulait que vous le rappeliez dès votre retour.

— Chez lui ?

— Il ne l'a pas dit.

Je retirai mes gants, mon manteau, mon chapeau, que je laissai dans l'antichambre. En traversant la salle à manger, je retrouvai un peu du parfum de ma femme et c'est du living-room que j'appelai mon frère.

— Je suis content que tu sois rentré. On m'a dit que tu déjeunais en ville, mais on ne savait pas où et je tenais à te mettre au courant.

Je ne lui avouai pas que j'avais mangé solitairement au Globe.

— Il se passe du nouveau ?

— J'ai vu la secrétaire, Mlle Jeanne, qui est une personne pleine de sang-froid et qui connaît son affaire. C'est une chance que François nous ait adressés à elle.

— Pourquoi ?

— Parce que nous aurions risqué de nous y prendre de travers.

» — Vous avez averti le notaire ? m'a-t-elle demandé après le premier moment d'émotion.

» — Pas encore.

» — On a posé les scellés ?

» Nous n'y avons pensé ni les uns, ni les autres. Or, on se trouve devant une succession importante. Personne ne sait au juste, sauf peut-être le notaire, ce que contient le testament. Tu comprends ?

— Je comprends ! dis-je.

Cela m'amusait, tout à coup. Nous avions pataugé toute la matinée dans la maison comme chez nous, sous la surveillance, il est vrai, de François. Celui-ci n'avait-il pas été le premier à se méfier et à nous empêcher d'aller prendre le carnet d'adresses dans le bureau de mon oncle ?

Il nous renvoyait prudemment à la secrétaire. Mlle Jeanne, à son tour, nous renvoyait au notaire.

J'objectai :

— Je suppose que son étude n'est pas ouverte aujourd'hui.

— Bien entendu. Mais Mlle Jeanne m'a donné le numéro de sa villa, à Corbessière, et je l'ai eu au bout du fil. Il s'appelle Gauterat...

— J'ai déjà vu son étude quai Colbert...

— Oui... Il m'a laissé parler... Il m'a l'air d'un homme froid, précis... Lorsque je lui ai demandé s'il était nécessaire d'apposer des scellés, il a déclaré sèchement :

» — Sans aucun doute ! Tant que le testament n'a pas été ouvert, les biens doivent être protégés. Je ne comprends pas que le commissaire de police n'ait pas soulevé la question...

— Sur quoi va-t-on apposer des scellés ? demandai-je. Sur la maison ?

— Sans doute à la porte des pièces principales qui pourraient contenir des documents ou des objets de valeur.

— Quand cela doit-il avoir lieu ?

— A quatre heures, cet après-midi. Mlle Jeanne et moi avons rendez-vous avec le notaire et, si j'ai bien compris, un huissier, à moins que ce ne soit quelqu'un de la police, quai Notre-Dame. Je voulais te prévenir, pour le cas où tu désirerais t'y trouver aussi.

— A quoi bon ?

— J'ai essayé de toucher Floriau. Monique me dit qu'il n'est pas rentré déjeuner, qu'il est toujours à la clinique où il semble y avoir des complications...

— Lesquelles ?

— Je ne sais pas au juste. On ne peut évidemment pas y garder Colette de force. Si j'ai bien compris, elle refuse d'y rester seule.

— Autrement dit, elle voudrait garder Floriau auprès d'elle ?

— C'est possible. Cela se complique du fait que le médecin légiste insiste pour que notre cousin assiste à l'autopsie et qu'il l'attend à trois heures à la morgue...

— C'est compliqué, en effet ! dis-je avec bonne humeur.

J'ajoutai après un temps :

— Le notaire a l'air de connaître le contenu du testament ?

— En tout cas, il prend la chose très au sérieux. J'ai eu l'impression qu'il s'attendait à des difficultés... A propos...

Il y eut un silence.

— Quoi ?

— Rien... Elle me faisait signe de ne pas t'en parler... Maman est ici...

J'aurais dû le prévoir. Du moment que Lucien était chargé quasi officiellement des formalités, ma mère prenait à peine le temps de manger et se précipitait chez lui.

— Dis-lui bonjour de ma part.

— Elle demande si tu es allé au cimetière.

— J'irai demain matin.

— Alors, tu ne seras pas à quatre heures quai Notre-Dame ?

— Non ! Téléphone-moi plus tard et dis-moi ce qui se sera passé...

Je raccrochai. Je n'avais pas allumé les lampes et mes yeux clignotaient. Je me suis étendu tout habillé sur le divan du living-room, face à la pâleur de la fenêtre, et je n'ai pas tardé à m'endormir.

Je gardais pourtant conscience de l'endroit où j'étais, de l'heure, des allées et venues d'Adèle dans la cuisine. Je restais au centre du monde, d'un monde de plus en plus flou où mon corps, le rythme de ma respiration et de mon pouls prenaient peu à peu une importance capitale.

Pendant assez longtemps, j'ai eu sur la rétine l'image de Colette, d'une Colette que j'imaginais dévêtue et je m'efforçais, dans ma torpeur, de reconstituer les détails de son corps.

J'aurais pu l'avoir, moi aussi, comme n'importe quel homme. Si je n'ai pas fait ce qu'il fallait pour ça, c'est d'abord faute d'occasion, ensuite par crainte de me créer des complications. Peut-être aussi à cause d'oncle Antoine, par esprit de famille ?

Colette n'est pas responsable. Qu'un homme lui mette une image érotique sous les yeux, ou simplement prononce devant elle certains mots évocateurs et le déclic se produit, elle perd le contrôle d'elle-même. J'ai parlé de son cas avec un ami médecin, pas Floriau, bien entendu, et ce qu'il m'a dit m'a fait comprendre bien des choses.

Cela ne m'a-t-il pas fait comprendre, en particulier, l'attitude de mon oncle à l'égard de sa femme ?

Mon ami a fini par me déclarer :

— Ce qu'il y a le plus à craindre, si elle possède la personnalité que vous dites, c'est qu'elle finisse par se suicider.

Elle avait tenté de le faire la nuit précédente, pour la troisième fois, paraît-il, mais c'est mon oncle Antoine qui est mort !

J'ai dû sombrer un certain temps dans une inconscience plus complète car, quand j'ai ouvert les yeux, la fenêtre était tout à fait obscure, piquetée des lumières lointaines du parc. Je restai un bon moment alangui, les yeux ouverts. J'hésitai, comme cela m'arrive toujours, par paresse plutôt que par vertu, et finis par presser le timbre électrique qui sonne dans la cuisine.

Avant l'arrivée d'Adèle, j'allumai la petite lampe, dans l'angle du divan, qui diffuse une lumière orangée. Adèle avait-elle déjà compris ? Elle s'avançait de deux ou trois pas dans la pièce, me cherchant des yeux, disait de sa voix naturelle :

— Ah ! Vous dormiez.

— J'ai un peu dormi. Déshabillez-vous.

Elle a regardé machinalement autour d'elle.

— Tout de suite ?

— Oui.

— Ici ?

Cela n'était pas encore arrivé dans le living-room. J'étais allé souvent la retrouver dans sa chambre. Je l'avais prise aussi dans la nôtre, quand elle faisait le lit, en l'absence de ma femme. Elle ne s'étonnait pas, ne disait jamais non, se contentant de surveiller la porte et d'écouter. En moins d'un an, elle avait eu quatre amants successifs et elle se laissait posséder aussi naturellement qu'elle mangeait. Elle était sans honte, sans dégoûts et, pour elle, un membre d'homme était un membre d'homme.

— Je vous demande seulement une minute, car j'ai une casserole sur le feu...

Elle est revenue l'instant d'après en dénouant déjà son tablier blanc. Puis, avec la même simplicité, elle a passé sa robe noire par-dessus sa tête.

— Je ne ferme pas les rideaux ?

— A quoi bon ? On ne peut rien voir du dehors.

Il me plaisait qu'elle se mette nue devant les lumières de la ville. Ce n'était pas tant de faire l'amour que j'avais envie, ni de jouissance, que de la faire se déshabiller dans le living-room. Malgré mon passage aux Beaux-Arts, où nous voyions des modèles toute la journée, j'ai gardé la hantise de la nudité, de certaines attitudes animales, comme si je me vengeais ainsi de toutes les contraintes.

— Madame ne va pas rentrer ?

— Pas avant l'heure du dîner.

Pourquoi me cachais-je d'Irène, qui n'aurait rien eu à me dire ? Je me le suis souvent demandé. Il y a eu beaucoup d'Adèle dans ma vie, à la maison et au-dehors. Je n'en ai parlé à personne. Je me cache comme si j'avais honte.

Or, ce n'est pas le cas. Je n'ai aucune honte de ma vie sexuelle, pas plus que du reste de ma vie, mais j'ai besoin que cela reste un domaine secret. Cela m'est-il resté de l'époque où j'allais me confesser tout de suite après avoir eu des attouchements avec une fille, comme je disais alors ?

Je la voyais debout, hésitante, drue et blanche, les seins épais, un large triangle noir au bas du ventre.

— Qu'est-ce que je fais ? demandait-elle.

— Rien. Pas tout de suite...

Elle riait d'un rire hésitant.

— Je reste debout, comme ça ?

— Vous pouvez vous asseoir...

Elle le faisait, gauchement, sur l'extrême bord d'un fauteuil.

— Comme ça ?

Combien de fois, pendant mon adolescence, avais-je rêvé de scènes comme celle-ci, qui m'apparaissaient alors comme le comble du bonheur ? N'était-ce pas, justement, à cause de ce souvenir que je les répétais ?

— Et vous ? questionnait-elle. Vous ne vous déshabillez pas ?

Non ! Ce n'était pas la même chose.

— Je peux me rapprocher ?

L'inaction lui pesait. Elle me rejoignait sur le divan et, à cet instant précis, la sonnerie de la porte d'entrée se faisait entendre.

— Madame ! s'écria Adèle en se levant d'une détente et en se précipitant sur ses vêtements épars. Qu'est-ce que je vais faire ?

— Ce n'est pas elle. Elle a sa clef. Cela doit être mon frère.

Elle se précipitait, toujours nue, vers sa cuisine, vers sa chambre tandis que j'allais paresseusement ouvrir la porte. Je ne m'étais pas trompé. C'était Lucien, qui apportait dans l'appartement surchauffé un peu de l'air frais du dehors.

Il s'étonna de l'obscurité de l'entrée, de la lampe de chevet seule allumée dans le living-room, peut-être aussi de me voir un peu rouge.

— Tu dormais ? demanda-t-il devant les coussins affaissés.

— Après ton coup de téléphone, je me suis étendu pour un moment et je crois que je me suis assoupi. Quelle heure est-il ?

— Cinq heures et demie. Ta femme n'est pas ici ?

— Elle est sortie.

Il dut regretter d'avoir posé la question, car il devinait en quelle compagnie elle se trouvait. A ce moment, je suis sûr qu'il eut pitié de moi, une pitié mêlée d'un peu de dégoût involontaire.

Qu'aurait-il pensé s'il s'était trouvé dans la pièce quelques instant plus tôt ? Est-il arrivé à Lucien de coucher avec une autre femme que la sienne ? J'en doute. Pourtant, il ne l'aime pas. En tout cas, il ne l'a pas aimée au départ. Il l'a épousée pour avoir un foyer, des enfants, pour mener une existence selon l'Écriture.

Celle qu'il aimait et que, j'en jurerais, il aime toujours, c'est Marie Huet, l'ancienne Marie Taboué devenue la femme du cousin Édouard.

— C'est déjà fini ? demandai-je en allumant le plafonnier afin de mettre mon frère à son aise.

— Oui. Cela n'a pas été très long. Accompagnée du notaire, Mlle Jeanne est allée dans la bibliothèque chercher deux cahiers d'adresses et je ne sais quel dossier qu'elle a remis à maître Gauterat. Ils se montraient tous les deux très polis avec moi, mais j'avais l'impression d'être de trop. Il y avait un troisième personnage, un petit blond qu'on ne m'a pas présenté et qui a réclamé une bougie à François. C'est celui-là qui a fait fondre de la cire rouge, collé des bandes de toile et appliqué des cachets...

— Sur quelles portes ?

— Sur celles de la bibliothèque et du cabinet de notre oncle, d'abord. Puis, après que François eut parlé bas au notaire, sur la porte d'un petit coffre-fort encastré dans le mur, au second étage, à la tête du lit, et caché par un tableau. C'est François aussi qui a presque exigé qu'on mette les scellés sur les armoires de l'office qui contiennent l'argenterie, après quoi on est descendu au rez-de-chaussée où deux des salons ont été fermés.

— Le notaire n'a rien dit de spécial ?

— Il m'a demandé des nouvelles de tante Colette et, quand je lui ai appris que Floriau l'avait fait conduire à la clinique Saint-Joseph, il a mal caché son mécontentement. Il a voulu savoir qui était venu le matin, dans quelles pièces on avait pénétré...

— Il n'a pas parlé d'Édouard ?

— Si. Pour s'informer de son adresse. Je lui ai annoncé qu'il est en ville depuis plusieurs jours et je lui ai dit où le trouver.

— Qu'est-ce que cela signifie ?

— Je l'ignore. Tout le temps, comme déjà au téléphone, il m'a paru soucieux. C'est un homme qui parle peu et qui répond encore plus sèchement aux questions que notre cousin Floriau. Je crois qu'oncle Antoine et lui étaient très amis.

» — La police a-t-elle dit quand on pourra reprendre le corps ? m'a-t-il demandé.

» J'ai répondu que non et c'est à Mlle Jeanne qu'il a donné des instructions, toujours à mi-voix, comme si cela ne me regardait pas. A certain moment, il a tiré un agenda de sa poche, l'a consulté et je l'ai entendu parler de samedi pour les obsèques.

» — On pourra procéder à l'ouverture du testament dans l'après-midi, a-t-il ajouté. Mon étude se chargera des convocations...

» Nous nous sommes retrouvés tous les quatre sur le trottoir et, la main sur la poignée de sa voiture, le notaire m'a dit :

» — Mlle Chambovet se tiendra en contact avec vous. Je suppose qu'elle a votre numéro de téléphone ?

Mon frère paraissait las, comme après une entrevue harassante. Je le sentais déçu du peu de cas qu'on avait fait de ses services, de ces limbes dans lesquels on repoussait la famille.

— J'ai quand même pu poser une dernière question, soupira-t-il en bourrant une pipe dont le tuyau est réparé avec un fil de fer. Avant que la portière se referme, je lui ai demandé si je pouvais faire en sorte que notre oncle ait des obsèques religieuses.

» — Ce n'est pas moi que cela regarde ! a-t-il répliqué sèchement. Arrangez-vous avec le curé.

» Et il est parti avec la secrétaire.

5

Même jour

J'ai dîné seul et Adèle m'a servi aussi naturellement que s'il ne se fût rien passé l'après-midi. Je n'ai même pas tendu la main pour caresser sa croupe dure. D'abord, ma femme pouvait rentrer d'un instant à l'autre, car il est impossible de prévoir quand se terminent les dimanches de Parantray. Ensuite, mon désir était passé. N'avais-je pas eu, au fond, ce que je voulais ?

N'importe quel autre jour, je me serais enfoncé dans un fauteuil avec un livre, à savourer le calme autour de moi tandis que tant de gens, malgré le mauvais temps, s'agitaient en ville. Mais, depuis le matin, j'étais arraché à ma solitude. J'avais soudain besoin de contacts, besoin de savoir, tout au moins, ce que d'autres faisaient à la même heure.

J'appelai la maison de mon cousin Floriau et c'est Monique qui répondit. J'ai eu tout de suite l'impression, à sa voix, à la façon dont elle choisissait ses mots, qu'elle était découragée, inquiète.

— Ton mari n'est pas là ?

— Je ne l'ai pas revu depuis ce matin. Je n'ai des nouvelles de lui que par téléphone.

— Il a assisté à l'autopsie ?

— Oui. Elle a donné les résultats qu'on attendait. Oncle Antoine a absorbé plus de vingt tablettes de barbiturique. Par contre, alors qu'on le soigne depuis si longtemps pour le cœur, on a trouvé celui-ci en fort bon état pour un homme de son âge. Il aurait pu vivre encore dix ans.

— Et Colette ?

C'est alors, surtout, que la voix devint plus sourde, hésitante.

— Il paraît que, tout à coup, elle s'est montrée calme et raisonnable. Mais elle refuse de rester à la clinique. Le psychiatre, qui est un ami de Jean, se trouve désarmé car rien ne lui permet, dans son état actuel, de la retenir de force. Il n'a pas le droit non plus, sans son autorisation, de lui appliquer un traitement qui diminuerait sa lucidité. Elle est maligne !

Il y avait de l'amertume chez la Monique si sereine qu'on aurait pu donner comme modèle de la bonne épouse, de la bonne mère et de la bonne maîtresse de maison. Sentait-elle que son mariage était en danger ?

— Elle va rentrer chez elle ?

— Elle y est peut-être déjà à l'heure qu'il est. Jean, lui, ne croit pas à ce calme apparent. Il lui a fallu trouver deux gardes qui se relayeront quai Notre-Dame. Ce que je me demande, c'est si elle va le laisser partir...

Irène est rentrée à ce moment, maussade, agressive, et je n'ai pas tardé à raccrocher.

— Alors ? Cet héritage ? Les Huet l'ont-ils ou ne l'ont-ils pas ?

— On n'ouvrira le testament qu'après l'enterrement.

Elle lançait son manteau sur un fauteuil, se laissait tomber dans un autre, les pieds devant le feu.

— Eh bien, moi, qui suis, dit-on, une femme intéressée, je trouverais dégoûtant que nous l'ayons, cet héritage dont on parle depuis si longtemps. Folle ou pas folle, hystérique ou non, Colette a donné à cet homme-là les plus belles années de sa vie et je ne vois pas pourquoi ce serait vous qui hériteriez...

Je n'ai pas insisté. Je ne lui ai pas demandé ce qui l'avait mise de mauvaise humeur. Elle est allée passer sa robe de chambre. Nous avons lu, chacun dans notre coin, elle un magazine, moi un livre de Mémoires, et nous nous sommes couchés vers onze heures.

— Pas ce soir, veux-tu ? m'a-t-elle demandé en s'écartant.

Le lendemain matin, le Jour des Morts, je me suis levé avant elle, comme d'habitude, et elle dormait encore, ou feignait de dormir, quand j'ai quitté la maison à neuf heures et demie. Cette fois, je n'oubliai pas la clef de la voiture. Je l'ai sortie du garage et j'ai gagné les quais. La ville avait repris en partie son visage habituel, bien que certaines professions eussent congé. On voyait encore des gens, des fleurs à la main, se diriger vers le cimetière.

C'était exprès que je faisais un détour par le quai Notre-Dame, pour jeter un coup d'œil en passant à la maison de mon oncle.

J'ai eu la surprise de voir une camionnette des pompes funèbres stationnée devant la porte cochère dont les deux battants étaient ouverts. François, vêtu de noir, avec sa cravate-plastron blanche et son crâne blême, se tenait sous la voûte tandis que deux hommes déchargeaient d'énormes ballots de tentures noires.

Qui avait travaillé si vite ? Le notaire, Mlle Jeanne ou mon frère ? Toujours est-il qu'on allait, d'après ce que je voyais, dresser une chapelle ardente dans la maison.

Je me suis dirigé vers le cimetière. La pluie ruisselait si abondamment sur mon pare-brise que les essuie-glaces s'arrêtaient parfois, comme hésitants. Je m'étais muni d'un parapluie. J'ai acheté un pot de chrysanthèmes à la grille et je me suis engagé dans les allées couvertes de feuilles mortes.

Des femmes, certaines qui traînaient un ou deux enfants par la main, quelques hommes seulement, erraient parmi les tombes délavées et je vis une vieille toute cassée qui bêchait l'argile au pied d'une croix de bois, sans doute une croix provisoire.

On a agrandi le cimetière récemment et j'ai eu du mal à retrouver la tombe de mon père où, sous son nom, figure la mention : 1893-1943. La tombe est bien entretenue. J'ai ajouté mes fleurs à celles qui s'y trouvaient déjà, calé le pot avec une pierre et je me suis recueilli un moment.

C'est au moment où je me disposais à partir que j'ai reconnu, à quelques pas, la silhouette, le visage de Marie, la femme de mon cousin Édouard.

Sous son parapluie, elle se tenait debout, tournée vers moi, devant une tombe qui ne lui était rien, un prétentieux monument de marbre rose, et, quand mon regard s'est posé sur elle, elle s'est avancée bravement.

Ce mot lui convient. Marie, que j'ai toujours envie d'appeler Marie Taboué, de son nom de jeune fille, est une personne brave, qui regarde la vie en face, simplement, sans forfanterie, et qui accepte le sort, quel qu'il soit, sans rechigner.

Dieu sait si elle aurait eu des raisons de se plaindre ! Son visage est net, tout est net chez elle. Avec son manteau bleu, sa toque bleue à liséré blanc sur la tête, elle faisait penser à une infirmière, bien qu'à l'hôpital elle travaille à la réception.

— Bonjour, Blaise. Ta maman m'a dit que tu viendrais ce matin de bonne heure. Comme je devais venir aussi sur la tombe de mes parents, je t'ai attendu.

— Ton fils n'est pas avec toi ?

On ne croirait pas, à la voir si jeune, et même si jeune fille, qu'elle a un fils de seize ans et demi, Philippe, qui vient de passer brillamment son second bac et d'entrer à l'Université.

— J'aimerais te parler. Tu ne m'en veux pas de t'avoir attendu ?

Je me doutais du sujet qu'elle allait aborder et cela risquait d'être long. Nous ne pouvions décemment pas entreprendre un pareil entretien en allant et venant, dans le cimetière, sous nos parapluies.

— Il vaut mieux nous mettre à l'abri.

Nous avons choisi un des deux cafés en face de la grande grille. Quelques hommes y buvaient, des femmes avaient apporté leur casse-croûte et mangeaient devant des bols de café au lait. Il y avait des traînées d'eau sur le plancher, des courants d'air, une fade odeur de fleurs flétries et de terre remuée.

Assis dans un coin assez tranquille, avec pour voisins un couple de paysans anonymes, nous avons commandé du café puis, une fois servis, observé un assez long silence.

— Il paraît que tu as vu Lucien, hier. Ta mère l'a vu aussi, mais elle n'a guère eu l'occasion de lui parler. Il ne t'a rien dit ?

Je fis non de la tête, ce qui était vrai, car j'aurais été incapable de prévoir la réaction de mon frère.

— Il sait, n'est-ce pas ?

— Oui.

— Il sait aussi qu'il est chez moi ?

— Il l'a appris.

— Je voudrais que tu lui parles, Blaise, et qu'on en finisse avec cette malheureuse histoire. Je comprends ton frère. Je comprends l'attitude de la famille. Et voilà que la mort d'oncle Antoine complique encore la situation !

Elle était émue et sa jolie poitrine, bien ronde, bien ferme, dans un corsage strict, se soulevait à une cadence plus rapide. Elle ne pleurait pas.

— Si tu voyais dans quel état il est !

— Je comprends que tu aies eu pitié, murmurai-je.

C'était maladroit de ma part. J'aurais dû me douter que le mot la blesserait, mais sa réaction a été au-delà de ce que je pouvais attendre. Presque sèchement, elle a prononcé :

— Ne parle pas de pitié, veux-tu, en ce qui me concerne ? De la pitié, je vous en demande à tous, surtout à Lucien, qui a le plus de raisons d'en vouloir à Édouard. Moi, c'est mon mari. C'est le père de Philippe. C'est le seul homme que j'aie aimé et je l'aime encore.

Sa voix s'était cassée sur les derniers mots et elle a détourné un instant le regard. J'avais envie, pour lui montrer que je la comprenais, de toucher sa main dégantée.

— Édouard a tous les torts, soit, reprenait-elle en se redressant, et je ne tente pas de le défendre. Mais est-il juste qu'il n'y ait pas de fin à sa punition ? C'est maintenant un homme de trente-huit ans, alors qu'en réalité il n'a plus d'âge. Quand je l'ai vu, debout sur le trottoir, il y a trois jours, les yeux fixés sur la maison...

Elle prit son mouchoir dans son sac, le mordilla pour se calmer les nerfs, pour ne pas éclater en sanglots et cette fois j'osai avancer la main vers la sienne dans un geste fraternel.

— Écoute, Blaise ! reprenait-elle plus bas, haletante, en se penchant vers moi, à cause du couple voisin qui tendait l'oreille. Tu connais Édouard. Tu te souviens du jeune homme qu'il a été, le plus beau de vous tous, le plus fier, le plus orgueilleux. Il en était arrogant et on aurait pu croire que le monde lui appartenait. Eh bien, l'homme qui rôdait l'autre jour autour de ma maison n'était plus qu'une épave et il faisait penser à un chien efflanqué fouillant dans les poubelles...

» Je savais qu'il était en ville. On m'avait dit qu'on l'avait rencontré dans une rue pauvre, près du canal, où des manœuvres étrangers gîtent à cinq ou six dans la même chambre...

» Je me demandais s'il aurait le courage de se présenter chez moi... Je le souhaitais sans le souhaiter, à cause de Philippe... J'hésitais à lui faire parvenir un message, de l'argent... Mais par qui ?...

» J'étais derrière le rideau à le regarder, frileux, replié sur lui-même, tout diminué, et quand son regard s'est arrêté sur la fenêtre, je n'y ai plus tenu, je suis descendue en courant, j'ai ouvert la porte, je lui ai fait signe de traverser la rue...

» Il hésitait. Il a fini par entrer dans le corridor, sans me faire face, et, tout à coup, la porte encore ouverte, je me suis jetée contre sa poitrine en sanglotant...

La main de Marie était froide dans la mienne. Elle ne pleurait toujours pas, se contentait de renifler.

— Il est malade, comme son père, comme le tien. Il lui arrive d'avoir deux crises par jour et de rester immobile, l'œil fixe, sans pouvoir faire un mouvement. Tu te souviens de ton père, n'est-ce pas ? Seulement, lui, il avait quarante-cinq ans quand cela a commencé. Édouard souffre en outre de l'estomac et rejette tout ce qu'il mange...

» J'ai failli aller trouver Lucien. J'ai pensé que cela le gênerait peut-être. Il a toujours été bon pour moi. Il ne m'en a pas voulu. C'est lui qui m'a aidée à obtenir ma place à l'hôpital et Philippe le considère un peu comme un père...

» Je ne peux pas le laisser repartir, Blaise ! Vois-tu, il est au bout de son rouleau. Tu le connais assez pour savoir que, s'il lui restait la plus petite chance, il ne se serait pas humilié en revenant ici...

Je n'en étais pas aussi sûr qu'elle. Édouard a joué d'autres comédies et ce n'est pas la première fois qu'il promet de changer d'existence. Personnellement, je n'ai aucune animosité contre lui. Quant à Lucien, je suis persuadé qu'en bon chrétien il lui a pardonné. Mais n'essayera-t-il pas de défendre Marie contre elle-même et contre son mari ?

— Pour le moment, il se terre, il se cache, il refuse de sortir.

— De quoi a-t-il peur ?

— Je ne crois pas que ce soit de la peur. C'est peut-être de la honte. Il sait ce que vous pensez tous de lui. Il se demande ce qui se passerait s'il rencontrait l'un de vous, Lucien surtout, dans la rue. Il veut travailler, car il n'entend pas vivre à mes crochets...

— Qu'est-ce qu'il a l'intention de faire ?

Édouard n'a pas de métier, n'a jamais exercé une véritable profession de sa vie qui n'a été qu'une suite d'escroqueries.

— Il fera n'importe quoi. Il m'a avoué qu'à Londres il a été homme-sandwich. Il lui est arrivé aussi, certains soirs, d'ouvrir les portières à la porte d'un music-hall...

Pourtant, Marie avait raison : jadis, il était le plus beau, le plus ardent, le plus prometteur de nous tous. C'est le seul brun de la famille, aux cheveux ondulés, aux yeux bleu foncé, aux traits fiers de statue grecque.

Il avait tous les talents, toutes les audaces, et on aurait dit que rien ne lui résistait. Non seulement les femmes étaient séduites, mais les hommes se laissaient prendre à sa vitalité agressive. C'était, à vingt ans, un jeune fauve aux dents brillantes qui, tandis que nous arpentions encore les trottoirs en élaborant des projets nébuleux, fondait une revue et trouvait des commandites pour monter une imprimerie.

C'était la guerre, pas celle de nos parents, mais la guerre de 1939 et l'occupation. Nous vivions tous comme au ralenti, avec un poids sur les épaules, l'angoisse du lendemain, le souci constant de la nourriture, la peur des déportations.

Seul de la famille, de nos amis, Édouard vivait comme si l'avenir était à lui. Bien habillé, portant beau, il fréquentait, de belles filles au bras, les restaurants de marché noir, tandis que sa sœur, Monique, qui n'était pas mariée et qui ne connaissait pas encore Floriau, consacrait son temps à la soupe populaire.

Nous n'habitions pas le même quartier, mes parents et moi, qu'Édouard, sa mère et Monique. Mon père, déjà malade, devait mourir en 1943, l'année où mon frère a été déporté et où, pendant deux mois, tout le monde a cru qu'il serait fusillé.

J'avais eu la chance, à la signature de l'armistice, alors que j'étais soldat en Alsace, de ne pas être fait prisonnier et j'avais pu rentrer chez moi. C'était l'époque où, bien qu'ayant abandonné mes études d'architecte, je travaillais avec mon père tout en faisant de petits dessins pour une entreprise de publicité.

Lucien, lui, qui distribuait les cartes de ravitaillement à la mairie, avait une attitude mystérieuse et ce n'est qu'à la Libération que nous avons appris qu'il travaillait pour un réseau de résistance.

Marie Taboué habitait la maison voisine de la nôtre. C'était la fille d'un instituteur resté veuf. Elle avait un frère plus jeune, qui devait périr plus tard dans un accident d'auto, et c'était elle qui l'élevait et faisait le ménage.

Elle était déjà comme je la voyais maintenant en face de moi, dans le restaurant du cimetière, ou plutôt elle n'avait pas changé, elle restait aussi fraîche, aussi droite, aussi émouvante.

Je ne suis pas sûr de n'avoir pas été quelque peu amoureux d'elle, moi aussi.

Lucien, lui, dès l'âge de dix-neuf ans, et bien que son benjamin de deux ans, avait décidé d'en faire sa femme. Nous l'ignorions, mes parents et moi. Mon frère a toujours eu un caractère secret, par pudeur.

Marie Taboué, elle, ne l'ignorait pas. Et elle ne lui avait pas dit non.

Le matin du Jour des Morts, dans ce café habitué à accueillir la foule des enterrements, elle m'a dit simplement :

— J'aimais Lucien comme un frère. Je n'osais pas le décourager, parce que je le respectais trop pour le rendre malheureux. Peut-être, si je n'avais pas rencontré Édouard, l'aurais-je épousé et cela aurait-il mieux valu pour tout le monde...

C'est chez mes parents, chez nous, comme je disais alors, qu'elle a fait la connaissance d'Édouard, et je me demande encore comment cette rencontre a pu se produire, car mon cousin nous fréquentait peu. Pour une raison qui m'échappe, peut-être parce que chacun avait assez de ses propres soucis, les relations familiales s'étaient relâchées pendant la guerre et c'est à peine si je me souviens de rares contacts avec mes tantes et mes oncles.

Il est vrai que, moi-même, je ne partageais guère la vie de la maison. C'est la période la plus sombre, la plus vide, la plus angoissante de mon existence et je n'y pense jamais sans déplaisir. Je ne voyais aucun avenir devant moi et je n'étais pas encore résigné.

La philosophie grinçante de mon ami Denèvre, que je retrouvais presque chaque soir, déteignait petit à petit sur moi. S'il n'avait que mépris pour les hommes, il traitait les femmes plus durement encore, leur vouant une véritable haine et, le samedi soir, vers neuf heures, il ne manquait pas de déclarer en regardant sa montre :

— Allons ! C'est l'heure de mon égout.

Il n'avait pas de liaison et se contentait, une fois la semaine, d'aller retrouver chez elle une prostituée tranquille, prénommée Zulma, qui avait presque l'âge de ma mère. Elle occupait un logement au premier étage, dans une rue bourgeoise, et le tenait dans un état de propreté remarquable, obligeant ses visiteurs à user de patins de feutre pour ne pas ternir le parquet ciré. Elle était rousse, avec une chair blême et molle, mais un joli sourire. J'y suis allé deux ou trois fois, moi aussi.

— Il est comme ça avec tout le monde, ton ami ?

Il paraît qu'il se montrait grossier avec elle, employant, exprès, les mots les plus orduriers.

J'avais beau vivre à la maison, je n'en faisais pour ainsi dire plus partie. Je n'avais jamais été très intime avec mon frère, qui avait trois ans de moins que moi. L'idée de me confier à ma mère ne me serait pas venue, même tout enfant. Le milieu de mes tantes et de mes oncles m'apparaissait comme un monde de cauchemar.

C'était la dernière année de vie de mon père. Nous le savions tous. Je passais plusieurs heures, chaque jour, à travailler avec lui dans son bureau. Or, je ne me suis pas une seule fois inquiété de ce qu'il pensait. Il ne me posait pas de questions, lui non plus, ou alors c'étaient des questions vagues auxquelles je répondais encore plus vaguement. De sorte qu'aujourd'hui je me demande quel homme c'était réellement.

Presque tout ce que je sais de cette époque, je le tiens de ma mère, donc de seconde main, et je dois compter sur la déformation inévitable, surtout de sa part.

Pourquoi, ce jour-là, alors que Marie Taboué était à la maison, ce qui lui arrivait souvent, puisqu'elle était notre voisine, pourquoi, dis-je, mon cousin Édouard, qui vivait dans un cercle si différent, a-t-il eu l'idée de nous apporter un kilo de beurre ?

Ce n'est pas le geste qui m'étonne, c'est la coïncidence et ce sont surtout ses suites. Le geste était bien de lui. Il avait ainsi des grâces inattendues, des attentions gratuites.

Ce jour-là, je m'en souviens, ma mère préparait des confitures — sans sucre ! — et Marie Taboué lui donnait un coup de main, recouvrant des pots de disques de papier transparent trempés dans du cognac. C'était donc en juillet ou en août, vers la fin de la journée, car le soleil pénétrait obliquement dans la cuisine.

Je ne suis pas resté et je le regrette à présent, car j'aurais assisté au choc qui s'est produit entre Édouard et notre petite voisine. Elle a affirmé à Lucien, plus tard, qu'elle avait aimé Édouard dès ce jour-là et qu'elle n'avait plus pensé qu'à le revoir.

Le malheur, c'est qu'elle ne l'a pas dit à mon cousin. Elle luttait encore contre elle-même et elle lui a laissé entendre qu'elle était la fiancée de Lucien.

Toujours est-il que, pendant quelque temps, on a revu Édouard assez souvent à la maison, presque toujours porteur de victuailles. Il avait un projet dont je n'ai connu que les grandes lignes, par les uns et les autres, car il ne me faisait pas de confidences.

Dès le début de l'occupation, *Le Nouvelliste,* le seul journal de la ville, s'était sabordé, comme on disait dans ce temps-là. C'était une feuille conservatrice, vieillotte d'aspect, réalisée, avant la guerre, par deux ou trois rédacteurs blanchis sous le harnais.

Édouard, qui avait une imprimerie et qui publiait déjà une petite revue, pensait à l'après-guerre et préparait un journal moderne qui aurait concurrencé *Le Nouvelliste* et l'aurait peut-être empêché de reparaître.

Il avait trouvé un certain nombre d'appuis, ce qui donne la mesure de son entregent à cette époque, car il avait à peine vingt-quatre ans. Ma mère prétend qu'oncle Antoine lui-même le soutenait et s'était porté garant de lui auprès de plusieurs personnalités locales.

Or, en septembre, brusquement, quelques semaines après l'histoire du kilo de beurre, donc après la rencontre, chez nous, de Marie Taboué et d'Édouard, la police allemande a fait irruption chez nous, fouillé la maison de la cave au grenier et, après avoir bousculé durement mon père, emmené Lucien.

Le même jour, six autres personnes étaient arrêtées, avec lesquelles mon frère était en rapports, entre autres un marchand d'appareils de radio de la rue Poincaré qui, lui, devait être fusillé.

Un mois plus tard, après être restés sans nouvelles, nous apprenions que mon frère et ses compagnons étaient au camp de Buchenwald.

Cet événement a-t-il hâté la fin de mon père ? C'est possible. Il est mort, dans son bureau, trois jours après ce message, de sorte que Lucien ne l'a pas revu.

Six mois ne s'étaient pas écoulés qu'Édouard épousait Marie Taboué. Ma mère laissait entendre qu'elle était enceinte, ce en quoi elle ne devait pas se tromper, puisque Philippe est né bien avant le terme normal.

Nous ne l'avons pas écrit à Lucien, dont nous recevions peu de nouvelles, presque toujours indirectement. On attendait l'offensive annoncée par la radio de Londres. Des affiches préparaient le départ de tous les hommes valides en Allemagne, de sorte qu'on vivait dans des alternatives d'espoir et de terreur.

Tout un temps, je suis allé coucher chaque soir chez une amie de ma mère qui possède une petite ferme à cinq kilomètres de la ville, au-delà des bois de La Barraude. Je m'y rendais à vélo, en faisant un détour pour éviter le passage à niveau.

Le débarquement a eu lieu, Paris a été libéré, puis notre tour est venu. Édouard vivait avec sa femme et le bébé dans la maison qu'il avait louée, non loin de chez nous, et que Marie et Philippe occupent encore.

Pourquoi, du jour au lendemain, a-t-il disparu ? Le mariage, c'est certain, ne l'avait pas rendu moins coureur. Il passait souvent ses soirées et une partie de ses nuits dans une petite boîte, la seule alors ouverte et assez mal fréquentée, et on a prétendu qu'il était tombé amoureux d'une chanteuse parisienne connue sous le nom de Choupette.

Je suis effaré, quand j'y pense, de la masse d'informations de toutes sortes recueillies par ma mère. Que ce soit sur l'un ou sur l'autre membre de la famille. On peut lui parler de n'importe qui, elle connaît, dirait-on, son comportement le plus secret.

Et il ne s'agit pas seulement de potins, j'ai eu l'occasion de m'en rendre compte. Elle parle d'ailleurs assez peu de ce qu'elle sait, et seulement quand elle le veut, pour une raison déterminée.

Cela tient, je crois, à ce que ma mère possède ce qu'on pourrait appeler le sens du malheur. Elle flaire la catastrophe de loin et, dès qu'un événement désagréable se produit chez l'un ou chez l'autre, on est sûr de la voir apparaître, comme le matin de la Toussaint elle a été la première à surgir chez moi.

C'est elle aussi qui se charge des démarches délicates ou pénibles, qui garde un enfant malade ou va faire le ménage d'une parente, voire d'une voisine alitée.

Même si on ne se confie pas à elle, elle n'est pas longue à découvrir la vérité ou ce qu'elle prend pour la vérité.

En ce qui concerne Édouard et sa femme, elle a dit, dès le début :

— Le ménage ne durera pas. Marie est trop droite, trop naïve. C'est par naïveté qu'elle lui a donné ce qu'il a voulu, sans se douter que, de sa part à lui, ce n'était qu'un caprice.

Toujours est-il que mon cousin a quitté la ville, un beau soir, en même temps que Choupette et, des mois plus tard, on nous a dit l'avoir rencontré à Paris.

Il commençait, à ce moment, à courir des bruits sur son compte. On en a même parlé au comité d'épuration qui s'était constitué dès le départ des Allemands. Il était à peu près établi qu'Édouard s'était livré au marché noir sur une assez grande échelle, mais on s'étonnait surtout de son impunité. S'il ne s'était jamais affiché avec les occupants, certains murmuraient qu'il n'en avait pas moins eu des rapports secrets avec eux.

On a dit la même chose, il est vrai, de gens parfaitement innocents et certains ont été arrêtés. On a tondu des femmes qui n'avaient rien fait.

Ce qui est sûr, c'est que, après le départ de mon cousin, on a découvert qu'il devait de l'argent à tout le monde et qu'il avait emporté les fonds de ses commanditaires. Pourquoi ceux-ci n'ont-ils pas porté plainte ? Je ne puis que répéter que j'ai traversé cette période sans m'occuper des autres et que la famille était alors le dernier de mes soucis.

Lucien est rentré d'Allemagne, amaigri, mal portant, et a été pendant deux mois incapable de faire un repas normal, tant son estomac s'était déshabitué de la nourriture.

Bien entendu, il a appris que Marie s'était mariée pendant son absence, qu'elle avait un enfant et qu'Édouard avait quitté la ville.

Il ne s'est pas confié à moi. Grâce à l'oncle Antoine, il est entré au *Nouvelliste* et nous ne l'avons presque plus vu à la maison.

C'est un ami de notre père, un nommé Lautrade, employé à la Préfecture, qui a découvert la lettre. On l'avait chargé du dépouillement des tonnes de papiers abandonnés par les Allemands de la Kommandantur. Après plusieurs semaines, il était tombé sur une lettre anonyme dénonçant Lucien comme membre d'un réseau de résistance.

A la suite de cette lettre, mon frère avait été suivi à son insu pendant plusieurs jours, ce qui explique les arrestations effectuées le même jour que la sienne.

A la vue du document, mon frère a tout de suite reconnu l'écriture d'Édouard. Pour une fois, il m'a mis dans le secret, craignant de se tromper. Nous avons comparé ensemble le billet avec d'autres écrits de notre cousin et aucun doute n'était possible.

Maintenant, en face du cimetière, Marie me disait, les mains jointes dans un geste suppliant :

— On ne peut pas payer toute sa vie, Blaise !... Il y a un moment où... Parle à Lucien, veux-tu ?... S'il le désire, j'irai le voir... Je lui répéterai ce que je viens de te dire... Je me mettrai à genoux...

— Il n'y a pas seulement Lucien...

Comment la fuite s'est-elle produite ? Est-ce par ma mère ? Lautrade a-t-il parlé ? Toujours est-il que, depuis des années, toute la famille et une bonne partie de la ville sont au courant.

— Si Lucien pardonne, je suis sûre que les autres n'oseront pas...

Elle étreignait si fort ses doigts entrelacés qu'ils en devenaient blêmes.

— Tu comptes reprendre la vie commune ? questionnai-je.

— C'est mon mari.

— Que dit Philippe ?

— Il ne connaît pas son père. Il ne l'a jamais vu. Je lui ai dit qu'il est dans une chambre du premier, malade, et c'est vrai, car j'ai forcé Édouard à se coucher.

— Ton fils ne sait rien ?

— Des gens lui ont parlé, c'est fatal. Il a peur pour moi. Peur que son père me fasse du mal. Je me demande s'il n'est pas un peu jaloux aussi. Mais je me charge de lui. C'est Lucien, ce sont les autres qui m'effrayent. Dans un jour ou deux, je mettrai Philippe en face de son père. Je l'y prépare...

— Il sait qu'il a fait de la prison ?

— On le lui a raconté.

De cela, la ville entière est au courant. Édouard, depuis son départ, n'a pas seulement vécu à Paris, mais à Marseille, à Alger, à Bruxelles, Dieu sait où encore. De loin en loin, sa femme a reçu des lettres déchirantes dans lesquelles il lui annonçait que, faute d'une certaine somme, qu'il devait rembourser coûte que coûte, il ne lui restait qu'à se suicider.

Lucien a lu ces lettres car, bien que marié quelques années plus tard à une amie d'enfance, Thérèse Bourdillat, il est resté le confident et le soutien moral de Marie.

Il lui rend souvent visite, comme on rend visite à une sœur, et il suit de près les études de Philippe.

Est-ce contre son avis que Marie a chaque fois envoyé l'argent ? Ma mère a reçu des lettres du même genre, dont une écrite par un soi-disant infirmier l'informant qu'Édouard était à l'hôpital — c'était à Alger, je pense — et qu'il manquait de tout.

Comme Marie, ma mère aussi y est allée de son mandat et elle affirme que l'oncle Antoine a plusieurs fois aidé mon cousin.

A plusieurs reprises, au cours des seize années, le bruit a couru qu'il était en ville. Certains l'avaient vu portant beau, parlant d'affaires mirobolantes qu'il était en train de monter, d'autres, au contraire, miteux, en quête d'un billet de mille francs.

Je profitai d'une pause pour demander à Marie :

— C'est vrai que ce n'est pas la première fois qu'il revient ?

— Il est revenu une fois, voilà dix ans. Il m'attendait à la porte de l'hôpital où je travaille.

— Il t'a demandé de l'argent ?

Elle se contenta de battre les paupières.

En Angleterre, où il vivait avec une prostituée notoire, il a été arrêté pour proxénétisme. Il n'est pas impossible, comme je le connais, qu'il ait été amoureux de cette femme, dont j'ai vu la photographie dans les journaux et qui était très belle. Il est vraisemblable aussi qu'il ait vécu à ses crochets, ce qui a été l'avis de la justice anglaise puisqu'elle l'a envoyé en prison pour deux ans.

Y a-t-il eu des hauts dans cette existence dont je ne connais guère que les bas ? C'est probable, Édouard étant malgré tout un homme de ressources.

— En somme, dis-je à Marie, tu voudrais que Lucien aille le voir ?

— Cela m'aiderait, surtout en ce qui concerne Philippe. Pour mon fils, Lucien est le bon Dieu et, s'il le voit serrer la main de son père...

— Je lui parlerai, promis-je.

Comme je faisais signe au garçon, elle me saisit le bras.

— Attends, murmurait-elle, gênée. Ce n'est pas tout. J'ai pensé que samedi...

Le Nouvelliste du matin annonçait que les obsèques de mon oncle auraient lieu à la cathédrale le samedi à dix heures. Comme je m'y attendais, le journal ne parlait pas de suicide mais « d'une trop forte dose de barbiturique ». Ainsi laissait-on croire que la mort avait pu être accidentelle.

— Toute la famille sera réunie... continuait Marie sans oser me regarder dans les yeux. On sait que mon mari est en ville. Oncle Antoine s'est toujours montré indulgent pour lui. Ce serait l'occasion...

— C'est Édouard qui t'en a parlé, n'est-ce pas ?

Elle était obligée d'avouer que oui. Elle ne savait pas mentir. En outre, cela ressemblait tellement à Édouard ! Il revenait, efflanqué, malade, comme une bête qui se traîne vers sa tanière. Il se montrait, aux yeux de sa femme, humble et repentant. Elle l'accueillait, le couchait dans des draps propres et, avant d'avoir fait la paix avec son propre fils, il machinait une sorte de reconnaissance familiale.

Édouard aux obsèques, pâle, sans doute habillé de neuf, c'était le coup d'éponge sur son passé, sa réintégration, non seulement dans son foyer et dans la famille, mais dans la ville.

Je ne pus m'empêcher de soupirer en la regardant avec admiration :

— Ma pauvre Marie....

Elle était assez intelligente pour savoir quel rôle son mari lui faisait jouer et elle le jouait de son mieux. Ne prévoyait-elle pas, comme moi, qu'un jour ou l'autre, si elle réussissait, tout serait à recommencer ? S'imaginait-elle ce qu'allait être sa vie entre son fils et ce mari qui les avait abandonnés pendant vingt ans et que seule la misère avait provisoirement changé ?

— Il ne faut pas me plaindre... répondait-elle en essayant courageusement de sourire. Je te l'ai dit : je n'ai aimé que lui... Je l'aime encore...

Les mots passaient difficilement dans sa gorge serrée.

— Viens !... dis-je en lui tendant son sac et son parapluie.

J'ajoutai à regret :

— J'essayerai !

6

Jeudi, 9 novembre

Marie n'a pas de voiture, évidemment. Il n'y a pas beaucoup de voitures dans la famille et, sans ma femme, je n'en posséderais pas non plus. Peut-être aurais-je pu, à force d'économies, me payer un scooter ?

— Je vais te conduire, dis-je, une fois dehors.

— Je peux prendre le tram, Blaise. Ne te dérange pas pour moi.

— Monte !

Cela m'a valu de retrouver, sous la pluie battante, le quartier de mon enfance, et je me demande pourquoi je ressens chaque fois un certain déplaisir, une angoisse, comme si je risquais d'être à nouveau enfermé dans le réseau de ces rues trop calmes où on ne voit que de loin en loin un passant sur le trottoir, une vieille femme entrouvrant sa porte, un rideau qui bouge.

Nous habitions la rue des Vergers. Marie, en quittant son père pour se marier, n'a eu qu'un coin de rue à tourner, deux cents mètres à parcourir, et la rue des Saules, où elle vit depuis seize ans, est toute pareille à celle où elle est née.

Pourquoi, dans ce quartier-là, tout me paraît-il immobile, comme figé, non seulement les maisons, les fenêtres, mais les bancs, les ormes du square, les gens eux-mêmes que je retrouve faisant les gestes d'autrefois ?

Tout a vieilli. Les façades, fraîches et colorées au temps de mon enfance, ont pris de la patine. Des immeubles que j'ai vu bâtir sont déjà surannés. Les habitants, qui avaient l'âge de mon père et de ma mère, sont devenus des vieillards.

Il faudra bien, quand tous les anciens seront morts, que des jeunes les remplacent, à moins qu'on démolisse le quartier pour en construire un autre. Il en est question. Mon père, lui, a connu à cet emplacement de vrais vergers, de vrais saules qui ont laissé leur nom à certaines rues et, quand je suis né, il existait une dernière ferme, avec des vaches, des poules, des cochons, en bordure du canal.

J'ai fait un détour pour ne pas passer par mon ancienne rue. Je me suis arrêté devant la maison de Marie et j'ai machinalement levé les yeux vers les fenêtres du premier étage. Je n'ai vu aucune ombre se profiler.

— Merci, Blaise. Je compte sur toi.

Elle se voulait calme pour rentrer chez elle et parvenait à l'être.

— Je ferai mon possible.

— Merci !

Elle traversait le trottoir en courant, sa clef à la main, tandis que je remettais la voiture en marche.

Chez moi, j'ai trouvé Irène en peignoir.

— Tu es allé au cimetière ? Tu n'as pas rencontré ta mère ?

— Non. Pourquoi ?

— Pour rien.

A demi étendue sur le divan du salon, ma femme se limait les ongles cependant qu'Adèle mettait la table dans la pièce voisine. Irène aime traîner en négligé dans l'appartement, les pieds nus dans ses mules, les cheveux sur le visage, sans rien faire de précis et, lorsque je vais aux Beaux-Arts, je suis parfois surpris, rentrant après trois heures d'absence, de la retrouver exactement comme je l'ai quittée.

Elle est restée peuple, dans ses attitudes, dans ses goûts et dans son langage, et cela ne me déplaît pas, au contraire. C'est moi qui l'ai voulu. Je n'aurais pas pu vivre avec une femme comme ma cousine Monique, par exemple, ou même comme Marie, qui m'aurait donné sans le vouloir un sentiment d'infériorité.

Il serait exagéré de dire que j'ai choisi ma femme, exprès, le plus bas possible, presque dans le ruisseau. On ne choisit jamais tout à fait. C'est pourtant le seul genre de femme que je pouvais épouser, ne m'obligeant à aucune contrainte, à aucune comparaison.

Sa mère, la grosse Fernande, poussait une charrette de légumes dans la rue. Le visage couperosé, les hanches énormes, forte en gueule, elle buvait ferme, avec les hommes, au zinc des bistrots. Elle est d'ailleurs morte à l'hôpital au cours d'une crise de delirium tremens, comme les vieux ivrognes.

Elle avait deux filles. Irène, quand je l'ai connue, travaillait chez une fleuriste de la rue de la Poste. Sa sœur était de quatre ans sa cadette et j'avoue que j'ai hésité entre les deux, que j'ai failli choisir Lili. Si je ne l'ai pas fait, c'est qu'elle n'avait alors que seize ans.

Elle a disparu peu après et, que je sache, n'est jamais revenue en ville. Pendant ses trois premières années de Paris, on n'a rien su d'elle. Puis on a reçu un faire-part de son mariage avec un imprésario nommé Bloch.

Elle a eu un enfant de lui, une petite fille, ce qui ne l'a pas empêchée de divorcer quatre ans plus tard pour se marier à nouveau.

Son second mari est un Anglais, Harry Higgins, de la famille des brasseurs. Ils ont un appartement au Trocadéro, un autre à Londres, une vaste propriété dans le Sussex, une villa sur la Côte d'Azur et on cite souvent leur nom dans les journaux à l'occasion de soirées de gala à Cannes ou à Monte-Carlo.

Ma pauvre Irène a eu moins de chance avec moi. Il est vrai qu'il y a chez sa sœur un pétillement, une exubérance, une animalité qu'elle est loin de posséder au même degré.

— Tu ne veux pas me servir un porto, Blaise ? J'ai presque fini. Plus que deux ongles.

Ce que j'apprécie le plus, c'est que nous ne nous mettons pas en frais l'un pour l'autre. Je suis aussi naturel avec elle que je le serais avec un ami, que je l'étais avec Denèvre, par exemple.

Nous connaissant bien, nous n'essayons pas de nous cacher nos défauts, encore moins de corriger ceux du partenaire. C'est ce qui est reposant et ce que la plupart des gens ne doivent pas comprendre.

Elle avait son regard pointu qui lui vient chaque fois qu'elle s'occupe de son corps, que ce soit pour se polir les ongles, se maquiller ou se brosser les cheveux. On sent que c'est sa tâche essentielle et elle peut y consacrer des heures sans ennui, avec un fond de radio, une courte pause de temps en temps pour allumer une cigarette.

Je me servis un porto aussi. Quand je lui ai passé le sien, nos regards se sont croisés, paisibles. Et quand elle a parlé, j'ai su à quoi elle avait pensé pendant la matinée.

— Que ferais-tu, me demandait-elle, si, en fin de compte, tu héritais ?

L'idée ne m'avait pas préoccupé ce matin-là, à cause de Marie, mais je m'étais posé la question la veille en m'endormant et je n'avais pas trouvé de réponse.

— Cela dépend !

Je m'asseyais en face d'elle, mon verre à la main.

— Cela dépend de quoi ?

— D'abord, de la somme dont nous hériterions.

— Tu crois qu'il était très riche ?

Je savais qu'Irène ne parlait pas ainsi par cupidité, que ses questions avaient leur racine beaucoup plus loin.

— Très riche, je l'ignore. Mais rien que la maison du quai Notre-Dame doit valoir une quarantaine de millions. Il possédait certainement des titres. Ma mère prétend qu'il était propriétaire d'autres immeubles. Seulement, une forte somme partagée entre tous les Huet...

— Évidemment !... soupira-t-elle.

Cela signifiait-il que Nicolas Macherin commençait à lui peser ? En tout cas, ce soupir m'a fait plaisir, m'a même procuré une petite émotion agréable.

Contrairement à ce que les gens peuvent penser, j'aime ma femme et je suis persuadé qu'elle m'aime. A sa manière, sans doute. Mais elle ne pourrait pas se passer de moi. La preuve, c'est qu'elle n'a pas fait comme sa sœur et qu'elle est restée.

Nicolas, certes, ne l'épouserait pas. J'ai eu, pendant trois ans, l'occasion de l'étudier et, sur ce sujet, il ne cache pas sa façon de voir. Il n'a aucune envie de se compliquer la vie avec une femme, un ménage, des enfants. Quant aux maîtresses, il en a eu une, jadis, qui l'a échaudé et a failli l'entraîner dans un scandale.

Ses besoins sexuels sont modérés, sa curiosité depuis longtemps émoussée. Il tient à son existence de vieux garçon, de solitaire. Il n'en a pas moins besoin d'un endroit où retrouver, quand il le désire, et seulement alors, quelque chose qui ressemble à la chaleur d'un foyer.

Je n'ignore pas que ma mère le traite de coucou et la comparaison n'est pas tellement inexacte. Ma présence à table, lorsqu'il vient déjeuner ou dîner, ne le gêne pas. Au contraire, je suis persuadé que cela l'ennuierait de rester trop longtemps en tête à tête avec Irène, de ne pas sentir autour de lui l'atmosphère d'un vrai ménage.

Lucien lui-même doit être persuadé que j'ai accepté par intérêt ce qu'il appelle une situation fausse. Rien n'est plus loin de la vérité, mais je ne me suis jamais donné la peine de m'expliquer avec lui sur ce sujet. Ni avec personne.

Irène me trompait avant de rencontrer Macherin. Lorsque je l'ai connue, je n'ignorais pas qu'elle n'attachait aucune importance aux gestes sexuels qui lui paraissaient aussi banals, aussi naturels qu'à Adèle, par exemple. Plusieurs de mes amis avaient couché avec elle avant moi et cela ne m'a pas empêché de l'épouser.

Cela ne signifie pas que je n'étais pas jaloux. J'espérais, je le confesse, qu'elle changerait d'attitude. Mais je l'aimais pour ses défauts, non pour ses vertus, et je n'avais aucune qualité pour la réformer.

Le plus curieux, c'est qu'elle n'a guère de tempérament et je suis persuadé qu'elle n'a jamais connu de véritable jouissance. Il arrive que cela l'amuse ; la plupart du temps, ce n'est que l'aboutissement inévitable d'une aventure, ou une façon de payer sa place.

Elle n'est pas ambitieuse à proprement parler et elle n'envie pas sa sœur, dont le train de maison et les responsabilités l'effrayeraient plutôt.

Non ! C'est quelque chose de différent. Quand elle s'ennuie, elle a besoin de bruits, de lumières, besoin de rire avec quelqu'un qui s'occupe d'elle et qui lui fait croire à son importance. Peu importe si cela doit finir sur un lit ! Elle n'y pense pas d'avance et, le moment venu, elle fait ce qu'il faut.

Cela, aucun mari, me semble-t-il, n'est capable de le lui donner et, la preuve, c'est qu'elle m'a trompé, pour employer un terme qui me paraît inexact, dès le premier mois de notre mariage.

A cette époque, elle ne m'en parlait pas encore, croyait devoir se cacher, et elle s'empêtrait dans ses mensonges.

Un jour qu'elle revenait avec un sac à main neuf, que je la savais incapable de se payer, j'ai compris.

J'aurais pu me fâcher, ou lui faire de la morale, ou la battre. L'aurais-je dû ? Les gens me regarderaient-ils maintenant avec moins de réprobation ? Ou bien, puisqu'il était impossible de la changer, fallait-il divorcer, alors que je ne me sentais pas capable de vivre sans elle ?

Tout cela, je le racontais en détail dans le manuscrit détruit, m'efforçant de décrire les différentes étapes par lesquelles je suis passé. Il paraît que c'était du mauvais goût de ma part, que cela relevait de l'exhibitionnisme.

Comprend-on mieux à présent pourquoi je me suis toujours intéressé particulièrement à mon oncle Antoine ? Sa situation n'était pas la même que la mienne, mais il n'en existe pas moins, dans nos attitudes respectives, des points communs.

Colette n'est pas une fille de la rue comme Irène. Elle sort d'une excellente famille du Midi, de Nîmes, je pense, et elle a reçu une éducation raffinée.

Antoine Huet l'a rencontrée sur la Côte d'Azur, où il séjournait tous les ans et où elle vivait avec sa mère.

Comment l'a-t-il décidée à suivre dans notre ville brumeuse un homme qui avait trente ans de plus qu'elle ? Personne de la famille ne sait rien à ce sujet.

Ce que je jurerais, moi, par expérience personnelle, c'est que mon oncle savait qu'elle était nymphomane et qu'elle le ferait souffrir. Contrairement à Irène, elle ne se donnait pas aux hommes parce qu'elle n'y attachait pas d'importance, pour payer un dîner, une soirée au dancing ou un petit bijou quelconque. Pour Colette, c'était chaque fois un drame, dont elle souffrait profondément.

Ne s'est-elle pas raccrochée à un homme qui aurait pu être son père en espérant qu'il la sauverait ? Il la comprenait. Il l'aidait. Je suis sûr que c'est grâce à lui et à son indulgence qu'elle a eu, après tout, une existence presque normale. Il jouait en quelque sorte le rôle de garde-fou.

Antoine, comme moi, a dû attendre des soirées, des nuits entières, se demandant si, cette fois, « elle » reviendrait. Il a tressailli au bruit de la porte, aux pas dans l'escalier, s'efforçant de donner à son visage une expression sereine.

Contrairement à moi, pourtant, il a espéré la guérir. Pour ma part, je n'ai caressé cet espoir que quelques mois, que dis-je ? quelques semaines !

— Encore, Irène ? disais-je, au début, d'une voix un peu voilée.

— Quoi ? Qu'est-ce que j'ai fait ? Qu'est-ce que tu me reproches ?

— Tu le sais, non ?

Il lui arrivait de se fâcher, de se laisser aller à la révolte.

— Si c'était pour m'enfermer entre quatre murs, à t'attendre toute la journée, il ne fallait pas m'épouser.

Que répondre ? Elle avait raison et je me montrais plus doux, plus tendre avec elle. J'ai essayé d'être gai, de la conduire dans les endroits qu'elle aimait. Elle sentait que je n'y étais pas à ma place. Elle me connaissait trop bien.

Et puis ! je suis obligé de l'ajouter, elle avait envie de tout ce qu'elle voyait. Elle a eu envie d'une bonne, d'abord, car elle détestait faire le ménage. Qui faisait le ménage, chez elle ? Personne, vraisemblablement. On vivait à la va-comme-je-te-pousse, dans une sorte de taudis, mangeant n'importe quoi, de la charcuterie le plus souvent, sur un bout de table.

Allais-je lui apprendre à cuisiner, à faire un lit, à équilibrer un modeste budget ? J'ai essayé, naïvement. Pendant des années, en rentrant, je faisais la vaisselle et comptais le linge pour la blanchisserie.

Je l'aime. J'aime son petit visage qui prend si facilement une expression boudeuse et j'aime aussi son corps, même si elle se contente de me l'abandonner avec indifférence. J'aime sa paresse, sa veulerie, sa vie quasi animale ou infantile. J'ai besoin de la sentir chez moi, de la retrouver ou de l'attendre, de guetter son humeur dans le pli de ses lèvres.

Quoi que les gens disent, nous formons un couple, en dépit de Macherin et des autres, et, si j'ai accepté Macherin, si j'ai fini par m'y habituer, c'est pour éviter de la perdre.

Elle avait besoin d'une auto, d'un manteau de fourrure, de tout un luxe assez vulgaire de femme entretenue dans lequel elle trouve son climat.

Moi aussi, la veille, dans mon lit, écoutant sa respiration régulière, je me suis posé la question :

— Et si j'héritais vraiment ?

Un moment, je me suis bercé d'illusions. N'aurais-je pas enfin Irène pour moi seul ?

J'ai essayé de nous imaginer en tête à tête, sans mes cours aux Beaux-Arts, un tête-à-tête de presque toutes les heures, et j'ai compris que ma femme ne le supporterait pas.

Je me demande si Nicolas ne lui est pas aussi nécessaire que moi, dans un autre sens. A cause de son âge, de sa fortune, de son importance sociale, il représente pour elle l'autorité. Sans aller jusqu'à prétendre qu'elle en a peur, il est certain qu'il l'impressionne. Elle s'en irrite comme, si elle avait eu un père, elle se serait hérissée contre lui.

Il m'arrive d'assister à des révoltes souterraines qui amusent Nicolas et qu'il se complaît à provoquer.

Il n'en constitue pas moins un frein, même si Irène éprouve le besoin de le tromper. Moi, je ne freine plus rien. Je suis le compagnon, presque le complice, celui qu'on est sûr de retrouver quoi qu'il advienne et dont on sait qu'il ne posera pas de questions, qu'il comprendra sans se donner l'air de comprendre.

— Ce serait drôle que nous devenions riches tout à coup !

Et je sentais qu'elle en était troublée, que ce n'était pas seulement une perspective joyeuse, que, pour elle aussi, cela posait des questions insolubles.

— Madame est servie, venait annoncer Adèle de sa voix indifférente.

Quand j'ai téléphoné chez mon frère, peu après le déjeuner, sa femme m'a répondu qu'il était au journal.

— Tu te sers de la voiture ? ai-je demandé à Irène.

Maussade, elle a regardé les vitres ruisselantes de pluie et a fini par soupirer :

— J'irai peut-être au cinéma. Qu'est-ce qu'on peut faire par un temps pareil ?

J'ai pris le tram. Rue Vineuse, j'ai pénétré dans le hall vieillot, mal éclairé, du *Nouvelliste* où deux guichets sont surmontés des mots « Petites Annonces » et « Abonnements ». Dans les vitrines qui occupent deux pans de mur, parmi des armées en marche et des chefs d'État descendant d'avion, j'ai aperçu des photographies de mon oncle prises à l'occasion de quelques cérémonies officielles.

Il y avait aussi un portrait de lui en première page du journal et, sur trois colonnes, un article nécrologique signé par le rédacteur en chef.

Il est difficile de trouver le bureau de mon frère, près de l'atelier des linotypes. Il faut franchir des couloirs étroits, gravir un escalier, traverser plusieurs pièces où s'entassent des paquets de vieux journaux. Je n'ai rencontré qu'une dactylo qui louchait et qui, au-delà d'une imposte, m'a désigné l'atelier.

Lucien y était, en bras de chemise, penché sur les formes, avec le metteur en page. Les linotypes cliquetaient et il régnait une lourde odeur de plomb fondu. Je n'avais jamais vu Lucien avec des lunettes. J'ignorais qu'il en porte pour travailler, des lunettes d'un ancien modèle, à monture d'acier. Il m'a accueilli avec surprise, sinon avec inquiétude.

— Tu veux me parler ?

— J'ai tout le temps.

— Je suis à toi dans une dizaine de minutes... Si tu veux m'attendre dans mon bureau...

J'ai préféré rôder dans l'atelier. C'est le décor de Lucien, comme la classe des Beaux-Arts, avec ses marbres blêmes et ses élèves en blouse, constitue le mien. J'étais émerveillé de le voir lire les lignes de plomb à l'envers, retirer avec des pinces, d'un geste adroit, celles qu'il faisait sauter et qu'il remplaçait par d'autres.

Ici, pour ceux qui travaillaient autour de lui, Lucien était un personnage. On reconnaissait sa valeur professionnelle, son habileté. Cela m'a rendu morose. Chacun n'a-t-il pas besoin de sentir son importance dans un domaine quelconque, si modeste soit-il ? Cette satisfaction me manque. Mes élèves ne me prennent pas au sérieux et grimacent derrière mon dos. Les autres professeurs n'ignorent pas que je dois ma place à des protections. La famille me méprise ou me plaint, y compris ma mère, et il n'y a, en définitive, qu'Irène pour qui je compte un peu.

Peut-être beaucoup ? Elle serait sûrement désorientée si je venais à disparaître. Cela ne serait pourtant pas un vrai désespoir. Tout à l'heure, en mangeant, elle a désigné le journal annonçant les obsèques de mon oncle et m'a demandé :

— Tu crois que je dois me mettre en deuil ? Je n'ai pas de manteau noir.

— Tu porteras ton vison.

— Je parie que ta mère et tes tantes auront le voile.

Je la sentais tentée d'en porter un aussi, pour voir comment le crêpe lui va, un peu comme on se déguise.

J'ai suivi Lucien dans son bureau, où il semblait s'attendre à ce que je lui parle. Je lui ai montré la dactylo et il a hésité à la faire sortir.

— Allons prendre un café en face, a-t-il fini par décider en enfilant son veston. Si on me demande, Geneviève, dites que je reviens tout de suite.

Le café à l'ancienne mode, aux banquettes de moleskine et aux miroirs qui font le tour des deux salles, est un café d'habitués où je ne me rappelle pas avoir mis les pieds. Il était presque vide. Deux hommes qui avaient retiré leur veston tournaient lentement, solennellement autour du billard et l'un d'eux, un commissaire de police, est venu serrer la main de mon frère. Celui-ci a commandé un café. J'en avais déjà pris à la maison et je me suis fait servir une fine, ce qui a paru surprendre Lucien.

Intrigué, mal à l'aise, il me regardait comme s'il essayait de deviner ce que cachait ma visite inopinée.

Dès que nous avons été seuls, je me suis jeté à l'eau.

— J'ai vu Marie.

Il s'y attendait.

— Elle est allée chez toi ?

— Non. Je l'ai rencontrée ce matin au cimetière.

— Avec Philippe ?

— Elle était seule.

Il comprenait déjà, connaissant mieux que moi Marie et ses habitudes, que ce n'était pas une rencontre fortuite.

— Pourquoi est-ce à toi qu'elle s'adresse ? questionna-t-il avec une pointe de rancune.

— Parce qu'elle n'osait pas aller te trouver.

— Elle sait que tu es ici ? Elle t'a envoyé ?

— Oui.

Il y eut un silence pendant lequel on entendait les billes s'entrechoquer sous la lampe à abat-jour vert qui éclairait le billard.

— Que t'a-t-elle chargé de me dire ?

J'ai rarement senti aussi nettement à quel point mon frère et moi étions étrangers. Même sa voix, que j'avais entendue chaque jour pendant toute ma jeunesse, sonnait à mon oreille comme celle de n'importe quel inconnu. Je regardais son profil et n'y reconnaissais aucun de mes traits. Il restait calme en apparence. Son agitation, si agitation il y avait, était intérieure.

— Tu sais qu'il est chez elle, n'est-ce pas ?

— Oui.

— Il paraît qu'il est très malade, que ce n'est plus que l'ombre d'un homme.

Ses doigts pianotaient sur la table et je découvrais des touffes de poils roussâtres à chaque phalange.

— Ensuite ? questionnait-il sèchement.

— Elle l'a mis au lit dans une chambre du premier.

— Et Philippe ?

— Philippe ne l'a pas encore vu.

— Il est au courant ?

— Oui.

— Quelle a été sa réaction ?

— Elle compte le familiariser petit à petit avec cette idée...

— Quelle idée ?

— Que son père est revenu.

— Elle envisage de le garder ?

— Écoute, Lucien ! Ta façon de poser les questions rend ma tâche difficile. J'ai promis à Marie de plaider pour elle.

— Au cimetière ?

— En face, dans un café où nous nous sommes réfugiés. Elle fait front, bravement, à la situation. Tu sais fort bien que, malgré tout, elle n'a pas cessé de l'aimer.

— Elle te l'a dit ?

— Oui. Et elle m'a répété deux ou trois fois qu'un homme ne peut pas payer toute sa vie, qu'un moment arrive où il est quitte. Édouard est au bout de son rouleau.

— C'est pour cela qu'il est revenu ?

Le ton, encore que sourd, était si agressif que je ne pus m'empêcher de riposter :

— Il me semble que tu oublies la charité chrétienne...

— Le Christ a dit : *Malheur à celui par qui le scandale arrive...*

— Je sais : *Si ton œil est un sujet de scandale, arrache-le et jette-le loin de toi...* Mais il n'a pas ordonné d'arracher l'œil des autres !

Lucien m'a regardé avec surprise, comme si, de son côté, il découvrait en moi un homme qu'il ne connaissait pas. Il est resté un bon moment silencieux, à fixer le billard.

— Tu te rends compte de la menace qu'il représente ? a-t-il fini par soupirer.

— Pour qui ?

— D'abord pour Philippe. Ce garçon a beau avoir appris sur son père tout ce qu'on a bien voulu lui raconter, ce n'est pas la même chose que de le voir en chair et en os, de mesurer sa déchéance, de vivre à ses côtés.

— Philippe est presque un homme.

— Quant à Marie, elle est parvenue, tant bien que mal, à organiser son existence et à cicatriser ses plaies. Qu'arrivera-t-il dans un mois, dans six mois, dans un an, quand Édouard aura repris du poil de la bête ? Il ne restera pas éternellement dans son lit. Il ne se contentera pas de vivre chez elle sans rien faire. A peine sur pied, tu verras qu'il voudra porter beau, se montrer, échafauder des projets mirifiques.

— Qu'est-ce que nous pouvons y faire ?

Je me risquai à ajouter ironiquement :

— Le tuer ? Certes, cela vaudrait mieux pour tout le monde...

— Tais-toi ! Qu'est-ce que tu es chargé de me demander exactement ?

— C'est vis-à-vis de toi qu'il est le plus coupable. C'est donc toi qui es censé lui en vouloir davantage...

Mon frère m'impressionnait, car il me regardait fixement comme si ce n'était pas moi qu'il voyait, mais le mari de Marie.

— Continue...

— Si tu faisais un geste...

— Quel geste ?

Sa voix, sans timbre, paraissait venir de très loin.

— Marie se demande si tu ne pourrais pas aller le voir, lui pardonner...

Je commençais à regretter de m'être chargé de cette mission. Mon frère gardait extérieurement son impassiblité. Ses mains s'étaient immobilisées sur la table. Pas un trait de son visage ne bougeait. Mais je ne crois pas avoir auparavant senti aussi bien l'effort quasi inhumain d'un homme pour se maîtriser.

Je devinais des sentiments d'une violence que je n'avais pas soupçonnée et qui me remuaient d'autant plus qu'il parvenait à les contenir.

Il eut de la peine à articuler, comme si ses mâchoires eussent cessé de lui obéir.

— Elle t'a vraiment demandé ça?

Je fis oui de la tête.

— Que j'aille lui serrer la main ?

Je n'osais plus le regarder et je souhaitais que le commissaire de police vienne nous interrompre.

— Afin, sans doute, que samedi, en tant qu'aîné des Huet, il puisse mener le deuil ?

Moi aussi, le matin, j'y avais pensé, et Marie n'avait pas osé me contredire. Nous savions tous. Aucun de nous ne se berçait d'illusions. Mais Marie, elle, continuait à l'aimer. Et c'était à Lucien qu'on demandait le plus dur effort.

— Il compte assister à l'enterrement ?

— J'ai cru le comprendre.

— Marie le désire ?

Je hochai à nouveau la tête.

— Tu n'en as parlé à personne d'autre ?

— Non.

— Tu n'as pas vu maman ? Elle n'est pas au courant ?

— Elle ignore tout.

J'ai poussé malgré moi un long soupir, comme si le plus pénible était passé. Ce n'était plus désormais qu'une affaire entre Lucien et sa conscience, entre Lucien et sa foi. Il avait la chance de croire en Dieu. Cela l'aidait-il dans un moment comme celui-ci ?

Nous avons gardé le silence pendant près de cinq minutes. C'était un endroit inattendu pour prendre une décision aussi grave. Mais peut-être, justement, valait-il mieux se trouver sous le regard d'étrangers ?

Il me semblait qu'en face de moi Lucien se détendait lentement. Sa main a fini par chercher sa pipe dans sa poche et il s'est mis à la bourrer. Quand j'ai levé les yeux vers lui, son visage était comme déformé. De blafard qu'il était tout à l'heure, il était devenu très rouge ; les traits étaient plus flous, brouillés, les yeux proéminents.

— J'irai la voir, balbutia-t-il enfin.

Je n'avais pas besoin de lui demander s'il verrait Édouard aussi. Du moment qu'il acceptait de se rendre rue des Vergers, il irait jusqu'au bout.

J'avais des remords. Je venais d'infliger la torture à un homme qui était mon frère sans seulement savoir au nom de quoi j'avais agi. Lui que j'avais cru sans problèmes et sans tentations, je venais de le découvrir vulnérable, et, pendant un instant au moins, capable de tous les déchaînements.

A son corps défendant, il m'en voudrait à jamais de ces minutes passées près du billard. J'avais beau n'être qu'un intermédiaire, c'est à moi, non à Marie, qu'il penserait chaque fois qu'il évoquerait ce drame de conscience.

Comme s'il était possible de lui changer les idées, je lançai :

— A propos, j'ai vu, ce matin, en passant quai Notre-Dame, qu'on était en train d'installer une chapelle ardente...

Il a fait un vague signe d'assentiment.

— Le corps est de retour dans la maison ?

— Oui.

— Qui le garde ?

— Il y a deux religieuses en permanence. Elles se relayeront jusqu'au jour de l'enterrement.

— Où l'a-t-on mis ?

— Dans le petit salon du rez-de-chaussée, celui où il n'y a pas de scellés.

— Tu y es allé ?

— A midi.

— Il vient du monde ?

Si les questions l'agaçaient visiblement, il y répondait et c'était tout ce que je voulais.

— Quelques avocats, des voisins, des juges...

— Tu n'as pas eu trop de mal à obtenir des obsèques religieuses ?

— Pourquoi me fais-tu parler ?

— Parce que c'est toi qui t'es chargé de tout ça ! Je ne sais même pas ce que Colette est devenue.

— Elle est chez elle, avec une garde de jour et une garde de nuit.

— Couchée ?

— Non. Elle va et vient au second étage. Elle a fait venir la couturière pour lui commander des vêtements de deuil.

— Et Floriau ?

— Il a passé la soirée d'hier et une partie de la matinée d'aujourd'hui avec elle. C'est tout ce que tu veux savoir ? Je dois retourner au journal...

Il allait se lever quand je l'ai retenu, sans réfléchir, parce que des mots me venaient naturellement aux lèvres :

— Lucien !

— Oui ?

— Je t'aime bien. Je suis content que tu sois mon frère.

Il m'a regardé, surpris, désorienté, car il ne s'attendait pas à cette phrase.

— Pourquoi dis-tu ça ?

— Parce que je viens de le penser. Pour la première fois, j'ai senti vraiment que j'ai un frère...

Il a souri, d'un sourire maladroit.

— Imbécile ! a-t-il grommelé, ému, en me tendant la main.

Il a ajouté, déjà tourné vers la porte :

— J'ai ma mise en page à terminer...

Il a salué le commissaire au passage, relevé le col de son veston noir mal coupé et foncé vers le trottoir d'en face pour s'engouffrer dans le hall du *Nouvelliste*.

Je n'avais rien à faire. La vie quotidienne ne reprendrait complètement que le lendemain. Les boutiques commençaient à allumer leurs lampes et les passants, sur les trottoirs, formaient une procession désordonnée que recouvraient des vagues de parapluies.

Si j'avais su à quel cinéma Irène s'était rendue, je l'y aurais rejointe. J'ai failli téléphoner à la maison pour demander si elle était déjà partie et, sinon, pour lui donner rendez-vous en ville.

Par je ne sais quelle magie, je venais, pendant quelques instants, d'avoir un contact humain, si furtif fût-il, et j'aurais aimé garder cette chaleur que j'avais sentie en moi.

J'étais toujours attablé, seul, dans un café paisible, devant deux joueurs de billard qui m'observaient à la dérobée, et j'ai fini par faire signe au garçon de me servir un second verre.

J'ai échafaudé des projets ridicules pour mon après-midi, comme d'aller m'asseoir un moment dans la cuisine de ma mère, afin de voir quelqu'un, d'entendre une voix s'adresser à moi. Mais ma mère aurait fini par me tirer les vers du nez et Dieu sait quelle tempête elle aurait déchaînée.

Rendre visite à qui ? A personne ! Personne ne m'attendait. Partout, on m'aurait accueilli en se demandant ce que je venais faire. Il pleuvait trop fort pour me promener par les rues en regardant les vitrines.

C'était bien la ville de mon enfance, de mon adolescence, où la vie était bouchée de tous les côtés et où il ne restait que la ressource de bercer son ennui.

J'ai fini par aller quai Notre-Dame « voir » mon oncle Antoine dont le visage énigmatique est entouré maintenant d'un cadre solennel. J'ai trempé le brin de buis dans l'eau bénite, tracé une croix au-dessus du corps rigide, adressé un salut silencieux aux deux religieuses agenouillées.

Je n'ai pas aperçu François. Je ne me suis pas permis de monter au premier, ni de demander à voir ma tante.

Quand je me suis retrouvé dehors, la nuit était tombée et, tenant mon parapluie comme un bouclier, j'ai marché le long des maisons.

Plutôt que de rentrer chez moi, j'ai préféré m'asseoir dans l'obscurité d'un cinéma, le premier venu, peut-être celui où se trouvait ma femme. Mes souliers étaient détrempés. Le bas de mon pantalon aussi. Ma voisine suçait des bonbons à la violette et, devant moi, deux amoureux se tenaient joue à joue.

Je me suis surpris à rire, mécaniquement, avec le reste de la salle, car on donnait un film comique, et pourtant je pensais qu'à cette heure-là mon frère Lucien devait arriver rue des Vergers, les pieds mouillés, lui aussi, et sonner à la porte de la maison de Marie.

7

Même jour

Le Jour des Morts était un jeudi. L'enterrement de l'oncle Antoine, mort le mardi soir, veille de la Toussaint, aurait lieu le samedi. Il ne restait plus que le vendredi à passer et c'était enfin un jour comme les autres, avec la ville vivant sa vie habituelle, les magasins ouverts, les employés dans les bureaux, les trams bondés, la place du Marché bariolée, tout le matin, de légumes et de fruits.

Le vent était tombé, la pluie plus fine et plus lente. Dans mon courrier, toujours peu important, j'ai trouvé la convocation du notaire Gauterat pour le lendemain à trois heures et je n'ai pas pu m'empêcher de me demander si cela signifiait que je figurais parmi les héritiers.

Je n'ai jamais hérité de ma vie. J'ignore comment cela se passe. Est-ce que toute la famille Huet est automatiquement convoquée, quelles que soient les dernières dispositions de mon oncle, ou ne réunit-on que ceux qui ont quelque chose à recevoir ?

J'aurais aimé le savoir, mais je ne voyais personne à qui poser la question. Ma mère serait-elle là aussi ? Et tante Sophie, la mère d'Édouard et de Monique, qui, à soixante-dix-neuf ans, était presque aveugle ? Elle vivait en bordure de la ville, dans le quartier du Grand-Vert, plus loin que le dernier arrêt du tram, et il y avait au moins cinq ans que je ne l'avais vue. Elle touchait la pension d'invalide de guerre de son mari qui, je l'ai dit, a été gazé en 1917, plus sa pension de chef de bureau, et Monique lui portait de temps en temps des douceurs.

Je ne suis pas intéressé, je le jure, et ce n'était pas tant à cause du testament que je devenais fébrile à mesure que le samedi approchait. Je me sentais dans le même état d'esprit qu'enfant à la veille d'une cérémonie, de la distribution des prix, des vacances ou de Noël.

L'enterrement de mon oncle Antoine prenait à mes yeux une importance considérable et je suis persuadé que je n'étais pas le seul dans mon cas, qu'il y avait des allées et venues, des conciliabules, que les unes se faisaient faire une robe, les uns un costume cependant que les plus âgés retiraient des malles ou des coffres d'anciens voiles de deuil.

Nous n'avions pas vu le même film, la veille, Irène et moi, et ma femme m'a regardé drôlement quand je lui ai dit que j'étais allé au cinéma, car elle sait que ce n'est pas mon habitude.

Je me demande si elle n'est pas inquiète de ce qui se passerait si j'héritais d'une partie de la fortune. Se figure-t-elle que je serais tenté de me créer une vie personnelle, peut-être de la quitter, de divorcer, de l'abandonner à Nicolas qui s'en trouverait bien embarrassé ?

Je me fais probablement des idées. Ces événements, peu terribles, après tout, comme il s'en produit chaque jour, comme la plupart des familles en connaissent à un moment ou à un autre, m'ont rendu hypersensible et je me laisse affecter par de menus faits qui, en d'autres temps, me trouveraient indifférent.

Je suis allé aux Beaux-Arts, en tram, comme d'habitude, car je n'oserais pas m'y rendre en voiture, surtout dans une voiture bleu ciel. J'ai donné mon cours du matin, qui consiste surtout à aller de chevalet en chevalet, à prendre le fusain des mains d'un ou d'une élève, à souligner un trait, à rectifier une ombre.

Cela se passe en silence. Il existe deux sortes de professeurs : ceux qui parlent et plaisantent volontiers afin d'obtenir des sourires ou des rires et ceux qui ne laissent tomber qu'un mot de temps en temps.

Par timidité, par crainte d'un chahut que je serais incapable de maîtriser, je suis de ceux-ci et je passe pour solennel, je n'ignore pas que mes élèves, entre eux, m'appellent le solennel imbécile.

Pour la première fois, ce matin-là, en regardant la classe blanche où on n'entendait que le grincement des fusains sur le papier granuleux, j'ai envisagé la possibilité d'une existence qui ne serait plus réglée par la routine professionnelle ; j'ai vu la classe comme si je ne devais pas y revenir et, contre mon attente, au lieu d'éprouver par avance un sentiment de délivrance, je me suis senti pris de panique.

Quelques jours plus tôt, je considérais encore mon travail comme une obligation, une tâche morne et presque dégradante. Ce n'étaient pas seulement les bâtiments des Beaux-Arts, l'espace qui m'y était assigné, les visages de mes élèves qui m'inspiraient du ressentiment, mais le tram que je prenais quatre fois par jour, les rues que je voyais défiler, les magasins, les passants, c'était la ville dans laquelle, dès mon enfance, je m'étais senti prisonnier.

Or, il se présentait peut-être, tout à coup, une occasion de partir. Je n'y pensais pas comme à une probabilité mais comme, en achetant un billet de loterie, on prévoit, par jeu, l'emploi qu'on ferait du gros lot.

Au lieu de me réjouir, cela m'a effrayé et j'ai soudain eu conscience, ce vendredi-là, d'appartenir à ma classe des Beaux-Arts et à ma ville.

A midi, j'ai trouvé Irène tout habillée, ce qui est rare, et son manteau, encore pendu dans l'antichambre, indiquait qu'elle venait de rentrer.

— Je suis allée voir ton oncle, m'a-t-elle annoncé. J'en avais envie depuis hier. Je ne t'en ai pas parlé, par crainte que tu me répondes que cela ne se fait pas.

— Pourquoi cela ne se ferait-il pas ?

— Je ne sais pas. Je n'ai jamais vu un mort. J'ignore comment ces choses-là se passent.

Si je ne me trompe, Irène ne m'a accompagné que deux fois quai Notre-Dame. Non pas parce que mon oncle ne l'aimait pas. Je crois, au contraire, qu'elle l'amusait. Ce sont les occasions qui ont manqué. On n'allait pas là en famille. On rendait des visites individuelles, dans le bureau.

— Je me demande comment ils pouvaient vivre à deux dans cette grande maison lugubre ! Je comprends à présent que Colette soit devenue à moitié folle. Moi, je le serais tout à fait.

— Qui as-tu vu ?

— D'abord, deux religieuses agenouillées sur des prie-Dieu de chaque côté du corps et qui récitaient leur chapelet. Elles ne m'ont même pas regardée. Une femme d'une quarantaine d'années est arrivée avec trois enfants, deux garçons et une fille, et tous les quatre ont jeté de l'eau bénite. J'avais oublié de le faire. Je l'ai fait en sortant, afin que les bonnes sœurs ne se figurent pas que je ne sais pas vivre.

— Il est dans le cercueil ?

— Non. Quand je suis partie, on apportait un cercueil très lourd, couvert d'ornements de métal. On dirait de l'argent. Tu crois que cela en est ?

— Je ne le pense pas.

— Qu'est-ce que je fais demain ?

— Tu iras directement à la cathédrale et prendras place avec mes tantes et mes cousines au premier rang.

— Qui est-ce, la femme avec ses enfants ?

— Elle est grande, assez forte ?

— Oui.

— Alors, c'est presque sûrement une des filles de tante Juliette. J'ignore le nom de son mari. Je l'ai vue une seule fois, il y a des années.

— Tu es sûr que je ne dois pas mettre le voile ?

— Ma mère et mes tantes en porteront peut-être, mais pas les jeunes.

J'ai encore passé l'après-midi aux Beaux-Arts et, mon cours fini, je suis allé prévenir le directeur que je devrais m'absenter le lendemain.

— Je sais ! Je sais ! s'est-il empressé de dire. Je serai moi-même à l'enterrement. L'église sera pleine.

Pour la première fois, il m'a regardé avec un certain respect, en tout cas avec une considération qu'il ne m'accordait pas d'habitude.

J'ignore ce qui s'est passé rue des Vergers. Lucien ne m'a téléphoné ni hier au soir, ni aujourd'hui, et je n'ai pas osé l'appeler. Marie ne m'a pas donné signe de vie non plus. Le seul moyen d'avoir des nouvelles serait de passer chez ma mère, qui est certainement au courant, mais je préfère éviter cette démarche qu'elle interpréterait Dieu sait comment.

Je n'ai pas de nouvelles de Monique et de son mari non plus, ni, à plus forte raison, de tante Colette.

En somme, c'est un peu comme si chacun se préparait dans son coin.

Normalement, comme tous les vendredis, Nicolas aurait dû dîner à la maison. Ma femme m'annonce qu'il s'est décommandé, sous prétexte d'un rendez-vous d'affaires, ce qui est délicat de sa part et ne va pas sans m'étonner un peu.

Irène a passé la soirée à donner de l'aisance à sa robe de drap noir qui lui collait trop à la poitrine pour qu'elle pût se montrer ainsi à la cathédrale, surtout à l'occasion d'un enterrement.

— Je suppose que je me maquille quand même un peu ?

— Discrètement.

J'ai lu, j'ai pris la radio, puis la télévision, nerveux, pressé de me coucher pour en finir et être plus vite au lendemain. J'ai mis longtemps à m'endormir. Irène aussi, à qui je communiquais sans le vouloir mon impatience.

Le matin, je me suis coupé en me rasant. Mon premier soin avait été de regarder le ciel toujours gris, mais d'un gris presque blanc, avec une légère luminosité. Il ne pleut plus. Les pas sonnent net sur les pavés.

On pourrait croire que je suis l'ordonnateur de la cérémonie et que je m'inquiète de sa réussite. Il n'en est rien, bien sûr. Malgré moi, je n'en suis pas moins sensible à des tas de détails comme s'ils me concernaient personnellement.

— Tu pars le premier ?

— Oui. Les hommes doivent se trouver dans la chapelle ardente pour le défilé et pour la levée du corps.

— Et Colette ?

— Je ne sais pas ce qu'elle fera.

— Tu es sûr que les femmes ne vont pas au cimetière ?

— Pas les femmes de la famille.

— Et les autres ?

— Il y en aura peut-être. Il paraît qu'on a commandé une vingtaine de voitures.

Je suis parti à pied, j'ai traversé le Jardin Botanique où, pour justifier son appellation, on a planté des plaques de métal au pied des arbres avec le nom vulgaire et le nom latin de chaque essence.

Il y avait déjà quelques groupes quai Notre-Dame, les uns immobiles, les autres qui allaient et venaient en regardant parfois les fenêtres de la maison.

Je n'ai reconnu aucun visage. C'étaient surtout, je suppose, de petites gens qui connaissaient mon oncle, et aussi des curieux.

J'ai pénétré sous la voûte, gravi les marches de marbre et, dans le hall, je me suis trouvé en face de mon frère Lucien qui parlait à voix basse à Floriau. Tous les deux étaient en noir des pieds à la tête, comme moi, et, je me demande pourquoi, nous avions l'air mieux rasés que les autres jours.

J'ai jeté un coup d'œil dans la chambre mortuaire. Outre les religieuses, deux hommes se tenaient debout au pied du cercueil, aussi grands et forts l'un que l'autre, l'un des deux avec une moustache épaisse. Leur chapeau à la main, ils observaient notre groupe avec des yeux inexpressifs.

C'étaient les gendres de tante Juliette. Son fils n'est arrivé qu'un peu plus tard et les a rejoints après nous avoir serré la main sans mot dire.

Toute la journée, ils allaient former ainsi un clan à part, trois hommes plus drus, plus plébéiens que nous, trois visages têtus qui nous dévisageaient avec une réprobation muette.

Le monde de tante Juliette, le monde des Lemoine ne s'est jamais autant révélé différent du nôtre et je n'ai pas cessé de sentir l'hostilité latente entre les deux branches de la famille. Malgré leur mère, ils n'étaient pas des Huet. Ils le sentaient et se groupaient comme pour former un front solide.

— Il est temps... a murmuré Floriau en consultant sa montre.

Le maître de cérémonie s'approchait de nous au même moment pour nous prier de prendre place dans la chapelle ardente.

Nous étions occupés à nous ranger tant bien que mal le long des tentures, à une certaine distance du cercueil, quand j'ai ressenti un choc. Édouard entrait, un peu essoufflé, vêtu de noir, lui aussi, et, sans un mot, sans un signe aux autres, occupait la place la plus proche de la porte.

Son complet, son manteau étaient bien coupés et malgré sa maigreur, malgré le cerne de ses yeux, c'était lui qui portait le plus beau de nous tous.

Quand nous étions jeunes, il nous arrivait de l'appeler le mousquetaire. Or, il avait laissé pousser une fine moustache qui le faisait ressembler davantage à un d'Artagnan mâtiné d'Aramis.

Des gens commençaient à défiler, qui nous saluaient discrètement au passage en contournant le cercueil pour aller attendre ensuite sur le trottoir. Floriau se montrait impatient et j'ai compris pourquoi lorsque je l'ai vu sortir d'un pas rapide pour revenir presque aussitôt en compagnie d'une Colette en grand deuil.

Nous n'étions éclairés que par la flamme dansante des bougies et les fleurs qui s'amoncelaient jusqu'au pied de l'escalier de marbre répandaient une odeur entêtante.

Floriau avait conduit ma tante jusqu'au pied du cercueil, un peu en retrait, et restait près d'elle comme un chevalier servant. A cause du voile, je ne distinguais pas les traits de Colette, mais la lueur des bougies mettait parfois un éclat dans ses yeux sombres.

On devait avoir donné, dehors, une sorte de signal car, à présent, défilait devant nous une procession lente dans laquelle on reconnaissait des personnages importants, le préfet, le maire, le président du tribunal, des avocats, des hommes politiques...

Ont-ils tous remarqué la présence d'Édouard ? Il est probable que non. Il m'a semblé pourtant que certains, après lui avoir tendu la main sans le regarder, se raidissaient en découvrant son visage.

On me serrait la main aussi. Le directeur des Beaux-Arts me l'a serrée plus longuement que les autres.

Cela a duré une demi-heure et, pas une fois, le regard de mon frère ne s'est tourné vers le coin d'Édouard.

Au moment où le maître de cérémonie s'avançait, suivi des porteurs, on a entendu comme un hoquet. C'était Colette. J'ai cru un instant qu'elle allait enfouir son visage dans la poitrine de Floriau, mais celui-ci l'a saisie délicatement par les épaules et l'a entraînée hors de la pièce.

Le reste s'est passé dans ce qui m'a paru un certain désordre. On nous manœuvrait comme des figurants. J'ai été surpris par la lumière du jour, par la fraîcheur du dehors. Il y avait autant de monde, sur les trottoirs, que pour une manifestation patriotique. Je cherchais machinalement à ne pas être séparé de mon frère.

On chargeait le cercueil dans le corbillard automobile qu'on recouvrait de fleurs et de couronnes et je fus poussé au premier rang entre Lucien et mon cousin Édouard qui ne m'avait pas encore adressé la parole et qui, les narines pincées, regardait droit devant lui.

Je suis presque sûr d'avoir aperçu Marie parmi les curieux. Cela ne m'étonnerait pas qu'avant de se précipiter à l'église elle soit venue s'assurer que tout allait bien pour son mari.

J'ai cherché Philippe des yeux. Je ne l'avais pas vu dans la maison. Soit par hasard, soit par erreur des gens des pompes funèbres, il se trouvait mêlé au groupe Lemoine où il paraissait perdu.

Est-ce exprès qu'on a placé ceux-ci au second rand du cortège ? S'y sont-ils mis d'eux-mêmes, pour ne pas être à côté de nous ?

Le corbillard a commencé à rouler au pas. Un enfant de chœur l'a suivi, portant la croix d'argent, puis le prêtre penché sur son livre de prières.

Nous venions tout de suite après, Édouard, moi, mon frère et Floriau.

Nous n'avions que deux cent cinquante mètres à parcourir, la calme rue de l'Évêché, pour atteindre la cathédrale et, en me retournant, bien que des gens se fussent déjà précipités vers l'église pour avoir de la place, j'ai constaté que le cortège emplissait la rue de bout en bout, plus clairsemé vers la fin, avec davantage de femmes et d'enfants.

Encore un moment de confusion sur le parvis. On m'a fait signe d'approcher du cercueil qu'on descendait du corbillard et je me suis trouvé derrière Édouard et devant un gendre de tante Juliette, à tenir un des cordons du poêle. De l'autre côté, je ne voyais que mon frère qui était en tête. Le cercueil me cachait les deux autres.

Les porteurs se sont mis en marche et, à l'instant où nous franchissions le portail et où nous apercevions, dans le chœur, le scintillement des cierges, les grandes orgues se sont déchaînées.

Si je devais donner mon impression dominante de la matinée, je parlerais d'ahurissement, d'hébétude, de dépersonnalisation. Dès le moment où j'avais mis les pieds quai Notre-Dame, je m'étais trouvé, avec les quelques-uns de la famille, sous les yeux de dizaines, puis de centaines de spectateurs, et c'était comme si j'avais à jouer un rôle au pied levé dans une pièce dont j'ignorais le texte.

J'ai assisté aux obsèques de mon père, de mon oncle Fabien, à l'enterrement de voisins et de connaissances, toujours à des cérémonies simples et sans faste dans lesquelles chacun sait comment se comporter.

Mes souvenirs, pour ce matin-là, sont fragmentaires, comme si je n'avais été lucide que par intermittence.

Nous occupions, nous, les hommes, le premier rang de la travée droite, Édouard le plus près du catafalque, puis moi, mon frère, Floriau, et enfin ceux de chez les Lemoine, cependant que derrière nous venaient les plus hautes autorités, le préfet, le sénateur-maire, le tribunal, le bâtonnier, d'autres encore, qui, tous, arboraient au moins la rosette. La plupart avaient l'âge de mon oncle Antoine.

Les femmes se trouvaient du côté gauche de la nef et je devais me pencher pour les apercevoir. Colette n'était pas venue mais tante Juliette, ma mère et la pauvre vieille tante Sophie disparaissaient sous leurs voiles.

Une seule fois pendant la cérémonie j'ai pu croiser le regard de ma femme qui venait en cinquième ou en sixième position et qui m'a désigné le crêpe de mes tantes et des filles Lemoine pour me reprocher de ne pas lui en avoir laissé porter.

Contre mon attente, on n'a pas célébré de messe et les chœurs du Conservatoire ont tout de suite chanté un *Requiem* que j'ai souvent entendu à la radio et qui, si je ne me trompe, est le *Requiem* de Fauré.

Plusieurs chanoines occupaient leurs stalles et j'ai compté six enfants de chœur.

Je n'osais pas me retourner. Il me semble que l'église était aussi pleine que pour la grand-messe du dimanche et on entendait beaucoup de gens tousser, des chaises grincer sur les dalles. A un moment même, comme on entonnait le *De profundis,* un enfant s'est mis à pleurer et on distinguait, en contrepoint, les pas sonores de la mère qui se hâtait de l'emmener dehors.

A cause de la foule, sans doute, il n'y avait presque pas de mystère. L'émotion, la mienne en tout cas, était une émotion vague, impersonnelle. Cela ressemblait plutôt à de l'accablement. Je me demandais ce que nous faisions là, tous, à suivre des rites que nous comprenions plus ou moins et il me semblait naturel que mon oncle ait décidé de s'en aller.

Je ne cherchais plus les raisons de son geste. Je ne pensais pas à Colette, ni à Floriau dont les lèvres murmuraient machinalement les répons.

J'ai été surpris quand, penché vers moi, Édouard a chuchoté :

— Marie m'a prié de te remercier.

Nous étions si petits, tous, dans la haute nef de la cathédrale où des hommes s'agenouillent depuis cinq cents ans, il y avait tant de monde qui étouffait notre petit groupe qu'il me semblait que la famille s'était délayée.

— *Libera me...* chantait le curé-doyen d'une voix grelottante.

— Je te remercie aussi... ajoutait Édouard.

Un diacre est passé pour l'offrande tandis que les chœurs chantaient à nouveau et que l'odeur d'encens se répandait dans la nef.

Puis cela a été le long piétinement vers la sortie, les voitures qui s'avançaient, des voix qu'on entendait éclater près de soi, dans le grand jour, et qui prononçaient des paroles banales.

Je me suis trouvé dans la première voiture avec mon frère, Édouard et Floriau. Le clan Lemoine suivait dans la seconde avec Philippe qui ne s'en dépêtrait pas. Il n'y a pas eu de véritable conversation. C'est Édouard qui a demandé, en essayant de voir combien de voitures nous suivaient, dans la montée de Corbessière :

— Qui est-ce qui vient au cimetière ?

Et Lucien lui a répondu, ce qui constituait quand même un contact :

— Seulement la famille, des amis intimes, quelques membres du tribunal et du barreau.

J'ai revu en passant le café où, l'avant-veille, j'avais eu un émouvant entretien avec Marie et j'ai regardé mon cousin Édouard avec émerveillement en pensant au chemin parcouru en deux jours.

Il n'y avait plus trace de l'épave, du clochard, du chien en quête d'un abri et d'une pitance. Il se tenait droit à sa place et ses pommettes creuses, ses yeux brillants lui donnaient encore plus de prestige.

C'est la famille, au cimetière, qui eut l'air de trop et qui se sentit mal à l'aise. Les autres étaient des familiers du défunt, ses pairs. Ils se connaissaient entre eux et s'entretenaient à voix basse tout en nous laissant, comme par décence, les premières places.

Nous avons retrouvé le prêtre et l'enfant de chœur déjà debout près de la tombe. Cela m'a paru se passer très vite et bientôt nous errions par petits groupes en direction de la sortie. Édouard se tenait toujours parmi nous. Son fils l'avait rejoint.

— On se retrouve à trois heures chez le notaire ? a-t-il questionné.

— La voiture nous attend pour nous reconduire...

— Nous prenons le tram, Philippe et moi. Nous n'allons pas dans votre direction.

J'ai sauté sur un autre tram, laissant l'auto à Lucien et à Floriau tandis que les hommes de tante Juliette, avant de pénétrer dans la leur, allaient boire un verre au café.

Tout s'est bien passé, en définitive. Il n'y a pas eu d'incident.

— Tout s'est bien passé, n'est-ce pas ?

C'est par ces mots, justement, que ma femme m'a accueilli.

Elle a ajouté :

— J'étais la seule, au premier rang, à ne pas porter le voile.

— Marie n'avait pas de voile non plus, ripostai-je.

— Mais Monique en avait un.

— Comment cela s'est-il terminé, pour les femmes ?

— Nous avons été séparées à la sortie, mêlées à des gens que nous ne connaissons pas. Il n'y avait que Marie à m'avoir suivie. Elle m'a dit qu'elle te serait reconnaissante toute sa vie, puis elle est partie pour préparer son déjeuner. Et vous autres ?

Je ne savais que répondre. Il n'y avait rien à dire. Il ne s'était rien passé. N'était-ce pas justement ce à quoi j'avais travaillé ? Je conservais néanmoins une impression de vide. J'étais déçu. On n'avait même pas eu le temps de penser à l'oncle Antoine.

Seuls des étrangers avaient parlé de lui, surtout au cimetière.

Cela ressemblait à une liquidation à grand spectacle. On s'en était tiré avec des chants, des tentures, des chanoines, toute une riche mise en scène hors de proportion avec les personnages que nous étions.

Nous avons déjeuné en tête à tête, ma femme et moi, servis par Adèle. La veille, Irène avait proposé que nous nous retrouvions dans un restaurant de la ville et j'avais objecté que nous risquions d'y rencontrer d'autres personnes ayant assisté aux obsèques.

— Nerveux ? me demanda-t-elle comme nous nous levions de table.

— Pourquoi ?

— Encore une heure et tu sauras…

Elle affectait de plaisanter, mais je sentais que l'idée de l'héritage la tracassait, qu'elle s'était mise, comme moi à mon insu, à envisager sérieusement la question.

— Tu peux prendre la voiture. Je ne sors pas.

Pendant près d'une heure, j'ai été nerveux, mal dans ma peau. Puis, à trois heures moins dix, j'ai embrassé ma femme et suis descendu pour sortir l'auto. Lorsque je suis arrivé quai Pasteur, j'ai reconnu la voiture de Floriau devant la maison du notaire. Un clerc m'a fait entrer dans un premier bureau et m'a débarrassé de mon manteau qui a rejoint d'autres pardessus à la patère.

— Par ici…

La pièce était vaste. Des vitraux de couleur, jusqu'à mi-hauteur des fenêtres, y répandaient une lumière particulière. Des femmes en deuil, le voile rejeté en arrière, étaient assises, silencieuses comme dans une antichambre, et ma mère m'a adressé un bonjour discret de la tête.

Tante Sophie était là, assise à côté de son fils Édouard, tante Juliette aussi, avec son fils et ses deux gendres.

Seul Lucien manquait encore et le notaire consultait sa montre avec agacement quand il est entré en balbutiant des excuses.

Tous ceux qui étaient présents avaient-ils été convoqués ? Certains étaient-ils venus d'eux-mêmes ? Je n'ai pas pu le savoir. Un des clercs apportait des chaises. Maître Gauterat nous lançait un coup d'œil circulaire, comme pour nous compter, s'asseyait, changeait de lunettes, s'éclaircissait la voix.

— Mesdames, messieurs, nous allons procéder à la lecture du testament de feu Antoine-Georges-Sébastien Huet, décédé en notre ville le 31 octobre et inhumé ce matin.

Son premier clerc, debout à côté de lui, lui passa une enveloppe cachetée dont il fit sauter la cire à l'aide d'un coupe-papier. Il en retira deux feuillets grand format, tapés à la machine, et en commença la lecture sans paraître s'occuper de nous.

Il faisait très chaud dans l'étude et, la nervosité aidant, tout le monde avait le sang à la tête. Des classeurs verts couvraient les murs jusqu'au plafond. Les vitraux y jetaient d'étranges reflets jaunes, bleus et rouges.

… et, selon la promesse faite à ma mère…

Quelques mots surnageaient seuls du murmure.

… je lègue aux enfants mâles de mes deux frères Fabien et Clément…

Nous n'étions pas sûrs de comprendre, n'osions ni bouger ni nous regarder. Chacun, je crois, avait choisi un point de l'espace qu'il fixait avec application en s'efforçant de ne pas trahir ses émotions.

... mes biens meubles et immeubles consistant en...

Ma mère remua les pieds. Tante Sophie se pencha vers elle et je devinai qu'elle lui demandait :

— Qu'est-ce qu'il dit ?

Il a été question ensuite d'une rente viagère pour François, d'un legs pour Mlle Jeanne Chambovet, célibataire, habitant...

Les formules succédaient aux formules, les termes juridiques aux termes juridiques et, en fin de compte, aucun de nous ne savait exactement quelles étaient les dispositions testamentaires de mon oncle.

La lecture terminée, le notaire nous regarda par-dessus ses verres.

— Quelqu'un a-t-il l'intention de contester le testament ?

Tante Juliette prit la parole.

— Si je comprends bien, ce sont les neveux Huet qui héritent ?

— Les fils de Fabien et de Clément, à savoir...

Il se penchait sur ses notes.

— ... Édouard, Blaise et Lucien Huet.

— Et moi ?

— Il vous lègue les bijoux de sa mère ainsi qu'un certain nombre d'objets que j'ai cités.

— Et mon fils, mes filles ?

— Ils ne figurent pas dans le testament.

— Vous trouvez que c'est juste ?

— Faute d'héritiers au premier degré, le testataire avait le droit de disposer de ses biens à son gré. Il vous reste, si vous le désirez, à intenter une action en...

Sans le laisser finir, elle se levait. Son fils et ses gendres se levaient en même temps et la suivaient vers la porte. Là, elle s'est arrêtée un instant, s'est retournée comme pour lancer une invective, mais, trop indignée pour parler, elle a préféré sortir.

Ma mère a demandé alors d'une voix timide :

— La pauvre Colette ne reçoit rien ?

— Je puis vous rassurer en ce qui la concerne. Le défunt a pris ses dispositions par ailleurs, depuis longtemps, et elle recevra, d'une compagnie d'assurances, une rente importante.

— Cela n'aurait pas été juste... commentait ma mère.

Et tante Sophie, penchée sur elle :

— Édouard hérite ? C'est sûr ?

— Mais oui, Sophie.

La vieille femme, rassurée et contente, reprenait son immobilité silencieuse.

— Personne n'a de question à poser ? répétait maître Gauterat.

On aurait pu croire, tant il était sec et dédaigneux, qu'il allait frapper le bureau de son coupe-papier pour déclarer :

— Adjugé !

Nous n'osions toujours pas nous regarder, gênés de ce qui nous arrivait, gênés de profiter de la mort de notre oncle.

— Il me reste à vous avertir que les formalités de succession seront assez longues et que la vente de l'immeuble du quai Notre-Dame s'annonce d'ores et déjà comme difficile. Autant que je peux en juger, l'actif, en comptant un prix moyen pour cet immeuble, s'élève à environ cent cinquante millions d'anciens francs. Les taxes et les frais en prendront plus des deux tiers et j'évalue grosso modo à une quarantaine de millions la somme à partager entre les trois héritiers.

C'était dit avec condescendance, sinon avec ironie. Il semblait à la fois vouloir nous rassurer et nous mettre en garde contre des espoirs exagérés.

Ma mère n'a pu s'empêcher, elle, de pousser un soupir émerveillé et elle a tout de suite regardé Lucien avec l'air de dire :

— Enfin ! Je suis si contente pour toi !

Floriau n'a pas bronché. Je pense que cela a été un choc pour lui de voir sa femme exclue de la succession. Mon oncle Antoine n'a rien voulu laisser qu'à de vrais Huet.

— Monsieur Édouard Huet, acceptez-vous l'héritage aux termes du testament dont je viens de donner lecture ?

Tout comme au tribunal on dit « Je jure », mon cousin prononçait :

— J'accepte.

— Veuillez signer ici... Monsieur Blaise Huet !...

— J'accepte, murmurai-je en prenant la plume à mon tour.

— Monsieur Lucien Huet...

Les oreilles de mon frère étaient écarlates. Il était si ému en apposant sa signature que j'ai cru qu'il allait éclater en sanglots.

— Messieurs, je vous tiendrai au courant et je vous convoquerai individuellement lorsque le moment sera venu.

On nous a conduits dehors comme, le matin, on nous a conduits hors de l'église. Nous retrouvions nos manteaux, nos chapeaux. Nous nous retrouvions les uns et les autres, gênés, sur le trottoir.

— Montez dans ma voiture, maman, dit Floriau en prenant le bras de tante Sophie. Monique vous attend à la maison.

— Tu es sûr que tu n'as rien à faire ? Tu ne crois pas que tu devrais aller voir la pauvre Colette ?

La famille se dispersait à nouveau et chacun allait reprendre son existence, plus séparé des autres que jamais. Moi aussi, j'avais une voiture, et j'offris à ma mère de la reconduire.

— Non, fils. Tu es bien gentil. J'aime mieux marcher un peu avec Lucien...

Je restai seul avec Édouard, qui me tendit la main dans la nuit tombante.

— Au revoir... me dit-il. Encore merci !

Je me sentais plus las qu'après une nuit sans sommeil, aussi vide qu'après un long voyage en chemin de fer. Je mis le contact, passai par le quai Notre-Dame et vis les fenêtres éclairées du second étage, une ombre qui bougeait derrière le rideau, celle de Colette ou de la garde.

J'ai retrouvé Irène qui se jouait des disques à pleine force. Sans arrêter la musique, elle s'est contentée de me regarder.

— Oui, dis-je simplement.

— Beaucoup ?

— Une quinzaine de millions d'anciens francs pour chacun. Cela prendra des mois.

— Qui hérite ?

— Édouard, mon frère et moi.

— Pas les autres ?

— Non.

Nous nous entendions à peine et c'est seulement quand le disque a été fini que j'ai murmuré en retirant mon veston :

— Pour nous, cela ne changera pas grand-chose.

J'étais triste, tout à coup. Pour un peu, je me serais mis à pleurer. Je n'ai jamais si bien compris le geste de mon oncle.

8

21 mars

J'ai relu, hier soir, les pages écrites l'automne dernier et j'ai été surpris de l'importance que j'attachais alors à certaines choses. Je croyais vivre des heures mémorables. Je m'attendais à Dieu sait quels changements dans ma vie et dans celle des autres. Qu'est-ce que j'espérais au juste ?

Nicolas a dîné hier à la maison. C'était son jour. Je soupçonne que ce ne le sera plus longtemps, car Irène se montre de plus en plus agacée par tout ce qu'il fait, par tout ce qu'il dit. Depuis trois semaines, elle sort à d'autres heures, de bon matin, par exemple, et, elle qui est si peu sportive, s'est commandé une tenue de golf. Je ne lui pose pas de questions. Je saurai toujours assez tôt.

La seule différence, pour moi, avec avant, c'est que, quand ma femme ne s'en sert pas, j'ose prendre la voiture pour aller à mon cours des Beaux-Arts. Peut-être, quand la maison aura été vendue — la vente publique a lieu la semaine prochaine — m'achèterai-je une auto personnelle, une petite voiture de série qui n'attire pas l'attention.

Lucien a pris une option sur un terrain à Corbessière, en dehors de la ville, où il compte faire bâtir et où, comme il dit, ses enfants auront le bon air.

Je rencontre souvent Édouard en ville et le vois dans les cafés. Personne ne semble plus s'étonner de son retour.

Je n'ai revu ma mère qu'au Nouvel An, quand je suis allé lui présenter mes vœux. Par délicatesse, je n'avais pas emmené Irène.

— Ta femme n'est pas avec toi ? a feint de s'étonner ma mère.

Comme je répondais évasivement, elle a murmuré, sans aller jusqu'au bout de sa pensée :

— Je croyais que maintenant...

Elle m'en veut d'avoir hérité et pas elle. Pour Lucien, elle est contente qu'il ait enfin « une vie un peu plus facile ».

— Tu sais ce que Colette est devenue ?

— Non.

— Elle est installée dans un appartement ultramoderne, non loin de chez toi, où elle peut recevoir les hommes qu'elle veut. Il paraît que Floriau va la voir plusieurs fois par semaine et que Monique se fait du mauvais sang.

Si cela a été vrai, ce ne l'est plus, car, en février, Colette est partie pour Nice, où elle compte vivre désormais.

J'ai vu Lucien pour la dernière fois il y a une semaine. J'étais entré seul au Café Moderne. Je l'ai aperçu, au fond de la salle, attablé avec Édouard. Ils étaient très animés. Édouard m'a fait signe de venir m'asseoir à leur table et mon frère a paru gêné.

— Qu'est-ce que tu prends ?

— Un café, dis-je.

— Tu te souviens de mon projet du journal ? Eh bien, il va se réaliser prochainement. Nous sommes en train d'en discuter avec ton frère. J'ai déjà une imprimerie en vue, une installation moderne à laquelle il suffira d'ajouter une rotative...

J'ai regardé Lucien, m'attendant à un démenti qui n'est pas venu.

La vie continue.

Je ne suis resté que quelques minutes avec eux, sentant bien que j'étais de trop, et, mon café bu, je les ai laissés à leurs projets.

Les lampes venaient de s'allumer. J'ai marché le long de la rue de la Cathédrale, puis de la rue des Chartreux, en regardant les mêmes vitrines que quand j'avais seize ans.

Noland (Vaud), le 17 novembre 1961.

MAIGRET ET LES BRAVES GENS

1

Au lieu de grogner en cherchant l'appareil à tâtons dans l'obscurité comme il en avait l'habitude quand le téléphone sonnait au milieu de la nuit, Maigret poussa un soupir de soulagement.

Déjà il ne se souvenait plus nettement du rêve auquel il était arraché, mais il savait que c'était un rêve désagréable : il tentait d'expliquer à quelqu'un d'important, dont il ne voyait pas le visage et qui était très mécontent de lui, que ce n'était pas sa faute, qu'il fallait montrer de la patience à son égard, quelques jours de patience seulement, parce qu'il avait perdu l'habitude et qu'il se sentait mou, mal dans sa peau. Qu'on lui fasse confiance et ce ne serait pas long. Surtout, qu'on ne le regarde pas d'un air réprobateur ou ironique...

— Allô...

Tandis qu'il approchait le combiné de son oreille, Mme Maigret, soulevée sur un coude, allumait la lampe de chevet.

— Maigret ? questionnait-on.

— Oui.

Il ne reconnaissait pas la voix, encore qu'elle lui parût familière.

— Ici, Saint-Hubert...

Un commissaire de police de son âge à peu près, qu'il connaissait depuis ses débuts. Ils s'appelaient par leur nom de famille, mais ne se tutoyaient pas. Saint-Hubert était long et maigre, roux, un peu lent et solennel, anxieux de mettre les points sur les *i*.

— Je vous ai éveillé ?

— Oui.

— Je m'en excuse. De toute façon, je pense que le Quai des Orfèvres va vous appeler d'un instant à l'autre pour vous mettre au courant, car j'ai alerté le Parquet et la P.J.

Maigret, assis dans son lit, saisissait sur la table de nuit une pipe qu'il avait laissé éteindre en se couchant. Il cherchait des allumettes des yeux. Mme Maigret se levait pour aller lui en prendre sur la cheminée. La fenêtre était ouverte sur un Paris encore tiède, piqueté de lumières, et on entendait des taxis passer au loin.

Depuis cinq jours qu'ils étaient rentrés de vacances, c'était la première fois qu'ils étaient réveillés de la sorte et, pour Maigret, c'était un peu une reprise de contact avec la réalité, avec la routine.

— Je vous écoute, murmurait-il en tirant sur sa pipe cependant que sa femme tenait l'allumette enflammée au-dessus du fourneau.

— Je suis dans l'appartement de M. René Josselin, 37 *bis*, rue Notre-Dame-des-Champs, tout à côté du couvent des Petites Sœurs des Pauvres... Un crime vient d'être découvert, dont je ne sais pas grand-chose, car je ne suis arrivé qu'il y a une vingtaine de minutes... Vous m'entendez ?...

— Oui...

Mme Maigret se dirigeait vers la cuisine pour préparer du café et Maigret lui adressait un clin d'œil complice.

— L'affaire paraît troublante ; elle est probablement délicate... C'est pourquoi je me suis permis de vous appeler... Je craignais qu'on ne se contente d'envoyer un des inspecteurs de garde...

Il choisissait ses mots et on devinait qu'il n'était pas seul dans la pièce.

— Je savais que vous étiez récemment en vacances.

— J'en suis revenu la semaine dernière.

On était mercredi. Plus exactement jeudi, puisque le réveil, sur la table de nuit de Mme Maigret, marquait deux heures dix. Ils étaient allés au cinéma tous les deux, moins pour voir le film, assez quelconque, que pour reprendre leurs habitudes.

— Vous comptez venir ?

— Le temps de m'habiller.

— Je vous en serai personnellement reconnaissant. Je connais un peu les Josselin. Ce sont des gens chez qui on ne s'attend pas qu'un drame se produise...

Même l'odeur du tabac était une odeur professionnelle : celle d'une pipe, éteinte la veille, qu'on rallume au milieu de la nuit quand on est éveillé par une urgence. L'odeur du café aussi était différente de celle du café du matin. Et l'odeur d'essence qui pénétrait par la fenêtre ouverte...

Depuis huit jours, Maigret avait l'impression de patauger. Pour une fois, ils étaient restés trois semaines entières à Meung-sur-Loire, sans le moindre contact avec la P.J., sans que, comme cela arrivait les autres années, on le rappelle à Paris pour une affaire urgente.

Ils avaient continué d'aménager la maison, le jardin. Maigret avait pêché à la ligne, joué à la belote avec des gens du pays et, depuis son retour, il ne parvenait pas à reprendre pied dans la vie quotidienne.

Paris non plus, aurait-on dit. On ne retrouvait ni la pluie, ni la fraîcheur des lendemains de vacances. Les gros cars de touristes continuaient à promener dans les rues des étrangers à chemises bariolées et, si beaucoup de Parisiens étaient rentrés, d'autres s'en allaient encore par trains entiers.

La P.J., le bureau paraissaient un peu irréels à Maigret qui se demandait parfois ce qu'il y faisait, comme si la vie véritable était là-bas, au bord de la Loire.

C'est de ce malaise, sans doute, que sortait son rêve, dont il essayait en vain de se rappeler les détails. Mme Maigret revenait de la cuisine avec une tasse de café brûlant et comprenait tout de suite que son mari, loin d'être furieux de ce réveil brutal, en était réconforté.

— Où est-ce ?

— A Montparnasse... Rue Notre-Dame-des-Champs...

Il avait passé sa chemise, son pantalon ; il laçait ses chaussures quand le téléphone sonna à nouveau. Cette fois, c'était la P.J.

— Ici, Torrence, patron... On vient de nous avertir que...

— Qu'un homme a été tué rue Notre-Dame-des-Champs...

— Vous êtes au courant ? Vous comptez y aller ?

— Qui est au bureau ?

— Il y a Dupeu, en train de questionner un suspect dans l'affaire du vol de bijoux, puis Vacher... Attendez... Lapointe rentre à l'instant...

— Dis-lui d'aller m'attendre là-bas...

Janvier était en vacances. Lucas, rentré la veille, n'avait pas encore repris sa place au Quai.

— Je t'appelle un taxi ? demandait un peu plus tard Mme Maigret.

Il retrouvait, en bas, un chauffeur qui le connaissait et, pour une fois, cela lui fit plaisir.

— Où est-ce que je vous conduis, chef ?

Il donna l'adresse, bourra une nouvelle pipe. Rue Notre-Dame-des-Champs, il aperçut une petite auto de la P.J. et Lapointe, debout sur le trottoir, fumant une cigarette en bavardant avec un gardien de la paix.

— Troisième étage à gauche, annonça celui-ci.

Maigret et Lapointe franchirent la porte d'un immeuble bourgeois, bien entretenu, virent de la lumière dans la loge ; à travers le tulle du rideau, le commissaire crut reconnaître un inspecteur du VIe arrondissement qui questionnait la concierge.

L'ascenseur à peine arrêté, une porte s'ouvrit et Saint-Hubert s'avança pour les accueillir.

— Le Parquet ne sera pas ici avant une demi-heure... Entrez... Vous allez comprendre pourquoi j'ai tenu à vous téléphoner...

Ils pénétraient dans un vaste vestibule, puis Saint-Hubert poussait une porte entrouverte et ils découvraient un salon paisible où il n'y avait personne, sinon le corps d'un homme affalé dans un fauteuil de cuir. Assez grand, assez gros, il était tassé sur lui-même et sa tête, aux yeux ouverts, pendait sur le côté.

— J'ai demandé à la famille de se retirer dans une autre pièce... Mme Josselin est entre les mains du médecin de famille, le Dr Larue, qui se trouve être un de mes amis...

— Elle a été blessée ?

— Non. Elle était absente lorsque le drame s'est produit. Je vais vous mettre au courant, en quelques mots, de ce que j'ai pu apprendre jusqu'à présent.

— Qui occupe l'appartement ? Combien de personnes ?

— Deux...

— Vous avez parlé de la famille...

— Vous allez comprendre... M. et Mme Josselin vivent seuls ici depuis que leur fille est mariée... Elle a épousé un jeune médecin, un pédiatre, le Dr Fabre, qui est assistant du professeur Baron à l'Hôpital des Enfants Malades...

Lapointe prenait des notes.

— Ce soir, Mme Josselin et sa fille sont allées au théâtre de la Madeleine...

— Et les maris ?

— René Josselin est resté seul un certain temps.

— Il n'aimait pas le théâtre ?

— Je l'ignore. Je pense plutôt qu'il ne sortait pas volontiers le soir.

— Qu'est-ce qu'il faisait ?

— Depuis deux ans, rien. Il possédait auparavant une cartonnerie, rue du Saint-Gothard. Il fabriquait des boîtes en carton, surtout des boîtes de luxe pour les marchands de parfums, par exemple... A cause de sa santé, il a cédé son affaire...

— Quel âge ?

— Soixante-cinq ou soixante-six... Hier soir, il est donc resté seul... Puis son gendre l'a rejoint, j'ignore à quelle heure, et les deux hommes ont joué aux échecs...

Sur une petite table, en effet, on voyait un jeu d'échecs où les pièces restaient disposées comme si la partie avait été interrompue.

Saint-Hubert parlait bas et, dans d'autres pièces dont les portes n'étaient pas tout à fait fermées, on entendait des allées et venues.

— Lorsque les deux femmes sont rentrées du théâtre...

— A quelle heure ?

— Minuit et quart... Lorsqu'elles sont rentrées, dis-je, elles ont trouvé René Josselin dans la position où vous le voyez...

— Combien de balles ?

— Deux... Les deux dans la région du cœur...

— Les locataires n'ont rien entendu ?

— Les voisins immédiats sont encore en vacances...

— Vous avez été prévenu tout de suite ?

— Non. Elles ont d'abord appelé le Dr Larue, qui habite à deux pas, rue d'Assas, et qui soignait Josselin. Cela a quand même pris un certain temps et ce n'est qu'à une heure dix que j'ai reçu un coup de téléphone de mon commissariat qui venait d'être alerté. Le temps que je m'habille, que je me précipite... Je n'ai posé que quelques questions car il était difficile de faire autrement dans l'état où se trouve Mme Josselin...

— Le gendre ?

— Il est arrivé un peu avant vous.

— Qu'est-ce qu'il dit ?

— On a eu du mal à le rejoindre et on a fini par le trouver à l'hôpital où il était allé voir un petit malade, une encéphalite, si j'ai bien compris...

— Où est-il en ce moment ?

— Par là...

Saint-Hubert désignait une des portes. On entendait des chuchotements.

— D'après le peu que j'ai appris, il n'y a pas eu vol et nous n'avons relevé aucune trace d'effraction... Les Josselin ne se connaissent pas d'ennemi... Ce sont de braves gens, qui menaient une existence sans histoire...

On frappait à la porte. C'était Ledent, un jeune médecin légiste que Maigret connaissait et qui serra les mains autour de lui avant de poser sa trousse sur une commode et de l'ouvrir.

— J'ai reçu un coup de téléphone du Parquet, dit-il. Le substitut me suit.

— J'aimerais poser quelques questions à la jeune femme, murmura Maigret dont les yeux avaient fait plusieurs fois le tour de la pièce.

Il comprenait le sentiment de Saint-Hubert. Le cadre était non seulement élégant et confortable, mais il respirait la paix, la vie familiale. Ce n'était pas un salon d'apparat ; c'était une pièce où il faisait bon vivre et où on avait l'impression que chaque meuble avait son utilité et son histoire.

Le vaste fauteuil de cuir fauve, par exemple, était évidemment le fauteuil dans lequel René Josselin avait l'habitude de s'installer chaque soir et, en face, de l'autre côté de la pièce, l'appareil de télévision se trouvait juste dans le champ de son regard.

Le piano à queue avait servi pendant des années à une petite fille dont on voyait le portrait au mur et, près d'un autre fauteuil, moins profond que celui du chef de famille, il y avait une jolie table à ouvrage Louis XV.

— Vous voulez que je l'appelle ?

— Je préférerais la rencontrer dans une autre pièce...

Saint-Hubert frappait à une porte, disparaissait un moment, revenait chercher Maigret qui entrevoyait une chambre à coucher, un homme penché sur une femme étendue.

Une autre femme, plus jeune, s'avançait vers le commissaire et murmurait :

— Si vous voulez me suivre dans mon ancienne chambre...

Une chambre qui était restée une chambre de jeune fille, avec encore des souvenirs, des bibelots, des photographies, comme si on avait voulu que, mariée, elle retrouve, chez ses parents, le cadre de sa jeunesse.

— Vous êtes le commissaire Maigret, n'est-ce pas ?

Il fit oui de la tête.

— Vous pouvez fumer votre pipe... Mon mari fume la cigarette du matin au soir, sauf au chevet de ses petits malades, bien entendu...

Elle portait une robe assez habillée et, avant de se rendre au théâtre, elle était passée chez le coiffeur. Ses mains tiraillaient un mouchoir.

— Vous préférez rester debout ?

— Oui... Vous aussi, n'est-ce pas ?...

Elle ne tenait pas en place, allait et venait sans savoir où poser son regard.

— Je ne sais pas si vous imaginez l'effet que cela produit... On entend parler tous les jours de crimes par les journaux, par la radio, mais on ne se figure pas que cela peut vous arriver... Pauvre papa !...

— Vous étiez très liée avec votre père ?

— C'était un homme d'une bonté exceptionnelle... J'étais tout pour lui... Je suis son seul enfant... Il faut, monsieur Maigret, que vous parveniez à comprendre ce qui s'est passé, que vous nous le disiez... On ne m'ôtera pas de la tête que c'est une terrible erreur...

— Vous pensez que l'assassin a pu se tromper d'étage ?

Elle le regarda comme quelqu'un qui se jette sur une planche de salut, mais tout de suite elle secoua la tête.

— Ce n'est pas possible... La serrure n'a pas été forcée... C'est mon père qui a dû ouvrir la porte...

Maigret appela :

— Lapointe !... Tu peux entrer...

Il le présenta et Lapointe rougit de se trouver dans une chambre de jeune fille.

— Permettez-moi de vous poser quelques questions. Qui, de votre mère ou de vous, a eu l'idée d'aller ce soir au théâtre ?

— C'est difficile à dire. Je crois que c'est maman. C'est toujours elle qui insiste pour que je sorte. J'ai deux enfants, l'aîné de trois ans, l'autre de dix mois. Quand mon mari n'est pas dans son cabinet, où je ne le vois pas, il est dehors, à l'hôpital ou chez ses malades. C'est un homme qui se donne tout entier à sa profession. Alors, de temps en temps, deux ou trois fois par mois, maman téléphone pour me proposer de sortir avec elle.

» On donnait ce soir une pièce que j'avais envie de voir...

— Votre mari n'était pas libre ?

— Pas avant neuf heures et demie. C'était trop tard. En outre, il n'aime pas le théâtre...

— A quelle heure êtes-vous venue ici ?
— Vers huit heures et demie.
— Où habitez-vous ?
— Boulevard Brune, près de la Cité Universitaire...
— Vous avez pris un taxi ?
— Non. Mon mari m'a amenée dans sa voiture. Il y avait un battement entre deux de ses rendez-vous.
— Il est monté ?
— Il m'a laissée sur le trottoir.
— Il devait revenir ensuite ?
— Cela se passait presque toujours de cette façon quand nous sortions ma mère et moi. Paul — c'est le prénom de mon mari — rejoignait mon père dès qu'il avait fini ses visites et tous les deux jouaient aux échecs ou regardaient la télévision en nous attendant.
— C'est ce qui s'est passé hier soir ?
— D'après ce qu'il vient de me dire, oui. Il est arrivé un peu après neuf heures et demie. Ils ont commencé une partie. Mon mari a reçu ensuite un appel téléphonique...
— A quelle heure ?
— Il n'a pas eu le temps de me le préciser. Il est parti et quand, plus tard, nous sommes montées, maman et moi, nous avons trouvé le spectacle que vous savez...
— Où se trouvait alors votre mari ?
— J'ai téléphoné tout de suite à la maison et Germaine, notre bonne, m'a dit qu'il n'était pas rentré.
— L'idée ne vous est pas venue d'avertir la police ?
— Je ne sais pas... Nous étions comme perdues, maman et moi... Nous ne comprenions pas... Nous avions besoin de quelqu'un pour nous conseiller et c'est moi qui ai pensé à appeler le Dr Larue... C'est un ami en même temps que le médecin de papa...
— L'absence de votre mari ne vous a pas étonnée ?
— Je me suis d'abord dit qu'il était retenu par une urgence... Puis, quand le Dr Larue a été ici, j'ai téléphoné à l'hôpital... C'est là que j'ai pu le toucher...
— Quelle a été sa réaction ?
— Il m'a annoncé qu'il venait tout de suite... Le Dr Larue avait déjà appelé la police... Je ne suis pas sûre que je vous dise tout cela dans l'ordre exact... Je m'occupais en même temps de maman, qui avait l'air de ne plus savoir où elle était...
— Quel âge a-t-elle ?
— Cinquante et un ans. Elle est beaucoup plus jeune que papa, qui s'est marié tard, à trente-cinq ans...
— Voulez-vous m'envoyer votre mari ?
La porte ouverte, Maigret entendit des voix dans le salon, celles du

substitut Mercier et d'Étienne Gossard, un jeune juge d'instruction qui, comme les autres, avait été tiré de son lit. Les hommes de l'Identité Judiciaire n'allaient pas tarder à envahir le salon.

— C'est moi que vous demandez ?

L'homme était jeune, maigre, nerveux. Sa femme était rentrée avec lui et questionnait timidement :

— Je peux rester ?

Maigret lui fit signe que oui.

— On me dit, docteur, que vous êtes arrivé ici vers neuf heures et demie.

— Un peu plus tard ; pas beaucoup...

— Vous aviez fini la journée ?

— Je le pensais, mais, dans ma profession, on n'en est jamais sûr.

— Je suppose que, quand vous quittez votre domicile, vous laissez à votre domestique une adresse où on puisse vous toucher ?

— Germaine savait que j'étais ici.

— C'est votre bonne ?

— Oui. Elle garde aussi les enfants quand ma femme n'est pas là.

— Comment avez-vous trouvé votre beau-père ?

— Comme d'habitude. Il regardait la télévision. Le programme n'était pas intéressant et il m'a proposé une partie d'échecs. Nous nous sommes mis à jouer. Vers dix heures et quart, le téléphone a sonné...

— C'était pour vous ?

— Oui. Germaine m'annonçait qu'on me demandait d'urgence au 28, rue Julie... C'est dans mon quartier... Germaine avait mal entendu le nom, Lesage ou Lechat, ou peut-être Lachat... La personne qui avait téléphoné, paraît-il, était très émue...

— Vous êtes parti tout de suite ?

— Oui. J'ai annoncé à mon beau-père que je reviendrais si mon malade ne me prenait pas trop de temps et qu'autrement je rentrerais directement chez moi... C'était mon intention... Je me lève de très bonne heure, à cause de l'hôpital...

— Combien de temps êtes-vous resté chez votre malade ?

— Il n'y avait pas de malade... Je me suis adressé à une concierge qui m'a regardé avec surprise, m'affirmant qu'il n'y avait dans l'immeuble personne dont le nom ressemble à Lesage ou à Lachat et qu'elle ne connaissait pas d'enfant souffrant...

— Qu'avez-vous fait ?

— J'ai demandé la permission de téléphoner chez moi et j'ai à nouveau questionné Germaine... Elle a répété qu'il s'agissait bien du 28... A tout hasard, j'ai sonné, sans plus de succès, au 18 et au 38... Comme j'étais dehors, j'en ai profité pour passer par l'hôpital et voir un petit patient qui m'inquiétait...

— Quelle heure était-il ?

— Je l'ignore... Je suis resté près d'une demi-heure au chevet de l'enfant... Puis, avec une des infirmières, j'ai fait le tour des salles... Enfin, on est venu m'annoncer que ma femme était au bout du fil...

— Vous êtes la dernière personne à avoir vu votre beau-père vivant... Il ne paraissait pas inquiet...

— Pas le moins du monde... En me reconduisant à la porte, il m'a annoncé qu'il allait finir seul la partie... J'ai entendu qu'il mettait la chaîne...

— Vous en êtes certain ?

— J'ai entendu le bruit caractéristique de la chaîne... J'en jurerais...

— De sorte qu'il a dû se lever pour ouvrir la porte à son assassin... Dites-moi, madame, lorsque vous êtes arrivée avec votre mère, je suppose que la chaîne n'était pas mise ?

— Comment serions-nous entrées ?

Le docteur fumait à petites bouffées rapides, allumait une cigarette avant que l'autre soit finie, fixait tantôt le tapis, tantôt le commissaire avec inquiétude. Il donnait l'impression d'un homme qui s'efforce en vain de résoudre un problème et sa femme n'était pas moins agitée que lui.

— Il faudra, demain, que je reprenne ces questions en détail, je m'en excuse...

— Je comprends.

— Il est temps, maintenant, que je rejoigne ces messieurs du Parquet.

— On va emmener le corps ?

— C'est nécessaire...

On ne prononçait pas le mot autopsie, mais on devinait que la jeune femme y pensait.

— Retournez auprès de Mme Josselin. Je la verrai un moment tout à l'heure et je la retiendrai le moins longtemps possible...

Dans le salon, Maigret serrait machinalement des mains, saluait ses collaborateurs de l'Identité Judiciaire qui installaient leurs appareils.

Le juge d'instruction, soucieux, questionnait :

— Qu'est-ce que vous en pensez, Maigret ?

— Rien.

— Vous ne trouvez pas curieux qu'on ait justement appelé le gendre, ce soir, chez un malade qui n'existe pas ? Comment s'entendait-il avec son beau-père ?

— Je l'ignore.

Il avait horreur de ces questions alors qu'ils venaient à peine, les uns et les autres, de pénétrer dans l'intimité d'une famille. L'inspecteur que Maigret avait entrevu dans la loge entrait dans la pièce, un calepin à la main, s'approchait de Maigret et de Saint-Hubert.

— La concierge est formelle, dit-il. Voilà près d'une heure que je la questionne. C'est une femme jeune, intelligente, dont le mari est gardien de la paix. Il est de service cette nuit.

— Qu'est-ce qu'elle dit ?

— Elle a ouvert la porte au Dr Fabre à neuf heures trente-cinq. Elle est sûre de l'heure, car elle allait se mettre au lit et elle remontait le réveil. Elle a l'habitude de se coucher de bonne heure parce que son bébé, qui n'a que trois mois, la réveille très tôt le matin pour son premier biberon...

» Elle était endormie, à dix heures et quart, quand la sonnerie a retenti. Elle a fort bien reconnu la voix du Dr Fabre qui a dit son nom en passant...

— Combien de personnes sont entrées et sorties ensuite ?

— Attendez. Elle a essayé de se rendormir. Elle commençait à s'assoupir quand on a sonné, de la rue cette fois. La personne qui est entrée a lancé son nom : Aresco. C'est une famille sud-américaine qui habite le premier étage. Presque tout de suite après, le bébé s'est réveillé. Elle a essayé en vain de le rendormir et elle a fini par lui faire chauffer de l'eau sucrée. Personne n'est entré et personne n'est sorti jusqu'au retour de Mme Josselin et de sa fille.

Les magistrats, qui avaient écouté, se regardaient gravement.

— Autrement dit, prononça le juge, le Dr Fabre est la dernière personne à avoir quitté la maison ?

— Mme Bonnet est formelle. C'est le nom de la concierge. Si elle avait dormi, elle ne se montrerait pas aussi catégorique. Il se fait qu'à cause du bébé elle a été debout tout le temps...

— Elle était encore debout quand les deux dames sont rentrées ? L'enfant est resté éveillé pendant deux heures ?

— Il paraît que oui. Elle en était même inquiète et elle a regretté de ne pas voir revenir le Dr Fabre à qui elle aurait voulu demander conseil.

On lançait à Maigret des regards interrogateurs et Maigret prenait un air boudeur.

— On a retrouvé les douilles ? questionnait-il, tourné vers un des spécialistes de l'Identité Judiciaire.

— Deux douilles... 6,35... On peut enlever le corps ?...

Les hommes en blouse blanche attendaient avec leur civière. Au moment où René Josselin franchissait, sous un drap, la porte de son domicile, sa fille pénétrait sans bruit dans la pièce. Son regard croisa celui du commissaire, qui s'approcha d'elle.

— Pourquoi êtes-vous venue ?

Elle ne lui répondit pas tout de suite. Elle suivait des yeux les porteurs, la civière. Quand la porte fut refermée, seulement, elle murmura, un peu comme on parle en rêve :

— Une idée qui m'est passée par la tête... Attendez...

Elle se dirigea vers une commode ancienne qui se trouvait entre les deux fenêtres, en ouvrit le tiroir du haut.

— Qu'est-ce que vous cherchez ?

Ses lèvres tremblaient, son regard, posé sur Maigret, était fixe.

— Le revolver...

— Il y avait un revolver dans ce tiroir ?

— Depuis des années... C'est pourquoi, quand j'étais petite, le tiroir restait toujours fermé à clef...

— Quel genre de revolver ?

— Un automatique très plat, bleuâtre, qui portait une marque belge...

— Un browning 6,35 ?

— Je crois... Je n'en suis pas sûre... Il y avait le mot Herstal gravé, ainsi que des chiffres...

Les hommes se regardaient à nouveau, car la description correspondait à un automatique 6,35.

— Quand l'avez-vous vu pour la dernière fois ?

— Il y a un certain temps... Des semaines... Peut-être des mois... Sans doute un soir que nous avons joué aux cartes, car les cartes se trouvaient dans le même tiroir... Elles y sont encore... Ici, les choses gardent longtemps leur place...

— Mais l'automatique n'y est plus ?

— Non.

— De sorte que celui qui s'en est servi savait où le trouver ?

— C'est peut-être mon père, pour se défendre, qui...

On sentait de la peur dans ses yeux.

— Vos parents n'ont pas de domestique ?

— Ils avaient une bonne, qui s'est mariée il y a environ six mois. Depuis, ils en ont essayé deux autres. Comme maman n'en était pas satisfaite, elle a préféré engager une femme de ménage, Mme Manu... Elle vient le matin à sept heures et repart à huit heures du soir...

Tout cela était normal, tout était naturel, sauf que cet homme paisible, qui avait pris sa retraite depuis peu, ait été assassiné dans son fauteuil.

Il y avait, dans le drame, quelque chose de gênant, d'incongru.

— Comment va votre mère ?

— Le Dr Larue l'a forcée à se coucher. Elle ne desserre pas les dents et regarde fixement devant elle comme si elle avait perdu conscience. Elle n'a pas pleuré. On a l'impression d'un vide... Le docteur vous demande la permission de lui donner un sédatif... Il préférerait qu'elle dorme... Il peut ?...

Pourquoi pas ? Ce n'était pas en posant quelques questions à Mme Josselin que Maigret découvrirait la vérité.

— Il peut, répondit-il.

Les gens de l'Identité Judiciaire travaillaient toujours, avec leur minutie et leur calme habituels. Le substitut prenait congé.

— Vous venez, Gossard ? Vous avez votre voiture ?

— Non. J'ai pris un taxi.

— Si vous voulez, je vous reconduis.

Saint-Hubert s'en allait aussi, non sans avoir murmuré à Maigret :

— Ai-je eu raison de vous appeler ?

Le commissaire fit signe que oui et alla s'asseoir dans un fauteuil.

— Ouvre donc la fenêtre, dit-il à Lapointe.

Il faisait chaud dans la pièce et cela le surprenait soudain que, malgré la température encore estivale, Josselin eût passé la soirée toutes fenêtres fermées.

— Appelle le gendre...

— Tout de suite, patron...

Celui-ci ne tarda pas à apparaître, l'air exténué.

— Dites-moi, docteur, quand vous avez quitté votre beau-père, les fenêtres étaient-elles ouvertes ou fermées ?

Il réfléchit, regarda les deux fenêtres dont les rideaux étaient tirés.

— Attendez... Je ne sais pas... J'essaie de me souvenir... J'étais assis ici... Il me semble que je voyais des lumières... Oui... Je jurerais presque que la fenêtre de gauche était ouverte... J'entendais distinctement les bruits de la ville...

— Vous ne l'avez pas fermée avant de sortir ?

— Pourquoi l'aurais-je fait ?

— Je ne sais pas.

— Non... L'idée ne m'en est pas venue... Vous oubliez que je ne suis pas chez moi...

— Vous veniez souvent ?

— Environ une fois par semaine... Véronique rendait plus fréquemment visite à son père et à sa mère... Dites-moi... Ma femme va rester ici cette nuit mais, pour ma part, j'aimerais rentrer me coucher... Nous ne laissons jamais les enfants seuls avec la bonne toute la nuit... En outre, demain, dès sept heures, je dois être à l'hôpital...

— Qu'est-ce qui vous empêche de partir ?

Il était surpris par cette réponse, comme s'il se considérait lui-même suspect.

— Je vous remercie...

On l'entendait parler à sa femme, dans la pièce voisine, puis il traversait le salon, nu-tête, sa trousse à la main, saluant d'un air gêné.

2

Quand les trois hommes quittèrent l'immeuble, il n'y avait plus que Mme Josselin et sa fille dans l'appartement. Le bébé de la concierge, après une nuit agitée, avait dû s'endormir, car la loge était obscure, et le doigt de Maigret avait hésité un instant sur le bouton de sonnerie.

— Que diriez-vous, docteur, d'aller prendre un verre ?

Lapointe, sur le point d'ouvrir la portière de la voiture noire, laissa son geste en suspens. Le Dr Larue regarda sa montre, comme si celle-ci allait décider de sa réponse.

— Je prendrais volontiers une tasse de café, prononça-t-il de la même voix grave, un peu onctueuse, qu'il employait pour parler à ses malades. Il doit y avoir un bar encore ouvert au carrefour Montparnasse.

Le jour ne pointait pas encore. Les rues étaient presque vides. Maigret leva la tête vers le troisième étage et vit la lumière s'éteindre dans le salon où une des fenêtres restait ouverte.

Est-ce que Véronique Fabre allait enfin se dévêtir et s'étendre dans son ancienne chambre ? Ou resterait-elle assise au chevet de sa mère que la piqûre du docteur avait assommée ? Quelles étaient ses pensées, dans les pièces soudain désertes, où tant d'étrangers venaient de s'agiter ?

— Amène l'auto... disait le commissaire à Lapointe.

Il n'y avait que la rue Vavin à parcourir. Larue et Maigret marchaient le long du trottoir. Le médecin était un homme assez petit, large d'épaules, dodu, qui ne devait jamais perdre son calme, sa dignité et sa douceur. On le sentait habitué à une clientèle confortable et douillette, bien élevée, dont il avait pris le ton et les manières, non sans les exagérer quelque peu.

Malgré la cinquantaine, il restait beaucoup de naïveté dans ses yeux bleus, une certaine crainte aussi de faire de la peine, et Maigret devait apprendre par la suite qu'il exposait chaque année au Salon des Peintres-Médecins.

— Il y a longtemps que vous connaissez les Josselin ?

— Depuis que je me suis installé dans le quartier, c'est-à-dire une vingtaine d'années. Véronique était encore une petite fille et, si je ne me trompe, c'est pour elle, à l'occasion d'une rougeole, que j'ai été appelé chez eux pour la première fois.

C'était l'heure fraîche, un peu humide. Un léger halo entourait les becs de gaz. Plusieurs voitures stationnaient devant un cabaret encore ouvert au coin du boulevard Raspail ; le portier en uniforme, debout à l'entrée, prit les deux hommes pour des clients éventuels et, poussant la porte, fit jaillir des bouffées de musique.

Lapointe, dans la petite auto, suivait au pas, se rangeait au bord du trottoir.

La nuit de Montparnasse n'était pas tout à fait finie. Un couple discutait à mi-voix contre un mur, près d'un hôtel. Dans le bar encore éclairé, comme le docteur l'avait prévu, on apercevait quelques silhouettes et une vieille marchande de fleurs, au comptoir, buvait un café arrosé qui répandait une forte odeur de rhum.

— Pour moi, ce sera une fine à l'eau, dit Maigret.

Le médecin hésita.

— Ma foi, je crois que je vais prendre la même chose.

— Et toi, Lapointe ?

— Moi aussi, patron.

— Trois fines à l'eau...

Ils s'assirent autour d'un guéridon, près de la vitre, et se mirent à parler à mi-voix tandis que les menus trafics de la nuit se poursuivaient autour d'eux. Larue affirmait avec conviction :

— Ce sont de braves gens. Ils n'ont pas tardé à devenir nos amis et il nous arrivait assez souvent, à ma femme et à moi, de dîner chez eux.

— Ils ont de la fortune ?

— Cela dépend de ce qu'on entend par là. Ils sont certainement très à l'aise. Le père de René Josselin possédait déjà une petite affaire de cartonnage rue du Saint-Gothard, un simple atelier vitré au fond d'une cour, qui occupait une dizaine d'ouvrières. Lorsqu'il en a hérité, son fils a acheté un outillage moderne. C'était un homme de goût, qui ne manquait pas d'idées, et il a assez vite acquis la clientèle des grands parfumeurs et d'autres maisons de luxe.

— Il paraît qu'il s'est marié tard, vers l'âge de trente-cinq ans ?

— C'est exact. Il continuait à habiter la rue du Saint-Gothard, au-dessus des ateliers, avec sa mère qui a toujours été mal portante. Il ne m'a pas caché que c'est à cause d'elle qu'il ne s'est pas marié plus tôt. D'une part, il ne voulait pas la laisser seule. D'autre part, il ne se sentait pas le droit d'imposer la présence d'une malade à une jeune femme. Il travaillait beaucoup, ne vivait que pour son affaire.

— A votre santé.

— A la vôtre.

Lapointe, les yeux un peu rouges de fatigue, ne perdait pas un mot de la conversation.

— Il s'est marié un an après la mort de sa mère et s'est installé rue Notre-Dame-des-Champs.

— Qui était sa femme ?

— Francine de Lancieux, la fille d'un ancien colonel. Je crois qu'ils habitaient quelques maisons plus loin, rue du Saint-Gothard ou rue Dareau, et que c'est ainsi que Josselin l'a connue. Elle devait avoir vingt-deux ans à l'époque.

— Ils s'entendaient bien ?

— C'était un des couples les plus unis que j'aie connus. Ils ont eu presque tout de suite une fille, Véronique, que vous avez rencontrée ce soir. Plus tard, ils ont espéré un fils, mais une opération assez pénible a mis fin à leur espoir.

Des braves gens, avaient dit le commissaire de police, puis le médecin. Des gens presque sans histoire, dans un cadre cossu et reposant.

— Ils sont revenus de La Baule la semaine dernière... Ils y ont acheté une villa alors que Véronique était encore toute petite et ils continuaient à y aller chaque année. Depuis que Véronique est maman à son tour, ils y emmenaient ses enfants.

— Et le mari ?

— Le Dr Fabre ? J'ignore s'il a pris des vacances, sans doute pas plus d'une semaine. Peut-être est-il allé les rejoindre deux ou trois fois du samedi au dimanche soir. C'est un homme qui se consacre entièrement à la médecine et à ses malades, une sorte de saint laïc. Lorsqu'il a rencontré Véronique, il était interne aux Enfants Malades et, s'il ne s'était pas marié, il se serait vraisemblablement contenté d'une carrière hospitalière, sans se soucier d'une clientèle privée.

— Vous croyez que sa femme a insisté pour qu'il ait un cabinet ?

— Je ne trahis pas le secret professionnel en répondant à cette question. Fabre ne s'en cache pas. En se consacrant exclusivement à l'hôpital, il aurait eu du mal à faire vivre une famille. Son beau-père a voulu qu'il rachète un cabinet et lui a avancé les fonds. Vous l'avez vu. Il ne se soucie ni de son aspect, ni du confort. Il porte le plus souvent des vêtements fripés et, livré à lui-même, je me demande s'il n'oublierait pas de changer de linge...

— Il s'entendait bien avec Josselin ?

— Les deux hommes s'estimaient. Josselin était assez fier de son gendre et, en outre, ils avaient une passion commune pour les échecs.

— Il était vraiment malade ?

— C'est moi qui lui ai demandé de mettre un frein à son activité. Il a toujours été gros et je l'ai connu pesant près de cent dix kilos. Cela ne l'empêchait pas de travailler douze ou treize heures par jour. Le cœur ne suivait pas. Il a eu, voilà deux ans, une crise assez bénigne qui n'en constituait pas moins un signal d'alarme.

» Je lui ai conseillé de prendre un collaborateur, de se contenter d'une sorte de supervision, juste de quoi s'occuper l'esprit.

» A ma grande surprise, il a préféré tout lâcher, m'expliquant qu'il était incapable de faire les choses à moitié.

— Il a vendu son affaire ?

— A deux de ses employés. Comme ceux-ci n'avaient pas assez d'argent, il y reste intéressé pendant un certain nombre d'années, je ne sais pas au juste combien.

— A quoi, depuis deux ans, employait-il son temps ?

— Le matin, il se promenait dans le jardin du Luxembourg ; je l'y ai aperçu souvent. Il marchait lentement, précautionneusement, comme beaucoup de cardiaques, car il finissait par s'exagérer son état. Il lisait. Vous avez vu sa bibliothèque. Lui qui n'avait jamais eu le temps de lire découvrait sur le tard la littérature et en parlait avec enthousiasme.

— Sa femme ?

— Malgré la bonne, puis la femme de ménage, quand ils ont décidé de ne plus prendre de servante à demeure, elle s'occupait beaucoup de la maison et de la cuisine. En plus, elle allait presque chaque jour boulevard Brune voir ses petits-enfants, emmenait l'aîné dans sa voiture au parc Montsouris...

— Vous devez avoir été surpris lorsque vous avez appris ce qui s'est passé ?

— J'ai encore de la peine à y croire. J'ai vu quelques drames parmi ma clientèle, pas beaucoup, mais quelques-uns quand même. Chaque fois, on aurait pu s'y attendre. Vous comprenez ce que je veux dire ? Dans chaque cas, malgré les apparences, il existait comme une fêlure, un élément de trouble. Cette fois, je me perds en conjectures...

Maigret faisait signe au garçon de remplir les verres.

— La réaction de Mme Josselin m'inquiète, poursuivait le médecin, toujours avec la même onction. Je dirais plutôt son absence de réaction, sa complète asthénie. Je n'ai pas pu lui arracher une phrase de la nuit. Elle nous regardait, sa fille, son gendre et moi, comme si elle ne nous voyait pas. Elle n'a pas versé une larme. De sa chambre, nous entendions les bruits du salon. Il n'était pas difficile, avec un peu d'imagination, de deviner au fur et à mesure ce qui s'y passait, les flashes des photographes, par exemple, puis quand on a emporté le corps...

» J'ai cru qu'à ce moment tout au moins elle allait réagir, tenter de se précipiter. Elle était consciente et pourtant elle n'a pas bougé, pas tressailli...

» Elle a passé la plus grande partie de sa vie avec un homme et voilà qu'au retour du théâtre elle se retrouve tout à coup seule...

» Je me demande comment elle va s'organiser...

— Vous croyez que sa fille la prendra chez elle ?

— Ce n'est guère possible. Les Fabre habitent un de ces nouveaux immeubles où les appartements sont assez exigus. Certes, elle aime sa fille et elle est folle de ses petits-enfants, mais je la vois mal vivant tout le temps avec eux... Maintenant, il est temps que je rentre... Demain matin, mes malades m'attendent... Mais non ! Laissez ça...

Il avait tiré son portefeuille de sa poche. Le commissaire avait été plus prompt que lui.

Des gens sortaient du cabaret d'à côté, tout un groupe, des musiciens, des danseuses, qui s'attendaient les uns les autres ou qui se disaient bonsoir et on entendait sur le trottoir le martèlement de très hauts talons.

Lapointe prenait place au volant à côté d'un Maigret au visage sans expression.

— Chez vous ?

— Oui.

Ils se turent un bon moment tandis que la voiture roulait dans les rues désertes.

— Demain matin, de bonne heure, je voudrais que quelqu'un se rende rue Notre-Dame-des-Champs et interroge les locataires de l'immeuble à mesure qu'ils se lèveront. Il est possible que quelqu'un ait entendu le coup de feu et ne s'en soit pas inquiété en pensant à un éclatement de pneu... J'aimerais connaître aussi les allées et venues des locataires à partir de neuf heures et demie...

— Je m'en occuperai moi-même, patron.

— Non. Tu iras te coucher après avoir donné les instructions. Si Torrence est libre, envoie-le rue Julie, aux trois numéros auxquels le Dr Fabre affirme avoir sonné.

— Compris.

— Il vaut mieux, aussi, par acquit de conscience, vérifier l'heure de son arrivée à l'hôpital...

— C'est tout ?

— Oui... Oui et non... J'ai la sensation que j'oublie quelque chose mais, depuis un quart d'heure au moins, je me demande quoi... C'est une impression que j'ai eue plusieurs fois au cours de la soirée... A un moment donné, une idée m'est venue, pas même une idée, et quelqu'un m'a adressé la parole, Saint-Hubert si je ne me trompe... Le temps de lui répondre et j'étais incapable de me rappeler à quoi j'avais commencé à penser...

Ils arrivaient boulevard Richard-Lenoir. La fenêtre était toujours ouverte sur l'obscurité de la chambre, comme la fenêtre du salon des Josselin était restée ouverte après le départ du Parquet.

— Bonne nuit, mon petit.

— Bonne nuit, patron.

— Je ne serai sans doute pas au bureau avant dix heures...

Il gravit l'escalier lourdement, remuant des pensées imprécises, et il trouva la porte ouverte par Mme Maigret en chemise de nuit.

— Pas trop fatigué ?

— Je ne crois pas... Non...

Ce n'était pas de la fatigue. Il était préoccupé, mal à l'aise, un peu triste, comme si le drame de la rue Notre-Dame-des-Champs l'affectait personnellement. Le docteur au visage poupin l'avait bien dit : les Josselin n'étaient pas des gens chez qui on admette que le drame puisse entrer naturellement.

Il se souvenait des réactions des uns et des autres, de Véronique, de son mari, de Mme Josselin qu'il n'avait pas vue encore et qu'il n'avait même pas demandé à voir.

Tout cela avait quelque chose de gênant. Il était gêné, par exemple, de faire vérifier les dires du Dr Fabre, comme si celui-ci eût été un suspect.

Pourtant, à s'en tenir aux faits, c'était à lui qu'on était obligé de penser. Le substitut, le juge d'instruction Gossard y avaient certainement pensé aussi et, s'ils n'en avaient rien dit, c'est parce que cette affaire leur donnait le même malaise qu'à Maigret.

Qui savait que les deux femmes, la mère et la fille, étaient au théâtre ce soir-là ? Peu de gens sans doute et, jusqu'ici, on n'avait cité personne.

Fabre était arrivé rue Notre-Dame-des-Champs vers neuf heures et demie. Il avait commencé une partie d'échecs avec son beau-père.

On l'avait appelé, de chez lui, pour l'avertir qu'il avait un malade à voir rue Julie. Cela n'avait rien d'extraordinaire. Il était probable que, comme tous les médecins, il était souvent dérangé de la sorte.

N'était-ce pas néanmoins une coïncidence troublante que, ce soir-là, justement, la domestique ait mal entendu le nom ? Et qu'elle ait envoyé le médecin à une adresse où personne n'avait besoin de lui ?

Au lieu de revenir rue Notre-Dame-des-Champs pour finir la partie et attendre sa femme, Fabre s'était rendu à l'hôpital. Cela aussi devait lui arriver fréquemment, étant donné son caractère.

Un seul locataire, pendant ce temps, rentrait dans l'immeuble et disait son nom en passant devant la loge. La concierge se levait un peu plus tard et affirmait que personne, depuis, n'était plus entré ni sorti.

— Tu ne dors pas ?

— Pas encore...

— Tu es sûr que tu veux te lever à neuf heures ?

— Oui...

Il fut long à trouver le sommeil. Il revoyait la silhouette maigre du pédiatre aux vêtements fripés, ses yeux trop brillants d'homme qui ne dort pas assez.

Est-ce qu'il se savait suspect ? Et sa femme, sa belle-mère, y avaient-elles pensé ?

Au lieu de téléphoner à la police en découvrant le corps, elles avaient d'abord appelé l'appartement du boulevard Brune. Or, elles n'étaient pas au courant de l'histoire de la rue Julie. Elles ignoraient pourquoi Fabre avait quitté la rue Notre-Dame-des-Champs.

Elles n'avaient pas pensé tout de suite qu'il pouvait se trouver à l'hôpital et elles s'étaient tournées vers le médecin de famille, le Dr Larue.

Que s'étaient-elles dit pendant qu'elles restaient seules avec le cadavre dans l'appartement ? Est-ce que Mme Josselin était déjà dans le même était d'hébétude ? Était-ce Véronique, seule, qui avait pris les décisions, tandis que sa mère demeurait silencieuse, le regard absent ?

Larue était arrivé et s'était rendu compte tout de suite de l'erreur, sinon de l'imprudence, qu'elles avaient commise en n'appelant pas la police. C'était lui qui avait alerté le commissariat.

Tout cela, Maigret aurait voulu le voir, le vivre par lui-même. Il fallait reconstituer morceau par morceau chaque moment de la nuit.

Qui avait pensé à l'hôpital et qui avait décroché le téléphone ? Larue ? Véronique ?

Qui s'était assuré que rien n'avait disparu dans l'appartement et qu'il ne s'agissait donc pas d'un crime crapuleux ?

On emmenait Mme Josselin dans sa chambre. Larue restait près d'elle et finissait, avec l'autorisation de Maigret, par lui faire une piqûre sédative.

Fabre accourait, trouvait la police chez son beau-père, celui-ci mort dans son fauteuil.

« Et pourtant, pensait Maigret en s'assoupissant, c'est sa femme qui m'a parlé de l'automatique... »

Si Véronique n'avait pas ouvert le tiroir, de propos délibéré, en sachant ce qu'elle cherchait, personne, sans doute, n'aurait soupçonné l'existence de l'arme.

Or, cela n'éliminait-il pas la possibilité d'un crime commis par un étranger ?

Fabre prétendait avoir entendu son beau-père mettre la chaîne à la porte après l'avoir reconduit, à dix heures et quart.

Josselin avait donc ouvert en personne à son meurtrier. Il ne s'en était pas méfié, puisqu'il était allé reprendre sa place dans son fauteuil.

Si la fenêtre était ouverte à ce moment-là, comme cela semblait probable, quelqu'un l'avait refermée, Josselin ou son visiteur.

Et si le browning était bien l'arme du crime, l'assassin en connaissait l'existence à cet endroit précis et avait pu s'en saisir sans éveiller la suspicion.

En supposant un homme venu du dehors, comment était-il sorti de l'immeuble ?

Maigret finit par s'endormir d'un mauvais sommeil pendant lequel il ne cessa de se tourner et de se retourner lourdement et ce fut un soulagement de sentir l'odeur du café, d'entendre la voix de Mme Maigret, de voir devant lui la fenêtre ouverte sur des toits ensoleillés.

— Il est neuf heures...

En un instant, il retrouvait l'affaire dans ses moindres détails, comme s'il n'y avait pas eu de coupure.

— Passe-moi l'annuaire des téléphones...

Il chercha le numéro des Josselin, le composa, entendit assez longtemps la sonnerie, puis enfin une voix qu'il ne connaissait pas.

— Je suis bien chez M. René Josselin ?

— Il est mort.

— Qui est à l'appareil ?

— Mme Manu, la femme de ménage.

— Est-ce que Mme Fabre est encore là ?

— Qui est-ce qui parle ?

— Le commissaire Maigret, de la Police Judiciaire. J'étais là-bas cette nuit...

— La jeune madame vient de partir pour aller se changer.

— Et Mme Josselin ?

— Elle dort toujours. On lui a donné une drogue et il paraît qu'elle ne s'éveillera pas avant que sa fille revienne.

— Il n'est venu personne ?

— Personne. Je suis occupée à mettre de l'ordre. Je ne me doutais pas, en arrivant ce matin...

— Je vous remercie...

Mme Maigret ne lui posait pas de questions et il se contenta de lui dire :

— Un brave homme qui s'est fait tuer Dieu sait pourquoi...

Il revoyait Josselin dans son fauteuil. Il s'efforçait de le voir non pas mort, mais vivant. Était-il vraiment resté seul devant l'échiquier et, pendant un certain temps, avait-il continué la partie, poussant tantôt les pions noirs et tantôt les blancs ?

S'il attendait quelqu'un... Sachant que son gendre viendrait passer la soirée avec lui, il n'avait pas dû donner un rendez-vous secret. Ou alors...

Il aurait fallu croire que le coup de téléphone appelant le Dr Fabre rue Julie...

— Ce sont les braves gens qui nous donnent le plus de mal, grommela-t-il en finissant son petit déjeuner et en se dirigeant vers la salle de bains.

Il ne passa pas au Quai tout de suite, se contentant de téléphoner pour s'assurer qu'on n'avait pas besoin de lui.

— Rue du Saint-Gothard... lança-t-il au chauffeur du taxi.

C'était du côté de René Josselin qu'il cherchait d'abord. Josselin était la victime, certes. Mais on ne tue pas un homme sans raison.

Paris continuait à sentir les vacances. Ce n'était plus le Paris vide du mois d'août mais il restait comme une paresse dans l'air, une hésitation à reprendre la vie de tous les jours. S'il avait plu, s'il avait fait froid, cela aurait été plus facile. Cette année, l'été ne se décidait pas à mourir.

Le chauffeur se retournait en quittant la rue Dareau, près du talus du chemin de fer.

— Quel numéro ?

— Je ne sais pas. C'est une entreprise de cartonnerie...

Un nouveau virage et ils apercevaient un grand immeuble en béton aux fenêtres sans rideaux. Sur toute la longueur de la façade, on lisait :

Anciens établissements Josselin
Jouane et Goulet, successeurs

— Je vous attends ?

— Oui.

Il y avait deux portes, celle des ateliers et, plus loin, la porte des bureaux par laquelle Maigret pénétra dans des locaux très modernes.

— Vous désirez ?

Une jeune fille passait la tête par un guichet et le regardait assez curieusement. Il est vrai que Maigret avait sa mine renfrognée des débuts d'enquête et qu'il regardait lentement autour de lui avec l'air de se livrer à un inventaire des lieux.

— Qui est-ce qui dirige la maison ?

— MM. Jouane et Goulet... répondait-elle comme si c'était une évidence.

— Je sais. Mais lequel des deux est le principal ?

— Cela dépend. M. Jouane s'occupe surtout de la partie artistique, M. Goulet de la fabrication et de la partie commerciale.

— Ils sont tous les deux ici ?

— M. Goulet est encore en vacances. Qu'est-ce que vous désirez ?

— Voir M. Jouane.

— De la part de qui ?

— Du commissaire Maigret.

— Vous avez rendez-vous ?

— Non.

— Un moment...

Elle alla parler, au fond de son cagibi vitré, à une jeune fille en blouse blanche qui, après un coup d'œil curieux au visiteur, sortit de la pièce.

— On va le chercher. Il est dans les ateliers.

Maigret entendait des bruits de machines et, quand une porte latérale s'ouvrit, il entrevit un hall assez vaste où d'autres jeunes filles, d'autres femmes en blanc travaillaient par rangées, comme si le travail s'effectuait à la chaîne.

— Vous me demandez ?

L'homme devait avoir quarante-cinq ans. Il était grand, le visage ouvert, et il portait, lui aussi, une blouse blanche qui, déboutonnée, laissait voir un complet bien coupé.

— Si vous voulez me suivre...

Ils gravissaient un escalier de chêne clair, découvraient, derrière une vitre, une demi-douzaine de dessinateurs penchés sur leur travail.

Une porte encore et c'était un bureau ensoleillé, une secrétaire, dans un coin, qui tapait à la machine.

— Laissez-nous, mademoiselle Blanche.

Il désignait un siège à Maigret, s'asseyait derrière son bureau, surpris, un peu anxieux.

— Je me demande... commençait-il.

— Vous êtes au courant de la mort de M. Josselin ?

— Que dites-vous ? M. Josselin est mort ? Quand cela s'est-il produit ? Il est rentré de vacances ?

— Vous ne l'avez pas revu depuis son retour de La Baule ?

— Non. Il n'est pas encore venu nous voir. Il a eu une attaque ?

— Il a été assassiné.

— Lui ?

On sentait que Jouane avait de la peine à y croire.

— Ce n'est pas possible. Qui aurait...

— Il a été abattu chez lui, hier au soir, de deux balles de revolver...

— Par qui ?

— C'est ce que j'essaie de découvrir, monsieur Jouane.

— Sa femme n'était pas avec lui ?

— Elle était au théâtre en compagnie de sa fille.

Jouane baissait la tête, visiblement choqué.

— Pauvre homme... C'est tellement invraisemblable...

Et la révolte pointait.

— Mais qui a pu avoir intérêt... Écoutez, monsieur le commissaire... Vous ne le connaissiez pas... C'était le meilleur homme du monde... Il a été un père pour moi, mieux qu'un père... Quand je suis entré ici, j'avais seize ans et je ne savais rien... Mon père venait de mourir... Ma mère faisait des ménages... J'ai débuté comme garçon de courses, avec un triporteur... C'est M. Josselin qui m'a tout appris... C'est lui, plus tard, qui m'a nommé chef de service... Et, quand il a décidé de se retirer des affaires, il nous a fait venir dans son bureau, Goulet et moi... Goulet, lui, avait commencé par travailler aux machines...

» Il nous a annoncé que son médecin lui conseillait de travailler moins et il nous a déclaré qu'il en était incapable... Venir ici deux ou trois heures par jour, en amateur, n'était pas possible pour un homme comme lui, qui avait l'habitude de s'occuper de tout et qui, presque chaque soir, restait à travailler longtemps après la fermeture de l'atelier...

— Vous avez eu peur de voir un étranger devenir votre patron ?

— Je l'avoue. Pour Goulet et pour moi, c'était une véritable catastrophe et nous nous regardions, atterrés, pendant que M. Josselin souriait d'un sourire malicieux... Vous savez ce qu'il a fait ?

— On m'en a parlé cette nuit.

— Qui ?

— Son médecin.

— Certes, nous avions tous les deux quelques économies, mais pas de quoi racheter une maison comme celle-ci... M. Josselin a fait venir son notaire et ils ont trouvé un moyen de nous céder l'affaire en échelonnant les payements sur une longue période... Une période qui, bien entendu, est loin d'être finie... A vrai dire, pendant près de vingt ans encore...

— Il venait quand même ici de temps en temps ?

— Il nous rendait visite discrètement, comme s'il craignait de nous gêner. Il s'assurait que tout allait bien, que nous étions contents et, quand il nous arrivait de lui demander un conseil, il le donnait comme quelqu'un qui n'y a aucun droit...

— Vous ne lui connaissez pas d'ennemi ?

— Aucun ! Ce n'était pas l'homme à se faire des ennemis. Tout le monde l'aimait. Entrez dans les bureaux, à l'atelier, demandez à n'importe qui ce qu'il pensait de lui...

— Vous êtes marié, monsieur Jouane ?

— Je suis marié, j'ai trois enfants et nous habitons, près de Versailles, un pavillon que j'ai fait construire...

Lui aussi était un brave homme ! Est-ce que Maigret, dans cette affaire, n'allait rencontrer que des braves gens ? Il en était presque irrité car, après tout, il y avait un mort d'un côté et, de l'autre, un homme qui, par deux fois, avait tiré sur René Josselin.

— Vous alliez souvent rue Notre-Dame-des-Champs ?

— J'y suis allé quatre ou cinq fois en tout... Non ! J'oublie qu'il y a cinq ans, quand M. Josselin a eu une forte grippe, j'allais chaque matin lui porter le courrier et prendre ses instructions...

— Il vous est arrivé d'y dîner, d'y déjeuner ?

— Nous y avons dîné avec Goulet et nos femmes le soir de la signature de l'acte, lorsque M. Josselin nous a remis l'affaire...

— Quel homme est Goulet ?

— Un technicien, un bûcheur.

— Quel âge ?

— A peu près le même âge que moi. Nous sommes entrés dans la maison à un an d'intervalle.

— Où est-il en ce moment ?

— A l'île de Ré, avec sa femme et ses enfants.

— Il en a combien ?

— Trois, comme moi.

— Que pensez-vous de Mme Josselin ?

— Je la connais peu. Elle m'a l'air d'une excellente femme. Pas du même genre que son mari.

— Que voulez-vous dire ?

— Qu'elle est un peu plus fière...

— Et leur fille ?

— Elle passait parfois voir son père au bureau, mais nous avions peu de contacts avec elle.

— Je suppose que la mort de René Josselin ne change rien à vos arrangements financiers ?

— Je n'y ai pas encore pensé... Attendez... Non... Il n'y a aucune raison... Au lieu de lui verser directement les sommes qui lui revenaient, nous les verserons à ses héritiers... A Mme Josselin, je suppose...

— Ces sommes sont importantes ?

— Cela dépend des années, car l'arrangement comporte une participation aux bénéfices... En tout cas, il y a de quoi vivre très largement...

— Considérez-vous que les Josselin vivaient largement ?

— Ils vivaient bien. Ils avaient un bel appartement, une voiture, une villa à La Baule...

— Mais ils auraient pu mener plus grand train ?

Jouane réfléchissait.

— Oui... Sans doute...

— Josselin était avare ?

— Il n'aurait pas pensé à l'arrangement qu'il nous a proposé, à Goulet et à moi, s'il avait été avare... Non... Voyez-vous, je pense qu'il vivait comme il avait envie de vivre... Il n'avait pas des goûts dispendieux... Il préférait sa tranquillité à toute autre chose...

— Et Mme Josselin ?

— Elle aime s'occuper de sa maison, de sa fille, maintenant de ses petits-enfants...

— Comment les Josselin ont-ils accueilli le mariage de leur fille ?

— Il m'est difficile de vous en parler... Ces choses-là ne se passaient pas ici, mais rue Notre-Dame-des-Champs... Il est certain que M. Josselin adorait Mlle Véronique et que cela a été dur pour lui de se séparer d'elle... J'ai une fille aussi... Elle a douze ans... Je vous avoue que j'appréhende le moment où un inconnu me la prendra et où elle ne portera même plus mon nom... Je suppose qu'il en est ainsi pour tous les pères ?...

— Le fait que son gendre était sans fortune...

— A lui, cela aura plutôt fait plaisir...

— Et à Mme Josselin ?

— Je n'en suis pas si sûr... L'idée que sa fille épouse le fils d'un facteur...

— Le père de Fabre est facteur...

— A Melun ou dans un village des environs... Je vous dis ce que j'en sais... Il paraît qu'il a fait toutes ses études à coups de bourses... On prétend aussi que, s'il le voulait, il serait bientôt un des plus jeunes professeurs de la Faculté de Médecine...

— Encore une question, monsieur Jouane. Je crains qu'elle vous choque, après ce que vous venez de me dire. Est-ce que M. Josselin avait une ou des maîtresses ? Est-ce qu'il s'intéressait aux femmes ?

Au moment où il ouvrait la bouche, Maigret l'interrompit.

— Je suppose que, depuis que vous êtes marié, il vous est arrivé de coucher avec une autre femme que la vôtre ?

— Cela m'est arrivé, oui. En évitant cependant toute liaison. Vous comprenez ce que je veux dire ? Je ne voudrais pas risquer le bonheur de notre ménage...

— Vous avez beaucoup de jeunes femmes qui travaillent autour de vous...

— Pas celles-là. Jamais. C'est une question de principe. En outre, ce serait dangereux...

— Je vous remercie de votre franchise. Vous vous considérez comme un homme normal. René Josselin était un homme normal aussi. Il s'est marié tard, vers l'âge de trente-cinq ans...

— Je comprends ce que vous voulez dire... J'essaie d'imaginer M. Josselin dans cette situation-là... Je n'y parviens pas... Je ne sais pas pourquoi... Je sais que c'était un homme comme un autre... Et pourtant...

— Vous ne lui avez connu aucune aventure ?

— Aucune... Je ne l'ai jamais vu non plus regarder une de nos ouvrières d'une certaine façon, bien qu'il y en ait de très jolies... Plusieurs ont même dû essayer, comme elles ont essayé avec moi... Non ! monsieur le commissaire, je ne pense pas que vous trouviez quelque chose de ce côté-là...

Il questionna soudain :

— Comment cela se fait-il qu'on n'en parle pas dans le journal ?

— La presse en parlera cet après-midi...

Maigret se levait en soupirant.

— Je vous remercie, monsieur Jouane. S'il vous revenait un détail qui puisse me servir, téléphonez-moi...

— Pour moi, c'est un crime inexplicable...

Maigret faillit grommeler :

— Pour moi aussi.

Seulement, il savait, lui, qu'il n'existe pas de crimes inexplicables. On ne tue pas sans une raison majeure.

Il n'aurait pas fallu le pousser beaucoup pour qu'il ajoute :

— On ne tue pas n'importe qui.

Car son expérience lui avait appris qu'il existe une sorte de vocation de victime.

— Vous savez quand aura lieu l'enterrement ?

— Le corps ne sera rendu à la famille qu'après l'autopsie.

— Elle n'a pas encore eu lieu ?

— Elle doit être en train en ce moment.

— Il faut que je téléphone tout de suite à Goulet... Il ne devait rentrer que la semaine prochaine...

Maigret fit un petit salut, en passant, à la jeune fille dans sa cage vitrée et il se demanda pourquoi elle le regardait en se retenant de pouffer.

3

La rue était calme, provinciale, avec du soleil d'un côté, de l'ombre de l'autre, deux chiens qui se reniflaient au milieu de la chaussée et, derrière les fenêtres ouvertes, des femmes qui vaquaient à leur ménage. Trois Petites Sœurs des Pauvres, avec leur large jupe et les ailes de leur cornette qui frémissaient comme des oiseaux, se dirigeaient vers le jardin du Luxembourg et Maigret les regardait de loin sans penser à rien. Puis il fronçait les sourcils en apercevant, devant la maison des Josselin, un gardien de la paix en uniforme aux prises avec une demi-douzaine de reporters et de photographes.

Il y était habitué. Il devait s'y attendre. Il venait d'annoncer à Jouane que les journaux de l'après-midi parleraient sûrement de l'affaire. René Josselin avait été assassiné et les gens assassinés appartiennent automatiquement au domaine public. Dans quelques heures, la vie intime d'une famille serait exposée avec tous ses détails, vrais ou faux, et chacun aurait le droit d'émettre des hypothèses.

Pourquoi cela le choquait-il tout à coup ? Cela l'irritait d'en être choqué. Il avait l'impression de se laisser prendre par l'atmosphère bourgeoise, presque édifiante qui entourait ces gens-là, des « braves gens », comme chacun le lui répétait.

Les photographes opérèrent tandis qu'il descendait de taxi. Les reporters l'entourèrent alors qu'il payait le chauffeur.

— Quelle est votre opinion, commissaire ?

Il les écartait du geste en murmurant :

— Quand j'aurai quelque chose à vous dire, je vous convoquerai. Il y a là-haut des femmes qui souffrent et il serait plus décent de les laisser en paix.

Or, lui-même n'allait pas les laisser en paix. Il saluait l'homme en uniforme, entrait dans l'immeuble qu'il voyait pour la première fois en plein jour et qui était très gai, très clair.

Il allait passer devant la loge, où un rideau de tulle blanc était tendu derrière la porte vitrée, quand il se ravisa, frappa à la vitre, tourna le bouton.

Comme dans les maisons des beaux quartiers, la loge était une sorte de petit salon au meubles astiqués. Une voix questionnait :

— Qui est-ce ?

— Commissaire Maigret.

— Entrez, monsieur le commissaire.

La voix venait d'une cuisine aux murs peints en blanc où la concierge, les bras nus jusqu'aux coudes, un tablier blanc sur sa robe noire, était occupée à stériliser des biberons.

Elle était jeune, avenante, et sa silhouette gardait le moelleux de sa récente maternité. Désignant une porte, elle prononçait à mi-voix :

— Ne parlez pas trop fort. Mon mari dort...

Maigret se souvenait que le mari était gardien de la paix et qu'il était de service la nuit précédente.

— Depuis ce matin, je suis assaillie par les journalistes et plusieurs sont montés là-haut en profitant de ce que j'avais le dos tourné. Mon mari a fini par avertir le commissariat, qui a envoyé un de ses collègues...

Le bébé dormait dans un berceau d'osier garni de volants jaunes.

— Vous avez du nouveau ? questionnait-elle.

Il faisait un signe négatif de la tête.

— Je suppose que vous êtes sûre de vous, n'est-ce pas ? demandait-il à son tour d'une voix feutrée. Personne n'est sorti, hier au soir, après le départ du Dr Fabre ?

— Personne, monsieur le commissaire. Je l'ai répété tout à l'heure à un de vos hommes, un gros, au visage sanguin, l'inspecteur Torrence, je crois. Il a passé plus d'une heure dans l'immeuble, à questionner les locataires. Il n'y en a pas beaucoup en ce moment. Certains sont encore en vacances. Les Tupler ne sont pas revenus des États-Unis. La maison est à moitié vide...

— Il y a longtemps que vous travaillez ici ?

— Six ans. J'ai pris la place d'une de mes tantes qui a passé quarante ans dans l'immeuble.

— Les Josselin recevaient beaucoup ?

— Pour ainsi dire pas. Ce sont des gens tranquilles, aimables avec tout le monde, qui mènent une vie très régulière. Le Dr Larue et sa femme venaient dîner de temps en temps. Les Josselin allaient dîner chez eux aussi...

Comme les Maigret et les Pardon. Maigret se demandait s'ils avaient également un jour fixe.

— Le matin, vers neuf heures, pendant que Mme Manu faisait le ménage, M. Josselin descendait pour sa promenade. C'était si régulier que j'aurais pu régler l'horloge en le voyant passer. Il entrait dans la loge, me disait quelques mots sur le temps, prenait son courrier qu'il glissait dans sa poche après avoir jeté un coup d'œil sur les enveloppes et se dirigeait lentement vers le jardin du Luxembourg. Il marchait toujours d'un même pas...

— Il recevait beaucoup de courrier ?

— Assez peu. Plus tard, vers dix heures, alors qu'il était encore dehors, sa femme descendait à son tour, tirée à quatre épingles, même pour faire son marché. Je ne l'ai jamais vue sortir sans chapeau.

— A quelle heure son mari rentrait-il ?

— Cela dépendait du temps. S'il faisait beau, il ne revenait guère avant onze heures et demie ou midi. Quand il pleuvait, il restait moins longtemps mais il faisait sa promenade quand même.

— Et l'après-midi ?

Elle avait fini de reboucher les biberons qu'elle rangeait dans le réfrigérateur.

— Il leur arrivait de sortir tous les deux, pas plus d'une fois ou deux par semaine. Mme Fabre venait aussi les voir. Avant la naissance de son second enfant, il lui arrivait d'amener l'aîné avec elle.

— Elle s'entendait bien avec sa mère ?

— Je crois, oui. Elles allaient au théâtre ensemble, comme c'est arrivé hier.

— Vous n'avez pas remarqué, ces derniers temps, dans le courrier, des lettres d'une écriture différente des lettres habituelles ?

— Non.

— Personne n'est venu demander M. Josselin, quand il était seul dans l'appartement, par exemple ?

— Non plus. J'ai pensé à tout cela, cette nuit, me doutant que vous me poseriez ces questions. Voyez-vous, monsieur le commissaire, ce sont des gens sur lesquels il n'y a rien à dire...

— Ils ne fréquentaient pas d'autres locataires ?

— Pas à ma connaissance. A Paris, c'est rare que les locataires d'un immeuble se connaissent, sauf dans les quartiers populeux. Chacun mène sa vie sans savoir qui est son voisin de palier.

— Mme Fabre est revenue ?

— Il y a quelques minutes...

— Je vous remercie.

L'ascenseur s'arrêta au troisième, où il y avait deux portes avec, devant chacune, un large paillasson bordé de rouge. Il sonna à celle de gauche, entendit des pas feutrés et, après une sorte d'hésitation, le battant bougea, une fente claire se dessina, étroite, car on n'avait pas retiré la chaîne.

— Qu'est-ce que c'est ? questionnait une voix peu amène.

— Commissaire Maigret.

Un visage aux traits accusés, celui d'une femme d'une cinquantaine d'années, se pencha pour examiner le visiteur avec méfiance.

— Bon ! Je vous crois ! Il y a eu tant de journalistes ce matin...

La chaîne fut retirée et Maigret découvrit l'appartement tel qu'il était d'habitude, avec chaque objet à sa place, du soleil qui entrait par les deux fenêtres.

— Si c'est Mme Josselin que vous désirez voir...

On l'avait introduit au salon, où il n'y avait plus trace des événements et du désordre de la nuit. Une porte s'ouvrait tout de suite et Véronique, vêtue d'un tailleur bleu marine, fit deux pas dans la pièce.

Elle était visiblement fatiguée et Maigret retrouvait dans son regard une espèce de flottement, de quête. Son regard, quand il se fixait sur les objets ou sur le visage de son visiteur, avait l'air de chercher un appui, ou la réponse à une question.

— Vous n'avez rien trouvé ? murmurait-elle sans espoir.

— Comment va votre mère ?

— Je viens seulement de rentrer. Je suis allée voir mes enfants et me changer. Je crois vous l'avoir dit au téléphone. Je ne sais plus. Je ne sais plus où j'en suis. Maman a dormi. Quand elle s'est éveillée, elle n'a pas parlé. Elle a bu une tasse de café, mais a refusé de manger. Je voulais qu'elle reste couchée. Je ne suis pas parvenue à la convaincre et elle est en train de s'habiller.

Elle regardait à nouveau autour d'elle, évitant le fauteuil où son père était mort. Les échecs n'étaient plus sur le guéridon. Un cigare à moitié fumé, que Maigret avait remarqué, la nuit, dans un cendrier, avait disparu.

— Votre mère n'a absolument rien dit ?

— Elle me répond par oui ou par non. Elle a toute sa lucidité. Il semble qu'elle ne pense qu'à une chose. C'est elle que vous êtes venu voir ?

— Si c'est possible...

— Elle sera prête dans quelques minutes. Ne la tourmentez pas trop, je vous le demande en grâce. Tout le monde la prend pour une femme calme, parce qu'elle a l'habitude de se dominer. Je sais, moi, qu'elle est d'une nervosité maladive. Seulement, elle ne s'extériorise pas...

— Vous l'avez souvent vue sous le coup d'une forte émotion ?

— Cela dépend de ce que vous appelez forte. Quand j'étais enfant, par exemple, il m'arrivait, comme à tous les enfants, de l'exaspérer. Au lieu de me donner une gifle, ou de se mettre en colère, elle devenait pâle et on aurait dit qu'elle était incapable de parler. Dans ces cas-là, presque toujours, elle allait s'enfermer dans sa chambre et cela me faisait très peur...

— Et votre père ?

— Mon père ne se mettait jamais en colère. Sa riposte, à lui, était de sourire avec l'air de se moquer de moi...

— Votre mari est à l'hôpital ?

— Depuis sept heures, ce matin. J'ai laissé mes enfants avec la bonne, n'osant pas les amener avec moi. J'ignore comment nous allons nous y prendre. Je n'aime pas laisser maman seule dans l'appartement. Chez nous, il n'y a pas de place, et d'ailleurs, elle refuserait d'y venir...

— La femme de ménage, Mme Manu, ne peut pas passer la nuit ici ?

— Non ! Elle a un grand fils de vingt-quatre ans qui se montre plus exigeant qu'un mari et se met en colère quand elle a le malheur de ne pas rentrer à l'heure... Il faut que nous trouvions quelqu'un, peut-être une infirmière... Maman protestera... Bien entendu, je passerai ici tout le temps que je pourrai...

Les traits réguliers sous des cheveux d'un blond roux, elle n'était pas particulièrement jolie, car elle manquait d'éclat.

— Je crois que j'entends maman...

La porte s'ouvrait en effet et Maigret était surpris de voir devant lui une femme encore très jeune d'aspect. Il savait qu'elle avait quinze ans de moins que son mari mais, dans son esprit, il s'attendait néanmoins à trouver une grand-mère.

Or, sa silhouette, dans une robe noire très simple, était plus jeune que celle de sa fille. Elle avait les cheveux bruns, les yeux presque noirs et brillants. Malgré le drame, malgré son état, elle était maquillée avec soin et pas un détail ne clochait dans sa toilette.

— Commissaire Maigret... se présenta-t-il.

Elle battit des paupières, regarda autour d'elle, finit par regarder sa fille qui murmura tout de suite :

— Vous préférez peut-être que je vous laisse ?

Maigret ne dit ni oui, ni non. La mère ne la retint pas. Véronique sortit sans bruit. Toutes les allées et venues, dans l'appartement, étaient feutrées par l'épaisse moquette que recouvraient, par-ci par-là, des tapis anciens.

— Asseyez-vous... disait la veuve de René Josselin en restant debout près du fauteuil de son mari.

Maigret hésita, finit par le faire et son interlocutrice alla s'asseoir dans son fauteuil à elle, près de la table à ouvrage. Elle se tenait très droite, sans s'appuyer au dossier, comme les femmes qui ont été élevées au couvent. Sa bouche était mince, sans doute à cause de l'âge, ses mains maigres mais encore belles.

— Je m'excuse d'être ici, madame Josselin, et j'avoue que je ne sais quelles questions vous poser. Je me rends compte de votre désarroi, de votre chagrin.

Elle le regardait de ses prunelles fixes, sans broncher, au point qu'il se demandait si elle entendait ses paroles ou si elle suivait son monologue intérieur.

— Votre mari a été victime d'un crime qui paraît inexplicable et je suis obligé de ne rien négliger de ce qui pourrait me mettre sur une piste.

La tête bougea légèrement, de haut en bas, comme si elle approuvait.

— Vous étiez au théâtre de la Madeleine, hier, avec votre fille. Il est vraisemblable que la personne qui a tué votre mari savait le trouver seul. Quand cette sortie a-t-elle été décidée ?

Elle répondit du bout des lèvres :

— Il y a trois ou quatre jours. Je pense que c'était samedi ou dimanche.

— Qui en a eu l'idée ?

— C'est moi. J'étais curieuse de cette pièce dont les journaux ont beaucoup parlé.

Il était surpris, sachant dans quel état elle était encore à quatre heures du matin, de la voir répondre avec tant de calme et de précision.

— Nous avons discuté de cette soirée avec ma fille et elle a téléphoné à son mari pour lui demander s'il nous accompagnerait.

— Il vous arrivait de sortir tous les trois ?

— Rarement. Mon gendre ne s'intéresse qu'à la médecine et à ses malades.

— Et votre mari ?

— Nous allions parfois, lui et moi, au cinéma ou au music-hall. Il aimait beaucoup le music-hall.

La voix était sans timbre, sans chaleur. Elle récitait, le regard toujours fixé sur le visage de Maigret comme sur celui d'un examinateur.

— Vous avez retenu vos places par téléphone ?

— Oui. Les fauteuils 97 et 99. Je m'en souviens, car j'insiste toujours pour être en bordure de l'allée centrale.

— Qui savait que vous vous absenteriez ce soir-là ?

— Mon mari, mon gendre et la femme de ménage.

— Personne d'autre ?

— Mon coiffeur, car je suis passée chez lui dans l'après-midi.

— Votre mari fumait ?

Maigret sautait d'une idée à l'autre et il venait de se souvenir du cigare dans le cendrier.

— Peu. Un cigare après chaque repas. Parfois il en fumait un en faisant sa promenade du matin.

— Excusez cette question ridicule : vous ne lui connaissez pas d'ennemis ?

Elle ne se répandait pas en protestations, laissait simplement tomber :

— Non.

— Il ne vous a jamais donné l'impression de cacher quelque chose, une partie plus ou moins secrète de sa vie ?

— Non.

— Qu'avez-vous pensé, hier au soir, en le trouvant mort à votre retour ?

Elle eut l'air d'avaler sa salive et prononça :

— Qu'il était mort.

Son visage était devenu plus dur, plus figé encore et Maigret crut un instant que les yeux allaient s'embuer.

— Vous ne vous êtes pas demandé qui l'avait tué ?

Il crut sentir une hésitation à peine perceptible.

— Non.

— Pourquoi n'avez-vous pas téléphoné tout de suite à la police ?

Elle ne répondait pas immédiatement et son regard se détournait un instant du commissaire.

— Je ne sais pas.

— Vous avez d'abord appelé votre gendre ?

— Je n'ai appelé personne. C'est Véronique qui a téléphoné chez elle, inquiète de ne pas voir son mari ici.

— Elle n'a pas été surprise de ne pas le trouver chez lui non plus ?

— Je ne sais pas.

— Qui a pensé au Dr Larue ?

— Je crois que c'est moi. Nous avions besoin de quelqu'un pour s'occuper de ce qu'il y avait à faire.

— Vous n'avez aucun soupçon, madame Josselin ?

— Aucun.

— Pourquoi vous êtes-vous levée, ce matin ?

— Parce que je n'avais aucune raison de rester au lit.

— Vous êtes sûre que rien n'a disparu dans la maison ?

— Ma fille s'en est assurée. Elle connaît la place des choses aussi bien que moi. A part le revolver...

— Quand l'avez-vous vu pour la dernière fois ?

— Il y a quelques jours, je ne sais pas au juste.

— Vous saviez qu'il était chargé ?

— Oui. Mon mari a toujours eu un revolver chargé dans la maison. Au début de notre mariage, il le gardait dans le tiroir de sa table de nuit. Puis, par crainte que Véronique n'y touche, et comme aucun meuble ne ferme à clef dans la chambre, il l'a rangé dans le salon.

Pendant longtemps, ce tiroir-là est resté fermé. Maintenant que Véronique est une grande personne et qu'elle est mariée...

— Votre mari avait l'air de craindre quelque chose ?

— Non.

— Il gardait beaucoup d'argent chez lui ?

— Très peu. Nous payons presque tout par chèque.

— Il ne vous est jamais arrivé, en rentrant, de trouver ici, avec votre mari, quelqu'un que vous ne connaissiez pas ?

— Non.

— Vous n'avez jamais rencontré non plus votre mari avec une personne étrangère ?

— Non, monsieur le commissaire.

— Je vous remercie...

Il avait chaud. Il venait de mener un des interrogatoires les plus pénibles de sa carrière. C'était un peu comme de lancer une balle qui ne rebondit pas. Il avait l'impression que ses questions ne touchaient aucun point sensible, qu'elles s'arrêtaient à la surface, et les réponses qui lui revenaient en échange étaient neutres, sans vie.

Elle n'avait éludé aucune de ces questions, mais elle n'avait pas prononcé non plus une phrase personnelle.

Elle ne se levait pas pour lui donner congé. Elle restait toujours aussi droite dans son fauteuil, et il était incapable de lire quoi que ce soit dans ses yeux pourtant extrêmement vivants.

— Je vous demande pardon de cette intrusion.

Elle ne protestait pas, attendait qu'il soit debout pour se lever à son tour, puis qu'il se dirige gauchement vers la porte pour le suivre.

— Si une idée vous venait, un souvenir, un soupçon quelconque...

Elle répondait une fois de plus d'un battement de paupières.

— Un sergent de ville monte la garde à la porte et j'espère que vous ne serez pas importunée par les journalistes...

— Mme Manu m'a dit qu'ils étaient déjà venus...

— Il y a longtemps que vous la connaissez ?

— Environ six mois.

— Elle possède une clef de l'appartement ?

— Je lui en ai fait faire une, oui.

— En dehors d'elle, qui avait la clef ?

— Mon mari et moi. Notre fille aussi. Elle a toujours gardé la clef qu'elle avait quand elle était jeune fille.

— C'est tout ?

— Oui. Il existe une cinquième clef, que j'appelle la clef de secours et que je garde dans ma coiffeuse.

— Elle y est toujours ?

— Je viens encore de l'y voir.

— Puis-je poser une question à votre fille ?

Elle alla ouvrir une porte, disparut un instant, revint avec Véronique Fabre qui les regarda tour à tour.

— Votre mère me dit que vous avez conservé une clef de l'appartement. Je voudrais m'assurer que vous l'avez encore...

Elle se dirigea vers une commode sur laquelle elle prit un sac à main en cuir bleu, l'ouvrit et en sortit une petite clef plate.

— Vous l'aviez avec vous hier au théâtre ?

— Non. J'avais emporté un sac du soir, beaucoup plus petit que celui-ci, et je n'y avais presque rien mis.

— De sorte que votre clef était restée dans votre appartement, boulevard Brune ?

C'était tout. Il ne voyait plus de questions qu'il pût décemment poser. Il avait hâte, d'ailleurs, de sortir de cet univers feutré où il se sentait mal à l'aise.

— Je vous remercie...

Il descendait l'escalier à pied pour se dégourdir les jambes et, dès le premier tournant, se détendit d'un profond soupir. Les journalistes n'étaient plus sur le trottoir, que l'agent arpentait à grands pas lents, mais au comptoir d'un bougnat, en face, et ils se précipitèrent.

— Vous avez interrogé les deux femmes ?

Il les regardait un peu à la façon de la veuve, comme s'il ne voyait pas leurs visages mais comme s'il voyait à travers eux.

— C'est vrai que Mme Josselin est malade et refuse de répondre ?

— Je n'ai rien à vous dire, messieurs...

— Quand est-ce que vous espérez...

Il fit un geste vague et se dirigea vers le boulevard Raspail à la recherche d'un taxi. Comme les journalistes ne l'avaient pas suivi mais avaient repris leur garde, il en profita pour entrer dans le même petit bar que la nuit précédente et il but un demi.

Il était près de midi quand il entra dans son bureau du Quai des Orfèvres. Un moment plus tard, il entrouvait la porte du bureau des inspecteurs, apercevait Lapointe en compagnie de Torrence.

— Venez chez moi, tous les deux...

Il s'assit lourdement à son bureau, choisit la plus grosse de ses pipes qu'il bourra.

— Qu'est-ce que tu as fait, toi ? demanda-t-il d'abord au jeune Lapointe.

— Je suis allé rue Julie pour les vérifications. J'ai questionné les trois concierges. Toutes les trois confirment que quelqu'un est venu, hier soir, demander s'il y avait un enfant malade dans la maison. L'une d'elles s'est méfiée, trouvant que l'homme n'avait pas l'air d'un vrai médecin et qu'il marquait plutôt mal. Elle a failli alerter la police.

— Quelle heure était-il ?

— Entre dix heures et demie et onze heures...

— Et à l'hôpital ?

— Cela a été plus difficile. Je suis arrivé en pleine bousculade. C'est l'heure où le professeur et les médecins font la tournée des salles. Tout le monde est sur les dents. J'ai aperçu le Dr Fabre, de loin, et je suis sûr qu'il m'a reconnu.

— Il n'a pas réagi ?

— Non. Ils étaient plusieurs, en blouse blanche, le calot sur la tête, à suivre le grand patron.

— Cela lui arrive souvent de passer, le soir, aux Enfants Malades ?

— Il paraît que cela leur arrive à tous, soit quand ils ont une urgence, soit quand ils suivent un cas important. C'est le Dr Fabre qu'on voit le plus souvent. J'ai pu attraper deux ou trois infirmières au vol. Elles parlent toutes de lui de la même manière. On le considère, là-bas, comme une sorte de saint...

— Il est resté tout le temps au chevet de son petit malade ?

— Non. Il est entré dans plusieurs salles et a bavardé assez longtemps avec un interne...

— Ils sont déjà au courant, à l'hôpital ?

— Je ne crois pas. On me regardait de travers. Surtout une jeune femme qui doit être plus qu'infirmière, une assistante, je suppose, et qui m'a dit avec colère :

» — Si vous avez des questions indiscrètes à poser, posez-les au Dr Fabre lui-même...

— Le médecin légiste n'a pas téléphoné ?

C'était l'habitude, après une autopsie, de donner un coup de fil Quai des Orfèvres en attendant d'envoyer le rapport officiel, qui prenait toujours un certain temps à établir.

— Il a recueilli les deux balles. L'une était logée dans l'aorte et aurait suffi à provoquer la mort.

— A quelle heure pense-t-il que celle-ci a eu lieu ?

— Autant qu'il en peut juger, entre neuf heures et onze heures environ. Le Dr Ledent voudrait savoir, pour être plus précis, à quelle heure Josselin a pris son dernier repas.

— Tu téléphoneras à la femme de ménage pour lui demander ce renseignement et tu transmettras la réponse.

Pendant ce temps, le gros Torrence, campé devant la fenêtre, regardait les bateaux passer sur la Seine.

— Qu'est-ce que je fais ? questionnait Lapointe.

— Occupe-toi d'abord de ce téléphone. A vous, Torrence...

Il ne le tutoyait pas, bien qu'il le connût depuis beaucoup plus longtemps que Lapointe. Il est vrai que celui-ci avait plutôt l'air d'un jeune étudiant que d'un inspecteur de police.

— Alors, ces locataires ?

— Je vous ai tracé un petit plan de l'immeuble. Ce sera plus facile.

Il le déposait sur le bureau, passait derrière Maigret et tendait parfois le doigt pour désigner une des cases qu'il avait dessinées.

— D'abord, le rez-de-chaussée. Vous savez sans doute que le mari de la concierge est gardien de la paix et qu'il était de service de nuit. Il est rentré à sept heures du matin et sa tournée ne l'a pas fait passer devant l'immeuble pendant la nuit.

— Ensuite...

— A gauche habite une vieille fille, Mlle Nolan, qui, paraît-il, est très riche et très avare. Elle a regardé la télévision jusqu'à onze heures, après quoi elle s'est couchée. Elle n'a rien entendu et n'a reçu aucune visite.

— A droite ?

— Un certain Davey. Il vit seul, lui aussi, est veuf, sous-directeur dans une compagnie d'assurances. Il a dîné en ville, comme chaque soir, et est rentré à neuf heures et quart. A ce que j'ai appris, une jeune femme assez jolie vient de temps en temps lui tenir compagnie mais cela n'a pas été le cas hier. Il a lu les journaux et s'est endormi vers dix heures et demie sans avoir rien entendu d'anormal. Ce n'est que quand les hommes de l'Identité Judiciaire sont entrés dans la maison avec leurs appareils qu'il a été éveillé. Il s'est levé et est allé demander à l'agent de garde à la porte ce qui se passait.

— Quelle a été sa réaction ?

— Aucune. Il s'est recouché.

— Il connaissait les Josselin ?

— Seulement de vue. Au premier étage, à gauche, c'est l'appartement des Aresco. Ils sont six ou sept, tous bruns et gras, les femmes assez jolies, et tout le monde parle avec un fort accent. Il y a le père, la mère, une belle-sœur, une grande fille de vingt ans et deux ou trois enfants. Ils ne sont pas sortis hier.

— Tu es sûr ? La concierge dit...

— Je sais. Elle me l'a répété. Quelqu'un est rentré, peu après le départ du docteur, et, en passant devant la loge, a lancé le nom d'Aresco... M. Aresco en est indigné... Ils ont joué aux cartes en famille et jurent que personne n'a quitté l'appartement...

— Que répond la concierge ?

— Qu'elle est à peu près sûre que c'est ce nom-là qu'on a prononcé et qu'elle a même cru reconnaître l'accent.

— *A peu près sûre*... répéta Maigret. *Elle a cru reconnaître*... Que font les Aresco ?

— Ils ont de grosses affaires en Amérique du Sud où ils vivent une partie de l'année. Ils possèdent aussi un domicile en Suisse. Ils y étaient encore il y a quinze jours...

— Ils connaissent les Josselin ?

— Ils prétendent qu'ils ignoraient jusqu'à leur nom.

— Continue.

— A droite, en face de chez eux, c'est un critique d'art, Joseph Mérillon, actuellement en mission, pour le gouvernement, à Athènes...

— Au second ?

— Tout l'étage est occupé par les Tupler, en voyage aux États-Unis.

— Pas de domestiques ?

— L'appartement est fermé pour trois mois. Les tapis ont été envoyés au nettoyage.

— Troisième ?

— Personne, cette nuit, à côté de chez les Josselin. Les Delille, un couple d'un certain âge, dont les enfants sont mariés, restent sur la Côte d'Azur jusqu'au début d'octobre. Tous ces gens-là prennent de longues vacances, patron...

— Quatrième ?

— Au-dessus des Josselin, les Meurat, un architecte, sa femme et leur fille de douze ans. Ils ne sont pas sortis. L'architecte a travaillé jusque minuit et n'a rien entendu. Sa fenêtre était ouverte. De l'autre côté du palier, un industriel et sa femme, les Blanchon, partis le jour même pour la chasse en Sologne. Au cinquième, encore une dame seule, Mme Schwartz, qui reçoit assez souvent une amie le soir mais qui ne l'a pas reçue hier et qui s'est couchée de bonne heure. Enfin un jeune couple, marié le mois dernier, en séjour dans la Nièvre chez les parents de la dame. Au sixième, il n'y a que les chambres de domestiques...

Maigret regardait le plan d'un œil découragé. Certes, des cases restaient vides, des gens qui se trouvaient encore à la mer, à la campagne ou à l'étranger.

La moitié de l'immeuble n'en était pas moins occupée la nuit précédente. Des locataires jouaient aux cartes, regardaient la télévision, lisaient ou dormaient. L'un d'eux travaillait encore. La concierge ne s'était pas entièrement rendormie après le départ du Dr Fabre.

Pourtant, deux coups de feu avaient éclaté, un homme avait été abattu dans une des cases sans que, dans les autres, le train-train quotidien en soit perturbé.

— *Des braves gens...*

Tous ceux-là aussi, sans doute, étaient des braves gens, aux moyens d'existence connus, à la vie aisée et sans mystère.

La concierge, après avoir tiré le cordon pour le Dr Fabre, s'était-elle assoupie plus profondément qu'elle ne le croyait ? Elle était de bonne foi, sans aucun doute. C'était une femme intelligente, qui n'ignorait pas l'importance de ses paroles.

Elle affirmait que quelqu'un était rentré entre dix heures et demie et onze heures et qu'on avait lancé en passant devant la loge le nom d'Aresco.

Or, les Aresco juraient que personne n'était sorti ni rentré ce soir-là de leur appartement. Ils ne connaissaient pas les Josselin. C'était plausible. Personne, dans l'immeuble, comme cela arrive si souvent à Paris, surtout dans la grosse bourgeoisie, ne se préoccupait de ses voisins.

— Je me demande pourquoi un locataire, rentrant chez lui, aurait donné le nom d'un autre locataire...

— Et si ce n'était pas quelqu'un de l'immeuble ?

— D'après la concierge, il n'aurait pas pu en sortir ensuite sans être vu...

Maigret fronçait les sourcils.

— Cela paraît idiot, grommela-t-il. Cependant, en toute logique, c'est la seule explication possible...

— Qu'il soit resté dans la maison ?

— En tout cas, jusqu'à ce matin... De jour, il doit être facile d'aller et venir sans être remarqué...

— Vous voulez dire que l'assassin aurait été là, à deux pas des policiers, pendant la descente du Parquet et pendant que les gens de l'Identité Judiciaire travaillaient dans l'appartement ?

— Il y a des logements vides... Vous allez prendre un serrurier avec vous et vous assurer qu'aucune serrure n'a été forcée...

— Je suppose que je n'entre pas ?

— Seulement vérifier les serrures, de l'extérieur.

— C'est tout ?

— Pour le moment. Qu'est-ce que vous voudriez faire ?

Le gros Torrence prenait un air réfléchi et concluait :

— C'est vrai...

Il y avait bien un crime, puisqu'un homme avait été tué. Seulement, ce n'était pas un crime comme les autres, parce que la victime n'était pas une victime comme les autres.

— Un brave homme ! répétait Maigret avec une sorte de colère.

Qui avait pu avoir une raison pour tuer ce brave homme-là ?

Pour un peu, il se serait mis à détester les braves gens.

4

Maigret rentra déjeuner chez lui, devant la fenêtre ouverte, et il remarqua un geste que sa femme faisait pourtant tous les jours, celui d'enlever son tablier avant de se mettre à table. Souvent, tout de suite après, elle se tapotait les cheveux pour les faire bouffer.

Eux aussi pourraient avoir une bonne. C'était Mme Maigret qui n'en avait jamais voulu, prétendant que, si elle n'avait pas son ménage à faire, elle se sentirait inutile. Elle n'acceptait une femme de ménage, certains jours de la semaine, que pour les gros travaux, et encore lui arrivait-il souvent de refaire le travail derrière elle.

Était-ce le cas de Mme Josselin ? Pas tout à fait, sans doute. Elle était méticuleuse, l'état de l'appartement en faisait foi, mais elle ne devait pas éprouver, comme Mme Maigret, le besoin de tout faire de ses propres mains.

Pourquoi se mettait-il, en mangeant, à comparer les deux femmes qui n'avaient pourtant aucun point commun ?

Rue Notre-Dame-des-Champs, Mme Josselin et sa fille mangeaient sans doute en tête à tête et Maigret s'imaginait qu'elles devaient s'observer furtivement l'une l'autre. N'étaient-elles pas en train de discuter de détails pratiques ?

Car, boulevard Brune, le Dr Fabre, lui, s'il était rentré chez lui, ce qui était probable, était seul avec ses enfants. Il n'y avait qu'une petite bonne pour s'occuper de ceux-ci et du ménage. Son repas à peine terminé, il pénétrerait dans son cabinet où le défilé de jeunes malades et de mamans alarmées ne cesserait pas de l'après-midi. Avait-il trouvé quelqu'un pour rester rue Notre-Dame-des-Champs avec sa belle-mère ? Celle-ci accepterait-elle une présence étrangère auprès d'elle ?

Maigret se surprenait à se préoccuper de ces détails comme s'il s'agissait de gens de sa famille. René Josselin était mort et il n'importait pas seulement de découvrir son assassin. Ceux qui restaient devaient, petit à petit, réorganiser leur existence.

Il aurait bien voulu aller boulevard Brune, toucher en quelque sorte le cadre dans lequel vivait Fabre avec sa femme et ses enfants. On lui avait dit qu'ils habitaient un des immeubles neufs près de la Cité Universitaire et il imaginait un de ces bâtiments anonymes qu'il avait vus en passant et qu'il aurait volontiers appelés des trappes à hommes. Une façade nue et blanche, déjà souillée. Des rangs de fenêtres uniformes avec, du haut en bas, les mêmes logements, les salles de bains les unes au-dessus des autres, les cuisines aussi, des murs trop minces laissant passer tous les bruits.

Il aurait juré qu'il n'y régnait pas le même ordre que rue Notre-Dame-des-Champs, que la vie était moins réglée, les heures de repas plus ou moins fantaisistes et que cela tenait autant au caractère de Fabre qu'à la négligence ou peut-être à la maladresse de sa femme.

Elle avait été enfant gâtée. Sa mère venait encore la voir presque chaque jour, gardait les gosses, emmenait l'aîné en promenade. N'essayait-elle pas aussi de mettre un peu d'ordre dans une existence qu'elle devait considérer comme trop bohème ?

Les deux femmes, à table, se rendaient-elles compte que, logiquement, le seul suspect, au point où en était l'enquête, était Paul Fabre ? Il était la dernière personne connue à s'être trouvée en tête à tête avec Josselin.

Certes, il n'avait pas pu donner lui-même le coup de téléphone l'appelant rue Julie, mais il y avait, aux Enfants Malades, entre autres, assez de personnes qui lui étaient dévouées pour le faire pour lui. Il savait où se trouvait l'arme.

Et, à la rigueur, il avait un mobile. Certes, l'argent ne l'intéressait pas. Sans son beau-père, il ne se serait jamais encombré d'une clientèle privée et il aurait consacré tout son temps à l'hôpital où il devait se sentir plus chez lui que n'importe où.

Mais Véronique ? Ne commençait-elle pas à regretter d'avoir épousé un homme que tout le monde considérait comme un saint ? N'avait-elle pas envie de mener une vie différente ? Son humeur, chez elle, ne s'en ressentait-elle pas ?

Après la mort de Josselin, les Fabre allaient sans doute recevoir leur part de l'héritage.

Maigret essayait d'imaginer la scène : les deux hommes devant l'échiquier, silencieux et graves comme tous les joueurs d'échecs ; le docteur, à certain moment, se levant et se dirigeant vers le meuble où l'automatique se trouvait dans un tiroir...

Maigret secouait la tête. Cela ne collait pas. Il ne voyait pas Fabre revenant vers son beau-père, le doigt sur la détente...

Une dispute, une discussion tournant à l'aigre et les mettant tous les deux hors de leurs gonds ?

Il avait beau faire, il ne parvenait pas à y croire. Cela ne correspondait pas au tempérament des deux hommes.

Et, d'ailleurs, n'y avait-il pas le mystérieux visiteur dont parlait la concierge et qui avait lancé le nom d'Aresco ?

— J'ai reçu un coup de téléphone de Francine Pardon... disait tout à coup Mme Maigret, peut-être exprès, pour changer le cours de ses pensées.

Il était si loin qu'il la regarda tout d'abord comme s'il ne comprenait pas.

— Ils sont rentrés lundi d'Italie. Tu te souviens comme ils se réjouissaient de ces vacances à deux ?

C'étaient les premières que les Pardon prenaient, seuls, depuis plus de vingt ans. Ils étaient partis en voiture avec l'idée de visiter Florence, Rome et Naples, de revenir par Venise et Milan en s'arrêtant au petit bonheur.

— Au fait, ils demandent si nous pouvons aller dîner chez eux mercredi prochain.

— Pourquoi pas ?

N'était-ce pas devenu une tradition ? Ce dîner aurait dû avoir lieu le premier mercredi du mois mais, à cause des vacances, il avait été retardé.

— Il paraît que le voyage a été éreintant, qu'il y avait presque autant de circulation sur les routes qu'aux Champs-Élysées et que, chaque soir, ils en avaient pour une heure ou deux à trouver une chambre d'hôtel.

— Comment va leur fille ?

— Bien. Le bébé est magnifique...

Mme Pardon, elle aussi, allait presque chaque après-midi chez sa fille, qui s'était mariée l'année précédente et qui avait un bébé de quelques mois.

Si les Maigret avaient eu un enfant, il serait probablement marié maintenant et Mme Maigret, comme les autres...

— Tu sais ce qu'ils ont décidé ?

— Non.

— D'acheter une petite villa, à la mer ou à la campagne, afin de passer les vacances avec leur fille, leur gendre et l'enfant...

Les Josselin avaient une villa, à La Baule. Ils y vivaient un mois par an en famille, peut-être plus. René Josselin avait pris sa retraite.

Cela frappait tout à coup Maigret. Le cartonnier avait été toute sa vie un homme actif, passant le plus clair de son temps rue du Saint-Gothard, y retournant souvent le soir pour travailler.

Il ne voyait sa femme qu'à l'heure des repas et pendant une partie de la soirée.

Parce qu'une crise cardiaque, soudain, lui avait fait peur, il avait abandonné son affaire, presque du jour au lendemain.

Qu'est-ce qu'il ferait, lui, Maigret, si, mis à la retraite, il se trouvait toute la journée avec sa femme dans l'appartement ? C'était réglé, puisqu'ils iraient vivre à la campagne et qu'ils avaient déjà acheté leur maison.

Mais s'il devait rester à Paris ?

Chaque matin, Josselin sortait de chez lui à heure presque fixe, vers neuf heures, comme on part pour son bureau. D'après la concierge, il se dirigeait vers le jardin du Luxembourg, du pas régulier et hésitant des cardiaques ou de ceux qui se croient menacés d'une attaque.

Au fait, les Josselin n'avaient pas de chien et cela étonnait le commissaire. Il aurait bien vu René Josselin emmenant son chien en laisse. Il n'y avait pas de chat dans l'appartement non plus.

Il achetait les journaux. S'asseyait-il sur un banc du jardin pour les lire ? Ne lui arrivait-il pas d'engager la conversation avec un de ses voisins ? N'avait-il pas l'habitude de rencontrer régulièrement la même personne, homme ou femme ?

A tout hasard, Maigret avait chargé Lapointe d'aller demander une photographie rue Notre-Dame-des-Champs et d'essayer, en questionnant les commerçants, les gardiens du Luxembourg, de reconstituer les faits et gestes matinaux de la victime.

Cela donnerait-il un résultat ? Il aimait mieux ne pas y penser. Cet homme mort, qu'il n'avait jamais vu vivant, cette famille dont il ne connaissait pas l'existence, la veille, finissaient par l'obséder.

— Tu rentreras dîner ?

— Je crois. Je l'espère.

Il alla attendre son autobus au coin du boulevard Richard-Lenoir, resta sur la plate-forme à fumer sa pipe en regardant, autour de lui, ces hommes et ces femmes qui menaient leur petite vie comme si les Josselin n'existaient pas et comme s'il n'y avait pas, dans Paris, un homme qui, Dieu sait pourquoi, en avait tué un autre.

Une fois dans son bureau, il se plongea dans des besognes administratives désagréables, exprès, pour ne plus penser à cette affaire, et il dut y réussir puisque, vers trois heures, il fut surpris, en décrochant le téléphone qui venait de sonner, d'entendre la voix excitée de Torrence.

— Je suis toujours dans le quartier, patron...

Il faillit demander :

— Quel quartier ?

— J'ai cru préférable de vous téléphoner que de me rendre au Quai car il est possible que vous décidiez de venir vous-même... J'ai découvert du nouveau...

— Les deux femmes sont toujours dans leur appartement ?

— Les trois, Mme Manu y est aussi.

— Que s'est-il passé ?

— Avec un serrurier, nous avons examiné toutes les portes, y compris celles qui donnent sur l'escalier de service. Aucune ne paraît avoir été forcée. Nous ne nous sommes pas arrêtés au cinquième étage. Nous sommes montés au sixième, où se trouvent les chambres de bonnes.

— Qu'avez-vous trouvé ?

— Attendez. La plupart étaient fermées. Comme nous étions penchés sur une des serrures, la porte voisine s'est entrouverte et nous avons eu la surprise de voir devant nous une jeune femme flambant nue qui, pas gênée du tout, s'est mise à nous regarder curieusement. Une belle fille, d'ailleurs, très brune, avec des yeux immenses, un type espagnol ou sud-américain fort prononcé.

Maigret attendait, dessinant machinalement sur son buvard un torse de femme.

— Je lui ai demandé ce qu'elle faisait là et elle m'a répondu dans un mauvais français que c'était son heure de repos et qu'elle était la domestique des Aresco.

» — Pourquoi essayez-vous d'ouvrir cette porte ? a-t-elle questionné, méfiante.

» Elle a ajouté, sans que cette hypothèse paraisse l'émouvoir :

» — Vous êtes des cambrioleurs ?

» Je lui ai expliqué qui nous étions. Elle ne savait pas qu'un des locataires de l'immeuble avait été tué au cours de la nuit.

» — Le gros monsieur si gentil qui me souriait toujours dans l'escalier ?

» Puis elle a dit :

» — Ce n'est pas leur nouvelle bonne, au moins ?

» Je ne comprenais pas. Nous devions avoir l'air ridicule et j'ai eu envie de lui demander de se mettre quelque chose sur le corps.

» — Quelle nouvelle bonne ?

» — Ils doivent avoir une nouvelle bonne, car j'ai entendu du bruit dans la chambre la nuit dernière...

Du coup, Maigret cessait de crayonner. Il était furieux de ne pas y avoir pensé. Plus exactement, il avait commencé à y penser, la nuit précédente. Il y avait eu un moment où une idée avait commencé à se former dans son esprit et il s'était senti sur le point de faire une découverte, comme il l'avait dit à Lapointe. Quelqu'un, le commissaire Saint-Hubert, ou le juge d'instruction, lui avait adressé la parole et, par la suite, il avait été incapable de retrouver le fil.

La concierge affirmait qu'un inconnu était entré dans l'immeuble peu après le départ du Dr Fabre. Il avait donné le nom d'Aresco, alors que les Aresco prétendaient qu'ils n'avaient reçu personne et qu'aucun membre de la famille n'était sorti.

Maigret avait fait questionner les locataires, mais il avait négligé les coulisses de l'immeuble, c'est-à-dire l'étage des domestiques.

— Vous comprenez, patron ?... Attendez !... Ce n'est pas fini... Cette serrure-là non plus n'avait pas été forcée... Alors, je suis descendu au troisième, par l'escalier de service, et j'ai demandé à Mme Manu si elle avait la clef de la chambre de bonne... Elle a tendu le bras vers un clou planté à droite d'une étagère, puis a regardé le mur, le clou, avec étonnement.

» — Tiens ! Elle n'est plus là...

» Elle m'a expliqué qu'elle avait toujours vu la clef du sixième étage pendue à ce clou.

» — Hier encore ? ai-je insisté.

» — Je ne pourrais pas le jurer, mais j'en suis presque sûre... Je ne suis montée qu'une fois, avec madame, au début que j'étais ici, pour faire le ménage, retirer les draps et les couvertures, coller des papiers autour de la fenêtre afin d'empêcher la poussière de pénétrer...

C'était bien du Torrence qui, une fois sur une piste, la suivait avec l'obstination d'un chien de chasse.

— Je suis remonté là-haut, où mon serrurier m'attendait. La jeune Espagnole, qui s'appelle Dolorès et dont l'heure de repos devait être passée, était redescendue.

» La serrure est une serrure de série, sans malice. Mon compagnon l'a ouverte sans difficulté.

— Vous n'avez pas demandé l'autorisation à Mme Josselin ?

— Non. Je ne l'ai pas vue. Vous m'avez recommandé de ne la déranger qu'en cas de nécessité. Or, nous n'avions pas besoin d'elle. Eh bien, patron, nous tenons un bout ! Quelqu'un a passé au moins une partie de la nuit dans la chambre de bonne. Les papiers qui entouraient la fenêtre ont été déchirés, la fenêtre ouverte. Elle l'était encore quand nous sommes entrés. En outre, on voit qu'un homme s'est couché sur le matelas et a posé la tête sur le traversin. Enfin, il y a, par terre, des bouts de cigarettes écrasés. Si je parle d'un homme, c'est qu'il n'y a pas de rouge à lèvres sur les mégots.

» Je vous téléphone d'un bar qui s'appelle le Clairon, rue Vavin. J'ai pensé que vous voudriez voir ça...

— Je viens !

Cela soulageait Maigret de ne plus avoir à penser au Dr Fabre. En apparence, tout était changé. La concierge ne s'était pas trompée. Quelqu'un était venu du dehors. Ce quelqu'un, il est vrai, connaissait non seulement le tiroir au revolver, mais l'existence de la chambre de bonne et la place de la clef dans la cuisine.

Ainsi, la nuit précédente, tandis que l'enquête piétinait au troisième étage, l'assassin était probablement dans la maison, étendu sur un matelas, à fumer des cigarettes en attendant que le jour pointe et que la voie soit libre.

Depuis, y avait-il eu en permanence un sergent de ville à la porte ? Maigret l'ignorait. C'était l'affaire du commissaire du quartier. Il y en avait un quand il était revenu de la rue du Saint-Gothard, mais c'était le mari de la concierge qui l'avait réclamé après l'envahissement de l'immeuble par les journalistes et les photographes.

De toute façon, le matin, on pouvait compter sur un certain nombre d'allées et venues, ne fussent que des livreurs. La concierge avait à s'occuper du courrier, de son bébé, des reporters, dont plusieurs étaient parvenus jusqu'au troisième étage.

Maigret appelait l'Identité Judiciaire.

— Moers ? Voulez-vous m'envoyer un de vos hommes avec sa trousse aux empreintes digitales ? Il y aura peut-être d'autres indices à recueillir. Qu'il se munisse de tout son matériel... Je l'attends dans mon bureau, oui...

L'inspecteur Baron frappait à sa porte.

— J'ai pu enfin atteindre le secrétaire général de la Madeleine, patron. Il y a bien eu hier deux fauteuils retenus au nom de

Mme Josselin. Les deux fauteuils ont été occupés, il ignore par qui, mais ils ont été occupés toute la soirée. On a joué presque à bureaux fermés et personne n'est sorti de la salle pendant la représentation. Évidemment, il y a les entractes.

— Combien ?

— Deux. Le premier ne dure qu'un quart d'heure et peu de gens quittent leur place. Le second est plus long, une bonne demi-heure, car le changement de décor est important et délicat.

— A quelle heure a-t-il lieu ?

— A dix heures. J'ai le nom du couple qui se trouvait juste derrière le 97 et le 99. Ce sont des habitués, qui prennent toujours les mêmes fauteuils, M. et Mme Demaillé, rue de la Pompe, à Passy. Je dois les interroger ?

— Cela vaut mieux...

Il ne voulait plus rien laisser au hasard. Le spécialiste de l'Identité Judiciaire arrivait, harnaché comme un photographe de magazine.

— Je prends une voiture ?

Maigret fit oui de la tête et le suivit. Ils retrouvèrent Torrence accoudé devant un verre de bière, toujours en compagnie de son serrurier que cette histoire semblait fort amuser.

— Je n'ai plus besoin de vous, lui dit le commissaire. Je vous remercie.

— Comment allez-vous entrer sans moi ? J'ai refermé la porte. C'est votre inspecteur qui m'a dit de le faire...

— Je ne voulais prendre aucun risque... murmura Torrence.

Maigret commanda un demi, lui aussi, le but presque d'un trait.

— Il vaut mieux que vous m'attendiez ici tous les trois.

Il traversa la rue, pénétra dans l'ascenseur, sonna à la porte des Josselin. Mme Manu ouvrit, comme le matin, sans retirer la chaîne, le reconnut tout de suite et le fit entrer.

— Laquelle de ces dames désirez-vous voir ?

— Mme Josselin. A moins qu'elle ne se repose.

— Non. Le docteur, qui est venu tout à l'heure, a insisté pour qu'elle se recouche, mais elle a refusé. Ce n'est pas son genre d'être dans son lit pendant la journée, à moins d'être très malade...

— Il n'est venu personne ?

— Seulement M. Jouane, qui n'est resté que quelques minutes. Puis votre inspecteur, le gros, qui m'a réclamé la clef d'en haut. Je vous jure que ce n'est pas moi qui y ai touché. Je me demande d'ailleurs pourquoi cette clef restait pendue à son clou puisqu'on ne se servait plus de la chambre.

— Elle n'a jamais servi depuis que vous êtes au service de Mme Josselin ?

— Qu'en aurait-on fait, puisqu'il n'y a pas d'autre domestique ?

— Mme Josselin aurait pu y loger un de leurs amis, une connaissance, ne fût-ce que pour une nuit ?

— S'ils avaient eu un ami à coucher, je suppose qu'ils lui auraient donné la chambre de Mme Fabre... Je vais prévenir madame...

— Que fait-elle ?

— Je crois qu'elles sont occupées à dresser la liste pour les faire-part...

Elles ne se trouvaient pas au salon. Après y avoir attendu un bon moment, Maigret les vit apparaître ensemble et il eut la curieuse impression que, si elles ne se séparaient pas, c'était par méfiance l'une de l'autre.

— Je m'excuse de vous déranger à nouveau, mesdames. Je suppose que Mme Manu vous a mises au courant ?

Elles s'observèrent avant d'ouvrir la bouche, en même temps, mais c'est Mme Josselin qui parla.

— Il ne m'est jamais venu à l'esprit de changer cette clef de place, dit-elle, et je l'avais presque oubliée. Qu'est-ce que cela signifie ? Qui aurait pu la prendre ? Pourquoi ?

Elle avait le regard encore plus fixe, plus sombre que le matin. Ses mains trahissaient sa nervosité.

— Mon inspecteur, expliqua Maigret, a pris sur lui, afin de ne pas vous déranger, d'ouvrir la porte de la chambre de bonne. Je vous prie de ne pas lui en vouloir. D'autant plus qu'en agissant ainsi il a probablement donné à l'enquête une nouvelle direction.

Il l'observait, guettant ses réactions, mais rien ne trahissait ce qui pouvait se passer en elle.

— Je vous écoute.

— Depuis combien de temps n'êtes-vous pas montée au sixième ?

— Cela fait plusieurs mois. Quand Mme Manu est entrée à mon service, je suis allée là-haut avec elle, car la dernière bonne avait laissé tout en désordre et dans un état de saleté inimaginable.

— Il y a donc environ six mois ?

— Oui.

— Vous n'y êtes pas retournée depuis ? Votre mari non plus, je suppose ?

— Il n'est jamais monté au sixième de sa vie. Que serait-il allé y faire ?

— Et vous, madame ? demandait-il à Mme Fabre.

— Voilà des années que je ne suis pas montée. C'était du temps d'Olga, qui était si gentille avec moi et que j'allais parfois retrouver dans sa chambre. Tu te souviens, maman ? Cela fait près de huit ans...

— Des papiers étaient collés autour des fenêtres, n'est-ce pas ?

— Oui. Pour éviter la poussière.

— Ils ont été déchirés et on a retrouvé la fenêtre ouverte. Quelqu'un s'est étendu sur le lit, un homme, sans doute, qui a fumé un certain nombre de cigarettes.

— Vous êtes sûr que c'était la nuit dernière ?

— Pas encore. Je viens vous demander la permission de monter avec mes hommes et d'examiner les lieux à fond.

— Je pense que je n'ai pas de permission à vous donner...

— Bien entendu, si vous désirez assister à...

Elle l'interrompait en secouant la tête.

— La dernière domestique que vous avez eue avait un amant ?

— Pas à ma connaissance. C'était une fille sérieuse. Elle était fiancée et ne nous a quittés que pour se marier.

Il se dirigeait vers la porte. Pourquoi avait-il à nouveau l'impression qu'une certaine méfiance, ou une certaine animosité, régnait depuis peu entre la mère et la fille ?

La porte franchie, il aurait aimé savoir comment elles se comportaient en tête à tête, ce qu'elles se disaient. Mme Josselin avait gardé son sang-froid mais le commissaire n'en était pas moins persuadé qu'elle avait reçu un choc.

Et pourtant il aurait juré que cette histoire de chambre de bonne n'était pas aussi inattendue pour elle qu'elle l'avait été pour lui. Quant à Véronique, elle s'était tournée brusquement vers sa mère, une sorte d'interrogation dans le regard.

Qu'avait-elle voulu dire quand elle avait ouvert la bouche ?

Il rejoignit les trois hommes au Clairon, but encore un demi avant de se diriger avec eux vers l'escalier de service de l'immeuble. Le serrurier ouvrit la porte. On eut un certain mal à se débarrasser de lui car il cherchait à se rendre utile afin de rester.

— Comment ferez-vous, sans moi, pour la refermer ?

— Je poserai des scellés...

— Vous voyez, patron... disait Torrence en désignant le lit, la fenêtre toujours ouverte, cinq ou six mégots sur le plancher.

— Ce que je voudrais savoir avant tout, c'est si ces cigarettes ont été fumées récemment.

— C'est facile...

Le spécialiste examina un mégot, le renifla, défit délicatement le papier, tripota le tabac entre ses doigts.

— Au laboratoire, je pourrai être plus formel. Dès maintenant, je peux vous dire qu'il n'y a pas longtemps que ces cigarettes ont été fumées. D'ailleurs, si vous reniflez, autour de vous, vous remarquerez que, malgré la fenêtre ouverte, l'air sent encore un peu le tabac...

L'homme déballait ses appareils, avec les gestes lents et minutieux de tous ceux du laboratoire. Pour ceux-là, il n'y avait pas de morts, ou plutôt les morts étaient sans identité, comme sans famille, sans personnalité. Un crime ne constituait qu'un problème scientifique. Ils s'occupaient de choses précises, de traces, d'indices, d'empreintes, de poussières.

— C'est heureux que le ménage n'ait pas été fait depuis longtemps.

Et, tourné vers Torrence :

— Vous avez beaucoup piétiné dans la pièce ? Vous avez touché les objets ?

— Rien, sauf un des bouts de cigarettes. Nous sommes restés près de la porte, le serrurier et moi.

— Tant mieux.

— Vous passerez me donner le résultat à mon bureau ?... demanda Maigret qui ne savait où se mettre.

— Et moi ? questionna Torrence.

— Vous rentrez au Quai...

— Vous permettez que j'attende quelques minutes pour savoir s'il y a des empreintes digitales ?

— Si vous y tenez...

Maigret descendit lourdement, tenté, devant la porte de service du troisième, d'y sonner. Il gardait de sa dernière entrevue avec les deux femmes une impression désagréable, imprécise. Il lui semblait que les choses ne s'étaient pas passées comme elles auraient dû se passer.

Rien, d'ailleurs, ne se passait normalement. Mais peut-on parler de normale quand il s'agit de gens chez qui un crime a été soudain commis ? A supposer que la victime ait été un homme comme Pardon, par exemple... Quelles auraient été les réactions de Mme Pardon, de sa fille, de son gendre ?

Il ne parvenait pas à les imaginer, bien qu'il connût les Pardon depuis des années et que ce fussent les meilleurs amis du ménage.

Est-ce que Mme Pardon, elle aussi, sur le coup, serait restée hébétée, incapable de parler, sans essayer de demeurer le plus longtemps possible près du corps de son mari ?

Il venait de leur annoncer qu'un homme avait pris la clef de la chambre de bonne dans la cuisine, qu'il était allé se terrer là-haut pendant des heures, qu'il y était sans doute encore quand les deux femmes, après le départ de la police, tard dans la nuit, étaient restées seules.

Or, Mme Josselin avait à peine bronché. Quant à Véronique, elle avait tout de suite regardé sa mère et celle-ci avait eu l'air de lui couper la parole.

Une chose était certaine : l'assassin n'avait rien volé. Et personne, dans l'état actuel de l'enquête, ne semblait avoir intérêt à la mort de René Josselin.

Cette mort, pour Jouane et son associé, ne changeait rien. Et comment croire que Jouane, qui n'était venu qu'une demi-douzaine de fois rue Notre-Dame-des-Champs, connaissait la place de l'automatique, celle de la clef dans la cuisine et la répartition des chambres du sixième étage ?

Il était probable que Fabre n'y était jamais monté. Et Fabre n'aurait eu aucune raison pour se cacher là-haut. De toute façon, il ne s'y trouvait pas, mais à l'hôpital d'abord, puis dans l'appartement du troisième où le commissaire l'avait interrogé.

Arrivé au rez-de-chaussée, il se dirigea soudain vers l'ascenseur et remonta au premier, sonna chez les Aresco. On entendait de la musique derrière la porte, des voix, tout un brouhaha. Quand elle s'ouvrit, il aperçut deux enfants qui couraient l'un après l'autre et une grosse femme en peignoir qui s'efforçait de les attraper.

— Vous vous appelez Dolorès ? demanda-t-il à la jeune fille qui se tenait devant lui, vêtue maintenant d'un uniforme bleu clair, avec un bonnet de même couleur sur ses cheveux noirs.

Elle lui souriait de toutes ses dents. Tout le monde semblait rire et sourire dans cet appartement, vivre du matin au soir dans un joyeux tohu-bohu.

— Si, señor...

— Vous parlez le français ?

— Si...

La grosse femme questionnait la bonne dans sa langue tout en observant Maigret des pieds à la tête.

— Elle ne comprend pas le français ?

La jeune fille secouait la tête et éclatait de rire.

— Dites-lui que je suis de la police, comme l'inspecteur que vous avez vu là-haut, et que je voudrais vous poser quelques questions...

Dolorès traduisait, parlant avec une vélocité extraordinaire, et la femme aux chairs abondantes saisissait un des enfants par le bras, l'entraînait avec elle dans une pièce dont elle refermait la porte vitrée. La musique continuait. La jeune fille restait debout devant Maigret, sans l'inviter à entrer. Une autre porte s'entrouvrit, laissa voir un visage d'homme, des yeux sombres, puis se referma sans bruit.

— A quelle heure, hier, êtes-vous montée vous coucher ?

— Peut-être dix heures et demie... Je n'ai pas regardé...

— Vous étiez seule ?

— Si, señor...

— Vous n'avez rencontré personne dans l'escalier ?

— Personne...

— A quelle heure avez-vous entendu du bruit dans la chambre voisine ?

— A six heures, ce matin, quand je me suis levée.

— Des pas ?

— Des pas quoi ?

Elle ne comprenait pas le mot et il fit mine de marcher, ce qui déclencha à nouveau son rire.

— Si... Si...

— Vous n'avez pas vu l'homme qui marchait ? La porte ne s'est pas ouverte ?

— C'était un homme ?

— Combien êtes-vous de personnes à dormir au sixième étage ?

A chaque phrase, il lui fallait un certain temps pour comprendre. On aurait dit qu'elle traduisait mot à mot avant de saisir le sens.

Elle montra deux doigts tout en disant :

— Seulement deux... Il y a la domestique des gens du quatrième...

— Les Meurat ?

— Je ne connais pas... Les Meurat, c'est à gauche ou à droite ?

— A gauche.

— Alors, non. Ce sont les autres... Ils sont partis avec des fusils... Je les ai vus hier matin qui les mettaient dans l'auto...

— Leur domestique est partie avec eux ?

— Non. Mais elle n'est pas rentrée pour dormir. Elle a un ami.

— De sorte que vous étiez seule, la nuit dernière, au sixième étage ?

Cela l'amusait. Tout l'amusait. Elle ne se rendait pas compte qu'elle n'avait été séparée que par une cloison d'un homme qui était presque sûrement un assassin.

— Toute seule... Pas d'ami...

— Je vous remercie...

Il y avait des visages, des yeux sombres, derrière le rideau de la porte vitrée et sans doute, dès le départ de Maigret, d'autres rires allaient-ils fuser ?

Il s'arrêta encore devant la loge. La concierge n'y était pas. Il se trouva en face d'un homme en bretelles qui tenait le bébé dans ses bras et qui, s'empressant de le déposer dans le berceau, se présenta.

— Gardien de la paix Bonnet... Entrez, monsieur le commissaire... Ma femme est allée faire quelques courses... Elle profite que c'est ma semaine de nuit...

— Je voulais lui annoncer en passant qu'elle ne s'est pas trompée, qu'il semble bien que quelqu'un soit entré dans l'immeuble hier au soir et n'en soit pas sorti de la nuit...

— On l'a trouvé ? Où ?

— On ne l'a pas trouvé, mais on a relevé ses traces dans une des chambres de bonnes... Il a dû sortir ce matin, alors que votre femme était aux prises avec les journalistes...

— C'est la faute de ma femme ?

— Mais non...

Sans les vacances prolongées que s'offraient la plupart des locataires, il y aurait eu cinq ou six domestiques au sixième étage de l'immeuble et l'un d'eux aurait peut-être eu la chance de rencontrer l'assassin.

Maigret hésita à traverser la rue et à pénétrer une fois de plus au Clairon. Il finit par le faire, commanda machinalement :

— Un demi...

Quelques instants plus tard, par la vitre, il voyait sortir Torrence qui en avait assez de regarder travailler son collègue du laboratoire et qui avait eu la même idée que lui.

— Vous êtes ici, patron ?

— Je suis allé interroger Dolorès.

— Vous en avez tiré quelque chose ? Elle était habillée, au moins ?

Torrence était encore tout fier, tout heureux de sa découverte. Il ne semblait pas comprendre pourquoi Maigret paraissait plus préoccupé, plus lourd que le matin.

— On tient un bout du fil, non ? Vous savez que c'est plein d'empreintes, là-haut ? Le collègue s'en donne à cœur joie. Pour peu que l'assassin possède un casier judiciaire...

— Je suis à peu près certain qu'il n'en a pas, soupira Maigret en vidant son verre.

Deux heures plus tard, en effet, le préposé aux fichiers fournissait une réponse négative. Les empreintes relevées rue Notre-Dame-des-Champs ne correspondaient avec aucune fiche de gens ayant eu des démêlés avec la justice.

Quant à Lapointe, il avait passé l'après-midi à montrer la photographie de René Josselin à des commerçants du quartier, aux gardiens du square, aux habitués des bancs. Certains le reconnaissaient, d'autres pas.

— On le voyait passer chaque matin, toujours du même pas...

— Il regardait jouer les enfants...

— Il déposait ses journaux à côté de lui et commençait à les lire, en fumant parfois un cigare...

— Il avait l'air d'un brave homme...

Parbleu !

5

Avait-il plu longtemps pendant la nuit ? Maigret n'en savait rien mais il était bien content de trouver en s'éveillant les trottoirs noirâtres avec des parties encore luisantes où se reflétaient de vrais nuages, pas les petits nuages légers et roses des jours précédents : des nuages aux bordures sombres, lourds de pluie.

Il avait hâte d'en finir avec l'été, avec les vacances, de retrouver chacun à sa place et il fronçait les sourcils chaque fois que, dans la rue, son œil rencontrait une jeune femme qui portait encore le pantalon collant adopté sur quelque plage et qui foulait nonchalamment le pavé de Paris, les pieds nus et bronzés dans des sandales.

On était samedi. Il avait eu l'intention, en s'éveillant, d'aller revoir Jouane, rue du Saint-Gothard, sans d'ailleurs savoir au juste pourquoi. Il avait envie de les revoir tous, pas tant pour leur poser des questions précises que pour se frotter à eux, que pour mieux sentir le milieu dans lequel vivait René Josselin.

Il y avait fatalement quelque chose qui lui échappait. Il semblait bien, maintenant, que l'assassin était venu du dehors et cela élargissait le champ des possibilités. Cela l'élargissait-il tellement ? Il restait que l'automatique avait été pris dans le tiroir, la clef à son clou dans la cuisine et que l'homme, au sixième étage, ne s'était pas trompé de chambre.

Maigret n'en gagnait pas moins son bureau à pied comme cela lui arrivait assez souvent ; aujourd'hui il le faisait avec intention, comme pour s'offrir une pause. L'air était plus frais. Les gens paraissaient déjà moins bronzés et retrouvaient les expressions de physionomie de la vie habituelle.

Il arriva au Quai juste à temps pour le rapport et, un dossier sous le bras, rencontra les autres chefs de service dans le bureau du directeur. Chacun mettait celui-ci au courant des dernières affaires. Le chef de la Mondaine, par exemple, suggérait de fermer une boîte de nuit au sujet de laquelle il recevait presque chaque jour des plaintes. Quant à Darrui, qui s'occupait des Mœurs, il avait organisé une rafle nocturne aux Champs-Élysées et trois ou quatre douzaines de dames de petite vertu attendaient au Dépôt qu'on statue sur leur sort.

— Et vous, Maigret ?

— Moi, je patauge dans une histoire de braves gens... grommela-t-il avec humeur.

— Pas de suspect ?

— Pas encore. Rien que des empreintes digitales qui ne correspondent pas à nos fiches, autrement dit des empreintes d'honnête homme...

Il y avait eu un nouveau crime pendant la nuit, un vrai, presque une boucherie. C'était Lucas, à peine rentré de vacances, qui s'en occupait. Pour le moment, il était encore enfermé dans son bureau avec l'assassin, à essayer de comprendre ses explications.

Cela s'était passé entre Polonais, dans un taudis, près de la porte d'Italie. Un manœuvre, qui parlait mal le français, un homme plutôt chétif, malingre, qui se prénommait Stéphane et dont le nom de famille était impossible à prononcer, y vivait, autant qu'on pouvait comprendre, avec une femme et quatre enfants en bas âge.

Lucas avait vu la femme avant qu'elle soit transportée à l'hôpital et prétendait que c'était une créature splendide.

Elle n'était pas l'épouse du Stéphane arrêté mais celle d'un de ses compatriotes, un certain Majewski, qui, lui, travaillait comme ouvrier agricole, depuis trois ans, dans les fermes du Nord.

Deux des enfants, les aînés, étaient de Majewski. Qu'est-ce qui s'était passé exactement entre ces personnages trois ans plus tôt, c'était difficile à comprendre.

— Il me l'a donnée... répétait obstinément Stéphane.

Une fois, il avait affirmé :

— Il me l'a vendue...

Toujours est-il que, trois ans plus tôt, le malingre Stéphane avait pris la place de son compatriote dans le taudis et dans le lit de la belle femme. Le vrai mari était parti, consentant, semblait-il. Deux enfants étaient encore nés et tout cela vivait dans une seule pièce comme des romanichels dans leur roulotte.

Or, Majewski avait eu l'idée de revenir et, pendant que son remplaçant était au travail, il avait tout simplement repris son ancienne place.

Qu'est-ce que les deux hommes s'étaient dit au retour de Stéphane ? Lucas s'efforçait de l'établir et c'était d'autant plus difficile que son client parlait le français à peu près aussi bien que la bonne espagnole ou sud-américaine que Maigret avait questionnée la veille.

Stéphane était parti. Il avait rôdé dans le quartier pendant près de vingt-quatre heures, ne dormant nulle part, traînant dans un certain nombre de bistrots et, quelque part, il s'était procuré un bon couteau de boucher. Il prétendait qu'il ne l'avait pas volé et il insistait fort sur ce point, comme si c'était pour lui une question d'honneur.

Au cours de la nuit précédente, il s'était introduit dans la chambre où tout le monde dormait et avait tué le mari de quatre ou cinq coups de couteau. Il s'était ensuite précipité sur la femme qui criait, dépoitraillée, l'avait frappée à deux ou trois reprises, mais des voisins étaient accourus avant qu'il ait eu le temps de l'achever.

Il s'était laissé arrêter sans résistance. Maigret alla assister à un bout d'interrogatoire, dans le bureau de Lucas qui, assis à sa machine, tapait lentement les questions et les réponses.

L'homme, sur une chaise, fumait une cigarette qu'on venait de lui donner et il y avait une tasse de café vide près de lui. Il avait été quelque peu malmené par les voisins. Le col de sa chemise était déchiré, ses cheveux étaient en désordre et il avait des égratignures au visage.

Il écoutait parler Lucas, sourcils froncés, faisant un grand effort pour comprendre, puis il réfléchissait en balançant la tête de gauche à droite et de droite à gauche.

— Il me l'avait donnée... répétait-il enfin, comme si cela expliquait tout. Il n'avait pas le droit de la reprendre...

Il lui semblait naturel d'avoir tué son ancien camarade. Il aurait tué la femme aussi, si on n'était intervenu à temps. Est-ce qu'il aurait tué les enfants ?

A cette question, il ne répondait pas, peut-être parce qu'il ne le savait pas lui-même. Il n'avait pas tout prévu. Il avait décidé de tuer Majewski et sa femme. Pour le reste...

Maigret rentrait dans son bureau. Une note lui apprenait que les personnes de la rue de la Pompe qui, au théâtre, étaient assises derrière Mme Josselin et sa fille, se souvenaient fort bien des deux femmes. Celles-ci n'étaient pas sorties pendant le premier entracte, seulement pendant le second, après lequel elles avaient repris leur place fort avant le lever du rideau, et elles n'avaient pas quitté la salle en cours de représentation.

— Qu'est-ce que je fais aujourd'hui, patron ? venait lui demander Lapointe.

— La même chose qu'hier après-midi.

Autrement dit parcourir le chemin que René Josselin empruntait chaque matin pendant sa promenade et questionner les gens.

— Il devait bien lui arriver de parler à quelqu'un. Essaie à nouveau, à la même heure que lui... Tu as une seconde photographie ? Donne...

Maigret la fourra dans sa poche, à tout hasard. Puis il prit un autobus pour le boulevard de Montparnasse et dut éteindre sa pipe car c'était un autobus sans plate-forme.

Il avait besoin de garder le contact avec la rue Notre-Dame-des-Champs. Certains prétendaient qu'il tenait à tout faire par lui-même, y compris de fastidieuses filatures, comme s'il n'avait pas confiance en ses inspecteurs. Ils ne comprenaient pas que c'était pour lui une nécessité de sentir les gens vivre, d'essayer de se mettre à leur place.

Si cela n'avait été impossible, il se serait installé dans l'appartement des Josselin, se serait assis à table avec les deux femmes, aurait peut-être accompagné Véronique chez elle pour se rendre compte de la façon dont elle se comportait avec son mari et ses enfants.

Il avait envie de faire lui-même la promenade que Josselin faisait chaque matin, de voir ce qu'il voyait, de s'arrêter sur les mêmes bancs.

C'était à nouveau l'heure où la concierge stérilisait les biberons et elle avait passé son tablier blanc.

— On vient de ramener le corps, lui dit-elle, encore impressionnée.

— La fille est là-haut ?

— Elle est arrivée il y a environ une demi-heure. C'est son mari qui l'a déposée.

— Il est monté ?

— Non. Il paraissait pressé.

— Il n'y a personne d'autre dans l'appartement ?

— Des employés des Pompes funèbres. Ils ont déjà apporté leur matériel pour la chapelle ardente.

— Mme Josselin est restée seule la nuit dernière ?

— Non. Son gendre, vers huit heures du soir, est venu avec une dame d'un certain âge qui portait une petite valise et elle est restée là-haut quand il est parti. Je suppose que c'est une infirmière ou une garde. Quant à Mme Manu, elle est arrivée ce matin à sept heures comme d'habitude et elle est maintenant dans le quartier à faire le marché.

Il ne se rappelait pas s'il avait déjà posé la question et, si oui, il la répétait, car elle le tracassait.

— Vous n'avez pas remarqué, surtout ces derniers temps, quelqu'un qui semblait attendre aux alentours de la maison ?

Elle secouait la tête.

— Mme Josselin n'a jamais reçu personne en l'absence de son mari ?

— Pas depuis six ans que je suis ici.

— Et lui ? Il était souvent seul, l'après-midi. Personne ne montait le voir ? Il ne lui arrivait pas de sortir pour quelques minutes ?

— Pas à ma connaissance... Il me semble que cela m'aurait frappée... Évidemment, quand il ne se passe rien d'anormal, on ne pense pas à ces choses-là... Je ne m'occupais pas plus d'eux que des autres locataires, plutôt moins, justement parce qu'ils ne me donnaient jamais de souci...

— Savez-vous par quel côté de la rue revenait M. Josselin ?

— Cela dépendait. Je l'ai vu revenir du Luxembourg, mais il est arrivé qu'il fasse le tour par le carrefour Montparnasse et par la rue Vavin... Ce n'était pas un automate, n'est-ce pas ?

— Toujours seul ?

— Toujours seul.

— Le Dr Larue n'est pas revenu ?

— Il est passé hier en fin d'après-midi et est resté assez longtemps là-haut...

Encore un que Maigret aurait aimé retrouver. Il lui semblait que chacun était susceptible de lui apprendre quelque chose. Il ne les soupçonnait pas forcément de mentir mais, sciemment ou non, de lui cacher une partie de la vérité.

Mme Josselin surtout. A aucun moment, elle ne s'était montrée détendue. On la sentait sur ses gardes, s'efforçant de deviner d'avance les questions qu'il allait lui poser et préparant mentalement ses réponses.

— Je vous remercie, madame Bonnet. Le bébé va bien ? Il a dormi toute sa nuit ?

— Il ne s'est réveillé qu'une fois et s'est rendormi tout de suite.

C'est drôle que, cette nuit-là, il ait été si agité, comme s'il sentait qu'il se passait quelque chose...

Il était dix heures et demie du matin. Lapointe devait être occupé à interpeller les gens dans les jardins du Luxembourg en leur montrant la photographie. Ils regardaient avec attention, hochaient la tête, l'air grave.

Maigret décida d'essayer, lui, le boulevard de Montparnasse puis, peut-être, le boulevard Saint-Michel. Et, pour commencer, il pénétra dans le petit bar où il avait bu trois demis la veille.

Du coup, le garçon lui demanda comme à un ancien client :

— La même chose ?

Il fit oui sans réfléchir, bien qu'il n'eût pas envie de bière.

— Vous connaissiez M. Josselin ?

— J'ignorais son nom. Quand j'ai vu sa photographie dans le journal, je me suis souvenu de lui. Autrefois, il avait un chien, un vieux chien-loup perclus de rhumatismes qui, tête basse, marchait sur ses talons... Je vous parle d'il y a au moins sept ou huit ans. Voilà quinze ans que je suis dans la maison...

— Qu'est-ce que ce chien est devenu ?

— Il a dû mourir de vieillesse. Je crois que c'était surtout le chien de la demoiselle... Je me souviens bien d'elle aussi...

— Vous n'avez jamais vu M. Josselin en compagnie d'un homme ? Vous n'avez jamais eu l'impression que quelqu'un l'attendait quand il sortait de chez lui ?

— Non... Vous savez, je ne le connaissais que de vue... Il n'est jamais entré ici... Un matin que je me trouvais boulevard Saint-Michel, je l'ai vu sortir du P.M.U... Cela m'a frappé... J'ai l'habitude, chaque dimanche, de jouer le tiercé, mais cela m'a surpris qu'un homme comme lui joue aux courses...

— Vous ne l'avez vu au P.M.U. que cette fois-là ?

— Oui... Il est vrai que je suis rarement dehors à cette heure...

— Je vous remercie...

Il y avait, à côté, une épicerie, dans laquelle Maigret pénétra, la photographie à la main.

— Vous connaissez ?

— Bien sûr ! C'est M. Josselin.

— Il lui arrivait de venir chez vous ?

— Pas lui. Sa femme. C'est nous qui les fournissons depuis quinze ans...

— Elle faisait toujours son marché elle-même ?

— Elle passait donner sa commande, qu'on lui livrait un peu plus tard... Quelquefois c'était la bonne... Jadis, il arrivait que ce soit leur fille...

— Vous ne l'avez jamais aperçue en compagnie d'un homme ?

— Mme Josselin ?

On le regardait avec stupeur et même avec reproche.

— Ce n'était pas la femme à avoir des rendez-vous, surtout dans le quartier...

Tant pis ! Il continuerait à poser sa question quand même. Il entrait dans une boucherie.

— Est-ce que vous connaissez...

Les Josselin ne s'approvisionnaient pas dans cette boucherie-là et on lui répondait assez sèchement.

Un bar, encore. Il y entrait et, puisqu'il avait commencé par de la bière, il demandait un demi, sortait sa photographie de la poche.

— Il me semble que c'est quelqu'un du quartier...

Combien de personnes Lapointe et lui, chacun de son côté, allaient-ils interroger de la sorte ? Et pourtant ils ne pouvaient compter que sur un hasard. Il est vrai que le hasard venait déjà de jouer. Maigret savait maintenant que René Josselin avait une passion, si anodine fût-elle, une manie, une habitude : il jouait aux courses.

Jouait-il gros ? Se contentait-il, pour s'amuser, de mises modestes ? Est-ce que sa femme était au courant ? Maigret aurait juré que non. Cela ne cadrait pas avec l'appartement de la rue Notre-Dame-des-Champs, avec les personnages tels qu'il les connaissait.

Il y avait donc une petite paille. Pourquoi n'en existerait-il pas d'autres ?

— Pardon, madame... Est-ce que...

La photo, une fois de plus. Un signe de tête négatif. Il recommençait plus loin, entrait chez un autre boucher, le bon, cette fois, qui servait Mme Josselin ou Mme Manu.

— On le voyait passer, presque toujours à la même heure...

— Seul ?

— Sauf les fois où il lui arrivait de rencontrer sa femme en revenant de sa promenade.

— Et elle ? Elle était toujours seule aussi ?

— Une fois, elle est venue avec un petit garçon qui marchait à peine, son petit-fils...

Maigret pénétrait dans une brasserie, boulevard de Montparnasse. C'était l'heure où la salle était presque vide. Le garçon faisait le mastic.

— Un petit verre de n'importe quoi, mais pas de la bière, commanda-t-il.

— Un apéritif ? Une fine ?

— Une fine...

Et voilà qu'au moment où il s'y attendait le moins il obtenait un résultat.

— Je le connais, oui. J'ai tout de suite pensé à lui quand j'ai vu son portrait dans le journal. Sauf que, les derniers temps, il était un peu moins gros.

— Il lui arrivait de venir prendre un verre ?

— Pas souvent... Il est peut-être venu cinq ou six fois, toujours à l'heure où il n'y a personne, ce qui fait que je l'ai remarqué...

— A cette heure-ci ?

— A peu près... ou un peu plus tard...

— Il était seul ?

— Non. Il y avait quelqu'un avec lui et, chaque fois, ils se sont installés tout au fond de la salle...

— Une femme ?

— Un homme...

— Quel genre d'homme ?

— Bien habillé, encore assez jeune... Je lui donnerais dans les quarante ou quarante-cinq ans...

— Ils avaient l'air de discuter ?

— Ils parlaient à mi-voix et je n'ai pas entendu ce qu'ils disaient.

— Quand sont-ils venus pour la dernière fois ?

— Il y a trois ou quatre jours...

Maigret osait à peine y croire.

— Vous êtes sûr qu'il s'agit bien de cette personne ?

Il montrait encore la photographie. Le garçon acceptait de la regarder avec plus d'attention.

— Puisque je vous le dis ! Tenez ! Il avait même des journaux à la main, trois ou quatre journaux au moins et, quand il est parti, j'ai couru après lui pour les lui rendre, car il les avait oubliés sur la banquette...

— Vous reconnaîtriez l'homme qui l'accompagnait ?

— Peut-être. C'était un grand, aux cheveux bruns... Il portait un complet clair, d'un tissu léger, très bien coupé...

— Ils avaient l'air de se disputer ?

— Non. Ils étaient sérieux, mais ils ne se disputaient pas.

— Qu'est-ce qu'ils ont bu ?

— Le gros, M. Josselin, a pris un quart Vittel et l'autre un whisky. Il doit y être habitué, car il a spécifié la marque qu'il voulait. Comme je n'en avais pas de cette marque-là, il m'en a cité une autre...

— Combien de temps sont-ils restés ?

— Peut-être vingt minutes ? Peut-être un peu plus ?

— Vous ne les avez vus ensemble que cette fois-là ?

— Je jurerais que quand M. Josselin est venu auparavant, il y a plusieurs mois, bien avant les vacances, il était déjà accompagné de la même personne... Cet homme-là, d'ailleurs, je l'ai revu...

— Quand ?

— Le même jour... Dans l'après-midi... Peut-être était-ce le lendemain ?... Mais non ! C'était bien le même jour...

— Donc, cette semaine ?

— Sûrement cette semaine... Mardi ou mercredi...

— Il est revenu seul ?

— Il est resté seul un bon moment, à lire un journal du soir... Il m'avait commandé le même whisky que le matin... Puis une dame l'a rejoint...

— Vous la connaissez ?

— Non.

— Une femme jeune ?

— D'un certain âge. Ni jeune ni vieille. Une dame bien.

— Ils avaient l'air de bien se connaître ?

— Sûrement... Elle paraissait pressée... Elle s'est assise à côté de lui et, quand je me suis approché pour prendre la commande, elle m'a fait signe qu'elle ne désirait rien...

— Ils sont restés longtemps ?

— Une dizaine de minutes... Ils ne sont pas partis ensemble... La femme est sortie la première... L'homme, lui, a encore bu un verre avant de s'en aller...

— Vous êtes certain que c'était le même qui accompagnait M. Josselin le matin ?

— Absolument certain... Et il a bu le même whisky...

— Il vous a donné l'impression d'un homme qui boit beaucoup ?

— D'un homme qui boit, mais qui tient le coup... Il n'était pas du tout ivre, si c'est cela que vous voulez dire, mais il avait des poches sous les yeux... Vous voyez ?...

— C'est la seule fois que vous ayez vu l'homme et la femme ensemble ?

— La seule dont je me souvienne... A certaines heures, on fait moins attention... Il y a d'autres garçons dans l'établissement...

Maigret paya sa consommation et se retrouva sur le trottoir, à se demander ce qu'il allait faire. S'il était tenté de se rendre tout de suite rue Notre-Dame-des-Champs, il lui répugnait d'y arriver alors que le corps venait tout juste d'être rendu à la famille et qu'on était occupé à dresser la chapelle ardente.

Il préféra continuer son chemin vers la Closerie des Lilas, entrant encore chez des commerçants, exhibant avec moins de conviction la photographie.

Il connut ainsi la marchande de légumes des Josselin, le savetier qui réparait leurs chaussures, la pâtisserie où ils se fournissaient.

Puis, comme il atteignait le boulevard Saint-Michel, il décida de le redescendre jusqu'à la grande entrée du Luxembourg, faisant à rebrousse-poil la promenade quotidienne de Josselin. En face de la grille, il découvrit le kiosque où celui-ci achetait ses journaux.

Exhibition de la photographie. Questions, toujours les mêmes. Il s'attendait d'un moment à l'autre à voir surgir le jeune Lapointe qui opérait en sens inverse.

— C'est bien lui... Je lui gardais ses journaux et ses hebdomadaires...

— Il était toujours seul ?

La vieille femme réfléchissait.

— Une fois ou deux, il me semble...

Une fois, en tout cas, alors que quelqu'un se tenait debout près de Josselin, elle avait demandé :

— Et pour vous ?...

Et l'homme avait répondu :

— Je suis avec monsieur...

Il était grand et brun, autant qu'elle s'en souvienne. Quand était-ce ? Au printemps, puisque les marronniers étaient en fleur.

— Vous ne l'avez pas revu ces temps-ci ?

— Je ne l'ai pas remarqué...

Ce fut dans le bistrot où était installé le P.M.U. que Maigret retrouva Lapointe.

— On vous l'a dit aussi ? s'étonna celui-ci.

— Quoi ?

— Qu'il avait l'habitude de venir ici...

Lapointe avait eu le temps de questionner le patron. Celui-ci ne connaissait pas le nom de Josselin mais il était formel.

— Il venait deux ou trois fois par semaine et jouait chaque fois cinq mille francs...

Non ! Il n'avait pas l'air d'un turfiste. Il n'avait pas de journaux de courses à la main. Il n'étudiait pas la cote.

— Ils sont assez nombreux, mainenant, qui, comme lui, ne savent pas à quelle écurie un cheval appartient et qui ignorent le sens du mot handicap... Ils composent des numéros, comme d'autres à la Loterie nationale, demandent un billet finissant par tel ou tel chiffre...

— Il lui arrivait de gagner ?

— Cela lui est arrivé une fois ou deux...

Maigret et Lapointe traversaient ensemble le jardin du Luxembourg et, sur les chaises de fer, des étudiants étaient plongés dans leurs cours, quelques couples se tenaient par les épaules en regardant vaguement les enfants qui jouaient sous la surveillance de leur mère ou de leur bonne.

— Vous croyez que Josselin faisait des cachotteries à sa femme ?

— J'en ai l'impression. Je vais bientôt le savoir...

— Vous allez la questionner ? Je vous accompagne ?

— J'aime autant que tu sois présent, oui.

La camionnette des gens des Pompes funèbres n'était plus au bord du trottoir. Les deux hommes prirent l'ascenseur, sonnèrent et Mme Manu, une fois de plus, entrouvrit la porte en ayant soin de laisser la chaîne.

— Ah ! c'est vous...

Elle les introduisait dans le salon où rien n'avait été changé. La porte de la salle à manger était ouverte et une dame âgée, assise près de la fenêtre, était occupée à tricoter. Sans doute l'infirmière, ou la garde que le Dr Fabre avait amenée.

— Mme Fabre vient de retourner chez elle. Je vous annonce à Mme Josselin ?

Et, tout bas, la femme de ménage ajoutait :

— Monsieur est ici...

Elle désignait l'ancienne chambre de Véronique, puis allait prévenir sa patronne. Celle-ci n'était pas dans la chapelle ardente mais dans sa chambre et elle parut, vêtue de sombre comme la veille, avec des perles grises autour du cou et aux oreilles.

Elle ne paraissait toujours pas avoir pleuré. Ses yeux étaient aussi fixes, son regard aussi ardent.

— Il paraît que vous désirez me parler ?

Elle regardait Lapointe avec curiosité.

— Un de mes inspecteurs... murmura Maigret. Je m'excuse de vous déranger à nouveau...

Elle ne les faisait pas asseoir, comme si elle supposait que la visite serait brève. Elle ne posait pas de questions non plus, attendait, les yeux dans les yeux du commissaire.

— La question vous semblera sans doute futile, mais je voudrais vous demander tout d'abord si votre mari était joueur.

Elle ne tressaillit pas. Maigret eut même l'impression qu'elle éprouvait un certain soulagement et ses lèvres se détendirent un peu pour prononcer :

— Il jouait aux échecs, le plus souvent avec notre gendre, parfois, assez rarement, avec le Dr Larue...

— Il ne spéculait pas en Bourse ?

— Jamais ! Il avait horreur de la spéculation. On lui a proposé, il y a quelques années, de mettre son affaire en société anonyme afin de lui donner plus d'extension et il a refusé avec indignation.

— Il prenait des billets de la Loterie nationale ?

— Je n'en ai jamais vu dans la maison...

— Il ne jouait pas non plus aux courses ?

— Je pense que nous ne sommes pas allés à Longchamp ou à Auteuil plus de dix fois dans notre vie, pour le coup d'œil... Une fois, il y a longtemps, il m'a emmenée voir le prix de Diane, à Chantilly, et il ne s'est pas approché des guichets.

— Il aurait pu jouer au P.M.U. ?

— Qu'est-ce que c'est ?

— Il existe à Paris et en province des bureaux, le plus souvent dans des cafés ou dans des bars, où on prend les paris...

— Mon mari ne fréquentait pas les cafés...

Il y avait une note de mépris dans sa voix.

— Je suppose que vous ne les fréquentez pas non plus ?

Le regard de la femme devenait plus dur et Maigret se demanda si elle n'allait pas se fâcher.

— Pourquoi me demandez-vous ça ?

Il hésitait à pousser, tout de suite, son interrogatoire plus avant, se demandant s'il avait intérêt, dès maintenant, à donner l'éveil. Le silence commençait à peser, pénible, sur les trois personnages. Par discrétion, l'infirmière ou la garde s'était levée et était venue fermer la porte de la salle à manger.

Derrière une autre porte, il y avait un mort, des tentures noires, sans doute des bougies allumées et un brin de buis trempant dans l'eau bénite.

La femme que Maigret avait devant lui, c'était la veuve, il ne pouvait pas l'oublier. Elle se trouvait au théâtre avec sa fille quand son mari avait été abattu.

— Permettez-moi de vous demander si, cette semaine, mardi ou mercredi, il ne vous est pas arrivé d'entrer dans un café... Un café du quartier...

— Nous sommes allées prendre un verre, ma fille et moi, en sortant du théâtre. Ma fille avait très soif. Nous ne nous sommes pas attardées...

— Cela se passait où ?

— Rue Royale...

— Je vous parle de mardi ou mercredi et d'une brasserie du quartier...

— Je ne vois pas ce que vous voulez dire...

Maigret était gêné du rôle qu'il était obligé de jouer. Il avait l'impression, sans en être pourtant sûr, que le coup avait porté, que son interlocutrice avait eu besoin de toute son énergie pour ne pas laisser voir sa panique.

Cela n'avait duré qu'une portion de seconde et son regard ne s'était pas détaché de lui.

— Quelqu'un, pour une raison quelconque, aurait pu vous donner rendez-vous non loin d'ici, boulevard de Montparnasse, par exemple...

— Personne ne m'a donné rendez-vous...

— Puis-je vous demander de me confier une de vos photographies ?

Elle faillit dire :

— Pour quoi faire ?

Elle se retint, se contenta de murmurer :

— Je suppose que je n'ai qu'à obéir...

C'était un peu comme si les hostilités venaient de commencer. Elle sortait de la pièce, pénétrait dans sa chambre dont elle laissait la porte ouverte et on l'entendait fouiller dans un tiroir qui devait être plein de papiers.

Quand elle revenait, elle tendait une photo de passeport, vieille de quatre ou cinq ans.

— Je suppose que cela vous suffit ?

Maigret, prenant son temps, la glissait dans son portefeuille.

— Votre mari jouait aux courses, affirmait-il en même temps.

— Dans ce cas, c'était à mon insu. C'est interdit ?

— Ce n'est pas interdit, madame, mais, si nous voulons avoir une chance de retrouver son assassin, nous avons besoin de tout savoir. Je ne connaissais pas cette maison il y a trois jours. Je ne connaissais ni votre existence, ni celle de votre mari. Je vous ai demandé votre collaboration...

— Je vous ai répondu.

— Je souhaiterais que vous m'en ayez dit davantage...

Puisque c'était la guerre, il attaquait.

— La nuit du drame, je n'ai pas insisté pour vous voir, car le Dr Larue m'affirmait que vous étiez dans un pénible état de stupeur... Hier, je suis venu...

— Je vous ai reçu.

— Et que m'avez-vous dit ?

— Ce que je pouvais vous dire.

— Cela signifie ?

— Ce que je savais.

— Vous êtes certaine de m'avoir tout dit ? Vous êtes certaine que votre fille, votre gendre, ne me cachent pas quelque chose ?

— Vous nous accusez de mentir ?

Ses lèvres tremblaient un peu. Sans doute faisait-elle un terrible effort sur elle-même pour rester droite et digne, face à Maigret dont le teint s'était quelque peu coloré. Quant à Lapointe, gêné, il ne savait où regarder.

— Peut-être pas de mentir, mais d'omettre certaines choses... Par exemple, j'ai la certitude que votre mari jouait au P.M.U...

— A quoi cela vous sert-il ?

— Si vous n'en saviez rien, si vous ne l'avez jamais soupçonné, cela indique qu'il était capable de vous cacher quelque chose. Et, s'il vous a caché ça…

— Il n'a peut-être pas pensé à m'en parler.

— Ce serait plausible s'il avait joué une fois ou deux, par hasard, mais c'était un habitué, qui dépensait aux courses plusieurs milliers de francs par semaine…

— Où voulez-vous en venir ?

— Vous m'aviez donné l'impression, et vous l'avez entretenue, de tout savoir de lui et, de votre côté, de n'avoir aucun secret pour lui…

— Je ne comprends pas ce que cela a à voir avec…

— Supposons que, mardi ou mercredi matin, il ait eu rendez-vous avec quelqu'un dans une brasserie du boulevard de Montparnasse…

— On l'y a vu ?

— Il y a au moins un témoin, qui est affirmatif.

— Il se peut qu'il ait rencontré un ancien camarade, ou un ancien employé, et qu'il lui ait offert un verre…

— Vous m'affirmiez qu'il ne fréquentait pas les cafés…

— Je ne prétends pas que, dans une occasion comme celle-là…

— Il ne vous en a pas parlé ?

— Non.

— Il ne vous a pas dit, en rentrant :

» — A propos, j'ai rencontré Untel…

— Je ne m'en souviens pas.

— S'il l'avait fait, vous vous en souviendriez ?

— Probablement.

— Et si vous, de votre côté, vous aviez rencontré un homme que vous connaissez assez bien pour le rejoindre dans un café et rester une dizaine de minutes avec lui pendant qu'il buvait un whisky…

La sueur lui perlait au front et sa main tripotait comme méchamment sa pipe éteinte.

— Je ne comprends toujours pas.

— Excusez-moi de vous avoir dérangée… J'aurai sans doute à revenir… Je vous demande, d'ici là, de réfléchir… Quelqu'un a tué votre mari et est en ce moment en liberté… Il tuera peut-être encore…

Elle était très pâle, mais elle ne broncha toujours pas et se mit à marcher vers la porte, se contenta de prendre congé d'un mouvement sec de la tête, puis referma l'huis derrière eux.

Dans l'ascenseur, Maigret s'épongea le front avec son mouchoir. On aurait dit qu'il évitait le regard de Lapointe, comme s'il craignait d'y lire un reproche, et il balbutia :

— Il le fallait…

6

Les deux hommes se tenaient debout sur le trottoir, à quelques pas de l'immeuble, comme des gens qui hésitent à se séparer. Une pluie très fine, à peine visible, avait commencé à tomber, des cloches grêles se mettaient à sonner vers le bas de la rue, auxquelles d'autres répondaient dans une autre direction, puis dans une autre encore.

A deux pas de Montparnasse et de ses cabarets, c'était, en bordure du Luxembourg, non seulement un îlot paisible et bourgeois, mais comme un rendez-vous de couvents. Outre les Petites Sœurs des Pauvres, il y avait, derrière, les Servantes de Marie ; à deux pas, rue Vavin, les Dames de Sion et, rue Notre-Dame-des-Champs encore, dans l'autre section, les Dames Augustines.

Maigret semblait attentif au son des cloches, respirait l'air mêlé de gouttelettes invisibles puis, après un soupir, disait à Lapointe :

— Tu vas faire un saut rue du Saint-Gothard. En taxi, tu en as pour quelques minutes. Un samedi, les bureaux et les ateliers seront probablement fermés. Si Jouane ressemble à son ancien patron, il y a des chances pour qu'il soit quand même venu terminer, tout seul, quelque travail urgent. Sinon, tu trouveras bien un concierge ou un gardien. Au besoin, demande le numéro personnel de Jouane et téléphone-lui.

» Je voudrais que tu me rapportes une photographie encadrée que j'ai vue dans son bureau. Hier, pendant qu'il me parlait, je la regardais machinalement, sans me douter qu'elle pourrait m'être utile. C'est une photo de groupe, avec René Josselin au milieu, Jouane et sans doute Goulet à sa gauche et à sa droite, d'autres membres du personnel, hommes et femmes, en rangs derrière eux, une trentaine de personnes.

» Toutes les ouvrières n'y sont pas ; seulement les employés les plus anciens ou les plus importants. Je suppose que la photo a été prise à l'occasion d'un anniversaire, ou bien quand Josselin a quitté son affaire.

— Je vous retrouve au bureau ?

— Non. Viens me rejoindre à la brasserie du boulevard de Montparnasse où j'étais tout à l'heure.

— Laquelle est-ce ?

— Je crois que cela s'appelle la brasserie Franco-Italienne. C'est à côté d'un magasin où l'on vend du matériel pour peintres et sculpteurs.

Il s'en alla de son côté, le dos rond, en tirant sur sa pipe qu'il venait d'allumer et qui, pour la première fois de l'année, avait le goût d'automne.

Il gardait une certaine gêne de sa dureté avec Mme Josselin et se rendait compte que ce n'était pas fini, que cela ne faisait que commencer. Il n'y avait pas qu'elle, probablement, à lui cacher quelque chose ou à lui mentir. Et c'était son métier de découvrir la vérité.

C'était toujours pénible, pour Maigret, de forcer quelqu'un dans ses derniers retranchements, et cela remontait très loin, à sa petite enfance, à la première année qu'il était allé à l'école, dans son village de l'Allier.

Il avait fait alors le premier gros mensonge de sa vie. L'école distribuait des livres de classe qui avaient servi et qui étaient plus ou moins défraîchis, mais certains élèves se procuraient de beaux livres neufs qui lui faisaient envie.

Il avait reçu, entre autres, un catéchisme à couverture verdâtre, aux pages déjà jaunies, tandis que quelques camarades plus fortunés s'étaient acheté des catéchismes neufs, d'une nouvelle édition, à la reliure d'un rose alléchant.

— J'ai perdu mon catéchisme... avait-il annoncé un soir à son père. Je l'ai dit au maître et il m'en a donné un nouveau...

Or, il ne l'avait pas perdu. Il l'avait caché dans le grenier, faute d'oser le détruire.

Il avait eu du mal à s'endormir ce soir-là. Il se sentait coupable et était persuadé qu'un jour ou l'autre sa tricherie serait découverte. Le lendemain, il n'avait eu aucune joie à se servir du nouveau catéchisme.

Pendant trois jours, quatre jours peut-être, il avait souffert ainsi, jusqu'au moment où il était allé trouver l'instituteur, son livre à la main.

— J'ai retrouvé l'ancien, avait-il balbutié, rouge et la gorge sèche. Mon père m'a dit de vous rendre celui-ci...

Il se souvenait encore du regard du maître, un regard à la fois lucide et bienveillant. Il était sûr que l'homme avait tout deviné, tout compris.

— Tu es content de l'avoir retrouvé ?

— Oh ! oui, monsieur...

Toute sa vie, il lui était resté reconnaissant de ne pas l'avoir forcé à avouer son mensonge et de lui avoir évité une humiliation.

Mme Josselin mentait aussi et ce n'était plus une enfant, c'était une femme, une mère de famille, une veuve. Il l'avait pour ainsi dire forcée à mentir. Et d'autres, autour d'elle, mentaient probablement, pour une raison ou pour une autre.

Il aurait voulu leur tendre la perche, leur éviter cette épouvantable épreuve de se débattre contre la vérité. C'étaient de braves gens, il voulait bien le croire, il en était même persuadé. Ni Mme Josselin, ni Véronique, ni Fabre n'avaient tué.

Tous n'en cachaient pas moins quelque chose qui aurait sans doute permis de mettre la main sur l'assassin.

Il jetait un coup d'œil aux maisons d'en face en pensant qu'il serait peut-être nécessaire de questionner un à un tous les habitants de la rue, tous ceux qui, par leur fenêtre, avaient pu surprendre un petit fait intéressant.

Josselin avait rencontré un homme, la veille ou le jour de sa mort, le garçon de café ne parvenait pas à le préciser. Maigret allait savoir si c'était bien Mme Josselin qui était venue rejoindre ce même homme, l'après-midi, dans le calme d'une brasserie.

Il y arrivait un peu plus tard et l'atmosphère avait quelque peu changé. Des gens prenaient l'apéritif et on avait déjà garni un rang de tables de nappes et de couverts pour le déjeuner.

Maigret alla s'asseoir à la même place que le matin. Le garçon qui l'avait servi s'approchait de lui comme s'il était déjà un vieux client et le commissaire tirait de son portefeuille la photo de passeport.

— Vous croyez que c'est elle ?

Le garçon mettait ses lunettes, examinait le petit carré de carton.

— Ici, elle n'a pas de chapeau, mais je suis à peu près sûr que c'est la même femme...

— *A peu près ?*

— J'en suis certain. Seulement, si je dois un jour témoigner au tribunal, avec les juges et les avocats qui me poseront un tas de questions...

— Je ne pense pas que vous ayez à témoigner.

— C'est sûrement elle, ou alors, quelqu'un qui lui ressemble fort... Elle portait une robe de lainage sombre, pas tout à fait noir, avec comme des petits poils gris dans la laine, et un chapeau relevé de blanc...

La description de la robe correspondait à ce que portait Mme Josselin le matin même.

— Qu'est-ce que je vous sers ?

— Une fine à l'eau... Où est le téléphone ?...

— Au fond, à gauche, en face des toilettes... Demandez un jeton à la caisse...

Maigret s'enferma dans la cabine, chercha le numéro du Dr Larue. Il n'était pas trop sûr de le trouver chez lui. Il n'avait pas de raison précise pour appeler le médecin.

Il déblayait le terrain, comme avec la photo de la rue du Saint-Gothard. Il s'efforçait d'éliminer les hypothèses, même les plus extravagantes.

Une voix d'homme lui répondait.

— C'est vous, docteur ? Ici, Maigret.

— Je rentre à l'instant et je pensais justement à vous.

— Pourquoi ?

— Je ne sais pas. Je pensais à votre enquête, à votre métier... C'est un hasard que vous me trouviez chez moi à cette heure... Le samedi, je termine ma tournée plus tôt que les autres jours parce qu'une bonne partie de mes clients sont hors ville...

— Cela vous ennuyerait de venir prendre un verre avec moi à la brasserie Franco-Italienne ?

— Je connais... Je vous rejoins tout de suite... Vous avez du nouveau ?...

— Je ne sais pas encore...

Larue, petit, grassouillet, le front dégarni, ne correspondait pas à la description que le garçon avait faite du compagnon de Josselin. Jouane non plus, qui était plutôt roux et n'avait pas l'air d'un buveur de whisky.

Maigret n'en était pas moins décidé à ne laisser passer aucune chance. Quelques minutes plus tard, le médecin descendait de voiture, le rejoignait et, s'adressant au garçon, prononçait comme s'il se trouvait en pays de connaissance :

— Comment allez-vous, Émile ?... Et ces cicatrices ?...

— On ne voit presque plus rien... Un porto, docteur ?...

Ils se connaissaient. Larue expliquait qu'il avait soigné Émile, quelques mois plus tôt, quand celui-ci s'était ébouillanté avec le percolateur.

— Une autre fois, il y a bien dix ans, il s'est coupé avec un hachoir... Et votre enquête, monsieur le commissaire ?

— On ne m'aide pas beaucoup, fit celui-ci avec amertume.

— Vous parlez de la famille ?

— De Mme Josselin, en particulier. J'aimerais vous poser deux ou trois questions à son sujet. Je vous en ai déjà posé l'autre soir. Certains points me tracassent. Si je comprends bien, vous étiez à peu près les seuls intimes de la maison, votre femme et vous...

— Ce n'est pas tout à fait exact... Il y a longtemps, je vous l'ai dit, que je soigne les Josselin et j'ai connu Véronique toute petite... Mais, à cette époque-là, on ne m'appelait que de loin en loin...

— Quand avez-vous commencé à devenir un ami de la famille ?

— Beaucoup plus tard. Une fois, il y a quelques années, on nous a invités à dîner en même temps que d'autres personnes, les Anselme, je m'en souviens encore, qui sont de grands chocolatiers... Vous devez connaître les chocolats Anselme... Ils font aussi les dragées de baptême...

— Ils semblaient intimes avec les Josselin ?

— Ils étaient assez amis... C'est un couple un peu plus âgé... Josselin fournissait à Anselme les boîtes pour les chocolats et les dragées...

— Ils sont à Paris en ce moment ?

— Cela m'étonnerait. Le père Anselme a pris sa retraite il y a quatre ou cinq ans et a acheté une villa à Monaco... Ils y vivent toute l'année...

— Je voudrais que vous fassiez un effort pour vous souvenir. Qui avez-vous encore rencontré chez les Josselin ?

— Plus récemment, il m'est arrivé, rue Notre-Dame-des-Champs, de passer la soirée avec les Mornet, qui ont deux filles et qui font en ce moment une croisière dans les Bermudes... Ce sont des marchands de papier... En somme, les Josselin ne fréquentaient guère que quelques gros clients et quelques fournisseurs...

— Vous ne vous souvenez pas d'un homme d'une quarantaine d'années ?

— Je ne vois pas, non...

— Vous connaissez bien Mme Josselin... Que savez-vous d'elle ?...

— C'est une femme très nerveuse que je traite, je ne vous le cache pas, avec des calmants, encore qu'elle possède un contrôle extraordinaire sur elle-même...

— Elle aimait son mari ?

— J'en suis convaincu... Elle n'a pas eu une adolescence très heureuse, autant que j'aie pu comprendre... Son père, resté veuf de bonne heure, était un homme aigri, d'une sévérité excessive...

— Ils habitaient près de la rue du Saint-Gothard ?

— A deux pas, rue Dareau... Elle a connu Josselin et ils se sont mariés après un an de fiançailles...

— Qu'est devenu le père ?

— Atteint d'un cancer particulièrement douloureux, il s'est suicidé quelques années plus tard...

— Que diriez-vous si on vous affirmait que Mme Josselin avait un amant ?

— Je ne le croirais pas. Voyez-vous, par profession, je vis dans le secret de beaucoup de familles. Le nombre de femmes, surtout dans un certain milieu, celui auquel appartiennent les Josselin, le nombre de femmes, dis-je, qui trompent leur mari est beaucoup plus faible que la littérature et le théâtre essayent de nous faire croire.

» Je ne prétends pas que ce soit toujours par vertu. Peut-être le manque d'occasions, la crainte du qu'en-dira-t-on y sont-ils pour quelque chose...

— Il lui arrivait souvent de sortir seule l'après-midi...

— Comme ma femme, comme la plupart des épouses... Cela ne signifie pas qu'elles aillent retrouver un homme à l'hôtel ou dans ce qu'on appelait jadis une garçonnière... Non, monsieur le commissaire... Si vous me posez sérieusement la question, je vous réponds par un non catégorique... Vous faites fausse route...

— Et Véronique ?

— Je suis tenté de vous dire la même chose mais je préfère me réserver... C'est improbable... Ce n'est pas tout à fait impossible... Il y a des chances pour qu'elle ait eu des aventures avant son mariage... Elle étudiait en Sorbonne... C'est au Quartier Latin qu'elle a connu son mari et elle a dû en connaître d'autres avant lui... N'est-elle pas un peu déçue de la vie qu'il lui fait mener ?... Je n'en jurerais pas... Elle a cru épouser un homme et elle a épousé un médecin... Vous comprenez ?

— Oui...

Cela ne l'avançait pas, ne le menait à rien. Il avait l'impression de patauger et buvait son verre d'un air morose.

— Quelqu'un a tué René Josselin... soupira-t-il.

C'était, jusqu'ici, la seule certitude. Et aussi qu'un homme, dont on ne savait rien, avait rencontré le cartonnier comme en cachette, dans cette même brasserie, puis y avait eu rendez-vous avec Mme Josselin.

Autrement dit, le mari et la femme se cachaient quelque chose. Quelque chose qui se rattachait à une seule et même personne.

— Je ne vois pas qui cela peut être... Je m'excuse de ne pouvoir vous aider davantage... Maintenant, il est temps que je rejoigne ma femme et mes enfants...

Lapointe, d'ailleurs, pénétrait dans la salle, un paquet plat sous le bras, et cherchait Maigret des yeux.

— Jouane était à son bureau ?

— Non. Il n'était pas chez lui non plus. Ils sont allés passer le week-end chez une belle-sœur à la campagne... J'ai promis au gardien de rapporter la photo aujourd'hui même et il n'a pas trop protesté...

Maigret appelait le garçon, déballait le cadre.

— Vous reconnaissez quelqu'un ?

Le garçon remettait ses lunettes et son regard parcourait les visages alignés.

— M. Josselin, bien entendu, au milieu... Il est un peu plus gras sur la photo que l'homme qui est venu l'autre jour, mais c'est bien lui...

— Et les autres ?... Ceux qui se tiennent à sa droite et à sa gauche ?...

Émile hochait la tête.

— Non. Je ne les ai jamais vus... Je ne reconnais que lui...

— Qu'est-ce que tu prends ? demandait Maigret à Lapointe.

— N'importe quoi.

Il regardait le verre du docteur où il restait un fond de liquide rougeâtre.

— C'est du porto ?... Donnez-moi la même chose, garçon...

— Et vous, monsieur le commissaire ?

— Plus rien, merci... Je crois que nous allons manger un morceau ici...

Il n'avait pas envie de retourner déjeuner boulevard Richard-Lenoir. Ils passèrent un peu plus tard du côté de la salle où on servait les repas.

— Elle ne dira rien, grogna Maigret qui avait commandé une choucroute. Même si je la convoque au Quai des Orfèvres et si je la questionne pendant des heures, elle se taira...

Il en voulait à Mme Josselin et en même temps il en avait pitié. Elle venait de perdre son mari dans des circonstances dramatiques, toute sa vie en était bouleversée, elle devenait, du jour au lendemain, une femme seule dans un appartement trop grand, et la police ne s'en acharnait pas moins contre elle.

Quel secret était-elle décidée à défendre coûte que coûte ? Chacun, en somme, a droit à sa vie privée, à ses secrets, jusqu'au jour où un drame éclate et où la société se met à exiger des comptes.

— Qu'est-ce que vous comptez faire, patron ?

— Je n'en sais rien... Retrouver cet homme, bien entendu... Ce n'est pas un voleur... Si c'est lui qui, le soir, est allé assassiner Josselin, il devait avoir ou se croire des raisons impérieuses...

» La concierge ne sait rien... Depuis six ans qu'elle est dans la maison, elle n'a jamais remarqué de visiteur plus ou moins équivoque... Cela remonte peut-être à plus loin dans le passé...

» Je ne sais plus où elle m'a dit que l'ancienne concierge, qui est sa tante, est allée passer ses vieux jours... Je voudrais que tu lui poses la question, que tu retrouves cette femme, que tu l'interroges...

— Et si elle vit maintenant au diable en province ?

— Cela vaudra peut-être la peine d'y aller ou de demander à la police de l'endroit de la questionner... A moins que, d'ici là, quelqu'un se décide à parler.

Lapointe s'en alla de son côté, dans le crachin, la photographie encadrée sous le bras, tandis que Maigret se faisait conduire en taxi boulevard Brune. L'immeuble habité par les Fabre ressemblait à ce qu'il avait imaginé, une grande construction plate et monotone qui, vieille de quelques années seulement, était déjà défraîchie.

— Le Dr Fabre ? Au quatrième à droite... Vous verrez une plaque de cuivre sur la porte... Si c'est pour Mme Fabre, elle vient juste de sortir.

Pour se rendre chez sa mère, sans doute, et finir avec elle d'envoyer les faire-part.

Il resta immobile dans l'ascenseur trop étroit, pressa un bouton électrique et la petite bonne qui vint lui ouvrir regarda machinalement à son côté, de haut en bas, comme si elle s'attendait à le voir accompagné d'un enfant.

— Qui est-ce que vous demandez ?

— Le Dr Fabre.

— C'est l'heure de sa consultation.

— Soyez assez gentille pour lui passer ma carte. Je ne le retiendrai pas longtemps.

— Venez par ici...

Elle poussait la porte d'un salon d'attente où il y avait une demi-douzaine de mamans avec des enfants de tous âges et les regards se portèrent sur lui avec ensemble.

Il s'assit, presque intimidé. Il y avait des cubes par terre, des livres d'images sur une table. Une femme berçait un bébé qui devenait presque violet à force de crier et regardait sans cesse la porte du cabinet de consultation. Maigret savait qu'elles se demandaient toutes :

— Est-ce qu'on va le faire passer avant nous ?

Et, à cause de sa présence, elles se taisaient. L'attente dura près de dix minutes et, quand le docteur ouvrit enfin la porte de son cabinet, c'est vers le commissaire qu'il se tourna.

Il portait des verres assez épais qui soulignaient la fatigue de son regard.

— Entrez... Je m'excuse de n'avoir pas beaucoup de temps à vous donner... Ce n'est pas ma femme que vous veniez voir ?... Elle est chez sa mère...

— Je sais...

— Asseyez-vous...

Il y avait un pèse-bébé, une armoire vitrée pleine d'instruments nickelés, une sorte de table rembourrée recouverte d'un drap et d'une toile cirée. Sur le bureau, des papiers étaient en désordre et des livres étaient empilés sur la cheminée et dans un coin à même le plancher.

— Je vous écoute...

— Je m'excuse de vous déranger en pleine consultation, mais je ne savais pas où vous trouver seul...

Fabre fronçait les sourcils.

— Pourquoi seul ? questionnait-il.

— A vrai dire, je ne sais pas. Je me trouve dans une situation déplaisante et il m'a semblé que vous pourriez peut-être m'aider... Vous fréquentiez régulièrement la maison de vos beaux-parents... Vous connaissez donc leurs amis...

— Ils en avaient très peu...

— Vous est-il arrivé de rencontrer un homme d'une quarantaine d'années, brun, assez beau garçon.

— De qui s'agit-il ?

Lui aussi, aurait-on dit, se tenait sur la défensive.

— Je n'en sais rien. J'ai des raisons de croire que votre beau-père et votre belle-mère connaissaient tous deux un homme répondant à cette description schématique...

Le docteur, à travers ses verres, fixait un point de l'espace et Maigret lui donnait le temps de la réflexion, s'impatientait enfin.

— Eh bien ?

Comme s'il sortait d'un rêve, Fabre lui demandait :

— Quoi ? Que voulez-vous savoir ?

— Le connaissez-vous ?

— Je ne vois pas de qui vous parlez. Le plus souvent, lorsque j'allais chez mes beaux-parents, c'était le soir, et je tenais compagnie à mon beau-père pendant que les femmes allaient au théâtre.

— Vous connaissez quand même leurs amis...

— Quelques-uns... Pas nécessairement tous...

— Je croyais qu'ils recevaient très peu.

— Très peu, en effet...

C'était exaspérant. Il regardait partout sauf dans la direction du commissaire et il paraissait subir une pénible épreuve.

— Ma femme voyait beaucoup plus ses parents que moi... Ma belle-mère venait ici presque quotidiennement... C'était à l'heure où j'étais dans mon cabinet ou à l'hôpital...

— Saviez-vous que M. Josselin jouait aux courses ?

— Non. Je pensais qu'il sortait rarement l'après-midi...

— Il jouait au P.M.U...

— Ah !

— Sa femme, paraît-il, ne le savait pas non plus. Donc, il ne lui disait pas tout...

— Pourquoi m'en aurait-il parlé, à moi, qui n'étais que son gendre ?

— Mme Josselin, de son côté, cachait certaines choses à son mari...

Il ne protestait pas. Il semblait se dire, comme chez le dentiste : Encore quelques minutes et ce sera fini...

— Un jour de cette semaine, mardi ou mercredi, elle a rejoint un homme, dans l'après-midi, dans une brasserie du boulevard de Montparnasse...

— Ce n'est pas mon affaire, n'est-ce pas ?

— Vous n'êtes pas surpris ?

— Je suppose qu'elle avait des raisons pour le rencontrer...

— M. Josselin avait rencontré le même homme, dans la même brasserie, le matin, et semblait bien le connaître... Cela ne vous dit rien ?

Le docteur prenait un temps avant de hocher la tête d'un air ennuyé.

— Écoutez-moi bien, monsieur Fabre. Je comprends que votre situation soit délicate. Comme tout homme qui se marie, vous êtes entré dans une famille que vous ne connaissiez pas auparavant et dont vous vous trouvez faire plus ou moins partie désormais.

» Cette famille a ses petits secrets, c'est fatal. Il est impensable que vous n'en ayez pas découvert quelques-uns. Cela n'a eu aucune importance tant qu'un crime n'était pas commis. Mais votre beau-père a été assassiné et vous avez bien failli être le suspect.

Il ne protestait pas, ne réagissait d'aucune façon. On aurait pu croire qu'ils étaient séparés par une cloison vitrée que les mots ne franchissaient pas.

— Il ne s'agit pas de ce qu'on appelle un crime crapuleux. Ce n'est pas un cambrioleur surpris qui a tué M. Josselin. Il connaissait la maison aussi bien que vous, ses habitudes, la place de chaque objet. Il savait que votre femme et sa mère étaient au théâtre ce soir-là et que vous alliez sans doute passer la soirée avec votre beau-père.

» Il savait où vous habitez et c'est lui, vraisemblablement, qui a téléphoné ici afin que la domestique vous appelle et vous expédie rue Julie... Vous êtes d'accord ?

— Cela paraît plausible...

— Vous avez dit vous-même que les Josselin recevaient peu et n'avaient pour ainsi dire pas d'intimes...

— Je comprends.

— Vous pourriez me jurer que vous n'avez aucune idée de qui cela pourrait être ?

Les oreilles du docteur étaient devenues rouges et son visage semblait plus fatigué que jamais.

— Je vous demande pardon, monsieur le commissaire, mais il y a des enfants qui attendent...

— Vous refusez de parler ?

— Si j'avais une information précise à vous donner...

— Vous voulez dire que vous avez des soupçons mais qu'ils ne sont pas assez précis ?

— Prenez-le comme vous voudrez... Je vous rappelle que ma belle-mère vient de subir un choc pénible, que c'est une personne très émotive, même si ses émotions ne s'extériorisent pas...

Debout, il se dirigeait vers la porte qui donnait sur le couloir.

— Ne m'en veuillez pas...

Il ne tendait pas la main, se contentait de prendre congé d'un signe de tête et la petite bonne, surgie Dieu sait d'où, reconduisait le commissaire jusqu'au palier.

Il était furieux, non seulement contre le jeune pédiatre mais contre lui-même, car il avait l'impression qu'il s'y était mal pris. C'était sans doute le seul membre de la famille qui aurait pu parler et Maigret n'en avait rien tiré.

Si ! Une chose : Fabre n'avait même pas tressailli quand Maigret avait évoqué le rendez-vous de sa belle-mère et de l'inconnu dans la brasserie. Cela ne l'avait pas surpris. Cela ne l'avait pas étonné davantage d'apprendre que Josselin avait rencontré le même homme, en cachette, dans la pénombre de la même brasserie.

Il enviait Lucas qui en avait déjà fini avec son tueur polonais et qui était sans doute en train de rédiger tranquillement son rapport.

Maigret suivait le trottoir, guettant les taxis qui avaient tous leur drapeau baissé. Le crachin était devenu une vraie pluie et on revoyait dans les rues la tache luisante des parapluies.

— Si l'homme a rencontré tour à tour René Josselin et sa femme...

Il essayait de raisonner, mais les bases manquaient. L'inconnu n'avait-il pas pris contact aussi avec la fille, avec Mme Fabre ? Et pourquoi pas avec Fabre lui-même ?

Et pourquoi toute la famille le protégeait-elle ?

— Hep !... Taxi !...

Il en trouvait enfin un qui passait à vide, se hâtait d'y monter.

— Continuez...

Il ne savait pas encore où il allait. Son premier mouvement avait été de se faire conduire Quai des Orfèvres, de retrouver son bureau, de s'y enfermer afin d'y grogner tout à son aise. Est-ce que Lapointe, de son côté, n'avait pas découvert du nouveau ? Il lui semblait, sans en être sûr, que l'ancienne concierge n'était plus à Paris, mais quelque part en Charente ou dans le Centre.

Le chauffeur roulait lentement, se tournant de temps en temps, l'air curieux, vers son client.

— Qu'est-ce que je fais au feu rouge ?

— Vous tournez à gauche...

— Si vous voulez...

Et soudain Maigret se penchait.

— Vous m'arrêterez rue Dareau.

— De quel côté de la rue Dareau ? Elle est longue.

— Au coin de la rue du Saint-Gothard...

— Compris...

Maigret épuisait les unes après les autres toutes les possibilités. Il dut tirer son calepin de sa poche pour retrouver le nom de jeune fille de Mme Josselin : de Lancieux... Et il se souvenait que le père était un ancien colonel.

— Pardon, madame... Depuis combien de temps êtes-vous concierge dans cet immeuble ?

— Dix-huit ans, mon bon monsieur, ce qui ne me rajeunit pas.

— Vous n'avez pas connu, dans les environs, un ancien colonel et sa fille qui s'appelaient de Lancieux ?

— Jamais entendu parler...

Deux maisons, trois maisons. La première concierge, encore que d'un certain âge, était trop jeune, la seconde ne se souvenait pas et la troisième n'avait pas plus de trente ans.

— Vous ne connaissez pas le numéro ?

— Non. Je sais seulement que c'était près de la rue du Saint-Gothard.

— Vous pourriez demander en face... La concierge a au moins soixante-dix ans... Parlez-lui fort, car elle est un peu sourde...

Il cria presque. Elle secouait la tête.

— Je ne me souviens pas d'un colonel, non, mais je n'ai plus beaucoup de mémoire... Depuis que mon mari a été écrasé par un camion, je ne suis plus la même...

Il allait partir, chercher ailleurs. Elle le rappelait.

— Pourquoi ne demanderiez-vous pas à Mlle Jeanne ?

— Qui est-ce ?

— Il y a au moins quarante ans qu'elle est dans la maison... Elle ne descend plus, à cause de ses jambes... C'est au sixième, tout au fond du couloir... La porte n'est jamais fermée à clef... Frappez et entrez... Vous la trouverez dans son fauteuil près de la fenêtre...

Il la trouva en effet, une petite vieille toute ratatinée mais aux pommettes encore roses et au sourire un peu enfantin.

— Lancieux ?... Un colonel ?... Mais oui, que je m'en souviens... Ils habitaient au second à gauche... Ils avaient une vieille domestique qui n'était pas commode et qui se fâchait avec tous les fournisseurs, à tel point qu'à la fin elle devait aller faire son marché dans un autre quartier...

— Le colonel avait une fille, n'est-ce pas ?

— Une jeune fille brune, qui n'avait pas beaucoup de santé. Son frère non plus, le pauvre, qu'on a dû envoyer à la montagne parce qu'il était tuberculeux.

— Vous êtes certaine qu'elle avait un frère ?

— Comme je vous vois. Et je vous vois très bien, malgré mon âge. Pourquoi ne voulez-vous pas vous asseoir ?

— Vous ne savez pas ce qu'il est devenu ?

— Qui ? Le colonel ? Il s'est tiré une balle dans la tête, même que la maison a été toute sens dessus dessous. C'était la première fois qu'une chose pareille arrivait dans le quartier... Il était malade aussi, un cancer, paraît-il... Mais je ne l'approuve quand même pas de s'être tué...

— Et son fils ?

— Quoi ?

— Qu'est-il devenu ?

— Je ne sais pas... La dernière fois que je l'ai vu, c'était à l'enterrement...

— Il était plus jeune que sa sœur ?

— D'une dizaine d'années...

— Vous n'avez jamais entendu parler de lui ?

— Vous savez, dans un immeuble, les gens, ça va, ça vient... Si je comptais les familles qui, depuis, ont habité leur appartement... C'est au jeune homme que vous vous intéressez ?

— Ce n'est plus un jeune homme...

— S'il a guéri, sûrement pas... Il est probablement marié et il a des enfants à son tour...

Elle ajoutait, les yeux pétillants de malice :

— Moi, je ne me suis jamais mariée et c'est sans doute pour cela que je vivrai jusqu'à cent ans... Vous ne me croyez pas ?... Revenez me voir dans quinze ans... Je vous promets que je serai encore dans ce fauteuil... Qu'est-ce que vous faites, dans la vie ?

Maigret jugea inutile de lui donner peut-être un choc en lui disant qu'il était de la police et se contenta de répondre en cherchant son chapeau :

— Des recherches...

— En tout cas, on ne peut pas dire que vous ne cherchez pas loin dans le passé... Je parie qu'il n'y a plus personne dans la rue qui se souvienne des Lancieux... C'est pour un héritage, n'est-ce pas ?... Celui qui héritera a de la chance que vous soyez tombé sur moi... Vous pourrez le lui dire... Peut-être qu'il aura l'idée de m'envoyer des douceurs...

Une demi-heure plus tard, Maigret était assis dans le bureau du juge d'instruction Gossard. Il paraissait détendu, un peu sombre. Il faisait son récit d'une voix calme et sourde.

Le magistrat l'écoutait gravement et, quand ce fut terminé, il y eut un assez long silence pendant lequel ils entendaient l'eau couler dans une des gouttières du Palais.

— Quelle est votre intention ?

— De les convoquer tous, ce soir même, Quai des Orfèvres. Ce sera plus facile et surtout moins pénible que rue Notre-Dame-des-Champs.

— Vous croyez qu'ils parleront ?

— Il y en a bien un des trois qui finira par parler...

— Faites à votre idée...

— Je vous remercie.

— J'aime autant ne pas être à votre place... Allez-y doucement quand même... N'oubliez pas que son mari...

— Je ne l'oublie pas, croyez-le. C'est bien à cause de cela que je préfère les voir dans mon bureau...

Un quart des Parisiens étaient encore en vacances sur les plages et à la campagne. D'autres avaient commencé à chasser et d'autres encore roulaient sur les routes à la recherche d'un coin pour le week-end.

Maigret, lui, suivait lentement de longs couloirs déserts et descendait vers son bureau.

7

Il était six heures moins cinq. A cause du samedi, toujours, la plupart des bureaux étaient vides et il n'y avait aucune animation dans le vaste couloir où un homme seul, tout au fond, se morfondait devant la porte d'un bureau en se demandant si on ne l'avait pas oublié. Le directeur de la P.J. venait de partir après être venu serrer la main de Maigret.

— Vous tentez le coup ce soir ?

— Le plus vite sera le mieux. Demain, il y aura peut-être de la famille arrivée de province, car ces gens-là ont sans doute de la famille plus ou moins éloignée. Lundi, ce sont les obsèques et je ne peux pas, décemment, choisir ce jour-là...

Il y avait déjà une heure, à ce moment-là, que Maigret, de son bureau, qu'il arpentait de temps en temps, les mains derrière le dos, en fumant pipe sur pipe, préparait ce qu'il espérait être la fin. Il n'aimait pas le mot mise en scène. Il appelait cela mise en place, comme dans les restaurants, et il était toujours anxieux de n'oublier aucun détail.

A cinq heures et demie, toutes ses instructions données, il était descendu boire un grand demi à la brasserie Dauphine. Il pleuvait toujours. L'air était gris. A la vérité, il avait bu deux demis, coup sur coup, comme s'il prévoyait qu'il serait un long moment sans en avoir l'occasion.

De retour dans son bureau, il n'avait plus qu'à attendre. On finit par frapper à la porte et ce fut Torrence qui se présenta le premier, l'air excité et important, le teint animé, comme chaque fois qu'on le chargeait d'une mission délicate. Il repoussa soigneusement le battant derrière lui et on aurait pu croire qu'il venait de remporter un énorme succès quand il annonça :

— Elles sont là !

— Dans la salle d'attente ?

— Oui. Elles sont seules. Elles ont paru surprises que vous ne les receviez pas tout de suite, la mère surtout. Je crois que cela la vexe.

— Comment cela s'est-il passé ?

— Quand je suis arrivé chez elles, c'est la femme de ménage qui m'a ouvert la porte. Je lui ai dit qui j'étais et elle a murmuré :

» — Encore !

» La porte du salon était fermée. J'ai dû attendre assez longtemps dans l'entrée et j'entendais des chuchotements sans pouvoir distinguer ce qui se disait.

» Enfin, après un bon quart d'heure, la porte s'est ouverte et j'ai aperçu un prêtre qu'on reconduisait jusqu'au palier. C'était la mère qui le reconduisait.

» Elle m'a regardé comme si elle essayait de me reconnaître, puis elle m'a prié de la suivre. La fille était dans le salon et elle avait les yeux rouges de quelqu'un qui vient de pleurer.

— Qu'a-t-elle dit en voyant la convocation ?

— Elle l'a relue deux fois. Sa main tremblait un peu. Elle l'a passée à sa fille qui l'a lue à son tour puis qui a regardé sa mère avec l'air de dire :

» — J'en étais sûre. Je t'avais prévenue...

» Tout cela se passait comme au ralenti et je ne me sentais pas à mon aise.

» — Il est nécessaire que nous allions là-bas ?

» J'ai répondu que oui. La mère a insisté :

» — Avec vous ?

» — C'est-à-dire que j'ai une voiture en bas. Mais si vous préférez prendre un taxi...

» Elles se sont parlé à mi-voix, ont paru prendre une décision et m'ont demandé d'attendre quelques minutes.

» Je suis resté seul au salon un assez bon bout de temps pendant qu'elles se préparaient. Elles ont appelé une vieille dame qui se trouvait dans la salle à manger et qui les a suivies dans une chambre.

» Quand elles sont revenues, elles avaient leur chapeau sur la tête, un manteau sur le dos, et elles étaient occupées à mettre leurs gants.

» La femme de ménage leur a demandé si elle devait les attendre pour le dîner. Mme Josselin lui a répondu du bout des lèvres qu'elle n'en savait rien...

» Elles se sont installées à l'arrière de la voiture et, pendant tout le temps que nous avons roulé, elles n'ont pas desserré les dents. Je voyais la fille dans le rétroviseur et il m'a semblé que c'était elle la plus inquiète. Qu'est-ce que je fais ?

— Rien pour le moment. Attendez-moi au bureau.

Ce fut ensuite le tour d'Émile, le garçon de la brasserie, qui avait l'air beaucoup plus âgé en veston et en imperméable.

— Je vais vous demander d'attendre à côté.

— Ce ne sera pas trop long, chef ? Un samedi soir, il y a du travail et les camarades m'en voudront si je leur laisse tout sur le dos...

— Quand je vous appellerai, il n'y en aura que pour quelques instants.

— Et je n'aurai pas besoin de témoigner au tribunal ? C'est promis ?

— C'est promis.

Maigret, une heure plus tôt, avait téléphoné au Dr Fabre. Celui-ci l'avait écouté en silence puis avait prononcé :

— Je ferai mon possible pour y être à six heures. Cela dépendra de ma consultation...

Il arriva à six heures cinq et il dut voir, en passant, sa femme et sa belle-mère dans la salle d'attente vitrée. Maigret était allé jeter un coup d'œil, de loin, sur cette salle aux fauteuils verts où les photographies encadrées des policiers morts en service commandé garnissaient trois murs.

La lumière électrique y brûlait toute la journée. L'atmosphère était morne, déprimante. Il se souvenait de certains suspects qu'on avait laissés là, à se morfondre, pendant des heures, comme si on les avait oubliés, pour venir à bout de leur résistance.

Mme Josselin se tenait très droite sur une chaise, immobile, tandis que sa fille passait son temps à se lever et à se rasseoir.

— Entrez, monsieur Fabre...

Celui-ci, par le fait de cette convocation, s'attendait à un nouveau développement de l'affaire et avait l'air inquiet.

— J'ai fait aussi vite que j'ai pu... dit-il.

Il n'avait pas de chapeau, pas de manteau ni d'imperméable. Il devait avoir laissé sa trousse dans sa voiture.

— Asseyez-vous... Je ne vous retiendrai pas longtemps...

Maigret s'installait à son bureau en face de lui, prenait le temps d'allumer la pipe qu'il venait de bourrer et prononçait d'une voix douce, avec une pointe de reproche :

— Pourquoi ne m'avez-vous pas dit que votre femme a un oncle ?

Fabre devait s'y attendre mais ses oreilles n'en devinrent pas moins écarlates comme elles devaient le devenir à la moindre émotion.

— Vous ne me l'avez pas demandé... répondit-il en s'efforçant de soutenir le regard du commissaire.

— Je vous ai demandé de me dire qui fréquentait l'appartement de vos beaux-parents...

— Il ne le fréquentait pas.

— Est-ce que cela signifie que vous ne l'avez jamais vu ?

— Oui.

— Il n'assistait pas à votre mariage ?

— Non. Je connaissais son existence parce que ma femme m'en a parlé, mais il n'était jamais question de lui, en tout cas en ma présence, rue Notre-Dame-des-Champs.

— Soyez sincère, monsieur Fabre... Lorsque vous avez appris que votre beau-père était mort, qu'il avait été assassiné, lorsque vous avez su qu'on s'était servi de son propre revolver et qu'il s'agissait par conséquent d'un familier des lieux, vous avez tout de suite pensé à lui ?

— Pas tout de suite...
— Qu'est-ce qui vous a fait y penser ?
— L'attitude de ma belle-mère et de ma femme...
— Celle-ci vous en a parlé, ensuite, lorsque vous avez été en tête à tête ?
Il prenait le temps de réfléchir.
— Nous avons été fort peu en tête à tête depuis cet événement.
— Et elle ne vous a rien dit ?
— Elle m'a dit qu'elle avait peur...
— De quoi ?
— Elle n'a pas précisé... Elle pensait surtout à sa mère... Je ne suis qu'un gendre... On a bien voulu m'accepter dans la famille, mais je n'en fais pas tout à fait partie... Mon beau-père s'est montré généreux avec moi... Mme Josselin adore mes enfants... Il n'y en a pas moins des choses qui ne me regardent pas...
— Vous croyez que, depuis votre mariage, l'oncle de votre femme n'a pas mis les pieds dans l'appartement ?
— Tout ce que je sais, c'est qu'il y a eu une brouille, qu'on le plaignait, mais qu'on ne pouvait plus le recevoir, pour des raisons que je n'ai pas cherché à approfondir... Ma femme en parlait comme d'un malheureux plus à plaindre qu'à blâmer, une sorte de demi-fou...
— C'est tout ce que vous savez ?
— C'est tout. Vous allez questionner Mme Josselin ?
— J'y suis obligé.
— Ne soyez pas trop brutal avec elle. Elle paraît maîtresse d'elle-même. Certains s'y trompent et la prennent pour une femme assez dure. Je sais, moi, qu'elle a une sensibilité d'écorchée mais qu'elle est incapable de s'extérioriser. Depuis la mort de son mari, je m'attends à tout moment à ce que ses nerfs flanchent...
— Je la traiterai avec toute la douceur possible...
— Je vous remercie... C'est fini ?
— Je vous rends à vos malades...
— Je peux dire un mot à ma femme en sortant ?
— Je préférerais que vous ne lui parliez pas et surtout que vous ne parliez pas à votre belle-mère...
— Dans ce cas, dites-lui que, si elle ne me trouve pas à la maison en rentrant, c'est que je serai à l'hôpital... On m'a téléphoné au moment où je partais et il est probable que j'aurai à opérer...
Au moment où il allait atteindre la porte, il se ravisa, revint sur ses pas.
— Je m'excuse de vous avoir si mal reçu tout à l'heure... Pensez à ma situation... On m'a accueilli généreusement dans une famille qui n'est pas la mienne... Cette famille, comme les autres, a ses malheurs... J'ai considéré que ce n'était pas à moi de...

— Je vous comprends, monsieur Fabre...

Un brave homme aussi, bien sûr ! Mieux qu'un brave homme, probablement, à en croire ceux qui le connaissaient et, cette fois, les deux hommes se serrèrent la main.

Maigret alla ouvrir le bureau des inspecteurs, fit entrer Émile chez lui.

— Qu'est-ce que je dois faire ?

— Rien. Restez là, près de la fenêtre. Je vous poserai sans doute une question et vous me répondrez...

— Même si ce n'est pas la réponse que vous attendez ?

— Vous direz la vérité...

Maigret alla chercher Mme Josselin, qui se leva en même temps que sa fille.

— Si vous voulez me suivre... Vous seulement... Je m'occuperai de Mme Fabre tout à l'heure...

Elle portait une robe noire légèrement chinée de gris, un chapeau noir orné de quelques petites plumes blanches, et un manteau de poil de chameau léger.

Maigret la fit passer devant lui et elle vit tout de suite l'homme debout près de la fenêtre et tortillant son chapeau avec embarras. Elle parut surprise, se tourna vers le commissaire et, comme personne ne parlait, elle finit par demander :

— Qui est-ce ?

— Vous ne le reconnaissez pas ?

Elle l'observa plus attentivement, hocha la tête.

— Non...

— Et vous, Émile, vous reconnaissez cette dame ?

D'une voix enrouée par l'émotion, le garçon de café répondait :

— Oui, monsieur le commissaire. C'est bien elle.

— C'est la personne qui est venue rejoindre, à la brasserie Franco-Italienne, au début de la semaine, dans le courant de l'après-midi, un homme d'une quarantaine d'années ? Vous en êtes certain ?

— Elle portait la même robe et le même chapeau... Je vous en ai parlé ce matin...

— Je vous remercie. Vous pouvez aller.

Émile lançait à Mme Josselin un regard par lequel il semblait s'excuser de ce qu'il venait de faire.

— Vous n'aurez plus besoin de moi ?

— Je ne le pense pas.

Ils restaient seuls en tête à tête et Maigret désignait un fauteuil en face de son bureau, passait derrière celui-ci, ne s'asseyait pas encore.

— Vous savez où est votre frère ? demanda-t-il d'une voix feutrée.

Elle le regardait en face, de ses yeux à la fois sombres et brillants, comme elle le faisait rue Notre-Dame-des-Champs, mais elle était moins tendue et on sentait même chez elle un certain soulagement. Cela se marqua davantage quand elle se décida à s'asseoir. Ce fut un peu comme si elle acceptait enfin d'abandonner une certaine attitude qu'elle s'était efforcée de conserver à contrecœur.

— Qu'est-ce que mon gendre vous a dit ? questionna-t-elle, répondant à une question par une autre question.

— Peu de chose... Il m'a seulement confirmé que vous avez un frère, ce que je savais déjà...

— Par qui ?

— Par une très vieille demoiselle, presque nonagénaire, qui habite encore, rue Dareau, l'immeuble où vous avez vécu jadis avec votre père et votre frère...

— Cela devait arriver... dit-elle du bout des lèvres.

Il revint à la charge.

— Vous savez où il est ?

Elle secoua la tête.

— Non. Et je vous jure que je vous dis la vérité. Jusqu'à mercredi, j'étais même persuadée qu'il se trouvait loin de Paris...

— Il ne vous écrivait jamais ?

— Pas depuis qu'il ne mettait plus les pieds chez nous...

— Vous avez tout de suite su que c'était lui qui avait tué votre mari ?

— Je n'en suis pas encore sûre maintenant... Je refuse de le croire... Je sais que tout est contre lui...

— Pourquoi avez-vous essayé, en vous taisant, et en forçant votre fille à se taire, de le sauver coûte que coûte ?...

— D'abord, parce que c'est mon frère et parce que c'est un malheureux... Ensuite, parce que je me considère un peu comme responsable...

Elle tirait un mouchoir de son sac, mais ce n'était pas pour s'essuyer les yeux, qui restaient secs et toujours aussi brillants d'une fièvre intérieure. Machinalement, ses doigts maigres le roulaient en boule tandis qu'elle parlait ou qu'elle attendait les questions du commissaire.

— Maintenant, je suis prête à tout vous dire...

— Comment s'appelle votre frère ?

— Philippe... Philippe de Lancieux... Il a huit ans de moins que moi...

— Si je ne me trompe, il a passé une partie de son adolescence dans un sanatorium de montagne ?

— Pas de son adolescence... Il n'avait que cinq ans quand on s'est aperçu qu'il était atteint de tuberculose... Les médecins l'ont envoyé en Haute-Savoie où il est resté jusqu'à l'âge de douze ans...

— Votre mère était déjà morte ?

— Elle est morte quelques jours après sa naissance... Et cela explique bien des choses... Je suppose que tout ce que je vais vous dire s'étalera demain dans les journaux...

— Je vous promets qu'il n'en sera rien. Qu'est-ce que la mort de votre mère explique ?

— L'attitude de mon père vis-à-vis de Philippe et même son attitude tout court pendant la seconde partie de sa vie... Du jour où ma mère est morte, c'est devenu un homme différent et je suis sûre qu'il en a toujours voulu à Philippe, malgré lui, en le rendant responsable de la mort de sa femme...

» En outre, il s'est mis à boire... C'est vers cette époque qu'il a donné sa démission de l'armée, bien qu'il n'eût à peu près aucune fortune, de sorte que nous avons vécu très petitement...

— Pendant que votre frère était à la montagne, vous êtes restée seule rue Dareau avec votre père ?

— Une vieille bonne, qui est morte à présent, a vécu avec nous jusqu'au bout...

— Et au retour de Philippe ?

— Mon père l'a placé dans un établissement religieux d'éducation à Montmorency et nous ne voyions guère mon frère que pendant les vacances... A quatorze ans, il s'est enfui et, deux jours plus tard, on l'a retrouvé au Havre, où il était arrivé en faisant de l'auto-stop...

» Il disait aux gens qu'il devait gagner Le Havre au plus vite parce que sa mère était mourante... Il avait déjà pris l'habitude de raconter des histoires... Il inventait n'importe quoi et les gens le croyaient, parce qu'il finissait par y croire lui-même...

» Comme le collège de Montmorency ne voulait plus de lui, mon père l'a fait entrer dans un autre établissement, près de Versailles...

» Il y était encore quand j'ai rencontré René Josselin... J'avais vingt-deux ans...

Le mouchoir avait maintenant la forme d'une corde qu'elle tiraillait de ses deux mains crispées et Maigret, sans s'en rendre compte, avait laissé éteindre sa pipe.

— C'est alors que j'ai commis une faute et je m'en suis toujours voulu... Je n'ai pensé qu'à moi...

— Vous avez hésité à vous marier ?

Elle le regardait, hésitante, cherchant ses mots.

— C'est la première fois que je suis obligée de parler de ces choses-là, que j'ai toujours gardées pour moi... La vie, avec mon père, était devenue d'autant plus pénible que, à notre insu, il était déjà malade... Je me rendais pourtant compte qu'il ne vivrait pas vieux, que Philippe, un jour ou l'autre, aurait besoin de moi... Voyez-vous, je n'aurais pas dû me marier... Je l'ai dit à René...

— Vous travailliez ?

— Mon père ne le permettait pas, car il considérait que la place d'une jeune fille n'est pas dans un bureau... J'envisageais cependant de le faire, de vivre plus tard avec mon frère... René a insisté... Il avait trente-cinq ans... C'était un homme dans la force de l'âge et j'avais toute confiance en lui...

» Il m'a dit que, quoi qu'il arrive, il s'occuperait de Philippe, qu'il le considérerait comme son propre fils, et j'ai fini par céder...

» Je n'aurais pas dû... C'était la solution facile... Du jour au lendemain, j'échappais à l'atmosphère oppressante de la maison et je me débarrassais de mes responsabilités...

» J'avais un pressentiment...

— Vous aimiez votre mari ?

Elle le regarda bien dans les yeux et dit avec une sorte de défi dans la voix :

— Oui, monsieur le commissaire... Et je l'ai aimé jusqu'au bout... C'était l'homme...

Pour la première fois, sa voix se cassait un peu et elle détourna un moment la tête.

— Je n'en ai pas moins pensé toute ma vie que j'aurais dû me sacrifier... Quand, deux mois après notre mariage, le médecin m'a annoncé que mon père était atteint d'un cancer inguérissable, j'ai considéré ça comme une punition...

— Vous l'avez dit à votre mari ?

— Non. Tout ce que je vous dis aujourd'hui, j'en parle pour la première fois, parce que c'est la seule façon, si mon frère a vraiment fait ce que vous croyez, de plaider sa cause... Au besoin, je le répéterai à la barre... Contrairement à ce que vous pourriez penser, je me moque de l'opinion des gens...

Elle s'était animée et ses mains étaient de plus en plus agitées. Elle ouvrait à nouveau son sac, en tirait une petite boîte de métal.

— Vous n'auriez pas un verre d'eau ?... Il vaut mieux que je prenne un médicament que le Dr Larue m'a ordonné...

Maigret alla ouvrir le placard dans lequel il y avait une fontaine, un verre et même une bouteille de cognac qui n'était pas toujours inutile.

— Je vous remercie... Je m'efforce de rester calme... On a toujours cru que j'étais très maîtresse de moi-même, sans soupçonner le prix que je paie cette apparence... Qu'est-ce que je vous disais ?

— Vous parliez de votre mariage... Votre frère était alors à Versailles... Votre père...

— Oui... Mon frère n'est resté qu'un an à Versailles, d'où il a été mis à la porte...

— Il avait fait une nouvelle fugue ?

— Non, mais il était indiscipliné et ses maîtres ne pouvaient rien en tirer... Voyez-vous, je n'ai jamais vécu assez longtemps avec lui pour bien le connaître... Je suis sûre qu'il n'est pas méchant au fond... C'est son imagination qui lui joue de mauvais tours...

» Peut-être cela vient-il de son enfance passée en sanatorium, la plupart du temps couché, comme isolé du monde ?...

» Je me souviens d'une réponse qu'il m'a faite, un jour que je le trouvai étendu sur le plancher, dans le grenier, alors qu'on le cherchait partout.

» — Qu'est-ce que tu fais, Philippe ?

» — Je me raconte des histoires...

» Malheureusement, il les racontait aux autres aussi. J'ai proposé à mon père de le prendre chez nous. René était d'accord. C'est même lui qui en a parlé le premier. Mon père n'a pas voulu et l'a confié à une autre pension, à Paris, cette fois...

» Philippe venait nous voir chaque semaine rue Notre-Dame-des-Champs, où nous habitions déjà... Mon mari le considérait vraiment comme son fils... Pourtant, Véronique était née...

Une rue calme et harmonieuse, un appartement douillet, entouré de couvents, à deux pas des ombrages du Luxembourg. De braves gens. Une industrie prospère. Une famille heureuse...

— Il est arrivé à mon père ce que vous savez...

— Où cela s'est-il passé ?

— Rue Dareau. Dans son fauteuil. Il s'était mis en uniforme et avait placé le portrait de ma mère et le mien en face de lui. Pas celui de Philippe...

— Qu'est devenu celui-ci ?

— Il a continué ses études, tant bien que mal. Nous l'avons gardé deux ans à la maison. Il était évident qu'il ne passerait jamais son baccalauréat et René avait l'intention de le prendre dans son affaire...

— Quels étaient les rapports entre votre frère et votre mari ?

— René avait une patience infinie... Il me cachait autant que possible les frasques de Philippe et celui-ci en profitait... Il ne supportait aucune contrainte, aucune discipline... Souvent nous ne le voyions pas aux repas et il rentrait se coucher à n'importe quelle heure, toujours avec une belle histoire à nous raconter...

» La guerre a éclaté... Philippe a été renvoyé d'une dernière école et nous étions, mon mari et moi, sans nous le dire, de plus en plus inquiets à son sujet...

» Je crois que René, lui aussi, avait comme des remords... Peut-être que si j'étais restée rue Dareau...

— Ce n'est pas mon avis, fit gravement Maigret. Dites-vous bien que votre mariage n'a rien changé au cours des choses...

— Vous croyez ?

— Dans ma carrière, j'en ai vu des douzaines, dans le cas de votre frère, qui n'avaient pas les mêmes excuses que lui.

Elle ne demandait qu'à le croire mais ne s'y décidait pas encore.

— Qu'est-il arrivé pendant la guerre ?

— Philippe a tenu à s'engager... Il venait d'avoir dix-huit ans et il a tellement insisté que nous avons fini par céder...

» En mai 1940, il a été fait prisonnier dans les Ardennes et nous sommes restés longtemps sans nouvelles de lui...

» Il a passé toute la guerre en Allemagne, d'abord dans un camp, ensuite dans une ferme, du côté de Munich...

» Nous espérions, à son retour, trouver un homme différent...

— Il était resté le même ?

— Physiquement, c'était un homme, en effet, et je l'ai à peine reconnu. La vie au grand air lui avait fait du bien et il était devenu solide, vigoureux. Dès ses premiers récits, nous avons compris que, dans le fond, c'était toujours le garçon qui faisait des fugues et se racontait des histoires...

» A l'entendre, il lui était arrivé les aventures les plus extraordinaires. Il s'était échappé trois ou quatre fois, dans des circonstances rocambolesques...

» Il avait vécu, ce qui est possible, comme mari et femme avec la fermière chez qui il travaillait et il prétendait qu'il en avait deux enfants... Elle en avait un autre de son mari...

» Celui-ci, selon Philippe, avait été tué sur le front russe... Mon frère parlait de retourner là-bas, d'épouser la fermière, de rester désormais en Allemagne...

» Puis, un mois plus tard, il avait d'autres projets... L'Amérique le tentait et il prétendait qu'il avait fait la connaissance d'agents des services secrets qui ne demandaient qu'à l'accueillir...

— Il ne travaillait pas ?

— Mon mari, comme il l'avait promis, lui avait fait une place rue du Saint-Gothard...

— Il vivait chez vous ?

— Il n'est resté chez nous que trois semaines avant de s'installer, près de Saint-Germain-des-Prés, avec une serveuse de restaurant... Il parlait à nouveau de se marier. Chaque fois qu'il avait une nouvelle aventure, il faisait des projets de mariage...

» — Tu comprends, elle attend un enfant et, si je ne l'épousais pas, je serais un salaud...

» Je ne compte plus les enfants qu'il prétend avoir eus un peu partout...

— C'était faux ?

— Mon mari a essayé de vérifier. Il n'a jamais obtenu de preuves convaincantes. Chaque fois, c'était un moyen de lui soutirer de l'argent.

» Et j'ai découvert bientôt qu'il jouait sur les deux tableaux. Il venait me faire ses confidences, me suppliait de l'aider. Chaque fois, il avait besoin d'une certaine somme pour se tirer d'affaire, après quoi tout irait bien.

— Vous lui donniez ce qu'il vous demandait ?

— Je cédais presque toujours. Il savait que je ne disposais pas de beaucoup d'argent. Mon mari ne me refusait rien. Il me remettait ce dont j'avais besoin pour la maison et ne me réclamait pas de comptes. Je n'aurais pas pu, néanmoins, sans lui en parler, distraire de trop fortes sommes...

» Alors, Philippe, astucieux, allait trouver René en cachette... Il lui racontait la même histoire, ou une autre, en le suppliant de ne pas m'en parler...

— Comment votre frère a-t-il quitté la rue du Saint-Gothard ?

— On a découvert des indélicatesses... C'était d'autant plus grave qu'il allait trouver de gros clients pour leur demander de l'argent au nom de mon mari...

— Celui-ci s'est enfin fâché ?

— Il a eu un long tête-à-tête avec lui. Au lieu de lui remettre une certaine somme pour s'en débarrasser, il lui a fait verser par sa banque une mensualité suffisante pour lui permettre de vivre... Je suppose que vous devinez la suite ?

— Il est revenu à la charge...

— Et, chaque fois, nous avons pardonné. Chaque fois, il donnait vraiment l'impression qu'il allait se refaire une vie... Nous lui ouvrions à nouveau notre porte... Puis il disparaissait après avoir commis une nouvelle indélicatesse...

» Il a vécu à Bordeaux... Il jure qu'il s'y est marié, qu'il y a un enfant, une fille, mais, si c'est vrai, et nous n'avons jamais eu la preuve, sinon un portrait de femme qui pourrait être le portrait de n'importe qui, si c'est vrai, dis-je, il a abandonné bientôt sa femme et sa fille pour aller s'installer à Bruxelles...

» Là, il a été menacé, toujours selon lui, d'être jeté en prison, et mon mari lui a envoyé des fonds...

» Je ne sais pas si vous comprenez... C'est difficile, sans le connaître... Il paraissait toujours sincère et je me demande s'il ne l'était pas... Il n'a pas un mauvais fond...

— Il n'en a pas moins tué votre mari.

— Tant que je n'en aurai pas la preuve et qu'il ne l'avouera pas, je refuserai de le croire... Et je garderai toujours un doute... Je me demanderai toujours si ce n'est pas ma faute...

— Depuis quand n'était-il pas venu rue Notre-Dame-des-Champs ?

— Vous voulez dire dans la maison ?

— Je ne comprends pas la distinction.

— Parce que, dans la maison, il y a au moins sept ans qu'il n'y a pas mis les pieds... C'était après Bruxelles, avant Marseille, quand

Véronique n'était pas encore mariée... Jusqu'alors, il avait toujours porté beau, car il était très élégant, soigneux de sa personne... Nous l'avons vu revenir avec presque l'air d'un clochard et il était évident que, les derniers temps, il n'avait pas mangé à sa faim...

» Jamais il ne s'est montré aussi humble, aussi repentant. Nous l'avons gardé quelques jours chez nous et, comme il prétendait avoir un emploi qui l'attendait au Gabon, mon mari l'a encore une fois remis en selle...

» On n'a plus entendu parler de lui pendant près de deux ans... Puis, un matin que j'allais faire mon marché, je l'ai trouvé qui m'attendait sur le trottoir, au coin de la rue...

» Je ne vous raconterai pas ses nouvelles inventions... Je lui ai donné quelques billets...

» Cela s'est reproduit plusieurs fois au cours des dernières années... Il me jurait qu'il n'avait pris aucun contact avec René, qu'il ne lui demanderait jamais plus rien...

— Et, le même jour, il s'arrangeait pour le voir ?

— Oui. Comme je vous le disais, il continuait à jouer sur les deux tableaux. J'en ai la preuve depuis hier.

— Comment ?

— J'avais un pressentiment... Je me doutais qu'un jour vous apprendriez l'existence de Philippe et que vous me poseriez des questions précises...

— Vous espériez que ce serait le plus tard possible, afin de lui laisser le temps de gagner l'étranger ?

— Vous n'auriez pas agi comme moi ?... Vous croyez que votre femme, par exemple, n'aurait pas fait la même chose ?

— Il a tué votre mari.

— Supposons même que ce soit prouvé, il n'en reste pas moins mon frère et ce n'est pas de le mettre en prison jusqu'à la fin de ses jours qui ressuscitera René... Moi, je connais Philippe... Mais, si je dois raconter un jour aux jurés ce que je viens de vous dire, ils ne me croiront pas... C'est un malheureux plutôt qu'un criminel.

A quoi bon discuter avec elle ? Et c'était vrai, en quelque sorte, que Philippe de Lancieux était marqué par le destin.

— Je vous disais que j'ai examiné les papiers de mon mari, en particulier ses talons de chèques, dont il y a deux pleins tiroirs, soigneusement classés, car il était méticuleux...

» C'est ainsi que j'ai appris que, chaque fois que Philippe était venu me voir, il était allé voir aussi mon mari, rue du Saint-Gothard, d'abord, puis, plus tard, je ne sais où... Sans doute l'attendait-il dans la rue, comme il m'attendait...

— Votre mari ne vous en a jamais parlé...

— Il craignait de me faire de la peine. Et moi, de mon côté... Si nous avions été plus francs l'un vis-à-vis de l'autre, rien ne serait peut-être arrivé... J'y ai beaucoup réfléchi... Mercredi, un peu avant midi, alors que René n'était pas encore rentré, j'ai reçu un coup de téléphone et j'ai tout de suite reconnu la voix de Philippe...

Celui-ci n'appelait-il pas de la brasserie Franco-Italienne, où Josselin venait à peine de le quitter ? C'était probable. Le point était vérifiable. La caissière se souviendrait peut-être de lui avoir remis un jeton.

— Il me disait qu'il avait absolument besoin de me voir, que c'était une question de vie ou de mort et qu'ensuite nous n'entendrions plus jamais parler de lui... Il m'a donné rendez-vous où vous savez. J'y suis allée en me rendant chez le coiffeur...

— Un instant. Vous avez dit à votre frère que vous alliez chez le coiffeur ?

— Oui... Je voulais lui expliquer pourquoi j'étais si pressée...

— Et vous avez parlé de théâtre ?

— Attendez... J'en suis à peu près sûre... J'ai dû lui dire :

» — Je dois passer chez le coiffeur parce que je vais ce soir au théâtre avec Véronique...

» Il paraissait encore plus anxieux que les autres fois... Il m'avouait qu'il avait fait une grosse bêtise, sans me dire laquelle, mais il me laissait entendre qu'il pourrait être arrêté par la police... Il avait besoin d'une forte somme pour s'embarquer pour l'Amérique du Sud... J'avais pris dans mon sac tout l'argent dont je disposais et je le lui ai remis...

» Je ne comprends pas pourquoi, le soir, il serait venu chez nous pour tuer mon mari...

— Il savait que le revolver était dans le tiroir ?

— Il s'y trouve depuis au moins quinze ans, sans doute plus, et, à cette époque, il est arrivé à Philippe, je vous l'ai dit, de vivre avec nous...

— Il connaissait aussi, bien entendu, la place de la clef dans la cuisine.

— Il n'a pas pris d'argent... Or, il y en avait dans le portefeuille de mon mari et on n'y a pas touché. Il y avait de l'argent aussi dans le secrétaire, des bijoux dans ma chambre.

— Votre mari a signé un chèque au bénéfice de Philippe le jour de sa mort ?

— Non.

Il y eut un silence pendant lequel ils se regardèrent.

— Je pense, soupira Maigret, que c'est là l'explication.

— Mon mari aurait refusé ?

— C'est probable...

Ou peut-être s'était-il contenté de donner à son beau-frère quelques billets qu'il avait en poche ?

— Votre mari avait son carnet de chèques sur lui ?

S'il ne l'avait pas eu, il aurait pu donner rendez-vous à Philippe pour le soir.

— Il l'avait toujours en poche.

Dans ce cas, c'était Lancieux qui, n'ayant pas réussi le matin, était revenu à charge. Était-il déjà décidé à tuer ? Espérait-il que, sa sœur disposant de la fortune, il parviendrait à en tirer davantage ?

Maigret n'essayait pas d'aller si loin. Il avait éclairé les personnages autant que cela lui était possible et le reste serait un jour l'affaire des juges.

— Vous ne savez pas s'il y a longtemps qu'il était à Paris ?

— Je vous jure que je n'en ai pas la moindre idée. Tout ce que j'espère, je l'avoue, c'est qu'il a eu le temps de passer à l'étranger et qu'on n'entendra plus parler de lui.

— Et si, un jour, il vous réclamait à nouveau de l'argent ?... Si vous receviez un télégramme, par exemple de Bruxelles, de Suisse ou d'ailleurs, vous demandant de lui envoyer un mandat ?

— Je ne crois pas que...

Elle ne finit pas sa phrase. Pour la première fois, elle baissait les yeux sous le regard de Maigret et balbutiait :

— Vous ne me croyez pas non plus.

Cette fois, il y eut un long silence et le commissaire tripota une de ses pipes, se décida à la bourrer et à l'allumer, ce qu'il n'avait pas osé faire pendant tout cet entretien.

Ils n'avaient plus rien à se dire, cela se sentait. Mme Josselin ouvrait son sac une fois de plus, pour y mettre son mouchoir, et le fermoir fit entendre un bruit sec. Ce fut comme un signal. Après une dernière hésitation, elle se levait, moins raide que quand elle était entrée.

— Vous n'avez plus besoin de moi ?

— Pas pour le moment.

— Je suppose que vous allez le faire rechercher ?

Il se contenta d'abaisser les paupières. Puis, en marchant vers la porte, il remarqua :

— Je n'ai même pas sa photographie.

— Je sais que vous n'allez pas me croire, mais je n'en possède pas non plus, sinon des photographies qui datent d'avant la guerre, quand il n'était qu'un adolescent.

Devant la porte que Maigret entrouvrait, ils étaient un peu embarrassés tous les deux comme s'ils ne savaient comment prendre congé.

— Vous allez interroger ma fille ?

— Ce n'est plus nécessaire...

— C'est peut-être pour elle que ces journées ont été le plus pénible... Pour mon gendre aussi, je suppose ?... Ils n'avaient pas les mêmes raisons de se taire... Ils l'ont fait pour moi...

— Je ne leur en veux pas...

Il tendait une main hésitante et elle y posa sa main qu'elle venait de reganter.

— Je ne vous dis pas bonne chance... balbutia-t-elle.

Et, sans se retourner, elle se dirigea vers la salle d'attente vitrée où une Véronique anxieuse se levait d'une détente.

8

L'hiver avait passé. Dix fois, vingt fois, les lampes étaient restées allumées, tard le soir, et même fort avant dans la nuit, ce qui signifiait chaque fois qu'un homme ou une femme était assis dans le fauteuil que Mme Josselin avait occupé, en face le bureau de Maigret.

Le signalement de Philippe de Lancieux avait été transmis à toutes les polices et on le recherchait aussi bien dans les gares qu'aux postes frontières et que dans les aéroports. Interpol avait établi une fiche qui était en possession des polices étrangères.

Ce ne fut qu'à la fin mars, pourtant, alors que les pots de cheminée prenaient leur couleur rose sur le ciel bleu pâle et que les bourgeons commençaient à éclater, que Maigret, en arrivant un matin à son bureau, sans pardessus pour la première fois de l'année, entendit à nouveau parler du frère de Mme Josselin.

Celle-ci continuait à habiter l'appartement de la rue Notre-Dame-des-Champs en compagnie d'une sorte de gouvernante, à aller chaque après-midi voir ses petits-enfants boulevard Brune et à les promener dans les allées du parc Montsouris.

Philippe de Lancieux venait d'être retrouvé mort, tué de plusieurs coups de couteau, vers trois heures du matin, à proximité d'un bar de l'avenue des Ternes.

Les journaux écrivirent : « Drame du milieu. »

C'était plus ou moins exact, comme toujours. Si Lancieux n'avait jamais appartenu au milieu, il n'en vivait pas moins, depuis quelques mois, avec une prostituée nommée Angèle.

Il continuait à raconter des histoires et Angèle était persuadée que, s'il se cachait chez elle, ne sortant que la nuit, c'était parce qu'il s'était évadé de Fontevrault où il purgeait une peine de vingt ans.

D'autres s'étaient-ils aperçus qu'il n'était qu'un demi-sel ? L'avait-on mis à l'amende pour avoir enlevé la jeune femme à son protecteur attitré ?

On ouvrit une enquête, assez mollement, comme presque toujours dans ces cas-là. Maigret eut à aller une fois de plus rue Notre-Dame-des-Champs ; il revit la concierge, dont le bébé était assis dans une chaise haute et gazouillait, monta au troisième étage, poussa le bouton.

Mme Manu, malgré la gouvernante, travaillait encore quelques heures par jour dans l'appartement et c'est elle qui ouvrit la porte, sans, cette fois, laisser la chaîne.

— C'est vous ! dit-elle en fronçant les sourcils, comme s'il ne pouvait apporter que de mauvaises nouvelles.

La nouvelle était-elle tellement mauvaise ?

Rien n'avait changé dans le salon, sauf qu'une écharpe bleue traînait sur le fauteuil de René Josselin.

— Je vais avertir madame...

— S'il vous plaît...

Il n'en éprouvait pas moins le besoin de s'éponger en se regardant vaguement dans la glace.

Noland (Vaud), le 11 septembre 1961.

MAIGRET ET LE CLIENT DU SAMEDI

1

Certaines images, sans raison, sans que nous y soyons pour rien, se raccrochent à nous, restent obstinément dans notre souvenir alors que nous sommes à peine conscient de les avoir enregistrées et qu'elles ne correspondent à rien d'important. Ainsi, sans doute, Maigret, des années plus tard, pourrait-il reconstituer minute par minute, geste par geste, cette fin d'après-midi sans histoire du Quai des Orfèvres.

D'abord la pendule de marbre noir, aux ornements de bronze, sur laquelle son regard s'était posé alors qu'elle marquait six heures dix-huit, ce qui signifiait qu'il était un peu plus de six heures et demie. Dans dix autres bureaux de la P.J., chez le grand patron comme chez les autres divisionnaires, des pendules identiques étaient flanquées de leurs candélabres et, depuis des temps immémoriaux, elles retardaient aussi.

Pourquoi cette pensée le frappait-il aujourd'hui et pas les autres jours ? Un instant, il se demanda dans combien d'administrations, de ministères, un certain F. Ledent, dont la signature, en belle anglaise, figurait sur le cadran blême, avait fourni jadis un lot de ces pendules et il rêva aux tractations, aux intrigues, aux pots-de-vin qui avaient précédé un si important marché.

F. Ledent était mort depuis un demi-siècle, peut-être un siècle, à en juger par le style de ses pendules.

La lampe à abat-jour vert était allumée, car on était en janvier. Dans le reste de la maison aussi les lampes étaient pareilles.

Lucas, debout, glissait dans une chemise jaunâtre les documents que Maigret venait de lui passer l'un après l'autre.

— Je laisse Janvier au Crillon ?

— Pas trop tard. Envoie-lui quelqu'un ce soir pour le relayer.

Il venait d'y avoir, coup sur coup, comme toujours, une série de vols de bijoux dans les palaces des Champs-Élysées et on avait établi dans chacun une surveillance discrète.

Maigret, machinalement, pressait un timbre électrique. Le vieux Joseph, l'appariteur à chaîne d'argent, ne tardait pas à ouvrir la porte.

— Plus personne pour moi ? demandait le commissaire.

— A part la folle...

Ce n'était pas important. Il y avait des mois qu'elle pénétrait deux ou trois fois la semaine au Quai des Orfèvres, se glissait sans mot dire dans la salle d'attente où elle se mettait à tricoter. Elle ne s'était jamais fait annoncer. Le premier jour, Joseph lui avait demandé qui elle désirait voir.

Elle lui avait souri d'un air malicieux, presque espiègle, et avait répondu :

— Le commissaire Maigret m'appellera quand il aura besoin de moi...

Joseph lui avait tendu une fiche. Elle l'avait remplie d'une écriture régulière qui sentait le couvent. Elle s'appelait Clémentine Pholien et habitait rue Lamarck.

Cette fois-là, le commissaire l'avait fait recevoir par Janvier.

— On vous a convoquée ?

— Le commissaire Maigret est au courant.

— Il vous a envoyé une convocation ?

Elle souriait, menue, gracieuse malgré son âge.

— Il n'y a pas besoin de convocation.

— Vous avez quelque chose à lui dire ?

— Peut-être.

— Il est très occupé en ce moment.

— Cela ne fait rien. J'attendrai.

Elle avait attendu jusqu'à sept heures du soir et elle était partie. On l'avait revue quelques jours plus tard, avec le même chapeau mauve, le même tricot, et elle avait pris place, en habituée, dans la salle d'attente vitrée.

On s'était renseigné à tout hasard. Elle avait tenu longtemps une mercerie à Montmartre et elle touchait une rente confortable. Ses neveux et nièces avaient essayé plusieurs fois de la faire interner, mais, à chaque fois, on l'avait renvoyée de l'hôpital psychiatrique en déclarant qu'elle n'était pas dangereuse.

Où avait-elle pêché le nom de Maigret ? Elle ne le connaissait pas de vue, car il était passé plusieurs fois devant la cage vitrée alors qu'elle s'y trouvait et elle ne l'avait pas reconnu.

— Eh bien ! mon vieux Lucas, on ferme !

On fermait de bonne heure, surtout pour un samedi. Le commissaire bourrait une pipe, allait chercher son manteau, son chapeau et son écharpe dans le placard.

Il passait devant la cage vitrée en détournant la tête par précaution et, dans la cour, retrouvait le brouillard un peu jaune qui s'était abattu sur Paris dans l'après-midi.

Rien ne le pressait. Le col du pardessus relevé, les mains dans les poches, il contournait le Palais de Justice, passait sous la grosse horloge, traversait le Pont-au-Change. Alors qu'il atteignait le milieu du pont, il eut la sensation que quelqu'un le suivait et se retourna vivement. Les passants étaient nombreux dans les deux sens. Presque tous, à cause du froid, marchaient vite. Il fut presque sûr qu'un homme vêtu de sombre, à une dizaine de mètres de lui, faisait soudain demi-tour.

Il n'y attacha pas d'importance. Ce n'était d'ailleurs qu'une impression.

Quelques minutes plus tard, il attendait son autobus place du Châtelet, trouvait de la place sur la plate-forme où il pouvait continuer à fumer sa pipe. Est-ce que celle-ci avait réellement un goût particulier ? Il l'aurait juré. Peut-être à cause du brouillard, d'une certaine qualité de l'air. Un goût fort agréable.

Il ne pensait à rien de précis, rêvassait en regardant vaguement les têtes dodelinantes de ses voisins.

Puis c'était à nouveau le trottoir, le boulevard Richard-Lenoir presque désert, les lumières, qu'il reconnaissait de loin, de son appartement. Il s'engageait dans l'escalier familier, distinguait des traits plus clairs sous les portes, entendait des voix assourdies, des ritournelles de radio.

La porte s'ouvrait, comme d'habitude, avant qu'il en eût touché le bouton et Mme Maigret, à contre-jour, mettait mystérieusement un doigt sur ses lèvres.

Il la regardait, interrogateur, essayait de voir derrière elle.

— Il y a quelqu'un... chuchotait-elle.

— Qui ?

— Je ne sais pas... Il est bizarre...

— Qu'est-ce qu'il t'a dit ?

— Qu'il avait absolument besoin de te parler...

— Comment est-il ?

— Je ne pourrais pas le dire, mais son haleine sent l'alcool...

Il y avait de la quiche lorraine à dîner, il le savait par l'odeur qui émanait de la cuisine.

— Où est-il ?

— Je l'ai fait entrer au salon...

Elle le débarrassait de son pardessus, de son chapeau, de son écharpe. Il lui sembla que l'appartement était moins éclairé que d'habitude, mais ce n'était évidemment qu'une impression. Haussant les épaules, il poussa la porte du salon où, depuis un peu plus d'un mois, un poste de télévision tenait une place importante.

L'homme, dans un coin, était resté debout, en manteau, son chapeau à la main. Il paraissait impressionné et il osait à peine regarder le commissaire.

— Je vous demande pardon de vous avoir poursuivi jusque chez vous... balbutiait-il.

Maigret avait tout de suite remarqué son bec-de-lièvre et il n'était pas fâché de se trouver enfin face à face avec le personnage.

— Vous êtes venu au Quai des Orfèvres pour me voir, n'est-ce pas ?

— Plusieurs fois, oui...

— Vous vous appelez... Attendez... Planchon...

— Léonard Planchon, c'est bien ça...

Et il répétait, de plus en plus humble :

— Je vous demande pardon...

Son regard faisait le tour du petit salon, s'arrêtait sur la porte restée entrouverte, comme s'il avait envie de s'enfuir une fois de plus. Combien de fois lui était-il arrivé de s'en aller ainsi sans avoir rencontré le commissaire ?

Cinq fois au moins. Toujours le samedi après-midi. De sorte qu'on avait fini par l'appeler le client du samedi.

Cela ressemblait à l'histoire de la folle, avec des variantes. La P.J., comme les journaux, attire toutes sortes de gens au comportement plus ou moins bizarre et il en est qu'on finit par connaître, des visages deviennent familiers.

— Je vous ai d'abord écrit... murmurait-il.

— Asseyez-vous.

Par la porte vitrée, on voyait la table mise dans la salle à manger et l'homme jetait un coup d'œil de ce côté.

— C'est l'heure de votre dîner, n'est-ce pas ?

— Asseyez-vous, répétait le commissaire avec un soupir.

Pour une fois qu'il rentrait chez lui de bonne heure, son repas n'en allait pas moins être retardé. Tant pis pour la quiche ! Et tant pis pour le journal télévisé ! Depuis quelques semaines, ils avaient pris l'habitude, sa femme et lui, de regarder la télévision en mangeant, ce qui avait changé leurs places à table.

— Vous dites que vous m'avez écrit ?

— Au moins dix lettres.

— Signées de votre nom ?

— Les premières n'étaient pas signées... Je les ai déchirées... J'ai déchiré les autres aussi... C'est alors que j'ai décidé d'aller vous voir...

Maigret reconnaissait, lui aussi, l'odeur d'alcool, mais son interlocuteur n'était pas ivre. Nerveux, certes. Ses doigts entrecroisés se serraient au point que les phalanges en devenaient livides. Il ne s'enhardissait que petit à petit à poser son regard sur le commissaire et ce regard était presque suppliant.

Quel âge avait-il ? C'était difficile à dire. Il n'était ni jeune ni vieux, donnait l'impression de n'avoir jamais été jeune. Trente-cinq ans ?

Ce n'était pas facile non plus de déterminer à quelle catégorie sociale il appartenait. Ses vêtements étaient mal coupés, mais de bonne qualité, ses mains, très propres, celles d'un travailleur manuel.

— Pourquoi avez-vous déchiré ces lettres ?

— J'ai craint que vous me preniez pour un fou...

Et, levant les yeux, il ajoutait avec le besoin de convaincre :

— Je ne suis pas fou, monsieur le commissaire... Je vous supplie de croire que je ne suis pas fou...

C'est généralement mauvais signe et pourtant Maigret était déjà à moitié convaincu. Il entendait sa femme aller et venir dans la cuisine. Elle avait dû retirer la quiche du four, la quiche qui, de toute façon, maintenant, serait ratée.

— Donc, vous m'avez écrit plusieurs lettres... Ensuite, vous vous êtes présenté au Quai des Orfèvres... Un samedi, si je ne me trompe ?...

— C'est le seul jour où je sois libre...

— Qu'est-ce que vous faites dans la vie, monsieur Planchon ?

— Je suis entrepreneur de peinture... Oh ! bien modeste... A la bonne saison, il m'arrive d'employer cinq ou six ouvriers... Vous voyez !...

A cause du bec-de-lièvre, il était difficile de savoir s'il souriait timidement ou s'il faisait une grimace. Ses yeux étaient d'un bleu très clair, ses cheveux blonds tiraient sur le roux.

— Cette première visite date d'environ deux mois... Vous avez écrit sur la fiche que vous désiriez me voir personnellement... Pourquoi ?

— Parce que je n'ai confiance qu'en vous... J'ai lu dans les journaux...

— Bon ! Ce samedi-là, au lieu d'attendre, vous êtes parti après une dizaine de minutes...

— J'ai eu peur...

— De quoi ?

— Je me suis dit que vous ne me prendriez pas au sérieux... Ou alors que vous m'empêcheriez de faire ce que j'avais en tête.

— Vous êtes revenu le samedi suivant...

— Oui...

Maigret était en conférence, ce jour-là, avec le grand patron et deux autres divisionnaires. Quand il en était sorti, une heure plus tard, la salle d'attente était vide.

— Vous aviez toujours peur ?

— Je ne savais plus...

— Qu'est-ce que vous ne saviez plus ?

— Si j'avais encore envie d'aller jusqu'au bout...

Il se passait la main sur le front.

— C'est tellement compliqué !... Voyez-vous, il y a des moments où je perds pied...

Une autre fois, Maigret lui avait envoyé Lucas. L'homme avait refusé de lui confier l'objet de sa visite, affirmant que c'était personnel, et il s'était littéralement enfui.

— Qui vous a donné mon adresse ?

— Je vous ai suivi... Samedi dernier, j'ai failli vous aborder dans la rue, puis j'ai décidé que ce n'était pas un endroit propice pour une conversation comme celle que je voulais avoir avec vous... Dans votre bureau non plus... Peut-être que vous allez comprendre...

— Comment saviez-vous, ce soir, que j'allais rentrer ?

Et soudain Maigret se rappelait sa sensation du Pont-au-Change.

— Vous étiez caché sur le quai, n'est-ce pas ?

Planchon faisait oui de la tête.

— Vous m'avez suivi jusqu'à l'autobus ?

— C'est ça... Alors, j'ai pris un taxi et je suis arrivé ici quelques minutes avant vous...

— Vous avez des ennuis, monsieur Planchon ?

— Pis que des ennuis.

— Combien avez-vous bu de verres avant de venir ?

— Deux... Peut-être trois ?... Avant, je ne buvais pas, à peine un verre de vin aux repas...

— Et maintenant ?

— Cela dépend des jours... Ou plutôt des soirs, car je ne bois pas pendant la journée... Si, tout à l'heure, j'ai avalé trois cognacs, c'était pour me donner du courage... Vous m'en voulez ?

Maigret fumait lentement sa pipe, sans quitter son interlocuteur des yeux, essayant de se faire une opinion. Il n'y était pas encore parvenu. Il devinait, chez Planchon, un côté pathétique qui le déroutait. On avait l'impression d'une passion contenue, d'une détresse écrasante en même temps que d'une extraordinaire patience.

Cet homme-là, il en aurait mis la main au feu, avait peu de contacts avec ses semblables et, chez lui, tout se passait à l'intérieur. Depuis deux mois, il était tourmenté par le besoin de parler. Il avait tenté, samedi après samedi, de se présenter devant le commissaire, et, chaque fois, il s'était dérobé au dernier moment.

— Si vous me racontiez tout bonnement votre histoire ?

Nouveau coup d'œil à la salle à manger, où les deux couverts faisaient face à la télévision.

— J'ai honte de retarder votre repas... Ce sera long... Votre femme va m'en vouloir... Écoutez !... Si vous le permettez, je vais attendre ici que vous ayez mangé... Ou bien je reviendrai tout à l'heure... C'est ça ! Je reviendrai tout à l'heure...

Il faisait mine de se lever et le commissaire l'obligeait à rester à sa place.

— Non, monsieur Planchon !... Cette fois, vous y êtes, n'est-ce pas ?... Dites-moi ce qui vous trouble... Dites-moi, face à face, ce que vous m'écriviez dans toutes ces lettres que vous avez déchirées...

Alors, soudain, fixant le tapis à ramages rouges, l'homme balbutiait :

— Je veux tuer ma femme...

Tout de suite, son regard se levait vers le visage du commissaire qui, non sans peine, était parvenu à ne pas broncher.

— Vous avez l'intention de tuer votre femme ?

— Il le faut !... Il n'y a plus d'autre issue... Je ne sais comment vous expliquer... Tous les soirs, je me dis que cela arrivera, qu'il est impossible que cela n'arrive pas un jour ou l'autre... Alors, j'ai pensé que, si je vous mettais au courant...

Tirant un mouchoir de sa poche, il essuyait les verres de ses lunettes, cherchant ses mots, et Maigret remarqua qu'un bouton du veston pendait au bout du fil.

Malgré son émotion, Planchon surprit ce bref coup d'œil et eut un sourire ou une grimace.

— Oui... Ça aussi... dit-il du bout des lèvres. Elle ne fait même plus semblant...

— Semblant de quoi ?

— De me soigner... D'être ma femme...

Regrettait-il d'être venu ? Il s'agitait sur sa chaise, regardait parfois la porte comme s'il allait tout à coup se précipiter dehors.

— Je me demande si je n'ai pas eu tort... Et pourtant vous êtes le seul homme au monde en qui j'aie confiance... Il me semble que je vous connais depuis longtemps... Je suis presque sûr que vous comprendrez...

— Vous êtes jaloux, monsieur Planchon ?

Les deux regards se rencontrèrent, bien en face. Maigret crut lire une entière franchise dans celui de son vis-à-vis.

— Je crois que je ne le suis plus... Je l'ai été... Non ! Maintenant, c'est dépassé...

— Et vous voulez la tuer quand même ?

— Parce qu'il n'existe pas d'autre solution... Alors, je me suis dit que si je vous prévenais, par une lettre ou de vive voix... D'abord, c'était plus honnête... Ensuite, peut-être que, par le fait, je changerais d'idée... Vous comprenez ?... Non ! C'est impossible à comprendre si on ne connaît pas Renée... Excusez-moi si je m'embrouille... Renée, c'est ma femme... Ma fille, elle, se nomme Isabelle... Elle a sept ans... C'est tout ce qui me reste au monde... Vous n'avez pas d'enfant, n'est-ce pas ?...

Il regardait à nouveau autour de lui comme pour s'assurer qu'il ne traînait pas de jouets, de ces mille riens qui révèlent la présence d'un enfant dans la maison.

— Ils veulent me la prendre aussi... Ils font tout pour ça... Ils ne s'en cachent pas... Je voudrais que vous puissiez voir comme ils me traitent... Vous pensez que j'ai le cerveau déréglé ?

— Non.

— Remarquez que cela vaudrait mieux... On m'enfermerait tout de suite... Comme on m'enfermera si je tue ma femme... Ou si je le tue, lui... Pour bien faire, je devrais les tuer tous les deux... Dans ce cas, moi en prison, qui s'occupera d'Isabelle ?... Vous voyez le problème ?...

» J'ai envisagé des plans compliqués... J'en ai trouvé au moins dix, que je mettais chaque fois minutieusement au point... Il s'agissait de ne pas me faire prendre... On aurait pensé qu'ils étaient partis tous les deux... J'ai lu dans un journal que des milliers de femmes disparaissent chaque année, à Paris, et que la police ne se donne pas la peine de les rechercher... A plus forte raison, s'il avait disparu en même temps qu'elle...

» Tenez ! J'ai même décidé, à certain moment, de l'endroit où je cacherais les corps... Je travaillais dans un chantier, tout au-dessus de Montmartre... On y coule du béton... Je les aurais transportés la nuit, dans ma camionnette, et on ne les aurait jamais retrouvés...

Il s'excitait, parlait maintenant avec une certaine volubilité, sans cesser d'épier les réactions du commissaire.

— Est-ce que c'est déjà arrivé que quelqu'un vienne vous dire son intention de tuer sa femme ou n'importe qui d'autre ?

Tout cela était si inattendu que Maigret se surprenait à chercher dans sa mémoire.

— Pas de cette façon... finissait-il par admettre.

— Vous pensez que je mens, que j'invente une histoire pour me rendre intéressant ?

— Non.

— Vous croyez que j'ai vraiment envie de tuer ma femme ?

— Vous en avez sûrement eu l'intention.

— Et que je le ferai ?

— Non.

— Pourquoi ?

— Parce que vous êtes venu me trouver.

Planchon se dressait, trop nerveux, trop crispé pour rester assis. Il levait les bras vers le plafond.

— Et voilà ce que je me dis aussi !... sanglota-t-il presque. C'est la raison pour laquelle, chaque fois, je suis parti avant d'être reçu... C'est aussi la raison pour laquelle j'avais besoin de vous parler... Je ne suis pas un criminel... Je suis un honnête homme... Et pourtant...

Maigret se leva à son tour, alla chercher le carafon de prunelle dans l'armoire et en servit un verre à son visiteur.

— Vous n'en prenez pas ? murmura celui-ci, honteux.

Puis, regardant la salle à manger :

— Il est vrai que vous n'avez pas dîné... Et moi je parle à vide... Je voudrais tout vous expliquer d'un coup et je ne sais par où commencer...

— Préférez-vous que je vous pose des questions ?

— Peut-être cela sera-t-il plus facile...

— Asseyez-vous.

— Je vais essayer...

— Depuis combien de temps êtes-vous marié ?

— Huit ans...

— Vous viviez seul ?

— Oui... J'ai toujours été seul... Depuis que ma mère est morte, quand j'avais quinze ans... Nous habitions rue Picpus, pas loin d'ici... Elle faisait des ménages...

— Votre père ?

— Je ne l'ai pas connu...

Il avait rougi.

— Vous êtes entré en apprentissage ?

— Oui... Je suis devenu ouvrier peintre... J'avais vingt-six ans quand mon patron, qui habitait rue Tholozé, a appris qu'il avait une maladie de cœur et a décidé de se retirer à la campagne...

— Vous avez repris l'affaire ?

— J'avais des économies... Je ne dépensais presque rien... J'ai quand même mis six ans à payer le fonds...

— Où avez-vous rencontré votre femme ?

— Vous connaissez la rue Tholozé, qui donne dans la rue Lepic, juste en face du Moulin de la Galette ? C'est une rue sans issue, qui se termine par un escalier de quelques marches... J'habite au pied de cet escalier, un pavillon dans une cour, ce qui est pratique pour les échelles et le matériel...

Il s'apprivoisait. Son débit devenait plus régulier, monotone.

— Vers le milieu de la rue, à gauche en montant, il existe un bal musette, le Bal des Copains, où j'allais parfois passer une heure ou deux le samedi soir...

— Vous dansiez ?

— Non. Je m'asseyais dans un coin, commandais une limonade, car je ne buvais pas encore, j'écoutais la musique et je regardais les couples...

— Vous aviez des petites amies ?

Il répondait pudiquement :

— Non...

— Pourquoi ?

Il levait la main vers sa lèvre.

— Je ne suis pas beau... Les femmes m'ont toujours impressionné... Il me semble que mon infirmité doit leur inspirer du dégoût...

— Vous en avez donc rencontré une qui s'appelait Renée...

— Oui... Il y avait beaucoup de monde, ce soir-là... On nous a mis à la même table... Je n'osais pas lui adresser la parole... Elle était aussi intimidée que moi... On sentait qu'elle n'avait pas l'habitude...

— Des bals ?

— Des bals, de tout, de Paris... Elle a fini par me parler et j'ai appris qu'il n'y avait pas un mois qu'elle était arrivée en ville... Je lui ai demandé d'où elle était... Elle venait de Saint-Sauveur, près de Fontenay-le-Comte, en Vendée, qui est justement le village de ma mère... Quand j'étais enfant, j'y suis allé plusieurs fois avec elle pour voir des tantes et des oncles... C'est ce qui a facilité les choses... Nous citions des noms que nous connaissions tous les deux...

— Que faisait Renée à Paris ?

— Elle travaillait comme bonne à tout faire chez une crémière de la rue Lepic...

— Elle était plus jeune que vous ?

— J'ai trente-six ans et elle en a vingt-sept... Cela fait presque dix ans de différence... Elle avait à peine dix-huit ans à l'époque...

— Vous vous êtes mariés très vite ?

— Cela a pris une dizaine de mois... Puis nous avons eu un enfant, une petite fille, Isabelle... Pendant tout le temps que ma femme était enceinte, j'avais très peur...

— De quoi ?

Il montrait une fois de plus son bec-de-lièvre.

— On m'avait dit que c'est héréditaire... Dieu soit loué, ma fille est normale... Elle ressemble à sa mère, sauf qu'elle a mes cheveux blonds et mes yeux clairs...

— Votre femme est brune ?

— Comme il y en a beaucoup en Vendée, à cause, paraît-il, des marins portugais qui venaient y pêcher...

— A présent, vous voulez la tuer ?

— Je ne vois pas d'autre solution... Nous avons été heureux tous les trois... Renée n'était peut-être pas une bonne ménagère... Je ne veux rien dire de mal sur son compte.... Elle a passé son enfance dans une ferme où on ne se préoccupait guère d'ordre et de propreté... Dans le marais, là-bas, on appelle ces fermes-là des cabanes et il arrive, l'hiver, que l'eau envahisse les pièces...

— Je connais...

— Vous y êtes allé ?

— Oui.

— Il m'arrivait souvent de faire le ménage après journée... A cette époque-là, elle était folle de cinéma et, l'après-midi, elle confiait Isabelle à la concierge pour y aller...

Il parlait sans amertume.

— Je ne me plaignais pas. Je ne dois pas oublier qu'elle est la première femme à m'avoir regardé comme un homme normal... Vous comprenez ça aussi, n'est-ce pas ?

Il n'osait plus se tourner vers la salle à manger.

— Et moi qui vous empêche de dîner ! Qu'est-ce que votre femme va penser ?...

— Continuez... Pendant combien d'années avez-vous été heureux ?

— Attendez... Je n'ai jamais compté... Je ne sais même pas au juste quand tout a commencé... J'avais une bonne petite affaire... Je dépensais ce que je gagnais à aménager la maison, à la repeindre, à la moderniser, à installer une jolie cuisine... Si vous y venez... Mais vous ne viendrez pas !... Ou alors, cela voudra dire que...

Il étreignait à nouveau ses doigts couverts de poils roussâtres.

— Vous ne devez pas connaître le métier... A certaines saisons, on a beaucoup de travail et à d'autres presque pas... Il est difficile de garder les mêmes ouvriers... A part le vieux Jules, que nous appelons Pépère, et qui travaillait déjà pour mon ancien patron, j'en ai changé presque tous les ans...

— Jusqu'au jour...

— Jusqu'au jour où ce Roger Prou est entré dans la maison... C'est un bel homme, costaud, malin, qui connaît son affaire... Au début, j'étais enchanté d'avoir mis la main sur un compagnon comme lui car, sur le chantier, je pouvais m'y fier entièrement...

— Il a fait la cour à votre femme ?

— Honnêtement, je ne le pense pas... Des femmes, il en avait autant qu'il en voulait, même, parfois, des clientes... Je ne peux rien dire, puisque, au début, je n'ai rien remarqué, mais je suis presque sûr que c'est Renée qui a commencé... Je la comprends un peu... Non seulement je suis défiguré, mais je ne suis pas le genre d'homme avec qui une femme puisse s'amuser...

— Que voulez-vous dire ?

— Rien... Je ne suis pas très gai... Je ne sors pas volontiers... Mon plaisir, le soir, c'est de rester à la maison et, le dimanche, d'aller me promener avec ma femme et ma fille... Pendant des mois, je n'ai eu aucun soupçon... Quand nous étions en chantier, il arrivait à Prou de faire un saut rue Tholozé pour aller chercher du matériel... Une fois que je suis rentré à l'improviste — c'était il y a deux ans — j'ai trouvé ma fille seule dans la cuisine... Je la revois encore... Elle était assise par terre... Je lui ai demandé :

» — Où est maman ?

» Et elle a répondu, en me désignant la chambre à coucher :

» — Là !

» Elle n'avait alors que cinq ans. Ils ne m'avaient pas entendu venir et je les ai trouvés à moitié nus. Prou paraissait ennuyé. Quant à ma femme, elle m'a regardé bien en face.

» — Eh bien ! à présent, tu sais !... a-t-elle déclaré.

— Qu'est-ce que vous avez fait ?

— Je suis parti... Je ne savais pas où j'allais, ni quelles étaient mes intentions. Je me suis retrouvé accoudé à un zinc ou je me suis enivré pour la première fois de ma vie. Je pensais surtout à ma fille. Je me promettais d'aller la reprendre. Je me répétais :

» — Elle est à toi !... Ils n'ont pas le droit de la garder...

» Puis, après avoir erré une partie de la nuit, je suis rentré chez moi. J'ai été très malade. Ma femme m'observait d'un œil dur et, quand j'ai vomi sur la carpette, elle a grommelé :

» — Tu me dégoûtes...

» Voilà ! C'est ainsi que tout a commencé... La veille, j'étais un homme heureux... Tout d'un coup...

— Où est Roger Prou ?

— Rue Tholozé, balbutia Planchon en baissant la tête.

— Depuis deux ans ?

— A peu près, oui...

— Il vit avec votre femme ?

— Nous vivons tous les trois...

Il essuyait à nouveau les verres de ses lunettes et ses paupières papillotaient.

— Cela vous paraît incroyable ?

— Non.

— Vous comprenez que j'aie été incapable de la quitter ?

— De quitter votre femme ?

— Au début, c'était pour elle que je restais. Maintenant, je ne sais plus. Je crois que c'est seulement pour ma fille, mais peut-être que je me trompe... Voyez-vous, il me semblait impossible de vivre sans Renée... A l'idée de me retrouver seul... Et je n'avais pas le droit de la mettre à la porte... C'était moi qui l'avais prise, qui l'avais suppliée de m'épouser... C'était moi le responsable, non ?

Il reniflait, louchait vers le carafon. Maigret lui servait un second verre qu'il vidait d'un trait.

— Vous allez me prendre pour un ivrogne... Et c'est vrai que j'en suis presque devenu un... Le soir, ils n'ont pas envie de me voir à la maison... C'est tout juste s'ils ne me mettent pas à la porte... Vous ne pouvez pas savoir comme ils sont méchants avec moi...

— Prou s'est installé chez vous dès le jour où vous les avez surpris ?

— Non... Pas tout de suite... Le lendemain matin, j'ai été surpris de le voir prendre son travail comme si de rien n'était... Je n'ai pas osé le questionner sur ses intentions... J'avais peur de la perdre, je vous l'ai dit... Je ne savais plus où était ma place... Je filais doux... Je suis sûr qu'ils ont continué à se voir et bientôt ils n'ont plus pris de précautions... C'était moi qui hésitais à rentrer, qui faisais du bruit pour avertir de ma présence...

» Un soir, il est resté à dîner... C'était le jour de sa fête et Renée avait préparé un repas soigné... Il y avait une bouteille de mousseux sur la table... Au dessert, ma femme m'a demandé :

» — Tu ne vas pas faire un tour ? Tu ne comprends pas que tu nous gênes ?...

» Et je suis parti... Je suis allé boire... Je me posais des questions... J'essayais d'y répondre... Je me racontais des histoires... Je ne pensais pas encore à les tuer, je vous le jure !... Dites-moi que vous me croyez, monsieur le commissaire... Dites-moi que vous ne me prenez pas pour un fou... Dites-moi que je ne suis pas un dégoûtant personnage, comme ma femme le prétend...

La silhouette de Mme Maigret passait et repassait derrière la porte vitrée de la salle à manger et Planchon gémissait :

— Je vous empêche de dîner... Votre femme va être fâchée... Pourquoi n'allez-vous pas manger ?

Il était trop tard, en tout cas, pour le journal télévisé.

2

Deux ou trois fois, Maigret avait été tenté de se pincer pour s'assurer que le personnage qui gesticulait devant lui était bien réel, que la scène était vraie, qu'ils étaient tous les deux dans la vie.

En apparence, c'était un homme banal, un de ces millions de laborieux, d'effacés, qu'on frôle chaque jour dans le métro, dans l'autobus, sur les trottoirs, allant avec pudeur et dignité vers Dieu sait quelle tâche et quel destin. Paradoxalement, son bec-de-lièvre le rendait plus impersonnel, comme si cette infirmité donnait à ceux qui en sont affectés la même physionomie.

Une seconde, le commissaire s'était demandé si Planchon n'avait pas choisi à dessein, par une ruse quasi diabolique, de venir l'attendre boulevard Richard-Lenoir au lieu d'être reçu dans le bureau banal du Quai des Orfèvres. N'était-ce pas plutôt son intuition qui l'avait fait abandonner plusieurs fois la salle d'attente vitrée aux murs ornés des photographies de policiers morts en service commandé ?

A la P.J. où il avait entendu des milliers de confessions, où il avait acculé tant de gens à des aveux déchirants, Maigret aurait vu son visiteur dans une sorte de lumière froide.

Ici, c'était chez lui, c'était son atmosphère familière, la présence, à côté, de Mme Maigret, l'odeur du dîner qui attendait, les meubles, les objets, les moindres reflets de lumière à leur place depuis des années et des années. La porte à peine franchie, tout cela l'enveloppait comme un vieux veston qu'on endosse en rentrant chez soi et il était si bien habitué au décor qu'il ressentait encore, après un mois, comme une présence étrangère, cet appareil de télévision placé en face de la porte vitrée de la salle à manger.

Serait-il capable, dans cette ambiance, de mener un interrogatoire aussi lucide et détaché que dans son bureau, un de ces interrogatoires qui duraient parfois des heures, parfois la nuit entière et qui le laissaient aussi épuisé que son interlocuteur ?

Pour la première fois au cours de sa carrière, un homme venait le trouver, après avoir hésité des semaines durant, après l'avoir suivi dans la rue, après lui avoir écrit, prétendait-il, et avoir déchiré ses lettres, après avoir attendu des heures dans la salle d'attente ; un homme qui n'avait rien d'exceptionnel dans sa mise ni dans son aspect s'était introduit chez lui, humble et obstiné tout ensemble, pour lui déclarer en substance :

— *Mon intention est de tuer deux personnes : ma femme et son amant. J'ai tout préparé dans ce but, envisagé les moindres détails pour ne pas me faire prendre...*

Or, au lieu de réagir avec scepticisme, Maigret l'écoutait avec une attention passionnée et ne perdait pas un de ses mouvements de physionomie. C'est à peine s'il regrettait encore l'émission de variétés qu'il s'était promis de regarder ce soir à la télévision, côte à côte avec sa femme, car ils étaient encore au stade des néophytes et tout ce qui passait sur le petit écran les fascinait.

Il y eut mieux : il faillit, au moment où l'homme désignait Mme Maigret allant et venant dans la salle à manger, lui proposer :

— Mangez donc un morceau avec nous...

Parce qu'il avait faim et qu'il sentait que ce serait encore long. Il avait besoin d'en savoir davantage, de poser des questions, de s'assurer qu'il ne se trompait pas.

Deux fois, trois fois, son interlocuteur lui avait demandé, rongé par l'angoisse :

— Vous ne me prenez pas pour un fou, dites ?

Il avait pensé à cette hypothèse aussi. Il existe de nombreux degrés de folie, il le savait par expérience, et l'ancienne mercière qui venait tricoter en souriant dans la salle d'attente en attendant qu'il ait besoin d'elle en était un exemple.

L'homme avait bu avant de se présenter. Il avouait qu'il buvait chaque soir et, si le commissaire lui avait servi de l'alcool, c'est que l'autre en avait besoin.

Les alcooliques s'enfoncent volontiers dans un monde à eux, qui ressemble au monde véritable, mais avec un certain décalage qu'il n'est pas toujours facile de déceler. Et eux aussi sont sincères.

Toutes ces idées lui étaient passées par la tête pendant qu'il écoutait mais il n'était satisfait d'aucune. Il cherchait à comprendre davantage, à s'enfoncer dans l'univers ahurissant de Planchon.

— C'est ainsi que j'ai commencé à me sentir de trop... disait celui-ci en le regardant toujours de ses yeux clairs. Je ne sais pas comment vous expliquer. Je l'aimais. Je crois que je l'aime encore. Oui, je suis à peu près sûr que je l'aime encore et je continuerai à l'aimer, même si je dois la tuer.

» En dehors de ma mère, c'est le seul être qui se soit intéressé à moi sans se préoccuper de mon infirmité...

» En outre, c'est ma femme... Quoi qu'elle fasse, elle est ma femme, n'est-il pas vrai ?... Elle m'a donné Isabelle... Elle l'a portée dans son ventre... Vous ne pouvez savoir quels mois j'ai vécus quand elle était enceinte... Il m'arrivait de me mettre à genoux devant elle en la remerciant de... Je ne trouve pas les mots... Il y avait de ma vie à moi dans sa vie, vous comprenez ?... Et Isabelle est un peu de notre vie à tous les deux...

» Avant, j'étais seul... Personne ne s'occupait de moi, personne ne m'attendait le soir... Je travaillais sans savoir pourquoi...

» Elle avait pris un amant, tout à coup, et je pouvais à peine lui en vouloir... Elle est jeune... Elle est belle...

» Lui, Roger Prou, est plus vigoureux que moi... Il est comme un animal qui respire la force et la santé...

Mme Maigret, résignée, avait regagné sa cuisine. Maigret bourrait lentement une nouvelle pipe.

— Je me suis dit des tas de choses... Je me disais surtout que cela ne durerait pas, qu'elle me reviendrait, qu'elle comprendrait que nous étions liés l'un à l'autre, quoi qu'elle fasse... Je vous ennuie ?

— Non. Continuez.

— Je ne sais plus très bien ce que je dis... Je crois que, dans mes lettres, c'était plus clair... Et beaucoup moins long...

» Si je fréquentais encore l'église, comme du vivant de ma mère, je serais sans doute allé me confesser... Je ne me souviens plus comment j'ai pensé à vous... Au début, je n'imaginais pas que j'aurais le courage de venir vous trouver...

» Maintenant que je suis ici, je voudrais tout dire à la fois... Je vous jure que, si je parle tant, ce n'est pas parce que j'ai bu... J'avais préparé chacune de mes phrases...

» Où est-ce que j'en étais ?

Ses yeux papillotaient et sa main jouait avec un petit cendrier de cuivre qu'il avait saisi à son insu sur un guéridon.

— Le soir de l'anniversaire de Prou, ils vous ont mis à la porte...

— Pas tout à fait à la porte, car ils savaient que je reviendrais... Ils m'ont envoyé promener afin de passer la soirée en tête à tête...

— Vous espériez encore que ce ne serait qu'une passade ?...

— Vous me trouvez naïf ?

— Que s'est-il passé depuis ?

Il soupira, secoua la tête en homme qui n'arrive plus à suivre le fil de ses idées.

— Tant de choses !... Quelques jours après l'anniversaire, quand je suis rentré, vers deux ou trois heures du matin, j'ai trouvé un lit de camp dressé dans la salle à manger... Je n'ai pas compris tout de suite que c'était pour moi... J'ai entrouvert la porte de la chambre... Ils étaient tous les deux dans notre lit et ils dormaient ou feignaient de dormir...

» Qu'est-ce que j'aurais pu faire ? Roger Prou est plus fort que moi... En outre, je n'étais guère solide sur mes jambes...Je suis persuadé qu'il aurait été capable de me frapper...

» Et puis, je ne voulais pas qu'Isabelle se réveille... Elle ne comprend pas encore... A ses yeux, je reste son père...

» J'ai dormi sur le lit de camp et, quand ils se sont levés, le matin, j'étais déjà à l'atelier...

» Mes ouvriers m'ont regardé d'un air goguenard. Il n'y a eu que le vieux Jules, celui que nous appelons Pépère et qui a les cheveux tout blancs, à prendre une autre attitude. Il était dans la maison avant moi, je crois que je vous l'ai dit. Il me tutoie. Il est venu me trouver au fond de l'atelier et a grommelé :

» — Écoute, Léonard, il est temps que tu flanques cette femelle à la porte... Si tu ne le fais pas maintenant, cela finira par du vilain.

» Il a compris que je n'en avais pas le courage. Il me regardait dans les yeux, une main sur mon épaule, et il a fini par soupirer :

» — Je ne te savais pas si malade que ça...

» Je n'étais pas malade. Je continuais simplement de l'aimer, d'avoir besoin d'elle, de sa présence, même si elle couchait avec un autre...

» Je vous demande de me répondre franchement, monsieur Maigret...

Il n'avait pas dit monsieur le commissaire, comme il l'aurait fait Quai des Orfèvres, mais monsieur Maigret, semblant souligner que c'était l'homme qu'il était venu voir.

— Est-ce que vous avez déjà rencontré des cas comme le mien ?...

— Vous me demandez si d'autres hommes sont restés avec leur femme en sachant que celle-ci avait un amant ?

— C'est un peu cela...

— Il y en a beaucoup.

— Seulement, je suppose qu'on leur laisse leur place chez eux, qu'on fait au moins semblant de les compter pour quelque chose ?... Moi pas ! Voilà près de deux ans, maintenant, qu'ils me poussent lentement dehors... C'est à peine si on met encore mon couvert à table... Ce n'est pas Prou qui est l'étranger, c'est moi... Pendant le repas, ils parlent entre eux, ils rient, s'adressent à ma fille comme si je n'étais qu'un fantôme...

» Le dimanche, ils prennent la camionnette pour aller se promener à la campagne... Au début, je restais avec Isabelle et je trouvais toujours un moyen de l'amuser...

» Est-ce que, sans Isabelle, je serais parti ? Je n'en sais rien...

» En tout cas, à présent, ma fille va le plus souvent avec eux, parce que c'est plus agréable de se promener en auto...

» Je me suis posé toutes les questions possibles, pas seulement le soir, quand j'ai bu quelques verres, mais le matin, et toute la journée pendant que je travaille... Car je continue à travailler beaucoup...

» Des questions sentimentales et aussi des questions pratiques... Je suis même allé voir un avocat, il y a trois mois... Je ne lui en ai pas dit aussi long qu'à vous, parce que j'avais l'impression qu'il m'écoutait à peine et que je l'impatientais.

» — En définitive, que voulez-vous ? m'a-t-il demandé.

» — Je ne sais pas.

» — Le divorce ?

» — Je ne sais pas. Je tiens par-dessus tout à garder ma fille.

» — Vous avez des preuves de l'inconduite de votre femme ?

» — Je vous dis que, chaque nuit, je dors sur un lit de camp, tandis que tous les deux, dans ma chambre...

» — Il sera nécessaire de le faire constater par le commissaire de police... Sous quel régime êtes-vous marié ?

» Il m'a expliqué que, faute d'avoir signé un contrat de mariage, nous étions mariés, Renée et moi, sous le régime de la communauté des biens, ce qui signifie que mon entreprise, ma maison, mes meubles, tout ce que je possède, y compris les vêtements que j'ai sur le corps, lui appartiennent autant qu'à moi...

» — Et ma fille ? ai-je insisté. Est-ce qu'on me donnera ma fille ?

» — Cela dépend. Si l'inconduite est prouvée et si le juge...

Il serrait les dents.

— Il m'a dit autre chose... reprit-il après un instant. Avant d'aller le voir, comme avant de venir ici, j'avais bu un verre ou deux, pour me remonter... Il l'a tout de suite remarqué, je l'ai compris à la façon dont il me traitait...

» — Le juge décidera lequel, de vous deux, est le plus capable de donner à votre fille une existence normale...

» Et cela, ma femme me l'a dit en d'autres termes.

» — Qu'est-ce que tu attends pour t'en aller ? m'a-t-elle répété plusieurs fois. Tu n'as donc aucune dignité ? Tu ne comprends pas que tu es de trop ici ?

» Je lui ai répondu, buté :

» — Je n'abandonnerai jamais ma fille...

» — C'est la mienne aussi, non ? Tu te figures que je la laisserais partir avec un ivrogne de ton espèce ?

» Je ne suis pas un ivrogne, monsieur Maigret. Je vous supplie de me croire, malgré les apparences. Avant, je ne buvais jamais, pas même un petit verre de temps en temps. Mais qu'est-ce que je pourrais faire, le soir, tout seul dans les rues ?

» J'ai pris l'habitude d'entrer dans les bistrots, de m'y accouder, pour sentir des gens autour de moi, pour entendre des phrases quelconques, des voix humaines...

» Je bois un verre, puis deux... Et je pense... Et cela me force à en boire un autre, puis un autre...

» J'ai essayé de m'arrêter et je me suis senti si mal que j'avais envie d'aller me jeter dans la Seine... J'y ai souvent pensé... C'est la solution la plus facile... Ce qui me retient, c'est Isabelle... Je ne veux pas la leur laisser... A l'idée qu'un jour elle l'appellera papa...

Maintenant, il pleurait et, sans fausse honte, tirait son mouchoir de sa poche tandis que Maigret le regardait toujours fixement.

Il y avait un décalage, certes. Alcool ou pas alcool, l'homme s'exaltait, s'enfonçait délibérément dans son désespoir.

Du strict point de vue policier, il n'y avait rien à faire. Il n'était coupable de rien. Il avait l'intention de tuer sa femme et l'amant de celle-ci, tout au moins le prétendait-il. Mais, cette intention, il ne la leur avait même pas communiquée, de sorte qu'on ne pouvait pas parler de menaces de mort.

Sur le plan légal, le commissaire n'aurait pu que lui dire :

— Revenez après...

Quand il serait enfin un coupable ! Il aurait pu ajouter, sans trop craindre de se tromper :

— Si vous racontez votre histoire aux jurés comme vous venez de me la raconter et si vous avez un bon avocat, il est probable que vous serez acquitté...

Était-ce la solution que Planchon était venu en quelque sorte lui mendier ? L'espace de quelques secondes, Maigret le soupçonna. Il n'aimait pas les hommes qui pleurent. Il se méfiait de ceux qui se confessent avec trop de complaisance. Et l'étalage de sentiments exaltés par l'alcool n'était pas sans l'irriter.

Il avait déjà raté son dîner, son spectacle à la télévision. Planchon ne faisait pas mine de s'en aller. Lui aussi semblait apprécier la chaude atmosphère de l'appartement. Allait-il en être de lui comme de ces chiens perdus qu'on caresse au passage et dont, ensuite, on n'arrive pas à se défaire ?

— Excusez-moi... balbutiait Planchon en s'essuyant les yeux. Je dois vous paraître ridicule... C'est la première fois de ma vie que je me confie à quelqu'un...

Maigret avait envie de lui répondre :

— Pourquoi moi ?

Parce que les journaux n'avaient que trop parlé de lui et que les reporters lui avaient fait la réputation d'un policier humain, capable de tout comprendre.

— Il y a combien de temps, questionna-t-il, que vous m'avez écrit la première lettre ?

— Cela fait plus de deux mois... C'était dans un petit café de la place du Tertre...

Il avait été beaucoup question de Maigret, à cette époque-là, à l'occasion d'un crime commis par un jeune homme de dix-huit ans.

— Et vous avez écrit une dizaine de lettres que vous avez toutes déchirées ? Cela en l'espace d'une semaine à peu près...

— A peu près... Il m'arrivait d'en écrire deux ou trois le même soir et de ne les déchirer que le lendemain matin...

— Donc, pendant six ou sept semaines, vous êtes venu chaque samedi Quai des Orfèvres...

Avec sa façon de s'annoncer, d'attendre dans la cage vitrée et de disparaître avant qu'on le reçoive, il était devenu un personnage presque aussi légendaire que l'ancienne mercière au tricot. Était-ce Janvier ou Lucas qui l'avait baptisé le client du samedi ?

Or, pendant ce temps, Planchon n'avait pas mis sa menace à exécution. Il était retourné chaque nuit rue Tholozé, s'était étendu sur son lit de camp pour se lever le premier le matin et pour prendre son travail comme si de rien n'était.

L'homme, pourtant, était plus subtil qu'on aurait pu le croire.

— Je devine ce que vous pensez... murmurait-il avec mélancolie.

— Qu'est-ce que je pense ?

— Que j'accepte cette situation depuis bientôt deux ans. Que, depuis deux mois, je parle de tuer ma femme ou de les tuer tous les deux...

— Alors ?

— Puisque je ne l'ai pas encore fait... Avouez que c'est ça !... Vous vous dites que je n'en aurai jamais le courage...

Maigret secoua la tête.

— Il ne faut aucun courage pour ça... Le meurtre est à la portée de n'importe quel imbécile...

— Et quand il n'y a pas d'autre issue ?... Mettez-vous à ma place... J'avais une bonne petite affaire, une femme, un enfant... On me prend tout... Non seulement ma femme et ma fille, mais mon gagne-pain... Car ils ne parlent jamais de s'en aller... Dans leur esprit, c'est moi qui suis de trop et c'est donc à moi de partir... C'est cela que j'essaie de vous faire comprendre...

» Tenez ! Même avec les clients... C'est venu petit à petit... Prou n'était qu'un de mes ouvriers, un ouvrier intelligent et travailleur, je le reconnais... Il a plus de bagou que moi... Il s'y prend mieux que moi aussi avec les clients et surtout avec les clientes...

» Sans que je m'en rende compte, il s'est mis à faire figure de patron et, quand les gens téléphonent pour un travail, c'est presque toujours lui qu'ils demandent... Si je disparaissais demain, c'est à peine si on s'apercevrait de mon absence... Est-ce que seulement ma fille me réclamerait ?... Ce n'est pas sûr... Il est plus gai que moi... Il lui raconte des histoires, lui chante des chansons, la porte sur ses épaules...

— Comment votre fille l'appelle-t-elle ?

— Elle l'appelle Roger, comme le fait ma femme... Elle ne s'étonne pas qu'ils dorment dans la même chambre... Pendant la journée, on replie le lit de camp qu'on pousse dans un placard et c'est comme si ma présence se trouvait effacée... Mais je ne vous ai que trop retenu... Je voudrais demander pardon à votre femme, qui doit m'en vouloir...

C'était Maigret, cette fois, qui ne le laissait pas partir, acharné qu'il était à comprendre.

— Écoutez-moi, monsieur Planchon...

— Je vous écoute...

— Depuis deux mois, vous cherchez à m'approcher pour me dire, en somme :

» — J'ai l'intention de tuer ma femme et son amant...

» C'est bien cela, n'est-ce pas ?

— Oui.

— Depuis deux mois, vous vivez quotidiennement avec cette pensée...

— Oui... Il n'y a rien d'autre à...

— Un instant !... Je suppose que vous ne vous attendez pas à ce que je vous réponde :

» — Allez-y !

— Vous ne devez pas en avoir le droit.

— Mais vous croyez que je partage votre point de vue ?

Un bref éclair dans les yeux de son interlocuteur lui indiqua qu'il n'était pas loin de la vérité.

— De deux choses l'une... Excusez-moi si je me montre brutal... Ou bien vous n'avez pas l'intention de tuer qui que ce soit, mais seulement des velléités, surtout après boire...

Planchon hochait tristement la tête.

— Laissez-moi finir... Ou bien, dis-je, vous n'êtes pas vraiment décidé et vous cherchez à ce qu'on vous dissuade...

L'homme revenait toujours avec son sempiternel argument :

— Il n'y a rien d'autre à faire...

— Vous vous attendiez à ce que je trouve une solution ?

— Il n'en existe pas.

— Bon ! Mettons que cette hypothèse soit inexacte... Je n'en vois qu'une autre... Vous avez réellement formé le projet de tuer votre femme et son amant... Vous êtes même allé aussi loin que d'envisager l'endroit où vous vous débarrasserez des corps...

— J'ai pensé à tout...

— Or, vous venez me trouver, moi qui ai pour tâche de mettre la main sur les criminels...

— Je sais...

— Qu'est-ce que vous savez ?

— Que cela ne paraît pas logique...

A son air buté, on n'en sentait pas moins qu'il s'en tenait à son idée. Il avait débuté dans la vie sans argent, sans moyens, sans guère d'instruction. Autant que Maigret pouvait en juger, il était d'une intelligence assez médiocre.

Resté seul à Paris après la mort de sa mère, il n'en était pas moins arrivé, en quelques années, à force d'obstination, à devenir le patron d'une petite entreprise prospère.

Pouvait-on dire que cet homme-là n'avait pas de suite dans les idées ? Même s'il s'était mis à boire ?

— Vous m'avez parlé tout à l'heure de confessionnal... Vous m'avez dit que, si vous aviez continué à pratiquer la religion, vous seriez allé vous confier à un prêtre...

— Je crois...

— Que pensez-vous que ce prêtre vous aurait dit ?

— Je ne sais pas... Je suppose qu'il aurait essayé de me détourner de mon projet...

— Et moi ?

— Vous aussi...

— Vous désirez donc qu'on vous retienne, qu'on vous empêche de faire une bêtise...

Planchon parut soudain désemparé. Un instant plus tôt, il regardait encore Maigret avec confiance, avec espoir. Tout à coup, on aurait dit qu'ils ne parlaient pas le même langage, que toutes paroles échangées jusqu'à présent étaient vaines.

Il secouait la tête et il y avait comme un reproche dans ses yeux, une déception en tout cas. Il murmura très bas :

— Ce n'est pas ça...

Peut-être était-il sur le point de prendre son chapeau et de partir en regrettant cette visite inutile.

— Un instant, Planchon... Essayez de m'écouter, au lieu de suivre votre propre pensée...

— J'essaie, monsieur Maigret.

— Quel bien, quel réconfort vous aurait apporté votre confession à un prêtre ?

Toujours dans un souffle, il répondait :

— Je ne sais pas...

Il était encore présent sans l'être. Déjà il commençait à se refermer, à ne plus entendre la voix du commissaire que comme, le soir, il entendait les voix anonymes dans les bistrots où il s'accoudait.

— Vous auriez tué quand même, après ?

— Je suppose... Il est temps que je m'en aille...

Et Maigret, comme vexé de le décevoir, s'obstinait, cherchait une petite vérité qu'il croyait parfois pressentir.

— Vous n'avez pas envie qu'on vous empêche de faire ce que vous avez décidé de faire...

— Non...

Il ajouta avec un drôle de sourire :

— A moins de me mettre en prison, ce n'est pas possible... Et on ne peut pas me mettre en prison tant que je n'ai rien fait...

— De sorte que, ce que vous êtes venu chercher ici, c'est une sorte d'absolution... Vous avez besoin de savoir que vous serez compris, que vous n'êtes pas un monstre et que votre projet est la seule solution qui vous reste...

Il répétait :

— Je ne sais pas...

Et il était tellement absent que Maigret avait envie de le secouer aux épaules, de lui parler fort, visage à visage, les yeux dans les yeux.

— Écoutez, Planchon...

Lui aussi se répétait. C'était peut-être la dixième fois qu'il prononçait ces mots-là.

— Comme vous venez de le dire, je n'ai pas le droit de vous enfermer. Mais je peux vous faire surveiller, même si cela ne doit rien empêcher. Vous serez arrêté immédiatement. Ce n'est pas moi qui vous jugerai, mais un tribunal qui n'essayera pas nécessairement de comprendre et qui risque de retenir surtout la préméditation.

» Vous m'avez appris que vous n'avez pas de famille à Paris...

— Je n'en ai nulle part.

— Que deviendra votre fille, ne fût-ce que pendant les mois que durera l'instruction et l'attente du procès ?... Et ensuite ?...

Encore et toujours le :

— Je sais...

— Alors ?

— Rien.

— Qu'est-ce que vous allez faire ?

— Je ne sais pas. Je ne sais plus. Je veux bien essayer.

— Quoi ?

— De m'habituer.

Maigret avait envie de lui crier que ce n'était pas ça qu'il lui demandait.

— Qu'est-ce qui vous empêche de partir ?
— Avec ma fille ?
— Vous êtes encore le chef de famille.
— Et elle ?
— C'est à votre femme que vous pensez ?
Planchon faisait honteusement oui de la tête. Puis il ajoutait :
— Et mon affaire ?...
Ce qui indiquait qu'il n'y avait pas que de la passion dans son cas.
— Je verrai...
— Vous reviendrez me voir ?
— Je vous ai tout dit... Je ne vous ai pris que trop de votre temps... Votre femme...
— Ne vous occupez pas de ma femme, mais de vous... Ne revenez pas me voir, soit... Mais je tiens, moi, à garder le contact... N'oubliez pas que c'est vous qui êtes venu me trouver...
— Je vous en demande pardon...
— Vous allez me téléphoner chaque jour...
— Ici ?
— Ici ou à mon bureau... Je vous demande seulement de m'appeler...
— Pourquoi ?
— Pour rien. Pour rester en contact. Vous me direz :
» — Je suis là...
» Et cela me suffira...
— Je le ferai.
— Chaque jour ?
— Chaque jour.
— Et si, à un moment donné, vous vous sentiez sur le point de mettre votre projet à exécution, vous m'appelleriez ?
Il hésita, parut peser le pour et le contre.
— Cela signifie que je ne le ferais pas, articula-t-il enfin.
Il finassait, comme un paysan à la foire.
— Vous comprenez, si je téléphone pour vous annoncer...
— Répondez à ma question...
— J'essayerai...
— C'est tout ce que je vous demande... Et maintenant, rentrez chez vous...
— Pas encore...
— Pour quelle raison ?
— Ce n'est pas l'heure... Ils sont tous les deux dans la salle à manger... Qu'est-ce que j'y ferais ?
— Vous allez encore traîner dans les bistrots ?
Il haussa les épaules, résigné, eut un coup d'œil au carafon de prunelle. Agacé, Maigret finit par lui en verser un dernier verre.
— Autant que vous buviez ici qu'ailleurs...

L'homme hésitait, son verre à la main, un peu honteux.

— Vous me méprisez ?

— Je ne méprise personne...

— Mais si vous deviez mépriser quelqu'un ?...

— Ce ne serait certainement pas vous.

— Vous dites cela pour m'encourager ?

— Non. Parce que je le pense.

— Je vous remercie...

Cette fois, il avait son chapeau à la main et regardait autour de lui comme s'il cherchait autre chose.

— Je voudrais que vous expliquiez à votre femme...

Maigret le poussait doucement vers la porte.

— Je vous ai gâché votre soirée... A elle aussi...

Il était sur le palier, déjà plus anonyme que dans l'appartement de Maigret, un petit homme très ordinaire sur qui personne ne se serait retourné dans la rue.

— Au revoir, monsieur Maigret...

Ouf ! La porte était refermée et Mme Maigret jaillissait de la cuisine.

— J'ai cru qu'il n'en finirait pas et que tu ne parviendrais jamais à t'en débarrasser... J'ai failli entrer pour te donner une excuse...

Elle regardait son mari avec attention.

— Tu parais préoccupé...

— Je le suis...

— C'est un fou ?

— Je ne le crois pas...

Elle lui posait rarement des questions. Mais cela s'était passé chez eux. Tout en apportant la soupe, elle se risquait à murmurer :

— Qu'est-ce qu'il est venu faire ?

— Se confesser.

Elle ne sourcilla pas, s'assit à sa place.

— Tu ne mets pas la télévision ?

— Le programme doit être presque terminé...

Jadis, le samedi soir, quand il n'était pas retenu au Quai des Orfèvres, ils allaient tous les deux au cinéma, moins pour le spectacle que pour être dehors ensemble. Bras dessus, bras dessous, ils se dirigeaient vers le boulevard Bonne-Nouvelle et ils se sentaient bien ainsi, sans éprouver le besoin de parler.

— Demain, annonçait maintenant Maigret, nous irons faire un tour à Montmartre...

Bras dessus, bras dessous aussi, comme les promeneurs du dimanche. Il avait envie de revoir la rue Tholozé, de chercher, au fond d'une cour, le pavillon qu'habitaient Léonard Planchon, sa femme, sa fille Isabelle et Roger Prou.

Avait-il eu raison ? Avait-il eu tort ? Avait-il trouvé les mots qu'il fallait dire ?

Planchon avait-il trouvé, lui, boulevard Richard-Lenoir, ce qu'il était venu y chercher ?

A l'heure qu'il était, il était occupé à boire quelque part, en remâchant sans doute tout ce qu'il avait raconté.

Il était impossible de savoir si cette entrevue tant désirée et si souvent remise lui avait apporté quelque apaisement ou si, au contraire, elle n'allait pas provoquer une sorte de déclic.

C'était la première fois que Maigret quittait un homme, sur le palier de sa propre maison, en se demandant si cet homme, un peu plus tard, n'irait pas tuer deux personnes.

Cela pouvait se passer cette nuit même, d'un instant à l'autre, au moment peut-être où Maigret y pensait.

— Qu'est-ce que tu as ?

— Rien... Je n'aime pas cette histoire...

Il envisagea de téléphoner au poste du XVIIIe arrondissement pour qu'on surveille le pavillon de Planchon. Mais pouvait-on mettre un policier en faction dans la chambre à coucher ?

Un agent dans la rue n'empêcherait rien.

3

Ce fut un dimanche matin comme les autres, paresseux et vide, un peu terne. Maigret avait l'habitude, ce jour-là, quand, par chance, il le passait chez lui, de faire la grasse matinée et, même s'il n'avait pas sommeil, il restait au lit, sachant bien que sa femme n'aimait pas « l'avoir dans les jambes » tant qu'elle n'avait pas fini le gros du ménage.

Presque toujours, il l'entendait se lever avec précaution, vers sept heures, se glisser hors du lit, gagner la porte sur la pointe des pieds ; puis il entendait le déclic du commutateur dans la pièce voisine et un trait lumineux se dessinait au ras du plancher.

Il se rendormait, sans s'être éveillé tout à fait. Il savait que les choses se passaient ainsi et cette certitude pénétrait son sommeil.

Ce n'était pas le sommeil des autres jours, mais celui du dimanche matin et il avait une autre épaisseur, une autre saveur aussi. Par exemple, de demi-heure en demi-heure, il entendait les cloches et il était conscient du vide des rues, de l'absence de camions, de la rareté des autobus.

Il savait aussi qu'il n'avait pas de responsabilités, que rien ne le pressait, ne l'attendait dehors.

Plus tard, il y avait le ronronnement étouffé de l'aspirateur électrique dans les autres pièces ; plus tard encore l'odeur du café à laquelle il était très sensible.

Tous les ménages n'ont-ils pas ainsi leurs traditions auxquelles ils se raccrochent et qui donnent de la saveur aux journées les plus mornes ?

Il rêva de Planchon. Ce n'était pas vraiment un rêve. Il le voyait, comme la veille, dans leur petit salon, mais son attitude était différente. Au lieu d'être brouillés par l'émotion, par le désespoir, les traits défigurés par le bec-de-lièvre exprimaient une malice ironique. Bien que l'homme ne remuât pas les lèvres, Maigret avait conscience qu'il disait :

— Avouez que vous me donnez raison, qu'il ne me reste rien d'autre à faire que de la tuer ! Vous n'osez pas le dire, parce que vous êtes un fonctionnaire et que vous avez peur de vous mouiller. Cependant, vous ne me retenez pas. Vous attendez que j'en aie fini avec elle et avec lui...

Une main lui secouait doucement l'épaule et une voix familière prononçait le rituel :

— Il est neuf heures...

Sa femme lui tendait sa première tasse de café, qu'il buvait toujours avant de se lever.

— Quel temps fait-il ?

— Froid. Du vent.

Elle ouvrait les rideaux, déjà fraîche et nette dans une blouse de travail bleu pâle. Le ciel était blanc, l'air paraissait blanc aussi, d'un blanc de glace.

En robe de chambre et en pantoufles, Maigret allait s'asseoir dans la salle à manger où le ménage était fini. Et la matinée allait s'écouler suivant certains rites qui s'étaient établis peu à peu au cours des années.

N'en était-il pas ainsi dans les appartements qu'il apercevait de l'autre côté du boulevard Richard-Lenoir, comme dans la plupart des logements de Paris et d'ailleurs ? Ces petites habitudes, ce ronron, ne répondaient-ils pas d'une certaine nécessité ?

— A quoi penses-tu ? lui demanda-t-elle.

Elle avait remarqué qu'il était soucieux, maussade.

— Au type d'hier.

La femme de Planchon n'éveillait pas son mari avec du café chaud. Quand il ouvrait les yeux, après un sommeil agité d'ivrogne, il se retrouvait sur un lit de camp, dans la salle à manger, et c'était lui qui se levait le premier, entendant peut-être, dans la chambre voisine, des respirations régulières, devinant deux corps chauds et détendus dans la chaleur du lit.

Cette image le remuait davantage que le long monologue de son interlocuteur de la veille. Planchon avait surtout parlé des jours de semaine. Mais comment cela se passait-il le dimanche ? Ses ouvriers ne l'attendaient pas dans la cour ou dans la remise. Il n'avait rien à faire, lui non plus. Chez eux, c'étaient sans doute Renée et son amant qui faisaient la grasse matinée.

Est-ce que Planchon préparait le café pour tout le monde, mettait la table dans la cuisine ? Est-ce que sa fille, en chemise de nuit, pieds nus, les traits brouillés par le sommeil, venait l'y rejoindre ?

L'homme lui avait dit qu'elle ne posait pas de questions, mais cela n'empêchait pas Isabelle de regarder autour d'elle et de penser. Quelle idée avait-elle de la vie d'un ménage et de celle de son père ?

Maigret mangeait ses croissants pendant que Mme Maigret commençait à préparer le déjeuner. De temps en temps, ils échangeaient quelques mots par la porte de la cuisine. Les journaux du soir, qu'il n'avait pas lus la veille, se trouvaient sur la table, avec les hebdomadaires qu'il réservait pour le dimanche matin.

Le coup de téléphone qu'il donna à la P.J. était une autre tradition. Peut-être seulement le donna-t-il un peu plus tôt, avec une certaine anxiété.

Torrence était de garde. Il reconnut sa voix, l'imagina dans les bureaux presque déserts.

— Rien de nouveau ?

— Rien d'important, patron, sauf qu'il y a eu un autre vol de bijoux la nuit dernière.

— Encore au Crillon ?

— Au Plazza, avenue Montaigne.

Il avait pourtant posté un inspecteur dans chacun des palaces des Champs-Élysées et des environs.

— Qui était là-bas ?

— Vacher.

— Il n'a rien vu ?

— Rien. Toujours la même technique.

Bien entendu, on avait étudié les fiches de tous les voleurs de bijoux, y compris les fiches de l'Interpol. La manière de celui-ci ne correspondait à celle d'aucun spécialiste connu et il agissait coup sur coup, comme s'il voulait, en l'espace de quelques jours, amasser une fortune suffisante et se retirer.

— Tu as envoyé quelqu'un pour aider Vacher ?

— Dupeu est allé le rejoindre. Ils ne peuvent rien faire pour le moment. La plupart des clients dorment encore.

Torrence dut trouver bizarre la question suivante :

— Il ne s'est rien passé dans le XVIIIe arrondissement ?

— Rien dont je me souvienne. Attendez que je consulte les fiches... Un instant... *Bercy*... *Bercy*... Je passe tous les *Bercy*...

C'étaient, en termes de police, les ivrognes plus ou moins agités qu'on emmenait passer le reste de la nuit au poste.

— Bagarre, à trois heures quinze, place Pigalle... Entôlage... Encore un entôlage... Coup de couteau à la sortie d'un bal, boulevard Rochechouart...

Le bilan habituel d'un samedi soir.

— Pas de meurtre ?

— Je n'en vois pas.

— Je te remercie. Bonne journée. Passe-moi un coup de fil s'il y a du nouveau au Plazza...

Mme Maigret, dans l'encadrement de la porte, questionnait, comme il raccrochait l'appareil :

— C'est à cause du type d'hier que tu es inquiet ?

Il la regarda en homme qui ne sait que répondre.

— Tu crois qu'il finira par les tuer ?

Au moment de se coucher, il avait mis sa femme au courant de la confession de Planchon, sur un ton léger, comme s'il ne prenait pas l'affaire au sérieux.

— Tu ne penses pas qu'il a l'esprit dérangé ?

— Je ne sais pas. Je ne suis pas psychiatre.

— Pourquoi, à ton avis, est-il venu te trouver ? Dès que je l'ai vu sur le palier, j'ai compris que ce n'était pas une visite comme une autre et je t'avoue qu'il m'a fait peur...

A quoi bon se tracasser ? Est-ce que cela le regardait ? Pas encore, en tout cas. Il répondait évasivement à sa femme et, installé dans son fauteuil, s'enfonçait dans la lecture des journaux.

Il n'était pas assis de dix minutes qu'il se levait, allait chercher l'annuaire du téléphone, trouvait le nom de Planchon, Léonard, entrepreneur de peinture, rue Tholozé.

L'homme n'avait pas triché en ce qui concernait son identité. Maigret hésita un instant à composer le numéro, le fit enfin et, tandis que la sonnerie retentissait dans une maison inconnue, il ressentit un petit pincement dans la poitrine.

Il crut d'abord qu'il n'y avait personne, car la sonnerie persistait longtemps. Enfin il y eut un déclic et une voix demanda :

— Qu'est-ce que c'est ?

C'était la voix d'une femme qui ne paraissait pas être de bonne humeur.

— Je voudrais parler à M. Planchon...

— Il n'est pas ici...

— C'est madame Planchon qui est à l'appareil ?

— C'est moi, oui...

— Vous ne savez pas quand votre mari rentrera ?

— Il vient juste de sortir avec sa fille...

Maigret nota qu'elle avait dit *sa* fille, et non *ma* fille ou *notre* fille. Il comprit aussi que quelqu'un, dans la pièce, parlait à la femme, sans doute pour lui dire :

— Demande-lui son nom...

En effet, après un court silence, elle questionnait :

— Qui est à l'appareil ?

— Un client... Je rappellerai...

Il raccrocha. Renée était bien vivante, Roger Prou aussi, sans doute, et Planchon était allé se promener avec sa fille, ce qui prouvait que, rue Tholozé comme ailleurs, il existait des traditions du dimanche.

Il n'y pensa presque plus de la matinée. Ses journaux une fois parcourus sans grande curiosité, il resta un certain temps, debout à la fenêtre, à regarder les gens qui revenaient de la messe et qui marchaient vite, penchés en avant, le visage bleu de froid. Puis il prit son bain, s'habilla, tandis qu'une odeur de cuisine se répandait dans tous les coins de l'appartement.

A midi, ils mangeaient face à face, car ils ne prenaient pas la télévision. Ils parlèrent de la fille du Dr Pardon qui attendait un second enfant, puis d'autres choses qui ne lui restèrent pas dans la mémoire.

Vers trois heures, la vaisselle finie, l'appartement à nouveau en ordre, il proposa :

— Si nous allions faire un tour ?

Mme Maigret mit son manteau d'astrakan. Il choisit sa plus grosse écharpe.

— Où veux-tu aller ?

— A Montmartre.

— C'est vrai. Tu m'en as parlé hier. On prend le métro ?

— Il y fera plus chaud...

Ils en sortirent à la station place Blanche et commencèrent à monter lentement la rue Lepic où les volets des boutiques étaient fermés.

A hauteur de la rue des Abbesses, la rue Lepic fait un grand coude, tandis que la rue Tholozé grimpe tout droit, en pente raide, et va la rejoindre à la hauteur du Moulin de la Galette.

— C'est par ici qu'il habite ?

— Un peu plus haut...juste au pied de l'escalier...

A peu près à mi-chemin, à gauche, Maigret aperçut une façade peinte en violet, des lettres qui, le soir, devenaient lumineuses : *Bal des Copains*. Trois jeunes gens, debout sur le trottoir, semblaient attendre quelqu'un et on entendait, à l'intérieur, des ritournelles d'accordéon. On ne dansait pas encore. L'accordéoniste, au fond de la salle presque obscure, s'entraînait.

C'était ici, neuf ans plus tôt, que Planchon-le-solitaire avait rencontré Renée, par hasard, parce qu'il y avait beaucoup de monde et qu'un garçon pressé avait fait asseoir la jeune fille à sa table.

Les Maigret marchaient toujours, un peu essoufflés. Entre les immeubles de cinq ou six étages, on voyait encore quelques maisons basses qui dataient du temps où Montmartre était un village.

Ils se trouvèrent enfin devant une grille ouverte sur une cour pavée au fond de laquelle se dressait un pavillon en meulière comme on en voit surtout en banlieue. C'était une construction à un seul étage, déjà ternie, vieillotte, avec une alternance de briques jaunes et de briques rouges autour des fenêtres. Les boiseries étaient peintes de frais, d'un bleu qui jurait avec l'ensemble.

— C'est ici qu'il habite ?

Ils n'osaient pas s'arrêter, se contentant d'en découvrir autant qu'ils pouvaient en passant lentement. Mme Maigret devait se rappeler plus tard que les rideaux étaient très propres. Maigret, lui, nota les échelles dans la cour, une charrette à bras, un hangar en bois derrière les fenêtres duquel on apercevait des bidons de peinture.

La camionnette n'était pas dans la cour. Il n'y avait pas de garage. Les rideaux ne bougèrent pas. On ne notait aucun signe de vie. Fallait-il en conclure que Planchon, sa femme, Isabelle et Prou étaient allés se promener tous ensemble en voiture ?

— Qu'est-ce qu'on fait ?

Maigret n'en savait rien. Il avait éprouvé le besoin de voir et, maintenant qu'il avait vu, il n'avait aucun projet.

— Tant que nous y sommes, si nous montions jusqu'à la place du Tertre ?

Ils y burent un carafon de vin rosé et un artiste chevelu vint leur proposer leur portrait.

A 18 heures, les Maigret étaient rentrés chez eux. Il téléphona au Quai des Orfèvres. Dupeu était rentré. Il n'avait rien découvert au Plazza où certains clients, qui avaient passé la nuit dehors, n'avaient pas encore sonné pour leur petit déjeuner.

Cette fois, il ne rata pas sa télévision, bien qu'on donnât un film policier qui le fit grogner toute la soirée.

Au fond, s'il savourait la monotonie des dimanches, il savourait plus encore le moment où, le lundi matin, il reprenait possession de son bureau. Il se rendit au rapport, serra la main de ses collègues. Chacun parla plus ou moins des affaires en cours et il préféra se taire sur la visite qu'il avait reçue le samedi soir. Craignait-il d'être ridicule en y attachant de l'importance ?

C'était le seul jour de la semaine où tout le monde se serrait la main. Il retrouva Lucas, Janvier, le jeune Lapointe, tous les autres, et chacun, sauf les quelques-uns qui avaient été de service, avait passé, comme lui, le dimanche en famille.

Il finit par choisir Lapointe et Janvier, qu'il emmena dans son bureau.

— Avez-vous gardé les cartes que nous avions fait faire lors de l'affaire Rémond ?

Cela remontait à plusieurs mois, au début de l'automne. Il s'agissait de trouver des preuves contre un certain Rémond, aux identités multiples, soupçonné d'avoir commis des escroqueries dans la plupart des pays d'Europe. Il occupait un studio meublé rue de Ponthieu et, pour y pénétrer à son insu sans éveiller les soupçons de la tenancière, Janvier et Lapointe s'étaient présentés un matin avec des cartes d'allure officielle d'un vague service pour la réévaluation de la surface bâtie.

— Nous devons mesurer chaque chambre, chaque corridor... annonçaient-ils.

Ils avaient sous le bras une serviette bourrée de papiers et le jeune Lapointe prenait gravement des notes tandis que Janvier déployait son ruban métrique.

Ce n'était pas très légal ; ce n'était pas non plus la première fois que le truc servait et il pouvait servir une fois de plus.

— Vous allez vous rendre rue Tholozé... Tout en haut, à droite, vous trouverez un pavillon au fond d'une cour...

Maigret aurait donné gros pour s'y rendre lui-même et pour renifler dans les coins de cette maison dont il souhaitait tout connaître.

Il donna des instructions minutieuses et, ses collaborateurs partis, s'attela aux affaires courantes.

Le ciel était toujours blanc et dur, la Seine d'un gris méchant. Il était près de midi quand Janvier et Lapointe revinrent et il prit le temps de signer quelques pièces administratives et de sonner Joseph pour les lui remettre.

— Alors, mes enfants ?

Ce fut Janvier qui parla.

— Nous avons sonné...

— Je m'en doute. Et c'est la femme qui est venue vous ouvrir. Comment est-elle ?

Ils se regardèrent.

— Une brune, assez grande, bien bâtie...

— Belle fille ?

Cette fois, Lapointe intervint.

— Je dirais plutôt une belle femelle...

— Comment était-elle habillée ?

— Elle portait un peignoir rouge et des pantoufles. Elle n'était pas coiffée. Sous le peignoir, on entrevoyait une chemise jaune...

— Vous avez vu sa fille ?

— Non. Elle devait être à l'école.

— La camionnette était dans la cour ?

— Non. Et il n'y avait personne dans l'atelier.

— Comment vous a-t-elle reçus ?

— Avec méfiance. Elle nous a d'abord observés à travers le rideau d'une fenêtre. Puis on a entendu ses pas dans le corridor. Elle a entrouvert la porte et demandé, ne montrant qu'une partie de son visage :

» — Qu'est-ce que c'est ? Je n'ai besoin de rien...

» Nous lui avons expliqué de quoi il s'agissait...

— Elle ne s'est pas étonnée ?

— Elle a demandé :

» — Vous faites ça dans toute la rue ?

» Et, quand nous lui avons répondu oui, elle s'est décidée à nous laisser entrer.

» — Ce sera long ?

» — Une demi-heure tout au plus...

» — Vous devez mesurer toute la maison ?

Maintenant, les deux inspecteurs donnaient leurs impressions. Ce qui les avait le plus frappés, c'était la cuisine.

— Une cuisine magnifique, patron, très claire, moderne, avec tous les accessoires... On ne s'attend pas à trouver une cuisine comme celle-là dans un vieux pavillon... Il y a même une machine à laver la vaisselle...

Maigret n'en fut pas surpris. N'était-ce pas dans le caractère de Planchon d'offrir à sa femme tout le confort possible ?

— Au fond, la maison est fort gaie... On voit tout de suite qu'on est chez un peintre en bâtiment, car tout semble être peint à neuf... Dans la chambre de la petite, les meubles sont peints en rose...

Ce détail aussi correspondait au caractère du client du samedi.

— Continuez...

— A côté de la cuisine se trouve un assez grand living-room qui sert de salle à manger et qui est meublé en rustique...

— Vous avez trouvé le lit de camp ?

— Dans le placard, oui...

Janvier ajoutait :

— J'ai remarqué avec l'air de rien :

» — C'est pratique, quand on a des amis à coucher...

— Elle n'a pas bronché ?

— Non. Elle nous suivait partout, surveillant nos gestes, pas trop sûre que nous soyons vraiment envoyés par une agence officielle. A certain moment, elle a questionné :

» — A quoi servent toutes ces mesures que vous prenez ?

» Je lui ai servi mon baratin : que, de temps en temps, il est nécessaire, à cause des transformations apportées aux immeubles, de revoir la base des impôts fonciers et que, s'ils n'avaient pas fait d'agrandissements, ils n'auraient qu'à y gagner...

» Je ne la crois pas très intelligente, mais ce n'est pas une femme qui se laisse refaire facilement et j'ai vu le moment où elle décrocherait le téléphone pour appeler notre soi-disant bureau...

» A cause de cela, nous avons fait aussi vite que possible... Il y a deux autres pièces au rez-de-chaussée : une chambre et une pièce plus petite, qui sert de bureau et où se trouve le téléphone...

» La chambre, gaie aussi, n'était pas encore faite et tout était en désordre... Quant au bureau, il ressemble à tous les bureaux de petits artisans, avec quelques classeurs, des factures piquées sur un crochet, un poêle à feu continu et des échantillons qui encombrent la cheminée...

» La salle de bains n'est pas au rez-de-chaussée, mais au premier étage, à côté de la chambre de la petite...

— C'est tout ?

Lapointe intervint.

— Il y a eu un coup de téléphone pendant que nous étions là... Elle a fait répéter le nom deux fois, l'a inscrit sur un bloc-notes et a dit :

» — Non, il n'est pas ici en ce moment... Il est sur un chantier... Comment ?... M. Prou, oui... Je lui ferai votre commission et il ira vous voir, sans doute cet après-midi...

» Maintenant, patron, si la dimension de chaque pièce vous intéresse...

Ils avaient fini leur boulot. Si Maigret n'était pas beaucoup plus avancé qu'avant, il avait cependant une idée plus précise de la maison et celle-ci était exactement telle qu'il l'avait imaginée.

Est-ce que les deux hommes, le mari et l'amant, travaillaient au même endroit ou, au contraire, choisissaient-ils de travailler sur des chantiers différents ? N'étaient-ils pas obligés, pour leur travail, de s'adresser la parole ? Sur quel ton le faisaient-ils ?

Maigret rentra déjeuner et demanda si on ne l'avait pas appelé au téléphone. On ne l'avait pas fait et ce n'est qu'un peu après six heures qu'on lui passa, dans son bureau, la communication qu'il attendait.

— Allô !... Monsieur Maigret ?...

— C'est moi, oui...

— Ici, Planchon...

— Où êtes-vous ?

— Dans un café de la place des Abbesses, à deux pas d'une maison où j'ai travaillé toute la journée... Je tiens parole... Vous m'avez demandé de vous téléphoner...

— Comment vous sentez-vous ?

Il y eut un silence.

— Vous êtes calme ?

— Je suis toujours calme... J'ai beaucoup pensé...

— Vous vous êtes promené avec votre fille, hier matin ?

— Comment le savez-vous ? Je l'ai conduite à la Foire aux Puces...

— Et l'après-midi ?

— Ils ont pris l'auto…

— Tous les trois ?

— Oui.

— Vous êtes resté chez vous ?

— J'ai dormi…

Ainsi, il se trouvait dans la maison quand Maigret et sa femme passaient devant la grille.

— J'ai beaucoup pensé…

— A quelle conclusion êtes-vous arrivé ?

— Je ne sais pas… Il n'y a pas de conclusion… Je vais essayer de tenir aussi longtemps que possible… Au fond, je me demande si j'ai tellement envie que ça change… De toute façon, comme vous le disiez avant-hier, je risque de perdre Isabelle…

Maigret entendait des heurts de verres, un lointain murmure de voix, le cliquetis d'une caisse enregistreuse.

— Vous m'appellerez demain ?

L'homme hésitait au bout du fil.

— Vous croyez que c'est utile ?

— Je préférerais que vous m'appeliez chaque jour…

— Vous n'avez pas confiance en moi ?

Que pouvait-il répondre à cette question ?

— Je tiendrai le coup, allez !…

Il eut un petit rire douloureux.

— J'ai bien tenu le coup deux ans !… Je suis assez lâche pour continuer longtemps… Car je suis lâche, non ?… Avouez que c'est ce que vous pensez… Au lieu d'agir, comme un homme l'aurait fait, je suis allé pleurnicher chez vous…

— Vous avez eu raison de venir et vous n'avez pas pleurniché…

— Vous ne me méprisez pas ?

— Non.

— Vous avez tout raconté à votre femme, une fois que j'ai été dehors ?

— Non plus.

— Elle ne vous a pas demandé qui était cet énergumène qui vous gâchait votre dîner ?

— Vous vous posez trop de questions, monsieur Planchon… Vous vous regardez vivre…

— Je vous demande pardon…

— Rentrez chez vous…

— Chez moi ?

Maigret ne savait plus que lui dire. Il ne se souvenait pas avoir été aussi embarrassé de sa vie.

— Mais, saperlipopette, c'est votre maison, non ?… Si vous ne voulez pas y retourner, allez ailleurs. Évitez seulement de traîner dans les bistrots où vous ne faites que vous exciter davantage...

— Je sens que vous êtes fâché.

— Je ne suis pas fâché... Je voudrais seulement que vous cessiez de rabâcher sans fin les mêmes idées...

Maigret s'en voulait. Il avait peut-être tort de parler ainsi. Il est difficile, surtout au téléphone, de trouver les mots qu'il convient de dire à un homme qui envisage de tuer sa femme et son contremaître.

La situation était absurde et, par-dessus le marché, on aurait dit que Planchon avait des antennes. Si Maigret n'était pas vraiment fâché, il lui en voulait de le troubler avec cette histoire qu'il n'aurait pas osé raconter à ses collègues, par crainte que ceux-ci le prennent pour un naïf.

— Soyez calme, monsieur Planchon...

Il ne trouvait que de ces formules bêtes dont on se sert pour les condoléances.

— N'oubliez pas de me rappeler demain... Et dites-vous bien que ce que vous avez en tête n'arrangerait rien, bien au contraire...

— Je vous remercie...

Le cœur n'y était pas. Planchon était déçu. Il venait à peine de quitter son travail et sans doute n'avait-il pas encore assez bu pour qu'un certain décalage se produise et qu'il voie les choses d'une certaine façon, comme le samedi soir, par exemple.

A jeun, il devait être sans illusions. Quelle image se faisait-il de lui-même, du rôle ridicule ou odieux qu'il jouait dans une maison qui était la sienne ?

Son « Je vous remercie » avait été amer et Maigret voulut parler encore, dut y renoncer parce que son interlocuteur avait raccroché. Il existait une autre solution, que l'homme avait à peine mentionnée le samedi et qui inquiétait soudain le commissaire.

Est-ce que, maintenant que Planchon avait précisé ses griefs en les racontant à quelqu'un, maintenant qu'il ne pouvait plus garder d'illusions sur lui-même, il ne serait pas tenté d'en finir en se détruisant ?

Si Maigret avait su d'où il avait appelé, il lui aurait téléphoné tout de suite. Mais pour lui dire quoi ?

Zut et zut ! Ce n'était pas son affaire. Il n'avait pas à intervenir. Il n'était pas chargé de remettre de l'ordre dans la vie des gens mais de retrouver ceux qui avaient commis un crime ou un délit.

Il travailla encore une heure, presque rageusement, à cette affaire de vol de bijoux qui allait probablement lui prendre des semaines. Il semblait établi que le voleur, chaque fois, était un client de l'hôtel où des bijoux disparaissaient. Les vols avaient eu lieu dans quatre hôtels différents, à deux ou trois jours d'intervalle.

Dans ces conditions, il paraissait facile d'étudier la liste des clients de ces hôtels et de mettre la main sur celui ou ceux qu'on retrouvait sur les différentes listes. Or, cela ne marchait pas. Et on n'obtenait pas davantage de résultats avec les signalements fournis par les concierges.

Des semaines ? Il faudrait peut-être des mois, et il était possible que l'épilogue ait lieu à Londres, à Cannes ou à Rome, à moins qu'on retrouve la trace des bijoux chez quelque trafiquant d'Anvers ou d'Amsterdam.

C'était pourtant moins déprimant que de s'occuper d'un Planchon. Maigret rentra chez lui en taxi, car il était tard. Il dîna, regarda la télévision, dormit, fut réveillé par l'habituelle odeur du café.

Au bureau, il grommela :

— Demande-moi le commissariat du XVIIIe... Allô ! Le XVIIIe ?... C'est toi, Bernard ?... Rien d'intéressant, la nuit dernière ?... Non...Pas de meurtres ?... Pas de disparitions ?... Écoute ! Je voudrais que tu fasses surveiller discrètement un pavillon qui se trouve tout en haut de la rue Tholozé, juste au bas des marches... Oui... Pas vingt-quatre heures sur vingt-quatre, bien entendu... Seulement la nuit... Qu'on jette un coup d'œil à chaque ronde... Qu'on s'assure, par exemple, que la camionnette d'un entrepreneur de peinture est dans la cour... Je te remercie... Si, la nuit, on ne l'y voyait pas, qu'on me téléphone chez moi... Rien de précis... Une idée en l'air... Tu sais comment ça va... Merci, vieux !...

Encore une journée de routine, des gens à interroger, non seulement au sujet des bijoux, mais à propos de deux ou trois affaires de moindre importance.

Dès six heures, il guetta le téléphone. Deux fois celui-ci sonna, mais ce n'était pas Planchon. A six heures et demie, il n'avait pas encore appelé, ni à sept heures, et Maigret s'en voulut d'être nerveux.

Il ne pouvait s'être rien passé pendant la journée. Cela paraissait invraisemblable que, profitant de ce que sa fille était à l'école, par exemple, Planchon soit venu tuer sa femme, puis qu'il ait attendu le retour de Prou pour l'abattre à son tour.

Au fait, Maigret ne lui avait pas demandé de quelle arme il envisageait de se servir. L'entrepreneur de peinture ne lui avait-il pas déclaré qu'il avait préparé son double crime dans les moindres détails ?

Il ne devait pas posséder de revolver et, même s'il en avait un, il était peu probable qu'il s'en serve. Les hommes de sa sorte, la plupart des gens qui ont un métier manuel, ont plutôt tendance à utiliser un de leurs outils familiers.

Quel outil un peintre en bâtiment...

Il ne pouvait s'empêcher de rire tout seul en pensant à un pinceau.

A sept heures et quart, on ne l'avait toujours pas appelé et il rentra chez lui. Le téléphone ne sonna pas pendant le dîner, ni au cours de la soirée.

— Tu y penses encore ? lui demanda sa femme.

— Pas tout le temps, bien sûr, mais cela me tracasse...

— Tu m'as dit une fois qu'il est rare que les gens qui parlent beaucoup agissent.

— Rare, certainement... Mais cela arrive...

— Tu as pris froid ?

— Peut-être dimanche, à Montmartre... Je parle du nez ?...

Elle alla lui chercher une aspirine et il dormit toute sa nuit, trouva, à son réveil, la pluie derrière les vitres.

Il attendit dix heures du matin pour appeler le XVIIIe.

— Bernard ?

— Oui, patron...

— Rien rue Tholozé ?

— Rien... L'auto n'a pas quitté la cour...

Ce n'est qu'à sept heures du soir que, sans nouvelles, il se décida à téléphoner rue Tholozé où une voix d'homme qu'il ne connaissait pas lui répondit :

— Planchon ?... C'est ici, oui... Mais il n'y est pas... Il n'y sera pas ce soir non plus.

4

Maigret avait l'impression que son interlocuteur avait tenté de lui raccrocher au nez, qu'au dernier moment il avait une hésitation, comme une méfiance. Le commissaire s'empressait de demander :

— Et Mme Planchon ?

— Elle est sortie.

— Elle ne sera pas chez elle ce soir non plus ?

— Elle doit rentrer d'un moment à l'autre. Elle est allée faire une course dans le quartier...

Encore un silence. L'appareil était si sensible que Maigret entendait la respiration de Prou.

— Qu'est-ce que vous lui voulez ?... Qui êtes-vous ?...

Il faillit se faire passer pour un client, raconter n'importe quoi. Après un temps, il préféra raccrocher.

Il n'avait jamais vu celui à qui il venait de parler au bout du fil. Le peu qu'il en savait, c'était par Planchon qu'il l'avait appris et celui-ci avait toutes les bonnes raisons d'être partial.

Or, tout de suite, dès qu'il avait entendu le son de sa voix, Maigret avait ressenti de l'antipathie pour l'amant de Renée et il s'en voulait. Ce n'était pas au récit de l'entrepreneur de peinture que cette antipathie était due. C'était à la voix elle-même, à l'accent traînard et agressif. Il aurait juré que Prou, là-bas, regardait l'appareil avec méfiance, qu'il ne répondait jamais directement aux questions.

C'était un genre d'hommes qu'il connaissait bien, de ceux qui ne se laissent pas démonter facilement, qui vous toisent, l'œil gouailleur, et qui, à la première question embarrassante, froncent d'épais sourcils.

Avait-il vraiment d'épais sourcils ? Et des cheveux plantés bas sur le front ?

De mauvaise humeur, Maigret rangea ses papiers, suivit sa routine en appelant d'abord Joseph.

— Plus personne pour moi ?

Puis il passait la tête dans le bureau des inspecteurs.

— Si on me demande, je suis chez moi...

Sur le quai, il ouvrit son parapluie. Sur la plate-forme de l'autobus, il se trouva collé à quelqu'un qui portait un imperméable ruisselant.

Avant de se mettre à table, il appela à nouveau la rue Tholozé. Il n'était content de rien, ni de personne. Il en voulait à Planchon, qui était venu le troubler avec son histoire à la fois ridicule et pathétique, il en voulait à Roger Prou, Dieu sait pourquoi, il s'en voulait à lui-même. Il en voulait presque à sa femme qui le regardait d'un œil inquiet.

Était-ce une habitude, là-bas, de ne pas répondre tout de suite ? On aurait dit que le téléphone sonnait dans le vide. Puis il se souvenait que l'appareil se trouvait dans le bureau. Sans doute ne mangeait-on pas dans la salle à manger mais dans la cuisine, de sorte qu'il y avait un certain chemin à parcourir.

— Allô !...

Quelqu'un, enfin ! Une femme.

— Madame Planchon ?

— Oui. Qui est à l'appareil ?

Elle parlait naturellement, d'une voix assez grave qui n'était pas déplaisante.

— J'aurais voulu parler à Léonard...

— Il n'est pas ici...

— Vous ne savez pas quand il rentrera ?... Je suis un de ses amis...

Cette fois, comme avec Prou, il y eut un silence. Roger Prou était-il près d'elle et s'interrogeaient-ils du regard ?

— Quel ami ?

— Vous ne me connaissez pas... Je devais le rencontrer ce soir...

— Il est parti...

— Pour longtemps ?

— Oui.

— Vous pouvez me dire quand il reviendra ?

— Je n'en sais rien...

— Il est à Paris ?

Nouvelle hésitation.

— S'il y est, il ne m'a pas laissé son adresse... Il vous doit de l'argent ?...

Maigret raccrocha une fois encore. Et Mme Maigret, qui avait entendu ce qu'il disait, questionnait en lui servant sa soupe :

— Il a disparu ?

— Cela y ressemble.

— Tu crois qu'il s'est suicidé ?

Il bougonna :

— Je ne crois rien...

Il revoyait son client dans le salon, les phalanges blanches à force de s'étreindre les doigts, il revoyait surtout ses yeux clairs qui se fixaient sur lui avec une expression suppliante.

Planchon, qui avait bu, était sous pression. Il avait beaucoup parlé. Maigret s'y était laissé prendre et il y avait des tas de questions précises qu'il aurait dû lui poser et qu'il ne lui avait pas posées.

Son dîner fini, il téléphona à Police-secours. C'était l'heure où les hommes de garde cassent la croûte en surveillant leurs appareils et celui qui répondit avait la bouche pleine.

— Non, patron... Pas de suicide depuis que je suis arrivé... Attendez que je consulte les fiches de la journée... Un instant... Une vieille femme qui s'est jetée par la fenêtre, boulevard Barbès... Un macchabée retiré de la Seine un peu avant 5 heures, au pont de Saint-Cloud... Son état laisse supposer qu'il a séjourné une dizaine de jours dans l'eau... Je ne vois rien d'autre...

On était mercredi soir. Le lendemain matin, dans son bureau, Maigret commença à griffonner sur une feuille de papier.

C'était le samedi soir qu'il avait trouvé Planchon l'attendant chez lui, boulevard Richard-Lenoir.

Le dimanche matin, le commissaire avait téléphoné une première fois rue Tholozé et Mme Planchon lui avait répondu que son mari venait de sortir avec sa fille.

C'était vrai, l'entrepreneur devait le lui confirmer par la suite. Isabelle et son père étaient allés, la main dans la main, à la Foire aux Puces, à Saint-Ouen.

Dans l'après-midi du même dimanche, Maigret et sa femme passaient en se promenant devant le pavillon. La camionnette n'était pas dans la cour. On ne voyait personne à travers les rideaux, mais il devait apprendre, toujours par Planchon, que celui-ci était dans la maison, où il dormait.

Lundi matin : Janvier et Lapointe, usant de moyens plus ou moins légaux, se présentaient rue Tholozé et, sous l'œil méfiant de Renée, visitaient toutes les pièces qu'ils faisaient mine de mesurer.

L'après-midi, Léonard Planchon téléphonait au Quai des Orfèvres, d'un café de la place des Abbesses, disait-il, et, outre un murmure de voix et des chocs de verres, on entendait le cliquetis d'une caisse enregistreuse.

Les derniers mots du bonhomme avaient été :

— *Je vous remercie !*

Il n'avait pas parlé d'un voyage ni, à plus forte raison, d'un suicide. C'était le samedi qu'il avait vaguement fait allusion à cette solution, qu'il rejetait afin de ne pas laisser Isabelle aux mains de Renée et de son amant.

Le mardi, pas de téléphone. A tout hasard, pour mettre sa conscience en paix, Maigret demandait à la police du XVIIIe de surveiller la maison de la rue Tholozé pendant la nuit. Pas une surveillance continue. Les agents, au cours de leurs rondes, jetaient seulement un coup d'œil pour s'assurer qu'il ne se passait rien d'anormal et que la camionnette était toujours dans la cour. Elle y était.

Mercredi enfin. Rien. Pas d'appel Planchon. Et quand le commissaire téléphonait, vers sept heures du soir, Roger Prou lui répondait que l'entrepreneur ne rentrerait pas de la soirée. Il restait vague, comme sur le qui-vive. Renée, à ce moment-là, n'était pas dans la maison non plus.

Mais, comme son amant l'avait annoncé, elle s'y trouvait une heure plus tard et, de ses réponses, il découlait qu'elle ne s'attendait pas à revoir son mari avant longtemps.

Il assista au rapport, comme chaque matin, évitant toujours de parler de cette affaire qui n'existait pas officiellement. Un peu après dix heures, dans le crachin glacé, il quitta la P.J., prit un taxi et se fit conduire rue Tholozé.

Il ne savait pas encore comment il allait s'y prendre. Il n'avait aucun plan précis.

— J'attends ? lui demanda le chauffeur.

Il préféra payer la course, car il risquait d'en avoir pour un certain temps.

La camionnette n'était pas dans la cour, mais un ouvrier en blouse blanche maculée de peinture allait et venait dans la remise. Maigret se dirigea vers le pavillon, poussa le bouton de sonnerie. Une fenêtre s'ouvrit au premier étage, juste au-dessus de sa tête, et il ne bougea pas. Puis il y eut des pas dans l'escalier, la porte s'entrouvrit, comme pour Janvier et Lapointe, il aperçut des cheveux noirs en désordre, un œil presque aussi noir, un visage à la peau très blanche, la tache rouge d'un peignoir.

— Qu'est-ce que c'est ?

— Je voudrais vous parler, madame Planchon.
— A quel sujet ?
La porte restait entrebâillée de quinze centimètres à peine.
— Au sujet de votre mari...
— Il n'est pas ici...
— C'est justement parce que j'ai besoin de le voir que je désire vous parler...
— Qu'est-ce que vous lui voulez ?
Il se décida enfin à prononcer :
— Police...
— Vous avez une carte ?
Il lui montra sa médaille. Changeant d'attitude, elle ouvrit la porte plus grande, s'effaça pour le laisser passer.
— Je m'excuse... Je suis seule dans la maison et, ces derniers jours, il y a eu plusieurs coups de téléphone mystérieux...
Elle l'épiait, se demandant peut-être si c'était lui qui avait téléphoné.
— Entrez !... La maison est encore en désordre...
Elle le conduisait dans le living-room, où un aspirateur électrique se trouvait au milieu du tapis.
— Qu'est-ce que mon mari a fait ?
— Je dois prendre contact avec lui pour lui poser quelques questions...
— Il s'est battu ?
Elle lui désignait une chaise, hésitait à s'asseoir elle-même, tenant le peignoir croisé devant elle.
— Pourquoi me demandez-vous ça ?
— Parce qu'il passe ses soirées et une partie de ses nuits dans les bistrots et que, quand il a bu, il a tendance à devenir violent...
— Il vous a déjà frappée ?
— Non... D'ailleurs, je ne me serais pas laissé faire... Mais il lui est arrivé de me menacer...
— Vous menacer de quoi ?
— D'en finir avec moi... Il ne précisait pas...
— Cela s'est produit plusieurs fois ?
— Plusieurs fois, oui...
— Vous savez où il est en ce moment ?
— Je n'en sais rien et je ne tiens pas à le savoir...
— Quand l'avez-vous vu pour la dernière fois ?
Elle prit le temps de réfléchir.
— Attendez... Nous sommes jeudi... Hier mercredi... Avant-hier mardi... C'était lundi soir...
— A quelle heure ?
— Tard le soir...
— Vous ne vous souvenez pas de l'heure ?

— Il devait être aux alentours de minuit.

— Vous étiez couchée ?

— Oui.

— Seule ?

— Non ! Je n'ai aucune raison de vous mentir. Tout le monde, dans le quartier, est au courant de la situation et j'ajoute que tout le monde nous approuve, Roger et moi... Sans l'obstination de mon mari, il y a longtemps que nous serions mariés...

— Vous voulez dire que vous avez un amant ?

Non sans un certain orgueil, elle répondit en le regardant dans les yeux :

— Oui.

— Il vit dans cette maison ?

— Et après ? Quand un homme comme Planchon se raccroche et refuse le divorce, il faut bien que...

— Depuis longtemps ?

— Cela fera bientôt deux ans...

— Votre mari s'accommodait de cette situation ?

— Il y a belle lurette qu'il n'est plus mon mari que sur le papier... Cela fait longtemps aussi qu'il n'est plus un homme... Je ne sais pas ce que vous lui voulez... Ce qu'il a fait en dehors d'ici ne me regarde pas... Ce que je peux vous dire, sans crainte d'être démentie, c'est que c'est un ivrogne de qui on ne peut plus rien attendre... Sans Roger, l'entreprise n'existerait plus...

— Permettez-moi de revenir à la soirée de lundi... Vous étiez couchée dans cette chambre...

La porte en était entrouverte et on apercevait un édredon orange sur le lit.

— Oui...

— Avec cet homme que vous appelez Roger...

— Roger Prou, un brave garçon, qui ne boit pas et qui ne regarde pas à sa peine...

Elle parlait de lui avec fierté et on devinait qu'elle aurait sauté à la tête de quiconque aurait osé en dire du mal.

— Votre mari avait dîné avec vous ?

— Non. Il n'était pas rentré...

— Cela lui arrivait souvent ?

— Assez souvent... Je commence à savoir comment cela se passe avec les ivrognes... Pendant un temps, ils gardent encore une certaine mesure, une certaine dignité... Puis ils finissent par boire tellement qu'ils n'ont plus faim et qu'ils remplacent leurs repas par des petits verres...

— Votre mari en était à ce point-là ?

— Oui.

— Il continuait pourtant à travailler ?... Ne risquait-il pas de tomber d'une échelle ou d'un échafaudage ?...

— Il ne buvait pas, ou presque pas, de la journée... Quant à son travail !... Si on n'avait dû compter que sur lui...

— Vous avez une fille, je crois ?

— Comment le savez-vous ?... Je suppose que vous avez questionné la concierge ?... Cela m'est égal, puisque nous n'avons rien à cacher... J'ai une fille, oui... Elle va avoir sept ans...

— Lundi, donc, vous avez dîné ensemble, ce Roger Prou, vous et votre fille...

— Oui...

— Dans cette pièce ?

— Dans la cuisine... Je ne vois pas la différence que cela peut faire... Nous mangeons presque toujours dans la cuisine... C'est un crime ?

Elle commençait à s'impatienter, déroutée par le cours que prenait l'interrogatoire.

— Je suppose que votre fille s'est couchée la première ?...

— Bien entendu.

— Au premier étage ?

Il était évident qu'elle s'étonnait de le trouver si bien renseigné. Avait-elle déjà fait un rapprochement entre sa visite et celle des deux hommes qui étaient venus mesurer les pièces du pavillon ?

En tout cas, elle ne s'affolait pas, continuait à observer son visiteur sans jamais détourner le regard, et soudain ce fut son tour de poser une question.

— Dites donc, est-ce que vous ne seriez pas le fameux commissaire Maigret ?

Il fit oui de la tête et elle fronça les sourcils. Qu'un policier quelconque, un inspecteur du quartier, par exemple, vienne s'informer des faits et gestes de son mari, n'était pas tellement extraordinaire étant donné la vie que Planchon menait le soir. Mais que Maigret en personne se dérange...

— Cela doit être important, dans ce cas...

Et, avec une certaine ironie, elle lança :

— Vous n'allez pas me dire qu'il a tué quelqu'un ?

— Vous l'en croyez capable ?

— Je le crois capable de tout... Quand un homme en arrive à ce point-là...

— Il était armé ?

— Je n'ai jamais vu d'arme dans la maison...

— Il avait des ennemis ?

— A ma connaissance, son ennemie, c'était moi. Dans son esprit tout au moins. Il me haïssait. C'est par haine, uniquement, qu'il s'obstinait à rester ici dans des conditions qu'aucun homme n'aurait acceptées... Ne fût-ce que pour sa fille, il aurait dû comprendre...

— Revenons à lundi... A quelle heure vous êtes-vous couchés, Roger Prou et vous ?

— Attendez... je me suis couchée la première...

— A quelle heure ?

— Vers dix heures... Roger travaillait au bureau, à établir des factures...

— C'était lui qui s'occupait des écritures et des questions financières ?

— D'abord, s'il ne l'avait pas fait, il n'y aurait eu personne pour le faire, car mon mari n'en était plus capable... Ensuite, il a assez mis de son argent...

— Vous voulez dire qu'ils étaient associés, Planchon et lui ?

— Pratiquement... Il n'y avait pas de papiers entre eux... Ou plutôt ce n'est qu'il y a une quinzaine de jours qu'ils ont signé un papier...

Elle s'interrompit et gagna la cuisine où quelque chose bouillait sur le feu, revint presque tout de suite.

— Qu'est-ce que vous voulez savoir d'autre ? J'ai mon ménage à faire, mon déjeuner... Tout à l'heure, ma fille reviendra de l'école...

— Je regrette de vous retenir encore un moment...

— Vous ne me dites toujours pas ce que mon mari a fait...

— J'espère que vos réponses m'aideront à le retrouver... Si je comprends bien, votre amant avait mis de l'argent dans l'affaire ?...

— Chaque fois qu'il en manquait pour payer les traites...

— Et, il y a quinze jours, ils ont signé un papier ?... Quelle sorte de papier ?

— Un papier disant que, moyennant le versement d'une certaine somme, Prou devenait propriétaire de l'affaire...

— Vous connaissez le montant de cette somme ?

— C'est moi qui ai tapé le document...

— Vous tapez à la machine ?

— Si l'on peut dire... Depuis des années, il y a une vieille machine au bureau... Planchon l'a achetée alors que je n'étais pas encore enceinte, quelques mois après notre mariage... Je m'ennuyais... Je voulais m'occuper... Je me suis mise, à deux doigts, à taper les factures, puis des lettres aux clients et aux fournisseurs...

— Vous continuez ?

— Quand c'est nécessaire...

— Vous avez ce papier ?

Elle le regarda avec plus d'attention.

— Je me demande si vous avez le droit de me demander tout ça... Je me demande même si je suis obligée de vous répondre...

— Pour le moment, rien ne vous y oblige...

— Pour le moment ?

— J'ai toujours la possibilité de vous convoquer à mon bureau comme témoin...

— Comme témoin de quoi ?

— Mettons de la disparition de votre mari...

— Ce n'est pas une disparition.

— Qu'est-ce que c'est ?

— Il est parti, un point c'est tout. Voilà assez longtemps qu'il aurait dû le faire...

Elle se levait néanmoins.

— Je ne vois pas pourquoi je vous cacherais quoi que ce soit... Si ce papier vous intéresse, je vais vous le chercher...

Elle se dirigeait vers le bureau où on l'entendait ouvrir un tiroir. Elle revenait quelques instants plus tard avec une feuille à la main. C'était du papier à en-tête de Léonard Planchon, entrepreneur de peinture. Le texte avait été tapé à l'aide d'un ruban violet et la frappe était irrégulière, plusieurs lettres se chevauchaient, il manquait un espace entre deux ou trois mots.

Je soussigné Léonard Planchon cède à Roger Prou, moyennant la somme de 30 000 nouveaux francs (trente mille), ma part dans l'entreprise de peinture en bâtiment, sise rue Tholozé, à Paris, que je possède conjointement avec ma femme, Renée, née Babaud.

Cette cession comporte le bail de l'immeuble, le matériel et le mobilier, à l'exclusion de mes objets personnels.

Le document était daté du 28 décembre...

— D'habitude, objecta Maigret en levant les yeux, les actes de cette sorte se signent devant notaire. Pourquoi ne l'avez-vous pas fait ?

— Parce que c'était inutile de payer des frais... Quand les gens sont de bonne foi...

— Votre mari était donc de bonne foi ?

— Nous l'étions, nous, en tout cas...

— Il y a près de trois semaines que cette pièce a été signée... Planchon, depuis, n'était donc plus pour rien dans l'affaire... Je me demande pourquoi il continuait à y travailler...

— Et pourquoi continuait-il à vivre dans la maison alors qu'il n'était rien pour moi depuis bien plus longtemps ?

— En somme, il travaillait comme ouvrier ?

— Si vous voulez...

— On le payait ?

— Je suppose... Cela regarde Roger...

— Les trois millions d'anciens francs ont été versés par chèque ?

— En billets.

— Ici ?

— Pas dans la rue, bien sûr !
— Devant témoin ?
— Nous étions tous les trois. Nos affaires personnelles ne regardent personne.
— Aucune condition n'était attachée à cet arrangement ?
Cette idée parut la frapper et elle resta un instant silencieuse.
— Il y en avait une, mais il ne l'a pas observée...
— Laquelle ?
— Qu'il s'en irait et qu'il me laisserait enfin avoir mon divorce.
— Il est quand même parti...
— Après trois semaines !...
— Revenons à lundi...
— Encore ? Cela va durer longtemps ?
— J'espère que non... Vous étiez couchée... Prou est venu vous rejoindre... Vous vous êtes éveillée quand il s'est couché ?
— Oui.
— Vous avez regardé l'heure ?
— Si vous tenez à le savoir, nous avons eu autre chose à faire...
— Vous dormiez tous les deux quand votre mari est rentré ?
— Non...
— Il a ouvert la porte avec sa clef ?
— Sûrement pas avec un stylo à bille...
— Il aurait pu être trop ivre pour ouvrir la porte lui-même.
— Il était ivre, mais il a néanmoins trouvé le trou de la serrure...
— Où couchait-il d'habitude ?
— Ici... Sur un lit de camp...
Elle se levait une fois de plus, ouvrait un placard et désignait un lit de camp replié.
— Il était déjà dressé ?
— Oui... Je le dressais moi-même avant de me coucher pour éviter qu'il fasse du bruit pendant une demi-heure...
— Lundi, il ne s'est pas couché ?
— Non... Nous l'avons entendu monter au premier...
— Pour aller embrasser sa fille ?
— Il n'allait jamais embrasser sa fille quand il était dans cet état-là.
— Qu'est-il allé faire ?
— Nous nous le demandions. Nous écoutions. Il a ouvert l'armoire du palier qui contient ses affaires. Puis il est entré dans la petite chambre qui sert de grenier, car le pavillon n'a pas de grenier. Enfin, il y a eu un vacarme dans l'escalier et j'ai dû retenir Roger qui voulait aller voir ce qui se passait.
— Que se passait-il ?
— Il descendait ses valises.
— Combien de valises ?

— Deux. Nous n'en avions d'ailleurs que deux dans la maison, car nous ne voyagions pour ainsi dire jamais.

— Vous ne lui avez pas parlé ? Vous ne l'avez pas vu partir ?

— Si. Quand il est redescendu dans la salle à manger, je me suis levée en faisant signe à Roger de rester où il était, pour éviter les scènes...

— Vous n'aviez pas peur ? Vous m'avez dit que, lorsqu'il avait bu, votre mari était violent et qu'il lui était arrivé de vous menacer...

— Roger était à portée de voix...

— Comment s'est passée cette dernière entrevue ?

— Déjà, à travers la porte, j'avais entendu qu'il parlait tout seul et qu'il semblait ricaner... Quand je suis entrée, il m'a regardé des pieds à la tête et s'est mis à rire...

— Il était très ivre ?

— Il ne l'était pas de la même façon que d'habitude... Il ne menaçait pas... Il ne prenait pas des attitudes dramatiques et il ne pleurait pas non plus... Vous voyez ce que je veux dire ?... Il avait l'air satisfait de lui et on aurait pu croire qu'il était en train de nous faire une bonne farce...

— Il n'a pas parlé ?

— Il a d'abord lancé :

» — Et voilà, ma vieille !

» Il me montrait fièrement les deux valises.

Si elle ne quittait pas Maigret des yeux, celui-ci, de son côté, était attentif aux moindres tressaillements de son visage. Elle devait s'en rendre compte, mais cela ne paraissait pas la gêner.

— C'est tout ?

— Non... Il a encore prononcé une phrase tarabiscotée qui signifiait à peu près :

» — Tu peux les fouiller pour t'assurer que je n'emporte rien qui t'appartienne...

» Il mangeait une partie de ses mots, parlait plutôt pour lui-même que pour moi.

— Vous avez dit qu'il paraissait satisfait ?

— Oui. Je le répète. Comme s'il nous jouait un bon tour. Je lui ai demandé :

» — Où vas-tu ?

» Et il a fait un geste si large qu'il a failli perdre l'équilibre.

» — Tu as un taxi à la porte ?

» Il m'a regardée en ricanant une fois de plus et ne m'a pas répondu. Il avait ses valises à la main quand je l'ai retenu par son pardessus.

» — Ce n'est pas tout ça, mais j'ai besoin de connaître ton adresse pour l'action en divorce...

— Qu'a-t-il répondu ?

— Je m'en souviens parfaitement car, un peu plus tard, j'ai répété sa phrase à Roger :

» — Tu l'auras, ma belle... Plus tôt que tu ne le penses...

— Il n'a pas parlé de sa fille ?

— Il n'a rien dit d'autre.

— Il n'est pas allé l'embrasser dans son lit ?

— Nous l'aurions entendu, car la chambre d'Isabelle est juste au-dessus de notre tête et le plancher craque.

— Il s'est dirigé vers la porte avec ses deux valises... Elles étaient lourdes ?

— Je ne les ai pas soupesées... Assez lourdes, mais pas trop, car il n'a emporté que ses vêtements, son linge et ses objets de toilette...

— Vous l'avez accompagné jusqu'au seuil ?

— Non.

— Pourquoi ?

— Parce que j'aurais eu l'air de l'escorter...

— Vous ne l'avez pas vu traverser la cour ?

— Les volets étaient fermés. Je me suis contentée, un peu plus tard, d'aller mettre le verrou à la porte d'entrée...

— Vous n'avez pas eu peur qu'il parte avec la camionnette ?

— J'aurais entendu le bruit du moteur...

— Vous n'avez entendu aucun bruit de moteur ? Il n'y avait pas de taxi au bord du trottoir ?

— Je n'en sais rien. J'étais trop heureuse de le savoir enfin hors de la maison. J'ai couru dans la chambre et, si vous voulez tout savoir, je me suis jetée dans les bras de Roger qui était levé et qui avait tout entendu à travers la porte...

— Ceci s'est passé lundi soir, n'est-ce pas ?

— Lundi, oui...

Ce n'était que le mardi que Maigret avait demandé au commissariat du XVIIIe de surveiller discrètement le pavillon. A en croire Renée Planchon, il était déjà trop tard.

— Vous n'avez aucune idée de l'endroit où il a pu aller ?

Maigret croyait encore entendre les derniers mots que Planchon lui avait dits au téléphone, le même lundi, vers six heures du soir, alors qu'il se trouvait dans un bistrot de la place des Abbesses.

— *Je vous remercie...*

Il lui avait semblé, au moment même, qu'il y avait dans la voix de l'homme une certaine amertume, ou une certaine ironie. C'était si vrai que, s'il avait su où l'appeler, il l'aurait fait tout de suite.

— Votre mari n'avait pas de parents à Paris ?

— Ni à Paris, ni ailleurs... Je le sais d'autant mieux que sa mère était du même village que moi, Saint-Sauveur, en Vendée...

Elle devait ignorer que Planchon avait vu Maigret et lui avait fait des confidences. Or, tout ce qu'elle disait correspondait à ce que le commissaire savait déjà.

— Vous pensez qu'il est retourné là-bas ?

— Pour quoi faire ? C'est à peine s'il connaît l'endroit pour y être allé deux ou trois fois avec sa mère quand il était petit et, s'il lui reste de la famille, ce sont de vagues cousins qui ne se sont jamais occupés de lui...

— Vous ne lui connaissez pas d'amis ?

— Du temps où il était encore un homme comme un autre, il était timide, sauvage, au point que je me demande encore comment il s'y est pris pour m'adresser la parole...

Maigret tenta une petite épreuve.

— Où l'avez-vous rencontré pour la première fois ?

— Un peu plus bas dans la rue, au *Bal des Copains*... Je n'y avais jamais mis les pieds... Je venais d'arriver à Paris et je travaillais dans le quartier... J'aurais dû me méfier...

— De quoi ?

— D'un homme avec une infirmité...

— Qu'est-ce que son infirmité a à voir avec son caractère ?

— Je ne sais pas... Je me comprends... Ces gens-là sont tout le temps à y penser, à se sentir différents des autres... Ils se figurent que tout le monde les regarde et se moque d'eux... Ils sont plus susceptibles que les autres, jaloux, aigris...

— Il était déjà aigri quand vous l'avez épousé ?

— Je ne m'en souviens pas... Il ne voulait voir personne... Nous sortions à peine... Nous vivions ici comme des prisonniers... Cela lui plaisait, à lui... Il était heureux...

Elle s'arrêtait de parler, le regardait comme pour lui signifier que cela avait assez duré.

— C'est tout ? questionnait-elle.

— C'est tout pour le moment. J'aimerais que vous m'avertissiez dès que vous recevrez de ses nouvelles... Je vous laisse mon numéro de téléphone...

Elle prit la carte qu'il lui tendait et la posa sur la table.

— Ma fille va rentrer dans quelques minutes...

— Elle ne s'est pas étonnée du départ de son père ?

— Je lui ai dit qu'il était en voyage...

Elle le reconduisait jusqu'à la porte et il sembla à Maigret qu'elle était soucieuse, que c'était elle, à présent, qui avait envie de le retenir pour lui poser des questions. Mais lesquelles ?

— Au revoir, monsieur le commissaire...

Il n'était pas très satisfait non plus et, les mains dans les poches, le col du pardessus relevé, il descendit la rue Tholozé, croisa une petite fille qui avait deux tresses blondes et serrées, se retourna pour la suivre des yeux et la vit entrer dans la cour.

Il aurait bien aimé questionner Isabelle aussi.

5

La femme de Planchon ne l'avait pas invité à retirer son pardessus et Maigret était resté près d'une heure ainsi dans la maison surchauffée. Maintenant, dans la pluie fine, comme faite d'invisibles cristaux de glace, le froid le saisissait. Depuis la promenade du dimanche dans ce même quartier, il avait l'impression de couver un rhume et c'est ce qui lui donna l'idée, au lieu de descendre la rue Lepic pour trouver un taxi place Blanche, de tourner à gauche vers la place des Abbesses.

C'était de là que l'entrepreneur de peinture lui avait téléphoné le lundi soir, ce qui avait constitué leur dernier contact.

Bien plus que la place du Tertre, devenue une trappe à touristes, la place des Abbesses, avec sa bouche de métro, son théâtre de l'Atelier qui avait l'air d'un jouet ou d'un décor, ses bistrots, ses boutiques, représentait aux yeux du commissaire le vrai Montmartre populaire et il se souvenait que, quand il l'avait découverte, peu après son arrivée à Paris, par un matin frileux mais ensoleillé de printemps, il s'était cru transporté dans un tableau d'Utrillo.

Cela grouillait de petit peuple, des gens d'alentour qui allaient et venaient comme ceux d'un gros bourg un jour de marché, et on aurait dit que, comme dans un village aussi, il existait entre eux un air de famille.

Il savait par expérience que certains, parmi les vieux, n'avaient pour ainsi dire jamais mis les pieds hors de l'arrondissement et il y avait encore des boutiques qui se transmettaient de père en fils depuis plusieurs générations.

Il regarda par la vitre de plusieurs bistrots avant d'apercevoir, sur le comptoir d'un bureau de tabac, une petite caisse enregistreuse qui paraissait neuve.

C'est là qu'il entra, se souvenant des bruits entendus pendant sa conversation avec Planchon.

Il retrouvait une bonne chaleur, une odeur familière de vin et de cuisine. Les tables, sept ou huit au plus, étaient couvertes de nappes en papier et une ardoise annonçait qu'il y avait de l'andouillette et de la purée de pommes de terre à déjeuner.

Deux maçons en blouse mangeaient déjà, au fond. La patronne, vêtue de noir, était assise à la caisse devant un fond de paquets de cigarettes, de cigares et de billets de la Loterie nationale.

Un garçon aux manches de chemise retroussées jusqu'au coude, au tablier bleu, servait, au comptoir, du vin et des apéritifs.

Ils étaient une dizaine à boire et tous les regards se tournèrent vers lui, il y eut un assez long silence avant que les conversations reprennent.

— Un grog ! commanda-t-il.

Mme Maigret ne lui avait-elle pas confirmé que sa voix n'avait pas le même timbre que d'habitude ? Il allait probablement être enroué.

— Citron ?

— Oui, s'il vous plaît...

Au fond, à gauche, près de la cuisine, il apercevait une cabine téléphonique à la porte vitrée.

— Dites-moi... Est-ce que vous avez un client avec un bec-de-lièvre ?...

Il savait que ses voisins écoutaient, même ceux qui lui tournaient le dos. Il était presque sûr qu'ils avaient deviné qu'il appartenait à la police.

— Un bec-de-lièvre... répétait l'homme en manches de chemise qui avait posé le grog sur le zinc et qui maintenant transvasait du vin d'une bouteille dans une autre.

Il hésitait à répondre, par une sorte de solidarité.

— Un petit... D'un blond tirant sur le roux...

— Qu'est-ce qu'il a fait ?

Un des consommateurs, qui avait l'air d'un voyageur de commerce, intervenait :

— Tu es naïf, Léon !... Si tu crois que le commissaire Maigret va te le dire...

Il y eut un éclat de rire. Non seulement on avait deviné qu'il appartenait à la police, mais on l'avait reconnu.

— Il a disparu... murmura Maigret.

— Popeye ?

Alors, Léon expliquait :

— Nous l'appelons Popeye, faute de savoir son nom et parce qu'il ressemble au personnage des dessins animés...

Portant la main à ses lèvres comme pour les couper en deux, il ajoutait :

— Le trou paraît fait exprès pour y planter une pipe...

— C'est un habitué ?

— Pas vraiment un habitué, puisqu'on ne sait pas qui il est, encore qu'il soit sûrement du quartier... Mais il venait souvent, presque tous les soirs...

— Il est venu lundi ?

— Attendez... Nous sommes jeudi... Mardi, je suis allé à l'enterrement de la vieille Nana... C'était la marchande de journaux du coin... Lundi... Oui... Il est venu lundi...

— Il m'a même demandé un jeton de téléphone, interrompit la patronne à la caisse.

— Vers six heures ?

— C'était un peu avant le dîner...

— Il n'a parlé à personne ?

— Il ne parlait jamais à personne... Il se tenait au bout du comptoir, à peu près où vous êtes, et il commandait un premier cognac... Il restait là, plongé dans ses pensées qui ne devaient pas être gaies, car il avait l'air plutôt lugubre...

— Il y avait beaucoup de monde, lundi soir ?

— Moins qu'à présent... Le soir, on ne fait pas le restaurant... Des clients jouaient à la belote à la table de gauche...

C'était celle où les deux maçons étaient en train de manger de l'andouillette grillée et cela faisait envie au commissaire. Certains plats paraissent toujours meilleurs au restaurant, surtout dans les petits bistrots, que chez soi.

— Combien de cognacs a-t-il bus ?

— Trois ou quatre, je ne sais plus... Tu le sais, toi, Mathilde ?

— Quatre...

— A peu près sa ration... Il restait plus ou moins longtemps... Certaines fois, il lui est arrivé de revenir vers neuf ou dix heures et, dans ces cas-là, il n'était pas très beau... Je suppose qu'il faisait la tournée des zincs du quartier...

— Il ne s'est jamais mêlé aux conversations ?

— Pas à ma connaissance... Quelqu'un lui a déjà parlé, ici ?

Ce fut le voyageur de commerce qui prit encore la parole.

— J'ai essayé, une fois, et il m'a regardé comme s'il ne me voyait pas... Il est vrai qu'il était déjà mûr...

— Il ne lui arrivait pas de faire du tapage ?

— Ce n'était pas le type à ça... Plus il avait bu, plus il était calme... Je jurerais que je l'ai vu pleurer, seul à son bout de comptoir...

Maigret prit un second grog.

— Qui est-ce ? lui demandait à son tour le garçon au tablier bleu.

— Un petit entrepreneur de peinture de la rue Tholozé...

— Je vous disais bien qu'il était du quartier... Vous croyez qu'il s'est suicidé ?...

Maigret ne croyait rien, surtout maintenant, après son long entretien avec Renée. Comme Janvier l'avait dit — ou bien était-ce Lapointe ? — c'était moins à une femme qu'à une femelle qu'elle faisait penser, une femelle qui s'accroche à son mâle et qui, au besoin, le défend férocement.

Elle ne s'était pas troublée. Elle avait répondu à toutes ses questions et, si parfois elle avait hésité, c'était peut-être parce qu'elle n'était pas très intelligente et qu'elle cherchait à bien en comprendre le sens.

Plus les gens sont frustes, plus ils se montrent méfiants, et elle n'avait guère évolué depuis qu'elle avait quitté son village de Vendée.

— Qu'est-ce que je vous dois ?

Quand il sortit, tous les regards le suivirent et sans doute, la porte à peine refermée, se mettrait-on à parler de lui. Il en avait l'habitude. Il trouva presque tout de suite un taxi et il se fit conduire chez lui.

Il mangea son rôti de veau sans appétit et sa femme se demanda pourquoi il lui disait tout à coup :

— Demain, tu nous feras des andouillettes...

A deux heures, il était au Quai des Orfèvres. Avant de monter dans son bureau, il s'arrêta à la Brigade des garnis.

— Je voudrais qu'on me recherche la trace d'un certain Léonard Planchon, entrepreneur de peinture, trente-six ans, domicilié rue Tholozé... Il se pourrait que lundi soir, assez tard, il se soit installé, avec deux valises, dans un hôtel, probablement un hôtel modeste, probablement aussi du côté de Montmartre... Il est plutôt petit, d'un blond tirant sur le roux, avec un bec-de-lièvre...

On allait consulter les fiches, visiter les meublés.

Quelques instants plus tard, assis devant ses pipes entre lesquelles il hésitait, il fit venir Lucas.

— Tu vas diffuser une note aux chauffeurs de taxis... Je voudrais savoir si l'un d'eux a embarqué un client porteur de deux valises, lundi soir, aux alentours de minuit, du côté de la rue Lepic ou de la place Blanche...

Il répéta le signalement, rappela le fameux bec-de-lièvre.

— Tant que tu y es, alerte les gares, à tout hasard...

Tout cela, c'était la routine et Maigret n'avait pas trop l'air d'y croire.

— Votre client du samedi a disparu ?

— On le dirait...

Il fut une bonne heure sans y penser, occupé qu'il était par d'autres affaires. Puis il se leva pour allumer les lampes, car le ciel devenait de plus en plus sombre.

Soudain, il se décida à aller trouver le grand patron.

— Il faut que je vous parle d'une histoire qui me tracasse...

Il se sentait un peu ridicule d'y attacher autant d'importance et, à mesure qu'il parlait, racontant l'entrevue qui avait eu lieu chez lui le samedi, il se rendait compte que son récit était peu convaincant.

— Vous ne croyez pas que c'est un fou ou un demi-fou ?

Le patron aussi les voyait défiler car certains, à force d'obstination ou d'astuce, parvenaient à se faire recevoir par lui. Parfois, ce n'était qu'au bout de leur monologue qu'on s'apercevait que cela ne tenait pas debout.

— Je ne sais pas... J'ai vu sa femme...

Il résuma la conversation du matin avec Renée.

Le directeur de la P.J., comme il s'y attendait, ne voyait pas les choses du même œil que lui et paraissait surpris du trouble de Maigret.

— Vous craignez qu'il se soit suicidé ?

— C'est une des possibilités...

— Vous venez de me dire qu'il vous a parlé de se détruire... Ce que je ne m'explique pas, dans ce cas, c'est qu'il ait pris soin d'aller chercher ses affaires et qu'il se soit encombré de deux valises...

Maigret tirait sur sa pipe sans rien dire.

— Il a peut-être eu envie de s'éloigner de Paris... Peut-être aussi s'est-il installé dans le premier hôtel venu... continuait le directeur.

Le commissaire hochait la tête.

— J'aimerais en savoir davantage, soupira-t-il. Je voulais vous demander la permission de convoquer l'amant dans mon bureau...

— Quel homme est-ce ?

— Je ne l'ai pas vu mais, à ce que j'en sais, il ne doit pas avoir le caractère facile... Il y a aussi les ouvriers, à qui j'aimerais poser quelques questions...

— Au point où en sont nos relations avec le Parquet, je préférerais que vous en touchiez deux mots au procureur...

C'était toujours le même antagonisme, plus ou moins sourd et voilé, entre la P.J. et ces messieurs du Palais de Justice. Maigret se souvenait du temps où il pouvait mener une enquête jusqu'au bout sans en référer à quiconque et où il ne prenait contact avec le juge d'instruction que quand une affaire était terminée.

Depuis, il y avait eu des nouvelles lois, des décrets à n'en plus finir et, pour rester dans la légalité, il fallait surveiller ses faits et gestes. Même sa visite du matin, rue Tholozé, pourrait, si Renée Planchon s'avisait de s'en plaindre, lui attirer de sévères remontrances.

— Vous n'attendez pas le résultat des recherches ?

— J'ai le pressentiment qu'elles ne donneront rien.

— Allez-y si vous y tenez. Je vous souhaite bonne chance...

C'est ainsi que, vers cinq heures de l'après-midi, Maigret franchit la petite porte qui sépare la Police Judiciaire d'un monde tout différent installé dans le même Palais de Justice.

De l'autre côté, c'étaient les procureurs, les juges, les salles d'audience, les vastes couloirs où s'agitaient des avocats en robe noire qui semblaient battre des ailes.

Les bureaux du Parquet étaient solennels, somptueux en regard de ceux de la police. On y observait une stricte étiquette et on y parlait à voix feutrée.

— Je vais vous annoncer au substitut Méchin... C'est le seul qui soit libre en ce moment...

Il attendit longtemps, comme d'autres attendaient pour le voir dans la cage de verre de la P.J. Puis une porte s'ouvrit sur un bureau de style Empire et ses pieds foulèrent un tapis à fond rouge.

Le substitut était grand, blond et son complet sombre était merveilleusement coupé.

— Asseyez-vous, je vous en prie... De quoi s'agit-il ?...

Il regardait la montre de platine à son poignet en homme dont les instants sont précieux et on imaginait qu'il devait aller prendre le thé dans quelque salon aristocratique.

Cela semblait vulgaire, presque de mauvais goût, ici, d'évoquer le petit peintre en bâtiment de la rue Tholozé, son long récit deux ou trois fois interrompu pour avaler un verre de prunelle, ses larmes, ses cris de passion.

— J'ignore encore s'il s'agit d'une simple disparition, d'un suicide ou d'un crime...

Il résuma tant bien que mal la situation. Le substitut l'écoutait en contemplant ses mains aux ongles manucurés. C'étaient de fort belles mains, aux doigts longs et fins.

— Qu'est-ce que vous vous proposez de faire ?

— Je voudrais entendre l'amant, le nommé Roger Prou... Peut-être aussi les trois ou quatre ouvriers employés rue Tholozé...

— C'est un homme susceptible de protester, de nous faire des ennuis ?

— Je le crains.

— Vous croyez que c'est nécessaire ?

Plus encore que dans le bureau du directeur, l'affaire, ici, prenait un tout autre aspect et Maigret était tenté d'abandonner, d'effacer de sa mémoire le petit homme au bec-de-lièvre qui avait fait une irruption grotesque dans la vie du boulevard Richard-Lenoir.

— Quelle est votre idée de derrière la tête ?

— Je n'en ai pas... Tout est possible... C'est justement pour me faire une idée que j'ai besoin de voir ce Prou...

Alors qu'il n'espérait plus un accord, le substitut se leva après avoir regardé l'heure une fois de plus.

— Envoyez-lui une convocation pour information... Mais soyez prudent... Quant aux ouvriers, si vous y tenez vraiment...

Un quart d'heure plus tard, Maigret, dans son bureau, remplissait les blancs d'une formule administrative. Puis il rappela Lucas.

— Je voudrais le nom et l'adresse des ouvriers qui travaillent à l'entreprise Planchon, rue Tholozé... Tu pourrais t'adresser à la Sécurité Sociale... Ils doivent avoir les listes dans leurs fichiers...

Une heure plus tard, il remplissait trois autres formules, car il n'y avait, outre Roger Prou, que trois ouvriers inscrits, y compris un jeune Italien nommé Angelo Massoletti.

Après quoi, jusqu'à neuf heures du soir, il entendit des témoins au sujet des vols de bijoux, surtout des membres du personnel des hôtels où ces vols avaient été commis. Il dîna de sandwiches, rentra chez lui et but à nouveau un grog, avec deux comprimés d'aspirine, avant de se mettre au lit.

A neuf heures du matin, un homme râblé, aux cheveux blancs, au visage rose, attendait déjà dans l'antichambre et quelques minutes plus tard on l'introduisait dans le bureau de Maigret.

— Vous vous appelez Jules Lavisse ?

— Dit Pépère... Il y en a aussi qui m'appellent Saint-Pierre, sans doute parce qu'ils prennent mes cheveux pour une auréole...

— Asseyez-vous...

— Merci à vous... Je suis plus souvent sur une échelle que sur une chaise...

— Il y a longtemps que vous travaillez pour Léonard Planchon ?

— Je travaillais déjà avec lui quand il n'était qu'un jeunet et que le patron s'appelait Lempereur...

— Vous êtes donc au courant de ce qui se passe dans la maison de la rue Tholozé ?

— Cela dépend...

— Cela dépend de quoi ?

— De ce que vous ferez de ce que je pourrais dire...

— Je ne comprends pas...

— Si c'est pour en parler ensuite à la patronne ou à M. Roger, je ne suis qu'un ouvrier qui ne sait rien... A plus forte raison si je dois répéter mes paroles devant le tribunal...

— Pourquoi le tribunal ?

— Parce que, quand on convoque les gens ici, c'est qu'il se passe quelque chose de pas catholique, non ?

— Vous avez l'impression qu'il se passe, rue Tholozé, des choses pas catholiques ?

— Vous ne m'avez pas répondu.

— Il y a toutes les chances pour que cette conversation reste entre nous...

— Qu'est-ce que vous voulez savoir ?

— Quels étaient les rapports entre votre patron et sa femme ?

— Elle ne vous l'a pas dit ?... Je vous ai vu hier traverser la cour et vous êtes resté près d'une heure avec elle...

— Il y a longtemps que Prou est son amant ?

— Son amant, je n'en sais rien... Mais voilà bien deux ans qu'il couche dans la maison...

— Et quelle était, depuis lors, l'attitude de Planchon ?

Le vieux peintre eut un sourire goguenard.

— L'attitude d'un cocu, quoi !

— Vous voulez dire qu'il acceptait de bon cœur la situation ?

— Bon cœur ou pas bon cœur, il n'avait pas grand-chose d'autre à faire...

— Il était quand même chez lui.

— Peut-être qu'il avait l'illusion d'être chez lui, mais il était surtout chez elle...

— Quand il l'a épousée, elle ne possédait rien...

— Je m'en souviens... Il n'empêche que, la première fois que je l'ai vue, j'ai compris qu'il n'aurait plus rien à dire...

— Vous pensez que Planchon est un faible ?

— C'est peut-être le mot... Je dirais plutôt que c'est un brave type et un malheureux... Il aurait pu être heureux avec n'importe quelle femme... Il a fallu qu'il tombe sur celle-là...

— Ils ont pourtant été heureux pendant plusieurs années...

Le vieux hochait la tête, sceptique.

— Si vous voulez...

— Ce n'est pas votre avis ?

— Peut-être qu'il était heureux... Peut-être qu'elle était heureuse de son côté... Seulement, ils n'étaient pas heureux ensemble...

— Elle le trompait ?

— Je crois bien qu'elle l'a trompé avant même de s'installer rue Tholozé... Remarquez que je ne l'ai pas vue... Mais, dès qu'elle est devenue Mme Planchon...

— Avec qui ?

— Avec n'importe quel mâle... Avec presque tous les ouvriers qui ont passé par la maison... Si j'avais encore eu l'âge...

— Planchon ne soupçonnait rien ?

— Est-ce que les maris soupçonnent jamais quelque chose ?

— Et avec Prou ?

— Elle est tombée sur un dur, sur un homme qui avait son idée... Il ne s'est pas contenté, comme les autres, de prendre son plaisir entre deux portes...

— Vous pensez que, dès le début, son intention était de supplanter le patron ?

— Dans le lit, d'abord... Puis à la tête de l'affaire... A présent, si vous répétez ce que je vous dis, autant que je me cherche tout de suite une autre place... Sans compter qu'il pourrait m'attendre un jour au coin de la rue...

— Il est violent ?

— Je ne l'ai jamais vu frapper personne, mais je préfère ne pas être son ennemi...

— Quand avez-vous vu Planchon pour la dernière fois ?

— Bon ! Nous y sommes. Vous y avez mis le temps. J'avais la réponse toute prête en arrivant, car je pensais que ce serait la première que vous me poseriez. Lundi, à cinq heures et demie du soir...

— Où ?

— Rue Tholozé... Je ne travaillais pas sur le même chantier que lui... Mon boulot était de repeindre une cuisine chez une vieille femme de la rue Caulaincourt... Le patron et les autres travaillaient, eux, dans une maison neuve de l'avenue Junot... Un gros boulot... Trois semaines au moins... Je suis passé rue Tholozé vers cinq heures et demie, comme je vous disais, et j'étais dans la remise quand la camionnette est rentrée dans la cour... Le patron était au volant, avec Prou à côté de lui, Angelo et le grand Jef derrière...

— Vous n'avez rien remarqué de particulier ?

— Non. Ils ont déchargé du matériel et le patron, comme d'habitude, est entré dans la maison pour se changer... Il se changeait toujours après le travail...

— Vous savez à quoi il passait ses soirées ?

— Il m'est arrivé de le rencontrer.

— Où ?

— Dans des bistrots... Depuis que Prou s'est installé dans la maison, il picolait ferme, surtout le soir...

— Vous n'avez jamais eu l'impression qu'il pourrait se suicider ?

— Cela ne m'est pas venu à l'idée.

— Pourquoi ?

— Parce que, quand on subit pendant deux ans une situation comme celle-là, il n'y a pas de raison pour qu'on ne l'accepte pas toute sa vie...

— Vous n'avez jamais entendu dire qu'il n'était plus le patron ?

— Il y a longtemps qu'il ne l'était plus... On le lui laissait croire, mais, en fait...

— Personne ne vous a annoncé que Prou avait racheté l'affaire ?

Celui qu'on surnommait Pépère le regardait avec de petits yeux aigus, hochait la tête.

— Ils sont parvenus à lui faire signer un papier ?

Et, comme s'il se parlait à lui-même :

— Ils sont encore plus fortiches que je le croyais...

— Prou n'en a pas parlé ?

— Première nouvelle... Elle ne m'étonne pas... C'est pour ça qu'il est parti ?... Ils l'ont finalement flanqué à la porte ?...

Cela paraissait pourtant le contrarier.

— Ce que je comprends moins, c'est qu'il n'ait pas emmené sa fille... J'étais persuadé que c'était pour elle qu'il supportait tout ça...

— On ne vous a rien annoncé, mardi ?

— Prou nous a annoncé que Planchon était parti.

— Il ne vous a pas dit dans quelles circonstances ?

— Seulement qu'il était rond comme une bille quand il était venu chercher ses affaires...

— Vous l'avez cru ?

— Pourquoi pas ?... Ce n'est pas ainsi que ça s'est passé ?

Son regard devenait curieux.

— Vous avez une idée de derrière la tête, n'est-ce pas ?

— Et vous ?

— Les idées et moi, vous savez...

— Vous n'avez pas été surpris ?

— J'ai dit à ma femme, en rentrant le soir, que Planchon ne ferait sans doute pas long feu... Pour aimer sa femme, on peut dire que cet homme-là a aimé sa femme... Au point d'en devenir idiot... Quant à sa fille, c'était pour lui le Saint-Sacrement...

— Vous avez pris la camionnette le mardi matin ?

— On s'y est installés tous... Prou conduisait... Il m'a laissé tomber rue Caulaincourt, en face de chez ma vieille femme...

— Vous n'avez rien remarqué d'anormal ?

— Il y avait des bidons de peinture, comme toujours, des rouleaux de papier peint, des brosses, des éponges, qu'est-ce que je sais, moi ?

— Je vous remercie, monsieur Lavisse.

— C'est tout ?

Le vieux paraissait déçu.

— Vous voudriez que je vous pose d'autres questions ?

— Non. Je pensais que ce serait plus long. C'est la première fois que je viens ici...

— Si quelque chose vous revenait à la mémoire, n'hésitez pas à venir me voir ou à me téléphoner...

— Prou va me demander de quoi nous avons parlé...

— Dites-lui que je me suis renseigné sur Planchon, sur son comportement, sur les chances qu'il se soit suicidé...

— Il en existe beaucoup ?

— Je n'en sais pas plus que vous...

Il s'en allait et quelques instants plus tard le jeune Italien prénommé Angelo prenait sa place encore chaude. Il n'était en France que depuis six mois et Maigret fut obligé de lui répéter deux ou trois fois chaque question.

L'une de celles-ci parut le surprendre.

— Votre patronne ne vous a jamais fait des avances ?

Car c'était un bel adolescent aux yeux doux et tendres.

— Des avances ?

— Elle n'a pas essayé de vous attirer dans la maison ?

Cela le fit rire.

— Et M. Roger ? protesta-t-il.

— Il est jaloux ?

— Je crois que...

Il faisait le geste de planter un poignard dans une poitrine.

— Vous n'avez pas revu M. Planchon depuis lundi ?

Ce fut tout pour lui, et le troisième ouvrier, convoqué pour onze heures, celui que ses camarades appelaient le grand Jef, se contenta de répondre à la plupart des questions :

— Je ne sais pas...

Il ne voulait pas se mêler des affaires des autres et il ne semblait pas nourrir de tendresse particulière pour la police. Il est vrai que Maigret devait découvrir par la suite qu'il avait été arrêté deux ou trois fois pour tapage public et, une fois, pour coups et blessures, après avoir cassé une bouteille sur la tête d'un de ses voisins de bar.

Maigret déjeuna à la brasserie Dauphine en compagnie de Lucas, bien que celui-ci n'eût rien à lui apprendre. La circulaire aux chauffeurs n'avait encore donné aucun résultat. Cela ne signifiait rien, car certains évitaient autant que possible les contacts avec la police. Ils n'ignoraient pas que cela voulait dire du temps perdu, des interrogatoires Quai des Orfèvres, puis chez le juge d'instruction, enfin parfois deux ou trois journées à attendre dans la salle des témoins du tribunal.

Quant à la Brigade des garnis, pourtant une des plus efficaces, elle n'avait pas trouvé trace de Planchon. Celui-ci, autant qu'on en pouvait juger, n'était pourtant pas l'homme à se procurer une fausse carte d'identité. S'il était descendu dans un hôtel ou dans un meublé, c'était sous son nom.

La dernière image qu'on avait de lui était celle d'un petit homme encombré de deux valises descendant, vers minuit, la rue Tholozé. Bien entendu, il pouvait avoir pris un autobus pour se rendre à une gare où on ne l'avait pas nécessairement remarqué.

— Qu'est-ce que vous en pensez, patron ?

— Il m'avait promis de me téléphoner chaque jour... Il ne l'a pas fait dimanche mais, lundi, il m'a appelé...

Il n'avait pas tué Renée et son amant. Avait-il soudain décidé de partir ? Il avait quitté, vers huit heures, le bureau de tabac de la place des Abbesses et, à ce moment-là, il avait déjà bu plusieurs cognacs. Selon toute vraisemblance, il était entré dans d'autres caboulots. En cherchant bien aux alentours, on arriverait sans doute à retrouver sa piste.

Une fois ivre, quelle idée avait pu lui passer par la tête ?

— S'il s'est jeté dans la Seine, il peut se passer des semaines avant qu'on le repêche... murmura Lucas.

C'était grotesque, évidemment, d'imaginer l'homme au bec-de-lièvre remplissant ses valises de tous ses effets personnels et les trimbalant dans les rues pour aller se jeter dans la Seine.

Maigret, qui couvait toujours son rhume sans que celui-ci se déclare franchement, prit une fine avec son café et, à deux heures, il était de retour au bureau.

Roger Prou le fit attendre dix bonnes minutes et le commissaire, à son tour, comme pour se venger, le laissa mijoter dans la salle d'attente jusqu'à trois heures moins le quart. Lucas était allé l'observer deux ou trois fois à travers la vitre.

— Quel air a-t-il ?

— Pas commode.

— Qu'est-ce qu'il fait ?

— Il lit un journal mais ne cesse de lever les yeux vers la porte...

Joseph l'introduisit enfin et Maigret resta assis, la pipe aux dents, penché sur des papiers qui semblaient retenir toute son attention.

— Asseyez-vous... grommela-t-il avec un geste vers une des chaises.

— Je n'ai pas tout mon après-midi à perdre...

— Je suis à vous dans un instant...

Il n'en continuait pas moins à lire, à cocher certaines phrases au crayon rouge. Cela dura encore dix bonnes minutes, après quoi Maigret se leva, ouvrit la porte du bureau des inspecteurs, passa un certain temps à donner des instructions à voix basse.

C'est alors seulement qu'il regarda en face l'homme assis sur une des chaises garnies de velours vert. Et ce fut de la voix la plus neutre qu'il prononça, en reprenant place à son bureau :

— Vous vous appelez Roger Prou ?

6

— Roger Étienne Ferdinand Prou... répondait-il en détachant les syllabes. Né à Paris, rue de la Roquette...

Se soulevant légèrement sur sa chaise, il tirait un portefeuille de sa poche-revolver, en sortait une carte d'identité qu'il posait sur le bureau en remarquant :

— Je suppose que vous voulez des preuves ?...

Il était rasé de frais, vêtu d'un complet bleu qui devait être son costume des dimanches. Maigret ne s'était pas trompé en l'imaginant avec des cheveux drus, très bruns, plantés bas sur le front, des sourcils épais.

C'était un beau mâle, comme Renée était une belle femelle, et, par leur tranquillité agressive, ils faisaient penser à des fauves. S'il avait rouspété pour la forme, parce qu'on lui faisait perdre son temps et celui de ses employés, Prou ne se laissait pas démonter par le petit jeu classique du commissaire et c'était plutôt de l'ironie qu'exprimaient ses prunelles.

A la campagne, il aurait été le coq du village, celui qui, le dimanche, entraîne ses camarades pour aller provoquer les gars du hameau voisin et qui engrosse cyniquement les filles.

A l'usine, il aurait été la forte tête, tenant tête aux contremaîtres et créant des incidents à plaisir pour établir son prestige sur ses compagnons.

Tel qu'il était bâti, et avec le caractère que Maigret croyait lui découvrir, il aurait pu être souteneur aussi, non pas à l'Étoile, mais dans le quartier de la porte Saint-Denis ou à la Bastille, et on le voyait assez bien jouer aux cartes toute la journée dans les bistrots, en surveillant le trottoir d'un œil vigilant.

Peut-être enfin aurait-il pu être le chef d'une bande de mauvais garçons, pas une terreur, sans doute, mais l'organisateur, par exemple, de cambriolages nocturnes dans des dépôts autour de la gare du Nord ou dans la proche banlieue.

Maigret repoussait vers lui la carte d'identité en règle.

— Vous avez apporté le papier que je vous ai demandé ?

Prou avait gardé son portefeuille à la main et, toujours calme, avec de gros doigts qui ne tremblaient pas, il en extrayait la feuille, signée Léonard Planchon, qui faisait de lui le copropriétaire, avec sa maîtresse, de l'entreprise de peinture.

Il la tendait au commissaire, montrant toujours le même flegme dédaigneux.

Maigret se levait, se dirigeait une fois de plus vers le bureau des inspecteurs, restait debout entre les deux pièces afin de ne pas perdre son visiteur de vue.

— Lapointe !

Et, à voix basse :

— Tu vas monter ceci à M. Pirouet... Il est au courant...

C'était là-haut, sous les combles du Palais de Justice, au laboratoire de police scientifique. M. Pirouet était une acquisition assez récente du service, un curieux bonhomme, gras et jovial, qu'on avait regardé avec une certaine méfiance quand il était entré comme aide-chimiste, car il avait plutôt l'air d'un commis voyageur. C'était par ironie qu'on avait pris l'habitude de l'appeler M. Pirouet, en appuyant sur le Monsieur.

Or, il s'était révélé un collaborateur de premier ordre, un bricoleur bourré d'idées qui avait déjà construit de ses mains plusieurs appareils ingénieux, et on avait découvert en outre qu'il était un graphologue étonnant.

Dès avant la visite de Prou, Maigret avait envoyé un inspecteur à la

Sécurité Sociale afin de se procurer des feuilles de paie portant la signature de Planchon.

Il faisait gris. Le brouillard commençait à descendre sur les rues, comme le samedi précédent.

Le commissaire reprenait lentement sa place, comme au ralenti, et c'était Prou qui, malgré son sang-froid, parlait le premier :

— Je suppose que, si vous m'avez convoqué, c'est que vous avez des questions à me poser ?

Maigret le regardait, une expression cordiale, à peine ironique, sur le visage.

— Certainement... répondait-il du bout des lèvres. J'ai toujours des questions à poser, mais je ne sais pas au juste lesquelles...

— Je vous préviens que si vous vous moquez de moi...

— Je n'ai pas l'intention de me moquer de vous... Votre ancien patron, Planchon, a disparu, et j'aimerais savoir ce qu'il est devenu...

— Renée vous l'a dit...

— Elle m'a affirmé qu'il était parti lundi soir en portant ses deux valises... Vous l'avez vu partir aussi, n'est-ce pas ?

— Pardon ! Ne me faites pas dire ce que je ne dis pas... Je l'ai *entendu*... J'étais derrière la porte...

— Vous ne l'avez donc pas vu partir ?

— C'est tout comme... J'ai entendu leur conversation... Je l'ai entendu aussi qui montait au premier pour prendre ses affaires... Puis ses pas dans le corridor, la porte d'entrée qui se refermait, et à nouveau ses pas dans la cour...

— Depuis ce moment-là, il a disparu.

— Comment le savez-vous ? Ce n'est pas parce qu'un homme s'en va de chez lui qu'il disparaît...

— Il se fait que Planchon devait me téléphoner mardi.

Maigret n'avait pas préparé son interrogatoire et cette phrase, anodine en apparence, venait de l'inspiration du moment. Bien entendu, il ne quittait pas son interlocuteur des yeux. La réaction de Prou le déçut-il ? Il y eut, certes, comme un petit choc. Il était évident que l'homme ne s'attendait pas à cette révélation. Ses gros sourcils se froncèrent. Il parut, en quelques secondes, faire le point de la situation, envisager tout ce que ces quelques mots impliquaient.

— Comment savez-vous qu'il devait téléphoner ?

— Parce qu'il me l'avait promis.

— Vous le connaissiez ?

Maigret, évitant de répondre, bourrait une pipe avec des gestes minutieux qui auraient exaspéré n'importe qui. Or, Roger Prou ne donnait toujours aucun signe de nervosité.

— Parlons plutôt de vous... Vous avez vingt-huit ans ?...

— Vingt-neuf...

— Vous êtes né rue de la Roquette... Que faisait votre père ?

— Menuisier... Il avait et il a encore son atelier au fond d'une impasse... Puisque vous voulez tout savoir, il est spécialisé dans la réfection des meubles anciens...

— Vous avez des frères et des sœurs ?

— Des sœurs...

— Vous étiez donc le seul garçon de la famille ?... Votre père n'a pas essayé de vous apprendre son métier ?... C'est un métier qui se perd, je crois, et dans lequel on gagne fort bien sa vie...

— J'ai travaillé avec lui jusqu'à l'âge de seize ans...

Il le faisait exprès de parler comme on récite une leçon à l'école.

— Et ensuite ?

— J'en ai eu marre.

— Vous avez préféré devenir peintre en bâtiment ?

— Pas tout de suite... Mon idée était d'être coureur cycliste... Pas un routier... Pas le Tour de France... Un pistard !... Pendant deux ans, j'ai couru comme junior au Vél' d'Hiv'...

— Cela vous permettait de manger tous les jours ?

— Justement non. Et c'est parce que j'ai compris que j'étais trop lourd et que je ne deviendrais jamais un crack que j'ai abandonné la bicyclette... Vous voulez connaître la suite ?

Maigret faisait signe que oui et tirait des bouffées lentes de sa pipe tandis que sa main jouait avec un crayon.

— J'ai devancé l'appel pour en finir avec mon service militaire...

— Vous aviez déjà votre idée ?

— Parfaitement... Et je n'ai aucune raison de ne pas vous la dire... Gagner assez d'argent pour être un homme libre...

— Qu'avez-vous fait à votre retour à Paris ?

— J'ai d'abord travaillé dans un garage, où la vie était trop monotone pour mes goûts... Sans compter que j'avais sans cesse le patron sur le dos et que les journées étaient plus souvent de dix ou de douze heures que de huit... Pendant quelques mois, j'ai été apprenti serrurier... Enfin, un copain m'a fait embaucher dans une entreprise de peinture...

— Chez Planchon ?

— Pas encore, non... Chez Desjardins et Brosse, boulevard Rochechouart...

On se rapprochait de Montmartre et de la rue Tholozé.

— Vous mettiez de l'argent de côté ?

Prou vit le signal.

— Bien sûr...

— Beaucoup ?

— Autant que je le pouvais...

— Quand êtes-vous entré chez Planchon ?

— Il y a un peu plus de deux ans... Je m'étais disputé avec un des patrons... En outre, l'entreprise était trop importante... J'avais envie de travailler pour un petit patron...

— Vous habitiez toujours chez vos parents ?

— Il y avait belle lurette que je vivais seul dans un hôtel meublé...

— Où ?

— Au bas de la rue Lepic... L'hôtel Beauséjour...

— Je suppose que vous avez rencontré Planchon dans un café et qu'il vous a dit qu'il cherchait un bon ouvrier ?

Prou le regarda en fronçant une fois de plus les sourcils et Maigret n'était pas trop surpris de trouver chez lui des réactions presque identiques à celles de Renée.

— Qu'est-ce que vous essayez de me faire dire ?

— Rien... Je me renseigne... Planchon fréquentait les caboulots du quartier... Il est naturel de penser...

— Vous pensez de travers.

— Il se pourrait aussi que ce soit Mme Planchon que vous ayez rencontrée, soit quand elle faisait son marché, soit...

— C'est pour me servir ce baratin-là que vous m'avez dérangé ?

On aurait pu croire qu'il allait se lever et se diriger vers la porte.

— Je n'ai pas rencontré Renée avant de travailler rue Tholozé. Et d'un ! Ce n'est pas elle qui m'a fait entrer chez son mari. Et de deux !... Vu ?...

Maigret répéta avec un drôle de sourire :

— Vu !... Vous avez répondu à une annonce ?... Vous avez aperçu, en passant devant la grille, une affichette demandant un ouvrier ?...

— Il n'y avait pas d'affichette... Je suis entré au petit bonheur et il se fait qu'on avait justement besoin de quelqu'un...

— Après combien de temps êtes-vous devenu l'amant de Mme Planchon ?

— Dites donc ! Vous avez le droit d'entrer ainsi dans la vie privée des gens ?

— Planchon a disparu.

— C'est vous qui le dites.

— Vous n'êtes pas obligé de répondre.

— Et si je ne réponds pas ?

— J'en serai quitte pour en tirer des conclusions.

Prou laissa tomber, dédaigneux :

— Mettons une semaine...

— En somme, presque le coup de foudre ?

— Cela a accroché tout de suite, elle et moi...

— Vous saviez que cela avait accroché, comme vous dites, avec la plupart de vos camarades ?

Du coup, Prou eut le sang aux joues et, pendant quelques secondes, il serra les mâchoires.

— Vous le saviez ? insistait Maigret.

— Cela ne vous regarde pas.

— Vous l'aimez ?

— C'est mon affaire...

— Après combien de temps Planchon vous a-t-il surpris ?

— Il ne nous a pas surpris...

Maigret feignit la surprise.

— Je croyais qu'il vous avait pris en flagrant délit et que c'est à la suite de ça que...

— Que quoi ?

— Un instant... Laissez-moi mettre de l'ordre dans mes idées...Vous étiez un des ouvriers de Planchon et, quand l'occasion s'en présentait, vous couchiez avec sa femme... Vous habitiez toujours rue Lepic ?

— Oui...

— Or, un beau jour, vous vous êtes installé dans le pavillon de la rue Tholozé et vous avez en quelque sorte poussé Planchon hors de son lit pour y prendre sa place...

— Vous l'avez vu ?

— Qui ?

— Planchon... Vous m'avez dit tout à l'heure qu'il devait vous téléphoner...C'est donc qu'il était en rapport avec vous... Il est venu vous trouver ?... Il s'est plaint de nous ?...

A ces moments-là, le regard de Maigret devenait vague et toute sa personne s'imprégnait d'une passivité exaspérante. Sans paraître avoir entendu la question, il regardait mollement dans la direction de la fenêtre et, tirant toujours sur sa pipe, murmurait comme s'il se parlait à lui-même :

— J'essaie de m'imaginer la scène... Planchon rentre chez lui, le soir, et trouve un lit de camp installé à son intention dans la salle à manger... Je suppose qu'il s'étonne, cet homme ?... Jusqu'alors, il ne savait rien de ce qui se passait derrière son dos et voilà que, d'une heure à l'autre, il apprend qu'il n'a plus le droit de coucher dans son lit...

— Cela vous amuse ?

Toujours calme en apparence, Prou avait les yeux durs et brillants et, de temps en temps, on entendait un claquement des mâchoires.

— Vous l'aimez tant que ça ?

— C'est ma femme !

— Légalement, elle est encore celle de Planchon... Pourquoi votre maîtresse n'a-t-elle pas divorcé ?...

— Parce que, pour divorcer, il faut être deux, et qu'il s'y refusait obstinément...

— Il l'aimait aussi ?

— Je n'en sais rien. Cela ne me regarde pas. Allez le lui demander vous-même... Si vous l'avez vu, vous savez aussi bien que moi que ce n'est pas un homme... C'est une chiffe !... C'est un déchet !... C'est...

La voix devenait passionnée.

— Il est le père d'Isabelle...

— Et vous croyez qu'Isabelle n'aime pas mieux m'avoir dans la maison que ce type qui s'enivre tous les soirs et à qui il arrive d'aller pleurer sur le lit de la petite ?...

— Il ne buvait pas avant que vous entriez à son service...

— C'est lui qui vous l'a dit ?... Et vous l'avez cru ?... Dans ce cas, tout ce que nous disons ne sert à rien et nous perdons notre temps... Rendez-moi mon papier, posez-moi les questions qu'il vous reste à me poser et qu'on en finisse... Cela m'est parfaitement égal que vous me donniez le vilain rôle...

— Il y a une chose que je ne comprends pas.

— Seulement une ? ironisa-t-il.

Et Maigret, comme s'il n'avait pas entendu, d'un débit toujours lent et monotone :

— Voilà un peu plus de quinze jours que Planchon vous a cédé sa part dans l'entreprise... Votre maîtresse et vous en êtes donc devenus les propriétaires... Je suppose qu'il n'entrait pas dans les intentions de Planchon de rester et de travailler sous vos ordres ?...

— La preuve, c'est qu'il est parti...

— Mais il est resté deux semaines...

— Cela vous surprend parce que vous vous figurez que les gens doivent agir comme ceci ou comme cela, selon votre logique à vous... Il se fait que cet homme-là n'agissait pas selon la logique... Autrement, il n'aurait pas dormi pendant deux ans sur un lit de camp pendant que sa femme était couchée avec moi dans la pièce voisine... Vous comprenez ça, oui ?

— Donc, dès la signature de l'acte de vente, il était résigné à partir ?

— C'était convenu entre nous...

— Vous aviez en quelque sorte le droit de le flanquer à la porte...

— Je n'en sais rien... Je ne suis pas avocat... Toujours est-il que nous avons eu la patience d'attendre deux semaines...

Tout en écoutant, le commissaire revoyait le petit homme au bec-de-lièvre se confessant dans le salon du boulevard Richard-Lenoir tandis que la table était dressée pour le dîner derrière la porte vitrée. Certes, Planchon avait bu, pour se donner du courage, comme il disait, et Maigret, le sentant faiblir, lui avait versé de la prunelle. Ses accents n'en rendaient pas moins un son de vérité.

Pourtant... Est-ce que, déjà le samedi soir, Maigret n'avait pas ressenti un certain malaise ? Ne lui était-il pas arrivé à deux ou trois reprises de douter et de regarder son interlocuteur avec des yeux soudain durcis ?

Son long monologue était marqué du signe de la passion.

Mais Renée, ce matin, encore que plus calme, n'était pas moins passionnée.

Et il arrivait à Prou, qui s'efforçait de garder sa maîtrise, de serrer les dents.

— Pourquoi pensez-vous que, lundi soir, il se soit décidé brusquement ?

L'autre haussa les épaules avec indifférence.

— Avait-il les trois millions sur lui ? insistait Maigret.

— Je ne le lui ai pas demandé.

— Lorsque vous les lui avez remis, deux semaines plus tôt, qu'en a-t-il fait ?

— Il est monté au premier... Je suppose qu'il les a cachés quelque part...

— Il ne les a pas portés à la banque ?

— Pas ce jour-là, car cela se passait le soir, tout de suite après le dîner.

— Dans le bureau ?

— Non. Dans le living-room. Nous avons attendu que la petite soit couchée...

— Vous en aviez déjà parlé ensemble ? Tout était convenu entre vous, y compris la somme ? Je suppose que vous aviez rangé les billets dans le bureau ?

— Non. Dans la chambre.

— Par crainte qu'il s'en empare ?

— Parce que, dans la chambre, c'était chez nous.

— Vous avez vingt-neuf ans... Vous n'avez guère eu l'occasion de faire des économies qu'après votre service militaire... Comment, en si peu de temps, avez-vous pu mettre tant d'argent de côté ?

— Je n'en avais qu'une partie, un tiers exactement.

— Où avez-vous trouvé le reste ?

Il ne paraissait nullement embarrassé. Au contraire ! On aurait dit que c'était à ce tournant qu'il attendait le commissaire et il continuait, en cachant mal sa satisfaction :

— Mon père m'a prêté un million... Il a travaillé assez longtemps, lui, pour amasser des économies... Quant à l'autre million, c'est le mari de ma sœur qui me l'a confié... Il s'appelle Mourier, François Mourier, et il a une charcuterie boulevard de Charonne...

— Quand avez-vous procédé à ces emprunts ?

— La veille de Noël... Nous espérions en finir avec Planchon le lendemain...

— En finir ?

— Lui donner son argent et le voir quitter la maison, quoi ! Vous m'avez fort bien compris.

— Je suppose que vous avez signé des reçus ?

— Même avec la famille, j'aime que les choses se passent régulièrement.

Maigret poussait vers lui un bloc-notes, un crayon.

— Vous voulez m'écrire l'adresse exacte de votre père et de votre beau-frère ?

— La confiance règne !

Il écrivit néanmoins les deux adresses. Son écriture était appliquée, mais régulière, presque scolaire, et, au moment où le commissaire reprenait le bloc, le téléphone sonna.

— Ici, Pirouet... J'ai terminé... Vous voulez venir voir, ou préférez-vous que je descende ?

— Je monte...

Et, à Prou :

— Vous m'excusez un instant ?

Il passa par le bureau voisin, laissant la porte ouverte, dit à Lapointe :

— Entre chez moi et surveille-le...

Quelques minutes plus tard, il arrivait sous les toits, serrait la main de Moers, frôlait le mannequin qui servait aux reconstitutions et pénétrait dans le laboratoire.

M. Pirouet, le visage luisant de sueur, se tenait debout devant deux agrandissements photographiques encore humides maintenus par des pinces à linge.

— Alors ?

— Il faut que je vous pose une question, patron... Le type qui a signé ces papiers boit beaucoup ?

— Pourquoi ?

— Parce que cela expliquerait la difference d'écriture... Regardez d'abord la signature sur le bordereau de la Sécurité Sociale... L'écriture n'est pas très ferme... Je dirais que c'est celle d'un homme instable, qui possédait néanmoins son sang-froid...Vous le connaissez ?

— Oui. Je l'ai eu devant moi pendant une soirée presque entière.

— Vous voulez que je vous donne mes impressions à son sujet ?

Et, comme Maigret faisait un signe affirmatif :

— C'est un être qui n'a reçu qu'une instruction primaire, mais qui s'est toujours appliqué. Il est d'une timidité presque maladive, avec pourtant des sautes d'orgueil. Il s'efforce de se montrer calme, maître de lui, alors qu'en réalité c'est un passionné...

— Pas mal !

— Quelque chose se passe avec sa santé... Il est malade ou se croit malade...

— Et la signature de l'acte de vente ?

— C'est bien à cause de cela que je vous ai demandé s'il buvait. L'écriture est assez différente... Elle est peut-être de la même main mais, dans ce cas, celui qui a signé était, ou ivre, ou en proie à une violente émotion... Regardez vous-même... Comparez... Ici, les traits sont réguliers, bien qu'un peu tremblés, comme cela arrive pour un homme qui boit mais qui, au moment où il écrit, n'est pas en état d'ivresse... Sur l'acte de vente, au contraire, toutes les lettres manquent de fermeté...

— Vous pensez que cela peut être le même homme ?

— Dans le cas que je viens de vous dire, oui... Sinon, il s'agit d'un faux... Souvent, dans les faux, on retrouve le même flou, les mêmes indices d'émotion...

— Je vous remercie. Au fait, cette écriture a-t-elle des points communs avec celle-ci ?

Il lui montrait les deux adresses tracées sur une feuille de papier par Roger Prou quelques minutes plus tôt. M. Pirouet n'eut besoin que d'y jeter un coup d'œil.

— Aucun rapport... Je peux vous expliquer...

— Pas maintenant. Merci, monsieur Pirouet...

Maigret reprit l'original des documents et descendit vers son étage. Il trouva Prou toujours assis sur sa chaise, Lapointe debout devant la fenêtre.

— Tu peux nous laisser.

— Alors ? questionnait l'amant de Renée.

— Rien... Je vous rends l'acte de vente... Je suppose qu'il a été tapé à la machine par Mme Planchon ?

— Elle vous l'a dit, non ? Il n'y a pas de mystère...

— Son mari était ivre quand il a signé ?

— Il savait ce qu'il faisait. Nous ne l'avons pas pris en traître. Cela ne signifie pas qu'il n'avait pas bu quelques petits verres, comme toujours à cette heure-là.

— Votre père a le téléphone ? Vous savez son numéro ?

Toujours dédaigneux, Prou donna le numéro que le commissaire composait au fur et à mesure.

— Il s'appelle Gustave Prou... N'ayez pas peur de parler fort car il est devenu dur d'oreille...

— Monsieur Gustave Prou... Je m'excuse de vous déranger... Je suis ici avec votre fils... Il m'assure que, dans le courant du mois de décembre, vous lui avez prêté la somme d'un million d'anciens francs... Oui... Je suis avec lui... Comment ?... Vous voulez lui parler ?

Le vieux aussi était méfiant. Maigret tendit l'appareil à son interlocuteur.

— C'est moi, papa... Tu reconnais ma voix ?... Bon ! Tu peux répondre aux questions qu'on te posera... Non ! Ce n'est qu'une formalité... Je t'expliquerai plus tard... A bientôt, oui... Tout va bien... Oui, il est parti... Pas maintenant... Je passerai te voir dimanche...

Il rendait le combiné au commissaire.

— Vous pouvez à présent répondre à ma question ?... Vous lui avez prêté un million ?... Bon !... En billets ?... Vous les avez retirés la veille de la banque ?... De la Caisse d'épargne ?... Oui, je vous entends... Votre fils vous a-t-il signé un reçu ?... Je vous remercie... Quelqu'un passera chez vous... Simple vérification... Il vous suffira de montrer ce reçu... Un instant... Quel jour était-ce ?... La veille de Noël ?

Plus que jamais, les yeux de Prou exprimaient une ironie méprisante.

— Je suppose que vous allez appeler mon beau-frère ?

— Cela ne presse pas. Je ne doute pas qu'il confirme vos dires...

— Je peux m'en aller ?

— A moins que vous ayez une déclaration à faire...

— Quelle déclaration ?

— Je l'ignore. Vous pourriez avoir une idée de l'endroit où Planchon est allé en quittant la rue Tholozé. Il n'est pas particulièrement costaud. En outre, il était ivre. Chargé de deux grosses valises, il n'a pas dû aller loin...

— C'est vous que cela regarde, non ? Ou bien est-ce à moi aussi de le retrouver ?

— Je ne vous en demande pas tant. Simplement, si vous avez une idée, de me la communiquer, afin de gagner du temps...

— Pourquoi n'avez-vous pas posé la question à Planchon lui-même quand vous l'avez vu ou quand il vous a téléphoné ?...Il est mieux placé que moi pour vous répondre...

— Curieusement, il n'avait aucune intention de quitter la rue Tholozé.

— Il vous l'a dit ?

C'était au tour de Prou d'aller à la pêche.

— Il m'a dit beaucoup de choses.

— Il est venu ici ?

Malgré son sang-froid, il laissait percer une certaine inquiétude. Maigret avait soin de ne pas répondre, de le regarder de son regard le plus neutre, comme s'il avait cessé d'attacher de l'importance à cet entretien.

— Une seule chose m'étonne... murmurait cependant le commissaire.

— Quoi ?

— Je ne sais pas s'il aimait encore sa femme ou s'il s'était mis à la haïr...

— Je suppose que cela dépendait des moments.

— Que voulez-vous dire ?

— De son degré d'ivresse... Selon les heures, il n'était pas le même homme... Il nous est arrivé de rester éveillés à l'écouter grommeler dans la pièce voisine en nous demandant s'il ne préparait pas un mauvais coup...

— Quel mauvais coup, par exemple ?

— Il faut vous faire un dessin ?... Je vais vous avouer autre chose... Je m'arrangeais toujours pour être sur le même chantier que lui, afin de le surveiller... Et si, pendant la journée, il manifestait l'intention de faire un saut rue Tholozé, je l'accompagnais... J'avais peur pour Renée...

— Vous croyez qu'il aurait été capable de la tuer ?

— Il lui est arrivé de la menacer...

— De mort ?

— Il n'était peut-être pas si précis... Quand il avait bu, il parlait tout seul, en prenant un air entendu... Je ne pourrais pas vous répéter ses mots exacts... C'était toujours un peu incohérent...

» — *Je ne suis qu'un lâche... Bon !... Tout le monde se moque de moi... Mais un jour on s'apercevra que...*

» Vous voyez le genre ? A ces moments-là, ses yeux pétillaient de malice. Il faisait celui qui se comprenait. Il lui arrivait d'éclater soudain de rire.

» — *Pauvre Planchon !... Un pauvre petit homme de rien du tout, avec un visage qui dégoûte les gens... Seulement, le petit homme n'est peut-être pas si lâche que ça...*

Maigret écoutait avec attention, la poitrine un peu serrée, car cela ne paraissait pas inventé. Il avait vu Planchon boulevard Richard-Lenoir, et l'homme que Prou imitait maintenant avec une cruelle ironie, le Planchon de la rue Tholozé, était bien le même personnage, à peine plus poussé.

— Vous croyez qu'il a vraiment eu l'intention de tuer sa femme ?

— Je suis sûr qu'il y a pensé, que c'était une idée qui lui revenait régulièrement à un certain point de son ivresse...

— Et vous ?

— Peut-être moi aussi...

— Et sa fille ?

— Il n'aurait probablement pas touché à Isabelle... Et encore !... S'il avait pu faire sauter toute la maison avec une bombe...

Maigret se levait en soupirant, marchait d'un pas indécis vers la fenêtre.

— La même idée ne vous est jamais venue, à vous ?

— De tuer Renée ?

— Pas elle. Lui !

— Cela aurait été certainement la façon la plus rapide de nous en débarrasser... Mais je vous prie de croire que, si j'en avais eu l'intention, je n'aurais pas attendu deux ans... Vous vous imaginez ce qu'ont été ces deux années-là, avec cet homme toujours dans nos jambes ?...

— Et pour lui ?

— Il aurait dû comprendre plus tôt et s'en aller... Quand une femme ne vous aime pas, quand elle en aime un autre, quand elle vous le déclare franchement, vous savez ce qu'il vous reste à faire...

Il s'était levé aussi. Il avait un peu perdu de son calme ; sa voix devenait plus véhémente.

— Il n'empêche qu'il continue à nous empoisonner l'existence, que c'est Renée que vous allez questionner chez elle, que vous convoquez mes ouvriers et que, depuis plus d'une heure, vous essayez de me faire dire je ne sais quoi... Vous avez encore des questions à poser ?... Je suis toujours un homme libre ?... Je peux m'en aller ?...

— Vous pouvez vous en aller...

— Je vous salue...

En sortant, il fit claquer la porte derrière lui.

7

Ce soir-là, Maigret put regarder la télévision, bien au chaud, chaussé de pantoufles, avec sa femme qui tricotait à son côté, mais il aurait préféré être à la place de Janvier et de Lapointe qui, dans un Montmartre qu'il connaissait bien, dans des rues qui lui étaient familières, allaient, chacun de son côté, de bistrot en bistrot, d'une lumière jaunâtre à une lueur plus blanche, d'un décor vieillot à un décor plus moderne, d'une odeur de bière à une odeur de calvados.

Il avait été heureux, bien sûr, de monter en grade, de devenir en fin de compte monsieur le divisionnaire, chef de la Brigade criminelle. Il n'en gardait pas moins la nostalgie de certaines planques où on grelotte pourtant par les nuits d'hiver, des loges de concierge aux odeurs différentes qu'on visite pendant des journées entières pour poser sans fin la même question, futile en apparence.

Ne lui reprochait-on pas, en haut lieu, de quitter trop volontiers son bureau pour se livrer en personne à un métier de chien de chasse ? Comment leur expliquer, surtout aux gens du Parquet, qu'il avait besoin de voir, de renifler, de s'imprégner d'une atmosphère ?

Comme par ironie, on donnait une tragédie de Corneille. Des rois et des guerriers en costume, sur le petit écran, déclamaient tour à tour des vers nobles qui avaient un arrière-goût de collège, et c'était une curieuse sensation, toutes les demi-heures, d'être interrompu par la sonnerie du téléphone, d'entendre la voix de Janvier — c'est lui qui appela le premier — disant avec beaucoup moins d'emphase :

— Je crois que je tiens la piste, patron... Je vous appelle d'un bar de la rue Germain-Pilon, à deux cents mètres de la place des Abbesses... Cela s'appelle Au Bon Coin... Le patron est déjà monté se coucher... C'est sa femme qui sert au comptoir et qui va se rasseoir ensuite près du poêle... Je n'ai eu qu'à lui parler d'un homme avec un bec-de-lièvre pour qu'elle se rappelle.

» — Il lui est arrivé quelque chose ? m'a-t-elle demandé.

» Il venait souvent, vers huit heures du soir, boire un verre ou deux. Il paraît que le chat l'aimait bien, allait se frotter à ses jambes et qu'il se penchait pour le caresser...

» C'est un petit bar mal éclairé, aux murs sombres... Je ne sais pas pourquoi il reste ouvert le soir, car il y a en tout et pour tout un homme âgé qui boit un grog près de la vitre...

— Elle a revu Planchon depuis lundi ?

— Non. Elle est à peu près sûre qu'il est venu lundi pour la dernière fois... En tout cas, hier, elle a fait remarquer à son mari qu'on n'avait pas revu le client au bec-de-lièvre et elle s'est demandé s'il était malade...

— Il ne lui a jamais fait de confidences ?

— Il ne parlait à peu près pas. Elle le plaignait, trouvait qu'il avait l'air malheureux et elle essayait de le remonter...

— Continue à chercher...

Janvier allait plonger dans le froid et l'obscurité pour entrer, un peu plus loin, dans un autre café, puis dans un autre. Lapointe, de son côté, faisait de même.

Lui, Maigret, retrouvait sur l'écran les personnages de Corneille et, dans un fauteuil, sa femme qui le regardait d'un air interrogateur.

A neuf heures et demie, c'était le tour de Lapointe de l'appeler. Il téléphonait de la rue Lepic, d'un autre bar, plus grand, plus clair, où des habitués jouaient aux cartes et où se retrouvait la trace de Planchon.

— Toujours du cognac, patron !... Ici, on savait qui il était et qu'il habitait rue Tholozé, parce qu'on l'avait vu, dans la journée, passer au volant de la camionnette qui portait son nom en grosses lettres... On le plaignait... Quand il arrivait, il était déjà à moitié ivre... Il n'adressait la parole à personne... Un des joueurs de belote se souvient que c'est lundi qu'il est venu pour la dernière fois... Il a mangé deux œufs durs, qu'il a pris dans le support en fil de fer placé sur le comptoir...

Janvier avait dû choisir un mauvais itinéraire, car il téléphonait bientôt qu'il avait fait en vain cinq bistrots où l'homme au bec-de-lièvre était inconnu.

Des chanteurs et des chanteuses, sur l'écran, avaient remplacé les héros cornéliens quand, vers onze heures, Lapointe appela pour la seconde fois. Il paraissait excité.

— J'ai du nouveau, patron... Je me demande si nous ne ferions pas bien de nous retrouver Quai des Orfèvres... Il y a une femme que je surveille par la porte de la cabine par crainte de la voir filer...

» Je suis dans une brasserie de la place Blanche... la terrasse est vitrée, chauffée par deux braseros... Vous êtes toujours à l'appareil ?...

— Je t'écoute...

— Le premier garçon à qui je me suis adressé connaît bien Planchon de vue... Il paraît qu'il venait toujours assez tard dans la soirée et que, le plus souvent, il n'était guère solide sur ses jambes... Il s'asseyait à la terrasse et commandait de la bière...

— Sans doute pour chasser tous les cognacs qu'il avait bus ailleurs ?

— Je ne sais pas si vous connaissez l'endroit... Deux ou trois femmes se tiennent en permanence à la terrasse et suivent les passants des yeux... Elles travaillent surtout à la sortie du cinéma voisin...

» Le garçon m'en a désigné une.

» — Tenez ! Adressez-vous à Clémentine... C'est son nom... Elle pourra vous en dire plus long que moi... Je les ai vus plusieurs fois s'éloigner ensemble...

» Elle a tout de suite deviné que j'étais de la police et, au début, elle ne voulait rien admettre.

» — Qu'est-ce qu'il a fait ? se contentait-elle de questionner. Pourquoi le recherchez-vous ? Pourquoi voudriez-vous que je le connaisse ?...

» Petit à petit, elle s'est mise à parler et je crois que ce qu'elle m'a dit vous intéressera... Je pense même qu'il serait bon de prendre sa déposition par écrit tant qu'elle est bien disposée... Qu'est-ce que je fais ?...

— Tu l'emmènes à la P.J. J'y serai à peu près en même temps que toi...

Mme Maigret, résignée, allait déjà lui chercher ses souliers.

— Tu veux que j'appelle un taxi ?

— Oui...

Il endossait son manteau, n'oubliait pas son écharpe. Il venait de prendre un grog, car il se sentait toujours à la veille d'une bonne grippe.

Quai des Orfèvres, il salua le fonctionnaire solitaire, gravit le large escalier grisâtre et mal éclairé, trouva le couloir vide, alluma dans un bureau, poussa la porte du bureau des inspecteurs. Lapointe y était, le chapeau encore sur la tête, et une femme se leva de la chaise sur laquelle elle était assise.

A la même heure, aux quatre coins de Paris, des centaines de personnes qui lui ressemblaient comme des sœurs battaient la semelle dans l'ombre, non loin d'hôtels meublés à la porte discrètement entrouverte.

Elle portait des talons aiguilles d'une hauteur démesurée et ses jambes étaient maigres, toute la moitié inférieure de son corps était longue et mince. Ce n'est qu'à partir des hanches qu'elle s'épaississait et la disproportion était d'autant plus frappante qu'elle avait sur le dos un manteau court fait d'une fourrure à longs poils qui ressemblait à une peau de bique.

Le visage était rose bonbon, les cils charbonneux comme ceux d'une poupée.

— Mademoiselle a bien voulu me suivre... disait gentiment Lapointe.

Et elle répliquait avec une ironie sans méchanceté :

— Comme si vous ne m'auriez pas embarquée quand même !...

Elle paraissait impressionnée par le commissaire, qu'elle regardait de la tête aux pieds.

Il se débarrassait de son pardessus et lui faisait signe de se rasseoir. Lapointe s'était installé devant une machine à écrire, prêt à taper la déposition.

— Comment vous appelez-vous ?

— Antoinette Lesourd... Le plus souvent, je me fais appeler Sylvie... Antoinette, cela fait vieux... C'est le nom de ma grand-mère et...

— Vous connaissiez Planchon ?

— Je ne savais pas son nom... Il venait presque chaque soir à la brasserie et il avait toujours du vent dans les voiles... J'ai pensé, au début, que c'était un veuf qui noyait son chagrin... Il avait l'air si malheureux...

— C'est lui qui vous a adressé la parole ?

— Non. C'est moi... Et j'ai bien cru, la première fois, qu'il allait se sauver... Alors, je lui ai dit :

» — Moi aussi, j'ai eu des chagrins... Je sais ce que c'est... J'ai été mariée à un propre-à-rien qui est parti un beau matin avec ma fille...

» C'est quand je lui ai parlé de ma fille qu'il s'est soudain amadoué...

Et, tournée vers Lapointe :

— Vous n'allez pas écrire tout ça ?

— Seulement l'essentiel, intervint Maigret. Depuis combien de temps avez-vous fait connaissance ?

— Des mois... Attendez... L'été, je suis allée travailler à Cannes, où il y avait la flotte américaine... Je suis revenue en septembre... J'ai dû le rencontrer vers le début d'octobre...

— Il vous a suivie le premier soir ?

— Non. Il m'a payé un verre... Puis il m'a dit qu'il devait rentrer chez lui, qu'il se levait de bonne heure à cause de son travail et qu'il était tard... Ce n'est que deux ou trois jours après qu'il m'a suivie...

— Chez vous ?

— Je ne reçois jamais chez moi. D'ailleurs, la concierge ne le permettrait pas. C'est une maison convenable. Il y a même un juge qui habite au premier... Je vais, d'habitude, dans un meublé de la rue Lepic... Vous connaissez ?... Surtout, n'allez pas leur faire des ennuis... Avec tous les nouveaux règlements, on ne sait jamais où on en est...

— Planchon vous a souvent accompagnée ?

— Pas souvent... Peut-être une dizaine de fois en tout ?... Et encore, il lui est arrivé de ne rien faire...

— Il parlait ?

— Une fois, il m'a dit :

» — Vous voyez ! c'est eux qui ont raison... Je ne suis même pas un homme...

— Il ne vous donnait aucun détail sur sa vie ?

— J'avais remarqué son alliance, bien sûr... Un soir, je lui ai demandé :

» — C'est ta femme qui te fait des misères ?

» Et il m'a répondu que sa femme n'avait pas mérité de tomber sur un homme comme lui...

— Quand l'avez-vous vu pour la dernière fois ?

Au coup d'œil de Lapointe, toujours à la machine, Maigret comprit qu'il en était arrivé au point intéressant.

— Lundi soir...

— Comment pouvez-vous être sûre que c'était lundi ?

— Parce que, le lendemain, je me suis fait embarquer et que j'ai passé vingt-quatre heures au Dépôt... Vous pouvez le demander à vos collègues... Mon nom doit être inscrit sur la liste... Ils ont emmené un plein panier à salade...

— Quelle heure était-il, lundi, quand il est arrivé à la brasserie ?

— Il n'était pas tout à fait dix heures... Je venais juste de sortir car, à Montmartre, cela ne sert à rien de commencer tôt...

— Dans quel état était-il ?

— Il tenait à peine debout... J'ai vu tout de suite qu'il avait bu plus que d'habitude... Il est venu s'asseoir à côté de moi, sur la terrasse, près du brasero... Il ne parvenait pas à lever le bras pour appeler le garçon et il a balbutié :

» — Un cognac... Un cognac pour madame aussi...

» Nous nous sommes presque disputés... Je ne voulais pas qu'il boive d'alcool, dans l'état où il était, mais il tenait à son idée...

» — Je suis malade... qu'il disait. Il n'y a qu'un grand cognac pour me remettre...

— Il n'a rien dit d'autre qui vous ait frappée ?

Nouveau coup d'œil de Lapointe.

— Si… Une petite phrase que je n'ai pas comprise… Il a répété deux ou trois fois :

» — Lui non plus ne veut pas me croire…

— Il ne s'est pas expliqué ?

— Il grommelait :

» — T'en fais pas… Je me comprends… Et toi aussi, un jour, tu comprendras…

Maigret se souvenait du ton sur lequel Planchon, le même lundi, quelques heures avant cette scène, lui avait dit au téléphone, alors qu'il se trouvait encore place des Abbesses :

— *Je vous remercie…*

Il n'y avait pas seulement senti de l'amertume, du désenchantement, mais comme une menace.

— Vous êtes allés ensemble à l'hôtel ?

— Il le voulait… Mais, quand nous nous sommes trouvés dehors, il s'est étalé de tout son long sur le trottoir… Je l'ai aidé à se relever… Il était humilié…

» — Je leur montrerai que je suis un homme… gémissait-il.

» J'étais obligée de le soutenir. Je savais que le patron du meublé ne le laisserait pas entrer dans cet état et je n'avais pas envie non plus qu'il soit malade dans la chambre.

» — Où est-ce que tu habites ? lui ai-je demandé.

» — Là-haut…

» — Où ça, là-haut ?

» — Rue Tho… Rue Tho…

» C'est à peine s'il pouvait encore articuler.

» Rue Tholozé ?

» — Oui… Tout en… Tout en…

» Ce n'est pas toujours drôle, je vous assure !… J'avais peur qu'un agent nous repère et se figure que j'avais l'intention de l'entôler… On aurait sûrement prétendu que c'était moi qui l'avais fait boire… Je ne veux pas dire du mal de la police, mais vous avouerez que quelquefois…

— Continuez… Vous avez appelé un taxi ?

— Quand même pas !… J'étais raide… Je l'ai aidé à marcher… Nous avons mis près d'une demi-heure à atteindre le haut de la rue Tholozé, car il s'arrêtait sans cesse, les jambes flageolantes, et il me répétait, devant chaque bistrot, qu'un grand cognac le remettrait d'aplomb… Il a fini par s'arrêter devant une grille et, là, il est tombé une fois de plus… La grille n'était pas fermée… Il y avait une camionnette dans la cour, avec, dessus, un nom que je n'ai pas pu lire dans l'obscurité… Je ne l'ai lâché qu'à la porte…

— Les fenêtres étaient-elles éclairées ?

— De la lumière filtrait à travers les persiennes du rez-de-chaussée.

Je l'ai plaqué contre le mur, en espérant qu'il tiendrait debout assez longtemps, j'ai sonné et je suis partie en courant...

Pendant tout le temps qu'elle parlait, on avait entendu le cliquetis de la machine.

— Il lui est arrivé quelque chose ?

— Il a disparu.

— J'espère qu'on ne va pas s'imaginer que c'est moi ?

— Tranquillisez-vous...

— Vous croyez qu'on va me convoquer chez le juge ?

— J'espère que non... Et, si cela était, vous n'auriez rien à craindre...

Lapointe avait retiré la feuille de la machine à écrire et la tendait à la femme.

— Je dois lire ?

— Et signer.

— Cela ne m'attirera pas d'ennuis ?

Elle finit par écrire son nom d'une grande écriture maladroite.

— Qu'est-ce que je fais, maintenant ?

— Vous êtes libre...

— Vous croyez que je trouverai encore un autobus ?

Maigret prit un billet dans sa poche.

— Voici de quoi prendre un taxi...

Elle était à peine partie que le téléphone sonnait. C'était Janvier, qui avait appelé le boulevard Richard-Lenoir et à qui Mme Maigret avait appris que son mari était au Quai des Orfèvres.

— Plus rien, patron... J'ai fait le boulevard Rochechouart jusqu'à la place d'Anvers... J'ai remonté dix petites rues...

— Tu peux aller te coucher.

— Lapointe a trouvé quelque chose ?

— Oui. On t'en parlera demain...

Maigret, en rentrant chez lui, n'avait qu'une peur : celle de se réveiller avec de la fièvre. Il ressentait toujours un chatouillement désagréable dans les narines et il avait l'impression que ses paupières étaient brûlantes. En outre, sa pipe ne retrouvait pas son goût habituel.

Sa femme lui prépara encore un grog. Il transpira toute la nuit. A neuf heures du matin, il était assis, la tête un peu vide, dans l'antichambre du Parquet, où il attendit vingt bonnes minutes l'arrivée du substitut.

Le commissaire devait avoir l'air sombre, car le magistrat questionna :

— Alors, le type que vous avez convoqué vous fait des ennuis ?

— Non, mais il y a du nouveau.

— On a retrouvé votre entrepreneur de peinture ? Comment s'appelle-t-il encore ?

— Planchon... On ne l'a pas retrouvé... Nous avons pu reconstituer son emploi du temps pendant la soirée de lundi... Quand il est rentré chez lui, un peu avant onze heures du soir, il était tellement ivre qu'il ne tenait plus sur ses jambes et qu'il est tombé plusieurs fois sur le trottoir entre la place Blanche, où il a bu un dernier verre, et la rue Tholozé...

— Il était seul ?

— Une fille publique, avec qui il a eu plusieurs fois des rapports, le soutenait...

— Vous la croyez ?

— Je suis certain qu'elle dit la vérité... C'est elle qui a sonné à la porte du pavillon avant de s'éloigner, laissant Planchon en équilibre plus ou moins stable contre le mur... Il est impossible que le même homme, quelques minutes plus tard, soit monté au premier étage, ait rempli deux grosses valises de ses effets, soit redescendu en les portant pour s'éloigner enfin dans la rue...

— Il pourrait avoir pris quelque chose pour se dégriser... Il existe des médicaments...

— Sa femme et Prou en auraient parlé...

— Prou, c'est l'amant, n'est-ce pas ? C'est celui que vous avez convoqué ?... Qu'est-ce qu'il dit ?

Lourd et patient, le sang toujours à la tête, Maigret raconta en détail l'histoire des trois millions et des reçus. Il y avait d'abord le reçu signé Planchon.

— M. Pirouet, notre expert en écriture, n'est pas formel. Selon lui, le papier peut avoir été signé par un Planchon en état d'ivresse, mais le résultat serait semblable si la signature avait été imitée par une autre personne...

— Pourquoi parlez-vous de plusieurs reçus ?

— Parce que, dès le 24 décembre, Prou a emprunté deux millions d'anciens francs, un à son père, un autre à son beau-frère... Un de mes hommes est allé photographier ces reçus... Celui qui est dans les mains du beau-frère porte que la somme doit être remboursée en cinq ans et que Prou payera six pour cent d'intérêt... Celui du père, par contre, prévoit le remboursement dans les deux ans et ne mentionne pas d'intérêts...

— Vous pensez que ce sont des reçus de complaisance ?

— Non !... Mes collaborateurs ont vérifié. Le 23 décembre, la veille du versement, le père Prou a retiré un million, en billets de banque, de son compte à la Caisse d'épargne, où il possède un peu plus de deux millions... Quant au beau-frère, Mourier, il a, le même jour, retiré la même somme de son compte de chèques postaux...

— Il me semblait que vous aviez parlé de trois millions ?

— Le troisième million a été retiré, par Roger Prou, de son compte en banque, au Crédit Lyonnais... Il y avait donc bien, à cette date, trois millions d'anciens francs en numéraire dans le pavillon de la rue Tholozé...

— A quelle date l'acte de cession a-t-il été signé ?

— Le 29 décembre... Tout se passe comme si Prou et sa maîtresse avaient pris leurs dispositions, dès avant Noël, en attendant une occasion de faire signer l'acte par le mari...

— Je ne vois pas, dans ce cas...

Comme pour ajouter à la difficulté, Maigret ajoutait :

— M. Pirouet a analysé l'encre de la signature... Sans pouvoir fixer une date précise, il a la certitude qu'elle remonte à plus de deux semaines...

— Quelle est votre intention ? Vous laissez tomber ?

— Je suis venu vous demander un mandat de perquisition.

— Après ce que vous venez de me dire ?

Maigret, pas très fier, faisait oui de la tête.

— Que comptez-vous trouver dans la maison ? Le cadavre de votre Planchon ?

— Ce n'est guère probable.

— Les billets de banque ?

— Je ne sais pas...

— Vous y tenez vraiment ?

— Planchon n'était plus capable de marcher, lundi à onze heures du soir...

— Attendez-moi un instant... Je ne peux pas prendre cela sur moi... Je vais en toucher deux mots au procureur...

Maigret resta seul pendant une dizaine de minutes.

— Cela ne l'enchante pas plus que moi, surtout en ce moment où la police n'a déjà pas bonne presse... Enfin !...

C'était oui quand même et, quelques instants plus tard, le commissaire emportait le mandat signé. Il était dix heures moins dix. Il ouvrit brusquement le bureau des inspecteurs, ne vit pas Lapointe, aperçut Janvier.

— Prends une voiture dans la cour... Je descends tout de suite...

Puis il appelait au téléphone le service de l'Identité Judiciaire, donnait des instructions à Moers.

— Qu'ils soient là le plus vite possible... Et choisis les meilleurs...

Il descendit à son tour, prit place à côté de Janvier dans la petite auto noire.

— Rue Tholozé.

— Vous avez obtenu le mandat ?

— Je le leur ai arraché... J'aime autant ne pas penser à ce qui m'attend si on ne trouve rien et si la femme ou son amant se mettent à faire du foin...

Il était tellement enfoncé dans ses pensées que c'est à peine s'il remarqua que, pour la première fois depuis plusieurs jours, le soleil venait d'apparaître. Janvier parlait, tout en se faufilant entre les autobus et les taxis.

— En principe, ces gens-là ne travaillent pas le samedi... Je crois que c'est interdit par les syndicats, à moins de payer les heures au prix double... Il y a des chances pour que nous trouvions Prou chez lui...

Il n'y était pas. C'est Renée qui vint ouvrir après les avoir observés par une fenêtre et elle était plus méfiante, plus maussade que jamais.

— Encore ! s'exclama-t-elle.

— Prou n'est pas ici ?

— Il est allé finir un travail urgent... Qu'est-ce que vous voulez, cette fois ?

Maigret tira le mandat de sa poche, le lui donna à lire.

— Vous allez fouiller la maison ?... Ça, alors, c'est plus fort que tout...

Une camionnette de l'Identité Judiciaire, bourrée d'hommes et d'appareils, pénétrait dans la cour.

— Et ceux-là, qu'est-ce que c'est ?

— Mes collaborateurs... Je suis désolé, mais nous en avons pour un certain temps...

— Vous allez mettre du désordre ?

— Je le crains.

— Vous êtes sûr que vous en avez le droit ?

— Le mandat est signé du substitut.

Elle haussa les épaules.

— Cela m'avance bien ! Je ne sais même pas ce que c'est qu'un substitut !...

Elle les laissait pourtant entrer, les suivant les uns et les autres d'un regard sombre.

— J'espère que ce sera fini quand ma fille reviendra de l'école ?

— Cela dépend...

— De quoi ?

— De ce que nous trouverons.

— Si seulement vous me disiez ce que vous cherchez ?

— Votre mari, lundi soir, est bien parti avec deux valises, n'est-ce pas ?

— C'est moi qui vous en ai parlé.

— Je suppose qu'il emportait les trois millions que Prou lui a versés le 29 décembre ?

— Je n'en sais rien. On lui a remis l'argent et nous n'avions pas à nous occuper de ce qu'il en ferait...

— Il ne les a pas versés à son compte en banque.

— Vous avez vérifié ?

— Oui... Vous avez dit vous-même qu'il n'avait pas d'amis... Il est donc improbable qu'il ait confié cette somme à quelqu'un...

— Où voulez-vous en venir ?

— Depuis le 29 décembre, il ne promenait pas cette somme avec lui toute la journée... Cela fait un assez gros paquet, trois millions...

— Et alors ?

— Rien...

— C'est ça que vous cherchez ?

— Je ne sais pas...

Les spécialistes s'étaient déjà mis au travail, commençant par la cuisine. C'était une tâche à laquelle ils étaient habitués et ils l'accomplissaient avec méthode, ne laissant aucun coin inexploré, cherchant aussi bien dans les boîtes en fer qui contenaient de la farine, du sucre ou du café que dans les poubelles.

C'était fait avec tant d'aisance que cela ressemblait à une sorte de ballet et que la femme les regardait avec un étonnement presque émerveillé.

— Qui est-ce qui remettra tout en ordre ?

Maigret ne répondit pas.

— Je peux donner un coup de téléphone ? questionna-t-elle.

Elle appelait un appartement de la rue Lamarck, une certaine Mme Fajon, et lui demandait de parler au peintre qui travaillait chez elle.

— C'est toi ?... Ils sont revenus... Le commissaire, oui, avec des tas de gens qui mettent tout sens dessus dessous dans la maison... Il y en a même un qui prend des photographies... Non ! Il paraît qu'ils ont un mandat... Ils m'ont montré un papier soi-disant signé par un substitut... Oui... J'aimerais mieux que tu rentres...

Elle regardait Maigret d'un œil noir qui exprimait toujours une sorte de défi.

Un des hommes grattait des taches sur le parquet de la salle à manger et recueillait, dans de petits sachets, la poussière obtenue.

— Qu'est-ce qu'il fait, celui-là ? Il trouve que mon plancher n'est pas assez propre ?

Un autre, à l'aide d'un marteau de tapissier, frappait des coups sur les murs, et les photographies, les reproductions de tableaux étaient décrochées les unes après les autres puis remises en place plus ou moins de travers.

Deux hommes étaient montés au premier étage où on les entendait aller et venir.

— Ils vont en faire autant chez ma fille ?

— Je le crains.

— Qu'est-ce que je lui dirai, à Isabelle, quand elle rentrera ?

Ce fut la seule fois que Maigret plaisanta :

— Que nous avons joué à la chasse au trésor... Vous n'avez pas la télévision ?

— Non... On devait en acheter une le mois prochain...

— Pourquoi dites-vous *devait* ?

— Devait, doit, c'est la même chose, non ?... Si vous croyez que j'ai encore la tête à choisir mes mots...

Elle avait reconnu Janvier, évidemment !

— Quand je pense que celui-là est venu mesurer toutes les pièces de la maison sous je ne sais même plus quel prétexte...

On entendit une auto qui entrait dans la cour, une portière qui claquait, des pas rapides. Renée dut reconnaître ceux-ci car elle se dirigea tout de suite vers la porte.

— Regarde !... disait-elle à Roger Prou. Ils sont en train de tout fouiller, y compris mes casseroles et mon linge... Il y en a, là-haut, dans la chambre de la petite...

Les lèvres de Prou frémissaient de colère cependant qu'il toisait le commissaire.

— Vous avez le droit de faire ça ? questionna-t-il, la voix tremblante.

Maigret lui tendait le mandat.

— Et si je téléphonais à un avocat ?

— C'est votre droit. Il ne pourra qu'assister à la perquisition.

Vers midi, il y eut un cliquetis de la boîte aux lettres et, par la fenêtre, Maigret vit que c'était Isabelle qui rentrait. Sa mère se précipita et s'enferma avec elle dans la cuisine, où les hommes de l'Identité Judiciaire avaient terminé leur travail.

Sans doute, en questionnant la gamine, aurait-on pu apprendre des choses intéressantes mais, sauf en cas de stricte nécessité, Maigret répugnait à interroger les enfants.

Le bureau avait été fouillé sans résultat. Une partie des hommes se dirigeait vers la remise, au fond de la cour, et l'un d'entre eux grimpait dans la camionnette.

C'était du travail au peigne fin, accompli par des gens qui en avaient une longue habitude.

— Vous voulez monter, monsieur le commissaire ?

Prou, qui avait entendu aussi, suivait Maigret dans l'escalier.

Une chambre d'enfant, où un ours en peluche se trouvait encore sur le lit, donnait l'impression d'une maison en déménagement. L'armoire à glace avait été poussée dans un coin. Aucun meuble n'était à sa place et on avait soulevé le linoléum rougeâtre qui recouvrait le plancher.

Une des lames de bois avait été déclouée.

— Regardez ici...

Ce que Maigret regarda d'abord, c'est le visage de Prou, debout dans l'encadrement de la porte. Ce visage était devenu si dur que le commissaire cria à tout hasard :

— Attention, en bas...

Mais Prou ne bondit pas, comme on pouvait s'y attendre. Il ne s'avança pas non plus dans la pièce, n'éprouva pas le besoin de se pencher sur le trou dans le plancher, au fond duquel on voyait un paquet enveloppé de papier journal.

On ne toucha à rien avant l'arrivée du photographe. Puis il y eut, sur les planches grisâtres, le relevé des empreintes digitales.

Enfin Maigret put se courber, saisir le paquet et l'ouvrir. On vit des liasses de billets de dix mille francs, trois liasses, chacune de cent billets, et ceux d'une des liasses étaient neufs et craquants.

— Vous avez quelque chose à dire, Prou ?

— Je ne suis au courant de rien.

— Ce n'est pas vous qui avez placé l'argent dans cette cachette ?

— Pourquoi l'aurais-je fait ?

— Vous prétendez toujours que, lundi soir, votre ancien patron est parti d'ici avec deux valises qui contenaient ses effets, sans toutefois emporter les trois millions ?

— Je n'ai rien à ajouter.

— Ce n'est pas vous qui avez soulevé le linoléum, décloué une lame du parquet et caché les billets de dix mille francs ?

— Je ne sais rien de plus que ce que je vous ai dit hier.

— Ce n'est pas votre maîtresse ?

Il y eut comme une hésitation dans ses yeux.

— Ce qu'elle a pu faire ou ne pas faire ne me regarde pas.

8

Ce qu'elle a pu faire ou ne pas faire ne me regarde pas...

Cette phrase-là, le ton sur lequel elle était prononcée, le regard qui l'accompagnait ne devaient pas sortir de la mémoire de Maigret dans les mois qui suivirent.

Ce samedi-là, il y eut de la lumière, Quai des Orfèvres, jusqu'aux petites heures du matin. Le commissaire avait pris ses précautions et conseillé aux deux amants de désigner chacun un avocat. Comme ils n'en connaissaient pas, on leur avait fourni une liste des membres du Barreau et ils avaient choisi au petit bonheur.

Ainsi donc, les règles avaient été strictement observées. Un des avocats, celui de Renée, était jeune et blond et, comme malgré elle, elle s'était prise aussitôt à lui faire du charme. Celui de Prou, au contraire, était un avocat d'un certain âge, à la cravate mal nouée, au linge douteux, aux ongles noirs, qu'on voyait chasser le client des journées entières dans les couloirs du Palais.

Dix fois, vingt fois, cent fois Maigret répéta les mêmes questions, tantôt à Renée Planchon seule, tantôt à Prou, tantôt aux deux à la fois.

Au début, quand ils étaient mis face à face, ils semblaient se consulter du regard. Puis, à mesure que les interrogatoires se poursuivaient, à mesure qu'on les séparait pendant un certain temps pour les rassembler à nouveau, les regards devenaient plus méfiants.

Lorsqu'il les avait vus pour la première fois, Maigret avait pensé, non sans une certaine admiration, à un couple de fauves.

Le couple n'existait plus. Il restait deux fauves, et on sentait le moment proche où ils auraient envie de s'entre-déchirer.

— Qui a frappé votre mari ?

— Je n'en sais rien. J'ignore si on l'a frappé. Je suis montée avant qu'il parte...

— Vous m'aviez dit...

— Je ne sais plus ce que j'ai dit... Vous m'avez embrouillée avec vos questions...

— Vous saviez que les trois millions étaient dans la chambre de votre fille ?

— Non.

— Vous n'avez pas entendu votre amant déplacer les meubles, soulever le linoléum, déclouer une lame du parquet ?

— Je ne suis pas tout le temps à la maison... Je vous répète que je ne sais rien... Vous pouvez me questionner aussi longtemps que vous voudrez, je n'ai rien d'autre à dire...

— Vous n'avez pas entendu non plus la camionnette sortir de la cour, la nuit de lundi à mardi ?

— Non.

— Pourtant, des voisins l'ont entendue.

— Tant mieux pour eux.

Ce n'était pas vrai. Maigret s'était servi d'une ruse assez grossière. La concierge de l'immeuble voisin n'avait rien entendu. Il est vrai que sa loge était du côté opposé à la cour. On avait questionné les locataires sans résultat.

Quant à Prou, il répétait obstinément ce qu'il avait dit au commissaire lors de son premier interrogatoire Quai des Orfèvres.

— J'étais couché quand il est rentré... Renée s'est levée et est passée dans la salle à manger... Je les ai entendus parler assez longtemps... Quelqu'un est monté au premier étage...

— Vous n'étiez pas à écouter derrière la porte ?

— Si je vous l'ai dit, c'est que c'est vrai...

— Vous entendiez tout ce qui se passait à côté ?

— Pas très bien...

— Votre maîtresse aurait pu assommer Planchon sans que vous le sachiez ?

— Je me suis recouché et je me suis rendormi tout de suite.

— Avant le départ de votre ancien patron ?

— Je n'en sais rien...

— Vous n'avez pas entendu la porte de la cour se refermer ?

— Je n'ai rien entendu...

Les avocats approuvaient, chacun adoptant l'attitude de son client. A cinq heures du matin, Prou et sa maîtresse étaient conduits séparément au Dépôt. Quant à Maigret, il ne resta qu'une heure dans son lit, but cinq ou six tasses de café noir avant de se diriger une fois de plus vers les bureaux, trop solennels à son goût, du Parquet. Cette fois, bien qu'on fût dimanche, il eut droit à une entrevue avec le procureur en personne et il resta près de deux heures enfermé avec lui.

— On n'a toujours pas retrouvé le corps ?

— Non.

— Pas de traces de sang dans la maison ou dans la camionnette ?

— Pas jusqu'à présent.

Faute de cadavre, il n'était pas encore possible d'inculper le couple de meurtre. Restaient les billets qui, le reçu en faisait foi, appartenaient à Planchon et qui n'avaient aucune raison de se trouver sous le plancher d'Isabelle.

Celle-ci avait été conduite dans un home d'enfants.

Maigret eut encore droit à trois heures d'interrogatoire, le lundi matin, toujours en présence des avocats, après quoi un juge d'instruction prit l'affaire en main. C'étaient les nouvelles méthodes, auxquelles il fallait bien se résigner.

Est-ce que le magistrat était plus heureux que lui ? Il l'ignorait, car on ne se donnait pas la peine de le tenir au courant.

Ce n'est qu'une semaine plus tard qu'un corps fut retiré de la Seine au barrage de Suresnes. Une dizaine de personnes, en particulier les propriétaires des bars de Montmartre que Planchon fréquentait chaque soir et la fille qui se faisait appeler Sylvie, l'identifièrent.

Quant à Prou et à Renée, amenés séparément devant le cadavre décomposé, ils ne desserrèrent pas les dents.

Selon le médecin légiste, Planchon avait été tué de plusieurs coups portés sur la tête avec un instrument lourd probablement enveloppé de tissu.

On l'avait ensuite ficelé dans un sac et il devait y avoir plus tard une bataille d'experts au sujet de ce sac et de la corde qui le fermait. Dans la remise au fond de la cour, en effet, on avait retrouvé des sacs semblables, ainsi que de la corde qui servait à maintenir les échelles, qui paraissaient de compositions identiques.

De tout cela, Maigret n'eut pas connaissance pendant plusieurs mois. Le printemps eut le temps de faire fleurir les marronniers. On sortit en veston. On identifia un jeune Anglais comme le voleur de bijoux des grands hôtels et Interpol retrouva sa trace en Australie tandis que certaines pierres desserties étaient récupérées en Italie.

L'affaire Planchon ne vint aux assises que peu de jours avant les vacances judiciaires et Maigret se retrouva, avec un certain nombre de personnes connues et inconnues de lui, enfermé dans la salle des témoins.

Quand ce fut son tour de s'avancer à la barre, il comprit, au premier coup d'œil lancé vers les accusés, que la passion de Renée Planchon et de Prou s'était petit à petit transformée en haine.

Chacun se défendait pour son compte, quitte à laisser peser les soupçons sur l'autre. L'œil dur, méchant, ils s'épiaient.

— Vous jurez de dire la vérité, toute la vérité, rien que la vérité ?...

Il refaisait le geste de la main qu'il avait fait tant de fois dans la même enceinte.

— Je le jure !

— Dites aux jurés ce que vous savez de cette affaire.

A ce moment-là encore, les deux accusés l'observaient avec ressentiment. N'était-ce pas lui qui avait déclenché l'enquête et ne lui devaient-ils pas leur arrestation ?

Il était évident que le coup avait été prémédité, monté de longue date. Prou n'avait-il pas eu l'astuce d'emprunter deux millions, dès le 24 décembre, à son père et à son beau-frère ?

N'était-il pas naturel de racheter, à un ivrogne devenu incapable, l'affaire dans laquelle il travaillait ?

Ces reçus-là étaient authentiques. L'argent avait bel et bien été versé.

Mais Planchon n'en avait jamais rien su. Il ignorait ce qui se tramait dans sa propre maison. S'il sentait qu'on voulait l'évincer il n'imaginait pas que l'opération était déjà commencée, ni que, le 29 décembre, ou en tout cas vers cette époque, sa femme tapait un faux acte de cession au bas duquel on imitait sa signature.

Qui ? Renée ou son amant ?

De cela aussi, les experts allaient discuter à perdre haleine et il y aurait même, entre deux, des paroles aigres-douces.

— Le samedi soir... commençait Maigret.

— Parlez plus fort.

— Le samedi soir, lorsque je suis rentré chez moi, vers sept heures, j'ai trouvé un homme qui m'attendait.

— Vous le connaissiez ?

— Je ne le connaissais pas, mais j'ai deviné tout de suite qui il était à cause de son bec-de-lièvre... Depuis près de deux mois, en effet, un homme répondant à son signalement venait me demander, au Quai des Orfèvres, le samedi après-midi, mais disparaissait avant que j'aie eu l'occasion de le recevoir...

— Vous reconnaissez formellement qu'il s'agit de Léonard Planchon ?

— Oui.

— Que vous voulait-il ?

Faisant face aux jurés, le commissaire tournait le dos aux deux accusés, de sorte qu'il ne vit pas leurs réactions.

Ne furent-ils pas stupéfaits en constatant que, contre leur attente, il venait apporter de l'eau à leur moulin ?

Dans un silence total, suivi d'une rumeur telle que le président dut menacer de faire évacuer le prétoire, Maigret prononça distinctement :

— Il venait me faire part de son intention de tuer sa femme et l'amant de celle-ci...

Il avait envie, mentalement, d'en demander pardon au pauvre Planchon. Mais n'avait-il pas juré, quelques instants plus tôt, de dire la vérité, toute la vérité, rien que la vérité ?

Le calme rétabli, il put répondre aux questions précises du président et, sa déposition terminée, il n'eut guère le loisir de traîner dans la salle, car on venait lui annoncer la découverte d'un crime dans un appartement luxueux de la rue Lauriston.

Il n'y eut pas d'aveux. Les charges n'en étaient pas moins assez accablantes pour que le jury réponde par l'affirmative à la première question.

Ironiquement, c'est la déposition de Maigret qui sauva la tête de Roger Prou et lui valut les circonstances atténuantes.

— Vous avez entendu la déposition du commissaire... avait plaidé l'avocat. C'était l'un ou l'autre... Même si mon client a tué, il était en quelque sorte en état de légitime défense...

Antoinette, la fille aux longues jambes et aux hanches épaisses qui se faisait appeler Sylvie, était dans la salle quand le chef du jury vint donner lecture du verdict.

Vingt ans pour Roger Prou, huit ans pour Renée Planchon, qui regarda son ancien amant avec tant de haine qu'un frisson passa dans l'assistance.

— Vous avez lu, patron ?

Janvier montrait à Maigret un journal dont l'encre était encore fraîche et qui annonçait le verdict en première page.

Le commissaire ne fit qu'y jeter un coup d'œil et se contenta de grommeler :

— Pauvre type !

N'avait-il pas un peu l'impression d'avoir trahi l'homme au bec-de-lièvre dont les dernières paroles, au téléphone, avaient pourtant été :

— *Je vous remercie...*

Noland (Vaud), le 27 février 1962.

MAIGRET ET LE CLOCHARD

1

Il y eut un moment, entre le quai des Orfèvres et le pont Marie, où Maigret marqua un temps d'arrêt, si court que Lapointe, qui marchait à son côté, n'y fit pas attention. Et pourtant, pendant quelques secondes, peut-être moins d'une seconde, le commissaire venait de se retrouver à l'âge de son compagnon.

Cela tenait sans doute à la qualité de l'air, à sa luminosité, à son odeur, à son goût. Il y avait eu un matin tout pareil, des matins pareils, au temps où, jeune inspecteur fraîchement nommé à la Police Judiciaire que les Parisiens appelaient encore la Sûreté, Maigret appartenait au service de la voie publique et déambulait du matin au soir dans les rues de Paris.

Bien qu'on fût déjà le 25 mars, c'était la première vraie journée de printemps, d'autant plus limpide qu'il y avait eu, pendant la nuit, une dernière averse accompagnée de lointains roulements de tonnerre. Pour la première fois de l'année aussi, Maigret venait de laisser son pardessus dans le placard de son bureau et, de temps en temps, la brise gonflait son veston déboutonné.

A cause de cette bouffée du passé, il avait adopté sans s'en rendre compte son pas d'autrefois, ni lent ni rapide, pas tout à fait le pas d'un badaud qui s'arrête aux menus spectacles de la rue, pas non plus celui de quelqu'un qui se dirige vers un but déterminé.

Les mains jointes derrière le dos, il regardait autour de lui, à droite, à gauche, en l'air, enregistrant des images auxquelles, depuis longtemps, il ne prêtait plus attention.

Pour un aussi court trajet, il n'était pas question de prendre une des voitures noires rangées dans la cour de la P.J. et les deux hommes longeaient les quais. Leur passage, sur le parvis de Notre-Dame, avait fait s'envoler des pigeons et il y avait déjà un car de touristes, un gros car jaune, qui venait de Cologne.

Franchissant la passerelle de fer, ils avaient atteint l'île Saint-Louis et, dans l'encadrement d'une fenêtre, Maigret avait remarqué une jeune femme de chambre en uniforme et en bonnet de dentelle blanche qui semblait sortir d'une pièce des Boulevards. Un garçon boucher, en uniforme aussi, livrait la viande un peu plus loin ; un facteur sortait d'un immeuble.

Les bourgeons avaient éclaté le matin même, mouchetant les arbres de vert tendre.

— La Seine reste haute, remarqua Lapointe, qui n'avait encore rien dit.

C'était vrai. Depuis un mois, c'est à peine s'il cessait parfois de pleuvoir pendant quelques heures et presque chaque soir la télévision montrait des rivières en crue, des villes et des villages où l'eau déferlait dans les rues. Celle de la Seine, jaunâtre, charriait des détritus, des vieilles caisses, des branches d'arbres.

Les deux hommes suivaient le quai de Bourbon jusqu'au pont Marie qu'ils franchissaient de leur démarche paisible et ils pouvaient voir, en aval, une péniche grisâtre peinte à l'avant du triangle blanc et rouge de la Compagnie Générale. Elle s'appelait le *Poitou* et une grue, dont le halètement et les grincements se mêlaient aux bruits confus de la ville, déchargeait le sable dont ses cales étaient pleines.

Une autre péniche se trouvait amarrée en amont du pont, à une cinquantaine de mètres de la première. Plus propre, elle semblait astiquée du matin et un drapeau belge flottait paresseusement à l'arrière tandis que, près de la cabine blanche, un bébé dormait dans un berceau de toile en forme de hamac et qu'un homme très grand, aux cheveux d'un blond pâle, regardait en direction du quai comme s'il attendait quelque chose.

Le nom du bateau, en lettres dorées, était *De Zwarte Zwaan*, un nom flamand, que ni Maigret ni Lapointe ne comprenaient.

Il était dix heures moins deux ou trois minutes. Les policiers atteignaient le quai des Célestins et, alors qu'ils allaient descendre la rampe vers le port, une auto s'arrêta, trois hommes en descendirent, la portière claqua.

— Tiens ! On arrive en même temps...

Ils venaient du Palais de Justice aussi, mais de la partie plus imposante réservée aux magistrats. Il y avait le substitut Parrain, le juge Dantziger et un vieux greffier dont Maigret ne se rappelait jamais le nom, bien qu'il l'eût rencontré des centaines de fois.

Les passants qui allaient à leurs affaires, les enfants qui jouaient sur le trottoir d'en face ne se doutaient pas qu'il s'agissait d'une descente de Parquet. Dans le matin clair, cela ne faisait pas du tout solennel. Le substitut sortait de sa poche un étui à cigarettes en or, le tendait machinalement à Maigret qui avait sa pipe à la bouche.

— C'est vrai... J'oubliais...

Il était grand, mince et blond, distingué, et le commissaire pensa une fois de plus que c'était une spécialité du Parquet. Le juge Dantziger, lui, petit et rond, était habillé sans recherche. On trouve des juges d'instruction de toutes sortes. Pourquoi, au Parquet, ressemblaient-ils tous plus ou moins aux attachés de cabinet des ministres dont ils avaient les manières, l'élégance et souvent la morgue ?

— On y va, messieurs ?

Ils descendaient la rampe aux pavés inégaux, arrivaient au bord de l'eau, non loin de la péniche.

— C'est celle-ci ?

Maigret n'en savait guère plus que ses compagnons. Il avait lu, dans les rapports journaliers, le récit succinct de ce qui s'était passé au cours de la nuit et un coup de téléphone, une demi-heure plus tôt, l'avait prié d'assister à la descente du Parquet.

Cela ne lui déplaisait pas. Il retrouvait un monde, une ambiance qu'il avait connus à plusieurs reprises. Tous les cinq s'avançaient vers la péniche à moteur qu'une planche reliait à la rive et le grand marinier blond faisait quelques pas à leur rencontre.

— Donnez-moi la main, dit-il au substitut qui marchait le premier. C'est plus prudent, n'est-ce pas ?

Son accent flamand était prononcé. Le visage aux traits très dessinés, les yeux clairs, les grands bras, la façon de se mouvoir rappelaient les coureurs cyclistes de son pays qu'on voit interviewer après les courses.

Ici, on entendait plus fort le bruit de la grue qui déchargeait le sable.

— Vous vous appelez Joseph Van Houtte ? questionnait Maigret après avoir jeté un coup d'œil à un bout de papier.

— Jef Van Houtte, oui, monsieur.

— Vous êtes le propriétaire de ce bateau ?

— Bien sûr, monsieur, que je suis le propriétaire, qui est-ce qui le serait, autrement ?

Une bonne odeur de cuisine montait de la cabine et, au bas de l'escalier recouvert d'un linoléum à fleurs, on voyait une femme très jeune qui allait et venait.

Maigret désignait le bébé dans son berceau.

— C'est votre fils ?

— Ça n'est pas un fils, monsieur ; ça est une fille. Yolande, qu'elle s'appelle. Ma sœur s'appelle Yolande aussi et c'est elle qui est la marraine...

Le substitut Parrain éprouva le besoin d'intervenir, après avoir fait signe au greffier de prendre des notes.

— Racontez-nous ce qui s'est passé.

— Eh bien ! je l'ai repêché et le camarade de l'autre bateau m'a aidé...

Il désignait le *Poitou,* à l'arrière duquel un homme, adossé au gouvernail, regardait de leur côté comme s'il attendait son tour.

Un remorqueur fit entendre plusieurs coups de sirène et passa lentement, remontant le courant avec quatre péniches derrière lui. Chaque fois que l'une d'elles arrivait à hauteur du *Zwarte Zwaan,* Jef Van Houtte levait le bras droit pour saluer.

— Vous connaissiez le noyé ?

— Je ne l'avais seulement jamais vu...

— Depuis combien de temps êtes-vous amarré à ce quai ?

— Depuis hier soir. Je viens de Jeumont, avec un chargement d'ardoises pour Rouen... Je comptais traverser Paris et m'arrêter pour la nuit à l'écluse de Suresnes... Je me suis aperçu tout à coup que quelque chose n'allait pas dans le moteur... Nous, on n'aime pas tellement coucher en plein Paris, vous comprenez ?...

De loin, Maigret apercevait deux ou trois clochards qui se tenaient sous le pont et, parmi eux, une femme très grosse qu'il lui semblait avoir déjà vue.

— Comment cela s'est-il passé ? L'homme s'est jeté à l'eau ?

— Je ne crois pas, hein, monsieur. S'il s'était jeté à l'eau, qu'est-ce que les deux autres seraient venus faire ici ?

— Quelle heure était-il ? Où étiez-vous ? Dites-nous en détail ce qui s'est passé pendant la soirée. Vous vous êtes amarré au quai peu avant la tombée de la nuit ?

— C'est juste.

— Avez-vous remarqué un clochard sous le pont ?

— Ces choses-là, on ne remarque pas. Il y en a presque toujours.

— Qu'est-ce que vous avez fait ensuite ?

— On a dîné, Hubert, Anneke et moi...

— Qui est Hubert ?

— C'est mon frère. Il travaille avec moi. Anneke, c'est ma femme. Son prénom est Anna, mais, nous, on dit Anneke...

— Ensuite ?

— Mon frère a mis son beau costume et est allé danser. C'est de son âge, n'est-ce pas ?

— Quel âge a-t-il ?

— Vingt-deux ans.

— Il est ici ?

— Il est allé aux provisions. Il va revenir.

— Qu'avez-vous fait après dîner ?

— Je suis allé travailler au moteur. J'ai vu tout de suite qu'il y avait une fuite d'huile et, comme je comptais partir ce matin, j'ai fait la réparation.

Il les observait tour à tour, à petits coups aurait-on dit, avec la méfiance des gens qui n'ont pas l'habitude d'avoir affaire à la justice.

— A quel moment avez-vous terminé ?

— Je n'ai pas terminé. C'est seulement ce matin que j'ai fini le travail.

— Où étiez-vous quand vous avez entendu les cris ?

Il se gratta la tête, regarda devant lui le vaste pont luisant de propreté.

— D'abord, je suis remonté une fois pour fumer une cigarette et pour voir si Anneke dormait.

— A quelle heure ?

— Vers dix heures... Je ne sais pas au juste...

— Elle dormait ?

— Oui, monsieur. Et la petite dormait aussi. Il y a des nuits où elle pleure, parce qu'elle fait ses premières dents...

— Vous êtes retourné à votre moteur ?

— C'est sûr...

— La cabine était dans l'obscurité ?

— Oui, monsieur, puisque ma femme dormait.

— Le pont aussi ?

— Certainement.

— Ensuite ?

— Ensuite, longtemps après, j'ai entendu un bruit de moteur, comme si une auto s'arrêtait non loin du bateau.

— Vous n'êtes pas allé voir ?

— Non, monsieur. Pourquoi est-ce que je serais allé voir ?

— Continuez.

— Un peu plus tard, il y a eu un plouf...

— Comme si quelqu'un tombait dans la Seine ?

— Oui, monsieur.

— Et alors ?

— J'ai monté l'échelle et j'ai passé la tête par l'écoutille.

— Qu'avez-vous vu ?

— Deux hommes qui couraient vers l'auto...

— Il y avait donc bien une auto ?

— Oui, monsieur. Une auto rouge. Une 403 Peugeot.

— Il faisait assez clair pour que vous la distinguiez ?

— Il y a un réverbère juste au-dessus du mur.

— Comment étaient les deux hommes ?

— Le plus petit portait un imperméable clair et avait de larges épaules.

— Et l'autre ?

— Je ne l'ai pas si bien remarqué parce qu'il est entré le premier dans l'auto. Il a tout de suite mis le moteur en marche...

— Vous n'avez pas noté le numéro minéralogique ?

— Le quoi ?

— Le numéro inscrit sur la plaque ?

— Je sais seulement qu'il y avait deux 9 et que cela finissait par 75...

— Quand avez-vous entendu les cris ?

— Quand l'auto s'est mise en marche...

— Autrement dit, il s'est écoulé un certain temps entre le moment où l'homme a été jeté à l'eau et le moment où il a crié ? Sinon, vous auriez entendu les cris plus tôt ?

— Je pense, hein, monsieur. La nuit, c'est plus calme que maintenant.

— Quelle heure était-il ?

— Passé minuit...

— Il y avait des passants sur le pont ?

— Je n'ai pas regardé en l'air...

Au-dessus du mur, sur le quai, quelques passants s'étaient arrêtés, intrigués par ces hommes qui discutaient sur le pont d'un bateau. Il sembla à Maigret que les clochards s'étaient avancés de quelques mètres. Quant à la grue, elle continuait à puiser le sable dans la cale du *Poitou* et à le déverser dans des camions qui attendaient leur tour.

— Il a crié fort ?

— Oui, monsieur...

— Quel genre de cri ? Il appelait au secours ?

— Il criait... Puis on n'entendait plus rien... Puis...

— Qu'avez-vous fait ?

— J'ai sauté dans la barque et je l'ai détachée...

— Vous pouviez voir l'homme qui se noyait ?

— Non, monsieur... Pas tout de suite... Le patron du *Poitou* avait dû entendre aussi, car il courait le long de son bateau en essayant d'attraper quelque chose avec sa gaffe...

— Continuez...

Le Flamand faisait apparemment son possible, mais cela lui était difficile et on voyait la sueur perler à son front.

— Là !... là !... qu'il disait.

— Qui ?

— Le patron du *Poitou*.

— Et vous avez vu ?

— A certains moments, je voyais, et à d'autres je ne voyais pas...

— Parce que le corps s'enfonçait ?

— Oui, monsieur... Et il était entraîné par le courant...

— Votre barque aussi, je suppose ?

— Oui, monsieur... Le camarade a sauté dedans...

— Celui du *Poitou* ?

Jef soupira, pensant sans doute que ses interlocuteurs n'étaient pas très subtils. Pour lui, c'était tout simple et il avait dû vivre des scènes semblables plusieurs fois dans sa vie.

— A vous deux, vous l'avez repêché ?...

— Oui...

— Comment était-il ?

— Il avait encore les yeux ouverts et, dans la barque, il s'est mis à vomir...

— Il n'a rien dit ?
— Non, monsieur.
— Il paraissait effrayé ?
— Non, monsieur.
— De quoi avait-il l'air ?
— De rien. A la fin, il n'a plus bougé et l'eau a continué de couler de sa bouche.
— Il gardait les yeux ouverts ?
— Oui, monsieur. J'ai pensé qu'il était mort.
— Vous avez été chercher du secours ?
— Non, monsieur. Ce n'est pas moi.
— Votre camarade du *Poitou* ?
— Non. Quelqu'un nous a appelés, du pont.
— Il y avait donc quelqu'un sur le pont Marie ?
— A ce moment-là, oui. Il nous a demandé s'il s'agissait d'un noyé. J'ai répondu que oui. Il a crié qu'il allait prévenir la police.
— Il l'a fait ?
— Sans doute, puisqu'un peu plus tard deux agents sont arrivés à vélo.
— Il pleuvait déjà ?
— Il s'est mis à pleuvoir et à tonner quand le type a été hissé sur le pont.
— De votre bateau ?
— Oui...
— Votre femme s'est éveillée ?
— Il y avait de la lumière dans la cabine et Anneke, qui avait passé un manteau, nous regardait.
— Quand avez-vous vu le sang ?
— Quand l'homme a été couché près du gouvernail. Ça lui sortait par une fente qu'il avait à la tête.
— Une fente ?
— Un trou... Je ne sais pas comment vous appelez ça...
— Les agents sont arrivés tout de suite ?
— Presque tout de suite.
— Et le passant qui les avait prévenus ?
— Je ne l'ai pas revu.
— Vous ne savez pas qui il est ?
— Non, monsieur.

Il fallait un certain effort, dans la lumière du matin, pour imaginer cette scène nocturne, que Jef Van Houtte racontait du mieux qu'il pouvait, en cherchant ses mots, comme s'il devait les traduire un à un du flamand.

— Vous savez sans doute que le clochard a été frappé à la tête avant d'être jeté à l'eau ?

— C'est ce que le docteur a dit. Car un des agents est allé chercher un docteur. Puis une ambulance est venue. Le blessé une fois parti, j'ai dû laver le pont où il y avait une grande flaque de sang...

— Comment, selon vous, les choses se sont-elles passées ?

— Je ne sais pas, moi, monsieur.

— Vous avez dit aux agents...

— J'ai dit ce que je croyais, n'est-ce pas ?

— Répétez-le.

— Je suppose qu'il dormait sous le pont...

— Mais vous ne l'aviez pas vu auparavant ?

— Je n'avais pas fait attention... Il y a toujours des gens qui dorment sous les ponts...

— Bon. Une auto a descendu la rampe...

— Une auto rouge... Ça, je suis sûr...

— Elle s'est arrêtée non loin de votre péniche ?

Il fit oui de la tête, tendit le bras vers un certain point de la berge.

— Est-ce que le moteur a continué de tourner ?

Cette fois, la tête fit non.

— Mais vous avez entendu des pas ?

— Oui, monsieur.

— Les pas de deux personnes ?

— J'ai vu deux types qui revenaient vers l'auto...

— Vous ne les avez pas vus se diriger vers le pont ?

— Je travaillais en bas, au moteur.

— Ces deux individus, dont l'un portait un imperméable clair, auraient assommé le clochard endormi et l'auraient jeté dans la Seine ?

— Quand je suis monté, il était déjà dans l'eau...

— Le rapport du médecin affirme qu'il ne peut pas s'être fait cette blessure à la tête en tombant à l'eau... Pas même au cours d'une chute accidentelle sur le bord du quai...

Van Houtte les regardait avec l'air de dire que cela n'était pas son affaire.

— Nous pouvons interroger votre femme ?

— Je veux bien que vous parliez à Anneke. Seulement, elle ne vous comprendra pas, car elle ne parle que le flamand...

Le substitut regardait Maigret comme pour lui demander s'il avait des questions à poser et le commissaire faisait signe que non. S'il en avait, ce serait plus tard, lorsque ces messieurs du Parquet ne seraient plus là.

— Quand est-ce que nous pourrons partir ? questionnait le marinier.

— Dès que vous aurez signé votre déposition. A condition de nous laisser savoir où vous allez...

— A Rouen.

— Il faudra nous tenir ensuite au courant de vos déplacements. Mon greffier viendra vous faire signer les pièces.

— Quand ?

— Sans doute au début de l'après-midi...

Cela contrariait évidemment le marinier.

— Au fait, à quelle heure votre frère est-il rentré à bord ?

— Un peu après le départ de l'ambulance.

— Je vous remercie...

Jef Van Houtte l'aidait à nouveau à franchir l'étroite passerelle et le petit groupe se dirigeait vers le pont tandis que les clochards, de leur côté, reculaient de quelques mètres.

— Qu'est-ce que vous en pensez, Maigret ?

— Je pense que c'est curieux. Il est assez rare qu'on s'attaque à un clochard...

Sous l'arche du pont Marie, il y avait, contre le mur de pierre, ce qu'on aurait pu appeler une niche. C'était informe, cela n'avait pas de nom et pourtant cela avait été, depuis un certain temps, semblait-il, le gîte d'un être humain.

La stupéfaction du substitut était drôle à voir et Maigret ne put s'empêcher de lui dire :

— Il y en a ainsi sous tous les ponts. On peut d'ailleurs voir un abri du même genre juste en face de la P.J.

— La police ne fait rien ?

— Si elle les démolit, ils repoussent un peu plus loin...

C'était fait de vieilles caisses, de morceaux de bâche. Il y avait juste assez de place pour qu'un homme puisse s'y recroqueviller. Par terre, de la paille, des couvertures déchirées, des journaux répandaient une odeur forte, malgré le courant d'air.

Le substitut se gardait de toucher à quoi que ce fût et c'est Maigret qui se pencha pour effectuer un rapide inventaire.

Un cylindre de tôle, avec des trous et une grille, avait servi de fourneau et était encore couvert de cendres blanchâtres. Tout près, des morceaux de charbon de bois ramassés Dieu sait où. En remuant les couvertures, le commissaire mit au jour une sorte de trésor : deux quignons de pain rassis, une dizaine de centimètres de saucisson à l'ail et, dans un autre coin, des livres dont il lut les titres à mi-voix.

— *Sagesse,* de Verlaine... *Oraisons funèbres,* de Bossuet...

Il saisit un fascicule qui avait dû traîner longtemps sous la pluie et qu'on avait sans doute ramassé dans une poubelle. C'était un numéro ancien de la *Presse médicale...*

Enfin, la moitié d'un livre, la seconde moitié seulement : le *Mémorial de Sainte-Hélène.*

Le juge Dantziger paraissait aussi stupéfait que le représentant du Parquet.

— Drôles de lectures, remarqua-t-il.

— Il ne choisissait pas nécessairement...

Toujours sous les couvertures trouées Maigret découvrait des vêtements : un chandail gris très rapiécé, avec des taches de peinture, qui avait probablement appartenu à un peintre, un pantalon de coutil jaunâtre, des pantoufles de feutre à la semelle trouée et cinq chaussettes dépareillées. Enfin, une paire de ciseaux dont une des pointes était cassée.

— L'homme est mort ? questionna le substitut Parrain tout en se tenant à distance comme s'il craignait d'attraper des puces.

— Il vivait il y a une heure, quand j'ai téléphoné à l'Hôtel-Dieu.

— On espère le sauver ?

— On essaie... Il a une fracture du crâne et on craint, en outre, qu'une pneumonie se déclare...

Maigret tripotait une voiture d'enfant délabrée dont le clochard devait se servir lorsqu'il allait fouiller les poubelles. Se tournant vers le petit groupe toujours attentif, il observa les visages l'un après l'autre. Certains se détournaient. D'autres n'exprimaient que l'hébétude.

— Approche, toi !... dit-il à la femme en la désignant du doigt.

Si cela s'était produit trente ans plus tôt, quand il travaillait à la voie publique, il aurait pu mettre un nom sur chaque visage car, à cette époque, il connaissait la plupart des clochards de Paris.

Ils n'avaient pas tellement changé, d'ailleurs, mais ils étaient devenus beaucoup moins nombreux.

— Où est-ce que tu couches ?

La femme lui souriait, comme pour l'amadouer.

— Là... disait-elle en montrant le pont Louis-Philippe.

— Tu connaissais le type qu'on a repêché la nuit dernière ?

Elle avait le visage bouffi et son haleine sentait le vin aigre. Les mains sur le ventre, elle hochait la tête.

— Nous, on l'appelait le Toubib.

— Pourquoi ?

— Parce que c'était quelqu'un d'instruit... on dit qu'il a été vraiment médecin autrefois...

— Il y a longtemps qu'il vivait sous les ponts ?

— Des années...

— Combien ?

— Je ne sais pas... Je ne les compte plus...

Cela la faisait rire et elle repoussait une mèche grise qui lui tombait dans la figure. La bouche fermée, elle paraissait âgée d'une soixantaine d'années. Mais, quand elle parlait, elle découvrait une mâchoire presque entièrement édentée et elle semblait beaucoup plus vieille. Ses yeux, pourtant, restaient rieurs. De temps en temps, elle se tournait vers les autres, comme pour les prendre à témoin.

— Ce n'est pas vrai ? leur demandait-elle.

Ils hochaient la tête, encore que mal à l'aise en présence de la police et de ces messieurs trop bien habillés.

— Il vivait seul ?

Cela la fit rire à nouveau.

— Avec qui il aurait vécu ?

— Il a toujours habité sous ce pont-ci ?

— Pas toujours... Je l'ai connu sous le Pont-Neuf... Et, avant ça, quai de Bercy...

— Il faisait les Halles ?

N'est-ce pas aux Halles que la plupart des clochards se retrouvent la nuit ?

— Non, répondait-elle.

— Les poubelles ?

— Des fois...

Ainsi, malgré la voiture d'enfant, ce n'était pas un spécialiste des vieux papiers et des chiffons, ce qui expliquait qu'il eût déjà été couché au début de la nuit.

— Il était surtout homme-sandwich...

— Qu'est-ce que tu sais d'autre ?

— Rien...

— Il ne t'a jamais parlé ?

— Bien sûr que si... C'est même moi qui, de temps en temps, lui coupais les cheveux... Il faut se rendre service...

— Il buvait beaucoup ?

Maigret savait que la question n'avait guère de sens, qu'ils buvaient à peu près tous.

— Du rouge ?

— Comme les autres.

— Beaucoup ?

— Je ne l'ai jamais vu ivre... Ce n'est pas comme moi...

Et elle riait encore.

— Je vous connais, vous savez, et je sais que vous n'êtes pas méchant. Vous m'avez questionnée, une fois, dans votre bureau, il y a longtemps, peut-être vingt ans, quand je travaillais encore à la porte Saint-Denis...

— Tu n'as rien entendu, la nuit dernière ?

Du bras, elle désignait le pont Louis-Philippe, comme pour montrer la distance qui le sépare du pont Marie.

— C'est trop loin...

— Tu n'as rien vu ?

— Seulement les phares de l'ambulance... Je me suis un peu

approchée, pas trop, par crainte d'être embarquée, et j'ai reconnu que c'était une ambulance...

— Et vous autres ? questionnait Maigret, tourné vers les trois clochards.

Ils secouaient la tête, toujours inquiets.

— Si nous allions voir le marinier du *Poitou* ? proposait le substitut, mal à l'aise dans cette ambiance.

L'homme les attendait, fort différent du Flamand. Lui aussi avait sa femme et ses enfants à bord, mais la péniche ne lui appartenait pas et elle faisait presque toujours le même trajet, des sablières de la haute Seine à Paris. Il s'appelait Justin Goulet ; il était âgé de quarante-cinq ans. Court sur pattes, il avait des yeux malins et une cigarette éteinte était collée à ses lèvres.

Ici, il fallait parler fort, à cause du vacarme tout proche de la grue qui continuait à décharger le sable.

— C'est marrant, non ?

— Qu'est-ce qui est marrant ?

— Que des gens prennent la peine d'assommer un clochard et de le balancer à la flotte...

— Vous les avez vus ?

— Je n'ai rien vu du tout.

— Où étiez-vous ?

— Quand on a frappé le type ? Dans mon lit...

— Qu'est-ce que vous avez entendu ?

— J'ai entendu quelqu'un qui gueulait...

— Pas de voiture ?

— Il est possible que j'aie entendu une voiture, mais il en passe tout le temps sur le quai, là-haut, et je n'y ai pas fait attention...

— Vous êtes monté sur le pont ?

— En pyjama... Je n'ai pas pris le temps de passer un pantalon...

— Et votre femme ?

— Elle a dit dans son sommeil :

» — Où vas-tu ?...

— Une fois sur le pont du bateau, qu'avez-vous vu ?

— Rien... La Seine qui coulait, comme toujours, avec des remous... J'ai fait : « Ho ! Ho !... » pour que le type réponde et pour savoir de quel côté il était...

— Où se trouvait Jef Van Houtte à ce moment-là ?

— Le Flamand ?... J'ai fini par l'apercevoir sur le pont de son bateau... Il s'est mis à détacher sa chaloupe... Quand il est arrivé à ma hauteur, poussé par le courant, j'ai sauté dedans... L'autre, dans l'eau, apparaissait de temps en temps à la surface puis disparaissait... Le Flamand a essayé de l'attraper avec ma gaffe...

— Une gaffe terminée par un gros crochet de fer ?

— Comme toutes les gaffes...

— Ce n'est pas en essayant ainsi de l'accrocher qu'on l'aurait blessé à la tête ?

— Sûrement pas... en fin de compte, on l'a eu par le fond de son pantalon... Je me suis tout de suite penché et je l'ai saisi par une jambe...

— Il était évanoui ?

— Il avait les yeux ouverts.

— Il n'a rien dit ?

— Il a rendu de l'eau... Après, sur le bateau du Flamand, on s'est aperçu qu'il saignait...

— Je crois que c'est tout ? murmura le substitut que cette histoire ne semblait pas beaucoup intéresser.

— Je m'occuperai du reste, répondit Maigret.

— Vous allez à l'hôpital ?

— J'irai tout à l'heure. D'après les médecins, il en a pour des heures avant d'être en mesure de parler...

— Tenez-moi au courant...

— Je n'y manquerai pas...

Comme ils passaient à nouveau sous le pont Marie, Maigret dit à Lapointe :

— Va téléphoner au commissariat du quartier pour qu'on m'envoie un agent.

— Où est-ce que je vous retrouve, patron ?

— Ici...

Et il serrait gravement la main des gens du Parquet.

2

— C'est des juges ? questionnait la grosse femme en regardant s'éloigner les trois hommes.

— Des magistrats, corrigeait Maigret.

— Ce n'est pas la même chose ?

Et, après un léger sifflement :

— Ils se dérangent comme pour quelqu'un de la haute, dites donc ! C'était donc un vrai toubib ?

Maigret n'en savait rien. On aurait dit qu'il n'était pas pressé de savoir. Il vivait dans le présent avec, toujours, l'impression de choses déjà vécues il y avait très longtemps. Lapointe avait disparu au haut de la rampe. Le substitut, flanqué du petit juge et du greffier, regardait où il marchait, par crainte de salir ses chaussures.

Noir et blanc dans le soleil, le *Zwarte Zwaan* était aussi propre extérieurement que devait l'être sa cuisine. Le grand Flamand, debout près de la roue du gouvernail, regardait de son côté et une femme menue, une vraie femme-enfant aux cheveux d'un blond presque blanc, était penchée sur le berceau du bébé dont elle changeait la couche.

Toujours le bruit des autos, là-haut, quai des Célestins, et celui de la grue qui déchargeait le sable du *Poitou*. Cela n'empêchait pas d'entendre des chants d'oiseaux ni le clapotis de l'eau.

Les trois clochards continuaient à se tenir à l'écart et il n'y avait que la grosse femme à suivre le commissaire sous le pont. Son corsage, qui avait dû être rouge, était devenu rose bonbon.

— Comment t'appelles-tu ?

— Léa. On dit la grosse Léa...

Cela la faisait rire et secouait ses seins énormes.

— Où étais-tu, la nuit dernière ?

— Je vous l'ai dit.

— Il n'y avait personne avec toi ?

— Seulement Dédé, le plus petit, là-bas, celui qui tourne le dos.

— C'est ton ami ?

— Ils sont tous mes amis.

— Tu couches toujours sous le même pont ?

— Quelquefois, je déménage... Qu'est-ce que vous cherchez ?

Maigret, en effet, s'était à nouveau penché sur les objets hétéroclites qui constituaient les biens du Toubib. Il se sentait plus à son aise, maintenant que les magistrats étaient partis. Il prenait son temps, découvrait, sous les loques, une poêle à frire, une gamelle, une cuiller et une fourchette.

Puis il essayait une paire de lunettes à monture d'acier dont un des verres était fendu et tout se brouillait devant ses yeux.

— Il ne s'en servait que pour lire, expliquait la grosse Léa.

— Ce qui m'étonne, commença-t-il en la regardant avec insistance, c'est de ne pas trouver...

Elle ne le laissa pas finir, s'éloigna de deux mètres et, de derrière une grosse pierre, tira un litre encore à moitié plein de vin violacé.

— Tu en as bu ?

— Oui. Je comptais finir le reste. Il ne sera quand même plus bon quand le Toubib reviendra.

— Quand as-tu pris ça ?

— Cette nuit, après que l'ambulance l'a emporté...

— Tu n'as touché à rien d'autre ?

La mine sérieuse, elle cracha par terre.

— Je le jure !

Il la croyait. Il savait par expérience que les clochards ne se volent pas entre eux. Il est d'ailleurs rare qu'ils volent qui que ce soit, non seulement parce qu'ils seraient tout de suite repérés, mais à cause d'une sorte d'indifférence.

En face, dans l'île Saint-Louis, les fenêtres étaient ouvertes sur des appartements douillets et on distinguait une femme qui se brossait les cheveux devant sa coiffeuse.

— Tu sais où il achetait son vin ?

— Je l'ai vu sortir plusieurs fois d'un bistrot de la rue de l'Ave-Maria... C'est tout près d'ici... Au coin de la rue des Jardins...

— Comment était le Toubib avec les autres ?

Cherchant à faire plaisir, elle réfléchissait.

— Je ne sais pas, moi... Il n'était pas très différent...

— Il ne parlait jamais de sa vie ?

— Personne n'en parle... Ou alors il faut que quelqu'un soit vraiment saoul...

— Il n'était jamais saoul ?

— Jamais vraiment...

Du tas de vieux journaux qui servaient au clochard à se tenir chaud, Maigret venait de retirer un petit cheval d'enfant en bois colorié dont une patte était cassée. Il ne s'en étonnait pas. La grosse Léa non plus.

Quelqu'un, qui venait de descendre la rampe d'un pas élastique et silencieux et qui portait des espadrilles, s'approchait de la péniche belge. Il tenait à chaque main un filet plein de provisions et on voyait émerger deux gros pains ainsi que des queues de poireaux.

C'était le frère, à n'en pas douter, car il ressemblait à Jef Van Houtte, en plus jeune, les traits moins marqués. Il portait un pantalon de toile bleue et un tricot à rayures blanches. Une fois sur le bateau, il parlait à l'autre, puis regardait dans la direction du commissaire.

— Ne touche à rien... J'aurai peut-être encore besoin de toi... Si tu apprenais quelque chose...

— Vous me voyez, comme je suis, me présenter à votre bureau ?

Cela la faisait rire une fois de plus. Désignant la bouteille, elle demandait :

— Je peux la finir ?

Il répondait d'un signe de tête, allait à la rencontre de Lapointe qui s'en revenait en compagnie d'un agent en uniforme. Il donna ses instructions à celui-ci : garder le tas de pouilleries qui représentait la fortune du Toubib jusqu'à l'arrivée d'un spécialiste de l'Identité Judiciaire.

Après quoi, flanqué de Lapointe, il se dirigeait vers le *Zwarte Zwaan*.

— Vous êtes Hubert Van Houtte ?

Celui-ci, plus taciturne ou plus méfiant que son frère, se contentait de hocher la tête.

— Vous êtes allé danser, la nuit dernière ?

— Il y a du mal à ça ?

Il parlait avec moins d'accent. Maigret et Lapointe, restés sur le quai, devaient lever la tête.

— A quel bal étiez-vous ?

— Près de la place de la Bastille... Une rue étroite, où il y en a une demi-douzaine... Celui-là s'appelle Chez Léon...

— Vous le connaissiez déjà ?

— J'y suis allé plusieurs fois...

— Vous ne savez donc rien de ce qui s'est passé ?

— Seulement ce que mon frère m'a raconté...

D'une cheminée de cuivre, sur le pont, sortait la fumée. La femme et l'enfant étaient descendus dans la cabine et, d'où ils étaient, le commissaire et l'inspecteur pouvaient sentir l'odeur de cuisine.

— Quand est-ce qu'on pourra partir ?

— Sans doute cet après-midi... Dès que le juge aura fait signer le procès-verbal par votre frère...

Hubert Van Houtte aussi, bien lavé, bien peigné, avait la peau rose, les cheveux d'un blond pâle.

Un peu plus tard, Maigret et Lapointe traversaient le quai des Célestins et, au coin de la rue de l'Ave-Maria, trouvaient un bistrot à l'enseigne du Petit Turin. Le patron, en manches de chemise, se tenait sur le seuil. Il n'y avait personne à l'intérieur.

— On peut entrer ?

Il s'effaçait, étonné de voir des gens comme eux pénétrer dans son établissement. Celui-ci était minuscule et, en dehors du comptoir, n'offrait que trois tables aux consommateurs. Les murs étaient peints en vert pomme. Du plafond pendaient des saucissons, des mortadelles, d'étranges fromages jaunâtres aux formes d'outres trop pleines.

— Qu'est-ce que je peux vous servir ?

— Du vin...

— Chianti ?

Des flacons recouverts de paille emplissaient une étagère, mais c'est d'une bouteille prise sous le comptoir que le patron emplit les verres en observant toujours les deux hommes d'un œil curieux.

— Vous connaissez un clochard surnommé le Toubib ?

— Comment va-t-il ? J'espère qu'il n'est pas mort ?

On passait de l'accent flamand à l'accent italien, du calme de Jef Van Houtte et de son frère Hubert aux gesticulations du patron de bar.

— Vous êtes au courant ? questionnait Maigret.

— Je sais qu'il lui est arrivé quelque chose la nuit dernière.

— Qui vous l'a dit ?

— Un autre clochard, ce matin...

— Que vous a-t-on dit exactement ?

— Qu'il y avait eu un remue-ménage, près du pont Marie, et qu'une ambulance était venue chercher le Toubib.

— C'est tout ?

— Il paraît que ce sont des mariniers qui l'ont retiré de l'eau...

— C'est ici que le Toubib achetait son vin ?

— Souvent...

— Il en buvait beaucoup ?

— Environ deux litres par jour... Quand il avait de l'argent...

— Comment le gagnait-il ?

— Comme ils le gagnent tous... En donnant un coup de main aux Halles ou ailleurs... Ou bien en promenant des panneaux-réclames dans les rues... A lui, je faisais volontiers crédit...

— Pourquoi ?

— Parce que ce n'était pas un vagabond comme les autres... Il a sauvé ma femme...

On la voyait dans la cuisine, presque aussi grosse que Léa, mais très alerte.

— Tu parles de moi ?

— Je raconte que le Toubib...

Alors, elle pénétrait dans le bistrot en s'essuyant les mains à son tablier.

— C'est vrai qu'on a essayé de le tuer ?... Vous êtes de la police ?... Vous croyez qu'il s'en tirera ?

— On ne sait pas encore, répondait évasivement le commissaire. De quoi vous a-t-il sauvée ?

— Eh bien, si vous m'aviez vue il y a seulement deux ans, vous ne me reconnaîtriez pas... J'étais couverte d'eczéma et ma figure était aussi rouge qu'une pièce de viande à l'étal du boucher... Cela durait depuis des mois et des mois... Au dispensaire, on me faisait suivre des tas de traitements, on me donnait des pommades qui sentaient mauvais au point que je me dégoûtais moi-même... Rien n'y faisait... Je n'avais pour ainsi dire plus le droit de manger, et d'ailleurs je n'avais pas d'appétit... Ils me faisaient aussi des piqûres...

Le patron l'écoutait en approuvant.

— Un jour que le Toubib était assis là, tenez, dans le coin, près de la porte, et que je me plaignais à la marchande de légumes, j'ai senti qu'il me regardait d'une drôle de façon... Un peu plus tard, il m'a dit de la même voix qu'il aurait commandé un verre de vin :

» — Je crois que je peux vous guérir...

» Je lui ai demandé s'il était vraiment docteur et il a souri.

» — On ne m'a pas retiré le droit de pratiquer, a-t-il murmuré.

— Il vous a remis une ordonnance ?

— Non. Il m'a demandé un peu d'argent, deux cents francs, si je me souviens bien, et il est allé lui-même chercher des petits cachets de poudre chez le pharmacien.

» — Vous en prendrez un, dans de l'eau tiède, avant chaque repas... Et vous vous laverez, matin et soir, avec de l'eau très salée...

» Vous me croirez si vous voulez mais, deux mois après, ma peau était redevenue comme elle est maintenant...

— Il en a soigné d'autres que vous ?

— Je ne sais pas. Il ne parlait pas beaucoup...

— Il venait ici chaque jour ?

— Presque chaque jour, pour acheter ses deux litres...

— Il était toujours seul ? Vous ne l'avez jamais vu en compagnie d'un ou de plusieurs inconnus ?

— Non...

— Il ne vous a pas dit son vrai nom, ni où il avait vécu autrefois ?

— Je sais seulement qu'il a eu une fille... Nous en avons une, qui est à l'école à l'heure qu'il est... Une fois qu'elle le regardait curieusement, il lui a dit :

» — N'aie pas peur... J'ai eu une petite fille aussi...

Lapointe ne s'étonnait-il pas de voir Maigret attacher tant d'importance à cette histoire de clochard ? Dans les journaux, cela ferait tout au plus un fait divers en quelques lignes.

Ce que Lapointe ignorait, parce qu'il était trop jeune, c'est que, de toute la carrière du commissaire, c'était la première fois qu'un crime était commis contre un clochard.

— Je vous dois combien ?

— Vous n'en prenez pas un autre ? A la santé du pauvre Toubib ?

Ils burent le second verre, que l'Italien refusa de leur laisser payer. Puis ils franchirent le pont Marie. Quelques minutes plus tard, ils pénétraient sous la voûte grise de l'Hôtel-Dieu. Là, il fallut parlementer longtemps avec une femme revêche embusquée derrière un guichet.

— Vous ne savez pas son nom ?

— Je sais seulement que, sur les quais, on l'appelle le Toubib et qu'il a été amené ici la nuit dernière...

— La nuit dernière, je n'y étais pas... Dans quel service l'a-t-on mis ?

— Je l'ignore... Tout à l'heure, j'ai téléphoné à un interne qui ne m'a pas parlé d'opération...

— Vous connaissez le nom de l'interne ?

— Non...

Elle tourna et retourna les pages d'un registre, donna deux ou trois coups de téléphone.

— Comment vous appelle-t-on encore ?

— Le commissaire Maigret...

Cela ne disait rien à cette femme qui répétait dans l'appareil :

— Le commissaire Maigret...

Enfin, après une dizaine de minutes, elle soupira, avec l'air de leur accorder une faveur :

— Prenez l'escalier C... Montez au troisième... Vous trouverez l'infirmière-chef de l'étage...

Ils rencontrèrent des infirmiers, de jeunes médecins, des malades en uniforme et, par des portes ouvertes, aperçurent des rangées de lits.

Au troisième, ils durent attendre encore car l'infirmière-chef avait une conversation animée avec deux hommes à qui elle semblait refuser ce qu'ils demandaient.

— Je n'y peux rien, finissait-elle par leur lancer. Adressez-vous à l'administration. Ce n'est pas moi qui fais les règlements...

Ils s'en allaient en grommelant entre leurs dents des phrases peu aimables et elle se tournait vers Maigret.

— C'est vous qui venez pour le clochard ?

— Commissaire Maigret... répétait-il.

Elle cherchait dans sa mémoire. Ce nom ne lui disait rien non plus. On se trouvait dans un autre monde, un monde de salles numérotées, de services compartimentés, de lits en rang dans de vastes pièces avec, au pied de chacun d'eux, une fiche sur laquelle étaient tracés des signes mystérieux.

— Comment va-t-il ?

— Je crois que le professeur Magnin s'en occupe en ce moment...

— Il a été opéré ?

— Qui vous a parlé d'opération ?

— Je ne sais pas... Je croyais...

Ici, Maigret ne se sentait pas à sa place et devenait timide.

— Sous quel nom l'avez-vous inscrit ?

— Le nom qui figurait sur sa carte d'identité.

— C'est vous qui détenez cette carte ?

— Je peux vous la montrer.

Elle pénétrait dans un petit bureau vitré, au fond du couloir, trouvait tout de suite une carte d'identité crasseuse, encore humide de l'eau de la Seine.

Nom : Keller.

Prénoms : François, Marie, Florentin.

Profession : chiffonnier.

Né à : Mulhouse, Bas-Rhin...

D'après ce document, l'homme avait soixante-trois ans et son adresse à Paris était un meublé de la place Maubert, que le commissaire connaissait bien et qui servait de domicile officiel à un certain nombre de clochards.

— Il a repris connaissance ?

Elle voulut reprendre la carte d'identité que le commissaire glissait dans sa poche et elle bougonna :

— Ce n'est pas régulier... Le règlement...

— Keller est dans une salle privée ?

— Et quoi encore ?

— Conduisez-moi vers lui...

Elle hésita, finit par céder.

— Après tout, vous vous arrangerez avec le professeur...

Les précédant, elle ouvrit la troisième porte, derrière laquelle on voyait deux rangs de lits, tous occupés. La plupart des malades étaient étendus, les yeux ouverts ; deux ou trois, dans le fond, en costume de l'hôpital, se tenaient debout et bavardaient à voix basse.

Près d'un des lits, vers le milieu de la salle, une dizaine de jeunes gens et de jeunes filles en blouse blanche, coiffés de calots, entouraient un homme plus petit, râblé, les cheveux en brosse, vêtu de blanc aussi, et paraissant leur faire un cours.

— Vous ne pouvez pas le déranger pour le moment... Vous voyez bien qu'il est occupé...

Elle allait pourtant chuchoter quelques mots à l'oreille du professeur, qui jetait de loin un coup d'œil à Maigret et reprenait le cours de ses explications.

— Il aura fini dans quelques minutes. Il vous prie de l'attendre dans son bureau...

Elle les y conduisit. La pièce n'était pas grande et il n'y avait que deux chaises. Sur le bureau, dans un cadre d'argent, la photographie d'une femme et de trois enfants dont les têtes se touchaient.

Maigret hésita, finit par vider sa pipe dans le cendrier plein de mégots de cigarettes et par en bourrer une autre.

— Excusez-moi de vous avoir fait attendre, monsieur le commissaire... Quand mon infirmière m'a appris que vous étiez là, j'ai été un peu étonné... Après tout...

Allait-il dire, lui aussi, qu'après tout il ne s'agissait que d'un clochard ? Non.

— ... L'affaire est assez banale, je pense ?

— Je ne sais encore à peu près rien et c'est sur vous que je compte pour m'éclairer...

— Une belle fracture du crâne, bien nette, heureusement, mon assistant a dû vous le dire ce matin au téléphone...

— On ne l'avait pas encore radiographié...

— A présent, c'est fait... Il a des chances de s'en tirer, car le cerveau ne semble pas atteint...

— Cette fracture peut-elle avoir été produite par une chute sur le quai ?

— Certainement pas... L'homme a été frappé violemment avec un instrument lourd, un marteau, une clef anglaise, ou, par exemple, un démonte-pneus...

— Cela lui a fait perdre connaissance ?

— Il a tellement bien perdu connaissance qu'à l'heure qu'il est il se trouve dans le coma et qu'il pourrait y rester plusieurs jours... Tout comme, d'ailleurs, il peut revenir à lui d'une heure à l'autre...

Maigret avait devant les yeux l'image de la berge, de l'abri du Toubib, de l'eau bourbeuse qui coulait à quelques mètres, et il se souvenait des paroles du marinier flamand.

— Excusez-moi d'insister... Vous dites qu'il a reçu un coup sur la tête... Un seul ?

— Pourquoi me demandez-vous ça ?

— Cela peut avoir de l'importance...

— Au premier coup d'œil, j'ai pensé qu'il avait peut-être reçu plusieurs coups...

— Pourquoi ?

— Parce qu'une oreille est déchirée et qu'on trouve plusieurs blessures, peu profondes, au visage... Maintenant qu'on l'a rasé, je l'ai examiné de près...

— Et vous concluez... ?

— Où cela s'est-il passé ?

— Sous le pont Marie.

— Au cours d'une bagarre ?

— Il paraît que non. L'homme était couché, semble-t-il, endormi, au moment où il a été attaqué... D'après vos constatations, est-ce plausible ?

— Tout à fait plausible...

— Et vous pensez qu'il a aussitôt perdu connaissance ?

— J'en suis à peu près certain... Et, après ce que vous venez de me dire, je comprends l'oreille déchirée et les égratignures au visage... On l'a retrouvé dans la Seine, n'est-ce pas ?... Ces blessures secondaires indiquent qu'au lieu de le porter on l'a traîné sur les pavés du quai... Y a-t-il du sable sur ce quai ?

— On décharge un bateau de sable à quelques mètres.

— J'en ai retrouvé dans les blessures.

— Selon vous, donc, le Toubib...

— Vous dites ? s'étonnait le professeur.

— C'est ainsi qu'on le surnomme sur les quais... Il se pourrait qu'il ait été vraiment médecin...

C'était le premier médecin aussi, en trente ans, que le commissaire retrouvait sous les ponts. Il avait connu, naguère, un ancien professeur de chimie d'un lycée de province et, quelques années plus tard, une femme qui avait connu son heure de célébrité comme écuyère de cirque.

— Je suis persuadé qu'il était couché, sans doute endormi, quand son ou ses agresseurs l'ont frappé...

— Un seul a frappé, puisqu'il n'y a eu qu'un seul coup...

— C'est exact... Il a perdu connaissance, de sorte qu'on a pu le croire mort...

— Tout à fait plausible...

— Au lieu de le porter, on l'a traîné jusqu'au bord de la Seine et on l'a basculé dans l'eau...

Le médecin écoutait gravement, l'air réfléchi.

— Cela se tient ? insistait Maigret.

— Parfaitement.

— Est-il médicalement possible qu'une fois dans le fleuve, dans le courant qui l'emportait, il se soit mis à crier ?

Le professeur se grattait la tête.

— Vous m'en demandez beaucoup et cela m'ennuierait de vous répondre trop catégoriquement... Mettons que je ne croie pas la chose impossible... Sous l'effet du contact avec l'eau froide...

— Il aurait donc repris connaissance ?

— Pas nécessairement... Des malades dans le coma parlent et s'agitent... On peut admettre...

— Il n'a rien dit pendant que vous l'examiniez ?

— Il lui est arrivé plusieurs fois de gémir...

— On prétend que, lorsqu'on l'a retiré de l'eau, il avait les yeux ouverts...

— Ceci ne prouve rien... Je suppose que vous aimeriez le voir ?... Venez avec moi...

Il les emmenait vers la troisième porte et l'infirmière-chef les regardait passer avec un certain étonnement et sans doute aussi une certaine réprobation.

Les malades, dans les lits, suivaient des yeux le petit groupe qui s'arrêtait au chevet de l'un d'eux.

— Vous ne voyez pas grand-chose...

En fait, on ne voyait que des pansements qui entouraient la tête et le visage du clochard, ne laissant à découvert que les yeux, les narines et la bouche.

— Combien de chances a-t-il de s'en tirer ?

— Soixante-dix pour cent... Mettons quatre-vingts, car le cœur est resté vigoureux...

— Je vous remercie...

— On vous préviendra dès qu'il reprendra conscience... Laissez votre numéro de téléphone à l'infirmière-chef...

Cela faisait du bien de se retrouver dehors, de voir le soleil, les passants, un car jaune et rouge qui débarquait ses touristes sur le parvis de Notre-Dame.

Maigret marchait à nouveau sans rien dire, les mains derrière le dos, et Lapointe, le sentant préoccupé, évitait de parler.

Ils pénétrèrent sous la voûte de la P.J., s'engagèrent dans le grand escalier que le soleil faisait paraître plus poussiéreux, entraient enfin dans le bureau du commissaire.

Celui-ci commençait par aller ouvrir la fenêtre toute grande et il suivit des yeux un train de péniches qui descendait le courant.

— Il faut envoyer quelqu'un de là-haut examiner ses affaires...

« Là-haut », c'était l'Identité Judiciaire, les techniciens, les spécialistes.

— Le mieux serait de prendre la camionnette et de tout déménager.

Il ne craignait pas que d'autres clochards s'emparent des quelques objets appartenant au Toubib, mais il avait plus peur des gamins chapardeurs.

— Quant à toi, tu iras aux Ponts-et-Chaussées... Il ne doit pas y avoir tant de 403 rouges à Paris... Relève les numéros qui comportent deux 9... Fais-toi aider par autant d'hommes qu'il en faudra pour vérifier chez les propriétaires...

— Compris, patron...

Une fois seul, Maigret arrangea ses pipes, parcourut les notes de service empilées sur son bureau. Il hésita, à cause du beau temps, à déjeuner à la brasserie Dauphine, décida en fin de compte de rentrer chez lui.

C'était l'heure où le soleil emplissait la salle à manger. Mme Maigret portait une robe à fleurs roses qui lui fit penser au corsage, presque du même rose, de la grosse Léa.

Rêveur, il mangeait son foie de veau en papillotes quand sa femme lui demanda :

— A quoi penses-tu ?

— A mon clochard...

— Quel clochard ?

— Un type qui aurait été médecin autrefois...

— Qu'est-ce qu'il a fait ?

— Rien que je sache. C'est à lui qu'on a presque fendu la tête alors qu'il dormait sous le pont Marie... Après quoi on l'a jeté à l'eau...

— Il est mort ?

— Des mariniers l'ont repêché à temps...

— Que lui voulait-on ?

— C'est ce que je me demande... Au fait, il est originaire du pays de ton beau-frère...

La sœur de Mme Maigret habitait Mulhouse avec son mari qui était ingénieur des Ponts-et-Chaussées. Les Maigret étaient allés assez souvent la voir.

— Comment s'appelle-t-il ?

— Keller... François Keller...

— C'est drôle, mais le nom me dit quelque chose...

— C'est un nom assez courant là-bas...

— Si je téléphonais à ma sœur ?

Il haussa les épaules. Pourquoi pas ? Il n'y croyait guère, mais cela ferait plaisir à sa femme.

Dès qu'elle eut servi le café, elle appela Mulhouse, n'attendit la communication que quelques minutes et, pendant ce temps, elle répétait du bout des lèvres, comme quelqu'un qui cherche à se souvenir :

— Keller... François Keller...

La sonnerie résonna.

— Allô !... Allô, oui !... Oui, mademoiselle, c'est moi qui demande Mulhouse... C'est toi, Florence ?... Comment ?... C'est moi, oui... Mais non, il n'est rien arrivé... De Paris... Je suis chez nous... Il est près de moi, à boire son café... Il va bien... Tout va très bien... Ici aussi... On a enfin le printemps...

» Comment sont les enfants ?... La grippe ?... Je l'aie eue la semaine dernière... Pas grave, non... Écoute... Ce n'est pas pour ça que je te téléphone... Te souviens-tu par hasard d'un nommé Keller ?... François Keller... Comment ?... Je vais le lui demander...

Et, tournée vers Maigret, elle questionnait :

— Quel âge a-t-il ?

— Soixante-quatre ans...

— Soixante-quatre ans... Oui... Tu ne l'as pas connu personnellement ?... Qu'est-ce que tu dis ?... Ne coupez pas, mademoiselle... Allô !... Oui, il était médecin... Depuis une demi-heure, j'essaie de me rappeler par qui j'en ai entendu parler... Tu crois que c'est par ton mari ?

» Oui... Attends... Je répète ce que tu me dis au mien, qui a l'air de s'impatienter... Il a épousé une fille Merville... Qu'est-ce que c'est, les Merville ?... Conseiller à la Cour ?... Il a épousé la fille d'un conseiller à la Cour ?... Bon... Celui-ci est mort... Il y a longtemps... Bon... Ne t'étonne pas si je répète tout mais, autrement, j'aurais peur d'oublier quelque chose... Une vieille famille de Mulhouse... Le grand-père a été maire et... Je n'entends pas bien... Sa statue... Je ne crois pas que ce soit important... Peu importe si tu n'es pas sûre...

» Allô !... Keller l'a épousée... Fille unique... Rue du Sauvage ?... Le couple vivait rue du Sauvage... Un original ?... Pourquoi ?... Tu ne sais pas au juste... Ah ! oui... je comprends... Aussi sauvage que sa rue...

Elle regardait Maigret avec l'air de dire qu'elle faisait son possible.

— Oui... Oui... Peu importe si ce n'est pas intéressant... Avec lui, on ne sait jamais... C'est quelquefois un détail sans importance... Oui... En quelle année ?... Il y a donc vingt ans à peu près... Elle a hérité d'une tante... Et il est parti... Pas tout de suite... Il a encore vécu un an avec elle...

» Ils avaient des enfants ?... Une fille ?... A qui ?... Rousselet, des produits pharmaceutiques ?... Elle vit à Paris ?...

Elle répétait pour son mari :

— Ils avaient une fille qui a épousé le fils Rousselet, des produits pharmaceutiques, et ils vivent à Paris...

Et, tournée vers l'appareil :

— Je comprends... Écoute. Essaie d'en apprendre davantage... Oui... Merci... Embrasse ton mari et tes enfants pour moi. Rappelle-moi à n'importe quelle heure... Je ne sors pas...

Un bruit de baisers. Maintenant, elle s'adressait à Maigret.

— J'étais sûre que je connaissais le nom. Tu as compris ? Il semble bien que ce soit ce Keller-là, François, qui était médecin et qui a épousé la fille d'un magistrat... Celui-ci est mort peu avant le mariage...

— Et la mère ? questionna-t-il.

Elle le regarda vivement, se demandant s'il parlait avec ironie.

— Je ne sais pas. Florence ne m'en a rien dit... Il y a une vingtaine d'années, Mme Keller a hérité d'une de ses tantes... Elle est maintenant très riche... Le docteur était un original... Tu as entendu ce que j'ai dit ?... Un sauvage, selon le mot de ma sœur... Ils ont quitté leur maison pour s'installer dans un hôtel particulier près de la cathédrale... Il est encore resté un an avec elle, puis il a tout à coup disparu...

» Florence va téléphoner à ses amies, surtout les plus âgées, pour obtenir d'autres renseignements... Elle a promis de me rappeler...

» Cela t'intéresse ?

— Tout m'intéresse, soupira-t-il en se levant de son fauteuil pour aller changer de pipe au râtelier.

— Tu crois que cela va t'obliger à te rendre à Mulhouse ?

— Je ne sais pas encore.

— Tu m'emmènerais ?

Ils sourirent tous les deux. La fenêtre était ouverte. Le soleil les baignait et leur donnait des idées de vacances.

— A ce soir... Je noterai tout ce qu'elle me dira... Même si tu dois rire d'elle et de moi...

3

Le jeune Lapointe devait courir Paris à la recherche des 403 rouges. Janvier n'était pas non plus à sa place dans le bureau des inspecteurs car on l'avait appelé à la clinique où il arpentait les couloirs en attendant que sa femme lui donne un quatrième enfant.

— Vous faites quelque chose d'urgent, Lucas ?

— Cela peut attendre, patron.

— Venez un moment dans mon bureau.

C'était pour l'envoyer à l'Hôtel-Dieu chercher les effets du Toubib. Il n'y avait pas pensé le matin.

— On va sans doute vous renvoyer de bureau à bureau et vous objecter je ne sais quels textes administratifs... Vous feriez mieux de vous munir d'une lettre qui les impressionne, avec le plus de cachets possible...

— Par qui la ferai-je signer ?

— Signez-la vous-même... Avec eux, ce sont les cachets qui comptent... J'aimerais aussi avoir les empreintes digitales du nommé François Keller... Au fait, c'est plus simple de me demander le directeur de l'hôpital au bout du fil...

Un moineau, sur le rebord de la fenêtre, les regardait tous les deux s'agiter dans ce qui devait être à ses yeux un nid d'hommes. Très poli, Maigret annonçait la visite du brigadier Lucas et tout se passa le mieux du monde.

— Pas besoin de lettre, annonça-t-il en raccrochant. On vous conduira tout de suite chez le directeur qui vous pilotera lui-même...

Un peu plus tard, il était seul à feuilleter l'annuaire des téléphones de Paris.

— Rousselet... Rousselet... Amédée... Arthur... Aline...

Il y avait une tapée de Rousselet mais il trouva, en caractères plus gras : Laboratoires René Rousselet.

Les laboratoires se trouvaient dans le XIVe, du côté de la porte d'Orléans. L'adresse particulière de ce Rousselet-là figurait juste en dessous : boulevard Suchet, dans le XVIe.

Il était deux heures et demie. Le temps était toujours aussi radieux, après un coup de vent qui avait soulevé la poussière des trottoirs et laissé croire à un orage.

— Allô !... Je voudrais parler à Mme Rousselet, s'il vous plaît...

Une voix de femme aux intonations graves et fort agréables questionnait :

— De la part de qui ?

— Du commissaire Maigret, de la Police Judiciaire...

Il y avait un silence, puis :

— Pouvez-vous me dire de quoi il s'agit ?

— C'est personnel...

— Je suis Mme Rousselet.

— Vous êtes née à Mulhouse et votre nom de jeune fille est bien Keller ?

— Oui.

— J'aimerais avoir un entretien avec vous le plus tôt possible... Puis-je passer à votre domicile ?

— Vous avez une mauvaise nouvelle à m'annoncer ?

— J'ai seulement besoin de quelques renseignements.

— Quand voudriez-vous venir ?

— Le temps de me rendre chez vous...

Il l'entendait dire à quelqu'un, sans doute à un enfant :

— Laisse-moi parler, Jeannot...

On la sentait surprise, intriguée, inquiète.

— Je vous attends, monsieur le commissaire... Notre appartement est au troisième étage...

Il avait aimé, le matin, l'atmosphère des quais qui lui rappelait tant de souvenirs et, en particulier, tant de promenades avec Mme Maigret, quand il leur arrivait de longer la Seine d'un bout de Paris à l'autre. Il apprécia tout autant les avenues paisibles, les maisons cossues et les arbres des beaux quartiers où le conduisait une petite auto de la P.J. pilotée par l'inspecteur Torrence.

— Je monte avec vous, patron ?

— Je pense qu'il vaut mieux pas.

L'immeuble avait une porte en fer forgé doublée de verre et le hall d'entrée était en marbre blanc, l'ascenseur spacieux montait en silence, sans un choc, sans un grincement. Il eut à peine le temps de presser le bouton de sonnerie que la porte s'ouvrait et qu'un valet de chambre en veste blanche se saisissait de son chapeau.

— Par ici, voulez-vous ?...

Il y avait un ballon rouge dans l'entrée, une poupée sur le tapis et il entrevit une nurse qui poussait une petite fille en blanc vers le fond d'un couloir. Une autre porte s'ouvrait, celle d'un boudoir qui donnait sur le grand salon.

— Entrez, monsieur le commissaire...

Maigret avait calculé qu'elle devait avoir dans les trente-cinq ans. Elle ne les paraissait pas. Elle était brune, vêtue d'un tailleur léger. Son regard, qui avait la même douceur, le même moelleux que sa voix, posait déjà une question, tandis que le domestique refermait la porte.

— Asseyez-vous... Depuis que vous m'avez téléphoné, je me demande...

Au lieu d'entrer dans le cœur du sujet, il demanda machinalement :

— Vous avez plusieurs enfants ?

— Quatre... Onze ans, neuf ans, sept ans et trois ans...

C'était sans doute la première fois qu'un policier pénétrait chez elle et elle gardait les yeux fixés sur lui.

— Je me suis d'abord demandé s'il était arrivé quelque chose à mon mari...

— Il est à Paris ?

— Pas pour le moment. Il assiste à un congrès, à Bruxelles, et je lui ai téléphoné tout de suite...

— Vous vous souvenez bien de votre père, madame Rousselet ?

Elle parut se détendre un tant soit peu. Il y avait des fleurs partout et, par les grandes fenêtres, on apercevait les arbres du bois de Boulogne.

— Je m'en souviens, oui... Bien que...

Elle semblait hésiter à poursuivre.

— Quand l'avez-vous vu pour la dernière fois ?

— Il y a très longtemps de ça... J'avais treize ans...

— Vous habitiez encore Mulhouse ?

— Oui... Je ne suis venue à Paris qu'après mon mariage...

— C'est à Mulhouse que vous avez rencontré votre mari ?

— A La Baule, où nous allions tous les ans, ma mère et moi...

On entendait des voix d'enfants, des cris, comme des glissades dans les couloirs.

— Excusez-moi un instant...

Elle referma la porte derrière elle, parla à voix basse, non sans énergie.

— Je vous demande pardon... Ils ne sont pas en classe aujourd'hui et je leur avais promis de sortir avec eux...

— Vous reconnaîtriez votre père ?

— Je suppose... Oui...

Il tirait de sa poche la carte d'identité du Toubib. La photographie, d'après la date de délivrance de cette carte, était vieille d'environ cinq ans. C'était une de ces photos prises par un appareil automatique comme on en trouve dans les grands magasins, dans les gares et même à la Préfecture de Police.

François Keller ne s'était pas rasé pour la circonstance et n'avait fait aucun effort de toilette. Ses joues étaient envahies par une barbe de deux ou trois centimètres qu'il devait couper de temps en temps avec des ciseaux. Les tempes commençaient à se dégarnir et le regard était neutre, indifférent.

— C'est lui ?

Elle tenait le document d'une main qui tremblait un peu, se penchait pour mieux voir. Elle devait être myope.

— Ce n'est pas ainsi qu'il est resté dans ma mémoire, mais je suis à peu près sûre que c'est lui...

Elle se penchait davantage.

— Avec une loupe, je pourrais... Attendez... Je vais en chercher une...

Elle laissait la carte d'identité sur un guéridon, disparaissait, revenait quelques minutes plus tard avec une loupe.

— Il avait une cicatrice, petite, mais profonde, au-dessus de l'œil gauche... Tenez... On ne la distingue pas très bien sur ce portrait, mais il me semble qu'elle y est... Regardez vous-même...

Il regardait à la loupe, lui aussi.

— Si je m'en souviens aussi bien, c'est que c'est à cause de moi qu'il s'est blessé... Nous nous promenions dans la campagne, un dimanche... Il faisait très chaud et, le long d'un champ de blé, il y avait une profusion de coquelicots...

» J'ai voulu aller en cueillir. Le champ était entouré de fils de fer barbelés... J'avais environ huit ans... Mon père a écarté les fils de fer pour me permettre de passer... Il maintenait le fil du bas avec son pied et il était penché en avant... C'est drôle que je revoie si bien la scène, alors que j'ai oublié tant d'autres choses... Son pied a dû glisser et le barbelé, faisant ressort, s'est relevé brusquement en le frappant au visage...

» Ma mère craignait que l'œil ait été touché.. Il saignait beaucoup... Nous avons marché vers une ferme pour trouver de l'eau et de quoi faire un pansement...

» Il a gardé la cicatrice...

Tout en parlant, elle continuait à observer Maigret avec inquiétude et on aurait pu croire qu'elle retardait le moment où il lui apprendrait l'objet précis de sa visite.

— Il lui est arrivé quelque chose ?

— Il a été blessé la nuit dernière, à la tête encore, mais les médecins ne pensent pas que ses jours soient en danger...

— Cela s'est passé à Paris ?

— Oui... Sur la berge de la Seine... Celui ou ceux qui l'ont attaqué l'ont ensuite jeté à l'eau...

Il ne la quittait pas des yeux, guettant ses réactions, et elle n'essayait pas de se soustraire à cet examen.

— Vous savez comment vivait votre père ?

— Pas exactement...

— Que voulez-vous dire ?

— Quand il nous a quittées...

— Vous aviez treize ans, m'avez-vous dit... Vous souvenez-vous de son départ ?

— Non... Un matin, je ne l'ai pas vu dans la maison et, comme je m'étonnais, ma mère m'a annoncé qu'il était parti pour un long voyage...

— Quand avez-vous su où il était ?

— Quelques mois plus tard, ma mère m'a appris qu'il était en Afrique, en pleine brousse, où il soignait les nègres...

— C'était vrai ?

— Je suppose que oui... Plus tard, d'ailleurs, des gens qui l'avaient rencontré là-bas nous ont parlé de lui... Il vivait au Gabon, dans un poste situé à des centaines de kilomètres de Libreville...

— Il y est resté longtemps ?

— Plusieurs années, en tout cas... Certains, à Mulhouse, le considéraient comme une sorte de saint... D'autres...

Il attendait. Elle hésita.

— D'autres le traitaient de tête brûlée, de demi-fou...

— Et votre mère ?

— Je crois que maman s'était résignée une fois pour toutes...

— Quel âge a-t-elle à présent ?

— Cinquante-quatre ans... Non, cinquante-cinq... Je sais maintenant qu'il lui avait laissé une lettre, qu'elle ne m'a jamais montrée, dans laquelle il lui annonçait qu'il ne reviendrait sans doute pas et qu'il était prêt à lui faciliter le divorce...

— Elle a divorcé ?

— Non. Maman est très catholique...

— Votre mari est au courant ?

— Bien entendu. Nous ne lui avons rien caché...

— Vous ignoriez que votre père fût revenu à Paris ?

Elle eut un rapide battement de paupières, faillit mentir, Maigret en était sûr.

— Oui et non... Je ne l'ai jamais revu de mes yeux... Nous n'avions pas de certitude, maman et moi... Quelqu'un de Mulhouse, cependant, lui a parlé d'un homme-sandwich, rencontré boulevard Saint-Michel, qui ressemblait étrangement à mon père... C'est un vieil ami de maman... Il paraît que, quand il a prononcé le nom de François, l'homme a tressailli, mais qu'il a fait ensuite semblant de ne pas le reconnaître...

— L'idée n'est venue ni à votre mère, ni à vous, de vous adresser à la police ?

— A quoi bon ?... Il a choisi son destin... Il n'était sans doute pas fait pour vivre avec nous...

— Vous ne vous êtes pas posé de questions à son sujet ?

— Nous en avons parlé plusieurs fois, mon mari et moi...

— Et avec votre mère ?

— Je lui ai posé des questions, évidemment, avant et après mon mariage...

— Quel est son point de vue ?

— C'est difficile à dire, comme ça, en quelques phrases... Elle le plaint... Moi aussi... Encore que je me demande parfois s'il n'est pas plus heureux ainsi...

Plus bas, avec quelque gêne, elle ajoutait :

— Il y a des gens qui ne s'adaptent pas à la vie que nous menons... Ensuite, maman...

Elle se leva, nerveuse, marcha jusqu'à la fenêtre, regarda un moment dehors avant de faire face à nouveau.

— Je n'ai pas de mal à dire d'elle... Elle a son point de vue sur la vie, elle aussi... Je suppose que chacun a le sien... Le mot autoritaire est trop fort, mais elle n'en tient pas moins à ce que les choses se passent selon ses désirs...

— Après le départ de votre père, vous vous êtes bien entendue avec elle ?

— Plus ou moins bien... J'ai quand même été heureuse de me marier et...

— Et d'échapper à son autorité ?

— Il y a de cela...

Elle sourit.

— Ce n'est pas très original et beaucoup de jeunes filles sont dans le même cas... Ma mère aime sortir, recevoir, rencontrer des personnages importants... A Mulhouse, c'était chez elle que tout ce qui compte en ville se réunissait...

— Même du vivant de votre père ?

— Les deux dernières années, oui...

— Pourquoi les deux dernières ?

Il se souvenait de la longue conversation téléphonique de Mme Maigret avec sa sœur et s'en voulait un peu d'en apprendre plus ici que sa femme n'allait en apprendre.

— Parce que maman avait hérité de sa tante... Avant, nous vivions assez petitement, dans une maison modeste... Nous n'habitions même pas un beau quartier et mon père avait surtout une clientèle d'ouvriers... Personne ne s'attendait à cet héritage... On a déménagé... Maman a acheté un hôtel particulier près de la cathédrale et elle n'était pas fâchée qu'il y eût un blason sculpté au-dessus du portail...

— Vous avez connu la famille de votre père ?

— Non... J'avais seulement vu son frère un certain nombre de fois avant qu'il soit tué à la guerre, en Syrie, si je ne me trompe, en tout cas pas en France...

— Son père ?... Sa mère ?...

On entendait une fois de plus des voix d'enfants, mais elle ne s'en préoccupa pas.

— Sa mère est morte d'un cancer quand mon père avait une quinzaine d'années... Son père était entrepreneur de menuiserie et de charpente... D'après maman, il avait une dizaine d'ouvriers... Un beau matin, alors que mon père était encore à l'université, on l'a trouvé pendu dans l'atelier et on a découvert qu'il était sur le point de faire faillite...

— Votre père a quand même pu finir ses études ?

— En travaillant chez un pharmacien...

— Comment était-il ?

— Très doux... Je sais que cela ne répond guère à votre question, mais c'est surtout l'impression qu'il m'a laissée... Très doux et un peu triste...

— Il se disputait avec votre mère ?

— Je ne l'ai jamais entendu élever la voix... Il est vrai que, quand il n'était pas dans son cabinet, il passait la plus grande partie de son temps à visiter ses malades... Je me souviens que ma mère lui reprochait de n'avoir aucun soin de sa personne, de toujours porter le même complet non repassé, de rester parfois trois jours sans se raser... Moi, je lui disais qu'il me piquait avec sa barbe en m'embrassant...

— Je suppose que vous ignorez tout des relations de votre père avec ses confrères ?

— Ce que j'en sais, c'est par maman... Seulement, avec elle, il est difficile de discerner le vrai de l'à peu près vrai... Elle ne ment pas... Elle arrange la vérité pour que celle-ci ressemble à ce qu'elle désirerait qu'elle soit... Du moment qu'elle avait épousé mon père, il fallait qu'il fût quelqu'un d'extraordinaire...

» — Ton père est le meilleur médecin de la ville, me disait-elle, sans doute un des meilleurs de France... Malheureusement...

Elle souriait à nouveau.

— Vous devinez la suite... Il ne savait pas s'adapter... Il refusait de faire comme les autres... Elle laissait entendre que, si mon grand-père s'était pendu, ce n'est pas à cause de la failllite proche, mais parce qu'il était neurasthénique... Il avait une fille, qui a passé un certain temps dans une maison de santé...

— Qu'est-elle devenue ?

— Je l'ignore... Je crois que ma mère l'ignore aussi... En tout cas, elle a quitté Mulhouse...

— Votre mère y habite toujours ?

— Il y a longtemps qu'elle vit à Paris...

— Pouvez-vous me donner son adresse ?

— Quai d'Orléans... 29 *bis*...

Maigret avait tressailli, mais elle ne le remarqua pas.

— C'est dans l'île Saint-Louis. Depuis que l'île est devenue un des endroits les plus recherchés de Paris...

— Vous savez où votre père a été attaqué la nuit dernière ?

— Évidemment non.

— Sous le pont Marie... A trois cents mètres de chez votre mère...

Elle fronçait les sourcils, inquiète.

— C'est sur l'autre bras de la Seine, n'est-ce pas ? Les fenêtres de maman donnent sur le quai des Tournelles...

— Elle a un chien ?

— Pourquoi demandez-vous ça ?

Pendant les quelques mois que Maigret avait habité la place des Vosges, alors qu'on remettait à neuf l'immeuble du boulevard Richard-Lenoir, ils allaient souvent, sa femme et lui, se promener le soir autour de l'île Saint-Louis. Or, c'était l'heure où les propriétaires de chiens promenaient ceux-ci le long des berges, ou les faisaient promener par un domestique.

— Maman n'a que des oiseaux... Elle a horreur des chiens et des chats...

Et, changeant de sujet :

— Où a-t-on transporté mon père ?

— A l'Hôtel-Dieu, l'hôpital le plus proche...

— Vous voudriez sans doute...

— Pas maintenant... Je vous demanderai peut-être de venir le reconnaître, afin d'avoir une certitude absolue quant à son identité mais, pour le moment, il a la tête et le visage entourés de pansements...

— Il souffre beaucoup ?

— Il est dans le coma et ne se rend compte de rien...

— Pourquoi a-t-on fait ça ?

— C'est ce que je cherche à savoir...

— Il y a eu une bagarre ?

— Non. On l'a frappé alors que, selon toutes probabilités, il était endormi...

— Sous le pont ?

Il se levait à son tour.

— Je suppose que vous allez voir ma mère ?

— Il m'est difficile d'agir autrement...

— Vous permettez que je lui téléphone pour lui annoncer la nouvelle ?

Il hésita. Il aurait préféré observer les réactions de Mme Keller. Cependant, il n'insista pas.

— Je vous remercie, monsieur le commissaire... Ce sera dans les journaux ?

— L'agression doit être annoncée, à l'heure qu'il est, en quelques lignes, et le nom de votre père n'y figure certainement pas, car je ne l'ai connu moi-même qu'au milieu de la matinée...

— Maman insistera pour qu'on n'en parle pas...

— Je ferai mon possible...

Elle le reconduisit jusqu'à la porte tandis qu'une petite fille s'accrochait à sa jupe.

— Nous sortons tout de suite, mon petit... Va demander à Nana de t'habiller...

Torrence arpentait le trottoir devant la maison et la petite voiture noire de la P.J. faisait piètre figure parmi les longues et brillantes autos de maître.

— Quai des Orfèvres ?

— Non... Ile Saint-Louis... Quai d'Orléans...

L'immeuble était ancien, avec une immense porte cochère, mais il était entretenu comme un meuble de prix. Les cuivres, la rampe d'escalier, les marches, les murs étaient nets et polis, sans un grain de poussière ; la concierge elle-même, en robe noire et en tablier blanc, avait l'air d'une domestique de bonne maison.

— Vous avez rendez-vous ?

— Non. Mme Keller attend ma visite...

— Un instant, s'il vous plaît...

La loge était un petit salon qui sentait davantage l'encaustique que la cuisine. La concierge saisissait le téléphone.

— Comment vous appelle-t-on ?

— Commissaire Maigret...

— Allô... Berthe ?... Veux-tu dire à madame qu'un certain commissaire Maigret demande à la voir ?... Oui, il est ici... Il peut monter ?... Merci... Vous pouvez monter... Deuxième étage à droite...

Maigret se demanda, en gravissant l'escalier, si les Flamands étaient encore amarrés au quai des Célestins ou si, le procès-verbal signé, ils descendaient déjà le fleuve en direction de Rouen. La porte s'ouvrit sans qu'il eût besoin de sonner. La bonne, jeune et jolie, examina le commissaire des pieds à la tête comme si c'était la première fois de sa vie qu'elle voyait un policier en chair et en os.

— Par ici... Donnez-moi votre chapeau...

L'appartement, très haut de plafond, était décoré en style baroque, avec beaucoup de dorures, des meubles abondamment sculptés. Dès l'entrée, on entendait un pépiement de perruches et, la porte du salon ouverte, on apercevait une immense cage qui devait en contenir une dizaine de couples.

Il attendit une dizaine de minutes, finit, par protestation, par allumer sa pipe. Il est vrai qu'il la retira de sa bouche dès que Mme Keller fit son entrée. Ce fut un choc pour lui de la trouver si menue, si frêle et si jeune à la fois. Elle paraissait à peine dix ans de plus que sa fille et, vêtue de noir et blanc, elle avait le teint clair, les yeux couleur de myosotis.

— Jacqueline m'a téléphoné... dit-elle tout de suite en désignant à Maigret un fauteuil à haut dossier droit, aussi inconfortable que possible.

Elle-même s'asseyait sur un tabouret recouvert de tapisserie ancienne et se tenait comme on avait dû lui apprendre à se tenir au couvent.

— Ainsi donc, vous avez retrouvé mon mari...

— Nous ne le cherchions pas... répliqua-t-il.

— Je m'en doute... Je ne vois pas pourquoi vous l'auriez recherché...

Chacun est libre de vivre sa vie... Est-ce vrai que ses jours ne sont pas en danger ou bien avez-vous dit ça à ma fille pour la ménager ?

— Le professeur Magnin lui donne quatre-vingts chances sur cent de se rétablir...

— Magnin ?... Je le connais fort bien... Il est venu plusieurs fois ici...

— Vous saviez que votre mari était à Paris ?

— Je le savais sans le savoir... Depuis son départ pour le Gabon, il y a près de vingt ans, j'ai reçu en tout et pour tout deux cartes postales... Et c'était dans les tout premiers temps de son séjour en Afrique...

Elle ne lui jouait pas la comédie de la tristesse et elle le regardait bien en face, en femme qui a l'habitude de toutes les sortes de situations.

— Vous êtes sûr, au moins, qu'il s'agit bien de lui ?

— Votre fille l'a reconnu...

Il lui tendait à son tour la carte d'identité avec la photographie. Elle allait chercher des lunettes sur une commode, examinait attentivement le portrait sans qu'on pût lire aucune émotion sur son visage.

— Jacqueline a raison... Évidemment, il a changé, mais je jurerais, moi aussi, que c'est François...

Elle relevait la tête.

— C'est vrai qu'il vivait à quelques pas d'ici ?

— Sous le pont Marie...

— Et moi qui franchis ce pont plusieurs fois par semaine, car j'ai une amie qui habite juste de l'autre côté de la Seine... Il s'agit de Mme Lambois... Vous devez connaître le nom... Son mari...

Maigret n'attendit pas de savoir quelle haute situation occupait le mari de Mme Lambois.

— Vous n'avez pas revu votre mari depuis le jour où il a quitté Mulhouse ?

— Jamais.

— Il ne vous a pas écrit, ni téléphoné ?

— A part les deux cartes postales, je n'ai eu aucune nouvelle de lui... En tout cas, pas directement...

— Et indirectement ?

— Il m'est arrivé de rencontrer, chez des amis, un ancien gouverneur du Gabon, Pérignon, qui m'a demandé si j'étais parente avec un docteur Keller...

— Qu'avez-vous répondu ?

— La vérité... Il a paru embarrassé... J'ai dû lui tirer les vers du nez... Alors, il m'a avoué que François n'avait pas trouvé là-bas ce qu'il y cherchait.

— Qu'est-ce qu'il cherchait ?

— C'était un idéaliste, vous comprenez ?... Il n'était pas fait pour la vie moderne... Après sa déception de Mulhouse...

Maigret se montrait surpris.

— Ma fille ne vous en a pas parlé ?... Il est vrai qu'elle était si jeune et qu'elle voyait si peu son père !... Au lieu de se faire la clientèle qu'il méritait... Vous prendrez une tasse de thé ?... Non ?... Excusez-moi d'en prendre devant vous, mais c'est l'heure de mon thé...

Elle sonnait.

— Mon thé, Berthe...

— Pour une personne ?

— Oui... Qu'est-ce que je pourrais vous offrir, commissaire ?... Un whisky ?... Rien ?... Comme vous voudrez... Que disais-je ?... Ah ! oui. Est-ce que quelqu'un n'a pas écrit un roman qui s'intitule *le Médecin des pauvres* ?... Ou bien est-ce *le Médecin de campagne* ?... Eh bien, mon mari était une sorte de médecin des pauvres et, si je n'avais pas hérité de ma tante, nous serions devenus aussi pauvres qu'eux... Remarquez que je ne lui en veux pas... C'était dans sa nature... Son père... Peu importe... Chaque famille a ses problèmes...

Le téléphone sonnait.

— Vous permettez ?... Allô... C'est moi, oui... Alice ?... Oui, ma chérie... Je serai peut-être un peu en retard. Mais non !... Très bien, au contraire... Tu as vu Laure ?... Elle sera là ?... Je ne t'en dis pas plus long, parce que j'ai une visite... Je te raconterai, oui... A tout à l'heure...

Elle revenait à sa place, souriante.

— C'est la femme du ministre de l'Intérieur... Vous la connaissez ?

Maigret se contentait de faire signe que non et, machinalement, remettait sa pipe dans sa poche. Les perruches l'agaçaient. Les interruptions aussi. Maintenant, c'était la bonne qui venait servir le thé.

— Il s'était mis en tête de devenir médecin des hôpitaux et, pendant deux ans, il a travaillé dur à préparer le concours... Si vous connaissez Mulhouse, on vous dira que cela a été une injustice flagrante... François était certainement le meilleur, le plus calé... Et, là, je crois qu'il aurait été à sa place... Comme toujours, c'est le protégé d'un grand patron qui a été nommé... Ce n'était pas une raison pour tout lâcher...

— C'est à la suite de cette déception...

— Je le suppose... Je le voyais si peu !... Quand il était à la maison, c'était pour s'enfermer dans son cabinet... Il avait toujours été assez sauvage mais, dès ce moment-là, on aurait dit qu'il perdait les pédales... Je ne veux pas dire de mal de lui... L'idée ne m'est même pas venue de divorcer alors que, dans sa lettre, il me le proposait...

— Il buvait ?

— Ma fille vous l'a dit ?

— Non.

— Il s'est mis à boire, oui... Remarquez que je ne l'ai jamais vu ivre... Mais il avait toujours une bouteille dans son cabinet et on l'a vu sortir assez souvent de petits bistrots qu'un homme de sa condition n'a pas l'habitude de fréquenter...

— Vous aviez commencé à parler du Gabon...

— Je crois qu'il voulait devenir une sorte de docteur Schweitzer... Vous comprenez ?... Aller soigner les nègres dans la brousse, y monter un hôpital, voir le moins possible de blancs, de gens de sa classe...

— Il a été déçu ?

— D'après ce que le gouverneur m'a confié à contrecœur, il est parvenu à se mettre l'administration à dos, et aussi les grandes compagnies... Peut-être à cause du climat, il a bu de plus en plus... Ne croyez pas que je vous dise ça parce que je suis jalouse... Je ne l'ai jamais été... Là-bas, il vivait dans une case indigène, avec une négresse, et il paraît qu'il en a eu des enfants...

Maigret regardait les perruches dans la cage que traversait un rayon de soleil.

— On lui a fait comprendre qu'il n'était pas à sa place...

— Vous voulez dire qu'on l'a expulsé du Gabon ?

— Plus ou moins... Je ne sais pas au juste comment ces choses-là se passent et le gouverneur est resté assez vague... Toujours est-il qu'il est parti...

— Il y a combien de temps qu'un de vos amis l'a rencontré boulevard Saint-Michel ?

— Ma fille vous en a parlé ? Remarquez que je n'ai aucune certitude... L'homme, qui portait sur son dos un panneau-réclame pour un restaurant du quartier, ressemblait à François et il paraît qu'il a tressailli quand mon ami l'a appelé par son nom...

— Il ne lui a pas parlé ?

— François l'a regardé comme s'il ne le connaissait pas... C'est tout ce que je sais...

— Comme je l'ai dit tout à l'heure à votre fille, je ne peux pas vous demander de venir le reconnaître en ce moment, à cause des pansements qui lui couvrent le visage... Dès qu'un mieux se sera produit...

— Vous ne pensez pas que ce sera pénible ?

— Pour qui ?

— C'est à lui que je pense...

— Il est nécessaire que nous soyons sûrs de son identité...

— J'en suis à peu près certaine... Ne serait-ce qu'à cause de la cicatrice... C'était un dimanche, au mois d'août...

— Je sais...

— Dans ce cas, je ne vois pas ce que je pourrais encore vous apprendre...

Il se levait, pressé d'être dehors et de ne plus entendre le bavardage des perruches.

— Je suppose que les journaux...

— Les journaux en parleront le moins possible, je vous le promets...

— Ce n'est pas tant pour moi que pour mon gendre. Dans les affaires, il est toujours désagréable de... Remarquez qu'il est au courant et qu'il a fort bien compris... Vous ne voulez vraiment pas prendre quelque chose ?...

— Je vous remercie...

Et, sur le trottoir, il disait à Torrence :

— Où peut-on trouver un petit bistrot tranquille ?... J'ai une de ces soifs !...

Un verre de bière bien fraîche, avec de la mousse onctueuse.

Ils trouvèrent le bistrot, tranquille à souhait, plein d'ombre, mais la bière, hélas ! était tiède et plate.

4

— Vous avez la liste sur votre bureau... disait Lucas qui, comme toujours, avait travaillé avec minutie.

Il y avait même plusieurs listes, tapées à la machine. Celle, d'abord, des objets variés, — le spécialiste de l'Identité Judiciaire les avait classés sous la rubrique *épaves*, — qui, sous le pont Marie, constituaient la fortune mobilière et immobilière du Toubib. Tout cela, vieilles caisses, voiture d'enfant, couvertures trouées, journaux, poêle à frire, gamelle, *Oraisons funèbres* de Bossuet et le reste, se trouvait à présent là-haut, dans un coin du laboratoire.

La seconde liste était celle des vêtements que Lucas avait rapportés de l'Hôtel-Dieu et une troisième, enfin, détaillait le contenu des poches.

Maigret préféra ne pas la lire et c'était curieux de le voir, dans la lumière du soleil couchant, ouvrir le sac en papier brun dont le brigadier s'était servi pour ces menus objets. N'avait-il pas un peu l'air d'un enfant qui ouvre une pochette-surprise en s'attendant à découvrir Dieu sait quel trésor ?

Ce fut avant tout un stéthoscope en mauvais état qu'il retira et posa sur son buvard.

— Il était dans la poche de droite du veston, commentait Lucas. Je me suis renseigné a l'hôpital. Il ne fonctionne plus.

Pourquoi, dans ce cas, François Keller l'avait-il sur lui ? Dans l'espoir de le réparer ? N'était-ce pas plutôt comme un dernier symbole de sa profession ?

Vint ensuite un couteau de poche à trois lames et à tire-bouchon dont le manche de corne était fêlé. Comme le reste, il devait provenir de quelque poubelle.

Une pipe en bruyère, au tuyau réparé à l'aide de fil de fer.

— Poche de gauche... récitait Lucas. Elle est encore humide...

Maigret la reniflait machinalement.

— Pas de tabac ? questionnait-il.

— Vous trouverez quelques mégots de cigarettes au fond du sac. Ils ont été tellement détrempés que ce n'est plus qu'une bouillie.

On imaginait l'homme s'arrêtant sur le trottoir, se penchant pour ramasser un bout de cigarette, retirant le papier et glissant le tabac dans sa pipe. Maigret ne le montrait pas mais, au fond, cela lui faisait plaisir que le Toubib fût un fumeur de pipe. Ni sa fille ni sa femme ne lui avaient appris ce détail.

Des clous, des vis. Pour quoi faire ? Le clochard les ramassait au cours de ses tournées et les fourrait dans sa poche sans penser à leur utilité, les considérant sans doute comme des talismans.

La preuve, c'est qu'il y avait trois autres objets moins utiles encore à quelqu'un qui couche sous les quais en s'entourant la poitrine de papier journal pour lutter contre le froid : trois billes, de ces billes en verre dans lesquelles on voit des filaments jaunes, rouges, bleus et verts, de celles qu'on échange, enfant, contre cinq ou six billes ordinaires et qu'on se complaît à faire miroiter dans le soleil.

C'était presque tout, sauf quelques pièces de monnaie et, dans une pochette de cuir, deux billets de cinquante francs que l'eau de la Seine avait collés l'un à l'autre.

Maigret gardait une des billes à la main et, pendant le reste de l'entretien, il la roula entre ses doigts.

— Tu as pris les empreintes ?

— Les autres malades me regardaient avec intérêt. Je suis monté aux Sommiers et on a comparé avec les fiches dactyloscopiques.

— Résultat ?

— Néant. Keller n'a jamais eu affaire avec nous ni avec la justice.

— Il n'a pas repris connaissance ?

— Non. Quand j'étais là, il avait les yeux entrouverts, mais il ne paraissait rien voir. Sa respiration est un peu sifflante. De temps en temps, il pousse un gémissement...

Avant de rentrer chez lui, le commissaire signa le courrier. Malgré son air préoccupé, il n'y avait pas moins une certaine légèreté dans son humeur comme il y en avait ce jour-là dans le ciel de Paris. Est-ce par inadvertance qu'au moment de quitter son bureau il glissa une bille dans sa poche ?

On était mardi, donc le jour du macaroni au gratin. A part le pot-au-feu du jeudi, le menu des autres jours variait de semaine en semaine mais, depuis des années, sans raison, le dîner du mardi était consacré au macaroni gratiné, farci de jambon haché menu et, de temps en temps, d'une truffe coupée encore plus fin.

Mme Maigret, elle aussi, était d'humeur enjouée et, au pétillement de ses prunelles, il comprit qu'elle avait des nouvelles à lui annoncer. Il ne lui dit pas tout de suite qu'il avait vu Jacqueline Rousselet et Mme Keller.

— J'ai faim !

Elle attendait ses questions. Il n'en posa que quand ils furent tous les deux à table devant la fenêtre ouverte. L'air était bleuâtre, avec encore quelques traînées rouges au fond du ciel.

— Ta sœur t'a rappelée ?

— Je crois qu'elle s'est assez bien débrouillée. Elle a dû passer l'après-midi à donner des coups de téléphone à toutes ses amies...

Elle avait un petit papier avec des notes à côté de son couvert.

— Je te répète ce qu'elle m'a dit ?

Les bruits de la ville mettaient un fond sonore à leur conversation et on entendait, chez les voisins, le commencement du journal télévisé.

— Tu ne prends pas les nouvelles ?

— Je préfère t'écouter...

Deux ou trois fois, pendant qu'elle parlait, il mit la main dans sa poche pour jouer avec la bille.

— Pourquoi souris-tu ?

— Pour rien... Je t'écoute...

— D'abord, je sais d'où provient la fortune que la tante a laissée à Mme Keller... C'est une assez longue histoire... Tu veux que je te la raconte en détail ?

Il faisait oui de la tête, tout en mangeant le macaroni croustillant.

— Elle était infirmière et, à quarante ans, encore célibataire...

— Elle habitait Mulhouse ?

— Non, Strasbourg... C'était la sœur de la mère de Mme Keller... Tu me suis ?

— Oui.

— Elle travaillait à l'hôpital... Là-bas, chaque professeur dispose de quelques chambres pour ses malades privés... Un jour, peu de temps avant la guerre, elle a eu à soigner un homme dont on a beaucoup parlé depuis en Alsace, un nommé Lemke, qui était ferrailleur et qui, déjà riche, avait assez mauvaise réputation... On prétendait, en effet, qu'il ne dédaignait pas de se livrer à l'usure...

— Il l'a épousée ?

— Comment le sais-tu ?

Il se repentit de lui gâcher son histoire.

— Je le devine à ta physionomie.

— Il l'a épousée, oui. Attends la suite. Pendant la guerre, il a continué son commerce de métaux non ferreux... Il a fatalement travaillé avec les Allemands et a amassé une fortune considérable... Je suis trop longue ?... Je t'ennuie ?...

— Au contraire. Qu'est-il arrivé à la Libération ?

— Les F.F.I. ont cherché Lemke pour le fusiller après lui avoir fait rendre gorge... Ils ne l'ont pas trouvé... Personne ne sait où ils se sont cachés, sa femme et lui... Toujours est-il qu'ils sont parvenus à gagner l'Espagne et, de là, ils ont pu s'embarquer pour l'Argentine... Un filateur de Mulhouse y a rencontré Lemke dans la rue... Encore un peu de macaroni ?

— Volontiers... De la croûte...

— Je ne sais pas s'il travaillait toujours ou si tous les deux voyageaient pour leur plaisir... Un jour, ils ont pris l'avion pour le Brésil et l'appareil s'est écrasé dans les montagnes. L'équipage et tous les passagers sont morts... Or, c'est justement parce que Lemke et sa femme ont péri dans une catastrophe que l'héritage est allé à Mme Keller qui ne s'y attendait pas... Normalement, l'argent aurait dû aller à la famille du mari... Sais-tu pourquoi les Lemke n'ont rien eu et pourquoi la nièce de sa femme a eu tous les biens ?

Il tricha, fit signe que non. En réalité, il avait compris.

— Il paraît que quand un homme et sa femme sont victimes d'un même accident, sans qu'on puisse établir qui des deux est mort le premier, la loi considère que la femme a survécu, ne fût-ce que de quelques instants... Les médecins prétendent que nous avons la vie plus dure, de sorte que la tante a hérité la première et que la fortune est allée à sa nièce... Ouf !...

Elle était contente, assez fière d'elle.

— En fin de compte, c'est un peu parce qu'une infirmière a épousé un ferrailleur à l'hôpital de Strasbourg et qu'un avion s'est écrasé dans les montagnes de l'Amérique du Sud que le docteur Keller est devenu clochard... Si sa femme n'était pas devenue riche du jour au lendemain, s'ils avaient continué à habiter la rue du Sauvage, si... Tu vois ce que je veux dire ?... Ne crois-tu pas, toi, qu'il serait resté à Mulhouse ?

— C'est possible...

— J'ai aussi des renseignements sur elle, mais je t'avertis que ce sont des ragots et que ma sœur n'en prend pas la responsabilité...

— Dis toujours...

— C'est une petite personne active, toujours en mouvement, qui adore les mondanités et qui se livre à une véritable chasse aux gens importants... Son mari parti, elle s'en est donné à cœur joie, organisant de grands dîners plusieurs fois par semaine... Elle est devenue ainsi l'égérie du préfet Badet dont la femme, morte depuis, était impotente...

Les mauvaises langues prétendent qu'elle était sa maîtresse et qu'elle a eu d'autres amants, entre autres un général dont j'ai oublié le nom...

— Je l'ai vue...

Mme Maigret ne fut-elle pas déçue ? Elle n'en laissa rien paraître.

— Comment est-elle ?

— Comme tu viens de la dépeindre... Une petite dame vive, nerveuse, très soignée, qui ne paraît pas son âge et qui adore les perruches...

— Pourquoi parles-tu de perruches ?

— Parce qu'il y en a plein son appartement.

— Elle vit à Paris ?

— Dans l'île Saint-Louis, à trois cents mètres du pont Marie sous lequel couchait son mari... Au fait, il fumait la pipe...

Entre le macaroni et la salade, il avait sorti la bille de sa poche et il la faisait rouler sur la nappe.

— Qu'est-ce que c'est ?

— Une bille. Le Toubib en possédait trois...

Elle regardait son mari avec attention.

— Tu l'aimes bien, non ?

— Je crois que je commence à le comprendre...

— Tu comprends qu'un homme comme lui devienne clochard ?

— Peut-être... Il a vécu en Afrique, seul blanc dans un poste éloigné des villes et des grand-routes... Là aussi, il a été déçu...

— Pourquoi ?

N'était-il pas difficile d'expliquer ça à Mme Maigret qui avait passé sa vie dans l'ordre et la propreté ?

— Ce que je cherche à deviner, continuait-il sur un ton léger, c'est en quoi il pouvait être coupable...

Elle fronçait les sourcils.

— Que veux-tu dire ?... C'est lui qu'on a assommé et jeté dans la Seine, non ?

— Il est la victime, c'est vrai...

— Alors ? Pourquoi dis-tu...

— Les criminologistes, en particulier les criminologistes américains, ont une théorie à ce sujet, et elle n'est peut-être pas aussi excessive qu'elle en a l'air...

— Quelle théorie ?

— Que, sur dix crimes, il y en a au moins huit où la victime partage dans une large mesure la responsabilité de l'assassin...

— Je ne comprends pas...

Il regardait la bille comme si elle le fascinait.

— Prenons une femme et un homme jaloux qui se disputent... L'homme adresse des reproches à la femme qui le nargue...

— Cela doit arriver...

— Supposons qu'il ait un couteau à la main et qu'il lui dise :

» — Fais attention... La prochaine fois, je te tuerai...

— Cela doit arriver aussi...

Pas dans son univers à elle !

— Suppose, maintenant, qu'elle lui lance :

» — Tu n'oserais pas... Tu n'en es pas capable...

— J'ai compris.

— Eh bien, dans beaucoup de drames passionnels, il y a de ça... Tu parlais tout à l'heure de Lemke, qui a fait sa fortune, moitié par l'usure, en poussant ses clients au désespoir, moitié en trafiquant avec les Allemands... Aurais-tu été surprise d'apprendre qu'on l'avait assassiné ?

— Le docteur...

— Il ne semblait faire de mal à personne. Il vivait sous les ponts, buvait du vin rouge à la bouteille et se promenait dans les rues avec un panneau publicitaire sur le dos...

— Tu vois !

— Quelqu'un, pourtant, est descendu sur la berge pendant la nuit et, profitant de son sommeil, lui a assené sur la tête un coup qui aurait pu être mortel, après quoi il l'a traîné jusqu'à la Seine d'où on ne l'a retiré que par miracle... Ce quelqu'un-là avait un motif... Autrement dit, le Toubib lui avait donné, consciemment ou non, un motif de le supprimer...

— Il est toujours dans le coma ?

— Oui.

— Tu espères que, quand il pourra parler, tu en tireras quelque chose ?

Il haussa les épaules et commença à bourrer sa pipe. Un peu plus tard, ils éteignaient la lumière et s'asseyaient devant la fenêtre toujours ouverte.

Ce fut une soirée paisible et douce, avec de longs silences entre les phrases, ce qui ne les empêchait pas de se sentir fort près l'un de l'autre.

Quand Maigret arriva à son bureau, le lendemain matin, le temps était aussi radieux que la veille et, sur les arbres, les petits points verts avaient déjà fait place à de vraies feuilles encore fines et tendres.

Le commissaire était à peine assis à son bureau qu'un Lapointe tout guilleret y entra.

— J'ai deux clients pour vous, patron...

Il était aussi fier, aussi impatient que Mme Maigret la veille au soir.

— Où sont-ils ?

— Dans la salle d'attente.

— Qui est-ce ?

— Le propriétaire de la Peugeot rouge et l'ami qui l'accompagnait lundi soir... Je n'ai pas beaucoup de mérite... Contrairement à ce qu'on pourrait penser, il existe peu de 403 rouges à Paris et il n'y en a que trois dont la plaque minéralogique comporte deux fois le chiffre 9... L'une des trois est en réparation depuis huit jours et l'autre se trouve en ce moment à Cannes avec son propriétaire...

— Tu as questionné ces hommes ?

— Je ne leur ai posé que deux ou trois questions... J'ai préféré que vous les voyiez vous-même... Je vais les chercher ?

Il y avait quelque chose de mystérieux dans l'attitude de Lapointe, comme s'il réservait à Maigret une autre surprise.

— Va...

Il attendit, assis devant son bureau, avec toujours une bille multicolore, comme un talisman, dans sa poche.

— M. Jean Guillot... annonça l'inspecteur en faisant entrer le premier client.

C'était un homme d'une quarantaine d'années, de taille moyenne, vêtu avec une certaine recherche.

— M. Hardoin, dessinateur industriel...

Il était plus grand, plus maigre, de quelques années plus jeune, et Maigret allait bientôt s'apercevoir qu'il bégayait.

— Asseyez-vous, messieurs... A ce qu'on me dit, l'un de vous deux est propriétaire d'une Peugeot de couleur rouge...

Ce fut Jean Guillot qui leva la main, non sans une certaine fierté.

— C'est ma voiture, dit-il. Je l'ai achetée au début de l'hiver...

— Où habitez-vous, monsieur Guillot ?

— Rue de Turenne, pas loin du boulevard du Temple.

— Votre profession ?

— Agent d'assurances.

Cela l'impressionnait un peu de se trouver dans un bureau de la P.J. et d'être interrogé par un commissaire principal, mais il ne paraissait pas effrayé. Il regardait même autour de lui avec curiosité, comme pour pouvoir, par la suite, donner des détails à ses amis.

— Et vous, monsieur Hardoin ?

— J'ha... j'ha... j'habite la... la... même mai... maison.

— L'étage au-dessus de nous, l'aida Guillot.

— Vous êtes marié ?

— Cé... cé... célibataire...

— Moi, je suis marié et j'ai deux enfants, un garçon et une fille, dit encore Guillot qui n'attendait pas les questions.

Lapointe, debout près de la porte, souriait vaguement. On aurait dit que les deux hommes, chacun sur une chaise, chacun avec son chapeau sur les genoux, faisaient un numéro de duettistes.

— Vous êtes amis ?

Ils répondaient avec autant d'ensemble que le permettait le bégaiement de Hardoin :

— Très bons amis...

— Vous connaissiez François Keller ?

Ils se regardaient, surpris, comme s'ils entendaient ce nom pour la première fois. Ce fut le dessinateur qui questionna :

— Qui... qui... qui est-ce ?

— Il a été longtemps médecin à Mulhouse.

— Je n'ai jamais mis les pieds à Mulhouse... affirmait Guillot. Il prétend qu'il me connaît ?

— Qu'est-ce que vous avez fait lundi soir ?

— Comme je l'ai dit à votre inspecteur, je ne me doutais pas que c'était interdit...

— Racontez-moi en détail ce que vous avez fait...

— Quand je suis rentré de ma tournée, vers huit heures, — je fais la banlieue ouest, — ma femme m'a attiré dans un coin, afin que les enfants ne l'entendent pas, et m'a annoncé que Nestor...

— Qui est Nestor ?

— Notre chien... Un grand danois... Il avait douze ans et il était très doux avec les enfants, qu'il avait pour ainsi dire vus naître... Quand ils étaient bébés, il se couchait au pied du berceau et c'est à peine si j'osais m'en approcher...

— Votre femme, donc, vous a annoncé...

Il continuait, imperturbable :

— Je ne sais pas si vous avez déjà eu des danois... En général, ils vivent moins vieux que les autres chiens, je me demande pourquoi... Et ils ont, dans les derniers temps, presque toutes les infirmités des hommes... Depuis quelques semaines, Nestor était presque paralysé et j'avais proposé de le conduire chez le vétérinaire pour le piquer... Ma femme n'a pas voulu... Quand je suis rentré, lundi, le chien était à l'agonie et, pour que les enfants ne voient pas ce spectacle, ma femme était allée chercher notre ami Lucien qui l'avait aidée à le transporter chez lui...

Maigret regardait Lapointe, qui lui adressait un clin d'œil.

— Je suis monté tout de suite chez Hardoin pour savoir où la bête en était. Le pauvre Nestor était au bout de son rouleau. J'ai téléphoné chez notre vétérinaire où on m'a répondu qu'il était au théâtre et qu'il ne rentrerait pas avant minuit... Nous avons passé plus de deux heures à regarder le chien mourir... Je m'étais assis par terre et il avait posé la tête sur mes genoux... Son corps était agité de tremblements convulsifs...

Hardoin approuvait de la tête, essayait d'intervenir.

— Il... il...

— Il est mort à dix heures et demie, l'interrompit l'assureur. Je suis descendu prévenir ma femme. J'ai gardé l'appartement où les enfants dormaient pendant qu'elle allait voir Nestor une dernière fois... J'ai mangé un morceau, car je n'avais pas dîné... J'avoue qu'ensuite j'ai bu deux verres de cognac pour me remonter et, quand ma femme est revenue, j'ai emporté la bouteille afin d'en offrir à Hardoin qui était aussi impressionné que moi...

Un petit drame, en somme, en marge d'un autre drame.

— C'est alors que nous nous sommes demandé ce que nous allions faire du cadavre... J'ai entendu dire qu'il existe un cimetière des chiens, mais je suppose que cela coûte cher et, en outre, je ne peux pas me permettre de perdre une journée de travail pour m'occuper de ça... Quant à ma femme, elle n'a pas de temps...

— Bref... fit Maigret.

— Bref...

Et Guillot resta en suspens, ayant perdu le fil de ses idées.

— Nous... nous... nous...

— Nous ne voulions pas non plus le jeter dans un terrain vague... Vous avez une idée de la taille d'un danois ?... Couché dans la salle à manger de Hardoin, il paraissait encore plus grand et plus impressionnant... Bref...

Il était content d'en revenir à ce point-là.

— Bref, nous avons décidé de l'immerger dans la Seine. Je suis allé chez nous chercher un sac à pommes de terre... Il n'était pas assez grand et les pattes dépassaient... Nous avons eu du mal à descendre la bête et à la placer dans le coffre de la voiture...

— Quelle heure était-il ?

— Onze heures dix...

— Comment savez-vous qu'il était onze heures dix ?

— Parce que la concierge n'était pas couchée. Elle nous a vus passer et nous a demandé ce qui était arrivé. Je le lui ai expliqué. La porte de la loge était ouverte, j'ai machinalement regardé l'horloge qui marquait onze heures dix...

— Vous avez annoncé que vous alliez jeter le chien dans la Seine ? Vous vous êtes rendus directement au pont des Célestins ?

— C'était le plus près...

— Il ne vous a fallu que quelques minutes pour y arriver... Je suppose que vous ne vous êtes pas arrêtés en route ?

— Pas en allant... Nous avons pris au plus court... Nous avons dû mettre cinq minutes... J'ai hésité à descendre la rampe avec l'auto... Comme je ne voyais personne, je m'y suis risqué...

— Il n'était donc pas encore onze heures et demie...

— Sûrement pas... Vous allez voir... Nous avons pris le sac tous les deux et nous l'avons basculé dans le courant...

— Toujours sans voir personne ?

— Oui...

— Il y avait une péniche à proximité ?

— C'est vrai... Nous avons même remarqué de la lumière à l'intérieur...

— Mais vous n'avez pas vu le marinier ?

— Non...

— Vous n'êtes pas allés jusqu'au pont Marie ?

— Nous n'avions aucune raison d'aller plus loin... Nous avons jeté Nestor à l'eau aussi près de l'auto que possible...

Hardoin approuvait toujours, ouvrait parfois la bouche pour placer un mot, puis, découragé, la refermait.

— Que s'est-il passé ensuite ?

— Nous sommes partis... Une fois là-haut...

— Vous voulez dire quai des Célestins ?

— Oui... Je ne me suis pas senti dans mon assiette et je me suis souvenu qu'il n'y avait plus de cognac dans la bouteille... Cette soirée m'avait fort éprouvé... Nestor était presque de la famille... Rue de Turenne, j'ai proposé à Lucien de boire un verre et nous nous sommes arrêtés devant un café qui fait le coin de la rue des Francs-Bourgeois, tout à côté de la place des Vosges...

— Vous avez à nouveau bu du cognac ?...

— Oui... Là aussi, il y avait une horloge et je l'ai regardée... Le patron m'a fait remarquer qu'elle avançait de cinq minutes... Il était minuit moins vingt...

Il répéta, l'air navré :

— Je vous jure que je ne savais pas que c'est interdit... Mettez-vous à ma place... Surtout avec les enfants, à qui je voulais éviter ce spectacle... Ils ne savent pas encore que le chien est mort... Nous leur avons dit qu'il était parti, qu'on le retrouverait peut-être...

Sans s'en rendre compte, Maigret avait sorti la bille de sa poche et la tripotait entre ses doigts.

— Je suppose que vous m'avez dit la vérité ?

— Pourquoi vous mentirais-je ? S'il y a une amende à payer, je suis prêt à...

— A quelle heure êtes-vous rentrés chez vous ?

Les deux hommes se regardèrent avec un certain embarras. Hardoin ouvrit la bouche une fois de plus et, une fois de plus, ce fut Guillot qui répondit.

— Tard... Vers une heure du matin...

— Le café de la rue de Turenne est resté ouvert jusqu'à une heure du matin ?

C'était un quartier que Maigret connaissait bien, où tout est fermé à minuit, voire bien avant.

— Non. Nous sommes allés prendre un dernier verre place de la République...

— Vous étiez ivres ?

— Vous savez comment ça va... On boit parce qu'on est ému... Un verre... Puis un autre...

— Vous n'êtes pas retournés le long de la Seine ?

Guillot prit un air surpris, regarda son camarade comme pour lui demander d'ajouter son témoignage au sien.

— Jamais ! Pour quoi faire ?

Maigret se tourna vers Lapointe.

— Emmène-les à côté et enregistre leur déposition... Je vous remercie, messieurs... Je n'ai pas besoin d'ajouter que tout ce que vous venez de dire sera vérifié...

— Je jure que j'ai dit la vérité...

— Moi... moi... aus... aussi...

Cela avait l'air d'une farce. Maigret restait seul dans son bureau, campé devant la fenêtre ouverte, une bille de verre à la main. Il regardait, rêveur, la Seine qui coulait au-delà des arbres, les bateaux qui passaient, les taches claires des robes des femmes sur le pont Saint-Michel.

Il finit par se rasseoir et par demander l'Hôtel-Dieu.

— Passez-moi l'infirmière-chef du service de chirurgie...

Maintenant qu'elle l'avait vu avec le grand patron et qu'elle avait reçu des instructions, elle était tout miel.

— J'allais justement vous téléphoner, monsieur le commissaire... Le professeur Magnin vient de l'examiner... Il le trouve beaucoup mieux qu'hier soir et il espère qu'on évitera les complications... C'est presque un miracle...

— Il a repris connaissance ?

— Pas tout à fait, mais il commence à regarder autour de lui avec intérêt... Il est difficile de savoir s'il se rend compte de son état et de l'endroit où il se trouve...

— Il a toujours ses pansements ?

— Pas sur le visage...

— Vous croyez qu'il reprendra conscience aujourd'hui ?

— Cela peut se produire d'un moment à l'autre... Vous voulez que je vous prévienne dès qu'il parlera ?...

— Non... Je me rends là-bas...

— Maintenant ?

Maintenant, oui. Il avait hâte de faire la connaissance de l'homme qu'il n'avait encore vu que la tête bandée. Il passa par le bureau des inspecteurs, où Lapointe était en train de taper à la machine la déposition de l'assureur et de son ami bègue.

— Je vais à l'Hôtel-Dieu... J'ignore quand je rentrerai...

C'était à deux pas. Il s'y rendait en voisin, sans se presser, la pipe aux dents, les mains derrière le dos, en roulant dans sa tête des pensées assez floues.

Quand il arriva à l'Hôtel-Dieu, il trouva la grosse Léa, toujours en chemisier rose, qui s'éloignait du guichet d'un air dépité. Elle se précipita vers lui.

— Vous savez, monsieur le commissaire, non seulement on m'empêche de le voir, mais on refuse de me donner de ses nouvelles... C'est tout juste s'ils n'ont pas appelé un agent pour me flanquer à la porte... Vous avez des nouvelles, vous ?

— On vient de m'annoncer qu'il va beaucoup mieux...

— On espère qu'il s'en tirera ?

— C'est probable.

— Il souffre beaucoup ?

— Je ne crois pas qu'il s'en aperçoive... Je suppose qu'on lui a fait des piqûres...

— Hier, des hommes en civil sont venus chercher ses affaires... Ce sont des gens de chez vous ?...

Il répondit par l'affirmative, ajouta en souriant :

— Ne craignez rien... Tout lui sera rendu...

— Vous n'avez toujours pas idée de qui a pu faire ça ?

— Et vous ?

— Depuis quinze ans que je vis sur les quais, c'est la première fois que quelqu'un s'attaque à un clochard... D'abord nous sommes des gens inoffensifs, vous devez le savoir mieux que personne...

Le mot lui plaisait et elle le répéta :

— Inoffensifs... Il n'y a même jamais de bagarres... Chacun respecte la liberté des autres... Si on ne respectait pas la liberté des autres, pourquoi est-ce qu'on dormirait sous les ponts ?...

Il la regarda avec plus d'attention, remarqua que ses yeux étaient un peu rouges, son teint plus animé que la veille.

— Vous avez bu ?

— De quoi chasser le ver...

— Que disent vos camarades ?

— Ils ne disent rien... Quand on a tout vu, on ne s'amuse plus à faire des commérages...

Comme Maigret allait franchir la porte, elle lui demanda :

— Je peux attendre que vous sortiez pour avoir de ses nouvelles ?

— Je serai peut-être long...

— Cela ne fait rien... Être ici ou ailleurs...

Elle retrouvait sa bonne humeur, son sourire enfantin.

— Vous n'auriez pas une cigarette ?

Il lui montra sa pipe.

— Alors, une pincée de tabac... faute de fumer, je chique...

Il prit l'ascenseur en même temps qu'un malade étendu sur une civière et que deux infirmières. Au troisième étage, il trouva l'infirmière-chef qui sortait d'une des salles.

— Vous savez où c'est... Je vous rejoins dans un instant... On me sonne au service des urgences...

Les regards des malades allongés se tournèrent vers lui, comme la veille. On avait déjà l'air de le reconnaître. Il se dirigeait vers le lit du docteur Keller, son chapeau à la main, et découvrait enfin un visage où il n'y avait plus que quelques bandes de sparadrap.

L'homme, qu'on avait rasé la veille, ressemblait à peine à sa photographie. Il avait les traits creusés, le teint terne, les lèvres minces et pâles. Ce qui frappa le plus Maigret, ce fut de se trouver soudain en face d'un regard.

Car il n'y avait aucun doute : le Toubib le regardait, et ce n'était pas le regard d'un homme qui n'a pas sa connaissance.

Cela le gêna de rester silencieux. D'autre part, il ne savait que dire. Il y avait une chaise près du lit et il s'y assit, murmura d'une voix embarrassée :

— Vous allez mieux ?

Il était sûr que les mots n'allaient pas se perdre dans le brouillard, qu'ils étaient enregistrés, compris. Mais les yeux, toujours fixés sur lui, ne bougeaient pas et se contentaient d'exprimer une complète indifférence.

— Vous m'entendez, docteur Keller ?

C'était le début d'une longue et décevante bataille.

5

Maigret parlait rarement à sa femme d'une enquête en cours. Le plus souvent, d'ailleurs, il n'en discutait pas avec ses plus proches collaborateurs à qui il se contentait de donner ses instructions. Cela tenait à sa façon de travailler, d'essayer de comprendre, de s'imprégner petit à petit de la vie de gens qu'il ne connaissait pas la veille.

— Qu'en pensez-vous, Maigret ? lui avait souvent demandé un juge d'instruction lors d'une descente de Parquet ou d'une reconstitution.

On se répétait, au Palais, sa réponse invariable :

— Je ne pense jamais, monsieur le juge.

Et quelqu'un avait répliqué un jour :

— Il s'imbibe...

C'était vrai d'une certaine manière et les mots étaient trop précis pour lui, de sorte qu'il préférait se taire.

Il en était autrement cette fois-ci, tout au moins avec Mme Maigret, peut-être parce que, grâce à sa sœur qui habitait Mulhouse, elle lui avait donné un coup de main. En se mettant à table pour déjeuner, il annonça :

— J'ai fait ce matin la connaissance de Keller...

Elle était toute surprise. Non seulement parce qu'il en parlait le premier, mais à cause du ton enjoué. Ce n'était pas le mot exact. Il n'était pas guilleret non plus. Il n'y en avait pas moins une certaine légèreté, une certaine bonne humeur dans sa voix, dans ses yeux.

Pour une fois, les journaux ne le harcelaient pas et le substitut, le juge le laissaient tranquille. Un clochard avait été attaqué sous le pont Marie, jeté dans la Seine en crue, mais il s'en était tiré miraculeusement et le professeur Magnin n'en revenait pas de sa faculté de récupération.

En somme, c'était un crime sans victime, on aurait presque pu dire sans assassin, et personne ne s'inquiétait du Toubib, sinon la grosse Léa et, peut-être, deux ou trois vagabonds.

Or, Maigret consacrait autant de son temps à cette affaire qu'à un drame passionnant la France entière. Il semblait en faire une question personnelle et, à la façon dont il venait d'annoncer son entrevue avec Keller, on aurait pu croire qu'il s'agissait de quelqu'un que sa femme et lui désiraient rencontrer depuis longtemps.

— Il a repris connaissance ? questionnait Mme Maigret en évitant de manifester trop d'intérêt.

— Oui et non... Il n'a pas prononcé une parole... Il s'est contenté de me regarder, mais je suis persuadé qu'il n'a pas perdu un mot de ce que je lui ai dit... L'infirmière-chef n'est pas du même avis... Elle prétend qu'il est encore abruti par les drogues qu'on lui a données et qu'il se trouve dans l'état d'un boxeur se relevant après un knock-out...

Il mangeait, regardait par la fenêtre, écoutait les oiseaux.

— Tu as l'impression qu'il connaît son agresseur ?

Maigret soupira, finit par avoir un léger sourire qui ne lui était pas habituel, un sourire moqueur dont la moquerie se serait adressée à lui-même.

— Je n'en sais rien... J'aurais de la peine à expliquer mon impression...

Il avait rarement été aussi dérouté de sa vie que ce matin-là, à l'Hôtel-Dieu, en même temps qu'aussi passionné par un problème.

Les conditions de l'entrevue, déjà, n'avaient rien de favorable. Elle avait lieu dans une salle où se trouvaient une douzaine de malades couchés, trois ou quatre assis ou debout près de la fenêtre. Quelques-uns souffraient, gravement atteints, et il y avait sans cesse des sonneries, une infirmière qui allait et venait, se penchant sur l'un ou l'autre lit.

Tout le monde regardait avec plus ou moins d'insistance le commissaire assis près de Keller et les oreilles étaient attentives.

Enfin, l'infirmière-chef se montrait de temps en temps à la porte et les observait d'un air inquiet et mécontent.

— Il ne faut pas que vous restiez longtemps, lui avait-elle recommandé. Évitez de le fatiguer...

Maigret, penché sur son interlocuteur, parlait à mi-voix, doucement, et cela faisait une sorte de murmure.

— Vous m'entendez, monsieur Keller ?... Vous vous souvenez de ce qui vous est arrivé lundi soir, alors que vous étiez couché sous le pont Marie ?

Pas un trait du blessé ne bougeait, mais le commissaire ne s'occupait que des yeux, qui n'exprimaient ni angoisse ni inquiétude. C'étaient des yeux d'un gris délavé qui avaient beaucoup vu et qu'on aurait dit usés.

— Vous dormiez, quand on vous a attaqué ?

Le regard du Toubib n'essayait pas de se détacher de lui et il se passait une chose curieuse : ce n'était pas Maigret qui avait l'air d'étudier Keller, mais celui-ci qui étudiait son interlocuteur.

Cette impression était si gênante que le commissaire éprouva le besoin de se présenter.

— Je m'appelle Maigret... Je dirige la Brigade criminelle de la P.J... Je cherche à comprendre ce qui vous est arrivé... J'ai vu votre femme, votre fille, les mariniers qui vous ont retiré de la Seine...

Le Toubib n'avait pas tressailli quand on avait évoqué sa femme et sa fille, mais on aurait juré qu'une légère ironie avait passé dans ses prunelles.

— Vous êtes incapable de parler ?

Il n'essayait pas de répondre d'un mouvement de la tête, si léger fût-il, ni d'un battement de paupières.

— Vous vous rendez compte qu'on vous parle ?

Mais oui ! Maigret était sûr de ne pas se tromper. Non seulement Keller s'en rendait compte, mais il ne perdait pas une nuance des paroles prononcées.

— Cela vous gêne que je vous interroge dans cette salle où des malades nous écoutent ?

Alors, comme pour amadouer le clochard, il se donnait la peine d'expliquer :

— J'aurais aimé que vous ayez une chambre privée... Cela pose malheureusement des questions administratives compliquées... Nous ne pouvons pas payer cette chambre sur notre budget...

Paradoxalement, les choses auraient été plus faciles si, au lieu d'être la victime, le docteur avait été l'assassin ou simplement un suspect. Pour la victime, il n'y avait rien de prévu.

— Je vais être obligé de faire venir votre femme, car il est nécessaire qu'elle vous reconnaisse formellement... Cela vous ennuie de la revoir ?

Les lèvres bougèrent un peu, sans émettre aucun son, et il n'y eut ni grimace ni sourire.

— Vous vous sentez assez bien pour que je lui demande de passer ce matin ?

L'homme ne protestait pas et Maigret en profita pour s'offrir une pause. Il avait chaud. Il étouffait dans cette salle qui sentait la maladie et les médicaments.

— Je peux téléphoner ? alla-t-il demander à l'infirmière-chef.

— Vous allez encore le torturer ?

— Sa femme doit le reconnaître... Cela ne prendra que quelques minutes...

Tout cela, il le racontait tant bien que mal à Mme Maigret, en déjeunant devant la fenêtre.

— Elle était chez elle, poursuivait-il. Elle m'a promis de venir tout de suite. J'ai donné des instructions, en bas, pour qu'on la laisse passer. Je me suis promené dans le couloir où le professeur Magnin a fini par me rejoindre...

Ils avaient bavardé tous les deux, debout devant une fenêtre qui donnait sur la cour.

— Vous pensez, vous aussi, qu'il a retrouvé sa lucidité ? questionnait Maigret.

— C'est possible... Quand je l'ai examiné tout à l'heure, il m'a donné l'impression de savoir ce qui se passait autour de lui... Mais, médicalement, je ne peux pas encore vous donner une réponse catégorique... Les gens se figurent que nous sommes infaillibles et que nous pouvons répondre à toutes les questions... Or, la plupart du temps, nous tâtonnons... J'ai demandé à un neurologue de le voir cet après-midi...

— Je suppose qu'il est difficile de le placer dans une chambre privée ?

— Ce n'est pas seulement difficile : c'est impossible. Tout est plein. Dans certains services, on est obligé de dresser des lits dans les couloirs... Ou alors, il faudrait le transporter dans une clinique privée...

— Si sa femme le proposait ?

— Vous croyez que cela lui plairait, à lui ?

C'était peu probable. Si Keller avait choisi de s'en aller et de vivre sous les ponts, ce n'était pas pour se retrouver, à cause d'une agression, à la charge de sa femme.

Celle-ci sortait de l'ascenseur, regardait autour d'elle, déroutée, et Maigret allait l'accueillir.

— Comment est-il ?

Elle n'était pas trop inquiète, ni émue. On devinait surtout qu'elle ne se sentait pas à sa place et qu'elle avait hâte de retrouver son appartement de l'île Saint-Louis et ses perruches.

— Il est calme...

— Il a repris conscience ?

— Je le pense, mais je n'en ai pas la preuve...

— Je dois lui parler ?

Il la faisait passer devant lui et tous les malades la regardaient s'avancer sur le parquet ciré de la salle. De son côté, elle cherchait son mari des yeux et, d'elle-même, elle se dirigea vers le cinquième lit, s'arrêta à deux ou trois mètres, comme si elle ne savait quelle contenance prendre.

Keller l'avait vue et la regardait, toujours indifférent.

Elle était très élégante, dans un tailleur de shantung beige, avec un chapeau assorti, et son parfum se mêlait aux odeurs.

— Vous le reconnaissez ?

— C'est lui, oui... Il a changé, mais c'est lui...

Il y eut un nouveau silence, pénible pour tout le monde. Elle se décidait enfin à s'avancer, non sans bravoure. Elle disait en tripotant nerveusement, de ses mains gantées, le fermoir de son sac :

— C'est moi, François... Je ne me doutais pas que je te retrouverais un jour dans d'aussi tristes conditions... Il paraît que tu vas te rétablir très vite... Je voudrais t'aider...

Qu'est-ce qu'il pensait en la regardant de la sorte ? Il y avait dix-sept ou dix-huit ans qu'il vivait dans un autre monde. C'était un peu comme s'il refaisait surface pour retrouver devant lui un passé qu'il avait fui.

On ne lisait aucune amertume sur son visage. Il se contentait de regarder celle qui avait été longtemps sa femme, puis il tournait légèrement la tête pour s'assurer que Maigret était toujours là.

Celui-ci expliquait maintenant à Mme Maigret :

— Je jurerais qu'il me demandait d'en finir avec cette confrontation...

— Tu en parles comme si tu le connaissais depuis toujours...

N'était-ce pas un peu vrai ? Maigret n'avait jamais rencontré Keller auparavant, mais, pendant sa carrière, combien d'hommes qui lui ressemblaient n'avait-il pas eu l'occasion de confesser dans le secret de son bureau ? Peut-être pas des cas aussi extrêmes. Le problème humain n'en était pas moins le même.

— Elle n'a pas insisté pour rester, racontait-il. Avant de le quitter, elle a failli ouvrir son sac pour y prendre de l'argent. Heureusement qu'elle ne l'a pas fait... Dans le couloir, elle m'a demandé :

» — Vous croyez qu'il n'a besoin de rien ?

» Et, comme je lui répondais que non, elle a insisté :

» — Je pourrais peut-être remettre une certaine somme à son intention au directeur de l'hôpital ?... Il serait mieux dans une chambre privée...

» — Il n'y en a pas de libre...

» Elle s'en est tenue là.

» — Qu'est-ce que je dois faire ?

» — Rien pour le moment... J'enverrai un inspecteur chez vous afin de vous faire signer un papier par lequel vous reconnaîtrez que c'est bien votre mari...

» — A quoi bon, puisque c'est lui ?

» Elle est enfin partie...

Ils avaient fini de manger et restaient assis devant leur tasse de café. Maigret avait allumé sa pipe.

— Tu es retourné dans la salle ?

— Oui... Malgré les regards de reproche de l'infirmière-chef...

C'était devenu une sorte d'ennemie personnelle.

— Il n'a toujours pas parlé ?

— Non... J'ai parlé tout seul, à voix basse, tandis qu'un interne donnait des soins au malade d'à côté...

— Qu'est-ce que tu lui as dit ?

Pour Mme Maigret, cette conversation devant les tasses de café était presque miraculeuse. D'habitude, elle savait à peine de quelle affaire son mari s'occupait. Il lui téléphonait qu'il ne rentrerait pas déjeuner ou dîner, parfois qu'il passerait une partie de la nuit à son bureau ou ailleurs, et c'était par les journaux, le plus souvent, qu'elle en apprenait davantage.

— Je ne me rappelle plus ce que je lui ai dit... répondait-il en se troublant légèrement. Je voulais le mettre en confiance... Je lui ai parlé de Léa qui m'attendait dehors, de ses affaires que nous avions mises en lieu sûr et qu'il retrouverait à sa sortie de l'hôpital...

» Cela paraissait lui faire plaisir.

» Je lui ai dit aussi qu'il n'aurait pas à revoir sa femme s'il ne le désirait pas, qu'elle avait proposé de payer pour lui une chambre privée, qu'il n'y en avait pas de disponible...

» Je devais avoir l'air, de loin, de réciter mon chapelet...

» — Je suppose que vous préférez rester ici que d'aller en clinique ?

— Il n'a toujours pas répondu ?

Maigret était embarrassé.

— Je sais bien que c'est bête, mais je suis sûr qu'il m'approuvait, que nous nous comprenions... J'ai essayé d'en revenir à l'agression...

» — Vous dormiez ?

» C'était un peu comme de jouer au chat et à la souris... Je suis persuadé qu'il a décidé une fois pour toutes de ne rien dire... Et un homme qui a été capable de vivre si longtemps sous les ponts est capable de se taire...

— Pourquoi se tairait-il ?

— Je l'ignore.

— Pour éviter d'accuser quelqu'un ?

— Peut-être.

— Qui ?

Maigret se levait, haussait ses larges épaules.

— Si je savais cela, je serais Dieu le Père... J'ai envie de te répondre comme le professeur Magnin : moi non plus, je ne fais pas de miracles...

— En définitive, tu n'as rien appris de nouveau ?

— Non.

Ce n'était pas tout à fait exact. Il avait la conviction qu'il avait beaucoup appris sur le compte du Toubib. S'il ne commençait pas encore à le connaître vraiment, il n'y en avait pas moins eu entre eux comme des contacts furtifs et un peu mystérieux.

— A un moment donné...

Il hésita à continuer, comme s'il craignait d'être accusé d'enfantillage. Tant pis ! Il avait besoin de parler.

— A un moment donné, j'ai tiré la bille de ma poche... A vrai dire, je ne l'ai pas fait consciemment... Je l'ai sentie dans ma main et j'ai eu l'idée de la glisser dans la sienne... J'avais sans doute l'air un peu ridicule... Or, il n'a pas eu besoin de la regarder... Il l'a reconnue au toucher... Je suis sûr, quoi que prétende l'infirmière, que son visage s'est éclairé et qu'il y a eu un pétillement de joie et de malice dans ses yeux...

— Il a néanmoins continué à se taire ?

— Ça, c'est une autre affaire... Il ne m'aidera pas... Il a pris le parti de ne pas m'aider, de ne rien dire, et il faudra que je découvre seul la vérité...

Était-ce ce défi qui l'excitait ? Sa femme l'avait rarement vu aussi animé, aussi passionné par une enquête.

— J'ai retrouvé, en bas, Lea qui m'attendait sur le trottoir en chiquant mon tabac et je lui ai donné le contenu de ma blague...

— Tu penses qu'elle ne sait rien ?

— Si elle savait quelque chose, elle me le dirait... Il y a, entre ces gens-là, plus de solidarité qu'entre ceux qui vivent normalement dans des maisons... Je suis persuadé qu'en ce moment ils s'interrogent les uns les autres, mènent leur petite enquête en marge de la mienne...

» Elle m'a appris un seul fait qui pourrait être intéressant : c'est que Keller n'a pas toujours couché sous le pont Marie et qu'il n'est du quartier, si l'on peut dire, que depuis deux ans...

— Où vivait-il avant ?

— Au bord de la Seine aussi, plus en amont, quai de la Rapée, sous le pont de Bercy...

— Cela leur arrive souvent de changer d'endroit ?

— Non. C'est aussi important que, pour nous, de déménager... Chacun se fait son coin et s'y tient plus ou moins...

Il finit, comme pour se récompenser, ou pour se maintenir en bonne humeur, par se servir un petit verre de prunelle. Après quoi il prit son chapeau et embrassa Mme Maigret.

— A ce soir.

— Tu crois que tu rentreras dîner ?

Il n'en savait pas plus qu'elle. A vrai dire, il n'avait pas la moindre idée de ce qu'il allait faire.

Torrence, depuis le matin, vérifiait les dires de l'agent d'assurances et de son ami bègue. Il devait déjà avoir questionné Mme Goulet, la concierge de la rue de Turenne, le marchand de vins du coin de la rue des Francs-Bourgeois.

On ne tarderait pas de savoir si l'histoire du chien Nestor était vraie ou inventée de toutes pièces. Et, si elle était vraie, cela ne prouverait pas encore que les deux hommes ne s'étaient pas attaqués au Toubib.

Pour quelle raison ? Au point où on en était, le commissaire n'en voyait aucune.

Mais quelle raison aurait eue Mme Keller, par exemple, de faire jeter son mari à la Seine ? Et par qui ?

Un jour qu'un bonhomme falot et sans fortune avait été assassiné dans des circonstances aussi mystérieuses, il avait dit au juge d'instruction :

— On ne tue pas les pauvres types...

On ne tue pas les clochards non plus. Or, on avait bel et bien tenté de se débarrasser de François Keller.

Maigret était sur la plate-forme de l'autobus, à écouter distraitement les phrases chuchotées par deux amoureux debout à côté de lui, quand une hypothèse lui vint à l'esprit. C'était l'expression « pauvre type » qui l'y avait fait penser.

A peine dans son bureau, il demanda Mme Keller au bout du fil. Elle n'était pas chez elle. La domestique lui apprit qu'elle déjeunait en ville avec une amie, mais elle ignorait dans quel restaurant.

Alors, il appela Jacqueline Rousselet.

— Il paraît que vous avez vu maman... Elle m'a téléphoné hier au soir, après votre visite... Elle vient de m'appeler à nouveau il y a moins d'une heure... Ainsi, c'est bien mon père...

— Il semble n'y avoir aucun doute sur son identité...

— Vous n'avez toujours aucune idée sur la raison pour laquelle on l'a attaqué ?... Il ne s'agirait pas d'une bagarre ?

— Votre père était-il bagarreur ?

— C'était l'homme le plus doux de la terre, en tout cas au temps où je vivais avec lui, et je crois qu'il se serait laissé frapper sans riposter...

— Vous êtes au courant des affaires de votre mère ?

— Quelles affaires ?

— Lorsqu'elle s'est mariée, elle n'avait pas de fortune et ne s'attendait pas à en avoir un jour... Votre père non plus... Je me demande, dans ces conditions, s'ils ont eu l'idée d'établir un contrat de mariage... Dans le cas contraire, ils sont mariés sous le régime de la communauté des biens, de sorte que votre père pourrait réclamer la moitié de la fortune...

— C'est n'est pas le cas... répondait-elle sans hésiter.

— Vous en êtes sûre ?

— Maman vous le confirmera... Quand j'ai épousé mon mari, il en a été question chez le notaire... Ma mère et mon père se sont mariés sous le régime de la séparation des biens...

— Est-ce indiscret de vous demander le nom de votre notaire ?

— Me Prijean, rue de Bassano...

— Je vous remercie...

— Vous ne désirez pas que j'aille à l'hôpital ?

— Et vous ?

— Je ne suis pas sûre que ma visite lui ferait plaisir... Il n'a rien dit à ma mère... Il paraît qu'il a fait semblant de ne pas la reconnaître...

— Peut-être, en effet, vaut-il mieux, en ce moment, éviter cette démarche...

Il avait besoin de se donner l'illusion d'agir et il demandait déjà Me Prijean. Il dut discuter assez longtemps et même menacer d'une commission rogatoire signée par le juge d'instruction, car le notaire lui opposait le secret professionnel.

— Je vous demande seulement de me dire si M. et Mme Keller, de Mulhouse, ont été mariés sous le régime de la séparation des biens et si vous avez eu l'acte en main...

Cela finit par un « oui » assez sec et on raccrocha.

Autrement dit, François Keller était bien un pauvre type qui n'avait aucun droit sur la fortune amassée par le marchand de vieux métaux et qui avait finalement échu à sa femme.

L'employé du standard téléphonique fut assez surpris quand le commissaire demanda :

— Passez-moi l'écluse de Suresnes...

— L'écluse ?

— L'écluse, oui. Ces gens-là ont bien le téléphone, non ?

— Bien, patron...

Il finit par avoir le chef éclusier au bout du fil et se nomma.

— Je suppose que vous prenez note des bateaux qui passent d'un bief à l'autre ?... Je voudrais savoir où trouver une péniche à moteur qui a dû franchir votre écluse hier en fin d'après-midi... C'est un nom flamand... *De Zwarte Zwaan*...

— Je connais, oui... Deux frères, une petite femme très blonde et un bébé... Ils ont eu la dernière éclusée et ont passé la nuit en dessous des portes...

— Vous avez une idée de l'endroit où ils sont en ce moment ?

— Attendez... Ils ont un bon diesel et ils profitent d'un courant qui reste assez fort...

On l'entendait faire des calculs, marmonner pour lui-même des noms de villes et de villages.

— Ou je me trompe fort, ou ils ont dû parcourir une centaine de kilomètres, ce qui les met du côté de Juziers... En tout cas, il y a des chances pour qu'ils aient dépassé Poissy... Cela dépend du temps qu'ils ont attendu à l'écluse de Bougival et à celle de Carrière...

Quelques instants plus tard, le commissaire était dans le bureau des inspecteurs.

— Est-ce que quelqu'un, ici, connaît bien la Seine ?

Une voix questionna :

— En amont ou en aval ?

— En aval... Du côté de Poissy... Plus loin, probablement...

— Moi !... J'ai un petit bateau et je descends jusqu'au Havre chaque année pendant les vacances... Je connais d'autant mieux les environs de Poissy que c'est là que je gare le bateau...

Il s'agissait de Neveu, un inspecteur à l'aspect neutre et petit-bourgeois que Maigret ne savait pas si sportif.

— Prenez une voiture dans la cour... Vous allez me conduire...

Le commissaire dut le faire attendre, car Torrence rentrait et lui communiquait le résultat de son enquête.

— Le chien est bien mort dans la soirée de lundi, confirmait-il. Mme Guillot pleure encore quand elle en parle... Les deux hommes l'ont placé dans le coffre de la voiture pour aller le jeter dans la Seine... On se souvient d'eux dans le café de la rue de Turenne... Ils sont arrivés un peu avant la fermeture...

— Quelle heure était-il ?

— C'était un peu après onze heures et demie... Des joueurs de belote finissaient leur partie et le patron attendait pour baisser ses volets... Mme Guillot m'a confirmé aussi, en rougissant, que son mari était rentré tard, elle ne sait pas à quelle heure, car elle s'était endormie, et qu'il était à moitié ivre... Elle a éprouvé le besoin de me jurer que ce n'est pas son habitude, qu'il fallait mettre ça sur le compte de l'émotion...

Maigret finit par s'installer à côté de Neveu dans l'auto qui se faufila en direction de la porte d'Asnières.

— On ne peut pas suivre la Seine tout le long... expliquait l'inspecteur. Vous êtes sûr que la péniche a dépassé Poissy ?...

— C'est ce que prétend l'éclusier-chef...

On commençait, sur la route, à voir des voitures découvertes et certains conducteurs avaient le bras de leur compagne passé autour de la taille. Des gens plantaient des fleurs dans leur jardin. Quelque part, une femme en bleu clair donnait à manger à ses poules.

Les yeux mi-clos, Maigret somnolait, indifférent en apparence au paysage et, chaque fois qu'on apercevait la Seine, Neveu disait le nom de l'endroit où on se trouvait.

Ils virent ainsi plusieurs bateaux qui montaient ou descendaient paisiblement le fleuve. Ici, une femme lavait son linge sur le pont, là, une autre tenait le gouvernail, un enfant de trois ou quatre ans assis à ses pieds.

La voiture s'arrêta à Meulan, où plusieurs péniches étaient amarrées.

— Quel nom avez-vous dit, patron ?

— *De Zwarte Zwaan*... Cela signifie le cygne noir...

L'inspecteur descendait de voiture, traversait le quai, engageait la conversation avec des mariniers et Maigret les voyait de loin qui gesticulaient.

— Ils sont passés il y a une demi-heure, annonçait Neveu en reprenant le volant. Comme ils font dix bons kilomètres à l'heure et même davantage, ils ne doivent plus être loin de Juziers...

C'est un peu après cette localité, devant l'île de Montalet, qu'ils aperçurent la péniche belge descendant le courant.

Ils la dépassèrent de deux ou trois cents mètres et Maigret alla se camper sur la berge. Là, sans crainte du ridicule, il se mit à faire de grands gestes.

C'était Hubert, le plus jeune des deux frères, qui tenait la roue, une cigarette aux lèvres. Il reconnut le commissaire, alla se pencher au-dessus de l'écoutille et mit le moteur au ralenti. Un instant plus tard, le long et maigre Jef Van Houtte apparaissait sur le pont, d'abord la tête, puis le torse, enfin tout son grand corps dégingandé.

— Il faut que je vous parle... leur criait le commissaire, les mains en porte-voix.

Jef lui faisait signe qu'il n'entendait rien, à cause du moteur, et Maigret tentait de lui expliquer qu'il devait s'arrêter.

On était en pleine campagne. A un kilomètre environ, on apercevait des toits rouges et gris, des murs blancs, une pompe à essence, l'enseigne dorée d'une auberge.

Hubert Van Houtte mettait le moteur en marche arrière. La jeune femme passait à son tour la tête par l'écoutille et on devinait qu'elle demandait à son mari ce qui se passait.

La manœuvre fut assez confuse. On aurait dit, à distance, que les deux hommes ne s'entendaient pas. Jef, l'aîné, désignait le village, comme pour commander à son frère d'aller jusque-là, tandis que Hubert, à la barre, se rapprochait déjà de la rive.

Faute de pouvoir agir autrement, Jef finit par lancer une amarre que l'inspecteur Neveu fut assez fier d'attraper en vieux marin. Il y avait, sur la berge, des bittes d'amarrage et, quelques minutes plus tard, la péniche s'immobilisait dans le courant.

— Qu'est-ce que vous voulez encore, maintenant ? criait Jef qui paraissait en colère.

Il y avait plusieurs mètres entre la rive et la péniche et il ne faisait pas mine de poser la passerelle.

— Vous croyez, comme ça, que c'est une façon d'arrêter un bateau ? C'est le bon moyen d'avoir un accident, oui, c'est moi qui vous le dis...

— J'ai besoin de vous parler... répliquait Maigret.

— Vous m'avez parlé tant que vous avez voulu à Paris... Moi, je n'ai rien d'autre à vous dire...

— Dans ce cas, je serai obligé de vous convoquer à mon bureau...

— Qu'est-ce que c'est ?... Que moi je retourne à Paris sans avoir débarqué mes ardoises ?

Hubert, plus accommodant, faisait signe à son frère de se calmer. C'est lui qui finit par lancer la passerelle vers le rivage et qui la franchit comme un acrobate pour la fixer.

— Ne faites pas attention, monsieur. C'est vrai, ce qu'il dit... On n'arrête pas un bateau n'importe où...

Maigret montait à bord, assez embarrassé, au fond, car il ne savait pas au juste quelles questions il allait poser. En outre, il se trouvait en Seine-et-Oise et, réglementairement, c'était à la police de Versailles, sur commission rogatoire, d'interroger les Flamands.

— Vous allez nous retenir longtemps, dites ?

— Je l'ignore.

— Parce que, nous, on ne va pas passer la nuit ici, vous savez. On a encore le temps d'arriver à Mantes avant le coucher du soleil...

— Dans ce cas, continuez...

— Vous voulez venir avec nous ?...

— Pourquoi pas ?...

— Ça, on n'a jamais vu, n'est-ce pas ?

— Vous entendez, Neveu ?... Continuez avec l'auto jusqu'à Mantes...

— Qu'est-ce que tu dis de ça, Hubert ?

— Il n'y a rien à faire, Jef... Avec la police, cela ne sert à rien de se fâcher...

On voyait toujours la tête blonde de la jeune femme au ras du pont et on entendait, en bas, un babillement d'enfant. Comme la veille, il montait, du logement, de bonnes odeurs de cuisine.

La planche qui servait de passerelle fut retirée. Neveu, avant de monter en voiture, libéra les amarres qui firent jaillir du fleuve des gerbes lumineuses.

— Puisque vous avez encore des questions, je vous écoute...

On entendait à nouveau le halètement du diesel et le bruit de l'eau glissant contre la coque.

Maigret, debout à l'arrière de la péniche, bourrait lentement sa pipe en se demandant ce qu'il allait dire.

6

— Vous m'avez bien dit hier que l'auto était rouge, n'est-ce pas ?

— Oui, monsieur (il prononçait mossieu, à la façon des augustes de cirque). Elle était aussi rouge que le rouge de ce drapeau-là...

Sa main désignait le drapeau belge, noir, jaune et rouge, qui flottait à l'arrière du bateau.

Hubert était à la barre et la jeune femme blonde avait rejoint l'enfant à l'intérieur. Quant à Jef, son visage trahissait deux sentiments contraires entre lesquels il semblait tiraillé. D'une part, l'hospitalité flamande lui dictait d'accueillir convenablement le commissaire comme on doit accueillir chez soi n'importe qui, et même de lui offrir un petit verre de genièvre ; d'autre part, il était encore fâché de cet arrêt en pleine campagne et il considérait ce nouvel interrogatoire comme une atteinte à sa dignité.

C'est d'un regard sournois qu'il observait l'intrus dont le complet de ville et le chapeau noir faisaient tache à bord du bateau.

Quant à Maigret, il n'était pas tellement à son aise et il se demandait toujours par quel bout prendre son difficile interlocuteur. Il avait une longue expérience de ces hommes simples, peu intelligents, qui croient qu'on veut profiter de leur naïveté et qui, parce qu'ils se méfient, deviennent vite agressifs, à moins qu'ils s'enferment dans un mutisme têtu.

Ce n'était pas la première fois que le commissaire enquêtait à bord d'une péniche, bien que cela ne lui fût pas arrivé depuis longtemps. Il se souvenait surtout de ce qu'on appelait jadis un bateau-écurie, halé, le long des canaux, par un cheval qui passait la nuit à bord avec son charretier.

Ces bateaux-là étaient en bois et sentaient bon la résine dont on les enduisait périodiquement. L'intérieur, coquet, n'était pas sans rappeler celui d'un pavillon de banlieue.

Ici, par la porte ouverte, il découvrait un décor plus bourgeois, des meubles en chêne massif, des tapis, des vases sur des napperons brodés et une profusion de cuivres luisants.

— Où vous trouviez-vous quand vous avez entendu du bruit sur le quai ? Vous étiez occupé à travailler au moteur, je crois ?

Les yeux clairs de Jef se fixaient sur lui et on aurait dit qu'il hésitait encore sur l'attitude à prendre, qu'il luttait contre sa colère.

— Écoutez, monsieur... Hier matin, vous étiez là quand le juge m'a posé toutes ces questions... Vous m'en avez posé vous-même... Et le petit homme qui accompagnait le juge a tout écrit sur du papier... L'après-midi, il est revenu pour me faire signer ma déclaration... Est-ce que c'est juste ?

— C'est exact...

— Alors, maintenant, vous venez me demander la même chose... Je vous dis, moi, que ce n'est pas bien... Parce que, si je me trompe, vous penserez que je vous ai menti... Je ne suis pas un intellectuel, moi, monsieur... Je ne suis presque pas allé à l'école... Hubert non plus... Mais nous sommes tous les deux des travailleurs et Anneke c'est aussi une femme qui travaille...

— Je cherche seulement à vérifier...

— A vérifier rien du tout... J'étais tranquille sur mon bateau, comme vous dans votre maison... Un homme a été jeté à l'eau et j'ai sauté dans le bachot pour le repêcher... Je ne demande pas une récompense, ni des félicitations... Mais ce n'est pas une raison pour venir m'embêter avec des questions... Voilà comment je pense, monsieur...

— Nous avons retrouvé les deux hommes de l'auto rouge...

Est-ce que Jef se rembrunit vraiment ou ne fut-ce qu'une impression de Maigret ?

— Eh bien ! vous n'avez qu'à leur demander...

— Ils prétendent qu'il n'était pas minuit, mais onze heures et demie, quand ils sont descendus en voiture sur la berge...

— Peut-être que leur montre retardait, n'est-ce pas ?

— Nous avons vérifié leur témoignage... Ils se sont rendus ensuite dans un café de la rue de Turenne et y sont arrivés à minuit moins vingt...

Jef regarda son frère qui s'était tourné assez vivement vers lui.

— On pourrait aller s'asseoir à l'intérieur ?...

La cabine, assez vaste, servait à la fois de cuisine et de salle à manger et un ragoût mijotait sur le poêle en émail blanc. Mme Van Houtte, qui donnait le sein au bébé, se précipita vivement dans une chambre à coucher où le commissaire eut le temps d'apercevoir le lit couvert d'une courtepointe.

— Asseyez-vous, n'est-ce pas ?

Toujours hésitant, comme à contrecœur, il prenait dans le buffet aux portes à vitraux un cruchon de genièvre en grès brun, deux verres à fond épais.

Par les fenêtres carrées, on apercevait les arbres de la rive, parfois le toit rouge d'une villa. Il y eut un silence assez long pendant lequel Jef resta debout, son verre à la main. Il finit par en boire une gorgée qu'il garda un certain temps dans la bouche avant de l'avaler.

— Il est mort ? questionna-t-il enfin.

— Non. Il a repris connaissance.

— Qu'est-ce qu'il dit ?

Ce fut au tour de Maigret de ne pas répondre. Il regardait les rideaux brodés des fenêtres, les cache-pot de cuivre d'où émergeaient des plantes vertes, une photographie, au mur, dans un cadre doré, qui représentait un gros homme d'un certain âge, en chandail et en casquette de marinier.

C'était un personnage comme on en voit souvent sur les bateaux, trapu, les épaules énormes, avec une moustache de phoque.

— C'est votre père ?

— Non, monsieur... C'est le père d'Anneke...

— Votre père était marinier aussi ?...

— Mon père, monsieur, il était débardeur, à Anvers... Et ça, voyez-vous, ce n'est pas un métier de chrétien...

— C'est pourquoi vous êtes devenu marinier ?

— J'ai commencé à travailler sur les péniches à l'âge de treize ans et personne ne s'est jamais plaint de moi...

— Hier soir...

Maigret croyait l'avoir amadoué par des questions indirectes, mais l'homme secouait la tête.

— Non, monsieur... Je ne joue pas... Vous n'avez qu'à relire le papier...

— Et si je découvrais que vos déclarations ne sont pas exactes ?

— Alors, vous ferez ce que vous voudrez...

— Vous avez vu les deux hommes de l'auto revenir de sous le pont Marie ?

— Lisez le papier...

— Ils prétendent, eux, qu'ils n'ont pas dépassé votre péniche...

— Tout le monde peut dire ce qu'il veut, n'est-ce pas ?

— Ils affirment aussi qu'ils n'ont vu personne sur le quai et qu'ils se sont contentés de jeter un chien mort dans la Seine...

— Ce n'est pas ma faute s'ils appellent ça un chien...

La jeune femme revenait sans l'enfant, qu'elle avait dû coucher. Elle disait quelques mots en flamand à son mari qui approuvait, commençait à passer la soupe.

Le bateau ralentissait. Maigret se demandait si on était déjà arrivé mais, par la fenêtre, il ne tardait pas à apercevoir un remorqueur, puis trois péniches qui remontaient lourdement le courant. On passait sous un pont.

— Le bateau vous appartient ?

— Il est à moi et à Anneke, oui...

— Votre frère n'en est pas copropriétaire ?

— Qu'est-ce que ça veut dire ?

— Il n'en possède pas une partie ?

— Non, monsieur. Le bateau, il est à moi et à Anneke...

— De sorte que votre frère est votre employé ?

— Oui, monsieur...

Maigret s'habituait à son accent, à ses « monsieur » et à ses « n'est-ce pas ? » répétés. On sentait, aux regards de la jeune femme, qu'elle ne comprenait que quelques mots de français et qu'elle se demandait ce que les deux hommes pouvaient bien dire.

— Depuis longtemps ?

— A peu près deux ans...

— Il travaillait auparavant sur un autre bateau ? En France ?

— Il travaillait, comme nous, en Belgique et en France... Cela dépend des chargements...

— Pourquoi l'avez-vous fait venir auprès de vous ?

— Parce que j'avais besoin de quelqu'un, n'est-ce pas ?... C'est un grand bateau, vous savez...

— Et avant ?

— Avant quoi ?

— Avant que vous fassiez venir votre frère ?...

Maigret n'avançait que petit à petit, cherchant les questions les plus innocentes afin d'éviter que son interlocuteur se cabre à nouveau.

— Je ne comprends pas...

— Il y avait quelqu'un d'autre pour vous aider ?

— Bien sûr...

Avant de répondre, il avait jeté un coup d'œil à sa femme, comme pour s'assurer qu'elle n'avait pas compris.

— Qui était-ce ?

Jef remplissait les verres, pour se donner le temps de la réflexion.

— C'était moi, finit-il par déclarer.

— C'était vous qui étiez le matelot ?

— J'étais le mécanicien.

— Qui était le patron ?

— Je me demande si vous avez vraiment le droit de me poser toutes ces questions... La vie privée est la vie privée... Et moi, je suis belge, monsieur...

Comme il commençait à s'énerver, son accent devenait plus fort.

— Ce ne sont tout de même pas des manières, ça... Mes affaires me regardent et ce n'est pas parce que je suis flamand qu'il faut jouer avec mes choses...

Maigret fut quelques instants avant de comprendre l'expression et ne put s'empêcher de sourire.

— Je pourrais revenir avec un traducteur et interroger votre femme...

— Je ne permettrais pas qu'on ennuie Anneke...

— Il le faudra pourtant bien si je vous apporte un papier du juge... Je me demande maintenant s'il ne serait pas plus simple de vous emmener tous les trois à Paris...

— Et alors, qu'est-ce que deviendrait le bateau ?... Ça, je suis sûr que vous n'avez pas le droit de le faire...

— Pourquoi ne me répondez-vous pas tout simplement ?

Van Houtte baissait un peu la tête, en jetant à Maigret un regard en dessous, à la façon d'un écolier qui rumine un mauvais coup.

— Parce que ce sont mes affaires...

Jusqu'ici, il avait raison. Maigret n'avait aucun motif sérieux pour le harasser de la sorte. Il suivait son intuition. Il avait été frappé, en montant à bord près de Juziers, par l'attitude du marinier.

Ce n'était pas exactement le même homme qu'à Paris. Jef avait été surpris de voir le commissaire sur la berge et sa réaction avait été vive. Depuis, il restait soupçonneux, replié sur lui-même, sans ce pétillement dans le regard, cette sorte d'humour dont il faisait preuve au port des Célestins.

— Vous voulez que je vous emmène ?

— Il faudrait que vous ayez une raison... Il existe des lois...

— La raison est que vous refusez de répondre à des questions de simple routine...

On entendait toujours le halètement du diesel et on apercevait les longues jambes de Hubert debout près de la roue du gouvernail.

— Parce que vous essayez de m'embrouiller...

— Je n'essaie pas de vous embrouiller mais d'établir la vérité...

— Quelle vérité ?

Il avançait, reculait, tantôt sûr de son bon droit et tantôt, au contraire, visiblement inquiet.

— Quand avez-vous acheté ce bateau ?

— Je ne l'ai pas acheté.

— Pourtant, il vous appartient ?

— Oui, monsieur, il m'appartient et il appartient à ma femme...

— Autrement dit, c'est en l'épousant que vous en êtes devenu propriétaire ?... Le bateau était à elle ?

— Est-ce que c'est extraordinaire ? Nous nous sommes mariés légitimement, devant le bourgmestre et le curé...

— Jusqu'alors, c'était son père qui conduisait le *Zwarte Zwaan* ?

— Oui, monsieur... C'était le vieux Willems...

— Il n'avait pas d'autres enfants ?
— Non, monsieur...
— Qu'est-ce que sa femme est devenue ?
— Il y avait un an qu'elle était morte...
— Vous étiez déjà à bord ?
— Oui, monsieur...
— Depuis longtemps ?
— Willems m'a engagé quand sa femme est morte... C'était à Audenarde...
— Vous travailliez sur un autre bateau ?
— Oui, monsieur... Le *Drie Gebrouders*...
— Pourquoi avez-vous changé ?
— Parce que le *Drie Gebrouders* était une vieille péniche qui ne venait presque jamais en France et qui transportait surtout du charbon...
— Vous n'aimez pas transporter du charbon ?
— C'est sale...
— Il y a donc à peu près trois ans que vous êtes à bord de ce bateau-ci... Quel âge avait Anneke à cette époque ?

Entendant son nom, elle les regardait curieusement.

— Dix-huit ans, n'est-ce pas...
— Sa mère venait de mourir...
— Oui, monsieur... A Audenarde, je vous l'ai déjà dit...

Il écoutait le bruit du moteur, regardait la rive, allait dire quelques mots à son frère qui ralentissait pour passer sous un pont de chemin de fer.

Maigret, patiemment, reprenait son écheveau, s'efforçant de suivre un fil très tenu.

— Jusqu'alors, ils conduisaient le bateau en famille... La mère morte, ils ont eu besoin de quelqu'un... C'est bien ça ?
— C'est bien ça...
— Vous vous occupiez du moteur ?...
— Du moteur et du reste... A bord, on doit faire de tout...
— Vous êtes tombé tout de suite amoureux d'Anneke ?
— Ça, monsieur, c'est une question personnelle, n'est-ce pas ?... Cela me regarde et cela la regarde...
— Quand vous êtes-vous mariés ?
— Il y aura deux ans le mois prochain...
— Quand Willems est-il mort ? C'est son portrait, au mur ?
— C'est lui.
— Quand est-il mort ?
— Six semaines avant notre mariage...

De plus en plus, Maigret avait l'impression qu'il avançait à une lenteur décourageante et il s'armait de patience, tournait en ronds, en cercles de plus en plus serrés, pour ne pas effrayer le Flamand.

— Les bans étaient publiés quand Willems est mort ?

— Les bans, chez nous, sont publiés trois semaines avant le mariage... Je ne sais pas comment cela se passe en France...

— Mais le mariage était prévu ?

— Il faut croire, puisque nous nous sommes mariés...

— Voudriez-vous poser la question à votre femme ?

— Pourquoi est-ce que je lui poserais une question pareille ?...

— Sinon, je serais obligé de la lui faire poser par un interprète...

— Eh bien...

Il allait dire : « Faites-le !... »

Et Maigret aurait été bien embarrassé. On était en Seine-et-Oise, où le commissaire n'avait aucun droit de se livrer à cet interrogatoire.

Par chance, Van Houtte se ravisait, parlait à sa femme, dans sa langue. Celle-ci rougissait, surprise, regardait son mari, puis leur hôte, disait quelque chose qu'elle accompagnait d'un léger sourire.

— Vous voulez traduire ?

— Eh bien ! elle dit comme ça que nous nous aimions depuis longtemps...

— Depuis presque un an, à cette époque ?

— Presque tout de suite...

— Autrement dit, cela a commencé dès que vous avez vécu à bord...

— Quel mal...

Maigret l'interrompit.

— Ce que je me demande, c'est si Willems était au courant...

Jef ne répondait pas.

— Je suppose qu'au début, en tout cas, comme la plupart des amoureux, vous vous cachiez de lui ?...

Une fois encore, le marinier regardait dehors.

— A présent, on va arriver... Mon frère a besoin de moi sur le pont...

Maigret l'y suivit et, en effet, on apercevait les quais de Mantes-la-Jolie, le pont, une douzaine de péniches amarrées dans le port fluvial.

Le moteur tourna au ralenti. Quand on le mit en marche arrière, il y eut de gros bouillons autour du gouvernail. Des gens les regardaient, des autres bateaux, et ce fut un gamin d'une douzaine d'années qui attrapa l'amarre.

Il était évident que la présence de Maigret, en complet de ville, un chapeau bordé sur la tête, excitait la curiosité.

D'une des péniches, on interpellait Jef en flamand et il répondait de même, tout en restant attentif à la manœuvre.

Sur le quai, l'inspecteur Neveu était debout, une cigarette aux lèvres, à côté de la petite auto noire, non loin d'un énorme tas de briques.

— Maintenant, j'espère que vous allez nous laisser tranquilles ? Ça va être l'heure de la soupe. Les gens comme nous se lèvent à cinq heures du matin...

— Vous n'avez pas répondu à ma question.

— Quelle question ?

— Vous ne m'avez pas dit si Willems était au courant de vos relations avec sa fille.

— Est-ce que je l'ai épousée ou est-ce que je ne l'ai pas épousée ?

— Vous l'avez épousée quand il est mort...

— C'est ma faute, s'il est mort ?

— Il a été longtemps malade ?

Ils se tenaient à nouveau à l'arrière du bateau et Hubert les écoutait en fronçant les sourcils.

— Il n'a jamais été malade de sa vie, à moins que ce soit une maladie d'être saoul tous les soirs...

Maigret se trompait peut-être, mais il lui semblait que Hubert était surpris par le tour de leur entretien et qu'il regardait son frère d'un air bizarre.

— Il est mort de delirium tremens ?

— Qu'est-ce que c'est ?

— La façon dont les ivrognes finissent le plus souvent... Ils ont une crise qui...

— Il n'a pas eu de crise... Il était si saoul qu'il est tombé...

— Dans l'eau ?

Jef ne paraissait pas apprécier la présence de son frère, qui les écoutait toujours.

— Dans l'eau, oui...

— Cela se passait en France ?

Il faisait encore oui de la tête.

— A Paris ?

— C'est à Paris qu'il buvait le plus...

— Pourquoi ?

— Parce qu'il retrouvait une femme, je ne sais pas où, et qu'ils passaient tous les deux une partie de la nuit à s'enivrer...

— Vous connaissez cette femme ?

— Je ne sais pas son nom.

— Ni où elle habite ?

— Non.

— Mais vous l'avez vue avec lui ?

— Je les ai rencontrés et, une fois, je les ai vus entrer dans un hôtel... Ce n'est pas la peine de le dire à Anneke...

— Elle ignore comment son père est mort ?

— Elle sait comment il est mort, mais on ne lui a jamais parlé de cette femme...

— Vous la reconnaîtriez ?

— Peut-être... Je ne suis pas sûr...
— Elle l'accompagnait au moment de l'accident ?
— Je ne sais pas...
— Comment cela s'est-il produit ?
— Je ne peux pas vous le dire, puisque je n'y ai pas assisté.
— Où étiez-vous ?
— Dans mon lit...
— Et Anneke ?
— Dans son lit...
— Quelle heure était-il ?
Il répondait de mauvaise grâce, mais il répondait.
— Passé deux heures du matin...
— Il arrivait souvent à Willems de rentrer si tard ?
— A Paris, oui, à cause de cette femme...
— Que s'est-il passé ?
— Je vous l'ai dit. Il est tombé.
— En franchissant la passerelle ?
— Je suppose...
— C'était en été ?
— Au mois de décembre...
— Vous avez entendu le bruit de sa chute ?
— J'ai entendu du bruit contre la coque.
— Et des cris ?
— Il n'a pas crié.
— Vous vous êtes précipité à son aide ?
— Certainement.
— Sans prendre le temps de vous habiller ?
— J'ai mis un pantalon...
— Anneke a entendu aussi ?
— Pas tout de suite... Elle s'est éveillée quand je suis monté sur le pont...
— Quand vous montiez, ou quand vous y étiez déjà ?
Le regard de Jef devenait presque haineux.
— Demandez-lui... Si vous croyez que je me rappelle...
— Vous avez vu Willems dans l'eau ?
— Je n'ai rien vu du tout... J'entendais seulement que ça remuait...
— Il ne savait pas nager ?
— Il savait nager. Il faut croire qu'il n'a pas pu le faire...
— Vous avez sauté dans le bachot, comme lundi soir ?
— Oui, monsieur...
— Vous êtes parvenu à le retirer de l'eau ?
— Pas avant dix bonnes minutes parce que, chaque fois que j'essayais de le saisir, il disparaissait...
— Anneke se tenait sur le pont du bateau ?

— Oui, monsieur...
— C'est un homme mort que vous avez ramené ?
— Je ne savais pas encore qu'il était mort... Ce que je sais, c'est qu'il était violet...
— Un docteur est venu, la police ?
— Oui, monsieur. Est-ce que vous avez encore des questions ?
— Où cela se passait-il ?
— A Paris, je vous l'ai dit.
— A quel endroit de Paris ?
— Nous avions chargé du vin à Mâcon et nous le débarquions quai de la Rapée...
Maigret parvint à ne montrer aucune surprise, aucune satisfaction. On aurait dit, soudain, qu'il devenait plus bonhomme, comme si ses nerfs se détendaient.
— Je crois que j'ai presque fini... Willems s'est noyé une nuit quai de la Rapée, alors que vous dormiez à bord et que sa fille dormait de son côté... C'est bien ça ?
Jef battait des paupières.
— Environ un mois plus tard, vous épousiez Anneke...
— Ça n'aurait pas été convenable de vivre tous les deux à bord sans se marier...
— A quel moment avez-vous fait venir votre frère ?
— Tout de suite... Trois ou quatre jours après...
— Après votre mariage ?
— Non. Après l'accident...
Le soleil avait disparu derrière les toits roses mais il faisait encore clair, d'une clarté un peu irréelle, comme inquiétante.
Hubert, près du gouvernail, où il restait immobile, paraissait songeur.
— Je suppose que vous, vous ne savez rien ?
— Sur quoi ?
— Sur ce qui s'est passé lundi soir ?
— J'étais occupé à danser rue de Lappe...
— Et sur la mort de Willems ?
— C'est en Belgique que j'ai reçu le télégramme...
— Alors, c'est fini ? s'impatientait Jef Van Houtte. On va pouvoir manger la soupe ?
Et Maigret, très calme, de répondre d'un ton détaché :
— Je crains que non.
Cela produisit un choc. Hubert leva vivement la tête et regarda, non le commissaire, mais son frère. Quant à Jef, il questionna, le regard plus agressif que jamais :
— Et voulez-vous me dire pourquoi je ne pourrais pas manger la soupe ?
— Parce que j'ai l'intention de vous emmener à Paris.

— Vous n'avez pas le droit de faire ça...

— Je peux, dans une heure, me faire apporter un mandat d'amener signé du juge d'instruction...

— Et pourquoi, s'il vous plaît ?

— Pour continuer ailleurs cet interrogatoire...

— J'ai dit ce que j'avais à dire...

— Et aussi pour vous confronter avec le clochard que, lundi soir, vous avez retiré de la Seine...

Jef se tournait vers son frère comme s'il appelait celui-ci à l'aide.

— Tu crois, toi, Hubert, que le commissaire a le droit...

Mais Hubert se taisait.

— Vous voudriez m'embarquer dans votre auto ?

Il l'avait reconnue, sur le quai, près de Neveu, et il la désignait de la main.

— Et quand est-ce que j'aurais le droit de revenir sur mon bateau ?

— Peut-être demain...

— Et si ce n'est pas demain ?

— Dans ce cas, il y a des chances pour que vous n'y reveniez jamais...

— Qu'est-ce que vous dites ?

Il serrait les poings et, un moment, Maigret crut qu'il allait se précipiter sur lui.

— Et ma femme ?... Et mon enfant?... Qu'est-ce que c'est, ces histoires que vous inventez ?... Mais je préviendrai mon consul...

— C'est votre privilège...

— Vous voulez rire, n'est-ce pas ?

Il ne parvenait pas encore à y croire.

— On ne peut pas venir arrêter, sur son bateau, un homme qui n'a rien fait...

— Je ne vous arrête pas...

— Comment est-ce que vous appelez ça, dites ?

— Je vous emmène à Paris pour vous confronter avec un témoin qui n'est pas transportable.

— Je ne le connais même pas, moi, cet homme-là... Je l'ai retiré de l'eau parce qu'il appelait au secours... Si j'avais su...

Sa femme apparaissait et lui posait une question en flamand. Il lui répondait avec volubilité. Elle regardait les trois hommes tour à tour, puis elle parlait à nouveau et Maigret aurait juré qu'elle conseillait à son mari de suivre le commissaire.

— Où est-ce que vous comptez me faire dormir ?

— On vous donnera un lit, Quai des Orfèvres...

— En prison ?

— Non. A la Police Judiciaire...

— Est-ce que je peux seulement changer de costume ?

Le commissaire le lui permit et il disparut avec sa femme. Hubert, resté seul en compagnie de Maigret, ne disait rien, regardant vaguement les passants et les voitures sur la berge. Maigret ne disait rien non plus et se sentait épuisé par cet interrogatoire à bâtons rompus pendant lequel, dix fois, découragé, il avait cru qu'il n'aboutirait nulle part.

Ce fut Hubert qui parla le premier, d'un ton conciliateur.

— Il ne faut pas faire attention... C'est une tête chaude, mais il n'est pas mauvais...

— Willems était au courant de ses relations avec sa fille ?

— A bord d'un bateau, ce n'est pas facile de se cacher...

— Vous croyez que ce mariage lui plaisait ?

— Je n'étais pas là...

— Et vous pensez qu'il est tombé à l'eau en traversant la passerelle, un soir qu'il était ivre ?

— Cela arrive souvent, vous savez... Beaucoup de mariniers meurent comme ça...

On discutait en flamand, à l'intérieur, et la voix d'Anneke était suppliante tandis que celle de son mari trahissait la colère. Menaçait-il à nouveau de ne pas suivre le commissaire ?

C'est elle qui gagna, car Jef finit par réapparaître sur le pont, les cheveux bien peignés, encore humides. Il portait une chemise blanche qui faisait ressortir le hâle de son teint, un complet bleu presque neuf, une cravate à rayures, des souliers noirs, comme pour aller à la messe du dimanche.

Il s'entretint encore dans sa langue avec son frère, sans regarder Maigret, et il descendit à terre, se dirigea vers l'auto noire à côté de laquelle il attendit.

Le commissaire ouvrit la portière tandis que Neveu les observait tous les deux avec étonnement.

— Où allons-nous, patron ?

— Quai des Orfèvres.

Ils finirent le trajet dans l'obscurité, les phares éclairant tantôt des arbres, tantôt les maisons d'un village, enfin les rues grises de la grande banlieue.

Maigret ne soufflait mot et fumait sa pipe dans un coin. Jef Van Houtte n'ouvrait pas davantage la bouche et Neveu, impressionné par ce silence inhabituel, se demandait ce qui avait pu se passer.

Il se risqua à demander :

— Vous avez réussi, patron ?

Ne recevant aucune réponse, il se contenta désormais de conduire la voiture.

Il était huit heures du soir quand ils entrèrent dans la cour de la P.J. Il n'y avait plus que de rares fenêtres éclairées, mais le vieux Joseph était encore à son poste.

Dans le bureau des inspecteurs, trois ou quatre hommes seulement, parmi lesquels Lapointe qui tapait à la machine.

— Tu feras monter des sandwiches et de la bière...

— Pour combien de personnes...

— Pour deux... Non, pour trois, car j'aurai peut-être besoin de toi... Tu es libre ?

— Oui, patron...

Au milieu du bureau de Maigret, le marinier paraissait plus grand, plus maigre, les traits plus dessinés.

— Vous pouvez vous asseoir, monsieur Van Houtte...

Le « monsieur » fit froncer les sourcils de Jef, qui y vit comme une menace.

— On va nous apporter des sandwiches...

— Et quand est-ce que je verrai le consul ?

— Demain matin...

Assis devant son bureau, Maigret appelait sa femme au téléphone.

— Je ne rentrerai pas dîner... Non... Il est possible que je reste ici une partie de la nuit...

Elle devait avoir envie de lui poser des tas de questions, se contentait d'une seule, sachant l'intérêt que son mari prenait au clochard.

— Il n'est pas mort ?

— Non...

Elle ne lui demanda pas s'il avait arrêté quelqu'un. Du moment qu'il téléphonait de son bureau et qu'il prévoyait d'y rester une partie de la nuit, cela signifiait qu'un interrogatoire était en train ou ne tarderait pas à commencer.

— Bonne nuit...

Il regardait Jef d'un air ennuyé.

— Je vous ai prié de vous asseoir...

Cela le gênait de voir ce grand corps immobile au milieu du bureau.

— Et si je n'ai pas envie de m'asseoir ? C'est mon droit de rester debout, n'est-ce pas ?

Maigret se contenta de soupirer et d'attendre patiemment le garçon de la brasserie Dauphine qui allait apporter la bière et les sandwiches.

7

Ces nuits-là, qui, huit fois sur dix, s'achevaient par des aveux, avaient fini par acquérir leurs règles, voire leurs traditions, comme les pièces de théâtre qui se jouent plusieurs centaines de fois.

Les inspecteurs de garde dans les différents services avaient tout de suite compris ce qui se passait, comme le garçon de la brasserie Dauphine qui avait apporté les sandwiches et la bière.

La mauvaise humeur, la colère plus ou moins rentrée n'avaient pas empêché le Flamand de manger avec appétit, ni de vider son premier demi d'une haleine sans quitter Maigret du coin de l'œil.

Il le fit exprès, par défi ou par protestation, de manger salement, mâchant avec bruit, la bouche ouverte, crachant sur le plancher, comme il l'aurait craché dans l'eau, un petit morceau dur du jambon.

Le commissaire, calme et bénin en apparence, feignait de ne pas s'apercevoir de ces provocations et le laissait aller et venir dans le bureau comme un animal en cage.

Avait-il eu raison ? Avait-il eu tort ? Le plus difficile, dans une enquête, est souvent de savoir à quel moment risquer le grand jeu. Or, il n'y a pas de règles établies. Cela ne dépend pas de tel ou tel élément. Ce n'est qu'une question de flair.

Il lui était arrivé d'attaquer sans aucun indice sérieux et de réussir en quelques heures. D'autres fois, au contraire, avec tous les atouts et une douzaine de témoins, il avait fallu la nuit entière.

Il était important aussi de trouver le ton, différent avec chaque interlocuteur, et c'était ce ton qu'il cherchait en achevant de manger et en observant le marinier.

— Vous désirez d'autres sandwiches ?

— Ce que je désire, c'est retrouver mon bateau et ma petite femme, voilà !

Il finirait par en avoir assez de tourner en rond et par s'asseoir. C'était un homme qu'il ne servait à rien de brusquer et la méthode à adopter avec lui était sans doute celle de la « chansonnette » : commencer en douceur, sans l'accuser ; lui faire admettre une première contradiction sans importance, puis une autre, une faute pas trop grave afin de l'engager petit à petit dans l'engrenage.

Les deux hommes étaient seuls. Maigret avait chargé Lapointe d'une course.

— Écoutez, Van Houtte...

— Cela fait des heures que je vous écoute, n'est-ce pas ?

— Si cela a duré si longtemps, c'est peut-être que vous ne me répondez pas franchement...

— Vous allez me traiter de menteur, peut-être ?

— Je ne vous accuse pas de mentir, mais de ne pas tout me dire...

— Et si, moi, je commençais à vous poser des questions sur votre femme, sur vos enfants...

— Vous avez eu une enfance pénible... Votre mère s'occupait beaucoup de vous ?

— C'est le tour de ma mère, à cette heure ?... Sachez que ma mère est morte quand j'avais seulement cinq ans... Et que c'était une honnête femme, une sainte femme qui, si elle me regarde en ce moment du haut du ciel...

Maigret s'interdisait de broncher, restait grave.

— Votre père ne s'est pas remarié ?

— Mon père, c'était différent... Il buvait trop...

— A quel âge avez-vous commencé à gagner votre vie ?

— Je me suis embarqué à treize ans, je vous l'ai dit...

— Vous avez d'autres frères que Hubert ? Une sœur ?

— J'ai une sœur. Et après ?

— Rien. Nous faisons connaissance...

— Alors, si c'est pour faire connaissance, je devrais vous poser des questions, moi aussi...

— Je n'y verrais pas d'inconvénient...

— Vous dites ça parce que vous êtes dans votre bureau et que vous vous croyez tout-puissant...

Maigret savait depuis le début que ce serait long, difficile, parce que Van Houtte n'était pas intelligent. Invariablement, c'était avec les imbéciles qu'il avait le plus de mal, parce qu'ils se butent, refusent de répondre, n'hésitent pas à nier ce qu'ils ont affirmé une heure plus tôt, sans se troubler lorsqu'on met le doigt sur leurs contradictions.

Avec un suspect intelligent, il suffit souvent de découvrir la faille dans son raisonnement, dans son système, pour que tout ne tarde pas à s'écrouler.

— Je ne crois pas me tromper en pensant que vous êtes un travailleur...

Un coup d'œil en coin, lourd de méfiance.

— Sûrement que j'ai toujours travaillé dur...

— Certains patrons ont dû abuser de votre bonne volonté et de votre jeunesse... Un jour, vous avez rencontré Louis Willems, qui buvait comme votre père...

Immobile au milieu de la pièce, Jef le regardait avec l'air d'un animal qui flaire le danger mais qui se demande encore comment on va l'attaquer.

— Je suis persuadé que, sans Anneke, vous ne seriez pas resté à bord du *Zwarte Zwaan* et que vous auriez changé de bateau...

— Mme Willems, aussi, était une brave femme...

— Et elle n'était ni fière ni autoritaire comme son mari...

— Qui vous a dit qu'il était fier ?

— Il ne l'était pas ?

— Il était le « boss », le patron, et tenait à ce que tout le monde le sache...

— Je parierais que Mme Willems, si elle avait vécu, ne se serait pas opposée à ce que vous épousiez sa fille...

C'était peut-être un imbécile, mais il avait un instinct de fauve et, cette fois, Maigret était allé trop vite.

— Ça est votre histoire, n'est-ce pas ? Moi aussi, je peux inventer des histoires !

— C'est la vôtre, telle que je l'imagine, au risque de me tromper.

— Et tant pis pour moi si, parce que vous vous trompez, vous me fourrez en prison...

— Écoutez-moi jusqu'au bout... Vous avez eu une enfance pénible... Tout jeune, vous avez travaillé aussi durement qu'un homme... Puis, voilà que vous rencontrez Anneke et qu'elle vous regarde autrement qu'on vous a regardé jusqu'alors... Elle vous considère, non comme celui qui est à bord pour se charger de toutes les corvées et pour recevoir les engueulades, mais comme un être humain... Il est naturel que vous vous soyez mis à l'aimer... Sans doute sa mère, si elle avait vécu, aurait-elle favorisé vos amours...

Ouf ! L'homme finissait par s'asseoir, pas encore sur une chaise, mais sur le bras d'un fauteuil, ce qui était déjà un progrès.

— Et après ? C'est une belle histoire, savez-vous...

— Malheureusement, Mme Willems était morte. Vous étiez seul à bord avec son mari et Anneke, en contact avec celle-ci toute la journée, et je jurerais que Willems vous surveillait...

— C'est vous qui dites ça...

— Propriétaire d'un beau bateau, il n'avait pas envie que sa fille épouse un garçon sans le sou... Quand il buvait, le soir, il se montrait désagréable, brutal...

Maigret retrouvait sa prudence et ne cessait pas d'observer les yeux de Jef.

— Vous croyez que je laisserais un homme porter la main sur moi ?

— Je suis certain du contraire... Seulement, ce n'était pas sur vous qu'il levait la main... C'était sur sa fille... Je me demande s'il ne vous a pas surpris tous les deux...

Il valait mieux laisser passer quelques instants et le silence était lourd tandis que la pipe de Maigret fumait doucement.

— Vous m'avez fourni tout à l'heure un détail intéressant... C'est à Paris, surtout, que Willems sortait le soir, parce qu'il allait retrouver une amie et qu'il se saoulait avec elle...

» Ailleurs, il buvait à bord, ou dans un estaminet proche du quai. Comme tous les mariniers qui, vous me l'avez dit, se lèvent avant le soleil, il devait se coucher de bonne heure...

» A Paris, vous aviez l'occasion de rester seuls, Anneke et vous...

On entendit des pas, des voix dans le bureau voisin. Lapointe entrouvrit la porte.

— C'est fait, patron...

— Tout à l'heure...

Et la « chansonnette » continuait dans le bureau déjà plein de fumée.

— Il est possible qu'un soir il soit rentré plus tôt que de coutume et qu'il vous ait trouvés dans les bras l'un de l'autre... Si cela s'est passé ainsi, il s'est certainement mis en colère... Et ses colères devaient être terribles... Peut-être vous a-t-il flanqué à la porte... Il a frappé sa fille...

— C'est votre histoire... répétait Jef d'un ton ironique.

— C'est l'histoire que je choisirais si j'étais à votre place... Parce que, dans ce cas, la mort de Willems deviendrait presque un accident...

— Ça est un accident...

— J'ai dit presque... Je ne prétends même pas que vous l'ayez aidé à tomber à l'eau... Il était ivre... Il zigzaguait... Est-ce qu'il pleuvait, cette nuit-là ?

— Oui...

— Vous voyez !... Donc, la planche était glissante... La faute que vous avez commise est de ne pas lui avoir porté secours tout de suite... A moins que ce soit un peu plus grave, que vous l'ayez poussé... Cela se passait il y a deux ans et le procès-verbal de la police fait mention d'un accident, non d'un meurtre...

— Alors ? Pourquoi est-ce que vous vous obstinez à me mettre ça sur le dos ?

— J'essaie seulement d'expliquer... Supposez, à présent, que quelqu'un vous ait vu pousser Willems à l'eau... Quelqu'un qui se trouvait sur le quai, invisible à vos yeux... Il aurait pu révéler à la police que vous êtes resté sur le pont du bateau assez longtemps avant de sauter dans le bachot, afin de donner à votre patron le temps de mourir...

— Et Anneke ? Peut-être qu'elle aussi regardait sans rien dire ?

— A deux heures du matin, il est probable qu'elle dormait... En tout cas, l'homme qui vous a vu, et qui couchait, à cette époque-là, sous le pont de Bercy, n'a rien dit à la police...

» Les clochards n'aiment pas beaucoup se mêler des affaires des gens... Ils ne voient pas le monde comme les autres et ils ont leur idée à eux de la justice...

» Vous avez pu épouser Anneke et, comme il fallait quelqu'un avec vous pour conduire le bateau, vous avez fait venir votre frère de Belgique... Vous étiez enfin heureux... Vous étiez devenu le « boss » à votre tour, comme vous dites...

» Depuis, vous êtes passé plusieurs fois par Paris et je parierais que vous avez évité de vous amarrer près du pont de Bercy...

— Non, monsieur ! Je m'y suis amarré au moins trois fois...

— Parce que le clochard n'était plus là... Les clochards, eux aussi, déménagent, et le vôtre s'était installé sous le pont Marie...

» Lundi, il a reconnu le *Zwarte Zwann*... Il vous a reconnu... Je me demande...

Il faisait mine de suivre une nouvelle idée.

— Vous vous demandez quoi ?

— Je me demande si, quai de la Rapée, quand Willems a été retiré de l'eau, vous ne l'avez pas aperçu... Oui... C'est presque indispensable que vous l'ayez vu... Il s'est approché, mais il n'a rien dit...

» Lundi, quand il s'est mis à rôder autour de votre bateau, vous vous êtes rendu compte qu'il pouvait parler... Il n'est pas invraisemblable qu'il ait menacé de le faire...

Maigret n'y croyait pas. Ce n'était pas le genre du Toubib. Pour le moment, c'était nécessaire à son histoire.

— Vous avez eu peur... Vous avez pensé que ce qui était arrivé à Willems pouvait bien arriver à quelqu'un d'autre, presque de la même façon...

— Et je l'ai jeté dans l'eau, hein ?

— Mettons que vous l'ayez bousculé...

Une fois de plus, Jef était debout, plus calme que précédemment, plus dur.

— Non, monsieur ! Vous ne me ferez jamais avouer une chose pareille. Ce n'est pas la vérité...

— Alors, si je me suis trompé dans quelque détail, dites-le-moi...

— Je l'ai déjà dit...

— Quoi ?

— Cela a été écrit noir sur blanc par le petit homme qui accompagnait le juge...

— Vous avez déclaré que, vers minuit, vous aviez entendu du bruit...

— Si je l'ai dit, c'est vrai.

— Vous avez ajouté que deux hommes, dont l'un portait un imperméable clair, venaient à ce moment de dessous le pont Marie et se précipitaient vers une voiture rouge...

— Elle était rouge...

— Ils ont donc longé votre péniche...

Van Houtte ne bronchait pas. Maigret se dirigeait vers la porte et l'ouvrait.

— Entrez, messieurs...

Lapointe était allé chercher chez eux l'agent d'assurances et son ami bègue. Il les avait trouvés qui faisaient une belote à trois avec Mme Guillot et ils l'avaient suivi sans protester. Guillot portait le même imperméable jaunâtre que le lundi soir.

— Ce sont bien les deux hommes qui sont partis dans la voiture rouge ?

— Ce n'est pas pareil de voir des gens, la nuit, sur un quai mal éclairé, que de les voir dans un bureau...

— Ils correspondent à la description que vous en avez faite...

Jef hochait la tête, refusant toujours de se prononcer.

— Ils étaient bien, ce soir-là, au port des Célestins. Voulez-vous nous dire, monsieur Guillot, ce que vous y avez fait ?

— Nous avons descendu la rampe avec l'auto...

— A quelle distance cette rampe se trouve-t-elle du pont ?

— Plus de cent mètres.

— Vous avez arrêté la voiture juste au bas de la rampe ?

— Oui.

— Ensuite ?

— Nous sommes allés prendre le chien dans le coffre arrière.

— Il était lourd ?

— Nestor pesait plus lourd que moi... Soixante-douze kilos il y a deux mois, la dernière fois que nous l'avons pesé chez le boucher...

— Il y avait une péniche au bord du quai ?

— Oui.

— Vous vous êtes dirigés tous les deux, avec votre fardeau, vers le pont Marie ?

Hardoin ouvrait la bouche pour protester mais par bonheur son ami intervenait avant lui.

— Pourquoi serions-nous allés jusqu'au pont Marie ?

— Parce que monsieur ici présent le prétend.

— Il nous a vus aller vers le pont Marie ?

— Pas exactement. Il vous a vus en revenir...

Les deux hommes se regardaient.

— Il ne peut pas nous avoir vus marchant le long de la péniche, puisque nous avons jeté le chien à l'eau derrière celle-ci... J'ai même eu peur que le sac s'accroche dans le gouvernail... J'ai attendu un moment pour être sûr que le courant l'emmenait vers le large...

— Vous entendez, Jef ?

Et celui-ci, sans se troubler :

— C'est son histoire, n'est-ce pas ?... Vous aussi, vous avez raconté votre histoire... Et peut-être qu'il y aura encore d'autres histoires... Ce n'est pas ma faute, à moi...

— Quelle heure était-il, monsieur Guillot ?

Mais Hardoin ne pouvait se résigner à un rôle muet et commençait :

— On... on... onze heures et... et...

— Onze heures et demie, interrompait son ami. La preuve, c'est que nous étions dans le café de la rue de Turenne à minuit moins vingt...

— Votre auto est rouge ?

— C'est une 403 rouge, oui...

— Qui comporte deux 9 sur la plaque minéralogique ?

— 7949 LF 75... Si vous voulez voir la carte grise...

— Vous désirez descendre dans la cour pour reconnaître la voiture, monsieur Van Houtte ?

— Je ne désire rien du tout, que d'aller retrouver ma femme...

— Comment expliquez-vous ces contradictions ?

— C'est vous qui expliquez... Moi, ce n'est pas mon métier...

— Vous savez la faute que vous avez commise ?

— Oui. De retirer cet homme de l'eau...

— D'abord, oui... Mais, cela, vous ne l'avez pas fait exprès...

— Comment, je ne l'ai pas fait exprès ?... J'étais peut-être somnambule quand j'ai détaché le bachot et qu'avec la gaffe j'ai essayé de...

— Vous oubliez que quelqu'un d'autre avait entendu les cris du clochard... Willems, lui, n'avait pas crié, sans doute saisi de congestion dès son contact avec l'eau froide...

» Pour le Toubib, vous avez pris la précaution de l'assommer d'abord... Vous vous imaginiez qu'il était mort ou qu'il ne valait pas mieux, qu'en tout cas il serait incapable de s'en tirer dans le courant et les remous...

» Vous avez été désagréablement surpris quand vous avez entendu ses appels... Et vous l'auriez laissé crier tout son saoul si vous n'aviez entendu une autre voix, celle du marinier du *Poitou*... Il vous voyait, debout sur le pont de votre bateau...

» Alors, vous avez cru adroit de jouer les sauveteurs...

Jef se contentait de hausser les épaules.

— Quand je vous disais il y a un instant que vous avez commis une faute, ce n'est pas à ceci que je faisais allusion... Je pensais à votre histoire... Car vous avez cru bon de raconter une histoire, afin de détourner tout soupçon... Cette histoire-là, vous l'avez fignolée...

L'agent d'assurances et son ami, impressionnés, regardaient tour à tour le commissaire et le marinier, comprenant enfin que c'était la tête d'un homme qui se jouait.

— A onze heures et demie, vous n'étiez pas occupé à travailler à votre moteur, comme vous l'avez prétendu, mais vous vous trouviez à un endroit d'où vous pouviez apercevoir le quai, soit dans la cabine, soit quelque part sur le pont du bateau... Sinon, vous n'auriez pas aperçu l'auto rouge...

» Vous avez assisté à l'immersion du chien... Cela vous est revenu à l'esprit quand la police vous a demandé ce qui s'était passé...

» Vous vous êtes dit qu'on ne retrouverait pas la voiture et vous avez parlé de deux hommes revenant de sous le pont Marie...

— Moi, je vous laisse dire, n'est-ce pas ? Ils racontent ce qu'il leur plaît. Vous racontez ce qu'il vous plaît...

Maigret se dirigeait une fois de plus vers la porte.

— Entrez, monsieur Goulet...

Lui aussi, le marinier du *Poitou*, dont on déchargeait toujours le sable au port des Célestins, c'était Lapointe qui était allé le chercher.

— Quelle heure était-il quand vous avez entendu des cris qui provenaient de la Seine ?

— Aux environs de minuit.

— Vous ne pouvez pas être plus précis ?

— Non.

— Il était plus tard que onze heures et demie ?

— Sûrement. Quand tout a été fini, je veux dire quand le corps a été hissé sur la berge et que l'agent est arrivé, il était minuit et demi... Je crois que l'agent a noté l'heure dans son carnet... Or, il ne s'est pas écoulé plus d'une demi-heure entre le moment où...

— Qu'est-ce que vous en dites, Van Houtte ?

— Moi ? Rien du tout, n'est-ce pas ? Il raconte...

— Et l'agent de police ?

— L'agent de police raconte aussi...

A dix heures du soir, les trois témoins étaient partis et on avait apporté, de la brasserie Dauphine, un nouveau plateau de sandwiches et de demis. Maigret gagnait le bureau voisin pour dire à Lapointe :

— A toi...

— Qu'est-ce que je lui demande ?

— N'importe quoi...

C'était la routine. Ils se relayaient parfois à trois ou quatre au cours d'une nuit, reprenant plus ou moins les mêmes questions d'une façon différente, usant peu à peu la résistance du suspect.

— Allô !... Passez-moi ma femme, s'il vous plaît...

Mme Maigret n'était pas couchée.

— Tu fais mieux de ne pas m'attendre...

— Tu parais fatigué... C'est difficile ?...

Elle sentait du découragement dans sa voix.

— Il niera jusqu'au bout, sans donner la moindre prise... C'est le plus beau spécimen d'imbécile buté que j'aie eu en face de moi...

— Et le Toubib ?

— Je vais prendre de ses nouvelles...

En effet, il appela ensuite l'Hôtel-Dieu et eut la garde de nuit de la chirurgie à l'appareil.

— Il dort... Non, il ne souffre pas... Le professeur est passé le voir après dîner et le considère comme hors de danger...

— Il a parlé ?

— Avant de s'endormir, il m'a demandé à boire...

— Il n'a rien dit d'autre ?

— Non. Il a pris son sédatif et a fermé les yeux...

Maigret alla arpenter le couloir pendant une demi-heure, laissant sa chance à Lapointe dont il entendait la voix bourdonner derrière la porte. Puis il rentra dans son bureau, pour trouver Jef Van Houtte enfin assis sur une chaise, ses grandes mains croisées sur les genoux.

La mine de l'inspecteur disait éloquemment qu'il n'avait obtenu aucun résultat cependant que le marinier, de son côté, avait un air goguenard.

— Ça va continuer longtemps ? questionna-t-il en regardant Maigret reprendre sa place. N'oubliez pas que vous m'avez promis de faire venir le consul. Je lui raconterai tout ce que vous avez fait et ce sera dans les journaux belges...

— Écoutez-moi, Van Houtte...

— Cela fait des heures et des heures que je vous écoute et vous répétez tout le temps la même chose...

Il désignait du doigt Lapointe :

— Celui-là aussi... Vous en avez d'autres, derrière la porte, qui vont venir me poser des questions ?...

— Peut-être...

— Je leur ferai les mêmes réponses...

— Vous vous êtes contredit plusieurs fois...

— Et même si je m'étais contredit ?... Vous ne vous contrediriez pas, vous, à ma place ?

— Vous avez entendu les témoins...

— Les témoins disent une chose... J'en dis une autre... Cela ne signifie pas que ce soit moi le menteur... J'ai travaillé toute ma vie... Demandez à n'importe quel marinier ce qu'il pense de Jef Van Houtte... Il n'y en a pas un qui trouvera du mal à dire de moi...

Et Maigret reprenait par le commencement, décidé à essayer jusqu'au bout, se souvenant d'un cas où l'homme assis en face de lui, aussi coriace que le Flamand, avait soudain flanché à la seizième heure, alors que le commissaire allait abandonner.

Ce fut une de ses nuits les plus épuisantes. Deux fois, il passa dans le bureau voisin tandis que Lapointe prenait sa place. A la fin, il n'y avait plus de sandwiches, plus de bière et ils avaient l'impression de n'être qu'eux trois, comme des fantômes, dans les locaux déserts de la P.J. où des femmes de ménage balayaient les couloirs.

— Il est impossible que vous ayez vu les deux hommes marcher le long de la péniche...

— La différence entre nous, c'est que j'y étais et que vous n'y étiez pas...

— Vous les avez entendus...

— Tout le monde parle...

— Remarquez que je ne vous accuse pas de préméditation...

— Qu'est-ce que ça veut dire ?

— Je ne prétends pas que vous saviez d'avance que vous alliez le tuer...

— Qui ? Willems ou le type que j'ai retiré de l'eau ? Parce que, à l'heure qu'il est, il y en a deux, n'est-ce pas ? Et demain, il y en aura peut-être trois, ou quatre, ou cinq... Ce n'est pas difficile, pour vous, d'en ajouter...

A trois heures, Maigret, harassé, décidait d'abandonner. Pour une fois, c'était lui, et non son interlocuteur, qui était écœuré.

— En voilà assez pour aujourd'hui... grommela-t-il en se levant.

— Alors, je peux aller retrouver ma femme ?

— Pas encore...

— Vous m'envoyez coucher en prison ?

— Vous coucherez ici, dans un bureau où il y a un lit de camp...

Pendant que Lapointe l'y conduisait, Maigret quittait la P.J. et marchait, les mains dans les poches, dans les rues désertes. Ce n'est qu'au Châtelet qu'il trouva un taxi.

Il entra sans bruit dans la chambre où Mme Maigret bougea dans son lit et balbutia d'une voix endormie :

— C'est toi ?

Comme si cela aurait pu être quelqu'un d'autre !

— Quelle heure est-il ?

— Quatre heures...

— Il a avoué ?

— Non.

— Tu crois que c'est lui ?

— J'en suis moralement sûr...

— Tu as dû le relâcher ?

— Pas encore.

— Tu ne veux pas que je te prépare un morceau à manger ?

Il n'avait pas faim, mais il se versa un verre d'alcool avant de se coucher, ce qui ne l'empêcha pas de chercher le sommeil pendant une bonne demi-heure.

Il n'oublierait pas le marinier belge de longtemps !

8

Ce fut Torrence qui les accompagna ce matin-là, car Lapointe avait passé le reste de la nuit Quai des Orfèvres. Auparavant, Maigret avait eu un assez long entretien téléphonique avec le professeur Magnin.

— Je suis certain que, depuis hier soir, il a toute sa connaissance, affirmait celui-ci. Je vous demande seulement de ne pas le fatiguer. N'oubliez pas qu'il a reçu un choc sévère et qu'il en a pour des semaines à se rétablir complètement.

Ils marchaient tous les trois le long des quais, dans le soleil, Van Houtte entre le commissaire et Torrence, et on aurait pu les prendre pour des promeneurs savourant une belle matinée de printemps.

Van Houtte, qui ne s'était pas rasé, faute de rasoir, avait le visage couvert de poils blonds qui brillaient au soleil.

En face du Palais de Justice, ils s'étaient arrêtés dans un bar pour boire du café et manger des croissants. Le Flamand en avait avalé sept le plus calmement du monde.

Il dut croire qu'on le conduisait au pont Marie pour une sorte de reconstitution et il fut surpris qu'on le fasse pénétrer dans la cour grise de l'Hôtel-Dieu, puis dans les couloirs de l'hôpital.

S'il lui arrivait de froncer les sourcils, il ne se troublait pas.

— On peut entrer ? demandait Maigret à l'infirmière-chef.

Celle-ci examinait avec curiosité son compagnon et elle finit par hausser les épaules. Tout cela la dépassait. Elle renonçait à comprendre.

Pour le commissaire, c'était la dernière chance. Il s'avança le premier dans la salle où, comme la veille, les malades le suivaient des yeux, suivi de Jef qu'il cachait partiellement, tandis que Torrence fermait la marche.

Le Toubib le regardait venir sans curiosité apparente et, quand il découvrit le marinier, il ne se produisit aucun changement dans son attitude.

Quant à Jef, il ne se démontait pas plus qu'il ne l'avait fait au cours de la nuit. Les bras ballants, le visage indifférent, il observait ce spectacle, inhabituel pour lui, d'une salle d'hôpital.

Le choc espéré ne se produisait pas.

— Avancez, Jef...

— Qu'est-ce que je dois encore faire ?

— Venez ici...

— Bon... Et après ?

— Vous le reconnaissez ?

— Je suppose que c'est lui qui était dans l'eau, n'est-ce pas ?... Seulement, ce soir-là, il avait de la barbe...

— Vous le reconnaissez quand même ?

— Je crois...

— Et vous, monsieur Keller ?

Maigret retenait presque sa respiration, les yeux fixés sur le clochard qui le regardait et qui, lentement, se décidait à se tourner vers le marinier.

— Vous le reconnaissez ?

Est-ce que Keller hésitait ? Le commissaire l'aurait juré. Il y avait un long moment d'attente, jusqu'à ce que le médecin de Mulhouse regarde à nouveau Maigret sans manifester d'émotion.

— Vous le reconnaissez ?

Il se contenait, presque furieux, soudain, contre cet homme qui, il le savait à présent, avait décidé de ne rien dire.

La preuve, c'est qu'il y avait, sur le visage du clochard, comme une ombre de sourire, de la malice dans ses prunelles.

Ses lèvres s'entrouvraient et il balbutiait :

— Non...

— C'est un des deux mariniers qui vous ont retiré de la Seine...

— Merci... prononçait une voix à peine perceptible.

— C'est lui aussi, j'en suis à peu près sûr, qui vous a donné un coup sur la tête avant de vous jeter à l'eau...

Silence. Le Toubib restait immobile, de la vie seulement dans les yeux.

— Vous ne le reconnaissez toujours pas ?

C'était d'autant plus impressionnant que cela se passait à voix basse, avec deux rangs de malades couchés qui les épiaient et qui tendaient l'oreille.

— Vous ne voulez pas parler ?

Keller ne bougeait toujours pas.

— Vous savez, pourtant, pourquoi il vous a attaqué...

Le regard devenait plus curieux. Le clochard paraissait surpris que Maigret en eût appris autant.

— Cela remonte à deux ans, quand vous couchiez encore sous le pont de Bercy... Une nuit... Vous m'entendez ?

Il faisait signe qu'il entendait.

— Une nuit de décembre, vous avez assisté à une scène à laquelle cet homme participait...

Keller semblait se demander à nouveau quelle décision prendre.

— Un autre homme, le patron de la péniche près de laquelle vous étiez couché, a été poussé dans le fleuve... Celui-là n'en a pas réchappé...

Toujours le silence et, enfin, une complète indifférence sur le visage du blessé.

— Est-ce vrai ?... Vous retrouvant lundi quai des Célestins, le meurtrier a eu peur que vous parliez...

La tête bougeait légèrement, avec effort, juste assez pour que Keller puisse apercevoir Jef Van Houtte.

Or, son regard restait sans haine, sans rancune, et on n'aurait pu y trouver qu'une certaine curiosité.

Maigret comprit qu'il ne tirerait rien d'autre du clochard et, quand l'infirmière-chef vint leur annoncer qu'ils étaient restés assez longtemps, il n'insista pas.

Dans le couloir, le marinier redressait la tête.

— Vous êtes bien avancé, n'est-ce pas ?

Il avait raison. C'était lui qui avait gagné la partie.

— Moi aussi, triomphait-il, je peux inventer des histoires...

Et Maigret ne put s'empêcher de grommeler entre ses dents :

— Ta gueule !

Pendant que Jef attendait en compagnie de Torrence au Quai des Orfèvres, Maigret passa près de deux heures dans le cabinet du juge Dantziger. Celui-ci avait téléphoné au substitut Parrain pour lui demander de les rejoindre et le commissaire raconta son histoire de bout en bout dans ses moindres détails.

Le juge prenait des notes au crayon et, quand le récit fut terminé, il soupira :

— En somme, nous n'avons pas une seule preuve contre lui...

— Pas une preuve, non...

— En dehors de la question des heures qui ne concordent pas... N'importe quel bon avocat réduira cet argument à zéro...

— Je sais...

— Il vous reste un espoir d'obtenir des aveux ?

— Aucun, admit le commissaire.

— Le clochard continuera de se taire ?

— J'en ai la conviction.

— Pour quelle raison pensez-vous qu'il choisisse cette attitude ?

C'était plus difficile à expliquer, surtout à des gens n'ayant jamais connu le petit monde qui couche sous les ponts.

— Oui, pour quelle raison ? intervenait le substitut. En somme, il a failli y passer... Il devrait, à mon sens...

Au sens d'un substitut, sans doute, qui vivait dans un appartement de Passy avec une femme et des enfants, organisait des bridges hebdomadaires et se préoccupait de son avancement et de l'échelle des traitements.

Pas au sens d'un clochard.

— Il y a quand même une justice...

Eh ! oui. Mais, justement, ceux qui ne craignaient pas de dormir sous les ponts, en plein hiver, bardés de vieux journaux pour se tenir chaud, ne se souciaient pas de cette justice-là.

— Vous le comprenez, vous ?

Maigret hésitait à répondre oui, car on l'aurait sans doute regardé de travers.

— Voyez-vous, il ne croit pas qu'un procès d'assises, qu'un réquisitoire, que des plaidoiries, que la décision des jurés et que la prison soient des choses tellement importantes...

Qu'auraient-ils dit, tous les deux, s'il leur avait raconté l'incident de la bille glissée dans la main du blessé ? Et même si seulement il leur avait appris que l'ex-docteur Keller, dont la femme habitait l'île Saint-Louis et dont la fille avait épousé un gros fabricant de produits pharmaceutiques, avait des billes de verre dans ses poches comme un gamin de dix ans ?

— Il réclame toujours son consul ?

C'était de Jef qu'il était à nouveau question.

Et le juge, après un coup d'œil au substitut, murmurait, hésitant :

— En l'état actuel de l'enquête, je ne pense pas que je puisse signer un mandat d'arrêt contre lui... D'après ce que vous me dites, il ne servirait à rien que je le questionne à mon tour...

Ce que Maigret n'avait pu obtenir, en effet, ce n'était pas le magistrat qui l'obtiendrait.

— Alors ?

Alors, comme Maigret le savait en arrivant, la partie était perdue. Il ne restait qu'à relâcher Van Houtte, qui exigerait peut-être des excuses.

— Je vous demande pardon, Maigret... Mais, au point où en sont les choses...

— Je sais...

C'était toujours un moment désagréable à passer. Ce n'était pas la première fois que cela se produisait — et toujours avec des imbéciles !

— Je m'excuse, messieurs... murmura-t-il en les quittant.

Dans son bureau, un peu plus tard, il répétait :

— Je m'excuse, monsieur Van Houtte... C'est-à-dire que je m'excuse pour la forme... Sachez pourtant que mon opinion n'a pas changé, que je reste persuadé que vous avez tué votre patron, Louis Willems, et que vous avez tout fait pour vous débarrasser du clochard, qui était un témoin gênant...

» Ceci dit, rien ne vous empêche de regagner votre péniche, de retrouver votre femme et votre bébé...

» Adieu, monsieur Van Houtte...

Il se passa pourtant ceci, c'est que le marinier ne protesta pas, qu'il se contenta de regarder le commissaire avec une certaine surprise et que, dans l'encadrement de la porte, il tendit la main, au bout de son long bras, en grommelant :

— Il arrive à tout le monde de se tromper, n'est-ce pas ?

Maigret évita de voir cette main et, cinq minutes plus tard, il se plongeait farouchement dans les affaires courantes.

Dans les semaines qui suivirent, on entreprit des vérifications difficiles, aussi bien du côté de Bercy que du côté du pont Marie, et on questionna des quantités de gens, la police belge envoya des rapports qui s'ajoutèrent, en vain, à d'autres rapports.

Quant au commissaire, pendant trois mois, on le revit souvent au port des Célestins, la pipe aux dents, les mains dans les poches, comme un flâneur désœuvré. Le Toubib avait fini par quitter l'hôpital. Il avait retrouvé son coin sous l'arche du pont et on lui avait rendu ses affaires.

Il arrivait à Maigret de s'arrêter près de lui, comme par hasard. Leurs conversations étaient brèves.

— Ça va ?

— Ça va...

— Vous ne vous ressentez plus de votre blessure ?

— Un peu de vertige, de temps en temps...

S'ils évitaient de parler de l'affaire, Keller savait bien ce que Maigret venait chercher et Maigret savait que l'autre le savait. C'était devenu entre eux une sorte de jeu.

Un petit jeu qui dura jusqu'au plus chaud de l'été, quand, un matin, le commissaire s'arrêta devant le clochard qui mangeait un quignon de pain en buvant du vin rouge.

— Ça va ?

— Ça va !

François Keller décida-t-il que son interlocuteur avait assez attendu ? Il regardait une péniche amarrée, une péniche belge qui n'était pas le *Zwarte Zwaan*, mais qui y ressemblait.

— Ces gens ont une belle vie... remarqua-t-il.

Et, désignant deux enfants blonds qui jouaient sur le pont, il ajouta :

— Surtout ceux-ci...

Maigret le regarda dans les yeux, gravement, pressentant que quelque chose allait suivre.

— La vie n'est facile pour personne... reprenait le clochard.

— La mort non plus...

— Ce qui est impossible, c'est de juger.

Ils se comprenaient.

— Merci... murmura le commissaire, qui savait enfin.

— De rien... Je n'ai rien dit...

Et le Toubib d'ajouter, comme le Flamand :

— N'est-ce pas ?

Il n'avait rien dit, en effet. Il refusait de juger. Il ne témoignerait pas.

Maigret n'en put pas moins annoncer à sa femme, incidemment, au milieu du déjeuner :

— Tu te souviens de la péniche et du clochard ?

— Oui. Il y a du nouveau ?

— Je ne m'étais pas trompé...

— Alors, tu l'as arrêté ?

Il secoua la tête.

— Non ! A moins qu'il commette une imprudence, ce qui m'étonnerait de sa part, on ne l'arrêtera jamais.

— Le Toubib t'a parlé ?

— D'une certaine façon, oui...

Avec les yeux bien plus qu'avec des mots. Ils s'étaient compris tous les deux et Maigret souriait au souvenir de cette sorte de complicité qui s'était établie entre eux un instant, sous le pont Marie.

Noland (Vaud), le 2 mai 1962.

LES ANNEAUX DE BICÊTRE

A tous ceux, professeurs, médecins, infirmières et infirmiers, qui, dans les hôpitaux et ailleurs, s'efforcent de comprendre et de soulager l'être le plus déconcertant : l'homme malade.

G.S.

Avant-Propos

Lorsque j'étais adolescent, la plupart des livres, reliés de toile noire et sentant bon le papier moisi, que j'empruntais à un cabinet de lecture, comportaient une préface, et j'avoue que, depuis plus de quarante ans que j'écris à mon tour, il m'arrive de regretter que la mode en soit passée. C'est avec nostalgie que je me souviens, en particulier, de certains romans de Conrad, précédés, non seulement d'une préface, mais d'une préface de la seconde édition, sinon de la troisième, d'un avant-propos, d'un avertissement, de toute une série de textes familiers qui m'enchantaient presque autant que le récit même.

Cela ne constituait-il pas, pour l'écrivain, en marge de son œuvre, une prise de contact directe avec le lecteur ? Les romanciers d'aujourd'hui s'expliquent volontiers aussi dans les journaux, à la radio et à la télévision, mais ils n'atteignent pas toujours ainsi ceux qui lisent leurs ouvrages.

Il ne sera pas question ici de mes intentions, ni, à plus forte raison, de doctrine littéraire. J'aurais pu, à la rigueur, me contenter de la formule rituelle, qui sert également pour les films : « Les événements relatés sont purement imaginaires et toute ressemblance entre les personnages et des personnes existantes ne pourrait être que fortuite. »

Cette précaution, depuis un certain nombre d'années, est indispensable, encore que parfois inefficace, nos contemporains se reconnaissant volontiers dans les œuvres romanesques, surtout s'ils ont l'espoir d'un profit matériel.

La position du romancier en devient difficile. Il y a vingt-cinq ans, par exemple, me trouvant à Paris, j'écrivais *Le Coup de Lune*, un roman dont l'action se déroulait au Gabon, à Libreville, plus particulièrement dans un hôtel situé à la limite de l'agglomération et de la forêt équatoriale. Impossible de me souvenir du nom de l'hôtel, où j'avais séjourné deux ans plus tôt, et que je ne voulais pas citer. Je choisis donc, pour mon livre, le nom le plus improbable : *Hôtel Central*. Or je tombai juste et, quelques semaines plus tard, la propriétaire de l'hôtel gabonais débarquait à Paris pour me traîner en correctionnelle.

Cette expérience, hélas ! s'est répétée un certain nombre de fois, avec des variantes. Comment trouver un nom plausible qui ne soit porté par personne de par le monde ? Et si, évoquant une ville de province, on est amené à citer le préfet, le procureur, le maire, le commissaire de police ? Que vous fassiez votre personnage gras et chauve, le vrai ne le sera-t-il pas aussi ? Que sa femme, dans votre livre, soit maigre et bavarde...

Pour un de mes récents romans, *Les Autres,* je me suis imposé de recréer une ville entière, avec son fleuve, son Palais de Justice, ses églises, ses rues, ses magasins...

Mais comment déménager Bicêtre, où il me fallait pourtant mettre en scène un professeur, des internes, une infirmière-chef ?

Allais-je, par exemple, faire de celle-ci une rousse, une brune, une femme douce ou autoritaire, sans risquer de tomber juste ?

J'affirme que, si j'ai visité l'hospice de Bicêtre, je n'y ai rencontré aucun des personnages décrits dans ce livre. Il en va de même pour mon directeur de journal, mon avocat, mes deux académiciens : je jure que je n'ai pas copié !

Mon roman n'étant pas un roman à clefs, je répète donc la formule consacrée : « Toute ressemblance avec des personnes existantes ne pourrait être que fortuite. »

Et je continue à regretter les préfaces du siècle dernier, tellement plus personnelles et plus savoureuses.

Georges Simenon

1

Huit heures du soir. Pour des millions d'humains, chacun dans sa case, dans le petit monde qu'il s'est créé ou qu'il subit, une journée bien déterminée s'achève, froide et brumeuse, celle du mercredi 3 février.

Pour René Maugras, il n'y a pas d'heure ni de jour et ce n'est que plus tard que la question du temps écoulé le tracassera. Il est encore tout au fond d'un trou aussi obscur que les abysses des océans, sans contact avec l'univers extérieur. Son bras droit, pourtant, à son insu, commence à s'agiter d'une façon spasmodique, cependant que sa joue se gonfle comiquement à chaque expiration.

Le premier signal qui lui parvient du dehors a la forme d'anneaux, des anneaux sonores qui vont en s'élargissant et forment des vagues de plus en plus lointaines. Les yeux fermés, il essaie de les suivre, de comprendre, et alors se produit un phénomène dont il n'osera jamais parler à personne : il reconnaît ces vagues et a envie de leur sourire.

Lorsqu'il était enfant, il avait l'habitude d'écouter les cloches de l'église Saint-Étienne et, montrant gravement le bleu du ciel, il disait :

— Les nanneaux !...

Sa mère lui en a parlé peu de temps avant de mourir. Il ne savait pas encore prononcer le mot anneaux qui devenait dans sa bouche des nanneaux et il désignait ainsi les cloches à cause des cercles concentriques qu'elles lancent dans l'espace.

Ici aussi, il y a des cloches. Il n'essaie pas de compter les coups, car il est trop engourdi. Cet engourdissement ne lui est pas inconnu non plus. Il l'a déjà vécu et, pendant un temps plus ou moins long, une confusion se produit. Peut-être est-il encore le garçonnet de huit ans qu'on a transporté d'urgence de l'école à l'hôpital de Fécamp et à qui, tandis qu'il se débattait en hurlant, on a appliqué un masque sur le visage pour l'opérer de l'appendicite ?

Il y a eu un trou, puis, beaucoup plus tard, un étrange goût dans sa bouche, une lassitude de tout le corps, et enfin, comme il commençait à flotter, les anneaux sonores des cloches familières.

Il voudrait sourire, maintenant, parce que l'idée qui lui passe par la tête lui paraît drôle. Sans y croire vraiment, il ne se résigne pas à la rejeter tout à fait. N'est-ce pas le petit garçon de Fécamp qui est en train de se réveiller dans une chambre d'hôpital et son premier regard ne se posera-t-il pas sur une grosse infirmière blonde et rose occupée à tricoter ? Dans ce cas, tout le reste aurait été un rêve. Il aurait rêvé, sous l'anesthésie, près de cinquante ans d'existence.

Ce n'est pas vrai, bien sûr. Il sait que ce n'est pas vrai, qu'il est un homme de cinquante-quatre ans et qu'il a quitté depuis longtemps la petite maison de la rue d'Étretat. La confusion ne s'en est pas moins produite pendant un certain nombre de minutes ou de secondes, plus probablement de secondes, et, malgré tout, il voudrait vérifier. Pour cela, il lui suffit d'ouvrir les yeux et un curieux phénomène se produit, pas du tout tragique, presque comique, au contraire : il fait ce qu'il faut pour soulever ses paupières, ce qu'on fait d'habitude, sans doute donner un ordre du cerveau à certains nerfs. Or, les paupières restent immobiles.

Il ne souffre pas. Son anéantissement est assez agréable, un peu comme s'il n'était plus personne. Il n'a plus de problèmes, de responsabilités. Une seule raison le pousse à poursuivre son effort, il a besoin d'être sûr, tout à fait sûr que la grosse infirmière blonde et rose ne tricote pas à son chevet.

Ce qui se passe en lui se voit-il de l'extérieur ? Les anneaux se sont fondus dans le lointain de l'air et il perçoit un autre bruit qui lui rappelle des souvenirs aussi. Il est trop fatigué pour se demander lesquels. Une chaise a craqué, comme quand quelqu'un se lève précipitamment, et il a dû parvenir à écarter les paupières puisqu'il voit, très près de lui, un uniforme blanc, un visage jeune, des cheveux bruns qui s'échappent d'un bonnet d'infirmière.

Ce n'est pas la sienne et il referme les yeux, déçu. Il est vraiment trop las pour poser des questions et il préfère se laisser glisser au fond de son trou.

Sera-t-il capable, plus tard, dans quelques heures ou dans quelques jours, de faire la part de ce qu'il a réellement perçu à travers son coma et de ce qu'on lui aura raconté par la suite ? Existe-t-il, par exemple, un téléphone dans le couloir, à côté de sa chambre, et entend-il une voix de femme prononcer :

— Le professeur Besson d'Argoulet ?... Il n'est pas chez lui ?... Vous savez où l'atteindre ?... Il a recommandé de l'avertir dès que...

Il apprendra demain qu'il y a bien un téléphone mural, d'un ancien modèle, près de sa porte. Cela n'a pas encore de sens et, quand cela en prendra un, cela ne regardera que lui.

A neuf heures et demie, il ignore toujours qu'il est neuf heures et demie et son réveil est plus brutal, plus dramatique, comme après un cauchemar, comme s'il avait rêvé qu'il devait coûte que coûte se raccrocher à du solide. Seulement, ses forces l'ont quitté. Ses membres s'agitent à vide, sans précision, sans qu'il les contrôle. Alors, il veut crier, appeler au secours. Sa bouche s'ouvre. Il est à peu près sûr qu'il ouvre la bouche toute grande, mais il n'en sort aucun son.

Il est indispensable de voir ce qu'il y a autour de lui. Son corps est couvert de sueur, son front mouillé, et pourtant il a froid, tout son être tremble sans qu'il lui soit possible de se maîtriser.

— Ne t'inquiète pas... Tout va bien... Tout va très bien...

Il connaît la voix. Il cherche à l'identifier de façon précise et soudain il voit, d'un coup, non seulement un visage et un bonnet blanc, mais une chambre étrangère aux murs verdâtres.

Debout à côté du lit, Besson d'Argoulet — il l'appelle Pierre, car ils sont amis depuis trente ans — offre un spectacle qui devrait le faire rire : sous sa blouse non boutonnée, il porte un gilet et une cravate blanche d'habit.

— Reste calme, mon petit René... Tout va très bien...

Pour le professeur, évidemment, qui continue distraitement à lui prendre le pouls. Ce n'est pas Besson qui est couché dans ce qui paraît être un lit d'hôpital autour duquel l'infirmière brune s'affaire. Il ne s'est pas trompé tout à l'heure. Il a bien repris connaissance pendant quelques instants puisqu'il la reconnaît.

— Tu n'as rien de grave, René... Tous les examens le confirment... On va te faire d'autres tests, t'ennuyer encore un peu, mais c'est indispensable... J'attends Audoire d'un instant à l'autre...

Qui est Audoire ? Un nom qu'il connaît ou qu'il devrait connaître, lui qui connaît tout le monde à Paris. L'infirmière a posé sur un plateau une seringue dont l'aiguille est très longue et très grosse. Elle semble guetter les bruits du couloir avec impatience, tout en surveillant Maugras de l'œil, et quand on entend une porte s'ouvrir et se refermer, elle se précipite.

— Surtout, ne t'étonne pas si...

Justement, il s'étonne, car il vient d'ouvrir la bouche. Ce n'était pas pour se plaindre, ni pour poser des questions. En réalité, il avait l'intention de dire, en fixant le plastron empesé et la cravate blanche :

— Je suis désolé, mon vieux, de te gâcher ta soirée...

Il n'a émis aucun son. Il n'a plus de voix. Rien ! Pas même un râle. A peine une sorte de sifflement, ou plutôt de glouglou, car sa joue continue à se gonfler et à se dégonfler d'une façon grotesque. On dirait un enfant qui essaie de fumer la pipe.

— ... Tu seras sans doute quelques jours sans pouvoir parler...

On chuchote, dans le couloir. Il a les sens en éveil, certains sens à tout le moins, puisqu'il perçoit une odeur de cigarette.

— Tu me fais confiance, n'est-ce pas ?... Tu te rends compte que je ne te mentirais pas ?...

Pourquoi lui poser la question, alors qu'il est impuissant à répondre ? Il dirait volontiers oui pour faire plaisir à son ami Pierre. Un oui sans conviction. Un oui poli, indifférent, car tout lui est égal et il préférerait plonger dans son trou, retrouver peut-être les anneaux sonores des cloches.

Non ! Il ne connaît pas Audoire. Il ne l'a jamais rencontré. Il le saurait, car il a la mémoire des physionomies et met un nom, sans hésiter, sur des gens qu'il n'a vus que quelques minutes des années auparavant. C'est un médecin, puisqu'il porte la blouse blanche et un calot rond sur la tête. Son visage n'exprime rien. Maugras a rarement vu un visage aussi serein, aussi inexpressif, un visage aussi banal aussi, des gestes aussi mécaniques.

Les deux hommes se serrent la main et se regardent sans mot dire, comme s'ils n'avaient pas besoin de parler pour se comprendre ou comme s'ils avaient déjà répété la scène. Puis Audoire, du pied du lit, s'adresse à René.

— Vous êtes calme... C'est très bien... Nous allons encore vous faire quelques petites misères et ensuite vous dormirez tranquillement...

Ainsi, on s'adresse à lui comme à un être humain et il en est presque surpris. Il est vrai qu'en même temps on le traite en objet. La jeune infirmière le découvre et il est gêné de constater qu'il a les cuisses nues, un urinal entre les jambes, tel un vieillard qui ne se contrôle plus.

Elle maintient fermement un de ses genoux qui commence à s'agiter et le professeur Audoire saisit sur le plateau une seringue, pas la grosse à longue aiguille, une plus petite, pour la lui enfoncer dans la fesse. Il ne sent rien. Cela aussi, il aimerait le leur dire. Pas parce qu'il s'inquiète. Au contraire, il n'a jamais été aussi indifférent de sa vie et il les regarde tous les trois comme s'il n'avait rien à voir avec leurs faits et gestes.

Il s'est passé quelque chose dont il ne garde aucun souvenir. Il ne se rappelle même pas où, ni quand, cela s'est produit. Il fronce les sourcils, ou croit les froncer, il n'est plus sûr de rien, maintenant que sa bouche est muette et que ses membres ne lui obéissent plus.

Les deux hommes en blanc attendent, debout, en l'observant ; l'infirmière lui tient toujours la jambe, les yeux fixés sur un bracelet-montre.

Peu importe de quoi il s'agit. Cela devait arriver. Il a toujours su que cela arriverait et la vérité c'est qu'il en est soulagé. A présent, c'est fini. Il n'a plus à s'en occuper. Les autres ont tort de se faire du mauvais sang à son sujet.

Ils attendent sans doute tous les trois qu'il s'endorme. Pourquoi ? Pour l'opérer ? Il ne souffre de nulle part, mais il y a fatalement quelque chose de détraqué.

— Tu te sens bien ?

Maugras s'efforce de mettre de la gaieté dans ses yeux, pour remercier Besson d'Argoulet, l'infirmière, et enfin celui qu'on a appelé Audoire et qu'on traite avec beaucoup de déférence. Un grand patron, comme Besson, peut-être plus illustre que Besson. Quelle est sa spécialité ? Il connaît beaucoup de sommités médicales. Il cherche, par pure curiosité, puis ses pensées deviennent floues et il croit retrouver dans le lointain les anneaux des cloches.

La dernière image est celle des deux hommes qui échangent un regard avec l'air de dire :

— Ça y est...

Il n'est pas mort et il y a du soleil dans la chambre où Besson d'Argoulet, assis à la place de l'infirmière, fume une cigarette. Le professeur n'est plus en habit et n'a pas enfilé de blouse blanche. A soixante ans, c'est un très bel homme, courtois, raffiné, habillé avec un goût parfait.

— Comment te sens-tu ?... N'essaie pas encore de parler... Ne remue pas... Je vois, à ton regard, que tu as fort bien supporté le choc...

Quel choc ? Et pourquoi son ami Pierre se croit-il obligé d'adopter le ton onctueux qu'il réserve à ses malades ?

— Je suppose que tu ne te souviens de rien ?

Il est tenté de répondre :

— Si !

Car il vient tout à coup de se rappeler le Grand Véfour, le salon privé, à l'entresol, au-dessus de l'escalier en colimaçon, où ils sont quelques-uns, treize au début, une dizaine à présent, à cause des morts, à déjeuner le premier mardi de chaque mois.

Combien de temps s'est-il écoulé depuis ce moment-là ? Cela pourrait aussi bien être, quant à lui, un jour ou une semaine. Il n'y avait pas de soleil, comme ce matin, car il reconnaît, à la qualité de la lumière, à une sorte de fragilité du soleil, qu'on est le matin. Il n'en est pas encore à se préoccuper de l'heure exacte mais des femmes balayent et remuent des seaux à proximité de sa chambre.

Ils étaient réunis au Grand Véfour et, par la fenêtre en demi-lune, pouvaient voir, sous une pluie fine, la cour et les arcades du Palais-Royal. Besson était assis en face de lui et presque tout le monde était présent, Clabaud l'avocat, Julien Marelle l'académicien, dont on jouait justement la dernière pièce au théâtre d'en face, Couffé, académicien aussi, Chabut.

... Il pourrait en faire le compte, les placer chacun à l'endroit où ils se trouvaient alors et il revoit Victor, le sommelier qui les sert depuis plus de vingt ans, passer autour de la table avec un magnum d'armagnac.

Il s'est levé pour aller téléphoner à son journal. Le téléphone se trouve entre les toilettes des femmes et celles des hommes. Il a eu au bout du fil Fernand Colère, son rédacteur en chef qui, malgré son nom, est aussi doux qu'un veau.

Quand il s'éloigne du journal, ne fût-ce que pour une heure, il éprouve toujours le besoin de téléphoner et il donne, d'une voix coupante, un peu pointue, des instructions précises.

— Non ! Ne change rien à la une... Fais sauter la troisième colonne de la trois... Réponds à l'Intérieur que nous n'y pouvons rien et qu'il nous est impossible de passer l'incident sous silence...

Maintenant, fumant toujours sa cigarette, Besson d'Argoulet croit devoir lui expliquer :

— Nous étions tous à table, au Grand Véfour... Tu es sorti pour téléphoner alors qu'on servait les liqueurs... Tu es ensuite entré dans les toilettes où tu as dû avoir un malaise car, quand Clabaud s'y est rendu à son tour, dix ou quinze minutes plus tard, il t'a trouvé sans connaissance...

Pourquoi ces détours, cette élocution patiente ? On le traite comme un enfant, ou comme un grand malade, plutôt comme un grand malade, ce qu'il est en réalité.

Sur un point, le professeur se trompe, malgré son assurance. Et cela aussi est curieux, si curieux que, s'il était capable de parler, Maugras n'en dirait rien.

C'est vrai qu'après avoir raccroché le téléphone il a ouvert la porte des toilettes. Il s'est tenu debout devant l'urinoir, dans la pose ridicule mais familière à tous les hommes. Il pensait à Colère et à la démarche du ministère de l'Intérieur quand, sans que rien ne le laisse prévoir, il avait vacillé.

Il se souvient d'un détail sordide. Il s'est raccroché des deux mains, avec toute son énergie, à l'émail visqueux de l'urinoir avant de lâcher prise.

Qu'est-ce que Besson vient de dire ?

— Quand Clabaud s'y est rendu, dix ou quinze minutes plus tard, il t'a trouvé sans connaissance...

Ces mots-là ne comportent aucune précision sur sa pose. Or, il se voit, lui, en travers de l'étroit local, sur le carrelage, essayant désespérément, non pas de se relever, non pas d'appeler à l'aide, mais de reboutonner son pantalon.

Ce qui constitue un mystère, c'est qu'il se voit vraiment, comme quelqu'un d'autre aurait pu le voir, il se voit du dehors, tel que Clabaud a dû le découvrir. Un tel dédoublement est-il possible ?

— Je ne te cache pas qu'au premier moment tu nous as fait peur...

Il est lucide et même, lui semble-t-il, d'une lucidité plus aiguë que dans la vie ordinaire. Il capte automatiquement ce qui se passe autour de lui, les inflexions de voix du médecin, ses hésitations et jusqu'à la forme inhabituelle de ses boutons de manchette qui représentent une lettre grecque, il ignore laquelle, car il n'a fait du grec que pendant quelques mois. A l'instant où il les découvre, il se demande si Besson d'Argoulet n'est pas plus mal à l'aise que lui et si, quoi qu'il prétende, il ne reste pas aussi inquiet que dans les cabinets du Grand Véfour.

Certes, Maugras ne peut pas parler et la moitié de son corps est paralysée. Cela aussi, il l'a découvert seul. Son ami s'est-il attendu à sa réaction, ou plutôt à son absence de réaction, à son calme qui ressemble à de l'indifférence ?

C'est *réellement* de l'indifférence, comme si ce qui se passe dans cette petite chambre assez minable ne le concernait pas, pas plus que son corps ne le concerne désormais, et il n'a aucune surprise en découvrant une aiguille plantée dans son bras, un tube de caoutchouc relié à un récipient de verre à moitié plein d'un liquide transparent.

Son coup d'œil n'a pas échappé au médecin qui s'empresse d'expliquer :

— De la dextrose. Jusqu'à ce que, demain ou après-demain, tu puisses t'alimenter par la bouche, il est important d'empêcher que tu ne t'affaiblisses...

Il doit parler de cette voix convaincante à tous ses patients dans un état grave. Maugras, qui ne l'a consulté que pour des bobos et pour un examen annuel, ne le connaît pas sous ce jour-là.

On dirait que Besson s'efforce de deviner les questions qu'il se pose et d'y répondre par avance.

— Je suppose que tu te demandes pourquoi tu es ici et non à la clinique d'Auteuil ?

Besson l'y a envoyé une fois, quatre ou cinq ans plus tôt, pour une série de tests, à la suite d'une dépression nerveuse. Comme d'habitude, il avait trop travaillé, s'était trop dépensé de toutes les façons.

— Figure-toi que c'est à Auteuil que je t'ai d'abord fait conduire, plus exactement que je t'ai accompagné en ambulance... On t'a tout de suite donné l'appartement que tu as déjà occupé et ta femme est accourue... Ne t'inquiète pas d'elle... Je lui ai fait comprendre que tu ne cours aucun danger... Elle a été très bien... Je lui téléphone plusieurs fois par jour et elle n'attend qu'un signe de moi pour venir te voir...

» N'essaie pas de parler... Je sais que c'est le plus désagréable, le plus démoralisant, mais je t'affirme que, dans ton cas, il s'agit d'une aphasie passagère...

Cela devait arriver. Pendant que son ami parle, René se répète ces trois mots-là, aussi tranquille que s'ils n'exprimaient qu'une banale constatation.

Pourquoi cela devait-il arriver ? Il ne se le demande pas. Il trouve même que c'est amusant. Peut-être les mots, eux aussi, prennent-ils une signification différente ? A moins que son esprit paresseux ne les confonde ? Au lieu d'amusant, par exemple, il dirait volontiers soulageant, mais le terme ne doit pas exister. C'est presque un jeu qu'il joue à l'insu de tous en ayant l'air d'écouter le discours de Besson.

Depuis longtemps, peut-être depuis toujours, il s'attend à une catastrophe et, les derniers mois, il la sentait si imminente qu'il s'impatientait parfois de ne pas la voir arriver.

Besson d'Argoulet tourne autour du pot, parce qu'il a peur des syllabes qu'il devra bien finir par prononcer : *hé-mi-plé-gie*.

— Que je te dise d'abord en deux mots pourquoi tu n'es plus à Auteuil. Dès que j'ai diagnostiqué une thrombose probable de l'artère cérébrale moyenne, j'ai appelé mon confrère Audoire, professeur de neurologie et médecin-chef de Bicêtre... Tu le connais certainement de réputation... C'est lui que tu as vu hier au soir et qui t'a fait ensuite une ponction lombaire... Audoire a préféré t'avoir sous la main, entouré d'un personnel spécialisé en qui il a pleine confiance... Il dispose, dans son service, de deux chambres privées... L'une des deux était libre... Et voilà comment, depuis mardi soir, tu te trouves ici...

Besson fait mine de plaisanter.

— J'espère que tu ne nous en veux pas, à Audoire et à moi, de t'avoir amené dans un endroit dont le nom sonne assez mal... Ta femme, soit dit en passant, en a d'abord été impressionnée et j'ai dû lui démontrer que tu serais mieux ici que dans une clinique privée, même si le décor est moins plaisant...

Maugras bat des cils, pour rien, comme on bat des cils machinalement, et son ami se demande si c'est un signal.

— Je ne te fatigue pas ?

Il s'efforce, avec son visage qu'il ne contrôle plus, de faire comprendre qu'il n'est pas fatigué et le médecin a l'air de saisir son message.

La porte, à gauche du lit, est garnie de vitres dépolies, ou plutôt à fines rainures qui déforment les images et, de temps en temps, on voit passer des ombres maladroites, des hommes qui s'aident de béquilles mais qui se déplacent sans aucun bruit. C'est un peu mystérieux. Peut-être portent-ils des pantoufles à semelles de feutre ?

Besson doit avoir préparé son petit discours dont il retrouve toujours le fil.

— Tu as assez de connaissances en médecine pour que je te mette au courant des conclusions auxquelles nous sommes arrivés, Audoire et moi... Je me fie surtout à Audoire, beaucoup plus qualifié dans ce domaine...

» Comme tout le monde, tu sais à peu près ce qu'est une hémiplégie mais, comme la plupart des gens, tu ignores qu'il en existe de différentes sortes, tant par leurs causes que par leurs effets, chacune donnant un tableau clinique défini, avec, pour chacune, un pronostic déterminé...

Pourquoi tant parler ? Ne va-t-on pas lui affirmer que son hémiplégie à lui est la plus banale, la moins grave ?

— Dans ton cas, la ponction lombaire est catégorique. Il n'existe aucun élément pathologique, ce qui signifie que nous nous trouvons en présence d'un simple ictus apoplectique avec...

Besson fronce les sourcils, comme vexé, prend le temps d'allumer une cigarette.

— Tu ne m'écoutes pas ?

Maugras, autant qu'il en est capable, fait signe que si.

— Tu ne me crois pas. Tu te figures que j'essaie de te rassurer avec des boniments...

Même pas ! Il ne cherche pas si loin. Ce qui se passe, c'est qu'il a franchi une barrière invisible et qu'il se trouve dans un autre univers. Cela lui fait même un drôle d'effet de penser que ce personnage éminent, commandeur de la Légion d'honneur, qui est assis à son chevet et qui gaspille son temps à des explications futiles, est son ami et qu'ils se tutoient. Il est vrai que lui aussi est commandeur de la Légion d'honneur !

La différence, c'est que l'un des deux est maintenant *hé-mi-plé-gi-que.*

Comme Félix Artaud, son meilleur reporter, qu'il envoyait aussi bien en Amazonie qu'au Tibet ou qu'au Groenland, qui avait interviewé tous les chefs d'État vivants, le grand Félix Artaud, infatigable et braillard, capable de passer deux ou trois nuits de suite sans dormir et de boire, sans tituber, une pleine bouteille de whisky.

Artaud, comme lui, était sans connaissance, à trois heures du matin, dans un palace des Champs-Élysées où il tenait compagnie à une jeune Américaine.

Il était divorcé. On ne lui connaissait pas de famille à Paris et c'était René Maugras, son patron, qu'on avait appelé assez mystérieusement au milieu de la nuit. Il avait aidé le médecin de l'hôtel et l'infirmière à passer le pantalon à son ami et il avait suivi en voiture l'ambulance qui le transportait à l'hôpital américain de Neuilly.

Artaud n'avait que quarante-cinq ans. C'était un athlète, ancien joueur de rugby, toujours en quête de bagarre. Le professeur Audoire ne l'avait pas soigné, mais un chef de clinique dont Maugras avait oublié le nom, un petit roux, très maigre, qui portait des blouses trop longues pour lui, de sorte que ses pieds seuls dépassaient.

Pendant des heures, on avait soumis Artaud à des examens et il avait eu droit, lui aussi, à sa ponction lombaire, puis à un électro-encéphalogramme.

Au fait, lui en a-t-on fait un, alors qu'il était dans le coma ? Il serait bien en peine de le demander. Il est désormais à la merci des gens. A eux de deviner.

Quand il est entré dans la chambre d'Artaud, une aiguille était plantée dans son bras gauche, reliée, comme la sienne, à un récipient de verre.

A sa seconde visite, le reporter n'était plus dans le coma, mais sa joue était animée d'un curieux tremblement et, chaque fois qu'il tentait de parler, il n'émettait que des borborygmes.

Il était mort le cinquième jour, au petit matin, à l'heure à laquelle il avait l'habitude de se coucher.

Maugras en a connu un autre, Jublin, le poète toujours fourré à la brasserie Lipp, qui, lui, a été pris d'une attaque sur le trottoir du boulevard Saint-Germain. Jublin devait avoir la soixantaine et, pendant six ans, il allait vivre, paralysé, à la merci des autres, dans un fauteuil d'infirme.

Et encore un fameux acteur de cinéma... Bon ! Bon ! Besson d'Argoulet, si amusant, si ironique au cours de leurs déjeuners du mardi, est en train de lui démontrer, pompeusement, que son cas est différent et que, dans quelques semaines...

— ... au plus tard quelques mois... Je parle, bien entendu, de la guérison complète... Tu es un homme intelligent et je tiens à tout t'expliquer en détail, car Audoire et moi avons besoin de ta coopération... Pour le moment, je le sens, tu ne me crois pas... Tu te dis que je cherche à t'encourager et que je te dore la pilule... Avoue-le !...

René écarquille les yeux pour expliquer qu'il ne pense rien, que tout cela lui est égal.

Pauvre Pierre ! C'est un côté de sa personnalité auquel Maugras n'a jamais pensé. Il connaît le grand patron des soirées officielles, le Parisien sceptique qu'on rencontre à toutes les premières, le gourmet des déjeuners du Grand Véfour, le lettré qui s'est offert le luxe, entre deux rapports à l'Académie de Médecine, d'écrire une trilogie sur la vie intime de Flaubert, de Zola et de Maupassant.

Il l'a entendu, à table, raconter des « cas » pittoresques et des histoires d'une humanité tragique.

Racontera-t-il la sienne un jour ?

Jamais il ne l'a imaginé, assis comme à présent à côté d'un lit, cherchant ses mots, s'obstinant à convaincre, se demandant par quelle fissure entrer dans l'esprit d'un malade.

— Ne te fatigue donc pas ! a-t-il envie de lui dire.

Il est venu au volant de sa voiture, une voiture anglaise de sport. Il habite rue de Longchamp et il a descendu les Champs-Élysées au moment où la ville fait sa toilette. Dehors, l'air est frais. Tout à l'heure, Besson retrouvera son auto dans la cour de l'hôpital et, capote baissée, il franchira à nouveau la porte d'Italie pour retrouver ses élèves à Broussais, où il enseigne la pathologie médicale.

— Je t'ai déniché une garde privée, Mlle Blanche, qui a travaillé jadis dans mon service et qui est à ton chevet depuis mardi soir... Tu peux avoir pleine confiance en elle... Une autre, aussi experte, la remplacera pendant la nuit...

Il ajoute sur un ton plus léger :

— Tu as sans doute remarqué que Mlle Blanche est jolie, ce qui aide à la guérison... Demain, elle commencera à t'alimenter, avec des liquides d'abord, et dans trois ou quatre jours elle t'obligera à sortir quelques minutes de ton lit... Tu en as assez, n'est-ce pas ?... J'espérais rencontrer Audoire ce matin... Il a dû être retenu par une urgence, mais il passera sûrement avant midi... Quant à moi, je ferai un saut jusqu'ici en fin de journée...

Maugras comprend si bien le regard que son ami adresse à l'infirmière au moment de sortir ! Cela signifie :

— J'ai fait ce que j'ai pu, hélas, sans beaucoup de résultats...

Il n'en paraît pas surpris outre mesure. Peut-être en est-il ainsi de la plupart des hémiplégiques ?

Il revient sur ses pas.

— On va te faire une piqûre qui t'assoupira pendant quelques heures... A moins qu'Audoire en décide autrement, on te descendra ensuite à la radiographie, pour une artériographie cérébrale... Rien de dangereux. Tu ne t'en apercevras même pas, car tu seras sous narcose... Il ne faut pas nous en vouloir, mon pauvre vieux, si nous t'imposons ces petites tortures mais, en médecine comme en tout, comme dans ton journal aussi, il existe une routine qu'on est obligé de suivre...

Maugras ne proteste pas, n'a pas envie de protester. Il n'en veut à personne. Il n'en veut pas au destin non plus.

Besson et l'infirmière chuchotent dans le couloir où passent toujours des ombres maladroites et silencieuses. Il doit y avoir, à droite, une grande salle dont les malades ont le droit d'aller et venir et le corridor paraît être leur lieu de promenade.

Il a hâte que Mlle Blanche revienne car, de se sentir seul, comme dans les toilettes du Grand Véfour, il est soudain pris de panique.

Il a hâte aussi, puisqu'on le lui a promis, qu'une piqûre le replonge dans sa torpeur où, peut-être, il retrouvera les anneaux vivants des cloches.

Il la suit des yeux quand elle rentre, fraîche, alerte, souriante, et il pense qu'elle est ainsi avec chaque patient successif, que tous la suivent des yeux avec la même expression parce qu'elle représente pour chacun la jeunesse et la vie.

S'il en était capable, tandis qu'elle soulève le drap pour lui faire sa piqûre, il lui sourirait afin de la remercier d'être là, afin de s'excuser de lui donner tant de mal, de s'excuser surtout de ne pas y croire, d'être un mauvais patient, de n'avoir aucune envie de lutter.

Car il n'a pas envie de lutter. A quoi bon ?

2

Il fait encore nuit, mais rien ne permet de deviner l'heure. Sa première sensation est une sensation d'angoisse, car il se croit seul dans la chambre que n'éclaire qu'un halo de lumière jaunâtre venant du couloir à travers la porte vitrée. Ce qui lui donne à penser qu'il est seul, c'est que cette porte est entrouverte, comme s'il n'était surveillé, de loin, que par l'infirmière de l'étage.

Quand il tourne un peu la tête, il constate qu'il s'est trompé, que quelqu'un dort sur un lit de camp entre son propre lit et le mur. Il ne distingue pas les traits, seulement des cheveux roux, et il se souvient de la garde de nuit qu'on lui a présentée la veille au soir. C'est une Alsacienne, Joséfa, qui a un fort accent. Elle est moins jolie, moins souriante que Mlle Blanche. Sous son uniforme, on devine un corps charnu, savoureux, et ses seins tendent le tissu empesé. Il avait une tante, une sœur de sa mère, dont la chair était aussi ferme, aussi drue et, elle aussi, avait des traits réguliers mais sans grâce.

Il n'a pas vu Joséfa se coucher. Il ignorait qu'il y eût un lit de camp dans la chambre. Peut-être l'a-t-on apporté pendant son sommeil, car il a sombré tout de suite après sa dernière piqûre. Une piqûre de quoi ? On ne le lui dit pas. On lui en a fait plusieurs, la veille, et chaque fois on inscrit quelques mots, ou des signes conventionnels, sur une feuille fixée au pied de son lit.

D'après les bruits du dehors, la nuit doit toucher à sa fin. Les camions sont nombreux sur l'avenue qui, partant de la porte d'Italie, traverse la banlieue avant de devenir la Nationale 7. Il est passé par cette avenue des centaines de fois, pour se rendre sur la Côte d'Azur ; il ne s'est jamais inquiété d'en connaître le nom. Il ne se rappelle pas non plus si c'est tous les jours ou un certain nombre de fois par semaine qu'un marché se tient le long des trottoirs, avec, non seulement des victuailles, mais des échoppes démontables où pendent des vêtements.

C'est tout près, à cent mètres à peine de l'hospice où il se trouve à présent. Il a parfois jeté un coup d'œil, en passant, sur les bâtiments gris entourant une vaste cour intérieure dont le portail est gardé, comme une caserne, par des hommes en uniforme. Il a toujours pensé qu'on n'y mettait que des vieillards, des incurables qu'on apercevait dans la cour, solitaires ou par petits groupes silencieux. Et aussi des fous. Bicêtre n'est-il pas, en même temps qu'un hospice, un hôpital psychiatrique ?

Il n'est pas humilié de s'y trouver, ni effrayé. S'il garde un goût bizarre à la bouche, la narcose de la veille lui laisse l'esprit libre, agile, et, inerte dans son lit, il joue à suivre un moment les idées qui lui viennent à l'esprit, à les rejeter, à les emmêler pour les séparer à nouveau.

Ce ne sont pas des pensées tragiques. Contrairement à ce que son entourage doit s'imaginer, il n'est pas accablé mais, au contraire, il jurerait qu'il n'a jamais connu une sérénité comparable à sa sérénité actuelle.

Seulement, c'est une sérénité particulière, qu'il serait en peine de définir et à laquelle il ne s'attendait pas.

Comment aurait-il réagi, quelques jours plus tôt, le mardi matin encore, si on lui avait annoncé :

— Dans quelques heures, tu cesseras subitement d'être un homme normal. Tu ne marcheras plus. Tu ne parleras plus. Ta main droite sera incapable d'écrire. Tu verras les gens aller et venir autour de toi sans pouvoir communiquer avec eux...

Il n'a jamais eu de chien, ni de chat. Au fond, il n'aime pas les bêtes, faute peut-être de s'être penché sur elles et d'avoir cherché à les comprendre. Il évoque soudain leur regard, qui cherche vraisemblablement à exprimer quelque chose et qui n'y parvient pas.

Il n'est pas amer. Et, s'il s'analysait jusqu'au bout, il découvrirait qu'il ne regrette rien. Au contraire ! Il se remémore sa vie d'avant, exprès, sa dernière matinée, celle du mardi, et il est surpris d'avoir mené cette existence, d'y avoir attaché de l'importance, d'avoir joué un jeu qui lui paraît puéril.

Comme pour concrétiser son état d'âme, il revoit un tableau de l'époque où il avait encore le temps de visiter les galeries de peinture. C'est une toile de Chirico, qui représente un personnage en quelque sorte synthétique, un mannequin de couturière auquel on aurait mis une tête de bois, baignant dans une lumière froide et lunaire.

Or, c'est dans une lumière aussi implacable que lui apparaît sa dernière journée d'homme soi-disant normal. A Paris, il habite, depuis plusieurs années, un des appartements de l'aile du George-V réservée aux clients qui y font un long séjour et qu'on appelle la Résidence. Cela évite à sa femme les soucis domestiques.

Elle a essayé, rue de la Faisanderie, de tenir maison. Elle y a mis de la bonne volonté, de l'énergie mais, après deux ans, elle s'est retrouvée à deux doigts de la dépression nerveuse.

Pas à deux doigts ! Elle a bel et bien fait une dépression nerveuse et, pendant des semaines, elle a refusé de quitter sa chambre où elle vivait jour et nuit dans l'obscurité.

Ce n'est pas la faute de Lina ; c'est sa faute à lui, qui l'a choisie et qui lui impose son genre de vie.

Elle est venue le voir, la veille, après qu'on l'eut remonté de la radiographie. Il n'était pas entièrement sorti du brouillard de la narcose et il se sentait encore plus indifférent qu'à présent.

Il a pourtant remarqué qu'elle portait une robe de soie noire sous sa gabardine doublée de vison. C'est la mode dans le milieu qu'ils fréquentent, surtout dans le milieu que Lina fréquente : par un snobisme à rebours, on cache le coûteux vison sous un tissu en apparence ordinaire.

Il doit être aux alentours de six heures. La nuit commence à se dissiper et on voit le brouillard coller aux vitres.

La veille, il a fait aussi la connaissance de l'infirmière-chef, car c'est elle qui a introduit Lina. Il n'aime pas cette femme d'une soixantaine d'années, aux cheveux gris et au visage presque du même gris, encore plus impersonnelle que le professeur Audoire.

N'est-ce pas du mimétisme ? Ne copie-t-elle pas le grand patron ? Elle se tenait debout au milieu de la pièce, qui n'est pas grande, et elle possède une telle présence, comme certains acteurs, que rien d'autre n'existait plus. Son regard calme inspectait, jaugeait, critiquait.

C'est un monolithe qui pourrait porter le poids de l'hôpital.

Lina, impressionnée, a hésité à se pencher sur lui pour l'embrasser et, comme il s'y attendait, elle sentait l'alcool. Elle a sûrement bu un whisky ou deux avant de quitter la Résidence George-V et il jurerait qu'en approchant de l'hôpital elle a fait arrêter Léonard, leur chauffeur, devant le premier bar venu pour en avaler un autre.

Encore une fois, il ne lui en veut pas. Il a l'habitude. Mardi encore, cela lui paraissait naturel, comme tout ce qu'il fait lui-même. Ils ont chacun leur chambre, leur salle de bains et le salon constitue un terrain neutre.

Cet arrangement s'est avéré nécessaire, car ils se couchent rarement à la même heure et Lina reste tard au lit, le matin, alors que, dès huit heures et demie, Maugras s'engouffre dans la Bentley qui l'attend en bas pour le conduire au journal.

Il est toujours pressé. Voilà des années et des années qu'il est pressé. Il ne prend pas le temps de regarder le spectacle de la rue. A peine se rend-il compte s'il y a du soleil ou si le temps est à la pluie. Dans le fond de l'auto, il travaille, jetant un premier coup d'œil aux quotidiens du matin et soulignant des articles au crayon rouge.

Il est un homme important et, mardi encore, il en avait conscience. Ses gestes, sa voix, ses phrases brèves, la façon dont il regardait ses interlocuteurs comme sans les voir étaient d'un homme important ;

des ministres lui téléphonaient avec une familiarité teintée de respect et, dans les moments de crise, le président du Conseil n'hésitait pas à le convoquer à Matignon.

Des ministres, des chefs de parti, des banquiers, des académiciens, des vedettes, il en recevait chaque dimanche dans sa propriété d'Arneville, près d'Arpajon, un véritable château, plus exactement une « folie » construite au XVIIIe siècle par un fermier général.

— Bonjour, monsieur le directeur...

Cela commençait par le portier du journal et cela continuait par le garçon d'ascenseur et par les huissiers.

— Bonjour, monsieur Maugras...

Il atteignait l'étage de la rédaction et le ton changeait, devenait moins compassé :

— Bonjour, René...

Il retrouvait Fernand Colère, son rédacteur en chef, qui avait le même âge que lui et qui était déjà son collaborateur quand, à vingt-cinq ans, Maugras dirigeait la rubrique des échos d'un petit journal, disparu depuis, qui s'intitulait *Le Boulevard*.

Il était persuadé, mardi encore, que Colère lui était tout dévoué et que, par admiration, il lui avait pratiquement consacré sa vie. Ne pouvait-il pas tout lui demander ? Colère ne se contentait-il pas de baisser la tête quand, exaspéré par une erreur, un oubli, une faute dans la mise en pages, le patron lui adressait les reproches les plus humiliants ?

Tout à coup, il voit son rédacteur en chef sous un autre jour, qui ressemble à la lumière du tableau de Chirico. Ce n'est plus un bon gros, un peu veule, débraillé, mais un témoin qui l'a suivi pas à pas pendant trente ans et qui cache, sous une soumission apparente, son envie et sa haine. C'est l'être qui le connaît le mieux, qui sait presque tout de lui, qui a dû tout enregistrer.

Maugras a été surpris de le voir arriver presque tout de suite après Lina qui lui a apporté, non seulement des fleurs, mais un vase de cristal au col étroit. Les fleurs, comme toujours, ses préférées, sont des œillets jaunes. Il n'y en a que six, car il n'aime pas les bouquets. Sur son bureau du journal, sa secrétaire pose chaque matin une seule fleur. Lina a pensé qu'à l'hôpital ils n'auraient pas de vase assez étroit pour six œillets et elle en a apporté un du George-V.

Depuis combien d'années vivent-ils ensemble ? Sept ans ? Huit ans ? Pendant tout ce temps, il a été convaincu qu'il l'aimait. Or, il l'a regardée sans émotion, à peu près du même œil qu'il regardait l'infirmière-chef, puis Fernand Colère.

— Pierre me donne de tes nouvelles plusieurs fois par jour...

Pierre, c'est Besson d'Argoulet. Elle l'appelle par son prénom aussi. Elle aime appeler les gens par leur prénom, surtout s'ils sont célèbres.

— ... Jusqu'ici, il m'a interdit de venir te voir. Il paraît que le professeur Audoire a donné des ordres stricts... J'ai eu toutes les peines du monde à arriver jusqu'à ta chambre...

Ça, c'est le monologue de Lina et, dès que Colère est entré, elle a fait deux pas vers la fenêtre, pour lui céder la place près du lit.

— Alors, René, c'est ainsi que tu effraies tes amis ?...

Colère parlait faux. Ils parlent tous faux, Besson, Lina, Joséfa et même Mlle Blanche qui lui paraît cependant plus proche que les autres.

Mardi, au journal, à l'heure où on le transportait à la clinique d'Auteuil, son rédacteur en chef a dû préparer fiévreusement une première page de rechange, peut-être bordée de noir, avec un titre sur cinq colonnes, son portrait, un article nécrologique.

A qui a-t-on demandé cet article ? Sûrement à un de ceux du Grand Véfour, à un académicien de préférence, comme Daniel Couffé, qu'il voyait fort bien se mettre au travail dans le salon où ils venaient de déjeuner. Cela pressait. Un cycliste du journal, dans le couloir, attendait la copie pour la livrer au fur et à mesure.

Il est à peu près sûr qu'on n'a pas jeté la composition, car elle peut servir d'une heure à l'autre.

— Tu sais, René, ce n'est pas facile d'arriver jusqu'ici...

Presque les mêmes mots que Lina.

— Ils ont établi un de ces barrages, en bas...

Il avait presque oublié que, pendant les jours qu'il a passés, tantôt dans le coma, tantôt dans une vague hébétude, la vie a continué, on a parlé de lui, pris de ses nouvelles, cherché à l'atteindre.

Cela ne lui cause ni plaisir, ni déplaisir. Pas plus que de remarquer que Colère est vêtu de noir, lui aussi, ou de gris très sombre, pour être prêt à toute éventualité. Lina y a-t-elle pensé en choisissant sa robe ? A-t-elle pensé aux photographes qui, si l'événement se produit tout à coup, ne manqueront pas de la mitrailler ?

— On ne m'accorde qu'une visite de quelques minutes... Je sais par les médecins que tout va bien et que tu seras sur pied dans quelques semaines... Je te donne donc les nouvelles en vrac, car, comme je te connais, tu dois t'inquiéter du journal...

Ce n'est pas vrai. Il n'y a pas pensé une seule fois.

— J'ai cru répondre à tes intentions en n'annonçant pas ton petit accident et j'ai passé un coup de téléphone aux confrères pour leur demander de n'en rien dire... J'ai agi de même avec France-Presse et avec les deux agences américaines... Jusqu'ici, tout le monde a suivi la consigne... Ensuite, j'ai réuni nos collaborateurs, du haut en bas de l'échelle, et je...

Lina, debout, regardait à travers le brouillard le toit gris d'une aile de l'hôpital que René peut apercevoir de son lit. C'est un toit d'ardoises, mansardé, qui ressemble à celui d'un château Louis XIV. Bicêtre date de Louis XIV aussi.

— Il paraît que, mardi soir, une cinquantaine de reporters et de photographes se sont bousculés dans la cour et sous la voûte... Malgré la discrétion de la presse, de la radio et de la télévision, les télégrammes ne cessent d'arriver au journal et ici. Les coups de téléphone sont si nombreux qu'on se plaint, en bas, que l'embouteillage des lignes empêche les appels urgents...

Colère a-t-il pensé lui procurer ainsi une certaine joie, un certain réconfort ? Il s'est trompé, Maugras est resté indifférent et c'est avec le même détachement que, ce matin, dans la demi-obscurité de la chambre, il s'ingénie à imaginer les détails de son enterrement.

Une cloche sonne. Un seul coup. La demie. De quelle heure ? Ce n'est pas dans l'hôpital, où il doit pourtant exister une chapelle, mais à deux ou trois cents mètres, au-delà de l'avenue où les poids lourds déferlent de plus en plus nombreux, mêlés aux autobus de banlieue. Il y a par là une église ou un couvent, plus vraisemblablement une église, car les cloches de couvent ont d'habitude un son grêle.

A mesure que l'obscurité devient moins dense, il commence à entendre des bruits dans la grande salle, au fond du couloir, dont la porte est sûrement ouverte. Cela reste confus, intermittent. Des malades qui s'éveillent les uns après les autres et qui, en attendant l'heure, se tournent et se retournent dans leur lit.

Une infirmière passe, puis une autre. Du côté opposé à la salle, il y a bientôt des voix, des chocs de tasses et de soucoupes et l'odeur du café parvient jusqu'à lui.

Joséfa bouge à son tour, se met silencieusement sur son séant et se sert d'une torche électrique pour regarder l'heure à son bracelet-montre. Il la voit se recoucher, rester étendue sur le dos comme si elle s'octroyait un court supplément de repos, puis enfin se lever. Il ferme aussitôt les yeux, mais il a eu le temps de constater qu'elle a dormi tout habillée.

Il devine qu'elle replie la couverture, les draps. Un grincement lui apprend qu'elle referme le lit et le pousse dans un placard dont il découvre seulement l'existence.

Elle se penche sur lui, saisit délicatement son poignet pour lui prendre le pouls. Elle sent la transpiration. Il reconnaît l'odeur particulière de quelqu'un qui a dormi dans ses vêtements. Il n'a pas encore envie de reprendre contact avec le monde extérieur et il fait semblant de dormir.

Elle sort enfin sur la pointe des pieds. Une porte s'ouvre et se ferme. Une chasse d'eau, puis, après un assez long silence pendant lequel elle se remet sans doute un peu de poudre, la porte s'ouvre à nouveau et Joséfa va rejoindre les infirmières de nuit qui prennent leur café.

Ainsi commence-t-il à découvrir la routine de l'hôpital. Cela lui occupe l'esprit. Cela lui prouve surtout que son cerveau et ses sens sont moins engourdis que la veille.

Autre découverte : le mouvement spasmodique, si angoissant, de sa joue a presque cessé. Sous le drap, il est capable de remuer les doigts de sa main gauche. Il parvient même à soulever cette main, à plier le coude, et, un peu plus tard, il bouge sa jambe.

Par contre, il essaie le côté droit sans résultat.

Profitant de ce qu'il est seul, il s'efforce de parler, émet une note aiguë qui rappelle le miaulement d'un jeune chat.

Le même brouillard que la veille devient visible au-delà de la fenêtre et on ne tarde pas à distinguer les ardoises du toit. Deux fenêtres sont éclairées et, derrière l'une d'elles, une femme fait les mouvements de quelqu'un qui s'habille en hâte.

Des autos pénètrent dans la cour, viennent se ranger au pied du bâtiment central dans lequel il se trouve. Non loin de sa chambre existe un escalier dont les marches craquent. L'horloge de l'église sonne six coups, puis ce sont les cloches qui annoncent la première messe.

Le monde commence à bouger autour de lui, encore au ralenti. On traîne des poubelles sur le pavé. Une sonnerie électrique retentit faiblement, assez loin, à moins que ce ne soit un réveille-matin, et, dans les cuisines, au rez-de-chaussée ou au sous-sol, on déclenche un tintamarre en maniant d'énormes casseroles.

Cela lui rappelle le journal, au petit matin, quand les équipes se relayent dans la salle des linotypes, que les metteurs en pages prennent place devant les marbres, les typos devant les casses et qu'à la rédaction journalistes et dactylos de jour relèvent ceux de nuit.

Il ignore à quelle heure, ici, la transformation s'opère. Quand il entend les pas de Joséfa, il ferme les yeux une fois de plus afin de ne pas être dérangé. Elle vient le regarder de près. Elle n'a déjà plus tout à fait la même odeur. Profitant du répit qu'il lui laisse, elle regagne le couloir, où elle allume une cigarette.

Il apprend bientôt que la relève a lieu à six heures et demie, en même temps que le réveil des malades. On se met à marcher partout à la fois, à ouvrir et à claquer des portes et il découvre que son étage, qui lui avait paru silencieux les jours précédents, est en réalité animé et bruyant.

Des ombres de malades passent depuis plusieurs minutes derrière l'écran de la porte quand Joséfa, qui a fini sa cigarette, vient glisser un thermomètre sous son bras gauche.

Des pas rapides, très nets, martelés, dans le couloir, des pas qui tranchent avec les glissements feutrés qu'il entend toute la journée. Ils s'arrêtent devant la porte toujours entrouverte qui s'ouvre davantage et, à travers ses paupières, mi-closes, qui lui donnent le sentiment de tricher, il reconnaît Mlle Blanche en élégante tenue de ville.

Elle adresse un signe à Joséfa qui la suit et toutes les deux, se parlant à mi-voix, s'éloignent dans le corridor, gagnent le vestiaire où l'infirmière se change et troque ses souliers à talons aiguilles contre des chaussures à talons plats. Elle doit posséder une petite voiture, qu'il imagine de couleur claire, bleu ou vert pâle.

Lorsqu'elle revient, elle est seule. Elle reprend le thermomètre. Il n'a pas refermé les yeux assez vite et elle s'aperçoit qu'il est éveillé.

— Bonjour ! lui lança-t-elle gaiement. On me dit que vous avez passé une bonne nuit. Si vous êtes sage, j'essayerai tout à l'heure de vous faire boire un jus d'orange...

Pourquoi lui parler comme à un enfant ? Elle est intelligente. Elle sait qu'il l'est aussi. S'ils s'étaient rencontrés ailleurs que dans un hôpital, elle se serait adressée à lui avec déférence et n'aurait pas eu l'idée de prononcer des mots aussi stupides que :

— ... Si vous êtes sage...

Il ne réagit pas, se contente de la suivre des yeux pendant qu'elle consulte la feuille au pied du lit et y inscrit sa température. Il est le seul à ignorer ce qui est écrit sur ce papier, alors que cela le concerne plus que quiconque.

En somme, il est devenu un objet. C'est, semble-t-il, une tradition de laisser la porte entrouverte, non seulement la sienne, mais celle de la grande salle dont il entend la rumeur.

Et voilà qu'un homme d'un certain âge, en robe de chambre de grosse laine violette, pousse la porte vitrée pour le regarder curieusement. Est-ce un hémiplégique en voie de guérison ? A ses yeux vides, à son lent hochement de tête, on le prendrait plutôt pour un malade mental. Mlle Blanche ne s'en préoccupe pas et, après être resté là, silencieux, pendant une bonne minute, le curieux personnage s'en va comme il est venu.

Des chariots passent avec d'énormes bidons qui font du bruit. La porte s'ouvre une fois de plus, pour l'infirmière-chef qui est suivie d'un jeune interne.

— Tout va bien ici ? Il a passé une bonne nuit ?

Ce n'est pas à lui qu'on demande de ses nouvelles. Il est vrai qu'il serait incapable de répondre. Mlle Blanche tend la feuille fixée à une planchette de bois. La matrone lit, passe au médecin qui ne commente pas. Tous deux s'avancent vers le trépied supportant le récipient de dextrose auquel on le branche à nouveau.

— Vous croyez, demande Mlle Blanche, que je peux appeler le coiffeur pour le raser ?

Il n'a pas pensé à sa barbe, qui a poussé en quatre jours, d'autant plus qu'il a le poil très dru et qu'il est brun comme sa mère. On y a pensé pour lui et il n'en est pas reconnaissant. Il sent que ces attentions sont impersonnelles, qu'il n'est que l'occupant plus ou moins temporaire d'un lit et que les rites seraient identiques pour n'importe qui. Tel jour : électro-encéphalogramme... Tel jour : ponction lombaire... Tel jour : radiographie... Puis la barbe et le jus d'orange...

Si Besson d'Argoulet n'était pas son ami plus que son médecin, il est probable que personne ne lui aurait parlé de sa maladie, qu'on lui aurait seulement recommandé d'être calme et confiant.

Besson lui a appris le maximum, gentiment, et cela doit lui compliquer la vie, au milieu de journées aussi chargées que les siennes, de traverser Paris pour franchir la porte d'Italie.

— Il est temps de faire votre toilette... En venant, ce matin, j'ai pensé qu'on pourrait vous apporter un petit poste de radio... Je suis sûre que le professeur n'y verra pas d'inconvénient et cela vous distraira...

Il n'a pas envie d'écouter la radio. Il n'a pas envie de se distraire et elle a tort d'essayer de penser pour lui. La vie du dehors ne l'intéresse pas. Il se contente de ce qui se passe dans son voisinage immédiat, des allées et venues du couloir, des bruits de l'étage qu'il commence à reconnaître.

S'il n'est pas grand, s'il n'est pas non plus ce qu'on appelle un gros, comme Colère, son corps n'en est pas moins adipeux et il pèse ses quatre-vingts kilos. Pourtant, Mlle Blanche, qui n'en pèse pas plus de cinquante, le tourne et le retourne sans difficulté, le lave de la tête aux pieds, parvient à changer le drap sous lui sans le déranger.

Cette heure de la toilette est la plus pénible de la journée et il ferme les yeux, car il a honte. Il n'est pas beau, ni de corps, ni de visage. Il n'a jamais été beau. Jeune homme, il avait déjà les mêmes formes imprécises, un visage mou planté d'un nez qu'on dirait inachevé. Il lui est arrivé d'en souffrir. Depuis qu'il est devenu un homme important, il y pense moins et il accepterait, par défi, d'être carrément laid.

Ce n'est qu'ici, pendant qu'elle le lave et l'éponge, qu'il retrouve ses hontes d'adolescent.

— Je dois vous frictionner à l'alcool... J'ai pensé que vous préféreriez de l'eau de Cologne et, en attendant que vous en fassiez venir, j'en ai apporté une petite bouteille...

Il devrait lui faire signe qu'il lui en est reconnaissant mais il ne s'y résout pas. Elle ne peut pas comprendre. Les autres non plus. On va se figurer qu'il est aigri, ou qu'il pense que tout lui est dû parce qu'il dirige le plus grand journal de Paris et deux hebdomadaires. C'est faux. La vérité, beaucoup plus compliquée, ne s'explique pas.

En outre il n'est pas content que son lit, sa chambre sentent soudain l'eau de Cologne au lieu de l'odeur sourde mais pas déplaisante de la maladie et des médicaments. C'est un peu comme si on cherchait à le tromper. Est-il satisfait qu'on vienne le raser ? Il n'en est pas sûr.

— Reposez-vous, le temps que je téléphone au coiffeur pour savoir s'il est libre...

Le coiffeur des incurables, des paralytiques, des fous et des morts ! Il fait grand jour. Le brouillard devient plus ténu et le soleil est prêt à percer. Deux filles en tablier bleu, qui parlent italien entre elles, envahissent la chambre avec des seaux et des brosses et, sans le regarder, sans curiosité, accomplissent leur travail de chaque jour.

Quand le coiffeur se présente enfin, la chambre est propre, l'eau changée dans le vase aux six œillets jaunes et de l'air frais pénètre par le vasistas à lamelles aménagé dans le haut de la fenêtre. Le bonhomme, assez vieux, a l'air lui-même d'un incurable. C'en est peut-être un. Ses doigts jaunis sentent la nicotine ; il a les dents gâtées et il travaille en silence avec une concentration inquiétante.

— Je suppose que je ne lui coupe pas les cheveux ?

Mademoiselle fait signe que non. Il semble attendre quelque chose, sa petite mallette à la main ; elle finit par comprendre et par tirer un billet de son sac.

Lorsqu'ils sont seuls, elle explique :

— J'allais oublier son pourboire... Ne craignez rien : nous réglerons nos petits comptes plus tard...

Ce détail le frappe : il est désormais incapable de payer quoi que ce soit lui-même et c'est un peu comme s'il se trouvait démuni d'argent. Plusieurs fois, il a fait le même rêve ; il se trouvait dans une ville étrangère et, fouillant ses poches, il s'apercevait qu'il n'avait pas un centime...

Sa femme ne doit pas être levée. Est-elle sortie la veille au soir ? Il est possible qu'elle soit restée dans l'appartement, parce que c'est mal vu de courir les restaurants et les cabarets quand on a un mari à l'hôpital. Dans ce cas, elle a invité au moins une amie, probablement plusieurs. Elle est incapable de rester une heure seule. Et la bouteille de whisky, entourée de verres, reste à demeure sur le guéridon. Elle l'emporte en allant dans sa chambre et parfois dans la salle de bains.

Elle lui a demandé la veille, assez vite, assez bas, comme si elle se mêlait de ce qui ne la regarde pas :

— Tu ne désires pas que je téléphone à Colette ?

Elle a dû comprendre son signe car elle n'a pas insisté. Colette, c'est sa fille à lui, née d'un premier mariage, alors qu'il avait vingt-trois ans, de sorte qu'elle en a maintenant trente-trois, cinq de plus que sa belle-mère.

Les deux femmes ne se sont jamais rencontrées, sans que ce soit la faute de Colette ou la faute de Lina. C'est sa faute à lui.

Lors de son divorce, il a cru élégant de laisser à la garde de la mère l'enfant qui n'avait que trois ans. Colette vivait déjà à la campagne, loin de Paris, chez une vieille parente qui le détestait. Il est allé la voir quelques fois, sans plaisir, car il était mal accueilli. Le voyage était long. Il traversait la période la plus difficile et la plus importante de sa carrière...

Colette boite, de naissance. On l'a opérée en vain. On a essayé les uns après les autres les appareils orthopédiques les plus perfectionnés. Par malchance, elle ressemble en outre à son père, dont elle a la carrure et le visage un peu informe.

Une ou deux fois par an, elle vient le voir au journal, parce qu'elle passe dans le quartier et, comme ils savent l'un et l'autre qu'ils n'ont rien à se dire, ces visites sont plus pénibles qu'agréables.

Elle ne lui demande rien, n'accepte rien de lui. Elle vit seule, dans une rue ouvrière de Puteaux, travaille dans une école pour enfants anormaux fondée par une sorte d'apôtre, le docteur Libot, dont il la soupçonne d'être secrètement amoureuse.

La carrière de son père ne l'impressionne pas. Elle ne voit pas davantage sa mère, qui est devenue une actrice en vue et qui a réalisé son ambition puisque, à dix-huit ans, elle suivait les cours de Dullin, à l'Atelier.

Colette, à l'image du docteur Libot, joue volontiers les saintes. Il se demande néanmoins si ce ne serait pas une sorte de vengeance, pour elle, avec son pied bot et son corps hommasse, de le voir réduit à l'immobilité et à un silence ridicule.

A-t-il souffert de la désapprobation qu'elle a toujours manifestée à son égard ? Il l'a cru longtemps. Les parents ne sont-ils pas censés aimer leurs enfants et les enfants aimer leurs parents ?

Il ne désire pas la voir. Il n'a envie de voir personne, pas même Besson, qui essayera une fois de plus de le persuader que tout va très bien et qu'il redeviendra un homme comme les autres.

On disait la même chose à Colette quand elle était jeune. Au moment de son opération, on lui a promis qu'elle marcherait normalement.

Un cortège passe dans le couloir avec un grand bruit de pas et de voix.

— La visite du professeur à la salle... annonce Mlle Blanche.

Audoire marche en tête, deux ou trois mètres devant les autres, ses assistants et une trentaine d'élèves parmi lesquels se trouvent trois ou quatre étudiantes. Cela fait penser, en moins hiératique, à une cérémonie religieuse. Les malades doivent être assis sur leur lit et la petite troupe va de l'un à l'autre.

Besson a insisté, il y a quelques années, pour que Maugras assiste à la même cérémonie tri-hebdomadaire dans son service de Broussais. La plupart des patients étaient couchés, quelques-uns mourants. Besson d'Argoulet était plus beau, plus impressionnant encore qu'à un dîner officiel, la blouse immaculée, ses cheveux argentés mis en valeur par la blancheur du calot.

N'était-ce pas un jeu cruel ? Une main indifférente relevait le drap et découvrait un corps fiévreux, des malformations, des escarres, tandis que le professeur, de la voix qu'il avait en chaire, énonçait ses observations et que les élèves prenaient des notes.

Le groupe passait lentement d'un lit à l'autre et des regards le suivaient, certains, à peine humains, qui n'exprimaient plus qu'une peur animale. Chacun attendait son tour, tendait l'oreille, s'efforçait de comprendre les commentaires du médecin qui auraient aussi bien pu être prononcés en latin.

Pourtant, Besson était humain. Il connaissait la plupart de ses malades par leur nom, les interpellait familièrement.

— Ah ! Voilà mon vieil ami qui va encore me poser des tas de questions...

Il lui arrivait de leur tapoter la joue ou l'épaule, surtout s'il savait que le lit serait probablement vide, ou aurait un autre occupant, à sa prochaine visite.

Maugras a peur de voir tout à l'heure le groupe en blanc envahir sa chambre. Ses yeux doivent le trahir, car Mlle Blanche, attentive à ses réflexes, le rassure.

— Ne craignez rien. Le professeur ne vient jamais avec ses élèves dans les chambres privées. Peut-être sera-t-il accompagné d'un assistant, mais j'en doute...

S'il compte bien, on est vendredi. Il le note comme il note dans sa mémoire tout ce qu'il découvre de la vie de l'hôpital. Il n'est pas personnellement concerné, mais cela constitue pour lui un exercice.

— Il ne va plus tarder, annonce l'infirmière qui est allée jeter un coup d'œil dans le couloir. Le vendredi (il ne s'est donc pas trompé !) la visite ne dure jamais longtemps. Celle du mardi est la plus longue...

Il enregistre : mardi...

Elle arrange un peu ses cheveux devant le miroir et, comme ce miroir, au-dessus de l'évier, se trouve à la gauche du lit, elle le frôle de sa blouse.

Le professeur entre seul dans la pièce tandis que ses élèves longent le couloir et s'en vont Dieu sait où en faisant presque autant de bruit que des écoliers quittant la classe. Audoire le salue d'un signe de tête, sans prendre, comme Besson, la peine de lui sourire, et son premier regard est déjà professionnel.

Mlle Blanche lui tend la feuille qu'il lui rend aussitôt comme si elle ne pouvait rien lui apprendre, comme si le cours de la maladie était déterminé une fois pour toutes. Il murmure pour lui-même plutôt que pour son patient, en s'approchant du lit :

— Voyons où nous en sommes...

Maugras porte une veste de pyjama à ses initiales, qu'on a dû faire venir du George-V à son insu, mais on ne lui met toujours pas le pantalon. Audoire sort un petit marteau de sa poche, lui en frappe les genoux, les coudes, après quoi, avec un instrument pointu, il lui gratte la plante des pieds. Il recommence son manège deux fois, trois fois, l'air intéressé.

— On lui a donné du Sintrom ?

— Hier à neuf heures du soir. Ce matin, j'attendais votre visite. Je voulais vous demander aussi si je peux lui faire prendre un peu de jus d'orange...

Il hausse les épaules sans répondre, ce qui doit signifier qu'il n'y voit pas d'inconvénient et qu'à ses yeux c'est sans importance.

— Vous commencerez cet après-midi quelques mouvements passifs du bras et de la jambe... Pas plus de cinq minutes... Trois fois par jour...

Il semble éviter le regard de Maugras qui se demande soudain si ce n'est pas de la gaucherie, de la timidité. Sans la blouse et le calot, dans un autre cadre, dans un autobus, par exemple, ou dans le métro, il doit avoir l'air d'un petit fonctionnaire banal et effacé.

Avec la maladie, il est de plain-pied. Avec le malade, il se sent moins à son aise et s'esquive. Une plaisanterie vient à l'esprit de Maugras qui s'en amuse intérieurement. Le rêve, pour certains médecins, ne serait-ce pas la maladie sans malade ?

— Il a essayé de parler ?

— Pas depuis que j'ai pris ma garde...

— Dites quelques syllabes...

Et voilà Maugras pris de trac, comme les patients de Besson lors de la visite à l'hôpital Broussais. Alors qu'il jouait avec ses pensées un instant plus tôt, son front se couvre de sueur. Il hésite, ouvre la bouche.

— Aaaaa...

Ce n'est déjà plus l'espèce de miaulement du matin, encore qu'il ne reconnaisse pas le son de sa voix.

— N'ayez pas peur... Dites quelque chose, n'importe quoi...

Le premier mot qui lui vient à l'esprit est monsieur.

— Mon...

Audoire l'encourage de la tête.

Le mot est sorti presque normalement.

— Mon-sieur...

— Vous voyez !... Il faut vous exercer, même si c'est décourageant au début... Vous devez aussi vous servir de votre main gauche... Vous n'êtes pas gaucher ?... Peu importe... L'habitude vous viendra vite...

Mademoiselle, vous lui donnerez un crayon et du papier... Veillez néanmoins à ce qu'il ne se fatigue pas...

Il quitte le bord du lit où il était assis et se dirige vers la porte. Au moment de l'ouvrir, il se retourne et paraît surpris de rencontrer un regard presque hostile.

— Je vous reverrai ce soir, dit-il alors rapidement.

Mlle Blanche aussi est surprise, désappointée. Il vient de se passer quelque chose qui lui échappe, quelque chose qu'elle ne peut définir et elle a quelque peine à retrouver son sourire, ses gestes enjoués.

Il lui semble, à elle aussi, que, sans raison apparente, d'une minute à l'autre, Maugras est devenu hostile.

Comment pourrait-il leur expliquer qu'ils le dérangent, qu'il en a pris son parti, qu'il n'a pas besoin d'encouragements, que ce qui lui arrive devait arriver, qu'il l'accepte, qu'il en est soulagé ?

A quoi bon, dans ce cas, le ridiculiser à ses propres yeux en lui faisant ânonner :

— Mon-sieur.

Tout ce à quoi ils sont parvenus, c'est à lui donner envie de pleurer.

Mais il ne pleurera pas devant elle, ni devant personne. Il préfère fixer durement le plafond.

3

On ne lui laisse pas de répit et cela l'irrite, car il est persuadé que c'est voulu, que cela fait partie du traitement. N'en est-il pas un peu ici comme dans les villes d'eaux, Vichy, Aix-les-Bains ou n'importe quelle autre, où des hommes, d'habitude chatouilleux sur le chapitre de leur indépendance, acceptent qu'on règle leur emploi du temps, qu'on use de moyens enfantins pour éviter qu'ils s'ennuient, depuis les verres d'eau qu'il faut boire, au gramme près, à un kiosque déterminé, jusqu'à la musique douce dans les salons, les tournois de bridge ou de n'importe quoi, le casino quasi obligatoire.

Lui, on s'ingénie à l'empêcher de penser. Dès qu'il est tranquille dans son lit, les yeux mi-clos, à jouer avec ses idées ou avec ses souvenirs, Mlle Blanche regarde sa montre en penchant la tête d'un mouvement qui commence à lui être familier, et il y a une piqûre à lui faire, ou à le changer de position, ou encore, comme un peu avant midi, à lui donner un jus d'orange.

Il se demandait comment elle s'y prendrait, étant donné que sa mâchoire et son gosier ne réagissent guère plus que son bras et sa jambe.

Souriante, sûre en apparence de l'amuser, elle a apporté une étrange tasse munie d'un tube de faïence.

— La tasse-pipe ! Vous allez voir que c'est très pratique. Dès demain, vous mangerez de la purée à la cuiller...

Toujours ce ton enjoué, auquel il s'en veut d'opposer son indifférence et son agacement. Il est parvenu à ingurgiter, sans plaisir, la plus grande partie du jus d'orange.

Après, elle a tourné la manivelle qui permet de remonter la moitié supérieure de son lit. Une autre règle la partie inférieure. De temps en temps, elle le change de position. Il est presque assis, à présent, et, pour la première fois, il n'a plus l'urinal entre les jambes, encore qu'on lui laisse, comme aux bébés, une feuille de caoutchouc sous le drap.

Le soleil ressemble à un soleil de printemps. L'air, que les lames du vasistas découpent en fines tranches, devient tiède et sent le mazout, à cause du trafic sur la Nationale 7.

Dans sa nouvelle pose, il découvre, non seulement le toit et les fenêtres mansardées de l'aile droite, mais les hautes fenêtres du premier étage. Elles n'ont pas de rideaux. Il devine la blancheur des lits en rang, des silhouettes qui se meuvent avec lenteur comme dans son corridor, parfois une infirmière dont les mouvements rapides font contraste. Des hommes, assis sur des chaises, gardent une immobilité impressionnante. Certains fument la pipe sans rien dire et se contentent de regarder devant eux.

Sont-ce des hémiplégiques aussi ? Ou bien l'aile droite est-elle réservée aux services psychiatriques ? Il le découvrira plus tard. Il a le temps. La fenêtre la plus proche du bâtiment central où il se trouve est la seule ouverte et un interne, assis devant un bureau clair, bavarde avec une infirmière ou une étudiante qui éclate parfois de rire et vient secouer sa cigarette au-dessus de la cour.

Mlle Blanche lui a dit, au moment où les chariots aux immenses casseroles passaient dans le couloir :

— Je vais vous laisser seul un moment. C'est l'heure de mon déjeuner. Ne craignez rien. Je ne serai pas loin...

Elle a glissé dans sa main gauche, celle qui fonctionne à peu près normalement, une petite poire électrique.

— Si vous avez besoin de quoi que ce soit, n'hésitez pas à presser le bouton...

Il est enfin seul. Ce n'est pas tant qu'il tienne à l'isolement. Quand il s'est éveillé ce matin, par exemple, il a ressenti une certaine angoisse avant de découvrir que Joséfa était couchée sur un lit pliant à côté du sien. Il ne lui déplaît pas, pendant la journée, que Mlle Blanche soit assise près de la fenêtre, ou qu'elle aille et vienne dans la chambre.

Peut-être sont-ils appelés à vivre longtemps tous les deux en vase clos, dans une intimité que mari et femme ne connaissent pas toujours. Il aime regarder son visage jeune et gai, apprécie qu'elle soit jolie et coquette.

Il aurait souffert de rester en tête à tête avec une femme d'un certain âge, comme l'infirmière-chef ou comme d'autres qu'il voit passer et qui donnent l'impression d'accomplir un devoir pénible ou de gagner durement leur vie. C'est à son ami Besson qu'il doit le choix de Mlle Blanche et il ne doute pas que ce choix ne fasse aussi partie de la cure.

C'est justement ce qui le gêne et ternit son plaisir. On veut penser pour lui. Ou plutôt on se figure qu'il pense ceci ou cela parce qu'il est convenu qu'à tel jour de la crise les hémiplégiques passent par tel stade, tel état d'âme.

Il est sûr qu'un mot d'ordre a été donné :

— Surtout, ne le laissez pas se replier sur lui-même...

Ils s'imaginent qu'il a envie de mourir, alors que ce n'est qu'une demi-vérité. Mourir lui est indifférent. La mort, telle qu'il l'envisage, a même un côté odieux. L'odeur, surtout. Et ce qu'on nomme la toilette. La décomposition. Il est mortifié à l'idée qu'il infligera aux autres ces dégoûts. Enfin, il veut bien l'avouer, il y a le cercueil. Il a beau savoir qu'il ne se rendra plus compte de rien, il n'en souffre pas moins, d'avance, de claustrophobie.

Il faudra, dès qu'il pourra parler, s'il retrouve la parole un jour, ou dès qu'il aura appris à écrire de la main gauche, qu'il exprime sa volonté d'être incinéré. Il refuse qu'on l'entoure de fleurs, qui ont des relents sinistres dans une chambre mortuaire. Pas de cierges, de tentures, de branche de buis trempant dans l'eau bénite.

L'idéal serait, son dernier soupir rendu, d'être transporté au columbarium par des employés anonymes, sans être vu de ceux qui l'ont connu.

Il accepte la mort, mais pas son attirail. Peu lui importe si la fin vient dans quelques heures, c'est-à-dire le quatrième ou le cinquième jour comme pour Félix Artaud, ou dans quelques années, comme dans le cas de Jublin.

Il y pense calmement, sans terreur ni sentimentalité. Est-ce cela qu'ils s'efforcent d'empêcher ? Vont-ils encore plus loin et Audoire, qui le regarde à peine, le connaît-il mieux qu'il n'y paraît ?

C'est très important. Important pour lui. Pas pour les autres. Pour les autres, médecins, personnel de Bicêtre, amis du Grand Véfour, collaborateurs du journal, il ne s'agira que d'un incident. Les médecins déclareront :

— Il n'y avait rien à faire...

Les deux Italiennes prépareront la chambre pour un autre patient du professeur, qui attend peut-être son tour. Les amis murmureront :

— Pauvre type !

Ils ajouteront, comme il l'a fait dans des occasions semblables :

— Quel âge avait-il au juste ?

Les moins de quarante ans trouveront assez normal, après tout, qu'il s'en aille à cinquante-quatre ans. Les plus âgés ressentiront une petite inquiétude qui se dissipera vite.

Quant à Lina, effondrée, elle fera appel au whisky et on devra, comme c'est arrivé si souvent, appeler le médecin du George-V pour lui faire une piqûre et la plonger dans un long sommeil.

Elle s'habituera. Il ne lui est pas indispensable. Il se demande s'il ne lui a pas été plutôt néfaste et si elle ne sera pas plus heureuse, plus équilibrée, une fois veuve.

Une seule, des trois femmes qui ont eu place dans sa vie, s'en est tirée sans dommages, Hélène Portal, une journaliste qui travaille encore pour lui et qui a refusé qu'il l'épouse.

Soucieuse de préserver sa personnalité, elle n'a jamais accepté de vivre complètement avec lui et chacun, pendant des années, a gardé son appartement, son cercle d'amis.

Voilà comment il a besoin de penser, posément, sans être épié, sans qu'on s'empresse de l'arracher à son monologue intérieur. Il ne s'agit pas d'un examen de conscience. Il n'essaie pas non plus de dresser un bilan. Par moments, cela ressemble à un livre d'images qu'il feuilletterait au petit bonheur, sans souci de l'ordre chronologique.

Ce matin, un peu avant le jus d'orange et la tasse-pipe, il s'est revu, âgé de dix-sept ans, sur le quai Bérigny, à Fécamp. Il venait de laisser pousser ses moustaches, qu'il ne devait garder que quelques semaines.

On était en automne, fin octobre ou début novembre, car les terre-neuvas, pour la plupart encore à voiles, commençaient à rentrer.

Il portait un pardessus gris, moucheté de points rougeâtres, dont la laine était de mauvaise qualité et qu'il avait acheté en confection, ce qui ne l'empêchait pas d'en être assez fier.

Le ciel était lourd de pluie, comme c'est fréquent là-bas, l'eau du bassin presque noire. Des wagons stationnaient le long du quai et on déchargeait, en vrac, la morue dont l'odeur imprégnait toute la ville.

Les marins, débarqués du matin, étaient partis au bras de leurs femmes qui les avaient guettés au bout de la jetée, agitant des mouchoirs dès l'entrée du bateau dans le chenal.

Tous n'avaient pas de femme et d'enfants. Beaucoup, qui venaient de passer des mois sur les bancs de Terre-Neuve, étaient déjà attablés dans les cafés du port, à boire du café arrosé ou du fil-en-quatre.

Pourquoi cette image-là plutôt qu'une autre ? Elle était terne et plate comme une carte postale bon marché dont elle avait la précision cruelle. Il revoyait chaque façade, les noms peints au-dessus des boutiques et des restaurants, la maison plus grande que les autres qui abritait les bureaux de M. Firmin Remage, l'armateur pour qui son père travaillait.

C'était un jeu de retrouver l'année : 1923 ! Il y avait cinq ans que la guerre était finie, dix ans que sa mère était morte, un an et demi qu'il avait quitté le lycée Guy-de-Maupassant pour entrer chez maître Raguet, le notaire de la rue Saint-Étienne.

Depuis quelques mois, il était en outre le correspondant à Fécamp du *Phare du Havre* et il avait en poche une carte de presse avec sa photographie qui lui donnait une certaine fierté.

Son père, ce matin-là, se tenait debout entre les wagons et la goélette arrivée avec la marée, la *Sainte-Thérèse*, il se souvenait du nom. Tous les bateaux de M. Remage portaient un nom de sainte. Un crayon violet à la main, son père comptait les ballots de morue qu'on chargeait dans les wagons.

S'il se trouvait sur le quai, lui aussi, au lieu d'être dans l'étude du notaire, c'est qu'un accident s'était produit à bord alors que le bateau naviguait encore en pleine mer. Un homme avait disparu dans des conditions suspectes et la police enquêtait à bord.

Il revoyait tout, les mâts et les vergues, le noir des chalutiers à moteur amarrés côte à côte ; il croyait entendre les coups de marteau sur la coque en bois d'une barque en construction quai de la Marne.

Son père portait des moustaches d'un blond éteint. Il avait l'expression douce et grave d'un homme conscient d'accomplir son devoir. Pour patauger dans la boue gluante du quai, il se chaussait de sabots cirés, comme des souliers.

Il n'était pas le principal collaborateur de M. Remage, mais un des plus humbles rouages de la maison, employé aux écritures, comme on dit, et il gagnait moins d'argent que les marins.

René attendait, près d'une bitte d'amarrage, que le commissaire de police eût fini d'interroger le capitaine du bateau pour le questionner à son tour.

Il était jeune. A part son appendicite, il n'avait jamais été malade.

Or, ce matin-là, et ce matin-là précisément, il avait été envahi tout à coup par un découragement qui lui paraissait irrémédiable. Il regardait la petite ville grise, les enseignes, les goélettes et les chalutiers qu'il voyait depuis son enfance dans les bassins, le chantier de construction, de l'autre côté de l'écluse, la mer, au loin, qui se soulevait et s'affaissait avec indifférence, son père enfin, portant son humilité ou sa médiocrité avec une satisfaction traquille, et, d'une seconde à l'autre, il avait découvert l'inutilité de tout.

Un monde sans signification l'entourait, dont il lui semblait qu'il ne faisait plus partie, qu'il n'avait peut-être jamais fait partie. Il l'observait, non plus du dedans, mais du dehors, en étranger.

A quoi bon ?

Il était sûr, après tant d'années, de s'être posé cette question, dans ces termes. A quoi bon ? A quoi bon s'être donné du mal à étudier des matières qu'il ne digérait pas puisqu'il devait quitter le collège avant son bac ? A quoi bon les heures mornes chez maître Raguet qui n'avait pour lui que des paroles sèches et méprisantes ? A quoi bon envoyer au *Phare du Havre* des comptes rendus dont on publiait à peine le quart en lui répétant :

— Plus court ! Apprenez donc à faire court !

A quoi bon vivre ?

Il avait connu plusieurs fois, depuis, le même vide, alors même qu'il dépensait le plus d'énergie et que sa réussite était le plus tangible.

A quoi bon vivre ? A quoi bon retrouver, chaque premier mardi du mois, au Grand Véfour, une dizaine de personnes qu'il appelait ses amis et qui ne lui étaient rien ?

Chaque mois, un des convives établissait le menu et réglait l'addition. A part Dora Ziffer, la seule femme du groupe, qui n'y était d'ailleurs entrée que par raccroc, ils avaient tous une situation en vue, de larges moyens financiers. Ils s'étaient rencontrés à mi-chemin de la fortune, certains à leurs débuts.

S'ils se réunissaient de la sorte, n'était-ce pas pour se rassurer, pour venir, chaque mois, mesurer la distance parcourue ? Chacun n'établissait-il pas secrètement des comparaisons entre lui et ses compagnons ? C'était si vrai qu'une compétition s'était engagée : à qui offrirait le repas le plus rare et le plus coûteux !

Dans l'atmosphère feutrée du salon de l'entresol, ils se congratulaient à grand renfort de claques sur les épaules et d'embrassades.

— Alors, mon petit vieux ? Comment va Yolande ? Et ta pièce ?...

Ou ton roman. Ou tes affaires. Ou encore la maison de campagne en construction, la villa à Cannes, à Saint-Tropez.

Il en manquait déjà trois. Désormais, les rangs s'éclairciraient plus vite, car ils atteignaient tous l'âge ingrat et, au cours de ces déjeuners bruyants, pleins de bonne humeur et de plaisanteries parfois enfantines, ils s'épiaient en pensant : « Celui-là a pris un coup de vieux. Il ne fera pas long feu... »

Son tour est-il venu de laisser une place vide à table ?

— Il travaillait trop. Il brûlait la chandelle par les deux bouts...

— Les derniers temps on aurait dit qu'il était pressé de vivre, comme mû par un pressentiment...

Besson ne manquerait pas de fournir un avis médical.

— Sa tension était à 18. Je le mettais en garde. Je le suppliais de prendre le journal moins à cœur...

— Que va devenir Lina ?

Ils échangeraient des regards entendus. Tous savaient que Lina n'était pas heureuse et que sa façon de boire ressemblait à un lent suicide.

Allaient-ils discuter le cas de Lina ?

— Tu crois qu'il l'aimait ?

— En tout cas, il faisait l'impossible pour elle...

— Je me demande si elle a jamais été complètement équilibrée...

— C'est une brave fille...

— Il a essayé de la modeler, comme il avait essayé jadis avec Marcelle...

— Au fait, que devient Marcelle ?

— Elle est en tournée... On jurerait qu'elle ne vieillit pas...

— Elle ne doit pas avoir loin de quarante-cinq ans...

— Cinquante-trois. Elle a deux ans de moins que lui... Je me souviens encore de la naissance de leur enfant... Ils étaient très pauvres et, faute de berceau, le bébé dormait dans un tiroir de commode...

— C'était une fille, non ?

— Elle est née infirme...

— Il n'en parlait pas volontiers...

La conversation ne durerait pas longtemps sur ce ton. On changerait vite de sujet pour discuter des vins, du plat qu'on venait de servir, de la pièce de Julien Marelle ou de la dernière plaidoirie de Clabaud, des prochaines élections à l'Académie française où, à cause de ses trois livres sur Flaubert, Zola et Maupassant, il était question de faire entrer Besson d'Argoulet, déjà membre de l'Académie de Médecine.

Cela valait-il vraiment la peine de se donner le mal de vivre ? Vivre pour quoi ? Pour le journal, pour deux hebdomadaires qui flattaient le plus mauvais goût du public, pour le poste de radio dont il présidait le conseil d'administration ?

Pour les dimanches d'Arneville, qui ressemblaient, en moins intime, aux déjeuners du Grand Véfour, sauf qu'on y parlait davantage de politique et de finances ?

Pour son appartement du George-V, aussi anonyme, malgré son luxe, qu'une gare ou un aéroport ?

Il continue à profiter de ce que Mlle Blanche le laisse seul pour feuilleter son livre d'images et il retombe sur la page de Fécamp, celle du port, le matin de l'arrivée de la *Sainte-Thérèse,* une page en noir et blanc, plutôt en noir et gris. Il y a aussi des pages en couleur, mais c'est celle du quai Bérigny qui, aujourd'hui, s'impose à lui, peut-être parce qu'elle est la plus significative et qu'à travers les années elle reste intimement liée à sa vie présente.

Sa vie ? Si sa bouche lui obéissait mieux, il serait tenté de sourire. Pas nécessairement avec ironie. Avec une certaine tendresse pour le jeune homme au pardessus râpeux qui s'est laissé pousser les moustaches afin de faire plus sérieux.

La scène lui paraît toute proche. Le temps a passé vite et il aimerait établir l'inventaire de ce qui en reste.

On mange, dans la grande salle. C'est assez impressionnant, car personne ne parle et on n'entend que le bruit des cuillers ou des fourchettes sur les assiettes.

Les infirmières, elles, dans la pièce qui leur est réservée, doivent bavarder, parler peut-être de leurs malades, et, parce qu'il est un homme en vue, ce qu'on appelle une personnalité parisienne, il y a des chances pour qu'on questionne Mlle Blanche.

Se plaint-elle de ce qu'il ne manifeste ni bonne volonté, ni reconnaissance ? Leur fournit-elle des détails intimes sur lui, sur son corps, par exemple, ou sur son comportement ?

A quoi bon ? comme il pensait déjà sur le quai de Fécamp.

Pourtant, il se sent bien, sous le drap ; un rayon de soleil vient d'atteindre un coin de la chambre et des friselis d'air s'échappent du vasistas.

Hélas ! c'est déjà fini. Il reconnaît son pas. Elle marque un temps d'arrêt pour allumer une cigarette, peut-être aussi pour donner à son visage l'air joyeux qui fait partie du traitement.

En entrant, elle plaisante :

— Je ne vous ai pas manqué ? Vous n'avez eu besoin de rien ?

Sans lui demander son avis, elle retire la serviette qui recouvre l'urinal, soulève le drap et glisse le récipient entre ses cuisses. Même cela ne dépend plus de lui !

La première séance d'exercices passifs ordonnés par le professeur Audoire le déçoit. Il ne s'attendait pas à un miracle, ni à une thérapeutique spectaculaire mais il ne s'agit, en fait, que de soulever de quelques centimètres son bras paralysé, de le reposer sur le lit, de recommencer avec l'avant-bras, puis le poignet, enfin avec sa jambe inerte. Au début, ses yeux ont trahi malgré lui sa crainte, la crainte animale devant tout ce qui est inconnu, et Mlle Blanche l'a rassuré :

— Laissez-vous faire... Je vous promets que vous n'aurez pas mal...

Elle s'est assise au bord du lit et, quand elle s'occupe de sa jambe droite, il a le sexe à nu. Il en est d'autant plus gêné que, sans qu'aucune pensée érotique l'effleure, probablement pour des causes en quelque sorte mécaniques, il lui vient une demi-érection. Elle ne paraît pas s'en apercevoir. Comme un professeur de gymnastique, elle compte les mouvements :

— ... cinq... six... sept... huit...

A douze, elle s'arrête, remet le drap en place.

— C'est suffisant pour aujourd'hui... Vous n'êtes pas fatigué ?

Il fait signe que non.

— Voulez-vous que je vous donne du papier et un crayon ?

Il accepte, docile, sans enthousiasme, sans joie. Il fera ce qu'on lui demande, mais il n'y croit pas. Si seulement ils cessaient de le traiter en enfant ! Elle recommence déjà, trop enjouée, tandis qu'il l'observe avec curiosité.

— Nous allons avoir ensemble une petite conversation. Je pose les questions et vous me répondez par écrit. Vous verrez qu'on s'habitue très vite à écrire de la main gauche...

Elle pose un bloc-notes sur le lit, lui tend un crayon.

— Depuis hier, des fleurs arrivent sans cesse pour vous au bureau. Je n'ai pas voulu qu'on les monte avant de vous en parler. Certains patients aiment des fleurs dans leur chambre, d'autres pas. Je vous préviens qu'il y en a beaucoup et que cela représente une petite fortune. Qu'est-ce que vous décidez ?

Le premier trait est maladroit, zigzagant, le second déjà plus ferme, et il parvient à tracer en caractères bâtonnets : NON.

— Aimeriez-vous que j'aille vous chercher les cartes qui accompagnent ces fleurs ?

Il n'est pas curieux de savoir qui les a envoyées. Depuis la veille, il n'a pas regardé une seule fois les six œillets jaunes de sa femme. Puisque Mlle Blanche y tient et qu'elle ne se contente plus d'un signe de tête, il trace à nouveau le même mot sur le papier.

— Qu'est-ce que je fais de ces cartes ? Je vous les garde pour plus tard ?

Il hésite, commence par écrire un J, mais il est trop paresseux pour composer une phrase entière et, barrant le J, il résume sa pensée d'un seul mot : FICHE.

Cela veut dire :

— Je m'en fiche !

Elle commence par froncer les sourcils, puis elle rit.

— Vous êtes un curieux homme... On se demande comment vous prendre... Vous êtes toujours comme ça dans la vie ?..

Il tend l'oreille, s'inquiète en entendant dans l'escalier le même piétinement qu'au moment de la relève, à six heures et demie du matin. Cette fois, les pas s'accompagnent d'éclats de voix et, à sa peur instinctive, il comprend soudain la panique d'un chien à la chaîne. Il croyait avoir découvert la routine de l'hôpital et ce vacarme inattendu le déroute.

— Ce n'est que la visite... lui explique-t-elle. Les malades ont le droit de recevoir leur famille et leurs amis tous les après-midi à deux heures...

Des hommes, des femmes, des enfants venus du dehors, qui ont des voix et des gestes du dehors, envahissent l'étage, passent devant sa porte, se répandent dans la grande salle. Pendant deux heures, il va les entendre, les voir déambuler dans le couloir en compagnie de leur malade.

— Continuons notre petit jeu... Voyons !... Quelle question pourrais-je vous poser ?... A moins que ce soit vous qui m'en posiez une...

Non ! Cette fois, il ne l'écrit pas, se contente d'un non de la tête. De toute façon, les questions qu'il aimerait lui poser seraient trop compliquées. Elle se figurerait qu'il s'intéresse particulièrement à elle et c'est inexact. Il s'y intéresse dans la mesure où ses réponses seraient en même temps des réponses aux questions qu'il se pose à lui-même.

Pendant qu'elle était assise à côté de lui sur le lit pour les exercices, il s'est demandé, par exemple, pourquoi elle a choisi de passer sa vie parmi les malades.

Il a rarement rencontré des jeunes femmes ayant autant de fraîcheur, d'équilibre, de joie de vivre. Elle fait l'effet d'être aussi propre au moral qu'au physique. Chez elle, tout est net et sain.

Elle doit avoir environ vingt-cinq ans, l'âge moyen des jeunes filles qui travaillent au journal, et il mesure la différence entre elles et l'infirmière.

Là-bas, les plus appétissantes sont comme marquées et manquent de spontanéité, comme si, au lieu de suivre leur vrai rythme, elles avaient adopté un rythme étranger. Elles ne sont pas dans leur climat. Elles vivent, fébriles, surexcitées, dans l'artifice.

Pourquoi, dans quelles circonstances, Mlle Blanche a-t-elle choisi sa profession ? Pour Colette, sa fille, il comprend. Pour elle pas. Il se demande quelle est sa personnalité réelle, où elle se rend, à six heures et demie du soir, quand elle quitte Bicêtre dans la petite auto qu'il suppose.

Elle ne porte pas d'alliance. A-t-elle un fiancé, un amant ? Vit-elle avec ses parents, ou seule dans un logement dont elle prend soin après sa journée ?

Va-t-elle au cinéma, dans les dancings ? Retrouve-t-elle un groupe d'amis et d'amies ?

Un souvenir émerge, presque loufoque, pendant qu'elle range le crayon et le bloc de papier. Il y avait au journal, deux ans plus tôt, une jeune sténo au long visage étroit, mystérieux et banal tout ensemble, qu'on voit aux Vierges en plâtre de Saint-Sulpice.

Elle portait le prénom ridicule de Zulma et entretenait peu de rapports avec ses compagnes de bureau qui l'avaient surnommée la madone et qui ne lui ménageaient pas les taquineries.

Maugras ne la connaissait que pour lui avoir dicté quelques lettres en l'absence de sa secrétaire. Il l'avait regardée avec curiosité, comme il regardait aujourd'hui l'infirmière, puis n'y avait plus pensé.

C'était la mode alors, dans les cabarets de Montmartre, de donner une ou deux fois la semaine une soirée de strip-tease réservée aux non-professionnelles. Des amis l'avaient entraîné, après une première, dans un de ces cabarets, et la troisième jeune femme à se présenter n'avait été autre que Zulma, la madone du journal, en tailleur strict, le visage blême, ses yeux bleu clair fixés dans le vide, qui avait commencé à se dévêtir.

Il s'était reculé dans l'ombre pour ne pas la gêner. La précaution était superflue, car elle ne voyait rien, absorbée par son déshabillage, par la mise à nu progressive de son corps pâle.

Les numéros précédents avaient déchaîné le rire. Pour Zulma, on se taisait et une nervosité gagnait la salle, presque une angoisse, comme si chacun sentait que cela pourrait tourner mal.

Ses mouvements étaient gauches, saccadés. On devinait, à ses prunelles vides, à son absence d'expression, qu'elle accomplissait, pour elle seule, une sorte de rite, voire d'exorcisme.

Maugras ignorait si, avant de les lâcher en scène, on leur fournissait certains accessoires. Toujours est-il que, ses derniers dessous retirés, on aperçut au bas du ventre un triangle de paillettes argentées qui ressemblaient à des écailles de poisson. Une étoile, argentée aussi, tremblait à la pointe de chaque sein.

Elle avait encore travaillé un mois au journal avant de donner son congé. Nul ne savait ce qu'elle était devenue.

Pourquoi pense-t-il à Zulma, qui n'a aucun point commun avec Mlle Blanche ? Il aime la bouche de l'infirmière, sa lèvre inférieure renflée, la courbe de sa joue et de sa nuque.

Il ne la désire pas. S'il était capable, dans son état, de désirer une femme, il choisirait de faire l'amour avec Joséfa, qui se débattrait en riant avant d'écarter les genoux.

Que se serait-il passé si, sept ou huit ans plus tôt, il avait rencontré Mlle Blanche au lieu de Lina ? Aurait-il fait attention à elle dans la vie ordinaire ? Il se pose la question sans trop chercher à y répondre.

Le téléphone sonne dans le couloir. Quelqu'un décroche. Une tête de femme se montre dans l'encadrement de la porte.

— C'est pour vous... annonce-t-on à l'infirmière.

Il la suit des yeux, songeur, mécontent de lui, mécontent d'être une fois de plus arraché à son repliement. Elle revient tout de suite.

— Mme Maugras est à l'appareil et demande si cela vous ferait plaisir qu'elle vienne vous voir cet après-midi...

Comme quand il était au journal ! Elle ne passait jamais à son bureau sans avoir téléphoné pour lui demander la permission.

Il reste un long moment immobile, à hésiter. Lina a horreur des chambres de malade, des enterrements et même des mariages. Elle croit de son devoir de venir à Bicêtre parce que c'est l'habitude de visiter un mari alité.

La veille, si elle ne lui a pas demandé son autorisation, elle a sollicité celle des médecins. Qu'elle revienne aujourd'hui et le pli sera pris, on la verra à l'hospice chaque après-midi.

Il finit par faire un signe négatif.

— Vous êtes sûr ?

Elle paraît surprise, un peu confuse.

— Dans ce cas, je lui réponds que vous vous sentez fatigué... Non ! Elle pourrait s'inquiéter... Que vous attendez le professeur d'un moment à l'autre...

Lorsqu'elle revient, elle est songeuse. S'asseyant à sa place, près de la fenêtre, elle regarde longuement dehors avant de lui demander :

— Il y a longtemps que vous êtes marié ?

Il montre les cinq doigts de la main gauche, puis deux.

— Sept ans ?

A-t-elle remarqué, la veille, que sa femme avait bu ? A-t-elle, comme infirmière, compris qu'il y a une faille, que la fébrilité de Lina n'est pas naturelle, que son regard exprime une inquiétude latente comme si elle ne se sentait nulle part à sa place ?

Après plusieurs minutes de silence, elle pose une autre question, toujours tournée vers la cour.

— Vous l'aimez ?

Oublie-t-elle qu'il n'a pas l'usage de ses cordes vocales ? Son silence la surprend et, quand elle pense à se tourner vers lui, il répète son geste affirmatif.

En réalité, c'est vrai et ce n'est pas vrai. Ni Lina ni lui ne savent où ils en sont. Deux mois plus tôt encore, ils ont eu une scène violente, au retour d'un des rares soupers auxquels ils avaient assisté ensemble depuis longtemps.

Elle était ivre. De son côté, il avait bu plus que de coutume, encore que beaucoup moins qu'elle, et il se croyait de sang-froid.

Peu importe ce qu'ils se sont dit. Le sens des mots ne comptait pas. Chacun, de son côté, était convaincu qu'il avait gâché sa vie à cause de l'autre. A la différence que Lina traduisait sa pensée autrement, qu'elle s'accusait, elle, de le faire souffrir, ce qui était un moyen détourné de pleurer sur elle-même.

Le matin, il est parti pour le journal comme d'habitude. Il ne rentre jamais déjeuner. Ils ne se retrouvent que le soir, dans un bar ou dans un restaurant, ne passant par la Résidence que s'ils ont à s'habiller.

A huit heures, elle était couchée, l'infirmière du George-V assise près d'elle dans la pénombre. Ils n'ont pas reparlé de cette nuit-là. Il n'en reste pas moins que le mot divorce a été prononcé pour la première fois et que, pour la première fois aussi, il a cru lire de la haine dans les yeux de sa femme.

— Parce que tu diriges un grand journal et que les gens te lèchent les pieds, tu te figures que tu es un grand homme à qui tout est permis...

Elle choisissait les mots les plus blessants. Quelques minutes plus tard, elle se traînait à ses genoux pour lui demander pardon en s'accusant de tous les péchés...

Ces nuits-là, pour un oui ou un non, on frôle le suicide. Il se serait peut-être tué s'il avait eu une arme à portée de la main. La vie lui semblait aussi vide, aussi absurde que le matin de Fécamp.

Depuis le matin gris du retour de la *Sainte-Thérèse,* il avait travaillé farouchement, au point d'effrayer Besson d'Argoulet qui lui conseillait, à chaque examen, de prendre sa tâche moins à cœur et de se décharger d'une partie de ses responsabilités.

Que resterait-il, s'il n'avait pas pris les choses à cœur, même sans y croire ?

Cela ressemble à la question de Mlle Blanche :

— Vous l'aimez ?

Il n'a pu répondre que oui. C'est peut-être vrai. C'est peut-être ça l'amour dont un homme est capable.

Depuis deux mois, ils se fuient presque, Lina et lui, évitant de rester en tête à tête et surtout de parler d'eux-mêmes. Elle boit davantage. Il s'en inquiète, craignant une nouvelle dépression qui risquerait d'être plus grave que la première. Son regard lui fait peur, le regard de quelqu'un de traqué, ou de hanté par une idée fixe.

Elle semble fuir une pensée qu'elle lui cache farouchement. Toute sa vie, lui aussi, n'a-t-il pas fui quelque chose ? Depuis Fécamp. Depuis qu'il a senti pour la première fois le vide autour de lui.

Est-ce à Lina que Mlle Blanche continue de penser, rêveuse, en gardant le silence ? Ils ont l'un et l'autre un long moment d'immobilité pendant lequel il perd conscience des allées et venues pourtant bruyantes dans le couloir. Il est très loin. Il serait incapable de dire à quoi il pense. Il en oublie qu'il est couché dans un lit d'hôpital et il tressaille, les yeux brouillés, en voyant Besson, élégant et désinvolte, pénétrer dans la chambre.

— Alors ?... Que se passe-t-il ici ?... Découragé ?...

Le regard du médecin, cherchant le sien, s'efforce de le percer à jour.

— Ta femme m'a téléphoné au moment où je quittais mon cabinet... Elle s'inquiétait de ce que tu refuses de la voir aujourd'hui... Je l'ai rassurée... Je lui ai expliqué que, jusqu'au huitième jour, tu auras encore des hauts et des bas...

Cela recommence ! Ils savent, eux, jour par jour, quel doit être son état d'esprit aussi bien que son état de santé. Pourquoi ne l'ont-ils pas écrit d'avance sur la fiche, au pied du lit, à laquelle Besson ne jette qu'un coup d'œil distrait avant de venir s'asseoir à son chevet ?

Mlle Blanche, qui s'est levée à l'entrée du professeur, attend un instant, pour le cas où il aurait besoin d'elle, puis sort discrètement de la pièce.

— A nous deux, mon petit bonhomme...

Besson a lancé cette réplique sur le ton faussement enjoué du théâtre de boulevard et Maugras le regarde avec la même froideur lucide qu'il regardait tout à l'heure Audoire, découvrant que le grand patron couvert de médailles n'est après tout qu'un personnage grotesque.

4

— Tu es assez bien, à présent, pour qu'on te parle sérieusement... J'ai reçu tout à l'heure un coup de téléphone d'Audoire...

Dès son entrée, Maugras a senti qu'il est venu dans un but déterminé et ces paroles le lui confirment. Les deux médecins se sont téléphoné à son sujet. Lina, de son côté, a appelé Besson. Il y a autour de lui un monde complice dont tous font partie, y compris l'infirmière-chef et Mlle Blanche. Quant à lui, il reste, inerte dans son lit, à la merci de gens qui se communiquent leurs observations, discutent de son cas et le jugent.

Tout à l'heure, Besson jouait les comiques, les rondeurs, comme on dit au théâtre : l'entrée en scène familière, cordiale, à laquelle n'ont manqué que les grosses claques dans le dos.

A présent, il prend un ton soucieux, qui devient vite bourru, et tout cela est décidé d'avance. Il s'agit d'une scène qu'il a préparée, où il a promis à son confrère de jouer chacun son rôle !

Toujours comme avec les enfants ! Si la persuasion ne réussit pas, la mère dit au mari :

— Essaie, toi ! Tu as plus d'autorité que moi. Peut-être que si tu le secoues un peu...

Besson le secoue.

— Si tu étais un imbécile, je ne parlerais pas comme je vais le faire. Avec certains patients, nous sommes obligés de tricher, parce qu'ils sont incapables de comprendre. Ce n'est pas ton cas...

A peine est-il curieux de la suite du discours. C'est l'homme qu'il regarde, avec des yeux nouveaux, comme s'il ne le connaissait pas depuis trente ans.

— Audoire n'est pas content de toi... Il trouve que tu ne collabores pas, que tu t'enfonces en toi-même, que tu t'obstines à t'enfermer dans la maladie... Tu devrais pourtant savoir qu'il est difficile, sinon impossible, à un médecin de guérir son patient malgré lui...

A quel moment lui ment-on et à quel moment lui dit-on la vérité ?

— Remarque que je comprends mieux ton attitude qu'Audoire, parce que je te connais depuis plus longtemps... J'imagine sans peine les répercussions d'un traumatisme comme celui que tu as subi sur un homme aussi terriblement actif que toi...

Il se trompe déjà, ce qui ne l'empêche pas d'être satisfait de lui et de continuer à filer ses phrases comme s'il prononçait un discours à l'Académie de Médecine.

— Ce que tu dois te mettre en tête, vois-tu, c'est que tu n'es pas le premier dans ton cas... Audoire en a vu d'autres, dans cette chambre même, et il a l'expérience des réactions d'un malade... Avoue que tu te méfies de ce que nous te disons, lui et moi...

Que lui ont-ils dit jusqu'ici ? Qu'il ne mourra pas. Qu'il guérira. Qu'il ne restera pas impotent le reste de ses jours. Que, dans quelques semaines ou quelques mois au plus, il reprendra sa place parmi les humains qui continuent leur existence agitée au-delà de la fenêtre.

Mais puisque cela lui est égal !

— Je t'ai expliqué brièvement, hier, la différence entre une hémiplégie et une autre. Je suis persuadé que tu n'en gardes pas moins une idée de derrière la tête... Te figures-tu, par hasard, que tu as une tumeur cérébrale ?...

Besson attend sa réaction et, devant son immobilité, prend l'air malin de quelqu'un qui a deviné juste.

— C'est ça, n'est-ce pas ? Je parie que tu penses à notre ami Jublin...

Pour en être quitte, il fait non.

— Le cas de Jublin est complètement différent du tien... Veux-tu que je te donne des détails techniques ?...

Non encore ! Il n'a pas envie que cela dure. A quoi bon, puisqu'il accepte le destin de leur ami ? Il écoute à peine, entend la voix de Besson, les mots qu'il prononce, sans y prendre aucun intérêt et des phrases entières se perdent parce qu'il ne cherche pas à leur donner un sens.

— Entends-moi bien, René... Je ne prétends pas que nous n'avons pas été inquiets le premier jour, et même la première nuit... Tout dépendait d'un certain nombre de tests et d'analyses... C'est pourquoi Audoire a préféré t'avoir sous la main bien que tu aurais été davantage dans ton climat à Auteuil...

Erreur ! Il n'est nulle part dans son climat.

— Ton pouls, à 60, nous rassurait et, si cela t'intéresse, il est aujourd'hui à 68, c'est-à-dire normal... Quant à ta tension, elle n'a pas dépassé 20, ce qui est à peine supérieur à ta tension habituelle...

» Je t'ennuie, mais il est indispensable que tu m'écoutes afin qu'il ne reste aucun doute dans ton esprit...

» Pendant deux jours, tu n'as rien su de ce qui se passait autour de toi... Ensuite, tu n'en as eu que des notions vagues ou déformées... Je résume donc ce que nous avons fait...

» D'abord, nous t'avons injecté une ampoule de Neutraphylline et nous avons procédé à une aspiration des voies respiratoires... Tout ceci est classique... Il s'agit d'éviter l'engorgement des poumons... En prévision d'une affection broncho-pneumonique toujours possible, on t'a administré un million d'unités de pénicilline...

Maugras reste lointain.

— Ton cholestérol est normal à 2,60, meilleur que le mien, qui dépasse 2,80... Quant à ta glycémie...

Il ne suit plus du tout et Besson serait surpris d'apprendre pourquoi il le regarde si intensément. En réalité, il cherche à retrouver, à travers le grand patron actuel, le jeune interne qu'il a connu autrefois.

C'est encore une image qui lui revient, comme pour Fécamp, à la différence que cette image-ci est en couleur et animée, avec des passages mal venus comme dans les films d'amateur.

Sa mémoire est moins précise en ce qui concerne les dates. 1928 ? 1929 ? Il jurerait qu'ils habitaient encore rue des Dames, Marcelle, sa première femme, et lui, dans la petite chambre au quatrième de l'hôtel Beauséjour. Cela fait partie de ce qu'il appelle à part lui l'époque Batignolles, à cause du boulevard tout proche. Ses domiciles successifs sont les meilleurs points de repère pour situer les événements dans le temps.

Pourtant, il a l'impression que sa fille était née, qu'il a même parlé à Besson de sa malformation. Or, deux ou trois semaines avant la venue au monde de Colette, ils ont emménagé dans un logement de la rue des Abbesses, à deux pas du théâtre de l'Atelier, où Marcelle a continué à tenir des petits rôles jusqu'à ce que sa grossesse l'en empêche.

Peu importe. Il écrivait des échos pour *Le Boulevard,* qui était surtout un journal de théâtre. Les acteurs, les journalistes, les noctambules, se retrouvaient alors, après le spectacle, à la brasserie Graf, à côté du Moulin-Rouge. La salle était très éclairée, bruyante, et il occupait toujours la même place, près de l'entrée, d'où il pouvait suivre les allées et venues sur le boulevard de Clichy.

Julien Marelle, qui venait de faire jouer sa première pièce, lui a fait connaître un jeune avocat, Georges Clabaud, fils d'un conseiller d'État, alors stagiaire chez un civiliste célèbre. Clabaud, qui devait devenir gras et rond, était très maigre, déjà ironique et mordant, portant sur chacun des jugements féroces et presque toujours drôles.

Par Clabaud, enfin...

Cela l'amuse de retrouver cet enchaînement des hasards tout en observant Besson d'Argoulet. Ce qu'il évoque, à part lui, c'est, en somme, la naissance du groupe du Grand Véfour.

Clabaud habitait chez son père, au bout du boulevard Raspail, près du Lion de Belfort, une maison biscornue, aux escaliers inattendus, aux recoins mystérieux, aux corridors coupés sans raison de plusieurs marches. Il y disposait d'un entresol bas de plafond où il recevait ses amis.

Quelqu'un, Maugras ne sait pas qui, lui a amené un soir un interne de Bichat que Clabaud a présenté plus tard à ses camarades de chez Graf.

— Vous verrez ! C'est un garçon qui, sous des apparences paisibles, a les dents longues, et je suis persuadé qu'il fera parler de lui. De toute façon, il est bon d'avoir un toubib pour ami...

Ce soir-là, on a mangé de la soupe à l'oignon, à une table du fond. Mistinguett était assise à la table voisine en compagnie d'un homme aux allures de notaire ou d'avoué qui, à la fin du repas, a tracé des colonnes de chiffres au dos de la carte.

Besson était déjà bel homme, moins étoffé qu'aujourd'hui, avec moins de prestance, mais la même façon de s'écouter en parlant, de marquer parfois une hésitation afin de donner plus d'importance à ses paroles.

Tout à l'heure, si on le laisse en paix, Maugras essayera de retracer la filière complète des habitués du Grand Véfour. Il s'agit d'une époque compliquée. Les changements, dans la vie des uns et des autres, étaient plus rapides, plus inattendus. Tous débutaient et tantôt l'un, tantôt l'autre, partait en avant. On le regardait avec envie. Il arrivait qu'on se perde de vue pour se retrouver par hasard deux ou trois ans plus tard.

Il n'était pas encore question de stabilité. Les destins restaient indécis et, parmi ceux que Maugras a connus à cette époque, beaucoup ont sombré, disparaissant soudain de la circulation à la façon de Zulma.

Il sait que Besson d'Argoulet était moins imposant, moins onctueux. Mais, alors qu'il revoit fort bien Mistinguett et son homme de loi à la table voisine, il n'arrive pas à retrouver son image exacte. Parce qu'ils ont vieilli ensemble, sans doute, c'est l'homme de soixante ans qui lui vient à l'esprit.

— ... Quant aux piqûres, en dehors des sédatifs qui t'assurent des nuits paisibles, il s'agit, si tu veux le savoir...

Il n'a aucune envie de le savoir.

— ... il s'agit, si tu veux le savoir, d'un anticoagulant, le Sintrom, destiné à éviter la formation de nouveaux caillots sanguins...

Il n'a pas tout entendu, car Besson a tenu à lui donner le résultat de l'encéphalogramme et de l'artériographie.

— Bon ! Voilà pour le tableau clinique. S'il y a quelque chose que tu n'as pas compris ou si tu as des questions à poser, je vais te donner un crayon et du papier... Non ?... Comme tu voudras !... Tu es convaincu, n'est-ce pas, que je te dis la vérité et qu'un diagnostic de tumeur cérébrale est définitivement écarté ?...

Ils ne sont pas sur le même plan. C'est un dialogue de sourds, pour autant qu'on puisse appeler ça un dialogue. Besson parle tumeurs et artériographies alors que René, s'il avait une question à poser, si c'était possible de poser une telle question à un homme, fût-il un ami, demanderait :

— Tu es satisfait de toi ?

N'est-ce pas, en dépit des apparences, beaucoup plus important que tout le reste ? Un Besson d'Argoulet est-il en paix avec lui-même ? Se sent-il sur un terrain stable et solide ? Croit-il à l'importance qu'il se donne, à la réalité de ce qu'il accomplit, de ses cours à Broussais, de sa réputation dans le monde médical, de ses décorations, de son appartement plein de meubles rares et d'œuvres d'art, de sa place dans le Tout-Paris ?

La question pourrait être posée aux autres aussi, et pas seulement à ceux du Grand Véfour.

Est-ce que, comme c'est son cas à lui, leur activité n'est en quelque sorte qu'une fuite ? Ont-ils, ne fût-ce que de temps en temps, conscience d'avoir trahi ?

Trahi quoi ? Il n'en sait rien et ce n'est pas l'heure d'élucider un problème aussi capital.

— Ceci dit, venons-en à ton moral...

Besson va-t-il enfin s'occuper de ce qui compte ? Maugras a une lueur d'espoir, de surprise aussi, car cela changerait le portrait qu'il vient de tracer de son ami. Un portrait peu flatteur. Il est persuadé que Besson, dès son arrivée à Paris, avait une idée précise de sa carrière, du but à atteindre et des moyens à employer, qu'il était décidé à passer par où il faudrait passer.

Sa famille n'est pas riche, encore que plus aisée, plus bourgeoise que les Maugras. Son père a été jusqu'à sa mort médecin de campagne à Virieu, dans l'Isère. Pierre a fait ses études au lycée de Moulins avant d'entrer à la faculté de médecine de Paris.

Brillant sujet, comme on dit, il est devenu l'élève favori d'Elémir Gaude, le fameux psychiatre d'alors, successeur de Charcot à la Salpêtrière.

Est-ce par hasard qu'il a épousé la fille de son patron ? Parmi toutes les jeunes filles rencontrées, est-ce justement celle-là qu'il a aimée ? Pourrait-il affirmer qu'aucun calcul n'est intervenu dans son choix ?

Grâce à son beau-père, il devenait, à trente-deux ans, chef de service, à Bichat d'abord, puis à Broussais, et il abandonnait la psychiatrie pour la médecine interne. Or, la psychiatrie rapporte peu. Interniste, il a presque tout de suite atteint la clientèle mondaine.

Hasard, toujours, s'il était déjà de toutes les générales et s'il se faisait petit à petit une place dans le Tout-Paris ? Qui sait ? Peut-être avait-il une arrière-pensée en s'introduisant, bien avant, dans leur groupe ? Parmi ceux qui se retrouvaient autour des tables de la brasserie Graf, ne se trouvait-il pas quelques futures célébrités ?

Son beau-père n'y a-t-il été pour rien quand, à trente-quatre ans, il est devenu un des plus jeunes agrégés de France et quand, trois ans plus tard, il a obtenu une chaire, quand enfin, à la mort de Gaude, il est entré à l'Académie de Médecine ?

Dans l'esprit de René, inerte dans son lit, le regard toujours fixé sur son compagnon, ce ne sont pas les faits qui importent, ni les intentions. Ce qu'il voudrait savoir, c'est si son ami se rend compte. C'est une question de sincérité et de lucidité tout ensemble.

Il se l'est souvent posée pour d'autres, surtout pour des hommes politiques, alors qu'il était encore dans la vie normale. Selon son humeur, il trouvait des réponses différentes, mais cela n'avait pas la même urgence qu'à présent.

— La première attitude d'un hémiplégique, Audoire te le dirait avec plus d'autorité que moi, est une dépression à peu près totale, la quasi-certitude de la mort ou, si elle n'intervient pas dans les premiers jours, d'une infirmité permanente... Immobilisé, souvent privé de la parole, le malade s'imagine qu'il restera à jamais coupé du monde... Avoue que tu l'as pensé...

C'est vrai, mais pas comme Besson le dit.

— Le résultat, qu'il s'agisse d'un homme cultivé ou d'un être plus fruste, est une méfiance vis-à-vis du médecin et de l'entourage en général... Appelons ça la première phase, la plus pénible... Il importe d'en sortir au plus vite... Et c'est ici que tu me déçois... Il nous semble, à Audoire et à moi, aussi bien qu'à ceux qui te soignent...

Tous ceux, en définitive, qui constituent autour de lui comme une franc-maçonnerie, qui feignent la gaieté et la confiance tout en l'observant d'un œil froid, qui chuchotent derrière les portes, se transmettent des rapports mystérieux et échangent des coups de téléphone !

— ... il nous semble, dis-je, que tu ne veux pas guérir, que tu nous es hostile...

Pas hostile. Indifférent. Ce n'est pas encore le mot juste. Il les voit autrement qu'ils se voient. Il n'a plus les mêmes problèmes qu'eux. Il les a dépassés.

Il ne servirait à rien d'essayer de communiquer et la petite comédie que Besson lui joue tandis que Mlle Blanche fume une cigarette quelque part, peut-être dans la cour, à moins qu'elle ne se tienne derrière la porte, cette petite comédie a un résultat contraire à celui qu'ils en attendent.

Plus Besson parle et plus Maugras se sent loin d'eux.

Ils prennent le problème par le petit bout, commencent dans les toilettes du Grand Véfour sans soupçonner qu'il faudrait remonter beaucoup plus loin, qu'il faudrait remonter jusqu'à Fécamp.

Tout comme, pour Besson, il serait sans doute nécessaire d'aller chercher dans l'Allier les racines de l'homme qu'il est devenu.

— Je ne prétends pas qu'il n'existe pas des cas particuliers, que tous les patients réagissent de façon identique... Néanmoins, il est utile, pour un garçon comme toi, de connaître les effets de ta maladie... Cela t'aidera à dissiper les idées fausses que tu te fais certainement...

» Angoisse, dépression donc, au premier stade, avec souvent, je te dis tout, la conviction d'une fatalité inéluctable... *Cela devait arriver...* Presque tous traversent cette crise, convaincus, malgré les assurances des médecins, que l'issue est fatale...

» Pour beaucoup, cette certitude s'accompagne d'un certain soulagement, ou d'une résignation morbide... Je ne te parlerais pas ainsi, tu le comprends, si tu étais le premier malade venu...

Maugras lui en veut de toucher juste, ou presque juste, d'avoir l'air de toucher juste. Si tout cela paraît vrai à première vue, ce n'en est pas moins faux en ce qui le concerne.

— J'ai connu des cas où le malade considère qu'il subit une punition méritée, qu'il paie pour des fautes qu'il a commises...

On continue à penser pour lui. On le décortique. On s'efforce de mettre au jour les coins les plus obscurs de sa conscience.

— Tu sais donc maintenant que tu n'es pas une exception et que tu suis la courbe clinique de ta maladie... Le moment est venu de sortir de cette délectation morose et de collaborer avec nous...

» Tu as eu du jus d'orange... Dans deux ou trois jours, tu t'alimenteras presque normalement... Les exercices passifs, qui te paraissent enfantins, n'en sont pas moins une étape importante vers la rééducation...

» Dès aujourd'hui, si tu en avais la volonté, tu parviendrais à prononcer des phrases, quitte à t'embrouiller quelque peu dans les mots...

» Je ne prétends pas qu'il ne te faudra pas de la patience, mais, dès lundi, tu seras surpris de te tenir debout à côté de ton lit...

» Il est indispensable que tu y croies, que tu aies confiance, au lieu de nous regarder d'un œil incrédule comme à présent. C'est à toi de décider que tu redeviendras comme avant...

Pauvre Besson ! Des gouttelettes de sueur brillent sur son front et il a oublié d'allumer sa cigarette.

— Vers le huitième jour, d'habitude, les progrès deviennent sensibles, souvent spectaculaires. En ami autant qu'en médecin, je te demande, jusque-là, de nous faire confiance à Audoire et à moi...

Il se lève, comme épuisé, retrouve le ton de son entrée pour conclure :

— Voilà ce que j'avais à te dire, mon petit René... Tous nos amis attendent qu'on leur permette de venir te voir et ne cessent de me téléphoner pour avoir de tes nouvelles... Tu te crois seul... Il n'en est rien... Vois-tu, nous sommes nombreux à compter sur toi, à commencer par Lina qui, tu ne l'ignores pas, a grand besoin de toi...

Il tend la main et sourit. Il paraît ému. Il l'est probablement. Les acteurs aussi ressentent une réelle émotion en récitant leur texte.

A quoi bon lui faire de la peine ? Maugras sort le bras gauche de dessous le drap et tend la main à son tour.

— Si je n'exige pas de promesse, je te supplie de ne pas t'enfoncer volontairement...

Volontairement !

Au moment de sortir, tout à l'heure, Besson est resté un instant la main sur le bouton de la porte. Il tournait le dos, mais René n'avait pas besoin de voir son visage pour savoir qu'il était décontenancé. Il s'en est voulu. Il s'en veut encore. S'il l'avait pu, il l'aurait rappelé et lui aurait demandé pardon de son attitude.

Il n'y a pas eu de conciliabule, dans le couloir, entre le médecin et Mlle Blanche qui est entrée tout de suite dans la chambre. Pendant qu'ils se croisaient, un geste, un échange de regards ont dû leur suffire.

Un instant, elle a paru chercher sur le visage de Maugras la confirmation de l'échec. Elle aussi est déçue. Elle va et vient plus qu'il n'est nécessaire, met de l'ordre, vide le cendrier, prépare la prochaine piqûre.

Quelle est la phrase de Besson qui l'a le plus frappé ?

— Tu ne collabores pas. Nous ne pouvons pas te guérir malgré toi...

Ce ne sont pas les mots exacts, mais c'est le sens, et cela lui rappelle son professeur de mathématiques, au lycée Guy-de-Maupassant.

— Vous êtes ici, monsieur Maugras ?

Il sursautait et cette apostrophe déclenchait invariablement des rires. Le professeur, M. Marengrot, avait raison. Il venait une fois de plus de s'évader à son insu. Le plus déroutant, c'est qu'il aurait été incapable de dire à quoi il pensait.

— Vous nous accordez votre présence physique, mais vous refusez de vous intégrer à la classe... Il m'est impossible, malgré ma bonne volonté, de vous enseigner les mathématiques malgré vous...

Il n'y pouvait rien. Au début de la leçon, il se promettait de la suivre avec attention et il était plus surpris que les autres en entendant l'inévitable :

— Vous êtes ici, monsieur Maugras ?

Sur son carnet de notes, on lisait des mentions comme : *Manque de concentration, Effort insuffisant, Élève intelligent, mais distrait...*

Il est désolé de peiner Mlle Blanche. Que pourrait-il écrire sur le bloc pour la rassurer ?

— Vous ne me quittez pas des yeux... Vous suivez le mouvement de mes lèvres et pourtant je vous défie de répéter la dernière phrase que j'ai prononcée...

Cela, c'était son professeur d'anglais, qui ne l'aimait pas et qui lui reprochait son air buté.

Manque de volonté. Encore une mention portée à son livret scolaire. N'a-t-il pas, toute sa vie durant, prouvé sa volonté ? N'est-ce pas son droit, aujourd'hui, de manifester une volonté différente, celle de leur résister ?

Pour quelqu'un qui entrerait en ce moment, ils doivent avoir l'air, Mlle Blanche et lui, d'un ménage qui boude à cause d'une vétille. Pour la première fois de la journée, il entend les cloches auxquelles, aux heures de va-et-vient, il ne prête pas attention. Il est vrai qu'elles sonnent à toute volée.

Comme on ne célèbre pas, d'habitude, de mariages au milieu de l'après-midi, il suppose qu'il s'agit d'un enterrement, peut-être d'un baptême. Sonne-t-on les cloches pour un baptême ? Il ne s'en souvient pas.

Besson aussi a pensé à leur ami Jublin. Sachant que Maugras a fatalement rapproché son propre cas et celui du poète, il a pris les devants.

Peu importe que Jublin, lui, ait eu une tumeur au cerveau. Ce n'est pas la question physique qui compte. Ce qui est essentiel, c'est qu'il a vécu ces cinq années extraordinaires que René n'est pas loin de lui envier.

Malheureusement, même s'il reste paralysé de la moitié du corps et s'il ne retrouve qu'un usage incomplet de la parole, son cas sera différent.

Jublin a dû se joindre au groupe vers 1928, un peu avant Besson d'Argoulet, en tout cas quand on fréquentait encore la brasserie Graf. C'était un garçon long et squelettique qui, à un bal travesti donné par un peintre dans son atelier du boulevard Rochechouart, personnifiait Valentin-le-Désossé, le fameux danseur de quadrille du Moulin-Rouge peint par Toulouse-Lautrec.

Son visage, d'une blancheur crayeuse, restait imperturbable alors qu'il lançait les répliques les plus extravagantes. L'aîné de Maugras de quatre ou cinq ans, il avait participé au mouvement Dada, pour suivre ensuite les surréalistes.

Il vivait au café, ne se cantonnant pas à un groupe, ni à un quartier de Paris, fréquentant aussi bien les Deux-Magots, boulevard Saint-Germain, que les bars des Champs-Élysées et les bistrots de Montmartre, connaissant tout le monde alors que personne ne le connaissait vraiment.

Personne, par exemple, n'aurait pu dire où il habitait, ni quelles étaient ses ressources, et il a fallu un hasard pour que Maugras le découvre dans une cage vitrée, à l'imprimerie de la Bourse, où Jublin gagnait sa matérielle comme correcteur.

Il ne parlait jamais de ses œuvres, encore que deux ou trois volumes de ses vers eussent paru. Plus tard, quand la critique avait commencé à s'occuper de lui, un éditeur de la rive gauche l'avait engagé comme lecteur afin de lui donner plus de loisirs.

Comment, après la guerre, s'est-il retrouvé dans le groupe du Grand Véfour ? Le groupe même ne s'est-il pas constitué par hasard ?

Besson d'Argoulet, sans le savoir, en avait jeté les bases. Maugras venait d'être nommé chevalier de la Légion d'honneur et Besson, qui avait déjà la rosette, avait obtenu de lui remettre les insignes.

C'était plus fort que lui. Il adorait les cérémonies, les honneurs, les titres, les médailles, et ce qu'il devait apprécier le plus dans son rôle de grand patron était de circuler à travers les salles de Broussais suivi par plusieurs dizaines d'élèves respectueux.

Depuis longtemps, ils avaient abandonné la place Blanche et la brasserie Graf. Il n'existait pas de groupe homogène. Chacun avait suivi sa voie et on se rencontrait au petit bonheur, au hasard de la vie parisienne.

— Tiens ! Qu'est-ce que tu deviens ?...

Beaucoup d'hommes arrivés fréquentaient le Grand Véfour, sous les arcades du Palais-Royal. Maugras, devenu rédacteur en chef, y déjeunait souvent, dans la salle du rez-de-chaussée où il avait sa table réservée. Un jour, Besson lui a téléphoné à son bureau.

— Tu es libre à déjeuner mardi prochain ?

Il a répondu oui, sans penser plus loin et, quand il est arrivé au restaurant, le mardi, il a été surpris de s'entendre dire par le patron :

— Ces messieurs vous attendent en haut...

On lui avait préparé une surprise. Pierre Besson avait réuni quelques-uns de leurs plus anciens amis, ceux qui avaient surnagé, pour fêter sa croix. On avait décidé qu'il n'y aurait que des hommes.

Par hasard, Marelle, l'auteur dramatique, incapable de rien refuser à personne, avait rencontré, à sa descente de taxi, une des plus féroces journalistes de Paris, la plus laide aussi, Dora Ziffer, qui cumulait, dans un journal d'extrême gauche, la rubrique des tribunaux et la critique dramatique.

— Pressé ? lui a-t-elle lancé.

Il lui a parlé du déjeuner-surprise. Elle est de leur âge et a collaboré au défunt *Boulevard*.

— Cela vous ennuyerait que je monte un instant ?

Elle a fini par s'asseoir avec les autres, bien entendu. Le dîner était terminé et on servait les liqueurs quand quelqu'un a remarqué :

— Au fait, nous sommes treize à table...

La suite est plus confuse. C'était le moment où, après un bon dîner trop copieusement arrosé, tout le monde parle à la fois, les pommettes roses.

— Pourquoi ne nous retrouverions-nous pas ici chaque mois ?

— Le Déjeuner des Treize !

On n'y croyait pas trop. Et pourtant la tradition continue après des années. Jublin en était, Jublin dont on ne savait jamais s'il parlait sérieusement ou s'il plaisantait, qui était peut-être un génie et peut-être un farceur. Car c'est ainsi qu'on le considérait au Grand Véfour jusqu'à son hémorragie cérébrale.

On ne l'imaginait pas marié, mais vivant en bohème, de meublé en meublé, ou dans le désordre pittoresque d'un logement de garçon.

A l'hôpital où on l'a transporté, on a eu la surprise de voir surgir une femme d'une quarantaine d'années, boulotte, modestement mise, qui a demandé :

— Où est mon mari ?

Non seulement Jublin était marié, mais il habitait un appartement fort bourgeois rue de Rennes, non loin de la gare Montparnasse.

Maugras y est allé deux fois, pas plus. La première fois, c'était trop tôt. Jublin, qui n'avait pas encore pris son parti de sa déchéance physique, ne voulait voir personne, surtout pas ses anciens amis.

Il revoit le petit salon aux murs couverts de papier peint à fleurs, une plante verte dans un coin, Mme Jublin expliquant à voix basse :

— Il ne faut pas lui en vouloir... Il vous est reconnaissant à tous de prendre de ses nouvelles, mais il préfère rester seul... Il s'habitue petit à petit...

Elle disait cela avec une étrange sérénité.

— Plus tard, peut-être aura-t-il à nouveau besoin de compagnie...

Jublin avait été marié vingt ans sans qu'on s'en doute. Le noctambule de chez Graf, des Deux-Magots, de la brasserie Lipp, avait un port d'attache, un appartement qui aurait pu servir de cadre à un modeste fonctionnaire. Il avait une femme aussi, de celles qu'on voit le matin faire le marché dans les boutiques du quartier et qui paraissent se ressembler toutes.

Si Maugras est retourné, plus tard, rue de Rennes, c'est pour une raison précise. Il savait Jublin sans fortune. Le ménage vivait de maigres droits d'auteur. Or, il existe une médaille de la Ville de Paris qui s'accompagne d'un chèque d'un million d'anciens francs et que le conseil municipal décerne chaque année à un écrivain, à un peintre ou à un sculpteur.

Il a suffi à Maugras de quelques coups de téléphone pour gagner la partie. Il se revoit pour la deuxième fois à la porte de l'appartement. Une sonnerie grêle retentit à l'intérieur. La porte s'ouvre sans bruit et Mme Jublin, qui s'essuie les mains à son tablier, le regarde, surprise, sans le reconnaître.

Il se rappelle les moindres détails, comme pour le matin de Fécamp. Cette visite se situe au début de l'hiver, à cinq heures de l'après-midi, un jour de pluie, alors que les réverbères et les vitrines viennent de s'éclairer et que les passants paraissent tout noirs. Le palier est obscur. Une seule lampe est allumée dans le salon et diffuse une lumière orangée. Une voix qu'il ne reconnaît pas prononce tout à coup :

— Entre...

C'est Jublin, qui surgit de son bureau dans un fauteuil mécanique dont il pousse les roues. Une couverture écossaise recouvre ses jambes. Il semble à Maugras qu'il ne le regarde que d'un seul œil et cela l'impressionne. Tout de suite, sa femme va prendre place près de lui comme pour le protéger.

— Alors, vieux ?...

L'œil pétille. Son expression n'est pas dramatique mais toujours malicieuse, ironique.

— C'est ma carcasse qui te fait cet effet-là ?

Il faut un effort pour le comprendre, car il y a des consonnes qui ne sortent pas, des syllabes qui s'emmêlent.

— Je suis venu pour...

Par une porte ouverte, on aperçoit un bureau où deux bûches flambent dans la cheminée. Tout est en clair-obscur, avec de larges pans d'ombre presque complète. Par moments, seul le visage tordu de Jublin ressort de cette pénombre.

— Je suis venu te dire que la Ville de Paris...

Alors, son ami raille :

— Ne m'annonce pas qu'elle m'attribue sa médaille ?

— Justement...

— Cela signifie que je suis au bout de mon rouleau... Ne t'en fais pas... Je m'y attends... C'est gentil de la part de ces messieurs, car je n'ai rien fait pour eux... Dommage qu'ils s'y prennent toujours au dernier moment... Rappelle-toi la liste des lauréats...

— Ne te fatigue pas, Charles, lui conseille doucement sa femme.

Personne, parmi ses amis, ne l'a jamais appelé Charles. A vrai dire, on ne connaissait pas son prénom, qui ne figure pas sur la couverture de ses livres.

— Leur médaille, c'est un peu l'extrême-onction laïque... Je ne la refuse pas pour la cause... L'argent sera utile à ma femme...

Jublin est mort le printemps suivant et on a appris qu'il avait écrit, de la main gauche, dans la solitude de son appartement presque ridicule à force de banalité, ses meilleurs poèmes. Non seulement ses meilleurs poèmes à lui ; certains, de plus en plus nombreux, disent les meilleurs poèmes des cinquante dernières années.

Il a passé cinq ans, en tête à tête avec une femme d'aspect quelconque, peut-être d'intelligence quelconque aussi, à avoir tout le temps de penser, de feuilleter son livre d'images, avec, pour horizon, les façades grises d'en face et, pour accompagnement, le vacarme des autobus et des taxis dans la rue de Rennes, la nuit le sifflet des trains de la gare Montparnasse.

Sa femme vit toujours, dans le même appartement où rien n'a été changé, où chaque livre, chaque objet est resté à la même place, y compris la pipe qu'elle lui bourrait et qu'elle lui allumait. Le fauteuil roulant n'a pas quitté le coin préféré de celui qui l'occupait.

Elle travaille pour gagner sa vie. Maugras a offert de l'engager au journal. Il lui aurait trouvé un poste paisible. D'autres ont proposé de s'occuper d'elle. Elle leur a dit merci à tous, poliment, l'air gêné.

Elle a choisi d'être caissière dans un magasin de la rue, à cent mètres de chez elle, de ces quelques mètres cubes d'air immobile où Jublin, quand il était las de rôder dans les cafés et les bars, savait la retrouver.

Pouvait-il dire à Besson, tout à l'heure, qu'il envie le sort de son ami ? Où est Lina en ce moment ? Peu importe. Et peu importe qu'elle soit en train de boire.

Il n'y a pas de rue de Rennes dans sa vie à lui. Il n'y a pas de femme boulotte et très ordinaire faisant son marché le matin dans les boutiques du voisinage. Il n'y a pas de livres non plus, de vers que les hommes continueront à se réciter.

Besson a eu tort de lui parler de Jublin.

Il a fermé les yeux sans s'en rendre compte. Il ne se rend pas compte non plus que Mlle Blanche, inquiète de sa longue immobilité, vient se pencher sur lui. Il sursaute en l'entendant prononcer tout bas, d'une voix brouillée :

— Vous pleurez ?

5

Sa dernière pensée, la veille au soir, alors que Joséfa, le croyant endormi, dégrafait son soutien-gorge sous sa blouse, a été :

— Pourvu que je me réveille à temps...

Il était déjà somnolent. N'est-ce pas curieux qu'à peine soulagé d'avoir échappé à une routine il éprouve le besoin d'en établir une autre ? Les heures de la journée s'emboîtent étroitement, marquées par la toilette, les soins, les visites des médecins, les allées et venues dans le couloir. Certaines sont plus agréables que les autres.

Son meilleur moment, depuis qu'il est ici, a été son réveil du vendredi matin, la demi-heure qu'il a passée seul à guetter le son des cloches et les bruits de l'hôpital.

Il a envie de recommencer, de faire de cette demi-heure matinale, comme encore vierge, sa demi-heure à lui.

Son sommeil a été agité. Deux fois, l'infirmière s'est levée pour le recouvrir, mais il n'en garde qu'un souvenir flou. Maintenant qu'il a les yeux ouverts, il reste encore du flou dans son esprit et dans son corps.

Il ne se sent pas la lucidité du matin précédent. Il est vrai que cet engourdissement est presque voluptueux. Il ne sait pas l'heure. Il attend, craignant seulement qu'on ne soit au milieu de la nuit.

Pendant plus d'une minute, il tend l'oreille, intrigué par un bruit monotone qui lui est familier mais qu'il n'identifie pas tout de suite, et il finit par découvrir que c'est la pluie qui frappe les vitres, de l'eau qui dégouline, non loin de sa fenêtre, dans une gouttière de zinc.

A Fécamp, lorsqu'il était petit et qu'ils habitaient la maisonnette de la rue d'Étretat, on recueillait l'eau de pluie pour la lessive — l'eau de pluie est plus douce, disait sa mère — dans un tonneau placé dans un coin de la cour, et cela faisait une musique très particulière.

Il se souvient à peine de sa mère. Il ne la revoit que malade, assise dans le fauteuil d'osier, près du fourneau de cuisine, et il garde ses quintes de toux dans l'oreille. Il avait sept ans quand elle est morte de tuberculose. Beaucoup de gens en mouraient alors et on disait qu'ils partaient de la poitrine.

Il a été surpris, plus tard, quand son père lui a affirmé qu'elle n'a été malade que deux ans, qu'avant cela elle l'a promené comme les autres mères, d'abord dans son landau, puis, le tenant par la main, le long des rues et sur la jetée les jours où il ne ventait pas trop, qu'elle l'a conduit ensuite chaque matin à l'école maternelle pour venir l'attendre à la sortie.

Il a chaud. Son corps est moite. Il se demande si on lui a administré une nouvelle drogue qui provoque cette torpeur, ce décalage dans ses perceptions. Il s'efforce de ne pas se rendormir avant d'avoir entendu sonner l'horloge de l'église. Il espère qu'elle sonnera six coups, comme la veille, et qu'il aura sa demi-heure.

Sa nuque est si raide qu'il a du mal à tourner la tête pour s'assurer que Joséfa est couchée sur le lit pliant. Dans le brouillard de lumière jaune qui filtre à travers la porte vitrée, il l'aperçoit qui dort paisiblement. Ses cheveux lui couvrent une partie du visage et sa bouche s'entrouvre à chaque expiration, chaque fois on dirait que ses lèvres se gonflent.

C'est troublant de regarder quelqu'un dormir, surtout une femme qu'on connaît à peine. Quand cela lui arrive avec Lina, il est attendri. Les caractéristiques plus ou moins désagréables disparaissent, l'âge aussi, et c'est un peu comme si Lina redevenait une enfant, une petite fille qui n'aurait pas vécu, qui n'aurait aucune expérience, aucune défense.

Joséfa a déboutonné le haut de sa blouse, consciemment ou dans son sommeil, et il découvre la dentelle bleuâtre de sa combinaison qui ne cache que la moitié des seins. Ceux-ci se gonflent comme les lèvres, au même rythme, à la fois fermes et pulpeux.

Elle est couchée sur le côté, face à lui, une main enfouie dans la chaleur moite d'entre ses cuisses.

Il lui vient des pensées érotiques. Lina aussi dort parfois ainsi, surtout vers le matin, et, quand ils partageaient le même lit, il arrivait à Maugras d'être réveillé par un halètement régulier dont la cadence s'accélérait jusqu'à l'immobilisation finale.

Est-ce le cas de Joséfa ? Plus femelle que Mlle Blanche, elle a besoin de mâles. Elle doit en rencontrer pendant la journée et s'accoupler sainement, violemment mais avec gaieté, sans s'embarrasser de complications sentimentales.

Il est heureux d'entendre sonner les cloches qui, aujourd'hui, précèdent les six coups de l'horloge. Est-ce un hasard s'il s'est réveillé à la même heure que la veille ou faut-il y voir l'intervention mécanique de son subconscient ?

Il respire avec une certaine gêne. Cela ne l'inquiète pas, au contraire. S'il est plus malade, si des complications interviennent, cela leur prouvera qu'il a eu raison.

En ce qui concerne Besson, il s'est peut-être trompé, hier, et il lui vient des remords. Il a supposé à son ami une vie de calculs, en a fait un ambitieux cynique. D'autres n'ont-ils pas la même opinion de lui-même ? Lui aussi a eu une brillante carrière, plus étonnante encore, si l'on tient compte du point de départ, que celle de Besson.

Certains ne sont-ils pas persuadés qu'à son départ de Fécamp il avait en tête, comme on dit ironiquement, de conquérir Paris ?

Il regarde toujours Joséfa, fasciné par cette main que, dans l'innocence du sommeil, elle presse sur son sexe. Il pense à plusieurs choses à la fois, à Joséfa, aux femmes en général, à Lina, au jeune homme de Fécamp qui, à seize ans, achetait sa première pipe, moins pour se donner de l'assurance que parce qu'elle était pour lui un symbole.

Son ambition d'alors, ou de quelques mois plus tard, il ne sait plus au juste comment elle est née et elle étonnerait fort ses amis actuels. Non seulement n'envisageait-il pas de vivre à Paris, où il n'avait jamais mis les pieds, mais le seul nom de la capitale l'effrayait.

Son but était proche et modeste. C'était au Havre, où il se rendait parfois à vélo pour se promener le nez au vent dans les rues animées et s'asseoir aux terrasses de cafés, qu'il situait son existence.

Il ne resterait pas le correspondant à Fécamp du journal dont il avait obtenu, par raccroc, une carte de presse. Il irait là-bas, deviendrait un vrai journaliste. Chaque matin, la pipe aux dents, les mains dans les poches, il se dirigerait vers les bureaux de la rédaction où il s'assiérait à sa place, content de lui, de sa tâche, en paix avec le monde.

Logiquement, cela aurait dû arriver. Pour qu'il en soit autrement, il a fallu au moins deux hasards.

Il attendait, pour poser sa candidature, d'avoir accompli son service militaire. Quelques semaines avant le conseil de révision il a été malade. Sans raison apparente, son cœur se mettait à battre à coups précipités en même temps que ses jambes devenaient molles et que son corps se couvrait de sueur.

Il est allé voir le docteur Valabron, leur médecin de famille, qui avait soigné sa mère. Les avis étaient partagés au sujet de Valabron, car il passait une bonne partie de son temps à jouer aux cartes dans les cafés et n'était guère soigné de sa personne.

Le médecin lui a ordonné quelques semaines de repos, des gouttes à prendre trois fois par jour et lui a affirmé que de tels troubles sont fréquents chez les adolescents qui ont grandi trop vite.

Pendant deux mois, il n'a rien fait, que lire, se promener à pas lents, contempler les bateaux dans les bassins et envoyer à son journal les nouvelles locales qu'on lui communiquait chaque matin au commissariat de police.

Il conserve peu d'images de cette période, deux ou trois, dont une sur la plage, avec le bruit obsédant du ressac et de ses souliers sur les galets, les crabes dans les flaques laissées par la marée.

Lorsqu'il s'est présenté à la mairie pour le conseil de révision, il a été surpris que le médecin militaire lui consacre plus de temps qu'aux autres, l'air grave, lui pose de nombreuses questions sur sa mère, pour finir par le réformer.

— Le major est un idiot ! a tranché Valabron. Je devine ce qu'il a diagnostiqué, une cardiopathie congénitale, peu importe laquelle. Je te jure, moi qui t'ai vu naître, que tu as le cœur aussi solide que n'importe qui...

Valabron n'est pas entré dans le détail. Quant à lui, rien ne le retenait plus à Fécamp, que son père, qui buvait de plus en plus et qu'il voyait à peine aux heures des repas.

Il s'est rendu au Havre. Les effectifs, lui a répondu le rédacteur en chef, étaient au complet, ce qui n'était pas étonnant puisque trois personnes en tout suffisaient à composer le journal.

Il a pensé à Rouen, où il n'a pas eu plus de succès et où on ne lui a laissé aucun espoir. Que restait-il, sinon Paris ?

On ne peut donc pas prétendre qu'il l'a voulu. Il a freiné, au contraire. Il a tout essayé pour rester en province et mener l'existence modeste à laquelle il se croyait destiné.

Même à Paris, son rêve n'était-il pas de devenir un jour secrétaire de la rédaction, sorte de fonctionnaire du journalisme, aux heures régulières et à la tâche monotone ?

On commence à bouger dans la grande salle et le vacarme des poubelles se déclenche dans la cour. Il ne perd rien de cette vie qui commence et qui ne l'empêche pas de sauter d'une idée à l'autre, sans quitter des yeux Joséfa en souhaitant qu'elle ne s'éveille pas trop vite.

S'il redevient un jour physiquement normal, ou presque normal, il aimerait, ne fût-ce qu'une fois, faire l'amour avec Joséfa, car elle représente un des deux types de femme qui l'ont toujours attiré. Par une contradiction incompréhensible, il a choisi, toute sa vie, des femmes d'un type différent, presque opposé.

Est-ce que les femmes lui font peur ? C'est, en apparence, l'explication la plus plausible de son comportement. Il est persuadé, quant à lui, qu'elle est fausse mais, à cinquante-quatre ans, il reste incapable d'en formuler une autre.

L'explication, il la sent, ce qui n'est pas la même chose. Ne ferait-il pas rire ses amis en leur avouant que la femme, à ses yeux, malgré les années et de multiples expériences, garde son mystère, son prestige, et qu'il est encore tenté, lorsqu'il pense à l'amour, d'employer les mots du catéchisme : l'œuvre de chair ?

Ce n'est pas seulement au sujet de la femme que le catéchisme l'a marqué et il revoit l'abbé Vinage, qui n'avait pas trente ans, leur dire, à la sacristie où il réunissait les enfants :

— Tout compte pour l'éternité, rien ne se perd, pas même nos plus secrètes pensées, et un jour nous retrouverons chaque minute de notre vie sur les plateaux de la balance...

Il a été baptisé, a fait sa première communion, sa confirmation. Il a continué à assister à la grand-messe du dimanche et, par périodes, à communier. Ce n'est que vers l'âge de dix-huit ans qu'il a cessé peu à peu de fréquenter l'église, sans qu'il y ait de cassure, ni de crise.

Quand, vers sa quinzième année, le désir sexuel l'a trop tourmenté, il a rôdé plusieurs soirs autour de la maison close qui se dressait alors près du port et dont la lanterne rouge l'impressionnait si fort qu'il en avait la poitrine serrée rien que de la regarder de loin.

Elle était située entre les deux bassins, où les mâts et les vergues grinçaient toute la nuit, une maison isolée autour de laquelle rôdaient des pêcheurs au pas lourd et souvent zigzagant.

Elle comportait deux entrées, l'une, sous la lanterne, qui ouvrait sur la grande salle où les clients s'attablaient parmi les femmes en courte chemise, l'autre, plus discrète, réservée aux « messieurs ».

C'est cette porte qu'il a poussée un soir de crachin et il a deviné l'hésitation de la patronne, Mme Jeanne, qui était encore appétissante.

Il était si ému qu'il a souhaité, à ce moment-là, qu'elle le trouve trop jeune. Elle a fini par sourire et par appeler une de ses pensionnaires. Il est monté, comme on disait alors.

Peut-être est-ce le souvenir le plus précis de sa vie, plus précis même que le matin de la *Sainte-Thérèse* : la femme au bord du lit, jambes écartées comme pour un sacrifice, la peau livide, avec le dessin cru des poils dont il ne pouvait détacher les yeux.

Il s'est confessé, le lendemain, et il a vécu des semaines dans la terreur de la maladie qu'il avait peut-être attrapée. Il y est néanmoins retourné. En fait, pendant toute son adolescence à Fécamp, il n'a pas connu d'autres femmes que celles-là. L'idée ne lui venait pas d'avoir une amie, comme la plupart des jeunes gens de son âge, ni d'aller, le soir, attendre les gamines à la sortie de l'usine de conserves.

Était-ce, de sa part, le résultat d'une certaine paresse ? De la timidité ? La crainte du ridicule ? La perspective de ne pas se montrer à la hauteur ?

Son idéal, pourtant, existait en chair et en os et il n'est pas exagéré de dire qu'à sa manière il était amoureux. Amoureux d'une femme de trente-cinq ans, Mme Remage, l'épouse de l'armateur chez qui son père travaillait.

Mlle Blanche ne lui ressemble-t-elle pas un peu, en plus jeune, en plus expansif ? Mme Remage était une Chabut, la fille unique des Chabut du Havre, propriétaires des Galeries Nouvelles, le grand magasin de la ville.

L'armateur et sa femme habitaient une villa neuve sur la route d'Yport, au-dessus de la falaise. Ils avaient deux enfants qu'on voyait en passant jouer sur les pelouses du jardin.

Elle s'appelait Odile. Il la croisait souvent en ville où elle faisait ses achats, suivie par la voiture et le chauffeur, toujours calme, souriante, comme si elle n'avait que des pensées agréables. Il émanait de son visage au teint clair, aux lèvres bien ourlées, une joie intérieure, une confiance paisible dans le destin et les hommes.

Comment est-elle à présent ? C'est une vieille dame qu'il n'a jamais revue et il peut en garder l'image d'autrefois.

Possédait-elle réellement cette sérénité qu'il lui attribue sur la foi de ses souvenirs ? Les mots qui lui viennent à l'esprit quand il pense à elle sont ceux de propreté, de netteté, comme pour Mlle Blanche.

Avec une différence, cependant, qui doit tenir à ce qu'il n'a plus le même âge. Jeune homme, il essayait d'imaginer Odile Remage faisant l'amour, de l'évoquer dans les poses que prenaient pour lui les pensionnaires de la maison close. Il n'y parvenait pas, bien qu'elle eût deux enfants, deux filles, mariées à présent, mères de famille à leur tour, presque vieilles dames.

Pour Mlle Blanche, il y arrive, comme à regret. Est-ce le catéchisme qui lui a laissé la nostalgie d'une certaine pureté ?

Joséfa a retiré sa main et l'uniforme est un peu froissé à l'endroit où elle était posée. Il la devine proche du réveil. Sa respiration a changé de cadence. Il passe sur son visage des ondes qui rappellent le frémissement d'un étang lorsque le vent se lève.

Il a chaud. La fenêtre a cessé d'être noire. La pluie tombe plus fort et l'eau coule dans la gouttière avec un bruit de source. Des autos s'arrêtent dans la cour, des portières claquent, des gens se précipitent en courant vers la voûte.

Il retrouve le même enchaînement sonore que la veille, les pas dans l'escalier, dans les couloirs, dans les salles qu'il ne connaît que par l'ouïe.

L'odeur du café parvient à son tour jusqu'à lui et des ombres passent de l'autre côté de la porte.

Joséfa, aujourd'hui, se lève d'un bond à l'instant où il ne la regarde pas. Il le regrette. Quand il tourne la tête vers elle, les yeux ouverts, elle reboutonne déjà sa blouse d'uniforme qui a des faux plis, comme sa joue.

Elle n'est pas gênée d'avoir été contemplée dans son sommeil.

— Vous avez bien dormi ? Il y a longtemps que vous êtes éveillé ? Vous n'avez besoin de rien ?

Pour elle, cette cohabitation est naturelle. Pas pour lui. S'il y réfléchit, s'il raisonne, oui. Il ne lui en semble pas moins qu'elle lui a abandonné un peu de son intimité. Elle y pense si peu qu'elle se détourne à peine pour rattacher ses bas à ses jarretelles.

Est-il assez naïf, à cinquante-quatre ans, pour rester sensible à des gestes aussi simples ?

— Je suis en retard, ce matin, prononce-t-elle en entendant sonner la demie. Ma collègue doit être arrivée...

Elle tapote ses cheveux, se précipite dehors, laissant la porte entrouverte. Il se demande s'il est satisfait ou déçu de sa demi-heure. Il y a tant de questions auxquelles il voudrait trouver une réponse, de ces questions qu'on rejette ou qu'on fuit dans la vie normale mais qui deviennent capitales sur un lit d'hôpital !

Il n'aimerait pas s'en aller avant d'y avoir répondu. S'en aller est un euphémisme, qu'il emploie par pudeur. Une idée lui est venue, la veille, alors qu'il était seul avec Mlle Blanche à la tombée du jour.

Contrairement aux autres fins d'après-midi, elle n'a pas allumé la lampe, peut-être parce qu'elle venait de le voir ému et qu'elle voulait lui donner le temps de se reprendre, peut-être parce qu'elle-même était remuée devant les larmes d'un homme de son âge.

Car, pour elle, il est presque un vieillard. Ils sont restés un certain temps dans la pénombre, éclairés par la seule lumière du couloir que tamisait la vitre rayée. Un instant, il a pu se prendre pour Jublin dans l'appartement feutré de la rue de Rennes.

Jublin a-t-il profité de ces cinq années de solitude pour établir un bilan, pour procéder à une sorte de révision de sa vie entière ?

Il se trouve dans le même cas que son ami, il en est persuadé, en dépit des assurances optimistes de Besson, et il a envie de mettre son existence au point.

Il ne s'agit pas d'une confession, ni d'un examen de conscience.

— Mon père, je m'accuse...

Non ! Déterminer, avec toute l'objectivité possible, ce qui reste de cinquante-quatre ans d'une vie d'homme.

L'abbé Vinage affirmait avec foi :

— Tout compte... Rien ne se perd...

Pourtant, il est des périodes entières dont il ne garde qu'un souvenir confus, plutôt déplaisant. De même qu'il ne parvient pas à revoir Besson tel qu'il l'a connu au temps de la brasserie Graf, de même est-il incapable de se remettre dans la peau de celui qu'il a été à certaines époques.

Il s'est agité à vide. Il a honte de certains de ses enthousiasmes comme de ses découragements qui lui paraissent à présent futiles et ridicules.

Si tout compte, si rien ne se perd de nos faits et gestes, voire de nos pensées d'un instant, ne devrait-il pas en retrouver en lui des traces plus profondes en place de ces quelques images qu'il n'a pas choisies et qu'il est surpris de retrouver plutôt que d'autres ?

Il s'agite, mal à l'aise. Hier, à cause du crépuscule, il a caressé un projet qui s'est vite révélé saugrenu, en tout cas impraticable. Et n'est-ce pas se donner trop d'importance ? Reprendre sa vie, année par année, avec précision, comme dans les biographies d'hommes célèbres où tout est clair, logique, ordonné.

Pour lui, rien n'est clair ni ordonné, tout s'embrouille, y compris le fil du temps. Il garde les yeux fixés sur l'entrebâillement de la porte. Quelques instants plus tôt, il souhaitait la solitude absolue et le voilà en proie à une vague angoisse parce que Mlle Blanche tarde à apparaître !

Elle a les mains froides, les cheveux humides. Elle se montre distraite comme si, trop pressée, elle n'avait pas eu le temps de s'intégrer à la vie de l'hôpital. Elle sent le dehors. Son regard, pourtant, devient vite affectueux et elle semble avoir plaisir à le retrouver.

— Quel déluge ! Le vent se met de la partie. A un coin de rue, j'ai été obligée de m'arrêter parce que je ne voyais plus rien à travers le pare-brise.

Elle a bien une auto. C'est la première fois qu'elle fait allusion à sa vie en dehors de l'hôpital. N'est-ce pas dans l'intention de lui en rendre le goût ?

Elle a placé l'urinal sous le drap, le thermomètre sous son bras gauche et un court moment les deux visages ont été si rapprochés que des cheveux bruns ont frôlé la joue de René.

Pendant qu'elle vaque à la mise en ordre de tous les matins, il a le temps de retourner à ses préoccupations. Il corrige ce qu'il a pensé tout à l'heure ; c'est la preuve de la difficulté d'être sincère avec soi-même.

Il a évoqué ses visites à la maison close de Fécamp comme si elles s'étaient répétées jusqu'à son départ de la ville. Il n'est pas allé jusqu'au bout de la vérité. Il ne s'agit certes pas d'une confession, ni d'une déposition sous serment. Il n'en a pas moins triché.

En fait, il a essayé d'effacer une image, celle de la maison des deux bassins, de lui-même qui hésite dans une tache d'ombre, d'un homme ivre, un grand gaillard en casquette de marin, qui sort, qui s'éloigne en gesticulant et en parlant tout seul.

Maugras va traverser la chaussée quand il entend des pas qui se rapprochent. Il attend que la voie soit libre. Et au moment où le nouveau venu passe sous le bec de gaz, il reconnaît son père, le col du pardessus relevé, le chapeau enfoncé sur les yeux, se dirigeant vers la porte des « messieurs » et, après quelques mots chuchotés à Mme Jeanne, disparaissant à l'intérieur.

Cela n'a rien d'extraordinaire. Son père, à cette époque, est veuf depuis une dizaine d'années. René, troublé, barbouillé, n'en arpente pas moins les quais avant de rentrer chez lui et il est couché, les yeux ouverts, quand il entend la porte s'ouvrir et se refermer.

Il n'est pas retourné chez Mme Jeanne. Il triche encore : il y est retourné, une fois que le vent soufflait en tempête et qu'il n'avait pas le courage de parcourir deux fois à vélo la trentaine de kilomètres qui séparent Fécamp du Havre. Car c'est au Havre qu'il s'est rendu désormais quand il était à bout de désir et qu'il en avait presque des hallucinations.

Mlle Blanche reprend le thermomètre, l'approche de ses yeux, trahit sa surprise. Il sait qu'il a de la température. Il le soupçonne depuis son réveil. Son engourdissement ne ressemble pas à celui que les drogues lui ont procuré les jours précédents. Cela rappelle davantage les grippes qu'il fait chaque automne et il se sent le haut de la poitrine congestionné.

— Vous n'avez mal nulle part ?

Elle lui prend le pouls, assise au bord du lit, dans une pose qui lui est familière. Ses lèvres remuent tandis qu'elle compte les pulsations. Elle s'efforce de cacher sa préoccupation. Elle est si peu rassurée que, quelques minutes plus tard, elle disparaît sous prétexte d'aller boire une tasse de café.

Pendant son absence, la porte s'ouvre, sans bruit, lentement, et le malade de la veille, le vieux en robe de chambre violette, vient à nouveau le regarder. Son visage inexpressif fait peur. Si c'est un fou, comme Maugras le suppose, rien ne l'empêche d'avancer dans la chambre, de s'approcher du lit, de...

Il est soulagé en reconnaissant le pas de l'infirmière qui se contente de pousser le visiteur dehors en lui tapotant l'épaule comme on tapote le dos d'un vieux chien.

A cause de cet incident, il se demande comment ils font dans la grande salle. A en juger par les silhouettes qu'il voit passer, il doit y avoir une quarantaine de lits et elles ne sont pas plus de deux infirmières pour s'en occuper. La nuit, une seule garde se tient dans un recoin du corridor.

Il dispose d'une infirmière pour lui seul, vingt-quatre heures sur vingt-quatre. Cela n'apparaît-il pas, aux yeux des autres, comme un luxe extravagant ? Lorsqu'ils passent devant sa porte, n'est-ce pas un regard d'envie, plus encore que de curiosité, qu'ils lancent par l'entrebâillement ? Se demandent-ils qui est l'heureux occupant de la chambre privée ? Le savent-ils par le personnel et parlent-ils de lui entre eux ?

Il s'étonne que Mlle Blanche ne procède pas à sa toilette, comprend bientôt en voyant arriver l'infirmière-chef, qui n'est pas entrée par hasard en faisant sa tournée mais qu'on a alertée. Elle lui prend tout de suite le poignet en observant son visage avec attention.

Ses yeux doivent être brillants, ses pommettes rouges. Voilà moins d'une heure qu'il est éveillé ; le jour a à peine eu le temps de se lever et il se sent déjà moins bien, somnolent, la respiration de plus en plus difficile.

Il ne s'amuse pas à regarder la pluie qui frappe les vitres en diagonale, ni à écouter le vent qui fait battre un volet quelque part.

Il n'y est pour rien, mais il n'est pas fâché de ce qui arrive. Cela prouve que, la veille, il avait raison contre Besson d'Argoulet et son optimisme de commande. Va-t-il accourir ?

— Je vous donne un coup de main... dit l'infirmière-chef à Mlle Blanche.

Un coup de main pour quoi ? Il la regarde d'un œil méfiant. Il ne l'aime pas. D'autant moins qu'elle lui demande :

— Vous n'avez pas besoin d'aller à la selle ?

Non ! Il a besoin qu'elle s'en aille. Elle ne s'en va pas. Elle aide Mlle Blanche à le laver et à changer les draps, ce qui donne le temps à l'interne, qu'on a dû prévenir aussi, d'arriver, son stéthoscope autour du cou.

Comme les premiers jours, il y a autour de lui des échanges de regards. Bien entendu, il n'est pas dans le jeu. Ce qui se passe ne le regarde pas, même si c'est en lui, dans son corps, que cela se passe.

Le stéthoscope, encore chaud du contact avec une autre poitrine, se pose sur ses bronches, sur ses poumons, sur son cœur.

L'interne sent le tabac refroidi. Il se redresse, va dire quelques mots à voix basse à la matrone et tous les trois se mettent à tourner les manivelles de son lit. Ses jambes s'élèvent très haut. Il a la tête en bas et des glaires glissent le long de sa gorge, commencent à envahir sa bouche sans qu'il soit capable de les cracher.

Ils chuchotent encore dans un coin. Quand Mlle Blanche revient près du lit, ils sont à nouveau seuls dans la chambre et elle lui saisit la main, non plus pour lui prendre le pouls, mais dans un geste amical.

— N'ayez pas peur... Le professeur Audoire s'y attendait un peu... Cela se produit dans cinquante pour cent des cas... Vous faites une petite inflammation de la trachée qui vous donne de la température...

Elle ne lui dit pas combien.

— Le professeur ne peut pas venir tout de suite... Il a dû opérer d'urgence à six heures du matin... Il est encore dans la salle d'opération...

Il se demande où se trouve cette salle. Au rez-de-chaussée ? Au même étage que lui ? Ainsi, à l'aube, tandis qu'il regardait la gorge de Joséfa et pensait à Fécamp, tandis que les cloches sonnaient, puis l'horloge de l'église, un homme sans connaissance, un homme à qui on avait, momentanément ou pour toujours, retiré la conscience de son existence, était entouré de fantômes masqués qui composaient comme un lent et tragique ballet.

Ce n'est pas fini, puisque Audoire n'est pas libre. De quelle opération s'agit-il ? Est-ce un hémiplégique à qui on retire sa tumeur ?

Il est pris d'une réelle peur. Il refuse qu'on l'opère, qu'on lui ouvre le crâne. Sa main se cramponne à celle de l'infirmière et il voudrait parler, lui dire qu'il interdit qu'on l'opère à son insu, la supplier de les en empêcher.

C'est trop facile. Une piqûre suffit à l'endormir et il ne reste qu'à l'emporter sur un de ces lits roulants qui l'ont déjà conduit deux fois en bas par le grand ascenseur.

Il se savait déjà à leur merci ; maintenant, il se rend compte à quel point.

— Ne vous agitez pas... Je sais que ce n'est pas confortable... Vous ne vous en souvenez pas mais, lorsque vous étiez dans le coma, vous êtes resté deux jours dans cette position...

La fièvre monte-t-elle ? Il se sent de plus en plus chaud et est surpris que cela aille si vite.

Il lui est toujours indifférent de mourir. Pas tout à fait. Il ment encore. Il préfère en tout cas mourir ici, près de Mlle Blanche, que le crâne ouvert, dans la salle d'opération.

— Je pense que le professeur vous donnera une nouvelle dose de pénicilline et ce petit ennui disparaîtra...

Elle s'impatiente aussi, regarde plusieurs fois la porte, puis l'heure à son bracelet-montre. Il bave, à présent, et elle lui essuie de temps en temps le visage.

La porte s'ouvre enfin sur un Audoire différent des autres jours, un Audoire impressionnant, presque terrifiant, qui ne fait plus penser à un petit bourgeois dans le métro.

Il est tout en blanc, avec des pantalons qui ressemblent à des pantalons de pyjama, une blouse très fine, transparente, sans boutons, qui s'attache dans le dos avec des cordons, et il est chaussé de bottes en caoutchouc verdâtre.

Il a les avant-bras nus, comme un boucher, les avant-bras très velus. Un masque pend sous son menton. L'infirmière-chef le suit. L'interne aussi. Cela fait soudain beaucoup de monde dans la petite chambre où la tension augmente.

Audoire l'ausculte longuement, s'y reprenant à deux fois, le visage impassible ; il lui soulève les paupières, lui tâte les membres, lui gratte une fois de plus la plante des pieds...

— Ouvrez la bouche...

Il y introduit un objet métallique qui n'est peut-être qu'une cuiller et qui n'en fait pas moins peur à Maugras. Tout l'effraie, ce matin. C'est différent des autres fois. Il est à leur merci, ne peut rien contre eux.

Ils n'ont même pas besoin de parler pour se comprendre. Un coup d'œil du professeur à l'infirmière-chef et celle-ci se précipite dehors, revient peu après avec un appareil qu'il n'a pas le loisir d'examiner.

— Ne craignez rien... Nous allons vous dégager la trachée et les voies respiratoires supérieures... Ce n'est pas agréable, mais cela ne durera pas longtemps et vous serez soulagé...

On le tient de la même façon qu'on immobilise un chien chez le vétérinaire. Peut-être a-t-il le regard d'un chien ? Il voit des visages très près de lui et se débat avant d'avoir mal, avant même qu'on lui fasse quoi que ce soit.

Un appareil lui ouvre la mâchoire et on lui introduit un tube dans la gorge. Il le sent descendre. Il voudrait leur faire signe qu'il va étouffer, qu'il est incapable d'en supporter davantage, qu'il ne respire plus...

Ce sont, jusqu'ici, les dix minutes ou les quinze minutes les plus pénibles de sa vie. Il s'est vraiment senti comme une bête et il a conscience de s'être comporté comme une bête aussi, d'abord en se débattant, puis, inerte, en les regardant tour à tour avec des yeux fous.

Ils ont actionné une sorte de pompe et il aurait juré qu'on lui aspirait les poumons. Ensuite, sans le lâcher, on a introduit un tube de caoutchouc dans une narine, puis dans l'autre, et c'était son cerveau, cette fois, qu'il sentait partir.

On lui rend enfin sa liberté. Il n'y a que Mlle Blanche à lui tenir la main, le visage brouillé. Non seulement il ne réagit plus, mais il est vide, complètement épuisé, incapable d'un réflexe. Il n'a même plus de curiosité et il les regarde d'un œil morne, sans se demander ce qu'ils font et ce qu'ils disent. La seule idée à peu près nette qui lui reste, c'est celle de la salle d'opération où il refuse qu'on le descende.

L'infirmière-chef sort encore une fois, revient avec une seringue, une ampoule. C'est le professeur en personne qui enfonce l'aiguille et, lentement, injecte le liquide sans quitter son visage du regard.

Quel risque court-il ? De s'évanouir ? Que son cœur s'arrête ? Ou bien, si on l'épie ainsi, est-ce pour s'assurer qu'il va s'endormir ? Il serre les dents si fort qu'il les entend grincer et voilà qu'il est pris, comme les premiers jours, de mouvements convulsifs des bras et des jambes. Les deux bras ? Les deux jambes ? Il l'ignore.

Il essaie de les repousser, de sortir du lit, de leur échapper. Un regard d'Audoire a suffi pour qu'on vienne à sa rescousse et il continue l'injection pendant qu'on le cloue une fois de plus sur son lit.

Il ne s'endort pas. La seringue est vide. Le professeur se redresse, la tend à la matrone.

— C'est fini, murmure-t-il en s'essuyant le front. On ne vous fera plus de misères...

Souffre-t-il de faire souffrir ? Sa gêne le laisse supposer. Il accepte la cigarette que lui tend Mlle Blanche. Elle doit savoir quand il a besoin d'une cigarette.

— Ne vous inquiétez pas si vous vous sentez moins bien qu'hier. Il s'agit d'une complication banale...

L'infirmière le lui a déjà dit. Elle n'en avait pas le droit. C'est au médecin de décider ce qu'il convient et ce qu'il ne convient pas d'apprendre au malade. Ce monde-ci est encore plus hiérarchisé que le monde extérieur.

— A présent que vos voies respiratoires sont dégagées, vous allez respirer sans difficulté... On vous a traité souvent à la pénicilline, je suppose ?... Cela explique le peu d'effet de la première injection...

Si c'est de la pénicilline qu'on vient encore de lui administrer, pourquoi est-il engourdi ? Trop las, il abandonne. Il ne les regarde plus. Il entend encore la pluie sur les vitres, l'eau qui dévale dans la gouttière, et le moment vient où, comme le bruit monotone du train, cela forme petit à petit une musique dans sa tête.

Il est si fatigué ! Il y a une éternité, des années et des années, qu'il est fatigué, qu'il va de l'avant quand même, malgré la tentation de se laisser aller, de ne plus résister, de renoncer une fois pour toutes.

Ils parlent toujours. Les voix s'éloignent. La porte s'ouvre et se referme. Il ne sait pas pourquoi, cette fois, on l'a fermée au lieu de la laisser entrebâillée. Est-ce un mauvais signe ? Il ne sait pas non plus si on l'a laissé seul.

Ils lui ont fait très mal, surtout très peur. Et ils lui ont enlevé le peu de confiance qu'il gardait en lui et dans les possibilités de l'homme.

Pendant dix minutes, qui lui ont paru interminables, il n'a été, maintenu sur son lit par des mains étrangères, qu'un animal affolé. S'il avait pu mordre, il aurait mordu.

Cela le rend malheureux. C'est la première fois, depuis qu'il est ici, qu'une pareille détresse l'envahit.

Une main tiède caresse son front. Mais c'est une main qui, un peu plus tôt, aidait à le tenir couché. La main de quelqu'un qui le soigne pour gagner sa vie.

Il veut dormir.

6

Il n'a pas beaucoup dormi. S'il a perdu plusieurs fois conscience et si des rêves se sont mêlés à la réalité, il est resté le plus souvent en veilleuse, sans ouvrir les yeux, se retranchant volontairement de ce qui l'entourait dans l'intention plus ou moins avouée de punir Mlle Blanche.

Les deux Italiennes sont venues faire le ménage et ont heurté de leur balai le pied de son lit. L'interne est passé, peu après les onze coups de l'horloge, est resté debout, à un mètre de lui, à le regarder, et est reparti sans rien dire. L'infirmière-chef, qu'il reconnaît à son odeur, sinon à sa présence massive, est entrée aussi et l'a branché sur le récipient de dextrose.

Il n'est pas question de coiffeur. Il doit avoir les joues et le menton d'un gris sale et, par un cheminement détourné de sa pensée, cela le conduit à son père, à son grand-père et à ses amis du Grand Véfour.

Il suffit ainsi d'un point de départ banal, pour mettre en train des idées qui, dans la vie normale, lui sembleraient ridicules. Tout dépend du point de vue où on se place.

Il trouve le moyen d'ironiser en se disant que son point de vue actuel est celui d'un homme qui se tient la tête en bas. Ce qui lui vient à l'esprit n'en est pas nécessairement sans importance. On verra plus tard.

En somme, ceux de son âge ont connu trois mondes différents. Quel que soit le niveau social où ils sont nés, ils ont eu des grands-pères à longue barbe, en redingote et en chapeau haut de forme, des grand-mères en manches à gigot. Ils ont vu leur mère en robe longue, un chignon sur le sommet de la tête, des moustaches à leur père et chacun a eu au moins un oncle fier de ses larges favoris.

Les hommes ne sortaient pas sans leur canne. Quand les premières autos sont apparues, il y avait encore de l'herbe et de la mousse entre les pavés des rues ; des femmes sortaient de chez elles, furtivement, pour ramasser avec une petite pelle le crottin laissé par les chevaux sur la chaussée.

Pour lui, cette époque se confond avec la Grande Guerre, avec le phare éteint, le garde-côte gris ancré devant les jetées, les becs de gaz aux vitres barbouillées de bleu.

La période suivante a duré jusqu'à la Seconde Guerre mondiale. Elle est plus claire, plus ensoleillée. Les robes étaient courtes, les femmes plus libres. Il découvrait Paris, s'y frayait lentement un chemin et ne se lassait pas du spectacle des Grands Boulevards.

Il lui semble qu'on n'attachait pas autant d'importance à la vie et aux problèmes individuels qu'à présent. Mais cela ne tient-il pas à ce qu'ils étaient plus jeunes ? N'avaient-ils pas l'impression qu'ils jouaient un jeu, que leurs faits et gestes ne les engageaient pas ?

1940 les a dispersés. Les uns sont partis, pour la zone non occupée, pour l'Angleterre ou les États-Unis.

Et, quand les troupes alliées ont défilé aux Champs-Élysées, on s'est compté. Il y avait des vides, des morts dans les camps de concentration, un fusillé par le comité de libération ; certains étaient devenus des héros et d'autres, traités de collaborateurs, n'osaient plus se montrer.

Les Grands Boulevards n'étaient plus le cœur de Paris. Les Champs-Élysées prenaient la relève et les autos envahissaient les trottoirs ; pour un oui ou un non on se rendait en avion à New York ou à Tokyo.

Pourquoi est-ce à nouveau plus sombre ? A cause de la menace atomique, du rythme accéléré de la vie ? Les jeunes filles portent les mêmes blue-jeans que les garçons et on prétend que les unes et les autres considèrent l'amour comme une gymnastique.

Ceux de ses amis qui ont surnagé sont devenus des gens en place ou des hommes célèbres. Ils éprouvent le besoin de se réunir chaque mois, de s'observer, de se serrer les coudes, mais jamais, au cours des déjeuners du mardi, les vraies questions ne sont posées.

Le seul lien entre eux est-il donc d'avoir vécu les trois époques, d'en garder les mêmes souvenirs et les mêmes nostalgies ?

Peut-être en a-t-il toujours été ainsi. Les hommes qui avaient leur âge au milieu du XIXe siècle ont connu des changements politiques et économiques aussi spectaculaires, des vêtements, des styles aussi différents.

Si la question le tracasse, c'est qu'il voudrait démêler la part de son évolution à lui, celle dont il est responsable, et la part de l'évolution du monde.

Quelqu'un, une femme, est venu à la porte parler à Mlle Blanche. Un quart d'heure plus tard, cette porte s'ouvre et il reconnaît une odeur de viande cuite qu'il a presque oubliée. On apporte sur un plateau le déjeuner de l'infirmière et elle mange en silence, près de la fenêtre. Il suit, d'après les sons, les mouvements du couteau, de la fourchette, des mâchoires.

On ne lui a pas donné de jus d'orange. Le professeur, vers une heure, avant de quitter l'hôpital pour aller déjeuner chez lui, vient le regarder à son tour. Maugras entrouvre les yeux lorsqu'il se dirige vers la porte et le voit en costume de ville, un costume sombre, d'un assez vilain brun, à peine coupé mieux qu'un vêtement de confection.

Deux heures plus tôt, il leur en voulait, furieux d'avoir été maintenu de force sur son lit, ulcéré de sa propre panique. Maintenant, c'est à lui qu'il s'en prend. Il s'est comporté sottement, n'essayant même pas de dominer la douleur physique, de supporter proprement les petites misères qu'on lui a faites, pour employer leur langage.

N'a-t-il pas été aussi sot que le patient qui entre en tremblant chez le dentiste et qui, à peine dans le fauteuil mécanique, entre en transes avant d'ouvrir la bouche ? Cela lui est arrivé comme à tout le monde. Chaque fois, l'intervention terminée, il a oublié sa peur et les quelques instants de douleur.

Il en est ainsi pour ses maladies. Il prétend volontiers, non sans fierté, comme si cela dépendait de lui, qu'il n'a jamais été malade. En y réfléchissant, il découvre qu'il a passé chaque année plusieurs jours dans son lit, sans compter son appendicite et les ennuis cardiaques de son adolescence.

Cent fois, passant de la salle d'attente d'un médecin dans son cabinet, il a été couvert de sueur à la perspective d'un diagnostic pessimiste et, en retirant sa chemise, il se demandait si l'heure n'était pas venue où il entrerait en état de maladie.

C'est une expression à lui. Il se comprend. On peut être malade sans le savoir, couver, pendant des années, une affection grave, tout en restant un homme comme les autres.

Puis, à cause d'un rien, d'un malaise, d'un bouton, d'un mal de gorge ou d'un pincement dans la poitrine, on consulte un docteur. On entre chez lui comme un être normal. On épie ses réactions pendant l'auscultation. Et, le verdict prononcé d'une voix embarrassée, on est devenu un malade qui ne verra jamais plus la vie sous le même jour.

Est-ce son cas ? Gentiment d'abord, puis avec impatience, Besson d'Argoulet a tenté de lui démontrer que ses pensées et ses états d'âme correspondent aux phases habituelles de sa maladie et n'ont rien d'original.

Pourquoi, de Besson, saute-t-il à son père, qui vit encore, à quatre-vingts ans, dans la maison de la rue d'Étretat où lui-même est né ?

A maintes reprises, il lui a proposé de l'installer plus près de Paris, de lui acheter, maintenant qu'il est à la retraite, une petite maison à la campagne, avec un jardin, ou de lui louer, à Fécamp, un appartement moderne où une servante prendrait soin de lui.

Son père refuse, continue à faire son ménage et à préparer ses repas comme quand René était enfant.

Lorsque, gamin, il rentrait de l'école, avec sa clef, car la maison était vide, il trouvait sur la table de la cuisine un billet au crayon avec la liste des victuailles à acheter dans le quartier.

Avant de commencer ses devoirs, il épluchait les pommes de terre, nettoyait les légumes, mettait la soupe au feu.

L'idée ne lui venait pas de jalouser ses camarades qui jouaient dans la rue jusqu'à la tombée de la nuit.

Son père ne se plaignait pas non plus. Est-ce une question d'époque ? Les humbles étaient-ils plus résignés parce qu'ils savaient qu'ils ne pouvaient rien changer à leur sort ?

Son père n'enviait personne. Il n'espérait pas gravir un échelon ou deux dans la hiérarchie sociale. Il tiendrait les écritures jusqu'à ce que l'âge l'en empêche, compterait les ballots de morue déchargés des bateaux, les vivres et les sacs de sel à leur départ.

Ils menaient tous les deux, dans la maison où les objets ne changeaient pas de place, une existence en grisaille.

Puis, à une époque que Maugras a de la peine à fixer exactement, son père a pris l'habitude de rentrer toujours un peu plus tard, une odeur de genièvre dans les moustaches.

On retarderait bientôt le dîner d'une heure, à cause de la partie de cartes chez Léon, un estaminet des quais.

Il n'est pas devenu ivrogne, mais les heures passées au café sont devenues de plus en plus celles qui comptaient pour lui et il a fini par y retourner après le repas.

Son regard est devenu plus fixe. Il lui arrivait de buter sur les mots. De temps en temps, il traversait une crise de sentimentalité et, en regardant le fauteuil d'osier, se mettait à pleurer.

On a appris à René qu'on ne juge pas ses parents. On lui a inculqué, de la famille, surtout l'abbé Vinage, une image idéale, comme celles qu'on voit dans les livres pour enfants.

Sans doute aimait-il son père. Le gamin découvrait cependant, non sans en être troublé, qu'il n'était pas intelligent, que son univers était borné, que sa résignation et sa douceur n'étaient peut-être que de la bêtise.

Lorsqu'il a quitté Fécamp, son père buvait de plus en plus et deux ou trois fois René a dû le déshabiller, le mettre au lit tandis qu'il répétait :

— Ta mère, vois-tu... Si Dieu ne me l'avait pas reprise...

C'était sa seule protestation.

— Pourquoi elle ?... Qu'est-ce que je lui ai fait, au bon Dieu ?...

A soixante-huit ans, alors qu'on le gardait par charité chez Remage, où un gendre a pris la succession de l'ancien patron, il a eu une crise de delirium tremens. Son fils ne l'a appris que plus tard, quand il était depuis trois semaines à l'hôpital, et il a fait un de ses rares voyages à Fécamp.

C'est un petit vieux tout maigre, l'air plus buté que jamais, qu'il a trouvé devant lui, dans une salle où végétaient d'autres vieillards.

— Pourquoi es-tu venu ?... Il ne fallait pas te déranger... Tu as des choses plus importantes à faire...

Aujourd'hui, il se demande si son père, au lieu de se réjouir de son succès, n'en est pas secrètement humilié. Chaque fois que, sur son insistance, il est venu passer quelques jours à Paris, il a regardé avec indifférence, sinon avec une désapprobation à peine voilée, le cadre dans lequel il vit.

— Tu es heureux, n'est-ce pas ?... Tant mieux pour toi... Il faut bien qu'il existe des gens heureux sur la terre...

Il a eu une rechute. Il est resté une semaine entre la vie et la mort. Sauvé de justesse, il a cessé de boire.

Il ne fait plus rien, que son ménage, son marché, sa promenade quotidienne autour des bassins. Son médecin, qui n'est pas le docteur Valabron, mort depuis longtemps, lui permet deux verres de vin par jour et il attend, des heures durant, le moment de les boire.

Qu'est-ce qui le retient à la vie ? Qu'est-ce qui lui donne l'énergie de renoncer à son seul plaisir, sachant que, de toute façon, il n'en a plus pour longtemps ?

Cela le trouble, lui qui, depuis qu'il est entré ici, envisage la mort sans crainte ni regret.

Il a tout et son père n'a rien. C'est son père qui se raccroche, à quatre-vingts ans, et qui a des chances de durer des années encore. Pourquoi ?

On vient reprendre le plateau. Mlle Blanche s'approche du lit. Est-elle dupe ? Soupçonne-t-elle qu'il ne dort pas, qu'il fait semblant ? Cela aussi est-il prévu, selon les normes dont Besson lui a parlé ? Les hémiplégiques se mettent-ils tous à tricher le cinquième jour ?

Car il en est à son cinquième jour de maladie, ce qui lui paraît incroyable. N'y a-t-il pas une éternité qu'un nommé René Maugras s'est affalé sur les carreaux humides des toilettes du Grand Véfour ?

On est samedi et il se demande si Besson viendra quand même le voir. C'est improbable. Le samedi matin, il se contente d'un tour rapide des salles de Broussais et souvent sa femme l'attend dans la voiture.

Ils occupent un vaste appartement rue de Longchamp, à deux pas de l'avenue Foch et du Bois de Boulogne. On y voit des Renoir, des Gauguin, deux Cézanne et un des plus beaux Monet.

Besson n'a pas eu à les acheter. Le vieux Gaude, son beau-père, dès ses débuts, avait la passion de la peinture et il acquit pour presque rien ces toiles qui valent une fortune. Il était l'ami des peintres. En sortant de la Salpêtrière, il leur rendait visite dans leur atelier. Pour être davantage en contact avec eux, il a acheté un vieux moulin au bord du Loing, près de Barbizon.

La Bluterie s'est agrandie. Besson y a fait des aménagements et ajouté une aile. A l'heure qu'il est, il doit rouler en compagnie de sa femme sur la Nationale 7.

Yvonne Besson est une des personnes les plus gaies que Maugras connaisse et une des plus indulgentes. Elle n'ignore pas que son mari a des aventures, qu'il ne peut voir une jolie femme sans la désirer. Les occasions ne lui manquent pas et, avec l'âge, c'est devenu chez lui une obsession.

Est-ce parce qu'il est malade que Maugras cherche ainsi la faille, le défaut de la cuirasse, chez ceux qui ont constitué son entourage ? On parle beaucoup des bonnes fortunes de Besson. On prétend que la plupart de ses clientes y passent, que c'est chez lui une hantise, un peu comme les verres de vin de son père.

A René aussi, il est arrivé de souffrir, devant une femme, à l'idée qu'il ne la posséderait jamais. N'est-ce pas le sentiment de Besson, toutes proportions gardées ? Celui-ci n'en est-il pas conscient, humilié ? N'est-ce pas dramatique, depuis que ses moyens physiques diminuent ?

Il lui a fait une confidence, un soir, après dîner, tandis qu'ils restaient entre hommes pendant que les femmes allaient se repoudrer.

— Vois-tu, mon petit René, depuis que je ne suis pas sûr d'aller jusqu'au bout, je m'arrange pour les prendre dans des endroits où j'ai un prétexte pour m'interrompre...

Dans son cabinet, ou entre deux portes, ou dans le bureau qui lui est réservé à Broussais. Mlle Blanche y a-t-elle passé ? Va-t-elle y passer ?

Besson d'Argoulet est célèbre. Il a toutes les satisfactions d'amour-propre auxquelles un homme peut prétendre. Il ne se passe pas d'année sans qu'il ne reçoive un diplôme de docteur honoris causa de quelque université étrangère et il préside des congrès médicaux un peu partout dans le monde.

Or, ce qui compte pour lui, c'est la complaisance d'une femme rencontrée par hasard, une robe troussée, un sein découvert, quelques mouvements qu'il s'effraie de ne pouvoir mener à leur terme.

Maugras s'est trompé en pensant que son ami court après les honneurs pour se rassurer. Ce dont il a le plus besoin, c'est de l'étalage de sa virilité, peut-être aussi de la certitude que son charme continue à opérer...

Il regrette d'avoir abordé ce sujet-là, qui entraîne des souvenirs pénibles. Lui-même n'a jamais été très viril. Il le savait déjà quand, jeune homme, il sortait de la maison d'entre les deux bassins, à Fécamp. Il se souvient d'un regard fixé sur lui, une fois qu'il s'agitait d'une façon désordonnée dans la peur d'un ratage. La femme était jeune, avait un joli visage chiffonné, un corps plaisant.

— C'est parce que tu essaies trop fort... Si tu n'y pensais pas autant...

Il n'est pas impuissant. En tout cas, il ne l'était pas quelques jours plus tôt, mais ses moyens sont plutôt en dessous de la normale. A vrai dire, il n'en est pas sûr, car il n'a jamais osé interroger ses amis sur ce sujet et, lorsqu'ils racontent leurs exploits, il les soupçonne de vantardise.

Son seul critère, c'est l'attitude des femmes à son endroit.

En général, elles l'aiment bien. Souvent elles commencent par le regarder avec curiosité, comme en se demandant ce qu'il a de différent des autres.

Est-il différent des autres ? Cela pourrait le lui faire croire. Mais chacun ne se considère-t-il pas comme différent des autres ?

Pourquoi la plupart prennent-elles assez vite avec lui une attitude protectrice, parfois maternelle ? A Fécamp, c'était concevable. Il n'était qu'un adolescent et la seule vue d'un corps nu suffisait à lui donner de véritables tremblements.

Mais depuis ? Des centaines de gens dépendent de lui. Il occupe une des positions les plus en vue de Paris, prend chaque jour des décisions qui ont une influence considérable sur l'opinion publique, qu'il s'agisse de politique, de théâtre, de littérature et même de la Bourse.

Pourquoi Lina ne se sent-elle pas en sécurité avec lui ? Pourquoi ne la rend-il pas heureuse ? Et pourquoi une femme comme Mlle Blanche a-t-elle des expressions attendries ?

Il ne peut pas garder indéfiniment les yeux fermés. Ce n'est pas juste à l'égard de l'infirmière. Elle gagne sa vie en le veillant, certes, mais elle donne aussi un peu d'elle-même. En outre, il a bavé. Il sent une traînée de mouillé sur son visage et il a très soif.

Il bouge à peine, sans bruit, que déjà elle accourt.

— Vous avez bien dormi ?

Elle a l'air amusé, comme pour lui faire comprendre qu'elle n'est pas dupe, mais qu'elle ne lui en veut pas.

— Où êtes-vous allé, cette fois ?

Sachant qu'il ne peut pas répondre, elle n'en continue pas moins, en lui essuyant le visage, puis en y passant de l'eau de Cologne :

— Je parie que vous étiez fort loin... Le voyage n'a pas toujours été déplaisant, car je vous ai vu sourire à plusieurs reprises...

Il ne s'en est pas rendu compte et il se demande ce qui a pu le faire sourire.

— Le professeur Besson a téléphoné pour s'excuser de ne pas venir aujourd'hui... Il est au courant de vos ennuis de ce matin et il vous recommande de ne pas vous inquiéter...

Il est passé devant l'hospice, à cent mètres, en se dirigeant vers la forêt de Fontainebleau. A-t-il jeté un coup d'œil aux bâtiments de pierre grise et a-t-il parlé de lui à Yvonne ?

L'enjouement de celle-ci, son équilibre, sa bonne humeur, sont-ils entièrement sincères ?

— Ce pauvre René ! Tu crois qu'il retrouvera l'usage de ses membres et de la parole ?... Pour un homme comme lui, cela doit être terrible...

Peu importe ce que son mari lui a répondu. Ce n'est pas sa santé qui intéresse Maugras pour le moment. Ce sont les autres, dont il a besoin de gratter la surface, convaincu que, s'il y parvient, il verra plus clair en lui.

Est-ce possible de savoir ?

On a laissé entrer Clabaud, l'avocat. S'est-il adressé au bureau, ou à l'infirmière-chef ? A-t-il demandé à quelqu'un la permission de lui rendre visite ?

C'est improbable. Presque tous ses amis sont arrivés au stade où on ne fait plus la queue, où on ne s'arrête pas au guichet des théâtres et où un coup de téléphone remplace des jours ou des semaines de démarches.

Ils ne font plus partie du public. Ils sont de l'autre côté du décor, savent ce que les autres ignorent, ce qu'on leur cache parce qu'il serait dangereux qu'ils soient au courant.

Clabaud a demandé son chemin avec aplomb, en homme sûr de franchir tous les barrages. Peut-être a-t-il passé inaperçu, car c'est l'heure des visites, on est samedi et il y a encore plus de monde que les autres jours dans l'escalier et dans les corridors. On se croirait à la sortie d'un cinéma.

Clabaud a frappé un coup discret à la porte, l'a tout de suite poussée sans attendre de réponse. Mlle Blanche le regarde avec surprise, puis, ne sachant pas si elle doit intervenir, interroge Maugras d'un coup d'œil.

— Alors, vieux, ils t'ont mis les jambes en l'air ?

Trouve-t-il qu'il a maigri, qu'il a mauvaise mine, surtout aujourd'hui qu'il n'est pas rasé et qu'il fait de la température ? Il n'en laisse rien paraître, tend son pardessus et son chapeau à l'infirmière, s'installe à califourchon sur une chaise.

— N'aie pas peur... J'ai pris la précaution de téléphoner à Pierre... Il m'a appris que, si tu n'es pas un patient très coopératif, tu n'en es pas moins en bonne voie... Il souhaiterait que tu commences à recevoir des visites...

Pour se changer les idées !

— Cela me fait un drôle d'effet de te retrouver ici... Il est vrai que cela doit t'en faire un plus drôle encore...

Il examine les murs verdâtres, le récipient de dextrose et son tube de caoutchouc, l'urinal recouvert d'une serviette, Mlle Blanche enfin, qui hésite à sortir.

— Je ne resterai pas plus de quelques minutes, promet-il à l'infirmière. Je ne prétends pas vous remplacer mais, s'il a besoin de quoi que ce soit, je ne manquerai pas de vous appeler...

Il est presque chauve, corpulent, mais si dur, si râblé, qu'il n'a pas l'air d'un gros.

Il n'est pas venu par hasard. La preuve c'est que, avec sa désinvolture habituelle, il a congédié la jeune fille.

Il a été bâtonnier et, lui aussi, pourrait entrer à l'Académie française s'il le désirait, ou plutôt s'il n'y comptait quelques ennemis irréductibles, car il a la dent dure.

Cinq ou six ans plus tôt, c'était sans conteste l'avocat le plus célèbre de France et il se passait peu de semaines sans que les journaux publient sa photographie.

Depuis, il doit compter avec un nouveau venu, Cantille, ce qu'on appelle un jeune, car il n'a que quarante-deux ans.

Les photos des deux hommes alternent. Les procès à grand spectacle ne sont plus le monopole de Clabaud et il est arrivé deux ou trois fois qu'ils s'affrontent dans le prétoire, l'un au banc de la défense, l'autre attaquant au nom de la partie civile.

Clabaud en souffre-t-il, comme, dans certaines espèces animales, les lions de mer, par exemple, le vieux mâle qui se voit écarté de la tête du troupeau par un jeune plus agressif et plus puissant ?

— Au fait, Pierre s'excuse... Tu sais ce qu'il en est... Le week-end est sacré, surtout pour Yvonne, qui en ferait une maladie si elle ne se retrouvait pas avec ses enfants et ses petits-enfants à la Bluterie...

Clabaud, lui, a deux fils et une fille. Un des fils est marié, la fille fiancée. Ce n'est pas par son ami que Maugras le sait. Comme par une convention tacite, ou par pudeur, ils ne parlent pas entre eux de leur vie familiale. Cela date du temps où ils se retrouvaient dans les brasseries et où on ignorait qui avait des enfants et qui n'en avait pas.

Plus tard, ils ont commencé à aller les uns chez les autres, presque toujours le soir. Les enfants étaient couchés et, s'ils ne l'étaient pas, on les tenait à l'écart dans une autre partie de l'appartement.

De sorte que c'est une surprise de recevoir de temps en temps un faire-part de mariage.

Clabaud habite le quai Voltaire, face au Louvre, au-dessus d'un marchand de livres rares et d'estampes, et, de l'autre côté de la porte cochère, d'un antiquaire spécialisé dans la haute époque. L'appartement est vieillot, austère, à l'image de Mme Clabaud qui ressemble à l'infirmière-chef.

Son mari en est-il encore amoureux ? Est-ce possible qu'il soit heureux avec une femme qui régente tout autour d'elle ? Il est un des rares convives des déjeuners du premier mardi à qui on ne connaisse pas d'aventures.

Il a un très gros cabinet et un de ses fils travaille avec lui. Chaque matin, il est debout dès six heures. Il prétend volontiers que son principal atout est de n'avoir besoin que de quatre ou cinq heures de sommeil.

Outre son rôle aux assises, il est le conseiller juridique de sociétés importantes qui lui rapportent bien davantage.

De tous leurs amis, Clabaud est le seul à avoir une activité plus dévorante que Maugras. Car Maugras, lui, se cantonne dans sa profession. Directeur de journal, fondateur de deux hebdomadaires, dont un magazine féminin, il est normal qu'il s'intéresse à la radio et qu'il fréquente les gens qui font l'actualité.

Que Clabaud, comme Besson, soit de toutes les générales, cela se conçoit. Il est passionné de théâtre et connaît ses classiques aussi bien qu'un pensionnaire du Français.

L'extraordinaire, c'est qu'il trouve le temps de satisfaire d'autres passions qui sont plutôt des manies. On lui doit, par exemple, l'ouvrage le plus complet sur les vieux hôtels du Marais et il s'est donné la peine de visiter toutes les églises romanes de France pour leur consacrer une volumineuse monographie.

Quelle portion de sa vie a-t-il donnée à ses trois enfants ?

Maugras, il est vrai, ne s'est guère occupé de sa fille.

Cela le frappe, aujourd'hui, de constater qu'ils forment comme un monde en marge du monde. Dans les couloirs et dans les salles, cet après-midi, circulent autant d'enfants que de grandes personnes, et les infirmières sont obligées de tempérer leur exubérance.

— Je sais que tu n'as pas encore le droit de parler...

Ce n'est certainement pas ce que Besson a dit. Besson a dit qu'il souffrait d'aphasie et qu'il serait pour longtemps, peut-être pour toujours, privé de la parole.

Clabaud a eu une crise cardiaque, deux ans plus tôt, et est resté une semaine en clinique. Rien de grave, lui a-t-on affirmé. Un simple avertissement. Depuis, il ne fume plus.

Quelle est sa réaction en voyant Maugras, son benjamin de quatre ans, en plus mauvais état que lui ?

Il n'en laisse rien paraître, aussi à l'aise, aussi désinvolte que dans son cabinet.

— J'ignore si tu suis l'actualité...

Son regard va de la table de nuit au guéridon sur lequel Mlle Blanche a déjeuné.

— Je m'aperçois que tu n'as pas la radio... Tu lis les journaux ?... Le tien, tout au moins ?... Non ?...

On dirait que cela le déroute, le contrarie.

— Si je comprends bien, tu laisses la bride sur le cou à l'ineffable Fernand Colère...

Cela n'a pas traîné. Il est venu avec un objectif précis.

— A propos de Colère, je lui ai passé un coup de fil ce matin... Tu te souviens de l'affaire Campan ?... Non, bien sûr... Il s'écoule tant de temps entre le moment où une affaire éclate et celui où elle passe aux assises que tout le monde a oublié...

Machinalement, Maugras cherche dans sa mémoire. C'est un réflexe professionnel. Campan... Campan... Il lui semble que cela a donné une photo en première page : un grand garçon mince, racé...

— Il y a deux ans... L'antiquaire-cambrioleur. Tu y es ?...

On a titré à l'époque : *L'Arsène Lupin des châteaux.*

Pendant près d'une année, des châteaux de Touraine, d'Anjou, de Normandie, d'un peu toutes les provinces de France, ont reçu la visite d'un cambrioleur qui choisissait avec un flair étonnant les pièces les plus précieuses, ne se laissant pas une seule fois tromper par un faux ou par une imitation.

Partout, il semblait connaître les lieux, la place des objets, savoir s'il risquait de rencontrer des domestiques ou s'il y avait des chiens.

Une nuit, deux gendarmes barraient la route de Chartres à la suite d'une affaire banale, un vol de voiture qui venait d'avoir lieu dans un village de la région. Une puissante auto était apparue en haut de la côte. Le conducteur avait hésité, ralenti sur une centaine de mètres, puis, changeant soudain d'avis, avait foncé, renversant comme une quille celui des gendarmes qui agitait une lumière au milieu de la route.

Le gendarme avait été tué sur le coup. Quant au chauffard, il aurait vraisemblablement échappé aux recherches si, à vingt kilomètres de là, dans un virage, il n'avait accroché une 2 CV.

Celle-ci avait été réduite à l'état de ferraille, les occupants, un couple et un bébé, tués. Le responsable de ces quatre morts, lui, gisait, grièvement blessé, au pied d'un arbre sur lequel il avait été projeté à travers son pare-brise.

C'était Henri Campan, trente-huit ans, antiquaire rue des Saints-Pères. On apprenait bientôt qu'il appartenait à une famille très connue à Bordeaux, que son père avait été général et son grand-père maternel sénateur de la Gironde.

Dans l'auto, on avait retrouvé des monnaies anciennes et des objets d'art volés la nuit même dans un château de la Loire.

Dans l'esprit de Maugras, il se passe pour Campan ce qui se passe pour Besson, pour Jublin, pour Clabaud, pour tous les autres. Deux ans plus tôt, cette histoire n'a été à ses yeux qu'un excellent fait divers et il l'a exploité à fond, comme ses confrères, publiant en exclusivité une interview de la mère du cambrioleur qui vivait encore en Dordogne.

Aujourd'hui ce sont des questions qu'il se pose au sujet de cet homme de trente-huit ans, sur son activité solitaire, sur l'exceptionnel concours de circonstances qui en ont fait un assassin.

Il devine ce que Clabaud va lui demander. Clabaud est l'avocat de Henri Campan et il s'agit pour lui de gagner sa cause ou d'obtenir le minimum.

— Je regrette que tu ne puisses pas le rencontrer... C'est un curieux garçon et son cas présente des à-côtés psychologiques déroutants... J'ai obtenu qu'il soit examiné par un psychiatre, mais je dois m'attendre à ce que l'expert officiel s'efforce de démolir ses conclusions... Tu sais comment cela se passe au Palais...

Maugras a compris. Il n'a plus besoin d'écouter, sinon par curiosité, pour voir comment son ami va s'y prendre.

— Je me suis permis d'en toucher deux mots à Colère, croyant qu'il restait en contact avec toi et qu'il prenait chaque jour tes instructions... Il m'a dit qu'il n'en est rien, qu'il ne t'a vu que quelques instants depuis ton accident... L'affaire passe mercredi à Orléans et tout dépendra, comme d'habitude, de l'opinion de quelques jurés...

» Selon le jour sous lequel on le présente, Campan peut aussi bien passer pour la plus cynique des canailles que pour une victime irresponsable de la fatalité... C'est ce que je vais plaider, bien entendu, et, plus j'étudie le cas, plus je crois que je suis dans le vrai...

» Le plus dangereux, dans une affaire pareille, c'est la réaction du public, l'atmosphère du procès... Autrement dit, un journal comme le tien a une grande influence... Je ne te demande pas de prendre parti... Je ne me le suis jamais permis... Ce que je désire, c'est une sorte de neutralité bienveillante...

» Qu'on ne parle pas trop, par exemple, de la veuve du gendarme, qui va éclater en sanglots dans le prétoire ; qu'on ne publie pas sa photo entrant au Palais de Justice ; qu'on n'insiste pas sur le couple et sur le bébé, surtout sur le bébé qui, à lui seul, pourrait nous valoir la condamnation à mort...

Maugras ne s'indigne pas. S'il avait dû s'indigner, il l'aurait fait depuis longtemps. Jusqu'ici, jusqu'à ce qu'il voie le monde d'un lit de Bicêtre, cela lui a paru aussi naturel qu'à Clabaud.

— Tu admettras que je n'ai jamais abusé...

C'est vrai. Et, de son côté, l'avocat lui a rendu des services parfois délicats.

— Hier soir, à la Michodière, j'ai rencontré un des frères Schneider, Bernard, je crois... Je les confonds toujours... Celui qui a une écurie de courses et qui rêve d'entrer au Jockey Club...

Ce n'est pas Bernard, mais François, l'aîné des trois frères qui possèdent quatre-vingt-dix pour cent des actions de son journal. Bernard, lui, vit la plus grande partie de l'année aux États-Unis.

Avant la guerre, ils avaient de gros intérêts en Indochine. Ils se sont retirés à temps pour monter, en France et ailleurs, des raffineries de pétrole.

— Je ne lui ai parlé de rien... J'allais oublier de te transmettre ses amitiés... Il te souhaite un prompt rétablissement...

Pour lui téléphoner à tout propos ! François Schneider préfère qu'on reste discret sur ses connexions avec le journal et il met rarement les pieds dans le bureau dont il dispose à côté de celui de Maugras. Il n'en vit pas moins dans la crainte que le journal le compromette.

— Dites-moi, René... Vous ne trouvez pas que le dernier compte rendu de la Chambre était un peu tendancieux ?... Certains de mes amis s'en sont montrés surpris...

Ou encore la place accordée en première page à des remous internationaux risque de faire baisser la Bourse...

Clabaud a pensé à tout, y compris à la paralysie de son ami. Son discours fini, non sans une discrète allusion aux grands patrons à qui il aurait pu s'adresser, il sort un papier de sa poche.

— En venant, comme je l'ai promis à Colère ce matin, je suis passé par la rédaction... Il a griffonné un mot à ton intention...

Sur la feuille, il est écrit : *D'accord, patron ?*

C'est vrai qu'on l'appelle ainsi. Il l'a presque oublié. Depuis qu'il est ici, il pense à tout sauf au journal qui, une semaine plus tôt, était l'élément essentiel de sa vie.

L'avocat ne doute pas de lui. N'ont-ils pas, depuis trente ans, l'habitude l'un de l'autre ?

— Il paraît que tu peux écrire de la main gauche...

Il s'en est assuré auprès de Besson. Il n'a rien laissé au hasard. Il est décidé à gagner son procès, moins pour Campan, dont il se moque, que pour ne pas être en reste avec son confrère Cantille qui vient de sauver la tête d'un parricide.

Il a déjà à la main un stylo en or et il glisse son portefeuille sous le papier pour permettre à René de signer.

— Merci, vieux... Si cela t'amuse, quand l'envie te prendra de lire, je peux t'envoyer copie du dossier... Tu verras qu'il y a dans cette affaire des choses que personne n'oserait inventer... Ce qui la complique encore, c'est que Campan est pédéraste et que...

On frappe à la porte. Mlle Blanche fait des politesses à quelqu'un qu'on ne voit pas encore, finit par entrer la première et par annoncer :

— Votre femme...

Pourquoi pense-t-il un instant qu'il s'agit de celle de Clabaud ? Bien entendu, c'est la sienne. L'avocat se lève, la main tendue.

— Comment allez-vous, ma petite Lina ?

Maugras a toujours la tête en bas et Mlle Blanche vient furtivement lui essuyer le nez et la bouche pour le rendre plus présentable.

— Pas trop fatigué ? lui demande-t-elle à voix basse.

Que pourrait-il répondre ? Si elle est restée derrière la porte et si elle a entendu, elle doit avoir compris.

7

Ils sont seuls dans la chambre et, comme chaque fois qu'ils restent en tête à tête, chacun éprouve un malaise qu'il s'efforce de cacher. Voilà longtemps, des années, qu'il en est ainsi. Cela a commencé rue de la Faisanderie, quand ils ne faisaient pas encore chambre à part, et cela ne se marquait alors que par des silences, ou par des phrases banales si étrangères à leurs préoccupations qu'elles étaient plus pénibles que le vide. Les regards s'évitaient et quand, par inadvertance, ils se rencontraient, chacun s'efforçait de sourire.

Il pleut toujours. Il y a des gouttes d'eau sur la gabardine de Lina, sur ses cheveux bruns qui tombent droit, épousant l'ovale étroit de la tête, jusqu'aux épaules où une large boucle en redresse les pointes.

Comme Clabaud, son premier coup d'œil a été pour ses jambes surélevées et il a bien vu qu'elle recevait un petit choc de le voir ainsi, la tête en bas, ce qui doit changer l'aspect de son visage.

— Bonjour, René... Je ne te dérange pas ?... Tu en avais fini avec Georges ?...

Mlle Blanche est sortie derrière l'avocat et reste discrètement dehors. Il lui a semblé qu'elle ne le quittait qu'à regret, devinant que cette visite va encore le troubler.

Lina est debout et son manteau ouvert découvre un tailleur de Chanel qu'elle porte surtout en week-end. Elle n'a pas bu, tout au plus le verre indispensable.

Elle a dû se lever vers midi. Est-elle sortie la veille au soir ? C'est probable. Elle a sonné Clarisse, sa femme de chambre personnelle. Quand ils se sont installés à la Résidence George-V, où le service est assuré, il a insisté pour qu'elle garde Clarisse, car elle ne supporte pas la solitude.

Elle a besoin de quelqu'un à qui parler. Pas de lui. A lui, elle ne parle pas. N'importe qui d'autre, à la rigueur un barman qu'elle ne connaît pas.

Qu'a-t-elle mangé ? Un œuf et une tranche de jambon ? Elle fait rarement un vrai repas. Elle mange de moins en moins, non pas par régime, car rien ne la fait grossir, mais parce qu'elle n'a plus d'appétit.

S'il sait qu'elle n'a bu qu'un verre, c'est que ses mains ont encore leur tremblement de la première partie de la journée, le tremblement qu'on voit aux drogués. Un whisky l'atténue à peine. Ce n'est que petit à petit, à mesure que les heures passent et que les verres se succèdent, qu'elle prend de l'assurance, retrouve sa vitalité et même une gaieté qui n'est pas factice.

Il les a souvent entendues rire, elle et Clarisse, en rentrant en fin d'après-midi pour se changer, mais, dès son arrivée, elles redevenaient sérieuses.

De quoi a-t-elle peur ? Car elle a peur. Depuis longtemps, il essaie de comprendre sans y parvenir. Des explications lui passent périodiquement par la tête, toujours les mêmes, qui lui paraissent plausibles sur le moment ; puis une attitude de Lina, un mot prononcé par inadvertance, ou une scène comme ils en ont de plus en plus souvent, remet tout en question.

Elle n'a pas téléphoné pour savoir s'il désirait la voir aujourd'hui. Cela signifie que, comme Clabaud, elle a quelque chose à lui demander et, à cause du tailleur de laine, il sait de quoi il s'agit.

— Le temps doit commencer à te sembler long, mon pauvre René, surtout depuis que tu vas mieux... Tu ne veux pas que je t'envoie ta radio ?... Ils ne te permettent pas encore de lire ?... Dans un jour ou deux, on pourrait peut-être t'installer la télévision ?...

Il connaît cette voix un peu blanche, cette mollesse de la lèvre inférieure quand elle parle sans conviction, sans penser à ce qu'elle dit, seulement pour échapper au silence.

Il est vrai que cela doit être impressionnant de s'adresser à un homme incapable de répondre dont on est obligé d'épier les regards. Cette idée ne lui est pas encore venue à l'esprit. N'est-ce pas pour cette raison que tous ceux qui l'approchent, y compris les médecins, ont une attitude qui manque de naturel ?

Il y a fatalement des temps morts. L'interlocuteur ne peut pas parler sans répit. Seul Clabaud y est à peu près parvenu et c'est son métier.

Lina ne sait où se mettre, si elle doit rester debout ou s'asseoir.

— Je peux fumer ?

Il fait oui, entend un peu plus tard le bruit caractéristique de l'étui à cigarettes en or qui se referme, le déclic du briquet assorti.

— Malgré la pluie, autant d'autos se précipitent vers les grand-routes qu'au printemps...

Elle a de beaux yeux couleur noisette — tiens ! un mot d'une de ses tantes qui lui revient... — mais on y sent en permanence une certaine fièvre, comme si elle ne se détendait jamais, comme si une pensée la rongeait, qu'elle s'obstinait à garder pour elle.

Il refuse d'y penser maintenant. Il n'y a pas eu de transition entre les deux visites et celle de Clabaud lui laisse un goût de honte.

Ce n'est pas exactement de la honte, ni de l'écœurement. Il est surpris, ébranlé, comme s'il venait de faire une découverte, si on l'avait mis soudain en face d'une réalité qu'il a toujours refusé de voir.

Il a hâte qu'elle parte. S'il pouvait parler, il lui dirait :

— D'accord, mon petit... Je te le permets... Amuse-toi bien...

Elle le regarderait une fois de plus comme une coupable qu'on démasque. Car elle se sent coupable. Parfois, il croit savoir de quoi. Il se sent coupable aussi, d'une façon différente, mais ce n'est pas un problème à affronter quand on a de la fièvre.

A-t-il encore de la température ? Il n'est pas accablé. Il se sent comme un chien au fond de sa niche, à suivre des yeux les gens qui passent et à les flairer de loin.

— Je ne sais que décider... Marie-Anne m'a téléphoné à deux heures... Tu la connais... Elle dresse des plans et s'étonne quand les autres ne les adoptent pas avec enthousiasme... Je lui ai répondu que...

Peu importe ce que Lina a répondu. Le résultat sera pareil, et pas seulement parce que Marie-Anne est en effet autoritaire.

Les gens qui comptent à Paris ne l'appellent entre eux que Marie-Anne, comme s'il n'y avait personne d'autre au monde à porter ce prénom. Son nom est Marie-Anne de Candines. Elle est comtesse. Son mari est mort depuis dix ans. Il n'a pas compté dans sa vie, sinon pour lui donner son nom, et elle s'est toujours comportée comme s'il n'existait pas.

C'était un garçon blond et fade, un des derniers Parisiens à porter monocle et à partager son temps entre son club, la salle d'armes et les champs de courses.

Elle est israélite, apparentée de plus ou moins près aux Rothschild. Son père était banquier. Il est mort aussi et sa mère mène encore, à près de quatre-vingts ans, une existence mondaine dans sa propriété du cap d'Antibes.

Marie-Anne est le chef de file de tous ceux qui mènent un certain genre de vie et affichent certains goûts. Elle réunit autour d'elle, dans son hôtel particulier de l'Alma et au château de Candines, des jeunes et des moins jeunes, des écrivains hommes et femmes, des cinéastes, des couturiers, de jolies filles qui font du théâtre ou voudraient en faire, deux peintres et un certain nombre de pédérastes.

Elle a eu plusieurs liaisons assez longues et ne s'en cache pas. Chacun sait qu'un diplomate, bien qu'elle touche à la soixantaine, continue à lui rendre visite et passe souvent la nuit chez elle. Il n'appartient pas à la bande et s'en tient écarté.

— J'adore les pédérastes ! professe-t-elle volontiers. Ce sont les seuls hommes à comprendre les femmes, les seuls qui, en dehors de l'amour, ne sont pas ennuyeux...

Il voudrait dire à Lina :

— Dépêche-toi... Elle t'attend...

Il en est toujours ainsi avec sa femme : elle a si peur d'être mal comprise ou mal jugée qu'elle met une éternité à exprimer la moindre pensée.

— Ils vont tous passer le dimanche à Candines... Marie-Anne part de chez elle à cinq heures...

Il est trois heures et demie. En comptant avec les encombrements du samedi, Lina mettra près d'une heure pour atteindre la place de l'Alma. Qu'elle s'en aille donc !

— Je lui ai dit que je préfère rester à Paris pour le cas où tu aurais besoin de moi...

La phrase est maladroite, elle s'en aperçoit elle-même et rougit, s'empresse d'ajouter :

— Tu pourrais, demain, avoir envie de me voir...

C'est équivoque. Pourquoi aurait-il tout à coup besoin d'elle ? Si quelqu'un téléphonait au George-V pour demander à Lina d'accourir à Bicêtre, ce ne serait pas lui. Ce serait Mlle Blanche, ou l'infirmière-chef, et cela signifierait qu'il serait mourant ou mort.

Quant au désir de la voir, elle sait qu'ils passent leur temps à s'éviter, puisque c'est le seul moyen pour l'un et l'autre de conserver son équilibre.

Pourquoi elle n'a pas bu avant de venir ? Parce que, la première fois, elle a compris qu'il humait son haleine. Parce qu'elle n'ignore pas qu'il devine à tout coup.

Il ne lui adresse pas de reproches, évite d'exprimer la moindre sévérité par son regard. Quand elle est à bout de nerfs, elle lui crie :

— Je n'ai même plus la possibilité de penser sans que tu le saches !...

Contre qui, contre quoi se débat-elle, toute seule, au lieu d'accepter son aide ? Ce n'est pas vrai qu'il sache tout. La preuve, c'est qu'il ne la comprend pas encore et qu'il se morfond de son côté.

Il lui sourit. Encore faut-il qu'il prenne garde à son sourire, car elle y voit volontiers de l'ironie, ou de l'indulgence, et l'indulgence la hérisse plus que tout le reste.

Il fait oui de la tête, cherche de la main gauche le bloc que Mlle Blanche a dû laisser à sa portée, le crayon. Il tâtonne. Elle comprend, se lève et lui tend le crayon qu'il ne trouvait pas.

— Tu parviens déjà à écrire ? Je parie que, dans une semaine, tu parleras comme avant...

Elle n'ignore pas qu'il va dire oui. Elle le savait avant de venir. Sa visite n'est qu'une formalité. Si elle ne s'est pas contentée de téléphoner, c'est par scrupule, parce qu'elle aurait dû passer par l'intermédiaire de l'infirmière. Elle a préféré traverser tout Paris dans la tempête.

— Je n'aurai même pas besoin d'emmener Léonard, ce qui lui fera un jour de congé... Marie-Anne tient à ce que je fasse le trajet dans sa voiture...

Le château de Candines se trouve dans l'Eure-et-Loir, près de Verneuil, entouré de centaines d'hectares de forêt.

Il écrit : *Va.*

Que pourrait-il ajouter ? Amuse-toi bien, c'est trop long. Il n'en a pas le courage. Il exprime son souhait par un regard doux et affectueux. Comme il devait y attendre, Lina s'inquiète. Croit-elle qu'il se moque d'elle ? La juge-t-il si mal qu'il se figure qu'elle ne peut pas passer un jour sans ses amis ?

— Tu sais, René, si je me décide à y aller, c'est plus pour Marie-Anne que pour moi... Je suis assez souvent contente de la trouver pour ne pas lui faire faux bond le jour où elle a besoin de moi...

Mais non ! Marie-Anne n'a pas besoin d'elle. Elle a horreur d'être seule, elle aussi, voilà tout, et elle n'est à son aise qu'au milieu de sa petite cour.

— J'allais oublier de te parler d'autre chose... Tu y as sans doute pensé aussi et je tiens à te rassurer... Il s'agit du déjeuner de demain à Arneville... Dimanche dernier, j'ai entendu que tu invitais des amis à revenir... Comme les journaux n'ont pas mentionné ton accident, j'ai préféré leur téléphoner... N'aie pas peur... Je n'ai donné aucun détail... Je me suis contentée de dire que tu ne te sens pas bien...

Ce n'est pas vrai non plus. Elle a tout raconté, tout ce qu'elle sait, y compris l'endroit où on l'a retrouvé sans connaissance. C'est plus fort qu'elle. Elle se raccroche à n'importe quoi, à n'importe qui, au téléphone, à la femme de chambre, au concierge de la Résidence avec qui elle bavarde longuement chaque fois qu'elle entre ou qu'elle sort.

Le concierge sait déjà qu'elle se rend à Candines pour le week-end, qu'elle est ici pour lui en parler, qu'elle a des scrupules, qu'elle ne s'éloigne qu'à contrecœur mais qu'elle serait à Paris en une heure et demie s'il arrivait quelque chose...

Les amis de Marie-Anne conduisent vite et n'ont que des Ferrari, des Aston-Martin ou des Alfa Romeo.

Il a envie de lui crier :

— Mais va donc !

Non : de le lui dire tendrement, avec lassitude. Ne comprend-elle pas que le moment est mal choisi pour lui donner à réfléchir sur certains sujets ? Depuis des années, il parvient à n'y presque pas penser, un peu comme si quelque chose, au fond de son être, peut-être l'instinct vital, repoussait un problème dangereux.

Qu'on ne lui gâche pas sa maladie, peut-être sa mort. Il a besoin de paix. Elle aussi en aurait besoin, surtout qu'elle vivra. Ne trouvera-t-elle pas automatiquement cette paix quand il ne sera plus là ?

Ce n'est pas sûr. Il est peut-être trop tard. Ses mains tremblent davantage que quand elle est entrée et il a pitié d'elle. Il lui faut un verre au plus vite.

Elle va aller le prendre en sortant. Elle entrera dans le premier bistrot venu et les clients échangeront un clin d'œil en la voyant descendre d'une Bentley conduite par un chauffeur en livrée pour avaler de l'alcool sur le zinc. Elle n'en a plus honte. Tant mieux ! S'il s'y était pris autrement...

Non ! Il efface. Il coupe le contact, refuse de se laisser envahir par un trouble qu'il ne connaît que trop. Encore un sourire. Un bon sourire encourageant.

— Tu es sûr, René, que tu...

Mais oui ! Mais oui ! Va... Raconte-leur que tu m'as trouvé la tête en bas, que tu en as reçu un choc, que j'avais l'air résigné ou impatient, peu importe... Raconte-leur ce que tu voudras, un verre à la main, les yeux de plus en plus brillants... Mais, de grâce, va !

On dirait qu'elle comprend. Elle cherche un cendrier pour y écraser sa cigarette marquée de rouge à lèvres.

— J'ose à peine te souhaiter bon dimanche, René... Il aurait été plus juste que cela m'arrive à moi...

Il ferme les yeux. Il n'en peut plus. Elle se penche pour lui mettre un baiser sur le front.

— A lundi... Je téléphonerai à Besson lundi matin...

Il écoute ses pas s'éloigner, la porte qui s'ouvre, le piétinement des visiteurs et les voix dans le couloir.

Il écarte les paupières pour accueillir Mlle Blanche, plus grave que tout à l'heure, soucieuse, et qui le regarde comme si elle le plaignait sans bien comprendre.

Elle a deviné que quelque chose ne va pas entre Lina et lui comme, lors de la première visite, elle a deviné que Lina avait bu. Se demande-t-elle lequel des deux est responsable ?

— Vous êtes triste ?

Un non vigoureux de la tête, si vigoureux que sa réaction le surprend.

— Fatigué ?

Ce n'est pas cela non plus. Il est fatigué, certes, mais cela ne date pas d'aujourd'hui, ni de son entrée à l'hôpital.

Barbouillé ? Le mot serait déjà plus juste, même s'il n'exprime pas tout. Il ne faut pas qu'elle se fasse de soucis à son sujet. D'ailleurs, ignore-t-elle que, selon Besson, il ne fait que suivre le processus de sa maladie, aussi précis qu'une courbe de température ?

Il regarde la pluie tomber et cela lui fait plaisir, parce que cela donne plus d'intimité à la chambre où il aime que Mlle Blanche aille et vienne. Ils commencent à se connaître. A-t-elle regretté aussi que leur tête-à-tête soit interrompu à deux reprises cet après-midi ?

Elle doit se demander quels sont ses rapports exacts avec sa femme, quel lien il y a encore entre eux, pourquoi, comment ils ont décidé un jour de faire leur vie ensemble.

Elle n'est pas la seule à se poser la question. Tous leurs amis se la posent ou se la sont posée, les femmes surtout, qui observent Lina curieusement. Certaines le regardent ensuite, lui, d'un œil compatissant.

Elles ont tort. Il ne regrette rien. Il aime Lina. Il a autant besoin d'elle qu'elle a besoin de lui et il fera tout au monde pour ne pas la perdre.

Il vaut mieux penser à autre chose, à n'importe quoi, tout en suivant des yeux l'uniforme blanc de l'infirmière, et il cherche dans sa tête comme un enfant cherche, parmi ses jouets, lequel choisir.

En vérité, il ne choisit pas. Telle pensée s'impose, presque toujours inattendue, et il arrive qu'elles sortent par deux à la fois sans avoir nécessairement un lien entre elles.

Ce sont plutôt des questions. Il n'en finit pas de se poser des questions, de chercher des réponses.

Il surgit aussi des images qu'il croyait avoir oubliées. Georges Clabaud, en robe noire, coiffé de sa toge, une serviette sous le bras, l'entraînant à travers la foule des pas perdus, au Palais de Justice, vers la IIe ou la IIIe Chambre où se déroule un procès important.

C'est avant la guerre. Il est déjà rédacteur en chef, mais d'un journal moins important que celui qu'il dirige à présent. On s'est battu pour les places. Beaucoup de femmes du monde, y compris Marie-Anne de Candines, qu'il ne tutoie pas encore.

Clabaud est allé chercher une chaise dans la coulisse pour installer

Maugras tout près du banc des avocats, en dehors du public, de sorte qu'il peut se prendre pour un des officiants.

A certain moment, une jeune avocate qui suce des pastilles de menthe lui tend sa boîte en lui faisant signe de la passer à l'accusé.

Clabaud croit-il en la Justice ? Besson d'Argoulet, lui, ne croit pas en la médecine, tout au moins à la façon de la plupart de ses confrères et encore moins à la façon des malades.

— Nous guérissons bon nombre de nos patients mais, la plupart du temps, nous ignorons comment et pourquoi... Chaque fois que nous pensons faire une découverte, de nouvelles questions se posent, si bien que cela ressemble plutôt à un pas en arrière qu'à un pas en avant... Dans cent ans ou dans cinq siècles, nos descendants parleront de nous comme nous parlons des sorciers africains...

Ce scepticisme n'est-il qu'une coquetterie de sa part ? Clabaud, quand il plaide, ou quand, entre eux, il parle de ses clients, prend-il son rôle au sérieux ? Joue-t-il un rôle ?

Maugras, à cinquante-quatre ans, est mieux placé que la plupart pour connaître les hommes et la société, de par sa profession qui lui permet de voir le dessous des cartes.

Depuis cinq jours qu'il est couché avec la quasi-certitude de ne pas se relever, il s'efforce de se comprendre, d'avoir enfin une opinion sur lui-même.

La visite de Lina vient une fois encore de lui prouver qu'il est loin de compte, guère plus avancé que quand, enfant, les paroles de l'abbé Vinage, au catéchisme, le faisaient trembler.

— Nos gestes, nos paroles, nos pensées nous suivent.. Rien ne se perd...

Or, dans les tribunaux où Clabaud passe le plus clair de son temps, on juge un homme en un jour, en deux ou trois jours au plus, avec la foule autour, qui joue un peu le rôle des élèves entourant Besson ou Audoire lorsqu'ils font solennellement la tournée des salles.

— J'étais son instituteur... A onze ans, déjà, il montrait des dispositions pour...

— Je suis le médecin de la famille... Je l'ai vu naître... A trois ans...

Puis la concierge, le chef de bureau, n'importe qui apporte un lambeau de vérité ou d'erreur.

L'homme seul entre ses deux gendarmes, le menton dans les mains, le regard vague ou trop fixe.

Maugras n'a pas de gendarmes à ses côtés. Il y a bien l'infirmière-chef, qui ne tardera pas à venir le voir, et qui pourrait tenir ce rôle.

Audoire, c'est le président, sûr de lui, impassible, inattaquable.

Et Besson ? Un des assesseurs. Il y a toujours un assesseur aux cheveux argentés, au teint rose, qui sort d'un bon déjeuner et sourit avec bienveillance.

Lina n'est pas dans la salle. Ses amis lui ont dit que ses nerfs ne tiendraient pas le coup. Elle attend qu'on lui téléphone les nouvelles au fur et à mesure des débats.

— Non ! Il ne paraît pas abattu. On dirait qu'il se désintéresse de ce qui se passe autour de lui...

Et Mlle Blanche ? N'est-ce pas la jeune avocate qui passe des pastilles de menthe à l'accusé ?

— Voilà comment j'aime vous voir, détendu, presque souriant... Il est temps de prendre votre température...

Ils sont bien, tous les deux. Les salles et les couloirs se sont vidés des visiteurs. La nuit tombe. Le ciel reste pluvieux. L'infirmière regarde le thermomètre et se montre satisfaite.

— Le professeur a eu raison... Vous êtes presque revenu à la normale... S'il était ici, il vous permettrait probablement un peu de purée, mais je n'ose pas en prendre la responsabilité... Ce sera pour demain... Vous avez faim ?...

Il n'a pas faim. Il est calme. Il essaie de calculer le temps qu'il lui reste à passer avec Mlle Blanche avant que Joséfa prenne la relève. Ce n'est pas désagréable non plus de savoir Joséfa couchée à côté de lui, ni de regarder, le matin, sa poitrine se soulever paisiblement...

On entend toujours les autos qui passent, les Parisiens qui s'en vont, comme Besson, comme Lina, comme presque tous leurs amis...

Lui, il reste.

Il a raté sa demi-heure du matin ainsi que le réveil de Joséfa, bien que les cloches sonnent à toute volée. Le lit pliant a déjà repris sa place dans le placard et, ce qui le tire du sommeil, d'un rêve dont il essayera en vain de se souvenir toute la journée, c'est l'ouverture brutale de la porte, une voix de femme qui lance, joyeuse :

— Bonjour, mon bon monsieur... On m'appelle Angèle et c'est moi qui vais remplacer Mlle Blanche aujourd'hui auprès de vous...

Le jour est presque entièrement levé. La femme est toute petite et toute ronde dans son uniforme, que sa chair gonfle de partout. Sa vitalité explose dans la chambre, si calme et feutrée d'habitude. Son visage est peuple, bon enfant, et on l'imagine échangeant des injures pittoresques avec la crémière ou la marchande de poisson.

Il a un pincement au cœur en la regardant, car Mlle Blanche s'est rendue coupable d'une sorte de trahison en ne le prévenant pas la veille. Elle n'a pas osé lui annoncer qu'elle ne viendrait pas, qu'elle aussi prendrait son dimanche.

Pourtant, c'est la veille qu'elle s'est montrée le plus compréhensive avec lui et ils n'ont jamais été si bien ensemble que pendant la seconde partie de l'après-midi.

A-t-elle craint qu'il proteste ou s'efforce de la faire changer d'avis ? Ou encore qu'il s'agite et passe une mauvaise nuit ? A-t-elle été gênée d'introduire sa vie privée dans l'univers de l'hôpital ?

— Elle est à la campagne, comme les autres !

Il ne parle pas. C'est en dedans qu'il lance sa réplique avec amertume. Parce que c'est dimanche, on le lâche, on le livre aux soins d'une étrangère.

Angèle, puisque c'est le nom de cette femme courte sur pattes qui vient de faire irruption chez lui, ne perd pas un instant et lui installe l'urinal.

— Vous ne désirez pas le bassin ?... Bon ! Je n'insiste pas... Certains en ont besoin dès leur réveil...

Elle parle, elle parle, sans cesser de s'agiter avec le même entrain, la même bonne humeur.

— La pauvre ne trouvait personne pour la remplacer... A son âge, quand on est restée enfermée toute la semaine, on a besoin de se changer les idées... Je savais que vous seriez déçu de trouver, au lieu d'une jolie fille, une grosse mémère comme moi...

Elle doit avoir entre quarante ans et cinquante ans.

— Vous verrez qu'on s'entendra bien tous les deux... D'abord, je vous connais déjà un peu, par ouï-dire, car mon frère travaille à votre journal... C'est d'ailleurs pourquoi j'ai proposé tout de suite de donner mon dimanche...

» Mon frère s'appelle Thévenot, Xavier Thévenot... Il est typographe... Vous ne l'avez peut-être pas remarqué, dans une maison pleine de monde... Il a eu le nez cassé et il bégaie...

Thermomètre. Pouls. Elle ne porte pas sa montre au poignet, mais suspendue par une épingle de nourrice sur sa poitrine.

Le changement d'atmosphère, avec elle, est si violent qu'il en est abruti. Elle va. Elle vient. Elle ne se tait pas un instant.

— Je vois que la pénicilline a fait son effet... Le professeur sera content... Il paraît froid, comme ça, mais on ne soupçonne pas à quel point il prend ses malades à cœur...

Elle l'observe, non pas à la dérobée, comme les autres, mais en le regardant carrément de ses yeux clairs.

— Vous, au moins, vous êtes calme... On voit tout de suite que vous êtes un homme intelligent et que vous comprenez... Le plus dur, ce sont les malades qui ne croient pas ce qu'on leur dit... On a beau leur donner des explications, ils s'entêtent comme des mules et se rongent à cause de toutes les idées qu'ils se mettent dans la tête...

» Et les femmes, donc !... Moi, je suis dans une salle de femmes, de l'autre côté du grand escalier... C'est près des mentaux... Avant, on ne recevait pas de femmes à Bicêtre... Elles allaient toutes à la Salpêtrière et il n'y avait ici que des hommes...

» A présent, tout change, tout se mélange et on ne s'y retrouve plus : les incurables, les fous, les malades, les femmes, on trouve de tout dans les bâtiments...

Il ne pleut plus. L'air est calme. Le ciel, au-dessus du toit d'ardoises qui sèche par plaques, est d'un bleu de printemps, sans un nuage. Quand les cloches se taisent, on est surpris du calme qui règne dehors, de l'absence des poids lourds et des bruits de la semaine.

C'est le calme d'un dimanche matin et, dans l'hôpital, il y a moins de va-et-vient que les autres jours. L'infirmière-chef n'est pas encore passée. Il se demande si elle viendra ou si, elle aussi, l'abandonne à son sort.

Comment expliquer que, parce que c'est dimanche, il a besoin de moins de surveillance et de soins que les autres jours ? Besson, à la campagne, ne se soucie pas de lui. Audoire n'est pas venu la veille au soir, ce qui laisse supposer qu'il est parti en week-end.

Si son état s'était aggravé au lieu de s'améliorer ? La grosse infirmière ne l'a jamais vu, ne sait rien de lui, sinon ce qui est écrit sur sa feuille.

— Comme je l'ai dit à Mlle Blanche, c'est un plaisir de garder un monsieur comme vous... Je vais faire votre toilette... Je sais qu'il faut que je me serve d'eau de Cologne pour vous frictionner...

» Je vous impressionne encore ?... Vous verrez que, dans une heure, vous croirez me connaître depuis toujours... Au premier abord, j'effraie un peu, parce que je suis grosse et que je n'y vais pas par quatre chemins... Quand on a comme moi une salle de femmes sur le dos...

» J'aimerais que vous puissiez voir ça... Certaines pleurent toute la journée dans leur coin et refusent de manger, d'autres piquent de vraies crises d'hystérie et se roulent par terre pour qu'on s'occupe d'elles...

» C'est fou ce que les femmes peuvent être jalouses les unes des autres... Si je m'attarde un moment avec une, je peux être sûre que trois ou quatre autres vont réclamer le bassin, pour ne rien faire d'ailleurs...

» J'en ai une qui a passé la soixantaine et qui a élevé cinq enfants... On penserait que cela l'a rendue raisonnable... Pas du tout !... Elle, c'est vingt fois, trente fois par jour qu'elle demande le bassin et, dès qu'elle a été capable de parler, elle s'est plainte au professeur d'être laissée sans soins...

» Heureusement que le professeur Audoire les connaît... Bien sûr, ce n'est pas drôle... Je me mets à leur place... Ce n'est quand même pas une raison, parce qu'on est malade, pour rendre tout le monde malheureux autour de soi...

» Essayez de remuer votre jambe... Celle que j'ai à la main... Mais si !... Essayez !... Cela ne vous fera pas mal... Vous, comme je vous vois, vous allez vous servir de vos deux jambes plus vite que vous le pensez... Fiez-vous à Angèle !... Même M. Audoire reconnaît que j'ai l'œil et me demande parfois :

» — Angèle, qu'est-ce que vous pensez du 7 ?...

» Il m'en est tant passé par les mains !... Nous, on vit avec les malades du matin au soir... On les voit plus que les médecins, qui ne passent qu'un moment avec chacun...

» Je ne devrais pas vous parler ainsi... Je ne le ferais pas avec un autre... Je sais que vous ne vous frapperez pas... Quand on nous amène une nouvelle, eh bien ! après deux jours, je peux dire si le lit sera occupé longtemps ou non... Et, neuf fois sur dix, je préviens ma collègue de nuit qu'une telle ne sera plus là le matin...

» Tout à l'heure, quand le soleil sera un peu plus haut, j'ouvrirai la fenêtre... Il vous faut de l'air... Vous ne devez pas vivre dans le renfermé...

Elle le manie comme un bébé, lui lave le sexe avec un soin particulier et n'hésite pas à en plaisanter.

— Il faut la soigner aussi, celle-là... Elle aura encore à servir...

Les autres, qui travaillent dans les salles, sont-elles comme elle, ou bien est-il tombé sur un phénomène ? Il commence à comprendre pourquoi Besson s'est félicité d'avoir obtenu pour lui Mlle Blanche.

Angèle a pourtant raison. Il s'habitue à sa vulgarité, à sa verdeur, si ahuri par cette vitalité qu'il en oublie de penser et de se replier sur lui-même.

— Bon ! Vous voilà bien propre, bien frais... J'appelle le coiffeur, afin que vous soyez beau si vous avez des visites...

Le vieux coiffeur le rase pendant que deux femmes de ménage vaquent au nettoyage. Une seule des Italiennes est de service. L'autre femme, le front buté, ne prononce pas un mot, ne s'excuse pas quand son balai cogne les pieds du lit.

Les cloches sonnent. Elles vont sonner pour chaque messe. Le coiffeur, en le quittant, se dirige vers la grande salle et, dès neuf heures, les ombres défilent dans une seule direction.

— Ils descendent à la chapelle, explique Angèle. Vous êtes catholique ? Le chapelain est venu vous voir ?... C'est un brave homme, discret... Ce n'est pas comme son prédécesseur, qui effrayait les malades en se précipitant à leur chevet sans qu'ils l'aient réclamé...

» Cela impressionne, quand on n'est pas bien, de voir un prêtre surgir au pied de son lit comme s'il vous apportait l'extrême-onction...

» Moi, je ne crois ni en Dieu ni au diable, et cela ne me ferait rien... J'ai vu des femmes persuadées que leur dernière heure était venue et à qui il était impossible de faire entendre raison...

» Avec cet aumônier-ci, aucun danger... Il ne vient que si on l'appelle, fumant sa grosse pipe qui le fait ressembler aux petits vieux de l'hospice...

L'infirmière-chef ne s'est toujours pas montrée. Il n'a pas aperçu sa silhouette derrière la vitre.

— Je vais chercher votre jus d'orange... Je reviens tout de suite...

Le ciel est de plus en plus bleu, d'un bleu léger. L'air aussi doit être léger dehors, débarrassé de son humidité et de ses poussières par les torrents d'eau de la veille.

Sans lui en demander la permission, Angèle a jeté les œillets jaunes qui étaient fanés et, quand elle revient avec le jus d'orange, elle apporte une rose.

— Je n'aime pas qu'un vase reste vide, surtout un aussi joli vase... J'ai chipé une fleur dans un des bouquets de l'autre chambre privée... Le malade ne risque pas de s'en apercevoir, car il n'a pas sa tête à lui...

Qui est-ce ? Pour la première fois, il est curieux d'un de ses voisins d'hôpital. Elle relève la tête du lit, lui tient la tasse-pipe à laquelle il boit sans effort.

Tout le désoriente. Il ne retrouve pas sa routine. L'interne aussi le surprend. Ce n'est pas celui qui vient d'habitude et il porte des verres si épais qu'on voit ses prunelles grosses comme des billes.

— Il a bien pris son jus d'orange, docteur... Il est très sage... Nous sommes en train de lier connaissance et nous ne tarderons pas à devenir bons amis... Sa température est un peu au-dessous de la normale, 36° 6... Son pouls est bon, régulier...

D'habitude, on ne parle pas de ces choses-là devant lui. Les autres échangent des coups d'œil, chuchotent dans un coin, vont s'entretenir à mi-voix dans le corridor.

Est-ce parce que la grosse femme ne le traite pas comme un malade privé, mais comme on les traite dans les salles ? Même le médecin ne se contente pas de lui demander d'ouvrir la bouche ou de murmurer quelques mots rassurants.

— Je lis votre journal, comme tout le monde... Ce que je préfère, ce sont les échos... Je vous fais mal ?... Non ?... Soulevez le bras gauche... Un peu plus... Encore... Très bien... Maintenant, essayez de remuer les doigts de la main droite...

» Je suppose que ce n'est pas une seule personne qui écrit tous les échos sous la signature de Dorine ?... Il faudrait qu'elle passe ses soirées à courir d'un théâtre à l'autre, ses nuits dans les cabarets, qu'elle soit l'après-midi aux courses et à la Chambre tout à la fois...

» Cela m'intéresserait, un jour, si ce n'est pas indiscret, de visiter un grand journal et d'en observer le mécanisme... Respirez... Par la bouche... Profondément... Parfait !... La trachée est complètement dégagée, les bronches sont claires...

L'interne continue, autant pour Maugras que pour l'infirmière :

— Je ne vois pas l'utilité de le garder plus longtemps dans une position inconfortable... Vous pouvez le mettre à plat... S'il est gêné par des mucosités, il sera temps de le redescendre...

Elle a l'air de dire, malicieuse :

— Est-ce que j'avais raison ?

Le médecin poursuit, debout, comme s'il s'adressait à une personne normale :

— Je serai de garde toute la semaine et j'aurai l'occasion de vous revoir... Je suis enchanté de vous connaître, tout en regrettant que les circonstances ne soient pas agréables pour vous... C'est votre quatrième jour ?

Il consulte la feuille.

— Sixième... Vous êtes en avance et les progrès vont se suivre à un rythme accéléré... Bonne journée !... Si vous avez besoin de moi, Angèle sait où me trouver...

Elle explique, dès qu'il est sorti :

— Ce garçon-là a du mérite, car il a fait ses études tout en gagnant sa vie... Il a même gardé les bébés, le soir, pour les couples qui vont au cinéma... Il est intelligent et sait s'y prendre avec les malades... On prétend que c'est un futur professeur et je n'en serais pas étonnée... Vous n'avez pas froid ?... J'ouvre la fenêtre ?...

Il s'est replié d'instinct, comme s'il craignait le contact brutal du grand air. Il ne s'agit pas seulement de l'air. C'est son premier contact avec l'extérieur et il entend soudain les pas sur le gravier des allées.

— Si vous voyiez comme les petits vieux se régalent !... Les jours de pluie, ils sont maussades, grognons, ne savent où se mettre... C'est tellement plein, ici !... Savez-vous qu'on compte plus de deux mille cinq cents malades et incurables ?... Ajoutez les infirmières, les gardes, les médecins, le personnel des cuisines...

» Avouez que c'est bon de respirer... Ce matin, on pourrait se croire au printemps... Hier, tout le monde était à cran et nous avons eu du mal dans tous les services. La pluie n'en finissait pas, le vent, le vent surtout, qui énerve... En une seule nuit... Vous êtes sûr que vous n'avez pas froid ?...

— Non...

Il n'a pas remué la tête. Il a *dit* non. Avec sa bouche. Sans qu'on le lui demande. Le son a été à peu près normal. Il en tremble, éprouve le besoin de pousser l'épreuve plus avant, articule :

— Je n'ai pas froid...

Il a envie de rire, les larmes aux yeux. Il a parlé ! Il peut parler !

— Dites donc, mon bon monsieur, on fait de drôles de progrès !... Qu'est-ce qu'Angèle vous avait annoncé ?... Est-ce qu'elle avait raison ?...

Mlle Blanche est punie de sa désertion. Ce n'est pas avec elle qu'il a prononcé ses premières paroles, car on ne peut pas compter ses balbutiements d'avant-hier. Il lui fera la surprise, demain, pour se venger.

Et Audoire ? Va-t-on le mettre au courant ?

— Savez-vous ce que je propose ? Je vais demander qu'on vous prépare une bonne purée, avec du jus de viande, et je vous jure que vous la mangerez, que demain au plus tard vous n'aurez plus besoin de ce récipient...

Il parle encore, pour s'assurer que cela n'a pas été un hasard.

— Je n'ai pas faim...

— Vous aurez faim tout à l'heure... Même si vous ne vous sentez pas d'appétit, vous aurez du plaisir à vous alimenter autrement qu'avec une aiguille et un tube en caoutchouc...

Il ne sait plus que penser. Lorsqu'elle le laisse seul, il fixe la fenêtre d'un regard intense et se sent bouleversé. Tout est changé. Rien ne se passe comme il l'a prévu, comme il était si sûr que cela se passerait. Il dit à voix haute, pour lui seul :

— Je parle...

Il répète deux ou trois fois, dans le silence de sa chambre :

— Je parle... Je parle...

Il a peur que sa voix ne s'éteigne. Elle ne s'éteint pas.

Non seulement il parle, mais il va manger, Angèle le lui a promis et il la croit.

Lina est au château de Candines avec Marie-Anne et sa bande. Besson, à la Bluterie, joue avec ses petits-enfants. Clabaud doit profiter du week-end pour s'enfermer dans son cabinet. Où est allée Mlle Blanche ? Avec qui ? Audoire lui-même est absent, et l'infirmière-chef.

Il en a profité pour parler. Il faudra qu'il s'habitue à cette idée. Il n'y était pas préparé. C'est venu d'une façon soudaine, étrange, alors qu'il n'y pensait pas.

— Et voilà, mon bon monsieur... J'espère que vous n'avez rien contre les carottes ?... C'est le seul légume qu'ils aient aujourd'hui à la cuisine... On vous prépare une purée de pommes de terre et de carottes arrosée de jus de veau... Le soleil vous fait mal aux yeux ?... C'est moi qui vous fatigue ?

— Non... C'est...

La voix ne lui manque pas. Ce sont les mots, c'est la réponse qu'il ne trouve pas. Il a besoin de fermer les paupières, de rester immobile, sans rien dire, sans penser.

Il était si sûr d'en avoir fini !

8

C'est probablement de l'enfantillage, mais ces enfantillages-là prennent parfois, sur le moment, plus d'importance que des préoccupations graves. On est lundi. Il s'est éveillé à temps, juste quand l'horloge de l'église frappait les six coups.

Joséfa dort dans son lit pliant. Il a sa demi-heure. Il peut penser à tout ce qu'il veut sans qu'on le dérange. Pourquoi n'est-il pas content ?

La veille, il a hésité à demander à Angèle de ne dire à personne qu'il parle, pour en faire la surprise à Mlle Blanche. Il remettait toujours cette démarche à plus tard et Joséfa est arrivée, en retard de dix minutes, en manteau de demi-saison rouge qu'elle venait d'étrenner et qui gardait l'odeur du magasin de confection. Le béret, sur ses cheveux cuivrés, était du même rouge. Elle était essoufflée, comme quelqu'un qui a couru.

— Je vous demande pardon, Angèle... Je suis en retard... Je vous ai retenue...

— Moi, vous savez, depuis que ma fille est mariée et que je vis seule...

— Et vous, monsieur Maugras ? Vous avez passé une bonne journée ?

Angèle l'a regardé malicieusement et il n'a pas eu le cœur de la décevoir.

— Très bonne... a-t-il répondu.

Cela ne lui procurait déjà plus le même plaisir. Vers la fin de la journée, sa voix lui paraissait moins naturelle qu'il l'avait d'abord pensé, assez rauque, comme quand on a une forte angine. Certaines syllabes sortaient mal, avec une tendance à se chevaucher.

— Que dites-vous de ça ? s'est exclamée Angèle.

— Je suis si contente !

Cela lui déplaît de s'en souvenir. Il retrouve, à son réveil, plus de problèmes que jamais. Va-t-on continuer à s'occuper autant de lui ? Va-t-on lui laisser Mlle Blanche, dont on a peut-être besoin pour un autre malade ?

Angèle, la veille, lui a appris qu'on manque d'infirmières, non seulement dans les salles, mais davantage encore pour ceux qui peuvent s'offrir le luxe d'une garde privée.

— Vous comprenez, on ne trouve pas facilement des jeunes filles qui acceptent de travailler douze heures par jour...

C'est un travail, bien sûr. Il a tendance à oublier que Mlle Blanche ne passe ses journées avec lui que parce que c'est son métier. Besson non plus ne s'imposera plus de traverser Paris chaque jour pour le voir.

Il appréhende que le petit monde qui s'est formé autour de lui ne commence à se désagréger, le laissant plus seul que jamais. Or, il a perdu la ressource, il s'en rend compte ce matin, de s'enfoncer en lui-même. C'est en vain qu'il cherche à retrouver un certain état qu'il lui est difficile de définir.

Il a entrepris, dans la tiédeur de son lit, une sorte de mise au point, de révision, qui est loin d'être terminée, et il ne peut pas la continuer à froid.

Ce qui, avant, lui arrivait de temps en temps, n'advient-il pas à tout le monde ? On se couche sans penser à rien de précis. On essaie de s'endormir. On se tourne et on se retourne dans son lit sans plus savoir si on est en état de veille ou de demi-sommeil. Les pensées deviennent de plus en plus différentes de celles de la journée. On pressent des vérités qu'on n'envisage pas à froid et il y a presque toujours un court instant pendant lequel tout paraît clair, lumineux.

Le matin, on essaie vainement de s'en souvenir, à moins que, s'en souvenant, on ne s'efforce d'oublier, parce que cela bouleverserait la vie de tous les jours.

Il regarde d'un œil distrait Joséfa dormir, écoute les bruits, sans attention ni plaisir. Audoire, qui ne dispose que de deux chambres privées dans son service, n'aura-t-il pas besoin de la sienne ?

Il a à peine eu le temps de s'habituer. Angèle a été trop bavarde. Elle a fini par lui raconter sa vie et celle de sa fille avec le même entrain lassant. Peut-être a-t-il trop parlé aussi, pour un premier jour ? L'émerveillement initial passé, il n'en tirait plus aucune joie.

Joséfa rejette la couverture, se frotte les yeux, consulte sa montre.

— Bonjour !... C'est curieux que vous soyez toujours éveillé avant moi... Vous avez l'habitude de vous lever tôt ?...

— Hier, j'ai dormi plus tard...

— Moi, mon jour de repos, je reste au lit jusqu'à dix heures... Cela me semble si bon de dormir la nuit, comme tout le monde...

Debout, elle rattache son soutien-gorge, arrange son uniforme, ses cheveux. Elle se dirige vers la porte que Mlle Blanche, en tenue, pousse au même instant. N'est-elle pas plus animée que d'habitude ? Est-ce l'effet d'une journée passée loin de l'hôpital ?

— Bonjour ! lance-t-elle à son tour en se campant devant le lit et en le regardant avec malice.

Il hésite, se demande si elle sait, finit par prononcer du ton d'un enfant boudeur :

— Bonjour...

— Continuez... Dites autre chose...

Elle n'est pas surprise. On l'a mise au courant.

— Dire quoi ?

— Que vous ne m'en voulez pas d'avoir pris mon congé sans vous en avertir...

C'est vrai qu'il se conduit ridiculement. Il s'en rend compte, lui rend son sourire.

— Je vous demande pardon...

— Content ?

— Oui... Je crois...

Joséfa lui a dit au revoir et a quitté la pièce. La routine commence : urinal, thermomètre, pouls...

— Il paraît que vous avez mangé de la purée...

Ce n'est pas Joséfa qui le lui a appris. Elle n'a pas dû rencontrer Angèle. Cela signifie que ce qui se passe dans sa chambre fait le tour de l'hôpital.

— J'aurais dû vous prévenir samedi. J'ai hésité. J'ai craint que vous ne passiez une mauvaise nuit. Les malades n'aiment pas les nouveaux visages. J'étais sûre qu'avec Angèle tout se passerait bien. Que dites-vous d'Angèle ?...

S'il ne répond pas, cette fois, c'est parce qu'il n'a rien à répondre.

— Elle est un peu bruyante, mais j'aimerais connaître mon métier comme elle. On peut lui confier les salles les plus difficiles...

Devine-t-elle à quoi il pense en l'observant d'un œil soucieux ? Il a envie de lui demander comment elle a employé son dimanche. Il n'ose pas. C'est elle qui aborde indirectement le sujet.

— J'oubliais que j'ai un petit cadeau pour vous...

Elle sort de sa poche un cornet en carton glacé bleu, ornementé de dessins dorés et marqués d'un prénom : Yves. Il ne comprend pas, s'inquiète, se demandant si elle a un enfant. En quoi cela le concerne-t-il ?

— Ce sont des dragées... Hier, je suis allée chez ma sœur, à Melun, et on a baptisé son troisième garçon, qui vient d'avoir un mois... J'en suis la marraine...

Il s'est tourmenté à tort. La veille, puis encore ce matin avant sa venue, il a imaginé, exprès, Mlle Blanche dans des postures érotiques, avec un homme. Comme jadis pour Mme Remage, il éprouvait le besoin de la salir. Ne devrait-il pas lui en demander pardon ?

— Ma sœur, plus jeune que moi, a épousé il y a cinq ans un instituteur... Elle était alors institutrice à Origny, un village près de Melun... Pendant deux ans, même après la naissance du premier enfant, ils ont continué à travailler tous les deux et, chaque soir, mon beau-frère se rendait à Origny à bicyclette pour retrouver sa femme...

» Au second enfant, qui lui a donné beaucoup de mal au début, elle a été obligée de renoncer à son poste...

» Maintenant, ils ont trois garçons, une maison minuscule dans la cour de l'école et un vieux tilleul devant leur porte...

Cela lui rappelle Fécamp, en plus clair. La veille, le soleil brillait comme aujourd'hui.

— Si je n'avais été la marraine, je n'aurais pas pris mon jour de congé...

— Merci...

Elle transcrit le chiffre de sa température sur la feuille et, pour la première fois, il demande :

— Combien ?

— 36° 6. Je ne devrais pas vous le dire. Votre pouls est normal. Êtes-vous prêt pour votre toilette ?

Elle aussi, comme Angèle, après l'avoir lavé à l'éponge des pieds à la tête, lui tripote les doigts.

— Remuez-les... Mais si, vous pouvez... Encore...

Il s'agit de sa mauvaise main, la droite. Il la regarde et voit les phalanges plier légèrement. Elle lui demande ensuite de remuer les orteils, mais il y parvient moins bien.

— Laissez-moi faire... Ne craignez rien...

Elle lui saisit les deux jambes, les sort du lit puis, lui tournant le buste, passe un bras autour de ses épaules. Inquiet, il se laisse faire et se trouve bientôt assis au bord du lit, les jambes pendantes.

Cela lui donne le vertige. Si elle le lâchait, il tomberait sur le côté, ou en avant. Tout contre elle, il sent le modelé et la tiédeur de son sein contre son épaule.

Il reconnaît à peine ses propres jambes, tant elles ont maigri en si peu de temps. Il n'a presque plus de mollets.

— Efforcez-vous de vous tenir droit... C'est le premier exercice de la série... Demain, vous vous appuierez sur vos deux pieds...

C'est plus gênant qu'avant, d'avoir le bas du corps nu. A cause du contact avec l'infirmière, il craint une érection pour laquelle il n'aurait plus l'excuse de l'inconscience ou de la fièvre.

Il vient à peine d'y penser que cela se produit et il balbutie :

— Je vous demande pardon...

— Ce n'est rien... Je suis habituée...

Ainsi, ses réflexes intimes font aussi partie d'un processus dont chaque étape est prévue !

— Cela suffit pour aujourd'hui...

Elle le recouche, tire le drap.

— Vous aimez les céréales au lait, ou les préférez-vous à l'eau ?

Il ne sait pas ce qu'il a répondu. Elle est allée lui chercher un bol de céréales trop sucrées qu'elle lui a fait manger à la cuiller.

L'infirmière-chef apparaît alors qu'on lui donne la becquée.

— Il paraît qu'on est en grand progrès, ici...

Mlle Blanche lui annonce :

— Il vient de rester assis au bord du lit pendant près de cinq minutes...

— Très bien ! Très bien !

Et, désignant le récipient de dextrose :

— Vous pourrez enlever ça...

Il n'est pas sûr, lui, qu'on n'aille pas trop vite. Il a l'impression de ne pas suivre. Ils sont pressés de le réinstaller dans l'univers de tout le monde qui a été longtemps le sien. Il n'y est pas préparé ; il n'y croit pas encore et il les soupçonne de vouloir se débarrasser de lui.

Les deux Italiennes arrivent avec leurs seaux et leurs brosses. Un aspirateur fonctionne dans le couloir. Il ne l'a pas entendu les jours précédents et il en déduit qu'on ne s'en sert qu'une fois ou deux par semaine. Un homme pousse l'appareil dans la chambre et, pendant un temps, sa tête est pleine de bourdonnements.

Le ménage à peine terminé, c'est au tour du coiffeur.

— Vous ne désirez pas que je vous coupe les cheveux ?

— Pas aujourd'hui...

— Dites donc, mademoiselle Blanche, il parle, votre malade...

Et, à Maugras :

— Cela fait plaisir, hein ?... J'en ai vu qui, de joie, versaient toutes les larmes de leur corps...

Il n'est pas certain que ce soit de la joie. Les autres n'ont-ils pas éprouvé, comme lui, de la peur, devant cette barrière qui disparaît soudain ? C'est le premier pas d'un retour forcé parmi les hommes. A quoi ne le forcera-t-on pas ensuite ?

Le médecin de la veille, aux prunelles en bille derrière les gros verres, arrive à grands pas, s'adresse d'abord à l'infirmière.

— Bon dimanche ?... Ce baptême s'est bien passé ?...

— L'après-midi a été très gai...

— Et vous, comment vous sentez-vous ce matin ?

Maugras est maussade, plus maussade encore depuis quelques instants, depuis que l'interne est entré. Tout à l'heure, lorsqu'il était question de la sœur de Melun, il a demandé à Mlle Blanche :

— Et vous ? Vous ne pensez pas à vous marier ?

— D'abord, pour se marier, il est indispensable d'être deux... Ensuite il faut que les circonstances le permettent...

Elle avait le regard nostalgique en lui faisant cette réponse et peut-être vient-il de comprendre pourquoi. Il croit saisir, entre elle et l'interne, une familiarité, une connivence qui ne tient pas seulement à ce qu'ils travaillent dans le même hôpital. Il lui dit vous. Elle aussi. Mais cela ressemble à un jeu. Il jurerait que les regards se disent :

— La journée n'a pas été trop longue ?... Tu as parfois pensé à moi ?

— Tout le temps, grand sot... Et toi ?... Tu as eu beaucoup de travail ?...

Il n'est pas sûr d'avoir raison. Leur façon d'être ne lui rappelle pas moins certains couples qu'on rencontre dans la rue et qui l'ont toujours fasciné. Ils ne se tiennent pas par le bras, marchent comme les autres passants, et pourtant on sent, du premier coup d'œil, qu'ils sont en parfaite harmonie et qu'ils forment comme un noyau dur dans la foule. Il lui est arrivé de les suivre, de les épier d'un œil jaloux comme pour percer à jour leur secret avant qu'ils disparaissent dans le métro ou dans un cinéma.

— Ainsi donc, cette aphasie n'est plus qu'un mauvais souvenir... Content ?...

Ils tiennent tous à ce qu'il soit content. Est-ce un mensonge de leur répondre oui ? Serait-il capable d'expliquer la vérité ?

C'est vrai, d'ailleurs, que, dans un certain sens, il est content. Il n'en reste pas moins décidé à se défendre et il ne permettra pas qu'on le précipite prématurément dans la vie. Il n'est pas encore sûr de vouloir y retourner.

— Le professeur vous verra un peu plus tard, car il est très occupé ce matin... Deux cas urgents sont arrivés à quelques minutes l'un de l'autre...

Ils échangent des coups d'œil par-dessus son lit et chaque fois on dirait que leur cœur bondit d'allégresse. En quoi cela le touche-t-il, puisqu'il n'est pas amoureux de Mlle Blanche ? Sa vie privée ne le concerne pas. Il est persuadé que Joséfa a des amants et il n'en est pas troublé, alors qu'il a presque décidé, s'il se rétablit, de faire l'amour avec elle.

— Il a mangé ?

— Des céréales... Sans difficulté...

— Eh bien ! il ne me reste qu'à vous souhaiter une bonne journée à tous les deux...

Elle le reconduit jusqu'à la porte, ne le suit pas dans le couloir, exprès, parierait-il, parce qu'elle a compris qu'il a deviné leur secret. La preuve, c'est qu'elle n'est pas tout à fait elle-même quand elle revient vers lui, lui jette des regards curieux et finit par murmurer :

— C'est un brave garçon... Le professeur Audoire le considère comme son meilleur assistant...

Méritant aussi ! Il a travaillé pour payer ses études ! Un futur professeur !... Angèle lui a déjà raconté tout ça. Qu'est-ce que cela peut lui faire ? Il n'a aucune envie de divorcer pour épouser Mlle Blanche.

— Il faut être deux... a-t-elle dit.

Ils sont deux.

— ... et il faut encore que les circonstances le permettent...

Serait-il marié ? Il n'a pas pensé à regarder s'il porte une alliance. Elle ne l'est pas. Attendent-ils que la situation du jeune interne soit établie ? Sont-ils amants ?

Tout va vite, ce matin. On voit que ce n'est pas dimanche. On pourrait croire que, pour se faire pardonner leur absence de la veille, ils mettent les bouchées doubles. On s'agite partout. Les portes ne cessent de s'ouvrir et de se refermer, les infirmières de passer, courant presque, dans le couloir. Voici Audoire, pressé, lui aussi, mais plus à son aise que les autres jours.

— Comment allez-vous ?...

— Bien, docteur...

— Il paraît que vous vous êtes assis au bord de votre lit... C'est parfait... Je suis content aussi que cette petite inflammation des voies respiratoires ait cédé si vite... Cela vous permettra de commencer plus tôt la rééducation... Notre ami Besson n'est pas venu ce matin ?...

Mlle Blanche, par habitude, répond à sa place.

— Pas encore...

Besson aussi, à Broussais, doit rattraper le temps perdu la veille.

— J'ai vu que vous avez commencé à vous alimenter... Votre existence va devenir plus agréable... Vous avez de l'appétit ?...

— Un peu...

En réalité, il répond sans conviction. Jusqu'ici, on ne lui demandait pas son avis. Il est désorienté qu'on s'adresse à lui, se sent gauche, mal à l'aise. Il a besoin de mettre de l'ordre dans son esprit mais ils ne semblent pas disposés à lui en laisser le loisir.

Déjà, ils lui paraissent différents. Audoire devient banal. Ce n'est plus qu'un médecin comme les autres, prenant machinalement le pouls de son malade, penchant la tête, l'oreille au stéthoscope, prononçant d'une voix indifférente des mots qu'il répète cent fois par jour :

— Toussez... Respirez... Toussez... Très bien...

Lui aussi lui souhaite une bonne journée et va porter les secours de son ministère à un autre malade, puis à un autre, et ainsi de suite jusqu'au moment de rentrer chez lui.

Il est midi et René n'a pas eu un instant de tranquillité. Les chariots passent dans le corridor et les casseroles font un bruit de ferraille. Mlle Blanche sort pour quelques instants, revient avec une assiette à soupe pleine de purée vert pâle et, assise à côté de lui, commence à le nourrir à la cuiller.

Besson choisit cet instant pour apparaître et Maugras lui en veut, aussi gêné que quand l'infirmière lui fait un lavement.

— Que t'avais-je dit, mon petit René ?

Bien sûr qu'il l'avait dit et qu'il triomphe !

— Je suppose que tu as compris pourquoi je ne suis pas venu hier... Tu connais Yvonne... Si elle passait un dimanche loin de la Bluterie et de ses petits-enfants, elle en ferait une maladie... Maintenant que tu as recouvré la parole, ta vie ici va changer... Je ne vois aucun inconvénient, par exemple, à ce que ton rédacteur en chef qui a un drôle de nom que j'oublie toujours...

— Colère...

— Je ne vois aucun inconvénient à ce que Colère passe chaque jour quelques minutes pour prendre contact avec toi... Mlle Blanche veillera à ce qu'il ne prolonge pas ses visites et à ce qu'il ne te fatigue pas... Je connais ta passion pour ton journal...

Besson le connaît mal et se trompe.

— Il n'est pas question que tu reçoives des gens du matin au soir et que ta chambre devienne une salle de rédaction, mais deux ou trois visites par jour...

Qui ? Pourquoi ? Besson pense-t-il à Lina ? Lui a-t-elle encore téléphoné ?

— Je vois qu'il existe une prise de téléphone près de ton lit... Je suppose qu'ils ont un appareil qu'on peut y brancher... J'en parlerai à l'infirmière-chef...

Il fait non de la tête, car il a la bouche pleine. Cela lui rappelle le temps si proche où c'était le seul moyen pour lui de s'exprimer.

— Je n'en ai pas envie... articule-t-il enfin.

Plus exactement, il a dit :

— Je n'en ai pas en-quille...

Il fallait que cela arrive justement avec Besson !

On l'a enfin laissé seul. Mlle Blanche déjeune dans la salle à manger des infirmières. Elle lui a recommandé en partant :

— Reposez-vous... Vous avez eu une matinée fatigante... J'essayerai de rentrer sans bruit et de ne pas vous éveiller...

Il n'a pas l'intention de dormir. Il ne veut pas non plus rester les yeux ouverts à fixer le toit baigné de soleil de l'autre côté de la fenêtre. Il sait exactement quel degré d'assoupissement il doit atteindre, encore qu'il soit incapable d'y arriver à sa guise.

Sur le point de le quitter, Besson s'est ravisé.

— Devine qui est venu nous demander à déjeuner à la Bluterie... Marelle et Nadine... Ils essayaient leur nouvelle voiture...

Maugras était à la générale de la première pièce de Julien Marelle, en 1928, et il s'en souvient mieux que d'événements récents. Plus il avance en âge, moins les mois, les années laissent de traces et des trous se produisent dans sa mémoire, il y a des faits qu'il ne parvient à situer qu'à deux ou trois ans près.

Marelle, depuis, a écrit une pièce chaque année. Au fond, c'est toujours la même pièce, la même formule qu'il a mise au point et qui l'a conduit à l'Académie.

S'en rend-il compte ? Regrette-t-il de n'avoir pas suivi une autre voie ?

Il habite depuis vingt ans son appartement de la rue Blanche, un peu plus haut que le Casino de Paris, et c'est sa compagne qui change presque à chaque pièce. Ou bien il se met en ménage avec sa vedette, ou bien il écrit un rôle pour une nouvelle maîtresse, toujours aussi amoureux, aussi dramatiquement passionné. En fait, ces femmes qui se succèdent, et à qui il arrive de reprendre leur place après un intérim, lui valent des complications sans nombre.

Maugras ne pense pas à Lina, refuse d'y penser. Il le fera un jour, il le sait, et alors il épuisera le sujet une fois pour toutes, il ira au fond de la vérité. Le moment n'est pas venu.

Il n'a pas envie de penser au journal non plus, ni à Colère, encore moins aux trois frères Schneider. Les images ne suivent pas nécessairement le fil de ses idées et ce sont, si l'on peut dire, les images qui ont raison. Ce sont elles, il en est persuadé, qui correspondent à ses préoccupations profondes, comme les rêves. Il se souvient confusément d'une discussion sur le rêve et de quelqu'un qui exposait une théorie séduisante sur ce sujet.

Ce qu'il comprend mal, c'est que la plupart des images soient aujourd'hui des images de femmes. Pourquoi Mlle Blanche le préoccupe-t-elle et pourquoi, à cause d'elle et de l'interne aux grosses lunettes, a-t-il été de mauvaise humeur toute la matinée, au point de se montrer peu aimable avec son ami Besson qui est parti tout déconfit ?

Il n'a pas été amoureux de Pilar. Les femmes n'ont joué qu'un rôle accessoire dans sa vie. On pourrait soutenir qu'elles n'ont eu aucune influence sur lui, sur son destin, que le travail seul a compté et l'a passionné.

Il n'est pas un obsédé des jupons, comme Besson. Il ne serait pas non plus capable, comme Jublin, de mener une seconde existence, en marge des brasseries et de ses amis, dans un logement étouffant de la rue de Rennes. Il n'est pas tenté, à la façon d'un Marelie, de se créer chaque année un grand amour.

Pas une fois, depuis qu'il est ici, il ne s'est revu à son bureau, ou au marbre, ou dans n'importe laquelle de ses activités professionnelles.

Pourtant, la caricature publiée récemment par un hebdomadaire est assez bien le reflet de la vérité. Elle le montre un téléphone dans chaque main, un visiteur en face de lui, lui racontant sa petite histoire, une secrétaire à qui il dicte, tandis que Fernand Colère, à la porte, se demande s'il peut entrer.

La seule fois qu'il ait pensé au bureau, c'est le visage de Zulma, la dactylo qu'il n'a vue que deux ou trois fois, qui lui est venu à l'esprit.

Maintenant, sans raison, ses tout premiers débuts lui reviennent. Il est descendu à la gare Saint-Lazare, portant ses deux valises, dont une, déglinguée, était serrée par une courroie.

Il faisait gris et froid. Dans le train, il venait d'être fâcheusement impressionné par la laideur de la banlieue. Tout cela, il le sait, mais il ne le revoit pas. Cela ne revit pas en lui. Il a traîné ses valises d'hôtel en hôtel sans rien trouver d'assez bon marché et il a atteint ainsi la place Clichy.

Pas une image dans sa mémoire, pas un frémissement. Par contre, comme pour illustrer cette période glauque de sa vie, il retrouve Pilar, la vitrine de la rue Auber, la scène de l'hôtel.

Si l'abbé Vinage a raison, ce choix qui se produit à son insu a un sens. Ce n'est pas de gaieté de cœur qu'il revoit cette image-là car, comme celles de la maison d'entre les deux bassins, elle est humiliante. N'est-ce pas significatif aussi ?

C'était l'après-midi de Noël, son premier Noël à Paris, et il avait passé le soir du réveillon à errer seul dans les rues, à envier les couples qui s'engouffraient joyeusement dans les restaurants.

Il n'avait pas encore d'amis. Il avait rencontré une seule fois Marelle, dans l'antichambre d'un journal de la rue du Croissant, et ils s'étaient contentés d'échanger quelques mots.

Bien que passant le plus clair de son temps sur les Boulevards et rue Montmartre, où se trouvaient alors les journaux, il continuait à habiter l'hôtel Beauséjour, rue des Dames, dans le quartier des Batignolles, où il devait occuper trois ans la même chambre, d'abord seul, puis avec Marcelle, sa première femme, et leur fille a bien failli y naître.

En quittant Fécamp, il avait emporté assez d'argent pour vivre deux mois et les deux mois touchaient à leur fin. Il n'était parvenu à placer qu'une demi-douzaine d'échos qui lui avaient été payés dix ou vingt francs, il ne se rappelait plus le chiffre.

Peut-être est-ce parce qu'il est dans un lit, qu'il a failli mourir, qu'il n'est pas sûr, malgré ce qu'on lui répète, de redevenir normal, qu'il s'attache tant à ces détails ? Tiens ! Il a passé le cap qu'Artaud, son reporter, n'a pas franchi. Artaud est mort le quatrième ou le cinquième jour et lui en est à son septième.

Du soir de Noël, il se rappelle un restaurant, rue du Faubourg-Montmartre, avec une large banderole : *Réveillon — Orchestre — Bal — Cotillons*. Les rideaux étaient tirés. On ne voyait que des ombres chinoises, comme ici derrière la porte vitrée, et on entendait la musique et les rires.

Il est remonté à pied aux Batignolles. Il a dormi tard. Un voile gris et froid recouvrait la ville comme s'il allait neiger. Il pourrait peindre ce ciel-là, d'une teinte unie, sans luminosité, les maisons dont les moindres gerçures ressortaient, les toits aux arêtes très vives.

Il a déjeuné ou mangé des croissants quelque part, il n'en sait rien. A trois heures — une grosse horloge marquait trois heures — il se tenait debout, les mains dans les poches, devant une vitrine de la rue Auber, une vitrine très longue, d'une compagnie de navigation, dans laquelle était exposée la maquette d'un transatlantique.

Pourquoi regardait-il, fasciné, ce bateau d'un mètre de long, avec ses hublots, ses différents ponts, ses canots de sauvetage dans leurs portemanteaux ?

Les rues étaient vides. On n'y voyait que quelques familles, des enfants endimanchés qu'on menait voir leur grand-mère ou leur tante.

A un moment donné, quelqu'un s'est trouvé à côté de lui, dont il a d'abord vu l'image floue dans la glace. C'était une jeune fille aux cheveux noirs qui ne paraissait pas avoir chaud dans un manteau trop léger, d'un vert acide.

Depuis trois semaines, par économie, il résistait à la tentation des professionnelles qui battaient la semelle à deux pas de chez lui, boulevard des Batignolles. Est-ce la raison de son courage ? Ils se regardaient tous les deux dans la vitre, le bateau noir, blanc et rouge au milieu de leur double image. Un des deux a dû sourire le premier.

Il n'a aucune idée de ce qu'ils se sont dit avant de marcher côte à côte, sans savoir où ils allaient, longeant machinalement les Grands Boulevards où il n'y avait presque pas de circulation.

Dans un mauvais français zézayant, elle lui a appris qu'elle était espagnole et qu'elle était venue à Paris avec la famille d'un diplomate sud-américain dont elle gardait les enfants.

Il serait bien en peine de décrire son visage. Elle n'était pas jolie, dans le sens qu'il donnait alors à ce mot. En y pensant, il découvre que Lina a quelque chose d'elle.

Il a dû lui faire répéter plusieurs fois son prénom, Pilar, qu'il trouvait inharmonieux.

Il ne soupçonnait pas qu'il penserait à elle trente ans plus tard, dans la solitude d'une chambre d'hôpital. Au moment même, c'était une rencontre sans importance.

Il se reconnaît mal dans le jeune homme qu'il était ce jour-là. Il se demandait, faute d'argent, ce qu'il allait faire d'elle, hésitait à lui proposer le cinéma dont il regardait les affiches au passage. Il avait failli se réfugier dans une des brasseries aux vitres embuées qu'on devinait pleines de bonne chaleur.

Un trou. Comment l'a-t-il conduite dans un hôtel de passe de la rue Bergère ? Il s'étonne de tant d'audace. Le premier baiser de Pilar, quand ils ont été seuls dans la chambre, était si savant, si nouveau pour lui, qu'il l'a choqué.

Elle a éclaté de rire.

— Tu sais pas ?

Ils devaient être à peu près du même âge, mais elle jouait le rôle d'aînée. Combien de fois n'a-t-elle pas eu l'occasion de répéter, avec son curieux accent :

— Tu sais pas ?

Il l'a regardée se déshabiller sans que cela laisse de trace. Tout ce qu'il sait, c'est qu'elle était plutôt maigre, que ses seins étaient très pointus. Il voyait pour la première fois des seins aussi pointus, avec des bouts presque bruns.

Quand il a voulu la prendre, à la façon dont il avait l'habitude à Fécamp et au Havre, elle a protesté, toujours comiquement.

— Il faut pas faire amour comme brute, René...

Elle prononçait *broute*. Elle s'amusait. Plus il se montrait gauche ou surpris, plus elle prenait de plaisir.

— Couche... Toi tu couches et fermes yeux...

Ils sont restés trois heures enfermés dans la chambre qui s'est imprégnée de leur odeur. Elle prenait les initiatives, éclatant de rire devant ses embarras et ses pudeurs. Lorsqu'ils se sont rhabillés, elle a questionné :

— Combien tu as payé la chambre ?

Il ne comprenait pas pourquoi elle s'en inquiétait. Elle a fouillé dans son sac, en a tiré de l'argent qu'elle lui a tendu.

— Si... Si... Toi ta part... Moi ma part... Comme sur lit...

Il n'a pas osé la vexer en refusant. Ils ont à nouveau marché dans les rues où les becs de gaz étaient allumés. Ils ont remonté les Champs-Élysées de bout en bout et il se demande ce qu'ils ont pu se dire.

La nuit était tombée depuis longtemps quand ils ont atteint l'avenue Hoche, où Pilar s'est arrêtée devant un hôtel particulier à la façade ornée d'un écusson et d'une hampe de drapeau.

Elle lui a donné un baiser rapide avant de se précipiter en courant, non vers la grande porte, mais vers l'entrée de service, sans se donner la peine de lui demander où et quand ils se reverraient.

Jamais ! Sans doute n'en avait-elle pas envie. Deux fois, il avait rôdé devant l'hôtel particulier. L'office, au sous-sol, était violemment éclairé et, la seconde fois, il avait aperçu Pilar en uniforme conversant gaiement avec un valet de chambre.

C'est cela qui surnage de ses débuts à Paris, et non ses démarches dans les rédactions, ses attentes dans les antichambres, ses premiers contacts avec ceux qui sont aujourd'hui ses amis.

Si ! Il y a une autre image, et c'est encore une vitrine, boulevard de Clichy, non loin de chez Graf, justement, mais avant l'époque Graf, la vitrine d'une charcuterie.

Par économie, il mangeait le plus souvent dans sa chambre, du pain, du saucisson, du fromage, parfois des tripes qu'il réchauffait sur une lampe à alcool, obligé de la poser sur l'appui de la fenêtre, à l'extérieur, pour éviter que l'odeur ne se répande dans l'hôtel où il était interdit de cuisiner.

Ils ont continué ce système, plus tard, Marcelle et lui. Ils n'étaient pas les seuls.

Dans la vitrine du charcutier, on voyait des plats préparés, médaillons de langouste en gelée, poulets rôtis, coquilles de crevettes, pâtés en croûte, presque toujours garnis d'une rondelle de truffe.

En rentrant chez lui, le soir, il s'arrêtait pour contempler ces victuailles inaccessibles, le front contre la vitre froide que son haleine embuait.

Marelle est passé par là aussi, et Couffé, le romancier. Ces deux-là en parlent volontiers, aux déjeuners du Grand Véfour, avec attendrissement.

Maugras n'est pas attendri. Il y pense gravement, comme s'il cherchait des rapports mystérieux entre le passé et le présent. Quel est, par exemple, le sens de sa rencontre avec Pilar ? Il n'a pas eu d'autres expériences de ce genre. Elle l'a dérouté, surtout au début. Autant qu'il s'en souvienne, il ne s'est pas senti humilié sur le moment.

Par la suite, les choses ne se sont jamais passées de la même manière, ni avec Marcelle, sa première femme, dont il a eu un enfant, ni avec Hélène Portal, qui n'a pas voulu qu'il l'épouse, ni enfin avec Lina.

Que cherche-t-il au juste dans le brouillard lumineux de son demi-sommeil ? Il a conscience que la porte s'ouvre, qu'on la referme sans bruit au lieu de la laisser entrouverte, que Mlle Blanche, sur la pointe des pieds, après l'avoir regardé de loin, va s'asseoir près de la fenêtre.

S'il avisait de lui parler à cœur ouvert, de lui raconter ce qui lui passe par la tête lorsqu'elle le croit endormi, ne mettrait-elle pas ces divagations sur le compte de la maladie ?

Il lui paraît logique que l'embolie laisse des traces dans le cerveau. Mais alors, pourquoi, bien avant d'entrer à l'hôpital, et alors qu'il était de plain-pied dans la vie, lui arrivait-il, le soir, au fond de son lit, de courir après les mêmes ombres ?

Ce n'est pas exact. Il ne courait pas après, comme à présent. Il les fuyait, au contraire, les attribuant à l'insomnie ou à une mauvaise digestion.

— Mon père, je m'accuse d'avoir péché contre le sixième commandement...

— En pensées ?

— En pensées et en action...

Les premières fois, la voix feutrée, derrière la grille, questionnait :

— Seul, mon fils ?

— Seul.

Lina n'a pas téléphoné ce matin comme elle l'a promis sans qu'il le lui demande. Elle doit être revenue de l'Eure-et-Loir. Pourvu qu'elle ne se mette pas en tête de venir le voir sans l'avertir comme samedi !

Il lui en veut moins qu'à quiconque, se demande ce que Mlle Blanche peut penser, immobile, en regardant par la fenêtre les vieux incurables qui se promènent par petits groupes au soleil en fumant leur pipe ou qui restent assis sur les bancs.

Longtemps, il a craint d'être un raté. Il en connaît beaucoup. Les salles de rédaction les attirent comme elles attirent les fous. On ne les distingue pas toujours, d'ailleurs, car ils viennent les uns comme les autres exposer des idées mirifiques.

La différence, c'est que les ratés sont résignés, ne croient pas à ce qu'ils disent et finissent par demander quelques francs. Des anciens camarades viennent ainsi le taper de temps en temps en feignant la bonne humeur.

— Tu comprends, je traverse une mauvaise passe, mais, dès la semaine prochaine...

Où sont ceux qui, eux, ont complètement disparu de la circulation ? S'en trouve-t-il parmi les pensionnaires de l'hospice ?

Il aurait pu être un raté aussi. Ses débuts ont ressemblé aux leurs. Quand il a quitté le lycée Guy-de-Maupassant, sans attendre les examens qu'il savait ne pas passer, il n'avait aucun plan, aucun projet, aucune idée de ce qu'il ferait dans la vie.

Il a failli entrer chez M. Remage, où il aurait eu la carrière de son père.

Il est sans talent et ses collaborateurs n'ignorent pas qu'il est incapable d'écrire un bon article. N'est-ce pas pourquoi, dès le début, il s'est spécialisé d'instinct dans les échos ?

Il était curieux de la vie des hommes en vue, se posait des questions à leur sujet. Il a essayé d'y répondre.

Sa curiosité étant partagée par le grand public, les échos ont fait sa fortune.

On parle de son flair infaillible, que les délicats appellent de mauvais goût. Peut-être ont-ils raison les uns et les autres. C'est exact qu'il a commencé à ramasser les ragots comme on fouille les poubelles...

C'est trop. Il en arrive à des vérités déprimantes. Il sent qu'il s'enlise et, avant même d'ouvrir les yeux, prononce :

— J'ai soif...

Ce n'est pas vrai, mais il a besoin de faire surface et de retrouver le visage apaisant de Mlle Blanche.

9

Il va terminer cette journée du lundi 8 février, sa septième journée d'hôpital, sans se douter qu'elle marque la fin d'une tranche de sa vie. Les autres, autour de lui, le savent, et c'est peut-être la cause de son malaise. Il a des antennes. Il devine, à des signes indéfinissables, qu'un changement se prépare, un peu comme un père de famille devine que sa femme et ses enfants lui ménagent une surprise.

Il est inquiet, nerveux. Plusieurs fois, en regardant Mlle Blanche, il a été sur le point de la questionner, de la supplier de lui parler franchement, comme à un adulte. Il va peut-être s'y décider quand le téléphone sonne dans le corridor. On vient chercher l'infirmière. Il est sûr que c'est Lina et se félicite d'avoir refusé qu'on branche un appareil à son chevet.

— Votre femme est au bout du fil... Elle s'excuse de ne pas avoir appelé ce matin... Elle a pris froid à la campagne et a dû se coucher... Elle craint d'avoir la grippe...

Il écoute sans surprise, sans émotion. Presque chaque fois qu'elle va chez Marie-Anne, Lina a besoin de deux jours de lit et elle parle invariablement de grippe ou de bronchite.

— Elle demande si vous n'avez besoin de rien, s'il n'y a pas des choses que vous désirez qu'elle vous envoie...

— Peut-être du linge ?

— Vous en avez reçu une pleine valise, que j'ai rangé dans l'armoire. Vous avez même une robe de chambre et des pantoufles...

Il hésite, est sur le point de parler de l'agenda rouge qui se trouve sur son bureau de la Résidence.

— De l'argent... dit-il encore.

— On en a déposé au bureau... C'est votre journal qui y a pensé et vous avez un compte ouvert en bas...

— N'annoncez pas à ma femme que je parle...

Elle sourit, complice. Elle a compris. Surtout en ce qui concerne Lina, elle comprend tout à demi-mot. Elle disparaît une fois de plus et, quand elle revient, s'assure d'un coup d'œil que cet appel téléphonique ne l'a pas affecté. Il ne pense déjà plus à sa femme, mais à l'agenda.

Il n'est pas l'homme des paperasses, des notes, des mémorandums, de la méticulosité. Malgré la complexité de son activité, il n'a jamais sur lui de quoi écrire. Tout est dans sa tête.

Néanmoins, depuis qu'il est ici, l'envie lui est venue plusieurs fois, non pas de tenir un journal, mais d'écrire parfois un mot ou deux afin de retrouver, plus tard, les étapes de son évolution.

Cela paraît prétentieux. La vérité est pourtant simple. Il a abordé, dans le silence de sa chambre, tant de sujets qu'il risque de s'y perdre. Plusieurs de ces sujets touchent à l'essentiel, il le sait, même s'il ignore comment et pourquoi. Pour la première fois, il éprouve le besoin de concrétiser d'un mot certaines impressions, certaines lueurs qui lui sont apparues.

Voilà une semaine qu'il cherche quelque chose. Pas à s'innocenter, en dépit des apparences. Il est prêt à reconnaître sa culpabilité. Mais laquelle ?

Il lui plairait que ce lent cheminement laisse des traces. Tout change trop vite. Il appréhende de nouveaux changements.

— Si, en rentrant chez vous, vous voyez une papeterie encore ouverte, auriez-vous la gentillesse de m'acheter un agenda ?

Il ne veut pas de l'ancien qui est au George-V et où il retrouverait des notations qui ne l'intéressent plus. Il préfère repartir à neuf.

— Vous avez l'intention de vous mettre au travail ?

— Non.

Elle comprend ça aussi, bien sûr.

— Un gros agenda ?

— Peu importe...

Il n'écrira pas beaucoup, un mot par-ci par-là, que lui seul sera capable de traduire, et d'ailleurs c'est fatigant d'écrire de la main gauche.

— Savez-vous que le professeur Besson d'Argoulet vous admire fort ?... Il m'a vanté votre énergie, qui l'a toujours émerveillé... Il prétend que vous avez une capacité de travail incroyable...

Pas plus que Besson, qui trouve le moyen de mener plusieurs existences de front !

— Il dit aussi que vous mettez vos collaborateurs sur le flanc, qu'ils ne s'en plaignent pas, car ils vous adorent... C'est vrai ?

— Je suis mal placé pour juger...

— On conçoit que l'immobilisation vous soit plus pénible qu'à un autre...

Il se contente de murmurer :

— Vous croyez ?

Il a senti chez elle une arrière-pensée. Si elle évoque ainsi sa paralysie, cela ne signifie-t-il pas que... Que quoi ? Il l'ignore. Le sourire de Mlle Blanche l'inquiète...

Une fois de plus, il voudrait lui confier qu'il ne tient pas à guérir, qu'il en a peur. Ce ne serait pas gentil pour elle qui le soigne, et il est incapable de faire sciemment de la peine à quelqu'un.

C'est presque physique. Il ne peut pas voir souffrir. Cela va jusqu'à la lâcheté. Lorsqu'il lui arrive d'avoir à renvoyer un collaborateur, il charge Colère de l'exécution. L'humiliation, le désarroi l'impressionnent encore plus qu'une vraie peine ou un désespoir.

Ce n'est pas sa seule raison d'éviter une plus longue conversation avec l'infirmière. S'il n'est pas acquis à l'idée de guérison, il devient cependant sensible aux menus progrès qui se manifestent et il lui arrive, sous la couverture, de remuer furtivement les doigts et les orteils.

— Quand vous aurez besoin de quoi que ce soit de la ville, ne manquez pas de me le demander...

— Merci...

C'est un hasard, puisqu'il ignore qu'un changement va se produire. Si l'histoire de Noël n'est pas à proprement parler une histoire sombre, elle n'en est pas moins livide et crue.

Peut-être à cause du soleil, d'un rouge somptueux, qu'il contemple de son lit, les deux histoires qu'il se raconte ce lundi-là sont lourdes de lumière, de chaleur et de bien-être.

La première appartient, comme celle de Pilar, à l'époque de la rue des Dames, un an ou un an et demi plus tard. Deux ans, puisqu'il était marié de quelques semaines.

Il travaillait avec régularité pour *Le Boulevard,* dont il écrivait la moitié des échos. Marcelle n'était pas encore enceinte et suivait les cours d'art dramatique de Dullin, au théâtre de l'Atelier.

Un soir qu'il rentrait avec elle bras dessus bras dessous, il a proposé :

— Si nous passions la journée de demain à la campagne ?

Pourquoi ce désir subit de campagne ? Il ne s'en souvient pas. Peut-être une affiche qu'il a vue en passant ? Il ne connaît pas la vraie campagne, plus familier qu'il est avec les plages de galets et les falaises normandes.

Maintenant encore, en dépit de sa propriété d'Arneville, la campagne lui est indifférente, plutôt hostile, à l'exception du potager où, le dimanche matin, il fait sa tournée avec le jardinier.

Comme pour l'après-midi de Noël, il ne retrouve dans sa mémoire ni « avant » ni « après », sinon un Paris qui avait un goût de poussière et une odeur d'apéritif.

Comment ont-ils choisi le but de leur randonnée ? Ils ont pris de très bonne heure, dans le petit jour, le train pour Orléans, attirés par la Loire à cause de l'histoire de France. Rien n'était décidé. En sortant de la gare, ils ont aperçu un train vicinal et ont demandé où il allait.

— A Cléry...

Ils y sont montés. Ils étaient partis chaudement vêtus, car les matins restaient frais et, dans le wagon cahotant, ils ont commencé à avoir chaud.

De Cléry, il ne revoit que la basilique qu'ils ont visitée, des pierres grises, de la fraîcheur. Ils ont mangé dans un restaurant sans nappe sur les tables, en particulier du fromage de chèvre sec et dur, mais savoureux, qu'il ne connaissait pas.

— La Loire est loin ?

— Par la route, Beaugency est à deux kilomètres...

— Il n'existe pas de petits chemins ?

— Il y en a plusieurs, mais cela vous allongera...

Pourquoi, lui qui boit peu, s'est-il encombré d'une bouteille de vin blanc du pays qui pesait lourd dans sa poche et qui lui battait le flanc ?

Aucun souvenir du petit chemin. Ils se sont perdus. Marcelle avait mal aux pieds. Ils ont abouti dans des roseaux, dans de la terre molle, et s'impatientant de ne pas apercevoir la Loire.

Ils l'ont eue soudain devant eux, fraîche et miroitante, avec ses bancs de sable et de petits cailloux. D'où ils étaient, ils ne voyaient rien d'autre que la rive d'en face et un homme, très loin, coiffé d'un chapeau de paille, qui pêchait, assis sur un pliant, dans un bateau plat.

Ils avaient soif. Ils ont bu à la bouteille du vin tiédi. Ils avaient déjà bu en mangeant à l'auberge. Engourdis par la chaleur, ils se sont étendus sur le sable, parmi les roseaux qui bruissaient.

Il revoit la bouteille de vin trempant dans l'eau de la rivière, son col seul émergeant. Il avait retiré son veston, sa cravate. Marcelle avait enlevé ses souliers et ses bas. Après avoir pataugé dans l'eau en essayant de l'éclabousser, elle est venue s'étendre près de lui.

Cela a-t-il un sens ? Cette image mérite-t-elle d'avoir pris place dans sa mémoire ?

Sa peau, presque brûlante, avait cette bonne odeur que la sueur prend à la campagne. Tout sentait bon, les roseaux, la terre, le fleuve. Le vin aussi avait, une fois rafraîchi, un goût qu'il n'a pas retrouvé depuis.

Il a mâchonné un brin d'herbe, couché sur le dos, les mains sous la nuque, le regard perdu dans le bleu du ciel traversé parfois du vol d'un oiseau.

A-t-il dormi ? C'est improbable, mais tout son corps était imprégné de bien-être et de paix. Il est improbable aussi qu'ils aient parlé. Il se rappelle un geste, sa main tâtonnant à son côté, touchant du sable, puis le corps de Marcelle. Il était si paresseux qu'il a mis longtemps à se décider et à glisser sur elle.

Il n'a pas aimé Marcelle, pas vraiment. Il l'a épousée pour ne plus être seul, pour être deux, peut-être aussi pour avoir quelqu'un à protéger. C'est une autre question, dont il ne tient pas à s'occuper trop vite.

Ils sont restés longtemps quasi immobiles, comme certains insectes qu'on voit accouplés, et il sentait le soleil sur son dos, entendait le clapotis de l'eau, le frémissement des roseaux.

Il n'était pas ivre, mais il avait assez bu pour que son corps, des pieds à la tête, devienne plus sensible. Une odeur de salive et de sexe s'est mêlée aux autres odeurs.

C'est tout. Après, ils ont fini la bouteille. Ils ont essayé de s'étendre à nouveau, de retrouver cet état de grâce qu'ils venaient de connaître sans l'avoir cherché.

Le charme était rompu. L'air est devenu plus frais. Le soleil s'est couvert et ils se sont encore perdus en regagnant Cléry. Marcelle, fatiguée, lui a reproché d'avoir choisi le mauvais sentier.

Quand leur fille est née, il s'est livré à des calculs. Cela ne lui aurait pas déplu qu'elle eût été conçue ce jour-là au bord de la Loire. Les dates ne correspondaient pas.

Une image lumineuse donc, une heure, moins d'une heure, de ce qu'il est tenté d'appeler le bonheur parfait, un bonheur gratuit, qu'on reçoit en toute innocence et qu'on vit sans s'en douter.

En fouillant sa mémoire, il retrouverait peut-être d'autres souvenirs comme celui-ci. Il a nécessairement vécu autant d'étés que d'hivers, autant de journées ensoleillées que de journées pluvieuses. Mais ce n'est pas tant la lumière qui compte qu'un certain accord avec elle, avec l'univers, une sorte de fusion.

Cette fusion-là, il l'a encore connue un jour, sans Marcelle, sans érotisme, et cela a été si fort qu'il en a été pris de vertige.

Marcelle y était toutefois pour quelque chose. Ils habitaient la rue des Abbesses. Par la fenêtre, ils découvraient les murs blancs du théâtre de l'Atelier, les boutiques, les bistrots, tout le petit peuple de Montmartre, travailleur et bruyant, surtout quand, le matin, les ménagères assaillent les marchandes des quatre-saisons.

Colette était née. Dès la fin du premier mois, Marcelle avait parlé de la mettre chez une tante à la campagne. Elle avait honte du pied bot de l'enfant, comme si elle en était responsable, et cherchait à en rejeter la faute sur les Maugras.

— On affirme que les malformations sont plus fréquentes dans les familles d'alcooliques... Ton père boit, n'est-ce pas ? Et ta mère est morte de tuberculose...

Elle devenait de plus en plus nerveuse, surtout quand le bébé pleurait plusieurs fois par nuit. C'était René qui se levait alors et qui se promenait, la tête de Colette sur l'épaule, dans la chambre éclairée par le bec de gaz de la rue.

Marcelle était incapable d'élever un enfant. Il avait fini par céder et leur fille n'était plus avec eux.

— Sans compter que l'air de la campagne est meilleur pour sa santé que l'air empesté de Paris...

Il ne lui en tient pas plus rigueur qu'à Lina d'être ce qu'elle est. Il n'essaie pas de se faire la part belle. C'est lui qui s'est trompé et qui est donc le vrai responsable.

Il a pris en charge une petite danseuse de dix-sept ans qui ambitionnait de devenir comédienne et il s'est cru capable de la transformer en femme, puis en mère.

— Tu crois que nous sommes faits l'un pour l'autre ?

Elle a employé le système de la goutte d'eau, comme pour le départ de Colette. Une phrase de temps en temps, comme la goutte d'eau qui tombe du robinet, toujours à la même place. Elle n'insistait pas, mais c'était chaque fois un peu plus précis.

— Je suis sûre que des gens se demandent pourquoi nous vivons ensemble... Tu travailles de ton côté et moi du mien... Nous ne sommes pas libres aux mêmes heures...

C'était vrai. A quoi bon rentrer chez lui, où il ne trouvait pas le repas préparé, mais un billet lui annonçant que sa femme ne reviendrait qu'à une heure tardive ?

— Quand nous sommes par hasard tous les deux, nous ne trouvons rien à nous dire...

Cela a duré plusieurs mois. Il a résisté, faisant la sourde oreille. Il avait peur pour elle et se demandait ce qu'elle deviendrait.

Il avait tort, puisqu'elle a réussi dans la carrière qu'elle ambitionnait. Chacun a réussi de son côté. Ils ne se sont rencontrés que pour un bout de chemin, pour le temps de la rue des Dames, où ils jouaient au jeune couple amoureux et où, souvent, ils ne pouvaient s'acheter de quoi dîner qu'en revendant les bouteilles vides.

— Pourquoi ne ferions-nous pas un essai ?... Vivons séparés pendant un mois ou deux... On verra bien...

Menue et blonde, elle semblait ne pas avoir de santé. Selon une expression de sa mère à lui, elle avait l'air, lorsqu'elle dansait le quadrille au bal du Moulin-Rouge, d'un oiseau pour le chat, et ses yeux bleu clair faisaient penser à la première communion ou au mois de Marie.

En réalité, elle avait une volonté extraordinaire et sa résistance physique était étonnante.

Il lui avait laissé l'appartement et les meubles pour aller vivre à l'hôtel des Anglais, boulevard Montmartre.

Encore une période vide, confuse, les Grands Boulevards, les enseignes lumineuses, le flot des autobus verts à toit argenté, les terrasses des cafés...

De même qu'il a eu inopinément le désir de voir la Loire, de même le mot Méditerranée s'est imposé à lui et il a profité de ce qu'il avait un peu d'argent pour prendre le train à la gare de Lyon.

Pourquoi s'est-il arrêté à Toulon ? Pourquoi Hyères ensuite ? Il découvrait un nouveau soleil, une nouvelle chaleur, l'odeur des encalyptus, le chant obsédant des cigales, les palmiers enfin, qui lui donnaient l'illusion des tropiques.

Par hasard, comme à Orléans, il est monté, non dans un petit train, mais dans un autocar déglingué où chantait l'accent du Midi. Il a vu les grands carrés blancs des salins, les pyramides de sel miroitant dans la lumière.

— Vous allez jusqu'à la Tour Fondue ?

Il est resté dans le car et, au pied d'un rocher, un bateau blanc à cheminée jaune attendait de conduire ses passagers dans l'île de Porquerolles. Le capitaine portait un casque colonial. Des cageots s'entassaient sur le pont, des caisses à claire-voie où caquetaient des poulets.

Quand le bateau s'est détaché du quai, il se tenait debout à l'avant, penché sur l'eau transparente. Longtemps, il a pu voir le fond et, pendant une demi-heure, il a vécu en musique, comme au cœur d'une symphonie.

Ce matin-là ne ressemble à rien de ce qu'il a connu depuis. C'est sa grande découverte du monde, d'un monde radieux et sans limites, aux couleurs vives, aux sonorités exaltantes.

Des silhouettes au bord de la jetée. Les maisons rouges, bleues, jaunes, vertes. Un tohu-bohu joyeux qui accompagne l'amarrage du bateau, puis une place de village écrasée de soleil, une église-jouet, des terrasses où l'on paresse en buvant du vin blanc.

Il n'a pas eu besoin de boire pour être ivre. Tout son être exultait. Ici aussi, il avait besoin de toucher l'eau et il s'est engagé sur un chemin poudreux.

Le dessin des pins parasols sur le bleu presque sombre du ciel l'enchantait, et les fleurs qu'il ne connaissait pas, les cactus, les figuiers de Barbarie, les arbustes au parfum entêtant dont les fruits cramoisis faisaient penser à des fraises.

Des arbousiers, il l'a appris depuis en même temps que le nom des plantes aux feuilles piquantes, les lentisques, que les pêcheurs brûlent pour griller le poisson.

Il est retourné souvent sur les bords de la Méditerranée. Il a vu d'autres mers aussi bleues, des arbres et des fleurs plus extraordinaires, mais le charme est rompu et, de tant de découvertes, il ne reste trace que de celle-là.

Comme à Cléry, il a failli se perdre, glissant parfois sur des roches lisses, s'accrochant aux buissons. Et comme à Cléry toujours, la mer a été là d'un seul coup, avec sa respiration lente et profonde, voluptueuse, si différente de la mer à Fécamp.

Ainsi que l'avait fait Marcelle, il a retiré ses souliers pour courir, pieds nus, dans le sable brûlant, surpris d'être sur une longue plage bordée de pins et fermée aux deux bouts par des rochers.

Il a couru comme un enfant mais, enfant, il n'a jamais connu cette allégresse. Il a marché dans l'eau. Le fond de sable, ondulé par les vagues, ressemblait à une moire dorée. Il s'est dévêtu, ne gardant que son caleçon, et il a foncé droit devant lui jusqu'à ce que la profondeur l'oblige à nager.

Tout un orchestre lui chantait aux oreilles, rythmé par de triomphants coups de cymbales.

Puis... Cela a tourné mal, toujours comme au bord de la Loire. Le ciel ne s'est pas couvert. L'eau restait aussi limpide. Son regard a fait le tour de l'horizon. Il s'est senti isolé dans l'immensité et, pris de panique, il a nagé vers le rivage comme s'il risquait de couler, d'être englouti dans la lumière.

Son pas était plus rapide pour rejoindre la place du village où des pêcheurs jouaient aux boules. Il a mangé de la bouillabaisse, bu du vin blanc de l'île, mais il avait perdu le contact, les fils étaient coupés.

— Il va être l'heure, monsieur Maugras...

Il tressaille, car il a oublié Mlle Blanche et Bicêtre.

— L'heure de quoi ?

Elle comprend qu'il revient de loin.

— Du thermomètre... Puis de la purée... Bientôt l'heure que je parte... Je vous promets de ne pas oublier l'agenda...

L'agenda ? Ah oui ! Qu'y écrirait-il ce soir, s'il l'avait sous la main ? Comment résumerait-il ces deux plongées dans le passé ?

Cléry. Porquerolles.

De l'eau, les deux fois, et du soleil, de la chaleur, des odeurs nouvelles. Les deux fois aussi, une panique irraisonnée et un retour morose.

Peut-être un mot suffirait-il pour les deux aventures ?

Innocence.

Est-ce assez, deux fois dans une vie ?

La journée du mardi commence au son des cloches de la première messe, le fameux huitième jour dont on lui a tant parlé :

— Ce sont les huit premiers jours les plus pénibles...

— A partir du huitième jour, les progrès deviendront spectaculaires...

Il a fini par se faire, de ce huitième jour, une idée presque effrayante, comme si tout allait changer d'un coup. Les nuits sont déjà plus courtes et les fenêtres pâlissent de meilleure heure. Joséfa dort d'un sommeil agité, la main, non sur le ventre, mais sur la poitrine. Elle craignait, hier soir, de commencer un rhume.

Il écoute quelques bruits, par habitude, et presque tout de suite se met à penser à Marcelle. Il est mécontent de l'image qu'il s'est tracée d'elle la veille. On dirait que, d'être inoccupé dans son lit, il lui vient un esprit tatillon. Ne commence-t-il pas à ressembler à son père, qui comptait et recomptait, d'un air important, des ballots de morue et des sacs de sel avec la hantise d'une erreur possible ?

Ce n'est pas tant pour vivre à deux qu'il a épousé sa première femme, à vingt-deux ans. Il voudrait arriver à une vérité absolue, à une sincérité totale. Au fond, quand il a débarqué à Paris, ne connaissant du monde que Fécamp, Le Havre et Rouen, il s'est comporté comme n'importe quel provincial attiré par les lumières et par le mouvement. La preuve, c'est qu'il passait des heures à arpenter les Grands Boulevards et qu'il y ressentait une véritable griserie quand, à la tombée de la nuit, toutes les lampes s'allumaient.

C'est à cause des lumières et du grouillement humain aussi qu'il a fréquenté le bal du Moulin-Rouge, place Blanche. Le long hall d'entrée, aux murs couverts de miroirs, brillait de centaines de feux. Avant une heure déterminée, un écriteau, au-dessus du guichet, annonçait : Entrée libre.

On écartait une tenture rouge, au fond, et on découvrait une salle immense, vibrante, où deux orchestres se faisaient face au balcon et se relayaient sans jamais laisser refroidir l'atmosphère.

A des centaines de tables, des couples étaient assis devant des consommations, des groupes, des femmes, des hommes seuls, et c'était un va-et-vient sans fin avec la piste de danse d'où montait un incessant piétinement.

Il pouvait passer des heures devant son guéridon, à regarder, à écouter, à observer les visages et les attitudes. Maintes fois, il avait été tenté d'adresser la parole à une des jeunes filles qui attendaient un danseur et qui se levaient d'un mouvement automatique à l'approche d'un homme.

Vers dix heures et demie, un roulement de la batterie annonçait le spectacle, les lampes s'éteignaient, les projecteurs se braquaient sur la piste qu'envahissaient, avec un cri triomphant, jupons au vent, les danseuses du cancan.

Combien étaient-elles ? Une vingtaine, lui semble-t-il, et chacune portait une robe de couleur différente, chacune, à son tour, faisait, entourée de ses compagnes immobiles, son numéro personnel.

La rouge était une belle fille brune, pulpeuse, à la riche poitrine, aux lèvres gourmandes, la jaune une longue adolescente au visage inachevé, la violette une acrobate qui enchaînait saut périlleux sur saut périlleux.

Pendant vingt minutes, c'était une débauche de sons, de mouvements, de soies multicolores, de bas noirs tranchant sur la pâleur des cuisses nues.

La verte, c'était Marcelle, maigriotte, anémique, dont le numéro personnel, le plus simple, était le moins applaudi.

S'il avait eu le choix, n'aurait-il pas préféré la rouge aux lèvres charnues ? Peut-être pas. Il ne se serait pas senti à l'aise avec elle. Elle lui aurait fait peur.

Soir après soir, il a regardé la danseuse verte avec une tendresse mêlée de pitié. Puis il s'est attardé sur le trottoir après le spectacle, guettant la sortie des artistes. Il a été déçu de les voir, en tenue de ville, ni plus ni moins désirables que les vendeuses et les dactylos qui fréquentaient le bal.

Les unes étaient attendues, non par un riche amant en auto, mais par un jeune homme qui surgissait de l'ombre et au bras duquel elles s'éloignaient. D'autres, comme Marcelle, couraient vers la bouche de métro.

Elle portait un béret noir sur ses cheveux blonds, un manteau noir pelucheux. Il l'a suivie, a pris le même métro qu'elle et, assise en face de lui, elle semblait ne penser à rien.

Elle est descendue à la station Bastille. Moitié courant, comme si elle avait peur de la nuit et des silhouettes rôdant sur les trottoirs, elle s'est dirigée vers la rue de la Roquette, où elle a sonné à une porte qui s'est refermée sur elle.

Est-ce d'elle qu'il était amoureux, ou des lumières du Moulin-Rouge ? Ou encore du contraste entre l'envolée des jupons au son éclatant de l'orchestre et la gamine effarouchée, en béret d'écolière, qui sonnait nerveusement à la porte de ses parents ?

La seconde hypothèse est plus près de la vérité telle qu'il la conçoit avec le recul des années. Il était important qu'elle ne respire pas la santé, qu'on soit tenté de la plaindre et de la protéger.

Il lui a adressé la parole, non pas place Blanche, mais dans le wagon de métro. Elle l'a d'abord regardé avec ennui, avec méfiance, et elle a fini par sourire de sa gaucherie.

Pendant des semaines, il a vécu le genre d'aventure qu'on connaît d'habitude à seize ans et, chaque soir, il achetait un bouquet de violettes à la vieille marchande en faction devant le Moulin-Rouge.

La mère de Marcelle était concierge de l'immeuble, rue de la Roquette, son père sergent de ville. A douze ans, on lui avait fait suivre des cours de danse, parce qu'une petite fille du quartier était devenue premier sujet à l'Opéra.

Elle n'avait pas l'intention de rester dans le quadrille, ni de continuer à danser. Son ambition était de devenir une véritable actrice et elle suivait, le matin, les cours de Charles Dullin.

Pendant deux mois, il ne s'était rien passé entre eux. Un après-midi qu'il avait obtenu un rendez-vous, il l'a conduite dans sa chambre de la rue des Dames.

Il se demandait si elle était vierge et cette idée l'effrayait. Elle s'est déshabillée sans manières, s'est étendue sur le lit, nue, le regard absent.

Après, il l'a questionnée.

— Cela t'est arrivé souvent ?

Elle fronçait les sourcils, sans comprendre.

— Que veux-tu dire ?... Ah ! c'est de ça que tu parles... Je ne serais pas au Moulin-Rouge si je n'y avais pas passé...

— Avec qui ?

— D'abord Hector, l'aboyeur... Nous l'appelons l'aboyeur... C'est le comique qui annonce les numéros et qui raconte des histoires...

Un type gras, à moitié chauve, suant la bêtise et le contentement de soi.

— Puis le chef d'orchestre, malgré la frousse qu'il a de sa femme...

— Et encore ?

— Tu me fais penser à un curé... Quelle importance cela a-t-il et qu'est-ce que cela peut te faire ?... Si je n'en avais pas connu d'autres, je ne serais pas ici...

— Cela te déplaisait ?

— Je ne sais pas...

— Et avec moi ?

— C'est vrai que tu écris dans les journaux ?... Tu ne l'as pas dit pour m'impressionner ?... Pourquoi ne signes-tu pas, alors ?

Elle a pris l'habitude de venir rue des Dames deux fois la semaine. Il attendait ces jours-là avec impatience et l'idée du couple lui est venue petit à petit. Ne plus rester seul dans sa chambre. Manger en tête à tête, même si le tapis qui recouvre le guéridon est d'un horrible tissu brun à ramages...

Un jour qu'ils sortaient tous les deux de l'hôtel et qu'il la reconduisait jusqu'au métro, un homme aux moustaches sombres sur un visage coloré s'est dressé devant eux.

— Toi, file à la maison... Quant à vous, j'ai deux mots à vous dire...

C'était le père, l'agent de police, menaçant et buté.

Comment les deux hommes ont-ils abouti boulevard des Batignolles, où ils marchaient entre les rangées d'arbres, montant vers la place Clichy, faisant demi-tour pour redescendre jusqu'au chemin de fer et pour remonter à nouveau ? Par quelles transitions ont-ils passé pour devenir enfin cordiaux ?

— C'est peut-être un métier, mais combien est-ce que vous gagnez ?

Il a triché, arrondi les « chiffres ».

— Tout cela est bien beau, mais cela ne vaut pas une place stable...

N'a-t-il pas été pris au piège ? N'aurait-il pas pu parler du comique aux cheveux rares et du chef d'orchestre ? Était-on allé les trouver pour leur jouer la scène de l'indignation paternelle ?

A vrai dire, il a été soulagé de ce qui lui arrivait. Il n'a pas tenté de s'esquiver. Au contraire, il a plaidé sa cause et, une heure plus tard, l'agent de police et lui buvaient l'apéritif dans un bar-tabac.

C'est ainsi qu'il a épousé les lumières, le Moulin-Rouge, la robe verte, une certaine misère qui lui donnait la conscience de sa responsabilité, de sa supériorité.

C'en est assez sur Marcelle. Il est allé au fond des choses, aussi loin qu'on peut aller. Il n'en est pas fier.

Cela le soulage de voir le jour se lever et d'assister au réveil de Joséfa. Il rentre dans le présent.

— Bonjour ! Vous avez bien dormi ?

— Et vous ?

— Je me suis levée deux fois, par habitude, afin de m'assurer que vous étiez bien... Vous dormiez comme un ange...

Elle replie son lit et le pousse dans le placard.

— Vous devez être content de vos progrès, non ?

Il retrouve un ton mystérieux qui l'inquiète. Et pourquoi Joséfa, lorsqu'elle lui dit au revoir, éprouve-t-elle le besoin de lui serrer la main ?

— Bonne journée... Bonne santé...

Elle paraît émue. Elle s'en va, se retourne encore une fois à la porte.

— Au revoir... répète-t-elle en agitant la main.

Cela signifie-t-il qu'il ne la reverra pas ? Va-t-on lui donner une remplaçante ? Elle ne lui a pas fait d'adieux, parce que cela doit être interdit. On évite tout ce qui peut agiter les malades. C'est plus facile de les mettre devant le fait accompli.

— ... Vous dormiez comme un ange...

Cela peut vouloir dire qu'il n'a plus besoin de quelqu'un pour le garder pendant la nuit. Une infirmière se tient en permanence dans un recoin du couloir. Il arrive à Maugras d'entendre une sonnerie, des pas précipités dans la direction de la grande salle.

A mesure qu'il redevient comme les autres, on va le traiter comme les autres, il le sent, et il se raidit d'avance, décidé à se défendre.

— Bonjour, vous !

Mlle Blanche est excitée, toute fraîche, de l'air frais dans les plis de sa robe. Il y a eu de la gelée et il en reste des traces, que le soleil est en train d'absorber, sur le toit d'ardoises.

— On a bien dormi ?... On se sent en forme ?... Nous allons prendre la température et je suis presque sûre que c'est la dernière fois...

Il l'a prévu. On parle de lui supprimer le thermomètre. Il a vu disparaître le récipient de dextrose et on ne lui fait plus qu'une piqûre par jour. On la supprimera aussi. Qu'est-ce qu'on supprimera ensuite ?

— 36° 8. Le pouls à 70, comme un grand !

Il n'aime pas son enjouement de ce matin.

— J'allais oublier l'agenda... J'en ai choisi un à deux jours par page et je vous ai acheté des crayons à bille, un noir et un rouge...

L'interne passe au moment où on fait sa toilette, se contente d'une auscultation rapide, le regard et la pensée ailleurs. Maugras n'est plus intéressant.

— Vous êtes d'accord, docteur, pour ce que je vous ai demandé hier ? questionne mystérieusement l'infirmière.

— Entièrement d'accord. Le professeur, à qui j'en ai parlé, considère qu'il est temps...

L'infirmière-chef aussi, sans doute ? Cela le concerne, mais il n'y a qu'à lui qu'on ne dit rien. Un autre jour, il aurait été joyeux qu'on lui passe, non seulement une veste de pyjama propre, mais le pantalon. Ce matin, il y voit une nouvelle menace.

— Le temps de prendre votre jus d'orange et vos céréales, et le coiffeur sera ici... Vous savez que votre rasoir se trouve dans l'armoire avec vos affaires ?... Quand l'envie vous en prendra, vous pourrez essayer de vous raser de la main gauche... C'est une question d'habitude...

Elle n'ajoute pas que cela le distraira. On s'obstine à le distraire. En regardant la porte, qu'un courant d'air a fait bouger, il se rappelle le malade en robe de chambre violette qui venait le regarder fixement et qu'il n'a pas revu. Il en parle à Mlle Blanche.

— Vous voyez qui je veux dire ?... Il restait quelques minutes, immobile, comme fasciné, et s'en allait sans bruit...

— L'homme à la tête de bois !... s'exclame-t-elle en riant. C'est ainsi qu'on l'appelait dans la salle... Il n'est plus ici... On est enfin parvenu à le rendre à sa famille...

— Il refusait de partir ?

— C'est sa fille et son gendre qui ne voulaient plus de lui, soi-disant à cause des enfants... Or, il est inoffensif... On m'a raconté que, dimanche, il s'est enfui de Joinville, où ils habitent un pavillon, et qu'il est arrivé jusqu'ici on ne sait comment... On l'a trouvé assis sur son ancien lit, qui a un nouvel occupant, et on a dû le reconduire...

Le coiffeur le rase. Mlle Blanche ouvre l'armoire, en sort sa robe de chambre bleue à liseré blanc que Lina a placée dans la valise avec les pyjamas. Elle pose ses pantoufles au pied du lit, sort de la chambre, revient en compagnie d'un infirmier qu'il n'a jamais vu et qui le salue en portant la main à son calot comme si c'était un képi. Un ancien sous-officier, probablement. Il en a l'air et lui est dès l'abord antipathique.

— Qu'est-ce que ?... veut-il protester.

— Le professeur ne vous a-t-il pas annoncé hier que vous devez vous tenir debout pendant quelques minutes ?

On lui passe sa robe de chambre, on lui met ses pantoufles aux pieds. L'infirmier entoure ses épaules d'un bras musclé, Mlle Blanche l'aide à le soutenir et le voici debout sur le plancher, pris d'angoisse, de vertige à l'idée de reposer sur ses deux jambes.

— Ne vous laissez pas aller... Ne mollissez pas... Il n'y a pas de danger de tomber...

La porte s'ouvre. L'infirmière-chef. La scène a été réglée d'avance, à moins qu'elle soit pareille pour tous les hémiplégiques. Le huitième jour !

On ne le tient plus que sous les bras, l'homme d'un côté, Mlle Blanche de l'autre.

— Parfait ! approuve la matrone, du même ton qu'elle encouragerait un caniche à faire le beau. Reposez-vous bien sur les deux jambes... C'est important...

Pour qu'elle soit vite débarrassée de lui ? Il déteste le contact d'un homme et il est furieux qu'on ait fait venir l'infirmier. Il ne ressent pas moins l'intrusion de la vieille femme qui le surveille et qui vient même lui tâter les mollets l'un après l'autre.

Il est tourné vers la fenêtre. Debout, il découvre une plus large portion des bâtiments, quelques arbres dans un angle de la cour.

— Encore une petite minute... prononce l'infirmière-chef.

Elle s'en va, laisse la porte large ouverte. C'est pour revenir l'instant d'après en poussant un fauteuil roulant, à la molesquine usée, dont le rembourrage conserve en creux la forme de ses occupants successifs.

C'est ça, leur surprise ! C'est ça, le grand changement du huitième jour ! Il n'ose même pas laisser paraître son désarroi, car le visage de Mlle Blanche, très près du sien, d'abord rayonnant, comme si elle escomptait sa joie, se rembrunit.

— Vous n'êtes pas heureux d'échapper à votre lit ?

L'infirmier le soulève et il se retrouve dans le fauteuil, les bras sur les accoudoirs, les jambes à demi étendues.

Cela doit être la tradition d'installer le patient près de la fenêtre. Pour le distraire !

Elle a l'air presque suppliant.

— J'étais si sûre que...

Il la remercie du regard, feint de contempler la cour qu'il voit à peine. L'infirmier s'en va. La matrone semble attendre une bonne parole, un remerciement, mais elle ne l'aura pas.

Il lui semble qu'il penche vers la droite, que son corps est incliné, qu'il s'incline davantage, qu'il va entraîner le fauteuil.

Mlle Blanche pose une main sur la sienne.

— Vous vous habituerez vite...

Il se force à se tourner vers elle et à sourire.

— Merci.

10

L'agenda n'est pas rouge, comme celui du George-V. Il est relié en similicuir d'un vert grisâtre et le papier en est rugueux. Mlle Blanche l'a-t-elle choisi exprès très ordinaire ? Si oui, elle a été bien inspirée et il lui en est reconnaissant.

Il a tout de suite cherché la page du mardi 2 février, qu'il a marquée d'une croix rouge. Il a hésité à ajouter une mention et a fini, avec un sourire un tantinet amer, par écrire, de la main gauche, le mot *urinoir*. Un mot qu'il a toujours détesté. Il n'a pas écrit *toilettes*, ni *pissoir*.

Des croix encore pour les jours suivants, le 3, le 4, le 5, le 6, le 7, le 8. Rien d'autre. Cela fait vide et le contraste est ironique entre ces demi-pages marquées d'une petite croix en face de la date et les journées si pleines qu'elles représentent.

C'est justement parce qu'elles ont été trop pleines qu'il préfère ne rien écrire. Les heures passées au fond de son lit ne se résument pas car tout a compté, tout a eu une importance égale, le frôlement sur sa joue des cheveux de l'infirmière, des pas dans le couloir, les cercles que les cloches envoyaient dans le ciel, les silhouettes derrière la porte vitrée, une visite d'Audoire ou de Besson, ses pensées enfin, parfois étirées, parfois au contraire si condensées que cela devenait comme de la sténographie de pensées.

Une petite croix. C'est mieux ainsi. Plus tard, puisqu'il paraît qu'il y aura un plus tard, cela lui suffira. A moins qu'il ne comprenne plus et qu'il ne hausse les épaules.

La journée est aussi fournie en événements que les précédentes, davantage même. Il se contentera cependant tout à l'heure de la réduire à trois mots : *Pourtant, ils vivent.*

Puis, après réflexion, il ajoutera, une ombre de sourire aux lèvres : *Pipe.*

Il connaît le prénom de l'infirmier aux gros biceps, au menton bleuâtre et aux allures de sous-officier : Léon. On l'a encore appelé trois fois, la première pour le remettre dans son lit après un quart d'heure de fauteuil, la seconde, après la sieste, pour l'installer à nouveau sur son siège à deux roues, enfin pour le recoucher. Chaque fois, sentant jouer contre lui les muscles de cet homme, Maugras s'est rétracté, pris de dégoût.

Le matin a eu lieu la grande visite du mardi. Le professeur, suivi de ses élèves, est resté longtemps dans la grande salle avant de venir le voir, seul, préoccupé.

Il doit y avoir des cas graves dans son service, peut-être des cas qui exigent une décision difficile. Il a marqué sa satisfaction de trouver Maugras dans son fauteuil et a pris le temps de lui tâter les membres muscle par muscle, de faire jouer lentement chaque articulation.

— Tout va très bien... Notre ami Besson passera vous voir tout à l'heure...

Lorsqu'il y a quoi que ce soit à lui dire, Besson s'en charge. Il en a été irrité au début. C'est pourtant logique. Audoire s'occupe, en spécialiste, de sa maladie actuelle. Besson, qui est son médecin depuis longtemps et qui a soigné tous ses bobos, le connaît mieux.

Il reconnaît maintenant que ce partage des responsabilités, cette hiérarchie qui l'a plusieurs fois dressé contre eux et contre tout l'hôpital, est indispensable.

S'il avait pu tracer, au jour le jour, le portrait des deux médecins tels qu'il les voyait, il se trouverait en présence d'une série de visages différents. Et s'il avait fait son propre portrait ? N'est-ce pas à chaque heure qu'on aurait un autre René Maugras ?

Besson d'Argoulet s'est montré détendu et n'a pas cru devoir prendre un ton enjoué. Il a été presque naturel aujourd'hui, pas exactement l'homme des déjeuners du Grand Véfour, mais pas non plus le praticien au chevet d'un patient à qui il importe de remonter le moral.

— Ne t'inquiète pas si tu te sens désorienté pendant quelques jours... Tu dois comprendre que c'est fatal... Pendant une longue semaine, tu as dépendu de ton entourage, comme privé de personnalité... Tu reprends petit à petit ta vie d'homme et il faut t'attendre à de nouveaux découragements... A propos, j'ai à te parler de Joséfa...

— Elle ne viendra plus...

— Qui te l'a dit ?

— Personne... Je l'ai compris quand elle m'a quitté ce matin...

Les longues phrases restent difficiles. Il ne trouve pas toujours ses mots, alors qu'en lui-même il est capable de jongler avec les idées.

— Elle en a le cœur gros, mais elle n'y peut rien... C'est une infirmière spécialisée et on a besoin d'elle ailleurs... Tes nuits sont calmes... Tu as un bouton de sonnerie à portée de la main... Si tu y tiens, je te trouverai une garde... A toi de décider...

— Et Mlle Blanche ?

— Elle restera avec toi aussi longtemps que tu seras ici...

C'est une sorte de troc. Il accepte de passer la nuit seul dans sa chambre et on lui abandonne Mlle Blanche.

— Une autre question, que j'allais oublier... Si je t'en parle, c'est que ta femme se fait du souci... Elle craint que l'atmosphère de l'hôpital ne te déprime... Tu es habitué à un autre décor, à un autre service, à des gens qui font tes quatre volontés...

» Il n'est pas indispensable, au point où tu en es, que tu restes sous la surveillance constante d'Audoire... Il t'est loisible, dès cette semaine, d'entrer dans une clinique de ton choix, à Neuilly par exemple... Ils ne sont pas outillés, comme ici, pour la rééducation, mais cela peut s'arranger...

Son non a été si spontané et si catégorique que Besson a ri.

— Bien... Parfait !... Ne crains rien... Audoire n'a pas l'intention de se débarrasser de toi... Reste Fernand Colère, qui m'a encore appelé ce matin...

Il n'a pas attendu la fin de la question.

— Non !

— Dans ce cas, je suppose que tu ne veux pas voir nos amis non plus ?... Eux aussi me téléphonent...

— Je préfère rester seul...

Sa gorge se fatigue vite et alors les syllabes s'embrouillent. Il a fait son possible pour que Besson s'en aille satisfait et il s'est plongé dans la contemplation de la cour, qui le fascine.

La vue de cette cour a déjà changé son humeur et commence à donner une autre couleur à ses problèmes.

Elle est beaucoup plus grande qu'il l'avait pensé. C'est un immense quadrilatère entouré de bâtiments gris dont il se promet, quand on le laissera en paix, de compter les fenêtres.

En face de lui, une voûte débouche sur le dehors et deux hommes en uniforme montent la garde.

Au-delà, les autos défilent, se croisent, se dépassent, les gens marchent vite et gesticulent.

Les vieux, qu'il apercevait jadis de loin en passant en voiture sur la Nationale 7, portent tous un costume gris-bleu très épais, avec un passepoil de couleur sur la couture du pantalon, et, comme pour différencier les régiments, ces passepoils sont de deux ou trois teintes différentes. Il a déjà repéré des jaunes et des rouges.

Ce qui ne diffère pas, c'est la qualité de lenteur ou d'immobilité. En regardant la cour superficiellement, on pourrait penser que chacun est figé à sa place à la façon d'un soldat de plomb.

Profitant du soleil, beaucoup sont assis sur les bancs, mais ils n'ont pas l'abandon qu'on voit aux gens sur les bancs de Paris. On a l'impression qu'ils ne parlent pas, qu'ils n'ont aucun contact les uns avec les autres, que chacun reste muré en lui-même.

Cette expression, qu'il employait autrefois comme tout le monde, a pris un sens pour lui. Ils sont murés en eux-mêmes. Ce ne sont pas des malades. Mlle Blanche lui a appris qu'en langage officiel on les appelle des administrés. Quant à elle, elle dit de préférence « nos petits vieux ».

Beaucoup fument la pipe, comme les vieux pêcheurs de Fécamp qui passent leurs journées à regarder le port, des pipes souvent réparées avec du fil de fer ou du chatterton et qui font à chaque aspiration un glouglou de salive.

Non contente de suivre son regard, Mlle Blanche suit-elle aussi ses pensées ?

— Vous n'avez jamais fumé ?

— Si.

— La cigarette ?

— La pipe, à seize ans... Puis, à Paris, la cigarette... Enfin, les deux... J'ai cessé, il y a trois ans, quand on a parlé du cancer des poumons...

C'est paradoxal, car son journal a commencé, en France, la campagne contre le tabac. Maugras s'est laissé prendre à sa propre propagande, alors que Besson, qui est médecin, continue à fumer des cigarettes à la chaîne.

Une pensée déplaisante, comme il en a chaque fois qu'il évoque la vie de dehors. Cette campagne lui a valu des coups de téléphone, puis des visites, de personnages plus ou moins officiels, et on lui a fait comprendre qu'elle nuisait à de très gros intérêts, voire à l'intérêt national.

On lui a même apporté des statistiques tendant à démontrer que les méfaits de la cigarette n'étaient pas scientifiquement prouvés. La question des contrats de publicité a été soulevée et il a cédé. La campagne a tourné court.

Il n'en a pas eu honte, à l'époque. Cela lui semblait naturel. Il vivait dans une sphère où les règles qui valent pour le commun des mortels n'ont pas cours.

Maintenant, son horizon est borné par des bâtiments réguliers et monotones comme ceux d'une caserne et son attention se concentre sur la cour et sur des silhouettes muettes.

Le vieux qui venait le contempler le matin a été rendu, non sans mal, à sa famille. Comme un gros chien dont on a tenté de se débarrasser, il est revenu Dieu sait comment s'asseoir sur sa paillasse. Peut-être reviendra-t-il, car on ne peut pas l'attacher, et il faudra le reconduire chez sa fille une fois de plus.

Pourtant, ils vivent.

C'est sa grande découverte de la journée. Ils ont tous dépassé la soixantaine. La plupart sont beaucoup plus âgés ou le paraissent. Certains traînent la jambe et d'autres avancent d'une démarche saccadée en lançant un pied de côté comme des automates mal réglés.

Ils ont travaillé pendant des dizaines d'années. Ils sont de ceux qu'on voit, sur les échafaudages, montant brique par brique les murs d'une maison, ou émergeant d'une bouche d'égout, poinçonnant des tickets, coltinant des caisses ou des sacs. Il y en a sans doute de tous les métiers.

Il pense aux petites annonces d'un si bon revenu pour le journal.

« Retraité très vigoureux cherche... »

Sur le trottoir, ils se glissent parmi les plus jeunes pour consulter la liste des offres d'emploi dès que le journal encore humide est affiché, bien qu'ils n'aient aucune chance.

Ils ont été mariés, ils ont eu des enfants. Ils ont couru, exultant, vers la mairie de leur quartier ou de leur banlieue pour les déclarer et ils ont offert à boire à la ronde dans le bistrot d'en face.

Son père n'est-il pas des leurs ? Ne vit-il pas, à Fécamp, une vie végétative en attendant, pendant des heures, la récompense d'un verre de vin rouge ?

Son père vit ! Hier encore, il le considérait comme un imbécile passif et résigné. S'il vit, s'ils vivent, dans la cour, cela ne signifie-t-il pas que...

Il n'arrive pas à formuler sa question jusqu'au bout. A plus forte raison ne trouve-t-il pas de réponse. Il est troublé, car il n'est pas loin d'une découverte.

Son grand-père maternel, lui, n'a pas tenu bon. C'était un pêcheur d'Yport, un homme trapu, vigoureux, aux joues que la mer avait faites couleur brique.

Pendant vingt ans, chaque printemps, il s'est embarqué, alourdi par ses hautes bottes à semelles de bois, sur un terre-neuvas.

Souvent, au retour, il retrouvait un nouvel enfant dans la petite maison de la falaise. Il en a eu neuf. Il n'en est mort qu'un seul en bas âge.

Les filles, à treize ou quatorze ans, entraient en service. Un garçon est devenu agent de police au Havre, un autre a fini comme maître d'hôtel à bord d'un transatlantique.

Ils se sont mariés les uns après les autres alors que le père, l'âge venant, renonçait aux bancs de Terre-Neuve pour la pêche au hareng.

Lorsqu'il a touché ses invalides, ils étaient seuls, sa femme et lui, dans la maison, et il s'est mis à cultiver son bout de jardin, à sortir en mer dans son doris pour poser des casiers à homard.

Une fois la semaine, il endossait son complet de drap bleu sur son meilleur tricot et allait boire, à Fécamp, avec ses anciens compagnons.

N'est-ce pas, à un autre échelon, l'équivalent des déjeuners du Grand Véfour ?

Un matin qu'il était censé travailler au jardin, sa femme l'a appelé pour réparer quelque chose dans la maison, pas un robinet, car ils tiraient l'eau au puits. Elle a crié son nom dans toutes les directions et, une heure plus tard, l'a trouvé pendu dans la remise à outils et à filets.

On n'a jamais su pourquoi. Ceux d'ici vivent. Ils ne possèdent rien.

Ils n'ont plus de maison, de femme, d'enfants qui veuillent d'eux. Ils ne touchent pas de retraite.

Pour éviter le spectacle de vieillards mourant sur les trottoirs, la société les enferme. Ils ne sont pas réellement enfermés, c'est vrai. Ils ont le droit, à certaines heures, d'aller errer devant les boutiques de Bicêtre. On leur distribue du tabac. On soigne leurs infirmités. On les lave. On les panse. On les rase de temps en temps.

Ils vivent ! C'est cela, la découverte qu'il vient de faire, et dont ses amis souriraient. Elle lui donne mauvaise conscience, l'envie de demander pardon à quelqu'un. Mais à qui ? N'est-ce pas à ce monde-ci qu'il appartient de droit ? Il y est né. Il y a plus ou moins appris à vivre. Ensuite, il les a trahis...

Chaque jour, dans son journal, il supervise le titre du fait divers le plus émouvant, la mère qui noie ses quatre enfants avant de se jeter à l'eau, la vieille, qui a eu son heure de célébrité, et qui se suicide au gaz, rue Lamarck, l'aiguilleur qui s'ouvre les veines parce qu'il est convoqué par le juge d'instruction à la suite d'un accident de chemin de fer... On n'a que l'embarras du choix, et cela fait vendre.

C'est lui qui a appris à ses collaborateurs à choisir.

— Non... Ceci ne fera pleurer personne...

Son fameux flair ! Il sent le fait divers qui excitera la compassion, le titre qui accroche. Il fait partie de ceux qui sont en dehors, qui jugent du dehors, sans se sentir en cause.

Il vit dans le palace le plus luxueux et le plus anonyme de Paris où, lorsqu'on appelle le médecin au milieu de la nuit, c'est pour soigner un client qui a bu trop de champagne et de whisky, abusé des drogues ou avalé des barbituriques, pour rien, par jeu, par dégoût, parfois pour impressionner un mari ou un amant.

Les petits vieux de Mlle Blanche restent assis sur leur banc, le regard perdu dans l'immensité du néant, à tirer de temps en temps sur leur pipe.

C'est à cause d'eux qu'il a maintenant une pipe. L'infirmière lui a demandé :

— Cela ne vous manque pas ?

Le tabac lui a manqué, il y a trois ans, et il lui est arrivé de fumer une cigarette derrière une porte, comme en cachette de lui-même.

— Je ne sais pas... Peut-être...

Ce n'est pas seulement pour se rapprocher d'eux qu'il a murmuré un peu plus tard :

— Je me demande...

— Vous aimeriez une cigarette ?

Non. Pas une cigarette.

— Croyez-vous que le professeur me l'interdirait ?

— La plupart fument, dans les salles...

— Vous iriez m'acheter une pipe ?

— Ce soir ?

— Tout de suite... Il y a bien un bureau de tabac dans les environs...

— En face de la grande entrée... Quel genre de pipe ?... J'ai peur que, dans le quartier...

— N'importe laquelle... Et du tabac ordinaire, du gris...

Comme à Fécamp. Plus tard, il a fumé des mélanges anglais, mais c'est le goût du tabac gris qu'il tient à retrouver.

Elle y est allée, un manteau jeté sur son uniforme. Il l'a vue traverser la cour dans les deux sens et, au retour, elle lui a adressé d'en bas un petit signe.

La pipe est courte, avec une bague de métal et un bout en corne.

— Il n'y avait rien de mieux...

Une pipe de vieux, comme ils en ont dans la cour.

— Vous voulez l'essayer ?

Comme il ne dispose que d'une main, elle est obligée de la lui bourrer. Il s'amuse de sa maladresse.

— Dois-je tasser le tabac ?... Comme ceci ?...

Il tire quelques bouffées, déçu. Il devait s'y attendre. Il n'a pas pensé que ses mâchoires lui obéissent mal. Dès que sa main lâche la pipe, elle lui tombe des lèvres et l'infirmière doit éteindre les brindilles de tabac qui s'éparpillent sur sa robe de chambre.

— Pendant quelques jours, il vous faudra la tenir à la main... Vous essayez encore une fois ?...

Elle prend son envie de fumer pour un bon signe. Cela prouve qu'elle n'est, malgré tout, pas capable de suivre le cheminement de sa pensée. La fumée âcre le fait tousser. Il s'obstine encore un moment, finit par renoncer.

— C'est assez pour une première fois...

— Vous avez retrouvé le goût ?

En tout cas, il y a une nouvelle odeur dans la chambre.

Il a eu droit à du bouillon, de la purée de navets et de la confiture de groseilles. Voilà plus de trente ans qu'il n'a pas mangé de confiture de groseilles, il se demande pourquoi.

Il somnole, ni triste ni gai, ni confiant ni désespéré. C'est la journée la plus déroutante depuis qu'il est à l'hôpital et, quand on vient chercher le lit pliant, il sent un vide.

Lina n'a pas téléphoné. Elle a sûrement trouvé une amie ou un ami, peut-être plusieurs, pour lui tenir compagnie. Elle aime rester au lit et se sentir entourée. Il y a des chances pour qu'elle se soit contentée, à déjeuner, d'une petite-marmite et d'un fruit. Une fois par mois environ, elle pense au suicide.

Il y a pensé de son côté, moins souvent. Il lui est arrivé d'être persuadé que cela viendrait un jour, et, au lieu de l'abattre, cette perspective le réconfortait.

C'était la preuve que, quoi qu'il arrive, il avait le choix, la possibilité de s'en aller.

Dans son esprit, ce geste n'avait rien de tragique. Il quittait la partie. On ne pouvait pas lui en dénier le droit.

Une heure plus tard, penché sur le marbre, il bouleversait la mise en pages de la dernière édition ou, dans son bureau, comme sur la caricature, il tenait un téléphone dans chaque main, devant sa secrétaire affairée et un Fernand Colère, comme d'habitude, une main sur le bouton de la porte.

Dans la cour où les arbres taillés forment des figures géométriques, dans toutes les alvéoles envahies de clair-obscur où les lits se touchent presque et où s'agitent des infirmières et des internes, ils vivent, eux !

Et il vit, cet homme de son âge, aux épaules voûtées, à la mâchoire pendante, qui va droit devant lui dans l'allée, comme un halluciné, suivi d'un infirmier attentif.

Est-il possible que cela ne signifie rien ?

Dans l'agenda vert pâle, il ne mentionne pas les deux visites qu'il a reçues, comme si elles ne devaient pas laisser de traces, alors que n'importe quel autre jour elles auraient retenu son attention.

On a dû relâcher le barrage autour de lui et de sa chambre, puisque Colette, sa fille, a pu venir frapper à sa porte sans qu'on lui demande rien. Mlle Blanche s'est précipitée, a regardé avec surprise cette femme trapue et sans grâce, assez mal habillée, qui porte une chaussure orthopédique.

— Faites-la entrer... est-il intervenu.

Il a ajouté, après un temps :

— Je vous présente ma fille...

Colette s'est épaissie. Son visage s'est empâté et elle ressemble déjà à ces femmes des quartiers populeux qui, à trente-cinq ans, n'ont plus d'âge.

— Bonjour... lance-t-elle en regardant vers son fauteuil.

Elle ne l'appelle pas père, ni à plus forte raison papa. Enfant, elle s'obstinait à le considérer comme un étranger, encouragée par sa tante qui n'a jamais pu le sentir. Cependant, elle lui dit tu.

— Je ne te dérange pas ?

Elle le voit à contre-jour, car il est assis devant la fenêtre, et ce n'est qu'en prenant place sur une chaise en face de lui qu'elle découvre son visage. Les autres, Audoire, Besson, Clabaud, Mlle Blanche, tous ceux qui sont entrés en contact avec lui, ont évité de paraître surpris à son aspect. Colette, la première, est impressionnée, s'empresse de dire :

— Tu as maigri... Ce n'est qu'hier, par le docteur Libot, qui l'a su par hasard, que j'ai appris que tu es ici...

Elle est plus détendue que lors de ses visites au journal. Une mauvaise pensée passe par la tête de Maugras : n'est-ce pas une revanche, pour sa fille, de le voir plus handicapé qu'elle ?

— Tu as beaucoup souffert ?

— Non... Ce n'est pas une maladie douloureuse...

Ils se parlent comme des étrangers, en dépit du tutoiement. Ils n'ont jamais rien eu à se dire, ou n'y sont pas parvenus. Elle le regarde avec plus d'attention que d'habitude, moins comme un père qu'on n'aime pas que comme un homme qu'on découvre.

— Tu es bien soigné ?... D'après mon patron, le professeur Audoire est le meilleur neurologue français et c'est une chance d'obtenir un lit dans son service...

Elle examine la chambre assez pauvre, la peinture des murs qui s'écaille, le fauteuil qui a beaucoup servi.

— Tu n'es pas trop dépaysé ?

Après quoi, elle se moque d'elle-même.

— Je sais que ce n'est pas l'habitude d'aller voir un malade les mains vides... Les visiteuses que j'ai rencontrées dans les couloirs apportaient toutes des oranges, du raisin ou des bonbons... Je me vois mal entrant ici avec des douceurs...

Elle devient moins laide. Son visage reste banal, mais pas désagréable à présent qu'on ne s'attend plus à y trouver l'éclat de la jeunesse. Pourquoi ne sourit-elle pas plus souvent ?

Son regard, suivant celui de son père, se pose sur la cour, sur les vieillards en uniforme gris-bleu qui ont repris leur station sur les bancs ou leur promenade monotone.

— Cela me fait penser à notre petite clinique... Il n'y a pas de comparaison, bien entendu... Chez nous, c'est très modeste et nous n'obtenons des subventions qu'au compte-gouttes...

Lui aussi l'observe avec plus d'attention que les autres fois.

— Tu commences à comprendre pourquoi mon travail me passionne ?.. Imagine qu'au lieu de vieillards ce soient des enfants qui n'ont pas encore eu la chance de vivre...

Bien sûr ! Il n'en conserve pas moins une vieille méfiance vis-à-vis des gens qui se dévouent, hommes ou femmes. A Fécamp, il avait déjà une instinctive répugnance pour les maîtres du patronage qu'il n'a fréquenté qu'un été.

Il n'aime pas les apôtres, les dames d'œuvres, tous ceux qui gravitent autour des institutions charitables. Il les soupçonne de s'admirer eux-mêmes et de se croire meilleurs que les autres.

Est-ce le cas de Colette ? Il l'a cru. Il a même été persuadé que c'était exprès, pour lui faire honte, qu'elle choisissait de vivre dans une triste rue de banlieue. N'a-t-elle pas pensé :

« Je pourrais recevoir autant d'argent que je veux de mon père, m'entourer de confort, m'habiller dans les bonnes maisons, fréquenter les mêmes milieux que lui, où on me ferait la cour parce que je suis sa fille... C'est moi qui refuse... »

Elle a aperçu la pipe et le paquet de tabac gris entamé sur l'appui de la fenêtre.

— Tu t'es remis à fumer ?

— J'ai essayé...

— Quel effet cela t'a-t-il fait ?

— Curieux...

— Tu as commencé les exercices de rééducation ?

Elle est au courant. Il est vrai qu'elle s'occupe d'enfants anormaux et qu'il doit y avoir parmi eux des paralysés.

En définitive, la visite s'est assez bien passée. Les mots n'avaient guère de résonance. Elle est restée plus d'un quart d'heure et il serait incapable de dire de quoi ils ont parlé. Ils se sont surtout regardés, sans cacher leur curiosité.

— Je pense que je n'ai pas le droit de rester longtemps... Ta femme vient te voir chaque jour ?...

Est-ce à cause d'elle qu'elle s'est tournée plusieurs fois vers la porte ? A-t-elle eu peur de se trouver face à face avec Lina, qu'elle ne connaît pas ? Il a répondu par une autre question :

— Comment va ta mère ?

— Aux dernières nouvelles, elle allait bien... J'ai reçu une carte postale du Liban, où elle était de passage avec sa tournée... Ils font tout le Proche-Orient et ils ont beaucoup de succès...

Ils n'ont pas abordé, même de loin, l'essentiel. Elle a fini par se lever.

— Je reviendrai la semaine prochaine... A moins que je ne te dérange ?...

— Au contraire...

Ils ne se sont pas embrassés, ni serré la main. Il l'a suivie des yeux pendant qu'elle se dirigeait vers la porte. Mlle Blanche est rentrée, pas pour longtemps, car on venait la chercher quelques instants plus tard. C'est le jour des femmes !

— Une dame demande à vous voir... Hélène Portal... Je la fais entrer ?...

Pourquoi pas ? Au point où il en est, ne vaut-il pas mieux s'habituer ? Elle entre, souriante et belle, car, à quarante-cinq ans, elle est plus belle qu'elle ne l'était à vingt. Elle se dégante pour lui serrer la main.

— Bonjour, René...

Au journal, elle l'appelle patron. Voilà des années qu'ils ne sont plus amants. Elle est mariée. Elle a épousé un avocat plus jeune qu'elle dont elle est passionnément amoureuse.

— Je vous signale que j'ai demandé la permission de venir au professeur Besson...

Des années durant, ils ont passé ensemble la plupart de leurs nuits, aussi intimes, physiquement, qu'on peut l'être, et ils ne se sont jamais tutoyés.

Cela a commencé quand, vers 1936, il dirigeait la page parisienne du journal dont il allait devenir rédacteur en chef et qui a sombré après la guerre. Hélène Portal venait de passer son bac. Elle avait une physionomie pétillante, un corps sans cesse en mouvement et on pouvait lui confier n'importe quelle interview.

Les reporters mâles en étaient jaloux, car elle se faisait recevoir par les personnages les plus rebelles, et on l'accusait de se servir de ses charmes.

Il avait mis longtemps à en tomber amoureux, à la traiter autrement que comme une collaboratrice et comme une copine. Une nuit qu'ils avaient soupé ensemble, après un travail harassant au journal, et qu'il était sur le point de lui souhaiter bonne nuit, il avait murmuré :

— Est-ce indispensable qu'on se quitte ?

— Cela dépend.

— De quoi ?

— De ce que vous avez en tête... Si vous êtes capable de ne pas y attacher d'importance et d'avoir oublié demain, d'accord... Autrement, mon petit René, c'est non...

Il occupait un appartement boulevard Bonne-Nouvelle, près de la porte Saint-Denis, son quatrième domicile à Paris. Elle en était sortie à huit heures du matin.

Elle allait y rester souvent sans que, comme elle l'avait décidé le premier jour, cela tire à conséquence. Au journal, au marbre, dans les soirées où ils se retrouvaient, leurs rapports n'avaient pas changé.

La guerre les a rapprochés davantage, car ils se sont repliés ensemble, avec une partie du personnel, à Clermont-Ferrand d'abord, à Lyon ensuite. La vie était précaire et on se serrait les coudes. Faute de logement, ils ont vécu ensemble un certain temps. Elle est israélite par sa mère et il était inquiet pour elle.

— Qu'est-ce qui vous empêche de m'épouser ?

— Rien, René... Rien du tout... Si je me marie un jour...

Elle n'a pas achevé sa phrase, pour ne pas le blesser. Il a traduit :

— Je ne vous aime pas...

C'est vrai. Elle le connaît trop bien. En présence des personnages les plus illustres ou les plus prestigieux, elle découvre toujours le défaut de la cuirasse, ce qui en fait une journaliste redoutable.

Comment le voit-elle ? Elle a accepté de partager son lit tout en refusant de partager sa vie. Quand il est monté en grade, elle a pris sa succession à la page parisienne et, à la Libération, elle l'a suivi au nouveau quotidien qu'on a chargé Maugras de créer.

Quelques mois plus tard, elle tombait amoureuse. Tout le monde le savait mais ignorait de qui. Lui aussi, qui la voyait changer, devenir nerveuse, agressive, éclater soudain en sanglots.

Sans prévenir personne, elle a disparu pendant un mois, laissant tout en plan.

Plus tard, on a appris qu'elle s'était réfugiée dans un petit village du Morbihan avec l'intention d'oublier. L'homme qu'elle aimait avait dix ans de moins qu'elle et n'envisageait pas de l'épouser.

Il a pourtant changé d'avis et l'a retrouvée, puisqu'elle a fait sa réapparition, transfigurée, et que le mariage a été célébré quelques semaines plus tard.

— Inutile de vous dire que le pauvre Colère est aussi désemparé qu'un chien sans maître... Il prétend que vous refusez de le voir et même de l'écouter au téléphone...

Elle ne se force pas. Si elle parle gaiement, c'est qu'elle a le caractère gai.

— J'ai pris un risque en venant ici et en cherchant ma voie dans cette bâtisse où on se perd et où on fait des rencontres assez hallucinantes... Tant pis si vous me mettez à la porte !

» Je ne vous questionne pas sur votre santé, car je suis au courant par Besson... Il est à l'heure actuelle un des hommes les plus demandés à Paris, car chacun veut savoir où vous en êtes et c'est le grand distributeur de nouvelles... Alors ?

Elle le regarde dans les yeux, comme si elle voulait s'assurer qu'il n'a pas craqué.

— Le moral n'est pas fameux, hein ?

— Je ne m'ennuie pas.

— Il ne s'agit pas de s'ennuyer ou de ne pas s'ennuyer... Vous me comprenez fort bien... Et Lina ?

— Elle est allée samedi soir chez Marie-Anne, a pris froid et s'est couchée...

Elle n'ignore rien des rapports entre René et sa femme.

— Elle est venue ?

— Une fois...

— Vous n'aimez pas les visites ?

— Non.

— La mienne non plus ?... Ne vous gênez pas... Je suis assez adulte pour supporter la vérité...

Une demi-heure plus tôt, Colette était assise à sa place, disgracieuse, vêtue à la diable.

Hélène, elle, habillée par les grands couturiers, est une des femmes les plus élégantes de Paris. C'est elle, en particulier, qui, par défi, a lancé la mode des gabardines doublées de vison.

Il l'épie comme il épiait sa fille, comme il prend l'habitude d'épier tout le monde, avec chaque fois l'espoir d'une découverte.

Hélène n'en est pas décontenancée.

— Ça y est ? Je suis photographiée ?... Bon. Maintenant, dites-moi à quoi vous pensez...

Il serait en peine de répondre, même s'il en avait l'intention. Hélène a probablement tenu la plus grande place dans sa vie et il n'en est pas moins devant elle comme un étranger. Pourquoi ?

Tout compte, nos actes, nos paroles, nos pensées, prétendait l'abbé Vinage.

Comment, alors, ne reste-t-il aucune trace de leur intimité, sinon une certaine qualité d'amitié, de confiance, une absence de honte. Car, en face d'elle, il n'a pas honte d'être infirme.

— Je suppose que vous ne désirez pas de nouvelles du journal, ni de notre cher M. Schneider ?... Attendez-vous à le voir surgir un de ces matins, car vous lui manquez terriblement et il a l'impression qu'en votre absence des catastrophes vont s'abattre sur le canard...

Maugras a eu trois femmes dans sa vie, s'il ne compte pas les aventures passagères. Des trois, Hélène est la seule à avoir compris. Il ne précise pas. Il y a des idées, comme celle-ci, qu'il préfère laisser en suspens.

Il en est de même en ce qui concerne Lina, bien que le cas soit différent. D'avoir Hélène Portal en face de lui le fait penser à sa femme et au George-V.

— Ils ne vont pas tarder à me remettre au lit... dit-il en voyant les petits vieux, dans la cour, se diriger vers les différentes portes comme des élèves en fin de récréation.

Il souhaite qu'elle ne voie pas l'infirmier le soulever de son fauteuil et l'étendre sur le lit. Est-elle heureuse ? N'a-t-elle pas peur de vieillir, à côté d'un mari trop jeune, et son équilibre n'est-il pas factice ?

— Je suis quand même contente d'être venue...

— Pourquoi « quand même » ?

— Le contact n'est pas facile... Ce n'est pas un reproche... Bon courage, mon petit René...

Elle dit « mon petit René », comme Besson. Elle l'a toujours appelé ainsi dans l'intimité, bien qu'il soit de beaucoup son aîné.

— Cela passera, vous verrez...

Il ne demande pas ce qui passera, car il devine sa pensée. Il sourit intérieurement, décidé à ce que ça ne passe pas...

Il n'y a rien d'autre ce jour-là. Rien que la mention qu'il a écrite avec application dans l'agenda :

Pourtant, ils vivent !

Il vit aussi. Cette nuit, il n'aura pas Joséfa à côté de son lit, seulement un bouton à portée de la main pour le cas où il serait saisi de panique. Car il est susceptible de panique. Deux fois dans sa vie, il s'est senti en harmonie avec la nature. Deux fois, il s'est presque fondu en elle. Il en était imprégné. Il en faisait partie.

Les deux fois, il a eu peur !

La première fois, c'était sur les bords de la Loire, dans le décor le plus doux et le plus rassurant qui soit, la seconde dans une Méditerranée de carte postale, lumineuse et limpide.

Sur la Loire, où un homme coiffé d'un chapeau de paille pêchait à la ligne, il a suffi d'un nuage et d'un courant d'air frais. A Porquerolles, rien que de regarder le rivage qui semblait s'éloigner avait suffi pour que sa gorge se serre et qu'il ne pense plus qu'à fuir.

Est-ce cela qu'Hélène a compris jadis ?

— Bonsoir, mon petit René...

Ses camarades, au lycée Guy-de-Maupassant, lui criaient :

— Couillon !

Il a cinquante-quatre ans et en s'endormant, ce soir, il se demandera si on devient jamais une grande personne.

11

On lui a fait une prise de sang et, contre son habitude, il a demandé dans quel but. Il s'est informé de sa tension artérielle aussi, qu'Audoire prétend excellente.

A la demi-page du mercredi, il n'y a que deux mentions une au-dessus de l'autre.

Sein.

Je déteste Léon.

A cause de ce que cela résume, il se morfond toute la journée. En réalité, la deuxième note devrait venir en premier, car elle est la cause, directe ou indirecte, de la première.

Dès leur premier contact, l'infirmier aux bras velus lui a été antipathique et il souffre d'être manié par lui comme un objet inerte. A présent, c'est pis. Il n'a pas eu tort de penser qu'il y aurait chaque jour du nouveau. On commence les massages, non seulement des jambes et des bras, mais du corps entier, et le masseur n'est autre que Léon.

Maugras est nu sur son lit, sans défense, pendant que les mains dures le tripotent, et la sueur de l'infirmier l'écœure.

Il ne déteste pas seulement Léon, mais tous les hommes qui lui ressemblent, ce qu'il appelle les mâles triomphants, qui ont toujours l'air de brandir leur membre viril avec orgueil.

Il n'a jamais envié l'intelligence des autres, ou leur habileté. Il est jaloux de leurs muscles et de leur virilité.

Voilà la vérité, qu'il ne regarde pas volontiers en face. Mis de mauvaise humeur, il s'est vengé. Pas sur Léon. Sur Mlle Blanche qui, dans son esprit, l'a en quelque sorte livré à cet homme.

Après le massage, ils se sont mis à deux, elle et lui, pour l'installer dans son fauteuil roulant. La main gauche de Maugras s'est trouvée très près de la poitrine de l'infirmière, alors que Léon ne pouvait la voir.

Alors, cyniquement, méchamment, il a saisi le sein de Mlle Blanche et l'a pressé aussi fort qu'il a pu.

Elle n'a pas bronché. Pendant au moins une heure, il n'a pas osé la regarder. Même lorsqu'ils sont restés seuls, elle n'a fait aucune allusion à son geste et il n'ose pas non plus lui demander pardon, tant il se sent ridicule et odieux.

Surtout que de nouveaux indices le confirment dans son idée qu'elle est amoureuse de l'interne aux grosses lunettes qui s'appelle Gaston Gobet.

Il pourrait ajouter, dans son agenda : *Mauvaise journée*.

Les deux autres notations suffisent. Ses pensées commencent à manquer du moelleux, du mystère qu'elles avaient acquis à l'hôpital.

Même si ce mystère était parfois angoissant, il le regrette. Il est dérouté. Il n'est nulle part. Il se sent entre deux existences.

Lina n'a pas téléphoné. Il n'a aucune nouvelle d'elle, car Besson n'est pas venu et il ne s'attend plus à le voir chaque jour.

La page du jour suivant, le jeudi, a failli rester blanche, tant il a été neutre. Le ciel était couvert, le temps doux et morne. Il a fini par écrire, sans conviction : *Bancs*.

Comprendra-t-il, plus tard, s'il lui arrive de feuilleter cet agenda comme un album de photographies ? Il évite de regarder les vieilles photos de lui, surtout les photos d'amateur où on se revoit, avec des gens qu'on a perdus de vue, se tenant familièrement par l'épaule ou par la taille au bord de la mer, à la campagne, dans Dieu sait quel décor oublié.

Bancs devrait lui rappeler une pensée à laquelle, près de la fenêtre, il a consacré un long moment.

Il commence, de loin, à distinguer les petits vieux les uns des autres. Au début, à cause de la distance, ils étaient tous pareils, comme des fourmis.

Ce qui l'aide, ce sont les barbes, les moustaches, les infirmités, la démarche. Il y a ceux qui sont toujours seuls et ceux qui vont par deux, ceux qui s'amalgament en petits groupes, ceux qui marchent sans fin et ceux qui restent assis.

La note concerne ces derniers. Il a remarqué qu'ils se tiennent immobiles, indifférents, comme certains poissons qu'il voyait à travers l'eau claire de la Méditerranée. Comme pour le poisson aussi, dès qu'un autre vieux s'approche, un frémissement se produit : on les sent inquiets, prêts à défendre leur espace vital. Une fois l'intrus passé, seulement, l'homme du banc, qui le suit des yeux, se rassure et reprend peu à peu sa rêverie solitaire.

Cela aura-t-il encore un sens dans quelques mois, dans quelques semaines, voire dans quelques jours ? Il a ajouté, toujours à la date du jeudi, les mots : *Pas couloirs*.

Il s'agit, une fois encore, d'un fait anodin. Vers onze heures, alors qu'on venait de l'installer dans son fauteuil, car Audoire était passé après le massage et s'était attardé, Mlle Blanche lui a proposé :

— Vous ne voulez pas faire un tour hors de la chambre ?

Il ne connaît le couloir et la grande salle que par les bruits et par les ombres qui défilent devant sa porte. Il a regardé l'infirmière avec une sorte d'effroi, comme s'il la soupçonnait de le pousser vers de nouveaux dangers, et une protestation a jailli de ses lèvres.

— Non !

Il a ajouté, honteux :

— Pas encore...

Car il devine qu'on ne lui pardonnera plus ses sautes d'humeur. On s'attend à ce que désormais il se comporte décemment, en homme normal. Comment leur expliquer que le moment n'est pas venu, qu'il a besoin de s'habituer, de se résigner ? Pourraient-ils seulement suivre les méandres de sa pensée ?

De l'autre côté de la porte, c'est le groupe, comme, dans la cour, c'est un autre groupe. Il les observe l'un et l'autre, de loin, à l'abri d'un écran protecteur, sans en faire partie. Mais qu'adviendra-t-il le jour où on le promènera dans le couloir et où il verra la grande salle de ses propres yeux ?

N'est-ce pas un besoin, pour l'homme, d'appartenir à une communauté ? Si son père a pris l'habitude d'aller chaque jour au café à la même heure, c'était, bien plus que pour boire, afin d'avoir sa place parmi les autres. On l'attendait pour commencer la partie. On lui apportait son verre avant qu'il ne le commande. S'il regardait l'horloge, au-dessus du comptoir, quelqu'un lui lançait :

— Ton fils peut attendre dix minutes...

C'est vrai à tous les échelons. Au Grand Véfour, ils constituent un groupe aussi. Qui sait ? Ce n'est peut-être pas par vanité, par goût des honneurs et des médailles, qu'un Besson préside tant de comités, qu'un

Marelle et un Couffé sont entrés à l'Académie et distribuent des prix littéraires.

Ils cumulent, s'intègrent à plusieurs milieux, ce qui leur donne l'illusion de posséder une personnalité multiple.

Lui aussi appartient à de nombreux groupements. Lina court, chaque soir, retrouver son petit monde à elle et le retrouve le dimanche chez Marie-Anne.

Toujours pas de nouvelles d'elle. Il hésite à demander à Mlle Blanche de téléphoner à la Résidence George-V, et, s'il décide en fin de compte de n'en rien faire, ce n'est pas par orgueil, ni par indifférence.

Deux ou trois fois, l'infirmière lui tient une allumette enflammée au-dessus de sa pipe qui commence à avoir meilleur goût et qu'il parvient à fumer presque jusqu'au bout.

Si cela continue, il y aura des pages blanches dans l'agenda. Les journées deviennent plus courtes à mesure qu'on les lui remplit davantage. On le laisse debout près de son lit plusieurs minutes. Il s'est pris au jeu et parvient à se raser de la main gauche. C'est long. Il s'est légèrement coupé au-dessus de la lèvre.

Une visite, le vendredi matin. Il aurait dû s'y attendre, car Hélène Portal la lui a annoncée. Il a vu, de sa fenêtre, une Rolls émerger de la voûte et traverser majestueusement la cour.

Elle s'est arrêtée sous sa fenêtre, à un endroit où il ne pourrait la voir qu'en se penchant dehors. Non seulement il reste incapable de se pencher, mais la fenêtre est fermée, car le temps s'est remis au froid et on pourrait croire qu'il va neiger.

L'infirmière-chef se dérange en personne pour introduire François Schneider, impeccable, rasé de près. C'est un homme sec, vigoureux malgré ses soixante-cinq ans, et ses cheveux grisonnent à peine.

Dans son hôtel particulier de l'avenue Foch, il a aménagé pour son seul usage un véritable salon de coiffure, ainsi qu'une salle de culture physique avec tous ses agrès. Son coiffeur passe chaque matin, sa manucure, son professeur de yoga. Il a la démarche souple et rythmée d'un gymnaste ou d'un danseur.

— Ainsi, vous avez décidé de vous désintéresser du journal ?... N'ayez pas peur... Je ne viens pas insister pour que vous vous en occupiez d'ici...

Lui aussi appartient à des milieux multiples, à la Bourse, aux champs de courses, aux salons mondains et aux conseils d'administration, mais le seul groupe que l'intéresse, le Jockey Club, ne l'a pas encore admis.

Sa femme, qui a le même âge, est énorme et porte sa graisse avec défi. Elle ne le suit nulle part, se moque qu'il ait des maîtresses et qu'il leur offre des bijoux, bien que le plus gros de la fortune vienne d'elle.

Elle mange. C'est devenu son unique passion. Elle se gave, surtout de sucreries, passe son temps étendue sur une chaise longue, ou à jouer à la canasta avec des amies aussi gourmandes qu'elle, sans parcourir cent mètres dans la journée.

Cela ne signifie rien. Il ne cherche plus le sens des choses. Il les enregistre. Ou il les tire du fond de sa mémoire, joue un moment avec elles et les rejette.

Pourquoi François Schneider est-il venu ? Il est aussi peu à sa place que possible. C'est l'antithèse des incurables de la cour, des malades de la grande salle.

Pourtant, il sera malade un jour, lui aussi, mourant, relié par un tube au flacon de dextrose ou entouré d'une tente à oxygène.

Il a tenu à le voir de ses yeux, à plaider peut-être la cause de Colère, que ses responsabilités effraient.

Comme Maugras le connaît, il a dû se faire recevoir par Audoire et lui poser des questions précises.

Il laisse, en partant, un léger parfum dans la chambre. Mlle Blanche ne l'aime pas. Elle n'a pas besoin de parler pour que Maugras le devine et cela lui fait plaisir. Au fond, elle ne doit pas apprécier davantage les mâles à la Léon...

On l'a remis dans son lit et il va être l'heure de déjeuner quand on apporte une lettre non timbrée, au chiffre du George-V. Il reconnaît l'écriture de Lina. Elle lui a envoyé ce message par Victor, qui n'a pas demandé à le voir et qui est reparti.

René,

Elle n'écrit pas *mon cher René* et il l'apprécie. René, tout court, est plus direct, plus intime. On écrit *mon cher* à n'importe qui.

Je ne sais plus où j'en suis. Je n'ai jamais été aussi malheureuse. J'ai besoin de toi. Je t'en supplie, fais-moi signe !
Je t'aime, René.

Lina.

Mlle Blanche, par discrétion, regarde ailleurs, tandis qu'il relit plusieurs fois le billet. L'écriture est tremblée, ce qui signifie qu'elle était à jeun. Avant le premier verre, ses mains ont un frémissement qu'elle est incapable de maîtriser.

Est-elle toujours dans son lit ? C'est lui qui a failli mourir. Il a été si malade qu'on peut dire sans exagération qu'il s'agit d'un tournant capital dans sa vie. Or, bien qu'il ne soit pas guéri, c'est elle qui appelle au secours.

C'est bien Lina. Elle ne s'est jamais intéressée à quoi que ce soit en dehors d'elle-même. Elle a besoin qu'on s'occupe d'elle comme elle s'en occupe du matin au soir, car ce ne sont pas les problèmes qui lui manquent et elle en invente à plaisir.

La vie lui fait peur. La solitude lui fait peur. La foule lui fait peur aussi, les gens qu'elle ne connaît pas, ceux qu'elle connaît trop. Et c'est parce qu'elle a peur, même devant une Marie-Anne, qu'elle boit et qu'elle parle, qu'elle essaie de se persuader qu'elle existe et qu'elle a, malgré tout, sa petite importance.

— Je vous apporte votre déjeuner ?

Pourquoi pas ? Il n'est pas en état de se précipiter au George-V !

— Tout à l'heure, je vous demanderai de téléphoner à ma femme pour lui dire que j'ai reçu son mot et qu'elle peut venir quand elle voudra...

Elle sent des complications en vue, mais n'en laisse rien paraître.

Quand, un peu plus tard, elle le fait manger à la cuiller, elle ne peut cependant s'empêcher de le questionner.

— Il y a longtemps que vous l'avez épousée ?

Il le lui a déjà dit. L'a-t-elle oublié, ou est-ce lui qui se trompe ?

— Huit ans le mois prochain...

Si elle osait pousser plus loin son interrogatoire, cela donnerait vraisemblablement :

— Elle était déjà comme ça ?

— Presque.

Sauf qu'elle ne buvait pas encore.

— Où l'avez-vous rencontrée ?

— Dans un couloir de la télévision française, rue Cognacq-Jay...

C'est vrai. La télévision, ce matin-là, venait d'enregistrer une table ronde à laquelle il participait comme représentant des grands journaux. En sortant du studio, il s'est attardé dans le couloir avec un de ses anciens collaborateurs. Devant la porte d'un studio voisin, une trentaine de jeunes filles, toutes à peu près du même âge, faisaient la queue.

— Qu'attendent-elles ?

— On a besoin de figurantes pour une dramatique, deux, je pense, et ce sont les candidates...

Ils ont repris leur conversation, toujours debout, et Maugras a fini par ne plus regarder qu'une des jeunes filles, l'avant-dernière dans la file.

Qu'est-ce qui, en elle, a attiré son attention ? Est-ce son aspect lamentable ou tragique ? Son long visage blanc paraissait encore plus long à cause des cheveux qui pendaient sur les joues et lui tombaient, mal peignés, sur les épaules.

Elle portait un manteau fripé et ses talons étaient usés, un de ses bas coupé d'une échelle.

Elle faisait pauvre et pathétique. Ses yeux fixaient avec tant d'intensité la porte au-delà de laquelle se déciderait son destin qu'on avait envie de la rassurer.

— Tu les connais ?

— Quelques-unes, les habituées... Certaines se présentent automatiquement dès qu'on annonce une pièce télévisée...

— L'avant-dernière ?...

— Celle aux cheveux gras ?... Jamais vue... C'est la première fois qu'elle vient dans la maison...

A-t-elle senti qu'ils parlaient d'elle ? A-t-elle compris qu'elle venait de toucher une corde sensible chez un des deux hommes qui se comportaient ici comme chez eux ? C'est sur Maugras que son regard s'est attardé, à la fois résigné et implorant.

Deux fois, trois fois il a détourné la tête, pour finir par l'observer à nouveau.

— Elle a l'air d'être au bout de son rouleau...

— Certaines s'évanouissent, faute d'avoir mangé les dernières vingt-quatre heures...

— Tu crois qu'elle a des chances ?

— J'en serais surpris... Il s'agit d'une émission en costume et je la vois mal à la cour de Louis XVI...

Bodin était surpris de l'intérêt montré par son ex-patron et celui-ci a failli partir sans s'occuper davantage de la jeune fille qui attendait son tour. Un hasard est intervenu. On a appelé Bodin dans le studio qu'ils venaient de quitter et ils se sont serré la main.

— A un de ces jours...

Une fois seul, Maugras a hésité. Elles étaient plusieurs, maintenant, à le regarder avec espoir, soupçonnant qu'il était un personnage influent dans la maison. Pourquoi l'une d'elles a-t-elle pouffé de rire ? Ce rire aussi a failli changer le destin de Lina.

Il n'en a pas moins surmonté sa gêne et, une fois à sa hauteur, il a murmuré :

— Voulez-vous me suivre, mademoiselle ?

— Moi ?

Ils ont marché ensemble jusqu'au fond du couloir, tourné à gauche, puis encore à gauche. Il ne savait pas où l'emmener. Il était persuadé qu'il n'obéissait qu'à la curiosité ou à la pitié. Cherchant un bureau inoccupé, il a poussé en vain deux ou trois portes.

— Allons dehors...

Elle le suivait comme une somnambule. Sur le trottoir, Léonard s'est précipité pour ouvrir la portière.

— Pas tout de suite... Continue à m'attendre...

Et il a fait entrer la jeune fille dans le café le plus proche.

— Qu'est-ce que vous prenez ?

— Un café crème...

Il a commandé et elle le regardait toujours avec la même intensité.

— Vous n'êtes pas de la télévision, n'est-ce pas ?

— C'est exact.

— Vous êtes directeur de journal... J'ai déjà vu votre photo... Pourquoi m'avez-vous emmenée ?...

— On m'a dit que vous n'aviez aucune chance, là-haut...

— Que voulez-vous de moi ?

Elle se montrait méfiante, agressive.

— Bavarder...

— C'est tout ?

— Je pourrais peut-être vous trouver d'autres figurations, voire de petits rôles...

— Vous ne le pensez pas...

— Il est possible aussi que je vous emploie au journal...

— Je ne sais rien faire... Je ne suis ni sténo, ni dactylo, je n'ai pas d'orthographe et je n'ai aucun ordre...

Elle fixait la corbeille de croissants sur la table.

— Je peux ?...

— Je vous en prie...

— Cela se voit, que j'ai faim ?... C'est parce que vous l'avez deviné que vous m'avez amenée ici ?... Je sais que cela fait roman populaire, mais c'est vrai que je n'ai pas mangé depuis hier midi...

— Où habitez-vous ?

— A dater de ce matin, nulle part...

— Vos parents ?

— Je n'ai plus de parents... Seulement une tante, qui m'a élevée...

— Elle vit à Paris ?

— A Lyon...

— Elle ne s'occupe plus de vous ?

— Je me suis enfuie de chez elle...

— Quand ?

— Le mois dernier...

— Vous ne voulez pas retourner à Lyon ?

— D'abord, elle ne me reprendrait pas, car j'ai emporté tout l'argent que j'ai pu trouver... Cela ne fait pas une grosse somme... La preuve, c'est que je n'en ai plus... Ensuite, je veux vivre à Paris...

— Pourquoi ?

Elle a haussé les épaules, tendu la main vers un second croissant.

— Et vous, pourquoi y êtes-vous ?... Est-ce que vous y êtes né ?...

Elle a mangé huit croissants et, à la fin, elle avait peine à avaler les bouchées. Elle a suivi ses mains du regard pendant qu'il tirait son portefeuille de sa poche et y choisissait des billets.

— Vos affaires sont restées à l'hôtel ?

— Par force. Ils ne me les rendront que si je paie ce que je leur dois...

— Ceci suffira ?

— C'est deux fois trop. Vous me donnez tout cet argent ?

— Oui.

— Pourquoi ?

Il ne savait que répondre à ces questions directes et, des deux, était le plus mal à l'aise.

— Pour rien... Pour que vous repreniez confiance... Venez me voir demain au journal...

— On me laissera passer ?

Elle avait l'habitude des antichambres et de la morgue des huissiers. Il lui a remis une carte avec quelques mots de sa main.

— De préférence après quatre heures.

— Merci...

Debout sur le trottoir, elle l'a regardé monter dans sa voiture et jusqu'à ce que celle-ci tourne le coin de la rue elle n'a pas changé de place.

C'est ainsi que tout a commencé.

L'infirmière fait la navette entre la chambre et le téléphone du couloir.

— Votre femme demande à quelle heure elle vous dérangera le moins...

Il préfère qu'elle le trouve dans son fauteuil. La dernière fois, il avait la tête en bas.

— Entre trois et quatre heures...

Mlle Blanche ne considère-t-elle pas comme égoïste et ridicule de refuser qu'on branche un appareil dans la pièce ? Il y viendra. Il finira par leur céder. Il prévoit le temps où il fera tout ce qu'ils veulent et il ne résiste que par principe.

Et aussi pour gagner quelques jours. Il n'est pas prêt, tiraillé par le passé, le présent et l'avenir. Il n'a même plus la ressource de s'assoupir. Il reste terriblement éveillé pendant l'heure de la sieste fixant le plafond pendant que l'infirmière tourne de temps en temps les pages de son livre.

Lina va venir et il ignore ce qu'il lui dira, la contenance qu'il adoptera devant elle. Il l'aime, c'est certain. Il l'a sans doute aimée à son insu dès le premier jour.

La preuve, c'est que, le lendemain de leur rencontre rue Cognacq-Jay, tandis qu'il se demandait, dans son bureau, si elle viendrait ou non, il s'est senti désemparé, les nerfs en déroute, comme cela ne lui était jamais arrivé.

Il s'en voulait de ne pas avoir pris son adresse, l'imaginait perdue dans Paris, s'impatientait à tel point qu'il a mis tout le monde à la porte du bureau où il a marché de long en large en fumant cigarette sur cigarette.

Elle est venue et, lorsqu'elle a été assise devant lui, il n'a su que lui dire. Il a fini par lui poser des questions maladroites, entre autres sur ses parents, et elle lui a dit qu'ils avaient été tués tous les deux, quand elle était petite, dans un accident de chemin de fer, près d'Avignon.

Sa fièvre était-elle tombée ? Il l'a conduite dans le bureau vitré où on trie les réponses aux petites annonces. C'est le seul endroit où il pouvait l'occuper.

Elles sont plusieurs à dépouiller les sacs de courrier qu'une camionnette des postes apporte plusieurs fois par jour et à le classer selon les numéros inscrits sur les enveloppes. Une matrone, qui ressemblait à l'infirmière-chef, dirigeait alors les filles en blouse grise.

— Quand dois-je commencer ?

— Demain matin si vous voulez...

Déçu ? Pas déçu ? Il s'est contenté, le lendemain, d'un coup de téléphone à la matrone pour s'assurer que Lina avait pris son service. Il croyait ne plus y penser. Puis, trois jours plus tard, après avoir lutté, il descendait à l'heure où elle cessait le travail.

— Je vous accompagne... disait-il, comme elle se disposait à sortir.

Il n'ignorait pas que les autres échangeaient des coups d'œil. Peu lui importait ce qu'elles pensaient. Il l'a emmenée dîner dans un restaurant du Quartier Latin où il n'est pas connu et il lui a encore posé des questions, comme si c'était un besoin de tout savoir d'elle.

Qu'est-ce qui l'a attiré de la sorte ? Après huit ans, il ne trouve pas d'explication satisfaisante. Ou plutôt il en trouve trop, et elles sont contradictoires.

Elle aussi a posé des questions, précises, indélicates.

— Vous devez avoir un bel appartement ?

— Pas pour le moment. J'habite encore un vieux logement, boulevard Bonne-Nouvelle, pendant qu'on m'en aménage un autre dans un ancien hôtel particulier, rue de la Faisanderie...

— C'est un quartier chic ?

— Il a cette réputation...

— Vous êtes marié ? Divorcé ?

— Divorcé.

— Vous vivez avec une maîtresse ?

— Non.

— Vous couchez avec vos secrétaires ?

Il a dit non. En vérité, c'était oui et non. Avec certaines, en passant. S'il a gardé si longtemps son logement de la porte Saint-Denis, où il ne recevait personne, c'était un peu parce qu'il hésitait à trancher les derniers liens avec son passé.

Pas par sentimentalité. Plutôt par superstition. De ses fenêtres, il avait le spectacle de la vie plébéienne, d'un grouillement bruyant et vulgaire.

Sa situation l'obligeait à recevoir et, dans deux mois, les travaux terminés, il déménagerait.

— Vous sortez d'une famille pauvre ?

— Mon père était employé...

Elle suivait gravement son idée, comme si elle savait où elle voulait en venir.

— Vous avez envie de moi ?... Avouez-le !... Si vous n'en aviez pas envie, vous ne m'auriez pas attendue à la sortie du bureau... Où va-t-on ?...

Elle n'était pas comme les autres. Mais était-il lui-même comme les autres ? Chacun ne se considère-t-il pas comme différent et ne l'est-il pas en réalité ?

Il l'a emmenée chez lui et, avant tout, elle lui a demandé la permission de prendre un bain. Tard dans la nuit, elle, nue, sur le lit défait, lui, en pyjama, dans un fauteuil, ils continuaient de parler.

— J'avais douze ans quand mon oncle a commencé à me caresser en me forçant à le caresser aussi... A treize ans et demi, il m'a prise et m'a fait très mal... Recueillie chez eux par charité, je ne pouvais pas refuser...

» Ma tante l'a appris, car elle a l'habitude de regarder par les serrures... C'est une femme méchante... Elle m'a fait la vie dure... A lui aussi...

» Il trouvait pourtant le moyen de me retrouver de temps en temps... Il était incapable de se passer de moi et certaines fois, à table, en me regardant, il se mettait à trembler...

» Je suis sûre que c'est ma tante qui l'a fait mourir en l'empoisonnant à petit feu, car il n'a jamais été malade...

— Quand est-il mort ?

— Il y a un an... Depuis, ma tante ne me laissait plus sortir et m'enfermait à clef quand elle allait faire son marché...

Une semaine plus tard, il a reçu le rapport de son correspondant à Lyon. Lina avait dû montrer sa carte d'identité au chef du personnel, pour son inscription à la Sécurité sociale. Son adresse à Lyon était rue Voiron, au fond du quartier de la Guillotière, aussi populeux que la rue des Dames ou que la porte Saint-Denis.

Son nom de famille était Delaine et, à l'adresse indiquée, vivait bien une Mme Delaine, qui travaillait comme caissière dans un cinéma de l'avenue Gambetta.

Ce n'était pas la tante de Lina, mais sa mère, chez qui la jeune fille avait vécu jusqu'à son départ, le mois précédent. Elle était veuve d'un chef monteur qui, dix ans plus tôt, avait été écrasé par une grue. A Lyon, Lina travaillait dans une cartonnerie.

Il n'existait pas de tante, pas d'oncle. Seulement une petite fille qui, dès l'âge de douze ans, courait les rues avec les garçons.

— Pourquoi avez-vous inventé cette histoire ?

— Pour que vous vous intéressiez à moi... Personne ne s'est jamais intéressé à moi, sauf ma mère, pour me donner des raclées quand je rentrais trop tard... Je ne compte pas... C'est comme si je n'existais pas... Maintenant, vous allez me mettre à la porte, n'est-ce pas ?... C'est ma faute... Je n'aurais pas dû vivre...

Elle était réellement malheureuse, même quand elle jouait un rôle. Après huit ans de vie commune, elle cherche encore à se rassurer. On dirait qu'il y a un abîme entre elle et les autres et que, incapable de le franchir, elle s'absorbe en elle-même.

A-t-il voulu la protéger ? S'est-il senti une responsabilité vis-à-vis d'elle ? A-t-il été fasciné par son étrangeté en partie artificielle ? Il ne sait plus. Elle va venir et il n'est pas préparé à prendre une nouvelle décision.

Le fait qu'elle lui devrait tout n'a-t-il pas compté dans sa décision de jadis ? Cela a joué pour Marcelle aussi, qu'il a sortie d'une loge de concierge pour la transplanter, il est vrai, dans une chambre meublée de la rue des Dames.

A quoi bon chercher ? Aucune réponse ne le satisfait. Ni en ce qui le concerne, ni en ce qui la concerne, elle. Elle ment, puis elle demande pardon. Elle passe sa vie à se torturer, sans se rendre compte qu'elle le torture en même temps.

Elle ne se trouve nulle part à sa place et elle soupçonne chacun de la juger mal. Car elle ramène tout à elle, y compris, dans une conversation banale, des phrases qui ne la concernent pas et où elle voit une attaque personnelle...

Dès la première semaine, elle s'est disputée avec la matrone qui dirigeait le tri du courrier et, renonçant à la placer ailleurs, il l'a installée boulevard Bonne-Nouvelle, où elle a joué au ménage.

Elle s'est mise en tête de cuisiner, de lui réserver des surprises à chacun de ses retours et il la retrouvait en larmes parce qu'elle avait laissé brûler le ragoût...

— Pour une fois que quelqu'un s'efforce de me comprendre, je ne lui apporte que des désagréments...

— Mais non, Lina... Écoute...

— Tu vas encore me parler comme à une petite fille...

Il ne parvenait pas à se passer d'elle et, dans le même temps, il ne savait qu'en faire. Il a essayé de lui donner un intérêt dans la vie, d'obtenir qu'elle lise, par exemple, mais les livres l'ennuyaient vite, ou la désespéraient parce qu'elle y trouvait des similitudes avec elle. Il lui a même appris, le soir, à jouer aux cartes !

— Qu'est-ce que tu faisais après journée, quand tu ne m'avais pas encore ramassée dans la rue ?

— Tu sais bien que je ne t'ai pas ramassée dans la rue...

— C'est tout comme... Il aurait bien fallu que je suive le premier venu pour ne pas coucher dehors... Qu'est-ce que tu faisais, avant moi ?...

— Je sortais...

— Pourquoi ne sors-tu plus ?

— Pour rester avec toi...

C'est vrai. Il avait besoin de sa présence.

— Qu'est-ce qui t'empêche de sortir avec moi ?... Tu as honte ?...

Il s'était promis d'y penser longuement, de creuser jusqu'au nerf, et il est déjà trop tard. Il aurait dû le faire quand il était encore prisonnier de son lit, avant de revoir le monde par la fenêtre.

Le drame de leurs huit ans, c'est peut-être qu'elle a autant besoin qu'on s'occupe d'elle qu'il a besoin qu'on s'occupe de lui. Il a cru en faire un animal familier suspendu au son de sa voix et il a lié sa vie à un être qui n'agit qu'à sa tête.

Elle le voudrait heureux. Elle est sincère. Il est à peu près sûr qu'elle l'aime et qu'elle accepterait de mourir pour lui.

Mourir, mais pas vivre !

Elle souffre d'être un boulet qu'il traîne au pied et elle le torture en se torturant.

Dix fois, cent fois, il a pensé qu'elle est un monstre d'égoïsme. Puis, la tenant, sanglotante, dans ses bras, il s'en est voulu de son jugement.

Il doit être au journal à huit heures et demie, l'esprit clair, maître de lui, prêt à prendre des décisions lourdes de conséquences. Combien de fois ne s'est-il couché qu'à trois ou quatre heures du matin, après une scène épuisante où elle menaçait de mourir et où il finissait par être tenté de le faire ?

Il l'a présentée à ses amis, petit à petit. Elle s'est jetée au cou de certains, qu'elle n'a plus voulu voir par la suite. Avec d'autres, au contraire, elle s'est montrée, sans raison, méfiante et agressive. Son attitude a créé des situations délicates. Elle lui a valu des brouilles.

— Ils ne m'acceptent que parce que je suis ta maîtresse et, derrière notre dos, ils se demandent comment tu as pu t'embarrasser d'une ordure comme moi... Mais si ! Je suis une ordure... Tu l'as dit toi-même le soir où, après le théâtre, tu m'as giflée en pleine rue...

Il lui a crié tant de choses, poussé à bout, quitte à lui demander pardon quelques heures plus tard. Cela ne l'a pas empêché de l'épouser, une fois installé rue de la Faisanderie.

Il comptait la former petit à petit, en faire une maîtresse de maison, l'initier à la vie parisienne... Il lui a appris à s'habiller, à composer un menu, à installer les invités autour d'une table...

— Que veux-tu que je fasse, quand tu me laisses seule toute la journée ?...

— Mon petit, j'ai mon travail qui ne me permet pas...

— Je sais... Toi, tu existes... Tu commandes... On t'écoute... Tu accomplis quelque chose d'intéressant... Tout le monde te connaît et te respecte... Tandis que tes amis qui viennent ici me regardent comme une curiosité...

Cela a été vrai jusqu'à ce qu'elle découvre la bande de Marie-Anne, où elle s'est sentie à sa place parce qu'il n'y existe pas de règles, parce que tout y est permis.

Il l'a retrouvée moins souvent chez eux en rentrant le soir.

— Madame fait dire à monsieur qu'elle ne dînera pas à la maison...

— Vous ne savez pas chez qui elle est allée ?

— Elle s'est fait conduire aux Champs-Élysées...

Ils ont essayé, tous les deux, car il est juste de dire qu'elle a essayé de son côté. C'est plus fort qu'elle, comme une drogue. Elle ne peut résister à la familiarité des bars à la mode où on l'accueille par :

— Ah ! Voilà Lina...

Elle sait que cela ne la conduit nulle part, qu'elle est en train de se perdre, que l'alcool la mine.

— Nous ferions mieux de divorcer, René... Tu retrouveras ta liberté et tu n'auras plus à t'occuper d'une folle... Crois-tu que je sois vraiment folle ?... Je me le demande... Ton ami Besson, lui, en est persuadé...

» Quand j'ai fait ma dépression et qu'il m'a ordonné une cure de sommeil, il voulait que j'aille passer six mois dans une maison de santé suisse où on soigne les gens comme moi...

» Au fond, ce serait préférable que je sois tout à fait folle... Cela viendra... J'espère que cela viendra vite et tu seras débarrassé... Mais je t'aime, René... Je te jure que je t'aime et que je n'ai jamais aimé que toi...

Pendant qu'il évoque ces scènes incohérentes, il a devant les yeux le profil doux et serein de Mlle Blanche, plongée dans sa lecture.

C'est l'heure. Léon entre. On le soulève. On le met debout. L'infirmière lui propose de lui passer un pyjama propre, comme s'il devait se mettre en frais pour Lina, et, bien que cela lui paraisse ridicule, il accepte.

Le voici dans son fauteuil, qu'on roule devant la fenêtre, et il retrouve ses vieillards que la grisaille rend mélancoliques et plus lents.

— Vous êtes inquiet ?

— Non.

— Tachez de ne pas vous énerver. Votre vie privée ne me regarde pas, mais, au point où vous en êtes, le moral a une énorme importance...

Il la rassure d'un sourire. Il n'y aura pas de drame. Il sera très gentil, très tendre avec Lina.

N'est-ce pas ce qu'elle lui a répété le plus souvent : qu'elle a besoin de tendresse ? Il lui a donné tout le reste, son nom, des robes, des fourrures, des bijoux, des amis. Il lui a donné l'amour dont il est capable. Et de l'indulgence. De la pitié aussi, qui la met si fort en colère.

Qu'entend-elle par la tendresse ? Ne regarde-t-il pas tout le monde avec tendresse, elle plus que quiconque, puisqu'elle représente à ses yeux un condensé de toutes les faiblesses ?

Il lui arrive de la saisir par les épaules et de la regarder avec une curiosité émue. On dirait alors qu'elle attend. Elle attend quoi ? Si ce sont des mots, il n'en trouve pas.

Lui-même n'aurait-il pas besoin, de temps en temps, que quelqu'un...

Il ne doit pas devenir amer. Il faut qu'il soit détendu à son arrivée. Il voit la Bentley traverser la cour, distingue les petites moustaches de Léonard.

Elle monte. Il entend bientôt ses pas, et sa poitrine se serre comme elle s'est serrée, quand il l'a attendue pour la première fois dans son bureau, à la pensée qu'elle ne viendrait pas et qu'il n'avait aucun moyen de la retrouver.

Lorsqu'elle frappe, Mlle Blanche a la main sur le bouton de la porte.

— Tu es assis ?

Cela la déroute. Ses yeux sont brillants. Depuis le moment où elle a écrit le billet, elle a eu le temps de boire. Elle est tendue, les nerfs à fleur de peau, ne tenant pas en place, ne sachant où regarder, ni à quoi se raccrocher.

— Je te demande pardon de t'avoir relancé... Comment vas-tu ?... Ainsi, tu acceptes encore de me voir ?...

— Assieds-toi...

— Je peux fumer ?

Elle fume si nerveusement qu'elle a l'air de mordre sa cigarette.

— Laisse-moi te regarder... Tu es calme... Tu ne parais pas m'en vouloir...

Elle s'efforce de se maîtriser, mais il sent bien qu'elle va pleurer. Elle pleure, le visage sur l'accoudoir du fauteuil, son dos maigre secoué par les sanglots.

— J'ai tellement besoin de toi, René !... Et j'étais si sûre que tu ne voudrais plus me voir... C'est si bête !... Je ne sais même pas comment c'est arrivé... On a beaucoup bu, comme toujours chez Marie-Anne, et je me suis énervée parce qu'il me semblait qu'on se moquait de moi...

Il la regarde, comme fasciné. Il n'est pas curieux d'apprendre ce qui s'est passé au château de Candines, ni la raison de sa honte. Il la regarde et il pense qu'elle et lui... C'est difficile à préciser... Ils ont, l'un comme l'autre, cherché leur place, obscurément... Il a paru trouver la sienne... Tout le monde en est persuadé...

— Alors, j'ai retiré tous mes vêtements, parce que Jean-Luc m'en défiait... Puis...

Il lève la main gauche, qu'il pose sur la tête de sa femme, sur ses cheveux lisses qui ne sont plus gras.

— Chut...

— Non ! J'ai besoin que tu saches... Jean-Luc m'a emporté sur son épaule et les autres ont suivi avec des candélabres...

— Mais oui... Je sais... Chut !... N'y pense plus...

Elle pleure, elle pleure, comme si ses larmes ne devaient plus s'arrêter de couler et, la main sur sa tête, il fixe, droit devant lui, le mur écaillé.

12

Il y a de plus en plus de pages blanches. Il faut croire que cette nouvelle période commence à ressembler à sa vie de jadis puisqu'elle compte des jours sans importance, sans goût, sans odeur.

Il trace néanmoins une petite croix rouge à côté de chaque date et, presque sur toutes les demi-pages, figure une lettre en noir : *L.*

Cela signifie Lina. Est-ce définitif ? N'est-ce qu'un essai ? Elle arrive l'après-midi sur le coup de trois heures et s'assied près de lui, en biais, de façon à voir son visage.

— Je ne me plains pas, René... Je me reconnais tous les torts... Je te pose seulement une question : m'as-tu jamais vraiment parlé, sauf, les premiers temps, pour m'interroger sur ma vie ?... Je suis bête, c'est vrai, et je n'ai aucune instruction...

Tous les deux font un effort. Il reste de longs silences, pendant lesquels elle écrase sa cigarette dans le cendrier pour en allumer une autre, et, par contenance, ils regardent dans la cour, ou feignent de s'intéresser à ce qui se passe dans le couloir.

A la date du 16 février, il écrit : *Faux faibles.*

Ces mots aussi perdront-ils leur sens ? Au moment où il les trace, de la main gauche, dans l'agenda, c'est assez clair dans son esprit. Elle a soupiré, une heure plus tôt :

— Tu es un fort, toi ! Tu n'as besoin de personne...

Donne-t-il cette impression ? Elle est fausse. Ou, alors, sa force n'existe qu'en comparaison avec les faibles. Et ce sont les faibles qu'on devrait envier, car ils se reposent sur les forts.

Ceux-ci, nul ne les aide, ne les encourage, ne les plaint. S'ils tombent, on est sans pitié et on se réjouit plutôt de ce que l'on considère comme une justice immanente.

Est-il un fort ou un faible ? Il pose les questions sans essayer d'y répondre. Ce qu'il sait, c'est qu'il y avait tout à l'heure une pointe de rancune dans la voix de Lina, en dépit de la douceur qu'elle manifeste au cours de ces visites quasi quotidiennes et qui donne à ces tête-à-tête conjugaux un caractère comme assourdi.

Physiquement, en dépit de son aspect fragile et de ses excès, de son envie périodique de mourir, Lina est plus résistante que lui. La preuve c'est qu'il est à l'hôpital et qu'elle n'y vient qu'en visite. Sa maladie laissera des séquelles. Un jour, il aura une rechute dont il ne se relèvera pas. Elle sera veuve.

Pas contact.

C'est écrit à la date du 19 février, mais cela a dû se passer le 18, un jeudi. Mlle Blanche a poussé son fauteuil roulant dans le couloir et il a découvert leur section de l'étage.

Il a vu la salle, aussi grande qu'il l'imaginait, des malades couchés, d'autres assis au bord de leur lit ou sur des chaises, quelques-uns dans des fauteuils comme le sien.

Tous les stades de l'hémiplégie sont représentés, de sorte qu'il pouvait, d'un coup d'œil, visualiser les différentes étapes de son mal, ce qui est passé, ce qui se passe à présent et ce qui l'attend.

On ne lui a pas fait franchir la porte, mais la plupart des regards se sont tournés vers lui. Il garde de cette expérience un souvenir assez amer.

Sans doute savaient-ils qu'il est le malade de la chambre privée. Ils le voyaient pour la première fois et il n'y a eu sur leurs visages ni bienveillance, ni un semblant d'accueil, aucune tentative de contact.

Pas d'hostilité non plus. De l'indifférence. Mlle Blanche l'a si bien senti qu'elle l'a poussé hâtivement dans la direction opposée où il existe une salle de consultation et une petite pièce assez triste qui sert de salle à manger aux infirmières.

S'est-il trompé sur les occupants de la grande salle ? Pendant le peu de temps qu'il les a observés, il n'a pas surpris de contacts entre eux non plus. On dirait que, comme il en a tendance, ils se sont murés dans la maladie.

Bourgeons.

Quelques pages plus loin. A nouveau un ciel de printemps et des oiseaux qui chantent dès cinq heures et demie du matin, car le jour se lève de plus en plus tôt. Le fameux marronnier du boulevard Saint-Germain doit commencer à fleurir.

Les dernières semaines ont été exceptionnellement douces. Pour la première fois de sa vie, il a vu, sur les arbres de la cour, les bourgeons se gonfler.

Il a suivi leur travail intérieur, l'effort des feuilles encore frêles pour se débarrasser de leur coque brune. Il a passé tant d'heures à les observer qu'il en garde une image animée, comme les films qui montrent l'éclosion d'une fleur.

Première et dernière fois. Bientôt, il n'aura plus le loisir d'observer les bourgeons. Il n'y pensera plus.

Les jours passent de plus en plus vite. Besson vient rarement le voir, en coup de vent. Quant à Audoire, il continue à l'étudier comme il étudierait les progrès d'une culture en laboratoire.

Il paraît qu'il est en avance sur les prévisions, sur l'évolution normale de son cas, et certains jours il le déplore, d'autres, au contraire, il s'impatiente de la lenteur des progrès.

Il parvient à s'appuyer sur la jambe droite, à remuer ses doigts qu'il regarde avec un rien d'émotion comme s'il retrouvait un morceau de lui-même.

Il en veut à Mlle Blanche et ne le lui cache pas toujours. Elle prend l'habitude de le quitter de plus en plus souvent, de le laisser seul, pas uniquement à l'heure du déjeuner, mais à d'autres moments de la journée. Va-t-elle bavarder avec les autres infirmières ? Court-elle retrouver le docteur Gobet, l'interne aux grosses lunettes ?

Elle est à son service, lui doit tout son temps. Sa bonne humeur n'est plus aussi constante et il n'est pas loin de regretter le bien qu'il a pensé d'elle. C'est une femme comme les autres. A peine se sent-il mieux qu'elle le néglige.

A la date du 26 février, une note la concerne, qu'il a résumée, comme les autres, d'un mot énigmatique.

Belle-mère.

Ils ont échangé des confidences. C'est parti de Lina, qui se montre plus calme et qui boit modérément.

— C'est très bien, ce que vous faites, lui a dit l'infirmière, comme si elle n'ignorait rien de ses relations avec sa femme. Elle a besoin d'être rassurée…

— Et vous ? a-t-il riposté.

Elle a rougi. Puis elle a ri.

— On vous a dit ?

— On ne m'a rien dit.

— Vous avez deviné tout seul ?

— Pourquoi ne vous épouse-t-il pas ?

— Nous devrons attendre des années… Il vit avec sa mère, qui est mal portante… Sa situation financière n'est pas brillante car, tenant à se consacrer à l'hôpital et à la recherche, il refuse de faire de la clientèle privée…

» Comme beaucoup de femmes qui ont eu une vie difficile, sa mère est jalouse, incapable de vivre seule… Elle ne supporterait pas non plus d'être à la charge d'un jeune ménage…

Il écoute sans conclure. Tout cela va se caser quelque part dans son cerveau, et qui sait si un jour ces menus faits, ces impressions ne se rassembleront pas pour former un tableau cohérent ?

Alors, il comprendrait ! Que comprendrait-il ? Qu'est-ce qu'il cherche obscurément ? N'est-il pas trop tard ?

Il en veut moins à l'infirmière de l'abandonner parfois à son sort. Il ne la plaint pas.

Dans la queue.

26 février. Cela devrait être un grand jour. On lui en a trop parlé d'avance et il n'en a tiré aucune joie.

Au contraire. On a poussé son fauteuil dans le vaste ascenseur par lequel, inconscient, il a été monté le premier jour et qu'il a dû prendre pour aller à la radiologie.

Cette fois, on le conduit dans la cour et il voit les petits vieux de tout près, les petits vieux qui ne s'occupent pas plus de lui que les malades de la salle.

Ce qui le frappe, c'est l'importance des bâtiments dont il n'occupe qu'une case minuscule. Cela ne lui enlève-t-il pas de son importance ? Il n'a été, n'est encore, qu'une unité dans une multitude.

Il s'était promis de compter les fenêtres quand il en aurait l'occasion. Il y en a trop, trop de portes, d'escaliers numérotés, de couloirs, de malades qui attendent devant des services différents, d'hommes et de femmes en blanc qui courent on ne sait où.

Il traverse une partie de la cour, passe sous une des voûtes, car il y en a plusieurs, et il se trouve, dans une cour plus petite, devant une construction qui ressemble à un gymnase.

C'en est un. C'est le service de rééducation, où il est censé recouvrer l'usage de ses membres.

A-t-il pensé que cela se passerait en privé, comme la première période de sa maladie ? Une infirmière, près de la porte, est installée devant une table et, à chaque arrivée, pointe une liste dactylographiée.

— Maugras ?... Attendez... C'est la première séance ?...

Mlle Blanche parle à mi-voix, le laissant dans l'allée, et il a peur que les malades qui passent près de lui en boitant, en jetant les pieds de côté ou en s'appuyant sur des béquilles, renversent son fauteuil.

On le dirige vers des barres parallèles, au milieu de la salle. De grands carrés blancs et noirs sont peints sur le sol, comme un jeu de dames. Des hommes et des femmes font la queue.

— Nous devons attendre notre tour... lui souffle-t-elle.

De sorte qu'il fait la queue aussi, lui qui, depuis plus de trente ans, n'a fait la queue nulle part.

Certains, autour de lui, sont venus par leurs propres moyens et se comportent en habitués. La plupart des femmes sont âgées. Il n'en découvre que deux jeunes, laides toutes les deux.

Un médecin ou un infirmier, il ne sait pas, guide les malades, un à un, entre les barres auxquelles ils se cramponnent pour avancer en ligne droite, et, ce qui le frappe le plus, c'est leur gravité, leur air absorbé.

Cela pourrait paraître un jeu, mais ce n'en est pas un et chacun en est conscient. On se pousse pour gagner une place. On assiste, l'œil froid, aux progrès des autres.

Autant qu'il peut en juger, la plupart appartiennent à la classe modeste, et même à la classe pauvre avec laquelle il a perdu contact depuis longtemps.

— Maugras... appelle-t-on.

Et Mlle Blanche, l'aidant à sortir de son fauteuil :

— C'est votre tour... Bon courage !...

Ici, elle n'a pas à intervenir. Elle est venue le conduire et elle le confie aux spécialistes.

— Votre main sur la barre... Comme ceci, oui... Le pouce plus écarté... Mais si ! vous pouvez écarter le pouce davantage...

Les enfants éprouvent-ils la même angoisse lorsqu'ils essayent leurs premiers pas ? Dommage que personne ne s'en souvienne...

Il passe d'un carré à l'autre, aussi concentré que ceux qui ont défilé avant lui. Plus loin, une bicyclette est fixée au sol et un homme à moustaches grises pédale sur place sans rien voir autour de lui.

Maugras a peur qu'on le hisse aussi sur cet appareil. Ce n'est pas pour aujourd'hui. On l'éloigne davantage de son infirmière en le conduisant devant une roue en bois qu'il doit faire tourner à l'aide d'une manivelle.

— Pas la main gauche... La droite...

On pose la main sur la poignée.

— Tournez... N'ayez pas peur de faire un effort...

Il cherche l'infirmière des yeux pour l'appeler à son secours. Ici, il n'est pas une exception, comme là-haut. Il n'existe pas de malades privés et de malades ordinaires. Il se retrouve dans le rang. Il n'a pas été soldat, mais c'est ainsi qu'il imagine la vie de caserne.

Quand il sort, il est en nage, moins à cause des exercices que parce que cette première expérience l'a violemment troublé. Si cela dépendait de lui, s'il en avait le droit, il ne reviendrait plus.

A la date du 28 février : *Initiales*.

Ses pyjamas sont en soie, brodés d'initiales sur le côté gauche. Il en est gêné quand il se rend à la salle de rééducation et s'efforce de croiser sa robe de chambre.

Ce n'est pas eux qui mènent une vie anormale, ni leur pauvreté qui constitue une exception. L'exception, l'immoralité sont de son côté et du côté de ceux qui, comme lui, mènent une existence en marge, à plus forte raison d'hommes comme les frères Schneider.

Il n'a rien de commun avec les Schneider. Pourquoi a-t-il choisi leur camp ? N'y a-t-il pas là une trahison ?

Son malaise dure toute la soirée. Il le retrouve le matin en entendant les cloches qu'il n'a pas entendues depuis plusieurs jours. Elles ne se sont pas tues. C'est lui qui n'y est plus attentif, qui s'en désintéresse. Alors, il ajoute dans son agenda : *Trou de l'aiguille.*

Cela remonte à l'abbé Vinage, dont il serait capable de reconnaître la voix dans une foule, surtout son débit insistant qui vous faisait pénétrer les mots dans la poitrine encore plus que dans la tête.

— Il est plus facile au chameau de passer par le trou d'une aiguille qu'au riche d'entrer dans...

Qu'importe le royaume de Dieu, auquel il ne croit plus. N'y croit-il vraiment plus ? Toujours est-il qu'il se sent coupable, et c'est avec délectation qu'il fait désormais la queue, laissant même passer d'autres malades devant lui.

Ici, c'est lui qui n'est pas à sa place ; c'est lui l'intrus.

Sa place n'est pas non plus à la Résidence George-V, ni au château d'Arneville. Où est-elle exactement ?

Il lui vient parfois la nostalgie de la rue des Dames, non pas à cause de Marcelle, qu'il ne regrette pas, mais du plaisir de manger, de boire un café crème au comptoir, de contempler avec envie l'étalage d'une charcuterie, de s'offrir une petite joie longtemps attendue.

Quand il vivait rue des Dames, cependant, il ne rêvait que de s'en échapper !

Quel est le niveau raisonnable, légitime ? A quel moment perd-on le sens des odeurs, des sons, des bourgeons qui éclatent ?

Les vieux administrés, dans la cour, regardent-ils les bourgeons ? Et ces hommes, ces femmes, ici, qui se traînent d'un appareil à l'autre, ne se préoccupent-ils pas uniquement de la vie qui renaît dans leurs muscles ?

Bien sûr, au cours des âges, des individus ont tout abandonné pour se faire ermites ou pour s'imposer la discipline et la pauvreté des monastères.

Il s'en méfie, ne croit guère plus aux saints qu'aux gens qui se consacrent aux bonnes œuvres.

Il ne peut pas redevenir un modeste rédacteur dans son propre journal. Il ne peut pas non plus, le dirigeant, mener la vie de ses employés et prendre le métro...

Mardi 6 mars. Il ne lui est pas venu à l'esprit qu'il est ici depuis plus d'un mois. Ses amis y pensent pour lui, réunis au Grand Véfour comme tous les premiers mardis du mois.

Besson a dû leur annoncer qu'il est entré en convalescence et leur expliquer que la rééducation exige beaucoup de volonté.

Pour lui donner le désir de guérir vite, ils lui ont envoyé le menu de leur déjeuner et l'ont tous signé.

Ils ne se rendent pas compte de ce que cela représente, pour quelqu'un d'ici, de savoir que des gens mangent, ailleurs :

Bisque d'écrevisses à la Nantua
Paupiettes de saumon aux huîtres
Tourte de ris de veau Montglas
Salade de laitue aux truffes
Bombe glacée royale

Un chasseur lui a apporté ce menu, imprimé sur du beau papier, et, sans le montrer à Mlle Blanche, il le déchire en petits morceaux, pris de honte.

C'est pourtant dans la Bentley, conduite par un chauffeur en livrée, que Lina vient le voir chaque après-midi et qu'il quittera Bicêtre.

Et ne lui arrive-t-il pas d'être saisi d'impatience en regardant la vie qui coule, bruyante, au-delà des voûtes de l'hôpital ?

Deux jours plus tard, il accepte qu'on installe le téléphone dans sa chambre. Soi-disant pour le cas où sa femme aurait besoin de lui parler. Elle le lui a demandé.

— Le soir, à l'idée que je ne peux pas entrer en contact avec toi...

L'appareil est sur la table de nuit. Il ne s'en est pas servi. Ce n'est encore qu'un symbole.

13

Premier mardi d'avril. Ils sont à nouveau réunis au Grand Véfour, où sa place est vide. Il doit y avoir d'autres absents, car ce sont les vacances de Pâques. Personne, cette fois, ne pense à lui envoyer le menu. Peut-être un des convives a-t-il demandé tout à coup :

— A propos, où en est René ?

Et un autre de murmurer :

— Est-ce qu'il redeviendra jamais l'homme qu'il était ?

Qu'a répondu Besson ?

Il y a toujours plus de pages blanches dans l'agenda. Pas de *L*, ces jours-ci.

— Elle ne cesse de me téléphoner, René... Je ne sais plus que lui répondre...

Elle, c'est Marie-Anne, que Lina a évitée pendant six semaines, pour se punir ou pour racheter une conduite.

— Pourquoi ne la reverrais-tu pas ?

— Tu crois ?

Lina est à Cannes pour quelques jours avec Marie-Anne. Elles sont parties en garçons, comme elles disent. Il a beaucoup pensé à sa femme, bien qu'il éprouve de plus en plus de difficulté, sinon de répugnance, à se concentrer.

Quand elle s'éveille, à midi, la tête lourde, la bouche pâteuse, la poitrine traversée de crampes angoissantes, ne vient-il pas des images à l'esprit de Lina, comme à lui quand il s'éveillait, ici, les premiers jours et qu'il guettait le son des cloches ?

De même qu'il lui est arrivé d'évoquer Fécamp en s'attendrissant sur lui-même, n'évoque-t-elle pas les rues populeuses de la Guillotière où une petite fille faisait l'apprentissage de la vie ?

Chacun possède son Fécamp, ses images en noir et blanc, dures, désespérantes.

Il a écrit dans l'agenda, le 10 avril : *Chacun un.*

Encore une notation qu'il ne comprendra plus dans quelques mois, ou dont il rougira.

S'il ne croit pas au dévouement pour le genre humain, ne peut-on entrevoir la possibilité, pour chacun, d'aimer un seul être et de le rendre heureux ?

Ces pensées lui paraissent déjà si simplistes et ridicules qu'il cherche des mots mystérieux pour les résumer.

Le printemps bat son plein. Le samedi et le dimanche, les autos se suivent pare-chocs à pare-chocs à deux cents mètres de sa fenêtre. Une heure encore, moins d'une heure, malgré les bouchons qui ralentissent la circulation, et leurs occupants seront en pleine campagne.

Il a écrit aussi : *Joséfa.*

A cause d'une bouffée de désir sexuel qui lui a rappelé l'infirmière de nuit. Déjà, il n'arrive plus à reconstituer son visage. Il revoit son corps étendu sur le lit pliant, ses lèvres gonflées, la naissance de sa gorge, la main blottie dans le creux chaud de l'aine.

Il s'est promis de faire l'amour avec elle et il ne l'a pas revue. Dans quel hôpital, dans quelle clinique, passe-t-elle maintenant ses nuits ?

A cause de Joséfa et du renouveau de sa vie sexuelle, il écrit le lendemain : *Barbès.*

Un nom de boulevard, de carrefour, de station de métro. Pour lui, il évoque Dora Ziffer, la seule femme des déjeuners Véfour.

Cela s'est passé il y a vingt-cinq ans ou plus, et il avait travaillé une partie de la nuit avec elle, à l'imprimerie, sur la maquette du magazine féminin qu'il dirige toujours.

Dans la rue, ils ont cherché un taxi et, quand ils en ont enfin trouvé un, il a proposé :

— Je vous dépose chez vous ?

— Non. A Barbès.

Il n'a pas compris. Qu'allait-elle faire, à quatre heures du matin, dans un quartier assez mal fréquenté ?

— Je peux vous le dire, René... Avec vous, je n'ai pas honte... Cette nuit, j'ai besoin d'un homme...

Simplement, elle lui a expliqué qu'elle n'a jamais eu de liaisons amoureuses parce que, l'acte sexuel terminé, il lui vient le dégoût et la haine de son partenaire.

— Peut-être est-ce de l'orgueil ?... Je ne sais pas... Faute d'amants, et comme j'ai des sens exigeants, il m'arrive d'aller rôder dans certaines rues, devant certains hôtels... Vous comprenez ?...

Pas alors. A présent, oui.

Mais, à supposer qu'un homme se mette en tête de changer Dora Ziffer, de la sauver malgré elle ?...

A-t-il davantage le droit de changer Lina ? N'est-ce pas ce qu'il a tenté de faire ? Tantôt elle y a mis de la bonne volonté et tantôt elle s'est raidie, allant parfois jusqu'à le haïr.

Il doit la prendre telle qu'elle est.

Elle lui a envoyé une pleine malle de vêtements et d'objets personnels. Comme l'armoire est trop petite pour tout contenir, la malle reste debout dans un coin de la chambre.

Il a d'abord porté des pantalons de flanelle et une veste d'intérieur. Il marche, au bras de Mlle Blanche. Il lui reste une certaine difficulté à lever le pied et il fauche, comme ils disent.

Beaucoup marchent de la même façon, dans la salle de rééducation, et il commence à reconnaître les visages. Il y a, en particulier, une vieille femme, qui n'a plus que quelques dents, presque chauve, une épaule plus basse que l'autre, qui lui sourit dès qu'elle l'aperçoit.

On dirait qu'elle guette son arrivée. Il lui répond par un sourire aussi et va prendre sa place devant les appareils.

Pendant une longue semaine, il se décourage, car, au lieu d'enregistrer des progrès, il semble retourner en arrière.

— Tous nos malades passent par là... lui affirme Mlle Blanche.

Il est tenté de ne pas la croire. Il les rend tous responsables, persuadé qu'ils ne font pas le maximum, que le personnel de la rééducation l'a pris en grippe et lui consacre moins de temps qu'aux autres.

Il en arrive à les épier, à compter les exercices de chacun comme un enfant compte les bonbons qu'on donne à sa sœur.

Cela passe aussi. Cela passe si bien qu'un après-midi, alors que Lina est assise près de lui dans un rayon de soleil, il lui demande :

— Aide-moi à me lever...

C'est la première fois et elle est impressionnée. Il se fait conduire jusqu'au lit, s'étend, tandis qu'elle ne comprend toujours pas.

— Viens...

— Tu veux ?...

Elle regarde la porte, sans clef ni verrou, que n'importe qui peut pousser à tout instant.

— Je dois me déshabiller ?

— Enlève seulement ta culotte...

Il ne s'attendait pas à la rendre si heureuse. Elle a été bien obligée de jouer le rôle actif. C'est elle qui a guetté l'apparition du plaisir sur le visage de son mari.

Qui sait ? Cela s'arrangera peut-être, Lina et lui. Il est patient. Il se montre aussi tendre qu'il en est capable.

Les ballets.

La note est du 27 avril. Il y a eu une arrivée, à onze heures du matin.

De sa fenêtre, parfois de la cour même, il a assisté à de nombreuses arrivées et à autant de départs. Cela se passe toujours de la même façon. Les arrivées ont lieu en ambulance et le personnel se trouve invariablement à point nommé dans la cour, les infirmiers avec leur civière, l'interne de service le stéthoscope au cou, l'infirmière-chef...

Cela lui rappelle les rites des grands hôtels, portier, bagagistes, réception, concierge, chasseurs affairés... Tout se déroule avec la précision d'un ballet et on cherche déjà le professeur Audoire à travers les salles, on prépare les seringues, le récipient de dextrose à la tête du lit...

Les partants, eux, sont souvent accompagnés de la femme et des enfants. Le malade s'en va, marchant de travers, et la famille porte son baluchon. Quelques-uns ont un taxi qui les attend. Les autres traversent la cour à pied et vont attendre l'autobus au coin de la rue.

Il change son pantalon de flanelle contre un pantalon plus léger et on lui apporte les journaux chaque matin. A onze heures, il appelle Colère au téléphone.

Il supporte mal les heures vides. Cinq minutes avant de descendre à la rééducation, il s'impatiente et en veut à Mlle Blanche de le mettre en retard.

La dernière entrée dans l'agenda prend place à la date du 18 mai. Un nom. Un prénom plutôt, comme pour Joséfa. Celui-ci n'évoque toutefois aucune pensée érotique : *Delphine*.

Delphine, c'est l'énorme Mme Schneider, qui ne peut presque plus marcher à force d'embonpoint et qui ne pense qu'à manger.

En écrivant son nom, il se moque de lui-même, car il commence à lui ressembler. Ce n'est pas tant qu'il engraisse, mais, dès son réveil, il s'inquiète de ce qu'on lui servira aux repas. Comme les menus de l'hôpital sont fades et monotones, il les complète par des vivres venus du dehors, qu'il charge sa femme de lui acheter.

Cela a commencé par un saucisson, dont il a eu soudain envie. L'habitude a été vite prise d'ajouter, chaque jour, quelque chose au menu et, désormais, ce n'est plus Lina qui porte le paquet trop lourd.

Léonard monte avec elle. Maugras n'est pas gêné, vis-à-vis des autres, que son chauffeur se montre ainsi à l'étage.

Il a remplacé le vin de l'hospice par le bordeaux qu'il buvait jadis. Oliver, le patron du Véfour, lui envoie de temps en temps une terrine de pâté, de sorte qu'il monopolise tout un coin du réfrigérateur.

— Dans combien de temps, docteur ?

— Êtes-vous capable de tenir encore six semaines ?... Sinon, vous serez obligé de venir chaque jour pour vos exercices...

Ce n'est pas pratique. On ne peut pas être à cheval sur deux vies si différentes. Il répète :

— Six semaines...

On est fin mai.

— Peut-être cinq... Cela dépend beaucoup de vous...

Si on le laissait faire, il se raccrocherait aux instruments de rééducation jusqu'à complet épuisement. Il ne comprend pas pourquoi cette salle est fermée le dimanche et les jours fériés. De quel droit leur fait-on perdre un et parfois deux jours par semaine ?

Il sortira à l'époque des vacances. Depuis qu'il n'est plus immobilisé, sa fille a cessé de venir le voir. Fernand Colère, lui, vient plusieurs fois par semaine, apportant des dossiers, des épreuves, de sorte que la chambre est de plus en plus pleine et qu'il arrive à Maugras de rester deux heures sans voir Mlle Blanche.

Il continue, par superstition, à tracer des croix dans l'agenda. Audoire a dit six semaines, peut-être cinq, et, comme les prisonniers, il compte les jours.

On envisage sans doute, au journal, de l'accueillir, tout le personnel réuni, avec vin d'honneur ou champagne.

Les médecins l'ont prévenu que, pendant plusieurs mois, il continuera à jeter le pied de côté et que sa main droite restera maladroite.

Pourquoi en serait-il humilié ?

C'est la fin. Quatre semaines. Trois. Des arrivées. Des départs. Les vieux en uniforme bleuâtre continuent à s'asseoir sur les bancs, cherchant l'ombre, et, pour eux, il n'existe pas de départ, sinon le départ définitif.

— Où irons-nous, René ?.. A Arneville ?...

Non. Pas non plus à Porquerolles. Il ne sait pas. Cela n'a pas d'importance. Peut-être n'ira-t-il nulle part.

Il n'y a pas de déjeuner du mardi, au Grand Véfour, en juillet, ni en août. Ce n'est donc qu'en septembre ou en octobre qu'il retrouvera ses amis.

Le trouveront-ils changé ? Et ses collaborateurs qui sont restés si longtemps sans le voir ?

Au journal, il y aura sûrement un discours, en tout cas un toast.

Une ambulance s'arrête sous sa fenêtre. Branle-bas dans les couloirs et dans la salle. C'est une arrivée, un homme, dans le coma, qui ne sait rien des remous qu'il provoque et qui va passer par tout ce qu'il a passé lui-même.

Curieusement, cela l'effraie et le rend mélancolique tout ensemble. Il est presque parti. Même sa chambre, pleine d'objets personnels, n'appartient plus tout à fait à l'hôpital.

Pendant un temps, il a écouté les bruits du couloir, le son des cloches, et il guettait, immobile dans son lit, l'apparition de l'homme à tête de bois qui venait le matin le contempler en silence.

Combien de matins ? Bien peu, en réalité, mais qui n'en constituent pas moins une partie considérable, sinon la partie essentielle, de sa vie.

Il s'est senti tout proche des vieux en uniforme qui fument leur pipe sur les bancs de la cour. Il ne leur accorde plus qu'un coup d'œil distrait et la pipe achetée par Mlle Blanche est rangée dans un tiroir.

C'est Lina qui lui apporte des cigarettes. Elle lui a offert un étui et un briquet en or gravés à ses initiales.

Il s'impatiente. Il lui arrive d'être pris de trac.

Est-ce qu'il saura encore ? Il veut dire : vivre comme les autres. Car il n'est plus tout à fait comme eux et il ne le redeviendra jamais.

Audoire le sait aussi, qui le regarde avec gravité. Est-ce que les malades qu'il voit partir, emmenés par leur famille...

Même s'il n'a guère trouvé de réponses, il s'est posé des questions, trop de questions peut-être, qu'il continuera à porter en lui.

Ne s'y trouvaient-elles pas déjà ?

Il fera comme avant, s'agitera pour ne pas y penser.

Il a déjà commencé.

— Allô, Colère !... C'est toi ?... Quel est l'imbécile qui...

Lina est près de lui, qui le regarde et l'écoute, attendant son tour. Mais oui ! Il sera tendre ! Ne déborde-t-il pas de tendresse ?

Si, seulement, il avait pu...

Rien ! On fait ce qu'on a à faire, voilà tout. On fait ce qu'on peut.

Un jour, il ira voir son père à Fécamp, avec Lina.

Noland (Vaud), le 25 octobre 1962.

INDEX

Cette liste répertorie « romans » et « Maigret » (indiqués par la lettre M). Chaque titre est suivi du lieu et de la date de sa rédaction, du nom de l'éditeur et de l'année de la première édition.

M **L'affaire Saint-Fiacre,** Antibes (« Les Roches-Grises »), janvier 1932. Fayard, 1932

L'aîné des Ferchaux, Saint-Mesmin-le-Vieux, décembre 1943. Gallimard, 1945

M **L'ami d'enfance de Maigret,** Épalinges (Vaud), 24 juin 1968. Presses de la Cité, 1968. TOUT SIMENON 14

M **L'amie de Madame Maigret,** Carmel (Californie), décembre 1949. Presses de la Cité, 1950. TOUT SIMENON 4

L'Ane-Rouge, Marsilly, automne 1932. Fayard, 1933

Les anneaux de Bicêtre, Noland (Vaud), 25 octobre 1962. Presses de la Cité, 1963. TOUT SIMENON 11

Antoine et Julie, Lakeville (Connecticut), 4 décembre 1952. Presses de la Cité, 1953. TOUT SIMENON 6

L'assassin, Combloux (Savoie), décembre 1935. Gallimard, 1937

Au bout du rouleau, Saint Andrews (Canada), mai 1946. Presses de la Cité, 1947. TOUT SIMENON 1

M **Au rendez-vous des Terre-Neuvas,** Morsang (à bord de l'*Ostrogoth*), juillet 1931. Fayard, 1931

Les autres, Noland (Vaud), 17 novembre 1961. Presses de la Cité, 1962. TOUT SIMENON 11

Le bateau d'Émile, recueil de nouvelles. Gallimard, 1954

Bergelon, Nieul-sur-Mer, 1939. Gallimard, 1941

Betty, Noland (Vaud), 17 octobre 1960. Presses de la Cité, 1961. TOUT SIMENON 10

Le bilan Malétras, Saint-Mesmin (Vendée), mai 1943. Gallimard, 1948

Le blanc à lunettes, Porquerolles, printemps 1936. Gallimard, 1937

La boule noire, Mougins (Alpes-Maritimes), avril 1955. Presses de la Cité, 1955. TOUT SIMENON 8

Le bourgmestre de Furnes, Nieul-sur-Mer, automne 1938. Gallimard, 1939

La cage de verre, Épalinges (Vaud), 17 mars 1971. Presses de la Cité, 1971. TOUT SIMENON 15

M **Les caves du Majestic,** Nieul-sur-Mer, hiver 1939-1940. Gallimard, 1942

M **Cécile est morte,** Nieul-sur-Mer, hiver 1939-1940. Gallimard, 1942

Le cercle des Mahé, Saint-Mesmin-le-Vieux, 1er mai 1945. Gallimard, 1946

Ceux de la soif, Tahiti, février 1935. Gallimard, 1938

La chambre bleue, Noland (Vaud), 25 juin 1963. Presses de la Cité, 1964. TOUT SIMENON 12

M **Le charretier de la « Providence »,** Morsang (à bord de l'*Ostrogoth*), été 1930. Fayard, 1931

Le chat, Épalinges (Vaud), 5 octobre 1966. Presses de la Cité, 1967. TOUT SIMENON 13

Chemin sans issue, Ingrannes, printemps 1936. Gallimard, 1938

Le Cheval-Blanc, Porquerolles, mars 1938. Gallimard, 1938

Chez Krull, La Rochelle, juillet 1938. Gallimard, 1939

M **Chez les Flamands,** Antibes (« Les Roches-Grises »), janvier 1932. Fayard, 1932

M **Le chien jaune,** La Ferté-Alais, mars 1931. Fayard, 1931

Le clan des Ostendais, Saint Andrews, juin 1946. Gallimard, 1947

Les clients d'Avrenos, Marsilly, été 1932. Gallimard, 1935

M **La colère de Maigret,** Noland (Vaud), juin 1962. Presses de la Cité, 1963. TOUT SIMENON 12

Les complices, Mougins (Alpes-Maritimes), 13 septembre 1955. Presses de la Cité, 1956. TOUT SIMENON 8

Le confessionnal, Épalinges (Vaud), 21 octobre 1965. Presses de la Cité, 1966. TOUT SIMENON 13

Le coup de lune, Porquerolles, printemps 1933. Fayard, 1933

Le Coup-de-Vague, Beynac (Dordogne), avril 1938. Gallimard, 1939

Cour d'assises, Isola de Pescatore, août 1937. Gallimard, 1941

Crime impuni, Lakeville (Connecticut), 30 octobre 1953. Presses de la Cité, 1954. TOUT SIMENON 7

M **La danseuse du Gai-Moulin,** Ouistreham (à bord de l'*Ostrogoth*), septembre 1931. Fayard, 1931

Le déménagement, Épalinges (Vaud), 27 juin 1967. Presses de la Cité, 1967. TOUT SIMENON 13

Les demoiselles de Concarneau, Porquerolles, printemps 1934. Gallimard, 1936

Le destin des Malou, Bradenton Beach (Floride), février 1947. Presses de la Cité, 1947. TOUT SIMENON 1

Dimanche, Noland (Vaud), 3 juillet 1958. Presses de la Cité, 1959. TOUT SIMENON 9

La disparition d'Odile, Épalinges (Vaud), 4 octobre 1970. Presses de la Cité, 1971. TOUT SIMENON 15

M **L'écluse n° 1,** Marsilly (« La Richardière »), avril 1933. Fayard, 1933
En cas de malheur, Cannes, novembre 1955. Presses de la Cité, 1956. TOUT SIMENON 8
L'enterrement de Monsieur Bouvet, Carmel, février 1950. Presses de la Cité, 1950. TOUT SIMENON 4
L'escalier de fer, Lakeville (Connecticut), 12 mai 1953. Presses de la Cité, 1953. TOUT SIMENON 6
L'évadé, Marsilly, été 1932. Gallimard, 1936

Les fantômes du chapelier, Tumacacori (Arizona), 13 décembre 1948. Presses de la Cité, 1949. TOUT SIMENON 3
Faubourg, Ingrannes, octobre 1934. Gallimard, 1937
M **Félicie est là,** Fontenay-le-Comte (château de Terre-Neuve), été 1941. Gallimard, 1944
La fenêtre des Rouet, château de Terre-Neuve, Fontenay-le-Comte, juin 1942. Éditions de la Jeune Parque, 1945. TOUT SIMENON 1
Feux rouges, Lakeville (Connecticut), 14 juillet 1953. Presses de la Cité, 1953. TOUT SIMENON 6
Les fiançailles de M. Hire, Porquerolles, printemps 1933. Fayard, 1933
Le fils, Cannes, 28 décembre 1956. Presses de la Cité, 1957. TOUT SIMENON 9
Le fils Cardinaud, Fontenay-le-Comte (château de Terre-Neuve), octobre 1941. Gallimard, 1942
M **La folle de Maigret,** Épalinges (Vaud), 7 mai 1970. Presses de la Cité, 1970. TOUT SIMENON 15
Le fond de la bouteille, Tumacacori (Arizona), 24 août 1948. Presses de la Cité, 1949. TOUT SIMENON 3
M **Le fou de Bergerac,** La Rochelle (« Hôtel de France »), mars 1932. Fayard, 1932
Les frères Rico, Lakeville (Connecticut), juillet 1952. Presses de la Cité, 1952. TOUT SIMENON 6
La fuite de Monsieur Monde, Saint-Mesmin-le-Vieux (Vendée), 1er avril 1944. Éditions de la Jeune Parque, 1945. TOUT SIMENON 1

Les gens d'en face, Marsilly, été 1932. Fayard, 1933
Le Grand Bob, Lakeville (Connecticut), 25 mai 1954. Presses de la Cité, 1954. TOUT SIMENON 7
M **La guinguette à deux sous,** Ouistreham (à bord de l'*Ostrogoth*), octobre 1931. Fayard, 1931

Le haut mal, Marsilly, automne 1933. Fayard, 1933
L'homme au petit chien, Noland (Vaud), 25 septembre 1963. Presses de la Cité, 1964. TOUT SIMENON 12
L'homme de Londres, Marsilly, automne 1933. Fayard, 1934

L'homme qui regardait passer les trains, Igls (Tyrol), décembre 1936. Gallimard, 1938
L'horloger d'Everton, Lakeville (Connecticut), 24 mars 1954. Presses de la Cité, 1954. TOUT SIMENON 7

Il pleut, bergère..., Nieul-sur-Mer, septembre 1939. Gallimard, 1941
Il y a encore des noisetiers, Épalinges (Vaud), 13 octobre 1968. Presses de la Cité, 1969. TOUT SIMENON 14
Les inconnus dans la maison, Nieul-sur-Mer, janvier 1939. Gallimard, 1940
Les innocents, Épalinges (Vaud), 11 octobre 1971. Presses de la Cité, 1972. TOUT SIMENON 15
M **L'inspecteur Cadavre,** Fontenay-le-Comte (château de Terre-Neuve), été 1941. Gallimard, 1944

M **Jeumont, 51 minutes d'arrêt !** La Rochelle, juillet 1938. Publié dans *Les nouvelles enquêtes de Maigret*. Gallimard, 1944
La Jument Perdue, Tucson (Arizona), 16 octobre 1947. Presses de la Cité, 1948. TOUT SIMENON 2

Lettre à mon juge, Bradenton Beach (Floride), décembre 1946. Presses de la Cité, 1947. TOUT SIMENON 1
M **Liberty-bar,** Marsilly (« La Richardière »), mai 1932. Fayard, 1932
Le locataire, Marsilly, mars 1932. Gallimard, 1934
Long cours, Paris, octobre 1935. Gallimard, 1936

M **Maigret,** Porquerolles, juin 1933. Fayard, 1934
M **Maigret à l'école,** Lakeville (Connecticut), décembre 1953. Presses de la Cité, 1954. TOUT SIMENON 7
M **Maigret à New-York,** Sainte-Marguerite-du-Lac-Masson (Canada), mars 1946. Presses de la Cité, 1947. TOUT SIMENON 1
M **Maigret a peur,** Lakeville (Connecticut), mars 1953. Presses de la Cité, 1953. TOUT SIMENON 6
M **Maigret au Picratt's,** Lakeville (Connecticut), décembre 1950. Presses de la Cité, 1951. TOUT SIMENON 5
M **Maigret aux Assises,** Noland (Vaud), novembre 1959. Presses de la Cité, 1960. TOUT SIMENON 10
M **Maigret à Vichy,** Épalinges (Vaud), 11 septembe 1967. Presses de la Cité, 1968. TOUT SIMENON 13
M **Maigret chez le coroner,** Tucson (Arizona), 30 juillet 1949. Presses de la Cité, 1949. TOUT SIMENON 3
M **Maigret chez le ministre,** Lakeville (Connecticut), août 1954. Presses de la Cité, 1955. TOUT SIMENON 7
M **Maigret en meublé,** Lakeville (Connecticut), février 1951. Presses de la Cité, 1951. TOUT SIMENON 5

M **Maigret et l'affaire Nahour,** Épalinges (Vaud), 8 février 1966. Presses de la Cité, 1967. TOUT SIMENON 13

M **Maigret et la Grande Perche,** Lakeville (Connecticut), mai 1951. Presses de la Cité, 1951. TOUT SIMENON 5

M **Maigret et la jeune morte,** Lakeville (Connecticut), janvier 1954. Presses de la cité, 1954. TOUT SIMENON 7

M **Maigret et la vieille dame,** Carmel (Californie), décembre 1949. Presses de la Cité, 1950. TOUT SIMENON 4

M **Maigret et le client du samedi,** Noland (Vaud), février 1962. Presses de la Cité, 1962. TOUT SIMENON 11

M **Maigret et le clochard,** Noland (Vaud), mai 1962. Presses de la Cité, 1963. TOUT SIMENON 11

M **Maigret et le corps sans tête,** Lakeville (Connecticut), janvier 1955. Presses de la Cité, 1955. TOUT SIMENON 8

M **Maigret et le fantôme,** Noland (Vaud), juin 1963. Presses de la Cité, 1964. TOUT SIMENON 12

M **Maigret et le marchand de vin,** Épalinges (Vaud), 29 septembre 1969. Presses de la Cité, 1970. TOUT SIMENON 14

M **Maigret et les braves gens,** Noland (Vaud), septembre 1961. Presses de la Cité, 1962. TOUT SIMENON 11

M **Maigret et les petits cochons sans queue,** recueil de nouvelles. Presses de la Cité, 1950. TOUT SIMENON 4

M **Maigret et les témoins récalcitrants,** Noland (Vaud), octobre 1958. Presses de la Cité, 1959. TOUT SIMENON 10

M **Maigret et les vieillards,** Noland (Vaud), juin 1960. Presses de la Cité, 1960. TOUT SIMENON 10

M **Maigret et le tueur,** Épalinges (Vaud), 21 avril 1969. Presses de la Cité, 1969. TOUT SIMENON 14

M **Maigret et le voleur paresseux,** Noland (Vaud), janvier 1961. Presses de la Cité, 1961. TOUT SIMENON 11

M **Maigret et l'homme du banc,** Lakeville (Connecticut), septembre 1952. Presses de la Cité, 1953. TOUT SIMENON 6

M **Maigret et l'homme tout seul,** Épalinges (Vaud), 7 février 1971. Presses de la Cité, 1971. TOUT SIMENON 15

M **Maigret et l'indicateur,** Épalinges (Vaud), 11 juin 1971. Presses de la Cité, 1971. TOUT SIMENON 15

M **Maigret et l'inspecteur Malgracieux,** recueil de nouvelles. Presses de la Cité, 1947. TOUT SIMENON 2

M **Maigret et Monsieur Charles,** Épalinges (Vaud), 11 février 1972. Presses de la Cité, 1972. TOUT SIMENON 15

M **Maigret et son mort,** Tucson (Arizona), décembre 1947. Presses de la Cité, 1948. TOUT SIMENON 2

M **Maigret hésite,** Épalinges (Vaud), 30 janvier 1968. Presses de la Cité, 1968. TOUT SIMENON 14

M **Maigret, Lognon et les gangsters,** Lakeville (Connecticut), septembre 1951. Presses de la Cité, 1952. TOUT SIMENON 5

M **Maigret s'amuse,** Cannes, septembre 1956. Presses de la Cité, 1957. TOUT SIMENON 8

M **Maigret se défend,** Épalinges (Vaud), juillet 1964. Presses de la Cité, 1964. TOUT SIMENON 12

M **Maigret se fâche,** Paris, rue de Turenne, juin 1945. Publié dans le volume intitulé *La pipe de Maigret,* Presses de la Cité, 1947. TOUT SIMENON 1

M **Maigret se trompe,** Lakeville (Connecticut), août 1953. Presses de la Cité, 1953. TOUT SIMENON 7

M **Maigret tend un piège,** Mougins (« La Gatounière »), juillet 1955. Presses de la Cité, 1955. TOUT SIMENON 8

M **Maigret voyage,** Noland (Vaud), août 1957. Presses de la Cité, 1958. TOUT SIMENON 9

La main, Épalinges (Vaud), 29 avril 1968. Presses de la Cité, 1968. TOUT SIMENON 14

La maison des sept jeunes filles, Neuilly, été 1937. Gallimard, 1941

La maison du canal, Marsilly, janvier 1933. Fayard, 1933

M **La maison du juge,** Nieul-sur-Mer, hiver 1939-1940. Gallimard, 1942

Malempin, Scharrachbergheim (Alsace), mars 1939. Gallimard, 1940

La Marie du port, Port-en-Bessin, octobre 1937. Gallimard, 1938

Marie qui louche, Lakeville (Connecticut), août 1951. Presses de la Cité, 1952. TOUT SIMENON 5

M **Les Mémoires de Maigret,** Lakeville (Connecticut), 27 septembre 1950. Presses de la Cité, 1951. TOUT SIMENON 4

M **Mon ami Maigret,** Tumacacori (Arizona), 2 février 1949. Presses de la Cité, 1949. TOUT SIMENON 3

M **M. Gallet, décédé,** Morsang (à bord de l'*Ostrogoth*), été 1930. Fayard, 1931

Monsieur La Souris, Porquerolles, février 1937. Gallimard, 1938

La mort d'Auguste, Épalinges (Vaud), mars 1966. Presses de la Cité, 1966. TOUT SIMENON 13

La mort de Belle, Lakeville (Connecticut), décembre 1951. Presses de la Cité, 1952. TOUT SIMENON 6

Le nègre, Cannes, 16 avril 1957. Presses de la Cité, 1957. TOUT SIMENON 9

La neige était sale, Tucson (Arizona), 20 mars 1948. Presses de la Cité, 1948. TOUT SIMENON 3

Les noces de Poitiers, Saint-Mesmin-le-Vieux, hiver 1943-1944. Gallimard, 1946

Novembre, Épalinges (Vaud), 19 juin 1969. Presses de la Cité, 1969. TOUT SIMENON 14

M **La nuit du carrefour,** La Ferté-Alais, avril 1931. Fayard, 1931

M **L'ombre chinoise,** Antibes (« Les Roches-Grises »), décembre 1931. Fayard, 1932

Oncle Charles s'est enfermé, Nieul-sur-Mer, septembre 1939. Gallimard, 1942

L'ours en peluche, Noland (Vaud), 15 mars 1960. Presses de la Cité, 1960. TOUT SIMENON 10

L'outlaw, Nieul-sur-Mer, janvier 1939. Gallimard, 1941

Le passage de la ligne, Noland (Vaud), 27 février 1958. Presses de la Cité, 1958. TOUT SIMENON 9

Le passager clandestin, Coral Sands, Bradenton Beach (Floride), 20 avril 1947. Éditions de la Jeune Parque, 1947. TOUT SIMENON 2

Le passager du « Polarlys », Marsilly, mars 1932. Fayard, 1932

M **La patience de Maigret,** Épalinges (Vaud), mars 1965. Presses de la Cité, 1965. TOUT SIMENON 13

Pedigree, 1re partie : Fontenay-le-Comte, 17 décembre 1941 ; 2e et 3e parties : Saint-Mesmin-le-Vieux, 27 janvier 1943. Presses de la Cité, 1948. TOUT SIMENON 2

M **Le pendu de Saint-Pholien,** Morsang (à bord de l'*Ostrogoth*), été 1930. Fayard, 1931

Le petit homme d'Arkhangelsk, Cannes, avril 1956. Presses de la Cité, 1956. TOUT SIMENON 8

Le petit saint, Épalinges (Vaud), 13 octobre 1964. Presses de la Cité, 1965. TOUT SIMENON 12

M **Pietr-le-Letton,** Delfzijl (à bord de l'*Ostrogoth*), septembre 1929. Fayard, 1931

M **La pipe de Maigret,** Paris, rue de Turenne, juin 1945. Publié dans le volume qui porte son nom, à la suite de *Maigret se fâche*. Presses de la Cité, 1947. TOUT SIMENON 1

Les Pitard, Marsilly, été 1932. Gallimard, 1935

M **Le port des brumes,** Ouistreham (à bord de l'*Ostrogoth*), octobre 1931. Fayard, 1932

La porte, Noland (Vaud), 10 juin 1961. Presses de la Cité, 1962. TOUT SIMENON 11

M **La première enquête de Maigret,** Tumacacori (Arizona), 30 septembre 1948. Presses de la Cité, 1949. TOUT SIMENON 3

Le président, Noland (Vaud), 14 octobre 1957. Presses de la Cité, 1958. TOUT SIMENON 9

La prison, Épalinges (Vaud), 12 novembre 1967. Presses de la Cité, 1968. TOUT SIMENON 14

45° à l'ombre, À bord de l'*Araldo*, juin 1934. Gallimard, 1936

Quartier nègre, À bord de l'*Araldo*, juillet 1934. Gallimard, 1935

Les quatre jours du pauvre homme, Tucson (Arizona), 4 juillet 1949. Presses de la Cité, 1949. TOUT SIMENON 3

Le rapport du gendarme, Fontenay-le-Comte, septembre 1941. Gallimard, 1944
Le relais d'Alsace, Paris, juillet 1931. Fayard, 1931
Les rescapés du « Télémaque », Igls (Tyrol), hiver 1936-1937. Gallimard, 1938
M **Le revolver de Maigret,** Lakeville (Connecticut), juin 1952. Presses de la Cité, 1952. TOUT SIMENON 6
Le riche homme, Épalinges (Vaud), 9 mars 1970. Presses de la Cité, 1970. TOUT SIMENON 15
La rue aux trois poussins, recueil de nouvelles. Presses de la Cité, 1963. TOUT SIMENON 12

M **Les scrupules de Maigret,** Noland (Vaud), décembre 1957. Presses de la Cité, 1958. TOUT SIMENON 9
M **Signé Picpus,** recueil de nouvelles. Gallimard, 1944
Les sœurs Lacroix, Saint-Thibault, décembre 1937. Gallimard, 1938
Strip-tease, Cannes, 12 juin 1957. Presses de la Cité, 1958. TOUT SIMENON 9
Les suicidés, Marsilly, été 1932. Gallimard, 1934
Le suspect, Paris, octobre 1937. Gallimard, 1938

Tante Jeanne, Lakeville (Connecticut), septembre 1950. Presses de la Cité, 1951. TOUT SIMENON 4
Les témoins, Lakeville (Connecticut), 24 septembre 1954. Presses de la Cité, 1955. TOUT SIMENON 7
Le temps d'Anaïs, Lakeville (Connecticut), novembre 1950. Presses de la Cité, 1951. TOUT SIMENON 5
Le testament Donadieu, Porquerolles, août 1936. Gallimard, 1937
M **La tête d'un homme,** Paris (Hôtel L'Aiglon), septembre 1930. Fayard, 1931
Touriste de bananes, Porquerolles, automne 1936. Gallimard, 1938
Le train, Noland (Vaud), 25 mars 1961. Presses de la Cité, 1961. TOUT SIMENON 11
Le train de Venise, Épalinges (Vaud), juin 1965. Presses de la Cité, 1965. TOUT SIMENON 12
Trois chambres à Manhattan, Sainte-Marguerite-du-Lac-Masson (Québec), 26 janvier 1946. Presses de la Cité, 1946. TOUT SIMENON 1
Les trois crimes de mes amis, Paris, janvier 1937. Gallimard, 1938

M **Un crime en Hollande,** Morsang (à bord de l'*Ostrogoth*), mai 1931. Fayard, 1931
M **Un échec de Maigret,** Cannes, mars 1956. Presses de la Cité, 1956. TOUT SIMENON 8
M **Une confidence de Maigret,** Noland (Vaud), mai 1959. Presses de la cité, 1959. TOUT SIMENON 10
Une vie comme neuve, Lakeville (Connecticut), mars 1951. Presses de la Cité, 1951. TOUT SIMENON 5

M **Un Noël de Maigret,** recueil de nouvelles. Presses de la Cité, 1951. TOUT SIMENON 5

Un nouveau dans la ville, Tucson (Arizona), 20 octobre 1949. Presses de la Cité, 1950. TOUT SIMENON 4

M **Les vacances de Maigret,** Tucson (Arizona), 20 novembre 1947. Presses de la Cité, 1948. TOUT SIMENON 3

La vérité sur bébé Donge, Vouvant (Vendée), août 1940. Gallimard, 1942

Le veuf, Noland (Vaud), 15 juillet 1959. Presses de la Cité, 1959. TOUT SIMENON 10

La veuve Couderc, Nieul-sur-Mer, 1940. Gallimard, 1942

La vieille, Noland (Vaud), 13 janvier 1959. Presses de la Cité, 1959. TOUT SIMENON 10

Les volets verts, Carmel (Californie), janvier 1950. Presses de la Cité, 1950. TOUT SIMENON 4

M **Le voleur de Maigret,** Épalinges (Vaud), 11 novembre 1966. Presses de la Cité, 1967. TOUT SIMENON 13

Le voyageur de la Toussaint, Fontenay-le-Comte, février 1941. Gallimard, 1941

NOUVELLES

parues dans **Tout Simenon**

M **Le client le plus obstiné du monde,** Saint Andrews (N.B.), Canada, 2 mai 1946. In *Maigret et l'inspecteur Malgracieux.* Presses de la Cité, 1947. TOUT SIMENON 2

Le deuil de Fonsine, Les Sables-d'Olonne (Vendée), 9 janvier 1945. In *Maigret et les petits cochons sans queue.* Presses de la Cité, 1950. TOUT SIMENON 4

L'escale de Buenaventura, Saint Andrews (Canada), 31 août 1946. In *Maigret et les petits cochons sans queue.* Presses de la Cité, 1950. TOUT SIMENON 4

M **L'homme dans la rue,** Nieul-sur-Mer, 1939. In *Maigret et les petits cochons sans queue.* Presses de la Cité, 1950. TOUT SIMENON 4

Madame Quatre et ses enfants, Les Sables-d'Olonne (Vendée), janvier 1945. In *Maigret et les petits cochons sans queue.* Presses de la Cité, 1950. TOUT SIMENON 4

M **Maigret et l'inspecteur Malgracieux,** Saint Andrews (N.B.), Canada, 5 mai 1946. In le recueil du même titre. Presses de la Cité, 1947. TOUT SIMENON 2

M **Maigret se fâche,** Paris, rue de Turenne, juin 1945. In *La pipe de Maigret,* Presses de la Cité, 1947. TOUT SIMENON 1

M **On ne tue pas les pauvres types,** Saint Andrews (N.B.), Canada, 15 avril 1946. In *Maigret et l'inspecteur Malgracieux.* Presses de la Cité, 1947. TOUT SIMENON 2

Le petit restaurant des Ternes, Tucson (Arizona), décembre 1948. In *Un Noël de Maigret.* Presses de la Cité, 1951. TOUT SIMENON 5

Le petit tailleur et le chapelier, Bradenton Beach (Floride), mars 1947. In *Maigret et les petits cochons sans queue.* Presses de la Cité, 1950. TOUT SIMENON 4

Les petits cochons sans queue, Bradenton Beach (Floride), 28 novembre 1946. In *Maigret et les petits cochons sans queue.* Presses de la Cité, 1950. TOUT SIMENON 4

M **La pipe de Maigret,** Paris, rue de Turenne, juin 1945. In le volume du même titre. Presses de la Cité, 1947. TOUT SIMENON 1

Sept petites croix dans un carnet. In *Un Noël de Maigret.* Presses de la Cité, 1951. TOUT SIMENON 5

Sous peine de mort, Bradenton Beach (Floride), 24 novembre 1946. In *Maigret et les petits cochons sans queue.* Presses de la Cité, 1950. TOUT SIMENON 4

M **Le témoignage de l'enfant de chœur,** Saint Andrews (N.B.), Canada, avril 1946. In *Maigret et l'inspecteur Malgracieux.* Presses de la Cité, 1947. TOUT SIMENON 2

Un certain Monsieur Berquin, Saint Andrews (Canada), 28 août 1946. In *Maigret et les petits cochons sans queue.* Presses de la Cité, 1950. TOUT SIMENON 4

M **Un Noël de Maigret,** Carmel by the Sea (Californie), mai 1950. In le recueil du même titre. Presses de la Cité, 1951. TOUT SIMENON 5

M **Vente à la bougie,** Nieul-sur-Mer, 1939. In *Maigret et les petits cochons sans queue.* Presses de la Cité, 1950. TOUT SIMENON 4

Tout Simenon 1 La fenêtre des Rouet / La fuite de Monsieur Monde / Trois chambres à Manhattan / Au bout du rouleau / La pipe de Maigret / Maigret se fâche / Maigret à New-York / Lettre à mon juge / Le destin des Malou

Tout Simenon 2 Maigret et l'inspecteur Malgracieux / Le témoignage de l'enfant de chœur / Le client le plus obstiné du monde / On ne tue pas les pauvres types / Le passager clandestin / La Jument Perdue / Maigret et son mort / Pedigree

Tout Simenon 3 Les vacances de Maigret / La neige était sale / Le fond de la bouteille / La première enquête de Maigret / Les fantômes du chapelier / Mon ami Maigret / Les quatre jours du pauvre homme / Maigret chez le coroner

Tout Simenon 4 Un nouveau dans la ville / Maigret et la vieille dame / L'amie de Madame Maigret / L'enterrement de Monsieur Bouvet / Maigret et les petits cochons sans queue / Les volets verts / Tante Jeanne / Les Mémoires de Maigret

Tout Simenon 5 Le temps d'Anaïs / Un Noël de Maigret / Sept petites croix dans un carnet / Le petit restaurant des Ternes / Maigret au *Picratt's* / Maigret en meublé / Une vie comme neuve / Maigret et la Grande Perche / Marie qui louche / Maigret, Lognon et les gangsters

Tout Simenon 6 La mort de Belle / Le revolver de Maigret / Les frères Rico / Maigret et l'homme du banc / Antoine et Julie / Maigret a peur / L'escalier de fer / Feux rouges

Tout Simenon 7 Maigret se trompe / Crime impuni / Maigret à l'école / Maigret et la jeune morte / L'horloger d'Everton / Maigret chez le ministre / Les témoins / Le Grand Bob

Tout Simenon 8 Maigret et le corps sans tête / La boule noire / Maigret tend un piège / Les complices / En cas de malheur / Un échec de Maigret / Le petit homme d'Arkhangelsk / Maigret s'amuse

Tout Simenon 9 Le fils / Le nègre / Maigret voyage / Strip-tease / Les scrupules de Maigret / Le président / Le passage de la ligne / Dimanche

Tout Simenon 10 Maigret et les témoins récalcitrants / Une confidence de Maigret / La vieille / Le veuf / Maigret aux assises / L'ours en peluche / Maigret et les vieillards / Betty

Achevé d'imprimer le 31-1-1991
par Mohndruck, Gütersloh pour France Loisirs
N° d'éditeur 19887
Dépôt légal: Janvier 1991, Imprimé en R.F.A.